GW00702715

Dans le diocèse de Genève (dont une partie s'étendait sur les territoires actuels de la Savoie), on possède des statistiques du nombre de feux qui concernent, selon les dates, de deux cents à cinq cents villages. L'indice 100 étant affecté aux années du quasi-minimum démographique (1443-1445), deux méthodes de calcul – la première tenant compte des données de 1470, et la seconde négligeant celles-ci – permettent de reconstituer par une chaîne d'indices le mouvement de la population entre 1339 et 1518 (voir tableau ci-après).

Ces chiffres sans mystère disent la baisse en « chute libre » de 1339 à 1411 ; puis cette baisse continue jusqu'en 1443 (la population diocésaine, en ce milieu du xve siècle, n'est plus que les 42,6 % de ce qu'elle était en 1339). Par la suite, une stagnation, ou une stabilisation, comme on voudra l'appeler, s'instaure jusque vers 1470-1482. La très légère reprise qui s'amorce dès la décennie 1470 se transforme en un indéniable essor de 1482 à 1518 : à cette date ultime, les villages du Genevois sont loin d'avoir récupéré, il s'en faut de beaucoup, les hauts niveaux de 1339.

Diocèse de Genève

Années	Indice du niveau de la population (1re méthode)	Indice du niveau de la population (2e méthode)
1339	234,8	234,8
1411-1414	115,2	115,2
1443-1445	*100*	*100*
1470	98,5	
1481-1482	99,5	101,2
1518	128	130,1

D'après L. Binz (1963).

Pour en revenir à la période de déclin, puis de stagnation, qui se dessine autour du lac Léman pendant le xve siècle, on notera que l'essentiel des malheurs qui la causèrent n'est guère imputable aux conflits armés. Le diocèse de Genève n'a pas connu en tout cas nos « guerres de Cent Ans » comme telles pendant cette période de dépression démographique, depuis le milieu du XIVe siècle jusqu'en 1475. Dans ces conditions, le déclin du peuplement des campagnes peut et doit s'expliquer par d'autres causes. L'exode rural n'en rend compte que très partiellement (la ville de Genève se développe au XVe siècle, mais, petite encore, elle n'a pu absorber qu'une faible part du déficit humain qui nous préoccupe). Il faut donc incriminer (comme antécédent le moins substituable à la baisse) les pestes et autres épidémies ; et aussi le cycle infernal de déchéance économico-démographique qui se développe un peu partout dans l'Europe de ce temps-là ; enfin, la récession drastique des marchés, provoquée par les coupes sombres que produisent au sein du peuplement les mortalités à jet continu. En ce qui concerne le facteur pesteux, il suffit de se reporter aux notations épouvantées d'un petit paysan montagnard, Platter, alors enfant, témoin pour la Suisse d'une mauvaise santé persistante, qu'il constate encore au début du XVIe siècle : « Mon père attrapa la peste et mourut. [...] De mes frères et sœurs, j'ai connu deux sœurs, Elsbett et Christina. [...] Christina est morte dans une épidémie de peste ; et neuf autres personnes, en tout, avec elle, dans le même lieu. » Le pays de Genève fournit une courbe détaillée à l'historien qui cherche un *trend* précis. Le cas genevois, en outre, paraît assez typique (même en pourcentage de chute) du destin d'ensemble des Alpes du Nord. En Dauphiné, par exemple, le Grésivaudan, qui comptait 15 757 feux en 1339, n'en a plus en 1475 que 7 140, soit les 45,3 % du total précédent : les montagnes, le long de la vallée de l'Isère, figurent parmi les régions les plus désertées, car ceux de leurs habitants qui survécurent aux épidémies et autres désastres choisirent d'abandonner leurs sols pauvres ; ils s'installèrent dans la plaine plus riche ; ils y comblèrent les vides qu'avaient creusés, là aussi, les épidémies (Alfred Fierro).

Plus au nord, en Bourgogne, les *cherches de feux* nombreuses devraient permettre, à bref délai, la mise au point d'une synthèse de démographie bas-médiévale, comme celle qu'a réussie Édouard Baratier pour la Provence. D'ores et déjà, on sait que la région bourguignonne a été très éprouvée par la Peste noire qui, dans la bourgade de Givry, fit disparaître le tiers des habitants.

Par la suite, au xvᵉ siècle, quelques données très dispersées mais convergentes notent l'existence prévisible d'un « plancher » du peuplement par rapport au « plafond » de la fin du xiiiᵉ siècle. Dans quatre villages de la châtellenie de Saint-Romain (département actuel de la Côte-d'Or), on comptait 120 feux en 1285, soit en gros un demi-millier d'habitants. Or, ces mêmes localités dénombrent seulement 36 feux en 1423, et se tiennent autour de 40 à 50 feux entre 1430 et 1460. Donc baisse de plus de moitié. À Ouges, autre village bourguignon, il y avait 70 à 80 feux en 1268 ; une cinquantaine (dont un quart à deux cinquièmes de feux mendiants) entre 1375 et 1400 ; 13 feux (dont seulement 3 solvables) en 1423, au terme d'un groupe d'années particulièrement désastreuses ; et puis 15 feux en 1430 ; 28 en 1436, 34 en 1444, 42 en 1450 ; une cinquantaine enfin vers 1470… Le creux de la vague se situe ainsi vers 1420-1430 ; et, de toute façon, jusque vers 1445, on reste à la moitié seulement des hauteurs démographiques de la fin du xiiiᵉ siècle. Somme toute, qu'il s'agisse des cinq villages précités ou des faubourgs de Chalon-sur-Saône dépeuplés aux trois quarts pendant le mauvais xvᵉ siècle, la Bourgogne rurale et suburbaine est complètement « à plat » vers 1425 ; elle demeure « mal partie » encore (malgré un redressement plausible en quelques lieux), entre 1425 et 1460 (d'après Jean-Marie Pesez et O. Martin-Lorber).

Ces chiffres bourguignons sont du reste pleinement confirmés par l'enquête de Marie-Thérèse Caron : dans dix villages du Tonnerrois, elle trouve 352 feux en 1423 (chiffre en baisse nette par rapport à 1400-1402). Or ces dix localités auront, comme j'ai pu le vérifier d'après Saugrain, 940 feux vers 1700.

Le plancher bas-médiéval en Tonnerrois est donc à 37,4 % du niveau de l'un des « plafonds » modernes, et pas du plus élevé d'entre eux.

Dans la région parisienne (pour quatre-vingts paroisses environ, réparties entre le doyenné de Montmorency et l'archidiaconé de Josas), la dépopulation entre 1328 et 1470 est au moins des deux tiers ; elle atteint des taux analogues, et tout aussi « rudes », dans le bailliage de Senlis, et en Beauvaisis (Fourquin, Guenée). En Normandie, c'est pire encore : vers 1450, le pays de Caux, d'après l'un de ses historiens les plus récents, aurait perdu près des

trois quarts des effectifs humains qu'on y dénombrait vers 1315.
La cause immédiate de cet effondrement presque incroyable, c'est
la guerre autour de Paris : dans la mesure où celle-ci dissémine les
autres facteurs de mort, en répandant l'épidémie et la faim…
L'une en effet étant véhiculée par les puces des militaires et des
mendiants ; l'autre étant stimulée par les déprédations des récoltes
et par la destruction du capital agricole.

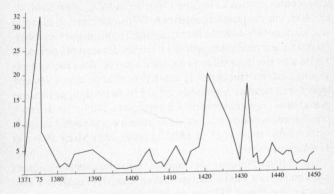

Prix du blé au « carton » (mesure de Toulouse),
en livres au début du mois d'avril (1371-1450)

D'après P. Wolff, *in* G. Frêche (1967), p. 95.

Guy Bois, qui publie une étude importante sur cette région haut-
normande, est frappé par l'ampleur de plus en plus dévastatrice
des catastrophes qui s'abattent sur les pays de la Seine maritime
et parisienne entre 1415 et 1440. À chaque cherté frumentaire
(1423, 1433) et jusqu'à l'apocalypse finale de 1438-1439, les prix
du grain, comme portés par la houle, montent plus haut que lors
de l'épisode précédent, sans que pourtant se dessine, bien au
contraire, aucun mouvement de véritable hausse « de longue
durée ». Il n'est pas déraisonnable de penser dans ces conditions

que les coupes sombres de la mort étendent leur ravage au même rythme que les puissantes pointes cycliques des cours du grain. Tandis que se restreignent sans fin les quelques marchés sur lesquels pouvait compter encore l'agriculture, elle-même privée de main-d'œuvre. La guerre, cause et effet, est au centre de cette surenchère infernale. Vers 1420 encore, les garnisons anglaises, note Guy Bois, achetaient leur nourriture aux paysans : les soldats pillards étaient pendus. Vers 1430, *faute d'argent c'est douleur non pareille*, il n'est plus question d'acheter ; on pille, on vit sur le pays, à la manière des brigands, qui ne s'en privent pas, eux non plus. Dix ans plus tard, vers 1440, la région est exsangue, au point que le pillage lui-même a cessé d'être rentable. Le capital agricole – moulins, chevaux – est détruit ou disparu. La classe des laboureurs, seule capable de nourrir le « corps social », est morte ou ruinée. Dépopulation et appauvrissement sont tels que Guy Bois, pour décrire cet éclatement d'une région par éradication de ses capacités productives, avance l'image d'un « modèle Hiroshima ». Et le terme n'est pas trop fort, s'agissant d'un phénomène qui priva la région parisienne des deux tiers et la Normandie de près des trois quarts de leurs effectifs humains.

Vers l'ouest, en Bretagne (région qui n'est pas située, comme la Normandie ou l'Île-de-France, au cœur de ce « chaudron de sorcière » qu'est la France des guerres de Cent Ans), on comptait entre 1 000 000 et 1 250 000 habitants vers 1390 (le chiffre « d'avant-peste » n'est pas connu). Vers 1450, cet effectif a baissé vraisemblablement d'un quart : une maison sur quatre est vide. Or, ce million de Bretons du milieu du XVᵉ siècle est à comparer aux 2 millions d'habitants que comptera la même province à la fin du XVIᵉ (Jean Meyer).

En Bordelais, on n'a pas de chiffres précis pour la fin du Moyen Âge. Mais l'enquête de 1459, menée par l'archevêché de Bordeaux, indique, pour un échantillon de trois cent trente paroisses, qu'un quart d'entre elles est en état de désertion totale ou du moins très avancée. La plupart de ces communautés villageoises refleuriront par la suite. Mais comment ne pas songer, dans ces conditions, pour 1459, à un niveau du peuplement bien inférieur à celui qui sévissait auparavant, lors de l'avant-guerre et de l'avant-peste, au temps de la domination des Anglais… Il est

possible, d'après certaines recherches, que la population ait diminué des deux tiers.

J'ai gardé pour la fin de ce paragraphe les problèmes spéciaux
qui concernent, au xve siècle, l'extrême nord des pays français ou
« francophones ». Tout indique que la crise, parfois moins prononcée que parmi les autres territoires, ne fut pas néanmoins
négligeable. Tant s'en faut ! En Artois, pour trente-deux villages,
on comptait 2 121 ménages en 1229 ; on en dénombrera seulement 1 222 en 1469. La réduction est moins drastique qu'en Île-
de-France ou en Normandie, où les pertes sont de 66 % ou 75 %.
Cela implique tout de même une régression de 42,4 % par rapport
au *beau* Moyen Âge. En Cambrésis, le peuplement du xve siècle
est plus bas que celui du bon xvie siècle : dans douze villages,
495 feux sont décomptés en 1444 contre 563 en 1469 et 640 en
1540. On notera pourtant, une fois de plus, que le creux du
xve siècle (par rapport au plein du xvie siècle) est loin d'être aussi
marqué, en Cambrésis, qu'en Provence ou en Languedoc.

En Hainaut, de bons historiens avaient cru devoir minimiser les
pertes consécutives aux *Wüstungen* (aux désertions de villages) de
la fin du Moyen Âge. En fait, ces pertes furent probablement
lourdes : au cours de la Peste noire, divers villages, pour lesquels
on conserve des recensements, perdent la moitié de leurs feux
(d'après Gérard Sivery). Par la suite, la population du Hainaut
continuera imperturbablement de descendre, quoique modérément : elle tombe en effet de 31 000 feux en 1365 (date du premier
et déjà bas palier, connu, de l'après-peste), à 22 000 feux pendant
les deux mauvaises périodes (locales) du xve siècle (1400-1424 et
1479-1501). Celles-ci, il est vrai, sont séparées l'une de l'autre
par une récupération assez heureuse, qui ramène la population
« hennuyère », momentanément, vers 1450, à 28 000 feux. Niveau
proche de celui de 1365. Mais bien inférieur au haut plateau
d'avant la Peste noire.

En dépit des nuances précitées, l'Artois et plus encore le Hainaut
furent donc, eux aussi, endommagés par la crise. Pour trouver des
populations moins ébréchées, il faut aller tout à fait vers le nord.
En Brabant, que la Peste noire n'a, paraît-il, guère touché, le
nombre des feux tombe de 92 000 au milieu du xive siècle à 75 000
vers la fin du xve. Soit une perte, somme toute, modérée, de 18 %.

En bref, il semble bien qu'il faille distinguer deux modèles ou, si l'on préfère, deux secteurs de dépopulation différentielle. Dans la plus grande partie des territoires de la France, occitane et d'oïl – au sud de l'Artois et le long d'un axe Beauvais-Montpellier –, les pertes, de 1300 à 1450, atteignent ou même dépassent 50 % des effectifs. Ou bien, autre critère : les « planchers » du XVe siècle, en ces mêmes régions, n'arrivent point à la moitié des « plafonds » du XVIIe. Très au nord, une autre zone, aux réactions moins violentes, se dessine en Artois et en Brabant (le Hainaut, lui, formant transition avec le Sud). Les déficits humains, pour effrayants qu'ils puissent être, sont inférieurs dans ces régions (et quelquefois même très inférieurs) à 50 % des effectifs (18 % seulement en Brabant). On approche, en l'occurrence, de ce pôle de croissance, ou de résistance à la crise, qu'auraient constitué les Pays-Bas.

Au vu de ces dossiers si divers, une « pesée globale » devient possible. Avec bien sûr les réserves et les approximations d'usage. Et compte tenu aussi d'un gradient des catastrophes, moins implacable pour l'extrême Nord (voir tableau ci-après).

À lire ces chiffres, et au terme d'une évaluation d'ensemble, il est permis de risquer, au sujet du peuplement de la France, quelques suggestions : cette population, en ses périodes de plus ou moins grande plénitude, atteignait, comme on sait, au minimum 17 millions d'habitants (vers 1330) ou 19 millions (vers 1700)[7]. Au plus bas du creux démographique, vers 1440-1470, elle ne pouvait donc pas dépasser 10 millions de personnes, si même elle n'était pas au-dessous de ce chiffre : 10 millions, soit une baisse de 41 % très modérément calculée ; très sous-estimée de notre fait, vraisemblablement, par rapport au plafond probable de 1328.

Population en « basse époque » du xvᵉ siècle

Région située aujourd'hui en tout ou partie dans l'« Hexagone »	« Baisse » par rapport à l'avant-peste	Infériorité par rapport à l'âge classique (xvIIᵉ siècle)
Provence	57 %	
Languedoc	50 %	50 %
Grésivaudan	55 %	
Diocèse de Genève	57 %	
Bourgogne	plus de 50 %	
Région parisienne	66 %	
Normandie	près de 75 %	
Bretagne		50 %
Artois	42 %	
Hainaut	probablement 50 %	

10 millions d'âmes (dont 9 millions de ruraux), telle est l'approche raisonnable, et de toute façon le grand maximum (ou plutôt minimum !) qu'on puisse attendre de cette baisse démographique de l'extrême fin du Moyen Âge.

*

Telle était, en ce cas, notre appréciation numérique, prudemment motivée, de 1977. Les travaux plus récents d'Henri Dubois et d'Arlette Higounet-Nadal (1988) nous contraignent-ils à une révision déchirante ? Il ne le semble pas : nous pouvons cependant, grâce aux deux auteurs, et c'est fort opportun, montrer davantage de pugnacité, d'audace quant à l'estimation de la « catastrophe » bas-médiévale (qu'il n'est plus question le moins du monde de « minorer »). Le chiffre « Dubois » du peuplement français (frontières actuelles) se situait, nous l'avons noté, à 21 250 000 habitants en 1328. Une baisse vraisemblable de 50 %, au terme d'un déclin séculaire atteignant son nadir vers 1445-1450, fait tomber ce nombre à 10 675 000 personnes « françaises », dont 9 607 000 ruraux. Mais il n'est pas exclu (d'après le « duo » des historiens précités) que la baisse ait dépassé (de peu) les 50 %. Et par exemple une décadence démographique de 53,5 %, nullement invraisemblable, amènerait le peuplement « français » vers 1445-1450 à 10 millions d'âmes, dont 9 millions rurales ; et 7 875 000 personnes quant aux familles de cultivateurs « stricts ». Il y aurait eu, en une telle conjoncture, moins de « Français » à cette époque qu'on ne dénombre aujourd'hui de Belges en Belgique. Et pourtant, au gré des mêmes données, on recense davantage de cultivateurs, toujours vers 1450, dans l'ensemble de l'Hexagone alors très dépeuplé, qu'il n'y en aura en notre temps à l'intérieur du même cadre géographique. Il est vrai que nos campagnes en l'an 2000 sont incroyablement vides de paysans… ; et cela, d'une façon inversement proportionnelle au fantastique accroissement contemporain de la productivité agricole, à l'heure des ultimes générations paysannes, d'autant plus productivistes, en effet, qu'elles sont moins nombreuses.

*

La grande coupable, mise en évidence par les peintres des danses macabres, c'est la mort, car il n'y a aucune raison de penser que le XVe siècle français se soit caractérisé, du côté de la fécondité, par un refus systématique de la vie. L'âge au mariage (qu'on ne connaît guère à cette époque) n'était probablement pas plus élevé qu'il ne le sera entre 1600 et 1800. Or le fait qu'en cette seconde période, les filles jugent bon, en bien des lieux, de se marier vers 25 ans, ou même plus vieilles encore, n'empêchera pas la population (grâce à une mortalité plus basse) de s'accroître fortement ; du moins au XVIIIe siècle. Ce n'est donc pas, pour en revenir au XVe siècle, l'âge tardif du mariage – à supposer qu'il le fût effectivement – qui faisait stagner les populations ou qui les précipitait vers l'abîme.

À défaut de ce facteur, serait-ce un refus d'engendrer, né d'une contraception primitive, ou d'une aménorrhée de famine, de misère ou d'angoisse, qui expliquerait les bas niveaux démographiques du XVe siècle ? Le peu, le très peu qu'on connaît n'incline point à penser qu'il en soit ainsi. En Cambrésis, Hugues Neveux, qui utilise pour cela les dates de distribution de vivres aux accou-

chées, a pu calculer, dans un village, l'intervalle moyen entre les
naissances. Faute de mieux, c'est un indice approximatif de fécondité. Cet intervalle est de 29,5 mois dans l'époque du bas peuplement (1468-1482), contre 30,5 mois en 1559-1575, quand la
population connaît des temps meilleurs. On voit que la fécondité
des Cambrésiennes, au déclin du Moyen Âge, ne le cède en rien
à celle des Beauvaisines, si fertiles, à l'époque classique. Or, malgré ces louables efforts, les femmes de la région cambrésienne, au
temps de notre Louis XI, ne parviennent point à stopper le déclin
ni à enrayer la stagnation démographique ; donc un facteur est en
jeu, qui contrarie leurs entreprises. Ce facteur, c'est la mortalité ;
c'est l'espérance de vie très raccourcie ; elle provoque la rupture
précoce des unions conjugales, avant que l'épouse ait eu le temps
de parcourir l'essentiel de sa carrière féconde. C'est ainsi qu'en
dépit d'une fécondité absolument normale et « prémalthusienne »,
le nombre des naissances par foyer (indice grossier de « natalité »), dans le village précité du Cambrésis, est de 2,2 entre 1476
et 1481-1482, contre 3,1 entre 1559-1560 et 1574-1575. Rompus
trop vite, les couples du XVe siècle étaient, en dépit de leur haute
« fertilité », moins productifs d'enfants au total que ne le seront les
ménages des époques suivantes.

La mort est la grande coupable des récessions du peuplement. Et
parmi les causes de mort, la peste, toujours elle, ne manque jamais
de faire les gros titres. La peste bas-médiévale fleurit sur la vermine et sur les puces, responsables de la contamination d'homme
à homme (ou plus exactement « homme-puce-homme »). Les rats,
dont l'importance est parfois surestimée, ne jouent, en Occident du
moins, dans la diffusion du fléau, qu'un rôle accessoire, peut-être
quasi nul. (Faut-il rappeler à ce propos l'anecdote de ces religieuses de Limoges qui, pour fuir la peste, s'installèrent momentanément dans un village suburbain : des rats les persécutèrent de
toutes les façons, allant jusqu'à déranger ces saintes femmes au
moment de la prière ; et à se précipiter dans leur soupe, à l'heure
des repas. Les nonnes néanmoins ne tombèrent nullement pestiférées. D'une façon générale, parmi les innombrables récits de
peste qu'on possède, on ne trouve pas mention, sauf dans quelques
îles grecques en 1349, d'un seul rat mort.)

Dans une aire donnée, la peste, au XVe siècle, peut frapper approximativement tous les dix ans (région de Chalon-sur-Saône) ; ou même tous les deux, trois ou quatre ans, voire annuellement : c'est le cas dans le pays toulousain qui, comme tout le Midi, est plus pesteux que la France du Nord. Dans l'ensemble, les villes sont probablement les plus frappées, mais les campagnes ne sont nullement épargnées. À l'échelle française, la peste du XVe siècle est présente en permanence : chaque année, sans exception, elle sévit en quelque canton du royaume. Dès lors qu'on l'envisage de cette manière (sur le plan national), le cycle de la maladie n'implique que des rémissions brèves (jamais plus de deux ou trois ans au cours de la période 1350-1540) ; des rémissions qui, de toute manière, ne sont jamais totales ; il subsiste toujours un petit foyer pesteux quelque part, près de Caen, de Béziers ou de Beauvais, selon les années. Ce rythme endiablé qui maintient les pestes en permanence, et qui les fait refleurir en force à chaque décennie ou demi-décennie, c'est celui-là même que connaîtront encore, bien après qu'il aura disparu d'Occident, certains pays islamiques jusque vers 1840. Aux environs de cette date, des mesures prophylactiques très simples (quarantaine, etc.), telles qu'on les avait adoptées en Europe depuis le milieu du XVIe siècle, rendront les épidémies pesteuses, dans tel pays musulman, plus espacées [8]. Il semble, si l'on en juge par cette comparaison, qu'au XVe siècle, les populations européennes et notamment françaises étaient encore très désarmées devant le fléau (elles le combattront, au contraire, de façon rationnelle et finalement victorieuse à l'époque classique). Vers la fin du Moyen Âge, on se fiait encore trop, pour sortir d'embarras, aux processions à saint Roch, ou bien on se bornait à faire preuve de crânerie ; on agissait quelquefois comme si de rien n'était ; on ne prenait pas toujours les mesures énergiques de désinfection, d'expulsion, d'isolement, qu'adopteront de plus en plus les bureaux de santé des villes, puis les fonctionnaires et finalement les militaires, au XVIe et surtout aux XVIIe-XVIIIe siècles. Le résultat, c'est, à chaque décennie bas-médiévale, de nouvelles et multiples hécatombes qui écrêtent les effectifs humains, et qui prolongent, comme à petit feu, la stagnation démographique ; sans que pourtant elles réussissent à empêcher la reprise finale, laquelle intervient à une date variable selon les régions, au cours de la seconde moitié du XVe siècle.

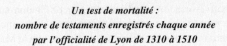

Un test de mortalité :
nombre de testaments enregistrés chaque année
par l'officialité de Lyon de 1310 à 1510

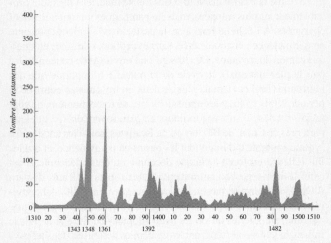

D'après M.-T. Lorcin (1974).

La peste est donc gravement responsable. Mais *quid* de la famine ? Il est d'usage, en se fondant sur de vieilles litanies du haut Moyen Âge *(a fame, peste et bello, libera nos, domine)*, d'associer la faim à la peste et à la guerre comme facteurs d'explication décisifs pour rendre compte de la déflation du peuplement pendant le XVe siècle. Au niveau des causes immédiates, une telle analyse reste valable. Les crises de subsistances autour de Paris et de Rouen en 1421, 1432, 1433, et surtout en 1437-1439, littéralement n'en finissent plus ; elles surenchérissent l'une sur l'autre ; elles interviennent selon un rythme décennal ou intradécennal dont on ne trouvera même plus l'équivalent aux pires périodes du XVIIe siècle. Mais ces crises de faim, en l'occurrence, sont filles de la guerre : elles sont donc un relais, plus qu'une cause profonde. À preuve : dès la décennie 1440 (qui marque le retour progressif à la paix), et pratiquement jusque vers 1504, voire 1520, on ne trouvera plus, sur les mercuriales des grains de la région parisienne, qu'un calme quasi plat, ou tout au plus de petites chertés sans conséquences dirimantes[9]. Rien d'étonnant à cela. Dans l'état de dépopulation où se trouve plongée la France pendant une grande partie du xve siècle, éviter la disette n'est pas difficile ; au moins en temps de paix, d'échanges normaux, d'agriculture adéquate. Il faut les horreurs de la guerre et du brigandage, les récoltes brûlées, les fermes et les moulins détruits, les chevaux et les bœufs disparus, les échanges paralysés, pour qu'apparaissent les symptômes de faim très durs de la période 1420-1440. Dès le retour de la paix, à partir de la décennie 1450, une relative abondance frumentaire revient, sans trop de bavures, et pratiquement pour trois générations. (Notons au passage qu'en soulignant ce rôle de la guerre, nous n'introduisons pas dans notre analyse une variable exogène : depuis le commencement du xive siècle jusqu'au commencement du xviiie, la guerre, européenne ou civile, fait en effet *partie du système*, comme moyen de fait, prodigieusement efficace et cruel, pour limiter la population. Il est ainsi logique d'intégrer le phénomène guerrier à tout grand modèle explicatif.)

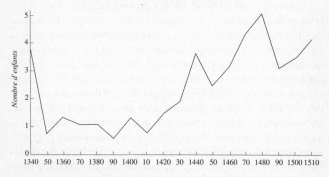

Variation du coefficient familial
d'après 650 testaments du plat pays lyonnais (1330-1509).
Nombre d'enfants vivants et légitimes cités dans les testaments
des laïques mariés (moyenne décennale)

D'après M.-T. Lorcin (1974).

Au total, le peuplement français du milieu du xve siècle est donc victime de la peste (surtout dans le Midi) et de la guerre (surtout dans le Nord), celle-ci induisant les famines et multipliant les épidémies préexistantes. L'ensemble de ces processus, associé aux régressions économique et démographique, qui d'effets qu'elles étaient tendent elles-mêmes à devenir causes de débâcle, produit la crise des peuplements ; celle-ci s'aggrave en se nourrissant, si l'on peut dire, de ses propres désastres. Que revienne la paix, pourtant, qu'un processus de *feed-back* ou de rééquilibrage s'amorce dans les profondeurs de la société, et l'on verra se créer lentement les conditions qui feront remonter, à un moment ou à un autre, le niveau général de la population des campagnes.

Désertions d'habitats

La dépopulation s'accompagne de désertions d'habitats. Une étude a été menée à ce propos dans le cadre national, voire européen [10] ; depuis sa parution, elle a suscité quelques monographies d'importance ; elle permet de faire le point, et d'affirmer que dans l'ensemble, en dépit de quelques brèches, « le réseau des villages français a tenu bon » : il est sorti de la crise bas-médiévale moins effrangé qu'en Allemagne et qu'en Angleterre.

Mettons de côté d'abord, du fait de leur problématique différente et de la fragilité de leur habitat en bois et torchis, les régions de l'Est ; actuellement incluses dans le territoire français, elles se rattachaient bien davantage, pendant le xve siècle, à la nébuleuse germanique : en Alsace, par exemple, on constate, quant aux disparitions de villages à cette époque, des taux fort élevés ; ils sont comparables à ceux qui sont enregistrés en Allemagne, où 23 % des localités s'étaient perdues lors des derniers siècles du Moyen Âge. En certaines parties de la haute et de la basse Alsace, par exemple, cent trente-sept villages sont abandonnés pour toujours entre les années 1340 et la fin du xve siècle (ce taux est plus élevé encore, et proche de 25 %, dans une petite région bien étudiée du comté de Montbéliard…). Il faut dire que les maisons villageoises de bois et de torchis (Rhénanie alsacienne et autres) tiennent moins bien que les villages regroupant des maisons bâties en pierre, telles que franciliennes ou champenoises… Autour des villes ou bourgades alsaciennes, comme Guebwiller et Colmar, des « ceintures » de villages morts se dessinent, significatives : les paysans qui peuplaient ceux-ci ont délaissé la campagne pour s'installer dans la zone urbaine toute proche ; et pour y combler les brèches qu'avaient creusées les épidémies parmi la population citadine. Quant aux terroirs délaissés, ils semblent avoir été transformés en friches, en terrains de pacage, quelquefois en labours, à l'intention des communautés voisines et survivantes.

Incidemment, ces exemples alsaciens prouvent bien, tout comme les autres *Wüstungen* d'Allemagne, que le conflit belliqueux, en ce qui les concerne, ne fut pas le catalyseur irremplaçable ; en terre germanique, on le sait, de très nombreux habitats vers la fin du Moyen Âge disparaissent par suite de la peste, de la crise économique et de l'exode rural ; sans que la guerre, qui dans ces régions n'a pas la même acuité qu'en pays français, y soit pour grand-chose.

Dans la moitié nord de la France actuelle, ce sont bien les guerres, en revanche, qui créent des « zones rouges » ; au point que des dizaines de villages restent inhabités pendant des années ou des dizaines d'années, quitte à ressusciter quelque temps plus tard. Dans l'actuel Pas-de-Calais au xve siècle, par exemple en pays de Langle, les équipements collectifs eux-mêmes cessent d'être entretenus par suite des guerres ; les canaux de drainage sont à l'abandon ; les terres s'inondent et se perdent ; le compte d'une recette locale, en 1438-1439, signale que la région ne rapporte plus aucun revenu *pour ce qu'il n'y demeure personne, pour les englois qui marchissent au dit pays et y courent de jour en jour*. (L'une des plaisanteries les plus efficaces du xve siècle consiste du reste à s'introduire dans l'église d'un village, bondée de fidèles[11], et à s'écrier d'une voix forte *Véchi les Anglais* : en un instant, l'église est vide !) Ce même texte relatif au pays de Langle note que *les terres sont demourées gastes et n'a esté personne qui les ait volu cultiver ne labourer, et meismement les gens dudit pays se sont absentéz d'icelle et n'y a demoré que povres femmes.* Ces « povres femmes » ont sans doute eu des enfants… ou bien les paysans absentéistes sont finalement revenus. Car en diverses régions de la France du Nord (dont le Pas-de-Calais), le total des désertions définitives est beaucoup moins impressionnant que ne le laisserait présager le texte horrifique que je viens de citer. Dans quatre départements, par exemple, les uns plus sinistrés (Marne et Pas-de-Calais), les autres moins (Aube, Haute-Marne), le pourcentage des villages perdus à tout jamais, lors de la fin du Moyen Âge, se situe entre 3 et 10 % du nombre total des communautés d'habitants : soit une centaine de localités au total, pour les quatre circonscriptions mises en cause.

Cette relative solidité du réseau des villages d'oïl (par comparaison avec l'Allemagne et l'Angleterre) se vérifie admirablement quand on envisage les régions les plus densément peuplées de l'avant-peste, et qui sont pourtant au xve siècle tellement écorchées par les hommes d'armes : dans la zone de Coutances, Caen, Falaise, très sinistrée vers 1450, *aucune paroisse* ne disparaît définitivement, de 1365 aux Temps Modernes. Dira-t-on qu'il s'agit là d'un pays d'habitat souvent dispersé, où bien des hameaux peuvent sombrer dans le néant sans que le réseau des paroisses elles-mêmes, dont chacune est un chef-lieu de plusieurs écarts, en soit sensiblement affecté ? En ce cas, prenons l'exemple de la région parisienne : l'habitat y est nettement plus groupé qu'en Normandie ; or trois paroisses seulement, dans l'archidiaconé de Jouy-en-Josas qui en compte cinquante et une, sont portées disparues en 1450-1460. Et elles refleuriront toutes les trois pendant la Renaissance ! Il est vrai que là aussi, autour de Paris, tandis que le gros habitat groupé tient bien le coup, les petits hameaux, eux, sont parfois rayés de la carte, ou transformés chacun en ferme isolée ; ou bien leur terroir est récupéré par une ferme voisine, ou même recouvert par la forêt.

La France occitane offre, de son côté, d'intéressants exemples de *Wüstungen*, plus fréquentes peut-être qu'en pays d'oïl : fortement sinistrée par les pestes, les guerres anglaises, le brigandage et les récessions, elle est affligée en effet, première plaie, par d'innombrables désertions momentanées. Dans le Quercy (que le père Denifle, auteur de gros ouvrages sur la désolation des églises de France au xve siècle, considère comme la province la plus martyrisée du royaume à cette époque), soixante-dix-huit villages, et, compte tenu des petites communautés, cent cinquante paroisses, sont détruits ou désertés vers 1400. En Bordelais viticole, qui fut si riche jadis (vers 1300) de ses exportations de vin vers l'Angleterre, les villages vides se comptent par dizaines après chaque grosse poussée guerrière (1375, 1405, années 1440…). Néanmoins, en pays quercynol comme dans la région de Bordeaux, tous ces villages un moment perdus, à l'exception de deux ou trois d'entre eux, refleuriront sans problèmes dès la première Renaissance : ici, par la grâce d'une certaine récupération viticole ; et là, par suite d'une importante immigration en provenance du Massif central, qui « réamorcera la pompe » en fournissant la main-d'œuvre indispensable pour une résurrection du Quercy. Dans ces régions du Sud-Ouest, il y a donc un contraste marqué entre la pléthore des désertions provisoires et l'insignifiance de celles qui s'avèrent irrémédiables. La cause de cette stabilité finale est à chercher, semble-t-il, dans le caractère assez fixiste du système agreste.

Certaines déchéances *définitives* interviennent néanmoins, dans l'Occitanie du Sud-Est ; elles peuvent s'accompagner, justement, d'un changement qualitatif de l'implantation agricole. Soit l'exemple de la Provence : dans cette région, en 1470, 25 % à 33 % des villages sont abandonnés. Beaucoup de ces désertions sont sans appel, affectant par exemple un quart des localités en diverses régions de montagnes ou de collines rocailleuses : sur les ci-devant sites ainsi abandonnés au XVe siècle, le peuplement ne reverdira jamais. Ces abandons provençaux sont sans aucun doute nés des pestes successives, spécialement atroces dans la France méditerranéenne, qu'atteint de plein fouet l'offensive des bacilles et que réinfecte constamment le commerce avec le Levant. Cependant, on retrouve en Provence des mécanismes assez semblables à ceux d'Alsace. Autour d'Aix par exemple, dans tel village sujet à désertion, ceux des paysans qui n'ont pas purement et simplement pris le chemin du cimetière ont filé vers la ville, pour s'y nicher dans les places disponibles, laissées vacantes du fait des mortalités. La campagne aixoise, dans un rayon de 30 à 50 kilomètres autour du chef-lieu, compte ainsi une dizaine de localités dévitalisées par l'exode rural. Or, une fois amorcées par l'écoulement des hommes vers la tombe ou vers la ville, ces désertions

aixoises paraissent bien s'être entretenues d'elles-mêmes : les terroirs des paroisses perdues ont, en effet, reculé d'un cran dans
l'échelle de rentabilité. Les jardins, vignes, vergers sis sur les
pourtours immédiats de l'habitat défunt, qui les fertilisait de ses
détritus et de ses dépotoirs, sont devenus tout bonnement terres à
céréales. Les ci-devant champs, eux, un peu plus éloignés du
centre mort, se sont transformés en terres de parcours à moutons,
dont la laine et surtout la viande trouvaient aisément preneurs,
grâce à une meilleure composition de la diététique populaire, plus
riche en protides que jadis. Enfin, les sols marginaux, infertiles,
mal logés sur les pentes caillouteuses des montagnes et des collines, ont été purement et simplement abandonnés. De grosses
fermes et domaines isolés, les *bastides*, ont occupé, de façon stratégique, les frontières et l'abord du terroir : ils ont condamné la
vieille agglomération villageoise (dorénavant dévitalisée, en dépit
de tentatives précaires pour la réoccuper) à l'abandon définitif.
Dans ces conditions, les seigneurs provençaux eux-mêmes, sans
être aussi agressifs que leurs collègues anglais, qui font « manger
les hommes par les moutons » (comme dira Thomas More), trouvent plus d'un avantage à cette oblitération des vieux sites : le seigneur laïque, dont l'origine s'avère souvent urbaine et bourgeoise,
cesse d'être en effet, quand son village est mort, le gras parasite
d'une communauté paysanne ; il devient le *manager* ou *ménager*
efficace d'une grande bastide, tel que le peindra cent ans plus tard
Olivier de Serres. Quant au seigneur ecclésiastique, il peut désormais s'épargner, grâce à la disparition de la paroisse, les frais coûteux de l'entretien d'un curé ; ce seigneur (évêque ou chanoine…)
jouit donc de la dîme dans sa totalité ; et il a tout intérêt à décourager les manants qui émettraient la prétention de se regrouper en
communauté villageoise au vieux site du groupement défunt.
Ainsi peut naître pour une bonne part, au temps du roi René, le
paysage actuel de la Provence aixoise, avec son semis de bastides,
de mas isolés, de grosses bergeries à flanc de coteau, environnés
de pins et de cyprès ; ce paysage qui durera sans faiblir jusqu'au
XXe siècle, pour ne rétrocéder qu'à notre époque, devant les incendies d'été. En bas Languedoc, on retrouve du reste, avec quelques
variantes (telles que le rôle plus important des faits de guerre), les
mêmes phénomènes qu'en Provence : les désertions les plus

caractéristiques entre la Camargue et le Narbonnais se produisent sur front de mer et d'étangs palustres : les maladies des marécages (malaria, etc.) et la régression partielle du commerce du Levant (si florissant jadis, au XIIIe siècle) y contribuent fortement à déraciner les habitats. Au nord du Languedoc méditerranéen, sur frontière de garrigue et de montagne, la médiocrité du sol évacue les habitants vers les villes dépeuplées, désireuses de bras de remplacement. Comme en Provence, certaines grosses fermes, mas ou bergeries en profitent pour modifier le système agraire : Abel l'emporte sur Caïn.

Tentons un bilan : la France, *dans les limites actuelles de l'Hexagone*, comptait probablement 30 000 à 35 000 villages vers 1330. Il est certain qu'au pire moment des guerres anglaises (1420 ici, 1450 ailleurs), beaucoup parmi ces localités ont perdu momentanément la totalité de leurs hommes ; quitte, la Renaissance survenue, à retrouver ensuite des habitants. Quant au nombre des villages définitivement disparus, supérieur au millier, il est certainement inférieur à 10 % de l'effectif des paroisses (contre 23 % en Allemagne). On peut dire, sans grand risque de se tromper, que de mille à trois mille villages ont été pour toujours rayés de la carte, dans l'espace français, par suite de la crise bas-médiévale. La modicité même de ce chiffre dit le peu d'ampleur des transformations *irréversibles* qui affectèrent notre agriculture, à la suite de cette dépression, longue d'un gros siècle.

À l'échelle d'une ou deux générations, néanmoins, et si fascinant qu'il soit pour Clio, cet irréversible que nous apercevons maintenant avec clarté demeurait encore indéchiffrable pour les contemporains ; au regard de ceux-ci, le provisoire comptait autant que le définitif. Et ce provisoire, c'était l'abandon momentané non seulement d'une grande quantité de villages, mais aussi d'une vaste étendue de champs qui ne seront récupérés de manière progressive qu'après les malheurs, cette récupération s'étendant de 1445 à 1500, et même au-delà. L'anecdote évoquée par Thomas Basin, selon laquelle, à la veille du retour de la paix, bien des paysans français, cloîtrés dans les remparts d'une ville ou simplement d'une bourgade ou d'un village emmuraillé, n'osaient pas mettre le nez dehors, et laissaient leurs labours dépérir, faute de courage et surtout faute de bœufs ou de chevaux, est sans doute exagérée. Elle laisse tout de même pressentir l'existence d'amples friches, à la fois déplorables et tentantes. Celles-ci (qui, outre-Rhin, sont également signalées, par le témoignage des pollens) induisent, dans la France du Nord et du Sud, parisienne et toulousaine, pendant l'intervalle critique que constituent les années 1420-1440, la pénurie des grains et les crises de subsistances gigantesques. La paix retrouvée, ces friches dérouleront la dialectique bien connue du malheur et du bonheur. Les survivants et lignages survivants de l'immense naufrage, inauguré dès 1348 et consommé dans la troisième et la quatrième décennie du XVe siècle, se retrouveront en effet, au terme de cent ans d'infortune et d'une ultime génération de catastrophes... à la tête d'un formidable capital foncier, inutilisé pour une grosse partie, et en état notoire de sous-emploi. Je dis bien : d'un « capital » ; car la friche des années 1450 ne ressemble pas, tant s'en faut, à la forêt vierge du Xe siècle. Rarement regagnées par les grands arbres, généralement habillées de simples broussailles dont l'extirpation n'est pas trop coûteuse, les friches bas-médiévales et de récente origine portent encore en elles la trace féconde des investissements du passé, autrement dit des grands défrichements du beau Moyen Âge. Fraîchement délaissées, elles restent chargées de tous côtés par les lieux-dits d'une toponymie toujours vivante, qui porte en elle le poids non aboli de la mémoire collective. La friche appelle donc *ipso facto* la remise en valeur, comme le paratonnerre attire la foudre. Quelques propositions chiffrées permettront du reste, mieux qu'un long discours, de prendre la mesure du phénomène. Admettons que, conformément aux statistiques, sur ce point unanimes, la surface cultivée en céréales ait été vers 1780-1820, pour tout l'Hexagone, dans l'Ancien Régime économique, d'un demi-hectare par tête d'habitant de toute espèce. Jachère *non* comprise. Dans la France moins peuplée des années 1300-1330, où l'espace disponible était un peu plus vaste, et les rendements des « blés » un peu moins élevés qu'en 1780-1820, ce quotient spatial d'un demi-hectare était de toute façon un minimum, et il constitue donc un chiffre-plancher solide. Si l'on compte 20 millions d'habitants, chiffre approximatif, dans les limites de l'actuel Hexagone, vers 1330, il faut admettre que la surface effectivement ensemencée en céréales était d'une dizaine de millions

d'hectares (jachères non comprises, toujours) au premier tiers du
XIVe siècle. Les 10 millions de Français (chiffre maximum),
momentanément très mal nourris, et sujets à d'horribles crises de
subsistances, qui émergèrent, cent ans plus tard, de la décennie
1430, la plus dure et la plus basse du XVe siècle, devaient tabler,
eux, au bas mot, sur 5 millions d'hectares ensemencés (jachère
exclue). La différence entre ces deux évaluations, de 1330 à 1440,
atteint 5 millions d'hectares. Et nous n'incluons pas, dans cette
appréciation globale d'un déficit, le recul concomitant (au profit
des friches, également) de la jachère cultivée, dont on sait qu'elle
couvrait une surface comprise entre le tiers et la moitié du total des
emblavures effectives. Et aussi, moins important quant aux superficies mises en cause, le recul des vignes, vergers, jardins, si net
entre 1350 et 1440. Le chiffre de 5 millions d'hectares en friche
est donc de toute façon une estimation raisonnable [12]. Ce sont ces
5 millions d'hectares – si aisément défrichables, si aisément sai-
sissables à partir du réseau quasi intact des emplacements de villages [13] – qui vont servir d'abord de réserve disponible, puis de
volant de croissance, pour un processus vif d'essor-récupération-
renaissance : il occupera les agriculteurs durant la seconde moitié
du XVe siècle.

Reforestation ?

Dans cette « réserve » disponible, les friches et les broussailles
ne sont pas, bien sûr, les seuls éléments dont il faut tenir compte !
Les forêts, les bois, les « grands buissons » figurent eux aussi en
bonne place ; « là où souloient être les beaux manoirs, domaines
et héritages sont les grands buissons », dit, en Saintonge, un texte
de 1463. Et John Fortescue cite le dicton du bon peuple : « Les bois
sont venus en France par les Anglais. » L'impérialisme des arbres,
qui réoccupent à la fin du Moyen Âge une partie, certes minoritaire et difficile à chiffrer, du terrain qu'ils avaient perdu trois
siècles plus tôt, justifie, comme l'a montré Michel Devèze, le laisser-faire et l'incurie des rois, qui, si tatillons pourtant dans

d'autres domaines, se désintéressent totalement, pendant tout le
xve siècle, du problème forestier. Après les grandes ordonnances
de 1376, 1388 et 1402, on ne promulguera plus, en effet, jusqu'au
début du règne de François Ier (1515), aucune législation « sylvestre ». L'offre des bois étant surabondante, il n'a pas paru nécessaire, pendant plus d'un siècle, d'en réglementer la demande. Une
masse forestière puissante a eu ainsi tout loisir de se conserver, de
se reproduire et même de s'étoffer. Elle contribuera, la paix revenue, à enrayer la mortalité hivernale et pulmonaire en fournissant
gratis aux riverains de la sylve le bois mort ; et (à ne pas confondre
avec celui-ci) le « mort bois » (saule, épine, sureau, aulne, genêt,
genévrier, ronce, coudrier, troène, viorne…). Comme l'a montré
André Plaisse, dont je résume sur ce point les belles analyses,
cette forêt pléthorique du xve siècle donne aussi aux porcs le
panage des glands et des faînes ; et aux bovins l'abri d'une stabulation libre, ouverte en permanence… sauf au mois de mai (pendant lequel il est interdit de troubler la pousse des arbres et la naissance des faons). La forêt, c'est, en outre, pour la plupart des
ruraux, l'assurance d'un droit de chasse bien souvent libre dans les
faits, même après que les ordonnances de la fin du xive se furent
efforcées de le réserver aux seigneurs ; c'est également la possibilité pour les *bigres* ou spécialistes « du miel » de se livrer, « la
ruche au poing », à la poursuite des abeilles, réfugiées dans les
troncs d'arbres ; on peut cueillir encore, dans la forêt du xve siècle,
la poire, la nèfle, la courme, l'alise, la noix, la prunelle et la
pomme ; autrement dit, en ce qui concerne ce dernier fruit, on est
toujours certain, dès lors qu'on est forestier, de pouvoir fabriquer
pour en boire le détestable « cidre de bois » que détrônera du reste
au xvie siècle le cidre de ferme… Si l'on saute de la pomme à la
grappe, les surfaces boisées sont d'autre part fournisseuses inépuisables pour les vignerons de « perches, gaules, fourches, treilles,
échalas » ; et les simples paysans y prélèvent le houx, la ronce et
le coudrier qui leur servent à tisser les clôtures. Ils y puisent du
même coup le « fumier blanc » et le « fumier noir », autrement dit
la marne et la boue des mares. Bois de construction pour les
navires, troncs pour les enclumes des forgerons, manches pour les
pioches, essieux pour les charrettes, pièces détachées pour les
charrues et pour tous les corps de métiers lient par ailleurs la forêt

à l'artisanat : au point qu'en plein milieu des bois fonctionnent des ateliers de tournerie, charronnerie, hucherie, des entreprises de lambrisseurs, de fabricants d'écuelles et de gobelets. De leur côté, « cendriers » et charbonniers préparent sur place leurs produits sylvestres, qui pour les lessives, qui pour les forges et verreries locales où pullulent les gentilshommes travaillant de leurs mains. Potiers et tuiliers, sous les feuilles, dressent leurs fours et creusent la terre à foulon. L'écorce du chêne fournit les matières premières aux tanneurs ; celle du tilleul, aux cordiers. Les apothicaires viennent sous bois cueillir les simples ; les vanniers, le genêt ; les calfats, la mousse dont on rembourrera les bateaux. Toute une superstructure d'officiers de forêts, enfin, « verdiers, lieutenants, sergents, gardes, parquiers, garenniers, panageurs et regardeurs », fleurit sous les ombrages, et veille à ce que les travailleurs de la sylve respectent le compromis que constitue pour le seigneur et pour les villageois la coutume forestière de la paroisse. Versées par des milliers d'usagers, les amendes et surtout les redevances de toutes sortes, payées en bois, en produits agricoles, en argent ou parfois en services de corvée (elles sont importantes dans les deux premiers cas, négligeables dans les deux autres), dédommagent et même enrichissent le propriétaire en titre de la forêt qui, par ailleurs, tire profit de la vente des coupes effectuées par les bûcherons pour son compte. Ce propriétaire est toujours ou presque un personnage seigneurial ou royal : la forêt se trouve être ainsi l'un des éléments fondamentaux des seigneuries bas-médiévales, qu'elle aide puissamment à survivre pendant les périodes difficiles du XVe siècle. Le revenu tiré des arbres, dans telle grande baronnie normande, à l'extrême fin du XIVe siècle, se monte à 1 155 livres sur 2 615 de recettes totales (Plaisse). Pratiquement, si l'on exclut les recettes d'origine non agricole (droits de marché, péages, etc.), on peut dire que la moitié des revenus agricoles qui vont à cette baronnie provient de la forêt : dans le produit seigneurial brut (qui, compte tenu de la « réserve », constituait une portion importante du produit total de l'agriculture française au XVe siècle), les forêts tenaient donc un rôle éminent. Plus pénétrables, plus utilisées que leurs devancières du Xe siècle, elles constitueront un actif essentiel dans la reprise d'après 1450. À la fois comme productrices de biens et comme ressources pour les redéfrichements.

L'offre des produits agricoles

Population réduite. Désertions momentanées des villages et des terroirs (qui seront suivies, il est vrai, dans le plus ou moins long terme, de récupérations presque complètes). Sur quelle production agricole, sur quelle offre de biens alimentaires peut donc compter cette population qui reste rare encore, dans la période comprise entre 1450 et 1500 ? Et plus largement : sur quelle offre variable peut-elle tabler au XVe siècle, compte tenu que ces cent années furent affectées, dans le domaine de l'économie agricole aussi, par des fluctuations majeures ? Partons du Sud, ou du moins du Sud connu : en Provence, en Limagne, en Forez, nous disposons, comme documents *ad hoc*, des recettes en provenance des dîmes, celles-ci étant certainement valables comme indicatrices de *tendance* ; à défaut des chiffres *absolus*, que nous n'avons pas, sur le volume *global* des récoltes. Les dîmes suggèrent que le point le plus bas de la production agricole occitane s'est situé autour de 1400-1430. Confirmation de cette insuffisance de l'offre : les famines, vers 1420, en dépit d'un dépeuplement bien amorcé, sont pénibles en France méridionale.

Puis, c'est la remontée vive : le produit des dîmes en grain augmente de 87 % en Provence arlésienne entre 1420-1429 et 1470-1485, l'essentiel de cette hausse étant acquis dès 1430-1450 (Stouff). En Limagne et Forez (Charbonnier, Fournial), la hausse est plus forte encore ; et le produit décimal en « blés » passe, en volume, de l'indice 100 (en 1400-1420) à l'indice 250 (en 1480-1490). Évidente récupération. En ces débuts de l'âge moderne, se retrouve un haut plafond ancien, médiéval et mal connu, de la production brute, qui était, lui, antérieur à la Peste noire. Une telle élasticité des productions qui remontent, après 1450, vers les sommets occupés jadis, a, sur le moment, quelque chose d'unilatéral et de bénéfique. Les populations occitanes, elles, sont loin de progresser ou de récupérer au même rythme entre 1420 et 1470, voire 1490 (Noël Coulet). Elles stagnent même. Les bas niveaux démographiques semblent être restés longtemps la règle, le décollage méridional du nombre des hommes ne se faisant sentir, assez len-

tement du reste, qu'au cours du dernier tiers du XVe siècle. Dans
ces conditions, le doublement ou même le plus que doublement de
l'offre céréalière globale (quelque insatisfaisante qu'en puisse être
pour nous la mensuration par les dîmes) correspond, c'est indubitable, à une vive remise en valeur des terres un moment perdues ;
il correspond surtout, comme le soulignera Claude de Seyssel, à
une augmentation *per capita* des quantités produites ; et (ce qui,
du moins en l'occurrence, revient au même) des quantités
consommées. D'où l'atténuation qui s'explique ainsi parfaitement
des disettes et famines, en France du Sud, entre 1435 et 1504 (et
le retour de celles-ci, tout aussi compréhensible, après 1505,
quand les « classes pleines » d'une humanité méridionale de nouveau débordante viendront battre, derechef, à l'encontre des plafonds malthusiens de la production). Quant à cette aisance frumentaire du Sud, avant 1504, les autorités locales (par exemple les
États de Languedoc) en sont pleinement conscientes : elles encou-
ragent de toutes les façons, pendant l'intervalle 1460-1504,
l'exportation et la libre circulation des céréales. Les mercuriales
du grain simultanément sont calmes (Georges Frêche). Les difficultés frumentaires existent certes (Provence, 1473-1474) : elles
n'ont pas un caractère aussi fréquemment tragique que celui
qu'elles revêtaient au XIVe siècle.

Malgré quelques différences chronologiques, le schéma d'ensemble de l'offre céréalière dans la région parisienne n'est pas
très différent de celui qui vient d'être dégagé pour le Midi : là
aussi s'affirme un plancher bas-médiéval tout à fait déprimé ; il est
spécialement net vers 1440 (soit vingt ans plus tard qu'en Provence et Limagne, pour des raisons qui tiennent, peut-être, dans le
Nord, au décalage temporel des calamités, vers l'aval). Puis ce
plancher fait place à la remontée-récupération septentrionale, classique également : il y a autour de Paris quasi-doublement du produit céréalier connu (d'après divers indices) entre 1450 et 1500 ;
cette progression étant d'autant plus aisée qu'on part de très bas.
Du coup, la détente est spectaculaire sur le front des subsistances.
Les grosses disettes et famines, si atroces jusqu'en 1440, disparaissent totalement des mercuriales et des réalités, parisiennes et
normandes, après 1440 et jusque vers 1504. Cet évanouissement

des pénuries, étalé sur deux tiers de siècle (et dont on ne trouvera plus l'équivalent de 1505 à 1740) est le signe d'une submersion du marché, sous le coup d'une offre généreuse ; celle-ci devenant capable de nourrir correctement les villes et villages, pas encore trop peuplés.

L'abondance et le bon marché du blé permettaient en tout cas aux exploitants comme aux consommateurs d'orienter respectivement l'offre et la demande vers d'autres spéculations que le grain ; et notamment vers le bétail. Du moins dans le Midi : l'élevage du mouton fleurissait aux montagnes de Languedoc et Provence, où les bergeries atteignaient vers 1470-1480 et jusqu'en 1515 leur maximum de peuplement ovin ; maximum séculaire, voire multiséculaire... Le paysan de Provence qui abandonnait ainsi, faute de main-d'œuvre et de débouchés, la culture marginale du blé des montagnes, pour se lancer dans l'élevage ovin, et pour faire circuler la transhumance, se livrait somme toute, par-delà le pittoresque des troupeaux, à un calcul économique assez lucide, encore qu'à peine formulé. Mis en présence de variables pour lui exogènes, au comportement desquelles il ne pouvait rien changer, notre paysan, comme l'a montré Marczewski à propos d'un autre exemple, s'adaptait ; avec succès et aux moindres frais. Les « variables exogènes » qui s'offraient de la sorte tenaient pour l'essentiel à la dépopulation rurale et à la distorsion des prix du grain, ceux-ci étant pendant l'extrême fin du Moyen Âge bien plus déprimés par rapport au prix du bétail qu'ils ne le seront pendant l'époque moderne (fin du XVIᵉ, XVIIᵉ, XVIIIᵉ siècles). Face à ces deux ordres de fait (« dépression de la main-d'œuvre et pression descendante sur les prix céréaliers »), le paysan d'oc, qu'il soit sis à l'est ou à l'ouest du Rhône, cherchait logiquement à minimiser ses pertes, en substituant les bestiaux à la culture des grains. Bien entendu, il ne voulait ni ne pouvait pratiquer cet élevage neuf *intensivement*, à coup de trèfle, de luzerne et de stabulation. Une telle solution, valable dès cette époque pour les Pays-Bas, ne l'était guère pour la haute Provence. C'est du côté de l'élevage extensif, sur serpolet et garrigue à moutons, que se trouvait entre 1450 et 1500 la solution dans les pays du Midi. Par cet usage de l'« extensivité », on diminuait sans coup férir, dans un pays dépeuplé qui se prêtait de lui-même à cette manœuvre, le coût marginal de la production. Une telle entreprise était d'autant plus justifiée que le marché des grains, par défaut de démographie adéquate, était devenu assez inélastique ; tandis que d'intéressantes possibilités s'ouvraient pour la viande (grâce à la hausse de la consommation individuelle), pour la laine (en raison des draperies languedociennes et des marchés extérieurs) et pour le fumier (employé sur place). Certes, dans de telles conditions (et en dépit du fumier !), la productivité de la terre à l'hectare devait nécessairement diminuer, du moins sur les ci-devant labours reconvertis en pacages. Mais, dans l'ambiance d'une démographie raréfiée, la productivité par tête (la seule qui compte… pour l'individu) et, simultanément, la productivité marginale du travail étaient, elles, en augmentation. Comme le suggère du reste le taux, fort élevé, des salaires réels à cette époque.

Bœuf ou mouton ici, poisson ailleurs… En Sologne, en Gâtine poitevine et dans l'actuelle Seine-et-Oise, le relâchement de la pression démographique entre 1350 et 1500 permet d'opérer un autre type de substitution : on inonde en effet, par construction de barrages et retenues d'eau, des terres précédemment utilisées pour la production des grains. De 1375 à 1500, une monographie régionale note 29 installations d'étangs neufs en Sologne, dont 17 entre 1450 et 1500, pendant le premier moment de la Renaissance économique (Isabelle Guérin), celui qui coïncide avec une population pas trop forte. En 1460-1465, par exemple, un chancelier de France fait construire près de Lassay un grand étang, avec barrage de 40 mètres, taraudé par les rats d'eau. Ce barrage comporte trois bondes, un *nurelin*, et retient une surface aqueuse de 54 hectares : un vrai petit lac ! Peuplées de milliers de poissons, les eaux y sont profondes de 6 mètres. Outre les joncs ou *gluies* qu'ils donnent pour la couverture des maisons, ces étangs de Sologne et d'ailleurs fournissent toutes les trois ou quatre années des pêches vraiment miraculeuses : on les vide en effet de temps à autre, toutes bondes ouvertes, au rythme long de cet assolement pluriannuel, sur l'herbe préalablement fauchée du pré voisin. On récupère ainsi d'un coup tout le flot de « friture » et de « carpeau », qu'achètent aux enchères les marchands poissonniers des bourgades ou villes voisines. La scission des prix à cette époque rentabilisait les plans d'eau, dans la mesure où les cours du poisson comme ceux de la viande étaient probablement haut situés par rapport à ceux du grain. Les étangs, dans ces conditions, pouvaient rapporter jusqu'à la moitié du revenu d'un grand domaine (52 % des récoltes dans la châtellenie de Romorantin, en 1462). De temps à autre, on faisait pâturer par les bestiaux, ou bien on semait d'avoine, avec gros rendements, les fonds provisoirement exondés de l'étang. À la herse on travaillait la vase molle. Le rapport de ces diverses spéculations, aquatiques ou non, était suffisamment élevé pour dissuader les seigneurs de livrer leur pêcherie à un fermier et pour les engager au contraire à exploiter l'étang directement dans leur réserve.

Aussi bien l'eau douce constituait-elle, dans une telle ambiance, l'une des formes intéressantes de l'investissement du capital, à une époque où celles-ci n'abondaient guère. Il est frappant de constater qu'en Sologne, sur 33 transactions[14] concernant les étangs de 1375 à 1500, 2 seulement mettent en cause des laboureurs (dont un « laboureur-meunier »). Presque toutes les autres intéressent des marchands, des nobles, des prêtres, qui, les uns et les autres, sont généralement des citadins, souvent très huppés. La contre-épreuve sera du reste facile à réaliser. Au XVIe siècle, quand le prix relatif des hydrocarbones (blé) rattrapera celui des protides (viande et poisson), beaucoup d'étangs, par exemple dans l'actuelle Seine-et-Oise, seront asséchés, afin qu'on puisse y produire du grain, sans la moindre mise en œuvre, désormais, de la jachère aquatique (Omer Tulippe). Aujourd'hui, les promoteurs immobiliers, guidés par la règle d'or du profit, remplaceront dans les villes surpeuplées telle piscine, legs d'une époque plus aimable, par un immeuble de dix étages « grand standing ». Le résultat est différent, mais le calcul de base est assez semblable à celui qu'effectuent les propriétaires du XVIe siècle quand ils couchent en blé un ancien plan d'eau ; celui-ci étant lui-même le legs d'un siècle antérieur où des hommes moins nombreux, enrichis par le malheur des temps, mettaient à profit l'élasticité momentanée de l'offre et de la demande de poisson, et mangeaient davantage de brochets. De ces merveilleux brochets de jadis dont le corps, à l'inverse de nos poissons d'aujourd'hui pollués par les déchets industriels, ne contenait ni cadmium, ni mercure, ni prion.

Au total, il faut bien admettre qu'on a, dans toute la période 1450-1500, une croissance du produit agricole animal et végétal disponible par tête de paysan, ou tout simplement par tête d'habitant.

Occitanie et Bassin parisien proposent ainsi les linéaments d'un modèle français (qu'il conviendra d'étoffer, au moyen d'enquêtes ultérieures). On part d'une situation frumentaire assez désespérée au début ou au milieu du xvᵉ siècle pour aboutir vers 1480 à une position d'offre abondante, voire pléthorique.

Plus au nord, cependant, un « modèle belge » se dessine. Il empiète, la chose va de soi, sur les territoires actuels de la France ultra-septentrionale. Ce modèle, qui intéresse jusqu'à un certain point l'espace envisagé dans le présent ouvrage, se caractérise avantageusement, quand on le compare à son homologue français, par une « tenue de route », meilleure encore, de la production céréalière au xvᵉ siècle. Autour d'Anvers, par exemple, pôle de croissance situé très à l'écart des « guerres de Cent Ans » et relativement épargné par la grande dépression bas-médiévale, le produit des emblavures, en volume, de 1430 à 1475, est égal en moyenne, et sans défaillances majeures, aux 85 % de ce qu'il sera pendant la période la plus florissante du « beau xviᵉ siècle » (1500-1570)[15].

En Cambrésis, « destiné » plus tard à l'annexion, et qu'ont étudié de main de maître Michel Morineau et Hugues Neveux, les dîmes reflètent avec fidélité, en miniature, le produit des champs. Elles prouvent que dans cette région, du point de vue de l'offre, la fin du Moyen Âge est plus réussie encore qu'elle ne l'est dans les campagnes d'Anvers. Le xvᵉ siècle cambrésien, au point le plus bas des courbes décimales (1460), est certes en légère baisse (15 % en moins) par rapport au point le plus élevé (1380) du segment terminal, le seul connu de nous, du xivᵉ siècle[16]. Mais le xvᵉ siècle susdit, en revanche, ne diffère que de façon infime (3 % en plus ou en moins selon les années) des bons niveaux atteints plus tard au xviᵉ siècle. Pratiquement, les plafonds du produit décimal du xvᵉ siècle en Cambrésis (eux-mêmes pourtant légèrement déprimés par rapport au xivᵉ siècle finissant) ne seront enfin dépassés, et encore d'assez peu, que bien plus tard, entre 1745 et 1790.

La « crise » bas-médiévale dans les pays limoneux de l'extrême nord de la France restait relativement visible au niveau du peu-

plement (voir *supra*). On constate en revanche qu'elle est complètement absente si l'on se réfère à l'offre de la production agricole. En pleine période de relative rareté démographique, l'heureux Cambrésis connaît l'abondance frumentaire et le temps des
grosses galettes. Les prix bien sûr, qui croulent sous cette offre, ne
sont pas rémunérateurs, surtout quand on les calcule en grammes
d'argent (Génicot) ; mais le produit-grain par tête est fort élevé. Et
pas seulement par tête d'habitant. Par tête de cheval aussi. Battant
tous les records multiséculaires – XVIIIe siècle compris, cette fois –,
les niveaux très élevés de la production d'avoine au XVe siècle en
Cambrésis confirment qu'en l'absence de pression démographique paralysante, les laboureurs ont pu opérer les substitutions
nécessaires et donner au cheptel hippique tout le grain qui lui était
utile ; ils confèrent ainsi au moteur animal, pour presque un siècle,
son maximum d'efficacité.

De tels développements s'avèrent du reste inséparables de la
« révolution agricole » qui s'esquisse pour l'essentiel, pendant les
XIVe-XVe siècles, au nord de la frontière française contemporaine, en
Flandre et aux Pays-Bas ; avec tout de même, et malgré ces limitations géographiques, quelques « excroissances » heureuses qui
concernent aussi nos sols septentrionaux, situés à l'intérieur des
limites actuelles de la France. Il convient, brièvement, d'évoquer
cette révolution. Elle concerne en effet marginalement l'espace
envisagé par ce livre. Et surtout elle dessine l'avenir, encore lointain, qui attend les descendants de nos paysans. Car elle débor-
dera, tard, des frontières flamandes : vers l'Angleterre à partir du
XVIIe siècle ; vers la France à partir du XVIIIe, et surtout du XIXe siècle.
Sens inverse des aiguilles d'une montre…

Les processus flamingants d'innovation ne se ramènent point
(différence importante avec les transformations célèbres de la
technologie haut-médiévale) à une épopée des bricoleurs. Charrue, moulin, collier d'attelage… ce qui fut fait n'est plus à faire.
Les seules innovations d'importance dans le monde flamand de la
fin du Moyen Âge, de ce point de vue « mécanique », sont l'adoption, certes capitale, de la faux pour couper les épis au lieu de la
faucille ; et, mineure, l'invention d'une charrue légère à un man-
cheron, bien adaptée aux besoins des petits exploitants du Brabant ou des Pays-Bas. Peu de chose au total – le génie flamand,

aux xive-xve siècles, se déploie dans une direction tout autre. À la chinoise (mais en toute ignorance, bien sûr, quant à cette analogie), le voilà qui met en route une véritable « révolution verte ». Celle-ci étant fille en l'occurrence d'un peuple de laboureurs, de jardiniers, voire de généticiens empiristes… Faisant fi des savants traités d'agronomie dont ils ignorent jusqu'au premier mot, ces hommes développent, par une méthode tout expérimentale, l'usage et le rendement de diverses plantes déjà connues ; et surtout (dans un domaine où, en revanche, ils tendent à s'écarter du précédent chinois du xie siècle[17]), ils se lancent tête baissée dans la production de fourrages artificiels et aussi dans la culture d'herbe *(ley-farming)* pour les bestiaux.

L'ensemble de cette entreprise implique d'abord, drastique, une coupe sombre dans les jachères de Flandre. Devenant peu à peu quadriennales, quinquennales, sexennales, finalement nulles, celles-ci se rétrécissent fortement dès le xive et surtout avec le xve siècle. Dans bien des cas, elles auront totalement disparu à la fin du xvie. En leurs lieu et place, évinçant la maigre et momentanée pâture pour les ovins (on comptait seulement un ou un demi-mouton par hectare de jachère et par an), viennent s'installer, plus productives, des légumineuses (pois, vesces et, à partir du xvie siècle surtout, trèfle) : celles-ci donnent des aliments pour les hommes ou pour le bétail et, sous forme assimilable, de l'azote aux racines des plantes. La jachère cède, par ailleurs, du terrain au genêt cultivé (ajoncs), au sarrasin, aux plantes sarclées (raves) ; double utilité, celles-ci engraissent les bêtes et nettoient la terre (par suite du sarclage).

N'oublions pas que ces transformations interviennent dans une Flandre qui, malgré son peuplement plus étoffé qu'ailleurs, se trouve, elle aussi, en phase de pression démographique assez faible, au moins jusque vers 1490. Donc – un peu comme dans l'Angleterre du premier xviiie siècle – la Flandre bas-médiévale pourra diversifier la demande : en fonction d'un revenu par tête haut et croissant ; et sans qu'un flot incessant d'enfants supplémentaires vienne troubler la fête en réclamant à cor et à cri pour l'avenir : « Du blé, toujours plus de blé ! » En Flandre, plus encore qu'ailleurs pendant ce *Quattrocento* carnivore, on peut se permettre d'augmenter la consommation de viande, laine, fumier, cuir, suif ; et, pour cela, de développer l'élevage. D'où la seconde directive proposée dans les Pays-Bas par la révolution agricole de la Renaissance (une directive qui brise, elle aussi, le cercle vicieux du « totalitarisme » des grains) : donner l'essor à la prairie temporaire. Le fermier choisit, à cet effet, un champ qui sort de quelques années vouées à l'assolement des céréales et autres cultures ; ce champ, son exploitant le « couche en herbe » (aux XVIe et XVIIe siècles, il ira jusqu'à le « coucher en trèfle » !). Pendant quelques campagnes (trois à six ans), les vaches broutent cette prairie neuve. Puis, au terme de ce délai, on « casse » l'herbage, ainsi fumé et fertilisé d'abondance, afin de le remettre en labours. Et ainsi de suite. Le même souci d'élevage peut du reste mener non plus à cette relative « extensification », mais, au contraire, à une intensification de la mise en valeur : c'est alors le système de la culture dérobée, où des raves, inconfortablement pincées dans l'assolement normal, sont semées et récoltées à toute vitesse, immédiatement après telle récolte de seigle ou de lin, et avant les labours qui prépareront la sole des mars.

En plus des raves et fourrages divers, la diversification de la demande met aussi au premier plan les végétaux industriels, ou simplement non céréaliers : lin, chanvre, garance, colza, moutarde ; houblon, enfin, pour améliorer la bière. En Hollande et en Flandre, la montée du houblon, depuis qu'il se manifeste pour la première fois au XIVe siècle, suit de près l'essor des productions d'orge à brasserie (tandis qu'au contraire, dans le midi de la France désormais voué au froment et au seigle, la production d'orge à *pain*, elle, s'effondre à la même époque, à cause de la hausse du niveau de vie). En Flandre, cependant, tous ces processus sont inséparables d'un net mouvement, qui commence, de spécialisation des régions. En effet, l'apport des grains de la Baltique se fait sentir en mer du Nord dès le XVe siècle ; sapant la tyrannie locale de la culture des grains, il permet à telle zone de se tourner davantage vers l'élevage laitier, à telle autre de se spécialiser plutôt vers la bière (dont les *drêches*, incidemment, sont utilisées comme tourteau d'élevage).

Tous ces progrès, en Hollande et dans la Flandre actuellement belge ou française, semblent se dérouler presque en vase clos ; avec quand même quelques « percées » vers le monde extérieur, et notamment vers le Cotentin et la Bretagne ! C'est ainsi que l'adoption du sarrasin, signalé pour la première fois vers 1460 autour de la baie du Mont-Saint-Michel, est fort probablement un don non pas des Sibériens (?), comme on l'a cru quelquefois, mais bel et bien des Flamands, qui l'apportèrent normalement, par voie de mer, aux Normands et aux Bretons (le sarrasin était, en effet, connu en Belgique depuis le haut Moyen Âge, comme l'ont montré les études de pollens ; il y était assez largement cultivé vers 1420). L'agriculture bretonne, avec ses hauts rendements et son insistance sur les engrais, le chanvre, le jardinage et les vaches, offre du reste, dès le début de l'époque moderne, des ressemblances frappantes avec celle de Flandre ; ressemblances qui ont pu faciliter les implants. La Bretagne, c'est un peu la Flandre, moins la plaine et la réussite. Mais, en dépit de ces cas d'exportation culturelle très localisés, les méthodes flamandes dans l'ensemble ne feront tache d'huile, en Angleterre, puis en France, qu'au xviie, et surtout (chez nous) aux xviiie et xixe siècles.

D'un point de vue plus général, la Flandre, et aussi la Wallonie et l'Artois, justifient, tout comme par ailleurs l'Italie du Nord, l'insistance de leurs historiens, tels Heers et Fossier, sur les aspects créateurs de la « grande dépression » des xive-xve siècles (remodelage des structures agraires, diversification des activités paysannes…). Mais ces remarques de Heers et Fossier, si judicieuses qu'elles soient, valent seulement *cum grano salis* : à moins, en effet (ce qui n'entre dans l'esprit de personne !), de faire l'apologie du génocide, à moins, d'autre part, de généraliser à tout l'Occident ce qui vaut seulement pour certaines régions privilégiées, on ne saurait effacer au profit d'une quelconque positivité, quant à la France entière, les caractères, qui en première analyse sont catastrophiques, de l'évolution rurale du bas Moyen Âge. Ces caractères sont loin d'épuiser le problème. Ils en commandent pourtant l'approche initiale.

Les parcellaires

Jusqu'à présent, notre analyse s'est bornée par grandes masses à confronter produit global et peuplement campagnard. Il en ressort, vers 1480, quand se font sentir les résultats d'une longue paix, une impression de relative abondance. Sur des terroirs encore disponibles, les hommes, pas très nombreux, jouissent, à bas prix, d'une production (par tête) importante et diversifiée. Mais cette production, comme on sait, n'est pas répartie en bloc, ni n'importe comment. La distribution (même au niveau le plus rustique, intéressant l'autoconsommation) est réglée, chez les hommes de la terre, par deux grilles. L'une est horizontale et foncière : c'est le réseau des possessions, tenures perpétuelles, lopins ou vraies propriétés qui découpent la surface du sol. L'autre grille, elle, est verticale et hiérarchique : elle met en cause le partage des fruits par grands types de revenu : ponctions seigneuriale, décimale ou fiscale ; rente foncière ou fermage ; revenu d'entreprise ; salaire ou ce qui en tient lieu. (Il va de soi que bien des fusions peuvent s'opérer le long de cette grille : fusion de la rente et du revenu d'entreprise chez tel gentilhomme campagnard ; fusion du salaire et du revenu d'entreprise dans l'exploitation familiale paysanne, quand elle est petite ou même moyenne.)

Deux mots s'imposent d'abord, préjudiciels, en ce qui concerne le carroyage horizontal des sols appropriés. Celui-ci s'exprime, en effet, au premier chef, dans les linéaments d'une structure agraire : les limites de parcelles et de tenures étant données, dans l'Ouest et dans le Centre, par des haies bocagères en aubépine et « têtards » ; dans le Nord et le Nord-Est, par l'abstraction géométrique des *openfields* à « lames de parquet ». Ailleurs encore, dans le Sud, par les champs courts et trapus de l'Aquitaine ; et par les « touches de piano » qui subdivisent, notamment dans le bas Rhône et près de Béziers, les ci-devant centuriations léguées par Rome.

L'histoire de ce paysage rural, au xve siècle, est superbement esquissée par quelques peintres. Dans les Alpes du Nord, Konrad Witz, en pleine dépopulation du diocèse de Genève, pendant le second quart du xve siècle, dépeint (dans sa *Pêche miraculeuse*) l'un des plus spectaculaires ensembles d'*enclosures* qu'on ait jamais représenté. Pincée entre le lac de Genève et les montagnes dominées par le mont Blanc, qui ferment l'horizon, une marqueterie de haies offre à l'œil, dans le tableau de Witz, un parcellaire de champs et de prés irréguliers. Prairies à moutons, à bovins, à chevaux et arbres fruitiers. Champs ceints de bocages eux aussi, et subdivisés eux-mêmes en bandes de labours « à lames de parquet ». Des fermettes isolées dépendent probablement de bourgeois ou d'habitants de Genève – elles s'individualisent à l'intersection des haies. Plus haut, sur les fortes pentes qui préparent la vraie montagne, des haies allongées se marquent du côté droit du tableau. Vers la gauche, un autre bocage fourmillant et anarchique enferme des microdéfrichements séculaires. La montagnette qu'il recouvre sera de nos jours boisée. Tout à fait à l'avant-scène, enfin, les pêcheurs relèvent leur filet, sous l'œil du Christ ; ils symbolisent à merveille l'« alliance » alimentaire du poisson d'eau douce avec la viande de boucherie venue du bocage ; cette alliance est rendue possible, au moins pour les consommateurs aisés de Genève, par les conditions si particulières du xve siècle. À voir ce tableau révélateur d'*enclosures* triomphales, il semble que le bocage nord-alpin, dont subsistent aujourd'hui encore quelques reliques effrangées, se soit montré bien plus conquérant à la fin du Moyen Âge qu'il ne le deviendra dans des périodes plus récentes. Cela tient bien sûr à l'importance momentanée qu'avait prise l'élevage : celui-ci exigeant une mise en défens considérable, vers l'extérieur ; et contre les bestiaux vers l'intérieur des parcelles.

Plus au nord, le bocage morvandiau-nivernais, à larges mailles, que signalera John Locke en 1675, et qui restera toujours en place à notre époque, attire lui aussi au temps de Louis XI l'œil d'un grand peintre : le Maître de Moulins, vers 1480, dans une *Nativité au cardinal Rolin*, montre, au-delà d'une bergerie de torchis (au-delà aussi d'une lande seigneuriale ou communale à moutons, non enclose), un paysage plus lointain, très semblable à celui qu'on peut observer aujourd'hui encore en Morvan. Autour d'un village que domine un clocher monumental, d'indiscutables haies, sur cet arrière-plan, ceignent de toutes parts les très vastes parcelles de terre : la plupart d'entre elles sont sûrement des champs (ceux-ci mis en défens contre le bétail extérieur) ; certaines sont peut-être des pâtures (où les bêtes, au contraire, sont enfermées à l'intérieur).

Dans les grands bocages de l'Ouest enfin (Normandie, Bretagne…), à défaut d'iconographie, les textes parlent. Pas tellement ceux du XVe siècle, qui se bornent à signaler comme un fait acquis, vers 1440, l'existence normande de fossés typiquement bocagers, bordés de clôtures en arbres vifs. Mais qu'on lise, par exemple, pour la période 1550-1570, les deux volumes (publiés) du journal de Gouberville, relatif au Cotentin : ce ne sont que haies, fort anciennes, et qu'il faut sans cesse non pas planter (il y a belle lurette que c'est fait), mais entretenir, calfater de branches vives ; bref, « étouper ». Ce bocage-là, en 1550, est d'âge séculaire, n'en doutons pas. Qu'il soit renforcé régulièrement par l'initiative d'un propriétaire de métairie, comme l'a montré Louis Merle à propos de la Gâtine, c'est bien certain. Mais sa continuité avec les haies médiévales (*cil del bocage et cil del plaine*, XIe siècle), et même haut-médiévales (bocage breton du cartulaire de Redon, IXe siècle), demeure indéniable.

Au XVe, la France des haies, armoricaine, hercynienne, alpine, est donc bien en place. Et l'accent conjoncturel mis un peu partout sur l'élevage tend même à y renforcer, çà et là, les structures préexistantes et bocagères. En place est aussi la région des *openfields*, recouvrant le Bassin de Paris, depuis le pays chartrain jusqu'à nos frontières actuelles du Nord-Est. Certes, la platitude même des champs ouverts les fit longtemps dédaigner par la grande peinture : le premier *openfield* peint, à ma connaissance, est dû à Louis Le Nain, vers 1630 (région de l'Est : *Paysage avec paysans*, National Gallery of Art, Washington). Cette œuvre, dont les données correspondent bien aux textes tirés des archives agraires, n'indique pas de haies bien sûr ; mais pas non plus de répartition autoritaire des labours en trois grandes soles villageoises ; un berger, à gauche du tableau, garde des moutons, sur des pièces en jachère. Dans la région parisienne, d'autre part (canton de Pontoise), le cadastre de Cergy, précocement dessiné, vers 1528, témoigne sur les structures agraires de la fin du XVe siècle : ce cadastre signale les « lames de parquet » des champs ouverts, qui butent quelquefois, par exception rare, sur la haie isolée d'un clos trapu (Guy Fourquin, *Les Campagnes de la région parisienne…*).

France des bocages et France des *openfields* s'opposent donc dès la toute première Renaissance, le long de frontières qui ont pu varier quelque peu, notamment dans les Alpes, mais qui, pour l'ensemble, ne sont pas très différentes de ce qu'elles deviendront à l'âge classique (les progrès des *enclosures*, indéniables dans certains pays français du XVe siècle, y sont tout de même beaucoup moins marqués qu'à la même époque dans l'Angleterre des *lost villages*). En fin de compte, ce qui donne aux possessions foncières, vers 1450-1500, leurs aspects originaux, ce n'est pas tant la clôture ou la non-clôture des parcelles, qui reste résolument coutumière ; mais bien la superficie desdites possessions, en contraste assez net, elle, avec d'autres époques.

C'est en Languedoc, dans le cadre d'une recherche antérieure, que ce phénomène a d'abord été détecté : les compoix languedociens (cadastres) et les documents fiscaux qui en dérivent nous ont en effet permis de ranger les propriétés[18] (*alleux*, ou bien tenures perpétuelles) le long d'histogrammes, et de comparer ceux-ci d'une période à l'autre. Ces comparaisons font apparaître des modifications séculaires dans la distribution du sol. Celle-ci, en effet, n'est pas la même, au creux, très accusé, de la dépression démographique du XVe siècle ; et au « plein » du premier XIVe siècle… ou de l'époque moderne (1550-1790). Au XVe siècle dépeuplé, les propriétaires moyens, possesseurs d'une dizaine d'hectares, et largement capables de se nourrir, eux et leur famille, et même de produire un petit surplus, jouent un rôle très important : ils arrivent à représenter, dans les villages connus, la moitié des encadastrés. Ainsi se révèle, pendant la première Renaissance, la force momentanée d'une *yeomanry* languedocienne, solidement campée sur ses possessions remembrées ; faisant de malheur bonheur, elle tire son bien-être, et son aisance, du génocide perpétré contre ses devanciers par les bacilles, la crise, les brigands et les Anglais. Cette paysannerie renaissante bien pourvue de labours offre un vif contraste avec celle des années 1300 qui poussait le « lopinisme » jusqu'à l'absurde et surpeuplait les terroirs en miettes. Elle contraste aussi avec les masses humaines qui s'entasseront de nouveau sur ces mêmes terres à l'époque classique. Les bonnes grosses tenures d'une dizaine d'hectares des *yeomen* ou *ménagers* du xvᵉ siècle auront partiellement disparu après 1550, une fraction d'entre elles s'étant volatilisée par suite d'un morcellement successoral qui fait flèche de tout bois, une autre fraction étant happée par les grands domaines des nobles et bourgeois urbains, rassembleurs de terres.

Ainsi, la seconde moitié du xvᵉ siècle languedocien a pu connaître le triomphe momentané d'une propriété moyenne... et paysanne. Évolution favorable : elle permet de répartir, sans trop d'injustices, à un peuplement rare les fruits d'un produit brut important.

En Normandie, dans un contexte souvent différent, le mouvement long de la propriété n'est pas si dissemblable de son homologue du bas Languedoc. Pour un gros échantillon de six villages, qui dépendent de la baronnie du Neubourg (A. Plaisse) on possède trois coupes chronologiques de la distribution des terres paysannes : la première, en 1397-1398 ; la seconde, en 1496-1497 ; la troisième, réalisée beaucoup plus tard, en 1775.

Au point de départ, en 1397, la Normandie est encore « debout » (Guy Bois). La population rurale, quelquefois ébréchée par diverses catastrophes guerrières ou pesteuses, conserve pourtant le gros de ses forces. Cette relative plénitude démographique se traduit par un morcellement de la terre assez poussé. En 1397-1398, on comptait dans les six villages normands mis en cause 465 « mouvances » (groupes de parcelles appartenant à un tenancier), dont la grosse majorité (soit 349) couvrait moins de 3 hectares (soit moins de 4 acres, en mesure de l'époque). Or, en 1496-1497, malgré un demi-siècle de paix, la population se relève à peine, quant aux effectifs, de la violente amputation qu'elle a subie entre 1415 et 1445 : le nombre total des mouvances est donc tombé de 465 (chiffre de 1397) à 409. Les cartes ont été redistribuées, en faveur des paysans gros et moyens. Sur l'« histogramme » des propriétés et possessions, toutes les catégories de mouvances dont la superficie individuelle est inférieure à 4 acres (de 0 à 1 acre, de 1 à 2, de 2 à 3, de 3 à 4 acres) ont décru en effectifs et donc en surface appropriée totale : on ne trouve plus de ce fait chez ces « moins de 4 acres » que 275 mouvances (au lieu de 349) ; elles occupent 248,74 hectares au total, au lieu de 321,84 hectares pour les 349 « petits » de l'année 1397. Inversement, les « plus de 4 acres » (plus de 3 hectares), qui n'étaient que 116 en 1397-1398, sont 134 en 1496-1497 ; leur « part du gâteau » passant de 955,90 hectares en 1397, à 1 004,88 hectares en 1497. On remarquera que les dimensions mêmes du « gâteau » ont très peu varié d'une fin de siècle à l'autre : les six terroirs étudiés couvraient au total 1 277,74 hectares qui faisaient l'objet de possessions parcellaires en 1397 ; et 1 253,62 hectares en 1497. Soit une perte négligeable (cicatrice due à l'action des guerres anglaises un demi-siècle plus tôt) de 24 hectares environ. Ce qui a changé, ce n'est pas la superficie totale du gâteau, c'est la façon de découper ou d'émietter les « tranches de tarte ». La régression démographique a donné un coup d'arrêt séculaire au processus de morcellement ; elle a changé celui-ci, quoique avec modération, en son contraire ; elle a encouragé au Neubourg la formation de « tenures-blocs », essentiellement au niveau et au profit des propriétés moyennes (entre 4 acres et 20 acres, autrement dit entre 3 hectares et 15 hectares) : ce sont les seules qui s'étoffent vraiment, au bout du compte, pendant ce xve siècle.

Inversement, l'expansion démographique de l'âge moderne portera un coup fatal à ce remembrement momentané du bas Moyen Âge. En 1775, tandis que les grands domaines continueront à occuper de respectables surfaces, les petits et moyens lopins, de par leur multiplication même, se seront effilochés en *minifundia* : 62 % des tenures neubourgeoises auront moins d'un acre ; contre 31,2 % seulement en 1497, au temps d'une paysannerie moins fourmillante (Plaisse).

Bien entendu, le processus de concentration qui est en cours au xve siècle va parfois beaucoup plus loin que cette simple cristallisation en tenures moyennes… Quelquefois, par suite du dépeuplement ou de la pression d'un seigneur rapace, c'est tout un terroir, ou d'importantes fractions d'un terroir, qui tombe entre les mains d'un rassembleur de terres important, effaceur des anciennes tenures : en Gâtine poitevine, de grosses métairies bocagères vers 1460-1480 récupèrent les « gaigneries » des petits exploitants (Louis Merle). En Provence, un semis de bastides (fermes isolées, souvent vastes) oblitère le réseau des ci-devant « villages disparus », dont le parcellaire est balayé ; près d'Aix, par exemple, Louis Valence, marchand de la ville, riche héritier d'une famille drapante, fonde en 1443 une grande exploitation dont il draine les sols, près du site abandonné de la paroisse de Saint-Antonin.

L'évolution ainsi constatée, vers la moyenne ou même la grosse ou très grosse molécule foncière, semble avoir été assez générale sur le territoire de la France. Du moins au niveau de la *propriété*. En ce qui concerne l'*exploitation*, qui aurait dû en bonne logique se conformer à ce processus de remembrement, les choses ne paraissent pas s'être passées avec une aussi parfaite simplicité. D'abord, il est certain qu'aux pires moments de la crise du siècle, quand il était difficile de trouver de gros fermiers solvables, un certain nombre de grands domaines, tout en conservant leur unité « sur le papier » (tout en demeurant propriétés unifiées dans tous les cas), furent momentanément divisés en exploitations plus exiguës, voire en parcelles, que les petits laboureurs possesseurs d'un cheval ou d'une « demi-paire de bœufs » se faisaient dès lors un plaisir d'affermer. Le cas s'était présenté, de façon fort nette, dans la région de Béziers vers 1400. La tempête passée, les dominants de la terre (en l'occurrence les chanoines biterrois) n'auront plus qu'à revenir, dans le cadre demeuré soigneusement intact de la grande propriété, au système de l'arrentement unique sous le commandement d'un gros fermier, capitaine de culture et seul maître à bord. Le triste temps des caporaux de labour et de la division du mas en fermettes ne sera plus, pour les agrariens riches, qu'un fâcheux souvenir.

Dans certaines régions, cependant, le morcellement de l'exploitation atteint, à la fin du Moyen Âge, un point de non-retour. En *Flandre*, notamment dans les frontières actuelles de la France nordiste et de la Belgique, on note, au xvᵉ siècle, même dans les périodes de régression ou de stagnation démographique, un émiettement lent et continu des exploitations (mais non pas des propriétés ou possessions perpétuelles : le nombre des tenures à cens, au contraire, diminue au xvᵉ siècle en Flandre comme en France).

En d'autres termes, le remembrement des propriétés flamandes semble être compensé par la pulvérisation du faire-valoir. À preuve, pendant le xivᵉ siècle, dans la région de Gand, on trouvait encore de nombreuses exploitations de plus de 10 hectares. Après 1400, au contraire, la « ferme » moyenne donnée à bail glisse, sur les histogrammes, vers des superficies de plus en plus faibles, entre 0, 1, 2, 3 ou 4 hectares. Une telle parcellisation des fermettes se poursuivra au xvie siècle : dans l'ensemble, de 1400 à 1600, elle coïncide avec l'épanouissement de la « révolution verte » dont il a été question précédemment.

Il ne semble pas, dans ces conditions, que cette volatilisation des prises à bail soit significative d'un appauvrissement des paysans. La révolution verte, en effet, n'est pas compatible avec des productions stagnantes. Elle distribue des rendements croissants et des revenus en hausse à l'hectare. De ce fait, le rapetissement de la surface moyenne baillée à rente correspond, comme l'a montré Herman Van der Wee, à une sorte d'optimisation du travail du fermier, sur la base d'un jardinage intensif à la flamande, voire à la chinoise. Les économistes actuels soulignent avec raison les avantages que présente, dans un certain type d'environnement historique, la petite firme en agriculture : moindres déplacements du fermier, donc efficacité accrue de l'œil du maître, et diminution des pertes de temps (surtout dans les régions d'habitat dispersé, où les terres sont proches de la ferme) ; amoindrissement des risques d'épizootie, grâce à la réduction d'effectifs du troupeau parcellaire, dont chaque tête de bétail est soignée avec plus d'attention… Il semble bien que des phénomènes de cet ordre soient intervenus en Flandre au xve siècle : la poignée d'hectares ou même la fraction d'hectare du fermier flamand, avec sa culture intensive et sarclée, ses vaches, ses débouchés vers la ville, représente localement (beaucoup plus que la grande exploitation, chère aux agronomes) la cellule optimale : et pour la mise au point, et pour la diffusion de la révolution agricole. La Flandre, matrice de cette transformation capitale, comme l'Angleterre le sera plus tard de la révolution industrielle, a bénéficié, en somme, de la conjonction de facteurs divers, rarement réunis ailleurs : gros marchés urbains, favorisés par l'industrie et le commerce maritime ; dépression démographique modérée ; morcellement optimal de l'exploitation (qui fait contraste avec le remembrement des propriétés, sévissant principalement plus au sud). La pléiade des trente agronomes européens du xvie siècle – tous des non-Flamands ! – bavardera sur la révolution agricole, considérée comme souhaitable ; les petits exploitants compétitifs et compétents de Flandre qui, eux, n'ont pas lu les livres *réalisent* cette révolution entre 1400 et 1600.

Rente foncière et revenus seigneuriaux

Ce premier aperçu (surtout régional) des problèmes de l'exploitation du sol conduit naturellement à mettre en cause la division hiérarchique et « verticale » du revenu de la terre : rente foncière, revenu d'exploitant, salaires et gages. Chacune de ces catégories économiques intéressant par excellence, quoique pas exclusivement, tel groupe social : noblesse et privilégiés, parmi lesquels se recrutent, pour l'essentiel, les propriétaires fonciers ; fermiers et métayers ; salariés complets ou partiels.

La rente foncière d'abord : dans les années 1440, et même bien au-delà, elle stagne à des niveaux très déprimés. On s'en rend compte dès lors qu'on essaie de la saisir dans son expression la plus simple, dans son concept : en mesurant la quantité de grain, ou le pourcentage de récolte, qu'un fermier livre au propriétaire pour un hectare de sol, baillé en fermage à raison d'un court terme (trois, six ou neuf ans par exemple). Au village de Vierzay (Soissonnais)[19], une ferme à labours, d'une cinquantaine d'hectares, était louée, en 1448, à raison d'un demi-hectolitre de grain[20] à l'hectare, ce qui, étant donné les bons rendements de la région, équivalait à environ un trentième de la récolte brute. Ce chiffre passe à près de 2 hectolitres à l'hectare en 1511 (un septième à un huitième de la récolte) ; à 2,5 hectolitres à l'hectare en 1569 ; à 3 hectolitres à l'hectare en 1646 (un cinquième de la récolte, proportion beaucoup plus élevée que deux siècles plus tôt).

Dans la région parisienne, les données qu'on possède ne sont pas aussi anciennes ; mais la série constituée par Jean-Paul Desaive pour huit fermes, qui couvrent, à elles toutes, un demi-millier d'hectares dans les domaines de Notre-Dame de Paris, indique vers 1475 (à une époque où le taux du fermage est déjà un peu plus relevé qu'en 1450), un taux de fermage de 0,45 setier à l'arpent ; soit 1,75 hectolitre à l'hectare (à peu près 10 à 11 % de la récolte brute, compte tenu des gros rendements qui sont en vigueur à cette époque dans la région parisienne). Ce taux encore minime connaîtra ensuite une augmentation à peu près continue, quoique plus ou moins régulière ; il culminera finalement, dans sa période maximale (1645-1690), à raison de 1,4 setier à l'arpent ; soit 5,5 hectolitres à l'hectare : environ le tiers de la récolte brute.

Pourquoi, vers 1440-1480, cette mansuétude originelle de la rente, écorchant tellement peu le fermier ? Les ravages de la guerre (diminuant le produit brut, et par ricochet le produit net, prélevé par le rentier du sol) ne constituent qu'une explication circonstancielle. De toute façon, la guerre s'arrête partout (sauf en Guyenne) à partir de 1450 ; or la rente foncière reste basse après cette date, pendant trente ans, cinquante ans et même davantage. C'est donc l'état général de l'économie – trop peu d'hommes pour trop de sol – qu'il faut mettre en cause. Si l'on concède, par simple définition, que la rente foncière « est cette portion du produit de la terre qui est payée au propriétaire du fonds pour le droit d'utiliser les pouvoirs originaux et indestructibles du sol[21] », il faut bien admettre que la France des 10 millions d'habitants de 1450 est moins éloignée qu'elle ne l'a été ou ne le sera jamais pendant sept siècles de la situation limite (certes parfaitement utopique en ce qui concerne l'Occident) que Ricardo dépeindra : « Dans un pays en voie de nouvelle colonisation doté d'une terre abondante et fertile, dont une faible partie seulement est requise pour être mise en culture afin de nourrir la population […] *il n'y aura pas de rente foncière* », écrit Ricardo. « Car personne ne voudrait payer pour obtenir la jouissance d'une certaine terre, alors qu'il en existe par ailleurs une quantité abondante […], à la disposition de quiconque déciderait de la cultiver. Ces principes généraux de l'offre et de la demande excluent dans ce cas, comme dans celui de la jouissance de l'air et de l'eau, le versement d'une rente. » L'exemple français du XVe siècle, qui m'occupe ici, est bien entendu moins extrême que celui qu'envisageait ainsi Ricardo. Disons simplement que dans le royaume de Charles VII et Louis XI la démographie poussive engendrait la léthargie de la demande du sol et donc un marasme des rentes foncières.

Quant aux fortunes seigneuriales, cette faiblesse de la rente se répercute à tous les niveaux. Niveau des trésoreries globales, d'abord : les revenus de l'abbaye de Saint-Denis tombent de 30 000 livres parisis vers 1340 à moins de 15 000 livres parisis en 1403-1404. Chute nominale de 50 %. Elle s'avère plus dure encore si on la calcule en déclin réel : la livre parisis achetait

2,4 setiers d'avoine dans la décennie 1330 ; elle n'en vaut plus que 1,6 setier vers 1400-1410. Dans ces conditions, l'équivalent-grain des recettes-argent de l'abbaye tombe de 72 000 setiers d'avoine vers 1340 à 24 000 setiers vers 1404 (chute des deux tiers en valeur réelle).

La chute du revenu d'argent « saint-dyonisien », seigneurial et domanial (calculé dans son expression monétaire, ou mieux encore réelle), a donc été spécialement marquée ; plus grave même que celle qui affecta entre les mêmes dates (1343 et 1404) les peuplements d'Île-de-France, au voisinage des vastes domaines de Saint-Denis ; l'hémorragie démographique la plus forte dans le paysannat *circum*-parisien sera en effet, pour l'essentiel, postérieure à 1404, et comprise entre 1415 et 1445 : il est vrai qu'elle s'accompagnera derechef d'un effondrement plus que proportionnel des fermages du sol, qui décidément seront sacrifiés à tous les coups.

La rente foncière est bien la grande crucifiée des *Wüstungen* ; sa chute est à la fois révélatrice des malheurs anciens, dont elle répercute l'impact en l'amplifiant, et annonciatrice des malheurs à venir, qu'elle contribue même à préparer, puisqu'elle réduit la demande exercée par les rentiers riches ; elle préfigure, de ce fait, un nouveau krach de la production commercialisée.

Parallélisme : les revenus en nature de Saint-Denis (souvent à base de fermages) évoluent de la même façon que les recettes en argent ; les rentrées en grain tombent en effet, entre 1343 et 1404, de 560 à 270 muids (chute de 52 %) ; celles en vin, de 2 000 à 797 muids (baisse de 60 %) : ce déclin du produit des vignobles souligne bien, à Paris comme à Bordeaux, la crise spécialement accentuée de la viticulture et, d'une façon générale, de l'agriculture travaillant pour le marché. Plus tard, au pire moment des guerres anglaises (décennies 1420-1430), la rente foncière en nature (grain) poursuit sa baisse en chute libre, jusqu'à perdre les 90 % de son niveau d'avant-guerre et d'avant-peste ! C'est-à-dire qu'une fois de plus, par transposition d'une sorte de « loi de Gresham », ladite rente exagère les tendances au déclin, par comparaison avec celles qui affectent la démographie : la ferme de Mortières (dépendant de Saint-Denis) était louée pour 80 muids (mi-froment, mi-avoine) en 1343, et pour une quarantaine ou une

cinquantaine de muids en 1374-1375 ; elle ne l'est plus que pour
8 muids en moyenne en 1424-1429, soit seulement les 10 % du
taux du siècle antérieur.

Que la rente foncière soit restée encore assez basse pendant la
seconde moitié du xve siècle, c'est ce qu'indiquent sans ambages
les données sur les baux en grain à l'hectare, précédemment évoquées. Au niveau des comptabilités globales, c'est également très
net : en 1520, au terme d'un long et puissant mouvement de lente
remontée des fermages qui dure depuis deux générations (1450-
1520), les recettes en argent totales de Saint-Denis n'atteignent
encore que 19 000 livres parisis, soit l'équivalent, aux prix courants, de 23 750 livres tournois, ou 16 000 setiers d'avoine[22]
(comparer *supra*).

De quelque façon qu'on l'envisage, la rente foncière au xve et
même au début du xvie est bien loin de retrouver ses « plafonds »
de 1340 : les fermiers, une fois la paix revenue (seconde moitié du
xve siècle), connaissent ainsi des années assez favorables.

La crise des rentes foncières frappe tous les types de revenus qui
découlent, d'une façon ou d'une autre, d'un droit de propriété,
utile ou éminent, sur le sol : elle n'affecte pas seulement les fermages, mais aussi le revenu seigneurial proprement dit, malgré
son fixisme théorique. Comment celui-ci aurait-il pu conserver
toute sa valeur nominale ou réelle dans un monde où tout s'écrou-
lait autour de lui ? Comment le seigneur, auquel manquait souvent la force coercitive, aurait-il pu contraindre les paysans à lui
verser des cens, des droits de champart ou d'« agrière » et des
amendes de justice d'un taux élevé, alors que de toutes parts la
terre disponible s'offrait à qui osait fuir la seigneurie ? De cette
situation intenable pour le maître dérivent, vers 1400-1450, les
« amodérations » de cens ; les transformations de pesants champarts (jusqu'alors versés sous forme de grains) en faibles redevances monétaires. Et puis, les transmutations de l'agrière (lourd
champart du vin bordelais) : celles-ci, çà et là, étaient fixées au
tiers de la récolte des raisins versés dans les cuves du seigneur
(1390), puis au quart (1395), enfin au sixième (1416). Ces phénomènes, on les rencontre un peu partout, en Gironde, en Île-de-
France et aussi dans la région lyonnaise, au terrier de Jean Jous-
sard (1430-1463). Nulle part, sans doute, on ne mesure mieux ce

déclin de la rente spécifiquement seigneuriale qu'en jetant un
coup d'œil sur la trésorerie d'une « seigneuresse » comme Jeanne
de Chalon, en Tonnerrois, dans la première moitié du xve siècle.
Cette petite grande dame, qui gère du moins mal qu'elle peut, sous
Charles VII, la fortune rondelette mais ébréchée des Chalon-Tonnerre, possède un revenu dont l'essentiel ne provient pas d'une
« réserve seigneuriale », mais des droits de justice ou d'enregistrement, des banalités, des censives, des droits de chasse (garenne)
et des taxes personnelles sur les paysans, lesquelles résultent d'un
ancien affranchissement du servage (Marie-Thérèse Caron). Or,
ces revenus, pour ceux d'entre eux qui sont diachroniquement
comparables, se montaient, en total monétaire, à l'indice 100 en
1343 ; ils tombent à l'indice 35,0 en 1405 (baisse de 65 %) ; et à
l'indice 23 en 1421 (baisse de 77 %). Calculée en valeur réelle, et
compte tenu de la dépréciation de la monnaie par rapport aux
biens de ce monde (par rapport aux grains, en l'occurrence), la
baisse est encore plus forte. Vers 1420, le pouvoir d'achat en
céréales des revenus de Jeanne de Chalon oscille entre 15 et 20 %
de celui dont jouissaient ses grands-parents vers 1343. À dates
comparables, la seigneurie éminente est donc plus atteinte encore
dans ses œuvres vives que ne l'est le fermage de la réserve. D'où
les réactions de Jeanne, compréhensibles : se replier dans son village ; s'y confiner en menues dévotions, par une participation peu
coûteuse aux exercices pieux de la paroisse ; manger du lard au
lieu de viande de boucherie ; de temps à autre, brader une terre
pour survivre ; s'entourer d'objets simples ; avoir très peu de
meubles et principalement des lits… Chez cette « rentière » en
semi-déconfiture, la fortune mobilière se compose donc en grande
partie de vêtements (19 % de la fortune) et d'argenterie (38 % de
la fortune), car la monnaie nominale, elle, a tendance à s'effondrer
par suite des dévaluations ; les thésaurisations de la « seigneuresse » jouent donc sur l'argent métal qui, lui, se réévalue progressivement par rapport aux grains et autres fruits agricoles. À ce
compte, et faisant flèche de tout bois, la dame de Chalon-Tonnerre réussit à survivre petitement ; elle transmet à ses héritiers
quelques brimborions du patrimoine.

　　Moins chanceuses encore, d'autres familles, ci-devant nobles, et
tondeuses de rentes foncières, en Bourbonnais par exemple,

s'éteignent comme telles : massacrées dans les combats ; ou bien physiquement survivantes, mais déchues et replongées dans les classes inférieures, elles laissent place à une nouvelle noblesse, d'origine roturière et bourgeoise. Quant aux lignages de souche ancienne qui parviennent tout de même à se maintenir dans la strate noble et propriétaire, ils le doivent ou bien à une stratégie de grippe-sou systématique, à la Chalon-Tonnerre ; ou bien à l'entrée de leurs membres dans le service de l'État français, bourguignon ou provençal, ce pantouflage astucieux permettant à ceux qui le pratiquent de se saisir au bon moment des charges de cour, des sinécures, ou simplement des gages modestes, mais plus ou moins assurés, du fonctionnariat. Tout cela étant souvent médiocre, mais plus substantiel et moins fragile que la rente du sol.

Hélas (du point de vue des nobles), c'est précisément cette maintenance du secteur étatique qui, en dépit des catastrophes, écroulements ou replis momentanés qui l'affectent, parachève l'éclipse (certes provisoire) de la rente foncière et seigneuriale. En d'autres temps (très haut Moyen Âge des polyptyques) ou en d'autres lieux (Europe de l'Est du « second servage »), les nobles, les seigneurs et les ci-devant ou ci-après rentiers du sol se montrent capables de pallier l'inconvénient qui résulte pour eux de la disproportion ridicule entre la surabondance de la terre et l'insuffisance de la main-d'œuvre : puisque le spontanéisme de l'offre d'hommes et de la demande du sol ne leur permet pas d'extraire, à partir des grands domaines, la rente foncière à laquelle leur donnerait droit leur qualité de magnats du fonds, ces gros agrariens (dont il importe peu, en l'occurrence, qu'ils s'appellent Irminon ou Czartoryski) se rattrapent en utilisant ou la force, ou les contraintes juridiques. Ils imposent au paysan, grâce à leur prestige, à leur puissance militaire, ou à la délégation de pouvoir que leur consent un État-croupion, une pression « extra-économique » : ils obtiennent ainsi du serf, en échange de leur protection ou tout simplement pour leurs beaux yeux, des prestations diverses en travail, en nature et en argent. Ils remplacent en somme l'offre et la demande par la contrainte de corps et la prestation forcée. Il semble du reste que les seigneurs français de l'époque des *Wüstungen* affligés par la baisse de la rente foncière aient conçu, eux aussi, à un moment ou à un autre, certains pro-

jets du même genre, comparables à ceux qui, en d'autres circonstances, donnèrent ou donneront le premier ou le second servage.
Dans la décennie 1350, par exemple, les gentilshommes de l'Île-
de-France et du Beauvaisis, au cœur de la première grande crise
de leurs revenus, durent faire face à l'énorme débours qu'entraî-
naient pour eux la participation à la guerre et la mise en défense
des forteresses ; certains d'entre eux tentèrent donc d'imposer aux
paysans des prestations obligatoires et nouvelles en vertu d'un
prétendu « droit de prise » plus haï que nature. Des villageois
ripostèrent, comme on sait, par la Jacquerie (1358) ; ils brûlèrent
les châteaux, écartelèrent les châtelains, sodomisèrent les nobles
dames. La leçon, si odieuse fût-elle, porta. Et cela malgré l'échec
final du soulèvement. Il ne fut plus question, au cours des phases
suivantes des *Wüstungen*, d'imposer aux paysans le joug, officiel
ou officieux, d'un second servage. Bien au contraire : en Sologne
(I. Guérin) les ultimes corvéables et les derniers serfs disparurent
pour la plupart entre 1350 et 1405. « Étienne Garreau, seigneur de
Châteauvieux, jouissait, en 1351, de 24 journées d'hommes à
fouir en ses vignes ; son fils n'en a plus que 5 en 1389, et elles ont
disparu en 1404. [...] À Villebrosse, en 1352, les tenanciers fournissaient 82 corvées de bœufs et 41 de faucheurs ou 82 de faneurs.
En 1405, les chiffres ne sont plus que de 33 pour les premières et
15 pour les secondes. » Les corvées, déjà fort réduites par rapport
au haut Moyen Âge, tombent sous l'effet de la dépression à la
moitié ou au tiers de leur niveau antérieur, ou même à zéro. Quant
au servage ou à ce qu'il en reste, en Sologne aussi, il régresse de
façon notable depuis 1430. Beaucoup de serfs solognots se sont
enfuis ; ou sont morts sans postérité survivante. Un jour vient où
des pionniers se présentent qui veulent défricher l'ex-tenure servile, retombée en broussailles. Il n'est pas question que le seigneur exige de ces candidats qu'ils se reconnaissent, à leur tour,
ses hommes de corps : ils lui tourneraient le dos. La baisse ou
débandade générale, du fait de son contexte, répand donc autour
d'elle une sympathique atmosphère de liberté, qui voue à l'échec
les tentatives pures et simples de restauration seigneuriale. En
Forez, par exemple, les seigneurs, au xive et au commencement du
xve siècle, essayent désespérément, à diverses reprises, de réajus-
ter ou de réindexer les cens (qu'ils encaissent en monnaie) : ceux-

ci sont en effet tombés à fort peu, par suite de la dépréciation des piécettes ; or ces tentatives plus ou moins ratées d'indexation, dans le long terme, n'enrayent nullement la chute des cens… Celle-ci étant presque aussi nette en Forez que dans la région parisienne[23].

Sans doute la seigneurie, qui de toute façon conserve de très beaux restes, se relèvera-t-elle assez vite, après 1450 et plus encore après 1500, de ses ruines. Mais elle le fera sur des bases assez différentes de celles qui furent les siennes avant sa plongée au gouffre. Et c'est ici qu'intervient le rôle déjà signalé de l'État !

Le long séisme de 1348-1440 a en effet sérieusement malmené les fondations du corps social. Mais, ô paradoxe, il n'en a pas détruit les superstructures, du moins les plus aériennes, celles qui concernent le gouvernement des hommes ! Pendant les XIVe et XVe siècles, à travers divers cycles (bureaucratique, puis « démocratique », puis de nouveau bureaucratique[24]), le secteur étatique et ses officiers (ceux-ci enracinés dans les petites villes quelquefois affaiblies, mais toujours vivantes) persévèrent dans leur être, qu'ils accroissent même. Ils agrandissent parfois, ils n'abandonnent pas, en tout cas, leurs pouvoirs de droit public ; ceux-là mêmes que la seigneurie ci-devant « banale », dans des temps plus anciens, s'arrogeait sur ses dépendants. L'État du XVe siècle, comme le montre une monographie sur le Tonnerrois[25], continue même à court-circuiter de plus belle les justices locales. Il préserve ou confisque par conséquent l'exercice de cette « contrainte extra-économique » qui, à supposer que les classes seigneuriales l'eussent conservée dans une mesure suffisante, aurait pu seule pallier la défaillance de l'économie proprement dite, et regonfler pour ainsi dire de l'extérieur le revenu de la seigneurie. Celle-ci perd donc quelques-uns de ses crocs, déchaussés par les crises… ou limés par les légistes du roi ! Or, au moment même où elle est ainsi rognée au sommet, elle est contestée à la base : en Tonnerrois par exemple, les communautés paysannes, dignifiées par l'État qui leur confie le soin de lever les impôts, récupèrent d'autre part (grâce à l'achat ou à l'usurpation) l'usage des rivières et la possession des fours, jadis détenus par les seigneurs. Dans l'ensemble, ceux-ci, frustrés pour une part de leur puissance et de leur richesse, pallient donc difficilement la baisse de leurs rentes foncières. Les plus grands ou les plus malins la compensent tant bien que mal par le service de l'État. Les plus délinquants se vouent au brigandage. Mais ceci est une autre histoire…

Cette stagnation ou ce marasme de la rente foncière fait du reste contraste avec la bonne tenue du taux officiel de l'intérêt de l'argent (rentes constituées, etc.). En Normandie rurale, par exemple (d'après Guy Bois et André Plaisse), ce taux – qui représente en tout cas le « plancher » au-dessus duquel les usuriers postent leurs extorsions, supérieures, elles, au dixième du capital ! – reste coutumièrement fixé à 10 % durant les xive et xve siècles, comme aussi pendant le xiiie et la plus grande partie du xvie siècle. Mettons à part diverses sautes d'humeur insignifiantes, au cours desquelles le taux d'intérêt, durant quelques mois ou une couple d'années, s'écarte, vers le haut ou vers le bas, des 10 % fatidiques ; en règle usuelle, ce pourcentage durable, qu'on croirait calqué sur la dîme, se présente comme une sorte d'invariant dans l'histoire économique des Très Anciens Régimes, surtout agraires (car en ville, à Anvers par exemple, les taux officiels peuvent monter à 20 %). Une invariance de ce type, multiséculaire, met en évidence (quant à l'offre des moyens de paiement) la rareté de la monnaie et l'organisation draconienne et déficiente du crédit ; l'une et l'autre sont bénéfiques aux prêteurs de tout poil, qui se montrent actifs, à cette époque, dans les transactions nouées par les notaires entre détenteurs de capitaux et villageois endettés (Philippe Wolff). Cette déficience et cette rareté fiduciaire et monétaire qui favorisent les rentiers de l'argent font contraste avec l'abondance momentanée des terres disponibles qui, elle, ruine *ipso facto* les rentiers du sol. C'est seulement à partir de la fin du xvie et surtout au commencement du xviie siècle (en une époque qualifiée parfois de « période de crise », préparant la prétendue « famine monétaire ») que l'abondance de monnaie et la meilleure organisation du crédit commencent à faire crouler le taux de l'intérêt ; jusqu'à parvenir, pendant l'époque « post-Law » d'un long xviiie siècle doré, à ce taux incroyablement bas de 3 % qui nous fera de temps à autre rêver, lors des cycles de l'argent cher du xxe siècle.

Qui dit baisse de la rente du sol dit aussi déclin du prix de la terre. Pourquoi paierait-on cher ce dont la propriété, pour le moment, rapporte peu ? Il est vrai que les « séries longues » à ce propos n'abondent guère… On sait tout de même que, dans la baronnie de Neubourg, le prix nominal de l'acre de terre, qui se tenait à l'indice 100 en 1400, tombe à l'indice 53,3 en 1445-1446. Or, entre les mêmes dates et au même lieu, le prix nominal de la livre de poivre reste stable à 8 sous ; celui de la livre de cumin, stable autour de 3 ou 4 sous ; le prix de la douzaine d'œufs passe de 4 deniers à 6 deniers ; celui du setier de froment, de 25 sous à 30 ou 40 sous (selon les années). Autrement dit, la terre qui s'est dévaluée par rapport à la monnaie s'est dévalorisée plus encore (et c'est cela qui compte) par rapport aux biens réels.

Cet avilissement du sol comporte quelques conséquences prévisibles : il stimule, pendant la seconde moitié du xve siècle, en direction de la terre, l'offensive des riches de la ville ou tout simplement des riches tout court (je pense aux nobles de la Gâtine poitevine, acheteurs et rassembleurs de champs pour leurs métairies toutes neuves, dès cette époque). Autour de Lyon (d'après les études de Maraninchi et Bosc), les citadins des métiers d'art, de l'hôtellerie, de l'alimentation, les hommes de loi, les grands négociants achètent, entre 1446 et 1493, pour 60 000 livres tournois de surfaces cultivables. Aux environs de Paris, dans une région (le Hurepoix) où, dès 1550, plus de la moitié du sol arable échappera aux ruraux, il semble bien (d'après les travaux de Jacquart qui, sur ce point, modifient les idées reçues) qu'une partie de cette conquête du sol s'est effectuée pendant la phase de reconstruction (1450-1500), car le prix de la terre, stabilisé pratiquement jusqu'en 1501, était encore à portée de bourse. En somme, les citadins aisés, quand il y en avait (c'était le cas pour Lyon et Paris), n'ont pas manqué d'exploiter l'occasion stratégique que leur offrait le bon marché provisoire du sol arable ; ils se procuraient ainsi un ravitaillement assuré… ; et ils opéraient un placement d'« aïeul » dont profiteraient un jour ou l'autre leurs descendants.

Salaires

À l'opposé de la rente foncière, apanage momentanément mal loti des dominants, se situe le salaire, lot des petits. Non que la condition salariale soit majoritaire, au xve siècle, dans le monde paysan. Mais, par le biais des gages en nature, ou mixtes, ou à part de fruits (faucheurs, moissonneurs), elle est diffusée dans des milieux ruraux assez vastes ; ceux-ci débordant le groupe relativement restreint des ouvriers agricoles stricts qui, près des villes, sont payés, uniquement ou presque, sous forme de monnaie. En outre, le salaire témoigne bien au-delà de lui-même : il éclaire indirectement la condition des travailleurs de la terre dans leur ensemble, même non salariés, même possesseurs de lopins. Et cela dans la mesure où il est l'indicateur par excellence de l'abondance ou de la pénurie de la main-d'œuvre ; et de la productivité marginale du travail.

En Languedoc, pas de problème pour une enquête salariale : les archives ont gracieusement fourni des informations sur tous les types de gages possibles à la campagne. En monnaie. En nature et en monnaie. À part de fruits. Or, tout cela concorde : vers 1480, le chef de culture d'une grosse ferme narbonnaise perçoit en argent, grain, vin, piquette, quartiers de porc, sel, huile d'olive et confits d'oie, l'équivalent de 31 hectolitres de froment, contre 17,2 hectolitres pour son successeur de 1590, au terme d'un gros siècle de paupérisation. (Afin de rendre comparables entre elles les catégories de produits incluses dans le salaire en nature, afin de rendre aussi compatibles entre eux les revenus salariaux à différentes époques, j'utilise la méthode mise en œuvre par Colin Clark et Margaret Haswell dans *Economics of Subsistence Agriculture* : méthode qui consiste à tout convertir en « équivalent-grain ».) Dans le détail, l'ouvrier agricole du « xve siècle dépeuplé » pouvait compter sur une ration d'huile d'olive, de viande, de vin, supérieure à celle de ses homologues paupérisés de la fin du xvie siècle. Son pain était plus blanc, son vin moins piqué qu'il ne le deviendra par la suite. Il mangeait probablement, lard compris, pas loin d'une trentaine de kilogrammes de viande par an, soit autant et même un peu plus qu'un Grec des années 1960. Et davantage qu'un salarié languedocien des années 1550-1600 qui, en viande de porc surtout, consommera une vingtaine de kilogrammes d'aliments carnés par an, ou moins encore.

Quant aux rémunérations des ouvriers agricoles gagés en argent, elles n'évoluent pas différemment de celles qu'on vient d'évoquer. (Soit dit en passant, cette convergence argent-nature confirme que l'appauvrissement salarial découle de tout un complexe économico-démographique, et pas seulement du facteur spécifique qu'est l'inflation monétaire.) En équivalent-grain, la paie journalière que l'employeur verse, sous forme de piécettes, à son bêcheur ou tailleur de vignes représente 12 à 14 litres de grain par jour vers 1480. Cette paie tombera, vers la fin du xvie siècle, à la moitié du chiffre précité. Enfin, pour clore la liste des divers types de gages, le salaire à part de fruits, celui de l'équipe de moissonneurs ou *ségaires*, toujours en Languedoc, passe de 10 % de la récolte en 1480 à 9 % à partir de 1525, 8,2 % à partir de 1546, 5,5 % vers 1600-1630…

En Forez, il est possible de comparer le niveau des salaires dans ses bons moments du xve siècle non plus avec la période « après » (comme je l'ai fait pour le Languedoc), mais avec l'époque antérieure (Étienne Fournial). En 1290-1310, les salaires en argent, agricoles et artisanaux, des campagnes et des petites bourgades foréziennes équivalaient, en taux journalier, à une quantité de grain qui variait (selon la qualification de l'ouvrier) entre 0,12 et 1,44 *métier* de seigle (le *métier* étant une mesure locale). En 1380-1420, alors que le Forez s'enfonçait déjà en pleine *Wüstung*, cette « fourchette » s'étalait désormais entre 0,12 et 2,57 *métiers* de seigle. L'éventail des gages s'était donc élargi, pour aboutir à partir d'une base stabilisée (0,12 *métier*) à une certaine valorisation quant aux parties moyennes ou hautes de l'« éventail ». Mais bien entendu, vers 1380-1420, dans la pleine misère générale, le sommet de l'âge d'or des salaires, même en Forez, est encore à venir !

Les travaux de Stouff (1971) permettent de rendre plus concrète cette étude sur l'évolution des salaires et en fin de compte sur l'amélioration assez générale (mais plus ou moins provisoire) du niveau de vie populaire (salarial ou non) dans l'Occitanie du xve siècle. Les bouviers provençaux qui travaillaient sur la réserve

des seigneurs, en 1338, ne se nourrissaient encore que d'un pain
fort grossier : essentiellement fabriqué avec de l'orge (en Languedoc, Provence occidentale et maritime) ; ou avec du seigle
(Provence septentrionale). Dès après la grande peste, et à plus
forte raison après 1400, l'orge est désormais considérée comme
tout juste bonne à faire du *cannine*, du pain d'orge pour les chiens,
chargés de garder les troupeaux de moutons. Tandis que les
ouvriers rationnaires, eux, ont droit au pain de froment, ou, en tout
cas, de seigle et froment. Hausse appréciable du niveau de vie,
puisque l'ex-nourriture des hommes, dorénavant mieux alimentés,
n'est plus jugée bonne que pour les chiens. Cette amélioration est
du reste assez générale ; elle crée, pour les froments, un marché
moins étroit ; et bien nécessaire en ces temps de mévente ! C'est
ainsi que les Provençaux des petites villes (Brignoles) se mettent,
dès les années 1420, à la mode du pain blanc des grandes cités
(Aix) ; le pain noir ou pain complet (pain *en tot*, si cher aujourd'hui aux maniaques de la diététique) n'est plus l'apanage, en ce
temps-là, que des paroisses les plus arriérées, au fin fond des campagnes perdues. Sauf en cas de disette, naturellement, où tout le
monde, à nouveau, mord dans le pain noir.

En ce qui concerne les vins, le xve siècle a évidemment mis
un terme aux pénuries ; et cela en dépit d'un certain recul des
grands crus commercialisés, recul qui s'opère au profit du « gros
rouge » de consommation locale et courante. Dans les petites
villes provençales, vers 1420-1425, la moitié des habitants sont
vignerons ; 80 % des chefs de foyer, parmi lesquels de nombreux
prolétaires, agricoles ou non, possèdent au minimum leur petit
tonneau : avec une provision de vin qui fait au bas mot 55 litres
ou davantage.

Dans tous ces domaines, pain et vin, mais aussi viande, et huile
d'olive, pour les fritures du Carême, l'intervalle doré des salaires
peut se traduire par des comparaisons et par des chiffres : en 1338,
les bouviers des commanderies de l'hôpital d'Arles consacraient
56 à 71 % de leur budget alimentaire au pain contre 12 à 22 % au
companage (viande surtout) et 13 à 26 % au vin. Alors que, plus
haut placés, les frères du même hôpital pratiquaient un budget alimentaire moins écrasé par le grain ; ils dédiaient, de celui-ci, 38 à
46 % au grain, seulement, contre 20 à 25 % au vin, et 30 à 40 %

au companage. Les frères, comme il était normal dans la stratification sociale de ce temps-là, consommaient plus de viande que leurs ouvriers.

Or, en 1457, le pain (qui, du reste, est plus blanc que par le passé) ne représente plus que 45 % en valeur de la ration accrue du bouvier ; mais la part de la viande ou companage, et surtout du vin, s'est agrandie, en pourcentage relatif comme en quantité absolue.

Consommation des bouviers (en litres)

	Grain	Vin
1338	652 litres de *conségal* (nom provençal du méteil)	230 litres de vin
1457	652 litres de froment	240 litres de piquette 360 litres de vin

Comme l'écrit Stouff, « le simple gardien du domaine a désormais un budget alimentaire comparable à celui qu'avait un frère de l'hôpital au début du XIVe siècle ».

En Poitou, les études extrêmement précises de Paul Raveau permettent de chiffrer l'âge d'or des salaires agricoles, et la descente aux enfers (ou du moins au purgatoire) qui l'a suivi : en 1467-1472, les faucheurs de la seigneurie de Vasles qui dépendait de l'abbesse de Sainte-Croix de Poitiers gagnaient, nourris, 19 deniers par jour (1 sou 7 deniers). Le prix du froment était alors de 8 sous l'hectolitre. Il fallait donc cinq jours à un faucheur pour empocher, en pouvoir d'achat, l'équivalent d'un hectolitre de blé. Or, en 1578, un règlement des salaires est édicté pour la région poitevine et niortaise : il fixe le gage journalier du faucheur nourri à 4 sous ; soit deux semaines de travail pour se procurer un hectolitre de froment dont le prix s'établit à 55 ou 60 sous sur le marché de Poitiers. Le pouvoir d'achat céréalier du faucheur de foin était donc presque trois fois plus élevé en 1470 qu'il ne le sera un siècle plus tard. Certes, les grains, dont les prix pendant le XVIe siècle se tendent au maximum à cause de l'essor démographique, exagèrent l'impression d'appauvrissement. Mais celle-ci n'en est pas moins fondée, si l'on en juge par d'autres indices importants : l'accession du manouvrier poitevin au faire-valoir agricole, par exemple, autrement dit sa promotion sociale, était plus facile en 1480 qu'aux époques suivantes. La paire de bœufs valait en effet 11 livres vers 1470-1480, soit 139 journées de faucheur, en chiffres ronds. Alors qu'elle se paiera pour le moins 80 livres au dernier quart du xviie siècle, soit 400 journées de faucheur.

À La Rochelle, les salaires journaliers en argent des manœuvres et ceux des bineurs de vigne quadruplent entre 1470 et 1600, tandis que les prix septuplent (vin), ou décuplent (blé), pendant le même intervalle. Le pouvoir d'achat alimentaire du salarié, sur ces deux postes du moins, est donc amputé de moitié en cent trente ans…

Dans la région parisienne, enfin, les gages avaient déjà passablement monté en valeur réelle, entre 1330 et 1405, à la suite de la vague initiale des grands malheurs, et des premières coupes sombres que la peste et surtout la guerre, et la crise concomitante, avaient effectuées dans le nombre des hommes.

Cette hausse salariale représentait-elle une perte sèche pour les employeurs et les propriétaires ? C'est bien possible, puisque la production globale avait diminué aussi ; puisque la production moyenne par tête de travailleur n'avait guère augmenté (en dépit de la hausse de la productivité *marginale* du travail qui motivait, elle, la hausse du salaire).

Quoi qu'il en soit, les chiffres parlent : aux vendanges, « en 1330-1335, les coupeurs de raisin dans les domaines de Jeanne d'Évreux touchaient 6 à 10 deniers tournois par jour, et les hotteurs et fouleurs 10 à 16 deniers tournois ; or, au début du xve siècle (1404-1405), les premiers recevaient 8-12 deniers parisis, et les autres 2 sous parisis de moyenne dans les domaines de Saint-Martin-des-Champs, et respectivement 8-12 deniers parisis et 20-24 deniers parisis dans ceux de l'aumônerie de Saint-Denis » (Guy Fourquin, *Les Campagnes de la région parisienne…*, p. 278). Compte tenu du rapport parisis-tournois, du calcul des moyennes… et du prix du grain (en l'occurrence l'avoine, qui fournit dans les données de Fourquin les seules séries systémati-

quement comparables entre la décennie 1330 et la décennie
1400… mais qu'on n'aille pas me faire écrire que les propriétaires
viticulteurs dans ce temps-là nourrissaient leurs ouvriers comme
des chevaux !), compte tenu donc de toutes ces données, on voit
que le pouvoir d'achat des coupeurs, calculé en grain, passe de
0,063 setier d'avoine en 1330-1335, à 0,067 en 1404-1405.
Hausse dérisoire. Mais celui des hotteurs et fouleurs est réellement réévalué, dans le même temps, passant de 0,101 setier
d'avoine à 0,153. Il semble donc qu'on assiste autour de Paris
(comme en Forez), pendant cette phase encore assez « misérabi-
liste » de la dépopulation-revalorisation, à une simple ouverture
de l'éventail des gages, laquelle favorise certains salaires qui, tels
ceux des hotteurs et fouleurs, étaient déjà relativement élevés pendant la période précédente.

Vers 1450-1490, au moment spécifique « de l'intervalle doré
des salaires », la réévaluation se généralise, et, cette fois, du haut
en bas de l'éventail. Compte tenu de l'évolution des prix (en
baisse) et des gages nominaux (stables ou en hausse), le pouvoir
d'achat des coupeurs de raisin (payés désormais 12 deniers parisis par jour) oscille autour de 0,101 à 0,120 setier d'avoine. Celui
des hotteurs-fouleurs, qui gagnent toujours 2 sous parisis par jour,
est, lui, en hausse réelle un peu moins forte, passant à 0,220 setier
d'avoine. Dans l'ensemble, ces travailleurs viticoles se sont faits
plutôt exigeants, au point que leurs employeurs, en vendanges,
doivent les nourrir de gigots de mouton, d'œufs et de maquereaux.
Les choses ne se gâteront qu'au xvie siècle. Alors (du fait de la
hausse des prix et de la montée moins forte des gages), coupeurs,
hotteurs et fouleurs parisiens retomberont à leur pouvoir d'achat
déprimé du premier xve siècle, puis du xive.

En ce qui concerne la comparaison parisienne avec l'« aval »
chronologique, destinée à mettre en valeur (par rapport au
xvie siècle) « l'intervalle doré des salaires » qui intervient dans la
seconde moitié du xve siècle, les travaux de Micheline Baulant
sont les plus topiques ; ils éclairent avec précision les salaires
urbains (manœuvres du bâtiment à Paris) qui (calculés en grain)
plafonnent à un niveau très élevé entre 1450 et 1470. Une dégradation lente, avec des niveaux encore convenables, jusque vers
1500, s'achève sur une retombée progressive qui amène, vers

1540, le salaire du manœuvre à son plancher multiséculaire (plancher de 1540-1720 : la série s'interrompant à cette date). Du « plafond » au « plancher », la chute est du quadruple au simple : les salaires urbains spécialement favorisés vers 1460 s'écraseront donc dans la suite plus rudement que ne le feront, pendant la période suivante marquée par l'appauvrissement, ceux des ruraux. Bien entendu, le prix du grain qui, en l'occurrence, est utilisé ici comme déflateur constitue un indice très, trop dynamique. D'autres prix se sont moins élevés que ceux du blé au XVIe siècle : mesuré à leur aune, le plafond salarial du XVe siècle apparaîtrait comme moins haut que ne le donne à croire notre première analyse. C'est ainsi que vers 1510 encore, confronté à 1580, le salaire parisien du manœuvre est bien placé quant aux blés naturellement ; assez bien placé, sans plus, quand on le mesure par son pouvoir d'achat comparé, aux mêmes dates, en bois, toile, œufs, charbon, plâtre, tuiles. Toutes expressions déflatoires, pour lesquelles la locution « âge d'or des salaires » conserve un sens, mais moins marqué que pour les céréales.

Dans l'agriculture parisienne, les enquêtes d'histoire quantitative sont moins poussées qu'en ce qui concerne les gages citadins que je viens de mentionner. Mais tout indique qu'en 1510 encore, dans les derniers feux de l'âge d'or, les salaires, à Créteil, du travailleur de vigne, payé à l'arpent, conservaient un pouvoir d'achat plus élevé que pendant la suite du XVIe siècle jusqu'en 1600 ; non seulement quant au blé (fait prévisible !). Mais aussi quant au sel, au muid de vin, au bois, au charbon de bois et à la viande de mouton. Disons que la rémunération monétaire du bêcheur de vignoble de Créteil (probablement très mal loti : les faucheurs de foin, quant au *trend*, seront moins à plaindre) doublera, en valeur nominale, entre 1510 et 1595 ; tandis que l'indice du coût de la vie non céréalier, pour les denrées connues (mouton, bois, charbon, sel, vin), fera plus que quadrupler ; le prix des grains, lui, étant multiplié par sept : le vigneron de Créteil, paupérisé à plus de 50 % après 1550, n'est pas à la fête, c'est le moins qu'on puisse dire. Par contraste, son prédécesseur de la fin du XVe, ou du début du XVIe siècle, faisait figure d'homme heureux qui pouvait, lui, se nourrir, s'habiller, se loger, se chauffer dans des conditions décentes ; les travaux de Bezard, Fourquin, Jacquart indiquent eux aussi, du reste, que les salaires ruraux de l'époque « Charles VIII » (1483-1498) avaient un pouvoir d'achat en grain, mais aussi en vin, beurre, bois, vaches, plus élevé qu'après 1550.

Qu'on n'aille pas prétendre, à ce propos, que la hausse de l'emploi, en diminuant le nombre des jours chômés, compensera sous Henri II et ses successeurs la baisse du salaire journalier, car l'essor de la population au XVIᵉ siècle développera le chômage. Le salaire élevé du second XVᵉ siècle, au contraire, dénonçait la rareté des travailleurs ; il signalait aussi, tautologiquement, le haut niveau de la productivité marginale du travail, sur laquelle, en dernière analyse, se réglait le taux de tous les gages : dans un monde où l'ouvrier n'abondait guère et où la terre était à prendre, le dernier salarié mis au travail, sur un essart à créer, ou sur une ferme mal exploitée faute de bras, détenait une productivité très haute : du reste, effectivement, il se tuait au travail, comme le nota Fortescue, l'Anglais, qui voyagea au sud du Channel durant les années 1460. La situation différera en 1550, 1620, 1750, dans la France « pleine comme un œuf », où les candidats se rueront, eux, à l'embauche et où l'addition d'un *input* supplémentaire de travail, sur un stock de terres inélastique, ne produira qu'un supplément dérisoire d'*output*. Rien n'est plus walrasien, en toute époque, que l'Ancien Régime économique. Ces remarques ne valent pas seulement pour les salariés *stricto sensu* ou *lato sensu*. Le Jacques Bonhomme de 1470, le petit exploitant dont l'apport de capital était très faible, et dont le statut différait peu de celui d'un salarié simple, était lui aussi, vers 1470, en droit d'exiger que son propriétaire lui laisse une forte rémunération pour son travail ; autrement dit, que ledit propriétaire prélève une rente foncière exiguë. Et cela dans la mesure où les solutions de rechange faisaient défaut, puisque l'offre de petits exploitants sur le marché du fermage, susceptibles de remplacer Jacques Bonhomme, n'abondait guère.

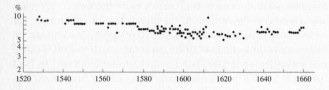

*Salaires languedociens en pourcentage de récolte
pour la coupe des blés*

D'après E. Le Roy Ladurie (1966), t. II, p. 1006.

Cela ne signifie pas que les ouvriers agricoles de toute espèce, disons plus largement les petits paysans, vers 1470, vivent comme des papes ; ni qu'ils mangent de la viande à tous les repas. Dans le Midi, on l'a vu, la ration carnée, lard inclus, ne devait guère dépasser une trentaine de kilogrammes par an vers 1470, contre une vingtaine à l'âge moderne, et une soixantaine à notre époque. Dans la France du Nord, la consommation d'aliments azotés d'origine animale, parmi les classes populaires, a dû passer par un minimum pendant la première moitié du xve siècle : les troupeaux de porcs, en Normandie par exemple, avaient beaucoup diminué pendant les guerres de Cent Ans (430 porcs seulement dans la forêt de Neubourg en 1444-1445, contre plus de 2 000 en 1397-1398). C'est seulement vers 1470-1480 qu'en France d'oïl, comme du reste dans le Midi et le Massif central, la ration carnée a connu son temporaire apogée. Sans qu'il faille pourtant peindre le rural français de 1470 comme un mangeur déchaîné de viande ! Aux yeux d'un Fortescue, voyageur en France dans la décennie 1460, le paysan d'oïl, comparé à son homologue anglais, n'a qu'une pitance assez pauvre en chair animale. (Mais il faut tenir compte aussi du chauvinisme insulaire : à la veille de la Révolution française encore, Arthur Young visite les fermes les mieux gérées et les plus productives du Bassin parisien ; or, il conclut, imperturbable, avec un ronronnement d'autosatisfaction : « C'est mieux chez moi ! ») Pour en revenir à l'époque Charles VIII, les textes français de cette époque, quant à la consommation de viande, donnent une impression plus favorable que celle enregistrée par Fortescue ; surtout quand ces textes mettent en scène des paysans-ouvriers, qui, à l'occasion des grands travaux, se rattrapent chez leur employeur d'un ordinaire plus maigre chez eux : « Les coupeurs et les hotteurs des vendanges de Thiais en 1484, si l'on en croit les comptes, objectifs, d'un propriétaire viticulteur, purent manger des œufs ou de la viande au choix, des maquereaux et du gigot de mouton, et l'on mit deux livres de beurre dans leur potage. » Aux vendanges de Wissous, en 1539, le menu, à base de bœuf gros sel, sera toujours carné, comme il se doit en vendanges, mais il s'avérera nettement simplifié, « paupérisé » par rapport à son homologue de la décennie 1480. Même en dehors des fastes des vendanges, les repas des ouvriers des campagnes semblent très corrects à la fin du Moyen Âge. Dans les années 1480, encore elles, les charretiers de Saint-Germain-des-Prés, quand ils sont de service, mangent des œufs le vendredi ; et, les autres jours, de la viande, à dîner comme à souper. Noël du Fail, qui publie son livre en 1548, situe vers 1490-1500 l'âge d'or de la haute Bretagne : en ce temps-là, *il était malaysé à voir passer une simple fête que quelqu'un du village ne eust invité tout le reste à disner à manger sa poulle son oyson ou son jambon. Mais [...] aujourd'huy [1548] quasy on ne permet ou poulles ou oysons venir à perfection qu'on ne les porte vendre pour l'argent bailler…*

Problèmes de l'exploitation agricole

Vers 1450-1490, on note donc une assez forte consommation paysanne, et un salaire élevé, couplé avec une rente foncière de bas niveau. Que deviennent, cela étant, les problèmes spécifiques de l'exploitation agricole ?

Le xve siècle a laissé sur ce point des témoignages importants, visuels même, relatifs à divers types d'exploitations : vers 1480, Jean Colombe, chargé d'achever les *Très Riches Heures du duc de Berry*, représente dans la miniature intitulée *La Cananéenne* un

village français (berrichon ? avec arrière-plan pseudo-savoyard ?).
Non loin d'une église, s'égrènent en semis lâche des maisons-
blocs petites, à murs de torchis, à fenêtres minuscules et haut placées, à toits de chaume ; un puits parfois, un jardin toujours, clos
de haies et carrelé de plates-bandes à choux, flanquent chaque
chaumière. Pour ce type d'exploitation familiale (gâtée par la
conjoncture du XVᵉ siècle mûrissant, qui élargit les lopins, gonfle
les gages et baisse les redevances), pas de gros problèmes : ceux-
ci ne viendront que plus tard, aux XVIᵉ et surtout XVIIᵉ siècles. Vers
1480, l'exploitation familiale qu'on vient d'évoquer fait valoir
une quantité de terres adéquate pour faire subsister un ménage.
Elle n'emploie pas de main-d'œuvre salariée, et se contente du
travail des membres de la famille, gratuit par définition. De temps
à autre, ceux-ci, du reste, s'en vont gagner un bon salaire chez le
gros exploitant d'à côté. S'ils tiennent leur terre par contrat de fermage, le bas niveau de la rente foncière joue en leur faveur : ils
jouissent ainsi d'une aisance incontestable, ou en tout cas d'une
certaine « non-pauvreté » alimentaire pour le moins ; celle-ci plus
assurée encore s'ils sont propriétaires ou tenanciers perpétuels,
qui n'ont à payer qu'un cens modique.

Ces *Très Riches Heures* décrivent aussi, à une date un peu plus
ancienne (1415 environ), un type d'exploitation importante et isolée, sise à distance de l'église et du village : cour de ferme classique, close, et flanquée sur deux côtés par des bâtisses de torchis ; soit l'étable ou la grange au fond du tableau ; et, au premier
plan, la maison d'habitation, dont on n'aperçoit, dans l'intérieur,
que l'essentiel : le grand lit, le banc, la cheminée, devant laquelle
un couple de fermiers se chauffe sans pudeur l'entrecuisse ; tandis que sèche le linge sur les barres fixées au mur. Dans la cour se
dresse, en style d'architecture berrichonne, le « toit aux brebis »,
conçu pour une trentaine de bêtes : ce qui indique, compte tenu de
la charge pastorale sur la jachère, une exploitation assez importante pour l'époque, d'une trentaine d'hectares. Des ruches, un
âne complètent le peu qu'on sait du cheptel de cette ferme. Les
Très Riches Heures enfin, troisième croquis, esquissent en deux
coups de crayon le profil d'une très grosse exploitation. Il s'agit
en l'occurrence des « communs » du château de Poitiers : de
grands bâtiments s'allongent (étables ? écuries ? granges ?) avec

murs de torchis à colombage et toit d'ardoise ; au premier plan, les ouvriers agricoles, en chemise, caleçon et chapeau de paille, faucillent les grains ; bergers et bergères tondent les moutons (d'une façon générale, si le torchis est le dénominateur commun de toutes les fermes du XVe siècle pictural, grandes, moyennes et petites, le mouton, lui, caractérise l'exploitation importante).

Ces deux grosses fermes, la berrichonne et la poitevine, qui à des degrés divers dépassent toutes deux le cadre de l'exploitation familiale, ne sont pas écrasées par la rente foncière qu'elles doivent débourser – ni en 1415, date à laquelle les peignirent les frères Limbourg, ni non plus en 1450 ou 1490. En revanche, elles ne peuvent se borner (du moins dans le système étroit de la famille nucléaire) à utiliser la main-d'œuvre fournie gratuitement par le conjoint ou par les enfants du fermier. Il leur faut, en permanence ou de temps à autre, embaucher des domestiques à l'année, des saisonniers pour les travaux de pointe, des journaliers pour un coup de bêche ou de serpette à donner aux vignes. Or cette main-d'œuvre à l'époque est sûrement très chère. Quelles solutions adopter, pour minimiser les frais ?

L'exploitation rurale, en sa grande époque (pendant le XVIIe siècle et mieux encore au temps de Quesnay, Smith et Ricardo), est un jeu qui se joue à trois : exploitant (fermier ou métayer) ; mais aussi propriétaire foncier ; et salarié. Cet exercice tripartite, avec ses variétés fermière et métayère, fleurissait déjà tel quel, et sur la base d'une tradition ancienne, dès la seconde moitié du XVe siècle : les campagnes parisiennes, depuis le XIIIe siècle au plus tard, sont pays de fermiers. L'Ouest et surtout le Midi ont, eux aussi, des fermiers ; mais plus encore de nombreux métayers, ou preneurs du sol à part de fruits, qui apparaissent vers 1200 dans les premiers textes du notariat, celui-ci ne faisant du reste que transcrire, dans les parchemins, des réalités coutumières qui lui préexistent et qui ressemblent fort (au moins dans le Sud occitan et catalan) à celles que décrivaient, dix ou douze siècles plus tôt, les agronomes de l'Empire romain, pour les pays de la Méditerranée occidentale… Il est peu pensable qu'entre l'époque romaine et ce Moyen Âge, il y ait eu, de ce point de vue, solution de continuité, ou interruption.

Devant cette persistance d'un très long terme, excluant les innovations capitales, le xve siècle, somme toute, ne pouvait présenter d'originalité très remarquable : pris à la gorge par l'insuffisance du produit brut, par le déficit des rentes et par la grandeur des salaires, il a surtout cherché à simplifier le jeu, à le faire pratiquer momentanément, quand c'était possible, par deux partenaires au lieu de trois. Quelquefois même par un seul. Ce qui avait l'avantage, par définition, de diminuer le nombre des parties prenantes. En Languedoc, par exemple, vers 1480, les chanoines de Narbonne gèrent directement, sans l'intermédiaire d'un fermier, leurs granges de la Bastide-Redonde et de Védilhan. Entre eux et les ouvriers ou *bouviers* (« boyers »), pas d'écran : simplement un contremaître, chef de culture salarié, qu'on dénomme *bayle*, supervise, pour le compte des prêtres, le train-train quotidien du « ménage des champs ». Un tel système paraît satisfaire les chanoines : typiquement *cumulards*, additionnant dans leurs coffres, de façon implicite, le produit de la rente et le revenu d'exploitant, ils parviennent, malgré les gros salaires qu'ils versent, à joindre les deux bouts… Au xvie et surtout au xviie siècle, en revanche, quand le fermage aura enfin monté, pris des couleurs, ils se paieront le luxe de devenir simples tondeurs de la rente. Le même raisonnement était du reste tenu aux environs de Paris, à la fin du xve siècle, et pour dire vrai en toute époque, par les propriétaires de vignobles. La viticulture étant un jeu de hasard, à cause de la formidable loterie que constituent, surtout en climat septentrional, l'irrégularité des récoltes et donc celle des prix, on a tout intérêt, si l'on veut un jour gagner le gros lot, à tenir en mains propres le ticket gagnant. Ce ticket, c'est la récolte même, autrement dit le faire-valoir de la vigne. Donc, les grandes abbayes, comme Saint-Germain-des-Prés au cours des années 1480, et, à l'autre bout de l'échelle, les petits-bourgeois parisiens, sous Louis XI et Charles VIII, s'occupent directement de leurs vignobles : ils surveillent, à l'heure des vendanges, l'armée des hotteurs et des coupeurs ; ils prennent garde à la fourniture des échalas… Sur ce point, pas de différence entre les graves chanoines qui soignent le vin pour le vendre et pour le boire, et une maîtresse femme comme est la demoiselle Poignant, épouse du seigneur d'Athis : elle va et vient depuis Paris jusqu'à ses vignes d'Athis-sur-Orge et Louhans ; dirige la cueillette des raisins ; paie les ouvriers, de sa blanche main ; fait, sous ses yeux, fumer ou échalasser les vignes, ou faucher le parc ; le tout en 1495.

Le faire-valoir direct n'est pas l'unique solution. Le propriétaire foncier, quand il est frustré, comme c'est le cas au XVe siècle, des joies d'une grosse rente, peut se faire – on vient de le voir en Narbonnais – exploitant à part entière ; mais il peut également se borner à prendre à sa charge (et à son profit) une partie au moins de l'exploitation, par le système du bail à part de fruits. En Hurepoix, par exemple (région parisienne), le fermage, pendant l'époque moderne, jouira d'un monopole quasi absolu comme système de faire-valoir ; or, le métayage (calculé à moins de 50 % des fruits pour le maître, bien souvent) fait néanmoins une apparition passagère dans cette zone pendant la période de basses rentes qui va de 1450 à 1500 ! Cette « apparition » est massive en ce qui concerne le bail de cheptel (à part de croît) ; elle est plus évanescente, en revanche, mais indéniable néanmoins, quant au bail de terre. La concurrence inattendue que fait ainsi le métayage au fermage est le signe d'une stratégie momentanée des propriétaires : ils fournissent tant pour cent du matériel, de la cavalerie tractrice, des semences ; ils récupèrent tant pour cent des récoltes ; et ils espèrent attraper de cette façon non seulement la rente, si maigre alors, mais aussi, en supplément, un petit bout de profit ou de revenu d'exploitant. Cette percée provisoire effectuée par le métayage parisien est aussi l'indice avant 1500 d'une impuissance momentanée du groupe des gros fermiers, mal constitué ou mal reconstitué encore : ce groupe, à cette date, n'est pas capable d'assumer, à lui seul, tous les frais de l'exploitation dans les centaines de domaines importants qui ceinturent Paris, comme il saura en revanche le faire plus tard.

Le propriétaire, pour pallier la faiblesse de son revenu spécifique, peut donc s'immiscer dans l'exploitation et transformer le jeu à trois en un jeu à deux… ou à deux et demi (respectivement : faire-valoir direct ou métayage).

Il peut aussi, autre solution, abandonner purement et simplement la partie. Cet abandon domanial est fréquent à propos de terres jadis retournées à la friche, et qui exigent d'être « deffroquées » pour être remises en valeur ! Mais il concerne également des domaines jusqu'alors en état de marche : ce délaissement, ou quasi-délaissement, peut consister, de la part du maître, à bailler sa terre à rente pour une vie ou pour deux vies de fermiers ; ou bien à l'accenser à perpétuité. Cette espèce de « faire-valoir » est très répandue de 1450 à 1500 ou 1520. Elle deviendra beaucoup plus rare par la suite, quand le marché des terres se fera moins favorable aux preneurs. Elle dispense plus ou moins le propriétaire de participer aux réparations immobilières et à l'entretien normal des fossés, des talus, etc. Surtout, en le dépossédant, elle lui donne, en contrepartie, la sécurité d'une rente basse, mais durable, voire perpétuelle ; un peu à la manière du 3 % garanti (!) du bourgeois français d'avant 1914… (Dans les deux cas, on se refuse à croire que l'avenir est inflationniste.) En même temps, elle allèche les fermiers séduits par ce système de tenure : elle les rend en effet quasi possesseurs ; dans la longue durée, elle confère à leur famille une participation, partielle ou totale, à la rente foncière du fonds accensé. C'est, pour ces fermiers, sinon le cumul immédiat, du moins la perspective du cumul entre la position de propriétaire et celle d'exploitant. On en revient, par une voie très différente, à l'une des solutions précédemment évoquées (simplification du « jeu »). En haute Provence, en Languedoc, de telles tendances se concrétisent par la vogue de l'*acapt*, si impressionnante entre 1471 et 1493. En 1476, par exemple, les coseigneurs du terroir de Corbières (haute Provence) donnent en *acapt*, à certains exploitants de ce village, cinq unités de terre, qui sont plus ou moins en friche, et dont chacune peut recevoir, en semence, la charge (de grain) d'une mule, ou *sommée* ; ils y joignent six faucherées de prairies contiguës au bois mal famé du Bousquet, une sommée d'olivettes et l'emplacement d'un groupe de maisons en ruine, situées hors des remparts de Corbières, dans l'ex-faubourg, sous la maison abbatiale. Les preneurs de ce bail perpétuel paieront un cens dérisoire de quelques sous ; plus une *tasque* (équivalent du champart, en langue d'oc), fixée définitivement au onzième des grains. Tasque qui, bien plus tard, quand le souvenir de la donation initiale se sera effacé, paraîtra lourde aux descendants. Mais sur le moment, et pour le siècle à venir, elle représente une charge plus légère que ne serait une rente foncière ou fermage, constamment susceptible d'augmentation et d'« indexation ».

Dans la région parisienne, les arrentements à deux, voire à trois vies, et les accensements à perpétuité que j'évoquais précédemment aboutissent à démembrer la réserve seigneuriale, et à concentrer faire-valoir et quasi-possession entre les mains du preneur. Posés pour l'essentiel entre 1450 et 1520, ils sont à l'origine de la fortune multiséculaire – jusqu'au XVIIIe siècle pour le moins – de plus d'une dynastie de grands fermiers-laboureurs. En 1456, par exemple, un certain Pierre Hersent « recevait des religieuses de Villiers-Cerny la ferme de la Norville en bail à trois vies et ses héritiers considérèrent si bien qu'elle leur appartenait qu'ils en firent partage » (Jean Jacquart). Or, ce Hersent, terriennement doté désormais, et finalement enrichi, allait faire souche de toute une pléiade de descendants destinés à devenir de gros fermiers dans la région d'Arpajon, puis valets de chambre à la cour de Louis XIV, et gentilshommes à celle du roi d'Espagne… En 1481, de même, le beau-père du laboureur Pierre Lucas se fait accenser perpétuellement 60 arpents en Hurepoix ; son gendre, puis les héritiers de celui-ci, ainsi pourvus de terre en quasi-propriété, deviendront solides laboureurs et gros fermiers de Saint-Germain-des-Prés, de l'Hôtel-Dieu de Paris, du chapitre Notre-Dame… Quant à la fortune de la dynastie des Harineau, autre pépinière de puissants fermiers, elle découle d'un bail à deux vies qu'une abbaye consentit vers 1500 à leur ancêtre éponyme : sur les 34 arpents qui lui furent ainsi loués pour une soixantaine d'années, moyennant un loyer fixe de quelques sacs de grains, Michel Harineau, devenu à la fois exploitant et possesseur *de facto*, sut édifier une fortune solide, et transmissible, de grand fermier.

Ainsi, les conditions si particulières qui règnent jusque vers 1500 aboutissent à favoriser, en région parisienne et ailleurs, des formules qui sont en apparence mutuellement contradictoires : tantôt métayage, tantôt bail super-long[26]. L'objectif, c'est de réunifier plus ou moins, de telle ou telle façon (au profit de l'une ou l'autre des « hautes parties contractantes »), exploitation et propriété. Afin de pallier la médiocrité de la rente, et le gonflement du salaire. Mais que monte l'une, et que décline l'autre : on verra dès lors reculer, au moins autour de Paris, dans la région la plus avancée, à partir de 1520, le mi-fruit et les locations interminables.

Dans le Centre et le Midi, mêmes problèmes ; mais solutions différentes : on s'efforce d'y court-circuiter non plus la rente ou le revenu d'exploitant, mais le salaire. C'est en tout cas l'une des causes des initiatives qui tendent un peu partout, au sud de la Loire, à restaurer sur les exploitations paysannes la famille élargie.

Exploitation familiale et structures de la famille

Avec cette forme d'organisation familiale, on aborde un sujet « de très longue durée » qui intéresse aussi bien la fin du Moyen Âge que la Renaissance. La question qui se trouvait en effet posée aux exploitants des années 1450-1500, dont il importait assez peu en l'occurrence qu'ils fussent fermiers, métayers ou propriétaires-faisant-valoir, était la suivante : comment, dans les conditions « intrinsèquement contradictoires » qu'avait léguées la démographie bas-médiévale, continuer à exploiter ? On avait, d'une part, des superficies de domaines ou de tenures qui, de par le jeu du remembrement des héritages en période de dépopulation, avaient tendance à s'agrandir : en bonne logique, les forces de travail de la famille nucléaire n'étaient plus à la hauteur, et on aurait dû envisager un faire-valoir salarié par valets… Qui plus est, vers 1450-1490, le défrichement ou la remise en valeur, tous deux gourmands de main-d'œuvre, s'imposaient aussi. Or, précisément, au moment même où les salariés se faisaient plus nécessaires que jamais, ils devenaient hors de prix ! Leurs gages atteignaient des niveaux astronomiques, dont on ne retrouvera l'équivalent réel, en pain du moins, qu'au XIXᵉ siècle. Comment faire, dans ces conditions, pour que les exploitations devenues trop vastes puissent arriver à joindre les deux bouts ?

Une solution : la famille élargie. Un gendre chez soi, c'est un ouvrier de moins qu'il faut payer. D'où la vogue durable des grosses familles « à plusieurs noyaux », « patriarcales », et des « frérèches » au XVᵉ siècle, notamment.

Cette vogue, à vrai dire, concerne essentiellement la France méridionale (au sens large de cette épithète). Dans le Nord, en effet, la désintégration des clans, et, plus généralement, des grosses molécules familiales, avait atteint depuis le XIIIe siècle un point de non-retour : après 1200, on avait assisté en Mâconnais, Beauvaisis, Picardie et dans toute la zone septentrionale de la France d'oïl, au triomphe irréversible des familles nucléaires : elles représentaient, dans le système de l'alliance parentale, la plus petite combinaison possible, et la forme désormais standardisée du groupe corésidentiel (en revanche, mis à part le fait même de la résidence et du *feu*, les liens lignagers conservaient évidemment une importance primordiale, même en France d'oïl). Certes, on connaît quelques exemples de grandes familles élargies au XVe siècle, en pleine Normandie : telle la grande frérèche à 10 feux et 70 âmes établie à Luc près de Caen vers 1480, afin de frauder l'impôt, en le concentrant sur la tête d'un unique chef de famille. Mais globalement, dans les provinces du Bassin de Paris, du vieux domaine capétien et du Massif armoricain, la frérèche n'a pas vraiment « pris » ou « repris » racine au temps des *Wüstungen*. Celle qu'on trouve par exemple en Touraine, vers 1480, est une « fausse » frérèche, établie simplement pour former une « consortie » *ad hoc*, afin de payer les redevances seigneuriales et les fermages. Elle ne constitue pas une véritable unité de résidence commune, ni une coopérative de travail agraire.

D'où les conclusions quelquefois un peu tranchantes, mais dans l'ensemble judicieuses, de Peter Laslett : dans les régions développées de l'Europe occidentale, Pays-Bas, Angleterre, nord de la France et ouest de l'Allemagne, la famille élargie, même pendant les Très Anciens Régimes (fin du Moyen Âge, début de l'époque moderne), tient quelque peu du mythe ; elle participe à ce thème agraire et rousseauiste de la nostalgie occidentale, dont les premiers utopistes, à l'image de Rétif de La Bretonne, tireront des modèles, excitants, mais fictifs, pour la construction du socialisme ! Pour en revenir à nos *Wüstungen*, il n'était pas question que les gros exploitants ruraux du XVe siècle, en France d'oïl, pressés d'argent par la hausse exagérée du salaire, allassent chercher une solution à leur problème dans une structure familiale vaste et « hypermoléculaire » dont l'archétype n'existait plus guère depuis 1200 dans leur tréfonds culturel.

Au sud, c'est différent. La Méditerranée est depuis longtemps la mer des patriarcats, des consorties, des frérèches vraies ; au xvᵉ siècle, par exemple (années 1420), la campagne de Florence fourmille de grosses molécules parentales : elles associent dans un même foyer plusieurs ménages, groupés le long d'un axe vertical (couples de parents et d'enfants mariés) ; ou horizontal (frères et sœurs respectivement mariés, et dont les couples vivent en commun sur la même ferme). À quoi bon évoquer, bien connue, l'immémoriale *zadruga* yougoslave, avec ses quinze ou vingt membres, ses multiples ménages, son maître et sa maîtresse élus ; et sa position « de base » dans le granulé segmentaire de la société ; les hameaux-*zadrugas* formant les unités primaires du tissu anthropologique, elles-mêmes fédérées en clans ou villages.

Ce qu'on sait moins, sans doute, ce qu'on sait tout de même davantage depuis quelques années, c'est que la France du Midi, les Alpes, voire l'extrême Sud germanique, à la fin du Moyen Âge, participent également, comme il est normal, de ces structures « méditerranéennes », ou plus exactement méridionales, sud-européennes et archaïques : Carpentras en 1473 et Fribourg en 1447 ont un pourcentage de familles élargies nettement plus élevé qu'Ypres en 1412 ou Dresde en 1453. Dans les villages du Périgord étudiés par le Dr Biraben, le pourcentage total des feux des familles à noyaux multiples (complets ou incomplets) est quatre fois plus élevé que dans les paroisses de même gabarit de la Beauce et de l'Angleterre. Ainsi, Montplaisant (Périgord), village entièrement déserté pendant les *Wüstungen*, avait été repeuplé, à partir de 1453, par des immigrés ; ceux-ci (probablement pour faciliter la remise en état du terroir) s'étaient implantés en équipes, sous forme de familles élargies. En 1644 encore, 40 % des « feux » de Montplaisant s'avéraient « élargis » et comptaient respectivement à leurs foyers divers membres, ascendants ou collatéraux, mariés ou non, en sus de la cellule nucléaire ; au sein de ces unités, l'aïeul, quand il vivait encore, était régulièrement désigné, dans le livre des âmes, ou registre de recensement tenu par le curé, comme étant le chef de la famille. Même situation à Laguiole (Aveyron), village patriarcal d'éleveurs fromagers, d'après un document tardif, du xviiᵉ siècle lui aussi.

En Auvergne, en Bourbonnais, en Nivernais, fonctionnent à la fin du Moyen Âge et au xvᵉ siècle, et fonctionneront encore par fortes survivances jusqu'au xixᵉ, de grosses communautés familiales, fondées sur le système de la tenure en *bordelage*, ou de la collectivité *parsonnière*. Le juriste Guy Coquille, à l'époque de la Renaissance, les décrit, dans un texte où il se réfère du reste à la situation d'avant 1500 : « Selon l'ancien établissement du ménage des champs en ce pays de Nivernais, lequel ménage des champs est le vrai siège et origine des *bordelages*, plusieurs personnes doivent être assemblées en une famille pour démener ce ménage qui est fort laborieux et consiste en plusieurs fonctions en ce pays, qui de soi est de culture malaisée. Les uns servant pour le labourer et pour toucher les bœufs, animaux tardifs, et communément faut que les charrues soient tirées de six bœufs ; les autres pour mener les vaches, les juments en champ ; les autres pour mener les brebis et moutons, les autres pour conduire les porcs. » Ces familles, ainsi composées de plusieurs personnes, qui toutes sont employées, chacune selon son âge, sexe et moyens, sont régies par un seul qui se nomme « maître de communauté », élu à cette charge par les autres, « lequel commande à tous les autres, va aux affaires qui se présentent es villes ou es foires et ailleurs… ».

Confirmation par les archives : dans les paroisses de Magny et de Cours près de Nevers[27], ces communautés très nombreuses sont bien attestées dès le xve siècle, dès 1415. Auvergnates comme celle des Quittard-Pinon (dans la région de Thiers, douée de puissantes traditions folkloriques), ou nivernaises, comme est la grande famille des Jault ; certaines d'entre elles tiennent bon jusqu'aux xviiie, xixe siècles et sont décrites par des témoignages tardifs, mais soigneux. Elles semblent avoir été liées au moins originellement à des formes de dépendance archaïque : servage, tenure à cens bordelière ; mainmorte qui incite les héritiers à la corésidence avec le père, pour éviter, à la mort de celui-ci, la récupération du lopin par le seigneur. Elles sous-tendent, maintes fois, des modes de faire-valoir traditionnel comme est le métayage (voir, au début du xviie siècle encore, les tractations difficiles de tel grand propriétaire, en Nivernais, avec les communautés familiales de métayers qui peuplent ses domaines[28]).

Structurellement, les communautés d'Auvergne et de Nivernais sont organisées en 1500, comme en 1780, sous forme de véritables *zadrugas* (cette ressemblance, souvent très poussée, avec l'archétype yougoslave pouvant s'expliquer, soit par une pure coïncidence, soit, à l'extrême rigueur, par une commune et lointaine origine indo-européenne). Quoi qu'il en soit, les *zadrugas* de la France centrale peuvent compter jusqu'à une vingtaine de personnes en quatre ou cinq ménages ; elles sont bel et bien dotées d'un maître et d'une maîtresse, élus par les têtes respectives des ménages, et qui ne peuvent être époux l'un de l'autre. Le maître dirige la partie agricole du travail ; la maîtresse s'occupe du linge, de la basse-cour et des vêtements. Démocratiquement révocables, le maître et la maîtresse ne sont nullement propriétaires des biens indivisibles de la communauté (moulin, champs, prés, châtaigneraie, bâtiments), qui appartiennent collectivement à l'ensemble des ménages corésidents. Autres traits, dont certains se retrouvent aussi dans la lointaine *zadruga* : la séparation des hommes et des femmes (celles-ci servant ceux-là dans leurs repas ; et ne s'asseyant, ne mangeant, qu'après eux ou hors de leur table) ; l'endogamie, avec mariages consanguins dans la communauté quand c'est possible ; l'exclusion, hors d'héritage, des filles dotées qui se marient à l'extérieur du groupe ; l'organisation soigneuse par celui-ci (ou du moins, comme le disent élégamment les textes, « par le conseil et advis de plusieurs parents et amys à ce réunis ») des mariages qui introduisent dans la collectivité un conjoint venu du monde extérieur. La fille, ainsi admise du gré de tous, apporte avec elle, cela va de soi, sa dot : robe, cotte de drap, chaperon, coffre ou arche de chêne fermant à clef, lit à couette, coussins et draps, écuelles, plats et pintes qui peu à peu deviendront d'étain au XVIᵉ siècle, taureau, brebis, vache pleine ou vêlée, somme d'argent, ou terre éventuellement. Le tout est plus ou moins remboursable, si plus tard la femme, devenue veuve, décide de quitter avec ses hardes la communauté à laquelle elle s'intégra lors de son mariage.

Ces dispositions diverses supposent bien entendu la corésidence (jusqu'à seize ménages dans le cas de la communauté des Petiot, dissoute en 1764) sur la base du hameau éponyme, avec demeures à part, en ordre lâche, et repas pris en commun. Un mélange, curieusement « touillé », d'éléments folkloriques et chrétiens semble avoir constitué l'ingrédient culturel qui accompagnait ces constructions familiales. La communauté des Jault, par exemple, en Nivernais, remontait probablement à la fin du Moyen Âge ; elle

avait son génie protecteur et fécond en la personne d'une couleuvre, qui faisait résidence près du foyer ; mais ce reptile était
équilibré par une statuette de la Vierge, au pied de laquelle on
disait, en frérèche, la prière du soir ; la prière du matin, en
revanche, était « nucléaire » et se prononçait en privé dans chaque
ménage.

Économiquement, la communauté se voulait si possible autarcique ; elle tâchait de tout faire pousser, de tout tisser à son propre
usage, et n'achetait que le sel et les métaux, surtout le fer.
Membres et ménages étaient spécialisés dans diverses tâches, les
uns chargés des 80 moutons, les autres des 30 vaches et des trois
paires de bœufs qui appartenaient au groupe.

Devenues à l'époque moderne assez rares en Auvergne, où elles
ne subsisteront plus guère qu'à l'état de survivance dans la région
de Thiers, les communautés, ci-devant bas-médiévales, se montreront en revanche plus coriaces en Bourbonnais et Nivernais.
Elles y formeront encore, au xvIII[e] siècle, un élément important
des structures du fermage et du métayage ; et même, en certaines
zones, une minorité sensible de la population : à Pougues (Nivernais), « la clause de communauté corésidentielle entre parents et
enfants apparaîtra encore, entre 1791 et 1806, dans 118 contrats de
mariage sur 355 », soit dans le tiers des cas. La proportion (si l'on
en juge par les témoignages de première main qu'ont fournis Guy
Coquille et les notaires) était au moins égale, voire supérieure, à
la fin du Moyen Âge et au xvI[e] siècle.

Plus au sud, les communautés familiales sont très importantes
dans les pays montagneux de langue occitane et basque. Elles sont
bâties sur un modèle un peu différent de celui qui inspira la
« quasi-*zadruga* » d'Auvergne et du Nivernais. Elles mettent à
leur tête un *paterfamilias* qui par définition n'est pas élu ; il règne
de droit divin, du fait de sa position dans la généalogie : cette
structure peut même s'accommoder d'une certaine dose de
matriarcat dans les Pyrénées occitanes, gasconnes et surtout
basques. Historiquement, ces communautés, typiques de notre
Sud, s'enracinent dans un très vieux fonds coutumier d'époque
médiévale, attesté dès le xII[e] siècle en Languedoc, dès le haut
Moyen Âge au sud des Pyrénées ; les travaux d'Aubenas et surtout
d'Hilaire permettent en outre de constater qu'elles ont connu, dans

la moitié méridionale du Massif central et des Alpes, et dans le plat pays montpelliérain, un ultime et spécifique « âge d'or » pendant la pénible époque des *Wüstungen*, aux XIVe-XVe siècles.

C'est au cours de ces périodes, en effet, que l'habitude de cohabiter en familles élargies déborde des vieilles aires montagnardes (Cévennes) qui furent traditionnellement leur domaine, pour envahir les campagnes qui bordent le golfe du Lion. J'ai exposé plus en détail dans un ouvrage sur le Languedoc rural les diverses astuces juridiques grâce auxquelles l'institution spécifique qu'est la famille large parvient de la sorte à s'implanter, pour mieux croître et embellir. Parmi celles-ci, on peut évoquer, par exemple : la donation fictive aux enfants mariés du tiers ou de la moitié des biens paternels, dont le père, en fait, dans un régime de corésidence, conserve l'usufruit ; la cohabitation à trois ménages, un de parents, deux d'enfants ; et quelquefois – mais le cas est rare à cause d'une faible espérance de vie –, la corésidence à trois générations ; la domination quasi seigneuriale du patriarche, spécialement forte en Provence, où le gendre qui se marie dans la maison de la fille est mis en tutelle, quand il y coréside, par son beau-père (une telle subjugation étant spécifiquement occitane, et peu concevable dans les pays de droit coutumier du Centre, où la communauté taisible elle-même, comme on l'a vu pour le Nivernais, n'entraîne aucune *diminutio capitis* du mari de la fille, quand celui-ci cohabite). Bien entendu, ces grandes familles méridionales prévoient la vie commune à feu et à pot, à bourse, vin et pain partagés. Des tensions dramatiques, à la Dominici, naissent parfois sur les bords, ou dans l'intimité du groupuscule : elles peuvent être suivies de crimes ; ou d'expulsion des jeunes par les vieux ; ou d'oppression des vieux par les jeunes, quand ceux-là sont devenus séniles, et qu'on peut, sans qu'ils ripostent, vendre leur lit ou leur couverture, et réduire leur ration de vin. Quant aux dots, elles sont jetées dans la masse commune, en cas d'arrivage d'une épouse ; ou, au contraire, elles justifient l'exclusion hors d'héritage de la fille dotée, quand celle-ci convole en dehors du groupe – cette exclusion étant du reste consacrée par les statuts de Provence de 1472-1473, qui l'adoptent explicitement pour lutter contre le morcellement du sol. Les « communes » qui se forment ainsi sont pratiquement indissolubles. Enfin, quand la vieille

génération est couchée dans la tombe, des frérèches se constituent
assez souvent par la communauté de plusieurs enfants mariés :
elle prolonge sur un plan « horizontal » l'ancienne collectivité verticale des parents et des grands enfants mis en ménage. La fraternité ainsi valorisée peut contaminer tantôt le lien conjugal (des
jeunes mariés « s'affrèrent » et promettent de se traiter jour et nuit
comme frères et sœurs !) ; tantôt aussi, l'amitié pure et simple :
deux hommes, que la parenté n'unit nullement, mais qui sont jetés
dans les bras l'un de l'autre par l'intérêt, par l'affection ou même
par une véritable passion, constituent une « fraternité artificielle »
qui les soude mutuellement ; ils seront ainsi à même de défricher
(car ils n'auront pas trop de la force réunie de leurs bras ou de
leurs attelages) le même coin de montagne, retourné jadis à la sau-
vagerie depuis les *Wüstungen* ; ou bien ils géreront de conserve la
même boutique de coiffeur ou d'épicier. À l'origine de toutes ces
démarches, patriarcales ou fraternelles, ou pseudo-fraternelles, gît
bien sûr un désir lancinant de sécurité, fort naturel dans une
société devenue délinquante, où tout s'écroule. Mais les procé-
dures communautaires dérivent aussi plus prosaïquement des
besoins d'une agriculture qui est à reprendre, à préserver, ou à
reconstruire. Elles découlent, dans un contexte de salaires tellement élevés qu'ils en deviennent délirants, de la nécessité implacable où l'on se trouve de pomper la main-d'œuvre fraîche à partir de ce réservoir de travail gratuit que propose généreusement la
famille large. Elles découlent, enfin, des opportunités qu'offre
l'élargissement des tenures, par remembrement au profit des
tenanciers ou possesseurs moyens. Le lopin s'étant fait plus vaste
que par le passé, il devient également plus facile d'y installer un
fils marié à côté du couple, encore en vie, des parents. En Occitanie, de l'Auvergne au Béarn, et aussi dans certaines marges sud de
la France d'oïl (Nivernais), les communautés familiales, dont l'archétype avait été soigneusement préservé pendant l'apogée du
Moyen Âge par la tradition autochtone, plus prévoyante à cet
égard que son homologue de la France du Nord, connaissent une
seconde jeunesse pendant les *Wüstungen*. Elles contribuent ainsi,
pendant la période envisagée par ce livre, à relancer l'exploitation
rurale grande et moyenne. Les quelques reliques qui en subsisteront çà et là au XVIIIe siècle, et surtout l'énorme documentation

qu'elles ont laissée, au temps de leur splendeur, dans le notariat cévenol du XVe siècle, permettent de les étudier tout à la fois *in vitro* et *in vivo*.

Sur quelques villageois

Par-delà les types de famille, par-delà les catégories foncières ou économiques qu'on vient d'évoquer (salaire, revenu d'exploitation), notre étude voudrait voir ou plutôt donner à voir les exploitants agricoles tels qu'en eux-mêmes, les villageois « en chair et en os » au XVe siècle. Même purement métaphorique, cette reconstitution est difficile. Les sources picturales *(Très Riches Heures du duc de Berry)* montrent quelquefois des laboureurs d'opérette, un peu irréels, en dépit de l'exactitude incontestable de certains éléments du décor. (Peut-être, du reste, les personnages ainsi dépeints par l'imagier sont-ils receveurs de seigneurie, originaires de la couche la plus huppée et la moins typique du monde rural.) Cette iconographie mise à part, les sources les plus valables – archives et archéologie – boudent souvent le sujet. Par exception, les travaux de Jean-Marie Pesez et Françoise Piponnier parviennent à reconstituer le village bas-médiéval, grâce aux fouilles effectuées sur le terrain ; et grâce aux inventaires après décès recueillis dans les vieux registres ; ces deux auteurs saisissent donc sur le vif les anciennes populations rurales qui furent les grandes victimes des *Wüstungen*. Bien que les données qu'ils mettent en œuvre concernent surtout la fin du XIVe siècle, elles ne diffèrent pas tellement, *au moins dans la typologie* (car les « dosages » ont pu varier), de celles qui régneront cinquante ans plus tard, au début de la période envisagée par notre livre : l'archéologie et surtout les inventaires (dans la région bourguignonne, objet des enquêtes Pesez-Piponnier) donnent ainsi l'image plausible des divers niveaux sociaux du monde agricole[29]. Niveau supérieur d'abord : exploitant et prêtre, le curé Berthier, mort en 1377, dans sa paroisse de Challevoisin, est un homme riche, marqué néanmoins d'une naissance servile, qui le fera mainmortable à son décès. Son aisance se signale par l'abondance du bétail, à la Hésiode. Dans l'étable de la maison presbytérale, au long des grandes mangeoires, s'alignent, comme à la parade, 24 vaches, 6 veaux de lait, 6 génisses, 3 bœufs et 1 bouvillon. Ce curé, en revanche, ne possède qu'un cheval (un poulain) : car, dans ce pays de labour à bœufs, les « bêtes équines » appartiennent, par privilège de fait, à des nobles ou à des riches qui sont extérieurs ou supérieurs au monde paysan. Outre les animaux qu'il élève sur son domaine, Berthier possède encore 714 moutons baillés à cheptel chez 46 personnes différentes. 46 paysans bien sûr. On peut donc le considérer comme un capitaliste de village, faisant fructifier un capital mobilier de type primitif. Par ailleurs, sa qualité d'ecclésiastique, grand brûleur de cierges devant l'Éternel, fait de lui, comme de beaucoup de ses confrères, un spécialiste de l'apiculture. Une batterie de 48 ruches borde sa maison. Dans l'ensemble, la fortune mobilière de Berthier (530 livres) correspond, par sa structure, aux doubles exigences de l'époque : thésaurisation et prêts, en période de baisse longue des prix (le curé laisse 280 livres en argent liquide et créances) ; accent mis sur la production animale (il a 118 livres de bétail domestique et 132 livres d'ovins baillés à cheptel). Sa cave non plus n'est pas négligeable : en tonneaux grands et petits (« queues » et « poinçons »), elle contient, de vin, deux queues et un muid… un muid que du reste on boira, d'un coup, en famille et entre amis, pour célébrer dignement l'inhumation du curé. Autres stocks : des sacs d'orge, une charretée de foin. Du fil et du chanvre pour les travaux textiles des servantes. Du drap au coffre (10 aunes) pour tailler les robes des gens de la maisonnée. À la cuisine, pourvue d'une cheminée à grands crochets, la richesse du maître se marque par les ustensiles de cuivre (6 pots) et par l'abondance de l'étain, en 20 écuelles et 5 pots. En revanche, 3 hanaps de bois seulement. Car la vaisselle de bois, c'est bon pour les pauvres, trop dépenaillés pour s'acheter de l'étain. Mis à part deux bons lits garnis de couettes, coussins (couvertures et draps), et des douzaines de serviettes, le meuble et le linge, chez Berthier, paysan pourtant fort aisé, sont plutôt réduits. Seulement quatre coffres (à grain), surmontés de la *maiz* pour pétrir le pain ; deux tables ; et quelques sièges de forme mal déterminée. La vie « intellectuelle » n'est représentée que par le bréviaire, prévisible chez un prêtre. Pas de crucifix. Pas d'images ni de statuettes pieuses. Ce genre d'objets n'apparaîtra chez les paysans riches qu'au xvie siècle, ou même bien après.

À un cran au-dessous, dans l'échelle sociale de la paysannerie, se situe Perrenot le Malestat, décédé en 1368, et qui lui aussi, parce que bâtard, est mainmortable du duc de Bourgogne. Perrenot, qui ferait figure aujourd'hui de petit agriculteur, peut être considéré comme un exploitant moyen dans les conditions parcellaires de son époque. Il sème en effet (partiellement tenus à ferme, semble-t-il) 9 journaux de terre dans la sole des grains d'hiver, et 7 dans celle des mars (dont 5 d'avoine et 2 de pois et de gesses). Ses deux maisons – l'une à l'Hôtel-Dieu, l'autre au « Moustier » de Pouilly-sur-Saône – sont probablement le fruit d'héritages accumulés, qui, en période de dépopulation, tendent à concentrer les biens immeubles entre les mains d'héritiers moins nombreux. Elles sont couvertes en chaume ; chacune d'elles est flanquée du *mes* (meix ou manse) d'un demi-journal, petite pièce de terre soigneusement fumée. Dans l'un des *mes* se dresse du reste le tas de fumier ou *monte*. Outre 7 ruches, une oie et quelques poules, le cheptel de Perrenot comprend 6 porcs et 8 bovins (6 vaches, un veau, un bœuf) pour la nourriture desquels trois charretées de foin sont en réserve. Les stocks de grain entreposés dans les 7 coffres de l'arrière-salle fermés à clef montent à 14 boisseaux, dont la moitié en seigle ; le reste en orge et avoine (5 boisseaux) ; et en pois et lentilles (un boisseau et demi). Possesseur d'une paire de ciseaux de couturier, Perrenot exerce peut-être à temps partiel une activité de tailleur rural ; la Marion, sa femme, file, voire tisse : de là les stocks de chanvre (7 livres pesant), de fil (4 livres). Quant aux outils, le fer ne manque pas : outre ses ciseaux, Perrenot possède en effet houe, hache, faucille et serpe ; plus « un sac de vieux ferrements ». La batterie de cuisine est correcte (poêles, trépied, mortier, seaux en bois cerclés de fer) ; en revanche, l'étain fait défaut (mis à part deux « petits poids carrés »). La poterie rustique abonde certainement : les fouilles, ailleurs en Bourgogne, déterrent par fragments les pots à cuire, jattes évasées, cruches en terre brute non vernissée, ou à vernis vert, ou à décors verts et bruns sur fond blanc crème. Mais du fait

de leur faible valeur, le scribe qui rédigeait l'inventaire ne men-
tionnait même pas ces ustensiles.

À l'absence de l'étain et du cuivre répondait, chez Perrenot le
Malestat, la relative pauvreté du linge : différent sur ce point de
Berthier, Perrenot, dont la famille était sans doute plus sale que la
maisonnée du curé, ne disposait que de quatre ou cinq serviettes.
Il était en revanche assez raisonnablement pourvu de draps :
8 paires au total, soit une ou deux par personne. On couchait à
deux par lit, dans trois lits de plume : mais les courtepointes rendaient l'âme ; et l'une des couettes de plume avait été mise en
gage pour 7 gros de monnaie, à la suite d'une période de gêne
momentanée. On soupçonne que ces « lits » étaient, en fait, des
paillasses posées à même le sol, et sans châlit de bois. Coffres à
part, le meuble était dépourvu d'imagination : le buffet de bois
sur lequel on mangeait, l'écuellier pour ranger la vaisselle, la table
enfin ne s'accompagnaient d'aucun siège qui fût digne d'être
mentionné par l'inventaire. On reste en fin de compte, chez Perrenot, sur une impression mêlée d'inconfort et de relative aisance
– en dépit de sa bâtardise et de son servage, notre homme, gâté à
sa façon par la conjoncture originale des *Wüstungen*, laisse à sa
veuve du bétail, deux maisons et 14 florins en numéraire. De quoi
aider la Marion à racheter la part d'héritage due au duc pour la
mainmorte.

Avec Jeannot d'Esparvans, du village de Sancey († 1361), on
tombe nettement plus bas, jusqu'au niveau massif et déprimé du
peuple rural : pour toute sa famille, Jeannot n'a qu'un « lit » et
qu'un seul drap. Ses ustensiles de cuisine sont de bois et de poterie ; en métal, l'inventaire mentionne seulement à leur propos
deux poêles et un bassin à boire. Les réserves de grain, au grenier,
sont réduites : 40 gerbes de froment et seigle. Mis à part 6 coffres
aplatis, le mobilier consiste en tout et pour tout en un petit buffet.
Jeannot, qui ne possède pas un gramme d'étain, n'est pas non plus
arrivé à l'âge du fer ! Du moins en ce qui concerne ses outils à lui.
Dans sa maison, ni faucille, ni houe, ni serpe (ces carences en
métal impliquent du reste un contraste avec la période moderne :
au XVIe siècle, vers 1550, bien rare sera l'ouvrier agricole qui
n'aura pas sa bêche ou sa serpe). On doit bien admettre que le
journalier du temps des *Wüstungen* (comme est notre homme, qui

n'utilisait certes pas la pierre polie) empruntait les outils de voisins moins pauvres quand il allait gagner sa vie en travaillant sur les champs des autres ; ou bien qu'il se fabriquait de mauvais outils en bois, trop minables pour figurer dans un inventaire. Ces carences métalliques fort répandues aggravent bien sûr la crise bas-médiévale dont elles sont aussi l'un des effets…

Les divers indices de pauvreté qu'on vient d'apercevoir, auxquels s'ajoute le fait que Jeannot, à son décès, ne laisse pas, semble-t-il, un sou vaillant à ses héritiers, ne signifient pourtant pas misère absolue. Notre homme a du bois de chauffage (trois charretées) qu'il tire probablement des droits communaux sur la forêt seigneuriale ; du chanvre (trois *batherons*), qui lui vient d'une parcelle en chènevière, bien engraissée, de son jardin ; surtout du bétail à dose très honorable : deux vaches, pour les laitages et peut-être les labours ; une génisse ; « trois petits laitants pourceaux » d'un an environ, pour le lard familial. Le tout nourri des glands et des herbes que fournissent là aussi les droits communaux, les forêts, les pâturages vagues issus des *Wüstungen*. Pas de poules néanmoins, car elles mangeraient du grain. Et Jeannot, pauvre homme, ne produit pas assez de céréales pour se payer le luxe d'en transformer une partie… en douzaines d'œufs. Son niveau de « fortune », en capital inventorié, ne se situe finalement qu'au sixième de celui de Perrenot.

Donc trois modèles, ou plutôt trois coupes – Berthier, Perrenot, Jeannot – à différents étages du monde rustique. Chronologiquement, il est plausible d'admettre que les années 1430, aux pires moments de la crise, ont fait descendre une grande partie de la paysannerie jusqu'au niveau « Jeannot ». Tandis que la jolie période de la première Renaissance (1460-1480) hisse un fort contingent de ruraux jusqu'à l'étage « Perrenot », lequel comporte comme on l'a vu beaucoup d'inconfort, mais aussi des éléments de richesse incontestables… Tout cela *cum grano salis*, les inventaires utilisés étant de la fin du XIVe siècle et décrivant une vie matérielle un peu différente de celle qui va progressivement s'instaurer de 1460 à 1560.

Stratigraphiquement, la hiérarchie précitée des trois coupes évoque celle… qu'ont définie préhistoriens et protohistoriens ! De haut en bas : le troisième étage appartient à ceux qui, comme Berthier, accèdent largement à la possession de l'étain et du cuivre. Au second, se trouvent les paysans qui, tel Perrenot, ont au moins des outils de fer. Au premier enfin, ceux qui, à l'exemple de Jeannot, n'ont pratiquement pas d'instruments métalliques, du moins en propriété personnelle.

Ces notations, l'archéologie les conforte et les vivifie. Surtout en ce qui concerne les niveaux bas et moyen que les sources écrites, elles, avaient souvent négligés.

Les maisons des cultivateurs tels que Jeannot et Perrenot, chacun dans son genre, sont en effet bâties à l'image probable de celles dont les substructures furent exhumées près de Drancy (en Côte-d'Or) par les fouilles du regretté Jean-Marie Pesez. La maison de Drancy est une bâtisse sans torchis, à murs de pierre (contiguë à une autre bâtisse analogue). Elle se compose de deux chambrettes, dont les côtés respectifs, en long et en large, font environ 4 à 5 mètres. Soit un « deux-pièces » de 40 à 50 mètres carrés pour une famille paysanne. La vie collective se déroulait dans la pièce de devant, laquelle était sans fenêtres, mais éclairée par le jour intermittent de la porte d'entrée : on y cuisait la soupe sur un foyer central, dépourvu de cheminée ; la fumée s'évacuait, sans prétentions, par un trou du toit. On y mangeait, on y couchait sur les matelas et paillasses posés à même le sol, fait de terre battue. La femme, le soir, y faisait la causette et la cousette. (Des ciseaux, fragments d'étoffe et dés à coudre ont été découverts *in situ*.) Au fond de cette chambre-cuisine, on pénétrait, par une porte taillée dans la cloison, dans la seconde pièce. Celle-ci, simple resserre. S'y trouvaient en réserve, entassés : les cruches, le bol en bronze, la lampe à huile ; les faucilles, serpes à vigne, serpettes et outils divers ; le petit trésor caché, contenant piécettes et anneaux de cuivre ; les coffres pour les grains et autres denrées. Ces meubles étaient jalousement fermés à clef, même et surtout chez les pauvres gens. La crainte des délinquances, violentes ou non, et de la filouterie universelle, semble avoir affligé beaucoup de monde à cette époque… Jean-Marie Pesez a pu ainsi détecter l'évidence de 12 coffres fermés à clef dans une seule habitation paysanne[30] !

Ces données restent régionales : la maison bourguignonne n'est pas la maison française « en général », et il faut admettre que, grâce aux fouilles *ad hoc*, nous connaissons beaucoup mieux la

« façon d'habiter » des chasseurs magdaléniens de Pincevent (8800 avant notre ère) que celle des paysans français de 1450, qui pourtant nous ont précédés de si peu dans la tombe !

Quant à l'archéologie des mentalités paysannes, au bas Moyen Âge, elle reste un champ de recherches presque aussi peu défriché que celle des humbles maisons. Une certitude, pourtant : en dépit de la prédominance des formes de pensée traditionnelles, et malgré le rôle dirimant, chez les laboureurs, de la culture orale et merveilleuse (fées, hêtre des fées, mandragore et bois sacré…) sur laquelle porte témoignage, au procès de Rouen, le récit de l'enfance de Jeanne d'Arc, un premier mouvement de scolarisation se produit aux XIVe et XVe siècles. Robillard de Beaurepaire, qui a étudié ce phénomène pour la Normandie, le met en rapport avec la large diffusion du *papier*, si nette au niveau des comptes seigneuriaux et des registres de notaires : car, un bon siècle avant que la France (à la fin du XVe) ne s'engage dans la « galaxie de Gutenberg », la régression du parchemin, trop cher, et l'usage toujours plus répandu d'un nouveau support de l'écriture ont mis en œuvre un premier et puissant multiplicateur de l'information. Ce multiplicateur à son tour crée (même dans les villages) une demande d'alphabétisation, modique mais incontestable. Au diocèse de Rouen, 19 écoles rurales au moins, dont certaines pratiquent la gratuité, apparaissent dans un nombre égal de villages entre 1362 et 1500 (et surtout entre 1397 et 1440). De nombreux paysans, clercs ou non, tonsurés ou non, mais qui bien entendu sont une minorité dans la masse rurale, savent lire, voire écrire. Certains villages comptent jusqu'à 10 clercs, sur 30 chefs de famille. L'enseignement ainsi dispensé concerne presque uniquement les garçons (les filles, faute d'écoles spécifiques, restent enlisées dans l'analphabétisme : elles se vouent à la transmission du folklore). Si modeste, groupusculaire et majoritairement (mais pas uniquement) masculin que soit ce progrès vers la scolarisation et les lumières, il constituera, quand viendra l'heure de la reprise économique, après 1450, un facteur indéniable de croissance[31].

CHAPITRE II

La Renaissance rustique :
une récupération

Essor ou « retrouvailles » démographiques ?

L'essor démographique français au « XVIᵉ siècle », plus exactement dans la période 1450-1560, n'est plus à démontrer. En Lorraine (rurale), d'après les travaux de Rose-Villequey, la hausse du nombre des hommes est de 70 à 80 % dans le temps qui va de 1500 à 1560 : elle est donc probablement proche du doublement, ou même supérieure à celui-ci, pour l'époque totale de la Renaissance (vers 1450-1550). Dans la région parisienne, à Jouy-en-Josas, on comptait 24 feux en 1467, 64 censitaires au terrier de 1503, et 94 censitaires (domiciliés) dans le même village en 1550. Quelle que puisse être la différence entre *feu*, d'une part, et *censitaire résident*, d'autre part, on ne contestera pas que la population de Jouy-en-Josas a pour le moins doublé entre l'immédiat après-guerre (des guerres de Cent Ans) et l'immédiat avant-guerre (des guerres de Religion). Les recherches critiquables dans le détail, mais valables quant au *trend* d'ensemble, effectuées par Yvonne Bezard pour 16 localités, et aussi l'enquête de Guy Fourquin, confirment qu'une véritable lame de fond démographique, dans la région rurale qui entoure Paris, a comblé, en un siècle (1450-1550), le vide qu'avaient causé les grandes crises vers 1340-1440. Si l'on en juge par les livres censiers de Saint-Germain-des-Prés, cette lame de fond qui s'amorçait tout juste entre 1458 et 1470 (Yvonne Bezard) prend beaucoup de vigueur et de dynamisme entre 1484 et 1511 (censier d'Issy et de Vaugirard). Vers 1540-1560, les campagnes parisiennes atteignent même un niveau de population nettement supérieur à celui qui sera le leur durant tout le XVIIe siècle ! En 1543, pour huit paroisses du bailliage de La Ferté-Alais et du duché d'Étampes, on comptait 970 feux ; on n'en trouvera plus que 660 à 670, selon les années, de 1709 à 1720. Même son de cloche à Avrainville (81 chefs d'hôtel en 1550, contre 41 censitaires en 1660 ; et 50 à 60 feux en 1700-1710). À Bagneux, Arcueil, et autres paroisses du Hurepoix, le nombre des baptêmes vers 1542-1550 était supérieur d'au moins 50 % à ce qu'il sera en diverses périodes du XVIIe siècle. Somme toute, on peut considérer que les campagnes parisiennes sont nettement surpeuplées vers 1540 ; par la suite, elles amorceront au contraire, à travers les crises plus ou moins tragiques du XVIIe siècle, un « sage » exode rural, qui créera une répartition plus moderne entre les populations citadines, essentiellement concentrées dans la capitale, et les populations rurales désormais ramenées à de plus justes sinon plus modestes dimensions. Vers 1540, on est bien loin encore de cet « assagissement » et de cette modernisation… forcée.

Naissances et décès dans deux villages
au sud de Paris

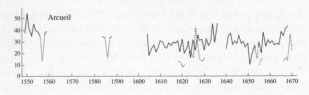

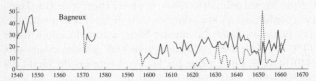

Les décès sont en gros pointillés (ligne inférieure).

D'après J. Jacquart (1974), p. 776.

Dans la région de l'Yonne et en Anjou, Sologne, Touraine, Beauvaisis, basse Normandie, Bretagne (d'après les travaux de Pierre Goubert, Alain Croix, François Lebrun, Pierre Gouhier), les *trends* sont analogues. Les registres paroissiaux indiquent en général, dans ces contrées, des poussées tout à fait notables du nombre de baptêmes et de mariages : elles sont quand même, dans la majorité des cas, inférieures au doublement entre 1490-1500 et 1550-1570 (le doublement est donc plausible entre 1450 et 1560). La population des villes, en revanche (à Nantes par exemple, comblée par l'essor du commerce viticole et salin), peut grandir à un rythme beaucoup plus vif que celle des campagnes. Dans l'ensemble, un peu partout, les niveaux de population rurale vers 1550, directement connus, ou grossièrement mais valablement présumés par le nombre des baptêmes et des mariages, sont, au minimum, supérieurs de 20 à 30 % à ce qu'ils deviendront pendant le XVIIe ; voire pendant le XVIIIe siècle.

Dans les régions de langue occitane ou franco-provençale, les tendances ne paraissent pas très différentes de celles des pays d'oïl : en Provence, les hauts niveaux démographiques de 1320 sont rattrapés et même dépassés vers 1540 ; alors que vers 1471 la grande province du Sud-Est était tombée à moins de la moitié de ceux-ci. Dans le diocèse de Genève, la population rurale avait perdu plus de la moitié de ses effectifs entre 1339 et 1443 ; elle commence à remonter à partir des décennies 1470-1480 ; en 1518, la récupération, déjà sensible (+ 30 % d'augmentation par rapport à 1440-1470), est loin d'être achevée... Un peu plus au sud, huit paroisses de Savoie, qui faisaient 411 feux en 1347 et 346 feux en 1352 (après la peste), culminent à 587 feux, plafond de l'âge moderne, en 1561. Dans le Jura et la Franche-Comté, la fièvre de construction des moulins entre 1540 et 1580 paraît bien constituer, à défaut de preuves statistiques directes, l'indice d'une augmentation soutenue du nombre des bouches à nourrir, nécessairement consommatrices de farine. En divers districts comtois, vers 1580, la population globale se trouve située à un niveau qui fait les 66 % à 100 % de son homologue, plutôt élevé, de 1896. Plus à l'ouest, et toujours dans la France du « sud de la Loire », le diocèse de Toulouse, dès 1536, à l'apogée déjà bien commencé de l'âge du pastel, affiche « complet » : il dénombre en effet un peuplement maximal, supérieur à tous les niveaux du xviie siècle (Georges Frêche). Là aussi, quel contraste entre cette plénitude humaine, au terme d'une Renaissance, et le Toulousain jadis exsangue et dépeuplé des années 1450, précisément décrit par Philippe Wolff. L'expansion démographique languedocienne, entre Charles VII et François Ier puis Henri II, on la voit littéralement se faire sous nos yeux, par le doublement progressif du nombre des taillables résidents (contribuables domiciliés, enregistrés au livre des tailles), dans des dizaines de villages de la province. Ce doublement « contribuable » intervient, du reste, avec un retard d'une ou deux décennies sur l'accroissement effectif du nombre des hommes ; le temps que les nouveau-nés en surnombre, issus de l'essor démographique, grandissent et deviennent à leur tour taillables et éventuellement propriétaires.

D'autres études régionales confirmeront, mais en la nuançant, cette impression d'accroissement de l'effectif des peuples donnée par la période 1450-1560. Nous savons déjà par exemple qu'en Cambrésis et en Hainaut (où la « marée basse » de la démographie du xve siècle avait été moins déprimée qu'ailleurs), l'essor-récupération de la période suivante est également moins marqué que dans les France d'oïl et d'oc, situées plus au sud. Hugues Neveux (Cambrésis) et Maurice-A. Arnould (Hainaut) ne détectent dans leurs régions respectives qu'une remontée d'environ 30 à 50 % de la population entre 1440-1450 et 1540-1550. Constatation normale : moins rude avait été la chute, moins escarpé sera le raidillon de la reprise.

Quelles que puissent être ces divergences légitimes entre appréciations régionales, l'essentiel est, quand même, d'obtenir une pesée globale et une vision d'ensemble du phénomène d'essor démographique à l'échelle nationale. Combien d'habitants avait, *grosso modo*, « la France », vers 1560-1580, dans ses limites d'alors, ou, mieux encore, dans ses frontières déjà quasi hexagonales de l'époque Vauban, plus propices aux comparaisons interséculaires ? Les « statistiques » ou « préstatistiques » ne sont pas inexistantes pendant les deux décennies qui suivent le déclenchement, vers 1560, des guerres de Religion. Elles valent ce qu'elles valent ! Certaines d'entre elles sont aussi fascinantes qu'indémontrables. D'autres, comme celles de Froumenteau, présentent un caractère hautement (mais pas totalement) canularesque : elles n'en sont pas moins, et jusqu'en notre temps, doctement commentées par les démographes !

Commençons donc par ce qui semble être le plus sérieux… et le moins vérifiable : en 1568, un ambassadeur de Venise en France *(Rel. des ambass. vénitiens… au XVIᵉ siècle*, publ. par N. Tommaseo, t. II, 1838, p. 149, in *Coll. des doc. inéd. de l'hist. de France)* écrit que le royaume de France est *« tutto abitato e tutto pieno ; e per certe descrizioni che fecero alcuni Genovesi che volevano prendere l'imposizioni delle doti, si crede che siano circa quindici i sedici millioni d'anime »*. Ce témoignage des financiers génois, bien que totalement inaccessible aux vérifications directes par l'historien, n'est certainement pas à jeter par-dessus bord – les fermiers des impôts et autres gabelous furent en effet les meilleurs préstatisticiens du royaume (quoique les plus secrets) ; ils le resteront jusqu'à l'apparition du premier « arithméticien politique » digne de ce nom : Vauban, qui leur empruntera beaucoup.

Donc, si l'on en croit les Génois qui voulaient taxer les dots, la France aurait compté en 1567-1569, après les premières épreuves extrêmement désagréables déjà du début des guerres de Religion, 15 à 16 millions d'habitants. Soit au minimum 17 millions d'âmes, compte tenu des accroissements territoriaux, dans ces mêmes frontières où Vauban trouvera 19 millions d'hommes. L'effectif probable de 1328 est donc déjà pratiquement retrouvé vers 1568 ; et l'augmentation démographique globale qui s'ensuivra encore, entre 1568 et 1700, est à ce point minime dans la longue durée qu'on peut bel et bien parler, à propos de la France baroque, puis classique, de cette quasi *zero population growth* qui constitue aujourd'hui l'idéal de nombreux démographes dans le monde.

Le témoignage suivant, celui de Froumenteau, mérite, à peu de chose près, d'être jeté à la poubelle de l'historiographie ; bien qu'il repose, au moins pour une part, sur des appréciations qui ne sont pas nécessairement inexactes et qui proviennent peut-être des Génois (voir *supra*), des fermiers des aides, ou des auteurs des départements des tailles ; mais Froumenteau, lui, se comporte par moments comme un monstrueux farceur. Dans son *Secret des finances de France* (1581), où par ailleurs il dénombre gravement les putains des prêtres et les sodomites du clergé – avec effectif exact à l'unité près par diocèse –, il déclare, « chiffres à l'appui », qu'il y a en France, dans les limites du royaume, 3 500 000 familles ou maisons, y compris les pauvres et les misérables. La « fourchette » nationale, dans ces conditions, se situerait entre 14 et 17 millions d'habitants, soit aux environs de 15 à 16 millions d'âmes, dans les frontières de 1580. Donc le même chiffre, exactement, que celui des Génois de 1568. À croire que Froumenteau, documentairement, s'est abreuvé aux sources fiscales qui furent aussi celles de l'ambassadeur vénitien de 1568. Mais hélas, il y a un hic. J'ai refait les additions de Froumenteau, à partir des chiffres de feux qu'il fournit obligeamment pour chaque diocèse : la machine à calculer, plus exacte que le vieil auteur de 1581, donne non pas 3 500 000, mais 4 463 916 feux ! L'« erreur » est jolie : un million de feux ont disparu. S'agit-il vraiment, de la part de Froumenteau, d'une bévue ? Elle paraît tout de même un peu grosse : on soupçonne que ces discrépances dissimulent d'assez malodorantes cuisines statistico-gouvernementales. Le chiffre « national » de « 3 millions de feux » (encore 500 000 feux de plus, ou plutôt de moins, qui se sont « perdus dans la nature ») était dès 1576-1577 un chiffre *politique* qu'on discutait, selon Lestoile, au Cabinet du roi et aux états de Blois : ce nombre servait d'enjeu entre les diverses factions du pouvoir et les financiers pour la fixation des impôts, dont les profits étaient trop énormes pour qu'ils pussent être arbitrés en toute impartialité.

Doit-on admettre alors que ces 3 millions de feux (duc de Nevers cité par Lestoile, en 1576-1577), ou 3,5 millions de feux (Froumenteau, 1581), constituent une évaluation sous-estimée ? L'effectif de 4 463 916 feux, restitué par moi sur les chiffres de base de Froumenteau, étant meilleur ? Dans ce cas, on devrait considérer que la France, dans ses frontières de la seconde moitié du XVIe siècle, avait entre 18 et 22 millions d'habitants en 1581 ! Si plausible que puisse être, pris en lui-même, le premier de ces deux chiffres (voir les estimations tout à fait congruentes proposées à ce sujet par Jacques Dupâquier), il faut bien reconnaître que là aussi on nage par la suite, quelquefois, en pleine Absurdie. Car les nombres de Froumenteau, par diocèse, qui servent de base à ces 4 463 916 feux sont souvent fantaisistes ; et fixés de façon arbitraire par l'auteur du *Secret des finances* à 52 000 ou 58 000 feux, avec une prédilection bizarre pour les cinquantaines de mille, et pour les nombres pairs : « Diocèse de Troyes, 58 000 ; de Sens, 52 000 ; d'Orléans, 58 000 ; d'Angers, 52 000 ; de Tours, 52 000 ; de Poitiers, 58 000 ; de Nantes, 58 000 ; de Rennes, 58 000… » Le petit diocèse de Lodève, qui fera 30 000 habitants à peine au XVIIIe siècle, à l'époque de l'apogée de ses manufactures de drap militaire, est royalement gratifié par Froumenteau de… 46 000 feux, soit au bas mot 180 000 habitants ! On n'en finirait pas s'il fallait énumérer les bourdes contenues dans ce prétendu état des feux, bien indigne de cette appellation, quand on le compare à celui, plus sérieux, qu'on possède pour 1328. Tout n'est pas faux, sans doute, dans les centaines de chiffres diocésains de Froumenteau. Mais la somme de critiques et de recherches à dépenser pour extraire de ses données l'éventuel bon grain de l'ivraie est telle qu'on peut se demander si le jeu en vaut la chandelle.

En fait, il semble que, pour en arriver à un « chiffrage » global assez exact, et déjà connu par les préalables estimations de l'époque, Froumenteau a concocté ou confectionné une addition *post festum* ou *post factum* dont le total est *grosso modo* correct quoique exagéré, mais dont les chiffres de base (diocésains) sont souvent faux, parce qu'imaginés *a posteriori* pour la circonstance, et pour justifier le susdit total.

Revenons donc aux bonnes sources, dans la mesure du possible ; tentons de faire le bilan des données sérieuses : les estimations convergentes qu'on peut tirer des registres paroissiaux, des comptages de feux diocésains ou administratifs et des estimations des financiers d'aides, de tailles ou de gabelles permettent de suggérer que la France de 1560, à la veille des grandes saignées des guerres de Religion, avait retrouvé pour le moins, dans les frontières conventionnelles qui seront celles où travaillera Vauban, le chiffre de 19 millions d'âmes déjà atteint approximativement vers 1328, avant les catastrophes bas-médiévales. (Ces retrouvailles doivent s'entendre en moyenne, et au niveau national ; car certaines régions, la haute Normandie par exemple, d'après Guy Bois, n'égalaient pas encore, vers 1560, les records de population, très congestifs il est vrai, qu'elles avaient atteints une première fois vers 1330.)

En dépit de ces performances inégales, il semble même que le chiffre de 19 millions d'âmes en 1560, dans les (futures) frontières de Vauban, doive être considéré comme une évaluation minimale. Disons en tout cas qu'en Sologne, en région parisienne, Touraine, Beauvaisis, basse Normandie, haut Languedoc (mais non dans la région de Montbéliard), les populations rurales vers 1560-1580 sont parfois supérieures à leur niveau du xviie siècle par quelque bout qu'on prenne celui-ci (1630 ou 1700). À frontières comparables, il n'est donc pas interdit de penser que le peuplement de la France, vers 1560-1570, égalait pour le moins les 19 millions d'âmes dénombrées par Vauban vers 1690-1700. Jacques Dupâquier, dont nul ne contestera la compétence démographique, a pu proposer en effet, à titre indicatif, un effectif de 19 500 000 habitants pour la « France » de 1560 dans son territoire de 1700.

Il est permis maintenant de formuler quelques propositions quant au *trend* séculaire de la Renaissance démographique : la « France », dans ses frontières à la Vauban, avait environ 10 millions d'habitants, peut-être au grand maximum 10 675 000 (donc 9 millions de ruraux ou peu davantage) lors du nadir humain de 1430-1440. Cent vingt années plus tard, au zénith de 1560, elle en compte près de 20 millions ; très exactement, toujours d'après Dupâquier[1], déjà cité à ce propos, 19 500 000 habitants, dont 17 550 000 ruraux, parmi lesquels 15 356 000 cultivateurs. Entre ces deux périodes, dans un laps de temps de 12 décennies, on a donc enregistré, à peu de chose près, un quasi-doublement d'effectifs de la démographie nationale.

Ce doublement représentait, pour une bonne part, la pure et simple récupération du haut niveau d'avant les guerres anglaises (21 250 000 âmes, aux dernières nouvelles[2]) ; la part d'innovation, de vraie croissance démographique à l'échelle interséculaire, ne constituait dans tout cela qu'un élément faible ; voire hypothétique, ou nul. De toute manière se trouvait défini, vers 1560, un plafond : la vingtaine de millions d'hommes, destinée à rester, jusque vers 1720, la norme démographique du royaume (dans ses frontières louis-quatorziennes, bien sûr) ; celui-ci, à la fin de la

Renaissance (1560), a donc fait son plein d'hommes pour plus d'un siècle et demi.

Les structures de base du mouvement de la population

Ce qu'il faudrait pouvoir mettre en cause, par-delà les niveaux et les *trends* du peuplement, ce sont les structures démographiques : celles-ci, au XVIe siècle, ne se laissent pas déchiffrer aussi clairement qu'aux XVIIe et XVIIIe siècles, où des dizaines d'études de villages, à base de reconstitutions de familles, ont désormais fait le point. On possède néanmoins quelques repères structuraux pour le XVIe siècle également.

Admissions à la léproserie de Nîmes

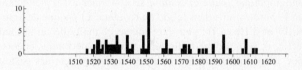

La peste à Toulouse et dans le pays toulousain

▮ : année comportant une mention d'épidémie de peste. Après 1680, disparition de la peste en haut Languedoc.

D'après E. Le Roy Ladurie (1966), t. II, p. 942.

Il semble d'abord que la démographie populaire et rurale de la Renaissance française puisse se définir par une mortalité légèrement plus basse que celle qui sévira au XVIIe siècle, et notamment au cours des plus mauvaises décennies (années 1640, 1690…). L'aisance céréalière de la Renaissance, l'absence longue des famines, le régime nutritif relativement bon dont jouissaient les classes inférieures, symbolisé par les hauts salaires, contribuèrent pendant quelque temps à rendre compte de cette mortalité relativement basse. On peut supposer, aux meilleurs moments du second XVe siècle et du premier XVIe, un taux de mortalité générale supérieur d'assez peu à celui de 30,6 ‰ qui régnera pendant les bonnes périodes du XVIIIe siècle, en plein essor démographique également (par exemple pendant les années 1766-1768[3]). Il est vrai qu'à partir de 1520-1522 environ, date ronde, les très vives disettes, crises de subsistances et crises de mortalité (1522, 1531, 1546, 1557 dans la région parisienne) reviennent en force ; et, de toute façon, la paupérisation est rampante. Néanmoins, et si regrettables que soient ces développements nouveaux, leur impact n'est pas tel qu'il parvienne à mettre un terme à l'expansion démographique ; celle-ci semble se continuer assez nettement dans le nord comme dans le sud du royaume à l'époque de François Ier et d'Henri II ; peut-être même connaît-elle un second souffle, et se prolonge-t-elle ainsi quelques décennies encore, grâce, entre autres facteurs, au relatif assagissement des pestes. Certes, celles-ci s'entêtent, après 1520, à désoler de façon parfois spectaculaire (vers 1530) telle ou telle région ; et il n'est pas une seule année, de 1520 à 1560, où elles ne persistent à éclater çà ou là dans les limites de l'Hexagone, qui constitue le cadre des recherches historiques du Dr Biraben. Mais il existe tout de même une grosse différence. Avant 1520-1530, parmi les régions souvent infectées du Midi, la peste, dans une contrée donnée, dans le rayon d'influence d'une grande ville donnée (Toulouse), pouvait éclater tous les ans ou tous les deux ans ! Après 1525, ces explosions, qui du reste, prises en tant que telles, en deviennent d'autant plus redoutables, ne se produisent plus que tous les dix ans ou même à intervalles plus espacés encore. C'est un grand succès pour la vie, dû, semble-t-il, à des mesures très simples de police urbaine et interurbaine[4] : meilleure évacuation des ordures, mesures de quarantaine plus sévères et plus efficaces. On parvient ainsi à désamorcer quelque peu les contagions citadines, plaques tournantes des épidémies, et à sauver chaque année des dizaines, voire des centaines de milliers de vies dans tout le pays, campagnes incluses. Il ne s'agit là, bien sûr, que d'un progrès très partiel de l'hygiène et de la santé ; progrès auquel il conviendrait d'ajouter l'atténuation radicale de la lèpre à partir de 1536-1552. Quant à l'éradication définitive des pestes, elle n'interviendra dans l'ensemble du royaume qu'après 1655-1670 (après 1720 seulement pour la région marseillaise et le Gévaudan).

Au total, le bilan de la mortalité nationale, même pendant le beau XVIe siècle, n'a rien d'idyllique. Il apparaît simplement que, de 1450 à 1560, l'emprise de la mort n'est pas suffisamment forte pour être en mesure d'interdire, comme elle le fera si bien au XVIIe siècle, tout essor démographique de longue durée.

Mais la mort, ou la moindre mort, n'est pas seule en cause. « L'âge tardif du mariage sera, dit Pierre Chaunu, l'arme contraceptive par excellence de l'Europe classique. » Or cette « arme », en plusieurs provinces, vers 1540-1560, semble avoir été maniée de façon moins lourde et moins efficace qu'elle ne le sera aux XVIIe et XVIIIe siècles, quand les filles se marieront régulièrement à 25, voire 27 ou 28 ans. En haute Normandie, vers 1550 (Guy Bois), l'âge féminin au mariage semble s'être situé aux alentours de 21 ans, au lieu de 25-26 ans vers 1650-1780. Automatiquement, les filles qui sont ainsi mariées trois ou quatre ans plus tôt, vers 1550, dans un régime sans contraception ou qui n'en comportait qu'assez peu, étaient destinées à porter un enfant ou même deux enfants de plus que ne le feront leurs descendantes, vers 1700. On tiendrait donc là l'une des clefs de l'essor-récupération démographique de la Renaissance ; celui-ci, en haute Normandie, se prolongeant jusque vers 1570. Tout se passe en somme comme si les candidates normandes aux épousailles, en plein XVIe siècle, avaient conservé la coutume du mariage précoce, née çà et là, peut-être, des mortalités intenses d'un Moyen Âge sombre : celle-ci consistait, originairement, pour un individu quelconque, étant donné l'anticipation d'une mort personnelle proche, à se marier tôt, afin d'avoir le temps de porter, puis d'élever des

enfants pour qu'ils lui succèdent en temps idoine sur la terre familiale, sans solution de continuité. Il a suffi que ces habitudes de
mariage jeune et donc plus fécond, préservées par routine après
1450, en viennent à coexister avec un régime de mortalité plus
clément pour que se déchaîne un processus d'essor et de récupération spectaculaire du peuplement. Peu à peu, du reste,
entre 1560 et 1650, une fois retrouvé le plafond démographique,
les époux normands se rendront compte du danger de progéniture
excessive qu'impliquent désormais ces mariages trop tôt conclus ;
et ils en viendront à un régime raisonnable de nuptialité plus tardive, qui stabilisera la population au plafond. (On remarquera, en
revanche, d'après des données il est vrai fragmentaires, qu'en
Cambrésis, le mariage, aux xve et xvie siècles, semble être resté
constamment assez tardif : est-ce parce que les mouvements
démographiques de cette région n'eurent ni l'ampleur ni la violence biséculaire et contrastée qu'ils revêtirent plus au sud, en
Normandie et dans la région parisienne ? Une fois de plus, en tout
cas, les Nordistes font bande à part.)

Troisième volet du triptyque démographique : la fécondité.
D'après le peu, le très peu qu'on en connaît et d'après des renseignements qui, hélas, concernent surtout le Cambrésis, pays atypique, il ne semble pas que celle-ci, *par groupes d'âge*, ait été tellement plus élevée au xvie siècle de l'essor qu'elle ne le sera au
xviie, à l'époque de la stagnation du peuplement. Les femmes
cambrésiennes avaient vers 1470 comme vers 1550 des intervalles
intergénésiques d'environ 25 mois, c'est-à-dire très exactement les
mêmes que ceux qu'on pourra mesurer vers 1700, un peu plus à
l'ouest, en Beauvaisis. Et de même en Bretagne, où, aux plus mauvaises décennies d'un xviiie siècle qui par ailleurs sera localement
déplorable, les femmes seront extraordinairement fécondes (intervalles intergénésiques inférieurs à 24 mois) ; il y a donc peu de
chances que la fertilité maternelle ait été plus élevée encore pendant le xvie siècle, si prolifique que celui-ci se soit montré. Phy-
siologiquement et statistiquement, c'était à peu près impossible.

À propos de la fécondité, il semble du reste que certains des
« trucs » (à base d'austérité augustinienne), des pauvres petits
trucs, que les couples des xviie-xviiie siècles auront à leur disposition, faute de *birth control* véritable, pour limiter le nombre de nais-

sances, étaient déjà en place dans la première moitié du XVIᵉ siècle. Et, par exemple, l'abstinence sexuelle du Carême, qui permet, de par les pieux et pressants conseils de l'Église, d'aboutir « objectivement » à diminuer quelque peu le total effarant des naissances annuelles, n'est pas une invention de la Contre-Réforme du XVIIᵉ siècle. En Bretagne, le creux des conceptions du Carême est déjà très fortement marqué vers 1550. C'est l'indice, en passant, de la prodigieuse religiosité de cette province, dans laquelle la Contre-Réforme baroque, puis quelques macérations jansénistico-augustiniennes d'arrière-saison du XVIIIᵉ siècle trouveront un terrain d'accueil, tout préparé par les coutumes antérieures.

En revanche, d'autres règles d'austérité morale, qui au XVIIᵉ siècle contribueront à limiter les naissances (je pense par exemple aux taux très bas d'illégitimité dans certaines régions rurales de la France classique), n'étaient pas présentes au même degré pendant le « beau » XVIᵉ siècle – les familles nobles en particulier, y compris rustiques (Gouberville, etc.), vers 1500-1580, semblent avoir engendré un nombre important de bâtards. À faire pâlir d'envie Louis XIV, si généreux pourtant de la « main gauche » en un siècle qui statistiquement le sera beaucoup moins ! Dans la famille de Fontanges par exemple, à Cropières (haute Auvergne), on trouve vers 1500-1550, 24 bâtards (chiffre minimum) pour trois mâles et deux générations : Antoine de Fontanges, prieur de Brommat, engendre 6 enfants illégitimes ; son frère Annet, seigneur de Cropières, en a 10 ; le fils légitime d'Annet, Petre Jean, au moins 8. Les paysans d'Auvergne dont les filles servaient de concubines à ces redoutables Fontanges imitaient, semble-t-il, le « modèle » de virilité prolifique que leur proposait la classe seigneuriale (Claude Grimmer).

Mais laissons ces fioritures. Au total, l'essor de la Renaissance démographique, en contraste avec la stagnation du XVIIᵉ siècle, paraît s'expliquer davantage par une mortalité un peu plus basse et par une nuptialité un peu plus précoce que par une fécondité (légitime) qui serait, par hypothèse, plus élevée au XVIᵉ qu'au XVIIᵉ siècle, dans chaque groupe d'âge quinquennal des femmes mariées. La fécondité légitime, jusqu'à plus ample informé, semble avoir constitué sinon l'invariant, du moins la variable la moins flexible, dans ce jeu à trois composantes – naissances,

mariages, décès – qui différencie les démographies d'un siècle
à l'autre.

Dernier point : j'ai procédé jusqu'ici comme si « l'essor du peuplement de la fin des guerres anglaises au début des guerres de
Religion » était un bloc, une phase totalement homogène d'expansion, par opposition au long siècle stagnant qui prend la relève
de 1570 à 1720. Il va de soi qu'une telle conception serait absurde,
parce que ultra-simpliste. En fait, la progression démographique,
de 1450 à 1560, s'est faite à travers des oscillations diverses ; les
phases de montée galopante ont alterné avec les périodes de freinage et même de blocage (mais jamais, semble-t-il, on n'a eu
d'époque décennale ou interdécennale de recul profond, comme
on en connaîtra au XVIIe siècle vers 1640-1655, ou 1690-1715).

Ces « nœuds » et ces « ventres » des courbes du XVIe siècle qui
constituent la trame d'un *trend* à la fois oscillant et ascendant, on
les devine, par exemple, en haute Normandie et en Cambrésis :
vers 1500-1520, ces régions connaissent un assez net ralentissement de la poussée démographique, lequel annonce peut-être une
première tension du marché des subsistances, sous l'impact du
nombre des hommes.

Production et consommation

Cette population monte en dépit d'avatars qui d'ailleurs n'ont
qu'un temps ; elle consomme et elle produit. Et, s'agissant ici du
peuplement rural, elle consomme pour une bonne part ce qu'elle
produit : à 80 % en ce qui concerne les grains (le pourcentage
d'autoconsommation est moindre dans les secteurs du vin et des
aliments à calories raffinées).

Dans cet ordre d'idées, les courbes de consommation (notamment alimentaire) et de production agricole constituent un indice
de première importance quant aux accomplissements de l'économie rurale du XVIe siècle. Montent-elles plus vite, aussi vite, moins
vite que la population campagnarde ; et campagnarde-urbaine ; et

globale ? Ces rythmes divers, et dont chacun possède sa logique propre, impliqueraient respectivement la croissance, au moins théorique, des disponibilités par tête ; ou leur stagnation ; ou leur diminution. Bien entendu, c'est seulement dans quelques cas privilégiés, heureusement massifs (cas du sel et surtout des grains), qu'on peut donner un début de réponse à ces questions.

Se présente d'abord un indice précieux, quoique trop isolé, de consommation massive : le sel. Nous connaissons, grâce aux recherches soigneusement critiques de Jean Tanguy sur le commerce de Nantes, l'évaluation graphique de la *montée* des cargaisons de sel en provenance des gigantesques marais salants de l'Atlantique, ceux du Pouliguen et de la baie de Bourgneuf. Il s'agit même là, trop négligé jusqu'ici, d'un des plus beaux diagrammes d'histoire sérielle qu'on ait constitué sur le XVIe siècle français. Les sels en question ne font que transiter vers l'amont par le port de Nantes. Ils sont ensuite portés, sur des chalands, le long de la Loire, vers les marchés de la France du Nord et du Centre-Nord ; ceci en vue de redistributions dans une grande partie du Bassin parisien, effectuées par les fermiers des gabelles… et aussi sans doute par quelques fraudeurs. Nantes, comme l'écrit Tanguy, peut donc être considérée « comme l'une des grandes portes d'entrée du sel en France ». Par-delà ce gros centre, il faut se représenter les millions d'individus urbains, mais aussi majoritairement ruraux, qui, pour leur cuisine courante et pour saler le cochon, attendent chaque année le sel atlantique.

En 1355-1356, au début de la grande crise séculaire (guerre anglaise et lendemain de peste), Nantes expédie, *via* la rivière de Loire, 11 688 muids de sel vers l'intérieur des terres. Vers 1490, le chiffre correspondant oscille autour de 8 000 à 10 000 muids, niveau typique encore d'une période de basse conjoncture.

Pendant la première moitié du XVIe siècle, on se serait attendu à une hausse de la consommation du sel nantais, du fait de l'essor des peuplements ; et du fait de l'animation économique qui se produit dans les pays d'oïl, clients des Nantais. Or, chose curieuse, il n'en est rien. Cette stagnation du trafic est-elle due à une paupérisation des consommateurs ? Ou bien à une fraude massive qui, en ce premier demi-siècle, rendrait nos statistiques inadéquates ? Nous l'ignorons.

Enfin, vers 1550, l'inévitable décollage se produit. En 1547, la montée du sel vers l'intérieur des terres, par Nantes et la Loire, se trouvait encore au niveau ridicule de 8 800 muids, soit moins qu'en 1355, et même moins qu'en 1490 ! Or, en sept années, de 1547 à 1554, elle passe à 16 000 muids, chiffre auquel elle se maintient ensuite de 1555 à 1565, les dommages et ravages de la première guerre civile étant sans doute responsables de ce palier momentané. Puis de 1565 à 1572, dans une atmosphère parfois moins agitée, la croissance du trafic intérieur du sel reprend de plus belle : en 1567, c'est 20 000 muids de ce produit que Nantes fait transiter vers le vaste arrière-pays de la France continentale. Deux fois plus, et même davantage, qu'en 1490-1547. Ce chiffre se maintient, ou peu s'en faut, jusqu'en 1572, date après laquelle interviendra, dans les décennies 1580 et 1590, le collapsus final des trafics, dû cette fois au redoublement des guerres de Religion. Mais, avant ces catastrophes, il y avait bien eu, de 1550 à 1570, superbe croissance (du moins apparente) de la consommation du sel dans la France du Nord et du Centre. Que cette croissance corresponde en tout cas, partiellement, à une animation des consommations (y compris et surtout rurales, majoritaires), c'est indubitable. En Lorraine, de même, les cours du sel à la consommation avaient seulement augmenté de moitié entre 1430 et 1540, et cela, en dépit de l'inflation des prix assez générale après 1500 : ces cours étaient passés, en effet (au long d'une courbe stable, puis doucement et progressivement ascendante à partir de 1470 et surtout de 1520), de 96 gros le muid en 1430 à 144 gros en 1540. Or brusquement, à partir de 1540, le prix du sel lorrain *double* en une génération, passant de 144 gros vers 1542 à 300 gros vers 1575. Ce doublement est un signe : la demande brusquement accrue des consommateurs et aussi, bien entendu, la pression fiscale, qui agit directement ou indirectement sur le prix du sel, généralement gabelé, se sont ajoutées aux effets de l'inflation métallique et nominale pour créer brusquement cette poussée vers le haut de la valeur d'un grand produit. Sur un marché devenu tout à coup plus excitant, les marchands de la Loire n'ont eu désormais qu'à lancer leurs cargaisons, happées par les pots et salières des consommateurs continentaux. On a eu simultanément, de 1550 à 1570, flambée des prix et flambée du trafic. Et cela autour de Paris comme dans le Nord-Est.

Toujours à propos de l'exemple du sel, mais cette fois dans le long terme séculaire, il est possible maintenant de revenir au problème essentiel : la comparaison entre essor démographique et accroissement de la consommation. On a vu, précédemment, que la population française, notamment dans la moitié nord du royaume, a dû pour le moins doubler entre 1450 et 1560-1570. Or au total, dans un intervalle de temps plus bref (1490-1572), au cours duquel, par définition, l'essor démographique était inférieur au doublement, les expéditions de sel vers l'intérieur des terres, à partir des « bassins salants » les plus représentatifs, ont, elles aussi, doublé. Il n'y a donc pas de raison dirimante de penser qu'à l'échelle du beau ou du moins mauvais XVIᵉ siècle (1490-1570, dates larges), la consommation du sel *par tête d'habitant* dans la France du Nord et du Centre ait diminué. Cette ration, l'un dans l'autre, paraît au contraire s'être maintenue, du moins quand on l'envisage aux deux extrémités de la période (1490 et 1570). Seulement… ce maintien ne s'est finalement affirmé qu'à travers d'assez lourdes fluctuations, négatives et momentanées, dont l'amplitude réelle, et *a fortiori* les causes, nous échappent quelque peu par suite de l'insuffisance des documents.

Après 1550 enfin, à partir de la phase d'animation économique qui coïncide avec le règne d'Henri II, l'offre de sel se décide à s'ajuster positivement aux besoins de consommateurs devenus plus nombreux : elle peut retrouver alors, vers 1570, compte tenu du diviseur démographique et du dividende des quantités offertes, son honorable niveau ou plutôt « quotient *per capita* » de la fin du XVᵉ siècle[5].

Mais pas pour longtemps, hélas ! Ce rattrapage effectué en vingt ans (1550-1570) ne durera pas. Il s'effacera lors de la plongée aux abîmes qui marquera les années ligueuses et contre-ligueuses (décennie 1580-1590). Là aussi, la courbe du sel de Nantes est un bon témoin, même si elle est déformée par les fraudes.

Rendements agricoles

Si intéressantes que soient les informations du diagramme nantais quant au comportement des consommateurs de sel du vaste arrière-pays continental, elles demeurent pourtant monographiques : quelques pincées de sel, pour le lard et pour la soupe, ne font pas encore un menu. La courbe de Nantes ne saurait, en aucun cas, faire préjuger du devenir d'ensemble de ce vaste bloc que forment « en recto et verso » la production agricole et la consommation globale (et spécialement l'autoconsommation paysanne, si massive au niveau des grains). Au centre de ce « bloc », le personnage essentiel n'est pas le sel, marginal et venu d'assez loin, mais le grain, qu'on produit sur place pour le consommer *in situ* en grande partie, et qui peut constituer largement plus de la moitié du budget d'un homme du peuple ou d'un salarié. Ce blé, sans aucun doute, pose quelques problèmes aux historiens.

Premier problème : l'essor démographique du xvie siècle s'est-il accompagné d'un relèvement de la productivité des céréales, à la surface ou à la semence, lequel eût été bien entendu fort utile pour faire face à l'accroissement du nombre des bouches à nourrir ? Une vue cavalière des données, qui implique la mise en confrontation du xvie siècle avec les périodes qui l'ont précédé ou suivi, permettra-t-elle de donner une réponse ?

À ce propos, il convient de s'arrêter sur une méthode très simple, et fameuse. Elle ouvre de larges perspectives sur cette composante essentielle du revenu agricole qu'est le revenu céréalier. Elle se comporte comme un bon témoin pour diagnostiquer la croissance éventuelle de ce revenu. Elle permet, en outre, d'éclairer, au terme d'une première étape, par prospections sommaires et illuminantes, les périodes reculées et les régions jusque-là mal connues : je veux parler ici de l'histoire du rendement à la semence qu'ont illustré les travaux de Slicher Van Bath.

La base d'une telle étude en effet demeure constituée par les beaux articles de cet auteur sur les « Yield-ratios » parus dans *A.A.G. Bijdragen*. Pourtant, ces articles sont plus qu'une somme de résultats acquis ; ils constituent une invitation à la recherche active. Le fait est spécialement net pour la France, du Moyen Âge aux XVIIe-XVIIIe siècles, où les données proposées par le maître hollandais sont simplement des pierres d'attente : elles ne permettent pas de préjuger la configuration finale de l'édifice, que mettront un jour sur pied les recherches exhaustives qui s'imposent.

Entrons brièvement dans quelques détails de « longue durée » nécessaires à cet exposé : pour le IXe siècle, point initial de sa série française, Slicher Van Bath ne propose qu'une seule donnée, judicieusement fixée à 2,7 pour 1 (2,7 grains récoltés pour 1 semé). Pour les Xe et XIe siècles, rien. Pour le XIIe siècle, nous sommes mis en présence, en tout et pour tout, de quelques données toutes clunisiennes, toutes localisées en Bourgogne, et relatives à de mauvaises récoltes. Leur représentativité nationale et séculaire est donc extrêmement faible. Et, fâcheusement, leur dispersion statistique est très forte. Trois d'entre elles donnent entre 2 et 2,5 pour 1. Les autres sont à 4 pour 1 ; et davantage pour les céréales secondaires. Soit, tout bonnement, ce rendement de 4 pour 1 qui est tellement typique des textes sur la « petite culture » en France, du Moyen Âge au XVIIIe siècle, dans les pays situés hors des régions limoneuses. Il serait bien hasardeux, en utilisant ces seules données, de tracer, même en pointillé, la « courbe », fût-elle limitée à un seul segment, qui montrerait les « progrès de la céréaliculture française » entre le IXe et le XIIe siècle.

Poursuivons cet examen. Deux cents années passent. Nous sautons de Cluny (Bourgogne, XIIe siècle, petite culture, 4 pour 1) à Saint-Omer, Béthune et Douai au XIVe siècle, où nous rencontrons d'entrée de jeu les merveilleux rendements des limons du Nord, 8, 10, 12 pour 1, qui sont une constante dans ces régions dès qu'on les connaît bien, du XIVe au XVIIIe siècle. De tels chiffres ne laissent pas présager une croissance ; bien au contraire, ils annoncent la stabilité dans les très longues durées de l'Ancien Régime. Cependant, le XIVe siècle français, tel qu'il est vu par Slicher Van Bath, est excessivement contrasté : des limons du Nord, nous passons aux zones provençales où nous retrouvons, en 1338, le rendement coutumier de 4 ou 5 pour 1, général dans ces régions jusqu'au début du XVIIIe siècle. Rien ne permet d'affirmer que ce niveau méditerranéen de 4 ou 5 pour 1 soit en progrès sur les siècles passés, ou en retrait sur les progrès à venir, peut-être modestes, de ce

qui deviendra l'âge *early modern*. Quant au troisième chiffre indiqué par Slicher Van Bath pour le XIVᵉ siècle, et qui concerne
Ouges, près de Dijon, l'auteur qui le propose ne l'a obtenu qu'au
terme de calculs excessivement alambiqués, qui sautent du XIVᵉ au
XVIIᵉ siècle et *vice versa*. Si le chiffre s'avère valable, il faut le
considérer comme un très bon rendement, double de celui qu'on
observera en moyenne dans la même région au XVIIᵉ siècle. Cette
donnée médiévale, en tout cas, ne peut pas être considérée comme
un point bas, sur une pente qui deviendrait par la suite ascendante.

Le XVᵉ siècle français, tel qu'il est envisagé dans les tables statistiques de « Yield-ratios », nous introduit, une fois de plus, à des
terroirs qui sont sans précédent, même régionaux, dans la série :
Neubourg, Grésivaudan, Lauragais. Parmi ces trois groupes, les
deux derniers (données nord-alpines et toulousaines) « collent »
bien avec ce qu'on sait des rendements céréaliers, en très longue
durée, dans la France du Sud : 4 pour 1 ; 5 pour 1 dans les bonnes
terres, comme diront encore, un ou deux siècles plus tard, Olivier
de Serres et John Locke – là aussi, impression de stabilité multiséculaire. Cette impression est probable, quoique documentairement fragile, du XIVᵉ au XVᵉ siècle (voir *supra* les rendements provençaux en 1338). Elle est solidement fondée du XVᵉ au
XVIIᵉ siècle.

Quant au rendement du Neubourg en Normandie (au début du
XVᵉ siècle), il est incroyablement bas : à 3,2 pour 1 quant au froment, et moins encore quant aux céréales secondaires. Incroyablement bas… surtout quand on songe à ces merveilleuses terres
du Neubourg, à ces limons sans cailloux, étalés sur un mètre
d'épaisseur, et qui sont « les plus beaux de l'Europe ». Il ne s'ensuit pas, pourtant, que ces chiffres neubourgeois du Moyen Âge
soient contestables, *of dubious value* (Slicher Van Bath). Ils sont,
au contraire, même sous-estimés, parmi les moins mal établis
qu'on possède, quant à ce genre de données, pour la France
médiévale. Et ils méritent toute la créance qu'on peut accorder
généralement à l'excellente recherche de Plaisse. Comment, dans
ces conditions, peut-on expliquer qu'ils soient si déprimés ? Les
raisons probables sont-elles à chercher dans la conjoncture politique et démographique ? Un fait est certain, de ce point de vue :
le Neubourg des années 1400 était terriblement éprouvé par la

dépopulation, ce fruit des pestes et des guerres anglaises largement commencées. Il peut s'agir, dans ces conditions, au Neubourg, d'une période et d'une situation exceptionnelles. On peut imaginer que les paysans neubourgeois de ce temps-là, devenus rares, vendent peu et que, facilement nourris, ils ne se soucient guère de pousser la production jusqu'au maximum des possibilités technologiques de l'époque. Hypothèse ? Bien sûr, mais, vérifiée, elle aiderait à rendre compte de l'aberration neubourgeoise : il est en effet constant qu'à la même époque (1411), on rencontre auprès de Paris un rendement de 8 pour 1 qui, lui, est déjà dans la norme sans cesse attestée aux siècles suivants des pays de la grande culture céréalière (Guy Fourquin).

Passons au XVI⁰ siècle : haut Poitou et Provence entrent (ou rentrent) en scène. En haut Poitou, on récolte (au temps de François I⁰ʳ) 4 à 5 pour 1, soit l'habituel rendement des pays médiocres de petite agriculture, attesté désormais, nous l'avons vu, depuis des centaines d'années (Paul Raveau). En revanche, les chiffres de basse Provence empruntés par Bernard Slicher Van Bath à P.A. Février appellent la discussion. L'auteur des « Yield-ratios » donne la table qui suit.

Basse Provence, 1540

Apt	3,0-4,0
Forcalquier	3,0-4,0
Grasse	3,0-4,0
Draguignan	3,0-4,0
Taradeau	7,0
Palaison	10,0
Villepey	7,0*
Roquebrune	10,0
Vallée de la Siagne	10,0
Brovès, Var	7,0
Caussols, Alpes-Maritimes	5,0
Roque-Esclapon	7,0

* Fréquemment 10,0 et 12,0.

Ces rendements (de 7 à 10 pour 1, en majorité) paraissent tout simplement magnifiques. Ils étonnent même quiconque connaît les archives agricoles du Midi français. Non pas qu'ils soient invraisemblables, en tant que performances locales. Mais ils sont surprenants, dans la mesure où, par leur fréquence, ils tendent à porter très haut le seuil des moyennes régionales. Aussi avons-nous consulté la source originelle, en l'occurrence un article de P.A. Février, paru en 1958. Nous avons immédiatement constaté que le tableau ci-dessus n'était pas homogène ; d'une part, il met en cause des vigueries, circonscriptions et régions entières qui comportent des centaines de villages : ainsi les vigueries d'Apt, de Forcalquier, de Grasse, où le rendement moyen est très normalement de 3 ou 4 pour 1. Et, d'autre part, le tableau en question présente (sur le même plan que les vigueries), des villages isolés, comme Palaison, Brovès, etc. Pour des raisons diverses – fertilité du sol, ou fantaisie d'un scribe –, le rendement de ces villages est astronomique (7 à 10 pour 1) par rapport aux conditions générales des régions méditerranéennes à cette époque. C'est uniquement la prise en considération de ces rendements astronomiques, et leur intégration, tels quels, à une moyenne « nationale » squelettique, qui font bondir les rendements de la « France », entre 1450 et 1550, de 5 pour 1 à 7 pour 1.

Brovès et Palaison, qui n'ont même pas vocation pour représenter la Provence, doivent *a fortiori* être sagement pondérés quand on tente de bâtir une vision nationale représentative. Qu'il s'agisse des pondérations géographiques ou des calculs de moyenne, le « grand bond en avant » de + 2 pour 1 sous la Renaissance ne résiste pas à un examen attentif. Puisqu'il est seulement le fait de quelques villages provençaux, totalement isolés par rapport même à la seule Provence.

Conclusion sur ce point : toute la courbe en pointillé de Slicher Van Bath, qui suggère prudemment une magnifique ascension des rendements en France du IXe au XVe-XVIIe siècle, repose en fait :

— sur l'inclusion de quelques rendements très faibles de l'ordre de 2 pour 1 en début de la courbe : un cas au IXe siècle ; deux cas isolés en mauvaise année au XIIe siècle ;

— sur la prise en considération de records extrêmes en Provence au XVIe siècle, et en Bourgogne, bas Languedoc et France en général au xvii⁰ siècle (en ce qui concerne cette dernière période, un rendement de 15 pour 1, que Vauban considère comme absolument exceptionnel, est pris en compte par Slicher Van Bath dans sa moyenne française du xviiᵉ siècle, laquelle s'en trouve automatiquement gonflée).

Une critique attentive des textes et des sources permet de remettre à leur juste place, qui est marginale, ces cas extrêmes. Les rendements communs, quant à eux, apparaissent plutôt comme stabilisés du xiiiᵉ-xivᵉ au xviᵉ siècle : cette stabilisation se situant à un peu plus de 5 pour 1 dans les bonnes terres limoneuses du Nord, et à moins de 5 pour 1 dans le Midi. D'une façon générale, les rendements français moyens de 6,9 à 6,8 pour 1 que propose Slicher Van Bath pour la période 1500-1700 et qui marquent le sommet de l'escalade multiséculaire paraissent nettement gonflés. Ils sont valables sans doute pour les meilleures régions de la grande culture nordique, mais ils ne sont guère représentatifs de la majorité de l'agriculture française, celle qui se cramponne au 5 pour 1. Au xviiiᵉ siècle, du reste, tout s'éclaire de ce point de vue : les bases du calcul deviennent beaucoup plus larges et Slicher Van Bath peut désormais tabler sur des dizaines et même sur des centaines de données, et non plus sur quelques unités, comme c'était le cas pour les siècles précédents. Du coup, les moyennes des rendements tombent. Non pas parce que l'agriculture régresse, mais parce que les fondements statistiques deviennent tout à coup représentatifs. Finalement, la vague de croissance triomphale qu'impliqueraient, pour le revenu céréalier, les données de « Yield-ratios » est davantage un mirage chiffré qu'une réalité de l'histoire.

Plus pointilleuse encore que les méthodes de Bernard Slicher Van Bath et Jean-Claude Toutain est la technique qu'a mise au point Michel Morineau. Il récuse à la fois le second de ces auteurs, qui se base sur des estimations nationales, et le premier, qui tente de parvenir du premier coup aux réalités nationales en se fondant sur des rendements locaux. « La nation, dit Michel Morineau, ne peut être atteinte que morceau par morceau. » Partisan d'une vision régionale, cet auteur d'autre part procède selon la méthode régressive, chère à Marc Bloch. Au lieu de partir du ixᵉ ou du xiiᵉ siècle, dont les données sont peu sûres, Michel Morineau propose de dérouler le film à l'envers. Il commence donc par la fin ; il part de l'excellente statistique française de 1840. D'emblée, celle-ci propose, grossièrement, une division en deux blocs du territoire national. Les gros rendements (15 hectolitres à l'hectare) sont au nord d'une ligne Longwy-Les Sables-d'Olonne. Les bas rendements (moins de 10 hectolitres à l'hectare) sont au centre de la France ; et au sud, dans le Midi. Toute une partie du territoire, en l'absence d'une révolution agricole considérable, stagne encore vers 1840, dans une « fourchette » de rendements assez médiocres.

Et puis, phase ultérieure de l'exposé de Michel Morineau, survient le moment de l'histoire proprement régressive, du *flashback*. C'est à propos du Hainaut que notre auteur, en ce domaine, obtient les résultats les plus spectaculaires. En 1840, les arrondissements de Valenciennes et d'Avesnes récoltent de 19 à 21 hectolitres à l'hectare : c'est très beau pour l'époque. Un siècle ou un siècle et demi plus tôt, d'après les comptes des subdélégués des intendants (1698-1750), les rendements d'alors (qui fluctuaient entre 15 et 20 hectolitres à l'hectare) étaient déjà fort élevés : il n'y a donc qu'assez peu, dans le cas de cette province, et dans la période qui va de 1700 à 1840, progression réelle d'une productivité, cette progression s'effectuant de toute manière sur la base d'une réussite ancienne. Or, et c'est là que les choses deviennent passionnantes pour un historien de la longue durée, ce succès se préparait depuis longtemps. Michel Morineau utilise les terroirs (Quarouble et Onnaing, 150 hectares environ) dont il possède à la fois les dîmes, les récoltes et les surfaces ; il établit, sans doute possible, que les rendements très élevés de la période 1698-1740 s'annonçaient déjà en 1407-1440. Et on les retrouve, avec des hauts et des bas, durant la période intermédiaire. Puis notre auteur, qui utilise constamment ces différents types de sources (évaluations multiples des administrateurs, comptes de dîmes et comptes de domaines à bonne base territoriale) étend progressivement ses conclusions à d'autres régions. Vérifiée en Hainaut, l'« annonciation » des rendements du XVIIIe siècle, précurseurs de ceux du XIXe jusque vers 1840-1850, se retrouve en pays de Caux, Picardie, Vexin ; en Brie probablement et, enfin, en Île-de-France. Dans cette dernière région, les rendements des XIIIe, XVe et XVIe siècles (d'après Budé, et aussi, ajouterai-je, d'après les recherches de

Fourquin) préfiguraient déjà quelque peu ceux, élevés, des xviiie et premier xixe siècles. En Lorraine, semblablement, les rendements du xviie siècle seraient, paraît-il, « ceux de l'ancienne agriculture ». Il en irait de même en Bretagne (à propos de laquelle Morineau suggère plus qu'il ne démontre). Les Deux-Sèvres, la Franche-Comté seraient stables elles aussi, quant au critère qui nous préoccupe, du xviiie siècle à 1840. Sur le Languedoc, Michel Morineau, qui ne connaît rien à cette région, pousse loin sa doctrine paradoxale ; en fait, la productivité languedocienne du blé s'est accrue, depuis les années 1676-1685 (peut-être particulièrement déprimées) jusqu'aux années 1730-1820, dans les domaines bien gérés qui entourent Béziers. La hausse en question a fait monter le rendement d'un niveau initial de 4 pour 1 jusqu'à 5 pour 1 environ. Il ne s'agit pas là dans mon esprit d'un indice de « révolution agricole ». Mais simplement d'un de ces progrès qui, par l'accumulation de leurs effets, ont peu à peu permis aux agriculteurs de briser le carcan de l'économie de pauvreté.

Le fait capital, c'est que le monde des paysans de France apparaît, du xve siècle à l'époque *early modern*, comme un univers de productivité modestement croissante ou parfois stabilisée, qu'il s'agisse du produit à la semence ou du produit à l'hectare. C'est un univers non pas toujours mais tendanciellement malthusien au sens large de ce terme, et dans lequel les paysans, ouvriers ou tenanciers qui vivent de leur travail sont en butte à un danger de paupérisation en cas de pullulement démographique. En effet, si des hommes dont le nombre s'accroît (au kilomètre carré) doivent se partager un revenu réel volontiers stabilisé (à l'hectare), il s'ensuit pour ces hommes et pour leurs descendants des possibilités graduelles de réduction du revenu réel individuel, et aussi, notons-le, des risques de chômage : le produit brut (à l'hectare) ayant parfois tendance à rester invariable, il va de soi, en effet, que le nombre de jours de travail disponibles par hectare pour un travailleur donné aura tendance à décroître, puisque l'offre de bras disponibles (à l'hectare), elle, aura augmenté dans le même intervalle de temps.

Un autre point, c'est que les revenus de type rentier ou fiscal, dans la mesure où ils sont prélevés sur une production en voie de stabilisation, auront tendance, s'ils augmentent, à induire eux aussi une paupérisation du travailleur productif, dont ils compriment nécessairement la part déjà chétive, du simple fait de leur croissance aux dépens d'un produit brut immobile.

Production agricole, dîmes et fermages

À défaut d'un grand essor de la *productivité* céréalière, y eut-il du moins hausse du produit des grains ? Hausse dont il resterait à savoir, une fois démontrée, si elle fut plus ou moins que proportionnelle à la montée du peuplement.

Cette hausse, nous ne pouvons l'étudier que de façon indirecte, à travers le produit changeant des dîmes ; et aussi, quoique de manière infiniment plus brouillée ou réfractée, à travers le mouvement des fermages. La critique de ces sources a été présentée et discutée dans un livre antérieur[6]. Je me bornerai à faire état, ici, des conclusions qui furent obtenues au terme de cet ouvrage, précisément, quant à la marche du produit décimal ; et aussi (plus difficile à inférer), quant au devenir de la production agricole, et principalement céréalière. De 1450 à 1560. D'abord, par région. Puis, avec la circonspection qui s'impose, au niveau du « bloc » national.

Autour de Paris, d'abord, les courbes décimales ou fermagères qui dérivent avec plus ou moins de fidélité de la production agricole remontent vivement, une fois qu'est franchi le cap de la crise catastrophique 1420-1440. Entre 1450-1470 et 1550-1570, elles enregistrent, en effet, des augmentations qui peuvent atteindre et dépasser le doublement des niveaux de base. Ce phénomène étant bien sûr, et pour une part, une récupération, celle-ci devenant peu à peu asymptotique à un plafond jadis atteint avant les pestes et les guerres anglaises.

Quant à la chronologie précise de cet essor séculaire, les historiens ne sont pas parvenus à l'établir du premier coup. On avait longtemps considéré, sur la foi des recherches de Guy Fourquin, que la remise en état des terroirs « post-guerre de Cent Ans » s'était terminée autour de 1520. Mais une enquête menée par Jacques Dupâquier a permis d'étendre vers l'aval ce découpage temporel. Elle a montré que l'essor agricole de la région parisienne se poursuit lentement, bien après 1520 ; notamment au nord de Pontoise, dans la partie septentrionale et occidentale du Vexin.

On peut éventuellement supposer qu'à un certain moment cet essor a cessé d'être récupération pure et simple par rapport à un très ancien avant-guerre. Et qu'il s'est peu à peu changé en vraie croissance du produit des dîmes en nature : croissance fondée peut-être sur quelques défrichements supplémentaires ; et aussi sur une augmentation, qui n'est pas impensable, de la productivité. Une telle augmentation toutefois tirait avantage de la « fourchette » des hautes productivités parisiennes, telle que celle-ci se manifestait de longue date grâce à d'assez bons rendements à la semence depuis le XIIIe siècle. D'une façon générale, cette expansion agraire de long souffle, pendant la Renaissance, en région francilienne et *circum*-francilienne, s'accorde avec ce qu'on connaît par ailleurs quant au rôle stimulant de l'agglomération parisienne et quant à la richesse de l'Église décimatrice pendant cette période.

Si l'on essaie maintenant de faire un bilan, il semble qu'on puisse distinguer, par exemple, dans ces dîmes en nature du Vexin, deux périodes :

— L'une est marquée par la reconstruction rapide : 1450-1500. Les accroissements en nature des livraisons décimales par rapport à l'époque sise autour de 1450 peuvent approcher du doublement vers 1500.

— La seconde période (1500-1560) est d'essor plus lent (on commence à approcher des plafonds de l'âge moderne) ; ce que révèle cette seconde tendance, c'est en somme une certaine cassure de la croissance à partir de 1500 et jusque vers 1540. La décélération ainsi mise en évidence constitue bien sûr un terrain fertile pour le jaillissement des crises de subsistances, si net à Paris autour de la décennie 1520-1530.

J'ajoute enfin qu'en termes de chronologie plus précise, interdécennale, et non plus simplement séculaire, il semble que la montée décimale, notamment en Vexin, ait été spécialement accentuée vers les années 1480-1500 et 1540-1560.

Un autre « modèle » du mouvement du produit décimal-céréalier se trouve situé plus au sud, en Limagne, Forez, Languedoc et

Provence (recherches d'Étienne Fournial, Pierre Charbonnier, Joseph Goy, Louis Stouff). Là aussi les fluctuations à long terme des recettes des dîmes du grain perçues en nature s'ordonnent, comme autour de Paris, selon le schéma classique : après les désastres des guerres anglaises, la Renaissance ! Cependant, sur divers points, la chronologie et les taux d'accroissement, dans ces régions méridionales, peuvent être différents de ce qu'ils sont dans le plat pays d'Île-de-France.

Première nuance : le point de départ de la phase de récupération-croissance qui reconstituera peu à peu l'ancien « écosystème » agricole d'avant la peste ne se situe pas, comme c'est le cas autour de Paris, vers 1440-1450. Mais un peu plus tôt : disons que ce point de départ coïncide avec la fin de l'effondrement « sudiste », vers 1420-1430. Après cette décennie, dès le second tiers du XVe siècle, se produisent d'abord des phénomènes d'expansion agricole très vive : en Auvergne, par exemple, le produit décimal des grains est multiplié par 2,5 entre 1410-1420 et 1480-1500. Le rythme du croît des subsistances à cette époque semble probablement plus rapide que celui de l'augmentation ou plutôt de la récupération démographique. Et voilà qui contribue à expliquer la situation alimentaire plutôt bonne, ou pas trop mauvaise, qui règne dans les régions occitanes pendant le dernier tiers du XVe siècle.

En revanche (et sur ce point, en dépit de nuances chronologiques, la concordance paraît assez nette avec la région parisienne), on assiste, dans l'Auvergne décimale, à partir de 1500, à ce phénomène classique, quant aux céréales, qu'est la cassure ou du moins le ralentissement de la croissance. On dispose par chance, à ce propos, dans les régions auvergnates, d'une documentation qui, pour l'époque, est importante, puisqu'elle ne concerne pas moins de neuf villages. Six d'entre eux donnent de 1490 à 1565 des courbes décimales dont les hausses, très disparates, n'atteignent même pas, sauf dans un cas, le doublement ; et sont même, dans quatre cas, notablement inférieures à celui-ci. Dans trois autres paroisses (qui, géographiquement et décimalement, font bande à part, et dont les séries sont, il est vrai, fort lacunaires), il y aurait même baisse du produit décimal des grains entre 1498-1500 et 1560-1569 ! Dans l'ensemble, les phénomènes de plafonnement malthusien du produit brut après 1500 sont donc sensibles autour de Clermont-Ferrand, comme en pays d'oïl. L'écosystème rural en Occitanie tend vers une stabilisation qui sera atteinte, non sans misère, vers 1560.

Il ne faut pas négliger pourtant, quelque préférence qu'on ait pour l'histoire systématique, les notations de conjoncture : en Auvergne, les crises agraires de 1520-1530, dues aux accidents climatiques des moissons et aux disparités qui s'aggravent entre agriculture parfois léthargique et démographie volontiers croissante, se confortent. Il y a là de quoi interrompre pour une dizaine d'années la croissance céréalière pourtant modeste, et destinée à s'essouffler, de ce xvie siècle. Cette brutalité, plus ou moins centrée sur l'année 1529, dans une tempête de mauvaises récoltes, on la retrouve aussi en Alsace, Lyonnais, Bourgogne, Languedoc et dans la région parisienne.

D'une façon générale, il semble, sur la foi des gros sondages réalisés autour de Paris et en pays d'oc, qu'on puisse, en dépit des nombreuses divergences intranationales, justifier une tendance « française » du prélèvement décimal ; et aussi, sous-jacente, une tendance « française » des productions céréalières, pendant la Renaissance prise au sens large ; cette tendance pouvant se définir comme une vive récupération entre 1450 et 1500, suivie (au terme d'une « brisure » de l'essor vers 1500) par une phase de montée plus modeste pendant le « beau » xvie siècle (1500-1560 environ). Cette seconde phase est elle-même interrompue par une série de crises, étalées sur l'intradécennal, ou même sur l'interdécennal, entre 1520 et 1533 (dates variant légèrement selon les provinces).

Cette tendance « française » ne constitue pas pourtant le seul modèle qu'on puisse rencontrer dans le cadre de nos frontières ; ou, du moins, à leurs portes. Dans l'extrême Nord, en Cambrésis et du côté de la Flandre, où les grandes crises des *Wüstungen* furent bien moins marquées qu'au cœur du royaume de France, la récupération-croissance du produit céréalier, dans la période renaissante, se trouve être, en bonne logique, et par contrecoup, beaucoup moins marquée, elle aussi, que dans la France proprement dite ; en d'autres termes, la remise en état de l'écosystème, moins ébréché qu'ailleurs, est de ce fait une œuvre de moins grande ampleur que dans les régions situées plus au sud. En Flandre, par exemple (dossiers Van der Wee, région de Lier), le produit céréalier, tel qu'on peut le mesurer dans quelques domaines, ne dépasse que de 15 %, au milieu du XVIe siècle (1531-1550), les niveaux du milieu du XVe siècle (1430-1454) : cela tout simplement parce que ces niveaux anciens étaient déjà élevés, n'ayant pas subi l'impact d'une apocalypse à la française. En Hainaut et Cambrésis, les performances du XVIe siècle, fort honorables en valeur absolue, demeurent cependant médiocres, elles aussi, quand on les compare à celles du XVe : elles ne dépassent en effet celles-ci, d'après les niveaux du produit décimal en grain, que de 12 %. On est loin des doublements séculaires, ou même davantage, du produit céréalier qu'on enregistrait en pays d'oc ou en Bassin parisien. Répétons tout simplement que, dans l'extrême Nord cambrésien, wallon ou flamingant, le plafond éventuellement malthusien du XVIe siècle, quant aux subsistances céréalières, a été atteint au terme d'une hausse plus que modeste, parce que les « planchers » du XVe siècle qui servaient de point de départ à l'essor étaient situés beaucoup moins bas qu'ils ne l'étaient dans la « pauvre France » (victime de la peste… et d'une guerre centenaire).

Mais restons-en aux périodes… ultérieures : la notion générale de plafonds ricardo-malthusiens, qui s'imposent progressivement selon des rythmes variables au XVIe siècle, paraît du reste pertinente aussi pour une bonne partie de la période suivante. Car les maxima du produit céréalier atteints de façon pénible vers 1550-1560 ont une portée multiséculaire. Sauf exception régionale, du reste importante et significative (je pense notamment à la région parisienne), ils ne seront réellement dépassés, « percés », que bien après 1700, voire beaucoup plus tard. D'importants exemples provinciaux vont nous permettre d'éprouver la solidité et la constance longue de ces « plafonds » dont l'incontestable splendeur ne doit pas faire oublier le caractère longuement maximal, et « increvable » (vers le haut) dans le sens précis de cet adjectif.

En Alsace d'abord : dans cette province qui ne connaîtra, des guerres de Religion, que quelques bavures en fin de période (« guerre des voleurs », 1587), les performances des dîmes en grain, dès 1560-1583, sont égales aux 90 % de ce qu'elles seront dans la « belle période » de 1600-1630, avant l'effondrement des guerres de Trente Ans.

En Bourgogne, les deux plafonnements du siècle d'or (1500-1515 et 1540-1560) battent tous les records « décimaux-céréaliers » de l'âge moderne, jusqu'au XVIIIe siècle inclusivement. En Languedoc enfin, et d'une façon générale dans tout le Midi méditerranéen, les nombreuses séries locales de dîmes versées en monnaie et en grain, respectivement concrétisées par des courbes en argent déflaté et en nature, permettent d'avancer quelques conclusions solides :

1) Le XVIe siècle pacifique de 1500-1560, le beau XVIe siècle languedocien d'avant les guerres civiles, est dans l'ensemble un temps de légère croissance du produit décimal en nature ou déflaté ; cette croissance étant, semble-t-il (sauf autour d'Aigues-Mortes), inférieure à la hausse démographique, et sans commune mesure avec celle-ci. Il s'agit surtout, entre 1540 et 1560 (au terme d'investissements réalisés pendant la Renaissance), d'une période de culmination, où les courbes déflatées ou en nature sont en état de plafonnement horizontal et très haut placées. On est là dans la même situation qu'en Bourgogne ; ou bien (aux antipodes nationaux, ou même hors frontières) dans la même situation que dans l'extrême Nord : Cambrésis, Belgique ou Flandre[7]. La décennie 1540 dans le Midi agricole (le problème viticole devant être considéré à part) égale tous les records à venir quant au produit décimal ; sauf ceux, qui seront un peu supérieurs, de la période 1649-1678.

2) Cette belle prospérité de l'époque François Ier-Henri II[8] est révélatrice d'elle-même, et aussi de l'absence d'une bouleversante révolution agricole au cours des deux siècles et demi qui suivront. (Mais cette absence globale n'exclut pas la possibilité, dans le cadre de la technologie existante, d'initiatives qui seront capitales, aux XVIIe et XVIIIe siècles, en matière notamment de viticulture.) Je note aussi, d'après les travaux de Joseph Goy, que les courbes déflatées du produit net des dîmes (déflatées, autrement dit, en l'occurrence, calculées en équivalent-grain, selon la méthode préconisée par Colin Clark) incluent *tous* les produits animaux et végétaux eux-mêmes compris dans la prestation décimale :

agneaux, blé, vin, huile d'olive ; c'est donc une vision *d'ensemble* de la stabilité multiséculaire du produit des dîmes après 1540 qui nous est offerte par ces données ultra-méridionales.

3) Étudiée pour elle-même et en elle-même, la belle période languedocienne (1490-1560) est nettement coupée en deux, hachée en son centre par une crise très violente, déjà mentionnée, qui correspond localement à une série de mauvaises récoltes autour de 1527-1533. Cette crise, on l'a vu, est nationale puisque également lyonnaise, auvergnate, bourguignonne, « francienne » ou francilienne ; elle n'est pas pour autant absolument universelle, puisqu'elle n'apparaît pas sur les courbes de dîmes, si précises pourtant, de l'extrême Nord cambrésien. En Languedoc, elle correspond à de mauvaises récoltes de grains et d'olives ; mais aussi à des épizooties gravissimes qui anéantissent peut-être plus de la moitié des troupeaux ovins. Et cela sans espoir de reconstitution intégrale pour ceux-ci ; sans espoir, à plus forte raison, de croissance ultérieure. Car la « dépécoration » du XVIᵉ siècle et l'orientation de plus en plus prononcée de la demande populaire vers les grains freineront la reprise languedocienne de l'élevage après 1535.

Quoi qu'il en soit, dans tout l'Hexagone, et aussi plus au nord (pour la période 1500-1560), on peut parler d'un plafonnement du produit des dîmes (en nature ou déflaté) qui culmine à l'échelle multiséculaire ; ce plafonnement correspondant très probablement à un haut plateau homologue de la production agricole, en particulier dans le secteur des grains. La culmination ainsi obtenue récupère les splendeurs défuntes d'avant 1348, sans nécessairement les dépasser de beaucoup, tant s'en faut ; et souvent elle anticipe, en les égalant ou en les frôlant par avance, les records du siècle ou même des siècles à venir : ainsi en Bourgogne, en Languedoc, en Auvergne et dans une moindre mesure en Alsace (mais dans la région parisienne, en revanche, le XVIIᵉ siècle céréalier, et naturellement le XVIIIᵉ, feront mieux que le XVIᵉ siècle).

La courbe de la production céréalière, qui devient lentement mais sûrement, après 1500, asymptotique à l'horizontale[9], exprime ainsi, en fin de compte, la saturation progressive des possibilités des terroirs disponibles, dans un système où la production à l'hectare n'augmente guère ; et où les propriétaires de forêts, tout comme les exigences incompressibles du chauffage et de la charpente, ne permettent pas d'étendre outre mesure les défrichements, une fois remises en culture les terres qui, de 1348 à 1440, avaient été précédemment abandonnées.

Cette courbe céréalière, il faut maintenant la lire en perspective et la comparer au croît démographique ; à l'augmentation rurale et citadine du nombre des bouches à nourrir : de ce point de vue, il semble qu'au terme d'une vue cavalière, mettant en cause toute la tranche de chronologie qui va de 1440 à 1560 et au-delà, on puisse proposer une périodisation qui tiendrait compte, dans le temps, des rapports changeants des hommes et des grains, des gens et des choses.

Premier temps : avant 1440, on a vu que la population était tombée fort bas ; mais la production céréalière et sa commercialisation s'étaient écroulées plus encore. C'était l'époque (pendant le quart de siècle qui va de 1415 à 1440) des grandes et même des gigantesques famines en région normande et parisienne. Le Midi, quant à lui, ne valait guère mieux ; même si la chronologie locale y pouvait légèrement différer.

Second temps (1450-1505) : c'est la vraie Renaissance. La population commence à récupérer, plus ou moins doucement. Mais la production céréalière, profitant des friches d'origine récente, si faciles à remettre en culture, récupère beaucoup plus vite, ce rythme étant spécialement rapide dans les provinces qui ont beaucoup de terres marginales (Auvergne, Forez) ou beaucoup de destructions vite réparables (Île-de-France). Alors c'est l'abondance, dans une certaine mesure. Famines absentes. Peu de disettes. Il n'y a plus (voir les courbes tirées des mercuriales) de crises de subsistances ; ou, quand celles-ci s'esquissent, elles ne sont que « crisettes ».

Et puis, troisième temps, troisième volet du triptyque du blé, à partir d'une période charnière (1505-1520), la production des céréales n'augmente plus que lentement puisqu'on se trouve de plus en plus en situation de frontière : frontière des terroirs et frontière des rendements. Mais l'impact de la hausse démographique, lui, commence à se faire durement sentir. *Hausse démographique globale* : elle se poursuit de toute façon pendant la première moitié, voire les deux premiers tiers du XVIe siècle ; et elle pose maintenant quelques problèmes dès lors que les enfants nés en surnombre, et survivant en grand nombre, deviennent, l'âge venant, travailleurs de force à substantielles rations de calories, donc gourmands de gros pain. Et surtout, il faut compter avec la *hausse démographique urbaine*, à Paris, Lyon, Rouen, Nantes, Toulouse, et dans de nombreuses villes moyennes et petites : cette montée des peuplements citadins est l'une des plus difficiles à supporter pour le marché des subsistances ; et cela dans la mesure où elle suppose l'organisation, longtemps déficiente en fait, d'un bon réseau de transports intrarégional, ou même interrégional. Dans la mesure aussi où elle déverse en période de pénurie, sur les producteurs et sur les marchands de céréales, un pouvoir d'achat urbain qui gonfle les prix, crée du stockage spéculatif et du marché noir, affame quelque peu telle ou telle zone rurale pauvre d'argent.

Tout cela – choc des classes pleines et choc des villes – expliquera les brusques tensions du marché des blés après 1520. On notait après 1440 comme une grande douceur qui tombait sur les mercuriales ; mais un nouveau raidissement, au contraire, et des dents de scie dangereuses à partir de 1500-1520.

On entre donc à partir de ces dates dans une période biséculaire de crises de subsistances à répétition (cinq ou dix crises par siècle, l'un dans l'autre) dont on s'était cru à peu près délivré de 1440 à 1500 ; et dont on ne sortira que beaucoup plus tard… après 1710, voire 1740. La production céréalière plafonnante des années 1520-1560 acquiert ainsi les traits qu'elle va garder si longtemps à l'âge classique, soit :

1) Une adéquation approximative de l'offre des grains à la demande en phase normale (avec même – au cas où se produit une jolie série de belles récoltes non perturbées par les guerres intérieures ou par le climat – de vraies périodes d'abondance et de bas prix : voir au XVIIe siècle l'époque de Colbert, après 1662 bien sûr).

2) Une inadéquation gênante ou même dramatique de cette offre en période de mauvaises récoltes : par suite de l'insuffisance, en ce cas, du volume de la production globale, compte tenu des besoins incompressibles des masses ; par suite aussi de l'absence d'un bon système de stockage ; par suite, enfin, de la carence du réseau des routes, des charrettes et des canaux, seul capable d'assurer à peu de frais la péréquation des récoltes de région à région, en cas de défaillance locale. Trop de granges au XVIᵉ siècle sont encore en pisé, perméables aux rats et à la vermine ; trop de sacs de blé voyagent coûteusement à dos de mulet ou de jument, sur des pistes qui n'en sont pas. Tout cela ne changera pour de bon, du moins dans le Bassin parisien, qu'après 1715-1740, quand croîtront simultanément le réseau des routes de poste et des belles granges de pierre ; et quand une production céréalière plus étoffée dispensera enfin ses bienfaits. Vers 1530, on n'en est pas encore tout à fait là…

En fait, ce qui est en cause, par-delà les gigues effrénées qu'entament les mercuriales après 1520, c'est tout le problème de la hausse plus que proportionnelle des prix du grain au XVIᵉ siècle, par rapport aux autres denrées, dans le cadre général de la « révolution des prix ». Au cours des années 1540 par rapport aux années 1510, où se trouve placé l'indice 100, le cours du blé, d'après les travaux de Micheline Baulant (*Annales*, mars 1971), coiffe dans la course tous les autres prix en région parisienne ; il est déjà en 1540 à l'indice 220, contre 140 pour le mouton, 142 pour le vin, 161 pour le charbon, 182 pour les œufs, 185 pour le plâtre, 186 pour la toile, 190 pour l'huile, 199 pour les tuiles… et 240 pour le bois, seule denrée à l'emporter sur les grains dans cette compétition – ce qui, par parenthèse, en dit long sur la forte position des propriétaires et exploitants forestiers à cette époque. De 1540 à 1580, le blé conserve une bonne avance : il passe à l'indice 284 (indice 100 placé cette fois autour de 1540), alors que les indices correspondants et respectifs, en 1580, pour le bois, la toile, le vin, les œufs, le mouton sont respectivement 182, 235, 248, 249, 262 ; seuls certains produits industriels (comme le plâtre, le charbon et les tuiles), qui incorporent des salaires nominaux en hausse, lesquels résistent désormais mieux que par le passé à la paupérisation réelle, montent plus que le blé de 1540 à 1580.

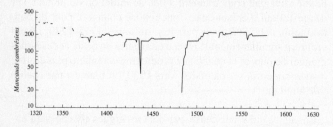

Dîmes et terrages de Saint-Julien à Anneux,
Graincourt, Cuvillers et Sailly-Sainte-Olle
Redevances en blés portées en recettes

D'après H. Neveux (1974), p. 137.

Bien entendu, si le prix du grain hausse davantage que tous les autres prix, ou presque tous, de 1510 à 1580, c'est parce que « la reproduction des êtres humains », et donc la demande incompressible de nourriture, l'emporte sur la production des moyens d'existence. Dès 1957, dans un grand article de la *Scandinavian Economic History Review*, Ingrid Hammarstrom avait dénoncé la radicale insuffisance – ce qui ne signifie pas pour autant la totale irrelevance – de la théorie quantitative de la monnaie (même parée du prestige de Jean Bodin ou de Milton Friedman) pour expliquer la révolution des prix du début de l'âge moderne. Car l'argent du Potosi, qui de toute façon n'arrive massivement en France qu'après 1560, voire 1570, alors que la hausse des mercuriales remonte à 1500, ne peut[10] pas plus avoir « créé » la montée des cours au XVIe siècle que les crédits à base d'eurodollars n'ont « créé » la croissance économique de l'Europe occidentale des années 1960. Argent ou papier sont, dans chaque cas, l'effet autant que la cause, puisqu'ils sont objets de demande avant d'être facteurs de changement : il faut donc les réinsérer dans un système global à l'intérieur d'un tableau plus général. En ce qui concerne plus particulièrement la montée vertigineuse des prix du grain, dominant tous les autres au XVIe siècle, on se doit d'incriminer :

— l'exaltation déjà mentionnée de la demande des blés, telle que la formulent et les consommateurs-producteurs dont le nombre augmente, et les villes en pleine croissance ;

— le plafonnement relatif de l'offre des grains, qui finit par aboutir, après 1560-1570 et avec l'aggravation des guerres civiles, à une conjoncture typique de stagflation (stagnation de la production accompagnée d'inflation persistante des prix) ;

— la hausse des coûts marginaux des productions et des trafics, qui s'explique par la remise en culture de terres médiocres, en situation de frontière, et par les frais accrus du transport des grains : celui-ci, en direction des villes de plus en plus voraces, tend à s'alourdir et à s'allonger toujours davantage.

Ainsi peut-on comprendre que les prix du grain, denrée non substituable, s'élèvent davantage de 1510 à 1580 que ceux des autres produits agricoles et (jusqu'en 1540) industriels : l'offre des bonnes terres à grain s'avérait, en effet, dans le long terme, beaucoup moins élastique que celle de la main-d'œuvre ; moins élastique aussi que celle des mauvaises terres caillouteuses dont on peut toujours tirer, si le soleil s'y prête, un vin délicieux.

Les productions non céréalières et l'élevage

Les grains ne sont pas seuls en scène. Après 1520-1540, leur production tend à plafonner ; et pour longtemps. Mais *quid* des autres produits agricoles ? La réponse, en ce qui les concerne, risque d'être incomplète ; et, surtout, qualitative.

Dans le Midi méditerranéen, j'ai noté dans un livre antérieur (*Les Paysans du Languedoc*, 1966), pour la période 1500-1570, d'appréciables plantations d'oliviers qu'accompagne en revanche une moindre montée viticole. Ces quelques phénomènes (auxquels il faudrait ajouter, dans le Comtat et les Cévennes nîmoises, l'amorçage d'une petite sériciculture) ne sont pas négligeables. Mais ils ne permettent pas de pallier tout à fait – par l'ajout de spéculations non céréalières et par l'encaisse de recettes en argent dues à la vente – l'inélasticité du produit des grains.

Dîme d'huile d'olive (en charges)

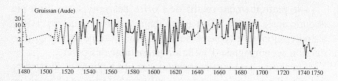

D'après E. Le Roy Ladurie (1966), t. II, p. 990.

Dans le Midi aquitain en revanche, un gros succès : celui du pastel. Cette plante tinctoriale fait d'abord fureur, de 1475 à 1510, en fonction des besoins de l'industrie textile espagnole, qui achète la teinture aux Toulousains *via* Burgos. À partir de 1510-1520, se fait sentir, comme un relais de croissance, l'appel des marchés du Nord, Flandre, Angleterre, Normandie, dont la demande pénètre jusqu'en Lauragais par l'intermédiaire du port de Bordeaux et de la batellerie garonnaise ; dès lors, un vaste rectangle de culture pastelière, de 40 kilomètres de long sur 20 kilomètres de large, se dessine nettement au sud et au sud-est de Toulouse, dans les sols lourds du terrefort : le pastel aquitain triomphe pendant la première moitié du xve siècle, et culmine dans la gloire des grands marchands toulousains, comme Bernuy et Assézat, entre 1540 et 1561.

Par la suite, les guerres de Religion, puis la concurrence de l'indigo consacreront le déclin du pastel. Les maïs américains, après 1637, se logeront du reste peu à peu, géographiquement, dans les ci-devant localisations de la plante tinctoriale toulousaine. Et pourtant, même à sa grande époque (1540-1560), celle-ci ne fut jamais, y compris dans sa région privilégiée, qu'un produit minoritaire, incapable de détrôner la prépondérance maintenue des céréales. Nous savons que la valeur marchande de ce produit « pastelier » montait, bon an mal an, dans le Toulousain à des dizaines de milliers de livres tournois. Mais, en dépit de ces « chiffres » (bien imprécis !), on restait tout de même, avec les pastels, dans le domaine étroit d'une consommation de luxe, chérie des clientèles riches qui se recrutaient parmi les Espagnols ou les riverains de la Manche et de la mer du Nord. Les paysans, quant à eux, et même les gentilshommes campagnards, à en juger par le journal de Gouberville, si bien informé sur les mœurs du Cotentin, refusaient de s'habiller de bleu, et donc d'utiliser le pastel importé de Toulouse. Si l'on admet avec Keynes que c'est la consommation des masses, et non celle d'une poignée de rentiers, si riches soient-ils, qui détermine le démarrage d'une économie, on voit que le pastel, trop ségrégationniste quant à ses clients, ne constituait qu'un catalyseur de croissance assez modeste. Et destiné, du reste, à décliner, au-delà de 1560[11].

De toute façon, la plante tinctoriale du Toulousain, malgré sa présence spectaculaire à l'échelle locale, ne constitue qu'une portion très faible du produit national agricole vers 1550. De toute autre importance, en revanche, est la place occupée par le vignoble : 15 % des terroirs, en valeur de sol, dans l'ensemble du diocèse de Nîmes-Alès vers 1550 ; 12,1 % des surfaces cultivées au diocèse d'Uzès à la même date ; 5 à 7 % des surfaces totales, presque toutes cultivées, dans le Hurepoix, vers 1550 aussi. Certes, quelques vignobles ultra-marginaux (Louvain, Mortain, 1520-1530) sont en cours d'abandon au XVIe siècle, par suite d'un début de spécialisation des contrées selon leur vocation climatique ; et par suite d'une extension accrue des importations du vin en provenance du Sud ou du Centre (Roger Dion, *Histoire de la vigne…*, 1959). Mais, dans l'ensemble, même les vignobles septentrionaux comme celui de Paris, à condition de bénéficier d'un climat tolérable, connaissent le maintien et l'expansion au XVIe siècle. Plus au nord, enfin, la vigne s'efface ; mais en Normandie elle est fonctionnellement remplacée par le pommier à cidre, dont l'essor est phénoménal au XVIe siècle.

Les possessions lyonnaises dans le plat pays en 1517-1518

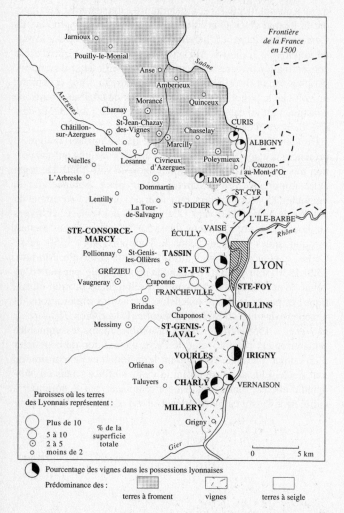

Paroisses où les terres
des Lyonnais représentent :

- ◯ Plus de 10
- ◖ 5 à 10   % de la
- ⊙ 2 à 5   superficie
- ○ moins de 2   totale

◗ Pourcentage des vignes dans les possessions lyonnaises

Prédominance des :

| terres à froment | vignes | terres à seigle |

0   5 km

D'après R. Gascon (1971), t. II, p. 815.

Le vignoble du Lyonnais au XVe siècle.
Place de la vigne dans les tenures paysannes

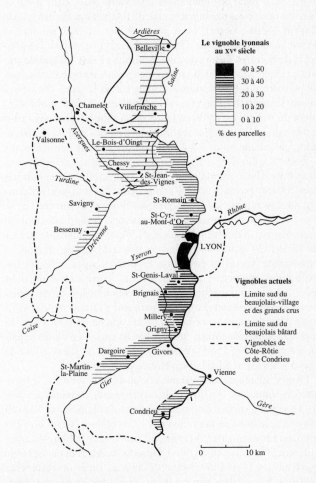

D'après M.-T. Lorcin (1974).

Certaines provinces, comme le (bas) Languedoc, déjà largement pourvu de vignobles, ont, disions-nous, développé modérément leur déjà vaste viticulture au XVIe siècle, par comparaison avec le dynamisme local des plantations d'oliviers. Mais, dans d'autres régions favorisées par le commerce de l'Atlantique ou des grands fleuves (Seine, Loire), on a planté à tour de bras pendant la Renaissance économique. On se donnait, de cette façon, la possibilité de boire, et surtout de faire boire aux clients, un liquide stérile, grâce à l'alcool ; et qui n'était pas pollué, comme l'était l'eau de boisson, si souvent pourrie. Le vin, c'était la santé. On se procurait des rentrées d'argent, et l'on compensait ainsi, monétairement du moins, en utilisant la vocation viticole des mauvaises terres à blé, l'inélasticité de la production des grains. En Hurepoix, par exemple, les 5 à 7 % de surface globale consacrés aux vignes s'expliquent, malgré les brouillards et les gelées, par la proximité d'une grande ville : Paris, vers 1550, contient au bas mot 100 000 buveurs de vin, compte tenu des tout petits enfants qui sont au régime sec et de quelques buveurs d'eau, ceux-ci se recrutant surtout parmi les plus pauvres. Biologiquement, le vignoble parisien et haut-normand (Gaillon) se renouvelle, autour de 1510-1520, par l'importation des plants de cépages du Sud, en provenance des Côtes du Rhône, de la Bourgogne et de la Chalosse. Économiquement, le vignoble francilien est vendeur ; mais aussi autoconsommateur, dans la mesure où beaucoup de petits-bourgeois et surtout de bourgeois parisiens s'arrangent pour avoir leurs propres vignes aux portes de la capitale, et pour boire du leur. Chronologiquement, ce vignoble est encore en pleine extension entre 1540 et 1560 ; deux décennies où l'on plante à tour de bras à Chevilly et à L'Haÿ-les-Roses, par exemple.

La côte atlantique du royaume, elle aussi, se lance dans l'expansion des vignobles. Au niveau de la production, ou plutôt des producteurs, on a surtout des indices qualitatifs ou indirects. On sait par exemple que l'immigration des « Gavaches » (venus du Périgord, du Limousin, de l'Agenais, du Poitou et de la Marche) coïncide avec la remise en état de l'Entre-Deux-Mers et du vignoble bordelais en 1470-1480. Mais les données tirées du commerce (puisque le vin atlantique est un grand produit de négoce) fournissent des indications autrement précises, bien qu'indirectes elles aussi, sur la production viticole régionale. À Nantes, en 1355-1356, au cours d'une période qui déjà, il est vrai, s'avérait marquée par la crise, on faisait venir en provenance du vignoble régional, afin de les réexporter par mer, 1 347 tonneaux de vin. Ces chiffres tombaient à 152 tonneaux en 1446-1447 ; et à 454 en 1447-1448. Or ils monteront à 10 000 et 12 000 tonneaux autour de 1555, et culmineront à 32 000 tonneaux en 1572, malgré la guerre civile : ce chiffre est important, puisqu'il équivaut, en mesures actuelles, à 290 000 hectolitres (le tonneau comme mesure locale contenait au bas mot 900 litres). On est là en présence d'une croissance impressionnante du vignoble de l'Ouest ligérien ; et, jusqu'à notre époque, les petits muscadets aigrelets de la basse Loire conserveront nostalgiquement le souvenir de cette expansion viticole, commune au Val de Loire et à la région rochelaise. Autour de Bordeaux, en revanche, l'essor du vignoble est moins brillant. Certes, on note une belle remontée du trafic du vin à partir de 1475 ; mais celui-ci ne retrouve pas toujours, il s'en faut de beaucoup, les sommets jadis atteints au florissant début du XIVe siècle, quand Bordeaux exportait 100 000 tonneaux de vin ; quantité tellement énorme, à vrai dire (en métrologie locale, 850 000 hectos !), qu'il sera plus difficile qu'à Nantes de la retrouver, *a fortiori* de la dépasser. Aux plus belles années du second tiers du XVIe siècle, ce chiffre de 100 000 tonneaux n'est plus atteint qu'occasionnellement ; et la norme de l'exportation du vin bordelais paraît s'être située aux environs de 20 000 à 30 000 tonneaux. À la croissance nantaise, impressionnante mais précaire (les guerres de Religion après 1580 lui porteront un coup très dur), s'oppose la modestie bordelaise. À en juger par les trafics auxquels il donne lieu, le vignoble girondin se contente, en effet, de récupérer très incomplètement sur la lancée de la Renaissance les niveaux certes fort élevés qu'il avait déjà connus très antérieurement, au commencement du XIVe siècle. Là comme ailleurs, l'exception nantaise ne fait point recette : on ne perce décidément pas les plafonds et l'on se borne à reproduire ce qui fut, sans même y parvenir dans tous les cas.

Quant aux jardins, dans la région nîmoise (179 localités) proche de la *huerta* contadine, le verdict des compoix diocésains est sans appel : les *orts* amoureusement irrigués font en tout et pour tout

2 % de la valeur du terroir diocésain (153 livres cadastrales sur 7 653 au total). Le temps des « fruits et légumes » pour tous (le mot « légume » étant pris au sens actuel, et non pas avec la signification de légumineuse ou fève qu'il avait alors), ce temps-là n'est pas encore arrivé au XVIᵉ siècle… Cela ne signifie pas qu'il ne se passe rien entre les quatre murs des petits jardins ! Bien au contraire. Ceux-ci surtout, chez les grands et les riches, sont le théâtre d'une révolution génétique : les *espèces* nouvelles, venues d'Afrique, d'Asie, et maintenant d'Amérique (haricot), et les *variétés* neuves, qui, arrivées *via* la Méditerranée, remplacent en France celles qu'assassinent de temps à autre les hivers rudes, font l'objet des soins des jardiniers ; surtout dans ces grandes *huertas*-relais (par où transitent les graines et les greffes venues du Sud) qu'on trouve en Comtat, en Touraine et près de Paris… Mais, de ces révolutions génétiques, les masses populaires ne retireront les fruits, c'est le cas de le dire, qu'aux siècles suivants. À noter, par exemple, en dehors du cas bien connu de certains produits (melons, artichauts, asperges, haricots) qui amorcent parfois ou élargissent une carrière encore discrète au XVIᵉ siècle, l'exemple remarquable de la luzerne, mère des prairies artificielles : diffusée dans les Alpes provençales et le Comtat au XVIᵉ siècle, elle n'y occupe encore que des parcelles précieuses, des mouchoirs de poche amoureusement cultivés. Son expansion véritable se fera surtout après 1620 ; et à une large échelle, en champs, aux XVIIIᵉ et XIXᵉ siècles.

Dans un cas, pourtant, celui du chanvre et accessoirement du lin, la culture précieuse d'une plante textile, en petit jardin spécialisé ou *chènevière*, exerce un impact puissant et positif sur le revenu paysan. Car ces plantes, et surtout le chanvre, stimulent l'expansion d'une industrie rurale du filage et des toiles, dont l'essor en Bretagne, mais aussi dans tout l'Ouest armoricain et bocager, s'avère déjà substantiel aux belles périodes du XVᵉ et du XVIᵉ siècle. Grâce à la fabrication, domiciliaire, du fil et des toiles exportées sur le marché national et à l'extérieur, les paysans et leurs femmes – mères, épouses, filles, servantes – peuvent améliorer leur revenu, sans que la dose de travail additionnel qu'exige la mise en œuvre d'une activité textile se heurte à ces « rendements décroissants » qui par ailleurs découragent, comme on sait, l'addition de nouvelles unités d'*input* dans le travail purement agricole. En ce qui concerne le textile, l'absence d'une réserve disponible de bonnes terres à défricher n'est nullement un obstacle, comme elle le serait pour les blés : intensivement produit, le chanvre n'exige que de faibles surfaces. Quant à l'installation d'un rouet ou d'un métier à tisser parmi le bric-à-brac d'un foyer rustique, elle ne requiert ni capital foncier, ni capital mobilier, ou si peu. Elle ne demande que de la main-d'œuvre. Et, justement, c'est de cela qu'on manque le moins ! Ici, pour une fois, ne joue pas l'implacable déclin de la productivité marginale du travail, stérilisée peu à peu par l'absence de bonnes terres en réserve. Une vraie croissance, une percée sans retour deviennent possibles, grâce à ces toiles de Bretagne qui habillent les vivants et les morts, les mâts des navires et les colis des marchands. Faut-il rappeler pourtant, afin de tempérer tout optimisme excessif, que la très grande époque des industries rurales est encore à venir, qu'elle interviendra surtout au xviie, et plus encore au xviiie siècle ?

Ce chanvre, fort modestement triomphateur, clôt pour nous la liste des spéculations végétales. Qu'advient-il maintenant des productions et spéculations animales au xvie siècle ? Il est certain qu'à cette époque, le mouvement des prix du bétail n'est pas favorable au développement d'une activité d'élevage (dans la mesure où celle-ci, précisément, montée sur quatre ou deux pattes, et tournée vers les consommations citadines, aurait grand besoin des stimulations du marché) : à Douai, au xvie siècle, le prix de la volaille reste quasiment horizontal au cours de la centaine d'années mise en cause, tandis que celui des grains s'élance vers les sommets. À Paris, qui constitue déjà un pôle d'attraction pour les marchands de vaches en provenance de Normandie, on a vu que les cours du blé, de 1510 à 1540 et à nouveau de 1540 à 1580, prennent une avance constante sur ceux des œufs, du mouton sur pied, et probablement aussi du bœuf. Ce processus reflète une pratique : la masse des consommateurs reporte son pouvoir d'achat sur le grain, nourriture de tous, plutôt que sur les protides animaux, dont l'absorption à haute dose exigerait un minimum de richesse. Dans ces conditions, les agriculteurs qui travaillent pour la vente sont incités à produire du grain et à négliger le bétail et le fumier ; donc à ne pas augmenter le rendement de leurs blés, qui du coup reste stagnant. C'est le cercle vicieux de l'agriculture ancienne ; il n'est presque jamais rompu au XVIe siècle, sauf en Flandre, où la combinaison des céréales, des plantes sarclées, textiles et industrielles, et de l'élevage intensif dans le cadre de la petite culture crée les conditions d'un « cercle vertueux » et d'un développement moderne (mais celui-ci ne déteindra sur le reste de l'Europe occidentale qu'aux siècles suivants). En France même, les régions de bocage, comme le Cotentin, qui s'adonnent davantage que les autres aux bestiaux sans pour autant se spécialiser à fond dans la production animale, pratiquent au XVIe siècle un élevage souvent extensif et sauvage à faibles rendements : les bêtes munies de sonnailles s'en vont pâturer dans les landes et dans les grands bois. Il n'est pas assez question encore de cette politique d'herbages bien clos et bien gras, surpeuplés de bestiaux, qui sera celle de la Normandie contemporaine. Les clôtures normandes du XVIe siècle sont faites pour exclure hors des champs les vaches qui certes sont déjà nombreuses, bien plus que pour enfermer celles-ci dans des parcelles. Et les régions bovines qui travaillent pour le marché parisien se limitent, avant 1560, à quelques cantons humides dans le pays de Bray et le pays d'Auge. Le puissant démarrage de la grande vacherie de l'Ouest, comme l'a montré Bernard Garnier, sera postérieur à 1630, et contemporain surtout du XVIIIe siècle [12].

D'une façon générale, la forte pression qu'exerce la demande de céréales sur les terroirs et sur les marchés entraîne dans certaines régions de véritables phénomènes de « dépécoration » : en Languedoc par exemple. Après les grandes épizooties ovines de 1525-1530, les troupeaux sont décimés ; ils sont refoulés aussi par les constructeurs de clôtures, qui entourent leurs propres labours et leurs plantations par des haies ou par des murettes en pierre sèche. Les *enclosures* de la décennie 1520, qui interdisent au pacage telle forêt (archives de Saint-Germain-des-Prés, 1524) ou telle catégorie de cultures (olivier, vigne, sous les injonctions des autorités languedociennes entre 1520 et 1530), sont du reste remarquablement synchrones au nord comme au midi de la France. Du coup, les effectifs de moutons ne retrouvent plus leurs niveaux élevés d'avant 1525, ou, mieux encore, du XVe siècle finissant, quand c'était l'apogée de l'élevage ovin. Dans le diocèse de Nîmes en 1558, seulement 13 % des terres (en valeur) sont consacrées en totalité à l'élevage bovin, ovin, ou porcin ; mais 63 % aux glucides végétaux (grains et châtaignes) et 15,7 % au vignoble. Plus au nord, en Poitou, où les métairies pourtant se livrent traditionnellement à la production du bétail menu, il faut au XVIe siècle faire acheter des laines espagnoles *via* La Rochelle afin de compenser l'insuffisance de la production lainière locale, et afin de faire face aux besoins de l'industrie drapière de la Gâtine poitevine.

Autour de Paris, en revanche, l'influence de la grosse ville, forte consommatrice (en dépit de la pauvreté d'un grand nombre) de gigots, côtelettes et ragoûts, soutient l'élevage moutonnier sur les jachères des champs de céréales d'Île-de-France : les courbes globales d'achats de moutons par les hôpitaux dans la capitale tendent à monter de 1500 à 1560 (Micheline Baulant). La culmination de la production ovine sur jachère, à l'hectare, en Hurepoix par exemple, n'interviendra pourtant qu'après 1600 (Jean Jacquart).

Cette carence assez fréquente de l'élevage, en dépit de quelques accomplissements méritoires, renvoie donc à une idée déjà exprimée : la Flandre du XVIe siècle, sur sa lancée du XVe, accomplit sans tapage, bestiaux et plantes utilement réunis, sa révolution agricole. La France, elle, dans le même temps, nantie d'une pléiade de grands agronomes et d'écrivains bucoliques, théorise ou bavarde, selon les cas, sur la révolution agricole. Les principales prouesses de nos cultivateurs (elles existent quand même) sont réalisées marginalement, dans le vignoble d'abord. Et aussi dans les jardins ; mais à une échelle, en l'occurrence, qui n'est certes pas macroscopique ! La masse, pourtant énorme, de la production végétale et animale reste quelque peu à la traîne, du point de vue des techniques et de la croissance.

Si cette agriculture française du XVIe siècle est, sinon léthargique, du moins plafonnante, n'est-ce pas aussi parce qu'elle étouffe au milieu de gigantesques forêts ? Certes, on a beaucoup déboisé au XVIe siècle, et les larmes de crocodile que verse Ronsard, actionnaire du défrichement de la forêt de Gâtine, sur la destruction de celle-ci, sont restées célèbres. Mais, vers 1550 encore, d'immenses futaies sont debout. Michel Devèze montre que, pour 28 départements actuels, la surface forestière est passée de 16,3 % de la surface départementale en 1550 à 9 % en 1912. Disons que la forêt française, pour les 28 ou même 33 départements étudiés par Devèze, couvrait une superficie qui sous Henri II était presque le *double* de ce qu'elle sera sous Armand Fallières. Comme ces forêts vers 1550 appartenaient pour l'essentiel (sauf dans le Jura des paysanneries affouagères) à la noblesse, au roi et au clergé, on voit la puissance (parfois purement virtuelle) que la « classe propriétaire », en un siècle de montée des prix du bois, pouvait tirer de telles possessions.

Les grilles successorales et le partage

Quoi qu'il en soit, la production agricole qui plafonne vers 1550, et qui, dès lors, côté céréales, est très proche sans doute (en masse et en nature, à peu de chose près en plus ou en moins) de ses hauts niveaux du premier XIVe siècle et de ceux du long XVIIe siècle, se trouve ainsi décrite. Il faut maintenant savoir de quelle façon, à la base, elle s'est partagée.

Au niveau d'abord de la grille horizontale des structures foncières : le premier fait, de ce point de vue, et le plus spectaculaire, c'est le formidable morcellement des propriétés ou des quasi-possessions (tenures) obtenu vers 1560 : ce morcellement, qui culmine ainsi une première fois au milieu du XVIe siècle, est bien sûr à mettre en rapport avec l'expansion démographique, telle qu'elle intervint de 1450 à 1570.

Un tel éclatement fragmentaire des lopins, toutefois, implique quelques questions préjudicielles : dans quelles conditions juridico-coutumières le morcellement s'est-il opéré ?

Rappelons d'abord qu'il s'effectuait par aliénation (entre vifs) ou par voie successorale. L'aliénation des terres pouvait procéder par achat et vente normale, comme de nos jours ; mais aussi par un système d'achat à crédit, que rendait nécessaire le manque de monnaie. Grâce au contrat type appelé *bail d'héritage à rente*, si répandu en Occident depuis la région parisienne jusqu'à la Castille, le bailleur aliénait sa terre contre réception d'une rente annuelle et perpétuelle à lui versée par le preneur. Cette rente était élevée dans les débuts, puisqu'elle pouvait, vers 1550, atteindre 8,33 % du capital foncier mis en cause (mais 5 % ou moins au xviiᵉ siècle) ; ce pourcentage était donc indexé dans tous les cas sur le taux général d'intérêt qui sévissait, à des niveaux variables, pendant les deux siècles mis en cause. Mais l'inflation du xviᵉ siècle, graduellement, réduisait à pas grand-chose cette rente perçue par le bailleur. Entre-temps, le preneur avait tout loisir de vendre, ou de démembrer, ou d'aliéner les terres qu'il avait prises à bail d'héritage : le bailleur, lui, peu à peu frustré de sa rente par la dépréciation d'icelle, n'avait aucun espoir de récupérer celles-là. Tout se terminait, comme souvent au xviᵉ siècle, par une sorte de carambouillage inflationniste. Le bail à rente d'héritage favorisait ainsi – c'était l'un de ses mérites essentiels – la mobilité de la terre, grâce à un ingénieux système de crédit.

Reste le morcellement opéré par voie successorale : on possède à son sujet le plus remarquable des dossiers juridiques, grâce à la rédaction des coutumes, effectuée pour l'essentiel au xviᵉ siècle. Mieux que cela : cette rédaction rend possible un tour d'horizon anthropologique sur les structures généalogico-successorales. Un coup d'œil qui balaie globalement l'ensemble, si hétérogène, du territoire de la France.

Au point de départ d'une telle anthropologie de la France, dans la période 1450-1700, il n'est pas possible de mettre les « structures élémentaires de la parenté » chères à l'ethnologie du monde sauvage : en dépit d'une évidente endogamie villageoise, les règles du mariage et de la parenté, même paysannes, dans la France classique, sont trop ouvertes et trop « anomiques » pour qu'on puisse chercher parmi elles les critères d'une différenciation régionale, comparables à ceux qu'ont proposés les ethnographes dans le domaine des sociétés indigènes. Du moins l'étude rigoureuse des règles successorales relatives à la dévolution des héritages, telles qu'elles sont énoncées dans les coutumes des provinces, fournit-elle l'une des grilles qui permet de départager les aires culturelles : grâce à une telle étude se trouvent définies à partir d'éléments privilégiés les techniques de transformation qui permettent de passer logiquement d'une aire à l'autre et d'une époque à l'autre. Ces recherches minutieuses et fastidieuses sur l'ethnographie coutumière offrent aussi à l'historien la possibilité de pressentir certaines divergences, ou lignes de fracture essentielles, dans les soubassements de la vie familiale selon les diverses zones de la France envisagées par l'enquête. C'est Jean Yver qui, dans un livre dense accompagné d'une série d'articles, au fil d'une prose sans concession, a proposé, le premier, une géographie pertinente de nos vieilles coutumes, celle-ci prenant la relève, à plus d'un siècle de distance, des travaux admirables mais dépassés d'Henri Klimrath (*Travaux sur l'histoire du droit*, 1843).

Je décrirai ici, en quelques pages, les grandes lignes de l'analyse de Jean Yver. Je m'efforcerai d'incorporer à celle-ci, autant que faire se peut, les préoccupations terre à terre d'un historien du monde paysan. Il faut dire d'abord qu'avec Yver, ont pris corps et figure systématiques les données éparses amoncelées par le travail des pionniers. Au nombre de ceux-ci, on doit citer Bourdot de Richebourg dont la vaste compilation du *Coutumier général* publiée en 1724 groupa pour la première fois sous un titre unique les textes jusqu'alors disjoints qu'avaient donnés autrefois, en volumes séparés, les juristes du XVIe siècle ; on doit évoquer aussi, une fois encore, Klimrath, qui mit au point, dès l'époque de Louis-Philippe, une carte géographique des aires de coutumes, restée pendant longtemps unique en son genre…

Transcrits pour l'essentiel à la fin du XVe siècle et au cours du XVIe siècle, les coutumiers régionaux intéressent simultanément le médiéviste et le moderniste : ils photographient une certaine image du royaume, à la fois traditionnelle et neuve, tel qu'il s'est progressivement reconstruit et défini après les guerres de Cent Ans. Les juristes de la Renaissance, qui firent office, en la circonstance, de compilateurs locaux, collectèrent en effet des éléments de coutumes en provenance de plusieurs strates temporelles. Certains représentent une couche archaïque du droit rural et propriétaire, dans l'état où il fonctionnait encore, plus ou moins activement, à la fin du Moyen Âge. D'autres éléments, juxtaposés à ceux qui précèdent, sont significatifs d'une évolution de ce droit vers des formes plus modernes, voire urbaines ou échevinales, qu'imposèrent pendant le xvie siècle, ou même auparavant, la pratique des populations et les théories des hommes de loi. Placé devant ces strates quelquefois hétérogènes, l'ethnographe-historien doit se résoudre à sélectionner quelques critères pertinents, dont la présence, l'absence ou les modalités diverses sont associées à toute une famille de traits culturels, qui donnent eux-mêmes à chaque aire coutumière sa configuration originale.

Les critères choisis, contradictoires mais liés l'un à l'autre, sont, en l'occurrence, « l'égalité entre héritiers et l'exclusion des enfants dotés ». À partir de là, trois grands foyers de différenciation des coutumes paraissent en première analyse, et selon une vue cavalière, s'individualiser sur le territoire national. Disons, pour simplifier : zone orléano-parisienne ; Normandie et Armorique ; régions occitanes (auxquelles s'ajoutent, comme on le verra, d'importantes fractions, parfois très septentrionales, et notamment wallonnes, des pays d'oïl). Le principe même de cette différenciation régionale a été excellemment décrit par Jean Yver, que je me bornerai sur ce point à citer ; tout en explicitant de temps à autre son texte, à l'intention de ceux des lecteurs qui ne sont pas familiers d'historiographie coutumière. *De bonne heure*, écrit le juriste normand* [13], *les coutumes françaises s'étaient orientées vers trois grandes solutions (A, B et C). L'une est celle du préciput possible entre enfants* [préciput : autrement dit, en l'occurrence, avantage unilatéral, octroyé à l'un des descendants et qui lui permet de prélever à son profit, avant tout partage avec ses frères et sœurs, une partie déterminée d'un tout à partager] ; *c'est cette solution préciputaire (A) que nous rencontrerons dans la sphère occitane et wallonne. À l'extrême opposé, les coutumes d'égalité parfaite (B) imposaient dans tous les cas aux enfants* qui avaient été *avantagés* avant la venue à échéance de la succession des père et mère *le rapport de ces avantages et dons reçus ; les enfants ne pouvaient conserver ceux-ci, même en renonçant à la succession ; il leur fallait, à tout le moins, rapporter l'excédent qui pouvait exister entre la gratification obtenue et la part égalitaire qui aurait été la leur dans la succession* ab intestat : *c'étaient des habitudes de rapport forcé, et c'est à cette catégorie qu'appartenait notamment tout le grand groupe des coutumes de l'Ouest.*

Entre ces deux solutions extrêmes (A et B), les coutumes de type
parisien (C) s'étaient, comme toujours, décidées pour des systèmes plus nuancés : dans le premier de ces systèmes (C1), largement attesté au Moyen Âge, l'enfant doté du vivant de ses père et
mère, et par les soins de ceux-ci, était de ce fait purement et simplement exclu de la succession à venir ; plus souple, un autre système parisien (C2), qui s'impose postérieurement au précédent,
pendant la fin du Moyen Âge et au XVIe siècle, prévoit que l'héritier avantagé pourra « opter » ; il aura le choix : *s'en tenir à son*
avantage en renonçant à la succession ; ou revenir à partage en
« rapportant » à la masse commune *l'avantage* mis en cause : les
coutumes parisiennes, dès lors, *devenaient d'égalité simple et*
d'option. Ces distinctions entre trois grands troncs coutumiers ne
sont pas simplement théoriques. Elles aboutissent en effet à valoriser, selon les régions, tel ou tel, parmi les rôles familiaux. On
verra par exemple qu'on peut faire état d'un droit ou *mainbour-*
nie des père et mère dans les vieux pays capétiens (droit qui tend,
il est vrai, à se tempérer de façon progressive, en direction d'un
égalitarisme qui s'affirme). En Normandie, ce serait plutôt d'un
droit favorable au groupe des frères qu'il conviendrait objectivement de parler ; enfin, le Midi occitan dresse, au centre du processus de décision, la figure formidable d'un père souverain, chère
aux juristes romanisés.

En droit orléano-parisien, dans le monde des solutions « centristes » (C1 et C2), au niveau de la plus vieille strate juridique
(mentionnée au XIIIe siècle, mais destinée à survivre, officiellement
du moins, jusqu'en 1510), c'est le vouloir des parents, père et
mère, qui fait prime. Et c'est aussi, corrélatif, un certain souci d'indivision de la tenure. « Ce que fait père et mère est stable [*quan-*
quez fait père et mère est estable]. » Telle était du moins la
conception originelle des coutumiers, solidement signalée dès
l'époque gothique ; et qui, par la suite, subsiste ici ou là, mais
s'effiloche ailleurs. Dans le droit crotté de la roture villageoise
(devenu aussi, grâce peut-être à l'exode paysan, la loi des bonnes
villes capétiennes), cette *stabilité* des dispositions parentales revê-
tait un sens précis : fort d'une telle disposition, en effet, le couple
des père et mère dotait d'une charrue, d'une vache, de quelques

pièces de monnaie ou très rarement d'une parcelle de terre le fils, ou plus souvent la fille, qui abandonnait la maisonnée pour contracter mariage ailleurs, et pour rejoindre ou fonder un foyer distinct de celui de son enfance. Quant à l'héritage, qui devait intervenir plus tard, lors de la disparition des ascendants, l'enfant ainsi « établi » était contraint par la coutume à y renoncer. S'envoler du nid familial pour convoler ailleurs, c'était, d'un même mouvement, être doté et déshérité. En revanche, celui, celle – ou ceux – des enfants qui, bien enraciné sur la terre des siens, sur la tenure, si misérable fût-elle, restait à la maison pour y continuer affectueusement, sous le joug des vieux, l'exploitation familiale, pouvait s'attendre à hériter du lopin paternel quand le jour viendrait. Peu importait en l'occurrence que cet héritier (présomptif parce que corésident) fût mâle ou femelle, aîné ou cadet, unique ou multiple. Sévère à la progéniture qui partait s'établir ailleurs, la coutume des vieilles prévôtés capétiennes était au contraire indulgente et bonne pour les enfants qui demeuraient au foyer, afin d'y soutenir les parents dans leurs vieux jours. Les dispositions coutumières, de ce point de vue, ne s'embarrassaient d'aucun préjugé, qu'il s'agisse de primogéniture, de masculinisme ou (dans ce cas) d'intégrité du bien familial. Elles promettaient l'héritage au cadet comme à la fille ; et elles garantissaient la division égalitaire ou « simple égalité » (autrement dit l'interdiction d'avantager l'un des descendants par rapport à l'autre) dès lors que plusieurs enfants ou héritiers, n'ayant pas usé de la faculté qu'ils avaient de s'établir ailleurs et d'être dotés en mariage, posaient leur candidature à la succession. De là le paradoxe de ces très anciennes coutumes orléano-parisiennes qui soufflent à la fois le chaud et le froid : elles préconisent d'une part la stabilité des établissements et donc un favoritisme toujours possible au profit ou au détriment de l'établi-marié-doté ; elles stipulent d'autre part l'égalité simple entre les enfants qui ne sont pas « établis ailleurs ». L'exclusion des dotés vise évidemment à rendre tant bien que mal compatibles entre elles ces deux assertions mal jointoyées l'une avec l'autre. Quoi qu'il en soit de ces contradictions toujours possibles, on voit que la succession d'un vilain (par exemple en système orléanais) n'était amputée au total que des fragments généralement minimes qu'avaient antérieurement prélevés les parents sur elle afin de constituer les dots de ceux de leurs descendants qui étaient partis pour s'établir sous un autre toit.

Les caractères mêmes d'un tel système successoral appellent quelques réflexions d'ensemble ; il est clair d'abord que ces coutumes d'Île-de-France ou d'Orléanais visent (ou du moins aboutissent) à mettre hors d'héritage la progéniture surnuméraire, ce qui devrait rendre plus difficile un morcellement abusif des terres. Ce « but » (qui n'est pas toujours atteint, tant s'en faut) est, du moins, objectivement consacré (sinon consciemment recherché) par ces vieilles lois, avec une remarquable constance. Les textes les plus anciens soulignent du reste le caractère souvent rural que prend la mise en déshérence des enfants dotés, celle-ci étant présentée, sans détour, comme typique du « vilainage ».

Ce souci tout paysan, qui s'efforce d'orienter la dévolution des héritages vers le fixisme d'un lopin substantiel, adéquat pour faire subsister une famille, s'ajuste bien, du reste, aux exigences de la démographie d'ancien type. On sait que, dans les populations archaïques telles qu'on les a quantifiées ces derniers temps, l'effectif moyen des enfants d'un couple qui échappent à la mortalité infantile ou juvénile et qui parviennent en fin de compte à l'âge du mariage ne dépasse que d'assez peu, bon an mal an, deux individus : soit, statistiquement, selon les probabilités biologiques, un frère et une sœur. Dans ces conditions, le système d'héritage qu'on vient de décrire était plus ou moins consciemment programmé pour reproduire autant que faire se pouvait, d'une génération à l'autre, les structures de l'exploitation ou de la tenure paysanne, considérées comme les moins mauvaises possibles, dans le cadre statique d'une économie domaniale ou seigneuriale. L'un des deux enfants survivants (généralement le garçon), résidant avec ses père et mère, faisait dans cette communauté familiale son apprentissage d'agriculteur : il était destiné, l'échéance venue, à être mis en possession de l'héritage. Quant à l'autre enfant, c'était la fille en bien des cas (l'exclusion des enfants dotés, dans les faits et même dans la lettre du droit, était souvent synonyme d'exclusion des filles dotées). Cette fille, donc, « on la mariait, et on n'en parlait plus » : elle quittait le foyer paternel, avec une dot plus ou moins maigre et sans espérance d'héritage, pour s'intégrer si possible à un autre groupe familial, dont elle contribuait du reste, elle aussi, à « reproduire » la structure. Bien entendu, les situations réelles s'écartaient souvent de ce schéma simple. Mais même dans les cas « aberrants », fort nombreux, le système était souple ; il permettait, si nécessaire, de doter plusieurs enfants qui allaient s'établir ailleurs ; en l'absence de fils, il se prêtait à l'installation d'un gendre dans la maison des parents ; enfin, solution fâcheuse mais fréquente (comme le prouve dès avant 1500 le morcellement des parcellaires), le vieux droit orléano-parisien se résolvait plus d'une fois au partage de la tenure entre plusieurs descendants au nom de la « simple égalité », à condition que ceux-ci (en théorie du moins) aient accepté préalablement de collaborer avec leurs père et mère dans le cadre éventuel d'une corésidence disciplinée. Aussi bien ces structures si pratiques pour les agriculteurs, à la fin du Moyen Âge et parfois bien au-delà, semblent-elles avoir été répandues sur un territoire très vaste, qui déborde de loin l'aire orléano-parisienne. On les rencontre, en effet, sporadiquement dans la région de Lille et même d'Amiens ; et à l'est comme au sud-est les pays de la langue d'oïl : en Allemagne, en Pologne même, en Suisse… L'étude des données germaniques, par exemple, fournit au chercheur français l'occasion d'un comparatisme, et d'une réflexion sur les origines : outre-Rhin, l'exclusion de l'enfant doté, suivie de l'attribution de l'héritage aux corésidents, n'est pas seulement un trait juridique. Elle demeure étroitement liée aux représentations mentales, au folklore, à la mythologie, même ! Chez certains paysans d'Allemagne, en effet, les meubles dans la maisonnée restaient autrefois indivis, quand survenait le décès du père ; cette indivision avantageuse à la continuité familiale était rendue possible grâce à la ruse d'un morcellement fictif, tripartite… et communautaire : une part de ces meubles allait aux enfants corésidents ; la seconde à l'épouse, corésidente elle aussi ; et la troisième… à l'âme du père défunt ! En Suisse romande, de même, dans les cantons les plus traditionnels, la coutume privilégiait les enfants « intronqués » ; vivant à demeure dans la communauté familiale, ils étaient destinés à prendre part un jour à l'héritage ; tandis que les « détronqués », ayant jugé bon d'épouser ailleurs, étaient dotés, puis déshérités.

Ces habitudes sont également attestées beaucoup plus au sud :

dans certaines zones, agricoles ou urbaines, de la langue d'oc, diverses coutumes et surtout la pratique des testaments prouvent que l'exclusion de l'enfant doté avec monopole successoral aux corésidents était largement pratiquée jusqu'au XVe siècle ; et cela dans le cadre si populaire en Occitanie de la famille large. On retrouve enfin ces mêmes usages (qui, selon les cas, sont autochtones ou bien importés par les colonisateurs) dans la Jérusalem des Croisés, comme dans l'ancienne coutume arménienne.

Restons-en à l'Europe occidentale, ou même tout simplement aux pays français ; la diffusion vaste des institutions successorales qu'on vient de résumer y rend assez tentantes certaines hypothèses : elles font dériver ces coutumes d'un très lointain passé ; d'un substrat ligure, celte, germanique… Mais faut-il vraiment, se demande Jean Yver avec humour, « remonter jusqu'à ces origines ethniques les plus lointaines ? Avant de parvenir jusqu'aux Ménapes, voire aux Ligures, ne pourrions-nous, par économie des moyens, nous arrêter à quelque étape intermédiaire » ?

Sans refuser, en effet, ces spéculations paléoethniques, il semble qu'on doive s'en tenir à des assertions plus modestes : disons, avec Jean Yver, que l'exclusion des enfants dotés et le privilège successoral aux enfants corésidents répondent spécialement bien, quelle que soit l'ethnie d'origine, aux besoins d'une société agricole et seigneuriale très exigeante. Qui dit seigneurie forte dit, en effet (selon les époques), tissu cellulaire des manses, ou (plus tard) liens contraignants du vilainage. Or ces contraintes sont porteuses d'une structure : elles engendrent un droit successoral qui, pour être logique avec les exigences du seigneur, doit se fonder sur l'exclusion. Soit, en effet, un seigneur de type médiéval et classique, armé encore de pouvoirs exorbitants : comment pourrait-il tolérer, dans la mesure où il a son mot à dire, que les tenures paysannes, sur lesquelles il exerce un droit éminent, soient pulvérisées au profit d'héritiers dotés, partis s'établir ailleurs – cet « ailleurs » pouvant fort bien se situer hors de l'espace généralement restreint où s'exerce la puissance de son manoir ? Du point de vue du Dominant de la terre, l'exclusion du Vilain migrateur est une solution tout indiquée. Quant aux tenanciers eux-mêmes, leur opinion sur ce problème risque fort de n'être pas tellement différente de celle de leur noble maître. Pendant bien longtemps, ils n'ont été, après tout, que les possesseurs encore fragiles d'un lopin, les détenteurs mainmortables « d'une tenure à peine héréditaire ». La notion même de succession se réduisait pour eux à la continuité *de facto* d'une famille sur une parcelle. Dans ces conditions, la corésidence préalable des successeurs présomptifs, complémentaire de l'exclusion des dotés, représentait une sage précaution, sorte d'intronisation avant la lettre, comme celle qui fit la fortune des Capétiens ! Elle garantissait, dès le décès du chef de famille, la transmission routinière du manse ou de la tenure à ceux des descendants qui se trouvaient dans la place, sans que pût intervenir à leur encontre le risque fâcheux d'une récupération du lopin par le Dominant, au nom d'un quelconque « retrait seigneurial ». La coutume orléano-parisienne représenterait donc, si l'on en croit les suggestions d'Yver, la superstructure coriace, plus ou moins vivante encore à la fin du Moyen Âge, d'un monde seigneurial et domanial jadis (et encore ?) très puissant.

Autre signe d'archaïsme : les coutumes à base de succession corésidentielle et d'exclusion, qui caractérisent le ci-devant domaine capétien (et aussi, à la fin du Moyen Âge, certaines régions occitanes), sont liées à divers types de familles larges ; dans le groupe orléano-parisien, l'exclusion des dotés rejette, en effet, dans les ténèbres extérieures « les enfants qui par un établissement distinct ont été séparés de la maison familiale, du ménage de leurs père et mère et du petit groupe domestique (grands enfants célibataires ou quelquefois mariés) qui vit en compagnie de ce ménage [14] ».

Quant au Massif central occitan, l'exclusion des dotés y dérive expressément du souci de cohésion manifesté par la famille élargie la plus classique : deux ménages (ou plus) de parents et d'enfants, ou de frères et sœurs avec leurs conjoints, vivent à feu et à pot sous le même toit, et réservent aux descendants corésidents, dans un souci de continuité, l'essentiel de l'héritage.

Comme il s'agit là d'institutions familiales qui sont en sérieux déclin dès le XIIIe siècle (Nord) [15] ou dès le XVIe siècle (Midi) [16], on conçoit que les coutumes d'exclusion fassent l'objet à leur tour d'attaques révisionnistes, à l'époque de la Renaissance.

Subsiste et subsistera pourtant, comme permanence de très longue durée, l'élément le plus stable et peut-être le plus émou-

vant des structures orléano-parisiennes : l'insistance que mettent
celles-ci à privilégier la décision commune des père et mère, et à
préconiser la collaboration « simple et confiante » des parents et
des enfants, au sein du milieu campagnard. Sur ce point, les
usages des vieilles terres capétiennes s'opposeront nettement au
paternalisme viril de l'Occitanie, comme au fratriarcalisme féroce
du droit normand ; celui-ci dur aux femmes et aux volontés du
père mort. Le privilège accordé au couple et la part importante
faite aux prérogatives maternelles constituent sans doute l'une des
données qui nous informe le moins mal sur les archétypes familiaux, voire sur la sensibilité des terriens du Bassin de Paris, à
l'époque de la formation des coutumes.

Favorable au couple géniteur, la coutume orléano-parisienne
met aussi très haut, logiquement, la majesté du lit conjugal. Soit
un homme marié diverses fois, et qui donc a des enfants « de plusieurs lits » : on découpera son héritage non point au prorata de son
nombre total d'enfants, mais en autant de portions qu'il y eut de
lits dans la carrière conjugale du *de cujus*. C'est la « division par
lit », largement répandue dans un espace qui s'étend de l'Orléanais
au Beauvaisis ; elle est, au contraire, introuvable dans la Normandie égalitaire, où l'on taille des parts équivalentes pour chaque
enfant mâle, sans considération de lit ni critère de corésidence [17].

Néanmoins, tout en restant fidèles, apparemment, aux archétypes qu'on vient d'évoquer, les coutumes orléano-parisiennes, à
partir de la Renaissance, évolueront. Ce mouvement s'est préparé
de longue date : dès les XIIIᵉ-XVᵉ siècles, les coutumiers de Paris ou
d'Amiens avaient prévu divers adoucissements pour améliorer le
sort, jusqu'alors assez rude, qui attendait l'enfant migrateur. Si
par exemple les parents faisaient insérer, au contrat de mariage de
leur fille ou de leur fils, une clause spéciale de *rappel*, le descendant doté pouvait, en dépit de son établissement sous un autre toit,
revenir demander après la mort de ses ascendants une part d'héritage. Dans tous les autres cas, si ce rappel exprès n'était pas explicitement prévu, la progéniture dotée se trouvait bel et bien déshéritée. La clause de rappel était capitale dans les milieux urbains ;
elle y a garanti, par son ingénieuse souplesse, une longue survie à
la vieille coutume d'exclusion ; celle-ci était désormais en mesure
de s'accommoder des situations les plus diverses, puisqu'on pou-

vait à tout instant décréter, grâce au *rappel*, qu'elle cessait de s'appliquer ! En revanche, dans les zones rurales, un tel système de « rappel » n'était pas toujours facile à mettre en œuvre. Rares sans doute, au moins dans la France du Nord, étaient les paysans qui s'offraient le luxe de se marier sous contrat écrit (leur nombre croîtra, certes, mais plus tard, quand s'enflera l'activité des notaires, lors de la fin du Moyen Âge). Or, sans contrat, aucune clause de rappel n'est aisément concevable.

Telle était la vieille structure : exclusion, avec possibilité de rappel ; celle-ci plus ou moins ouverte. En 1510, cependant, de nouveaux usages autour de Paris sont institués ou simplement consacrés (ils existaient de longue date, en effet, dans le Beauvaisis de Beaumanoir). Ces usages neufs tiennent en deux mots : option et rapport. Apparemment, certes, rien n'est transformé. L'enfant doté demeure toujours, en principe, exclu de l'héritage. Mais, en fait, tout comme dans une partie d'échecs, au cours de laquelle, selon une comparaison devenue banale, il suffit parfois de bouger une pièce pour changer tout l'équilibre du jeu, l'insertion d'une règle nouvelle modifie fortement l'esprit de la coutume. À partir de la seconde décennie du XVIe siècle, en effet, on admet officiellement que l'enfant qui, à l'occasion d'un mariage et d'un établissement qui l'ont placé hors de la communauté constituée par ses parents, a été doté des biens de ceux-ci, peut, contrairement à tous les principes antérieurement posés, ne pas être exclu de la succession des ascendants. Pour cela, il suffit que cet enfant veuille bien « rapporter » à la masse commune de la succession familiale « ce qu'il a reçu en mariage »[18]. S'étant ainsi préalablement dépouillé, il est admis au partage égalitaire de cette masse, en concurrence avec ses frères et sœurs, sans qu'aucune discrimination puisse intervenir contre lui. Ainsi se trouve défini, au terme d'une longue genèse dont Jean Yver suit les traces du XIIIe au XVIe siècle, le nouveau système, par simple gauchissement des règles anciennes. Celles-ci sont, en effet, complétées par l'option entre les qualités d'*aumônier*, *légataire* ou *donataire*, d'une part ; et celles d'*héritier*, *parchonnier*, voire *communiste*, d'autre part[19]. Alors qu'autrefois, dès son mariage (ou son non-mariage), un enfant s'engageait irrévocablement vers l'une ou l'autre de ces

voies, il peut désormais non pas cumuler, certes, ces deux qualités, mais bifurquer tardivement vers l'une ou vers l'autre, bien
après son union conjugale, et quand échoit l'heure de la succession des parents. C'est là le sens de la règle fameuse *Aumônier et
parchonnier nul ne peut être*. Entendez qu'au moment décisif où
se règle la question d'héritage, on peut et on doit *opter*. Ou bien
s'en tenir aux droits acquis, qu'on tient d'un don, d'un legs, d'une
aumône ou d'une dot, reçu jadis du vivant et des mains du
de cujus. Ou bien revenir à la succession, et pour cela rapporter ;
restituer cet avantage antérieur, le reverser à la masse ; et par là
même participer de plein droit, en tant que membre à part entière
de la communauté familiale ou « parsonnier », au partage et à la
dévolution des biens issus de cette communauté qui, de droit, vont
aux héritiers. Option et rapport sont donc, dans cette nouvelle version du système, comme les deux faces d'une même médaille.

Ces structures rajeunies sont porteuses d'un droit plus souple,
plus permissif, qui se soucie bien moins qu'autrefois de conserver
l'intégrité de la tenure. Elles expriment à leur façon le desserre-
ment intervenu de longue date dans la contrainte seigneuriale : la
seigneurie en effet, bien qu'elle ait encore de très beaux restes,
n'est plus en état, au xvie siècle, de s'opposer au morcellement de
l'exploitation paysanne, effectué pour le compte d'héritiers établis
ailleurs. Plus généralement, cet ultime avatar de la coutume traduit
et consomme la ruine de la famille élargie ; dans la mesure où
depuis longtemps, chez les paysans des pays de langue d'oïl, prédominent les petits ménages nucléaires, il est normal que ceux-ci
soient appelés à succéder facilement, et ne soient pas déshérités au
profit d'une communauté taisible qui, de plus en plus, fait figure
de mythe passéiste. L'évolution de la superstructure coutumière
tire ainsi les leçons, à retardement, des changements survenus
dans l'infrastructure seigneuriale ou familiale.

Cette évolution reflète-t-elle aussi les contrecoups qu'impliquait
momentanément la démographie plus relaxée de la fin du
Moyen Âge ? Il est permis, à ce propos, de se poser cette question
précise, qu'ont envisagée du reste, à l'intérieur de leurs propres
frontières, les historiens des coutumes anglaises [20]. La pression
démographique s'étant atténuée pour un temps, il semble qu'on ait
insisté moins que par le passé, par exemple au xve siècle, des deux

côtés de la Manche, sur les impératifs jadis sacro-saints de la conservation du patrimoine. À quoi bon, en effet, conserver ce carcan, puisque de toute manière on était au large, qu'on avait assez de terre pour caser tout le monde ? Du moins le crut-on pendant quelque temps : et cela contribuerait à expliquer le laxisme des rédactions de 1510.

Celles-ci pourtant, par-delà les conjonctures passagères du peuplement, traduisent à un niveau plus général la poussée durable de l'égalitarisme ; le courant égalitaire qui se diffuse ainsi de façon progressive dans le milieu rural finira plus tard par submerger, comme on le sait, toutes les hiérarchies des sociétés d'ordres. Mais, dès 1510, les conséquences des nouveaux textes, lesquels reflètent les mœurs, sont nettement niveleuses : les enfants qui pratiquent l'option et le rapport repartent tous, en effet, au moment de l'« échoite » des biens parentaux, sur un pied d'égalité avec leurs cohéritiers. (Il demeure vrai, néanmoins, comme l'a fortement souligné Jean Yver, que cet égalitarisme n'est pas complet. Si le descendant généreusement doté, l'enfant chéri en l'occurrence, trouve plus avantageux de conserver sa dotation présuccessorale, il lui suffit au jour de l'héritage de ne pas rapporter cette dotation, quitte à ne pas revenir à la succession. Une telle attitude est dans ce cas le résultat d'un calcul – même fruste – qui tend à démontrer à son auteur qu'il vaut mieux pour lui demeurer dans l'état d'aumônier ou de légataire plutôt que d'assumer les profits, en l'occurrence moindres, que lui donnerait la condition d'héritier ou de parsonnier.)

Socialement, la vieille coutume orléano-parisienne était *montée*, depuis les couches obscures du manse et du vilainage, jusqu'aux pratiques plus relevées des tribunaux. La nouvelle coutume, au contraire, officialisée en 1510, est un droit qui descend… Il descend depuis l'élite bourgeoise et les mœurs urbaines (favorables à l'égalitarisme, et qui donnent leur chance à chacun des enfants) jusqu'au peuple des campagnes ; contaminé à son tour, celui-ci renonce, en fin de compte, aux habitudes fossiles qui s'étaient longtemps incarnées dans l'exclusion d'ancien type. Ce sera l'une des composantes du morcellement parcellaire, si typique de la démographie proliférante du beau XVIᵉ siècle.

Géographiquement, et en dépit d'innombrables variantes et de contaminations frontalières, le système amélioré de l'option-rapport avec ses traits caractéristiques (souplesse, relatif égalitarisme, contraintes seigneuriales et familiales plus légères) révèle son extension, entre 1505 et 1570, à l'époque classique de la rédaction des coutumes, sur d'assez vastes régions : celles-ci couvrent une grande partie des *openfields* du centre du Bassin parisien, dans une zone qui va, selon l'axe nord-sud, du Beauvaisis à l'Orléanais et au Blésois, tandis que les limites orientales et occidentales sont fixées à la Champagne et au Grand-Perche. En outre, à la même période, des enclaves d'option-rapport et d'égalitarisme mitigé s'individualisent aussi, plus au nord, et plus au nord-est. Minuscules en Lorraine, elles sont au contraire très importantes en Flandre maritime, où elles prennent, du reste, la relève d'un système d'égalité complète qui semble avoir fleuri dans les régions flamingantes auparavant, à l'époque classique du Moyen Âge.

En dépit des tendances égalitaires qu'on vient de signaler, la coutume orléano-parisienne d'option-rapport (ci-devant d'exclusion des enfants dotés) faisait encore une part non négligeable aux volontés paternelles ou parentales, éventuellement porteuses d'un avantage ou d'un désavantage pour tel ou tel des descendants : sujettes à caution, parce que sujettes à option, ces volontés conservaient un certain empire après la mort de celui qui les avait formulées. À l'inverse, une fois passées les frontières qui bordaient, à l'est, les provinces de l'Ouest (Normandie, Anjou), les coutumes occidentales, elles, proclament farouchement, et sur tous les tons, la mort du père, totale et définitive : *après moi le partage*, s'écrie ce père, dont les volitions sont révocables. *Se li peres*, écrit la coutume normande, *départ en sa vie les partie a ses emfanz e chascuns a tenue sa part longuement e en pes el vivant au pere, les parties ne seront pas tenables après sa mort*. Autrement dit : les dons, dots et établissements des enfants lors de leur mariage, faits du vivant du père et par le consentement de celui-ci, n'ont pas de caractère permanent. Ils ne sont pas *fermes et estables*. Nécessairement précaires, sujets au rapport obligatoire, ils n'arrachent en aucun cas l'enfant qu'ils concernent à ses droits de succession au patrimoine. La volonté paternelle est viagère, frappée de caducité après décès.

D'emblée, un système de ce type tend à conduire à l'égalité : en annulant les préférences parentales, on évite, en effet, qu'apparaisse, au sein de la progéniture, l'enfant chéri ou l'enfant maudit. L'égalitarisme, qui n'est atteint, on l'a vu, par les coutumes orléano-parisiennes qu'au terme d'une évolution séculaire et de ruses tortueuses telles que le rappel puis l'option-rapport, est au contraire visé du premier coup par le très ancien coutumier de Normandie et il sera confirmé avec éclat, dans cette province, par la nouvelle rédaction des coutumes en 1583. On y donne aux enfants l'automatisme des chances ; et, dans bien des cas, l'égalité des portions, génératrice de comportements individualistes.

Automatisme des chances, d'abord : l'accès de tel enfant ou de tel descendant à telle portion d'héritage ou d'avantage consolidé ne dérive pas des volontés du couple ou du père, comme c'est le cas respectivement dans les régions parisienne et occitane. Il découle, simplement, de la position qu'occupe dans la généalogie l'enfant mis en cause. Être né, c'est avoir vocation à succéder, quelles que puissent être, à votre égard, les bonnes ou mauvaises dispositions des parents. Il suffit de se donner la peine de naître. Bien entendu, cet automatisme des chances n'exclut pas toujours l'injustice dans le découpage des parts d'héritier. En Normandie, où règne, on l'a vu, la loi des mâles, les filles sont exclues de la succession, dévolue aux fils. Elles doivent se chercher un mari (si besoin est, leur frère est tenu de les aider dans cette recherche) ; et elles se contentent d'une portion congrue de l'héritage (dans les autres provinces de l'Ouest, en revanche, qui pratiquent elles aussi l'automatisme lignager, mais en esprit d'égalitarisme total, les filles roturières sont admises à l'« échoite » successorale à égalité avec leurs frères).

D'autre part, et pour en revenir à la Normandie, certaines régions, heureusement exceptionnelles, y pratiquent à fond l'iniquité dans l'automatisme : c'est le cas du pays de Caux, où règne, même en roture, un droit d'aînesse à l'anglaise, lequel, *ipso facto*, défavorise énormément les puînés.

Les arbres, cependant, ne doivent pas cacher la forêt. En Normandie même (pays de Caux mis à part), le droit roturier en « coutume générale » ignore l'aînesse ; il pose comme donnée première, sans bavures, un égalitarisme des mâles : celui-ci ferait rêver les

garçons du Midi, de Wallonie ou même des vieilles terres capétiennes, qui, eux, dans plus d'un cas, sont si cavalièrement déshérités par leurs père et mère.

Cet esprit d'égalité complète prend sa pleine valeur dès lors que,
restant toujours dans la grande région des coutumes de l'Ouest, on
quitte l'aire normande pour pénétrer dans les domaines breton et
angevin. Là aussi, les coutumes, souvent rédigées au XVIe siècle,
proclament avec force un égalitarisme qui n'est pas de circonstance, mais de fondation ; et qui, cette fois, concerne tous les
enfants, garçons *et filles*. Les textes de Touraine-Anjou, par
exemple, quelle que soit la date de leur mise au point (XIIIe siècle
ou Renaissance), sont formels à cet égard. Non moins nettes sont
les coutumes du Maine ; elles rendent inévitable l'égalitarisme
roturier, qui s'oppose de façon nette, le long d'une barrière de
classe, au droit d'aînesse nobiliaire : *Car la coustume est telle que
aucune personne non noble ne peut faire la condition d'aucun de
ses héritiers presomptifs pire ou meilleure de l'un que l'autre.*

Même son de cloche en Bretagne. Les gens du commun, à la différence des nobles, n'y ont pas le droit d'avantager : *Les enffanz
es bourgeois ou à autres gienz de basse condicion doivent estre
aussi granz les uns comme les autres tant en meubles que en heri-
tages*. Les paysans bretons se chargeront du reste de démontrer
lors de la révolte des Bonnets rouges que les revendications égalitaires, chez eux, ne sont pas simplement formule juridique ou
vain mot. Les gentilshommes d'Armorique, en revanche, et autres
personnes « pourvues de sang » *(sic)* jouissent, comme d'un privilège, de la faculté d'avantager tel ou tel héritier, par exemple en
usant du préciput.

Ennemi de cette « iniquité » nobiliaire, l'égalitarisme roturier
se retrouve enfin, toujours dans l'Ouest, jusqu'en Poitou ; là, malgré les influences précipitaires qui viennent du Sud et des pays du
droit écrit, sévit la maxime qui interdit aux père et mère « de faire
l'un des héritiers meilleur que l'autre ».

Ces tendances niveleuses si fortement enracinées dans la France
occidentale n'y sont pas, pourtant, prisonnières d'une géographie.
On les signale, en effet, très loin de cette région : à l'est même
des frontières orientales de la zone orléano-parisienne qui pratique l'option-rapport, soit en Champagne et en Brie ; en l'une et

l'autre se trouve, curieusement isolée, une enclave d'égalité *complète* que le président de Thou, porteur des idées parisiennes d'égalité *simple* et d'option, s'efforcera en vain de réduire… « Pas plus à l'un qu'à l'autre », lui répondront en 1556, d'un même élan, les juristes champenois et briards…

Hostiles à l'inégalité entre héritiers, ces diverses coutumes tendent, objectivement, à dévaloriser les rôles parentaux ou paternels au profit du groupe des « ayants droit » : qu'il s'agisse en l'occurrence des fils (en Normandie), ou des fils et filles (dans les autres provinces occidentales). En un monde où, statistiquement, les adultes mouraient avant d'atteindre un âge avancé, de telles habitudes ne pouvaient en moyenne que favoriser des héritiers encore très jeunes, adolescents ou même petits enfants. Disons, pour suivre un courant de recherches à la mode, que ces coutumes de l'Ouest impliquaient une certaine idée de l'enfance ; et finalement une appréciation très positive à l'égard de celle-ci. On ne saurait en dire autant, par exemple, du droit des pays du Sud.

Quoi qu'il en soit de cette incursion possible dans le domaine d'une histoire psychologique, l'égalité stricte pratiquée dans les provinces occidentales entraîne, après la mort du père, un « rapport » qui n'est plus seulement optionnel, comme c'était le cas dans la région parisienne, mais obligatoire. Ce régime du « rapport forcé », *voulist ou non*, est spécialement strict en Normandie. Là, conformément à la règle – qui frappe de caducité *post mortem* les établissements qu'effectua de son vivant, au profit des siens, le père de famille –, les héritiers sont tenus, en toute nécessité, de rapporter à la masse des biens communs, eux-mêmes sujets à la division successorale, toutes les libéralités, dons, « dots » masculines, avantages, que leur avait consentis, avant sa disparition, le *de cujus*. Pas question, avec un tel système, d'obtenir, ou du moins de conserver, un statut spécial d'*enfant chéri*.

En Maine-Anjou, la coutume, de ce point de vue, semble être un peu plus souple qu'en pays normand ; mais, à tout prendre, elle revient presque au même. L'héritier angevin qui fut avantagé du vivant de son père doit rapporter, en effet, après la mort de celui-ci, non pas la totalité de cet avantage, mais simplement l'excédent : autrement dit, la différence, par excès, qui sépare la libéralité qui le combla, d'une part, et la portion normale d'héritage à laquelle il a droit dans un système d'égalité complète, d'autre part. *Et se einsinc avenoit que ki uns aüst aü trop grant partie et il ne vousist retorner à la partie et à l'escheoite dou pere et de la mère, et li autre li deïssent « Vos avez trop grant partie aüe », sa partie seroit veüe par prudes homes ; et s'il avoit trop aü, il lor feroit droit retour* [21]. Cette règle de rapport d'excédent peut aller très loin : dans les variantes locales les plus rudes, elle s'étend aux meubles et aux acquêts, n'exceptant toutefois que les donations qui furent faites aux enfants et aux jeunes gens, à l'occasion d'écolage, d'équipement pour la guerre ou de frais de noces… L'égalitarisme ainsi mis en œuvre est tellement poussé que les enfants désavantagés peuvent toujours revenir à succession et réclamer l'excédent indûment détenu par des frères ou des sœurs plus « dorlotés » ; et cela, même quand ces désavantagés sont des fols, des dissipateurs, ou des filles aux mœurs légères [22].

Jean Yver a excellemment dégagé la philosophie de ces systèmes de la France de l'Ouest. Ceux-ci, pour l'essentiel, ne privilégient point la communauté parentale ni la consolidation de la tenure agricole au bénéfice desquelles jouait, au contraire, en régime archaïque de Paris, l'exclusion de l'enfant doté. Indifférents au danger du morcellement, dédaigneux de la double unité du couple et du lopin, les systèmes « occidentaux » favorisent essentiellement, eux, la continuité longue et ramifiée du lignage ; autrement dit, la succession ininterrompue des descendants, à travers les générations, au long de laquelle les biens s'écoulent et filent, se divisent harmonieusement et se répartissent, en fonction des troncs, des branchages et ultimes bifurcations, rameaux et brindilles de la lignée ; ces biens, pour ainsi dire, dans les coutumes normandes ou angevines, paraissent *descendre* à la façon d'une sève, qui viendrait irriguer, en vertu d'une mystérieuse pesanteur, les branches retombantes et buissonnantes d'un grand arbre. Le but final étant d'octroyer à chaque enfant, et par-delà celui-ci à la descendance qu'à son tour il engendrera, sa part égalitaire et juste du bien primitif, issu du tronc commun de la *gens*. Les coutumes capétiennes, elles, s'intéressent à la stabilité du ménage : elles fortifient avant toute chose l'union des époux chrétiens qui, bravement, ne font qu'une seule chair, mettent tout en communauté et s'efforcent d'organiser la vie de leur progéniture au mieux de la perpétuation du bien de ménage, garanti si possible contre la dispersion parcellaire. Au contraire, les coutumes de l'Ouest (et aussi d'autres coutumes sises hors de l'Ouest, en Brie, Champagne et Flandre archaïque) préfèrent mettre en avant les anciennes valeurs lignagères ; fidèles à la formule *Paterna paternis, materna maternis*[23], elles accordent seulement une faible importance à l'acte conjugal, qui n'unit à les en croire que provisoirement deux êtres périssables, issus chacun d'une lignée différente, dont la permanence fait tout le prix. Ces coutumes occidentales sont donc attentives avant tout à la stricte circulation des héritages le long du réseau généalogique. Archaïques, elles semblent venir parfois (dans le cas des Normands !) du tréfonds scandinave et même préchrétien de l'ethnie. Et, néanmoins, elles sont paradoxalement porteuses de modernité. Pour la plupart d'entre elles, en effet, elles se hissent du premier coup, dès les plus anciennes rédactions, à cet idéal d'égalitarisme complet « pré-rousseauiste » et même d'individualisme farouchement partageux que la jurisprudence orléano-parisienne, elle, ne découvrira, sur le tard, qu'à tâtons, qu'à moitié, en faisant violence à sa propre structure.

De là découle toute une série de « caractères originaux », typiques des coutumes de l'Ouest ; et d'abord la prédominance de la division par tête ; et l'absence des partages opérés en fonction du lit. Rien d'étonnant à cela – le lit, ce meuble conjugal, trait d'union provisoire entre deux lignages, n'est guère valorisé par les coutumes de Normandie qui s'intéressent aux branches, aux fourches, aux ultimes pousses d'un arbre généalogique ; mais non pas aux alliances momentanées que celui-ci noue, par l'intermédiaire d'un mariage, avec telle autre lignée arborescente. En revanche, les hommes de l'Ouest pratiquent unanimement la représentation à l'infini ; elle était ignorée logiquement par les coutumes orléano-parisiennes, du moins dans la mesure où celles-ci, à leur époque la plus archaïque, excluaient l'enfant doté : au nom de quoi en effet, ayant déshérité ma fille après l'avoir pourvue d'une dot, autoriserais-je le fils né de cette fille (décédée depuis) à faire valoir ses droits à ma succession, et à être représenté dans mon héritage… ? (Au contraire, dès que s'affaiblira, en 1510, la clause parisienne d'exclusion de l'enfant doté, les rédacteurs du nouveau texte, parfaitement logiques avec eux-mêmes,

s'empresseront d'introduire dans leurs formules la représentation
en ligne directe.)

Or, dans toutes les régions de l'Ouest, c'est d'emblée, sans hésitation, que les premières coutumes, suivies par les rédactions plus
tardives, proclament le régime représentatif. Attitude normale :
elles privilégient ainsi la parenté de sang ; elles incitent les bour-
geons et rameaux les plus lointains, sis à l'extrémité d'une descendance, à se faire représenter dans la succession de celle-ci ;
elles n'hésitent pas, enfin, quand l'une des branches, devenue stérile et morte, cesse définitivement de bourgeonner, à faire remonter les biens de celle-ci jusqu'à la *fourche* la plus proche, vers
l'amont, dans le passé ; autrement dit jusqu'à quelque aïeul ; pour
mieux pouvoir ensuite faire *redescendre* librement ces biens le
long de la pente naturelle du lignage, en direction des rameaux
toujours verdoyants, issus de la branche collatérale, qui part elle
aussi de cette fourche[24]. Ainsi est mise en échec, dans les provinces de l'Ouest, la règle *Propres ne remontent* (les biens propres
ne remontent pas). De cette règle, au contraire, les coutumes
orléano-parisiennes faisaient volontiers leurs délices[25] : c'était
normal dans la mesure où, quand elles le jugeaient bon, pour
mieux favoriser les conventions des père et mère, elles verrouil-
laient sans vergogne, vers l'amont ou vers l'aval, les canalisations
du lignage. Disons que la structure parentélaire est typique des
coutumes de l'Ouest ; alors que les modèles communautaires et
conjugaux caractérisent, eux, le grand *openfield* capétien et son
semis de bonnes villes.

De là aussi découle, dans la portion occidentale du royaume,
l'application stricte de la règle *Paterna paternis, materna maternis*. Tout se passe, avons-nous dit, comme si le mariage ne créait,
entre les deux rameaux issus de lignages différents, qu'un lien précaire et, du reste, dénué de conséquences pour peu que ce mariage
reste stérile : favorables à l'enfance, les coutumes de l'Ouest ne le
sont guère à l'amour. Les plus extrémistes parmi elles, en Bretagne
et Normandie notamment, poussent cette règle à l'absurde ; et, plutôt que de donner, en cas d'absence de progéniture d'une union,
les biens provenus du lignage du mari aux non-lignagers du côté
de l'épouse, elles préfèrent abandonner ces biens au seigneur du
lieu ; et même (ô horreur, pour une âme normande et née frauduleuse)

elles préfèrent les délaisser au profit du fisc ! Comme l'écrit froidement un juriste, au XVIIIe siècle encore, dans un texte sans humour où il commente ces habitudes tout droit sorties de la barbarie lignagère : « Les parents paternels et maternels ne sont pas cohéritiers. Ils n'ont rien de commun [*sic*], et le seigneur du lieu succéderait plutôt qu'un paternel à un maternel[26]. »

On pourrait développer presque à l'infini les conséquences pour nous étranges, mais tout à fait logiques, de ce souci quasi caricatural et normand de protection du lignage. Mieux vaut, néanmoins, évoquer brièvement, dans le cadre limité de cet exposé, les problèmes de la genèse. Fasciné par la description des structures, Jean Yver n'élude pas, en effet, la difficile question des origines. Pourquoi sur les vieilles terres de l'Ouest ce formidable bloc de coutumes tendanciellement lignagères, égalitaires, partageuses… et, en fin de compte (paradoxe qui n'est qu'apparent), individualistes ? L'explication proposée par Jean Yver remonte régressivement jusqu'au XIe siècle et même avant ; elle s'oriente avec beaucoup de prudence vers trois types de causalité qui sont : la configuration politique et frontalière de la région ; l'histoire sociale et domaniale (ou plutôt non domaniale) du pays ; et, pour finir, en dernière analyse, l'apport éventuel de l'ethnie.

Histoire politique d'abord : si triviale que celle-ci puisse paraître comme mode d'élucidation des origines, en ce qui concerne les coutumiers, il est bien certain qu'elle a joué un rôle, dans la cristallisation, par exemple, des coutumes normandes. L'aire de celles-ci coïncide, en effet, à peu de chose près, avec les frontières de l'ancien duché. Et cet « à peu de chose près » lui-même est significatif pour la démonstration qui nous préoccupe : c'est l'étude des « bavures » frontalières (et précisément de la curieuse enclave que constitue, sur la limite est de la province, un groupe de vingt-quatre paroisses ayant conservé le droit beauvaisin) qui a permis à Robert Genestal de dater du règne de Guillaume le Bâtard la sédimentation du droit normand[27]. Dans une optique plus large, c'est peut-être l'ensemble des pays bocagers de l'Ouest qui, à plusieurs reprises, ont fait bande à part ; au temps des ducs de Normandie quant au Nord ; et des Plantagenêts pour la partie sud. Cet isolationnisme remonte-t-il, comme le suggère Jean Yver (dans un des très rares moments où il laisse libre cours au jeu des hypothèses), à la formation du *Tractus armoricanus* dès la fin de l'Empire romain ?

Quoi qu'il en soit, et sans qu'il soit nécessaire de « régresser » aussi loin, les démarcations politiques ont certainement contribué à créer, au niveau coutumier, cette ligne « tirée au couteau », qui sépare les régions de l'Ouest de celles qui formèrent le cœur « capétien » de la France.

L'enquête génétique pourtant ne saurait se contenter de ces affirmations. Historien du droit mais féru d'histoire sociale, Jean Yver ne sépare pas la genèse de ses groupes de coutumes des conditions de milieu, et même du niveau précis de la société où ceux-ci rencontrèrent l'environnement le plus favorable à leur formation. À l'inverse peut-être des coutumes orléano-parisiennes, le droit normand, lui, n'est pas né dans l'abjection du vilainage ; il est davantage le fait d'une couche supérieure d'hommes francs, libres[28] ; pas encore gagnés, sauf exception cauchoise, par le snobisme de l'aînesse (qui fera fureur, au contraire, en Grande-Bretagne) ; roturiers sûrs de leur droit ; peu menacés, quant à leur bien rural, par l'empiétement de leur seigneur. Ce que veulent avant tout ces hommes, c'est faire parvenir équitablement à chaque membre de leur descendance ce bien qui leur est reconnu sans conteste. Le miracle d'une constitution politique et judiciaire déjà efficiente, et d'une structure sociale plus ouverte, où la population paysanne, libérée du servage[29], n'était pas enfoncée aussi profondément qu'ailleurs dans la dépendance domaniale, aurait permis (si l'on suit l'ingénieuse description d'Yver) la diffusion ou « percolation » rapide de ce droit des lignages et des hommes libres, de haut en bas : depuis les groupes supérieurs qui le virent naître jusqu'aux basses classes qui l'accueillirent, à la grande époque du duché de Normandie.

Enfin, il n'est pas question, pour Yver dont nous suivons les démarches, d'éluder l'épineux dossier des origines les plus lointaines ; celles-ci fournissent, en effet, des éléments d'explication, nullement exhaustifs, certes, mais irremplaçables. En ce qui concerne la coutume normande, qui réunit les conditions les plus commodes (pas toujours présentes en d'autres régions) pour ce pèlerinage aux sources, une tournée dans les vieilles lois scandinaves permet immédiatement d'opérer quelques constatations d'importance : on est très loin, en effet, dans les patries originelles du peuple viking, des habitudes chères aux coutumes germaniques proprement dites ; celles-ci préconisant, comme on l'a vu, à la parisienne, l'exclusion des enfants dotés, puis l'option-rapport. Les lois de Magnus Hakonarson en Norvège, le *Jonsbok* d'Islande de 1281, les coutumes de Scanie et de Sjaelland en Danemark offrent, en revanche, à l'intention du comparatiste, et jusque dans les détails les plus infimes, des règles très semblables au plus vieux droit des Normands (et donc probablement des Vikings) : stricte égalisation des lots d'héritage, partagés au cordeau et garantis par le serment de douze cojureurs ; rapport forcé, etc. L'apport nordique, somme toute, n'est pas nécessairement négligeable dans la formation d'une partie au moins des coutumes de la France du Nord-Ouest. La description structurale débouche sur l'explication génétique.

Face aux solutions bâtardes du droit orléano-parisien, lequel reste à mi-route entre la liberté d'avantager et l'égalité totale, les coutumes de Normandie et, plus encore, celles de l'Ouest en général représentent la polarisation lignagère... vers l'égalitarisme complet, largement infusé dans une vieille culture paysanne et roturière, postnordique. À l'autre extrême, le Midi occitan et, par-delà celui-ci, l'ensemble des régions précipuitaires[30] – dont certaines sont localisées très au nord – présentent le cas d'une tendance inverse, et favorable aux libertés d'avantager. Les Normands tuaient le père. Les Romains, eux, dont le droit influencera tellement les populations occitanes, croient dans la survivance en ce monde des volitions paternelles, même quand celui qui les a formulées a déjà transité vers l'au-delà.

Ces idées patriarcales ou paternalistes, directement implantées dans le Midi par la renaissance du droit romain, s'étaient facilement enracinées, à la fin du Moyen Âge et jusqu'au XVIᵉ siècle, dans les régions campagnardes et montagnardes du Sud, sur le vieux tuf (antérieur à cette renaissance) que formait un droit coutumier local, tacite et mal connu : de ce « vieux tuf » et de ce droit « taisible », nous savons seulement par quelques textes épars[31], et surtout par la pratique innocente des notaires ruraux, qu'il était fortement inégalitaire ; il encourageait (tout comme, du reste, les

coutumes les plus archaïques du monde orléano-parisien) l'exclusion des enfants dotés. On cherchait toujours en l'occurrence à
préserver, autant que faire se pouvait, l'indivisibilité familiale et
patriarcale de la tenure paysanne, sous la haute autorité du seigneur du lieu, parfois décrépite il est vrai.

Les tendances à la liberté d'avantager, si chères au droit romain
renaissant, germeront donc dans le pays d'oc sur un sol par avance
fertile. Le père languedocien des Temps Modernes, conforté par
la jurisprudence des cours locales, pourra se payer le luxe (avec
l'aisance que donne une vieille habitude et aussi avec la bonne
conscience que confère la modernité juridique) de redevenir, au
temps de la Renaissance, beaucoup plus romain que chrétien. Tandis que la mère, si fortement présente dans la coutume orléanaise
ou parisienne, s'efface au contraire dans les zones du Sud, dorénavant et plus que jamais, parmi l'insignifiance des tâches ménagères. Sur le vaste clavier qui permettait, grâce à diverses
méthodes, de garantir les tenures contre le morcellement abusif,
le Nord, on l'a vu, jouait anciennement de l'exclusion des enfants
dotés ; ou bien, localement, dans le cas spécial du pays de Caux et
du Boulonnais, d'une rigoureuse aînesse roturière ; le *paterfamilias* occitan, lui, utilise pour lutter contre le morcellement, la
liberté d'avantager[32], le préciput, la donation entre vifs et l'absolutisme testamentaire du droit écrit ; tout cela étant destiné en fin
de compte à tailler plus grande la part d'un des enfants, qui n'est
pas nécessairement l'aîné : ce descendant privilégié succédera
pour l'essentiel à la terre ou au lopin familial (souvent après une
phase de corésidence effectuée du vivant de ses parents). Tandis
que les autres enfants devront se contenter de dots plus ou moins
congrues, de miettes testamentaires, ou d'une « légitime » qui
n'est qu'une réserve coutumière de quelques sous. Dès lors, ces
rejetons défavorisés risquent de tomber dans le prolétariat quand
ils viennent du peuple ; ou dans l'état ecclésiastique ou militaire,
quand ils sortent des classes moyennes[33].

L'Ouest « antipère », égalitaire et partisan de l'automatisme
successoral, se méfiait du testament[34]. Le Midi au contraire l'utilise comme une arme efficace pour répandre l'inégalité, perpé-
tuer l'arbitraire paternel et conserver l'unité du bien de famille.

Du coup tombent, ou plutôt n'existent pas, dans notre Sud, les dispositions caractéristiques que les coutumes orléano-parisiennes à la fin du Moyen Âge et au XVIe siècle avaient insérées pour favoriser l'égalitarisme tardif, même mitigé. La jurisprudence méridionale ignore l'option, dispense volontiers du rapport[35], et fait fi du dilemme « légataire ou héritier », si déchirant, au contraire, dans la région d'Orléans-Paris.

Autre donnée remarquable : même au nord de la frontière traditionnelle qui joint la Saintonge à la Bresse et qui sépare les pays méridionaux de droit écrit des pays septentrionaux de droit coutumier, les libertés précipuitaires, absolument hostiles à l'égalitarisme, ont influencé de vastes régions. Le fait est clair à la grande époque de rédaction des coutumes (XVIe siècle) ; bien des indices donnent à penser qu'il s'agit là d'une situation plus ancienne. Le groupe des provinces « centrales » (qui forment, selon le cas, les marges nord de l'Occitanie ou les marges sud de la langue d'oïl) représente ainsi un champ de bataille disputé, où les influences venues du Midi, précipuitaires ou antiégalitaires, le disputent de façon souvent victorieuse à l'égalitarisme du Nord ; qu'il s'agisse, en Poitou, de l'égalitarisme absolu du pays de l'Ouest ; ou, en Bourgogne et Berry, de l'égalitarisme mitigé du groupe orléano-parisien nouvelle manière, pratiquant çà et là, dès la fin du Moyen Âge, le système de l'option-rapport. On trouve ainsi dans les divers secteurs de cette « région du Centre » (Auvergne-Marche, Poitou-Angoumois-Saintonge, Berry-Bourbonnais-Nivernais, Bourgogne), concurrençant les coutumes précitées d'égalitarisme, des traits juridiques et culturels qui, très fortement, « sentent le Midi ». Citons vite, en renvoyant, pour le détail, aux fines analyses de Jean Yver : des donations entre vifs[36], jouies par précipuit, et qu'il n'est pas question de « rapporter » par la suite ; des dispenses de rapport ; des donations précipuitaires à la réserve de la légitime ; et le cumul des situations de légataire et d'héritier. Dans certains cas, par exemple en Berry[37], la coutume, à la fin du Moyen Âge, était optionnelle et relativement égalitaire ; or elle bascule, pendant la Renaissance, vers les habitudes précipuitaires du Midi, favorables à la « liberté » du père de famille. (D'où le nom de « libéralisation », un peu trompeur pour les non-initiés, qu'on a donné aux processus de ce genre.) On assiste en fait, de ce point de vue, à une véritable « méridionalisation » des provinces du Centre, en plein xvie siècle. Des phénomènes de ce type peuvent s'expliquer, dans certaines régions (ainsi en Auvergne), par la communauté de culture occitane qui rend toute naturelle la pénétration du droit écrit, devenu typique, en effet, de l'occitanité dominante. Il faut compter aussi avec le prestige d'un droit savant comme est précisément le droit romain : on conçoit que la Renaissance ait été spécialement favorable à son expansion. Mais, fondamentalement, la persistance ou le triomphe (selon les cas) d'un droit antiégalitaire, hostile au morcellement, favorable à l'autorité du père, n'est-il pas lié, aussi, dans la France du Centre et du Sud, à la persistance plus ou moins ancienne des communautés familiales, voire taisibles ? L'esprit qui anime celles-ci est en tout cas bien différent de celui qu'on rencontre dans les phratries égalitaires, individualistes, morceleuses… et lignagères qui sévissent en Normandie. Le fait semble assez clair en Nivernais : les analyses du juriste Guy Coquille, en plein xvie siècle, y témoignent à la fois de la forte implantation des communautés familiales et du prestige inégalé du droit préciputaire. Le cas est plus net encore, ou, pour être exact, il est plus clairement et plus parfaitement démontré, dans les régions qui couvrent le nord-est et surtout l'extrême nord de la langue d'oïl. Mais la démonstration, hâtons-nous de le dire, intéresse des structures qui, pour une partie d'entre elles, ne survivront plus que comme des fossiles après les xvie-xviie siècles.

Il existe d'autre part, loin des zones méditerranéennes à partir desquelles le droit romain effectua ses conquêtes successives, un groupe « préciputaire » du Nord-Est et du Nord : il concerne à des degrés divers la Lorraine, le pays de Verdun, le Vermandois ; et surtout la Wallonie et la Picardie, à propos desquelles une comparaison systématique avec la Flandre voisine, dont les coutumes sont très différentes, est instructive.

La zone préciputaire de Wallonie-Picardie s'étend, *grosso modo*, d'Amiens à Liège [38]. Elle pratique largement (au xvie siècle de la rédaction des coutumes) le « libéralisme » conjoint du père et de la mère de famille (autrement dit la liberté d'avantager) ; l'absence ou la dispense de rapport, notamment pour les donations entre vifs ; le cumul des qualités de légataire et d'héritier (aumônier, et parchonnier, en langage local) ; l'octroi d'un préciput ou « avant-part » ; la maxime générale « à l'un plus, à l'autre moins » ; et « la possibilité pour les père, mère et ascendants de donner volontairement aux établissements dotaux en mariage un caractère préciputaire » [39]. Nulle part ce « libéralisme » (au « mauvais » sens du terme !) n'est plus poussé qu'en pleine zone rurale et traditionnelle du bailliage d'Orchies et de Douai, où les textes proclament à la fois la dispense totale de rapport et le cumul des qualités d'hoir et de légataire.

Le libéralisme wallon, antiégalitaire et préciputaire, est d'autant plus suggestif et tranché qu'il s'oppose avec violence, le long d'une frontière qui coïncide à peu près avec la limite linguistique, aux coutumiers flamands, dont on a plusieurs centaines de rédactions : celles-ci préconisent, à l'inverse des précédentes, un système d'égalité simple qui utilise l'option et qui interdit de choisir un enfant chéri, *chier enffant* ou *lief kindr*. Dans certains cas extrêmes (qui sont peut-être typiques de la plus ancienne strate des coutumiers flamingants), on trouve même, en Flandre, des enclaves localisées d'égalité complète ; on y pratique le rapport forcé ; elles font penser aux structures normandes.

Précisément, la confrontation Wallonie-Flandre peut être poussée fort loin : préciput et liberté d'avantager qui caractérisent les francophones de l'extrême Nord font partie d'une architecture générale des coutumes, et même des familles, qui s'oppose terme à terme à l'homologue flamingant. Si la jurisprudence picarde-wallonne met au premier plan les transports aisés, les attributions larges, les donations massives qu'autorise la faculté d'avantager (tandis que les lois flamandes tâchent au contraire d'expédier jusqu'aux ramifications et bourgeonnements les plus extrêmes de la lignée une égale et juste portion d'héritage), c'est afin d'encourager (en Wallonie) la communauté ménagère, fonctionnant au profit des époux, puis des enfants qui veulent bien s'y maintenir incrustés ; et c'est (en Wallonie toujours), au détriment des intérêts des membres disséminés du lignage, des branches collatérales, des enfants « détronqués ». Les membres épars de la lignée constituant, au contraire, la préoccupation cardinale du monde flamand. Dans le même ordre d'idées, la Wallonie roturière préconise (mais la Flandre refuse) le *ravestissement* (attribution, en cas de décès

d'un des conjoints, du patrimoine entier du ménage au conjoint
survivant); ce ravestissement devenant possible dès lors que les
conjoints ont définitivement prouvé qu'ils n'étaient qu'une seule
chair en mettant au monde un bébé, même unique, même prématurément décédé; à condition toutefois que ce bébé ait eu le temps,
ne fût-ce qu'un instant, « de braire et de crier » ! Contredisant ainsi
la règle *Paterna paternis*, et contestant la vocation « lignagère »
du patrimoine pour mieux exalter la fusion « ménagère » des biens
des époux, la Picardie-Wallonie ne peut que pratiquer tout naturellement le « partage par lits »; et non pas, bien sûr, comme font
au contraire tant de cantons flamands, le partage par tête (sans discrimination) « entre les enfants de tous les lits indistincts ». Dans
ce même esprit de préférence accordée au fait communautaire, la
Wallonie (à l'inverse de la Flandre, une fois de plus) adopte aussi
la *dévolution* qui aboutit, dans les faits, à octroyer les immeubles
venus de père et de mère aux enfants du premier mariage. Enfin,
on retrouve, en Wallonie-Picardie, conséquence analogue d'une
imperturbable logique, les mesures classiques d'exclusion chères
à toutes les coutumes qui (à l'instar des plus anciennes structures
orléano-parisiennes) mettent au-dessus de tout, même quand c'est
aux dépens des intérêts des membres du lignage, la pérennisation
de la communauté ménagère et de son unité terrienne, destinée si
possible à survivre par-delà le décès des parents. Picards et Wallons connaissent donc à des degrés divers la discrimination contre
les enfants dotés; la situation diminuée faite aux filles; l'exclusion des bâtards (alors que la Flandre – décidément lignagère et
fidèle jusqu'au bout à la règle *Materna maternis* comme aux
droits souverains du ventre – affirme fièrement que *nul n'est
bâtard de par sa mère, een moder maakt geen bastaard*). Dans les
pays francophones de l'extrême Nord, on trouve aussi, parfois, le
droit de *maineté* (attribution du *mez* ou maison familiale indivise
au plus jeune des enfants, c'est-à-dire à celui qui, selon toute pro-
babilité statistique, fera le plus longtemps, et le dernier, corésidence commune avec ses parents). Sur tous ces points, la plupart
des coutumes flamandes sont, une fois de plus, en opposition radicale avec leurs homologues wallonnes et picardes.

Le test essentiel demeure, du côté de celles-ci, l'absence de
représentation. Il s'agit là, dans les coutumes wallonnes, d'un véri-

table trait primitif, puisque, comme l'écrit Yver, « une coutume aussi peu soucieuse de l'égalité entre enfants n'avait aucune raison, en cas de prédécès de l'un d'entre eux, d'être davantage attentive à faire parvenir, en son lieu et place, la part du mort aux enfants de celui-ci ». Au contraire, la Flandre (tellement désireuse, comme du reste la Normandie, de faire suivre « à chacun son dû ») pratique avec conscience, et quasiment avec perversité, la représentation à l'infini, « fût-ce au 100ᵉ degré et au-delà », comme l'écrit, sans rire, la Coutume d'Anvers de 1545. L'une des conséquences inévitables de cette divergence d'attitudes, c'est l'absence en Picardie-Wallonie d'une curieuse institution : la « Fente » (absente aussi dans les vieilles coutumes orléano-parisiennes). Au cas en effet où, par suite de l'extinction des descendants sans postérité, les collatéraux sont appelés à succession, les Picards et les Wallons attribuent les meubles et acquêts qui se trouvent dans le patrimoine de ces descendants décédés au parent le plus proche. Au contraire, la coutume flamande, fidèle à la distinction des lignages et à la représentation à l'infini, *fend* littéralement, comme une bûche, ce patrimoine en déshérence, pour le partager par moitiés entre les membres des lignées des père et mère ; voire même par quarts ou par huitièmes, entre les membres des lignées des quatre grands-parents ou des huit arrière-grands-parents !

Cette polarisation de la Wallonie, en direction d'une jurisprudence ménagère, voire « mansique », peu favorable au lignage, répond sans doute à l'existence d'un territoire politique et d'une aire culturelle bien délimitée, que souligne à l'envi l'individuation linguistique ; faut-il y voir, aussi, l'effet bien tranché d'une structure sociale ? Dans cette hypothèse, prudemment avancée par Yver à partir d'un texte suggestif, le droit communautaire des Wallons serait initialement celui d'une population de paysans dépendants, ou *meisenedien* : ils sont contraints de compter, précautionneusement, avec le caractère fragile et à peine héréditaire de leur tenure ou de leur manse ; ils exaltent donc ce qui constitue leur seul recours, l'unité du couple, et la pérennité du lopin. Tandis que le droit flamand, tout comme les coutumes normandes, représenterait, au sein d'une autre ethnie et d'une culture différente, les habitudes d'une couche d'hommes libres aux coudées

plus franches (descendants des envahisseurs germaniques) ;
d'hommes capables de pratiquer, à l'égard des individus de leurs
lignages respectifs, la formule égalitaire « à chacun selon son
droit », précisément parce qu'ils ne se sentent pas enfermés dans
la cage de fer de l'organisation domaniale.

Mais l'important, bien sûr, n'est pas dans cette hypothèse, dont
son auteur lui-même reconnaît le caractère exploratoire. L'essentiel, c'est pour nous d'avoir obtenu, grâce à Jean Yver, une grille
qui introduit dans l'apparent fatras des coutumes françaises, dont
la diversité semblait évoquer le palais du facteur Cheval, une
logique et une rigueur cartésiennes. Autour des deux pôles opposés, celui de la *consanguinité* généalogique et celui de l'*alliance*
conjugale, des solutions antinomiques se définissent aux deux
extrêmes de l'arc des possibles : l'égalitarisme et l'égoïsme lignagers font ainsi contraste avec la faculté d'avantager pour les fins
communautaires et ménagères. Normandie et Flandre, chacune
dans leur style, sont de ce point de vue aux antipodes de la Wallonie ou du pays d'oc. Dans l'entre-deux, des constructions bâtardes
ou « centristes », qui sont du reste en constant déséquilibre et en
mouvement (ainsi dans la région orléano-parisienne), se sont
également révélées. Des traits isolés – majeurs, ou simplement
bizarres –, tels que la représentation à l'infini, ou la Fente (*supra*),
sont venus prendre leur place logique dans telle ou telle configuration régionale. À la limite, la grille mise en cause, par son caractère de totalité rigoureuse, est susceptible de rendre compte non
seulement des coutumiers réels, mais de l'ensemble des coutumes
possibles, sur le territoire considéré.

Le caractère hautement déductif du modèle qui nous est ainsi
proposé n'implique nullement qu'il y ait en la circonstance, de la
part de Clio, rupture avec le réel empirique, tel qu'il existait dans
le passé. En tirant la géographie des coutumes de l'ornière d'une
description purement factuelle et en l'orientant vers un comparatisme logique, Yver, en fin de compte, revient aux voies les plus
éprouvées de la compréhension d'historien. La mise en évidence
d'une série de régions septentrionales qui, pour des raisons eth-
nico-lignagères, pratiquent de bonne heure l'égalitarisme (Normandie, Flandre), ou qui s'efforcent d'y aboutir par une évolu-

tion mitigée mais vigoureuse (région orléano-parisienne), rejoint
en effet les constatations qu'ont faites depuis longtemps ceux qui
s'intéressèrent aux plus anciennes révoltes du monde rural, éprises
d'égalité elles aussi ; qu'il s'agisse de la rébellion médiévale des
paysans normands décrite par Wace ; de celle des Flamands, chère
à Henri Pirenne ; des Jacques enfin, dans l'Île-de-France et en
Beauvaisis. De formidables traditions d'égalitarisme sévissent
donc souvent (mais non partout), en roture, dans la moitié septentrionale de la France. Elles intéressent les historiens du développement, attentifs à la modernité précoce du Nord français ;
elles devraient fasciner aussi les spécialistes de la Révolution française, concernés par l'éternel problème des origines. En fin de
compte, ce qui se dégage des recherches incroyablement minutieuses et fastidieuses d'Yver (à condition bien sûr que celles-ci
soient décrochées de leur ciel intelligible, et sans cesse complétées, confortées ou rectifiées par des enquêtes sur le terrain, au
moyen des registres notariaux et des actes de la pratique), c'est
une approche nouvelle de l'histoire de la famille ; les familles élargies du Massif central et du Nivernais, les communautés ménagères de l'ancienne Île-de-France ou de Picardie-Wallonie, les
lignages flamands et normands, ceux-ci paradoxalement nourri-
ciers d'individualisme et d'égotisme, ne sont pas seulement
connaissables (tant bien que mal) au niveau de la vie intime ou des
représentations collectives. Ils ont aussi laissé, pendant le
XVIe siècle et même bien avant, dans la rédaction des coutumes, la
plus ineffaçable des empreintes.

XVIe siècle : morcellement majoritaire, concentration minoritaire

À des degrés divers et par des méthodes souvent contradictoires,
ces coutumes tentaient, selon le cas, de favoriser ou de freiner le
morcellement. Elles excluaient les filles (Normandie) ; ou bien
elles favorisaient le droit d'aînesse (pays de Caux) ; ou l'exclusion
des enfants dotés (vieilles coutumes parisiennes) ; ou le préciput

(Occitanie). Or, le fait capital, c'est qu'en dépit de toutes ces barrières juridiques et coutumières (qui ne sont pas totalement inefficaces, tant s'en faut), le morcellement des terres, au XVIe siècle, l'a emporté un peu partout. Tant la poussée démographique, par laquelle il était engendré, s'avérait irrésistible ; et plus forte, en tout cas, que l'obstacle des coutumes.

Veut-on voir s'opérer presque sous nos yeux et dans sa virulence le morcellement du sol, tel qu'il sévit en pays languedocien, par exemple, de 1480 à 1560 ? Qu'on se reporte alors aux _compoix_, rôles ou livres des tailles, _brevettes_ et autres documents à vocation cadastrale et fiscale.

À l'« origine », vers 1460-1480, on partait, comme on l'a déjà vu, d'un gabarit de propriétés ou de possessions caractéristiques des _yeomen_ du XVe siècle ; bons gros paysans à tenures ou alleux substantiels : celles-là ou ceux-ci couvrent 5 ou 10 hectares par unité en moyenne ; 20 hectares ou plus dans les mauvais sols. Ces braves gens n'étaient pas bien riches certes, en termes de monnaie. Mais ils s'autosuffisaient, eux et leurs familles. Ils n'étaient pas contraints, sous la pression de la gêne ou de la misère, à quémander l'emploi, ou tout simplement l'aumône, au château ou à la grosse ferme du voisinage.

« À l'arrivée », vers 1560, ces structures saines et apparemment viables se sont désintégrées partiellement. Le morcellement successoral qu'induit l'essor démographique commence par briser, à partir de la fin du XVe siècle et des années 1500, les domaines moyens. Puis, à la génération suivante, dès le second quart du XVIe siècle, il volatilise à leur tour les lopins, encore non négligeables, issus de cette phase initiale d'émiettement foncier. On aboutit, en fin de compte, à une marqueterie de biens minuscules dont chacun ne comporte qu'une poignée d'hectares ou même une fraction d'hectare ! Comme le produit brut à l'unité de superficie augmente très peu, voire reste tout simplement stationnaire, cette pulvérisation du terroir s'accompagne d'une certaine paupérisation des tenanciers ou des alleutiers, qui en viennent à camper sur des lopins de plus en plus exigus. Plût au ciel (si l'on se place au point de vue, certes étroit, du revenu brut des petits possesseurs) qu'il se fût agi d'un morcellement pur et simple, à sens unique ; et qui n'aurait rien laissé subsister des domaines travaillant sur grandes surfaces. Mais, en Languedoc, l'impérialisme des rassembleurs de terres, dans la majorité des villages, continuait à faire sentir ses effets. Si étroitement contenu qu'il ait été (en cette période surtout favorable au morcellement), il aboutissait, en maint territoire paroissial, au maintien et à l'accroissement de quelques gros domaines nobles, ecclésiastiques ou bourgeois, de 30, 50 ou 100 hectares, qui formaient dans les structures foncières le pôle oligarchique de maint village. Du fait du maintien de ces vastes unités qui jouaient le rôle de butoir (et qui, fort heureusement, nourrissaient les villes), l'aire territoriale où jouaient, virulentes, les tendances au morcellement des héritages paysans devenait d'autant plus réduite : un double mouvement tendait, d'une part, à rapetisser les parcelles paysannes ; et, d'autre part, à conserver ou à augmenter les terres des gens « de main-forte » ; il ne pouvait, dans les conditions de plafonnement du produit brut, qu'induire certaines tendances, qu'il ne faut pas du reste exagérer, à la paupérisation populaire *per capita*.

Telles sont, en Languedoc, les données de base qui entraînent les structures foncières. À l'autre bout de la France, dans la région parisienne, les choses ne semblent pas s'être passées très différemment : la thèse de Jean Jacquart jette une lumière crue sur les conditions incroyables de morcellement et d'entassement parcellaires qui, comme en Languedoc, sévissaient autour de Paris en 1550 : vers le milieu du xvie siècle, dans sept grandes seigneuries du Hurepoix, au sud de la capitale, 1 133 « tenanciers domiciliés » (vrais paysans, donc) se partagent 1 493 hectares, soit 1,30 hectare par tenancier : quantité de terre bien insuffisante pour faire vivre une famille ; et très en dessous de ce « minimum d'indépendance » auquel n'accède, là, qu'une très faible minorité de cultivateurs. Dans les zones spécialement viticoles de ce même Hurepoix, la tenure « indigène » typique est encore plus exiguë : 65 ares par tenancier en moyenne. Mais on trouve en revanche 2 hectares par tenancier en moyenne dans les secteurs purement céréaliers du Hurepoix : 2 hectares, dont 66 ares de jachère, ça ne va pas encore très loin pour joindre les deux bouts ! Le morcellement invraisemblable du sol indigène en Île-de-France (compte non tenu des possessions foraines – vastes ou pulvérisées selon les cas – que détiennent, dans ce même Hurepoix, les bourgeois et petits-

bourgeois parisiens) est bien le fils légitime du grand essor démographique rural qu'on enregistra autour de Paris à la fin du XVe et
au XVIe siècle. On en trouverait du reste l'équivalent en Flandre, où
l'exploitation rurale typique (ou « modale ») se situait entre 1,5 et
3,75 hectares vers 1330-1500. Alors qu'elle rapetissera, par morcellement, et se situera désormais dans la classe 0,75-1,5 hectare
en 1500-1549 ; et aussi en 1550-1604 (mais, en Flandre, cette évolution s'accompagne d'une intensification agricole « à la chinoise », plus nette qu'en France).

Pour en rester à la région de Paris, il est frappant de constater
que, dans les villages où le repeuplement de la Renaissance fut
plus tardif, le morcellement, par voie de conséquence, est moins
avancé : les tenures y sont un peu plus vastes qu'ailleurs ; elles
dépassent 2 hectares, en moyenne ; au lieu du 1,30 hectare du
lopin « typique ».

Modalités paysannes de l'« aliénation »

Simultanément, dans cette même Île-de-France, des phénomènes analogues à ceux qu'on vient de recenser dans le Midi se
produisent du côté de la propriété du sol non paysanne. Celle-ci,
qui, suivant les cas, peut être noble, ecclésiastique ou roturière,
parisienne ou simplement citadine, grande ou quelquefois petite
quant à l'étendue des surfaces appropriées, joue également le rôle
de « butoir » : en Hurepoix, où elle s'adjuge la part léonine, elle
délimite sévèrement l'aire à l'intérieur de laquelle s'exerce la tendance au morcellement indigène.

L'enquête de Jean Jacquart, au sud de Paris (terroirs de Thiais,
Antony, Montéclin, Mondeville, Trappes, Chevreuse), porte sur un
échantillon (dispersé) de 6 065 hectares, masse documentaire
échevelée que cet auteur a littéralement passée au peigne fin. Là-
dessus, les paysans, avec leurs tenures indigènes fort exiguës
(1,30 hectare en moyenne), ne détiennent en tout que 2 048 hectares (33,8 % du total). Le reste, soit 4 017 hectares, les deux tiers
du total, est possédé par des non-paysans, au sens le plus large du

terme. Là-dessus, 1 938 hectares, soit la moitié de la portion non paysanne et le tiers de l'échantillon total, reviennent à de grandes « réserves seigneuriales » dont chacune peut contenir, en cultures et surtout en bois, une ou plusieurs centaines d'hectares. Enfin, le reliquat – autrement dit 2 079 hectares qui équivalent à la seconde moitié de la portion non paysanne et au dernier tiers de l'échantillon total – appartient à des bourgeois de Paris (1 416 hectares), à des bourgeois locaux du Hurepoix (356 hectares), aux curés (82 hectares), enfin à des nobles, possesseurs ou acquéreurs de parcelles (190 hectares) situées hors des réserves seigneuriales ; puis à quelques « divers » (35 hectares). Arrêtons-nous d'abord sur la distinction initiale : réserve/non-réserve ; autrement dit réserve/tenures (puisqu'on est ici en pays de droit coutumier : les alleux y sont rarissimes ; et l'adage sévit : *Nulle terre sans seigneur*). La proportion qui donne un tiers des terres aux réserves et deux tiers aux tenures semble, au premier abord, correcte ; et relativement favorable au paysan : à la pire époque de la seigneurie oppressive et corvéeuse, du temps d'Irminon et de Charlemagne, dans des terroirs situés, eux aussi, en région parisienne, ou non loin d'elle, le seigneur, en effet, ne s'arrogeait pas moins de 50 % du sol pour ses « réserves » (cultivées, à l'époque, à coups de « corvées ») ; il ne laissait que 50 % des terres – le reste – aux tenanciers (voir les statistiques élaborées à ce propos par Louis Halphen : elles portent, quant au polyptyque d'Irminon, sur 32 748 hectares, dont 16 728 hectares de tenures et 16 020 de réserves).

Une remarque tout de même : pour qui aime à théoriser à propos des rythmes du *social change*, l'« évolution » n'a pas été bien rapide ! Il aura fallu (à travers des vicissitudes et des aller et retour bien connus) plus de sept cents ans, depuis le début du VIIIᵉ siècle jusqu'au milieu du XVIᵉ siècle, pour que la *réserve*, de la dislocation de laquelle on nous rebat sans cesse les oreilles à propos du Moyen Âge, tombe de 50 % à 33 % du sol total. À cette allure…

Et puis, ce que la réserve a ainsi perdu, les paysans ne l'ont pas nécessairement gagné, ou du moins finalement gardé. Bien loin de là. En 1550, on l'a vu, la réserve ne tient plus qu'un tiers du sol ; mais les paysans tenanciers, un tiers seulement, eux aussi. Le dernier tiers échappe aux mains traditionnelles qui le détenaient, paysannes ou seigneuriales. Il est allé à des non-paysans, généralement à des bourgeois des villes en l'occurrence, et surtout à ceux de la très grande ville : aux Parisiens, qui possèdent désormais à eux seuls près du quart du sol total et n'en laissent que 9 % aux autres rassembleurs de terres qui sont simplement bourgeois locaux ou nobles « non réservistes ».

Le fait durable, c'est la double aliénation « rustique » par rapport à la majorité des terres appropriables. Aliénation d'ancienne origine, due à la structure des réserves seigneuriales ; ou de seconde origine : elle dérive, dans ce cas, de l'impérialisme des citadins.

Cette aliénation à deux tranchants coexiste avec l'émiettement parcellaire, fort poussé, du secteur terrien qui demeure aux mains paysannes. Elle pose un triple problème : répartition sociale du sol annexé ; vocation culturale des propriétés mises en cause ; chronologie, enfin.

Ventilation sociale d'abord : l'échantillon foncier qu'utilise Jean Jacquart est sans doute, de l'avis même de cet historien, quelque peu biaisé, du fait du caractère essentiellement ecclésiastique des seigneuries étudiées. Compte tenu des corrections qu'il convient de faire, pour cette raison, sur les pourcentages bruts obtenus par l'enquête documentaire, on peut penser avec l'auteur de *La Crise rurale en Île-de-France* que les indigènes ruraux, dans l'ensemble de la région mise en cause, tiennent environ 40 % du sol (ce qui n'est déjà pas si mal, en comparaison de ce qui se passe en Angleterre, où les paysans sont en voie d'expropriation quasi totale, au profit, c'est vrai, d'une grande propriété fort efficiente). Le reste (60 % des terres) allant, à raison de 8 à 12 %, aux communautés religieuses et ecclésiastiques de toutes sortes ; 10 % aussi à la noblesse d'ancienne race ; 20 % aux officiers, qui sont souvent dans cette région des bourgeois parisiens en voyage vers le statut noble ; 20 %, pour finir, aux bourgeois ou marchands « pur sang » (non officiers) qui résident à Paris et dans les petites villes. Donc, en gros, 40 % aux paysans, 40 % aux bourgeois d'espèces diverses, 20 % seulement aux groupes les plus traditionnels de l'Ancien Régime, clergé et noblesse de souche. La part très importante détenue par les bourgeois est suggestive. Les paysans ainsi partiellement dépossédés du fait des hommes de la ville ne sont donc pas seulement subordonnés à des institutions médiévales et aux grands propriétaires privilégiés ; ils sont aussi à certains égards des « victimes du progrès », au sens le plus classique que prendra ce terme : victimes (mais aussi bénéficiaires, ceci est une autre histoire) de l'urbanisation et de la croissance de l'État, incarné par les officiers.

Culturalement, les performances des deux types de propriété – paysanne et non paysanne – sont assez contrastées. Les ruraux indigènes du Hurepoix sont fondamentalement des céréaliers et des vignerons : ils détiennent 41 % des champs et 69 % des vignes, alors qu'ils ne possèdent, on l'a vu, que 34 % du sol total de l'« échantillon Jacquart ». Ils ont donc *plus que leur part* des labours et des vignobles. En revanche, ils ne sont à aucun degré des forestiers (ils n'ont que 0,73 % des surfaces boisées). Ils ne sont que moyennement ou médiocrement herbagers (du moins en tant que propriétaires du sol ; car, en tant que fermiers, ils peuvent fort bien s'adonner à l'élevage – sur la terre d'autrui) : ils ne possèdent en propre que 28 % des prés et pacages ; un peu moins que leur part « normale ». Les deux types de propriété, paysanne et non paysanne, sont liés au marché (parisien) ; elles exportent vers la capitale, qui du vin, qui des grains, qui du bétail et du bois.

Avec les propriétaires non paysans, le tableau change : ceux-ci sont massivement forestiers (ils ont 99,27 % des surfaces boisées de l'échantillon, soit 1 360 hectares sur 1 370) ; et fortement herbagers (72 % des prés et pâtures leur appartiennent). En ce qui concerne enfin la part de ces non-paysans dans la propriété céréalière et viticole, il convient de distinguer entre ceux d'entre eux qui sont « d'ancien type » (les titulaires des « réserves seigneuriales ») et « de type nouveau », ou du moins plus récent (les citadins, surtout parisiens). Le premier groupe, qui possède, en vertu d'une tradition pour le moins sept fois séculaire, un formidable capital forestier (1 345 hectares), est assez bien pourvu en terres à labours de céréales (444 hectares), conformément du reste à l'image qu'on se fait de la grande ferme seigneuriale comme usine à grain. Mais on ne doit pas se leurrer : la masse de la production céréalière, près de Paris, provient essentiellement du groupe paysan (1 517 hectares d'emblavures), qui autoconsomme en grande partie les blés qu'il fait pousser ; elle provient aussi des bourgeois

L'espace champêtre de Lyon :
les « granges » qui appartiennent aux Lyonnais
(1550-1580)

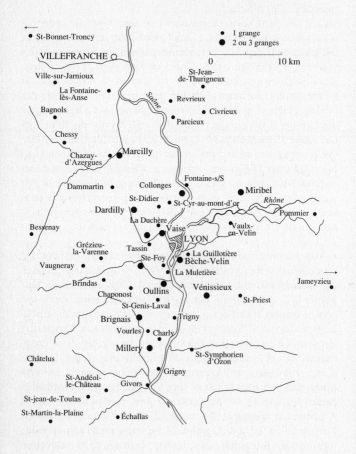

D'après R. Gascon (1971), t. II, p. 849.

parisiens qui, avec leurs 1 211 hectares d'emblavures, sont certainement, eux et leurs fermiers, gros vendeurs de grain. Les bourgeois qui sont, comme on l'a vu, les mal lotis de la propriété forestière, s'avèrent ainsi non seulement des céréaliers (1 211 hectares), mais aussi des vignerons (104 hectares de vigne : chiffre important, par rapport aux 304 hectares du vignoble paysan ; et surtout par rapport aux 11 hectares de vignes, quantité dérisoire, détenus par les réserves seigneuriales). Tout se passe comme si les bourgeois parisiens, évincés du secteur des bois qui demeure pratiquement un bien de mainmorte sociologique, exclu de la mobilité foncière, s'étaient rabattus, à l'instar des paysans, sur les champs et sur les vignes, autrement dit sur l'agriculture la plus active. Après tout, *n'a pas des arbres qui veut*. Les privilégiés se cramponnent à leurs forêts.

Enfin, la masse des bâtiments et des jardins (soit 62 % du total des superficies horticoles et bâties) appartient aux paysans, qui ne détiennent pourtant que 34 % du total des sols de toute nature. Les non-paysans, eux, si bien lotis par ailleurs, ne possèdent que 38 % des bâtiments et jardins. Cette limitation sectorielle contribue peut-être à circonscrire les effets de la révolution génético-horticole et à limiter certains « progrès » économiques : le carré de choux et la grange en pisé du paysan continuent à l'emporter de façon majoritaire sur le jardin précieux du propriétaire bourgeois, gourmand d'artichauts et d'asperges ; et sur la belle grange en pierre, dont l'extension importante au XVIIIe siècle permettra davantage d'assurer un stockage céréalier massif, et d'enrayer les famines.

Bilan bref : au sud de Paris, les non-paysans détiennent, vers 1550, la totalité des bois, plus de la moitié des labours, près du tiers des vignes, plus du tiers des bâtiments et jardins.

Chronologiquement, cette « aliénation » (terme discutable, certes, car elle est source, comme dans l'Angleterre du couple *landlord-farmer*, de grands progrès agricoles, ce que n'a pas toujours vu Jean Jacquart) se décompose en deux tranches de temps bien différentes : quelles qu'aient pu être en effet les vicissitudes parfois amoindrissantes qu'ont subies au cours des siècles les fractions de terre directement tenues par les seigneurs au titre de leurs « réserves » propres, il faut bien admettre que ces fractions, toujours très vigoureuses, représentent une réalité coutumière et que, dans l'ensemble, elles échappent depuis des centaines d'années aux paysans – c'est probablement le cas, par exemple, à Trappes, près de Paris. Et peu importe, à ce propos, que ces réserves soient restées dans les mains du clergé ou de la noblesse de vieille roche ; ou qu'elles soient tombées dans les biens-fonds nouvellement acquis par des officiers devenus seigneurs… Du point de vue des paysans (qui de toute façon demeurent privés de la possession de ces grands domaines), réserve d'officier ou réserve de noble, c'est blanc bonnet et bonnet blanc.

En revanche, les achats que les citadins ont effectués hors réserve, dans le secteur des tenures ci-devant paysannes, représentent pour les « rustiques » une espèce de dépossession, et souvent récente. Ces achats sont intervenus pour l'essentiel entre 1460 et 1550 ; et beaucoup d'entre eux, comme il ressort d'une lecture comparée des ouvrages de Fourquin et de Jacquart, semblent être postérieurs à 1500, voire à 1540 – c'est alors en effet que la conjoncture d'animation de l'économie urbaine pousse encore davantage les Parisiens à s'assurer, moyennant finances, le contrôle d'une plus forte portion du territoire.

Bien entendu, au fur et à mesure qu'on s'éloigne des villes, les possibilités de résistance ou de « rénitence » des paysans s'accroissent ; et, du même coup, diminue la mainmise des non-paysans sur les terres, en particulier celle des citadins. Exemples : à Antony, tout près de Paris, les paysans indigènes vers 1550 « n'ont plus que le quart du terroir » ; le reste étant passé ou resté en possession citadine ou privilégiée. En revanche, dans un village comme Mondeville, situé dans une sorte d'angle mort à distance des villes grandes ou petites (à 40 kilomètres de Paris, à 15 kilomètres de Corbeil), les paysans autochtones, en 1550, conservent encore plus de la moitié du sol (54 %). De même, la vigne, qui, de par le genre de vie des gens qui la possèdent, est en fin de compte plus paysanne encore que bourgeoise, donne aux ruraux du cru le moyen de s'accrocher victorieusement à leur terroir, tout en s'intégrant à la grande économie de marché modernisante, celle du vin. À Choisy et à Thiais, villages viticoles, les « habitants » domiciliés conservent par-devers eux, comme étant leur propriété, 49 % du terroir. Ce qui constitue, très près de Paris, une assez jolie performance.

Mais ces garde-fous, certes solides, que constituent ici la vigne, ailleurs l'éloignement par rapport à la grande ville, ne suffisent pas toujours à garantir le sol vis-à-vis des convoitises de la bourgeoisie ou des ambitions des privilégiés. Dans la région angevine et poitevine, par exemple, les paradoxes du xvie siècle marient après 1540 l'argent américain, porteur de modernité, avec une structure sociale quelque peu passéiste, à prépondérance de noblesse. Dans ces conditions, l'aliénation paysanne, qui de toute manière était largement commencée, se poursuit avec alacrité pendant les deux premiers tiers du xvie siècle (voir les recherches de Louis Merle). Aux anciennes réserves seigneuriales, qui se trouvaient là depuis belle lurette, se juxtaposent désormais les métairies nouveau style, constituées souvent de toutes pièces à partir d'achats qu'effectuent les nobles. Ceux-ci, en effet, écœurés par la baisse de leurs cens, se tournent vers la propriété de la terre, dont la valeur est garantie contre l'inflation parce que indexée, surindexée même par rapport au mouvement des prix. Pour rassembler la terre à coups d'achats, les grands du Poitou présentent donc aux paysans éberlués, qui souvent n'avaient jamais vu tant de monnaie réunie, des pièces d'argent. (Voyez aujourd'hui, de même, les procédés des spéculateurs fonciers et autres « promoteurs » vis-à-vis des propriétaires de « terrains ».) Ou bien ils procèdent moins bourgeoisement pour opérer leurs conquêtes : ils utilisent cette arme déjà ancienne qu'est le *retrait seigneurial*. Le processus de « métairisation » du sol poitevin est déjà engagé avant 1560, dans la phase de congestion démographique et parcellaire, dont il aggrave, du reste, les conséquences possiblement paupérisantes… Les *gaigneries* des petits paysans rétrécissent, sous l'impact des métairies qui appartiennent aux nobles et quelquefois aux bourgeois. Les haies depuis longtemps présentes quadrillent de plus belle les derniers *openfields* parcellaires, en voie de disparition… Ces progrès d'une nouvelle forme d'exploitation étant reconnus, un relevé précis de la chronologie même de Louis Merle oblige quand même à nuancer certaines conclusions de cet auteur. En fait, la phagocytose poussée de la plus grande partie des surfaces de la Gâtine poitevine par les métairies nobiliaires ne prendra effet (malgré les prémices incontestables qu'on vient de citer pour l'époque de la Renaissance) qu'après 1560 :

soit durant la crise plus ou moins prononcée des guerres religieuses, et pendant le rude XVIIe siècle. Jusqu'au déclenchement (1560) des guerres de Religion, les deux processus inséparables et dialectiquement opposés qu'on a déjà rencontrés, faisant couple, aussi bien en région parisienne qu'en Languedoc, coexistaient aussi en Poitou, dans l'écartèlement : on avait, d'une part, le « lopinisme » et la parcellisation indigène ; d'autre part, l'arrondissement du grand domaine à propriété non paysanne. C'est seulement après 1560 que, là comme ailleurs, l'histoire basculera volontiers vers le second pôle désormais prioritaire : vers les tendances à la concentration.

La tendance commençante à la création de grosses métairies en Poitou implique par ailleurs certaine constatation quant à l'empreinte laissée par elles sur le pays rural. En Hurepoix, et d'une façon générale en région parisienne, le développement des grands domaines (tout comme du reste la parcellisation du reste du sol) s'accompagne d'un remarquable maintien de l'*openfield*, respectant la nudité du paysage, presque entièrement dépourvu du damier des haies. Rien d'étonnant à cela : en Hurepoix, les prés couvrent seulement 4,5 % des surfaces ; et les céréales, 69 %. Les spéculations animales et herbagères sont insignifiantes (mis à part, bien entendu, celles qui concernent les ovins sur les jachères, sous le contrôle des bergers) ; le domaine non paysan, tout comme du reste le lopin des autochtones, est une machine à produire localement des grains ; il n'a donc aucune raison (n'ayant pas des masses de bovins à tenir en respect) de se protéger par des clôtures permanentes. Au contraire, en Gâtine poitevine, chacune des grosses ou moyennes métairies (auxquelles s'intéressent tellement, déjà, les rassembleurs de terres du XVIe siècle) comporte, en surface, 25 à 30 % de prés et de pâturages. Soit cinq à sept fois plus que le niveau sud-parisien. En moyenne, aussi, la métairie poitevine élève une vingtaine de bovins, soit une charge bovine quatre ou cinq fois plus importante que celle qu'on rencontrerait sur une ferme du Hurepoix ; en fait, seuls les très gros domaines parisiens de cette région, monstres agricoles absolument exceptionnels, parviennent péniblement, pour leur part, à élever une dizaine de bovins.

Cette différenciation (Paris/Poitou ; *openfield*/bocage ; peu de bétail/davantage de bétail) est pertinente : la métairie gâtinelle des

XVIe-XVIIe siècles n'a certes pas inventé les haies ni les bocages qui lui préexistaient dès les siècles médiévaux. Mais elle veille avec attention à entretenir et développer son capital de clôtures. Le bétail bovin, contre les transgressions duquel se dresse la haie d'aubépine[40], n'est jamais, même dans l'ouest de la France, qu'un facteur plus ou moins marginal au XVIe siècle. Les blés continuent à l'emporter partout… Mais précisément cette marge, comme il se doit, varie de façon considérable entre l'Armorique et le cœur du Bassin de Paris. Ces variations sont suffisantes pour faire pencher la balance, vers l'absence ici, vers la présence là, d'un bocage touffu. Les tendances à l'intégration du sol sous l'égide des grandes fermes ou des vastes métairies ont ainsi des conséquences « paysagistes » qui sont très variées selon les régions.

Quoi qu'il en soit, au niveau du partage du sol, les tendances bipolaires qu'on vient d'évoquer – morcellement des plus petits lopins et dilatation des plus gros domaines – exercent une assez dure pression sur le paysan, à la fois désintégré et aliéné quant à sa puissance foncière. Ainsi est mis en place l'un des facteurs les plus puissants qui contribueront à freiner, à coups de pauvreté le cas échéant, l'essor démographique, et à recréer entre 1560 et 1720, non sans oscillations, l'équilibre général d'une société paysanne.

Cela dit, la nouvelle conjoncture longue à laquelle on arrive ainsi autour de la décennie 1560 n'est pas simplement un retour à la normale, par voie de stabilisation dans l'austérité. Elle contient en elle, indubitablement, les germes d'une croissance à venir, très lointaine encore : vers 1560, l'écosystème démographico-rural, qui avait été si durement malmené pendant le siècle antérieur, est enfin et pour de bon restauré. Mais la place qu'y occupaient jadis, avant les « événements » de 1340-1440, les réserves seigneuriales, souvent menées par des nobles incompétents ou du moins archaïques, se trouve désormais partiellement tenue, élargie même, par des propriétaires urbains, sensibles au marché et désireux d'améliorations ; il arrive du reste qu'ils cherchent celles-ci, sans toujours les trouver, dans la lecture des agronomes : Olivier de Serres (1600) pour l'élite francophone d'Occitanie ; et surtout Estienne et Liébault pour la France d'oïl. Est-ce un hasard si le milieu d'origine d'Estienne et Liébault – un milieu dans lequel ces deux hommes recrutent aussi leur vivier de lecteurs – est constitué par cette élite urbaine, bourgeoise et noble, que les statistiques de 1550 nous montrent activement propriétaire dans le plat pays (notamment francilien), et bien plus résolument céréalière et vigneronne que n'étaient, dans le temps jadis, les anciens titulaires des réserves seigneuriales ? On sait que ceux-ci, trop souvent, bornaient leurs efforts agronomiques à regarder pousser les grandes forêts qui formaient le plus beau fleuron des susdites réserves de la seigneurie. Nos bourgeois et néo-nobles du plat pays parisien se montreront autrement actifs que ne l'étaient les hobereaux, faut-il dire surannés, du bas Moyen Âge.

L'envol mitigé de la rente foncière

La pression des Dominants, qui s'exerce sur les ruraux sous forme d'aliénations diverses, nous allons la retrouver, légèrement différente, à propos d'une autre grille, la grille verticale, qui rend lisible le partage du revenu agricole aux niveaux successifs, hiérarchiques, superposés, de la société paysanne : depuis la rente foncière, tout en haut, jusqu'au salaire, tout en bas, en passant par les revenus d'exploitants, aux étages intermédiaires. Bien entendu, ces concepts économiques sont des abstractions qui ne coïncident point avec la réalité sociale, toujours plus riche et plus compliquée. Mais les abstractions sont des outils : elles permettent de bâtir un *système* qu'on s'efforcera ensuite de concrétiser dans un *tableau* (François Furet).

En ce qui concerne la rente foncière, disons plus largement le revenu des classes propriétaires (grands possesseurs du sol et clergé), il faut distinguer entre les recettes de type seigneurial ou décimal et celles de type non seigneurial, simplement fondées sur le loyer de la terre.

Au sein du premier groupe, les recettes de type seigneurial, d'une part, et décimal, d'autre part, suivent des *trends* d'évolution qui respectivement… divergent. La dîme est lourde. Générale-

ment un peu inférieure à 10 % du produit brut des grains, mais
pouvant tout de même évoluer entre 7 % et 13 % selon les régions,
elle tombe à des pourcentages beaucoup plus bas dès lors qu'elle
affecte, ou des récoltes non céréalières, ou des régions dont le
régime est spécial : telle la Bretagne, dont les taux décimaux très
bas (3 %) expliquent aisément, tout à la fois, les évêchés crottés
et les curés qui ne coûtent pas cher… entourés en conséquence par
l'affection générale. Quoi qu'il en soit de ces particularités sectorielles, la dîme au XVIᵉ siècle n'est pas à plaindre. Grâce à elle, le
clergé français prélève gaillardement un revenu décimal probablement égal, voire supérieur, à 5 % du produit brut agricole du
royaume. Elle jouit d'indexations : elle est indexée sur les prix
(quand elle est monétaire) grâce au constant révisionnisme des
baux ; et, de toute manière, elle est indexée sur les productions.
Elle s'élève d'elle-même, au fur et à mesure que le produit agricole du pays retrouve, vers 1550-1560, et parfois dépasse, dans
certains secteurs, ses dimensions d'avant les catastrophes des XIVᵉ
et XVᵉ siècles. La dîme se dilate en somme au même rythme que
l'ensemble de l'écosystème. Dans ces conditions, elle constitue
une cible de première grandeur : pour les huguenots qui, dès 1560,
veulent l'accaparer ; pour de nombreux paysans aussi, qui (bons
catholiques par ailleurs) souhaiteraient quand même l'alléger ou
la supprimer. D'où des grèves de dîmes, à partir de 1540-1560.

À la splendeur de la dîme s'oppose ce qu'il faut bien appeler,
sauf exception régionale, la misère des droits seigneuriaux.

En Languedoc, les droits seigneuriaux, ou *usages* prélevés par
le seigneur, sont d'abord victimes du morcellement : ledit seigneur, en effet, est souvent un petit personnage multiplié à trop
grand nombre d'exemplaires par l'essor démographique ; et paupérisé par suite du morcellement successoral des fiefs, dans un pays
où le droit d'aînesse des nobles n'avait pas tout à fait la même
emprise qu'en terre d'oïl. Ces redevances et *usages* d'oc sont, en
outre, sévèrement mutilés par l'inflation dès lors qu'ils sont libellés en argent, comme c'est le cas autour des villes, porteuses
d'économie monétaire. En équivalent-grain, les *usages* perçus
sous forme de piécettes autour de Montpellier par les seigneuries
locales équivalaient à 25 litres de froment à l'hectare, soit 5 % de
la récolte brute vers 1480. Les prix du grain sextuplant pour le

moins au cours du siècle qui suit, on tombe vers 1580, dans la même zone, à 4 litres d'équivalent-grain par hectare, au titre des droits seigneuriaux, soit 0,8 % de la récolte brute en régime d'assolement biennal. Une misère. Les droits seigneuriaux en nature, qui, eux, ne sont pas, pourtant, écornés par l'inflation, ne rapportent guère plus. Quant aux fameux *lods et ventes* (droits de succession et de mutation) qui devraient théoriquement compenser ce manque à gagner, ils ne parviennent pas, eux non plus, à étoffer un revenu seigneurial qui, *en tant que tel*, demeure faible, et qui le demeurera jusqu'au XVIIIᵉ siècle inclusivement. (Voyez à ce propos les travaux de Robert Forster et de Georges Frêche sur la région toulousaine.) Un exemple : pour en rester au XVIᵉ siècle, l'ensemble des droits seigneuriaux (lods et ventes compris) levés dans l'immense terroir de Béziers rapporte 100 livres tournois aux chanoines biterrois et reste bloqué à ce chiffre, de 1500 à 1560 et au-delà, malgré l'inflation. Alors que le moindre prieuré de paroisse rurale, axé sur la dîme, fournit trois ou quatre fois plus et s'indexe avec souplesse à l'inflation.

Vérité du Languedoc, certes ; mais vérité valable aussi, quoique à un moindre degré, pour le Poitou, si nobiliaire néanmoins : en 1521-1522, les recettes monétaires du seigneur de La Barre-Pouvreau sont fournies à raison de 14 % par les cens en argent ; à raison de 86 % par les recettes « muables », qui sont fournies pour l'essentiel par des ventes de bétail et de boisseaux de seigle procurées les unes et les autres grâce à la métairie ; celle-ci fonctionnant, dans la circonstance, comme une réserve seigneuriale (Louis Merle).

La situation est-elle tellement différente autour de Paris, dans cette région qui connut la puissante féodalité d'entre Loire et Meuse, et qui fit la chasse aux alleux, jusqu'à proclamer l'adage *Nulle terre sans seigneur* ? Même en cette zone, à vrai dire, les seigneuries du premier XVIᵉ siècle ne sont pas des organismes tellement forts : les textes ronflants qui les décrivent dissimulent assez mal l'indigence des revenus qu'elles distribuent *en tant que telles*, en tant qu'architectures de droits seigneuriaux. (En revanche, en tant qu'elles s'appuient sur la « réserve » seigneuriale, elles représentent une source capitale de richesse ; mais dans ce cas on sort de l'aire du seigneurialisme au sens strict, puisque les *réserves*, bourgeoisement appelées « grands domaines », existent encore aujourd'hui, en 2002.)

Inutile d'insister sur le caractère dérisoire des droits seigneuriaux dans les campagnes parisiennes. Ils atteignent en moyenne, vers 1550-1560, 12 deniers parisis par arpent. Soit un prélèvement ridiculement bas qui, calculé en grain, équivaut à 12 litres de froment par hectare, alors que l'hectare « parisien » peut rendre facilement, comme récolte, 1 500 litres de froment. Compte tenu de la jachère triennale, disons que ce prélèvement seigneurial, dans de bonnes conditions (pour lui), peut atteindre 1 % du produit. Soit un ordre de grandeur analogue, quant au pourcentage, à celui qu'on observe en Languedoc dans le même temps. Bien entendu, cette faiblesse du cens se situe au long d'un processus lent et implacable de détérioration, dû à l'inflation permanente (dans le très long terme) des prix du grain, exprimés en livres tournois : les prix du setier de froment à Paris passent de 1 à 2 livres tournois de 1450 à 1525 ; à 5, puis 10 livres tournois au XVIᵉ siècle ; à 15 livres tournois au XVIIᵉ siècle, et à 25-30 vers 1770. Or, le taux rituel du cens – 12 deniers parisis par arpent – reste stable pendant les trois siècles et demi en cause ! Ainsi, le pouvoir d'achat du cens a été divisé par douze ou quinze, pour le moins, dans le même intervalle de temps ! Autant dire que l'histoire de la seigneurie « censuelle » est jalonnée jusqu'à la fin, jusqu'au coup de grâce charitable de 1789, par une série d'infarctus monétaires rendant fort problématique le concept même, qui fut, un moment, si répandu, de réaction seigneuriale (voir du reste la brillante critique qu'a donnée de cette notion Paul Bois dans ses *Paysans de l'Ouest*).

Mais, dira-t-on : et le champart ? Ce champart qui incarne par excellence le prélèvement lourd de la seigneurie (un cinquième, un quart du produit total des grains…) ? Cette vénérable institution, autour de Paris, comme l'écrit assez joliment Jean Jacquart, « n'est pas totalement inconnue » vers 1550. Mais, en fin de compte, elle est beaucoup moins répandue qu'on ne le croyait. Dans le « rôle des fiefs » de l'importante prévôté de Corbeil, vers 1550, les champarts sont tout à fait absents. Beaucoup d'entre eux avaient, du reste, précédemment disparu dans la grande période de modération des seigneuries qui s'était affirmée pendant le xv⁰ siècle. Quand les champarts persistent néanmoins, comme par exemple à Palaiseau, en 1522, il arrive que « les redevables refusent carrément de les payer ». (Pierre Goubert, dans son admirable thèse sur le Beauvaisis, n'a-t-il pas donné trop d'importance au champart ? Je me permets de poser respectueusement la question.)

Dans une appréciation d'ensemble du poids des structures seigneuriales, il faut, bien entendu, tenir compte aussi des lods et ventes (qui sont souvent l'objet d'accommodements) ; et des droits de justice. Ceux-ci très importants, puisqu'ils permettent au seigneur, en vertu d'un curieux principe de circularité, d'être simultanément juge et partie dans le règlement des contestations relatives aux droits seigneuriaux versés dans ses granges ou dans ses coffres. (Mais il est vrai que la préservation d'un juge seigneurial spécialisé introduit dans le cadre même de la seigneurie un léger élément de « séparation des pouvoirs »… !)

Si l'on calcule dans ces conditions les moyennes des diverses catégories de revenus, à partir d'une dizaine de seigneuries du Hurepoix, on découvre que les droits seigneuriaux de toutes sortes (banalités incluses) qui viennent d'être énumérés font 23 % des recettes brutes d'une seigneurie typique ; et les revenus en provenance de la réserve, 77 %. Le premier de ces deux pourcentages n'est pas négligeable. Il n'est quand même pas très important : vers 1550-1560, les seigneuries poursuivent bel et bien, lentement mais sûrement, leur mutation propriétaire. Celle-ci est loin d'être achevée partout : certaines provinces (Bretagne, Bourgogne) la boudent, et la bouderont longtemps. Des relents d'archaïsme carolingien (corvées du sire de Gouberville, en basse Normandie) sévissent encore, en bien des régions. Mais les arbres ne doivent pas cacher la forêt. Si substantiel que puisse être parfois le volume des cens perçus en nature (voir par exemple les recettes de la famille de Fontanges en Auvergne), le plus clair des revenus du monde seigneurial provient maintenant de la réserve, autrement dit d'une propriété dont le mode de gestion (fermage, métayage ou faire-valoir direct) n'a rien de spécifiquement « féodal », et n'est guère différent, dans ses principes et dans sa substance, de ce qu'il sera si souvent encore au xix⁰ et même au xx⁰ siècle. La société féodale décrite à l'époque de sa splendeur, en divers ouvrages, par Marc Bloch s'est déjà quelque peu effacée au xvi⁰ siècle ; elle fait place à la société propriétaire, qui se montre vivante et agissante avant même que Quesnay, deux cents ans plus tard, ne la décrive dans sa forme achevée. À ce point de vue, la France des XVIᵉ-XVIIIᵉ siècles est très en avance (comme l'a montré Eberhard Weiss) sur l'Allemagne – celle-ci conserve en effet jusqu'au XVIIIᵉ siècle, dans ses structures campagnardes, un système « féodal » fondé sur les redevances seigneuriales et sur les banalités ; ou bien (à l'est de l'Elbe) sur les pouvoirs de commandement que le maître exerce à l'encontre de ses serfs, et autres. D'une façon générale, les revenus des seigneurs allemands à l'ouest de l'Elbe dérivent davantage des prestations des tenures ; et non pas, comme c'est le cas en France et en Angleterre, d'une mise en œuvre de la réserve.

D'où l'importance que présentent, pour notre pays, les recherches sur la rente foncière proprement dite ; celle qui résulte, non pas d'un prélèvement seigneurial ou décimal plus ou moins ritualisé, mais d'un débat entre bailleur et preneur, débat dont les conclusions sont périodiquement révisées : il s'agit en somme du loyer de la terre, tel qu'il s'exprime dans les contrats de fermage (toujours actuels en 2002) et, en un style conceptuellement moins pur, dans le métayage.

En Languedoc, premier sondage, la rente foncière est en petite hausse, relativement modérée en tout cas, au XVIᵉ siècle. Le prélèvement du propriétaire foncier sur ses fermiers, autrement dit le fermage versé par ceux-ci, se tient, vers 1550, aux environs d'un à 1,5 hectolitre de grain à l'hectare (froment ou méteil). Soit, en assolement biennal et en productivité languedocienne, le quart ou le cinquième du rendement pondéré dudit hectare[41]. Ces fermages, pour ce qu'on en connaît, augmentent de façon légère, ou restent simplement stables, entre 1500 (ou 1515) et 1560. Certains même, en pleine maturité de la Renaissance, ont l'impudence de décroître ! Tout se passe comme si le surplus certain de revenu que dégagent d'une part la paupérisation des salariés (due elle-même à l'expansion démographique) et d'autre part la reprise ou récupération, lente il est vrai, de la production agricole, n'était pas « remonté » jusque dans la grange ou dans le coffre à écus des propriétaires ; comme s'il s'était arrêté à mi-route, pour enrichir l'exploitant, le fermier : l'intermédiaire, somme toute (un fermier « intermédiaire » qui, lorsqu'il est par ailleurs propriétaire exploitant d'un gros domaine, peut devenir en fait un cumulant, titulaire tout à la fois d'une rente foncière-propriétaire stable et d'un profit d'entreprise fermière en expansion).

Plus au nord, les données qu'on possède sur la rente foncière ne sont pas toujours convergentes entre elles, ni concordantes avec celles qu'on vient d'évoquer. Une confrontation fructueuse entre Nord et Sud est néanmoins possible dès lors qu'on évalue le prélèvement de la rente foncière à l'hectare. Les recherches, sur ce point unanimes, de Jean-Paul Desaive et Jean Jacquart situent celle-ci, dans la région parisienne, à deux tiers de setier de grain par arpent : autrement dit, toutes conversions métrologiques étant prises en compte (sans oublier que l'arpent et même le setier connaissent l'un et l'autre diverses fluctuations intrarégionales), un volume de grain qui devait tourner autour de 2,6 hectolitres à l'hectare (soit un peu plus que la semence ; alors qu'en Languedoc le propriétaire, au titre du fermage, prélevait un peu moins ou même nettement moins que la semence). Ce contraste entre l'agriculture parisienne et celle du pays d'oc s'explique évidemment par les différences de rendements – le propriétaire foncier autour de Béziers, par exemple, recevait de son fermier, vers 1550, moins de charrettes ou de sacs de grain (à l'hectare) que n'en percevait son homologue en Île-de-France, pour la bonne raison que les rendements méridionaux (10 hectolitres à l'hectare, avec assolement *biennal*[42]) étaient inférieurs aux septentrionaux (15 hectolitres à l'hectare ou davantage, avec assolement triennal).

Jusqu'ici, tout paraît simple. Mais voici que se posent certains problèmes de niveau et de conjoncture : disons qu'on est en présence de deux modèles plausibles, dont certaines divergences mutuelles s'expliquent simplement par une géographie contrastée, tandis que d'autres traduisent surtout l'incomplétude de nos connaissances.

Premier modèle, le plus généralement rencontré à ce jour[43]. La rente foncière versée en grain (ou bien – si elle est monétaire – déflatée en équivalent-grain) inaugure la Renaissance sous les auspices d'une montée rapide, enregistrée de 1450 à 1510 (en Soissonnais, par exemple, on passe d'un fermage de 0,5 hecto-

litre à l'hectare de grain en 1448 à près de 2 hectolitres à l'hectare
en 1511 : quasi-quadruplement, mais qui, c'est vrai, démarre de
presque zéro). Puis, ça plafonne ; le premier « plafonnement » se
situe à un niveau qui demeure tolérable, voire agréable, pour les
fermiers, entre 1500 et 1560 ; les prélèvements au titre du fermage
s'établissent en effet à cette époque autour de 1,5 hectolitre à
l'hectare (midi de la France) et 2,5 hectolitres à l'hectare (région
parisienne et Soissonnais). Puis (après la coupure sanglante des
guerres de Religion et la petite baisse momentanée des fermages
provoquée par celles-ci), la rente foncière, de nouveau, au terme
d'une longue reprise, battra tous ses records passés : vers 1650-
1670, elle montera à 3 hectolitres à l'hectare et plus encore en
Languedoc[44] ; à 5 hectolitres à l'hectare en région parisienne. Soit
un taux proche de la moitié environ du produit des grains à l'hectare, compte tenu des disparités de rendements et d'assolements
(le fermier frustré ainsi de la moitié de sa récolte de céréales, au
milieu du xviie siècle, sera prié de se rattraper sur les produits non
céréaliers de sa ferme : vin, légumes, fagots, élevage, etc.). Selon
le modèle que je viens de résumer ici, « l'âge d'or de la rente »
(foncière) se situerait donc au xviie siècle. Le « beau xvie siècle »
constituerait en revanche pour l'exploitant une période de répit
relatif, au cours de laquelle il peut, en pleine expansion-récupéra-
tion, reprendre son souffle ; et mettre à profit, c'est le cas de le
dire, les marges bénéficiaires que dégagent la paupérisation salariale, d'une part, et l'accroissement progressif du produit de son
exploitation agricole, d'autre part.

Fleurit cependant un autre *pattern*, concevable, que j'appellerai,
du nom de ses pères, le modèle Jacquart-Merle. Selon cette
seconde formulation, valable dans l'état actuel de nos connaissances pour le Hurepoix et le Poitou, la rente foncière a déjà fait
le plein en 1560 : les baux des grandes fermes du Hurepoix
(contrats libellés en grain qui, au cours d'une série longitudinale,
sont diachroniquement les plus comparables les uns aux autres)
indiquent en effet que, globalement, ces fermes sont louées à raison de fermages en nature qui équivalent dès 1560 aux records
futurs de la période 1630 ou 1660. De même, en Poitou, les
métayers du xvie siècle expérimentent dès 1520-1560 les conditions du métayage dur, du *terrage* (comme dit Merle en une

expression plus imagée que pertinente), qu'ils connaîtront encore jusqu'en 1651 : partage rigoureux de tous les produits, fagots, grains, foins, etc. (les semences étant même fournies dans leur intégralité par le preneur !). Cette pression sur l'exploitant poitevin ne s'atténuera un peu qu'après 1650... En somme, dans le Poitou, le contrat à part de fruits, délaissant son aimable période des baux à un quart ou à un tiers de récolte du xve siècle, se serait durci dès le xvie, devenant dès lors bail à mi-fruits sans concessions, pour ne se radoucir qu'après 1650-1680, avec la crise de la fin du xviie siècle et la combativité plus grande des métayers.

De ce débat inachevé entre deux grands modèles plausibles se dégage tout de même une conclusion valable : la rente foncière s'est élevée au xvie siècle par rapport au xve, atteignant parfois ses plafonds multiséculaires dès 1550-1560 (modèle Jacquart-Merle) ; ou bien, dans d'autres cas (Languedoc), conservant, sous Henri II, son avenir devant elle ; conservant ainsi une belle carrière future, qui sera plus fructueuse encore à parcourir au xviie siècle.

Cette conclusion nuancée appelle aussi quelques remarques :

1) Le marché de la rente foncière n'est pas un, mais double (Postel-Vinay, Jacquart) : on a d'abord un marché des petites parcelles, qui sont les plus rigoureusement soumises à la loi de l'offre et de la demande et à la pression des propriétaires fonciers ; le loyer de celles-ci continuera de s'élever avec force au xviie siècle par rapport au xvie, allant jusqu'à doubler en valeur réelle. Au contraire, le marché des grands « corps de ferme » est tenu par l'aristocratie de la charrue, par la fermocratie, par les gros fermiers (Jean-Marc Moriceau) qui savent faire bloc ; peu nombreux, ils réussissent à décourager dans leur propre milieu la concurrence excessive entre eux, éventuellement dommageable à leurs intérêts. Ce groupe des riches laboureurs, qui serrent les coudes, réussit pendant le xviie siècle à stabiliser le prix des grosses fermes à son niveau de 1550, tandis que les locataires des petites parcelles, trop nombreux, et démunis de pouvoir, seront plus durement pressurés par les maîtres du sol au xviie siècle (et au xviiie siècle) en comparaison avec le xvie.

2) Une autre cause d'inégale montée des rentes, et qui introduit, cette fois, des différenciations géographiques, dérive des données de l'impôt. En Languedoc, et plus généralement dans les régions occitanes (en dépit d'exceptions), la taille royale réelle est payée par le propriétaire du fonds ; les terres affranchies du fisc sont peu importantes. Conséquence logique : dans le Midi français, la rente foncière vers 1550 est exigée plus basse qu'elle ne le sera en 1640... puisque les propriétaires du XVIe siècle n'ont pas encore (par définition chronologique !) subi le tour de vis fiscal de Richelieu. Leurs successeurs, au contraire, vers 1640, lourdement chargés d'impôt réel par les soins du Cardinal, chercheront à répercuter ce tour de vis sur leurs fermiers : ils se feront payer par ceux-ci une rente foncière plus lourde. D'où un certain « âge d'or » de ladite rente en région languedocienne vers 1630-1640 : il reflétera pour une part, indirectement, l'apogée du fisc.

En région parisienne, au contraire, pays de taille personnelle, le tour de vis fiscal de Richelieu et la modération des impôts qui, au XVIe siècle, avait précédé ce « tour » déploient, tous deux, des conséquences qui sont opposées à celles qu'on vient d'analyser pour les pays d'oc. L'impôt du Nord, étant personnel, est payé la plupart du temps par le fermier. Le « tour de vis » de la décennie 1630 et de la période suivante aura donc pour résultat de limiter parfois les prétentions de la propriété foncière : le fermier peut, en effet, légitimement faire remarquer aux détenteurs de celle-ci qu'il est hors d'état, payant un impôt plus lourd, de verser à son bailleur un fermage accru. On s'explique ainsi qu'au moins dans certaines régions (Hurepoix, Poitou), les corps de ferme ou de métairie ne rapportent pas davantage au maître du fonds pendant le XVIIe siècle qu'ils ne le faisaient au plus beau du XVIe siècle. Paradoxalement, la boulimie fiscale de Richelieu aura donc pour conséquences d'exalter artificiellement la rente foncière dans le Midi et de la raboter dans quelques contrées septentrionales. La question essentielle, en chaque cas, revient à déterminer de quel côté de la barricade foncière se trouve le contribuable ; puisque celui-ci est propriétaire au sud, exploitant au nord. Par contraste, les niveaux de fermage du beau XVIe siècle, comparés avec ceux du XVIIe, apparaissent comme relativement modérés dans le Midi ; mais souvent plus élevés, voire maximaux, en Hurepoix et Poitou. On tiendrait là, en tout cas, du fait du fisc, un facteur de différenciation.

3) Quel qu'il puisse être, modéré ou maximal, le rendement de la rente foncière au beau XVIe siècle n'est pas un absolu. D'une

part, il équivaut, pour qui l'encaisse, à l'intérêt d'un capital (la terre). D'autre part, il constitue la *recette* d'un individu qui, par ailleurs, est susceptible de procéder à des dépenses. Le niveau de la rente du sol, pour être jugé à sa vraie valeur, doit donc être comparé au loyer de l'argent ; il doit être aussi confronté au budget des rentiers de la terre, avec leur propension variable à épargner, consommer, ou jeter l'argent par les fenêtres.

Rapportée au capital-sol qu'elle rémunère, la rente foncière semble avoir culminé nettement au xvie siècle, vers 1550-1560. D'après un certain nombre de cas, une ferme louée rapporte à son propriétaire, sous forme de fermage, à cette date, 6 % du capital foncier près de Paris, 5 % près de Béziers (les légistes de 1561 disent, eux, 3,3 % ; mais ils ont tendance, pour des raisons de prudence fiscale ou autre, à sous-estimer intentionnellement le revenu des propriétaires). Or ces chiffres qui, au temps d'Henri II, pouvaient être considérés comme satisfaisants, tomberont quelque peu, près de Paris, à 4 % vers 1640-1660. Compte tenu de ces données, le rendement du capital foncier serait donc plus élevé, en taux d'intérêt, vers 1550 qu'il ne le sera au cours du xviie siècle : même si, en valeur absolue (quantité de grain livrée au titre du fermage, ou équivalent-grain du loyer-argent), c'est quelquefois une dénivellation contraire qu'on observe. La chute du rendement de la rente, de 5 % à 4 % entre 1550 et 1640-1660, peut sans doute s'expliquer par la forte hausse du prix des terres, plus que proportionnelle à celle du revenu, entre ces deux dates. (De même, au moment de tel apogée de la Bourse de Paris, dans les années 1950-1960, les rendements des actions avaient beaucoup baissé, tombant à 3 % ; non point par suite d'une chute des profits industriels, mais parce que le cours des actions – autrement dit du capital – avait été soufflé par une hausse spéculative.) Pour en revenir au milieu du xvie siècle, la propriété du sol, une fois acquise, n'était pas une trop mauvaise affaire ; le revenu de la terre, calculé en pourcentage du capital, était, en effet, plus élevé qu'il ne le sera un siècle plus tard.

À ce propos, cependant, une comparaison s'impose avec le loyer de l'argent, au sens propre d'une telle expression : ce loyer (connu par le taux des rentes constituées) se tient à 8 ou 10 % vers

1560, soit près de deux fois le loyer de la terre ; mais on doit immédiatement remarquer que le prêt d'argent – capital et intérêt – est constamment érodé par l'inflation ; alors que la terre, elle, pour son prix de vente et pour son fermage, est solidement indexée sur les cours des marchandises ; et sur les plus dynamiques d'entre eux pour la période, qui sont ceux du grain.

Vers 1660, en revanche, au terme d'une grosse chute, le loyer de l'argent n'est plus qu'à 5 ou 6 % (mais il est musclé par la déflation, qui consolide intérêt et capital, et qui conforte à la fois Monsieur Dimanche et Harpagon). Le loyer de la terre, lui, se tient à 4 % : dépréciation moindre. Il y a donc, sous le jeune Louis XIV, au lieu des « ciseaux » du XVIe siècle (8-10 % pour le loyer-argent contre 5 % pour le loyer-terre), une convergence, vers le bas, entre les deux types de revenu (respectivement 5-6 % et 4 %). Vers 1560, la terre était le placement du père de famille ; la rente d'argent, plus élevée mais plus menacée, était le fait d'individus moins pantouflards. Au siècle suivant, les deux types de placement convergent ; ils combinent désormais sécurité et médiocrité. Au XVIIIe siècle, on finira par sortir du tunnel : le bas loyer de l'argent (3 %…) en période d'expansion constituera une incitation à l'investissement agricole.

En ce qui concerne maintenant l'insertion de la rente foncière dans le budget de ses propres rentiers, beaucoup dépend, semble-t-il, du niveau social de ceux-ci. Les gentilshommes sont souvent des paniers percés (voyez les Fontanges et, à un moindre degré, Gouberville). Vers 1550, ils dépensent leurs fermages (pas toujours tellement élevés, comme on l'a vu), sous forme de procès, bâtards, épices, vêtements… ; les bourgeois pingres, en revanche, comme la veuve Couet, d'Antony, n'ont garde de se mettre en tel déficit ; et ils parviennent à élever leurs enfants, ainsi qu'à maintenir leur petit train de vie, grâce au revenu complexe que leur rapportent le fermage de leurs terres et telle ou telle de leurs activités (boutique, office, crédit) en milieu urbain.

Exploitants et exploitantes

Du fait même que la rente foncière se situait assez souvent à un taux modéré vers 1550, une certaine stratégie des exploitants était rendue possible. Sauf exception, ceux-ci appartenaient au monde paysan. Ils consommaient peu – hormis les subsistances de première nécessité qu'ils s'efforçaient d'engloutir en masse, à raison de presque une demi-tonne de pain par an et par estomac adulte ; ils vivaient avec une rusticité proche du paupérisme : l'apparition de meubles comportant quelques garnitures de cuivre au foyer des laboureurs provoque, vers 1560, l'émerveillement du curé Haton. Ayant peu de besoins, peu d'exigences comme consommateurs, ils peuvent s'estimer très heureux du fait qu'ils tirent un certain profit de leur situation d'intermédiaires : entre le fermage en hausse, mais souvent modeste encore, qu'ils paient à leur propriétaire, et les salaires en baisse qu'ils versent à leurs ouvriers, un intervalle avantageux vient s'intercaler à leur bénéfice.

Dans l'ensemble, nous connaissons assez mal, du moins avant les grands travaux de Jean-Marc Moriceau, le groupe de ces exploitants qui sont tout à la fois fermiers agricoles et embaucheurs-employeurs de main-d'œuvre salariée. Beaucoup d'entre eux, dans les couches inférieures et moyennes de leur groupe, sont partiellement ou totalement illettrés, en particulier dans le Midi ; ils n'ont laissé ni comptes, ni livres de raison. Leurs propriétaires les souhaitaient du reste analphabètes, si l'on en croit Estienne et Liébault qui sont fort obscurantistes sur ce point, et qui n'aiment pas les fermiers instruits.

Aussi, dès lors que nous voulons connaître le « discours du fermier » et pas seulement (comme il est d'usage dans les documents) le « discours sur le fermier », devons-nous nous contenter des témoignages issus de la strate supérieure du groupe ; et par exemple du livre de raison composé par tel fermier général d'abbaye ou de grande seigneurie : gros personnage qui, sans être un foudre d'instruction ou de culture, tient tout de même ses comptes et son journal ; il y raconte sans fard comment il a fait des bénéfices, volé le pauvre monde et le grand monde, acheté de la terre…

Un certain Masenx, en Languedoc, prototype de ces gros fermiers, paraît jouir d'un sort très convenable vers 1530-1540.

En ce qui concerne l'exploitant de moins grande envergure – le fermier gros ou moyen, qui n'est pas receveur de trésorerie abbatiale ou seigneuriale, mais qui peut tout de même embaucher (sur 50 ou 100 hectares) quatre ou cinq paires de bras en permanence –, nous n'avons que des lumières indirectes. Elles nous viennent de la comptabilité des *propriétaires-exploitants*. Celle de la veuve Couet (tantôt rentière du sol, tantôt exploitante de ses biens propres) semble suggérer qu'un exploitant sis près de Paris, et raisonnablement pourvu de terres et de vignes, pouvait s'en tirer à peu près bien[45].

Vigneronne, la veuve possédait et exploitait vers 1552-1559 un peu plus d'un hectare de vigne à Antony, près de Paris. Cet hectare qui, aux normes régionales du xvie siècle, s'avère précieux mais typique, rapporte chaque année à sa propriétaire-vigneronne en moyenne 88 livres tournois, plus 18 sous : soit la recette totale du vin qui s'y produit et qui se vend ensuite à Paris. En frais de personnel et de toutes sortes, la veuve dépense là-dessus 54 livres 9 sous par an (mais on notera que ni elle ni ses enfants ne mettent la main à l'ouvrage : dans une famille d'exploitants paysans, une partie importante de ces 54 livres 9 sous serait restée dans le revenu normal de la maisonnée, comme rémunération implicite ou comme salaire de fait de la main-d'œuvre familiale). Ces 54 livres 9 sous se décomposent, par ordre décroissant, en façons (labours, bêchage et taille : 35,6 % du total de ces frais) ; vendanges (15 % de ces frais) ; échalas (11,7 % : la vigne septentrionale est une forêt de pieux) ; charriage du vin, pour vente à Paris (8,3 % des frais) ; tonneaux (7,7 %) ; fumiers (7,4 %) ; provins (6,4 %) ; et divers (le reste). Le surplus du produit de la vente par rapport à ces frais (ou le bénéfice brut) est donc de 34 livres 9 sous (39,0 % du total du prix de vente). Supposons que la veuve soit non point propriétaire-exploitante, comme c'est le cas, mais locataire-exploitante ou fermière de vigne. Dans cette hypothèse, elle verse à son propriétaire un fermage qui au maximum égale le quart du produit total (« un muid de vin sur quatre », comme disent les textes de l'époque) : soit 22 livres 4 sous ; son revenu d'exploitante, égal au produit total moins les frais et moins le montant du fermage, s'élève à 12 livres 5 sous (dont il faut retrancher les impôts, pas très lourds vers 1560 : peut-être 4 livres 9 sous ou 5 % du produit total ?). Ledit revenu d'exploitant est net par définition de droits seigneuriaux et de dîme : celle-ci et ceux-là sont en effet payés par le propriétaire[46] ; et de toute façon, concernant le vignoble, ils se trouvent être respectivement l'une basse et les autres quasi nuls. Le revenu d'exploitant « pur », calculé à l'hectare de vigne, s'avère donc nettement positif, égal à 8,8 % du prix de vente (ou 7 livres 16 sous à l'hectare). Comme l'exploitant *vrai* se trouve être en même temps, quand il est paysan, un travailleur de force qui se verse à lui-même (et aux siens) une partie des salaires inclus dans les « frais » du modèle ci-dessus, on constate que l'exploitation viticole, au milieu du xvie siècle, demeure tout à fait viable.

En ce qui concerne les foins, la situation du *propriétaire-exploitant* (toujours d'après les comptes Couet) est extrêmement brillante : en huit années de paix (1552-1559), la veuve, qui possède 1,20 hectare de prairies, en tire chaque année 900 bottes de foin en moyenne, qu'elle vend pour 32 livres 2 sous, total moyen annuel. Là-dessus, elle décompte ou dépense 8 livres 14 sous de frais par an, qui se décomposent eux-mêmes pour une moitié en frais de charriage des bottes vers Paris où se fait la vente (les dépenses de transport sont donc très élevées), l'autre moitié allant aux salaires des travailleurs du foin proprement dits et se décomposant en 23 % (du total des frais) pour les faucheurs, travailleurs de force par excellence, 13 à 14 % pour les botteleurs et autant pour les faneurs. On voit donc que la veuve, tous frais salariaux payés, réalise à l'hectare un coquet surplus, qui va chercher dans les 23 livres 8 sous, soit 72,9 % du prix de vente. De ce total, la dîme, les droits seigneuriaux et les frais de réfection des haies et fossés n'enlevaient, chacun, que quelques pour-cent. Propriétaire-exploitante de prairies, la veuve n'était pas à plaindre. Plût au ciel qu'elle eût possédé quelques dizaines d'hectares de ces fameuses prairies (dont, en fait, elle ne détenait qu'un seul) : elle aurait dans ce cas roulé sur l'or… ou presque.

Moins brillante, mais nullement négative, était la situation de l'*exploitant pur* de prairies comme celles des Couet. En 1565, la veuve loua celles-ci pour 21 livres par an ; le revenu d'exploitant pur, tous salaires et frais susdits payés, et une fois ce fermage déduit des prix de vente du foin, n'était plus que de 2 livres 8 sous (soit 7,5 % du prix de vente du foin). Impôt déduit, le revenu d'exploitant pur demeurait positif : mais il ne devait guère monter qu'à quelques pour-cent du revenu brut, autrement dit du produit monétaire du foin vendu.

On aimerait réaliser un calcul analogue pour les grains. Impossible, hélas : la veuve Couet, dès le début de sa comptabilité, avait affermé ses champs de céréales.

Les documents Couet, en dépit de leur caractère fragmentaire et ponctuel, ont pour mérite essentiel… d'exister. Ce qui n'est pas le cas pour les modèles théoriques, si sophistiqués qu'ils soient et représentatifs qu'ils prétendent être. Ces documents suggèrent, tout comme font du reste les modèles[47], les possibilités souvent intéressantes qu'offre pour la stratégie de l'exploitant (et plus encore, pour celle du propriétaire-exploitant) la conjoncture spécifique du beau xvie siècle, avec sa rente foncière encore raisonnable et ses salaires déprimés. Bien entendu, la veuve Couet n'est pas typique. Elle est peu pourvue en *nombre* d'hectares ; et c'est seulement grâce à sa pingrerie naturelle qu'elle parvient à joindre les deux bouts ; compte tenu du fait qu'elle possède, outre ses quelques hectares de prés, vignes et champs, des revenus annexes, et d'origine non agricole. Il faudrait des surfaces beaucoup plus vastes pour qu'un exploitant pur, qui serait, par hypothèse, dépourvu de tout autre revenu que celui qui lui proviendrait de son activité agricole, puisse vivre décemment des marges bénéficiaires, certes intéressantes, que dégage à l'hectare la conjoncture d'entreprise du xvie siècle. Par ailleurs, il est vrai que la proximité d'une très grande ville (Paris) donne à la veuve des opportunités exceptionnelles pour la vente de ses produits. Un Gouberville, dans le fond de son Cotentin, ne peut guère vendre, lui, que ses veaux ou ses cochons… ; d'une façon générale, la masse des exploitants de la Renaissance ne jouit pas des « rentes de situation » qu'apporte à la veuve et à quelques autres le voisinage d'un centre urbain gigantesque.

Un fait reste acquis pourtant, confirmé à la fois par la monographie Couet (à l'hectare) et par les macromodèles languedociens et parisiens (sur grosse ferme) : l'exploitant important, le « koulak », embaucheur de main-d'œuvre sur 20 ou 30 hectares ou davantage, s'en tire moins mal au XVIe siècle que ne feront ses successeurs au XVIIe ; car il peut se prévaloir d'une situation où, en règle générale, les prélèvements rentiers, décimaux et fiscaux de la classe propriétaire n'ont pas fait leur plein ; tandis que les salaires, eux, sont déjà tombés au plancher. Il suffit dès lors que les marges bénéficiaires (5 à 10 %) que dégage l'exploitation salariée d'un hectare soient multipliées par un nombre suffisant d'hectares pour que le revenu dudit exploitant devienne correct, si celui-ci toutefois se contente d'une vie assez chiche et sans faste nobiliaire.

La pénitence du salariat

Je viens d'évoquer le problème de la paupérisation salariale au XVIe siècle. Problème déjà posé, à partir d'une analyse de la fin du Moyen Âge, au cours d'un paragraphe précédent : il est donc inutile d'y insister de nouveau, maintenant, sinon pour en souligner quelques traits de chronologie spécifique… À vrai dire, l'appauvrissement des ouvriers agricoles (et autres) entre 1500 et 1560 n'est plus à démontrer. Qu'il ait été aussi une source de profit d'entreprise, au moins dans l'immédiat, c'est évident. Un siècle et demi plus tôt, en 1399, les moines de Saint-Denis, après des calculs de rentabilité très simples, abandonnaient leurs vignobles : les seuls frais de labours et de façons payés à la main-d'œuvre mangeaient, selon la computation d'un des leurs, tout le revenu du vin mis en vente. Et que dire, en outre, des frais de vendange[48] ! La vigne, vers 1400, peinait sous le coup des dépenses salariales. Or, en 1555, drastiquement comprimées par la paupérisation, celles-ci ne s'opposeront plus, bien au contraire, à l'habillage des coteaux par les ceps, et à la cristallisation d'un profit viticole (voir _supra_, dossier Couet).

Mais, quelle que puisse être la levée de tel ou tel bénéfice sectoriel, l'écroulement puis la stagnation des salaires (en pouvoir d'achat réel), au XVIe siècle, comporte, pour l'intérêt bien compris de l'économie dans son ensemble, des conséquences finalement paralysantes. C'est au niveau des salariés, en effet, des petites gens, des bas revenus plus généralement, que (pour des raisons de subsistances, et de besoins élémentaires qu'il faut sustenter) la propension marginale à consommer, en cas d'augmentation des gages, est la plus forte ; tandis que la propension marginale à épargner s'avère la plus faible. La hausse du salaire réel et du revenu pauvre constitue donc le plus précieux des stimulants pour la consommation de masse ; et, par contrecoup, pour la production, notamment végétale et animale. L'absence de ce stimulant, automatiquement induite par l'appauvrissement salarial, est l'un des facteurs qui, par simple carence de la demande populaire, contribue à expliquer le plafonnement progressif du produit brut au XVIe siècle ; explique aussi le retour de l'écosystème (après les perturbations de 1348-1440) à la situation d'« équilibre général » qui avait été la sienne vers 1280-1340, et qui le sera de nouveau de 1550 à 1715. Non sans heurts.

L'appauvrissement du salariat agricole au XVIe siècle atteint, nous l'avons vu, tous les types de gages. En Languedoc, il concerne aussi bien le salaire en nature des moissonneurs ou des dépiqueurs que celui en « nature et argent » (mixte) des bouviers et contremaîtres de domaines ; sans même parler des gages en argent pur, progressivement amoindris, eux aussi, que perçoivent les journaliers de vigne et de terre. En région parisienne, où les documents jusqu'à présent exploités ne donnent pas le *trend* des salaires en nature, il est aisé de constater, d'après les recherches de Guy Fourquin, Jean Jacquart et Yvonne Bezard, que la paupérisation affecte bel et bien, à tout le moins, les salaires monétaires des divers spécialistes du travail agricole. Les façonniers d'un arpent de vigne sont les plus touchés : leur rémunération nominale reste quasi bloquée de 1495 à 1560 ; or, simultanément, entre ces deux dates, on observe (au bas mot) un doublement du niveau général des prix ; et un triplement, voire un quadruplement, des prix du froment (on s'explique aisément, de cette manière, les bons profits viticoles qui culminent vers 1550-1560, au temps du livre de comptes de la veuve Couet). En revanche, d'autres catégories d'ouvriers, comme les faucheurs de foin, paraissent s'être mieux défendues, sans pour autant être tout à fait « dans la course » : le faucheur, ce formidable travailleur de force, supérieurement payé par rapport aux autres catégories, gagne (près de Paris) 5 sous par jour en 1495 ; et 12 sous en 1540. Alors que le prix médian du froment passe de 0,75 livre le setier en décennie 1490 à 2,5 livres le setier en décennie 1535-1545. « Plus que triplement » des prix. Le faucheur y est tout de même de sa poche. Mais pas trop.

Après 1540, surtout après 1560, il semble que le processus de paupérisation se soit quelque peu enrayé autour de Paris (Micheline Baulant). C'est qu'un plancher a été atteint ; on n'en décollera plus jusqu'au premier quart du XVIIIe siècle, et peut-être au-delà ; mais on ne tombera pas non plus en dessous, sauf pendant telle ou telle phase de crise, relativement brève et tragique (Ligue, Fronde, etc.). Sans doute ce « plancher » représentait-il une sorte de minimum vital au-dessous duquel il était impensable de descendre pendant une très longue période, compte tenu des représentations mentales qui dominaient, et du niveau de base généralement accepté (dans la culture de ce temps-là) comme estimation minimale des besoins humains. Mais aussi, et plus prosaïquement, le fait que la croissance démographique se soit progressivement cassée après 1560 a des conséquences qui s'accordent avec les constatations qui précèdent. Parmi des conditions de vie, notamment « rurales-prolétariennes », éventuellement déplorables, une sorte d'équilibre démographique s'instaure au cours du dernier tiers du XVIe siècle. Du coup, le marché du travail cesse d'être saturé de plus en plus par une offre croissante de bras humains, telle qu'on la connaissait jadis, à cause des excédents annuels de population au cours de l'époque précédente. L'équilibre démographique de la période postérieure à 1560 est cruel mais solide ; il est souvent plus proche du déclin que d'un dernier souffle de croissance ; il permet d'obtenir, chèrement payée comme on peut le voir, une durable stabilisation des salaires réels : ils terminent enfin leur phase de diminution. Si austère, si bas que soit le niveau choisi par les destins pour fixer cette stabilisation, c'est toujours mieux que l'écroulement salarial des années 1480 à 1540. Mais quant à retrouver le haut niveau de vie du travailleur des années 1460-1480, il n'en est pas question. Dès 1550, les classes ouvrières de la France traditionnelle, urbaines ou rurales, ont leur avenir derrière elles, quant au « standard de vie ».

La grande pénitence des salariés, au milieu du XVIe siècle, achève de conférer à la phase 1500-1560 ses traits typiques. L'impression de « prospérité » que donne à tant de voyageurs, chroniqueurs ou historiens, la France puissamment peuplée des années 1540-1560, avec ses « grasses prairies », ses « labours féconds », ses « vignobles opulents », n'est pas fausse ; elle est simplement partielle. La « croissance » de la Renaissance, du moins dans le milieu agricole, diffère, à certains égards, des croissances que la France vivra à partir du XVIIIe siècle ; et surtout, bien sûr, aux XIXe-XXe siècles. Puisqu'il s'agit, de 1480 à 1560, non pas d'une percée sur tous les fronts ; mais, moins allégrement, d'une croissance-récupération ; et, pis que cela (quoique inséparable de ce précédent concept), d'une croissance-paupérisation. En ville, bien entendu, et dans de nombreuses banlieues suburbaines et jardinières, on assiste à de véritables phénomènes de décollage ; notamment au niveau de l'industrie ; et, mieux encore, des services étatiques, commerciaux, intellectuels… Mais ce décollage isolé ne rend que plus incertain, pour qui sait voir, la destinée des campagnes ; peu capables, elles, de redevenir autre chose que ce qu'elles avaient jadis été, deux ou trois siècles plus tôt. Et cela malgré certaines innovations indiscutables telles que : transfert de pouvoir et de revenu (de la seigneurie à l'État) ; transfert de propriété (des élites anciennes à la bourgeoisie) ; animations sectorielles (viticulture bas-ligérienne, ou pastel aquitain) ; enrichissement de certains groupes (gros fermiers). Opulentes aux yeux du touriste même lucide, les campagnes françaises de 1550 sont en fait surpeuplées, pauvres pour une part de leurs effectifs humains ; ce surpeuplement et ce paupérisme sont d'autant plus désagréables qu'une comparaison est désormais rendue possible avec les nouveaux modèles culturels de consommation et de richesse ostentatoire qui s'élaborent au sein des cités.

La vie sociale de la communauté :
laboureurs et manouvriers

Si éclairantes qu'elles soient pour la formation d'un jugement d'ensemble, les catégories qui viennent d'être mises en cause (propriétés de divers types, puis rente, salaire, profit, etc.) ont le désavantage d'être abstraites. Deux d'entre elles au moins ne concernent que d'assez faibles minorités du monde rural : peu nombreux, en pourcentage de la population totale, sont les propriétaires grands et gros, qui s'avèrent susceptibles de ce fait d'utiliser les services d'un exploitant, et donc de prélever une rente foncière plus ou moins pure ; peu nombreux aussi (et corrélativement !) sont les exploitants ou fermiers qui sont assez aisés pour embaucher de la main-d'œuvre à gages, et pour en tirer un profit. Quant à la masse des ruraux, il lui arrive certes de vivre partiellement de salaires, mais elle est concernée bien davantage par le produit parcellaire qu'elle tire, tant bien que mal, de ses lopins ; lopins en propriété, en tenure ou en location…

Comment s'arrange, se dispose dans ces conditions la société paysanne du « beau » XVIᵉ siècle ? Il ne suffit point, à propos de celle-ci, d'énoncer l'évidence, et de faire remarquer ce qui va de soi : que le nombre des paysans quelque peu paupérisés par désintégration foncière, aliénation terrienne ou austérisation salariale l'emporte quantitativement sur celui, certes respectable, des laboureurs à leur aise et autres *yeomen*, qui ont profité, eux, des opportunités de la conjoncture. Il faut d'abord et surtout tâcher d'y voir clair, d'apercevoir les hommes tels qu'ils furent, de les classer, de les dénombrer dans leurs niches écologiques si diverses.

Ainsi formulée, la tâche est sans doute plus complexe qu'il n'y paraît. Jusqu'à une date récente, en effet, les historiens se bornaient légitimement, en ce qui concerne le XVIᵉ siècle, à utiliser les méthodes bien connues de l'« histoire régressive ». Ils projetaient sur la période antérieure à 1560 les modèles éprouvés qu'avait permis de mettre sur pied l'étude de la documentation spécifique… des XVIIᵉ et XVIIIᵉ siècles. Si féconde et pleinement justifiable qu'ait été pendant longtemps cette méthode, elle ne pouvait servir indéfiniment. Il fallait bien se décider à étudier le XVIᵉ siècle pour lui-même et en lui-même : ce genre de recherche, réellement concernée par la période de la Renaissance et de la post-Renaissance, est bien loin d'être réalisé dans toutes nos provinces ; du moins possédons-nous, pour la région parisienne vers 1550, l'excellente « coupe » qu'a effectuée Jean Jacquart : elle pourra, pour le moment, nous servir de guide.

Enfonçons d'abord une porte ouverte ; localement, et malgré les faits de désintégration strictement foncière qu'on vient d'évoquer, la société rurale de 1550 est puissamment intégrée (soit dit sans aucun romantisme réactionnaire), dans le cadre de la communauté villageoise ; ce cadre qui se confond très souvent, mais pas toujours, avec celui de la paroisse. Démocratique, et même beaucoup plus démocratique que nos conseils municipaux, du point de vue de la participation directe des chefs de famille et de la rotation annuelle des édiles, l'assemblée des manants (où les femmes non veuves, il est vrai, ne détiennent qu'un rôle faible ou nul) se rassemble pour toutes les affaires importantes ; elle élit (dans la région parisienne) son procureur-syndic ; ainsi que ses marguilliers, qui sont chargés tout à la fois des questions du culte et des impôts, en vertu d'une curieuse confusion des deux glaives (faut-il donc admettre, à partir de cette double vocation des marguilliers, que la paroisse fut le premier support où s'était greffée la fiscalité de l'État ?). L'assemblée générale élit aussi les *messiers* qui veillent à garder les récoltes, à préserver « les fruits pendants » de la dent des pauvres, des enfants ou du bétail[49]. Elle négocie avec les élus (officiers royaux chargés des tailles) le paiement des impôts. Sur ce point, les communautés d'habitants du Midi languedocien sont beaucoup mieux partagées ; puisque, du haut en bas de l'échelle, leurs impôts transitent non point par l'intermédiaire antidémocratique d'une hiérarchie d'officiers, mais le long d'une pyramide d'institutions qui sont élues et représentatives, autant qu'il est possible qu'elles le soient dans les systèmes de scrutin oligarchique de l'Ancien Régime ; ces institutions étant constituées par les communautés elles-mêmes, puis par les assiettes ou assemblées diocésaines, enfin par les états provinciaux.

La communauté jouit d'autre part de bois communaux dont l'importance ne doit pas être surestimée : une dizaine d'hectares, en pacages et en buissons, dans chaque village du Hurepoix, vers 1550… (Les montagnes, en revanche – Jura, Savoie –, avec leurs forêts d'affouagements et leurs alpages, sont beaucoup mieux partagées, du point de vue des propriétés communautaires.) En tout cas, cette dizaine d'hectares du communal type au sud de Paris est possédée, par le village, en « alleu » ; ou bien elle est en tenure « concédée » par le seigneur (cette seconde situation valant pour un tiers des communes dans le Hurepoix). Dans le cas du communal en tenure, la redevance versée au seigneur se borne à une prestation de quelques deniers effectuée par chaque chef de famille.

Au spirituel, la communauté gère (par l'intermédiaire de ses marguilliers élus) d'une part la *fabrique*, dotée en moyenne, elle aussi, d'une dizaine d'hectares de terre, dont le produit subvient aux frais du culte ; et d'autre part l'*œuvre*, qui veille à l'entretien matériel de l'église locale. Le curé (qui théoriquement est le guide spirituel de la communauté-paroisse mais qui, du fait de son absentéisme, est souvent suppléé par son vicaire) utilise certaines ressources qui lui sont dévolues en propre : biens fonciers de la cure (moins d'une dizaine d'hectares en général) ; et « gros du curé » prélevé sur les dîmes du cru. Bien entendu, la majeure partie de ces dîmes échappe au curé ; elle engraisse les gros décimateurs, monastères, évêques, abbés ; elle engraisse aussi, depuis le concordat de 1516, les gras personnages absentéistes que le pouvoir a désignés pour occuper les charges d'Église, notamment les « chefferies d'abbayes » les plus lucratives : abbatiaux et autres, qui résident généralement dans les villes. Cette fuite de la dîme (rurale) vers le secteur urbain paraît certes fâcheuse pour la communauté paysanne, dont l'intérêt à court terme voudrait au contraire que les fruits de la « dixième gerbe » fussent consommés sur place ; et l'on serait même tenté (en vertu d'une certaine tradition issue du « vicaire savoyard » et des curés de campagne de 1789) d'entonner un couplet sentimental en faveur du curé, du bon petit pasteur des ouailles agricoles frustré de ses dîmes par le grand décimateur, sorte de gros « milord » exploiteur et parasite. Du point de vue de la stricte histoire économique qui nous préoccupe ici, il est bien clair cependant qu'une telle prise de position serait mal fondée. Enlever la dîme au curé (qui du reste, au XVIe siècle, est souvent absentéiste, répétons-le, et quelquefois inepte) et la déverser vers le haut clergé qui, de plus en plus, à la même époque, dans le Midi, mais aussi dans le Nord, tend à résider en ville, c'est aider au développement du secteur urbain ; c'est contribuer à poser les conditions, encore lointaines, d'une modernisation du corps social. La contre-épreuve est facile. On sait qu'en Bretagne les dîmes sont basses (de l'ordre de 3 % du produit céréalier) ; une telle situation, certes, a pu rendre les évêchés bretons plus crottés encore, et l'Église locale plus populaire auprès des masses ; mais, en revanche, ce fait même des basses dîmes bretonnes, si agréable qu'il ait été pour les paysans, n'a contribué en rien (bien au contraire) à la modernisation ni à l'urbanisation de l'Armorique : cette province, en dépit d'extraordinaires atouts commerciaux, maritimes et même agricoles, restera, jusqu'au XVIIIe siècle, l'une des régions souffrant parfois de quelque arriération dans le royaume de France.

Quoi qu'il en soit d'une telle évasion décimale, la communauté-paroisse du XVIe siècle nous apparaît comme pauvre, petitement dotée, frustrée sur le plan local du plus clair de ses dîmes ; elle n'en reste pas moins une force indéniable d'intégration du groupe paysan. Qu'elle soit, j'y reviendrai, bien souvent manipulée par les agents de tel seigneur ou par les gens de « main-forte », nul ne le niera. Mais son ancienneté vénérable, qui remonte pour le moins au Moyen Âge, ses vastes responsabilités religieuses et fiscales, sinon agricoles, lui confèrent un rôle important dans le maintien de la cohésion locale du groupe paysan.

De ce groupe villageois, nous devons dorénavant définir le cœur, ou plutôt le noyau dur et majoritaire, autour duquel se rassemble la masse des habitants. Indiscutablement, en ce qui concerne la région parisienne, et aussi les autres provinces, ce noyau, c'est le peuple des laboureurs. Mais le mot « laboureur », vers 1550, a sans doute une signification quelque peu différente de celle que lui a généralement donnée l'historiographie récente des paysans.

Toutefois, avant de nous lancer dans le jeu risqué des définitions, laissons parler quelques chiffres, qui eux-mêmes sont en prise directe, et c'est là l'essentiel, sur le vocabulaire qu'utilisaient les contemporains au milieu du XVIe siècle. Comme toujours, une série de monographies locales est beaucoup plus éclairante que les généralités bâties après coup.

Ventilation des tenanciers domiciliés
dans divers villages au sud de Paris vers 1550

Thiais et *Choisy* (soit deux villages viticoles) : sur 291 tenanciers domiciliés (non compris les veuves), on compte 213 laboureurs, 13 vignerons ou laboureurs de vigne, une soixantaine d'artisans et marchands.

Trappes (village céréalier) : 19 laboureurs, 13 manouvriers, 2 charretiers, pas de vignerons, une vingtaine d'artisans et 2 marchands.

Antony-Verrières : 220 tenanciers domiciliés ; dont 150 agricoles, lesquels se décomposent notamment en 73 laboureurs et 68 vignerons ; plus un seul et unique « manouvrier ».

Avrainville (terroir mixte : vigne et labours) : 18 laboureurs, 14 vignerons, 13 manouvriers.

D'après J. Jacquart (1974), *passim*.

Total (plus complet) de l'échantillon Jacquart (sept seigneuries) : sur 1 133 tenanciers domiciliés, on dénombre 595 « agricoles », dont 394 laboureurs (soit 66,2 % de laboureurs par rapport au total des « agricoles »), 110 vignerons, et 91 autres agricoles (parmi lesquels une soixantaine d'ouvriers agricoles qualifiés comme tels : manouvriers, charretiers, bergers…). Par ailleurs, l'échantillon compte (en plus des 595 actifs « agricoles »), 110 artisans et marchands, et 428 divers (dont beaucoup de veuves, ainsi que des actifs non agricoles membres des « services » : scribes, prêtres, etc.).

On voit comme ces chiffres septentrionaux (qu'on pourrait corroborer par des études analogues menées dans la France du Sud) obligent à nuancer la conception qu'on s'est faite habituellement des campagnes, dans les pays de « grande culture ». Parmi celles-ci, le monde des « actifs » agricoles était généralement présenté comme divisé en deux groupes. Soit une élite minoritaire de laboureurs, possesseurs d'attelages, d'argent et même de quelques terres, et qui sont promus, parce qu'ils ont « du foin dans les bottes », au rôle de fermiers de grands domaines ; à tel point qu'on a été parfois jusqu'à les qualifier de « capitalistes ». Et, d'autre part, une majorité de manouvriers *pauvres*, prolétaires et semi-prolétaires ruraux, voués aux besognes d'exécution : ils n'ont pour eux que leurs bras, leurs enfants, parfois un lopin minuscule, et, aux temps de grande famine, les yeux pour pleurer.

La monographie qu'on vient de citer oblige à nuancer fortement, *du moins pour le xvie siècle*, les affirmations qui font état de cette bipolarité. En fait, la masse fondamentale du monde agraire de la Renaissance, au moins chez les « Limoneux » d'oïl, étudiés par Jacquart, est bel et bien formée non point par une majorité de manouvriers, mais par une majorité de laboureurs, qui font les deux tiers des effectifs des actifs agricoles.

Bien entendu, on pourra toujours contester cette affirmation, en déclarant, au nom de critères élaborés après coup par l'historien, que beaucoup de ces hommes sont en fait de « faux » laboureurs qui seraient « objectivement » des manouvriers. J'avoue que de telles subtilités, qui évoquent la démarcation philosophique de l'en-soi/pour-soi, me sont devenues étrangères. Une procédure intellectuelle de ce type reviendrait en effet à corseter la réalité historique dans des concepts postfabriqués.

La distinction faite quatre siècles après l'événement (et en vertu de critères plaqués) entre le manouvrier qui s'avoue comme tel et le manouvrier qui se prétend laboureur ne me paraît donc pas pertinente. De quel droit solliciterait-on le vocabulaire ? Il faut laisser la parole aux textes qui, élaborés après enquête par des praticiens-connaisseurs, et correctement quantifiés, nous parlent, parmi les pays de grande culture, d'une majorité de laboureurs dans la population active des campagnes au beau xvie siècle.

Qui sont, que sont donc ces laboureurs ? Une classe puissante de pilotes de l'agriculture, de capitalistes du monde rural ? Sûrement pas, sauf en ce qui concerne une minorité d'entre eux. En fait, ils sont, pour la plus grande partie de leur effectif, paysans minuscules : la masse des laboureurs recensés par Jacquart (soit 270 sur 394, ou 68,5 %) possède, par tête de chef de famille, moins d'un hectare ! L'écrasante majorité (330 sur 394, soit 83,8 %) moins de 2,5 hectares. Seuls 11 laboureurs sur 394 (2,8 %) possèdent plus de 10 hectares. Quant à ceux qui méritent *pleinement* le titre de « riche laboureur » que décernera judicieusement La Fontaine aux

happy few d'une élite, ils se comptent sur les doigts d'une main :
5 laboureurs sur 394 ont, chacun, plus de 15 hectares.

Le laboureur type n'est pas un capitaliste. Il n'est pas non plus,
au sens normal qu'on donne à ce terme, un entrepreneur. Le laboureur, c'est tout simplement le paysan. Autrement dit, dans la majorité des cas concrets, un personnage parcellaire, et fourmillant,
propriétaire ou tenancier de quelques ares ou de quelques hectares, auxquels il joint souvent (car il faut bien que bourgeois et
nobles fassent cultiver leurs biens au soleil) quelques ares ou quelques hectares en location. Si, enfin, cas minoritaire ou très minoritaire, le laboureur est riche, actif, entreprenant, il juxtapose alors
à sa tenure propre, exceptionnellement, la location d'une grosse
ferme. Il est exceptionnel... et pourtant typique d'un sous-groupe
fort important.

La masse des laboureurs se situe, de par ses biens propres, en
dessous et même très en dessous sinon du minimum vital, du
moins du minimum d'indépendance. Cette masse est vouée à
prendre de la terre en location, quand c'est possible ; ou, sinon, à
donner en location ses attelages ou ses bras ; voire à piloter sur la
terre d'autrui les attelages d'autrui. Ceux des laboureurs, et ils
sont nombreux, qui ne sont pas autosuffisants doivent acheter leur
pain pendant une portion de l'année. En temps de disette, ceux-là
souffrent, eux aussi, de malnutrition, tout comme les « vulgaires »
manouvriers.

Ces laboureurs mal lotis ne forment pourtant pas un « prolétariat » agricole ; le « prolétariat » au sens européen du XIXe siècle
étant constitué par un groupe d'exclus : privés de la propriété foncière, et de la possession des moyens de production ; mais aussi
exclus de l'intégration sociale et de l'estime générale, y compris
quelquefois de la leur propre... Or, à l'égard de nos laboureurs du
XVIe siècle, on ne saurait parler d'une exclusion de ce type. Ceux-
ci, au contraire, sont bien intégrés à l'existence du village, dont ils
sont l'élément le plus vivant et le plus représentatif.

On a vu que la grosse majorité des laboureurs au sud de Paris
possédaient chacun moins d'un hectare. Les inventaires après
décès permettent de définir assez clairement la situation matérielle de ces mini-laboureurs, beaucoup plus typiques du groupe
dans son ensemble que ne le sont les quelques familles de l'« aris-

tocratie de la charrue » : ces gros laboureurs qui ont si longtemps accaparé – à juste titre, du reste, étant donné leur importance économique – l'attention des chercheurs d'histoire rurale, y compris des meilleurs parmi ceux-ci (Jean-Marc Moriceau).

Le *laboureur parcellaire*, qui est tenancier de moins d'un hectare, le « mini-laboureur », travaille donc les quelques dizaines d'ares qui lui appartiennent, auxquels il ajoute assez souvent en location quelques hectares ou simplement dizaines d'ares additionnels. Il possède un bétail minuscule, une vache, un cochon, un ânon ; et fréquemment un cheval, qui constitue la justification topique, quoique pas indispensable, du titre de « laboureur » (la possession d'un cheval et même d'une charrue n'est pas un signe éclatant de richesse, tant s'en faut, pour un paysan d'Île-de-France au XVIe siècle ; pas plus qu'en notre XXe siècle la possession d'un tracteur, dont on sait qu'il est trop souvent sous-employé par les petits paysans sur des parcelles étroites où il fonctionne à la fois comme outil de travail et comme indicateur de prestige). Outre son bétail, notre mini-laboureur possède aussi du fourrage, quelques sacs de grain, la valeur d'un ou deux tombereaux de fumier. Et du petit outillage, plus d'une fois complété par une charrue. En outre, son meuble : le coffre, la table, les lits, le linge, la crémaillère et la vaisselle. À peine davantage, un peu plus quand même que ce qu'on pouvait recenser comme meuble à la fin du XIVe siècle, dans une maisonnée comparable. Pas de volaille pourtant, ou guère, car il faudrait un supplément de grain pour la nourrir. Le tout peut valoir à l'inventaire en biens meubles 100 ou 150 livres tournois d'époque Henri II ; et un peu plus, s'il y a un cheval (valant une quinzaine de livres tournois) dans l'exploitation.

Bien entendu, tout un segment minoritaire, mais encore assez nombreux, du groupe des laboureurs échappe à cette strate inférieure de quasi-pauvreté, au niveau de laquelle la majorité des laboureurs mène une vie matérielle à peine plus confortable que n'est celle des manouvriers. Plaçons-nous d'emblée plus haut, à un niveau de relative aisance ; celle-ci minuscule encore, mais incontestable. Soit donc le groupe des laboureurs qui possèdent en propre de 5 à 10 hectares de terre (ils sont 26 sur 394 dans l'échantillon Jacquart, soit 6,6 % du nombre total des laboureurs : une faible minorité, déjà ; car la grande masse est parmi les « presque

pauvres »). Ce petit nombre d'hommes, de non-pauvres, moins
mal lotis que leurs congénères laboureurs de la majorité, possède
du bétail en quantité déjà substantielle : un cheval, deux vaches,
deux porcs, dix ou vingt moutons, dans une exploitation type de
cette catégorie. Et puis la volaille, signe d'aisance frumentaire. Et
des réserves de lard, beurre, graisse, en plus du stock de grain.
Ajoutons à cela une charrue bien sûr, mais aussi une herse, une
charrette. Ce n'est pas encore le Pérou : à l'inventaire, façons
culturales comprises, les « meubles » ne dépassent guère la valeur
de 200 livres tournois.

Le groupe massif des laboureurs, avec leur majorité assez
pauvre et leur minorité aisée sans plus, constitue ainsi l'élément
de base, le tissu cellulaire du monde rural ; chaque cellule étant
constituée par une famille paysanne, dont le chef possède ou du
moins utilise couramment une charrue attelée, serait-elle celle
d'autrui travaillant pour le compte d'autrui.

Ce tissu cellulaire, à base de maisonnées de laboureurs, peut se
différencier selon trois modalités : en direction des *riches*, des *spécialistes* et des *marginaux*. Les premiers forment une minorité peu
nombreuse mais très influente. Les deux autres groupes sont plus
étoffés.

Le riche, ou simplement le paysan aisé, qui appartient à la classe
moyenne ou quelquefois à la classe supérieure du monde rural, est
celui que son argent, ses biens, ses talents et ses relations mettent
en posture d'affermer et d'exploiter un domaine – soit une dizaine
d'hectares au bas mot, ou un multiple de ce chiffre ; le *bailleur*
dudit domaine (beaucoup plus riche que ne l'est ce riche preneur)
étant généralement un noble ; un bourgeois urbain ; ou bien un
organisme clérical, ou un individu du haut clergé.

Le *preneur* en question peut être un paysan aisé sans plus, une
sorte de gros *haricotier*, pour reprendre le vocabulaire de
Pierre Goubert, relatif au Beauvaisis. Avec propriété personnelle
de 7 à 8 hectares, à laquelle s'ajoute une superficie égale prise en
location ; les « meubles » de ce personnage ne se distinguent guère
de ceux du laboureur pauvre ou moins pauvre, mais ils sont plus
fournis : dans le train de culture de l'« aisé », tout, désormais
– coutre, charrue, charrette, herse –, est en double ou en triple
exemplaire ; et cela s'accompagne de grosses réserves de foin,

grain, fagots, lin, chanvre. Le cheptel – veaux, vaches, cochons, chevaux, moutons – est plus nombreux, pouvant aller par exemple, en ce qui concerne les ovins, jusqu'à la centaine de têtes de bétail. L'ensemble du capital mobilier peut s'élever à 300 livres : l'outillage en fer est nettement plus étoffé qu'aux xive-xve siècles. Dans le petit sous-groupe de ces laboureurs aisés existent déjà des tendances nettes à l'intramariage, qui s'opère à l'échelle intervillageoise si c'est nécessaire : une différenciation s'opère donc par rapport à l'isolat tendanciellement fermé du village lui-même.

Avec ce sous-groupe est franchie une ligne de partage : celle qui sépare les très nombreux paupérisés du xvie siècle de ceux, peut-être minoritaires, qu'enrichit la hausse du revenu d'entreprise ; en termes de monnaie, cette frontière s'interposerait, somme toute, entre ceux qui laissent filer l'argent et ceux qui parviennent à l'accumuler ; entre les passoires et les éponges.

Au sommet du groupe des laboureurs, en pointe extrême, se situent les vraiment riches, ceux qu'il est plus simple d'appeler les gros ou très gros fermiers. Il s'agit là d'une infime minorité, absolument fondamentale, quoique pas représentative du vaste groupe des laboureurs en tant que tel ; ces gros caciques, vers 1550, sont 5 en tout, possédant chacun plus de 15 hectares de terre (sur les 394 laboureurs que compte l'échantillon Jacquart : à peine plus de 1 %). Leur propriété personnelle, dans laquelle on rencontre, occurrence extrêmement rare en milieu paysan, quelques grandes parcelles dont chacune recouvre 3 hectares ou davantage, peut contenir 15 à 20 hectares. Leur exploitation additionnelle, celle qu'ils prennent en fermage : 50 à 100 hectares. Le capital mobilier dont dispose chacun de ces coqs de village dépasse le millier de livres, et peut osciller autour de 1 500 livres : soit le décuple du capital mobilier d'un mini-laboureur ; et le quintuple d'un laboureur moyen. Parmi les meubles proprement dits, plus distingués que ceux d'un laboureur ordinaire, on trouvera par exemple un lit à piliers tournés, plus toute une masse de vaisselle d'étain ; et aussi, fait inédit, impensable au foyer des autres paysans, même laboureurs, des objets culturels et cultuels : Christ de cuivre, Vierge de plâtre… Chacun de ces super-laboureurs, enfin, peut posséder (outre l'attirail habituel des charrettes et des charrues), jusqu'à une dizaine de herses, et jusqu'à deux centaines de moutons. En plus du grain stocké, un énorme et prestigieux gerbier, reliquat non battu des céréales de la précédente récolte, décore les abords de la ferme (quelle tentation pour la torche vengeresse d'un incendiaire !) ; au saloir, plusieurs quintaux de jambon et de porc salé sont destinés à l'« autoconsommation » et à la vente. Le coffre est garni d'écus (jusqu'à des centaines de livres tournois) et de reconnaissances de dettes.

Entrepreneurs, les gros fermiers font le roulage vers Paris et la coupe de bois dans les forêts. Fermiers des redevances, et receveurs de seigneuries, ils s'assurent les profits importants qui dérivent de l'arrentement des dîmes, en même temps que les menus gains qui leur viennent de la prise à ferme des droits seigneuriaux. Au fur et à mesure que ceux-ci, vers 1540-1570, se délitent sous l'impact de l'inflation, le fermier-receveur intègre leur perception à l'afferme ordinaire de la vaste exploitation terrienne dont il a la charge. Les riches laboureurs se marient, se soutiennent, se poussent, se cautionnent entre eux. Leurs fils de temps à autre deviennent prêtres, marchands ou robins ; si possible curés dans les villages où fonctionnent leurs pères…

Parachevé vers le haut par le groupuscule élitiste des grands fermiers, le groupe massif des laboureurs (qui forme l'épine dorsale, bref la majorité de la population agricole active des villages) est flanqué d'autre part par quelques escouades de spécialistes ou de spécialisés ; autre différenciation du tissu cellulaire paysan. Parmi eux, figurent au premier plan les vignerons ; ceux-ci vivent en général aux limites de la pauvreté (80 à 90 % d'entre eux ont moins d'un hectare) ; ils complètent donc leur revenu en travaillant dans quelque vignoble appartenant à tel ou tel propriétaire forain, domicilié à Paris ; ou bien ils récoltent quelques sous supplémentaires en louant leurs bras pour aider à la moisson chez un gros fermier. Quant aux artisans ruraux, qui forment le second groupe des spécialistes au village (charrons, tailleurs, forgerons), ils sont très nombreux dans les paroisses campagnardes de la région parisienne, où les structures socio-professionnelles, même en milieu agraire, sont déjà plus variées, moins purement primaires et agricoles, qu'elles ne le sont dans la France du Centre et peut-être du Sud. Mais ces artisans, malgré la dose honorable de prestige que leur confère au village la spécialité qu'ils exercent,

sont tout de même d'assez pauvres gens. À l'image de leurs camarades vignerons, ils ne possèdent individuellement que très peu de
terre (moins d'un hectare par tête de chef de famille, dans la
grande majorité des cas). Certes, cette carence terrienne est normale, puisque le centre de l'activité de ces hommes n'est point agricole. Mais leur capital mobilier lui-même est misérable et n'atteint
bien souvent qu'une trentaine ou une quarantaine de livres tournois. Trois ou quatre fois moins que dans le cas d'un petit laboureur. Le « meuble » est ultra-pauvre : un coffre, un lit, quelques
petits outils pour la profession et pour la terre ; du fil pour la
femme, dont le travail de tissage, productif de quelques sous supplémentaires, permet au ménage de l'artisan d'avoir de quoi faire
bouillir la marmite. Couverts de dettes, tout comme les vignerons
et les mini-laboureurs, ces artisans, eux aussi, du point de vue de
la monnaie, sont des « passoires » et non des « éponges ».

Tout en bas enfin de la société rurale, on rencontre l'importante
minorité des manouvriers, « aux limites de la misère » (Jacquart).
Ils sont très peu nombreux, inexistants même dans la partie viticole du Hurepoix où leur rôle est tenu par les vignerons, tendanciellement pauvres comme eux et bons à tout faire. Mais ailleurs,
dans les pays à céréales, l'effectif des manouvriers est relativement étoffé, quoique toujours inférieur en nombre à celui des
laboureurs : pour 100 laboureurs en village à blé, on compte, vers
1550, un maximum de 72 manouvriers ; et, souvent, beaucoup
moins. Quant aux « propriétés » de ces tout petits personnages,
elles sont très inférieures à un hectare de terre par tête, en
moyenne ; fort peu parmi elles dépassent ce seuil fatidique ; et de
toute manière aucune ne couvre plus d'un hectare et demi.
À l'inventaire après décès, le meuble du manouvrier fait 50 livres ;
trois fois moins que celui d'un petit laboureur. Victimes désignées
(mais non pas uniques) de l'appauvrissement parcellaire et salarial du XVIe siècle, les manouvriers sont exclus du travail agricole
par excellence : le labourage. Cette exclusion est à la fois statutaire (voir leur nom) et factuelle (motivée par leur dénuement total
en attelages et en charrues). Voués aux besognes d'exécution, les
manouvriers forment tout à la fois une main-d'œuvre subalterne
et un groupe parfois défavorisé situé aux marges de la communauté villageoise : ils accomplissent les besognes les moins qua-

lifiées ; leurs lopins sont taillés dans les mauvaises friches et dans les coteaux les moins fertiles du terroir.

Telle est, rendue possible par Jean Jacquart, cette description sommaire d'un groupe de ruraux du XVIᵉ siècle, localisée sur le Hurepoix qui est petit, mais typique. Le groupe en question est entièrement construit, de bas en haut, autour de cette colonne vertébrale qu'est l'armée des laboureurs : celle-ci comprend une *lower class* de petits laboureurs ; une *lower middle class* de haricotiers ; une *middle class*, enfin, minuscule à l'échelle villageoise, mais essentielle au niveau régional, de gros fermiers ; ceux-ci étant supérieurs en richesse et en prestige à la masse rurale ; mais tout au plus égaux, en biens et en statut, aux moyens bourgeois et marchands d'une ville ordinaire. Forte de ses diverses catégories de laboureurs, complétée par les spécialistes de la vigne et des métiers, et par les marginaux (indispensables) du travail à bras, cette société paysanne impressionne, en fin de compte, par son intégration qui tient tête à l'épreuve ; ou, si l'on préfère, par sa résistance structurale aux facteurs de désintégration, malgré les *trends* incontestables d'appauvrissement qui la traversent et qui ne sont pourtant pas monopolistes, tant s'en faut. La majorité des actifs agricoles continue d'appartenir à un groupe statutairement pourvu d'un minimum de prestige ; grâce à quoi ses membres, forts du fait qu'ils persistent à posséder chacun un attelage, ou une fraction d'attelage, ou simplement les techniques de la charrue, se qualifient toujours du titre de laboureur. Les prolétaires reconnus comme tels (les manouvriers) ne forment pas la majorité du village, ni même de la population active agricole. Du reste, malgré les querelles, piques et violences indubitables, ils ne sont pas séparés du reste du corps villageois par un front de lutte, systématique et perceptible. En fait, une commune médiocrité du genre de vie, l'usage de dialectes locaux, le folklore, la participation à la communauté paysanne… et le catholicisme agrègent les individus campagnards en grosses molécules – les villages –, souvent insécables à la lutte de classe. Il semble bien, en dépit du caractère régional du sondage Jacquart, qu'on soit là en présence de structures assez générales dans la France agraire. Bien des auteurs ont déjà remarqué que le contraste d'Ancien Régime entre laboureurs et manouvriers, avec sa bipolarisation, n'a pas, dans la

France de l'Ouest et du Sud, l'acuité que, dans le Nord-Est, des historiens lui prêtèrent un moment, au terme de leurs recherches sur les *openfields* limoneux. Or voici que les documents tout récemment exhumés, au cœur même de ces *openfields*, atténuent cette acuité et dédramatisent cette bipartition. Du moins pour la période du beau XVIe siècle : l'armature majoritaire du village, près de Paris comme près de Montpellier, c'est bel et bien le vaste groupe des laboureurs ou *lauradors* aux nuances tellement variées. Par rapport à celui-ci, les autres groupes – spécialistes ou manœuvres –, représentent plutôt des variantes ou des marges que des classes hétérogènes ou fortement contrastées, douées d'une conscience et d'une politique autonome. Au XVIIIe siècle, il y aura bien sûr quelques changements, par suite de l'ascension sociale, très marquée, du groupe des gros laboureurs.

Fortement intégrée, par le jeu de l'interrelation et de l'intermariage, la molécule villageoise participe peu aux grandes luttes sociales ou idéologiques du XVIe siècle. Quand elle se résout à le faire, c'est tout d'un bloc, en agissant sous l'égide de la communauté, armée d'une conscience de classe paysanne et autonome. Les communes rurales se révoltent par exemple contre l'impôt ; contre le poids accru et la nouveauté des fiscalités royales ; celles-ci étant vécues dans ce cas comme une agression extérieure, et comme une intrusion indue de la modernité, dans la stratigraphie calme de la coutume et de la tradition régionales : voir par exemple les révoltes paysannes des Pitauts de Guyenne et d'Angoumois, en 1537 et 1548, contre la gabelle.

Si l'on met à part ces quelques révoltes, rares et très isolées, on peut s'étonner, à juste titre, que la paupérisation salariale et parcellaire, abondamment décrite au cours des pages qui précèdent, ait pu coexister avec une paix sociale aussi remarquable pendant la Renaissance paysanne ; celle-ci étant à peine troublée ou ridée par quelques rébellions contre le fisc. Mais il est permis de retourner le raisonnement. C'est parce que cette société campagnarde produisait et reproduisait à chaque génération, au sein d'un écosystème en voie de reconstitution, l'intégration et la paix sociale, qu'elle a pu tolérer, au sein d'une incontestable « opulence » globale, la paupérisation de certaines de ses couches pendant les années 1500-1560.

En 1560 pourtant, l'étincelle de la contestation, rapidement génératrice d'un brasier, a jailli. Mais elle est venue des élites urbaines, contaminées par l'Écriture, bien davantage que des masses paysannes, enfoncées dans les cultures orales et tradition-nelles. La révolution religieuse réveillera, perturbera, traumati-sera les campagnes ; mais elle n'est qu'à un bien faible degré le produit premier de celles-ci. (Même remarque *grosso modo* pour 1789, et cela en dépit d'un rôle beaucoup plus considérable de la spontanéité paysanne vers la fin du xviiie siècle.)

Il reste que les analyses qui précèdent sont essentiellement un discours *sur* le paysan. On attendrait, dans ces chapitres, plus légi-time encore, un discours *du* paysan lui-même. Il n'est pas ques-tion, hélas, faute de documents *ad hoc*, de présenter dans sa fraî-cheur ce second type d'expression au public contemporain. Ce que pense vraiment le cultivateur de 1550 quant à sa vie écono-mique, sociale et autre doit éventuellement demeurer inconnu à tout jamais… Du moins sommes-nous en mesure de donner ici le discours d'un quasi-paysan ; d'un gros richard de la terre, solide-ment enraciné dans son Cotentin ; Gilles de Gouberville, à défaut du journal authentique de Jacques Bonhomme, nous livrera son témoignage personnel. Cet enregistrement ne nous informera pas sur les *openfields* franciliens que dominent, on vient de le voir, les riches laboureurs et les propriétaires absentéistes ; mais il éclairera pour nous la vie des champs irréguliers de l'Armorique (au sens géologique du terme), où les peuples sont fortement encadrés dans le réseau vivant des gentilhommeries du bocage.

Le regard d'un quasi-paysan : Gouberville

C'est à travers l'expérience multiforme d'un seigneur et d'une seigneurie particulière – riches de contacts avec les villages, les marchés, la vie des maîtres et celle des rustiques –, qu'on aperce-vra le mieux, dans l'immédiateté du vécu, un monde agraire en plein fonctionnement au milieu du xvie siècle. Divers seigneurs nous ont laissé à ce propos leur livre de raison ou leur registre quotidien. Gilles de Gouberville est l'un d'entre eux ; au sein de ce petit groupe de mémorialistes, il est sans doute l'un des mieux informés, des plus perspicaces, dans ses notations quotidiennes : son journal est donc un gibier pour l'ethnographie historique ; irremplaçable, il mérite d'être explicité en quelques pages.

Né sous François Ier, d'authentique noblesse campagnarde, Gilles de Gouberville atteint la trentaine au début du règne d'Henri II ; et la quarantaine au commencement des guerres de Religion. Propriétaire exploitant, tablant sur les blés, le bétail, la chasse et la pomme à cidre, il fait valoir, par ses garçons de ferme (*la garsaille de céans*, comme il les appelle sans cérémonie), un vaste domaine au Mesnil-en-Val, à une grosse heure de marche de Cherbourg et de la mer. Sa terre y est sise en plein bocage, qua-drillée de haies, partiellement enrobée dans des forêts primitives, que les défricheurs n'en finissent pas de tuer. Elle est armoricaine, cette terre ; autant dire médiocre, pleine de cailloux, roc à vif, cas-sant les charrues fragiles, que maître Clément Ingouf, forgeron du cru, « répare » ensuite, en attendant une nouvelle brisure ! La tech-nologie locale n'est pas précisément progressive : les charrues en question, « façon de Saint-Lô », sont légères (un seul homme peut en porter une sur l'épaule) ; elles sont de toute manière traînées par des bœufs, comme c'est souvent le cas dans le bocage normand.

Mal outillé, Gouberville est tout de même un cultivateur éclairé qui se situe dans la bonne moyenne de son époque : il a l'œil du maître, surveillant lui-même les laboureurs en action ; il sait chan-ger de semence (hélas, contre la sale semence de son voisin) quand ses blés ont dégénéré. Certes, il pratique, comme tout le monde, l'assolement triennal, blé-trémois-jachère, entrecoupé, du reste (à l'armoricaine aussi), par de longues périodes pluriannuelles de repos, au cours desquelles repoussent, sur le sol provisoirement délaissé, les ajoncs fertilisateurs ; mais du moins sait-il, comme beaucoup de ses contemporains, améliorer cet assolement par la semaille de pois sur les jachères de la troisième sole. Ces pois fument la terre et fournissent des protéines aux humains. Par ail-leurs, Gouberville, esprit curieux, essaie toutes sortes d'engrais sur ses propriétés : parmi ceux-ci, les sables de la mer ; les composts à base de vase d'étang ; les brûlis d'arbrisseaux et d'ajoncs, dont les cendres font pousser le navet ; les chaux des fours à chaux ; le varech des plages ; le terreau des chancières ; le fumier enfin, qu'il tire des pâtures de l'*outfield* et fait déverser sur l'*infield* ou zone cultivée. Passablement efficace, donc, notre agronome n'est pas non plus trop superstitieux pour son temps. Il n'a pas (sauf quant au soin de ses osiers) cette manie absurde des jours de lune prétendument favorables qui tarabuste, à la même époque, les vignerons de Languedoc… Tout au plus, fortement marqué par l'achat en 1557 d'un livre de Nostradamus, suit-il les conseils de ce prophète pour fixer les dates de ses semailles en 1558. Le résultat, plutôt négatif, ne paraît pas l'avoir incité à recommencer.

Le paradoxe, c'est que ce gros exploitant actif, innovateur, pas sot du tout, produit en fin de compte un blé qui ne lui coûte ni ne lui rapporte beaucoup : les coûts frumentaires sont assez faibles, puisque les moissons, poste salarial essentiel, sont assurées, dans un climat bon enfant d'archaïsme carolingien, par les corvées quasi gratuites des villageois ! Mais faible aussi, très faible, est le produit monétaire fourni par la vente des céréales. Gouberville, en effet, commercialise d'infimes quantités de grain. Ses blés qui ne hantent guère les marchés, il les consomme ou les fait consommer par ses valets, ses parents, ses pique-assiette ou, plus simplement encore, par les charançons de ses granges ou par les mulots de ses champs ; ou bien il cède le grain à ses employés, sous forme de salaires ou demi-salaires en nature. C'est qu'il réside, après tout, dans la France de l'Ouest et des bocages, autoconsommatrice, médiocrement urbanisée, pas très fertile : quand le paysan de ces régions participe aux circuits monétaires, il le fait autant et plus par la médiation de l'élevage et des marchandises à quatre pattes que par celle des grands produits végétaux.

Gouberville, quant à lui, ne déroge point à cette habitude fréquente des hommes de l'Ouest, et son élevage brille par la quantité, même si la qualité laisse à désirer ; le manoir du Mesnil-en-Val est, en effet, flanqué d'étables, toutes fort anciennement mises en place : l'une pour les bœufs, l'autre écurie à chevaux, la troisième pour les juments, la quatrième pour l'hivernage des vaches. Il existe aussi une laiterie, mais guère développée : car Gouberville et les siens mangent peu de fromage, achètent leur beurre en ville, font la cuisine au saindoux et délaissent le lait pour le cidre.

La devise de cet élevage pourrait donc être : tout pour la traction (bovine ou équine) ou pour la vente du bétail sur pied.

Sous-développée par rapport à la Normandie d'aujourd'hui, cette production animale est aussi fort primitive quant à ses méthodes. Elle échappe, en effet, pour une part à la stabulation, même simplement hivernale, qu'on vient d'évoquer. Beaucoup de vaches sont des bêtes à sonnailles, comme seront au XXᵉ siècle encore celles de Suisse ou de l'Alpe dauphinoise. Elles errent, loin du manoir, dans l'immense forêt de Brix, si représentative, à sa manière, des sylves, très vastes encore, de la France du Nord au XVIᵉ siècle. Pour récupérer ces bêtes, bovines ou porcines, dont on perd la trace pendant plus d'un mois ou plus d'un an, il faut organiser à coups de corvées villageoises d'immenses corridas forestières, dont les participants sont récompensés d'une chopine de vin. On devine les inconvénients de cet élevage aussi extensif qu'ambulatoire : les veaux perdent leur mère et restent trois jours sans téter ; d'autres deviennent grands, échappent à la castration et se transforment en taureaux furibonds qu'il faut sept hommes pour maîtriser. Des vaches sauvages, évadées du bois, foncent en pleine ville et renversent les tables des drapiers. Inutile de dire que, dans ce Cotentin où trois siècles plus tard quelques paysans géniaux inventeront la race bovine normande, aucune sélection génétique n'est encore pratiquée. La mentalité des éleveurs du XVIᵉ siècle reste empreinte sur ce point de laisser-aller, ou plutôt de laisser-faire. Les bestiaux se reproduisent à la diable, sans choix d'un partenaire de race pure (ou prétendue « pure »). Seules les juments (et les chiennes) font exception à cette « règle » ou à cette absence de règle. On envoie les juments, au terme d'un long voyage, se faire couvrir par les étalons du pays de Caux… Tout comme la reproduction, la nourriture du bétail (glands pour les porcs, pâture et foin pour les grosses bêtes) n'est guère sophistiquée : le trèfle n'apparaîtra dans les cultures de la région qu'au XVIIᵉ, voire au XVIIIᵉ siècle.

Tel qu'il est, pourtant, avec ses insuffisances, cet élevage reste le trait d'union fondamental qui unit les hobereaux comme Gouberville à l'économie monétaire.

Au premier rang des sources de revenus figurent en effet le porc et tout ce qui alimente sa production. Gouberville vend très cher aux villageois (jusqu'à 50 livres tournois par an, soit une somme plus haute que ce que lui rapportent ses grains au marché) la *paisson*, ou droit d'utiliser les glands dans les forêts dont il est seigneur. Et ses propres cochons, fort gras, bardés de lard d'un demi-pied d'épaisseur, tués en hiver, il les vend pour une bonne somme d'argent (60 à 80 livres tournois par an de revenu global), les expédiant salés jusqu'à Paris. Ses bœufs, vaches et moutons sur pied, en revanche, n'alimentent qu'un commerce local, mais fort actif, branché sur un réseau de foires bien vivantes, qui quadrille les petites villes et les bourgades du Cotentin. Le hobereau et ses fidèles, suivis de leur bétail à mettre en vente, se rendent régulièrement à ces foires : occasion de bavarder, de trinquer avec les gentilshommes, campagnards et fermiers du secteur… et de ramener chez soi, au total, chaque année, quelques dizaines de livres tournois, quand les ventes sont bonnes. La laine, elle, voyage plus loin que les bêtes sur pied. Avant les guerres civiles, qui casseront les circuits commerciaux, des marchands parisiens venaient l'acheter jusqu'en basse Normandie, et l'expédiaient à Rouen ou même dans la capitale.

L'élevage, mieux que les blés, a donc réussi un mariage avec l'économie monétaire ; la chasse, en revanche, se situe au niveau de relations plus archaïques et symboliques : elles mettent en jeu le don et le contre-don. Qu'il s'agisse en effet de fléchir un juge ou de séduire une dame, la tactique de Gouberville est toujours la même, et se résume en une phrase simple : *Dites-le avec des viandes…* Gouberville offre donc, aux femmes successives qui occupent ses pensées, quelquefois un chevreau gras ou une cuisse de vache ; mais, le plus souvent, du gibier : lapins, lièvres, pâtés de cerf, qui sont reçus, par leurs opulentes destinataires, à l'égal des fleurs les plus somptueuses. Les jeunes hommes qui entourent le hobereau normand – bâtards de son père ou stagiaires prêtés par une famille noble voisine – ne sont pas en reste et se montrent aussi grands chasseurs. Les paysans eux-mêmes, en dépit d'interdictions seigneuriales mollement appliquées, chassent sans vergogne. La productivité de ces actions est des plus faibles : il faut souvent une journée, à trois ou quatre chasseurs, pour forcer un lièvre. Mais les procédés mis en œuvre, dans ce petit canton du haut Cotentin, sont d'autant plus innombrables ! On chasse à l'arbalète et à l'arquebuse, bien sûr ; mais aussi (méthodes qui peuvent du reste impliquer l'emploi de l'une de ces deux armes) au *juc* (au jucher, quand les ramiers se posent pour manger) ; à la voile, pour attraper les étourneaux par dizaines ; à la traque (autrement dit à la trace que laissent en hiver, au bois et au marais, les sangliers et les lièvres sur la neige fraîche) ; on *fouit* au terrier les renardeaux et lapereaux ; on travaille à la glu ou à l'*yraigne* (filet du genre « toile d'araignée » pour attraper les merles) ; on piège les renards ; on se sert des furets à dents coupées, logés dans des tronçons de hêtre sec ; on opère à l'anglaise, avec l'autour ou le chien rouge, importés d'outre-Manche ; on tire les loups à l'affût d'arquebuse, ou on les encercle à la *huée*, avec le concours de tous les hommes de plusieurs villages…

Dans cet arsenal de méthodes et d'armements divers, plus proche de la chasse sauvage que de l'extermination permise aujourd'hui par les armes à feu, une hiérarchie sociologique est perceptible. Mettons à part les tout petits chasseurs, professionnels et spécialisés, comme les taupiers qui décorent les chemins, en guirlandes festonnées, avec les dizaines de taupes qu'ils attrapent. Au niveau du paysan, les techniques essentielles restent médiévales et bon marché : elles reposent sur l'arbalète, arme simple, fabriquée dans les villages et qui permet de « descendre » indifféremment les canards, les cerfs et même les sarcelles. L'arme seigneuriale ou cléricale, en revanche, qui se répand, vers 1550, parmi les manoirs et les presbytères, c'est l'arquebuse. Elle est lourde (exigeant deux hommes pour être maniée) ; elle est chère, aussi : alors qu'une corde d'arbalète ne vaut que 3 sous, un canon d'arquebuse coûte le prix d'une vache, 5 à 6 livres tournois. Mieux vaut par la suite, dans ces conditions, comme font Gouberville et ses amis, fabriquer soi-même sa poudre de chasse, en charbonnant du bois et en raclant du salpêtre. Très en dessus du niveau des Gouberville, enfin, hors de portée de la bourse des petits seigneurs qui tuent pour leur plaisir le cerf ou le loup, s'inscrit l'activité cynégétique de la haute noblesse : la chasse à courre. En une vingtaine d'années, maître Gilles ne participe qu'à une seule sortie de ce type ; il la quittera, du reste, écœuré, un cerf ayant crevé l'œil de sa levrette.

Qui dit bon chasseur suppose, en effet, chien compétent. Gouberville et ses semblables le savent bien ; la passion viscérale pour la chasse leur inspire, vis-à-vis de l'espèce canine, une sollicitude génétique qu'ils sont loin de déployer à l'égard des autres animaux de leur cheptel – montures mises à part : de fait, les chevaux sont un objet privilégié d'affectivité ; quand on sélectionne, c'est aussi parce qu'on aime. Le maître de chenil en Cotentin pratique les classiques infiltrations génétiques du Nord au Sud : il achète des chiens en Angleterre, et à son tour expédie des reproducteurs à Bordeaux. Il fait, si besoin est, couvrir ses chiennes en quelque région éloignée pour tirer d'elles le meilleur produit possible. Il met leurs chiots en nourrice et ne castre les femelles qu'à bon escient ; il les recoud soigneusement, comme un haut-de-chausse, quand elles sont éventrées par un sanglier ; au cas où son chien est volé, il s'arrange, ni plus ni moins, pour faire excommunier le voleur, à coups de monitoires fulminés en chaire par un curé ami… Un chien est un être précieux. Si on le prête, c'est seulement dans un cas d'extrême urgence, par exemple pour dépanner un jeune voisin qui, à tout prix, doit tuer des lièvres afin de célébrer ses fiançailles.

« Céréalier » souvent médiocre, éleveur routinier, mais sélectionneur valable de chiens et de chevaux, Gouberville, d'autre part, s'affirme passionnément innovateur en matière… de pommes et de cidres. Acteur et témoin tout à la fois, il éclaire, dans le détail, l'une des modifications marquantes qui affecte les paysages de l'Ouest pendant le long XVIe siècle.

En ce domaine aussi, les talents d'améliorateur de Gouberville ne procèdent pas d'une stimulation par le marché. Ses cidres, en effet, ne sont point destinés, sauf rarissime exception, au commerce. Ils abreuvent, sur place, le maître, la famille et la main-d'œuvre du manoir. Ou bien ils entrent dans les circuits du don pur et simple, libéralement distribués aux amis, parents, malades et hôtes de passage. L'idée même de vendre le jus de ses pommes ne paraît avoir effleuré qu'assez peu notre gentilhomme. Ses motivations, fort honorables, se situent presque totalement « hors marché ». Sur le plan des idées générales, elles tiennent en deux mots : *le cidre c'est la santé*. Comment ne pas souscrire à cet adage, en effet, dès lors qu'on prend la peine de lire les ordonnances médicales, ou les livres des bons docteurs, dans la Normandie de l'époque moderne ? *Le cidre*, écrira au commencement du XVIIe siècle l'un de ces messieurs de la Faculté, *est res-taurant de l'humeur et de l'humidité radicales*. Il maintient le ventre *mol et lasche* ; il excite par la *bénignité de ses vapeurs* un sommeil plaisant. Il empêche, c'est indubitable, le moissonneur de *s'échauffer dans son travail* ; mais il retient aussi l'homme d'affaires de *se colérer dans ses occupations*. Il est donc à la fois l'ami de la classe paysanne et le consolateur de la classe moyenne, puisqu'il entretient l'homme dans la *modestie* et dans la *médiocrité* qui s'imposent. Plus précisément, le cidre chasse la goutte, la gravelle, la néphrite. Il est spécialement recommandé, tout comme les œufs mollets ou le bouillon de poule, pour les malades, surtout quand ceux-ci ont le corps desséché par la chaleur ou vidé par les purgations. Forts de ces préceptes, les praticiens de la médecine prescrivent le cidre à tour de bras, pour des patients qui, du reste, ne demandent pas mieux que d'en boire, et du meilleur : cidre vieux pour les femmes en couches ou pour guérir de la fièvre ; cidre franc pour la pleurésie ; cidre nouveau pour les blessures à l'aine… Toute une pharmacopée à base alcoolique est mise en œuvre au pays de Gouberville, vers 1560, contre les maux des gens de la campagne. Le cidre n'y figure pas seul. Les personnes riches se soignent à la bouteille de bordeaux ou d'orléans, à la clairette et au vin rosé. La bière n'est pas non plus négligée, dont un seul malade, à lui tout seul, boit 48 litres à titre de désintoxiquant pendant le temps de sa cure… Mais le cidre, du fait même qu'il est produit sur place, possède l'avantage d'être bon marché ; il n'empiète pas, comme fait la bière, sur la provision indispensable des céréales ; il pousse tout seul, puisque les pommiers viennent indifféremment dans les haies ; et, comme la vigne, dans les mauvaises terres ; boisson miracle, il est disponible, en cas d'urgence, pour tous les milieux sociaux du monde paysan…

On sourira peut-être de cet engouement populaire, au XVIe siècle, envers la production des boissons alcooliques, vin ici et cidre ailleurs. On aurait tort. Car, par-delà le réseau des justifications secondaires et puériles, l'essor cidricole de la Normandie renaissante et l'essor viticole de la région parisienne sont pleinement fondés : boire des vins ou des cidres à faible degré, et les boire massivement (la consommation de certains travailleurs de force ruraux pouvant atteindre, vers 1500-1560, en été, dans l'Ouest ou dans le Sud, 2 litres de cidre ou de vin par jour), c'est ingérer quelques calories assez pauvres (d'origine alcoolique)… et qui sont les bienvenues. Mais c'est d'abord et surtout absorber un liquide relativement stérile, bien moins dangereux, en tout cas, que ne sont les boissons polluées auxquelles sont condamnés par définition les buveurs d'eau : qu'on songe en effet aux innombrables infiltrations (purin, immondices, jus de rouissages, eaux usées contaminées par les épidémies populaires) qui menacent, en cette Normandie granitique ou schisteuse, les eaux superficielles dont s'alimentent les ruisseaux, les étangs, les rivières, les puits, les sources même… Le cidre, dans ces conditions, constitue, contre la mort ou les maladies, la plus agréable des assurances. Un historien normand l'a démontré, en prouvant, courbes en main, que la mortalité d'épidémie, dans la Normandie classique, variait en relation directe avec le haut prix et la rareté du cidre (entre autres corrélats). Le lien est logique : qui dit cidre plus cher dit, dans les classes pauvres, buveurs d'eau plus nombreux, plus intenses et plus vulnérables aux contagions. Au niveau simpliste, mais finalement lucide, de leur intuition paysanne, Gouberville et ses co-villageois raisonnent juste : ils plantaient et greffaient du pommier tant qu'ils pouvaient, dans l'intérêt de leur maisonnée. Ils participaient ainsi à une vraie croissance de l'économie et à une amélioration de la santé publique. Car que pesaient les maux de quelques ivrognes de paroisse et de quelques buveurs « bien pansés », comme les appelle notre mémorialiste, face aux milliers de vies humaines que sauvait chaque année la possibilité donnée à beaucoup de gens de ne plus boire d'eau, ou d'en boire le moins possible ? Il faudra la découverte, enfin connue dans l'Ouest non viticole, des procédés de distillation ; il faudra, dans les campagnes, l'essor des consommations d'eau-de-vie de pomme ou *calvados*, pour que les aspects négatifs de la cidriculture l'emportent, au xixe siècle, sur ses côtés positifs, qui si longtemps prévalurent et contribuèrent à la prospérité des provinces occidentales.

Gouberville est porté en avant, dans ses recherches sur la pomme, par la confiance générale et justifiée que vouent au cidre ses contemporains et compatriotes. Mais, par-delà cette adhésion chaleureuse d'une culture et d'un peuple, les motifs qui sont personnels à notre auteur sont simples, précis : en dehors de tout esprit de lucre – le journal intime en fait foi –, Gouberville se laisse aller à la joie de connaître, de créer, d'expérimenter. Ce gentilhomme, pour rien au monde, ne conduirait la charrue de ses mains ; mais il ne dédaigne pas de passer des heures à greffer, à émonder ses pommiers : *je fus bien trois heures tout seul à émonder* (21 avril 1562). Il expérimente pour voir ; par exemple, il tente de greffer en avril : *nous prîmes une greffe* [de pommier], *et vismes la greffer au jardin de la grange, pour experience si elle reviendroit, pour ce qu'il estoyt la mi-avril* (15 avril 1554). Le journal du sire de Gouberville offre ainsi un spectacle rarement relaté dans les documents : celui du sélectionneur d'ancien type en pleine action. Faisant laver le marc de cidre chez lui et dans le voisinage pour en extraire par milliers les pépins, maître Gilles sème ceux-ci sous un lit de feuilles de fougères ; il en fait lever toute une pépinière d'arbrisseaux ou *surets*, porte-greffes, qu'il distribue par charretées, gratis, à ses amis. Le moment venu, à la tête de tout son monde, il greffe les surets qui lui restent, avec ciseaux, scie ou couteau à deux manches. « Mono-idéique » de la pomme, le sire, qui n'a chez lui ni pêcher, ni figuier, ni framboisier, ni groseillier…, entretient dans son verger vingt-neuf variétés de pommiers, qu'il a fait venir de Rouen, du Pays Basque ou de basse Normandie. Au terme de cette action strictement non commerciale, mais qui s'inscrit dans un effort accru d'autoconsommation sur le manoir, et d'amélioration du domaine, se produisent la métamorphose d'une terre et l'habillement d'un paysage, où partout désormais l'arbre s'étale. La Normandie des pommiers en fleur s'épanouit au XVIᵉ siècle, grâce aux initiatives d'un Gouberville et de ses nombreux émules dans la province.

Ce monde rural, archaïque et dynamique à la fois, où les hobereaux se meuvent à leur aise, c'est typiquement (mais pas intégralement, bien sûr) la société d'autoconsommation. Non que Gouberville soit inconscient du rôle du négoce et de la monnaie : il note scrupuleusement dans son journal les dévaluations progressives de la livre tournois… Mais enfin, en un temps où le métal précieux d'Amérique commence d'irriguer les secteurs les plus commerciaux de l'économie, un gros richard comme est notre sire se trouve, non point à court d'argent certes (il a du foin dans ses bottes), mais tout simplement à court de monnaie. Sans cesse dans son journal revient une phrase lancinante du type de celle-ci : « acheté du drap à Cherbourg ; *je ne le payé point pour ce que je n'avais point de monoye…* je le payerai lundi ». Faut-il ajouter que la notion même de « porte-monnaie » semble être inconnue du châtelain normand ? Ses sous et autres piécettes, il les met tout bonnement dans un mouchoir, noué aux quatre coins. Mouchoir qu'il perd ou qu'on lui vole à plusieurs reprises… Quant aux ouvriers, il ne les paie souvent qu'avec un retard marqué, « faute de monnaie » comme toujours, ou bien pour leur faire sentir le caveçon. Quand il les salarie pour de vrai, c'est plus d'une fois en nature, d'un boisseau de semence, d'une rasière d'avoine, d'une génisse ou d'une paire de souliers, décomptée de la valeur de leurs gages. Autre signe enfin d'une certaine carence de métal précieux, en dépit des récents arrivages du *Nouveau Monde* : le sire et ses gens soupent dans l'étain ; au Mesnil-en-Val, il n'y a pas d'argenterie dans le vaisselier.

En ce Cotentin des campagnes, florissant et passéiste, la société d'autoconsommation signale aussi sa présence par une division peu poussée du travail social. Faute de boutiques ou d'ateliers convenables, de matières premières en réserve, de capitaux (même minces) et d'une clientèle soutenue, les quelques artisans ruraux (qui ne le sont du reste qu'à mi-temps) besognent « au coup par coup », par intermittence. Ils viennent donc travailler, quand l'occasion leur en est fournie, au manoir d'un gros client comme Gouberville, qui leur procure la matière première, et leur offre un « chantier » assez substantiel pour motiver un déplacement de leur part. C'est ainsi qu'on voit défiler tour à tour chez maître Gilles le toilier, qui vient sur place pour fabriquer les quelques dizaines d'aunes d'étoffe à lui commandées par notre châtelain ; le bourrelier ou charron local (qui en fait est agriculteur pour le plus clair de sa journée), et qui s'installe chez Gouberville pour lui façonner des jougs et des attelages de charrue ; un autre jour, c'est le couturier qui se présente pour rhabiller toute la maisonnée ; ou bien le forgeron, pour mettre au point des outils de menuiserie, qui resteront ensuite dans l'atelier du manoir. S'agit-il enfin, précisément, de tailler « des échelons et des chevrons pour une échelle neuve » ? Gilles en chargera tout simplement l'un de ses domestiques, aux mains adroites. Tel Adalbert de Corbie, ou le doux abbé Irminon, notre homme est possédé par un idéal d'autarcie quasi carolingienne, qui lui fait souhaiter de produire ou faire produire chez lui tout ce dont il a besoin, sans bourse délier autant que faire se peut. Aussi bien l'idée même de gagner de l'argent lui est-elle si profondément étrangère qu'on comprend qu'il ait parfois lésiné pour dépenser les espèces monétaires qu'il réussissait tout de même à serrer dans son mouchoir.

On prendra bonne mesure de cette société d'autoconsommation à condition de porter le regard pour un instant au-delà du plancher des vaches, qui constitue l'assise naturelle de notre sire. Gouberville, en effet, pose parfois sur la mer toute proche un coup d'œil… et donne la pleine mesure de son localisme autarcique. Si loin qu'il porte, ce regard de terrien n'aperçoit guère, au fil des pages du journal, que quelques barques, chargées de bûches ou de lard, à destination de Rouen, parfois de Paris. Une barque de ce type – quand on ne l'utilise pas, on la tire tout bonnement sur les sables – peut recevoir le contenu de deux charrettes à bœufs. Pas davantage. Quant aux paysans-pêcheurs de la côte cotentinoise, dont certains sont les tenanciers de maître Gilles, s'ils vont à la pêche au hareng, c'est pour en revenir le plus vite possible afin de s'occuper des choses sérieuses : garder leurs vaches, scier les blés, coucher le marc de pommes… Bien sûr, il y a des exceptions à cet ultra-provincialisme maritime. Une fois par exemple, une seule fois, Gouberville, en allant boire un pot de cidre à Barfleur chez Gillette la Blonde, aperçoit, étalées sur la plage, de la maniguette et des défenses d'éléphant, venues d'Afrique. Une autre fois, son fidèle Cantepie envisage de participer à une expédition plus ou moins mythique vers le Pérou. Bien entendu, Cantepie ne tarde pas à renoncer, trop content de ce que désormais, dans son village, on le considérera, sa vie durant, comme *l'homme qui a failli aller au Pérou*. La seule « expédition » maritime à laquelle participeront Gouberville et les gars de sa ferme concerne… l'île anglo-normande d'Aurigny. La petite bande, prétextant un conflit avec les Anglais, s'en va rafler de force, et sans payer, les vaches et les juments des insulaires, pour ramener celles-ci sur le continent, au manoir du Mesnil. Un gentilhomme après tout ne déroge pas en se faisant pirate, même à la petite semaine ! Mais enfin, une telle action, homérique certes, ne relève pas précisément du commerce

petit ou grand. Aussi bien ces notations minuscules, prises au long
d'un journal qui dure une vingtaine d'années, traduisent-elles la
participation infime d'une société traditionnelle aux activités du
gros trafic maritime, qui pourtant dans la grande histoire de l'économie occupe maintes fois le devant de la scène. Et cet esprit de
clocher, cette fermeture au grand large, s'affirme sans équivoque
en dépit du fait que Gouberville et les siens habitent à proximité
immédiate de Cherbourg, port qui n'est pas totalement négligeable... Dans sa masse, cette société rurale est engoncée dans
l'humus, braquée sur les circuits des échanges locaux ou de
l'autoconsommation villageoise. Certes, les ultimes artérioles ou
veinules du grand commerce qui pénètrent quand même jusqu'à
ces terroirs reculés du Cotentin exercent un rôle d'animation et
d'excitation bien plus que proportionnel au volume minuscule
des marchandises déplacées. Les achats de livres imprimés, ou
d'épices, qu'effectuent de temps à autre Gouberville et ses pairs
ont abouti peu à peu à modifier des goûts littéraires ou culinaires.
Les ventes de laine et de lard en direction de Paris font entrer quelque argent dans la région... Tout ce minuscule mouvement d'im-
port-export n'agissant, quand même, qu'à dose homéopathique...
c'est-à-dire quelquefois fondamentale. Au vrai, c'est surtout
quand Gouberville tourne le dos à la mer vide, c'est quand il
observe de fort près sa microsociété manoriale et villageoise, qu'il
a vraiment quelque chose d'essentiellement positif à nous dire.

Ce noble de race, maître de plusieurs terres, se situe tout à la fois
au sommet et au centre d'une minuscule construction sociale : celle
que forment autour de lui, en cercles concentriques, les hommes
de sa famille domestique, de sa paroisse, de ses seigneuries.

Au foyer de ce vieux garçon endurci, qui, par définition (et par
exception), n'a pas constitué d'unité conjugale, la « famille »,
c'est d'abord la phratrie des bâtards et des bâtardes nés de son
père, qui sont donc frères ou sœurs naturels de notre auteur, et
dont plusieurs, notamment Simonet et Guillemette, continueront
longtemps de vivre dans son entourage immédiat ; pas un instant
le sire du Mesnil, en effet, ne démentira l'affection qu'il porte à
ces parents de rang inférieur, avec lesquels il a vécu depuis son
enfance ; cette affection constituant d'autre part un hommage
rendu aux œuvres paternelles ; et même aux plus contestables

d'entre elles : *Item*, écrit Gilles de Gouberville dans l'un de ses testaments, *existant à mon lit malade, blessé de un ou plusieurs coups de arquebuse, connaissant rien n'être certain que la mort et rien n'être plus incertain que l'heure d'icelle* […] *je donne cent sous de rente* [annuelle] *à chacun des enfants bâtards de mon père défunt, c'est à savoir à Simonet, à Hernouf, à Jacques, à Novel, à Jehan le jeune et Guillemette…* À ce groupe des bâtards du père s'ajoutera bientôt, dans le cadre des corésidents de la famille du manoir, le groupe des bâtards de Gilles lui-même, nés d'une maîtresse très aimée qu'il lui est, sous peine de mésalliance, interdit d'épouser. La « famille de céans », pourtant, n'est pas une pure et simple collection d'enfants naturels. Elle comprend aussi, à un niveau inférieur, chiffre énorme, quatorze domestiques : le laquais Lajoie, neuf autres serviteurs mâles et quatre « serviteures » (servantes), chargés les uns et les autres des travaux agricoles courants et du ménage ; on a curieusement l'impression d'un système agraire de grande exploitation qui a utilisé un prolétariat sans pour autant sécréter le profit, ni valoriser la monnaie.

Il est vrai que l'entretien de cette nombreuse valetaille ne coûte pas très cher au patron ; au terme d'un demi-siècle d'appauvrissement salarial, les gages monétaires sont bas : 6 livres tournois par an pour un valet de ferme logé, bien nourri, responsable de la charrette et de la charrue ; alors que dans le Midi languedocien, pourtant paupérisé, à la même époque le charretier reçoit ses 15 livres annuelles – nourri et logé lui aussi.

Certes, en plus du salaire proprement monétaire, accru de la nourriture et du logement, maître Gilles donne chaque année à chacun de ses serviteurs une pièce d'habillement quelconque : chemise ou paire de souliers (qui vaut 15 sous) ou linge… Tout cela ne va pas très loin. Certains salaires sont même tellement bas qu'ils en deviennent négligeables : un garde-chèvres (nourri) gagne 50 sous par an, plus une paire de souliers. Un petit garçon (nourri), qu'on embauche pour surveiller les moutons et qui, la nuit, couchant dehors en compagnie de ses bêtes, voit briller dangereusement les yeux des loups, se fait 20 sous par an, plus une paire de chaussures et un agneau dans l'année. Les salaires féminins versés par le sire sont eux aussi beaucoup plus bas que ceux du Midi languedocien, qui constituent, en l'occurrence, notre point de comparaison. Une couturière de chemises gagne 6 deniers par jour quand elle travaille au manoir normand ; alors que la moindre ouvrière agricole près de Béziers ou Montpellier, vers 1560, gagne 10 deniers par jour. Même dénivellation du Sud au Nord-Ouest, ou plutôt du Midi à l'Ouest, quand on examine les salaires des artisans qui viennent occasionnellement exercer leur art au Mesnil-en-Val : un maître maçon y est payé 2 sous par jour contre 5 sous dans la région de Montpellier-Béziers à la même époque. L'étude des « zones de salaires », dans la France du Très Ancien Régime économique, reste à faire. Bien des indices pourtant suggèrent que le Midi, où l'abondance monétaire est plus forte et la démographie moins congestive, bénéficie de salaires plus substantiels ou, disons, moins mauvais[50] que le Nord-Ouest (armoricain), pauvre et plus ou moins surpeuplé ; donc excédentaire en main-d'œuvre.

Une des raisons de cette pauvreté bas-normande réside-t-elle dans l'absence totale de combativité ouvrière ? En plus d'une décennie d'un journal minutieusement tenu, Gouberville ne signale pas un seul cas, individuel ou concerté, d'opposition des domestiques à sa personne. Pourtant, le sire (qui dans la vie « courante » est pacifique, abhorrant la violence et le métier militaire) n'hésite point à distribuer dans sa famille, à tous les niveaux, au noble stagiaire comme au frère bâtard, au valet comme à l'enfant « salarié », les châtiments corporels qui lui paraissent idoines : il gradue selon l'âge et le rang du coupable, la rossée pure et simple, la gifle, le coup de pied au cul ou la fessée. Apparemment, ces marques de rigueur sont reçues par leurs destinataires avec la déférence et l'admiration qui s'imposent. Elles n'entraînent pas de riposte physique, qui compromettrait irrémédiablement le prestige du maître. La seule défense des domestiques mécontents, c'est l'absentéisme, que pratiquent avec maestria les servantes : à plusieurs reprises, Jeanne Botté, *serviteure*, s'en va sans dire adieu. Puis, pour faire pardonner sa disparition, elle revient au manoir suivie d'une amie vêtue de rouge (qui vraisemblablement passera la nuit avec le sire et que ce dernier renverra le jour d'après, avec 2 sous et une livre de lin pour récompense). Du coup, voilà Jeanne Botté réintégrée dans la « famille »… jusqu'à sa prochaine absence.

Aussi bien ne faut-il pas pousser au noir absolu l'image de la condition prolétarienne dans le Cotentin du XVIe siècle : les ouvriers de Gouberville ont des chaussures, dans une région où leurs arrière-neveux, à statut social équivalent, ne porteront guère, quelques siècles plus tard, que des sabots. Ils mangent dans la même salle que le maître, à une table voisine de la sienne, une nourriture qui semble être abondamment carnée (cette alimentation, du reste, semble être le principal élément du salaire). Ils ont aussi, le fait est à noter, quelques petites possibilités d'épargne. D'épargne forcée souvent : le sire, au lieu de verser à ses salariés l'argent qu'il leur doit, donne, « à rabattre sur les gages », un poulain à tel domestique ; une génisse à tel autre ; ou encore une jument pâturant dans les forêts (à charge pour le bénéficiaire de récupérer celle-ci) ; un couple de génissons, etc.

Aptes aux économies, voulues ou contraintes, les valets de ferme sont également capables, comme les hommes des autres groupes ou états, d'une sociabilité spécifique. Celle-ci s'incarne dans les assemblées de candidats domestiques, qui proposent leurs bras aux employeurs, une fois par an, aux alentours de la fête de la Madeleine (soit vers le 18-26 juillet). Chaque bourgade ou gros village bas-normand, vers 1560, possède ainsi sa louerie, qui tient du marché d'esclaves et de la fête foraine. Les jeux, les luttes, entrecoupés de danses, y mettent aux prises – sous les yeux des notables, des femmes, des propriétaires et des curés – les aspirants à l'état de domestique agricole. Les combats rustiques, outre leur intérêt sportif, permettent de jauger judicieusement les « gros bras » qui seront les meilleurs aux travaux des champs…

Présente à l'œil du maître, la domesticité se détache nettement du groupe social inférieur, qui occupe l'étage le moins honoré de la société bas-normande : groupe des mendiants, des « pouilleux », autrement dit des *pauvres*, au sens statutaire de ce terme. Presque transparents, invisibles en temps normal au regard d'un honnête homme, ces pauvres n'apparaissent sous la plume de Gouberville que dans des occasions bien déterminées : lors de l'enterrement d'un grand personnage, ils se présentent par centaines pour recevoir la *donnée* (l'aumône), celle-ci se terminant du reste par une volée de coups de canne, lesdits pauvres s'étant montrés trop lents à se disperser après l'inhumation. Autre épisode qui met en scène l'attitude vis-à-vis du pauvre : un jour Gouberville revient chez lui, couvert de plus de puces encore qu'à l'ordinaire, au point que ses fidèles, réunis en assemblée générale autour de sa personne, mettent un temps fou à exterminer les bestioles sur sa peau et sa chemise. L'explication de ce phénomène est vite trouvée : notre homme avait eu l'imprudence de poser son séant sur une souche qui, quelques heures auparavant, avait servi de siège à un *pauvre*… Semeur de désordre dans un cas ou de parasites dans l'autre, le pauvre est ainsi rangé dans la catégorie des suspects et finalement des exclus. Au contraire, le domestique rural (mis à part les cas, certes fréquents, de chômage très prolongé ou de déchéance) est tenu pour un homme intégré, si dépenaillé qu'il puisse être. Tout le temps que dure son embauche, abreuvé d'ordres, de taloches parfois, de pots de cidre et d'exhortations au devoir, le valet de ferme, du point de vue de son noble maître, fait fondamentalement *partie de la famille*.

Par-delà cet horizon étroit du groupe corésidentiel, le second cercle, un peu plus étendu que le précédent, c'est la paroisse. En elle viennent se confondre (du moins dans le cas particulier de la civilisation bas-normande) des institutions qui, en d'autres régions de France, et par exemple dans le Midi, sont à la même époque soigneusement distinguées les unes des autres : ces institutions étant, d'une part, l'unité d'appartenance religieuse, centrée sur l'église paroissiale ; et, d'autre part, la communauté d'habitants proprement dite. En fait, chez Gouberville, les bons paysans ont mélangé tout cela, sans penser à mal et dans l'intérêt du seigneur, sinon du curé. Les assemblées des hommes du village, faites en vue de répartir l'impôt royal ou afin d'adjuger au plus fort enchérisseur (par une sorte de cannibalisme des ancêtres) les pommes excrues dans le verger du cimetière, ont lieu tout bonnement dans l'église, après la messe du dimanche. Maître Gilles, qui connaît son monde, laisse donc les paroissiens réunis de la sorte « s'étriver » et se chamailler sur qui d'entre eux paiera combien d'impôts… puis, au moment psychologique, il entre dans l'église, fend la foule, apaise le tumulte… et fait nommer l'un de ses hommes comme répartiteur ou comme fermier des « enchères ». Somme toute, le seigneur, plus séducteur et manœuvrier que despote, manipule aisément l'assemblée de ses manants : ce qui lui est d'autant plus facile qu'il a de bonnes relations avec les gros laboureurs de la paroisse (dans les familles desquels il rend d'accortes visites et recrute à l'occasion ses petites amies). Quant aux prêtres, chargés de l'église locale, ils ne constituent pas un obstacle à ce genre de domination : le curé est absentéiste et ne visite ses ouailles qu'une fois l'an ; et son vicaire est un plat personnage qui, entre deux tournées de confession (où il vient à domicile décrasser les péchés du sire et de ses gars), est employé dans le manoir aux menues besognes domestiques, telles que fendre du bois ou curer le fumier des étables. Pas question pour cet infime serviteur de Dieu de contrevenir aux souhaits du châtelain. Il faudra les guerres de Religion pour qu'un parti contestataire et d'origine urbaine, du reste ultra-catholique, vienne ébranler, jusque dans son village, l'omnipotence bonasse de *Not'maître*, qui deviendra pour l'heure, et à juste titre, suspect de sympathies calvinistes.

Plus vaste et plus lâche que la paroisse, enfin, le troisième cercle, c'est la *seigneurie* (dont la *noblesse* du seigneur mis en cause est institutionnellement distincte, mais socialement inséparable). Les seigneuries de Gouberville, par exemple, concernent plusieurs villages où notre auteur détient des cens et le droit de réquisitionner des corvéables. Elles rapportent peu : quelques sous pour un cens ; quelques livres tournois pour un fermage ou « louage » de parcelles lointaines (celles-ci font partie de la réserve seigneuriale, mais, trop éloignées du manoir, elles sont louées en bail temporaire à un fermier). Trois postes lourds, pourtant, s'individualisent dans l'économie, par ailleurs légère et légèrement gérée, de la seigneurie goubervillienne. C'est d'abord la réserve, tenue en faire-valoir direct ; autrement dit la terre du seigneur ; elle est, on l'a vu, en déficit financier ; mais de toute façon elle implique de gros flux en produits et en travail. En second lieu, c'est le moulin, objet des soins attendris et des réparations justifiées qu'effectue maître Gilles : le seul fermage de ce moulin lui rapporte en effet 331 boisseaux de froment par an, soit beaucoup plus que n'importe lequel de ses autres revenus de type seigneurial ou locatif. Le troisième poste lourd, enfin, dans la seigneurie, est constitué, mais oui, par les corvées : moissons toujours et fenaisons parfois sont assurées chez Gilles, comme jadis au temps de « l'empereur à la barbe fleurie », par des corvéables. Du reste, ces services en travail, point ou peu salariés, semblent se faire, sinon dans l'allégresse, du moins dans la bonne humeur et par consensus coutumier. Les corvées sont annoncées aux redevables, à la veille des récoltes, par les curés, en chaire, qui pratiquent l'alliance du manoir et du goupillon. Elles se terminent, aux belles soirées des jours de sciage du blé, par des fêtes et buvettes, ponctuées de danses jusqu'à minuit, dans la grande grange du Mesnil-en-Val ; ces festivités font-elles oublier aux corvéables (qui ne savent pas qu'ailleurs ont disparu depuis longtemps les prestations gratuites de main-d'œuvre) le caractère insolite, voire scandaleux, de la tâche qu'ils accomplissent ? Il existe en tout cas, chez Gouberville, un autre prélèvement seigneurial qui, plus classique, coûte peu et rapporte assez bien : c'est le droit de colombier ; les pigeons seigneuriaux vont cueillir le grain sur les champs des ruraux et le font transiter dans leur système digestif – ce qui permet finalement de le reverser, sous forme de fumier fertile, dans les labours du maître.

Mettons de côté, d'une part, la réserve, qui de toute façon n'est pas spécifiquement seigneuriale (elle survivra sans conteste, en se rentabilisant plus ou moins, jusqu'à nos jours) ; et, d'autre part, les secteurs les plus lourds parmi ceux que j'ai mentionnés (moulin ; et services de moissons, ceux-ci ridicules d'anachronisme mais pas démesurés). On constate alors que (ces deux secteurs étant placés à part) la seigneurie de type goubervillien n'écrase nullement ses assujettis. Elle est du reste assez bien acceptée par eux : le seigneur, après tout, leur rend, de son côté, des « services » incontestables. Sa « réserve », peu tournée vers le commerce, distribue emplois et subsistances aux paysans ; elle constitue, de ce fait, un volant de sécurité pour le village. Lui-même fait fonction, en l'absence d'un véritable _leadership_ d'origine paysanne, de cheffaillon local, voire tribal[51]. Il arbitre les conflits, distribue la justice au petit pied, etc. Un indice plausible de cette acceptation bénigne ou contrainte, c'est l'extraordinaire rareté, ou tout simplement l'absence (au moins dans ce canton du Cotentin), de la contestation antiseigneuriale[52]. Rareté qui frappe déjà dans l'histoire des révoltes populaires de ce temps, beaucoup plus antifiscales qu'antiseigneuriales en effet ; rareté plus saisissante encore quand, au sein d'une tranche de vie, comme est le journal de maître

Gilles, on peut comparer l'exception (c'est-à-dire la lutte contre le seigneur) avec la règle (autrement dit la résignation quotidienne à l'ordre existant, ou sa pure et simple acceptation). Un seul cas de conflit, du reste infime, se présente pendant les dix années que dure le journal, pourtant si attentif à la violence et à l'émotion populaires : c'est l'initiative d'un paysan qui proteste contre un champart ; une bastonnade, regrettable certes, aura vite fait de remettre l'insolent dans le droit chemin, sans qu'à aucun moment se déclenche en sa faveur un réflexe de solidarité communale.

À la seigneurie conçue comme institution répond, sur un tout autre plan, la noblesse, comme valeur et comme gradin social, qui discrimine son titulaire d'avec le *vulgum pecus*. Comment donc Gouberville, authentiquement noble et d'assez ancienne race, vit-il sa noblesse ? Disons tout de suite que les affinités quasi mystiques, lyriquement décrites par Noël du Fail, qui semblent être le lot de cet ordre prestigieux, n'intéressent que de loin notre bas-Normand, décidément terre à terre. Ni le sang bleu, transmis par son père et ses ancêtres, qui théoriquement coule dans ses veines, ni non plus le sang rouge, que, pour être fidèle à sa vocation martiale d'aristocrate, il devrait de temps à autre déverser, de ses artères ou de celles d'autrui, sur les champs de bataille, ne le tracassent outre mesure.

Cette double indifférence aux exploits du paladin comme à l'obsession du pedigree s'explique d'abord par une certaine psychologie. Gouberville est très peu l'homme d'une lignée, parce que, comme beaucoup de ses contemporains du monde rural, « il est nature » : il vit dans l'instant, dans l'indifférence au temps historique. Même ses parents, décédés, sont très loin de sa mémoire et de sa sensibilité. De sa mère, il n'est presque jamais question dans le journal. À son père (dont par ailleurs il respecte la progéniture encore vivante), il n'est fait allusion qu'une ou deux fois. Au sujet, par exemple, d'une vieille affaire d'argent qui mit ce père face à face avec un certain Gilles le Maçon. Les seules personnes qui comptent profondément pour le sire du Mesnil sont les vivants ; et d'abord ses frères et sœurs, pour la haine ou pour l'amour. Quant aux morts, Dieu ait leur âme ; et que périsse peut-être leur souvenir ! Est-ce tellement étonnant ? Dans un monde où père et mère meurent tôt, où les perdre est un lot commun, la vraie valeur, ce sont les contemporains. C'est la phratrie[53].

Allons plus loin : ce paysan dégrossi, décoré d'un titre de gentilhomme, est à peine l'homme d'un nom de famille. La hantise de l'onomastique lignagère, où nous serions tentés, lecteurs de Proust que nous sommes, de voir la marque authentique de la noblesse, n'existe guère pour Gouberville ; sur ce point, il se conforme à la mentalité de ses semblables. Sa véritable identité n'est pas dans son nom, mais dans sa terre, support de sa seigneurie. Il y a là une forme passionnée d'attache à la glèbe : lui-même se nomme théoriquement Jacques Picot, écuyer. Mais il y a belle lurette qu'il se fait appeler de Gouberville, du nom du long village-rue dont il est seigneur. Au point qu'un autre Picot, son cousin, lui conteste sans vergogne, comme étant usurpé, ce patronyme de Gouberville : *Picot fit instance de ce que je me nommais de Gouberville*. Chez les amis du sire, cette fureur d'identification à la terre dissout totalement toute homonymie fraternelle. La phratrie seigneuriale demeure certes l'un des lieux les plus puissants de l'affectivité. Elle est tout de même menacée – elle aussi ! –, par la fantaisie onomastique, d'une crise d'identité permanente. Qu'on en juge : de quatre frères (parents de notre auteur), l'un s'appelle monsieur *de Saint-Naser* ; le second Robert du *Moncel*, bailli de l'abbaye de Cherbourg ; le troisième est monsieur *de Vascognes*, chanoine ; le quatrième, enfin, est le sieur *des Hachées*, qui un jour jouera et perdra aux dés contre Gouberville sa terre des Hachées, mais conservera tout de même le nom qu'il aura forgé sur ce toponyme ! Et combien de frères encore entre lesquels l'onomastique introduit des différenciations qui, dans notre société aux noms bien fixés, seraient inconcevables : voici « le baron de Tubeuf et son frère Lalonde » ; « mon cousin de Bretteville et son frère de Briqueville » ; « mon cousin La Verge, frère de Jacques Picot », etc. Parfois, une notation du journal nous fait saisir le moment fugitif du changement de nom : « Jacques Menfot m'a apporté la nouvelle du changement de nom de sieur baron de la Luthumière » ; « Le baron d'Auney *à présent sieur de Neufville* fait bâtir un pont sur la rivière ». Ces gentilshommes qui changent de nom comme de chemise ont un statut onomastique fluctuant, que connaissent seules aujourd'hui les épouses divorcées.

Fort peu « branché » sur son arbre généalogique, Gouberville ne semble guère conscient non plus des valeurs du combat guerrier, qui, dans le système triparti des Très Anciens Régimes, correspondent à la fonction des nobles. Ceux-ci étant, comme on sait, les *bellatores* (« ceux qui guerroient ») par opposition aux *oratores* du clergé (« ceux qui prient ») et aux *aratores* du tiers état (« ceux qui labourent ») ; mais on sait bien qu'au XVIe siècle, l'élite du tiers et une partie du clergé ont bel et bien cessé depuis longtemps, pour certains d'entre eux, qui de labourer, qui même de prier pour de bon ! On aurait tort d'en vouloir à Gouberville de faillir lui aussi à sa mission propre : il se comporte en tout cas, quand retentit l'appel au soldat, en *planqué* de première grandeur. Tous les prétextes lui sont bons (rhume, pied déboîté, etc.) pour ne pas répondre à la convocation du *ban* ; dans le temps de guerre, celle-ci l'obligerait, en effet, théoriquement à faire quelques mois de service au sein d'une compagnie d'hommes d'armes, du reste mal payée. Mais sans vergogne, et sans que ses gens l'en critiquent, le sire élude l'appel ; bref, il tire au flanc. C'est qu'il aime bien se battre, mais seulement contre ses inférieurs : eux du moins présentent l'avantage de ne jamais rendre les coups qu'ils reçoivent de lui !

Dans ces conditions, qu'est-ce donc que la noblesse pour Gouberville ? La réponse est simple : fondamentalement, c'est l'appartenance à une caste, diversement privilégiée, d'agrariens locaux, avec qui l'on cousine ; à qui l'on rend des visites de courtoisie ou d'affection ; plus précisément, la noblesse est vécue comme une qualité spéciale, qui permet à celui qui en jouit de ne pas payer les impôts du roi. La savonnette à vilain, c'est d'abord un préservatif contre le fisc. On le voit bien en 1555-1556, quand se produit dans le Cotentin et le Bessin une visite générale de vérification des titres nobles. Brusquement, c'est l'affolement dans les manoirs : *ceux qui n'ont pas pu fournir les preuves de leur noblesse l'an passé ont été condamnés à payer six années de leur revenu… Jacques Davy, bailli de Cotentin* (et pseudo-noble)*, a été condamné à 8 000 livres !* Du coup, Gouberville, d'ordinaire si peu soucieux de ses ancêtres, s'enferme tout le jour dans sa maison, fourrage dans ses paperasses, y recherche désespérément les preuves de noblesse de sa famille depuis 1400 *(il étoit nuit quand je les trouvais)*, enfin les recopie jusqu'à minuit ; il pourra ainsi, noblesse prouvée, sauver son exemption d'impôts !

En bref, Gouberville, qui assume, de par sa seigneurie, d'indiscutables et pour lui peu rentables fonctions de *leadership* villageois, en est assez largement récompensé, de manière imprévue, par les détaxations que lui vaut sa noblesse. Celle-ci fait de lui un perpétuel évadé fiscal, conscient et organisé. Le sire n'a sûrement pas l'esprit de profit, au sens capitaliste du terme. Mais il a l'esprit de *leadership*, sinon de caste ; et il sait apprécier comme il se doit les douceurs et les profits du privilège.

*

Gouberville a donc beaucoup à nous dire sur la production des biens et sur la hiérarchie des hommes, telles qu'on les voit, vers 1555, d'un manoir de basse Normandie. En un domaine plus intime encore, son livre de raison déploie devant le lecteur les données de base, quotidiennes ou dramatiques, de l'existence socialisée – vie et mort, naissance et mariage, nourriture et maladie, violence et sexualité ; enfin, dans un secteur plus complexe, politique et religion. Bref, du matériau pour ethnographe.

La vie et la mort, c'est d'abord, au niveau le plus simple, la trinité canonique des cérémonies d'état civil ; baptême, mariage, sépulture ; chacun de ces actes ayant sa charge autonome de sociabilité spécifique, toujours symbolisée par l'ingestion d'aliments. Le baptême qui ouvre la marche est assez peu fêté, sinon dans la parenté la plus proche ; bref, dans l'intimité. Célébration discrète, il n'est l'occasion de ripailles qu'à retardement, au moment des relevailles de la mère, signalées chez les laboureurs par un dîner ou par les « buvettes » d'une douzaine d'amis. Ce repas étant moins destiné à fêter l'entrée dans le monde d'un nouveau bébé qu'à concélébrer le retour d'une jeune mère à la vie féconde et sexuelle, à la Nature naturante, au monde des épouses disponibles.

Mais, si le baptême et ses prolongements ne rassemblent ainsi qu'un groupe de personnes restreint, il n'en va pas de même du mariage. Les noces villageoises des années 1550, d'après les descriptions goubervilliennes, font penser aux épousailles des Bovary dans le roman de Flaubert ; elles sont accompagnées, chez les nobles du cru, ou chez les laboureurs aisés, par une débauche de faste et de consommation ostentatoire. Une chevauchée initiale

conduit le jeune homme et les invités de son *parti* jusqu'au domicile de la jeune fille, où l'attend le *parti* de celle-ci. La mariée,
parée comme une grosse relique, est accoutrée de bijoux, empruntés au châtelain pour la circonstance. Après la messe, un festin de
noces fusionne les deux *partis*, en un dîner qui chez un simple
fermier, important sans doute, peut rassembler 80 personnes en
trois tablées. Repas moins ruineux peut-être qu'il ne paraît, car
les cadeaux de nourriture apportés par les hôtes permettent de subvenir à quelque portion des frais de mangeaille. Pour une noce
noble à laquelle il est invité, Gouberville offrira des viandes de
gibier : sarcelles, canards, lapins, perdrix, le tout délicieusement
faisandé. Pour une noce paysanne, il manifestera son amitié, un
peu plus dédaigneuse, en se cantonnant, de haut en bas, dans le
cadeau végétal : il offrira donc aux jeunes époux, et au banquet
rustique auquel ceux-ci l'ont convié, un sac de froment, une
citrouille, deux douzaines de poires, un pot d'hypocras...

Ces festivités paysannes, qui peuvent durer deux jours, sont
accompagnées de danses, de *dictiers de Noël* récités par un berger.
Leur font écho, quelques jours ou semaines plus tard, de nouvelles
cérémonies : d'abord la *bienvenue* (petite fête pour accueillir la
jeune épouse, quand elle fait son entrée au domicile du mari ou
des beaux-parents) ; puis le *recroq*, nouvelle ripaille postnuptiale,
où, sous prétexte d'invitations à rendre, on *recroque* de la nourriture en l'honneur du nouveau couple. Le mariage est bien l'un des
actes culminants de la sociabilité paysanne : toute une fraction du
village, ou du groupe local de villages (fraction qui, de par
l'endogamie régnante, peut être assimilée à une pure et simple
unité de parenté diffuse), s'y retrouve face à elle-même, et dicho-
tomisée en deux « partis ».

La sépulture, enfin, est l'occasion de manifestations sociales
certes moins gaies, mais à peine moins importantes quant au
nombre de participants rassemblés. Les proches parents du défunt
apparaissent au premier abord à l'inhumation, accablés d'un chagrin sincère qu'en hommes frustes ils distinguent assez peu d'un
sentiment plus général de colère ou d'ennui (ils s'y déclarent, en
effet, à l'exemple de Gouberville, *ennuyés ou faschés* par le décès
de leur proche). Et cette affliction est si puissante que, passé
l'office funéraire, elle leur ôte pour un moment, fait prodigieux,

l'envie de manger. Mais cet instant de faiblesse, indigne d'une âme normande, est vite surmonté. À table ! Un double dîner, l'un plus étroit pour les intimes, l'autre plus nombreux pour la parenté diffuse, réunit les proches et les moins proches du décédé. Repas pris, les « ayants droit », tout en pleurant d'un œil, procèdent à la division de l'héritage, avec cette implacabilité qui caractérise les coutumes de Normandie : celles-ci annulent, comme on sait, toute volonté du mort, et donnent à chaque héritier son lot selon son droit strict *(c'est mon dréit et mé j'y tiens !)*. Après le repas, donc, on regarde au coffre : on compte, on partage les écus. Et puis, continuant sur cette lancée, on partage (en lots égaux ou inégaux, selon la qualité individuelle des hoirs) les vaches, les charrues, les charrettes et les harnais ; les selles des chevaux dans l'étable, la laine au grenier, les cidres ; les vins, s'il y en a ; les pourceaux, la vaisselle d'étain, les poêles, les chaudrons, les pots de fer ; les chaises, les escabeaux, les tables, les bancs ; et puis le lin, les moutons, la graine de lin, le chanvre de l'année ; enfin les champs, au milieu desquels, pour mieux diviser, selon la méthode des Vikings, on tend des ficelles de séparation : *devises* ou pierres de bornage seront ensuite plantées le long des frontières ainsi tracées…

Avant de mourir, et de faire, quand on a du bien, le bonheur triste d'un héritier, il convient d'abord d'être malade ; et plus d'une fois ; et gravement. La maladie, la menace constante du décès, décrites sans ambages et philosophiquement acceptées, se trouvent au centre du livre de raison du maître du Mesnil-en-Val. Non pas que Gouberville ait souvent affaire aux grandes épidémies, qui accaparent, sans doute à juste titre, l'attention des historiens ; et qui représentent en fait (comme sur un autre plan les révoltes) le scandale certes usuel plutôt que le train-train quotidien. Gouberville en dix ans ne mentionne qu'une seule vague de peste, en 1562 : elle épargne son manoir ; il se borne, à ce propos, à faire à sa sœur le don judicieux d'un bouc, dont l'odeur fera fuir les puces pesteuses… Les maladies auxquelles notre sire est fréquemment confronté sont surtout celles, plus journalières, de l'année commune : ce sont les épidémies mystérieuses qui mettent au lit la moitié de ses serviteurs ; elles font, du coup, vaquer les charrues, que nul n'a plus la force de manier. Ce sont ces gros « rhumes » énigmatiques qui vous remontent « de l'estomac au

cerveau », et qu'on attrape en mangeant des crevettes au bord
d'une plage glaciale ; ou en avalant, après dîner, un morceau de
bœuf froid, manifestement trop avancé, dans une cuisine pleine
de courants d'air. La symptomatologie des maladies anciennes
est un vrai casse-tête, et je me garderai de préciser à quoi pouvaient correspondre ces maux contagieux, ces rhumes, ces fièvres
qui, de temps à autre, désolaient le Cotentin, et faisaient certainement beaucoup de morts. L'une des causes de tels fléaux
consistait probablement dans l'absorption de nourritures ava-
riées ; un autre facteur résidait dans le manque d'hygiène :
Gouberville, en effet, ne se rase jamais, achète du savon une fois
en dix ans ; et pour rien au monde il ne s'offrirait un bain, même
de mer ; tout au plus se borne-t-il à surveiller, chaque année,
l'unique et rituelle baignade que prennent, dans la Manche toute
proche, ses jeunes faneurs. Probablement vérolé, ce noble personnage était-il nauséabond ?

Contre la maladie, cependant, à l'exemple de ses voisins, il
mène une lutte de tous les instants. Et d'abord il cherche à guérir
par la bonne nourriture les effets de la mauvaise. Contre son
fameux rhume causé par le bœuf froid, et qui le tient à la tête, au
rein, au cœur et à tous les membres, il se soigne avec des prunes
au sucre, du raisin de Damas et du vin vieux. Pour remettre son
estomac, lequel a lui aussi chaviré, il prend en abondance de la
gelée de pieds de veau. Vomit-il ? Une épaule de mouton arrosée
d'un pot de vin vieux sera chargée de lui réconforter le tube digestif. Bien entendu, Gouberville, seigneur de son village, s'y considère un peu comme le « médecin du bon Dieu », toujours prêt à
« soigner » gratis ses vassaux et ses voisins. Quand l'un de ses
paysans gît malade, en train de se faire suer pour faire tomber la
fièvre, dans un lit spécial au coin du feu, auprès duquel l'assistent
par dizaines ses parents et amis, rassemblés en foule inquiète et
bavarde, soyez sûr que le sire ne tardera point à se présenter. Il
sera là bien avant les barbiers, pour ne point parler des médecins,
toujours absentéistes. Et le voilà qui arrive, qui perce les
furoncles, qui déconseille ou permet doctement la saignée ; qui
fabrique pour soigner les anthrax des remèdes à l'oignon de lys ;
qui pose sur les jambes cassées des emplâtres de *tourmentine*
(plante médicinale). Rebouteux à ses moments perdus, il remet

« du mieux qu'il peut », en compagnie du vicaire qui lui sert de garçon chirurgien, les genoux déboîtés de ses censitaires. Aux dames gravement malades, il expédie une avalanche de chevreaux et de pâtés, qui sont censés servir de remède à la maladie, mais qui peut-être hâtent la mort de ces pauvres femmes. Car le sire, on s'en serait douté, s'avère fort hostile à la diète. Aussi bien, quand ses serviteurs sont égrotants, mieux inspiré, il leur administre un potage de sa confection, à base de bettes, de bourrache et d'épinards, assaisonnés de verjus, de jaune d'œuf et de beurre frais ; potage qui n'est pas nécessairement contre-indiqué. Et je n'aurai garde d'oublier son lait de chèvre pour la douleur de tête ; son eau d'aubépine pour la colique-passion ; ses feuilles de chou pour ôter le feu d'une jambe malade ; enfin sa mystérieuse eau de cresson, toujours préparée par un prêtre, mais dont on ignore, hélas, l'utilité spécifique. Bien entendu, Gouberville, à lui tout seul, ne peut pas faire face à toutes les maladies qui hantent le canton qu'il habite. En fait, dans son secteur, est implantée, pendant la décennie 1550, une modeste organisation médicale, ou paramédicale, dont l'efficacité prête à sourire, mais dont les bonnes intentions sont indubitables. Le sire entretient, avec les divers niveaux de cette hiérarchie du service de santé, des relations plus ou moins chaleureuses…

Elles sont même plutôt fraîches, ces relations, et parfois franchement hostiles, en ce qui concerne le petit groupe des barbiers locaux, situé tout en bas de l'échelle. Les barbiers sont en effet de minuscules personnages, dont la consultation vaut de 5 sous à 8 sous (3 sous seulement quand ils ne se déplacent pas, et qu'on vient chez eux recourir à leurs services). Ils n'ont pas lu la littérature de médecine et de chirurgie, que Gouberville, lui, connaît ou prétend connaître. Et puis, surtout, leur technique savante, qui vise à évacuer par la saignée tel excès de sang, ou tel principe malin faisant résidence dans le corps, est à l'opposé des conceptions (résolument folkloriques et populaires) cultivées par Gouberville : si l'on en croit la pratique de celui-ci, en effet, les maladies ne résultent pas d'un trop-plein d'humeur dangereuse (justiciable de la saignée, puis plus tard – aux temps moliéresques – de la purgation) ; elles dérivent bel et bien d'un manque de substance, d'un vide qu'on s'efforcera de combler par l'ingestion de viandes, de boissons alcooliques, d'épices et de simples. Ce creux une fois rempli, la santé fera retour. Ces deux prises de position, celle du barbier et celle du seigneur (la seconde étant probablement plus proche de la sagesse locale et paysanne), sont mutuellement contradictoires ; et il n'est pas surprenant que, de temps à autre, un *clash* se soit produit entre les deux types de thérapeutique, celle qui fait le vide et celle qui fait le plein. De cette querelle, à vrai dire, les théories de maître Gilles sortent toujours triomphantes, par la simple vertu du principe d'autorité seigneuriale.

Au-dessus des barbiers, sévissent, préposés eux aussi aux petites misères de la physiologie paysanne, les rebouteux. Ce sont généralement des prêtres : vicaires ou *missires* (un autre *hobby* de ces *missires* étant l'élevage des abeilles et la fabrication du miel). Ces rebouteux cléricaux coûtent cher (33 sous la consultation) ; ils savent remettre, plus ou moins habilement, les foulures et ils pratiquent eux aussi une médecine empirique à base d'herbes, inspirée des traditions locales. Tout cela leur confère un prestige supérieur à celui dont jouissent les artisans de la lancette et de la barbe, précédemment évoqués.

Enfin, au sommet de la pyramide, lointains et presque inaccessibles, ne se déplaçant qu'à de rares occasions, siègent (en ville) les médecins brevetés et patentés. Ils coûtent très cher (le seul pourboire versé à leur laquais équivaut au prix de la consultation d'un barbier !). Et puis, bien entendu, le médecin de Cherbourg ou de Valognes ne daigne pas se déranger pour se rendre au chevet d'un paysan malade, perdu dans sa ferme du bocage. C'est donc le patient qui vient au médecin ; ou bien si ce patient, grabataire, est intransportable, c'est son urine ; c'est l'*eaue* ou l'*estat* du client qui lui tient lieu de dossier, et qu'un ami transporte, dans un flacon spécial, jusqu'au domicile du morticole. Au vu de cette *eaue*, de ses troubles, de sa couleur et de ses particules en suspension, le médecin ordonnera tel ou tel remède : vin de cru, cidre de tel village, bière de l'abbaye de Cherbourg, etc. Sur les grands chemins qui mènent aux villes, en période d'épidémie, on voit voltiger les pots d'urine à l'aller, les pots de bière au retour.

À tout ce qui précède, on devine la place immense que tiennent, liquides ou solides, les nourritures fortes dans le système de valeurs

des hommes du groupe social auquel appartient Gouberville. Fondamentalement, le sire n'est pas un cérébral, mais un « ventral ».
Chez ce gentilhomme campagnard, aux yeux de qui l'appartenance à l'ordre noble a dévalorisé quelque peu le travail de force,
et qui d'autre part (sa maigre bibliothèque en fait foi) n'attache
qu'une importance mineure aux activités de l'intellect, le « rapport au corps » est, pour une part essentielle, un rapport à l'estomac. Vraie des hobereaux, cette assertion est plus justifiée encore
en ce qui concerne les membres du clergé, à la fois gros buveurs
et gros mangeurs (je mets à part bien entendu le prolétariat des
vicaires, partiellement peuplé de ventres creux). Aussi bien les
rencontres entre maître Gilles et tel ou tel prêtre d'un certain rang
(prieur, chanoine) sont-elles l'occasion de solides performances
gastronomiques. Quelques menus, épinglés au hasard, sont de
ce point de vue éloquents. Lors du souper du 18 septembre 1554,
au manoir, avec trois convives (soit Gouberville, un prieur et
un bailli) :

> Deux poulets tous lardés
> Deux perdreaux
> Un lièvre
> Un pâté de « venaison » (de cerf).

À la « collation » du 24 janvier 1553 (prise par Gouberville,
juste après son dîner, avec trois chanoines qui arrivent passablement saouls de Cherbourg pour régler les dîmes) :

> Un courlis
> Un ramier
> Une perdrix
> Un pâté de sanglier
> Vin sec et ordinaire, à volonté.

   (Après cette collation d'après-dîner, les convives sont allés mesurer les terres décimables.)
   Dîner du 22 août 1553, avec Gouberville, le curé de Cherbourg,
plus quatre hommes et l'épouse de l'un d'entre eux :

Viande valant pour une livre tournois et 2 sous

Des poulets

Huit bécassines

Sucre, cannelle, clou de girofle, poivre, safran, gingembre, bref
quantité d'épices pour faire « descendre » toute cette viande

Quatre pots de vin achetés à Valognes

Quatre pots de vin achetés à Cherbourg

Un pot d'hypocras ou vin épicé (le « pot » fait environ deux
litres).

Ces beuveries, ces excès de viande sont-ils compensés par
l'ascétisme des temps du maigre ? Nullement. Car une abondance
de poissons succède alors à l'excès carné. On ne fait que changer
de protéines, mais les quantités absorbées demeurent toujours
importantes. La mer est proche ; la Manche avec ses ressources à
l'époque infinies… Le moindre repas maigre de Carême ou de
vendredi, dès lors que des prêtres ou simplement des amis s'y
trouvent priés, implique que soient servies quatre, six ou sept
espèces différentes de poissons, le dessert étant constitué d'un
maquereau. Et qu'on n'aille pas dire que les poissons de mer des
années 1550 étaient plus petits que ceux d'aujourd'hui ! Bien au
contraire ! On voit que les bonnes traditions culinaires des classes
dirigeantes françaises plongent des racines profondes dans le
comportement des petits groupes de privilégiés du fond des campagnes, dès la fin du Moyen Âge ou la Renaissance. À la même
époque, les couches supérieures de la paysannerie s'essayaient,
aux jours de fête ou de noces, à imiter ces ripailles nobiliaires,
éventuellement breughéliennes. Quant à la masse des manouvriers
ou des laboureurs les plus médiocres, elle était parfois rejetée du
côté de la pénurie, en saison de mauvaise récolte (le journal de
Gouberville, sur dix années couvertes par sa prose, n'en indique,
à vrai dire, qu'une seule qui soit disetteuse et calamiteuse pour le
blé ; ce qui semble bien constituer, pour cette période, une proportion d'un an sur dix, assez normale).

En un monde de relative pauvreté, les gentilshommes ruraux
du Cotentin ont donc su constituer, autour de leur entourage
immédiat, y compris paysan, « de petits îlots de solide alimenta-

tion »… Ces îlots souvent sont aussi quelquefois (davantage qu'au siècle suivant, plus policé) des repaires de paillardise et de violence.

La « paillardise » plus ou moins intense étant de tous les temps, seule importe, ici, son incarnation concrète dans les mœurs du moment que nous étudions. Disons que vers 1555, chez les gentilshommes campagnards, elle se distingue assez peu de la sexualité extra-conjugale, à laquelle elle est amalgamée au nom d'un blâme débonnaire ; elle est alors, et tout à la fois, florissante, culpabilisée, seigneuriale. Florissante, chez les nobles mâles ou femelles, elle donne lieu au grand nombre des bâtards et au sans-gêne des concubinats, les uns et les autres battant, semble-t-il, les records ultérieurs de l'âge classique (d'après les enquêtes de Mme Claude Grimmer). Coupable et honteuse, du moins au niveau de l'écrit, elle ne s'exprime dans un journal intime que sous le couvert de l'alphabet grec, certes facile à déchiffrer : Gouberville, grâce à ce déguisement « hellénique », peut raconter en catimini ses aventures amoureuses, qui lui sont en général communes avec Simonet – son demi-frère naturel et compagnon d'aventure. Ces récits, secs, gênés, pudiques, allusifs, ne sont marqués, est-il besoin de le dire, d'aucune faconde rabelaisienne. (Rabelais après tout ne représentait peut-être pas davantage l'esprit de son temps que les surréalistes ou les peintres de Montparnasse n'exprimeront la mentalité du Français moyen vers 1925…). Seigneuriale, enfin, l'hétérosexualité du sire célibataire s'exerce sous la forme atténuée d'une sorte de droit à la séduction, officieux et local, tacitement admis par les familles des femmes aux dépens ou au bénéfice desquelles ce droit s'exerce. L'une des maîtresses les plus connues de Gouberville est Hélène Vaultier, sœur d'un laboureur, dont la maison est proche du manoir. Cette fille séduit le seigneur Gilles en décembre 1553, un jour que chez elle, en sa présence, elle chauffe le four et bat le fléau. Gilles l'engrosse, puis continue à la fréquenter en compagnie de Simonet *(nous foutûmes Hélène)* ; il informe de cette grossesse, comme le veut la coutume, le frère de la jeune fille auquel il verse, semble-t-il, la compensation prévue dans ce cas ; il se confessera longuement de sa faute, en fin d'année, à un prêtre de Cherbourg qu'il aura au préalable régalé d'un bon repas. Condamné par cet ecclésiastique à la pénitence d'un pèlerinage, qu'il effectuera déguisé en marin, Gilles se retrouvera finalement lavé de son péché, et prêt, peut-être, à le recommencer (?).

La violence, pour sa part, n'est pas l'apanage de tous les nobles. Gouberville, par exemple (si l'on met à part les corrections domestiques qu'il inflige à droite et à gauche pour la bonne marche de son manoir), pratique en général une politique de non-agression. Mais les hommes de son groupe social, et, d'une façon plus large, les gens de condition relevée, s'adonnent assez largement, vers 1555, tout autant que les « vilains », à l'attaque physique contre autrui. Sur les huit assassinats qui ont retenu en dix ans l'attention de maître Gilles en son journal, sept sont accomplis par des personnes de haut rang – généralement des nobles, quelquefois de gros propriétaires ou des robins. On est donc typiquement devant une délinquance de type ancien ou très ancien : délinquance meurtrière, et perpétrée non seulement par les paysans, mais aussi par les membres des groupes supérieurs. En opposition avec la criminalité de type plus récent : celle-ci, en effet, comme le montreront Boutelet et Chaunu, s'adonnera plus au vol qu'à l'homicide ; et, de toute façon, différence capitale avec le Moyen Âge ou le XVIe siècle, elle sera davantage le fait des basses classes que des groupes élevés.

Autre différence avec les époques plus proches de nous : les tribunaux du XVIe siècle, bien souvent, négligent de sanctionner, d'évoquer même, cette violence archaïque de certains privilégiés de l'époque. Dans ce Cotentin du temps d'Henri II, chacun essaie, s'il le peut, de se faire justice lui-même ; en poursuivant et châtiant le meurtrier qui a pris la vie d'un parent, ou le voleur qui a dérobé tel ou tel meuble, argent ou bétail. Tout cela peut se terminer, dans les cas les moins dangereux, devant un repas, offert par une tierce personne, qui fait office de médiateur. Ce tiers (Gouberville par exemple) couronne ainsi l'œuvre de conciliation au cours de laquelle il a négocié une compensation financière, versée par l'offenseur à l'offensé : en principe, cet accord ou appointement clôt la querelle. L'appointement bas-normand du XVIe siècle, purement coutumier, n'est guère inscrit dans les codes. Il a quand même l'avantage d'éviter une interminable vendetta.

Tout cela ne veut pas dire que les juges ou les tribunaux soient en chômage. Bien au contraire. Gouberville, comme tout vrai Normand d'Ancien Régime, est chicaneur à l'extrême, d'une passion abusive, sinon ruineuse. Pour gagner ses procès, notre homme se ruine en pots-de-vin, en dons de chevreaux, levrauts, perdrix, lapins, distribués aux juges et avocats. Il dépense ainsi une petite fortune, soit des dizaines de livres tournois et des dizaines de pièces de gibier, pour récupérer, au terme d'un jugement favorable, une rente seigneuriale de 30 sous par an correspondant à un capital d'une vingtaine ou d'une trentaine de livres. Il est vrai qu'il doit s'agir d'une rente perpétuelle… Lieu géométrique de tous les paradoxes (à nos yeux), cet homme, qui est pratiquement incapable de vendre régulièrement ses sacs de blé sur un marché, incapable aussi d'orienter son domaine, en masse, vers les débouchés mercantiles, passe en revanche des heures à lésiner sur un panier de pommes qui doit faire l'objet d'un partage entre lui et d'autres héritiers ; et il se ruine en chicanes…

Gouberville ne s'est donc pas entièrement plié à l'esprit du capitalisme ni à l'éthique protestante. Et cela malgré ses sympathies huguenotes, indubitables. Sa personnalité (sympathique) m'apparaît comme une curieuse mixture de traits, dont les uns sont archaïques, les autres empreints d'aspects modernes : au passif, on note chez cet homme les attitudes économiques orientées vers la conservation et vers l'acquisition des biens, beaucoup plus que vers le profit ; à l'actif, faut-il faire figurer ses inclinations huguenotes ? et son goût paradoxal pour l'innovation technique, dans un milieu d'autoconsommation traditionnelle ?

Ces curieux mélanges, investis dans l'indéchirable unité d'un personnage bien intégré, sont probablement loin d'être atypiques, puisqu'on les retrouve, à doses variables, dans la culture et dans la société des paysans de ce temps-là, tels qu'en toute candeur les observe maître Gilles au cours de ses notations journalières.

Dire que la culture des ruraux de cette époque (au sens anthropologique du mot « culture »), est un composé d'archaïsme (encore lui…) et de modernité, c'est énoncer le plus redoutable des truismes. L'intérêt commence, néanmoins, pour l'historiographie des campagnes, dès qu'on essaie de doser les éléments de la mixture, et l'harmonie de ses proportions.

À l'actif de la modernité dans la culture agreste du Cotentin, on doit d'abord mettre l'instruction : les paysans de basse Normandie, dès le xvie siècle, basculent vers la France la moins analphabète. En 1560-1580, leurs enfants (ou du moins une partie des garçons) sont scolarisés ; ils forment le groupe d'âge spécifique des écoliers, distinct des jeunes célibataires et des hommes mariés. Maître Gilles, à la sortie de la messe, fait de temps à autre réciter les leçons ou les *dictiers* à ces enfants, en leur tapotant la joue ; il distribue quelques liards aux plus sages d'entre eux, y compris chez les fils d'ouvriers agricoles ; c'est au point qu'en 1576, dans cette paroisse, un nombre non négligeable d'hommes saura signer (les femmes en revanche resteront dominées par l'ignorance). Cependant, cette petite instruction se déploie dans des limites étroites… Le Cotentin rural fait son entrée dans la « galaxie de Gutenberg », mais c'est à reculons qu'il y pénètre, et les yeux tournés vers un passé sans écriture. Même au manoir et au presbytère, seules maisons qui possèdent des ouvrages imprimés, le nombre des livres disponibles demeure bas : chez Gouberville, par exemple, *Amadis de Gaule*, *Le Prince Nicolas*, *Nostradamus*, un traité juridique forment le fonds de ce qu'on n'ose pas appeler la « bibliothèque » : elle compte au total moins d'une dizaine de volumes. Certains de ces livres, on doit le reconnaître, détiennent une vraie popularité manoriale : un ouvrier du pays est surnommé *Nostradamus* ; et le sire, les jours de pluie, lit *Amadis de Gaule*, avec l'accent normand, à ses serviteurs réunis. Mais enfin, en dépit de ces efforts louables, l'incitation à la lecture vespérale n'est pas toujours des plus puissantes (au manoir même, une fois la nuit tombée, on se contente de chandelles ; le temps des lampes à huile est-il encore à venir ?).

Tout cela serait à verser aux dossiers d'une enquête plus générale sur les données matérielles de la culture, sur l'outillage mental et la sensibilité des hommes du cru. Quant à ces points, je me limiterai à quelques exemples tirés du journal : en ce qui concerne la perception du temps, Gouberville, par exemple, possède une horloge ; mais il est bien le seul, de ce point de vue, en son village. Et dans un autre ordre d'idées, si la gamme des couleurs ou plutôt des teintures, telles qu'on les observe sur les robes des femmes ou les habits des hommes, est assez variée, incluant « le blanc, le

noir, le rouge, le violet, le jaune, le tanné, le brun tanné et le gris »,
on est curieusement surpris par l'absence, sur ces étoffes pour
paysans, du vert et du bleu. Ces carences s'expliquent-elles, dans
le premier cas, par un tabou (le vert est la couleur des fols), et,
dans le second, par la cherté du pastel ?

Quoi qu'il en soit de ces détails infimes, et peut-être significatifs, l'instruction « alphabétique » et la scolarisation, si effectives
soient-elles, sont encore des intruses, dans des groupes villageois
qui, pour le plus gros de leur vie culturelle, utilisent les anciennes
habitudes de la transmission orale et de la sociabilité folklorique.
Folklore d'hiver d'abord : il s'organise dans la société goubervillienne autour de la bûche de Noël, du gâteau des Rois, des déguisements, *momons* et « imprégnations alcooliques » du Mardi gras.
Pendant l'été, les feux de la Saint-Jean, les danses de la moisson
et le théâtre, souvent urbain, des *Mystères* et des *Moralités*, dont
le public paysan raffole, continuent les uns et les autres leurs carrières traditionnelles. En toute saison, les exécutions capitales et
supplices, grands spectacles d'exemplarité citadine, constituent
pour les ruraux qui, venus de très loin, s'y rendent nombreux, la
plus sauvage des tragédies disponibles. Au village, des sports très
variés, choule, paume, palet, boules, quilles, voleries, opposent
les habitants les uns aux autres, et notamment les mariés aux non-
mariés. Les femmes elles-mêmes (qui sont en principe à la base de
cette démarcation tracée dans le groupe des mâles) ne tiennent
dans ces jeux qu'un rôle passif de spectatrices ou de *supporters*.
Quant aux distractions d'intérieur ou de société, surtout pendant
l'hiver, les serviteurs « tapent le carton » ; les nobles jouent au tric-
trac, pour des enjeux parfois considérables (terres, moulins). Des
prêtres, enfin, disputent sur le pas de leur porte, au petit matin, de
sévères parties de dés.

La culture massive et sérieuse de ce temps possède, bien
entendu, au niveau des masses populaires et de leurs élites traditionnelles, son foyer central : la religion ; celle-ci souvent super-
stitieuse et encombrée, notamment à la campagne, de survivances
paganisantes. Gouberville et ses pairs ont su, dans ce domaine
également, manifester leur souci de puissance : dans le saint lieu
lui-même, ils ont installé leurs réseaux, sauvegardé leurs intérêts,
placé leurs hommes. Les curés de campagne, absentéistes et

cumulards (liés au monde noble, du reste, par le privilège ou même la naissance), ne sont pas de ce point de vue rivaux bien dangereux pour un gentilhomme rural, quand celui-ci sait ce qu'il veut. Car ces curés ont souvent la charge, pour chacun d'entre eux, de trois paroisses éloignées les unes des autres. En fait, ils n'en contrôlent réellement aucune ; et ils se bornent à visiter l'une ou l'autre une fois l'an, à l'occasion d'un jubilé. Il leur arrive, certes, de « prier Dieu pour leur troupeau », mais ils le font presque toujours en se plaçant le plus loin possible des ouailles mises en cause. Dans ces conditions, les innombrables vicaires (sans parler des prêtres « haut le pied » dépourvus d'affectation précise) sont les responsables réels du bon fonctionnement de l'âme rurale. Or, leur pouvoir contestataire à l'égard du seigneur est extrêmement faible – quand le sire grogne, ils marchent droit. Comment pourrait-il en être autrement ? Pauvres, les vicaires exercent maintes fois un second métier, le plus souvent manuel, pour pouvoir vivre – ils plient la laine, coulent la cire, étreignent le miel, capturent les essaims, sèment le froment, colportent les greffes, réparent les huis du moulin, font office de facteur rural, charrient des membres de bœuf ou des pavés… que sais-je encore. Les plus chanceux, très rares, sont médecins, soignant d'un même mouvement les âmes et les corps. Gouberville mène donc à la baguette ce petit monde clérical et démuni, qu'il entoure d'une amitié vigilante : les vicaires du Mesnil l'envoient respectueusement demander, chaque dimanche à l'aube, pour qu'il daigne assister à l'interminable office dominical (matines, suivie d'une messe Notre-Dame, elle-même suivie de la messe paroissiale, couronnée enfin par une dernière messe, funéraire ou autre)… Quand la foule est clairsemée, le chant faux, le vicaire ivre, le sire n'hésite pas, en pleine église, à tancer vertement les coupables.

Car Gouberville est sincèrement pieux : il croit en Dieu, d'une foi émouvante ; il est même dévot à l'ancienne mode et court volontiers les indulgences ; comme beaucoup de gentilshommes de l'Ouest, il est pourtant influencé par le protestantisme. Son tailleur est huguenot ; lui-même va au prêche, à partir de 1561 ; il y envoie les gars de sa ferme, et il convertit tout doucement les laboureurs les plus influents du village, qui sont ses amis, à la nouvelle religion. On aurait pu imaginer qu'en Cotentin, en Bessin, une évolution « à l'anglaise » se serait finalement produite ; les villages, sous l'influence de leurs seigneurs et maîtres, glissant au protestantisme ; et lesdits seigneurs en profitant pour happer, le plus pieusement du monde, les biens des églises. Mais l'opération, cette fois, était de trop grande envergure pour réussir aussi aisément. Tabler sur une évolution graduelle, massive, pacifique vers l'« hérésie », c'était compter sans les villes, sans les petites villes notamment, bien plus influentes en France qu'en Grande-Bretagne, et qui, finalement, dans un sens ou dans l'autre, ont fait pencher le plateau de la balance. Des communautés urbaines comme Avranches, Valognes surtout, ont des plèbes d'hommes simples, alphabétisées parfois, mais littérairement et bibliquement peu sophistiquées ; ces plèbes sont travaillées par toute une moinerie prédicailleuse et mendiante, dont les sermons ont un autre souffle que les prônes secs des vicaires ruraux ; elles sont noyautées par les confréries de métiers. Les petites villes, en leurs strates inférieures, ont donc bien des raisons d'être hostiles aux divers groupes de l'élite cultivée qui sympathisent à Calvin ; hostiles aux gentilshommes du bocage, aux officiers royaux et aux juges, aux « élus » du fisc, considérés comme les sangsues du peuple, et qui par ailleurs sont suspects d'hérésie. Valognes, Avranches, deviendront plus tard des nids à ligueurs ; dès 1562, ces villes utilisent pour faire la chasse aux *christandins* (huguenots) des soldats frustes, venus du fin fond de la Bretagne ultra-papiste. Voilà qui suffit pour faire entendre raison, par une menace de Saint-Barthélemy avant la lettre, aux petits seigneurs isolés dans leur campagne. Gouberville, craignant le pillage pour son manoir, et voyant ses plus fidèles laboureurs mis en chemise par les catholiques, ne tarde pas, comme on dit, « à comprendre ». On le verra même par moments renier presque ses sympathies huguenotes ; on le verra, dans l'intérêt de sa tranquillité, s'humilier en expédiant un chevreau, un lièvre et « une fort belle truite » à une dame huppée du parti antiprotestant. En bien des villages de France, la Réforme ainsi lancée par quelques personnes éclairées, mais prudentes, de l'élite officière et noble a dû finir de cette façon ; elle a capoté sans gloire devant les menaces d'un pogrom organisé par les masses urbaines. Paradoxale société du XVIe siècle : c'est en ville qu'apparurent les premiers germes du renouveau réformé. Mais c'est en ville aussi que se trouvent, étrangement, les forces puissantes du renouveau culturel… et catholique. Il est vrai que la Normandie, si septentrionale soit-elle, est un pays latin. Le catholicisme y est, de ce simple fait, plus coriace et moins déracinable qu'en Allemagne ou en Angleterre…

CHAPITRE III

Le traumatisme des guerres religieuses et ligueuses
1560-1595

L'écosystème en perspective

Au terme de l'immense fluctuation qui a fourni la trame des chapitres précédents, les décennies 1540-1560 ont vu s'achever la reconstitution de l'écosystème rural de la France. Non sans modifications ou particularités d'époque. Mais enfin tel, à peu près, qu'en lui-même il avait fonctionné au XIIIe siècle finissant et au XIVe siècle d'avant-peste. Et tel qu'il continuera d'opérer, non sans oscillations, en vertu de ses règles internes d'équilibre homéostatique, pendant tout le XVIIe siècle et jusque vers 1700-1720 ; cet écosystème a ses masses démographiques coutumières (la vingtaine de millions d'habitants), ses rendements céréaliers, ses volumes de production agricole, individuels et globaux qui sont présupposés par les exigences statistiques des millions d'hommes. À raison de 210 à 240 kilos de céréales par an et par habitant (ce chiffre tenant compte des enfants qui mangent moins que les adultes), et en ajoutant les quantités de grain nécessaires pour les semences et pour la consommation animale, la vingtaine de millions d'habitants qui, avec des hauts et des bas, peuple la « France » de 1550 à 1720 doit consommer bon an mal an une soixantaine de millions de quintaux de céréales. Or, qui dit consommation (dans un pays où importation et exportation de « bleds » se compensent à peu près d'un groupe d'années à l'autre), dit production. Dans les frontières qui seront celles de Vauban, la production-consommation globale de grain dépassait de peu une cinquantaine (plus vraisemblablement une soixantaine[1]) de millions de quintaux au commencement du XIVe siècle, et la soixantaine de millions pendant le très long XVIIe siècle.

Bien entendu, l'écosystème, dans sa structure reconstituée des années 1550, comporte des variantes très importantes par rapport à sa modalité médiévale de l'avant-peste, celle de l'avant-1348. Quelques-unes d'entre elles ont été précédemment mises en cause : par exemple, une révolution agricole a eu lieu en Flandre (mais elle n'a guère déteint, plus au sud, sur les territoires de la France). La viticulture nantaise a crû (mais celle de la Gironde, compte tenu de toutes ses fluctuations, a finalement décru quelque peu dans le très long terme).

Les variantes les plus substantielles interviennent au niveau des structures sociales, et aussi du point de vue des rapports de forces du monde paysan avec le complexe urbain, commercial, administratif, étatique. La société rurale du premier XIVe siècle était encore seigneuriale et féodalisante ; celle du XVIe siècle, en beaucoup de régions, est à demi postféodale ; elle tend à être dominée économiquement par une « classe propriétaire ». Plus généralement, la seigneurie a perdu du terrain ; elle existe toujours, mais elle a dépéri au profit de l'État, donc de la ville. Le secteur urbain, avec ses sous-systèmes commercial, artisanal-industriel et bureaucratique à base d'offices, s'est beaucoup alourdi, dans l'absolu, depuis qu'il s'est reconstitué, lui aussi, pendant la Renaissance[2] ; et il contribue à poser les conditions d'une croissance générale très lointaine encore, qui déséquilibrera un jour, au XVIIIe siècle, l'ensemble de la société, paysans inclus. Mais, quoi qu'il en soit, dans les couches froides de la société française, autrement dit dans l'immense masse rurale, les données fondamentales n'ont pas énormément varié par rapport au Moyen Âge de l'avant-peste. Les rapports (parfois tendus) entre population et subsistances, entre agriculteurs et consommateurs d'une part, et productivité agricole, d'autre part, sont revenus substantiellement, vers 1520-1570, à leur configuration d'avant les *Wüstungen*. Et cette restauration elle-même s'est opérée à travers divers processus homéostatiques, dont la paupérisation : celle-ci n'étant, tout compte fait, qu'une manière de retour à l'équilibre.

La notion d'équilibre, ou plus exactement de rééquilibration séculaire du système, est inséparable du concept de fluctuation.

Tout ce qui dans ce livre a été jusqu'à présent écrit sur le monde rural concerne l'histoire d'une fluctuation majeure. Fluctuation très profonde : la population rurale a varié du simple au double, en chiffres ronds ; et, plus généralement, le peuplement global a opéré un gigantesque aller et retour de 20 millions d'hommes à moins de 10 millions et *vice versa*. Fluctuation très longue : la rupture d'équilibre et le retour à l'équilibre se sont étalés en tout et pour tout sur deux siècles (1340/1350-1540/1560).

Il est permis, à des fins taxinomiques, d'appeler cette fluctuation majeure « fluctuation du premier ordre » : la France, à vrai dire, n'en connaîtra plus de comparable pendant l'époque moderne. La population globale (rurale et urbaine), entre 1560 et 1720, pourra stagner, voire décroître de quelques « pour-cents » ou à peine davantage au cours de plus mauvaises périodes, comme par exemple pendant les guerres religieuses ou pendant la Fronde ; elle pourra ensuite récupérer quelque peu ; et finalement s'élancer pour de bon, après 1720-1730. Il ne lui arrivera plus, en revanche, de décroître globalement et séculairement de moitié, comme ce fut le cas pendant les *Wüstungen* bas-médiévales… Si l'on veut trouver, durant l'époque moderne, d'autres cas de fluctuation du premier ordre, on pourra en effet les rencontrer ; mais seulement à l'est des frontières françaises : dans l'Allemagne des guerres de Trente Ans, voire dans la Russie du Temps des troubles…

En revanche, la société française (rurale et globale), sera sujette pour longtemps encore à ce que j'appellerai des « fluctuations du second ordre ». Celles-ci se définissent à la fois par leur moindre durée (une ou deux décennies ; au maximum trois ou quatre décennies) et par la moindre amplitude de leurs ravages démographiques – les pertes se montant à quelques millions d'hommes, un dixième de la population globale au maximum. Dans ces conditions, les rapports population-subsistances, et le tissu de médiations économiques qui unit celles-ci à celle-là, sont beaucoup moins affectés par ces oscillations du second ordre qu'ils ne le furent par celles du premier ordre.

Enfin, il existe, soigneusement étudiées par tout un groupe d'historiens, des « fluctuations du troisième ordre » : crises de subsistances, épidémies, mortalités. Les unes et les autres étant caractérisées à la fois par leur durée assez brève (un an, ou quelques années au maximum), et par leur impact démographique relativement faible : moins ou beaucoup moins de 10 % des effectifs globaux. La disette de 1630 dans la France occidentale ou parisienne peut constituer un exemple, parmi bien d'autres, de cette troisième catégorie d'oscillations.

Les fluctuations du premier ordre ont fait l'objet d'innombrables travaux ; celles du troisième ordre ont été elles aussi élucidées, dans un esprit très systématique. En revanche, celles du second ordre n'ont guère été étudiées, du moins *en tant que telles* (c'est-à-dire en unissant à la recherche des faits concrets la mise en évidence du cas général). Il est certain, cependant, que la société rurale française a été affectée ou traversée dans sa période de maturité et d'équilibre, entre 1550 et 1720, par trois grandes fluctuations du second type : celle qui correspond, d'abord, aux quarante années des guerres de Religion ; celle qui se développe ensuite au même rythme que le complexe « guerre de Trente Ans/Fronde » ; celle qui coïncide enfin avec l'ultime partie du règne de Louis XIV (1690-1715).

Au cours de ces trois épisodes, la population et l'économie agraire sont affectées par une flexure négative et provisoire ; la diminution des effectifs humains peut atteindre 20 % du total dans les régions les plus malmenées ; au terme des épreuves, cette diminution démographique se fait également sentir à l'échelle de la nation tout entière : vers 1593, vers 1653, et peut-être aussi vers 1715 (sous l'impact successif des malheurs de 1693 et 1709). La production agricole subit elle aussi des déficits fort lourds pendant les mêmes périodes. Démographiquement et économiquement, ces flexures négatives sont suivies par des phases intermédiaires de remontée et de restauration plus ou moins poussée : phases de « poule au pot » (sous Henri IV et le jeune Louis XIII ; sous Fouquet et Colbert ; et, bien entendu, à partir de la Régence[3]). Flexures négatives et positives se compensent à l'échelle des quinze ou seize décennies de la période 1560-1720, pour aboutir à une situation approximative d'équilibre ou de stagnation ; avec tendance possible à un léger accroissement séculaire.

Parmi ces diverses fluctuations du second ordre, la dernière en date (« fin du règne » de Louis XIV) sera envisagée ultérieurement dans le présent ouvrage. La première, en revanche (celle qui correspond à la période 1560-1595), intervient au point précis où se trouve maintenant situé notre exposé. Comment définir, par rapport à elle, les comportements, objectifs et subjectifs, des masses paysannes ?

Les guerres de Religion : une fluctuation du second ordre

Que ces masses, dans la grande crise des guerres de Religion, aient été objet, plus que sujet, de l'histoire, c'est l'évidence. À partir de 1560, l'écosystème rural a été bousculé par une série de cahots venus de l'extérieur, et ces cahots, il ne les a pas engendrés, ou si peu.

La Réforme, en effet, tire les conséquences de l'entrée de l'Occident dans la « galaxie de Gutenberg » : la diffusion du papier, puis de l'imprimerie, multiplie les possibilités d'acculturation ; les nouveaux médias rendent possible, auprès des lecteurs et auprès des auditeurs de ces lecteurs, une révolution culturelle.

De ce point de vue, les campagnes françaises sont doublement mal placées : à peine alphabétisées, elles ne figurent ni parmi les acteurs, ni parmi les bénéficiaires de l'explosion. Elles n'en sont pas moins vulnérables aux remous de la guerre civile qui proviennent du monde citadin, par ricochet de la révolution religieuse.

Que le monde rural ait été peu ouvert aux lumières du XVIe siècle, fussent-elles réduites aux toutes petites lumières de l'alphabétisation de base, c'est l'évidence. Certes, les recherches d'historiens sur l'« instruction primaire » des paysans de 1560 ou 1570 ne fourmillent pas… Il en existe tout de même quelques-unes : leurs constatations sont radicales. En Languedoc, par exemple (région narbonnaise), 97,1 % des « salariés agricoles » sont illettrés vers 1570 ; 89,6 % des fermiers de gros domaines le sont également ; et encore s'agit-il, à propos de ces deux pourcentages, de paysanneries sises près d'une ville. Dans le Languedoc profond (pré-Pyrénées), l'analphabétisme agraire est quasi total, même au niveau des consuls de village : en cette minuscule élite municipale, neuf personnages sur dix sont illettrés.

Sans doute le Midi occitan ne constitue-t-il pas le meilleur exemple possible… puisqu'il est situé du mauvais côté de la barricade culturelle. La France du Nord-Est et la Normandie, dès le XVIᵉ siècle, sont mieux pourvues d'écoles et plus alphabétisées que ne l'est la région languedocienne. Et pourtant, même dans cette Normandie éclairée, où plus d'un laboureur sympathise avec le calvinisme, on n'est pas encore parvenu, vers 1550-1570, en ce qui concerne l'alphabétisation des campagnes, jusqu'à ce seuil, jusqu'à cette masse critique du nombre des lisants à partir de laquelle toutes les fermentations culturelles deviennent possibles. Un tel seuil est largement atteint en ville ; au Nord comme au Sud, à Meaux comme à Montpellier. Il ne l'est pas encore dans le monde rural.

Cela dit, on doit reconnaître que bien des paysans sont contaminés par l'« hérésie ». Dans certaines contrées du Midi occitan, cette contamination est évidente : faut-il incriminer à ce propos une tradition spécialement virulente d'anticléricalisme régional ? Ou la semi-nullité du clergé local qui ne s'est pas relevé dans le très long terme des coups que portèrent successivement (?) à son prestige l'albigéisme, le valdéisme et la croisade antialbigeoise ? Ou la carence qualitative des ordres mendiants ? Ou la faiblesse de certaines traditions catholiques, comme est le culte de la Vierge, fort peu enraciné dans la toponymie languedocienne et durement attaqué, depuis le XVᵉ siècle, par la sorcellerie clandestine des paysans cévenols ? On ne sait trop à vrai dire quel facteur choisir, ou quels facteurs grouper, car bien d'autres « causes » se présentent à l'esprit. On voudrait évoquer, par exemple, la puissance des traditions hérétiques, indéniables chez les Vaudois de la Durance (si proche des Cévennes) ; mais problématiques, en revanche, du côté des descendants des cathares de l'Aude… On voudrait mentionner aussi les possibilités qu'offrent aux protestants du Midi leur éloignement de la répression parisienne ; l'existence d'un tissu social original, bon conducteur des influences urbaines[4] ; la « stratégie de groupe » des élites occitanes qui voient dans le protestantisme un atout pour préserver ou pour accroître leur pouvoir contre Paris ; et qui, de ce fait, poussent les villages vers l'hérésie.

Ainsi basculent en direction du calvinisme, entre 1560 et 1570, les Cévennes rurales ; dès le début du XVIᵉ siècle, les sorcières y blasphémaient la Vierge, surnommée la *Rousse*. Et aussi, en même temps que les Cévennes, basculent un certain nombre de villages, ou portions de villages, situés en Aquitaine, en Béarn, dans les Charentes, en Normandie et dans la région de Meaux. Ces ralliements à Calvin s'opèrent sous l'influence culturelle des élites urbaines, officières et artisanales, fort sympathisantes au protestantisme (à Meaux, par exemple) ; ils s'opèrent également, autre possibilité, sous le contrôle de la gentilhommerie rurale, quand celle-ci est influencée par les idées nouvelles : ce second modèle semble caractériser la Normandie et spécialement la région de Cherbourg, où les huguenots quelquefois « noyautent » le bocage.

Cependant, ces diverses catégories de ralliements ruraux sont exceptionnelles. Beaucoup plus typique de l'attitude des campagnes me paraît être le comportement des paysans du Limousin, qui expulsent les militants huguenots, fourche au derrière, sous les coups de bâton et les volées de cailloux. En 1572, un observateur italien, bien informé, note à juste titre que « les peuples qui habitent la campagne [en France] sont presque tous exempts du mal [hérétique] ». Les innovations rigoristes de Calvin, ennemi de la danse et des folklores paillards ou paganisants, étaient plus éloignées de la mentalité paysanne que ne l'était ce curieux mélange de dogmes chrétiens et de superstitions agraires, généralement baptisé « catholicisme », qui formait vers 1550 le fonds spontané de la religion des campagnes.

Un observateur de grande classe, le baron de Fourquevaux, gouverneur catholique de Narbonne, a du reste proposé, au début des guerres de Religion, une sociologie comparée du papisme et du huguenotisme : elle fait heureusement référence au contraste « ville/campagne », ou « paysans/non-paysans ». Les analyses du baron portent sur une époque au cours de laquelle les chassés-croisés, l'ascension sociale et la seconde génération n'ont pas encore tout à fait brouillé les cartes ; et sur une région (l'ouest du Languedoc) où les réformés demeurent minoritaires : exclus du pouvoir, ils n'ont pu rallier de force à leur parti la totalité des peuplements locaux ; les différences de groupes socio-confessionnels entre paysans et non-paysans restent donc finement dessinées en ce temps et en ce lieu, puisqu'elles ne sont pas écrasées par le rouleau compresseur d'une conversion totalitaire. Or, pour Fourquevaux, la foi catholique, confiante et sans problèmes, de la masse rurale, ne fait pas de doute : *Les plus certains catholiques, ce sont les simples gens et bons paysans*. Cette attitude est d'autant plus « méritoire » qu'elle s'inscrit à contre-courant de la propagande huguenote qui allèche les ruraux *en leur promettant l'exemption des dîmes et tailles*. D'une façon générale, si l'on en croit Four- quevaux, ce n'est pas seulement la population « rustique », c'est aussi le peuplement urbain qui demeure maintes fois fidèle, dans sa masse, à l'ancienne alliance (qu'on songe, effectivement, au poids des grandes villes catholiques comme Toulouse et surtout Paris quant aux aléas des guerres de Religion...) : *le surplus du peuple qui est comme de dix les neuf*, écrit Fourquevaux, *ils sont catholiques, dévots et enclins à vivre et mourir pour l'obéissance de Sa Majesté*. La proportion de 10 % de huguenots que Four- quevaux suggère ainsi, au jugé, pour le sud médian du Languedoc, serait même excessive, dès lors qu'on voudrait l'appliquer à la France entière...

Mais pourquoi donc ces paysans, et plus généralement ces hommes du tiers état, d'écrasante majorité papiste, et qui restent fidèles les uns et les autres à une certaine image traditionnelle de l'Église, sont-ils cependant insatisfaits (spécialement en Langue- doc, mal desservi par ses prêtres) du clergé séculier tel qu'il fonc- tionne ? C'est parce que les évêques ne résident pas... *À Nar- bonne, il y a 57 ans* [sic !] *que l'archevêque ne s'y est fait voir... Il n'y a guère moins que Toulouse n'a vu le sien pour y résider huit jours seulement... L'évêque de Saint-Papoul est à Rome, celui de Lavaur à Paris, celui de Montauban est à la cour. L'évêché de Rieux est régi depuis dix ans par un économe*. Du moins, en ville (à défaut des prélats, qui jouent volontiers les non-résidents), a-t- on l'avantage d'avoir sous la main des ecclésiastiques relativement valables et cultivés, comme sont les chanoines, qui implantent généralement leur habitation dans la cité, ne serait-ce qu'à cause des agréments urbains qu'ils trouvent sur place. À la campagne, en revanche, la déréliction spirituelle est plus complète : *Les abbés, prieurs et curés fuient eux aussi la résidence, laissant la charge aux petits compagnons*. Les sacrements sont donc administrés par des vicaires, prêtres ignorants *qui n'entendent ce qu'ils prononcent*. La revendication des masses rurales est dans ces conditions tout à fait claire, et point huguenote le moins du monde : ce qu'elles veulent, ce n'est pas que la messe soit supprimée ; c'est qu'elle soit dite ; avec la compétence et la piété nécessaires.

Il y a pourtant, situés hors du monde paysan pour l'essentiel, de vrais huguenots. Ils se recrutent surtout, dit Fourquevaux, au sein des villes, et en particulier parmi les petites villes, grâce auxquelles se réalise la soudure éventuelle des idées neuves avec les milieux campagnards. Deux groupes urbains sont tentés par l'adhésion au calvinisme. D'une part, l'élite des hommes jeunes, riches, instruits, souvent étudiants ou ex-étudiants de collège ou d'université : autrement dit *les plus gens de robe, bourgeois, marchands, la jeunesse qui a goûté les lettres, et les jeunes hommes amis de liberté*. Et, d'autre part, les artisans, *semblablement les gens de métier qui ont un peu l'esprit gaillard*. Ces artisans, cordonniers, cardeurs, forgerons… sont toujours *ou calvinistes déclarés ou bien suspects*. Parmi eux se recrutent les capitaines de religionnaires, *les plus cruels brigands de tous*.

Reste le cas de la noblesse et des seigneurs. Cas stratégique : un gentilhomme, dès lors qu'il s'est fait huguenot, n'hésitera point à persécuter les curés de ses paroisses ; s'il est seigneur, il privera les villageois, qui sont ses sujets, des secours de la religion catholique. Or, un Fourquevaux, partisan de l'Église romaine, est pessimiste au sujet des nobles, ses frères de classe. Certes, les gentilshommes, selon lui, *sont à dix pour un* du côté catholique. Seule une minorité de la noblesse est passée au protestantisme. Encore s'agit-il la plupart du temps *de cadets d'espée et de cappe* : ceux qu'on appellera aussi les « vicomtes », petits fauves titrés, guerriers redoutables. Mais, parmi les nobles vraiment riches, *à quatre mille livres de rente [...] il n'y en a pas six* qui aient adopté les opinions nouvelles. Hélas, il suffit qu'ils aient un parent huguenot pour qu'ils ménagent la cause calviniste, et même pour qu'ils s'en rendent secrètement complices : ils caressent l'agneau (catholique), mais c'est pour mieux l'écorcher, ou même l'égorger subrepticement…

Ces affirmations topiques de Fourquevaux, qui enquêtait sur le terrain et qui, plus d'une fois, comme gouverneur de Narbonne, trancha cruellement dans le vif, sont confirmées par les enquêtes statistiques. À Montpellier, cité importante où vivent un assez grand nombre de travailleurs des champs, la population urbaine compte un quart à un cinquième de laboureurs (ce mot s'employait simplement au sens de l'occitan *laurador* ; soit cultivateur de toute sorte : exploitant ou salarié). Les réformés du cru, eux, ne comptent dans leurs rangs que 4,8 % de laboureurs, contre 69 % d'artisans : l'intuition de Fourquevaux ne l'avait pas trompé. Les « lumières » de la huguenoterie sont diversement réfractées par les milieux sociaux respectifs : elles pénètrent sans difficulté dans l'élite cultivée ou simplement alphabétisée, celle-ci comptant parmi ses effectifs une importante minorité d'artisans ; en revanche, sauf cas d'espèce, elles sont repoussées avec violence par les paysans généralement analphabètes. En termes plus vifs, une harengère de l'époque, à supposer qu'elle ait des préjugés anti-huguenots, dirait simplement que « le poisson pourrit par la tête ».

Par ailleurs, en termes de stratégie politico-sociale et révolutionnaire, l'analyse de Fourquevaux signale l'existence d'une noblesse opportuniste et conciliatrice, qui ménage volontiers la chèvre huguenote et le chou papiste. Cette analyse laisse ainsi prévoir la configuration des forces qui dominera le Midi occitan après 1570, et jusqu'à la fin des guerres civiles. Sous l'égide de Montmorency-Damville, les catholiques modérés vont constituer un tiers parti centriste ; ils sont nombreux parmi la noblesse ; aux côtés des protestants, ils forment l'une des forces dirigeantes des élites municipales dont les représentants, plus ou moins régulièrement élus, siègent aux Assiettes diocésaines et aux États de Languedoc. Cette élite entraîne derrière elle, au moins par le biais d'une acceptation passive, toute une masse de paysans, dont beaucoup, quoique bons catholiques, ne payent que médiocrement la dîme… Coalition, donc, de huguenots durs, de catholiques centristes et de propriétaires ruraux hostiles aux dîmes.

Les ventes des biens du clergé, ruraux (et urbains)

L'essentiel, en tout cela, c'est, quand même, à l'échelon non plus languedocien ni poitevin mais national, la passivité paysanne. Mis à part les cas cévenol et charentais, la masse rurale reste figée dans un immobilisme papiste ; tout au plus accepte-t-elle de servir d'ingrédient d'appoint dans les replâtrages centripètes imaginés par Montmorency-Damville, gouverneur du Languedoc.

En dépit de cette passivité, les paysans ont laissé passer, quelquefois d'assez peu, l'occasion d'intervenir comme sujets actifs d'une histoire socio-religieuse. À propos des biens d'Église, d'abord, où leurs possibilités d'intrusion, il faut le reconnaître, étaient assez limitées. À propos de la dîme, ensuite, où l'on imagine la stratégie antidécimale et propaysanne qu'un grand *leader* révolutionnaire et huguenot aurait pu par hypothèse mettre sur pied, en s'inspirant des circonstances.

Premier thème : les ventes des biens du clergé. Elles furent ordonnées par Charles IX et par Henri III aux fins de remplir le Trésor royal, saigné par la guerre : on dépouillait l'Église pour mieux la défendre. Ces ventes n'en furent pas moins, comme plus tard sous la Révolution française, l'occasion pour les groupes sociaux d'abattre leur jeu. Elles fournirent aussi aux protestants la possibilité de traduire en actes, sur le plan de l'économie, leur hostilité à l'Église. Enfin, elles constituent, comme après 1789 les aliénations des biens d'Église devenus biens nationaux, un chapitre essentiel d'histoire terrienne, foncière, donc agraire et rurale. De ce point de vue, elles font écho à la stratégie analogue, quoique beaucoup plus poussée, de ce grand précurseur que fut Henri VIII d'Angleterre.

Les ventes de 1563, d'après les travaux d'Ivan Cloulas[5], portèrent, à l'échelle nationale, sur un ensemble de biens valant 5 172 280 livres. À raison de 63 livres l'hectare de labour, prix moyen de la terre autour de Paris dans la décennie 1550, cette somme équivalait théoriquement à 82 100 hectares de bons labours. Dans la réalité des ventes, ce chiffre représente moins une moyenne qu'un maximum : beaucoup de biens mis à l'encan ne consistaient pas en terres, mais en droits seigneuriaux (de faible valeur, il est vrai) et en « rentes foncières » (= rentes à bail d'héritage *alias* anciennes créances, impliquant versement monétaire au clergé en échange de l'aliénation « laïcisante » d'une terre ci-devant cléricale, aliénation effectuée à plus ou moins long terme). Autres causes d'erreur : le prix de 63 livres l'hectare est peut-être un peu faible. Les cours de la terre ont déjà monté, en 1563, par rapport à la décennie 1550, et la somme d'hectares précitée serait donc un peu forte. Mais, d'autre part, beaucoup de terres mises en vente sont de méchantes landes, et non de bons labours, ce qui compenserait dans l'autre sens l'erreur précédente.

De toute façon, les biens mis en vente par le clergé lors de l'aliénation de 1563 furent ensuite rachetés – en principe dans leur totalité ! – par leurs ci-devant propriétaires ecclésiastiques, au cours des années suivantes de la décennie 1560. L'affaire se solda, finalement, par une opération blanche.

Une seconde aliénation a lieu en 1568 : elle porte (théoriquement) sur des biens dont la valeur totale monte à 1 495 000 livres. Une troisième série de ventes, qui léguera d'admirables documents, se situe en 1568-1569. La recette en monte à 2 474 681 livres : elles seront déversées, pour la plus grande part, dans le gouffre étatique du budget militaire et de la lutte contre les protestants. La quatrième aliénation (1574) porte sur 1 500 000 livres de biens. La cinquième (1576) sur 4 444 000 livres. La sixième (1586) sur 1 216 000 écus (3 648 000 livres). Le clergé enfin réussit à échapper à la septième aliénation (1587-1588), qui fut transformée en subvention extraordinaire.

Au total, abstraction faite de la première vente (1563) qui fut intégralement rachetée par le clergé, l'ensemble des aliénations suivantes, de 1568 à 1586, porta en chiffres ronds sur 13 562 000 livres tournois, soit, à 150 livres l'hectare de bon labour vers 1570-1580 (prix en hausse par rapport à la décennie 1550), l'équivalent de 90 400 hectares de bons labours. Si l'on songe que les surfaces effectivement mises en culture[6], ou simplement utilisées (comme pacages, etc.), montaient à des dizaines de millions d'hectares (au minimum d'une bonne dizaine de millions d'hectares rien que pour les emblavures annuelles), on voit que le clergé s'est dessaisi d'une portion de son patrimoine qui restait fort inférieure à 1 % du territoire national mis en culture… L'opération « biens d'Église » a donc eu peu d'impact sur la vie économique réelle de la seconde moitié du XVIᵉ siècle : la volaille ecclésiastique a été plumée, mais modérément, et dans son propre intérêt. Néanmoins, l'importance psychologique et sociale des aliénations ne saurait être sous-estimée. Les rancœurs que produisait parmi les clercs la continuelle pression à laquelle les soumettait le pouvoir royal, afin de les obliger à vendre du leur – pour mieux défendre la cause ecclésiastique –, poussèrent nombre de prêtres dans les bras ou à la tête des factions ligueuses. Là, au moins, l'arquebuse sur l'épaule, ils pouvaient verser le sang pour l'Église, sans avoir à brader leur domaine au profit du roi prétendument sodomite, chargé de les garantir du roi huguenot.

La structure des biens vendus est également intéressante (malgré le caractère un peu trop sommaire des additions d'Ivan Cloulas, qui tient compte du *nombre* des ventes, mais non des *valeurs* mises en cause). Dans sept diocèses de la généralité de Paris (Sens, Paris, Meaux, Senlis, Beauvais, Chartres, Soissons), 58 % des ventes de 1569 concernent des terres, prés, vignes et bois ; et 10,4 % des bâtiments (des bâtisses d'exploitation qui desservent les terres mises en vente). En revanche, les éléments vendus qui ressortissent soit au système seigneurial (ventes de droit de justice, de seigneuries ou de cens), soit à des baux à bail d'héritage et rente perpétuelle, non seigneuriaux (qui font eux aussi l'objet d'une aliénation), sont nettement moins nombreux : 20 % des ventes de biens d'Église de 1569 portent sur des cens et rentes foncières perpétuelles[7] (j'appellerai celles-ci pour simplifier « RFP ») ; 7 % sur des seigneuries ; le reste est « divers ».

Au total, 68,4 % du nombre des ventes de la généralité de Paris concernent le secteur « propriétaire » (terres + bâtiments) ; et 27 % le système seigneurial ou « RFP ».

Dans la généralité de Champagne (diocèses de Reims, Troyes, Châlons, Langres), les structures de vente sont analogues à celles qui viennent d'être décrites ; la majorité (66,7 %) des biens champenois vendus par l'Église appartient également au système « propriétaire » ; la minorité (27,2 %), au système « seigneurial » ou « RFP » (tableau ci-après, d'après Ivan Cloulas).

Aliénations de 1569
dans la généralité de Champagne

Terres, prés, vignes et bois	Bâtiments	Droits de justice et seigneurie	Cens et rentes foncières	Divers
58,2 %	8,5 %	2,7 %	24,5 %	6,1 %
66,7 %		27,2 %		6,1 %
Système « propriétaire »		Systèmes seigneurial et « RFP »		Divers

Plus au sud, au contraire, les proportions se renversent : dans la généralité de Lyon (diocèses de Lyon, Mende, Le Puy, Viviers), les biens d'Église vendus en 1569 ressortissent seulement pour 10,3 % du nombre des ventes au système « propriétaire » (il s'agit en l'occurrence presque uniquement de terres, prés, vignes et bois, et pratiquement pas de bâtiments) ; et pour 87,8 % aux systèmes seigneurial et « RFP » (dont 55,6 % pour les cens et « rentes foncières perpétuelles », et 32,2 % pour les droits de justice et de seigneurie[8]).

Ces pourcentages « lyonnais » paraissent donc inverses des septentrionaux. On a l'impression (certes superficielle) qu'à une Église plus « propriétaire » dans le Bassin parisien s'oppose une Église plus « seigneuriale » ou « rentière-perpétuelle » dans la région lyonnaise, et surtout dans les diocèses pauvres du sud-est du Massif central (Mende, Le Puy, Viviers). Il conviendrait naturellement d'aller au-delà de cette « impression » afin de la réviser en profondeur. Mais poursuivons rapidement notre enquête géographique. Entre Nord et Midi, les régions berrichonne et dijonnaise (celle-ci fort seigneurialisée, à la bourguignonne) représentent des cas intermédiaires. Dans la généralité de Berry (diocèses de Bourges, Nevers, Orléans), le système « propriétaire » est mis en cause par 38,9 % des ventes (il s'agit surtout de terres, prés, bois, vignes, accessoirement de bâtiments) ; le système seigneurial et « RFP » intervient pour 55 % des ventes ; le reste (soit 6,1 %) est en « divers ». Dans la généralité de Dijon (diocèses d'Autun,

Auxerre, Mâcon, Chalon), le système propriétaire compte pour 41,7 % du nombre total des ventes (dont 34,7 % en terres, prés, vignes, bois, et 7 % en bâtiments) ; le système seigneurial-« RFP » pour 55,7 % (il s'agit, en l'occurrence, presque uniquement de cens et de « RFP » ; très peu de « droits de justice et de seigneurie »).

Essayons maintenant d'interpréter ces résultats et ces contrastes.

Dans la région parisienne, les ventes reflètent plus ou moins grossièrement, mais elles reflètent, c'est indiscutable, des « structures agraires d'Église » qui, quant à la possession des biens de ce monde, sont déjà modernes, « propriétaires ». Il est vrai que le clergé, là comme ailleurs, a essayé d'abord de brader ce qui valait et ce qui rapportait le moins, c'est-à-dire les cens et droits seigneuriaux. (Mais ceux-ci, amenuisés par l'inflation quand ils étaient libellés en argent, ne valaient pas grand-chose « à la casse ».) Aussi bien l'Église, dans la région parisienne, était-elle très largement dotée en réserves seigneuriales ou en biens au soleil ; et cela du fait de traditions très anciennes ; du fait également de l'importance régionale de la grande propriété ; du fait enfin de l'intelligente politique des administrateurs des propriétés ecclésiastiques. Pour faire face aux nécessités de l'aliénation, le clergé pouvait donc s'offrir le luxe de vendre un certain nombre de terres (58 % de la masse des ventes, en valeur, voir *supra*). Incidemment, c'est dans cette région où l'Église était le plus solidement dotée en terres… qu'elle a le mieux résisté aux protestants. Cette richesse foncière ne fut, bien sûr, qu'un facteur de survie parmi bien d'autres ; mais la moralité en est prudhommesque : pour se défendre, il est préférable d'être fort. (En Bretagne, au contraire, la popularité de l'Église tenait davantage à ce que, *via* les faibles dîmes, elle exploitait peu les Armoricains…)

Vers le sud, en revanche, dans les pays de petite culture qui s'individualisent, notamment à partir de la Bourgogne et du Berry, et qui s'étendent loin au midi de la Loire, dans les régions occitanes, l'Église, tout en ayant des terres comme tout le monde, ou plutôt comme tous les riches ou aisés de ce monde, s'avérait sans doute beaucoup moins bien pourvue qu'elle ne l'était plus au nord en grands domaines et vastes réserves seigneuriales. Les cens seigneuriaux dans le Sud sont souvent aussi dérisoires qu'ailleurs (sauf en Bourgogne et peut-être en Auvergne). Mais, dans les régions les plus arriérées du Massif central, versés en nature, ils échappent au ravage de l'inflation. Et puis, vu les carences ter- riennes de la fortune du clergé, ils jouent, dans celle-ci, un rôle un peu moins infime qu'au Nord. En somme, leur importance méri- dionale parmi les ventes de 1569 paraît refléter une structure loca- lement plus archaïque des biens du clergé. En outre, le très grand nombre des « rentes foncières perpétuelles » dans l'amas des « propriétés » vendues suggère que le clergé des pays du Centre, bien avant les aliénations des guerres civiles, s'était imprudem- ment défait d'une partie de ses biens, sur lesquels il ne prélevait plus que des rentes à bail d'héritage, des *acaptes*, ou bien des cens issus d'accensements perpétuels. En bradant jusqu'à ces derniers symboles d'une propriété cléricale éminente, laquelle n'était déjà plus qu'une coquille vide, les ventes de 1569 consacraient une liquidation qui, de quasi totale (celle des « RFP »), devenait enfin complète.

Les ventes de 1569 nous donnent ainsi un cliché très flou, mais néanmoins suggestif, sur les répartitions de la fortune du clergé à l'échelon national.

Quant aux *acquéreurs* de 1569, ils sont, en effet, ce qu'on pou- vait prévoir : pour vingt-deux diocèses (généralités de Paris, Champagne, Lyon, Berry, Dijon[9]), d'après les statistiques de Cloulas, les acquéreurs sont nobles à 26,9 % de leur effectif ; offi- ciers ou juristes (plus précisément officiers du roi, membres de ses cours, avocats, notaires…) à 14,9 % ; « bourgeois et marchands » à 29,9 % ; plus des deux tiers du groupe des acquéreurs (71,7 %) appartiennent ainsi aux différentes catégories de l'élite. Celle-ci, volontiers protestantisée de ce fait (qui s'était déjà ruée sur les biens d'Église en 1563, mais qu'avaient échaudée ensuite les opé- rations inverses, consacrées au rachat clérical de cette première aliénation), conserve donc encore beaucoup d'alacrité lors des ventes de 1569…

Si maintenant on s'intéresse aux cas des groupes modestes à la fois non élitistes et non agricoles (« acquéreurs collectifs, artisans, petit tiers état », dans la terminologie d'Ivan Cloulas), on constate qu'ils comptent pour 17,4 % de l'effectif des acquéreurs de 1569, sur l'ensemble des vingt-deux diocèses mis en cause. Spéciale- ment intéressant parmi ces 17,4 % est le cas des « acquéreurs collectifs », petites gens qui se sont groupés pour acquérir un lopin ou une censive. Les paysans, eux – y compris les fameux « riches laboureurs » –, ont été, dans l'ensemble, frustrés : ils comptent seulement pour 3,1 % de l'ensemble des acquéreurs de 1569...

On notera, à propos de ces chiffres, la part importante que conserve la noblesse (26,9 %). C'est spécialement vrai dans la généralité de Lyon (59,5 % !). Bien entendu, des questions de nomenclature se posent : un tel qui se fait qualifier d'écuyer en Gévaudan n'y parviendra pas toujours en Île-de-France, où les critères requis sont plus exigeants. Il n'en reste pas moins que la vente des biens d'Église en 1569, dans les diocèses « arriérés » du Massif central, tels que Mende, Le Puy et Viviers, met en évidence un groupe d'acquéreurs nobles aux dents longues et aux griffes acérées ; il s'agit, si l'on en croit un poème occitan de l'époque[10], de petits gentilshommes batailleurs et peu lettrés dont l'écriture n'est que *pe de Mousque* (pattes de mouches) ; vrais oiseaux sauvages *(auset de bosc)* ; ils sont prompts à jouer de la bonne petite dague ou du poignard *(boun dagot et puignalet)* et ne porteraient pour rien au monde l'écritoire à la ceinture *(l'escritori en la sinto)*. En revanche, le rôle de la noblesse est moins important dans les généralités d'*openfield* total ou partiel, dont l'agriculture est plus avancée et la société plus moderne : généralité de Paris (13,7 % de nobles dans l'effectif des acquéreurs de 1569) ; généralités de Champagne (23,5 %) ; de Berry (16,3 %).

Face au bloc encore important, mais minoritaire, de la noblesse (26,9 %, *supra*), s'affirme le rôle énorme de la bourgeoisie ; dans les vingt-deux diocèses susdits, on compte 29,9 % d'acquéreurs qui sont simples bourgeois ou marchands, et 14,9 % qui sont officiers (ceux-ci beaucoup plus proches des simples bourgeois, et moins intégrés à la noblesse au XVIe siècle qu'ils ne le seront aux XVIIe et surtout XVIIIe siècles). Au total (bourgeois, marchands, officiers), 44,8 % des acquéreurs se rattachent, de près ou de loin, à ce qu'il faut bien appeler une bourgeoisie. On notera le rôle relativement mineur que joue, dans cet ensemble de haute roture, le groupe particulier des officiers ; du moins par comparaison avec l'éclatante fortune qu'il connaîtra au XVIIe siècle. Mais là aussi les nuances régionales sont importantes, et, dans certains cas, elles sont annonciatrices des développements à venir. Les officiers, qui ne forment, on vient de le voir, que 14,9 % des effectifs globaux d'acquéreurs et guère plus ou guère moins dans chacune des généralités dont l'ensemble constitue l'échantillon d'Ivan Cloulas, effectuent cependant d'assez remarquables percées dans quelques diocèses. Il s'agit, en l'occurrence, de diocèses qui, pour des raisons variées (présence d'une bureaucratie d'État ou quelquefois d'Église), comptent un assez grand nombre de légistes de toute robe et de tout poil : dans le diocèse d'Autun, 29 % des acquéreurs sont des officiers ; au diocèse de Lyon, 31 % ; au diocèse de Paris, 35 % ! Cette percée des officiers parisiens est du reste confirmée par la monographie que Jean Jacquart, dans sa thèse sur le Hurepoix, a consacrée au problème : pour l'ensemble des aliénations successives des biens d'Église intervenues entre 1560 et 1595, on dénombre, sur 89 acquéreurs en Hurepoix, 45 individus, soit la moitié de l'effectif, qui se rattachent au service du roi…

La grosse enquête d'Ivan Cloulas sur les vingt-deux diocèses confirme ainsi les recherches monographiques de Jean Jacquart, qui concluent à l'importance des officiers autour de la capitale en ce qui concerne l'achat des biens d'Église. Mais on voit en même temps que ces conclusions de Jean Jacquart perdraient de leur exactitude si on les extrapolait, dans l'échantillon Cloulas, aux régions point ou peu bureaucratiques, qui forment la grande majorité du territoire, plus ou moins national, mis en cause ci-dessus.

Très intéressant aussi est le rôle de la bourgeoisie proprement dite (non officière) : celle-ci se compose des simples « bourgeois » et des « marchands », dans la terminologie de Cloulas. Elle fournit 29,9 % (*supra*) du total des « acquéreurs » de 1569. Elle joue un rôle spécialement important autour de certaines villes petites ou moyennes (diocèse de Meaux : 36 % des acquéreurs sont marchands ou simples bourgeois ; diocèse de Senlis : 50 % ; de Troyes : 37 % ; de Nevers : 90 % ; de Bourges : 75 % ; d'Auxerre : 76 %). D'une façon générale, les diocèses où les « marchands et simples bourgeois » dépassent 35 % de l'effectif total des acquéreurs sont tous situés au cœur ou du moins aux marges de la grande zone des *openfields* de la moitié nord du royaume, où l'agriculture et l'économie sont relativement progressives ; ou sont, en tout cas, moins sous-développées qu'ailleurs (diocèses de Meaux, Senlis, Troyes, Nevers, Bourges, Auxerre).

Non négligeable aussi est l'offensive du petit tiers état non élitiste, mais non agricole (*acquéreurs collectifs* qui se cotisent pour acheter ; *artisans, petit tiers état* ; soit, en tout, 17,4 % des acquéreurs : *supra*).

Cette offensive semble spécialement forte dans une région qu'on pourrait appeler « médiane » ; en tout cas sise un peu à l'écart des grandes zones d'influence nobles, bourgeoises ou officières définies plus haut. Dans le cadre de l'échantillon Cloulas, avec ses cinq généralités et ses vingt-deux diocèses (situés le long d'un axe Beauvais-Paris-Lyon-Mende), cette région qui manifeste ainsi – certes minoritairement ! – quelques tendances démocratiques et petites-bourgeoises paraît être centrée autour de la généralité de Champagne (où 30 % des acquéreurs sont du petit tiers état : ce pourcentage montant localement à 40 % au diocèse de Reims, 31 % au diocèse de Châlons, 44 % au diocèse de Langres). La « région médiane » ainsi définie s'étend aussi à quelques petites enclaves périphériques, parsemées autour du « centre » champenois. Au diocèse de Soissons, 37 % des acquéreurs sont membres du « petit tiers état » ; au diocèse d'Orléans, 60 % ; au diocèse de Mâcon, 34 %.

Quant au pourcentage des laboureurs dans l'effectif total des acquéreurs – pourcentage globalement infime (3,1 %) –, il peut se prêter, lui aussi, à certains aperçus régionaux intéressants. Dérisoire dans l'ensemble, ce pourcentage correspond, en fait, à des groupes de laboureurs-acquéreurs presque entièrement concentrés dans la généralité de Paris (où ce pourcentage monte régionalement à 6,6 %) ; et accessoirement dans le diocèse de Reims. Les diocèses de la généralité de Paris parmi lesquels on trouve le maximum d'acquéreurs-laboureurs sont ceux de Meaux (11 %) et de Senlis (17 %). Il s'agit évidemment de diocèses de grande agriculture, ultra-moderne pour l'époque : un certain nombre de « riches laboureurs » (gros fermiers, qui souvent sont aussi receveurs de seigneurie ou d'abbaye) peuvent s'y aligner, sans complexes, avec les bourgeois ou les nobles huppés du cru ; et les concurrencer aux enchères. Ces deux diocèses ont du reste dans leur ensemble une « structure de groupes d'acquéreurs » extraordinairement moderne. Le groupe des nobles ne figure que pour 6 % (à Senlis et aussi à Meaux) dans l'effectif total diocésain des

acquéreurs de toute sorte, celui des marchands et simples bourgeois pour 50 % (Senlis) et 36 % (Meaux) respectivement, celui
des laboureurs pour 17 % et 11 % : chiffres ridiculement faibles en
ce qui concerne la noblesse et littéralement énormes pour les
« marchands et simples bourgeois », et même pour les laboureurs.
Le diocèse de Meaux, avec ses très nombreux réformés de la première heure et son groupe d'acquéreurs composé à 22 % d'officiers, à 36 % de marchands et simples bourgeois et à 11 % de
laboureurs, donne une idée de ce qu'aurait pu être, utopiquement,
à l'échelle nationale, une modalité française de Réforme réussie :
à la fois religieuse et agressivement modernisatrice au niveau de
la propriété comme de la société.

Laissons Meaux. Plus généralement, il y a deux façons de considérer l'ensemble des chiffres présentés. Dans un premier temps, on
peut remettre en cause les distinctions « noblesse », « officiers »,
« marchands et simples bourgeois ». Car les divers groupes qui
s'affichent sous ces étiquettes diverses ne sont pas séparés les uns
des autres par une muraille de Chine. Bien au contraire, ils sont
constamment traversés par un courant de mobilité sociale et de
snobisme ascensionnel qui porte les bourgeois vers la condition
d'officier et les officiers vers la noblesse. Du point de vue de leurs
ambitions terriennes, ces trois groupes peuvent être considérés,
conformément à la terminologie de Quesnay, comme faisant partie intégrante de la « classe propriétaire » en acte ou en formation ;
ou bien, selon l'expression de George Huppert, comme une sorte
de *gentry* en gestation ; autrement dit comme une coalition diffuse
de familles qui visent à la noblesse ou qui souvent la possèdent
déjà ; et dont les aspirations se focalisent fréquemment sur des
objectifs traditionnels : terre, seigneurie, vie noble. Ce groupe
hétérogène de l'élite fournit, on l'a vu, 71,7 % de l'effectif total
des acquéreurs.

Sans nier la pertinence d'une telle analyse, qui contribue à faire
ressortir par avance certains traits de la classe propriétaire des
XVIIᵉ et XVIIIᵉ siècles, déjà préfigurée dans le groupe des acquéreurs
de 1569, il est permis cependant d'en présenter une autre description, centrée tout bêtement sur le concept de roture ou du moins
de non-noblesse. Ce concept concerne les groupes étrangers à la
noblesse ancienne qui se rattachent à la roture, ou qui en provien-

nent dans l'immédiat, quitte à la renier le plus vite possible. Additionnons, en effet, les divers pourcentages qui en 1569 (voir *supra*) relèvent en principe des groupes non rattachés à la noblesse ancienne (marchands et simples bourgeois, officiers, petit tiers état, et cette mince couche de laboureurs riches ou pauvres qui réussit à participer à l'opération « biens d'Église »). Nous trouvons, en tout, dans ce groupe roturier, para-roturier ou crypto-roturier, 62,2 % de l'effectif total des acquéreurs. Ce pourcentage énorme est expressif des forces montantes et puissantes de renouvellement social qui travaillent (en général à partir des villes) le grand corps de la France terrienne. Ces forces, pour leur plus grande partie, sont étrangères à la Réforme. De par son destin français, celle-ci s'est, en effet, placée sur un terrain trop étroit ; elle n'est pas en mesure de contrôler à son profit l'offensive bourgeoise en direction de la terre d'Église. Certes, les protestants de l'élite noble ou bourgeoise (dans le Languedoc de 1563), ou de l'élite bourgeoise et même paysanne (au diocèse de Meaux en 1569), participent activement et agressivement à la curée des propriétés cléricales. Mais, dans leur masse, les acquéreurs, comme plus tard sous la Révolution française, comptent parmi leurs rangs beaucoup d'excellents catholiques : ceux-ci pensent simplement à faire une bonne affaire, ou tout au plus à sanctionner l'Église pour sa trop grande richesse temporelle ; c'est relativement net dans le Bassin parisien, assez peu protestant dans l'ensemble, et qui pourtant fournit une contribution majeure à l'effectif des acquéreurs de biens d'Église. N'en déplaise à Max Weber, et à ses émules des sciences sociales d'outre-Atlantique, les forces, tellement considérables, du changement social en France passent bien – bon gré, mal gré – par la bourgeoisie catholique (on s'en rendra compte une fois de plus, en un style tout différent, au temps de la Ligue parisienne).

Reste à examiner, après la condition sociale des acquéreurs, les diverses stratégies qu'ils pratiquent à l'heure des ventes de biens d'Église. Symptomatique à cet égard est la comparaison instituée par Ivan Cloulas entre le diocèse de Limoges et celui de Bourges, pour les aliénations de 1563, 1569, 1574 et 1576. Ce diocèse de Limoges est un pays de bocage, tout coupé, où l'Église possède davantage de *censives* menues que de beaux domaines. Il appartient aux terres froides et sous-développées du Massif central, situées à l'écart des zones d'agriculture riche et de commerce substantiel. Les « acquéreurs » du cru – nobles, bourgeois, éventuellement paysans – font figure autour de Limoges d'individus désargentés par rapport à leurs congénères plus riches de l'Île-de-France. Limousins et besogneux, aucune stratégie de grand style ne leur vient à l'esprit. Ils veulent avant tout libérer leur terre, ou bien (s'ils sont seigneurs) leur seigneurie, des redevances superposées (censives, baux à rente d'héritage) qu'ils versent à l'Église, à la suite d'un démembrement plus ou moins récent des propriétés de celle-ci, après lequel elle n'avait plus conservé qu'un vestige de propriété éminente, sanctionné par un cens misérable… C'est précisément ce cens que nos acquéreurs veulent se dépêcher de racheter, à leur tour, au moment des aliénations. Les acquéreurs limousins mènent donc une politique de gagne-petit, de couseurs de parcelles à courte vue.

En Berry, au contraire (diocèse de Bourges), couvert de vignes, de forêts, de beaux *openfields* à grain et à moutons, une stratégie des grands horizons est déjà possible. L'Église possède là des domaines plus importants qu'en Limousin ; et, tout en se défaisant de préférence, là aussi, de ses censives et autres broutilles peu rentables, elle n'hésite pas, le cas échéant, à vendre de grands lots de terre, ou même des domaines entiers. Et les clients sont à portée de main ! Ces clients, ce sont les marchands de Bourges, ville où la tradition capitaliste, depuis Jacques Cœur, paraît décidément bien établie ; ce sont « les familles de haute bourgeoisie enrichies depuis longtemps par le négoce » (Cloulas) : elles achètent au clergé ses granges, ses fermes, ses bergeries berrichonnes, ses métairies – prés, terres, bois, vignes – à tour de bras. Par centaines d'hectares.

L'opposition Bourges/Limoges, modernité/tradition, est probablement pertinente, et bien au-delà de ces deux diocèses. L'ensemble de l'enquête d'Ivan Cloulas révèle, en effet, une triple série d'oppositions.

Nord *versus* Centre-Sud. Prédominance (septentrionale) d'acquéreurs bourgeois *versus* prédominance d'acquéreurs nobiliaires. Vente de terres/vente de censives et de « RFP ».

En simplifiant ces données, mais d'une façon qui reste tendanciellement exacte, on dira que les grands *openfields* du Nord ont vu se déployer vis-à-vis des biens d'Église une stratégie bourgeoise qui cherche à mettre la main sur les terres et les domaines. Dans les régions de petite culture du Centre, jusqu'aux limites sud du Massif central, en revanche, les acquéreurs appartiennent davantage à la noblesse plus traditionnelle ; ils se contentent de la politique limitée que leur imposent leurs pénuries financières : ils cherchent à alléger leurs propres terres des censives ou des « RFP », plutôt dérisoires ; ils ne se lancent pas à fond dans la conquête des domaines d'Église, qui, du reste, sont relativement réduits dans ces régions. À la stratégie bourgeoise-foncière-offensive du Nord s'oppose donc, au Sud, une stratégie plutôt défensive, qui pratique la méthode du « grignotage ».

Si les masses fondamentales du protestantisme avaient coïncidé avec les zones où sévissait la stratégie bourgeoise-foncière-offensive, la poussée frontale ainsi engendrée aurait pu devenir irrésistible, comme elle l'était devenue déjà, par suite de facteurs particuliers, dans l'Angleterre d'Henri VIII. Mais tel ne fut pas le cas. Pour toutes sortes de raisons, les bases géographiques du protestantisme français furent assez vite cantonnées puis refoulées vers le sud, en Occitanie. Refoulées par l'État, l'armée, la Sorbonne, le parlement de Paris… Dans ces conditions, les deux mouvements – révolutions religieuses et révolutions foncières – poursuivirent, chacun de leur côté, leur petit bonhomme de chemin. Marchant séparément au combat, ils étaient condamnés à l'échec, ou du moins à des succès fort mitigés.

Un fait demeure, néanmoins : les aliénations de biens d'Église ont démontré la volonté d'acquérir qui taraude l'élite bourgeoise et officière ; elles ont donné à celle-ci une idée plus large de ses pouvoirs et de ses possibilités.

Dans son livre sur *Les Origines sociales de la dictature et de la démocratie*, Barrington Moore a montré comment, dans le très long terme, les frais de la Contre-Révolution et du maintien à tout prix de l'ordre et du *statu quo*, dans le domaine rural, sont finalement plus coûteux que les frais de la Révolution, si sanglante et dispendieuse que celle-ci puisse paraître dans l'immédiat. À leur façon, certes inattendue, les aliénations des années 1560 et suivantes donnent raison au sociologue américain : les ventes du temporel clérical, issues des guerres religieuses, ont, en effet, contribué à développer chez les bourgeois français de tout acabit, catholiques autant et plus que protestants, le goût immodéré des placements fonciers, qui certes préexistait à celles-ci ; un tel goût, une telle tendance, à leur tour (pour une échéance extrêmement lointaine), feront beaucoup, un jour, pour déstabiliser les campagnes françaises et pour les arracher enfin, grâce à l'imprégnation du capital et de l'agromanie d'origine urbaine, à leurs routines multiséculaires. En ce sens, les révolutions culturelle et sociale – même avortées – de la seconde moitié du XVIe siècle ont fait leur possible pour disséminer des modèles de comportement bourgeois et foncier : ceux-ci, bien plus tard, une fois enracinés dans le monde rural, prendront leur part de responsabilité dans une croissance enfin déclenchée.

Mais ceci nous emmènerait très loin, et jusqu'au XVIIIe siècle, ou plus tard encore… En ce qui concerne les aliénations elles-mêmes, envisagées d'un point de vue strictement paysan, il faut bien reconnaître que leur bilan sous cet ultime aspect est assez mince. Si l'on excepte, en effet, une frange minuscule de riches laboureurs (qui réussissent à s'associer aux hautes classes parisiennes dans leur entreprise de conquête du sol des prêtres), la masse profonde des ruraux, elle, n'est pas « dans le coup ». Toute l'action véritable se passe au-dessus de la tête des paysans ; une fois de plus, ils sont hors de l'histoire ou plutôt sous l'histoire. Ils en subissent pourtant les retombées, dont ils font selon le cas leur miel ou quelquefois leur vinaigre…

Les dossiers sur la vente des biens d'Église ont, en effet, à ce dernier point de vue, un intérêt supplémentaire et spectaculaire : d'une façon imprévue, ils permettent de prendre la mesure, ou une certaine mesure, des dégâts causés par les guerres de Religion. Car les ventes, ou du moins les registres qui en sont issus, fonctionnent un peu à la manière d'une enquête nationale, objectivement exécutée : cette enquête nous révèle la capacité qu'a chaque diocèse de payer son dû au gouvernement, une fois qu'a été aliénée sa quote-part de biens d'Église. Or cette capacité n'est pas seulement fonction des ventes elles-mêmes ; elle dépend aussi de l'état où se trouve le diocèse, durement blessé par les guerres de Religion, ou bien au contraire providentiellement épargné par elles. Ivan Cloulas a pu ainsi dresser des cartes sur lesquelles sont

pointés, avec les teintes ou demi-teintes qui s'imposent, les diocèses qui s'avèrent incapables en tout ou partie de payer au roi les
recettes qu'ils auraient dû normalement tirer des ventes. En 1568,
au lendemain des huit premières années de guerres civiles entre-
coupées de périodes de paix, les diocèses ravagés, incapables de
payer leur recette d'aliénation au Trésor royal, sont situés pour
l'essentiel au sud-ouest d'une ligne Angers-Viviers ou Poitiers-
Mende : la zone rouge du maximum de souffrance est donc centrée sur le Poitou, l'Aquitaine et le Languedoc ; les conflits de religion y furent effectivement plus intenses, et les nids de huguenots,
plus coriaces… En 1583, un second bilan, interdécennal, est possible grâce aux « remises des restes de l'aliénation de 1576 », dus
et remis en 1583. Cette fois, le Poitou semble avoir réussi à
s'échapper de la région infernale. Les zones les plus meurtries
sont maintenant situées dans l'Occitanie profonde, au sud d'une
ligne Bordeaux-Périgueux-Limoges-Clermont-Le Puy-Vienne-
Grenoble. Le Midi – Aquitaine, Gascogne, Languedoc, Rouergue,
Auvergne, Dauphiné – paye ainsi lourdement pour les compromis
féconds dans le long terme, mais coûteux dans le court terme,
qu'ont échafaudés Montmorency-Damville et ses émules ; Dam-
ville, on l'a vu, avait voulu unir, en Languedoc, pour une résistance infrangible aux papistes d'oïl, les huguenots et les catholiques modérés.

Au cours des années 1589-1595, la guerre si longtemps can-
tonnée dans le Sud a désormais largement fait tache d'huile,
montant derechef vers le Nord et vers Paris ; et pourtant les
dégâts essentiels trouvent encore le moyen d'être localisés au
maximum en Languedoc ! On les signale principalement autour
de Toulouse, dans cette région de la Ligue haut-garonnaise, qui
fut tellement assiégée par les forces royalistes et protestantes,
coalisées. Sur la carte d'Ivan Cloulas relative aux deniers d'aliénation « dus et non payés » des années 1590, une grosse tache
rouge s'individualise, ayant Toulouse pour centre ; elle est jalonnée (quelquefois aux frontières de la huguenoterie), par les diocèses de Condom, Montauban, Castres, Carcassonne, Mirepoix,
Saint-Lizier, Lombès, Auch.

Mais bien entendu, en dépit de ces malheurs occitans plus caractérisés, c'est tout le territoire national cette fois, du sud au nord,

qui dans la décennie 1590 a été affecté par les convulsions suprêmes de la Ligue : surtout dans le Sud (Poitou, Aquitaine, Auvergne, Languedoc, Provence) ; mais aussi en Normandie, en région parisienne, en Picardie, en Champagne ; soit dans quatre zones d'oïl où les dégâts sont substantiels, pendant l'ultime péripétie des conflits de religion.

Dans l'ensemble, en ces trente-cinq années de guerres civiles, c'est bien l'Occitanie surtout (comprise dans une acception largement historique) qui a été affectée, du fait de ses idées subversives : elle inclut les contrées franco-provençales (y compris l'Alpe du Nord) ; elle inclut aussi le Poitou, certes partiellement francisé, mais dont on ne peut oublier qu'il fut la fine pointe de l'Occitanie des troubadours, et qu'il demeure culturellement et coutumièrement rattaché par des liens multiples à la France du Sud. Bien entendu dans la vaste région qui se réclame, à titres divers, des minorités de langue romane du Midi, l'adhésion au protestantisme, cause des « punitions » qui s'en sont suivies, n'a pas été générale. L'adhésion, fruit d'une stratégie de groupe des élites, a concerné pour l'essentiel, et presque uniquement, les zones occitanes ou franco-provençales les plus urbanisées et civilisées : vallées dauphinoises, rhodaniennes, garonnaise, pourtour bas-languedocien… Tandis que le Massif central du Sud, ce cœur de l'occitanité rurale voire sauvage, échappe à Calvin ; et que lui échappe aussi (Béarn huguenot mis à part), tout le piémont pyrénéen, au sud d'une ligne Arcachon-Toulouse-Narbonne-Agde (on n'est pas impunément voisin immédiat de l'Espagne ultra-papiste). Ces contrastes de religion intra-occitans ne déterminent point, malgré tout, la géographie des misères de la guerre : les destructions ne font pas le détail. À l'intérieur du vaste Midi précité, qui n'a eu que le tort d'être le grand foyer ou ghetto contestataire, elles atteignent aussi bien les catholiques que les protestants, puisqu'elles sont généreusement infligées par ceux-ci à ceux-là et réciproquement. Ajoutons, pour nuancer encore ce qui vient d'être dit, qu'il y a l'impossibilité de payer, mentionnée *supra* ; mais aussi la mauvaise volonté pour payer : elle est évidemment maximale dans ces régions les plus affectées par la guerre et par les troubles…

Grèves des dîmes

Les biens d'Église et les archives qui les concernent sont donc porteurs – et porteuses – de multiples leçons pour l'historien. En ce qui concerne les ventes elles-mêmes, celles-ci sont tout de même passées pour l'essentiel par-dessus la tête des paysans.

La lutte contre la dîme, en revanche, aurait pu être davantage l'affaire des ruraux. Et, d'une certaine façon, elle le fut effectivement.

Deux périodes essentielles peuvent être discriminées, semble-t-il, quant à l'agitation antidécimale.

1) L'avant-guerre : une résistance aux dîmes, sourde et de longue durée, est perceptible dès le second quart du XVIᵉ siècle. Elle s'appuie, du reste, sur des tendances bien antérieures : le sabotage de la dixième gerbe est, par définition, aussi ancien que l'institution elle-même. Pour en rester à la fin du Moyen Âge, on trouve des symptômes évidents de rébellion antidécimale, en pays d'oc, dans les protestations des bergers pyrénéens contre la dîme des agneaux vers 1310-1320 (registre d'inquisition de Jacques Fournier). En ce qui concerne les pays d'oïl, le concile de Sens, en 1485, tance vertement les « agricoles » qui ne veulent verser la dîme qu'à leur volonté, tout comme, les jours de bonne humeur, le riche verse son aumône « à volonté » dans le chapeau d'un pauvre, à supposer que ce pauvre ait un chapeau… (Ce qui est souvent le cas !)

Mais, à partir de 1525 – avec la grève des dîmes contre l'abbaye de Corbie, avec la guerre des Paysans en Alsace, avec les débuts sérieux et populaires de la Réforme en France –, la contestation antidécimale prend une autre tournure. En 1525, les paroisses rurales d'Alsace (alors allemande), puissamment organisées puis soulevées, font figurer la réduction ou la suppression des dîmes dans le programme (repris de la rébellion de Souabe) qui sert d'objectif à leur soulèvement. Un autre centre de révolte est localisé autour de Lyon : en 1524, puis 1529, les insurgés de la Rebeine « se sont mutinés de ne payer aucune dîme sinon à leur volonté […] qui est de ne rien payer ». (On retrouve donc là, mais sous une forme plus radicale, la vieille revendication de dîme à volonté déjà signalée dans le Sénonais [1485] un demi-siècle plus tôt.) En Alsace comme à Lyon, l'influence de la Réforme, transmise par l'ébullition urbaine, catalyse pour une part les revendications paysannes contre la dîme, qui préexistaient. Dans le Bassin parisien, une nouvelle mise en garde contre le sabotage antidécimal est formulée par le concile de Sens en 1528 (cette région sénonaise est décidément récidiviste !). L'édit royal de 1545 s'en prend à son tour aux refus de dîmes qu'affronte en Beauce le clergé de Chartres : au cœur de la France d'oïl, pendant toute la fin du règne de François Ier, une certaine fermentation rurale et antidécimale, à possibles connotations vaguement luthériennes, est donc à l'œuvre ; d'autres textes la signalent encore autour de Paris (déclaration royale du 6 juillet 1548) et près de Nîmes et des Cévennes, « infestées » d'hérésie (1540-1560).

2) À partir de 1560, quand éclatent la guerre ou ses prémices, l'offensive protestante, dans un certain nombre de villes occitanes, ne rencontre à peu près aucun obstacle ; et cela par suite d'un dynamisme huguenot de minorité agissante ; par suite aussi de la carence ou de la décomposition de l'Église ; par suite enfin de la passivité moutonnière des majorités, restées papistes mais généralement silencieuses, ou mieux sympathisantes aux « gens d'en face ». Encouragées de près ou de loin par ces premiers succès (dont le calvinisme aura le tort de se griser, alors qu'en fait les masses profondes des provinces même occitanes sont loin de lui être acquises), les grèves de dîmes éclatent un peu partout ; dans le Languedoc militant d'abord (vallées du Rhône et de la Garonne ; et pourtour sud du Massif central jusqu'à la mer) ; en région nîmoise, montpelliéraine, narbonnaise, toulousaine ; dans l'Agenais… ; dans tout l'immense ressort du parlement de Toulouse ; en Périgord enfin. En Agenais précisément, le récit de Monluc permet de jalonner les étapes d'une « prise de conscience » : le protestantisme, si l'on en croit les *Mémoires* du vieux guerrier papiste, est d'abord diffusé au pays d'Agen par l'élite sociale, et quelquefois même intellectuelle (gens de robe, de justice et de finance) ; les paysans sont convertis, au besoin de force, sous les coups de nerf de bœuf ou *johannots* des surveillants des consistoires. Ainsi incrustée dans les campagnes, l'hérésie dérape en direction d'une contestation générale, formulée par les ruraux dorénavant rebelles. Même le pouvoir royal n'est plus respecté : au lieu de crier *Vive le Roi sans dîme et sans gabelle*, les paysans huguenots de Saint-Mézard (région de Lectoure, actuel département du Gers), excités en sous-main par un avocat protestant du chef-lieu, déclarent : *Nous sommes les rois. Celui-là* [Charles IX] *est un petit reyot de merde*. Et de s'opposer, avec la caution des ministres protestants, aux droits seigneuriaux, au monopole de la chasse détenu par les seigneurs, aux seigneurs eux-mêmes (qui sont priés de s'en tenir aux « labourages » de leurs réserves et de s'abstenir de percevoir leurs *cens et fiefs* sur les tenures rustiques). La dîme, bien entendu, est mise en cause elle aussi. Il semble qu'on se soit trouvé en l'occurrence devant des fronts de classe pour une fois nettement dessinés. D'un côté, l'Église et les gentilshommes de vieille souche, traditionnels, restés catholiques : ils tiennent les seigneuries. De l'autre côté de la barricade, en revanche, sont les plus militants des paysans. Ils sont assurés de la complicité des *consuls* de la communauté villageoise ; et puis ils se sentent appuyés, manipulés même par les avocats, officiers et bourgeois huguenots des petites villes, possessionnés dans la campagne et qui soufflent sur le feu ; les cadres huguenots de ces régions, en accord avec les ministres, décident donc d'avancer à la fois sur le front politico-religieux de l'endoctrination calviniste et sur celui, revendicatif, de la contestation des droits seigneuriaux, impôts et dîmes, celles-ci et ceux-là peu aimés des paysans… Avec des variantes diverses, cette situation qui n'est certes pas générale en France se retrouve en Guyenne et en Aquitaine, peut-être aussi en Provence : là, le parti ultra-catholique et parfois seigneurial-intransigeant des *carcistes* (qui laissent pousser leurs barbes) s'oppose à la fraction protestante ou catholique modérée des *razats* (rasés à demi-barbe) et aussi aux communautés villageoises antiseigneuriales.

La lutte contre la dîme, cependant, peut prendre des formes plus sourdes ou modestes, car les militants huguenots, dont plus d'un possède ou guigne telle seigneurie ou telle ferme d'impôt royal, ne se résolvent point partout, tant s'en faut, à mettre sur pied une démarche politique aussi radicale qu'en Agenais, Guyenne ou Lectourois. Dans la région nîmoise (où les protestants qui se prennent pour d'astucieux politiques se gardent bien de rompre avec l'ordre seigneurial et décimal), les villageois ne refusent pas de payer les dîmes ; mais ils souhaitent pouvoir les verser à l'Église… de Genève. Celle-ci du reste prétendra dîmer à son tour les villages catholiques situés territorialement sous sa coupe : elle aura du coup à réprimer ses propres grévistes, qui sont toujours paysans, mais cette fois papistes… On a du mal à s'y retrouver !

Dans le Bassin parisien, d'autre part, les grèves de dîmes ou menaces de grèves culminent une première fois en 1563, sous une forme majoritairement… velléitaire (« menaces de grèves ») ; une seconde fois en 1565-1566, sous forme de grèves maintenant *effectives*, qui coïncident, initialement, avec la grave crise de subsistances de 1565. Elles sont fomentées par des paysans, mais souvent aussi par des gens de main-forte – seigneurs ou riches marchands –, propriétaires dans le terroir où la grève est signalée ; en agissant ainsi, les notables amis de ce genre de contestation pensent arrondir leurs revenus, la dîme étant ainsi court-circuitée, mais ils espèrent également s'emparer de la direction du village, ou satisfaire quelquefois leurs sympathies huguenotes… Géographiquement, les grands *openfields* parisiens ont donné assez largement dans la grève des dîmes. Entre juin 1562 et juillet 1567, les territoires actuels de l'ex-département de Seine-et-Oise [11] ont 63 cas de grèves décimales ou menaces de grèves ; ceux de Seine-et-Marne 57 ; Seine : 38 ; Yonne : 31 ; Eure-et-Loir (Beauce) : 29 ; Oise : 24 ; Aube : 23. Les grèves poussent une pointe vers les bocages de l'Ouest (Sarthe : 18 cas ; Maine-et-Loire : 17). Et vers les pays de la Loire proprement dits (Indre-et-Loire : 14). Par le Val de Loire, un lien est ainsi créé avec les grévistes, souvent huguenots, du Poitou (Vienne : 11 cas). Pour en revenir aux régions de champs ouverts, on note que les grèves, intenses au sud de la capitale, sont en revanche moins marquées dans les *openfields* de l'Est (Champagne) ; et aussi dans ceux du Nord-Est et du Nord parisiens. (Dans la Marne, on a en effet 14 cas de grève ; en Haute-Marne : 13 cas ; dans l'Aisne : 11 ; dans la Somme : 13.)

Les autres territoires (sis dans les départements actuels de la France du Nord, du Centre ou du Midi), soit qu'ils relèvent du parlement de Paris, soit que pour une raison ou pour une autre ils jugent bon de s'adresser à lui, ont, en règle générale, pour chacun d'entre eux, moins de 10 cas de grève décimale ; et, bien souvent, un ou deux cas seulement par « département ».

En dépit de leur sécheresse, ces chiffres, tirés des travaux de l'abbé Carrière, me paraissent riches d'informations : dans la région parisienne, la grève des dîmes, qui dérive, de toute manière, d'une vieille tradition de lutte paysanne, a été ensuite puissamment encouragée par les « mauvaises idées » luthériennes, puis calvinistes, diffusées *via* la capitale ; mais puissamment découragée, en revanche, par la vigilante répression émanée du parlement de Paris. Tout bien considéré, le combat antidécimal de la décennie 1560 représente l'un des grands mouvements de lutte sociale de la paysannerie des *openfields*, notamment franciliens (et cela dans le cadre d'une région qui, entre la Jacquerie de 1358 et la « guerre des farines » de 1775, n'a pas connu, au niveau rural, tellement d'autres « grands mouvements » dignes de ce nom[12]).

Néanmoins, dans Paris même et dans le plat pays, cette grève se heurte à des intérêts de première grandeur qui, en fin de compte, sauront mettre un terme à une telle action des ruraux. Une statistique des plaignants (dont la requête a motivé les divers arrêts du parlement de Paris, hostiles au refus des dîmes) est fort éloquente à cet égard. Parmi les plaintes antigrèves ainsi reçues en parlement, 34 émanent d'évêques, archevêques ou cardinaux : cette abondance de plaintes épiscopales était prévisible par avance, puisque les prélats (bénéficiaires, pour chacun d'entre eux, de dîmes dans un grand nombre de villages) risquaient, de ce fait, d'être lésés par maintes grèves, fussent-elles purement locales. Quant au clergé régulier des abbayes et des monastères, cible favorite des huguenots, il est lui aussi gros et multiple décimateur : il fournit donc son contingent de plaignants. 91 requêtes antigrèves émanent de lui : une moitié d'entre elles proviennent d'abbés ou d'abbesses de monastères ; quant à l'autre moitié, elle est le fait de religieux individuels ou de couvents agissant collectivement. Les chanoines et les chapitres qui forment, eux, la masse du haut clergé séculier (celui-ci étant dominé par le gratin épiscopal et abbatial) et qui sont richement dotés en villages dîmables, y sont allés aussi de leurs récriminations antigrèves. 70 plaintes émanent de ce groupe « canonial » ; parmi elles, une quinzaine proviennent de chanoines à titre individuel ; et le reste, de cha-

pitres qui viennent se plaindre en corps et collectivité constitués.
Cette importance du monde « capitulaire », en ce qui concerne la
hargne antigrève, n'a du reste rien qui puisse étonner. On sait, par
exemple, que, loin de Paris, dans une ville ultra-catholique comme
Toulouse, le chapitre des chanoines et sa nombreuse clientèle de
boutiquiers, de laquais, d'hommes de loi et de mendiants constituent, en compagnie de la majorité des parlementaires, l'âme de
la résistance antihuguenote, ô combien efficace, à l'encontre des
« parpaillots » de l'hôtel de ville toulousain, *alias* Capitole.

Plus intéressante pourtant que ces réactions épiscopales, abba-
tiales ou capitulaires, qui vont de soi, est la part active prise par le
bas clergé et par les prêtres des paroisses rurales dans la lutte antigrève. Parmi le groupe déjà mentionné des plaignants, 146 sont
prieurs ou curés de paroisse. Souvent non-résidents, déléguant
leurs fonctions aux vicaires, ces curés et prieurs forment non pas
le prolétariat certes, bien loin de là, mais du moins l'infanterie de
l'Église de France ; ils touchent une part faible et pourtant non
négligeable de la dîme : cette part, c'est le « gros du curé ». Or ils
sont au premier rang dans la défense de leur portion, pas si
congrue que ça, contre le mouvement gréviste. Leur attitude est du
reste logique : une grève locale des dîmes, dans un village donné,
touche davantage le curé du lieu, qui n'a comme revenu décimal
que son pourcentage (souvent minoritaire) de la dîme villageoise.
Alors que l'évêque, le chapitre ou le monastère qui touche la portion majoritaire de cette même dîme peut fort bien n'être guère
affecté par le refus décimal qui stérilise momentanément celle-ci,
puisque, prélat, évêque ou chanoine, il continue éventuellement
de jouir (outre de ses grands domaines fonciers), des dîmes de
dizaines d'autres villages, où les décimables ne font pas grève.

En revanche, tout en bas de l'échelle, les vicaires, pendant la
décennie 1560, n'ont pas émis une seule plainte auprès du parlement de Paris contre les grèves de dîmes. Faut-il admettre que,
non bénéficiers, souvent salariés directement par la *fabrique*,
c'est-à-dire par le village lui-même [13], ces vicaires se considèrent,
à ce propos, comme quantité négligeable, peu concernés qu'ils
sont par le problème de la dîme ? La vraie barrière de classe, en
tout cas, passe entre eux et le curé ; elle les sépare, à ce propos, du
reste du clergé.

Parmi les victimes des grèves – et les victimes qui crient ! – figurent, en outre, un certain nombre d'ecclésiastiques décimateurs et de prêtres urbains liés à l'université parisienne et au parlement *idem*. Onze prêtres qui présentent des requêtes contre telle ou telle grève de dîme auprès du parlement sont justement… conseillers en ce même parlement. À la fois juges et parties. Ils appartiennent donc indiscutablement à ce *lobby* clérical qui saura maintenir dans le parlement de Paris une orientation fermement catholique, en vue de la répression antihuguenote. Avec les conséquences immenses que cette tendance parlementaire aura pour tout le destin français. Par ailleurs, cinq prêtres plaignants sont étudiants à l'université de Paris ; quatre, licenciés en droit ; deux, bacheliers ; deux, docteurs en théologie ; sept, titulaires d'offices divers. Ces chiffres sont significatifs de faits sociaux essentiels : à Paris, toute une couche de la population, directement ou par personne interposée, vit ou du moins profite de la dîme. Sont dans ce cas, bien sûr, les grands organismes cléricaux (chapitre Notre-Dame, abbaye de Saint-Germain-des-Prés, etc.), et aussi toute la foule des subventionnés qui grouillent autour d'eux. Mais également certains membres du parlement ; et plus encore des hommes de l'université : étudiants, enseignants et diplômés. Le « peuple souverain des cuistres [14] » en 1560-1563 est au premier rang des répressions antiprotestantes ; ces clercs, après tout, ont aussi leurs motivations matérialistes : pour eux, préserver la dîme, c'est sauver la soupe.

Le mouvement antidécimal des paysans qui est toujours resté, au moins dans le Bassin de Paris, plus chicaneur que vraiment violent, forge ainsi contre lui-même, de bas en haut, l'unité du clergé, depuis les curés jusqu'aux prélats – les vicaires seuls ne paraissant guère concernés. Il suscite aussi l'hostilité du parlement et de maint universitaire, et celle des ecclésiastiques de la campagne. Il se heurte enfin, dans la mesure où celles-ci sont informées, aux masses urbaines, surtout aux masses parisiennes ; pour celles-ci, l'Église n'a pas ce visage de prédatrice ou d'exploiteuse qu'elle révèle en revanche, à tort ou à raison, aux plus contestataires des paysans ; en milieu urbain, l'Église est distributrice de bienfaits et même de pouvoir d'achat, puisqu'elle prélève du revenu dans le plat pays et qu'elle le redistribue ensuite *intra muros* de la ville. (Ajoutons, d'après Janine Garrisson, que les menaces protestantes obsidionales qui pèsent militairement sur Paris avant et pendant 1567 ont contribué à faire basculer en masse la population de la capitale vers un catholicisme de choc. Mais ceci est une autre histoire…)

Dans ces conditions, les mouvements de grève antidécimale qui sont cibles de trop d'intérêts et de *lobbies* sont voués à la répression et à la régression. Ils disparaîtront du reste presque complètement, dans le très long terme, quand les curés de campagne se décideront à être non seulement les bons petits décimateurs, mais aussi les bons pasteurs de leurs ouailles, faisant résidence dans leurs cures, à partir de 1630-1660 (bienfaits de la Contre-Réforme…).

Dans le moyen terme, les grèves antidécimales culminent, au Nord et au Sud, pendant les années 1560. Par la suite, après 1570, des mouvements de ce type sont encore attestés de temps à autre (Picardie, 1577-1583 ; Languedoc, 1585). Mais ils n'ont plus le mordant de la première décennie des guerres civiles, quand Michel de L'Hospital (1561) et Charles IX lui-même (1568) en venaient à déplorer de telles grèves. À partir de 1570-1580, l'Église, d'une part, grâce aux « préligueurs » ou aux ligueurs, et les protestants, d'autre part, reprennent leurs troupes en main. Qu'il s'agisse de payer aux anciens maîtres ou aux nouveaux, les paysans seront obligés de verser la dîme plus correctement. Ces constatations chronologiques permettent d'apprécier, dans une certaine mesure, l'impact des grèves : disons qu'on ne doit pas exagérer celui-ci ; et qu'il est sans doute plus important comme symptôme social, ou psychologique, que comme facteur économique. Si l'on admet en effet, et tout pousse à l'admettre, que la décennie 1560 coïncide avec l'apogée des grèves de dîmes, on constatera du même coup que ces grèves ne correspondent pas au point le plus bas du revenu décimal : dans la plupart des régions de France (j'y reviendrai), c'est surtout à partir de 1570, voire de 1580 ou de 1585, que s'effondre le produit des dîmes ; or, cet effondrement s'explique davantage par une baisse de la production et par un certain sabotage purement factuel de la part des paysans, plutôt que par une vague de grèves conscientes et organisées dont la culmination, en fait, fut bien antérieure. Les grèves antidécimales, agressives surtout avant 1570, avaient été une gêne pour les prêtres. La semi-ruine des productions agricoles, consommée en 1590-1594, et conjuguée à la simple mauvaise volonté du monde rural, constituera pour ces ecclésiastiques une cause plus grave encore de faillite et de banqueroute.

Dans tous les cas, on voit que les hommes du monde rural, en dépit de tentatives intéressantes, n'ont pas joué un rôle très important parmi les personnages qu'on peut considérer comme actifs et militants, d'un point de vue économico-social, pendant les guerres de Religion. Les ventes des biens d'Église, dans la plupart des cas, sont passées au-dessus des paysans. La grève des dîmes s'est cassé les dents contre le bloc que constitue l'ensemble du clergé, associé à ses alliés du parlement ; elle a été, dans ces conditions, sinon un fiasco, du moins un feu de paille : il n'en subsistera plus, par-delà les incendies de la décennie 1560, que quelques flammèches, et qui seront assez définitivement éteintes, ou peu s'en faudra, au XVIIe siècle. En attendant qu'elles se rallument, vivement, au XVIIIe...

Dîmes et crise agricole pendant les guerres de Religion

Par-delà les dîmes, en ce qui concerne maintenant la production agricole pendant les guerres civiles, nous tablons – comme il se doit ! – sur un mélange de certitudes et d'obscurités[15].

1) Les certitudes : qu'on la mesure par les dîmes (parfois sujettes à caution, du fait des grèves), ou par d'autres méthodes, il est clair que la production agricole a baissé, à une ou plusieurs reprises, pendant le conflit. Les guerres ont été répétées, acharnées, atroces. Les destructions, la paralysie du commerce, la disparition d'une partie du bétail, aratoire ou nourricier, enfin le manque de fumier ont contribué à faire tomber le produit des champs, tel qu'il est reflété ou réfracté par la dîme. En ce qui concerne la fumure, on dispose même, parfois, d'une documentation excellente. Avant les guerres, la veuve Couet (déjà mentionnée) récoltait couramment 10, 12 ou même 15 muids de vin par an sur

ses vignes d'Antony. Ce chiffre tombe à 8 muids environ de 1560 à 1565, à 6 ou 7 muids de 1568 à 1572. Or la veuve utilisait pour ce vignoble une quinzaine de charrettes de fumier, avant les guerres ; et puis, désargentée ou pour toute autre raison (diminution des effectifs de bétail au sud de Paris ?), elle ne répand plus que dix charrettes annuelles de ce fertilisant entre 1568 et 1572. La baisse de la production viticole des domaines de la dame Couet se trouve ainsi confirmée, justifiée, par cette carence des engrais.

2) Ce point admis, on doit reconnaître que les grèves de dîmes, évoquées au précédent paragraphe, perturbent parfois (notamment au cours de la décennie 1560) nos instruments de mesure de la production agricole. « Nous ne savons pas toujours, pendant cette période, si c'est la tempête qui fait rage ou si c'est l'anémomètre qui est détraqué. »

Une brève tournée régionale permettra, dans la mesure du possible, de faire le point sur ces problèmes de dîmes et de production agricole. On commencera par l'extrême Nord ; par cette région d'Anvers qui, bien qu'à l'écart des frontières du royaume, permet une comparaison utile avec les zones françaises, ou du moins francophones, les plus septentrionales.

Près d'Anvers donc, en pleine zone flamande, l'intervention armée des Espagnols s'avère fatale : ils prennent et saccagent le grand port et ses environs ; leurs déprédations sapent l'économie et elles affaiblissent du même coup les stimulants bénéfiques pour l'agriculture qui provenaient normalement d'un marché actif. C'est la rupture ! La recette versée en nature (en grain) par les cinq grosses fermes des domaines de Lier[16] s'effondre brusquement ; en 1576, elle tombe à la moitié de ses valeurs normales, telles qu'on les enregistrait pendant les XVe et XVIe siècles, avant les incursions espagnoles. Le plancher, à Lier, est atteint en 1582. Des relevailles pénibles s'esquissent à partir de 1586. Elles sont loin d'être terminées en 1600, quand s'interrompt la série de Lier. Pas question dans ce cas d'incriminer les grèves décimales comme causes apparentes des baisses de recettes : les domaines mis en cause versent leurs grains au titre du faire-valoir direct, ou au titre du fermage que nulle grève ne sabote ; les baisses n'ont donc rien à voir avec une carence dans la perception des dîmes.

Dans le Cambrésis, la chute des dîmes est chronologiquement comparable à celle des courbes anversoises, dérivées des fermages ou des rapports de domaines (ce parallélisme suggère que dans le cas cambrésien la grève décimale n'est pas non plus l'explication du déclin des livraisons effectuées par les paysans. Elle n'en est qu'un facteur accessoire). Autour de Cambrai, l'étiage est contemporain de celui d'Anvers (1582) ; puis tout le reste de la décennie 1580 est très bas ; les dîmes cambrésiennes, autrement dit le produit net des dîmes (en nature), rendent alors la moitié, ou moins encore, des quantités livrées avant la catastrophe ; dès lors, on est bien loin, bien en contrebas des sommets de 1560. La récupération s'amorce ensuite, très rapide à partir de 1596.

Chronologie semblable autour de Namur. La génération 1570-1600 y est affligée par des chutes du produit net du fermage (en nature) qui ramènent celui-ci respectivement aux deux tiers ou aux trois quarts de son niveau des maxima d'avant-guerre, pour les dîmes d'Ohey et de Sclayn ; et, respectivement aussi, aux trois cinquièmes et aux deux cinquièmes pour les « rapports d'exploitation » des domaines de Wez et de Basseille. Même notation exactement dans la région d'Ougrée près de Liège (récolte en grain de la « basse-cour » de l'abbaye cistercienne de Val Benoît). La recette y chute verticalement pendant les groupes d'années 1571-1579 et 1589-1597 ; et, globalement, elle tombe en 1571-1597 aux deux tiers de ce qu'elle était en 1562-1570. Au total, si l'on tente une évaluation globale pour les régions d'Anvers, Liège, Namur et Cambrai, en comparant la période 1570-1600 à la période 1550-1570, on aboutit à la conclusion que la baisse du produit net des fermages (en nature) pendant les trente années difficiles a été d'environ un tiers. Dans le court terme, c'est-à-dire depuis les maxima de 1570 jusqu'aux minima de 1580-1585, les réductions ont été beaucoup plus fortes ; et elles ont pu s'établir autour de la moitié du « produit » précité. Voilà qui éclaire probablement les difficultés de subsistance ; et, *en cas d'accident météorologique*, les famines, pendant cette période : il est incontestable en effet que l'évolution du produit net reflète aussi (mais sur un mode bien évidemment exagéré) celle du produit brut.

Viennent ensuite les données issues de la région parisienne qui,

pour ces quarante dernières années du XVIᵉ siècle, sont spécialement « parlantes » ; en effet :

— de nombreux textes nous parlent, dans cette zone, de grèves
de dîmes dès la décennie 1560 ;

— les misères de la guerre à partir de 1560 et surtout autour de
1590 sont souvent rudes.

Or qu'y constate-t-on ?

1) Si l'on examine le cas particulier des dîmes en argent, le produit déflaté de celles-ci (à en juger par les archives du chapitre
Notre-Dame et autres sources) semble avoir chuté à partir de
1560, en direction d'un plancher prévisible, dans la décennie
1590.

En l'occurrence, on peut estimer que cette chute décimale, en
région parisienne, se décompose en deux phases distinctes : la
chute est d'abord partiellement « artificielle », dans la mesure où
elle est motivée par les grèves pendant la décennie 1560 ; la chute
est ensuite réelle (effective au niveau de la production) après
1570 ; et surtout après 1585. Du reste, le fait que le prix des grains
d'Île-de-France continue de s'accroître notablement pendant toute
la période des guerres civiles et jusqu'aux années 1590 (alors que
la population et donc la demande céréalière plafonnent) est
l'indice – entre autres facteurs – d'une raréfaction indéniable de
l'offre des blés ; on se trouve alors, tout simplement, dans une
situation typique de « stagflation ». (Parmi les « autres facteurs »
de hausse des prix figurent aussi les arrivages de métaux précieux… et, localement, le siège pathétique de Paris.)

2) Pour en revenir au problème spécifique du déclin décimal
dans la région parisienne, le dossier qu'a réuni à ce propos Jacques
Dupâquier, sur les dîmes en nature du Vexin, apporte d'intéressantes précisions, à la fois chronologiques et quantitatives. Première idée : le produit net des dîmes (en nature) qui augmentait
lentement jusqu'en 1560 a cessé de croître après cette date ; le
taux d'accroissement annuel tombant à zéro entre 1560 et 1580,
ou devenant absolument dérisoire. Puis, à partir de 1580, et surtout en 1588-1590 (troubles et siège), le produit précité (en grain)
décroît dans le Vexin, sous l'impact des guerres. La diminution
entre les années 1578-1588 et 1588-1598, disons entre 1583
et 1595, s'établit pour onze villages à - 24,5 % ; soit une baisse

d'un quart qui se compare assez bien, mais sur une période plus courte, au chiffre « belge » (diminution d'un tiers : voir *supra*).

Ce n'est peut-être pas une catastrophe épouvantable ; cela suffit tout de même, pendant une dizaine d'années, pour contribuer à faire monter les prix et à favoriser les crises de subsistances (si l'on veut bien admettre toutefois un point sur lequel les historiens raisonnables tombent d'accord, à savoir que les guerres de Religion portent atteinte non seulement aux prestations paysannes, mais *aussi* à la production de base elle-même).

Ces données sont confirmées par le grand dossier des rentes foncières en nature ou « produit net des fermages en nature », sur huit domaines dispersés (près de 1 000 arpents au total, fermes de Notre-Dame de Paris). Là aussi, la guerre stoppe la lente ascension des courbes réelles, calculées en setiers à l'arpent, et qui culminaient autour de 1560. Une première chute se marque en 1565-1573 : elle ampute la rente foncière, en setiers à l'arpent, de 26,1 %. Puis une récupération se produit : la seconde chute, celle des guerres de la Ligue (décennie 1590), ne déprime les courbes que de 16,7 % par rapport au « second plafond », celui de la décennie 1580. Notons au passage que ces déclins n'ont rien à voir avec les grèves décimales... puisqu'ils concernent des fermages de terre.

Les rentes foncières déflatées confirment la chronologie du déclin ; dans les domaines de Saint-Denis, la chute dans onze cas commence ou se situe après 1585 ou 1590. Dans trois cas seulement, elle commence dès la décennie 1570.

En Bourgogne, la chute du produit net des dîmes (en nature) s'amorce discrètement çà et là avec ou après certaines guerres (religieuses) à partir de 1563-1566. Elle est spectaculaire entre 1585-1588 et 1600, maximale entre 1588 et 1600, et surtout autour de 1595 : en ces douze années, la baisse des dîmes-grain en nature, dans dix villages, est de 42,8 % par rapport à la belle période de 1550-1568.

La décadence est donc plus forte, semble-t-il, que dans la région parisienne, où l'on enregistre seulement, côté dîmes, des baisses de 25 % environ ; et, côté fermages, une baisse de 17 % par rapport au « plafond » de l'avant-guerre, ou plutôt de l'avant-Ligue.

En Auvergne, les courbes du produit net des dîmes (en nature) sont plus lacunaires ; et les écarts sont plus accentués entre les évolutions des divers villages qu'en Bourgogne. Cependant, malgré des lacunes, il est possible de chiffrer approximativement les moins-values des rentrées décimales ; elles atteignent 25 à 50 % (ou même davantage) des recettes de l'avant-crise : et cela quand on compare la mauvaise période (1585-1598) aux décennies antérieures, relativement bonnes, qui se situaient, elles, entre 1550 et 1575.

La baisse auvergnate, bien amorcée parfois dès 1560, n'est vraiment sensible qu'à partir de 1570, voire 1580. Une telle chronologie a pour nous valeur de confirmation. Les grèves décimales dans une Auvergne qui reste foncièrement catholique constituent tout au plus un symptôme temporaire et irritant de démangeaison anticléricale. Beaucoup plus qu'une vraie cause de plongée des diagrammes de dîmes : ceux-ci tombent en Auvergne, comme on vient de le voir, *après* la grande période des grèves (qui coïncide avec la décennie 1560). En moyenne, ces baisses auvergnates du produit décimal s'établissent autour de 35 à 40 % entre la haute époque (1550-1575) et la basse époque (1585-1598).

En Languedoc, et en général dans le Midi méditerranéen, nous abordons une chronologie du produit net des dîmes (en nature) un peu différente.

La chute est majestueuse dès le début de la guerre, en 1560, atteignant 36,5 % du produit net des dîmes en nature (grain).

Une seconde vague de « désastres » intervient entre 1571 (date d'une grosse disette) et 1577, en pleine crise militaire et politique. Le « produit » précité décroche alors de 43,4 % par rapport à la belle époque d'avant-guerre (celle de 1532-1550).

La troisième période difficile se situe entre 1583 et 1596.

Les livraisons moyennes des dîmes-grain sont alors inférieures de 36,1 % à leur niveau d'avant-guerre.

**Dîmes des « carnencs » (ovins), à Narbonne,
en revenu nominal**

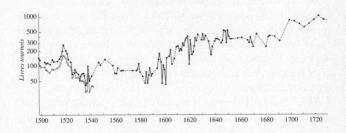

D'après E. Le Roy Ladurie (1966), t. II, p. 986.

Les dîmes d'huile d'olive, elles aussi, tombent d'un tiers, avec, il est vrai, d'énormes inégalités selon les lieux ; la moyenne dans ces conditions n'a qu'une valeur grossière, mais la tendance est incontestable et saute aux yeux dès que l'on considère les courbes : c'est stagnation ou déclin.

**Prix de la viande de bœuf, en livres tournois,
la livre de poids**

D'après E. Le Roy Ladurie (1966), t. II, p. 956-957.

Si l'on s'intéresse maintenant au cas des dîmes de productions animales, appelées *carnencs* en Languedoc, il semble que leur effondrement a été beaucoup plus marqué que celui des grains, tel qu'il est matérialisé par les pourcentages que nous venons de citer : le produit net des dîmes (déflaté) à base d'élevage baisse de plus de moitié dans la période 1585-1595. Le manque de fumure qui résulte de cette régression très probable de l'élevage est évidemment néfaste à la production céréalière dont la baisse est en effet jalonnée, comme on vient de le voir, par les dîmes majeures du blé ou du seigle.

Enfin, dans le Lyonnais, dernière étape de cette enquête décimale sur l'ancienne France, les fermages de domaines, calculés comme toujours à prix constants, sont, pour la plus mauvaise période (1586-1603), en baisse de 40,3 % par rapport au haut niveau d'avant-guerre.

Le cas alsacien nous permet, après coup, de délimiter la frontière du cyclone communément appelé « guerres de Religion ».

En Alsace, secteur abrité, les batailles entre papistes et antipapistes n'ont pas la même violence qu'à l'Ouest, dans le royaume de France ; et cela, en dépit d'incursions des reîtres dans les plaines du Rhin (guerre des Voleurs, 1587-1588).

Ces quelques troubles d'Alsace ont peut-être eu des répercussions négatives sur certains diagrammes du produit net des dîmes (en nature). Mais dans l'ensemble les à-coups sont faibles, même pas synchrones ; et ils n'apparaissent pas du tout sur certains graphiques : l'Alsace de la fin du XVIe siècle est encore manifestement, cela va de soi, à l'heure allemande, à l'heure de ce compromis fécond et durable que fut la Paix d'Augsbourg de 1555. Les malheurs français ne la concernent guère : entre la période relativement haute et peu ou point perturbée de 1548-1583, et celle de 1584-1595 qui semble être un peu plus affectée, on ne rencontre qu'une baisse de 7,3 % du produit net des dîmes (en nature).

En Alsace, les grèves décimales, inévitables dans cette région influencée par le protestantisme, furent donc, pour le clergé, plus irritantes que vraiment dangereuses ; quant à la production véritable des grains, elle semble s'être maintenue, dans la grande province rhénane, à un niveau quasi normal jusqu'à l'extrême fin du XVIe siècle.

Maintenant, laissons de côté l'Alsace, sise hors France, à l'époque... Essayons à titre indicatif de proposer quelques chiffres d'ensemble pour la zone allongée du nord au sud qui inclut Anvers, Cambrai, Namur, Paris, Dijon, Clermont-Ferrand, Montpellier, Arles : nous concluons pour la « basse période » qui se situe entre 1580 et 1600, et par comparaison avec le plafond antérieur, à une baisse d'environ un tiers du produit décimal en nature ou déflaté pour les régions du Nord ; baisse d'un cinquième ou d'un quart environ pour la région parisienne ; baisse de 35 à 43 % pour les zones du Centre-Est et du Midi méditerranéen que nous avons explorées – Bourgogne, Auvergne, Midi méditerranéen, Lyonnais. La baisse réelle du produit total, effectif, a existé elle aussi, quoique moins forte. Le baromètre des rentes foncières et l'anémomètre décimal ont exagéré, pédagogiquement pour ainsi dire, des baisses de production qui n'en avaient pas moins un fonds ou même un tréfonds de réalité. À propos de ces chiffres, deux notations topiques paraissent immédiatement s'imposer :

1) Cette baisse est spécialement marquée dans les régions occitanes, qui sont les plus travaillées par un protestantisme actif de minorité périphérique ou linguistico-ethnique, et les plus affectées par la guerre.

2) Il convient de répéter pour la nation ce qui fut déjà énoncé en ce qui concerne telle ou telle région : la baisse mise en cause ne saurait s'expliquer simplement par les grèves décimales ; l'influence des baisses réelles de production a existé, elle aussi, surtout pendant la plus mauvaise période, celle qui va de 1585 à 1595 environ. La comparaison des courbes décimales et non décimales montre, en effet, que la baisse affecte également des revenus de type agricole qui n'étaient point sujets à grève : ceux-ci, quant à leur déclin, reflétaient pour une part la dépression factuelle d'un produit brut qui leur était sous-jacent. Cette crise réelle représente le prix à payer pour les innovations religieuses, politiques, sociales, qui, venues de l'extérieur, perturbent à partir de 1560 l'écosystème du monde rural. Voilà qui contribue à rendre compte de divers phénomènes : les crises de subsistances, par exemple, facilement expliquées (entre autres causes) par cette situation de pénurie, se multiplient entre 1560 et 1575, et, derechef, entre 1584 et 1595 ; certains Croquants, d'autre part, se révoltent parce que la baisse de production et de revenu constitue pour eux un sujet de mécontentement direct ou indirect, qu'ils éprouvent de toutes sortes de manières, à travers le contexte de l'époque.

Cela dit, on doit reconnaître un fait, équitablement : les planchers de production qui sont atteints au terme de la chute, vers 1590, sont beaucoup moins effondrés que ceux qu'on avait enregistrés un siècle et demi plus tôt, pendant les pires bas-fonds des guerres de Cent Ans. Quant aux grèves de la dîme pendant les conflits de religion, perlées ou avouées, quant aux mauvaises volontés des décimables en général que la pression extra-économique de l'État contraint moins que par le passé, elles contribuent encore à déprimer, à rabaisser *artificiellement* un niveau de production qui de toute manière avait quelque peu chuté réellement (sans plus) du fait de ces mêmes guerres religieuses et ligueuses (1560-1594).

Le bref exposé qui précède, relatif aux dîmes ou à la production agricole réfractée par les dîmes, laisse de côté certains secteurs à propos desquels la « dixième gerbe », et pour cause, n'a pas suscité une documentation pertinente. Je pense, par exemple, au pastel toulousain, à la viticulture charentaise ou bordelaise. Il ne semble pas que le comportement de ces divers produits, pendant le conflit de religion, les ait classés dans une conjoncture qui serait différente de celle des grands secteurs un peu déprimés comme sont les grains ou l'élevage. Le pastel toulousain inaugure en effet sa décadence entre 1560 et 1600. La viticulture charentaise s'effondre après 1572. Celle de Bordeaux ne vaudra guère mieux. Il va de soi, enfin, comme le montrent notamment les premières monographies à base de registres paroissiaux, que la *population* elle-même n'est pas en reste sur la production. Effectivement, un « petit creux » démographique est enregistré dans les campagnes françaises au cours des dernières décennies du XVIᵉ siècle, l'épicentre chronologique de cette chute, son « nadir », se situant autour de 1590-1595 : on serait alors tombé (dit Jacques Dupâquier[17]), dans nos territoires actuels, à 19 300 000 habitants, dont 17 350 000 ruraux ; au lieu de 19 500 000 (global) et 17 550 000 (rural), respectivement, vers 1560 ; ce qui mettrait, toujours d'après Dupâquier, la population rurale de 1593 à 89,9 % de la population globale de cette même année ; et le nombre des cultivateurs proprement dits à 15 181 000 en 1595, au lieu de 15 356 000 vers 1560. Très légère baisse en effet par rapport à 1560, et qui n'est que de 1,0 % dans les trois cas, tant pour le global que pour le rural et l'agricole. C'est peu, cela indique quand même une tendance (négative), compte tenu du fait que Dupâquier, très légitimement de son point de vue, travaille à chaque fois, pour 1560 et pour 1595, non sur une année, en fait, mais sur une génération, dont cette année n'est que le point central. Ces générations respectives étant celle de 1550-1579 et celle de 1580-1609, ce qui tend à « écraser » le déclin réel entre 1560 et 1595, bref à l'estomper quelque peu, sans l'annuler pour autant.

CHAPITRE IV

Dérive, reconstitution
et crises de l'écosystème
1600-1660

La cicatrisation démographique...
non sans rechute « frondeuse »

Une fois passées les guerres de Religion, une fois passée surtout la décennie saignante de la Ligue et de la Contre-Ligue (1585-1595), l'écosystème rural se cicatrise et se reconstitue graduellement.

Au niveau d'abord de la *population rurale* : en Languedoc, les courbes paroissiales dénotent une reprise démographique pendant la première moitié du XVIIe siècle. Cette reprise est interrompue quelquefois, mais non toujours, par la peste de 1629, qui, en certains villages des garrigues, prend même des allures de génocide médiéval ; mais il ne s'agit, heureusement, que d'exceptions catastrophiques, et de paroisses minoritaires.

Ailleurs, l'essor (lent) de la population languedocienne, inauguré depuis 1600, se poursuit cahin-caha jusqu'à la Fronde, et même au-delà de celle-ci, puisque aussi bien cet épisode révolutionnaire et belliqueux n'a pas dans le Midi l'ampleur traumatique qu'on lui connaît plus au nord. D'une façon générale, c'est tout le Sud méditerranéen et rural, y compris en Provence (courbes villageoises données dans les *Graphiques* de Baehrel), qui s'accroît et récupère entre 1600 et 1660. Il n'est pas exclu qu'au milieu du XVIIe siècle la population languedocienne, provençale, occitane, ait substantiellement retrouvé, voire dépassé quelquefois, ses niveaux élevés du milieu du XVIe siècle.

Dans les campagnes parisiennes (Jacquart), la reprise démographique d'après la guerre civile est fort nette. Le nombre des naissances, en Hurepoix, augmente de façon plus ou moins régulière pendant les quatre premières décennies du siècle ; et, surtout, pendant la décennie 1630 : il culmine vers 1635-1640. À partir de 1645 (date ronde), cet essor en revanche fait définitivement place à un déclin ; pour la natalité *aussi*, la Fronde, en pays septentrional, est une cassure décisive. Quant à la mortalité, qui bien entendu est très forte en toute époque, elle ne réussit point à entamer le dynamisme des populations *circum*-parisiennes avant le tournant négatif de la fin de la décennie 1640. Certes, il y a en Hurepoix, vers 1625-1626, puis 1629-1632, d'assez fortes éruptions de mortalité, provoquées, comme il se doit, par les jeux entrelacés de la peste et de la disette : pestes de l'été 1625 et de 1629 ; crises de subsistances de 1630… Mais, en l'absence de remue-ménage guerrier dans le Bassin parisien, il ne semble pas que ces petits désastres aient été suffisants pour renverser la tendance ascendante du peuplement. Vers 1640, le Hurepoix, en pleine hausse démographique, a dû se hisser, quant à son peuplement, jusqu'à ce niveau de 75 000 à 80 000 feux qu'on lui attribue encore au commencement du XVIIIe siècle. Est-il besoin cependant de revenir à notre ritournelle, constamment répétée dans ce livre ? En Hurepoix comme ailleurs, la « croissance », la « hausse » des quarante premières années du XVIIe siècle n'est en fin de compte qu'une assez pâle récupération ; dans cette petite région, précisément, l'effectif des humains, aux plus « belles » périodes du XVIIe siècle, demeure constamment inférieur, de 30 % peut-être, à ce qu'il était vers 1550-1560. L'exode rural (signe de modernité) vers la ville de Paris qui se gonfle, elle, est en partie responsable de cette situation.

En Anjou également, dans les villages dont les courbes longues ont été publiées par François Lebrun, on note un certain dynamisme du nombre des baptêmes jusque vers 1630, 1650 ou 1660-1670 : le *culmen* se situe généralement vers 1640. Ce dynamisme est suivi d'un plafonnement. En Beauvaisis, et aussi à Saint-Lambert-des-Levées (Maine-et-Loire), les hauts niveaux de la fin du XVIe siècle, d'après Pierre Goubert, sont conservés ou retrouvés tant bien que mal jusque vers 1640. À Coulommiers et Chailly-en-Brie, le niveau des baptêmes tombe entre 1585 et 1600 aux trois quarts ou moins encore de ce qu'il était avant les guerres de Religion ; il récupère ensuite, pour plafonner vers 1630-1640, mais à un niveau nettement inférieur (de près de 20 %) à ses performances du bon xvie siècle. Même infériorité dans cinq villages de la France du Nord, étudiés par Pierre Goubert, où le plafond modéré de 1640, quant aux baptêmes, est en moyenne inférieur de plus de 10 % à celui de 1580. À Tamerville (Manche), le « petit plafond » du xviie siècle interviendra un peu plus tard qu'ailleurs, vers 1600.

Au pays de Montbéliard, en revanche, le record ou maximum de population, vers 1620, juste avant la guerre de Trente Ans, dépasse fortement les effectifs des années 1550 ; le taux de dépassement pouvant atteindre 50 à 100 % selon les villages (Jean-Paul Desaive).

Dans les *petites villes* du Bassin parisien, sévèrement étrillées par la décennie ligueuse et contre-ligueuse des années 1585-1595, la reprise d'après-guerre ne s'est opérée que lentement : à Meulan, vers 1600, certaines paroisses avaient perdu la moitié de leur effectif de naissances par rapport aux années 1580. Les paroisses malmenées ne retrouvent tant bien que mal leurs niveaux d'avant-Ligue qu'à partir de 1635. Puis elles plafonnent, vers 1645-1670, à un niveau démographique qui égale à peine celui du xvie siècle. À Château-dun, étudié de main de maître par Marcel Couturier, la décennie 1590 se traduit par une crise, peut-être un peu moins marquée qu'ailleurs. Ensuite, une récupération, du reste irrégulière, intervient à partir de 1610, puis de 1630-1635 ; elle ramène le chiffre des naissances à un haut niveau [1] (celui, antérieur, de la décennie 1580).

S'agissant, à niveau global, de ces années 1610-1639 somme toute assez « belles », du point de vue populationniste, Dupâquier lui aussi trouve un plafond assez haut perché, fût-il sans prétention, sinon modeste. Au cours de ces trois décennies « Marie de Médicis-Richelieu », la France « hexagonale » aurait 20 900 000 habitants, dont 18 850 000 ruraux parmi lesquels 16 494 000 cultivateurs, familles incluses. À comparer avantageusement avec les 19 300 000 habitants, dont 17 350 000 ruraux, de 1595 (point central de la génération 1580-1609 qui sert de base chronologique à Dupâquier). Le *bonus* est incontestable, voire considérable, s'agissant de 1610-1639, disons plus simplement 1625 ; en d'autres termes, s'agissant de l'époque Richelieu dans sa « fleur », comparée avec la fin des guerres de Religion.

[Rappelons que pour nous l'« Hexagone » n'est ici qu'une fenêtre ouverte sur le monde, un lieu commode d'échantillonnage d'une humanité fort représentative au-delà d'elle-même. En aucun cas, dans notre esprit, ce même Hexagone ne doit devenir le lieu géométrique des cocoricos d'un chauvinisme à la Déroulède, comme d'aucuns en accuseraient le concept assez volontiers.]

Il est clair en tout cas qu'aux années Richelieu (1624-1642), s'il nous est permis d'extrapoler un peu dans le temps, l'Hexagone est à nouveau noir de monde – rural et autre. À dire vrai, il n'avait jamais cessé de l'être depuis près d'un siècle. Quelles que puissent être en effet les fluctuations, finalement mineures, que mettent en évidence les historiens démographes, il n'en reste pas moins qu'on se trouve en présence d'une entité collective (paysanne, en ce qui nous concerne) qui, à dimensions comparables et dans le très long terme, demeure en gros démographiquement stationnaire. La cote des 19 millions d'habitants, à titre « hexagonal », est tantôt dépassée de peu (1560, 1630), tantôt presque effleurée (1595). Et le nombre des ruraux « varie » en proportion, c'est-à-dire assez peu. Histoire immobile…

En tout état de cause, la période 1596-1647, jusqu'à la fin des années de pré-Fronde, n'a pas connu de déroulement trop rude. S'est-elle, pour autant, vautrée sur un lit de roses ? On serait bien en peine de l'affirmer. Elle a hérité, comme toujours aux XVIIe et XVIIIe siècles, d'un lot inévitable de malheurs et de fléaux. Ils ont travaillé le grand corps de la France rurale, sans parvenir, cependant, à la dépeupler de façon notable, bien au contraire ! La conjoncture, après tout, demeurait convenable. Elle comportait néanmoins des « cahots » de diverses sortes, spécialement dans la France de l'Est, visitée, dès la décennie 1630, par la guerre de Trente Ans.

Les fléaux démographiques du premier XVIIe siècle, quand ils se manifestent, tombent, est-il besoin de le rappeler, sous le coup de la litanie bien connue, à peine modifiée pour la circonstance : « De la peste, de la famine… et de la Fronde, préservez-nous, Seigneur ! » L'important n'est pas d'énoncer cette évidence, mais de préciser, en qualité comme en quantité, l'impact respectif des trois catégories de catastrophes.

La peste, pendant la première moitié du XVIIe siècle, est encore

L'impact micro-régional des pestes autour de 1630.
Villages du Lodévois : évolution du nombre des taillables

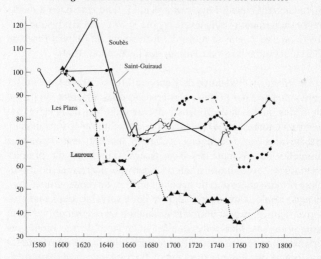

Indice 100 = 1600
D'après E. Le Roy Ladurie (1966), t. II, p. 938.

terriblement présente : en Anjou, la peste de 1583, bien étudiée par François Lebrun, a peut-être tué le tiers des habitants de la ville d'Angers, soit entre 5 000 et 10 000 personnes. Dans plus d'une paroisse rurale de l'Anjou, elle a moissonné le tiers ou le quart des effectifs villageois. Comparable ou parfois pire est la série des pestes angevines de 1626-1627, puis 1631-1632 : en un seul été, dans les villages électivement frappés, qui heureusement sont plus exceptionnels que typiques, les curés mettent en terre 25 % de leurs ouailles. Il s'agit là, au début du second quart du xviiᵉ siècle, d'une peste gyrovague : transportée, entre autres vecteurs, par les mouvements de troupes, elle vole aux quatre coins du royaume ; elle désole par vagues alternées le Massif central, le Bassin aquitain, le Massif armoricain et le Bassin parisien… En Anjou, une nouvelle catastrophe se produit en 1639 ; elle com-

bine la peste avec les diverses formes de dysenterie qui sont cau-
sées par les toxicoses des bébés ou par les maladies à shigelles des
jeunes ou des adultes, fleurissant les unes et les autres sur un été
spécialement chaud. Puis, peu à peu, la peste est vouée à disparaître du royaume : elle désole encore le Midi et l'Est jusque vers
1652 ou 1670 ; elle se retire définitivement de l'Ouest (hors du
Bessin, comme hors de l'Anjou) dès la décennie 1640.

Ces grandes épidémies de l'époque Louis XIII présentent les
caractères nets des pestes « modernes » ; elles diffèrent, on l'a vu,
de celles qui sévissaient dans l'Occident du Moyen Âge, ou qui
séviront encore, au XVIIIᵉ siècle, dans la Méditerranée musulmane.
Médiévales ou islamiques, celles-ci avaient une fréquence
annuelle ou bisannuelle. Nos pestes françaises du premier
XVIIᵉ siècle, au contraire, n'interviennent que par rafales, dont chacune ne dure guère plus de quelques années, ou moins d'un lustre ;
chaque rafale pouvant être séparée de la suivante, dans une province donnée, par un intervalle tranquille de dix, vingt ou même
vingt-cinq ans. Mais telles quelles, et en dépit de leur rareté, ces
éruptions pesteuses sont suffisamment fulgurantes pour annuler
une bonne partie des excédents démographiques qui autrement,
grâce aux somptueux contingents de naissances des années 1600-
1640, auraient fini par s'accumuler. La démographie française
de la première moitié du XVIIᵉ siècle fait penser à ces malades
qu'aimaient « soigner » les médecins de Molière : d'un naturel
assez robuste en temps ordinaire, cette démographie est en effet saignée tous les vingt ans par un prélèvement pesteux : il casse toute
croissance majeure, il réduit l'essor du peuplement à n'être qu'une
remontée lente et modérée vers l'équilibre multiséculaire. En tout
état de cause, l'élimination de la peste, à partir de 1650, 1670…
ou 1720, est une condition non pas suffisante, mais nécessaire
pour une croissance démographique de grand style (telle qu'on la
connaîtra au XVIIIᵉ siècle, quand la population française, enfin,
« crèvera le plafond »). Vers 1640, on n'en est pas encore là : avec
ses charbons et ses bubons à l'aine, la peste est diaboliquement présente ; l'une des possédées de Loudun, en 1632, dénomme « charbon d'impureté » le démon qu'elle a sous la hanche gauche, et qui
la tourmente comme ferait un bubon pesteux [2]…

Sans les pandémies pesteuses, la France rurale de Louis XIII aurait-elle vraiment expérimenté un essor démographique (et économique) plus puissant que celui dont elle s'est contentée ? C'est bien possible. Mais il est vrai aussi qu'après la régression du bacille de Yersin, postérieurement à 1650 ou à 1670, d'autres freins au peuplement surgiront, fort efficaces : ils compenseront l'effacement du frein pesteux ; ils gêneront la croissance du peuplement jusque vers 1715. La peste n'était donc qu'un frein parmi d'autres ; il était remplaçable, éventuellement, par d'autres facteurs de blocage.

Et la famine ? Affirmer sa présence sous Louis XIII et le jeune Louis XIV relève du truisme. Je sais que, paradoxalement, certains historiens démographes, et parmi les meilleurs, voudraient faire croire que les crises de subsistances comme facteurs de mortalité n'existaient guère sous l'Ancien Régime. Une telle assertion est admissible en ce qui concerne le XVIIIe siècle : pendant la « crise » de 1740, la faim sera moins meurtrière que ne le seront le gel à pierre fendre et les épidémies pulmonaires nées de cette rigueur hivernale. Mais une démonstration de ce type serait beaucoup moins probante dès lors qu'on voudrait l'appliquer, de but en blanc, au long XVIIe siècle, de temps à autre affamé, qui s'étend depuis les disettes ligueuses de la décennie 1590 jusqu'au grand hiver sans céréales de 1709, en passant par les crises de 1630, 1649, 1652, 1661, 1694. Pendant ces cent vingt années, la persistance des famines, ou des grosses disettes pour le moins, avec contrecoup démographique (épidémique…) est indéniable.

Les causes de cette persistance disetteuse peuvent être purement humaines ; inutile d'insister à ce propos dans le détail : j'y ai fait allusion, déjà, pour d'autres époques. Rappelons simplement qu'à partir de 1625, et surtout vers 1640, la population approche et dépasse même le cap des 20 millions d'hommes. L'urbanisation sauvage développe au cœur du Bassin parisien une capitale considérable, qui monte à 400 000, puis à 500 000 habitants. Lyon, Lille et d'autres grandes villes s'accroissent aussi. Or la production céréalière, en dépit de quelques performances, tend à plafonner après 1630, Il y a donc nécessairement du tirage dans le rapport population-subsistances, au moins pendant les mauvaises années.

Mais justement : *quelles* mauvaises années ? Le *style* climatique des famines ne doit pas demeurer indifférent à qui veut saisir et bien comprendre une certaine histoire économique et agraire. Au XVIᵉ siècle (1556), au XVIIIᵉ (récolte de 1788), au XIXᵉ (1846), les disettes ou simples déficits frumentaires dans la moitié nord de la France sont plus d'une fois liés à des épisodes d'échaudage : un coup de soleil, à la fin du printemps ou au début de l'été, fait rôtir les grains en lait et les dessèche ; il prive la récolte à venir de tout rendement substantiel. Or, au XVIIᵉ siècle, l'échaudage n'est pas le principal danger : les grandes famines – celles de la décennie 1590, de 1630, de la Fronde, de 1661, de 1694 et de 1709 – dérivent d'hivers horriblement froids ou très humides ; ou d'étés pourris ; ou de ces deux ou trois phénomènes simultanément.

Laissons de côté la décennie 1590-1595, au cours de laquelle le climat n'a joué qu'un rôle secondaire dans le déclenchement des crises de subsistances ; tant les récoltes étaient de toute façon menacées, chahutées ou compromises par les guerres, par les randonnées des reîtres et par la destruction du capital agricole. De même, au moment des grandes famines de 1649-1652, l'arrière-plan climatique (hiver très froid de 1649 et occurrence d'une quasi-dizaine de vendanges tardives de la décennie 1640, surtout vers la fin de celle-ci) n'a joué qu'un rôle secondaire, quoique pas négligeable, dans le destin du blé. C'est la Fronde, davantage que la pluie, qui compromet le ravitaillement et même les récoltes, chahutées par les gens de guerre.

En revanche, la disette de 1630 est bien la fille unique du climat, du mauvais climat : la moisson angevine de l'été 1630, en bien des villages, est à peine supérieure au volume de la semence ; du coup, le prix du froment, dans l'Anjou, atteint son record du XVIIᵉ siècle ; un record qui ne sera battu localement qu'une fois, et de bien peu, en 1661-1662. La cause immédiate de ce désastre, quant à la météorologie, n'est pas compliquée : l'année-récolte, de la veille des semailles à la moisson, autrement dit de septembre 1629 à août 1630, a été, près d'Angers, remarquablement humide et cyclonique ; sur douze mois, on en a compté seulement un (juillet 1630) qui peut être considéré comme assez sec ; sept, très mouillés (d'octobre 1629 à avril 1630, soit une période d'humidité qui concerne la majeure partie de la vie annuelle des céréales mises en cause) ; les quatre mois restants se sont montrés simplement normaux.

Crises démographiques :
exemples en Beauvaisis et hors du Beauvaisis.
Crises de 1625-1627 et de 1649-1652

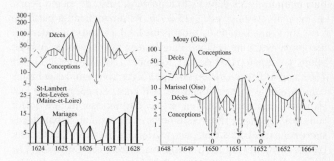

D'après P. Goubert (1960), t. II, p. 54 (graphiques).

Plus remarquable encore par sa clarté climatologique est la famine de 1661 : elle éclate en pleine paix ; son épicentre est au pays de Blois ; ses ravages, sur les moissons et par contrecoup sur les hommes, s'étendent aux régions de la Loire, et vers le sud du Bassin parisien. Cette faim, qui coïncide avec l'avènement de Louis XIV, a été, si l'on peut dire, le « banc d'essai » sur lequel seront testées, par Meuvret et par ses disciples, les théories de la crise de subsistances au XVIIe siècle, avec leurs thèmes essentiels : mortalité des pauvres, concomitante avec la pointe cyclique du prix des céréales ; baisse du nombre des conceptions pendant la période de cherté, à cause des aménorrhées de famine, et par suite d'autres facteurs ; rôle multiplicateur des épidémies, propagées par l'errance des affamés, etc. Démographiquement « exemplaire », cette famine de 1661 est, par ailleurs, révélatrice quant au climat (François Lebrun) : l'hiver extrêmement froid de 1660 (décembre 1659, janvier-février 1660) avait dépassé déjà les « limites permises » ; il avait provoqué, dans les pays de la Loire, une récolte médiocre, mais pas encore catastrophique, en 1660. Hélas, de mars 1660 à février 1661, on ne devait pas connaître, en

Anjou, un seul épisode réellement et durablement chaud, susceptible de frayer les voies dans de bonnes conditions à la récolte de
1661. Or, voici qu'à partir du moment où celle-ci sort de terre,
puis mûrit, les six mois qui vont de mars 1661 à août 1661 sont
tous humides ! Ces déluges font penser à ceux, du même genre,
qu'on avait connus vers 1315-1316. Ils provoquent, à partir de
l'été 1661, une famine de type médiéval. La situation ne deviendra guère meilleure pendant l'année-récolte 1661-1662 : le beau
temps y fait peu parler de lui ; décembre 1661, janvier et février
1662 sont fort pluvieux (on sait que l'hiver trop humide, au moins
dans la moitié septentrionale de la France, est défavorable aux
semences, qui pourrissent en terre et qui finissent par s'étouffer
sous des légions de mauvaises herbes). Le résultat global de ces
successions d'abats d'eau, puis de frimas, n'est pas brillant : deux
récoltes sont moyennes ou surtout médiocres (1600 et 1662) ; une
est totalement ratée (1661). La famine qui découle de tout cela,
dans la France ligérienne, est probablement l'une des pires du
XVIIᵉ siècle. Vers 1693-1694, enfin, la dernière grande famine de
ce même siècle offrira – en Anjou toujours – un tableau assez
semblable : été et automne pourris et froids de 1692 ; hiver froid
ou très froid de 1692-1693 ; printemps, été et automne froids et
pourris de 1693 ; hiver froid de 1693-1694… Bref, de juillet 1692
à janvier 1694, la « douceur angevine » est bien oubliée : on ne
note pas, alors, un seul épisode chaud ou sec qui soit digne d'être
relaté par les documents régionaux… Une fois de plus, dans le
froid et dans l'humide, a « germé », en 1693-1694, l'une des
famines les plus atroces de l'âge classique. Ces famines de froid
et (ou) de pluie (décennie 1590, années 1630, 1649, 1661, 1694,
1709) sont à l'image d'une époque qu'on a dénommée « petit âge
glaciaire ». Les températures moyennes, entre 1600 et 1700, sont
un petit peu plus fraîches que pendant les périodes de réchauffe-
ment du long XXᵉ siècle (1861-2000) ; la différence moyenne,
du XXᵉ au XVIIᵉ siècle, est vraisemblablement inférieure sinon égale
à 1 °C au détriment des années 1600-1700. Mais, au niveau de
quelques années ou de quelques suites d'années exceptionnelles,
cette différence se matérialise en séquences d'étés pourris et d'hivers glacés, les uns et les autres néfastes aux récoltes. Simultanément, les glaciers alpins sont plus gros vers 1600, 1645 ou 1690

qu'ils ne le seront de nos jours. Et le style de la circulation atmosphérique venue de l'ouest, au XVIIᵉ siècle, plus épanouie vers le sud, plus ample, plus méridienne, bref porteuse d'hivers froids et d'étés pourris pour l'Europe, diffère, en surface et en altitude, de ce qu'il deviendra dans notre époque : le *pessimum* climatique de l'âge moderne s'oppose à l'*optimum* du XXᵉ siècle.

Les famines de la période 1590-1709, et plus spécialement, en ce qui concerne ce présent chapitre, de la période 1590-1661, sont donc bien les filles de leur temps : elles reflètent la météorologie désagréable du petit âge glaciaire ; en outre, elles sont suractivées par une structure économique et sociale qui facilite parfois la pénurie et la misère ; si cette structure, néfaste en l'occurrence, avait brusquement cessé d'agir, les désastres frumentaires dus au *pessimum* climatique n'auraient suscité, au niveau des groupes humains, que de modestes crises, point gravissimes en tout cas.

Ces pestes et famines du premier XVIIᵉ siècle, autour de 1625 ou de 1630 par exemple, dans la région parisienne, ne se traduisent, en termes de dépression du peuplement, que par des fluctuations du troisième ordre (voir *supra*) : celles-ci perturbent durement mais momentanément, sans les altérer de façon durable, les niveaux et les rapports des populations et des subsistances. Pour que ces niveaux et ces rapports soient affectés par une récession profonde, décennale, faisant baisser par exemple de 20 % du nombre des hommes, çà et là, certains effectifs démographiques dans la France du Nord, il faut que vienne s'y ajouter, comme au temps des guerres de Religion, le « coup de pouce » supplémentaire de la guerre extérieure et surtout civile. Alors sévit l'accumulation des trois ordres de facteurs (*guerres* accompagnées de *faim* et d'*épidémie* à partir de la décennie 1630 dans l'Est, et à partir de 1648 dans l'ensemble nord du pays ; et famine de 1661 pour conclure) ; cette accumulation réussit à produire, au milieu du XVIIᵉ siècle, comme jadis à la fin du XVIᵉ, une fluctuation du second ordre : une vraie flexure négative, durable et globale, des peuplements du royaume, au moins dans la moitié nord de celui-ci. Entre 1640 et 1660, la torsion négative des courbes septentrionales est impressionnante ; diagrammes de population et diagrammes de production des céréales plongent d'un même mouvement ; ils remonteront quelque peu par la suite, mais non sans mal.

En ce qui concerne cette « flexure » ou cette « torsion négative », il faut mettre à part, bien entendu, le cas de l'Alsace, point ou peu rattachée encore à la France. Dès lors qu'il s'agit, en effet, de la partie extrême-orientale du futur Hexagone, le terme de « fluctuation du second ordre » est trop faible quand on l'applique à la deuxième génération du XVIIe siècle. Il conviendrait de parler, plutôt, de fluctuation du premier ordre : car l'Alsace figure, sur la carte établie grâce à Günther Franz[3], parmi ceux des pays germaniques qui, pendant la guerre de Trente Ans, perdent entre le tiers et les deux tiers de leur population. La phase la plus rude ou la plus « raide » des opérations militaires, en Alsace, se situe pour l'essentiel entre 1633 et 1640. À quoi s'ajoutent quelques grosses pestes et famines qui encadrent cette période, ou qui surviennent pendant qu'elle s'écoule. En dix années à peine, la grande province de l'Est français ou plutôt de l'Ouest allemand d'alors a donc connu l'équivalent d'une mortalité de Peste noire, digne des « fastes » de 1348. Autant dire que cette province, et toute l'Allemagne avec elle, en pleine époque classique, sont encore contemporaines du XIVe siècle des génocides, microbiens et belliqueux, ou bellicistes.

À l'ouest et au nord-ouest des Vosges, en Champagne, en région parisienne, en Beauvaisis, on n'en est plus là ! Les catastrophes régionales liées à la fluctuation du second ordre sont centrées principalement sur la Fronde, plus brève ; et non pas sur l'ensemble, interminable, des guerres de Trente Ans. Il n'empêche que le milieu du siècle, au cœur du Bassin de Paris, fut, comme l'a souligné depuis longtemps Pierre Goubert, très dur à passer : la météorologie s'est montrée souvent défavorable (hivers froids ; saisons pourries ; vendanges tardives de 1648, 1649, 1650). Mais surtout la guerre ouverte, dans une vaste région concentrique entourant la capitale, a consommé le désastre paysan qu'avaient induit, dès le début de la décennie 1640, la trop grave pression fiscale et l'endettement des villages ; dans les paroisses, à partir de 1648, les reîtres, les Lorrains… et les Français s'emparent *du fric et du frac* ; les laboureurs… n'osent plus labourer, par crainte de se faire voler leurs chevaux. La mortalité de la pré-Fronde (1642,

1644) se prolonge en mortalité de Fronde (1648-1649); elle culmine avec la moisson des morts, engrangée drue pendant l'année-récolte 1652-1653. Dans certains villages, au cours de cette année fatidique, plus du tiers de la population prend le chemin du cimetière. D'une façon générale, autour de Paris, c'est toute la période 1645-1665 qui est marquée, sur les courbes tirées des registres de paroisse, par un *dôme* des décès et par un *cuveau* des conceptions. En Champagne, le désastre est poussé jusqu'à la désertion définitive des habitats : 10 % des villages champenois, dans de vastes parties de la province, sont abandonnés pour toujours à partir du milieu du XVIIᵉ siècle (Jean-Marie Pesez). D'après certains recensements, qui malheureusement sont isolés, les pertes globales de la population entre l'avant-Fronde et l'après-Fronde – entre 1636 et 1664 très exactement – ont pu atteindre 20,7 % des effectifs humains pour cent vingt-quatre paroisses des élections de Rethel et de Sainte-Menehould. On objectera sans doute, à ce propos, que la Champagne n'est pas typique ; avec ses 10 % des villages définitivement disparus autour de la Fronde, elle fut frappée d'une épreuve spécialement sévère en cette époque… Mais les pays de la Loire, eux aussi, ont été cruellement atteints (notamment du fait de la famine de 1661) : l'élection de Romorantin perd 18,3 % des contribuables inscrits aux rôles des tailles entre 1639 et 1664. Au total, il n'est pas interdit de suggérer que, depuis le petit maximum démographique enregistré vers 1640 jusqu'au minimum d'après-Fronde et d'après-famine (vers 1664), la France du Nord a perdu quelque peu de sa population paysanne. Les productions céréalières de la moitié septentrionale du royaume, elles aussi, furent tant soit peu passablement cisaillées. Le Midi méditerranéen, en revanche, en l'état actuel de nos connaissances, semble avoir évité *grosso modo* les catastrophes économiques et surtout démographiques de la mi-temps du XVIIᵉ siècle. À cette exception près, le « siècle de Louis XIV », vers 1660, démarre, démographiquement, dans un « petit creux » conjoncturel : les chiffres de population, dans la France aux frontières actuelles, sont, vers 1655, de 20 350 000 (global) et 18 150 000 (rural), parmi lesquels 15 881 000 cultivateurs ; ces chiffres étant comparés respectivement vers l'amont chronologique à 20 900 000 (global) et 18 850 000 (rural), enfin 16 494 000 (agricoles, *alias* cultivateurs) vers 1625. Baisses respectives de 2,6 % entre 1625 et 1655 ; et, plus nettes encore, de 3,7 % quant aux ruraux et 3,7 % quant au peuplement cultivateur. Effets cumulés de la Fronde et de quelques autres « malchances »…

« Petit creux », donc, blocage (momentané) ; freinage… Mais le court ou moyen terme ici n'exclut pas le long terme. Et le moment semble venu, pour l'historien, de jeter un coup d'œil sur les différents systèmes de blocage ou de freinage qui, par-delà les gros malheurs de l'époque frondeuse, assurent (tout au long des cent cinquante années du très long et parfois plat XVIIᵉ siècle) l'équilibre et de temps à autre la récession démographique.

Vers 1650-1660, la réalité démographique fait désormais l'objet (grâce aux enquêtes récentes des historiens) de recherches d'une incroyable précision. Celles-ci permettent de décrire non seulement les *trends*, mais aussi les structures et le fonctionnement des populations anciennes.

Ces structures sont essentiellement d'équilibre : dans le très long terme, elles sous-tendent la stabilité des populations françaises de l'âge classique, stabilité qui s'impose, en dates rondes, à travers des oscillations négatives (1645-1665, 1690-1715) ou positives (1600-1640), ou de nouveau positives (1664-1687).

L'équilibre est assuré, bien sûr, par la très forte mortalité : opérant avec régularité ou par intervalles de fortes crises, elle moissonne l'excédent des naissances, et elle autorise la reproduction, sans plus, du volume démographique existant. En Hurepoix, dans la période 1636-1650, à Boissy-Saint-Yon, la mortalité infantile (de 0 à 1 an) est de 21 % ; la mortalité juvénile (de 1 an à 19 ans révolus) est de 33 %. Au total, 54 % des « nouveau-nés » meurent ou sont destinés à mourir « avant d'avoir atteint l'âge du mariage et de la reproduction » (Jean Jacquart). La situation n'est guère différente après 1650, en Beauvaisis, en Normandie, dans la région de Meaux… Du fait du grand nombre de « lits brisés » (unions conjugales rompues par la mort prématurée d'un des conjoints, celle-ci intervenant avant la fin de la période de fertilité de l'épouse), le nombre des naissances effectives par couple paysan moyen ne dépasse guère quatre ou cinq (Pierre Goubert). Avec une mortalité infantile et juvénile de 50 %, et quelquefois plus, tout espoir d'accroissement démographique à long terme est donc interdit ; deux enfants, dans la bonne moyenne, remplaceront un jour deux parents… La démographie est condamnée à la stagnation ; et même, dès que les choses s'aggravent, au déclin.

Ces mécanismes brutaux qui garantissent l'équilibre au moyen d'une mortalité débordante dérivent des crises de subsistances ; mais aussi et surtout, combinées avec les famines, ou intercalées entre celles-ci, des épidémies : peste et puis variole, typhus, typhoïde, dysenteries diverses, grippes, pneumonies (voir Jean-Pierre Goubert) ; tous ces fléaux complètent les pestes ; ou bien ils remplaceront celles-ci (par fonction « vicariante ») après 1650-1670, quand elles auront disparu de France. La guerre qui, je le répète, fait partie du système au xviie siècle, est également productrice de morts, à coups d'épée ou de mousquet ; et surtout à coups de disettes et d'épidémies qu'elle dissémine.

Mais il serait absurde de tout expliquer par la mort. Même la sociologie animale a depuis longtemps réfuté l'idée « malthusienne » (en fait pseudo-malthusienne) selon laquelle les effectifs des bêtes, à l'état sauvage, sont réglés par le seul volume des subsistances disponibles : celui-ci, une fois consommé, aboutissant à ce que se déclenchent automatiquement les misères, les famines et les épidémies *ad hoc* qui limitent, dans le malheur individuel et dans l'intérêt général, le nombre des parties prenantes au grand banquet de la vie. En fait, les espèces animales, du pingouin aux mille-pattes, en passant par l'éléphant et la baleine, ont une politique ou du moins une police intelligente, quoique instinctuelle, de régulation des effectifs (Wynne-Edwards) : elle permet à leur groupe d'évoluer numériquement aux environs d'un *optimum* démographique et non pas d'un *maximum* ou d'un *pessimum*. Il en va de même *a fortiori* chez nos paysans français du Grand Siècle (que bien sûr je n'accuse nullement d'animalité !), à ceci près que chez eux cette police n'est pas purement biologique ou inconsciente, mais culturellement déterminée.

L'« arme décisive [4] » du *birth control* de nos villageois, c'est bien sûr le mariage tardif, obligatoirement assorti (sinon, il perdrait tout son sens) d'une forte dose de chasteté préconjugale. Vers 1550, on l'a vu, les paysannes normandes se mariaient relativement tôt, aux alentours de 21 ans. Après 1650, leurs arrièrepetites-filles attendront souvent, et sagement, d'avoir coiffé sainte Catherine pour convoler en justes noces avec le Jacques Bon-homme de leurs rêves. Disons que, dans la vaste zone défrichée par les démographes (qui s'étend du Beauvaisis au bocage nor-mand et va jusqu'à l'Aquitaine), le premier mariage des filles vers 1650-1700 pouvait se situer vers 24-26 ans, et parfois plus tard. Trois, quatre ou cinq ans de retard au mariage au XVIIe siècle, par rapport au XVIe, voilà qui pouvait signifier une réduction de 15 à 20 %, au bas mot, du nombre moyen d'enfants portés par une femme pendant la totalité de sa carrière maternelle. Nul doute que les curés, plus compétents, plus résidents aussi, qui furent mis en place, dans les campagnes, par la Contre-Réforme des années 1630, n'aient contribué à diffuser le modèle de ces noces plus tar-dives et plus responsables ; ils conseillaient à leurs ouailles en état de fiançailles, comme l'a souligné Noonan, la réflexion et une bonne dose de patience. À cela s'ajoutait le souci tout paysan (dans un monde du XVIIe siècle où n'abondaient ni les emplois, ni les subsistances, ni les opportunités d'enrichissement) d'arriver au mariage avec un minuscule trousseau : soit, pour la jeune fille, quelques draps, quelques serviettes, une vache, des écus parfois… Il fallait, pour y parvenir, prévoir une période d'épargne ; celle-ci d'autant plus tardive que, bien souvent, les années d'adolescence des jeunes avaient été, bon gré mal gré, consacrées à payer les dettes qu'avaient jadis contractées leurs parents quand ceux-ci étaient nouveaux mariés. Plus d'une fois, c'était après 20 ou 25 ans bien sonnés qu'il devenait possible, pour un jeune (ses deux parents ou l'un d'entre eux étant morts), de songer au trous-seau ou au mariage, et pas seulement aux dettes paternelles.

La transition du modèle de mariage relativement précoce (Nor-mandie, 1550) au modèle de mariage tardif (campagnes françaises et petites villes, vers 1660-1730) paraît s'être faite graduellement, et notamment pendant la première moitié du XVIIe siècle (entre 1600 et 1650, l'âge moyen au mariage des filles n'est encore que de 24 ans à Corbeil ; et il est antérieur à 24 ans à Saint-Denis pen-dant cette même période).

Cette politique de noces retardées, cependant, n'aurait eu aucun sens si elle n'avait été complétée, chez les jeunes paroissiennes, par une volonté délibérée de pruderie préconjugale. À défaut de cette chaste stratégie, en effet, de nombreux bâtards seraient venus augmenter le taux de natalité ; ils auraient détruit le bel équilibre démographique qui demeurait l'idéal à demi conscient mais incontestable des systèmes de peuplement du XVIIᵉ siècle. (On sait que poser ainsi la question, à propos des bâtards, n'est pas faire preuve d'académisme désincarné. Il existe effectivement des cultures paysannes – dans la Bavière du XIXᵉ siècle et aussi dans de vastes zones de l'Amérique latine d'aujourd'hui – où une forte portion des naissances et du croît démographique est fournie par l'illégitimité.) Que cette chasteté préconjugale ait été réalisée dans les faits, c'est ce que prouvent, à partir de 1580 ou de 1650, et pendant tout le règne de Louis XIV, les statistiques relatives aux naissances illégitimes et aux conceptions prénuptiales[5]. Au Nord, au Sud et à l'Ouest, à Crulai, à Auneuil et en Languedoc, chez les paysans protestants des Charentes de la fin du XVIᵉ siècle comme chez les catholiques de partout ailleurs au XVIIᵉ, les taux de naissances illégitimes, nées d'amours ancillaires plus que de concubinage ou de prostitution, sont dérisoires, de l'ordre de 1 à 3 %. Et l'on pourrait, bien sûr, avec un brin d'hypercritique, expliquer ces taux très bas de bâtardise par l'hypocrisie épouvantée des filles mères : celles-ci exportant vers les hôpitaux des villes leurs bébés inavouables et les déposant de façon subreptice aux porches des églises… Mais cette affirmation, ce soupçon jeté sur la vertu des filles, soupçon qui n'est pas entièrement infondé et qui correspond à certaines réalités du XVIIᵉ siècle (et, davantage encore, du XVIIIᵉ), se heurte, en ce qui concerne l'époque classique dans sa modalité agraire, à l'impeccable raisonnement fondé sur les conceptions prénuptiales. Sur cent couples, dans un village français typique du XVIIᵉ siècle (car, bien entendu, il y a, par exemple dans le bocage normand, des villages et des régions atypiques), on en trouve à peine un, deux ou trois au plus qui osent transgresser le neuvième commandement de l'Église, interdisant l'« œuvre de chair » préconjugale[6] ; et qui se permettent de faire l'amour pendant les mois qui précèdent la célébration du mariage : « faute » ou « crime » (?) tellement commun de nos jours qu'il affecte d'une conception prénuptiale le quart ou le tiers des premières naissances, dans les pays développés, et cela en dépit d'habitudes contraceptives largement répandues ; « faute » ou « crime » qui, s'il avait été commis dans un régime sans contraception ou à très faible taux de contraception en milieu agraire (comme était le régime démographique du XVIIe siècle), se serait implacablement soldé par de très nombreuses conceptions anténuptiales. À moins d'admettre, ce qui paraît bouffon, que nos paysans, virtuoses du *birth control* avant le mariage, aient perdu brusquement toute compétence à cet égard une fois les noces faites, la conclusion suivante semble impeccable : protestantes ou catholiques, les paysannes françaises du Grand Siècle étaient *grosso modo* prémaritalement chastes en bien des cas, et elles respectaient les commandements de l'Église ; quelles qu'aient pu être par ailleurs les modalités du flirt rural. On ne peut qu'admirer, avec Pierre Goubert, la quasi indomptable vertu de nos arrière-grand-mères villageoises. (On n'en dira pas autant, selon Peter Laslett, des Anglaises du XVIIe siècle : vertus du catholicisme ?)

Une telle constatation est éclairante dans la mesure où elle permet de définir un système, sis à l'intersection de plusieurs types de structures. Structures démographiques d'abord, exigeantes d'équilibre, et dont il a déjà été question. Structures familiales et villageoises aussi : c'est, entre autres raisons, parce que les filles sont sévèrement contrôlées par les parents, par les familles, par les commères malveillantes du village qu'elles marchent droit. Structures religieuses : on devine, sous-jacente à la pureté des mœurs, la pression instante des confesseurs et des curés efficaces, postés dans les villages depuis la Contre-Réforme. Plus fondamentales peut-être sont les structures psychologico-religieuses : indiscutablement, une personnalité paysanne austère sous-tend les habitudes sexuelles extrêmement prudes qui sévissent dans la campagne française au XVIIe siècle d'après 1650. Ces filles qui restent chastes jusqu'à 26 ans, ces jeunes hommes dont beaucoup, trop éloignés des villes et donc des prostituées, conservent leur virginité jusqu'à 27 ou 28 ans, âge fréquent du mariage masculin, agissent ainsi en vertu de la conformité à une éthique qui leur est imposée de l'extérieur par la famille, par le village ou par le curé. Mais, pour parvenir à ce comportement d'unanimité quasi parfaite, il a bien fallu aussi que ces jeunes intériorisent l'éthique précitée, sous l'effet de l'éducation ; l'austérité leur est donc dictée tout autant par leur *surmoi* individuel que par le surmoi collectif,

familial ou paroissial. Cela nous ramène aux problèmes psychologiques que la plus quantitative des recherches ne saurait se dis-
penser d'examiner, sous peine de sombrer dans une démographie
régimentaire dont l'unique devise serait : *comptez, comptez vos
hommes ; comptez, comptez-les bien.* En termes de psychologie, il
existe parmi les populations rurales de l'Ancien Régime un
modèle largement diffusé de personnalité austère ; les instincts et
la *libido* s'y trouvent solidement contrôlés, censurés, refoulés par
l'organisation consciente du moi rustique. L'histoire de l'éducation et la psycho-histoire rejoignent ici les préoccupations de la
démographie et de la sociologie historique. En même temps, la
recherche quantitative, fondée sur les comptages rigoureux des
conceptions prénuptiales tirés des registres paroissiaux, permet
de rectifier certaines images trop littéraires que les grands écrivains ont données du village français : *Le Bigre* de Diderot et la
paroisse érotico-nostalgique décrite par Rétif de La Bretonne dans
La Vie de mon père correspondent aux plus fameuses parmi ces
images… Disons tout de suite que celles-ci se rattachent davantage à des lieux communs de la culture, ou à des minorités paysannes ou régionales en voie de développement pendant le
XVIIIe siècle, ou tout simplement aux fantasmes et obsessions personnelles de Rétif, voire de Diderot, qu'à la réalité massive et
majoritaire qui était celle du village français pendant le XVIIe siècle
de l'austérité.

Loin de ces représentations trop littéraires, on est donc renvoyé
à la grande œuvre sociologique dont les intuitions rejoignent au
plus près, sans nulle complicité de part et d'autre, les trouvailles
quantitatives des démographes : Max Weber a souligné le rôle
central qu'occupe la personnalité austère dans la sociologie religieuse de l'Ancien Régime. Certes, on est contraint de réévaluer
l'œuvre de Weber et de recentrer ses théories : la personnalité austère n'est pas essentiellement, comme le croyait le vieux maître
allemand, une prémisse du capitalisme. Tout au plus peut-on dire
que la propension aux épargnes, qui pousse nos chastes paysannes
à se créer un trousseau avant de se marier assez âgées, constitue
l'une des composantes classiques de l'esprit petit-bourgeois.
Mais, dès lors qu'on s'intéresse à un capitalisme de plus vaste
envergure, on est contraint de reconnaître que Max Weber avait

techniquement tort : pionniers des grandes affaires, les fermiers généraux, par exemple, n'étaient pas des foudres d'ascétisme ; et Benjamin Franklin, dont les prudes écrits fournirent à Weber tant de citations relatives à l'austérité dans le siècle, était en fait, et en diverses occasions, pourvu de maîtresses. Beaucoup moins qu'un prodrome du capitalisme, la personnalité austère, ascétique, refoulée, renfrognée, mais fonctionnant néanmoins dans le siècle, telle que l'a décrite Max Weber, est tout simplement l'une des clefs de voûte de notre démographie d'ancien type, programmée pour l'équilibre.

Il ne suffit pas, du reste, de réévaluer Max Weber en le justifiant, et de déplacer le centre de gravité de son analyse afin de mieux montrer la validité de celle-ci. Il convient aussi d'élargir l'horizon éthico-religieux de sa théorie : celui-ci, en effet, pour la plus grande joie des chauvins du calvinisme, a été trop étroitement limité au monde protestant. C'est-à-dire, de nos jours, à l'univers anglo-saxon. Or, le rôle incontestable qu'a rempli le calvinisme à l'époque moderne, comme diffuseur et multiplicateur des modèles d'austérité, fut joué simultanément dans le monde catholique par le jansénisme. Certes, celui-ci, sous l'influence des curés purs et durs issus des séminaires, ne se répandra dans les campagnes françaises qu'à la fin du XVIIᵉ siècle et au début du XVIIIᵉ. Mais il y devait trouver (voir l'historien américain John T. Noonan) des auditoires par avance réceptifs dans la mesure où l'Église catholique, bien avant Jansénius, voire avant Calvin, avait fondé sa morale conjugale sur de puissantes traditions d'austérité, de sévérité et d'ascèse augustiniennes : on en trouve l'écho, dès le début du XVIIᵉ siècle, même chez un théologien doux et melliflu comme saint François de Sales ; et même chez les jésuites pommadés qui confessent les péchés des nobles dames ! Si un spécialiste des sciences sociales devait aujourd'hui réécrire le livre de Max Weber, il pourrait l'intituler d'un titre qui habille large, *La Personnalité austère et l'Éthique de la démographie*. Il s'agirait bien sûr de la démographie d'Ancien Régime…

Énoncé en termes simplistes, le résultat visé par cette politique de mariage tardif presque obligatoirement assorti de la chasteté préconjugale, c'est l'harmonisation du peuplement avec le volume disponible des terres, des emplois, des subsistances disponibles. Comme l'écrit Freud[7] : « Ne produisant pas assez de subsistances pour permettre à ses membres de vivre sans travailler, la société est contrainte de limiter leur nombre et de détourner leur énergie de l'activité sexuelle vers le travail. »

Dans la pratique, les jeunes hommes candidats aux noces vivent souvent leur mariage tardif (vers 25 ans ou même plus tard) comme une attente de la mort du père (vers 55 ans) ; et comme la possibilité enfin réalisée de disposer d'une maison et d'un logement pour y installer un ménage. Ce précieux logement, unité indispensable à la vie d'un nouveau couple, ce peut être par exemple la petite maison du vigneron ; assortie d'une grange minuscule, où sont couchés quelques lits de gerbes de grains ; assortie aussi, dans un coin de la cour, d'un infime appentis couvert de chaume, où l'on tient la vache ; avec, dans le voisinage, quelques quartiers de vignes en location... Les paysans des Anciens et Très Anciens Régimes agraires ne considéraient pas que le nombre de ces unités conjointes d'habitation et d'exploitation pouvait augmenter indéfiniment (*je me marierais si j'avais une maison dans laquelle je pourrais prendre une femme*, dit un personnage mis en scène par le dominicain John Bromyard dans l'un de ses sermons, dès le XIVᵉ siècle). Tout se passait en fait comme si les ruraux estimaient que le nombre des unités d'habitat devait être maintenu à un effectif grossièrement stable. En se mariant tard, on héritait de la maison dont jouissaient auparavant le ou les parents décédés ; et l'on contribuait à maintenir la stabilité primordiale du groupe villageois.

Certes, en termes de représentativité, le modèle d'austérité-stabilité que je propose ici est simplement *prédominant* dans les campagnes françaises du XVIIᵉ siècle ; dans celles, du moins, qui sont connues, à ce jour, grâce à la démographie historique. Mais bien sûr il n'est ni unique, ni unanimiste. Il y a partout à cette époque et dans toutes les provinces des paysans paillards, à la Bigre, qui engrossent avant le mariage des filles consentantes. Il y a des dégourdis qui connaissent, apprennent ou redécouvrent pour leur propre compte les « funestes secrets » de la contraception *(coitus interruptus)*. En certaines régions, dès la seconde moitié du XVIIᵉ siècle, ces secrets sont assez couramment pratiqués par une faible minorité des habitants dans les bourgades, ou même, parfois, dans tel ou tel village. Mieux encore : à Saint-Denis, petite ville à demi rurale de 3 500 habitants, entre 1567 et 1670, les femmes qui sont épouses et mères en « famille complète » ont en moyenne 4,84 enfants par couple ; mariées à 23 ans, elles cessent d'avoir des enfants, pour des raisons où leur volonté joue sans doute un rôle, à partir de 34 ans ; leur fécondité légitime à tous les âges est nettement inférieure à celle qu'on enregistre à la même époque en d'autres localités (Meulan, Genève) qui pourtant deviendront contraceptives, elles aussi, à la fin du xviie siècle ou au xviiie. À Saint-Denis, on est donc en présence, sous Louis XIII, d'une contraception plausible… mais austère ; celle-ci est vécue, en effet, dans un esprit de prévoyance, et non de gauloiserie hédoniste : elle s'accompagne de taux dérisoires quant à l'illégitimité et quant aux conceptions prénuptiales.

Dans le sud-ouest de la France également, la fécondité, dès les premiers registres paroissiaux connus (début du xviiie siècle), paraît avoir été quelquefois anormalement basse – il est vrai qu'on est là dans cette Aquitaine qui deviendra, au xixe siècle, l'une des régions les plus malthusiennes du monde ; prêchant ainsi un exemple dont il aurait peut-être mieux valu qu'il fût davantage suivi par le reste de la planète. Dans le Sud-Ouest, les traditions de lutte contre l'Église et parfois contre sa morale officielle (depuis les troubadours, les cathares et les huguenots) sont, de toute façon, très répandues : autorisent-elles vraiment jusque dans le lit conjugal et rustique des audaces contraceptives à l'occitane, qui eussent fait dresser les cheveux sur la tête à la catholique Bretagne, ou au rigoureux Beauvaisis ? On l'a cru un moment.

Les modes de limitation des naissances que j'ai évoqués jusqu'à présent (mariage tardif, *birth control*) sont somme toute d'ordre culturel. Cependant, la démographie du xviie siècle, dans ce domaine aussi, met en jeu certains mécanismes purement instinctuels ou biologiques de répression de la fécondité : parmi ceux-ci figurent les périodes de stérilité, statistiquement si fréquentes (comme l'ont montré les recherches effectuées voici une trentaine d'années sur des milliers de femmes appalachiennes) pendant le temps de lactation maternelle. Figure aussi, en temps de crise de subsistances aiguë (1661), l'aménorrhée de famine, phase d'infécondité provisoire à causes psychosomatiques : celle-ci coexiste avec l'arrêt des mariages, avec le jeûne sexuel pur et simple, et avec quelques essais maladroits de *birth control* proprement dit, pour faire puissamment tomber les courbes de conceptions pendant les disettes intenses, ou même tout simplement pendant les mortalités massives d'origine épidémique ; qui sont, les unes et les autres, génératrices d'anxiétés et de traumas psychosomatiques.

Dans sa recherche de l'équilibre démographique, obtenu par un double contrôle des flux d'entrée et des flux de sortie, des naissances et des décès, le monde des campagnes n'est pas seul en cause ; il ne fonctionne pas en vase clos. Au XVIIe siècle, comme en toute époque depuis le Moyen Âge, un certain exode rural se produit en direction des villes : le fait est spécialement net aux environs de Paris ; la population de cette ville double en effet dans la première moitié du XVIIe siècle ; puis elle continue encore à augmenter[8] après 1650. Mais l'exode rural est net également dès lors qu'on s'intéresse à de grosses villes, moins importantes cependant que Paris ; pour celles-ci, en effet, le simple maintien du niveau démographique antérieurement acquis exige en chaque décennie un certain flot d'immigrants venus d'ailleurs. Car le peuplement citadin, au-delà d'une certaine masse critique, est mangeur d'hommes. Et pas seulement pour des raisons qui paraissent obvies ; on sait bien que dans la grande ville de type ancien les conditions de santé, de logement, d'alimentation sont mauvaises pour nombre d'habitants : les épidémies pullulent sur l'ordure et sur l'entassement ; elles se propagent de ville à ville et de ville à campagne.

Mais il est d'autres causes qui font de nos grandes cités les villes-tombeaux de la France classique. À l'époque contemporaine, le monde urbain nous apparaît volontiers comme l'exutoire social d'une mobilité ascendante qui polarise l'ambition des Rastignac. Mais au XVIIe siècle, et encore au XVIIIe, la grande ville – Paris, Lyon… – est davantage et tout autant le dégorgeoir licite d'une mobilité descendante. Beaucoup de petites jeunes filles paysannes, nées de manouvriers ou de laboureurs, viennent se placer en ville, dans l'espoir, chimérique de temps à autre, d'y trouver un emploi valable et un bon époux. Ces filles sont très nombreuses : elles déséquilibrent lourdement, en faveur de l'élément féminin, le *sex ratio* d'une ville comme Lyon sous Louis XIV. Mais leur chasse au bonheur, ou simplement à la vie, est loin d'être couronnée de succès. Beaucoup parmi elles, employées dans des ateliers malsains, meurent jeunes, phtisiques, avant tout mariage. Beaucoup d'autres, qui survivent quand même, végètent longuement dans le célibat, montent en graine, et ne convolent qu'à 30 ans bien sonnés – leur fécondité totale en sera donc réduite d'autant. Un dernier lot, enfin, fournira le groupe fort nombreux, en cette occurrence urbaine, des vieilles filles définitives. La grande ville soustrait donc au monde rural – ou aux bourgades – des milliers de ventres fertiles : demeurés dans leurs localités d'origine, ceux-ci auraient engendré des enfants multiples, qui eussent survécu pour une bonne part[9].

Il est vrai que les filles immigrées qui parviennent tout de même, assez nombreuses, la trentaine venue, à se marier en milieu urbain, se rattrapent ensuite de leur longue stérilité d'avant les noces et font preuve d'une fécondité débordante après celles-ci : les femmes des bouchers de Lyon, sous l'Ancien Régime, ont un enfant tous les ans, pendant plus d'une décennie de fécondité conjugale ! Les causes de cette fertilité, digne de la fée Mélusine, n'ont rien de mystérieux : elles tiennent à la mise en nourrice des bébés, celle-ci étant obligatoire pour ces pauvres mères, qui autrement seraient obligées de déserter la boutique ou l'atelier de leur mari ou de leur patron. Le travail des femmes, dans les villes de la France classique, est une réalité très contraignante.

Alors, dira-t-on peut-être, ceci devrait compenser cela : la surnatalité des citadines mariées devrait annuler, et au-delà, les déficits de naissances qui sont causés par la démographie si particulière (à base de surmortalité, de célibat et de mariage tardif) qu'on rencontre chez les filles de la ville originaires d'un milieu rural… Hélas, il n'en est rien. Car ces très nombreux bébés que la ville doit exporter « momentanément » vers les nourrices du plat pays y meurent à plus de 50 %… La mise en nourrice est un implacable gaspillage de nouveau-nés… À l'heure du bilan, la démographie des grosses villes est donc bel et bien déficitaire par elle-même. Autant dire qu'en absorbant – pour se maintenir ou pour s'expandre – de très nombreux immigrants, la ville du XVIIe siècle éponge le croît éventuel de la démographie des campagnes, et aide ainsi à maintenir l'équilibre général de l'ensemble du peuplement. Autant qu'un facteur de croissance, la ville est une soupape de sûreté, qui évacue et dilapide les trop-plein d'énergie du système démographique rural, et qui contribue à assurer la « reproduction non élargie » d'icelui.

Consommation rurale (et citadine) : l'exemple du sel

Au panorama démographique, doit succéder, en perspective complémentaire, une étude des *trends* de l'économie. Je présenterai d'abord à ce propos un aperçu de la consommation ; et plus précisément (dans un secteur où, par exception, la pesée globale est réalisable) une recherche sur la consommation du sel.

Cette pesée globale est rendue possible grâce à un document de très grande classe : celui-ci, imprimé dans un livre paru en 1628, n'avait pourtant attiré jusqu'en 1969 l'attention d'aucun chercheur.

En effet, en 1628, Lazare Ducrot [10], « avocat au conseil privé du Roi et en la cour du Parlement », publiait à Paris son *Traité des aides, tailles et gabelles* [11]. À la fin de cet ouvrage, juridique et documentaire, il envisageait, en un paragraphe dont le ton est neuf, les problèmes d'une statistique des ventes du sel dans le royaume ; et il écrivait : *La quantité de tout le sel qui se vend ès douze Generalitez […] a esté jusques icy entenduë de peu de personnes ; et comme est-ce le propos des Partisans et Financiers, de réduire le maniement des finances en art si obscur que peu de gens le cognoissent : mais ils m'excuseront, s'il leur plaist, si à la fin de ce Traitté ie fais voir l'Estat et debit entier dudit sel, cela m'ayant esté plus facile que le reste de ce qui est contenu en ce livre.* (Les douze généralités mises en cause sont celles qui composent « la ferme des Gabelles de France » avec, en plus, la généralité de Lyon. Les Gabelles de France incluent les généralités de Paris, Amiens, Soissons, Châlons, Dijon, Tours, Orléans, Bourges, Moulins, Rouen et Caen.)

Ce paragraphe du *Traité des gabelles*, alléchant pour l'histoire quantitative, y compris rurale, est suivi, en annexe du livre de Ducrot, par un tableau statistique ; celui-ci s'intitule : « Estat de la valeur du droict des six sols trois deniers pour Minot de Sel attribué à chacun des Greffiers des Greniers à sel, par l'Edict du mois de Février mil six cens vingt : Ladite valeur calculée *sur les Ventes, qui par communes années se font dans les Greniers.* » Ce tableau donne pour les douze généralités, grenier par grenier, la quantité de sel vendu par les Gabelles, en année commune. (Ces chiffres intéressent au total 217 greniers à sel.)

La qualité du document, au point de vue géographique, paraît bonne : nous avons pu identifier tous les greniers, en confrontant la liste de Ducrot avec celles que donnent d'autres enquêtes du XVIIe siècle. (Il n'est pas exclu cependant que notre auteur ait omis certains greniers. Il en a de toute façon « fusionné » plusieurs ; en Touraine, par exemple, les trois greniers de Tours, Neuvy et Langeais sont groupés dans l'état des ventes en une seule unité comptable : « Tours, Neufvy et Langers, 120 muids ».)

Nous avons rectifié, d'autre part, les totaux des généralités donnés par Ducrot ; nous avons opéré cette correction à partir des chiffres de base qu'il a lui-même proposés en son tableau, grenier par grenier : certains de ces totaux étaient, en effet, entachés de petites erreurs d'addition.

Au terme de ces révisions menues, et une fois tous les chiffres additionnés, il apparaît que la débite du sel, en année commune, monte pour les douze généralités vers 1621 à 12 693 muids ; ou encore à 11 351 muids, si l'on exclut du total la généralité de Lyon qui ne fait pas partie des Gabelles de France. Il est difficile de se représenter les clientèles humaines qui correspondent à ces chiffres globaux : une partie du sel va vers la consommation animale et les « grosses salaisons » ; la fraude, d'autre part, existe, et il faudrait tenir compte de celle-ci pour obtenir une image plus exacte du débit vrai du sel. Remarquons cependant que ces deux facteurs jouent en sens contraire l'un de l'autre (ce qui ne signifie pas qu'ils se compensent automatiquement). L'allocation d'une partie du sel au bétail diminue le nombre théorique des consommateurs humains potentiels. Inversement, la fraude introduit du sel supplémentaire et clandestin sur les territoires des Gabelles : elle implique que l'effectif réel des consommateurs est plus élevé que celui qu'indiquerait une statistique tirée des seules ventes légales.

Aussi bien, l'intérêt principal des données relatives à la consommation du sel ne paraît pas résider – du moins en l'état présent des connaissances – dans le fait qu'il est théoriquement possible, à partir de ces données, de calculer des effectifs de rationnaires ; et même, en fin de compte, des chiffres de population. Certes, des démographes, à juste titre, s'essaieront à ce petit jeu ; et je leur souhaite, en cette entreprise, bien du plaisir. Mais la solution la plus indiquée, en un tel domaine, c'est d'étudier la consommation du sel pour elle-même, en la prenant pour ce qu'elle est, c'est-à-dire pour une intéressante donnée du mouvement économique, influencée par les décisions du pouvoir, et liée, mais indirectement, à l'histoire démographique des campagnes. (Il demeure vrai en effet que, dans certains cas, les séries diachroniques de consommation saline peuvent concorder avec certains *trends* démographiques. Mais cette concordance n'a de valeur historique que pour autant qu'elle est validée par ailleurs, au moyen de documents qui – registres paroissiaux ou dénombrements – sont connectés de très près avec les phénomènes de population.)

En ce qui concerne la consommation du sel vue pour elle-même, il est possible d'instituer une comparaison entre les ventes gabelées d'avant les malheurs (telles qu'elles sont enregistrées – antérieurement à la guerre de Trente Ans, à la Fronde et à la famine de 1661 – par l'état de Ducrot de 1621) et celles postérieures aux malheurs…

Dans un numéro déjà ancien des *Annales de démographie historique* (1969), Guy Cabourdin rappelle en effet opportunément l'existence et l'excellence de l'*Atlas des Gabelles de France*, demeuré manuscrit, et rédigé en 1665 sous la signature de « Sanson le fils ». L'*Atlas des Gabelles*, écrit en substance Guy Cabourdin, fournit des renseignements sur de nombreux problèmes (population, etc.), et aussi sur la consommation du sel en 1664, qui peut être comparée à celle de 1621, telle qu'elle ressort de l'état jadis publié par Lazare Ducrot.

Ventes globales des Gabelles de France

Type de document	Ventes volontaires en muids	Ventes obligatoires en muids	Total en muids	
E	« Avant les troubles »			15 000 à 16 000 ?	Fontanon, *Édits et Ordonnances des rois de France*, 1611, t. II, p. 1096[1].
D	1582 à 1584-85			16 956	*Encyclopédie méthodique de Panckouke, Finances*, t. II, Paris, 1785, p. 311 (B.N. Z 8510)[2].
B (?)	1593			4 202 ?	J.-J. Clamageran, *Histoire de l'impôt en France*, t. II, p. 285[3].
E	vers 1598			7 à 8 000	*Encyclopédie méthodique, ibid.*, p. 311 (chiffres approximatifs)[4].
D	1599			8 000 avec possibilité de dépassement	Fontanon, *ibid.*, p. 1096 (bail Josse – « plus de 8 000 muids »)[5].
D	1611 (bail pour six ans)			11 400 (par an)	Bail Thomas Robin, A.N. AD IX 413[6].
C	1621 ou 1622			11 351	L. Ducrot, *Traité des Aides*, éd. 1628, p. 197, B.N. Lf 82 1 A[7].
D	1623			12 880 ?	Voir n. 8.
D	1632			10 250	*Encyclopédie méthodique, ibid.*, p. 312-313 : bail Hamel pour huit ans.
D	1632			10 390	A.N. bail Hamel, A.D. IX 413[9].
D	1.1.1641 à 31.12.1643			10 225	Bail Hamel du 26 juin 1640, A.N. AD IX 414[10].
D	1644			10 225	A.N. G 1 6, dossier 3 *a*, baux Datin et de La Planche[11].
D	1646			10 225	*Ibid.*
D	1650 à 1655			7 500	Bail Jacques Datin, A.N. AD IX 414[12].
D	1660 à 1667			10 225	Bail Jacques Austry du 21 octobre 1660, A.N. AD IX 414[13].
D	1662 à 1670			?	Bail Guillaume Courtial, A.N. AD IX 415[14].

(1) « … étant impossible que les deniers de la vente des 7 ou 8 000 muids de sel qui se fait à présent par chacun an puisse fournir le payement des rentes et charges ordinaires eu égard à la vente de 15 et 16 000 muids qui se souloit faire avant les troubles derniers » (bail Claude Josse, 1599).

(2) L'énormité de ce chiffre de 1582 (bail du 21 mai 1582) dérive probablement d'un mauvais calcul du fermier Champin qui a dû surestimer les capacités d'absorption en sel, certes importantes, de la France de son temps. Champin, du reste, ne put tenir ses engagements et dut passer la main en 1585, quatre ans avant la fin normale de son bail. Voir les détails dans J.-L. Moreau de Beaumont, *Mémoires concernant les impositions et droits en Europe*, 2ᵉ partie, t. III, 1789, p. 34.

(3) Chiffre très bas qui s'explique évidemment par les perturbations de toutes sortes dues à la guerre.

(4) Voir aussi J.-L. Moreau de Beaumont, *op. cit.*, p. 36.

(5) « D'autant que la paix mère de l'abondance et du rétablissement de toutes bonnes choses nous permettant d'années à autres accroissement desdites ventes, il ne seroit raisonnable de prendre pied sur ce qui se vend de présent. » Les fermiers tablent donc sur 8 000 muids, plus certains avantages s'ils dépassent ce chiffre de 8 000 muids.

(6) A.N., AD IX 413 : bail de 1611. Ce bail commence le 1ᵉʳ octobre 1611 ; et il doit durer six ans (1611-1617). Le fermier est Maître Thomas Robin : « suivant la proposition que T. Robin nous a fait de vendre jusqu'à la quantité de 11 400 muids par an ». Le contrat vaut pour les généralités de Paris, Rouen, Caen, Amiens, Soissons, Châlons, Tours, Orléans, Bourges, Moulins, Dijon « et ce qui dépend de la généralité de Blois ». Sur ce territoire « blésois », R. Doucet (*Les Institutions de la France au xvrᵉ siècle*, Paris, Picard, 1948, t. I, p. 29) précise que les domaines de la famille d'Orléans constituèrent toujours une généralité particulière, celle de Blois-Coucy, qui demeura longtemps à part de toutes les administrations précédentes, mais qui, en fait, à l'époque envisagée dans notre étude sur le sel, est incluse dans la généralité d'Orléans.

(7) Voir, pour l'état de Ducrot : Emmanuel Le Roy Ladurie et Jeannine Field-Récurat, « L'état des ventes du sel vers 1625 », *Annales*, 1969, vol. 24, n° 4, p. 1010. Nous donnons le chiffre global de Ducrot sans la généralité de Lyon qui ne fait pas partie des Gabelles de France, seules envisagées ici. Nous proposons également une date un peu plus ancienne à l'état de Ducrot. Cet état est en effet postérieur à l'édit du 24 février 1620 qui fixe à 6 sols 3 deniers par minot le droit attribué à chaque greffier de grenier à sel ; et antérieur au 1ᵉʳ octobre 1623, date à laquelle il est indiqué que ce droit est fixé désormais à 10 sols 11 deniers par minot. Ducrot, éd. 1628, p. 190, 197 et 213 ; le texte de cet édit du 24 février 1620 se trouve aussi aux A.N. : AD IX 416.

(8) A.N., AD IX 413, bail des Gabelles de France (« généralités de Paris, Rouen, Caen, Orléans, Tours, Moulins, Bourges, Soissons, Amiens, Châlons, Dijon et ce qui dépend de la généralité de Blois »), à Antoine Feydeau, le 19 mars 1622. Ce bail prend effet à partir du 1ᵉʳ octobre 1623 et il est destiné à se terminer le 30 septembre 1630. Aucun chiffre de vente en quantité de muids de sel n'y est précisé ; mais le rédacteur du contrat indique que Feydeau versera une somme globale de 337 500 livres aux greffiers des greniers à sel à raison de 10 sols 11 deniers par minot, ou 26 livres 4 sols par muid de sel qu'il vendra (chiffres confirmés par L. Ducrot, *op. cit.*, p. 197 : cette concordance a le mérite de montrer, incidemment, que L. Ducrot a travaillé sérieusement à partir des dossiers des Gabelles eux-mêmes). Feydeau suppose donc qu'il vendra : 337 500 livres/26 livres 4 sols = 12 880 muids de sel dans les généralités précitées qui forment le territoire des Gabelles de France. Ce chiffre est très fort, et il est probablement exagéré (voir *infra*, n. 9), il convient de l'accueillir avec prudence (et de ne pas le faire figurer dans notre graphique) dans la mesure où Feydeau a pu, pour des raisons que nous ignorons, gonfler en cette circonstance les bases mêmes de son calcul. Il nous fallait néanmoins citer ce chiffre de 12 880 muids, même en le flanquant d'un point d'interrogation, dans la mesure où c'est le seul que nous puissions obtenir, relativement à l'estimation des quantités vendues, dans le cadre du bail Feydeau de 1623.

Type de document		Ventes volontaires en muids	Ventes obligatoires en muids	Total en muids	
D	1663			?	Bail Jean Martinant, A.N. AD IX 415[15].
B	1664	6 369	3 100	9 469	Atlas des Gabelles, B.N., cartes et plans, Ge CC 1379[16].
E	1675-77			9 708	Voir n. 17.
A	1681	7 886	1 968	9 854	Encyclopédie méthodique, ibid.
A	1687	7 965	1 968	9 933	Ibid.
B	1689			9 912	A.N. G 7 1146 (sous-dossier « Pointau, nouveau bail »).
B	1690			9 943	Ibid.
B	1691			9 710	A.N. G 7 1146 (sous-dossier « Pointau, nouveau bail »)[18].
A	1691 chiffre de l'année bail pour les années suivantes	6 954	1 968	8 922	Encyclopédie méthodique, ibid.[19].
B	1692			9 460	
B	1693			9 735	A.N. G 7 1146 (ibid.).
B	1694			8 578	
B	1695			8 148	
A	1697	7 559	1 968	9 527	Encyclopédie méthodique, ibid.
B	1698-99	7 268	1 910	9 178	A.N. G 7 1146 (sous-dossier, bail Templier)[20].
B	1699-1700	7 480	1 910	9 390	Ibid.
C	1700			10 130	B.N. ms fr, 21 756 f° 10-11[21].
A	1703	6 629	1 968	8 597	Encyclopédie méthodique, ibid.
A	1706	5 770	1 968	7 738	Encyclopédie méthodique, ibid.
D	1709	6 077	[1 968]	[8 045]	A.N. AD IX 423, bail Isembert[22].
A	1709	6 350	1 968	8 318	Encyclopédie méthodique, ibid.

(9) A.N., AD IX 413, bail des Gabelles de France, du 31 mars 1632, pour la période qui va du 1er octobre 1632 au 30 septembre 1640. Le fermier est Philippe Hamel. Ce bail est très intéressant du point de vue de la méthode à employer pour l'obtention des chiffres que nous avons proposés ci-dessus dans le tableau : les signataires prévoient, en effet, dans les considérants initiaux de ce bail Hamel de 1632 que les marchands de sel de la côte atlantique, qui travaillent à partir des marais salants, doivent fournir jusqu'à 18 000 muids de sel, mesure de Paris (savoir 12 000 muids des marais de Brouage et circonvoisins ; et 6 000 muids des marais de Bretagne), « par chacun an », pour les achats des adjudicataires des gabelles, et nommément de Philippe Hamel. Ces marchands, jusqu'à concurrence de ces 18 000 muids, doivent préférer lesdits adjudicataires aux acheteurs de sel étrangers ; et même aux acheteurs français qui sont en provenance des « provinces rédimées des gabelles » (provinces atlantiques du royaume, qui ont réussi à se racheter, ou « rédimer », de la gabelle, au terme de la révolte des Pitauts et des Bordelais de 1548). Mais ce chiffre, incroyablement élevé, de 18 000 muids n'est en fait qu'un plafond de sécurité, que le roi impose aux producteurs de sel de Brouage et de Bretagne afin d'être totalement sûr que Philippe Hamel sera en mesure de faire face à toute demande, même imprévisiblement gonflée, qui pourrait être formulée par les consommateurs qui résident sur le territoire des Gabelles de France. Les chiffres de vente réels sont très inférieurs : il est en effet prévu dans le même bail souscrit par Philippe Hamel que les 17 sols 6 deniers par minot attribués aux greffiers triennaux et aux maîtres clercs des greniers sont « considérés » en 1632, et pour la durée du contrat (sur le pied des ventes faites dans les greniers), comme devant correspondre à une somme de 504 000 livres, ce qui impliquerait, sur la base précitée de 17 sols 6 deniers par minot, une vente de sel qui monterait globalement et en théorie à 576 000 minots, ou, très exactement 12 000 muids (on notera que ce chiffre de 12 000 muids implique une légère baisse par rapport aux ventes théoriques prévues sur la même base au bail Feydeau de 1622-1623 – voir *supra*, n. 8 –, et qui montaient, elles, à 12 880 muids). Cependant, ce chiffre de 12 000 muids, à son tour, est lui-même supérieur à la réalité des ventes, tout comme l'était du reste, en 1622, le chiffre précité, un peu plus élevé, de 12 880 muids. En effet, les clauses fondamentales du bail Hamel de 1632 prévoient (p. 14 *sq.*, et aussi p. 13) que « advenant que par le soin et travail dudit [adjudicataire] les ventes [de sel] viennent à augmenter, nous sera payée [au roi] la somme de 600 livres pour chacun muid de sel qui se vendra au-dessus de 10 550 muids par an ». Et d'autre part, à la p. 50, art. 80 de ce bail Hamel, il est dit que « en cas de guerre ou mouvements, pestes, ou famines pendant une ou plusieurs années du présent bail, par le moyen desquelles la vente des sels de chacune année esquelles lesdits cas pourront arriver fussent moindre que de 10 225 muids, nous permettons audit Hamel de lui faire valoir et tenir compte sur le prix dudit bail de ce qu'il aura de moins vendu és années desdits cas que ladite quantité de 10 225 muids ». On fera trois remarques à ce propos :

a) Le bail définit ainsi, dans ces deux clauses capitales, la véritable « fourchette » – du reste très resserrée – des ventes plausibles, soit entre 10 550 muids (plafond) et 10 225 muids (plancher) : nous établissons donc la moyenne de 10 390 muids (chiffre arrondi).

b) Le mot « faire valoir », souvent rencontré dans les baux (voir *infra*), est relatif au *plancher* des ventes, mais il s'agit là d'un plancher qui n'est pas très éloigné du plafond.

c) Panckouke (*Encyclopédie méthodique, op. cit.*, p. 312-313) a retenu dans ses tableaux relatifs aux ventes de sel des xviie et xviiie siècles le *chiffre-plancher* du bail Hamel. Il nous paraît plus judicieux de prendre, en l'occurrence, la moyenne (soit 10 390 muids) du « plancher » et du « plafond », qui sont, du reste, fort heureusement très proches l'un de l'autre.

(10) D'après A.N., AD IX 414, bail pour les Gabelles de France (généralités de Paris, Soissons, Amiens, Châlons, Orléans, Bourges, Tours, Moulins, Dijon, Rouen, Caen, Alençon), et ce qui dépend de la généralité de Blois : bail pour trois ans du 26 juin 1640, valable du 1er janvier 1641 au 31 décembre 1643. Sa Majesté *fera valoir* les ventes du bail jusqu'à 10 225 muids.

(11) Bail conclu le 31 décembre 1642 et valable du 1er janvier 1644 au 31 décembre 1646. Le Roi « fera valoir, audit de la Planche, la vente desdits greniers […] jusqu'au nombre de 10 225 muids de bonne vente tant en impôt que vente ordinaire et extraordinaire qui seront faites aux particuliers et regratiers à crédit ou autrement ». (A.N., G 1 6, dossier, 3 *a*, baux ; voir aussi un autre exemplaire de ce bail à A.N., AD IX 414.)

Type de document		Ventes volontaires en muids	Ventes obligatoires en muids	Total en muids	
B	1709	5 248			État des ventes (uniquement volontaires) dans les Gabelles de France : B.N. Lf 87 28, p. 15, mêmes chiffres dans A.N. AD IX 423.
D	1710	4 800			A.N. AD IX 423.
D	1711	4 844			A.N. AD IX 423, fixation des ventes volontaires pour 1711.
A	1715	7 310	1 968	9 278	*Encyclopédie méthodique, ibid.* Les chiffres indiqués
A	1718	7 330	1 968	9 298	par Panckouke sont en principe ceux du produit de l'année
A	1719	11 749	1 968	13 717	commune pendant la durée du bail pluriannuel commençant
A	1720	9 039	1 968	11 007	au 1er octobre de l'année mise en cause.
E	1725			[11 012]	Voir n. 23.
A	1726	8 786	1 968	10 754	Voir n. 23.
A	1732	9 279	1 968	11 247	*Encyclopédie méthodique, ibid.*
A	1738	9 627	1 968	11 595	*Ibid.*
A	1744	10 125	1 968	12 093	*Ibid.*
A	1750	10 411	1 968	12 379	*Ibid.*
B	1754-55	10 279		12 830	A.N. G 1* 89(24).
A	1756	10 862	1 968		*Encyclopédie méthodique, ibid.*
B	1755-56	11 315		13 103	A.N. G 1* 89(24)
A	1762	11 135	1 968	14 358	*Encyclopédie méthodique, ibid.*
A	1768	12 390	1 968	15 410	*Ibid.*
A	1774	13 313	2 100		*Ibid.*
B	1774 à 1780 (ventes réelles moyennes calculées par nous). Détail de ces ventes réelles :	12 197			A.N. G 1 91, dossier 13(25).

(12) A.N., AD IX 414, bail des Gabelles de France du 4 février 1650, pour la période allant du 1er janvier 1650 au 31 décembre 1655, à Jacques Datin, pour les mêmes généralités qu'aux baux précédents : « Sa Majesté fera valoir le pied desdites ventes sur le pied de 7 500 muids de bonne vente effective… » Si les ventes excèdent 7 500 muids, Datin payera 1 000 livres par muid vendu en plus.

(13) A.N., AD IX 414, bail des Gabelles de France conclu le 21 janvier 1660, pour la période qui va du 1er janvier 1660 au 31 décembre 1667 (p. 8, 20, et *passim*) ; à Jacques Austry ; mêmes généralités et fractions de généralité que précédemment. « Nous [= Sa Majesté] *ferons valoir* les ventes du sel dans les greniers de l'étendue de ladite ferme pendant chaque année du bail jusqu'au nombre de 10 225 muids de bonne vente, tant en impôt que vente ordinaire et extraordinaire, et ce qui excédera les 10 225 muids, le fermier en payera 1 400 livres par muid à Sa Majesté. »

(14) A.N., AD IX 415, bail des Gabelles de France pour neuf ans, valable du 1er janvier 1662 au 31 décembre 1670, à Guillaume Courtial (pour les généralités de Paris, Soissons, Amiens, Châlons, Orléans, Tours, Bourges, Moulins, Dijon, Rouen, Caen, Alençon et partie de la généralité de Blois) (p. 7 et *passim*) ; ce contrat rappelle sans plus la garantie de vente ou « clause de faire valoir » qui avait été faite à Austry en 1660, sur la base de 10 225 muids. P. 19, clause 8 : le contrat ordonne que les marchands de Brouage et de Bretagne préféreront Courtial jusqu'à la quantité de 13 000 muids par an pour le fournissement de ses greniers (il ne s'agit là, dans cette clause 8, que d'un haut plafond théorique de sécurité, sans contenu réaliste : voir la n. 9).

(15) A.N., AD IX 415, bail à Jean Martinant des Gabelles de France en date du 25 septembre 1663 (mêmes généralités) ; préférence aux marchands (purement théorique, voir *supra*, n. 14 et 9) jusqu'à concurrence maximale de 13 000 muids. (Ce bail se trouve aussi aux A.N., AD IX 419). La même clause des « 13 000 muids », sans aucune portée pratique comme on vient de le voir, se trouvera aussi dans le bail Legendre du 1er octobre 1668 (*ibid.*). » À partir de cette date, les baux suivants ne contiendront plus les clauses de « faire valoir », qui furent pour nous les plus révélatrices, ou les moins mauvaises, en ce qui concerne les prévisions plausibles relatives aux quantités vendues.

(16) Les chiffres de 1664 relatifs aux ventes obligatoires ont été calculés par nous sur les chiffres de base donnés par cet atlas (B.N., cartes et plans, Ge CC 1379) pour chaque généralité. Nous constatons donc immédiatement d'après cet excellent document qu'il y a chute des ventes de sel dans l'aire des Gabelles de France ; les responsables de cette organisation vendaient (généralité de Lyon non comprise) 11 351 muids de sel vers 1621, ils n'en débitent plus que 9 469 muids vers 1664, soit une baisse de 16,6 %. Jacques Dupâquier, qui a repris nos chiffres pour le seul Bassin parisien et qui les a regroupés par « direction » de Gabelles sur une base un peu différente de la nôtre, trouve de toute manière une décadence des consommations qui, entre 1621 et 1664, est absolument comparable, à 0,9 % près, avec celle que nous diagnostiquons : les directions des Gabelles du Bassin parisien étaient au nombre d'une quinzaine (directions de Paris, Amiens, Soissons, Châlons, Troyes-Langres, Moulins, Bourges, Orléans, Chartres, Tours, Angers, Le Mans, Caen, Alençon, Rouen). Étaient vendus sur leur territoire global 10 620 muids de sel en 1621, et 8 760 muids en 1664, cette différence correspondant à une baisse de - 17,5 % (contre - 16,6 % d'après notre calcul). Disons, au terme de ces deux recherches convergentes, que la baisse a dû avoisiner - 17 %.

(17) B.N., MS, Mélanges Colbert, reg. 249 f° 3, et 250 f° 3, comptes des gabelles de 1676, et de 1678 (mêmes termes) : « audit Nicolas Saunier [fermier des Gabelles de France], la somme de 700 000 livres, à laquelle monte le prix des 30 sous d'augmentation sur chacun minot de sel ordonné être levé en chacun grenier à sel de ladite ferme à commencer au 1er octobre 1674, suivant le bail qui luy en a été fait par résultat du conseil du 4 septembre audit an ». (Ces 700 000 livres, à 30 sols le minot, correspondent à une débite de 466 000 minots ou 9 708 muids de sel, sur l'ensemble des Gabelles de France.) Cette clause se retrouve encore dans le compte de 1678 (*ibid.*, reg. 254). Puis l'augmentation susdite de 30 sols est annulée par arrêt du conseil du 31 décembre 1678 (*ibid.*, reg. 254 f° 6 v°).

(18) Le rédacteur de ce dossier note que les ventes du sel ont diminué depuis le début de la guerre à cause de la licence extraordinaire des troupes sur le faux-saunage, de la disette publique et des mortalités.

Type de document	Ventes volontaires en muids	Ventes obligatoires en muids	Total en muids	
B 1774-75	11 803			*Ibid.*[25]
B 1775-76	11 876			*Ibid.*
B 1776-77	12 111			*Ibid.*
B 1777-78	12 338			*Ibid.*
B 1778-79	12 339			*Ibid.*
B 1779-80	12 717			*Ibid.*
B 1781	12 289			*Ibid.*
B 1782	12 216			*Ibid.*
B 1783	11 830			*Ibid.*
B 1784	12 242			*Ibid.*
E 1784			15 800	Necker[26]
C 1787			14 257	A.N. C* $t_{\frac{1}{2}}$ [27]

NOTE GÉNÉRALE RELATIVE À CE TABLEAU

Nous n'avons pas utilisé les chiffres de Clamageran (sauf pour 1593) puisque celui-ci, pour des raisons du reste parfaitement valables dans l'optique où il se plaçait, n'a fait qu'utiliser qu'une partie des sources que nous avons reprises dans ce tableau, et qu'il a en outre arrondi ou interpolé certains chiffres.

TYPE DE RENSEIGNEMENT

A = en principe d'après l'*Encyclopédie méthodique*, produit de la vente de l'année commune pendant la durée du bail pluriannuel qui commence à l'année mise en cause.
B = ventes dans l'année mise en cause.
C = état des ventes, année commune, dans la période où se trouve l'année en question.
D = chiffre des ventes à venir, sur lesquelles table le fermier en signant son bail, et sur la base duquel il prend des engagements financiers fermes.
E = estimation.

D'après E. Le Roy Ladurie et J. Field-Récurat (1972).

(19) On notera que ce chiffre (qui est celui du bail, voir *supra*) correspond bien au produit des ventes de l'année commune 1692-1695 qui s'établit en moyenne d'après les chiffres qui suivent à 8 988 muids.

(20) L'année de gabelle dans les dossiers mis en cause va du 1er octobre 1698 au 1er octobre 1699.

(21) Le rédacteur de ce dossier déclare que l'année 1700 est une année de paix, donc une année de consommation normale. « Par le présent état extrait des mémoires de l'année 1700, année où l'on jouissait encore de la paix, la consommation du sel se monte à 486 240 minots (impôt et vente), soit 10 130 muids. »

(22) A.N., AD IX 423, 27 septembre 1708, état de la fixation des ventes du sel (bail Isembert), pour toutes les généralités précitées des Gabelles de France (Bourgogne incluse) : vente volontaire de 6 077 muids 7 setiers, prévue pour l'année 1709.

(23) D'après l'*Encyclopédie méthodique* (*op. cit.*), on notera que, dès 1720-1732, le niveau de consommation le plus élevé du XVIIe siècle – celui de la décennie 1620 – est à peu près retrouvé cent ans plus tard au cours de la décennie 1720 (11 000 muids vendus en année commune). Remarquons que, dans cette estimation des ventes d'année commune de la décennie 1720 (11 000 muids), nous n'avons pas tenu compte de la consommation très élevée et totalement isolée de 1719 : elle est due à l'aisance momentanée provoquée par le système de Law ; et aussi aux spéculations de ceux qui se couvrent contre l'inflation en achetant et en stockant du sel, celui-ci constituant une valeur indexée, donc sûre. Il s'agit donc en 1720-1732 d'une augmentation de + 16,2 % par rapport au creux de 1664, celui-ci très bien documenté, nous le rappelons, grâce à l'*Atlas des Gabelles* dressé au début du ministère de Colbert. Jacques Dupâquier qui travaille, lui, sur le dénombrement des Grandes Gabelles de 1725 (B.N., ms fr. 23 971 à 23 923) et qui le compare à celui de 1664, découvre une augmentation de la débite du sel entre 1664 et 1725 absolument comparable en pourcentage à celle que nous avons proposée, soit + 16,3 % : dans les quinze directions des Gabelles du Bassin parisien, la ferme vendait en effet 8 760 muids de sel en 1665 et 10 191 muids en 1725 (+ 16,3 %). Si ce pourcentage d'augmentation calculé par Dupâquier, et qui vaut pour les quinze directions des Gabelles (Paris, Amiens, Soissons, Châlons, Troyes et Langres, Moulins, Bourges, Orléans, Chartres, Tours, Angers, Le Mans, Caen, Alençon, Rouen), vaut pour l'ensemble du territoire des Gabelles de France (qui coïncide à peu près exactement avec celui des quinze directions, mais qui inclut seulement la Bourgogne en plus), il faudrait admettre que la consommation de sel des Gabelles de France en 1725 aurait été au total de 11 012 muids (chiffre de 1664, soit 9 469 muids, augmenté de + 16,3 %). Mais il ne s'agit là que d'une extrapolation, du reste extrêmement prudente et plausible.

(24) Ces chiffres sont tirés d'un état des ventes volontaires, pour les années 1754-1755, et ensuite 1755-1756 ; ces états concernent, comme il se doit, l'ensemble des généralités des Gabelles de France (voir listes *supra*, par exemple n. 6). Nous avons refait les opérations des scribes de l'époque et rectifié les erreurs d'addition très légères, de l'ordre de 1 à 2 muids, qu'ils avaient commises, en faisant la somme globale des ventes de toutes les généralités mises en cause.

(25) A.N., G I 91, dossier 13 : état des ventes réalisées, par année, pendant le bail de David (1774-1780), puis pendant le bail de Salzar (celui-ci pour les années 1781-1784) : l'état en question paraît avoir été rédigé en 1784 ou 1785, avant que soient connus les résultats de la 5e et de la 6e année du bail Salzar.

(26) Necker, *De l'administration des finances de la France*, s.l., 1784, t. I, p. 212. Necker note (*ibid.*) que l'augmentation des ventes du sel en 1784 par comparaison avec le bail Hamel de 1632 peut fort bien s'expliquer non seulement par un accroissement de la consommation réelle, mais aussi par une efficacité plus grande des gabelous qui, à force de répression, diminuent la quantité de sel vendue en fraude, et qui augmentent celle écoulée légalement, « à la taxe ». Dans le même ouvrage, t. II, XIII, Necker considère que ce volume de ventes correspond à un poids total de 760 000 quintaux (à raison d'un poids de sel de 100 livres pesant par minot), soit 9 livres et un sixième de sel pesant par tête d'habitant de tout sexe et *de tout âge*, pour 8 300 000 âmes qui peuplent les pays de grandes gabelles, abstraction faite de quelques districts privilégiés.

(27) A.N.C. * I₂ : Procès-Verbal de l'Assemblée des Notables de 1787, Mémoire pour la Gabelle ; nous avons retenu les chiffres totaux pour toutes les généralités mises en cause dans nos précédentes statistiques et nous avons converti en muids les chiffres (des notables) exprimés en minots.

Nous avons donc confronté, grenier par grenier, puis globalement, les chiffres de consommation vers 1621 et ceux de 1664. Nous avons immédiatement constaté, entre ces deux dates, la chute (prévisible) des ventes de sel dans l'aire des Gabelles de France. Les responsables de cette puissante organisation vendaient (généralité de Lyon non comprise) 11 351 muids de sel vers 1621. Ils n'en débitent plus que 9 469 muids (9 469,41 muids pour être précis…) en 1664. Soit une baisse de 16,6 %. Jacques Dupâquier, qui a repris nos chiffres pour le seul Bassin parisien, et qui les a regroupés par « direction » de gabelles, sur une base un peu différente de la nôtre, trouve de toute manière une décadence des consommations qui, entre 1621 et 1664, est absolument comparable, à 0,9 % près, avec celle que nous diagnostiquons : les directions des gabelles du Bassin parisien, au nombre d'une quinzaine [12], vendaient 10 620 muids de sel en 1621, et 8 760 muids en 1664, cette différence correspondant à une baisse de - 17,5 % (contre - 16,6 % d'après notre calcul). Disons, au terme de ces deux recherches convergentes, que la baisse a dû avoisiner - 17 %. Cette récession se compare assez bien, quant à l'ordre de grandeur, avec la baisse qui affecte la démographie de ce même Bassin parisien. Cette baisse pouvant atteindre, on l'a vu, - 15 % à - 21 % des effectifs globaux entre 1636-1639 et 1664. (Toutefois, le *terminus a quo* de ces données démographiques, fixé en 1636-1639, est trop différent du *terminus a quo* de la série des gabelles – situé, lui, en 1621 – pour qu'on puisse tirer des conclusions très solides de cette concordance apparente du *trend* des hommes et du *trend* du sel.)

Dans le détail chronologique, il est possible d'aller au-delà de ces deux points de repère essentiels (1621 et 1664) : on peut établir une courbe des ventes du sel taxé (voir graphique ci-après) sur le territoire des Gabelles de France, de 1580 à 1664, puis de 1664 à 1774. On part, comme il se doit, vers 1580, d'un plafond d'avant-Ligue, qui semble avoir été assez haut situé. Puis, pendant la période ligueuse et simultanément contre-ligueuse, c'est la crise, prévisible et très grave : c'est la chute vertigineuse de la consommation du sel. Ce phénomène mêle de manière inextricable deux facteurs. D'une part, l'appauvrissement des masses qui, du coup, sous-consomment (c'est l'un des aspects du syndrome général de dépression économique de la décennie 1590). D'autre part, la paralysie des gabelles :

incapables à cause des troubles de vendre bien leur sel, elles ne peuvent pas non plus, vu l'insécurité générale, réprimer la fraude qui se joue, momentanément, de leur monopole ébréché. Vers 1598-1599, cependant, la consommation du sel taxé sur le territoire, largement rural, des Gabelles de France est remontée à 8 000 muids ; et ce chiffre est considéré par les contemporains comme devant être très rapidement dépassé ; en 1599, Josse, fermier général, à ce propos, écrit : « La paix, mère de l'abondance et du rétablissement de toutes choses, nous promet d'année en année l'accroissement desdites ventes. » Effectivement, la croissance des consommations du sel, laquelle, en l'occurrence, n'est qu'une récupération assez pâle du niveau d'avant-Ligue, se produit dans les années 1600 et 1620. Entre 1598-1599 et 1621-1623, la hausse des ventes du sel s'établit à + 14,2 % sur le territoire des Gabelles de France. Plus au sud, en Languedoc, le rythme d'essor des ventes est plus vif encore : la débite du sel des Gabelles de Languedoc passe de 68 000 quintaux en 1600 à 78 000 en 1611, à 79 000 en 1617 et à 85 000 en 1623. De 1600 à 1623, la hausse régionale languedocienne est donc de + 25 %, au lieu de + 14,2 % dans la moitié septentrionale de la France. Au total, il semble raisonnable de considérer que la consommation nationale du sel taxé, en pays d'oc et pays d'oïl, s'est accrue (par récupération plus ou moins réussie du niveau d'avant-Ligue ou d'avant-guerre) d'au moins 15 % pendant le premier quart du xviie siècle. C'est là l'indice d'une extension du marché intérieur et notamment rural, support de l'économie tout entière ; cette extension, pour une part, est causée par l'essor ou par la remontée de la démographie sous Henri IV et le jeune Louis XIII. D'une telle expansion du marché, en cette époque, on pourrait trouver d'autres indices encore ; non seulement au niveau de la production agricole, dont il sera question plus loin, mais aussi dans le secteur de l'industrie textile : à Reims et Amiens, une fois sortie, à partir de 1600 environ, des effondrements du temps des ligueurs, celle-ci retrouve et même dépasse, au cours des décennies 1620-1630, les plafonds de la décennie 1580. Or qui dit production textile à cette époque dit marché intérieur, et pas seulement exportations. Il y a donc bien – au niveau du sel, du blé, du tissu – un essor de la consommation de masse pendant le premier quart du xviie siècle. Il y a aussi, peut-être, aux dépens de l'épargne, accroissement de la propension marginale à consommer, avec ses conséquences habituelles : coup de fouet aux ventes de produits divers et aux investissements, accroissement plus que proportionnel du revenu national (voir à ce propos les réflexions de Boisguillebert et de Keynes).

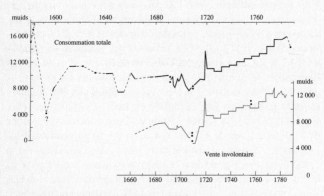

Consommation taxée du sel dans les Gabelles de France (septentrionales, et n'incluant pas la généralité de Lyon), XVIIᵉ-XVIIIᵉ siècle

D'après E. Le Roy Ladurie et J. Field-Récurat (1972).

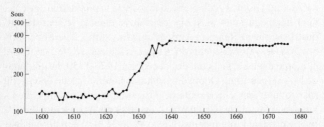

Prix du « quintal » de sel à Castelnaudary (région toulousaine)

D'après E. Le Roy Ladurie (1966), t. II, p. 942.

La phase très animée d'expansion de la consommation qu'on enregistrera entre 1600 et 1625 ne trouvera plus son équivalent par la suite. Au niveau de la consommation taxée du sel, en effet, la récupération d'après-Fronde et d'après-famine, à partir de 1664, est sans doute incontestable jusqu'en 1680-1685. Elle n'est pourtant qu'une bien pâle réplique de ce que fut, aux vingt-cinq premières années du XVIIᵉ siècle, la récupération d'après-Ligue…

Cette première récupération, enregistrée entre 1600 et 1623, paraît cependant avoir été suivie, quelques années après 1623, par un plafonnement net, voire un léger déclin, des ventes de sel gabelé. Les Gabelles de France, à l'apogée de leurs ventes connues (en 1621 et surtout 1623), se chargeaient de débiter pour le moins 12 880 muids de sel[13], d'après les stipulations *théoriques* du bail Feydeau (1623) ; celui-ci confirmait du reste et même dépassait l'état *réel* de Ducrot en 1621 (cet état table, on l'a vu, généralité de Lyon non comprise, sur une débite de 11 351 muids de sel). Or, en 1632, après quelques pestes et disettes, et surtout après le premier tour de vis de Richelieu, qui double progressivement les prix du sel à partir de 1624 (voir le graphique ci-contre sur le prix « salin » à Castelnaudary), le bail Hamel ne prévoit de débiter que 10 250 muids sur les territoires des Gabelles de France. Soit une baisse de 9,7 % par rapport à 1621 ; elle restera acquise, sans dégradation supplémentaire, douze ou quatorze ans plus tard (baux Datin et La Planche, respectivement en 1644 et 1646 : 10 225 muids dans les deux cas). Après 1625, la consommation globale du sel semble donc avoir légèrement baissé, en concomitance avec une augmentation de la fraude… et bientôt des révoltes campagnardes antigabelle. Il s'agirait en l'occurrence possiblement d'une baisse de la consommation *per capita* puisque la population elle-même ne décline pas encore entre 1624 et 1646, sauf dans l'est ou plutôt dans l'extrême est du royaume.

Entre autres facteurs de cette régression plausible de la consommation par tête, j'ai mentionné le « tour de vis », ou doublement du prix du sel, promulgué de façon autoritaire, voire artificielle, par Richelieu. Le calcul du Cardinal était du reste valable, en l'occurrence, même s'il se faisait aux dépens du paysan, appelé pour la circonstance « mulet de l'État ». La demande de sel était en effet inélastique, ou plus exactement (s'agissant d'un déclin) peu compressible ; elle était motivée par des besoins que les consommateurs étaient décidés à satisfaire à tout prix, fût-ce au prix d'une révolte sanglante contre le pouvoir. Dans ces conditions, une hausse majeure du prix du sel (P) atteignant ou dépassant le doublement n'amputait les quantités vendues (Q) que de 11 % environ. Le revenu total (P x Q) perçu par les gabeleurs et partiellement reversé à l'État augmentait donc dans de fortes proportions, puisque la consommation ne diminuait qu'assez peu. En prouvant, par les faits, l'incompressibilité de la propension à consommer le sel, les révoltes antigabelle démontraient non point la faiblesse mais la force de la politique du Cardinal ; cette force que les révoltes, elles, s'acharnaient bien en vain à combattre.

Cependant, on peut se demander si le déclin de la consommation *per capita* du sel est dû seulement à des raisons sectorielles (hausse démesurée du prix du sel décrétée par Richelieu et par ses séides). Ce ralentissement s'intègre peut-être aussi, par ailleurs, à un tableau plus général : il semble, en effet, qu'il y ait tassement de la consommation solvable, *per capita* toujours, en divers domaines et pas seulement dans le cas du sel, à partir d'une date postérieure à 1630. À partir de la décennie 1630, on note, à Reims et Amiens, certains indices de baisse de l'activité textile, celle-ci sensible par excellence aux tendances du marché extérieur certes, mais aussi national ou régional. En revanche, la consommation céréalière, elle, sauf exception provinciale, se tient assez bien jusqu'en 1640-1645.

En ce qui concerne le sel, toujours lui, on signale enfin, entre 1646 et 1664, un nouveau tassement de la consommation ; tassement dont les causes (Fronde, puis famine de 1661) n'ont cette fois rien de mystérieux. La débite du sel tombe à 9 469 muids sur le territoire des Gabelles de France en 1664 ; soit une baisse de 7,4 % par rapport à l'« avant-Fronde » (autrement dit par rapport à 1646 ou à 1632) ; cette même baisse monterait à 17 % si on la calculait par comparaison avec les sommets de 1621-1623. On serait tenté de dire que, comme toute grande dépression, la crise ou les crises aiguës de la période 1648-1661 réduisent la consommation, et que cette réduction constitue à la fois un effet et une cause dans le cercle vicieux qui crée et qui entretient la récession.

Après 1664 (voir tableau et courbe), on remonte sans enthousiasme (c'est la petite récupération Colbert achevée déjà en 1681 :

+ 5 % environ) vers une consommation de sel plus élevée qu'en 1664, mais nettement plus basse que pendant toute la période 1621-1646 ; puis la famine de 1693 et les désastres qui l'environnent déclenchent derechef une récession de la débite saline ; une nouvelle récupération, vive mais brève, intervient en 1697-1700 ; une nouvelle crise, la plus grave de toutes, s'individualise à partir de 1703, jusqu'au minimum interséculaire de la consommation du sel, minimum enregistré en 1710.

Enfin, au cours du XVIIIᵉ siècle, il y a récupération, puis vraie croissance des ventes du sel. Le niveau de consommation le plus élevé du XVIIᵉ siècle – celui de la décennie 1620 – est à peu près retrouvé cent ans plus tard au cours de la décennie 1720 (11 000 muids vendus en année commune [14]). Il s'agit donc, en 1720-1732, d'une augmentation de + 16,2 % par rapport au creux de 1664 – celui-ci très bien documenté, je le rappelle, grâce à l'*Atlas des Gabelles* dressé au début du ministère de Colbert (Jacques Dupâquier, qui travaille, lui, sur l'*Atlas des Gabelles* de 1725, et qui le compare à celui de 1664, découvre une augmentation de la débite du sel entre 1664 et 1725 absolument comparable [15] en pourcentage à celle que j'ai proposée : soit + 16,3 %).

Le niveau record des années 1621-1623, que je viens d'utiliser comme point de référence, est donc timidement retrouvé dans la décennie 1720, puis solidement et définitivement récupéré dans la décennie 1730. Il sera enfin dépassé (en direction d'une croissance du XVIIIᵉ siècle, laquelle est sans précédent depuis 1580), à partir de la décennie 1740…

Dans l'ensemble, le « long XVIIᵉ siècle » (1590-1710) nous apparaît comme une période de lent déclin de la consommation du sel, période jalonnée par des phases de récupération partielle, d'abord très brillantes et même jaillissantes (1600-1623) ; puis de plus en plus essoufflées (1664-1681 et 1697-1703). Des crises géantes, qui sont tout simplement nos fluctuations du second ordre, entrecoupent le tout : crise de la Ligue, la plus grave de toutes ; crise de la Fronde et de la post-Fronde (incluant la famine de 1661) ; crise de la fin du règne de Louis XIV enfin. L'allure stagnante et même déclive de la courbe des ventes du sel pendant le très long XVIIᵉ siècle (1580-1715) suggère par ailleurs des conclusions d'un ordre plus général : au-delà du cas particulier du sel, on ne peut exclure, en effet, une tendance à la baisse lente de la consommation nationale et globale, pendant cette période plus que séculaire, baisse qui s'expliquerait dans ce cas par un léger tassement démographique, davantage que par la « famine monétaire »... Sans oublier la fraude. Quoi qu'il en soit, les schémas tirés du sel ne sont pas en contradiction avec le *trend* démographique, même si par ailleurs ils ont leur originalité propre ; ils concernent essentiellement la moitié septentrionale de la France. Il n'est pas exclu que dans les régions méridionales, et notamment dans le bas Languedoc, les comportements de la consommation aient été dans l'ensemble meilleurs et séculairement plus soutenus qu'ils ne l'étaient plus au nord.

Dîme et production agricole : nouvelle récupération

De cette réflexion sectorielle sur la consommation, nous sommes amenés, par une transition « remontante » et logique, jusqu'à une vision qui se voudrait globale des productions agricoles. Par la force des choses, cette vision concernera le produit céréalier.

En ce qui concerne le produit des grains (tel qu'il est réfracté par les dîmes, et accessoirement par les comptes de fermages ou d'exploitation), on voit d'abord s'individualiser, comme pour le peuplement et comme pour la consommation du sel, une période favorable : c'est le premier quart ou le premier tiers du XVIIe siècle. Et là, nous tombons sur un très intéressant phénomène d'unanimité « nationale » : il y a montée-récupération générale du produit net des dîmes et fermages (en nature et déflaté) avec culmination vers 1625. Une certaine « poule au pot » se réalise bel et bien : image d'Épinal, le mythe du fameux volatile comporte quand même... une part de réalité. Il s'agit d'une poule au pot prolongée, « mitonnée », jusque bien après la mort d'Henri IV et le départ de Sully. Grâce aux dîmes, on peut saisir cette unanimité « nationale ».

D'abord dans la région de Liège[16], que nous annexons fort indûment à la France, des maxima très nets se situent dans les périodes définies par le découpage chronologique de Joseph Ruwet, en 1598-1606 et 1616-1624. Le produit net des dîmes et fermages (en nature) du pays liégeois en 1600-1625 plafonne à 25 % environ au-dessus de ses bas niveaux de 1570-1595.

À Namur, les maxima se situent en 1610, et à nouveau, en dépit de quelques petits accès de faiblesse, vers 1625-1635. Notons cependant que ces plafonds namurois de 1610-1635 n'égalent pas, loin de là, les splendeurs des sommets du beau XVIe siècle, autour de 1560. Entre les générations 1540-1570 et 1570-1600, le produit namurois (en nature) était tombé d'un tiers environ ; vers 1610-1635, il a regagné une partie du terrain perdu ; néanmoins, il reste encore nettement inférieur à son niveau moyen des années 1540-1570. La récupération n'est même pas complète.

En Cambrésis, la récupération est de même style, mais elle est plus totale qu'en Namurois : une belle période de reprise, suivie d'essor et de haute conjoncture, se dessine entre 1600 et 1635. À peu de chose près, cet essor du produit net des dîmes (en nature) frôle ou, mieux, retrouve les sommets du beau XVIe siècle, tels qu'ils furent localement atteints vers 1530-1540. Cette chronologie cambrésienne est fort bien confirmée par les courbes locales de Quarouble et d'Onnaing : avec leur démarrage vers 1595, leur essor, puis leurs retrouvailles des sommets du beau XVIe siècle en 1636, au terme d'une longue période de plafonnement superbe… et à la veille d'une chute catastrophique.

Si l'on veut résumer le processus, on peut dire que, dès la décennie 1600, la région de Cambrai a récupéré, tantôt en le frôlant, tantôt en le dépassant, le niveau d'une très ancienne avant-guerre ; et puis cette région s'est tenue, sans plus, à ce haut niveau jusqu'à l'approche des années 1640.

« Descendons » maintenant un peu plus au sud, autour de Paris. D'excellentes séries, déjà évoquées, de fermages en grain des domaines de Notre-Dame de Paris ont été mises à notre disposition par Jean-Paul Desaive. Elles indiquent que la phase de récupération est achevée en 1610-1618, date à laquelle tous les baux-nature retrouvent leur niveau élevé de 1555-1590. (Même chronologie pour les dîmes en grain du Vexin.) Par la suite, après 1620, un processus de croissance s'amorce. Il porte le produit net des fermages (en nature), versé sous forme de grain, à 43,7 % au-dessus du niveau record de la décennie 1580[17] : le nouveau maximum ainsi défini se situe vers 1646, peu avant la Fronde.

Sur la foi des dîmes et des fermages en nature parisiens, la récupération des hauts niveaux du XVIe siècle est donc un fait acquis dès 1620 ; ce rattrapage se prolonge ensuite sous la forme d'une certaine croissance. Cette croissance entre 1620 et 1646 s'accompagne d'une pénétration accrue de l'économie monétaire : c'est en effet entre 1635 et 1655 que s'accomplit dans les dîmeries du Vexin le passage du fermage décimal en nature au fermage décimal en argent (d'après Jacques Dupâquier).

En Bourgogne, une période de prospérité relative et de haut produit net des dîmes (en nature) s'individualise entre 1600 et 1630. Albert Silbert parle d'une « remontée dont les points les plus hauts se situent entre 1620 et 1630 ». Il note cependant que les records du XVIe siècle d'avant-guerre ne sont pas retrouvés. C'est exact : les niveaux atteints en Bourgogne dans la bonne période 1605-1629 sont encore inférieurs de 12,7 % à ceux du XVIe siècle d'avant-crise (période 1550-1568). Il est vrai qu'il s'agit de dîmes en grain, et que des plantations de vigne ont pu compenser ce manque à gagner des céréales.

Jugées sur courbes, ces maigres culminations bourguignonnes se situent pour l'essentiel vers 1620 : la situation cependant continue à rester bonne jusqu'autour de 1630. L'inflexion vers le déclin prend place vers 1630-1632, ce tournant étant connoté par une vague de mécontentement, qu'illustre peut-être le soulèvement des Lanturlus de Dijon ; la guerre de Trente Ans, bien entendu, consacrera cette chute, en bien pire.

En Auvergne, vers 1620, malgré une évidente reprise au temps d'Henri IV et de Marie de Médicis, les livraisons des dîmes en grain demeurent inférieures d'environ 15 % par rapport au niveau du beau XVIe siècle d'avant-guerre ou d'avant-Ligue. Et, dans le cas de cette province, il est impossible d'invoquer, comme nous l'avons fait en Bourgogne, la concurrence des plantations de vignes, exercée au détriment des céréales. Les vins auvergnats sous Henri IV et Marie de Médicis n'ont pas un tel dynamisme ! Ce qui est en cause, c'est bel et bien la lente régression dans le long terme auvergnat d'un produit net des dîmes (en nature) issu d'agriculteurs qui sont momentanément mal en point... ou qui pratiquent discrètement une grève partielle !

En Languedoc et dans le Midi méditerranéen, les dîmes en

nature indiquent que la reconstruction est presque finie en 1610, et complètement terminée dès 1623 : désormais, on plafonne jusque dans la décennie 1640.

Voilà pour les dîmes-grain. Quant aux dîmes d'huile d'olive, elles mettent plus de temps à récupérer : c'est seulement vers 1640, ou même plus tard, qu'elles retrouveront leurs niveaux records de la ci-devant Renaissance.

L'un dans l'autre (dîme-nature et dîme-argent déflatée), tous les témoignages concordent : le produit net des dîmes et fermages (en nature ou déflaté) du Midi, vers 1610-1640, retrouve à grand-peine ses niveaux du beau XVIe siècle. Il ne les dépasse pas ; il a même, semble-t-il, bien du mal à les atteindre, et il ne les récupère, en fait, quant au produit en nature, qu'à 94 ou 95 %.

Pas question de croissance biséculaire dans le cas du Midi, ou de la vaste fraction du Midi, essentiellement méditerranéen, qu'ont étudiée Joseph Goy et Anne-Lise Head-König.

Dans le Lyonnais, le schéma d'ensemble, pour le XVIIe siècle initial, n'est guère différent de ce qui vient d'être vu pour les autres provinces du Sud et du Centre. Une nuance pourtant : autour de Lyon, pôle de croissance qui n'est pas indigne de Paris, la récupération des niveaux d'avant-guerre ou d'avant-Ligue du produit net des fermages (déflaté) est pratiquement totale dès 1610-1627, années où l'on retrouve les records de la décennie 1550. On est bien loin, sur les bords du Rhône et de la Saône, de l'affligeant marasme des dîmes auvergnates.

Résumons les conclusions d'ensemble : dans toute la zone touchée par les ci-devant guerres religieuses, de Cambrai-Namur à Montpellier-Arles, on assiste entre 1600 et 1640 à un *épisode grandiose de récupération*. Mais, mis à part la région de Paris, où le dynamisme entraînant de la capitale autorise, après 1620, une véritable expansion, qui bat les records périmés du siècle précédent, il n'est guère question ailleurs de dépassement, tout au plus de rattrapage. Les courbes se bornent vers 1620-1630 à récupérer (Lyonnais, Cambrésis). Dans d'autres cas (Namurois, Bourgogne, Auvergne et même Midi méditerranéen), elles restent inférieures de 5 à 10 % aux records du siècle passé. Vers 1625 (région parisienne mise à part), quand Richelieu tient le pouvoir, le produit net des dîmes et fermages (en nature ou déflaté), dans la France connue, semble inférieur ou tout au plus égal à ce qu'il était sous Henri II et Charles IX. Il est en état de récupération et de plafonnement.

Remarquons que cette phase de récupération ou de plafonnement, notée dans la période 1600-1620, n'est pas particulière à la France. Autour de Ségovie (Vieille-Castille), le produit net des dîmes (en nature), versé sous forme de grain, se porte assez bien jusque vers 1626. Après, c'est une chute plus ou moins rapide ou profonde selon les localités.

En Andalousie, on note aussi une nette reprise de ce même type de produit, en grain, reprise qui semble avoir culminé vers 1620-1632. Cette reprise est nette, mais cependant modeste : elle n'atteint pas, loin de là, les précédents sommets du XVIᵉ siècle.

Veut-on cependant, pour la période 1600-1630, un modèle, non seulement de récupération et de plafonnement, mais même de vraie croissance ? C'est en Alsace qu'il faut le chercher, dans cette Alsace qui fut peu perturbée par les guerres de Religion, et qui nous donne peut-être un modèle de ce qu'aurait été la France, ou du moins le produit net des dîmes (en nature) français, si celui-ci avait pu faire l'économie de la guerre civile et religieuse.

En Alsace, vers 1625-1630, le produit net des dîmes en nature est nettement plus élevé que lors de ses records du XVIᵉ siècle.

L'accroissement alsacien du produit ainsi défini, en 1600-1630, est de 9,5 % par rapport à 1501-1528, et de 14,6 % par rapport à 1548-1583.

Ce n'est pas énorme, mais c'est par définition mieux que les performances médiocres (région parisienne mise à part) de la France voisine, qui avait été quelque peu éprouvée – et sans doute est-ce la cause de cette médiocrité – par les guerres de Religion.

Guerre de Trente Ans, Fronde : derechef les déclins décimaux (et autres)

Après 1630, les destins divergent, géographiquement, sous les auspices d'une contrariété interdécennale. Certaines régions sont frappées par la catastrophe des guerres de Trente Ans. D'autres, au contraire, parviennent à s'en sortir sans trop de mal, voire même brillamment. En gros (tandis que le Nord et l'Est sont atteints de plein fouet par le complexe *guerre de Trente Ans-Fronde*), la région parisienne – un peu –, le Centre et le Midi – surtout – réussissent à *limiter les dégâts* en partie ou même en totalité. (S'agissant néanmoins de la région parisienne, cette relative immunité, indéniable pendant toute la première partie de la guerre de Trente Ans, deviendra beaucoup moins évidente pendant la Fronde.)

Reprenons notre tour de « Gaule ». Près de Liège, on note une chute spectaculaire du produit net des dîmes et fermages (en nature) : soit - 35 % entre le maximum de 1620 et le minimum de 1660 ; et - 15 à - 20 % si l'on s'en tient seulement aux niveaux moyens de la période haute (1600-1630) et de la période basse (1630-1660). Près de Namur, la baisse entre 1620-1630 et 1650-1660 est de 15 à 20 % pour les dîmes-grain ou produit net des dîmes (en nature) ; au contraire, elle est peu sensible (respectivement 2 à 3 % et 10 %) dans les domaines dont Joseph Ruwet relève les recettes-nature de métayage ou d'exploitation, et pour lesquels la comparaison est possible entre ces deux périodes.

Sur les courbes décimales du Cambrésis, en revanche, le désastre paraît sans équivoque. De 1632 à 1657, c'est la catastrophe. Ici la Fronde, ou plutôt le complexe guerre de Trente Ans-Fronde, a bien ce sens, que détectera Pierre Goubert, de phénomène déterminant, point nodal de l'histoire économique.

Il apparaît nettement que le cataclysme a comporté deux épisodes. Un premier écroulement se situe entre 1636 et 1646, en ces années de batailles qu'illustrent Corbie et Rocroi. Puis une rechute, plus grave encore, correspond aux années de Fronde et d'après-Fronde, depuis 1648 jusqu'en 1660.

Au total, pendant la décennie 1650, les dîmes cambrésiennes en nature tombent des trois quarts par rapport à leur niveau normal de la belle période 1615-1630.

Même catastrophe, ou pire encore, dans l'Alsace des guerres de Trente Ans : à partir de 1632, en quelques années, les dîmes y tombent pratiquement à *rien*. Puis, dans la période qui suit, 1648-1660, quand elles commencent tout doucettement à récupérer de ce néant, elles ne retrouvent momentanément que la moitié, ou moins encore, de leurs recettes d'avant-guerre.

Il semble donc qu'il y ait eu une zone rouge (incluant notamment le Cambrésis et l'Alsace), où le produit net des dîmes (en nature) est tombé de moitié ou parfois davantage, vers 1630-1650, ou vers 1630-1660.

Venons-en à des territoires qui sont concernés certes par la guerre de Trente Ans et la Fronde, mais qui cependant sont moins sévèrement touchés que les régions précédentes.

En Bourgogne, la baisse du produit net des dîmes (en nature) autour de 1630 à 1641 est bien marquée : néanmoins, mesurée dans dix villages, elle n'ampute le produit décimal que de 26,2 % du montant annuel moyen réalisé dans les « années heureuses » de 1605-1629. C'est beaucoup moins qu'en Alsace et en Cambrésis (baisse des trois quarts ou plus encore !).

Dîmes et terrages du Cambrésis,

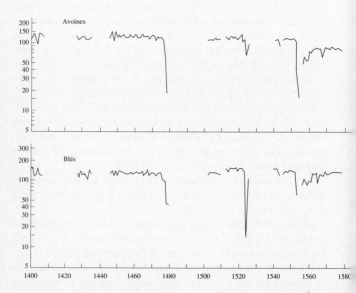

D'après H. Neveux (1974), p. 137, 153, 162, 172, 173.

Autour de Paris, l'accident « Fronde » s'inscrit sur les diagrammes de dîmes et de rentes foncières comme un grave accès de faiblesse, parfois comme un dérapage violent. Mais il est beaucoup moins catastrophique que sur les frontières du Nord et de l'Est.

Les courbes les plus précieuses dont nous disposons sont celles des rentes foncières en grain ou en argent (déflatées) des grands domaines de Notre-Dame de Paris.

Ces courbes attestent à la fois la réalité tragique de l'accident « Fronde », et en même temps son caractère relativement limité (limité… par rapport aux désastres sans nom qui, du fait de la guerre de Trente Ans, affligent l'Alsace ou le Cambrésis) : la courbe francilienne du produit net des fermages (déflaté) accuse,

en muids de grain

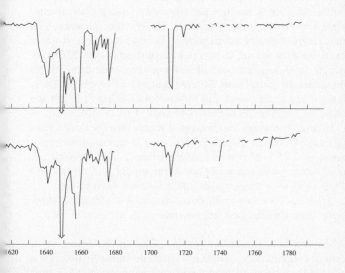

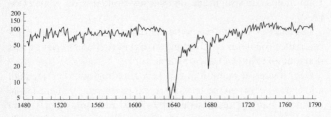

**L'indice moyen des dîmes alsaciennes
versées en nature (grain)**

Base 100 = 1764

D'après B. Veyrassat-Herren. Tiré de J. Goy et E. Le Roy Ladurie (1972-1982), t. I, p. 98-99.

en effet, le coup à partir de 1646 : baisse de 11,3 % dans la période 1646-1654 par rapport au plafond de 1637-1645 ; puis dans la période 1655-1663, qui inclut la grande famine de l'avènement, baisse de 22,85 % toujours par rapport à ce même plafond antérieur. Dans le secteur du produit net des fermages (en nature), on note simplement une interruption de la croissance : le loyer de la terre, versé en nature, en setiers à l'arpent, ne cessait de monter depuis 1609 jusqu'en 1645. Il plafonne après cette date. Sur les domaines de Saint-Denis, la rente foncière à l'arpent, déflatée, indique une légère baisse, de l'indice 76,4 à l'indice 71,2, soit une chute de 7 % entre les années 1645-1650 et 1650-1655.

En dépit de données insuffisantes, il semble bien que l'impact des crises de Fronde et d'après-Fronde, dans la région parisienne, a atteint 20 à 25 % de la rente foncière déflatée ; chute très sérieuse, mais moins grave cependant que la catastrophe qui affecte, vers 1630-1650, les « zones rouges » de la frontière du Nord-Est.

Quant aux fermages-grain, du *moins dans leur stipulation théorique*, c'est à peine, dans leur ensemble, s'ils accusent le coup.

Nous arrivons maintenant plus au sud, loin de l'épicentre, et dans des régions où le complexe « guerre de Trente Ans-Fronde » n'est plus qu'un accident tout passager, militaire ou même simplement météorologique (étés pourris de la période 1647-1650). En Auvergne, les effets de ce complexe sont visibles momentanément dans sept villages sur neuf, pendant la décennie 1640-1650. Dans les cas extrêmes, « la Fronde » fait baisser, pendant quelques années, quelques-unes de ces dîmes auvergnates d'un quart de leurs valeurs normales. Ailleurs, elle passe inaperçue. Dès 1650-1660, la récupération est totale, alors que dans le Nord il faut pour cela souvent attendre la décennie 1660-1670.

Dans le Lyonnais, l'impact de la Fronde n'apparaît pas sur les courbes de rente foncière déflatée des chapitres Saint-Jean et Saint-Paul. En revanche, les dîmes déflatées du chapitre Sainte-Marie-Madeleine de Lyon accusent une baisse modérée, mais nette : celle-ci est de 13,2 % dans la phase 1646-1657, par rapport à la période (initiale) de 1640-1645. Or, en 1628-1633 (date de la vraie catastrophe méridionale, avec peste, révoltes, incursions d'armées), la situation avait été beaucoup plus grave autour de Lyon : on avait enregistré une baisse momentanée de 32,2 % dans le produit net des fermages (déflaté) du chapitre Saint-Paul de Lyon en 1628-1633, par rapport à la période 1622-1627.

Dans le Midi, enfin, le témoignage décisif des dîmes-grain démontre que l'accident « Fronde », comme tel, n'existe guère.

Résumons-nous. L'accident « guerre de Trente Ans-Fronde » représente :

— une catastrophe géante, étalée sur plus de vingt ans, à partir de 1632, dans les terroirs de l'extrême Nord-Est, avec amputation de 50 % ou plus du produit net des dîmes (en nature) ;

— une dure épreuve, commencée quelques années plus tard, dans les pays parisiens, avec baisse du produit domanial (produit net des fermages, en nature et déflaté), suivie d'une convalescence difficile jusqu'à la famine-rechute de 1661 ;

— une récession bien marquée mais brève dans le Centre ;

— rien dans le Midi.

Donc un dégradé très net du nord au sud.

Venons-en maintenant à la phase 1660-1680. En deux mots, cette période est souvent marquée par un produit net des dîmes et fermages (en nature et déflaté) assez élevé : il retrouve des records multiséculaires. Si l'on admet, par hypothèse raisonnable, que ce phénomène correspond à un bon niveau de la production, on conçoit que cela ait contribué, en liaison avec la rareté de l'argent, à faire tomber les prix : de 1663 à 1692 (Lachiver), le « spectre de la famine » est banni pour presque une génération (sauf cas locaux, comme celui d'une petite région de l'Anjou en 1683). Il reste, cependant, à préciser certaines nuances régionales ; la haute conjoncture décimale « colbertienne » est très nette dans le Midi ; en revanche, dans la moitié nord de la France, ou de la « Gaule », bien des problèmes restent posés.

Commençons par le Midi : dîmes en nature et dîmes en argent déflatées s'accordent pour fixer aux années 1649-1678 très exactement les années de plafond du produit net des dîmes (en nature) ; années au cours desquelles sont retrouvés et même dépassés de 9 à 17 % les records du beau xvie siècle et aussi ceux, à venir, de la fin du xviiie.

Mêmes notations en Auvergne, et fondées là aussi sur le terrain très solide des dîmes en nature. Dans une quinzaine de villages, la période 1657-1690 est une apogée : celui-ci dépasse largement le xviiie siècle ; il dépasse aussi d'au moins 10 à 20 % les records périmés du premier xviie siècle ; il égale enfin, en moyenne, les performances du beau xvie siècle.

Autour de Lyon, pôle de croissance alors en pleine expansion démographique (voir la thèse de Maurice Garden), les records du xvie siècle (1538-1555) quant au produit net des fermages (déflaté) sont largement battus, de 42,2 %, pendant les années 1664-1675 ; le fait est exceptionnel et mérite d'être signalé.

Dans le Sud-Ouest, la dîme en nature des blés de Gaillac indique un haut niveau jusqu'en 1680. Enfin, dans le Bordelais, l'Agenais et le Périgord, le produit net des dîmes et fermages (déflaté) de l'ordre de Malte est en position haute dans la décennie 1670 (début des séries), il tombera autour de 1685.

Pour la région parisienne, les courbes de Notre-Dame de Paris témoignent d'un haut plafond en 1670-1680, qu'il s'agisse du loyer à l'arpent, en grain, ou des courbes déflatées de la rente foncière et des dîmes à baux en argent (produit net des fermages en nature ou déflaté, ou produit net des dîmes déflaté).

Ces courbes restent hautes jusqu'en 1690 ! Même non déflatées et prises dans leur immédiateté nominale (en livres tournois), les courbes de dîmes baillées en argent demeurent élevées jusqu'en 1683 au moins (dîmes de Notre-Dame, dans cinq cas sur six); et cela alors qu'on est en pleine période, pourtant, de baisse des prix. Néanmoins, comme toujours dans la région parisienne, il est bon de se référer aux données en nature qu'on possède. Or, celles-ci, à base de produit net des fermages (en nature), indiquent vers 1663-1680 un niveau qui est légèrement supérieur (de 7,7 % exactement) aux hauts niveaux d'avant-Fronde (dossier Desaive, des fermages en grain à l'arpent qui appartiennent à Notre-Dame de Paris). Donc, la période 1663-1680 est honorable autour de Paris si l'on se réfère aux revenus déflatés; fort honorable également si l'on utilise les quelques courbes en nature dont on dispose.

Même approche prudente en ce qui concerne la Normandie. En déflaté, il n'y a pas de doute que le produit décimal normand ou produit net des dîmes (déflaté) tombera après 1692 en direction d'une chute de longue durée. Par comparaison, les « années Colbert »[18] (décennies 1660-1670-1680) apparaissent bien comme marquées, dans cette province normande, par un plafond du produit net des dîmes (déflaté); et celui-ci n'est pas indigne de ce que sera, cent ans plus tard, le plafond homologue de l'époque Louis XVI. Cependant, nous n'avons pas pour la grande province de l'Ouest ce que nous possédons, quelque peu, autour de Paris : à savoir les séries en nature qui nous permettraient de consolider cet optimisme normand, lequel est uniquement à base de courbes déflatées, pour la période 1600-1680. Nos conclusions, quant à cette région, restent donc conditionnelles.

En ce qui concerne la France du Nord et la Belgique, nous sommes heureusement mieux servis. Les séries en nature du produit net des fermages (déflaté) qui sont proposées pour Namur, Liège et Cambrai une fois de plus font le point.

Dans les pays belges, les années 1660-1680 sont en nette reprise, qu'il s'agisse de Liège ou de Namur[19]. Les niveaux du premier XVIIe siècle (d'avant les catastrophes des guerres de Trente Ans) sont retrouvés en Belgique vers 1660-1680; mais non pas (du moins pour la région namuroise) les records du XVIe siècle, qui par avance étaient supérieurs de 20 %, ou davantage, au niveau qui sera atteint, dans les mêmes régions, pendant les septième et huitième décennies du XVIIe siècle.

En Cambrésis, on note aussi, mais moins réussie qu'en Belgique, une récupération du produit net des dîmes (en nature) : de 1661 à 1675-1678. Mais elle n'est pas très brillante ; elle ne retrouve même pas (il s'en faut de 30 % environ) les hauts niveaux du XVIIe siècle d'avant la guerre de Trente Ans, ni ceux du XVIe siècle.

En Alsace et en Bourgogne, la seconde moitié du XVIIe siècle représente une longue période de récupération, lente et difficile, où sont réparées peu à peu les plaies de la guerre de Trente Ans. En Alsace, cette récupération est interrompue après 1672, probablement par la guerre de Hollande. Dans ces deux provinces, les niveaux atteints sont médiocres, inférieurs de 25 % environ à ceux qui furent atteints lors de la première moitié du XVIIe siècle.

Pesée globale

Au terme de ces monographies provinciales, fastidieuses mais indispensables, une série de pesées globales semble légitime. Non pas que celles-ci doivent exactement se conformer, dans une rigoureuse identité des pourcentages en crue ou décrue, aux indications successives que fournissent le mouvement des dîmes, et à plus forte raison encore le mouvement de la rente foncière. Ces deux types de produit net – dîme et rente foncière –, et surtout le second, tendent en effet à exagérer le mouvement du produit brut qui pourtant les influence en profondeur. Les décimateurs (quand du moins ils afferment leurs dîmes) et les propriétaires-bailleurs de fonds de terre, cherchent, dans les baux qu'ils concèdent, à anticiper sur la montée du produit, quand ils sont capables de la prévoir. Inversement, lorsque celui-ci tend vers la baisse, les fermiers cherchent (sans toujours y parvenir !) à se prémunir contre elle, en tâchant d'obtenir les baux les plus bas possible. Il n'en reste pas moins que, d'un point de vue chronologique, les données tendancielles et concordantes qui sont offertes principalement par la dîme et accessoirement par les fermages de domaines fournissent des indications indéniables dès lors qu'il s'agit de déterminer la direction même, décroissante ou croissante selon les époques, du mouvement du produit brut des « bleds ». Dégageons donc, globalement, la leçon qu'on peut tirer de nos indicateurs décimaux et domaniaux.

Première donnée : la production agricole, tout comme la population et comme la consommation du sel, a augmenté ou plutôt, sauf exception spécialement favorable, elle a simplement récupéré pendant le premier quart du XVIIe siècle. Puis elle a plafonné jusque vers 1640, date ronde ; sauf bien sûr dans les régions malheureuses de l'extrême Est et de l'extrême Nord-Est, où, par suite de la guerre de Trente Ans, elle a décliné dès les années 1630. Ensuite, dans toute la France septentrionale, et aussi, à un degré bien moindre, dans certaines régions du Sud, la production céréalière a baissé, et elle s'est généralement située à un niveau plus bas qu'auparavant pendant une période qui, en gros, s'étend depuis les années 1640-1645 jusqu'à la famine de 1661-1662 inclusivement. Cette baisse, pendant les années les plus dures, qui correspondent aux crises de subsistances, a pu même être plus intense encore que ne l'était la baisse concomitante du peuplement. En effet, l'intercycle (interdécennal) de hausse des prix des céréales, centré autour de 1645-1650 – avec une dernière flambée en 1661-1662 –, indique bien qu'aux années les plus rigoureuses sévissait une forte pression de la demande durement contrée par l'insuffisance momentanée de l'offre des grains.

Enfin, après la famine de 1661-1662 qui, du reste, épargne la plus grande partie du Midi, la production céréalière, de nouveau, récupère et remonte. Elle retombera ensuite un peu partout, à partir de la décennie 1690, avec les famines et les malheurs du Nord, du Centre et du Sud.

Le contexte d'ensemble du « XVIIe siècle », à travers ces diverses fluctuations multidécennales, est de stabilité, voire de stagnation longue de la production céréalière : dans les limites du quasi-Hexagone, qui servira de cadre, en fin de période, aux statistiques de Vauban, celle-ci a dû tourner autour de 65 millions de quintaux de grains de toute sorte, pendant les « bonnes » périodes de montée démographique, ou de facilités frumentaires (vers 1625 ; peut-être aussi vers 1670). Dans ces conditions, elle ne devait pas dépasser de beaucoup, si même elle les égalait, ses propres « sommets » bien antérieurs enregistrés vers 1550.

En revanche, la production céréalière globale a dû descendre et s'approcher dangereusement de la cinquantaine de millions de quintaux vers le milieu du xviie siècle, au creux le plus creux de la vague, quand baissaient les récoltes et quand s'exaltaient cycliquement les prix du grain.

L'analyse des productions céréalières, comparées avec le *trend* des peuplements, nous ramène en fin de compte à l'histoire des prix et à sa portion la mieux connue, celle qui concerne les cours du grain. Les mouvements des prix du blé au xviie siècle, bien étudiés dans la région parisienne, reflètent, d'abord, une conjoncture européenne, voire mondiale… Et peut-être répercutent-ils, en effet, comme on l'avait pensé depuis Hamilton, les derniers fastes de l'argent du Potosi jusqu'en 1620, puis les tassements de l'arrivage de métal blanc, qui en ce cas se liraient dans la baisse longue des prix-argent du blé, à partir de 1630.

Mais même ces tassements « métalliques » sont aujourd'hui contestés par Michel Morineau…

À un niveau plus terre à terre, il est bon de confronter la courbe des prix du grain à celles des populations et des subsistances.

De 1600 à 1616, l'offre des grains, subsistances de base, mène le jeu : les prix du blé d'Île-de-France restent accessibles, bas, sans disette marquée. Après 1616, la demande, notamment urbaine et parisienne, prend le dessus : Paris, ne l'oublions pas, est en pleine expansion, marchant vers le doublement démographique et vers le demi-million d'habitants… Indifférentes aux (prétendues ?) vaches maigres du Potosi, les courbes de prix, qui devraient baisser après 1620 si elles suivaient docilement les théories de Jean Bodin, accusent donc, côté demande, l'exigence nouvelle d'un peuple accru : elles montent pendant la décennie 1620, puis pendant la décennie 1640, par ballonnements successifs. En fin de période (Fronde, famine de 1661), les carences de l'offre cisaillée par les famines créent des hausses gigantesques et momentanées…

Après 1653, et surtout après 1663, ces relations entre offre et demande se renversent. La population, dans le Bassin parisien, a été durement étrillée (baisse éventuelle d'environ 20 %) par la Fronde et par les disettes de Fronde et d'après-Fronde. La demande languit donc pendant quelques décennies, et cela d'autant plus que de 1650 à 1690 le métal blanc du Potosi est peut-être (?) au plus bas de sa production, l'argent du Mexique et l'or du Brésil n'ayant pas encore pris le relais ni la vigueur souhaitables ; d'autant plus aussi que la récupération démographique, après 1662, semble s'être opérée sur une pente en effet croissante, mais sage… Face à cette demande qui demeure plutôt flasque, l'offre des grains, elle, redevient relativement vigoureuse après 1663 (voyez la remontée modérée mais indéniable des courbes décimale et domaniale vers 1665-1680, dates larges). Abondance frumentaire, pénurie monétaire (?), absence de grands accidents d'origine météorologique conjuguent leurs effets pour tenir bas les cours du grain jusqu'à la fin de la décennie 1680, et pratiquement jusqu'à la grande famine de 1693 qui parviendra, elle, à redresser les cours, mais à quel prix : chaque sou tournois de plus au setier étant payé par l'holocauste de dizaine de milliers d'hommes… Vers 1670, on n'en est pas encore là, et l'abondance règne, du moins quand on dispose d'un pouvoir d'achat solvable ; le grain ne vaut pas grand-chose [20], au point que Mme de Sévigné déclare qu'elle crie famine sur son tas de blé.

D'une façon générale, on peut dire que pendant tout le XVIIᵉ siècle, et principalement dans la phase colbertienne, les cours du grain, en dépit de soubresauts divers, ont perdu le dynamisme qui les animait au siècle d'avant : sagesse démographique d'ensemble, réduction des coûts par suite des économies d'échelle dues aux constitutions de gros domaines, indigence monétaire, bonne tenue de l'offre des céréales sont responsables globalement de cette basse flaccidité des courbes du prix frumentaire.

J'ai procédé jusqu'ici – dans ce paragraphe sur les productions et prix agricoles au cours des deux premiers tiers du XVIIᵉ siècle – comme si les grains étaient seuls au monde, et comme si le poids de leur immobilisme (au moins dans le long terme des rendements) était un facteur général de stagnation. Point de vue justifié, surtout quand on se souvient de ces anciens manuels qui nous parlaient des mûriers de Laffemas et du traité d'agriculture d'Olivier de Serres comme d'événements fondamentaux dans la voie des innovations agricoles ; qui nous parlaient aussi des soins efficaces qu'Henri IV et son ministre Sully prodiguaient aux *deux mamelles* de notre France, conçue à la Michelet, comme une personne et comme une femme.

La simple lecture des courbes de dîmes remet à leur juste place ces charmantes images d'Épinal ; Morineau, dans son petit essai plein de panache sur *Les Faux-semblants d'un démarrage économique*, livret bourré hélas d'innombrables et même incroyables erreurs d'additions, insiste avec raison sur la permanence de certains blocages, au niveau céréalier.

Indice des revenus décimaux en France
méditerranéenne (milieu XVIᵉ - fin XVIIIᵉ siècle)
Moyennes mobiles de sept ans

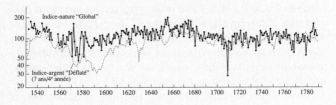

D'après J. Goy. Tiré de J. Goy et E. Le Roy Ladurie (1972-1982), t. I, p. 264.

Innovations, et croissances sectorielles : maïs, vin

L'innovation agricole, pourtant, est loin d'être inexistante : dans le Sud-Ouest, le maïs est présent parmi les Pyrénées occidentales dès la fin du XVIᵉ siècle ou dès le commencement du XVIIᵉ. Il arrive en France par Bayonne. En 1637, il est près de Toulouse, à Castelnaudary et à Verfeil. Pendant la génération suivante, le maïs se dissémine par petits paquets ; il occupe, sous l'impulsion des propriétaires toulousains, frustrés par la débâcle du pastel, la place laissée vide par celui-ci. Il fournit les métayers en galettes et en bouillies ; il conjure dès 1653 les crises de subsistances ; il permet aux campagnes de vendre leur froment, cependant qu'elles consomment ce « millet d'Espagne » pour leur propre compte. Dès 1674, la nou-

velle plante nourricière occupe à peu de chose près entre Toulousain, Comminges et pays de Foix l'aire où elle se confinera… jusqu'au XXe siècle (Georges Frêche). La croissance régionale ainsi
déclenchée par le nouveau venu d'Amérique doit être sagement
pondérée, puisqu'elle supplée, en partie du moins, à une décroissance préalable : celle du pastel, évincé, après 1561-1600, par
la concurrence de l'indigo, et par la rupture de ses courants
d'échange.

Le bilan, certes positif, de l'innovation représentée par le maïs
(dont il ne faut pas exagérer l'importance, du moins au
XVIIe siècle) n'est pas comparable en tout point à ce qu'avait été la
réussite du pastel : celle-ci se situait au niveau du grand commerce
international. Le maïs, lui, avant 1670, n'est encore qu'un facteur
de subsistance locale (par lui-même) et de grand négoce régional
(du fait des surplus de froment qu'il rend disponibles). De toute
manière, sur le plan national, la révolution du maïs reste insignifiante, et cela quel qu'ait été son poids régional (aquitain) dès le
XVIIe siècle et quel qu'ait été son rôle toulousain dans le rabotage
des pointes cycliques des prix frumentaires. En 1815-1840, à
l'époque des premières statistiques globales, valables à l'échelle
de la France, le maïs ne comptera guère que pour 5 % environ
dans le volume total des grains panifiables de toutes sortes récoltés dans le royaume. Le pourcentage en question ne pouvait
qu'être encore plus faible au XVIIe siècle.

En bas Languedoc, se produisent aussi quelques phénomènes
exemplaires d'innovation et de croissance sectorielle : la soie, partie d'assez bas, donne dans la décennie 1660 un revenu de
500 000 livres au diocèse d'Uzès et de 250 000 livres au diocèse
de Viviers. L'expansion séricicole a été spécialement vive
entre 1620 et 1654, les consommations de luxe lui tenant lieu de
moteur… Mais enfin il ne s'agit là, une fois de plus, que d'un épisode régional. Ce « phénomène de région », en bas Languedoc,
est du reste épaulé par une autre croissance, celle du vignoble :
par-delà les régions languedociennes, elle intéresse à la fois les
façades méditerranéenne et atlantique de la nation.

Dans le bas Languedoc, le vignoble depuis le commencement
du XVIIe siècle est en plein essor, en véritable essor. Il ne s'agit
pas, pour le coup, d'une récupération palingénésique, mais d'un

décollage innovateur. Dès 1650, on peut estimer que la production de vin, à travers la vaste région qui s'étend de Gaillac à Montpellier en passant par Agde et le Biterrois, a doublé par rapport à ses précédents records, enregistrés cent années plus tôt à la fin du beau XVIe siècle (1550-1560). Au diocèse de Lodève, dont Émile Appolis avait pu consulter le précieux cadastre diocésain, aujourd'hui perdu, le vignoble, en 1627, couvre déjà le cinquième ou le quart, et parfois 40 %, des terres de vallée. Les vins de plaine, plus productifs et plus vulgaires que ceux des coteaux, caractériseront massivement le Midi viticole au XVIIIe et surtout au XIXe siècle ; or – la recherche d'Appolis en fournit la preuve – ces vignobles « plats » inauguraient petitement mais fermement leur carrière dès la première moitié du XVIIe siècle. À cette époque, ils étaient déjà, platitudinaires, la cuvée de l'avenir.

Ces vignes languedociennes en plein essor, de Sully à Fouquet, aboutissent, par l'usage du contrat de complant, à la formation d'un capital mixte, mi-bourgeois, mi-populaire. L'ouvrier, en effet, plante la vigne sur la terre d'un propriétaire ; puis les deux hommes se partagent le vignoble qui résulte de la besogne de l'un et du terrain de l'autre. Ces nouveaux vignobles d'autre part sécrètent le profit urbain : beaucoup d'entre eux appartiennent à des citadins. Et, de toute manière, forte proportion du revenu tiré des vins de Languedoc, à leur sortie des petits ports du golfe du Lion, s'en va non pas dans les trésoreries des producteurs terriens, mais dans celles des négociants, et des fermiers de l'impôt, qui se recrutent souvent, les uns et les autres, dans le même milieu social : un Martinon, qui truste le commerce maritime du vin d'Agde après 1650, finira fermier général et directeur des Fermes unies, après une carrière languedocienne, puis lyonnaise et parisienne. Mercantis et rats de caves sont à leur façon solidaires. L'exportation des vins de Languedoc et bientôt de Roussillon se rattache enfin au grand négoce international, puisque les caboteurs d'Agde, de Frontignan ou de Collioure travaillent en liaison avec Gênes, métropole de la Riviera ligure : le Languedoc viticole vers 1650 est souvent subordonné au grand commerce génois… Il faudra la crise viticole postérieure à l'écroulement du prix des vins méridionaux, à partir de 1655, pour que les vignerons du Midi, à l'instar de leurs confrères des Charentes ou de Gironde, songent enfin à « brûler » leur vin pour en faire de l'eau-de-vie. Ce sera la grande affaire de la fin du XVIIᵉ siècle que d'expédier, *via* Sète, les alcools de Languedoc jusqu'en mer du Nord… Mais, pendant la période 1660-1670 qui clôt cette partie de notre livre, la distillation alcoolique, au sud des Cévennes et de la Montagne Noire, n'en est encore qu'à ses débuts, fussent-ils pleins d'avenir…

Dates des vendanges aux XVIIᵉ et XVIIIᵉ siècles
Moyenne mobile triennale pour la France du Nord et du Sud

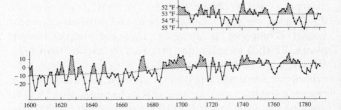

En haut : Moyenne des températures du printemps et de l'été (de mars inclus à août inclus) en Angleterre (moyennes mobiles triennales). L'échelle des températures (Fahrenheit) a été inversée.

En bas : Dates des vendanges (écarts à la moyenne en jours).

D'après E. Le Roy Ladurie, *Histoire du climat depuis l'an mil*, Paris, Flammarion, rééd., 1983, t. II, p. 64.

Sur la façade atlantique de la France, la viticulture paraît dynamique, également, dans la première moitié du XVIIᵉ siècle. À Bordeaux, à Nantes, à La Rochelle, les marchands hollandais viennent acheter l'eau-de-vie, fabriquée dans cette région depuis 1550-1600. Les quantités d'alcool ainsi produites croissent en fonction des goûts nouveaux des consommateurs du Nord ; en fonction aussi de la multiplication des alambics dans nos provinces occidentales : au Moyen Âge britannique, buveur de vin de Bordeaux, succède ainsi la modernité néerlandaise, assoiffée du « brande-

vin » de Gironde. Tous les historiens ou chroniqueurs de la viticulture nationale, depuis le Nantais Éon au XVIIe siècle jusqu'à
Roger Dion et Henri Enjalbert, insistent sur le rôle moteur des
Hollandais dans les développements régionaux de la bordure française de l'Ouest atlantique, avec son avant-pays de grands
vignobles ; et l'histoire quantitative, munie de ses méthodes précises, confirme cette légende dorée de nos fines bouteilles, et de
nos bouteilles de fine... à leur bonne époque du XVIIe siècle.

Premier symptôme : d'assez vastes plantations de vignes sont
enregistrées dans les territoires atlantiques entre 1600 et 1650.
L'historien du cognac s'est plu à énumérer quelques-unes de ces
plantations, dont certaines consistent en reconversions, d'autres en
créations véritables : elles intéressent l'île de Ré, la plaine d'Aunis, Cognac, Bergerac ; Sauternes enfin, où l'on délaisse le traditionnel vin rouge pour la culture, ô combien glorieuse, des cépages
blancs. Chiffres en main, que peut bien représenter tout cela ?
Disons qu'autour de Bordeaux, d'abord, il y a bien croissance viticole au XVIIe siècle par rapport au XVIe ; et même, avec le temps, par
rapport au premier XIVe siècle en sa belle jeunesse. Vers 1300, le
grand port girondin exportait 100 000 tonneaux, soit 850 000 hectolitres de vin par an. Au XVIe siècle, vers 1540-1560, après la
remontée de la Renaissance, on n'avait pas encore (du moins en
année commune) retrouvé les plafonds de 1300 : Bordeaux vers
1550 exportait 20 000 à 30 000 tonneaux de vin dans les années de
vendanges moyennes, soit, à raison de 850 litres, contenance
approximative des tonneaux girondins de différents gabarits,
212 500 hectolitres. Dans les années *absolument exceptionnelles*,
l'exportation pouvait, paraît-il, monter jusqu'à 80 000 ou
100 000 tonneaux, soit environ... 800 000 hectolitres. Vers 1594-
1598, on s'en tenait à 25 000 tonneaux pour Bordeaux et 5 000
pour Libourne, Blaye et autres petits ports du voisinage, soit
30 000 tonneaux = 255 000 hectolitres. Vers 1637-1640, le chiffre
des exportations d'année commune passait à 60 000 tonneaux, soit
510 000 hectolitres de vin par an ; à quoi s'ajoutaient, toujours
vers 1640, 3 000 barriques d'eau-de-vie, à raison de 2,4 hectolitres
la barrique, soit 7 200 hectolitres d'eau-de-vie ; elle-même distil-
lée[21] à partir de 58 000 hectolitres de vin. On passait donc de
212 500 hectolitres en année commune vers 1550 à 568 000 hec-

tolitres (= 510 000 + 58 000) vers 1640. La « croissance » était indéniable dans les conditions de ce temps ; même compte tenu du fait qu'elle ne faisait que récupérer – partiellement – les hauts niveaux du lointain xive siècle. Par la suite – avec des hauts et des bas parfois impressionnants ! –, cette croissance devait se continuer après 1650 et jusqu'à la fin du xviie. Vers 1700, Bordeaux exporte 750 000 hectolitres de vin par an ; plus 30 000 pièces d'eau-de-vie ou 70 000 barriques : soit 168 000 hectolitres d'eau-de-vie qui proviennent eux-mêmes de 1 344 000 hectolitres de vin. Le marché de Hollande et de la France du Nord est donc bien le pactole des Bordelais, producteurs d'eau-de-vie ; ce liquide ayant le grand mérite de se transporter aisément puisqu'il contient la plus grande quantité possible d'alcool étendue du plus faible volume d'eau ! Grâce aux « brandevins », les anciens records viticoles du xive siècle sont enfin battus dans la Gironde à la fin du xviie. Là où sous Philippe le Bel on exportait à peine un million d'hectolitres de vin par an, et bien moins encore au xvie siècle, on en vendra – vin, eau-de-vie et vinaigre inclus – plus de 2 millions d'hectolitres (750 000 + 1 344 000 + divers, vinaigre, etc.), vers 1700. La croissance viticole du xviie siècle terminal en Languedoc et en Gironde n'est donc pas du tout un vain mot.

Peut-on en dire autant de la région de La Rochelle ? C'est bien possible. De 1580 à 1625, les exportations de vin taxées à partir des ports d'Aunis, de l'île de Ré et de la Charente paraissent avoir oscillé, sans que se marque un *trend ascendant* quelconque, entre 9 000 et 15 000 tonneaux, soit une centaine de milliers d'hectolitres. Les exportations réelles (taxées et non taxées, ou « fraudées ») pouvaient atteindre le double ou même le triple de ce chiffre (soit plus de 200 000 hectolitres). Mais, précisément, cette stabilité en volume du produit rochelais traditionnel (le vin) devenait croissance lorsqu'on prenait en compte le produit nouveau (l'eau-de-vie) : fabriquée en Saintonge dès la seconde moitié du xvie, celle-ci connaissait un essor considérable à partir des années 1620-1630, date à laquelle elle représentait dans certains cas en volume la moitié des cargaisons de vin ! Les quantités de vin brûlées pour fabriquer cette eau-de-vie représentaient donc en fait un « équivalent-vin » beaucoup plus volumineux que ne l'étaient les cargaisons proprement viniques. Il y a bien, grâce à l'alcool tou-

jours, vraie croissance et forte croissance de la viticulture rochelaise d'un bout à l'autre du xviie siècle ; malgré, bien sûr, certaines
fluctuations négatives et momentanées.

À Nantes, la grande époque de l'exportation du *vin*, sans qu'il
soit encore fortement question d'eau-de-vie, s'était située vers
1554-1572, années au cours desquelles la venue du vin d'*amont*
était passée de 10 000 tonneaux à plus de 30 000 tonneaux, tandis
que l'exportation totale – vin nantais ajouté et consommation
locale déduite – avait dû largement dépasser 40 000 tonneaux et
même atteindre 50 000 tonneaux vers 1570. On exportait donc à
cette date depuis Nantes plus de 400 000 hectolitres de vin par
mer, chiffres dignes de ceux de Bordeaux. Pour la période suivante (première moitié du xviie siècle), qui a dû se caractériser par
une assez remarquable animation viticole, nous manquons malheureusement de chiffres nantais. Nous savons seulement que les
pinardiers d'Amsterdam sont très actifs à Nantes sous Richelieu :
non contents de faire sortir du port le bon vin, dont on a vu le débit
impressionnant dès 1570, ils importent par la basse Loire chaque
année [22] 30 000 pipes de vins frelatés (soit 15 000 tonneaux ou
127 500 hectolitres) ; ils font distiller de l'eau-de-vie en quantité
« énorme », mais hélas inconnue de nous. Cependant, il semble
que la renommée du vin de Nantes se soit quelque peu perdue au
xviie : en 1698 (d'après Tanguy), Nantes n'exportera plus que
8 000 tonneaux de vin ; et, plus tard, 13 000 tonneaux au point
maximal du xviiie siècle (soit respectivement 68 000 hectolitres,
puis 110 500 hectolitres). Malgré les compensations addition-
nelles réalisées par l'eau-de-vie nantaise, le vignoble local semble
donc avoir été au xviie siècle moins dynamique que ses homologues charentais, bordelais et languedocien, qui eux sont en
pleine croissance, en vraie croissance à l'époque classique. En
accord avec les impératifs de la géographie et du climat, on assiste
donc à un début de spécialisation viticole au profit de certaines
régions, sises dans la moitié sud de la France.

À Paris, la hausse du peuplement dans une ville où chaque habitant consomme en moyenne, en 1637, 155 litres de vin par tête et
par an [23] détermine depuis la fin des guerres de la Ligue et pendant
les deux premiers tiers du xviie, une expansion soutenue des
débouchés pour la viticulture régionale, puis nationale. On peut

estimer à 356 000 hectolitres pour le moins le débouché supplémentaire offert par le croît démographique parisien entre 1600 et 1670-1680 [24] (230 000 habitants en plus). Soit presque autant que l'exportation d'un port comme Nantes, à l'apogée de son commerce du vin. C'est dire l'importance du marché intérieur... Les autres villes en expansion à la même époque (Lyon par exemple) ont dû elles aussi stimuler la viticulture, puisque, par définition à cette époque, passer de l'état de paysan à celui de citadin, c'était, même parmi les basses classes, s'orienter vers une consommation personnelle accrue de vin, et aussi de viande de boucherie ; au lieu du régime sec d'eau, de piquette, de lard quelquefois, et de pain simplement trempé dans la soupe qui constituait la « diète » habituelle du paysan... notamment au nord du Massif central.

Pour en rester au cas parisien, l'expansion de la Ville ne détermine pas seulement une charge grandissante de moutons sur la jachère triennale des *openfields* environnants (Jean Jacquart) ainsi qu'une charge grandissante de bœufs dans les prairies en expansion du pays d'Auge. Elle modifie, dans le sens de l'extension, la géographie du vignoble. En Hurepoix, où la vigne, assez mal située, déjà trop septentrionale, avait fait dès le XVIe siècle son plein de terroirs, on ne note que quelques reclassements locaux des vignobles qui deviennent moins nombreux ici (transformés en terres à blé), plus nombreux ailleurs (et notamment au bord des rivières de Seine et d'Essonne, à transports faciles) : ce processus est nettement accompli vers 1660 – par rapport à 1560 (Jacquart). Mais cette rationalité locale se double d'une rationalisation quasi nationale et radioconcentrique. Tandis que les grands *openfields* parisiens se consacrent davantage au grain, exigé par le demi-million d'hommes de la grande ville, tandis que, à plus grande distance, les bocages de l'Ouest se spécialisent toujours davantage dans la fabrication des toiles, et commencent çà et là d'exploiter leur vocation bovine, l'ouverture du canal de Briare (1642), elle-même déterminée par les besoins d'un Paris grossissant, provoque l'implantation en Beaujolais d'un vignoble directement branché – par les charrettes à bœufs de la montagne et par la Loire – sur les guinguettes et les gosiers de la capitale : cette orientation nouvelle, génératrice d'expansion viticole, est bien attestée en Beaujolais dès la décennie 1650 (Roger Dion).

Au total, à la fin de la première moitié ou du second tiers du
XVIIᵉ siècle, la production nationale de vin, stimulée par l'urbanisation et par les débouchés de substitution tels que l'eau-de-vie, a
certainement grandi, même par rapport au beau XVIᵉ siècle. On se
trouve en l'occurrence devant un secteur viticole qui n'a pas la
regrettable inélasticité qu'on rencontrait au contraire assez régulièrement dans le domaine du produit des grains. Disons que,
compte tenu des données accessibles (doublement de la production de vin – pour la bouche ou pour le brûlage, dans les vignobles
les mieux situés –, mais stagnation et parfois régression des vignes
marginales et ultra-septentrionales), on ne doit pas considérer
comme déraisonnable l'hypothèse d'un accroissement de production de + 50 % entre le niveau viticole de 1550 et celui de
1660-1670. Au *minimum*, la production viticole *nationale* a dû
s'accroître d'un quart ou même d'un tiers entre ces deux dates.
Certes, la « pesée globale » ne peut pas indiquer de chiffres *absolus* pour les « minima » ou pour les « planchers » de production du
vignoble au XVIIᵉ siècle. Mais elle peut du moins, avec beaucoup
de vraisemblance, suggérer des « plafonds » ou des « maxima » de
production viticole, plafonds que le statisticien ne saurait dépasser, sous peine de se couvrir de ridicule. Vauban accordait généreusement, sur la base de sa fameuse lieue carrée, 2 600 000 hectares de vignes à la France dans ses frontières de 1700…
Lui-même reconnaissait, ce disant, qu'il péchait par exagération
« dans l'intérêt des contribuables » *(sic)*. En fait, le maximum
tolérable, compte tenu des évaluations des époques suivantes,
compte tenu aussi de nos connaissances monographiques sur les
pourcentages de terroirs plantés en vigne, est de 1 700 000 hectares, soit, à raison de 15 à 18 hectolitres à l'hectare, une production maximale de 25 à 30 millions d'hectolitres de vin. De quoi
faire face largement, trop largement, à la consommation intérieure
et aussi aux exportations *vers l'étranger* : celles-ci – compte tenu
du fait que la France du Nord absorbait une partie des sorties de
vin en provenance du Bordelais, de Charente et de basse Loire –
ne pouvaient guère *dépasser* 3 millions d'hectolitres de « vins »
exportés par la Méditerranée et par l'Atlantique, par le Rhin et
par la Meuse ; ces exportations vers l'étranger ayant lieu soit sous
forme de « vin » brut, soit sous forme de « vin » converti en eau-

de-vie. Une prise en compte des chiffres *maximaux* déduits de la consommation intérieure aboutit du reste à réduire ces chiffres et à abaisser le plafond global que nous venons de proposer… Certes, nous savons que, dans le Midi bas-languedocien, même le travailleur ou la travailleuse de force boit gaillardement son litre et demi ou ses deux litres de vin par jour, bon an mal an, au XVIe comme au XVIIe siècle. Deux litres de vin par jour, à relativement faible degré alcoolique, sans sucrage, sans colorants, sans additifs chimiques, c'est bon. Cela « tue le ver », ou du moins stérilise la boisson ; cela fait vivre plus vieux… ou mourir moins jeune. Mais il faut tenir compte aussi (dans une statistique globale) des bébés, des jeunes enfants qui, eux, même dans ce Midi si généreux, ne boivent pas du tout ou guère de vin. Et une telle prise en compte fait déjà baisser les moyennes régionales par tête. En outre, dès qu'on remonte vers le Nord, et notamment vers la France d'oïl, bastion congestif de la démographie nationale, les rations bachiques disparaissent. Le Parisien moyen, à la pointe des buveurs d'oïl, consomme 1 hectolitre et demi (= 155 litres) de vin par an. Mais – sans même parler des régions non viticoles du Nord et du Nord-Ouest – on sait bien qu'en plein Anjou, pourtant riche en ceps, le fermier moyen ne boit jamais de vin, sauf aux jours de fêtes : la ration canonique des pauvres Angevins, théoriquement citadins, mais probablement représentatifs en l'occurrence des carences viniques du milieu rural, est au XVIIe siècle de 40 litres de vin par pauvre et par an (François Lebrun)… Il est donc raisonnable de penser que la ration moyenne du « Français moyen » (citadin ou, surtout, paysan – et puis jeune, adulte ou vieillard) ne pouvait en aucun cas au XVIIe siècle *dépasser* 1 hectolitre par tête et par an, si même elle était capable d'approcher ce chiffre. Voilà qui fixe à la production viticole du royaume, dans les frontières de Vauban, pour le XVIIe siècle, un plafond – inexorable et probablement excessif – de 23 millions d'hectolitres (20 millions d'hectolitres au grand, au très grand maximum pour la consommation intérieure, à raison de 1 hectolitre au maximum pour chacun des 20 millions d'habitants, moyenne approximative de la population française, dans le cadre des frontières précitées, au XVIIe siècle ; plus 3 millions d'hectolitres pour les exportations). On voit qu'on est très loin des 30, 60 ou même 90 millions (!) d'hectolitres que

Vauban, diversement interprété, par lui-même, par Gueuvin ou par Moreau de Jonnès, avait cru pouvoir ou cru devoir assigner à la production viticole de la France. Encore, ces 23 millions d'hectolitres ne représentent-ils que la limite *maximale* de la fourchette. Quant à la limite minimale… je m'avoue incapable, pour le moment du moins, de proposer un chiffre.

Compte tenu des pourcentages précités d'augmentation séculaire, cette limite maximale se situerait donc à un peu plus d'une quinzaine de millions d'hectolitres pour la période 1550-1560, à un peu plus d'une vingtaine de millions d'hectolitres pour la période 1600-1670. Tout « maximalistes » qu'ils soient, ces chiffres en volume n'en fixent pas moins des plafonds modestes aux performances plausibles de notre viticulture. Il serait intéressant de chiffrer ces performances maximales, non seulement quant aux volumes mais quant aux valeurs. Aux prix de Béziers de la décennie 1630, laquelle dans l'ensemble n'est pas trop influencée par les chertés extraordinaires, l'hectolitre de vin rouge (moyenne décennale des prix du vin vieux et du vin nouveau) vaut 5,58 livres. L'hectolitre de bon froment (touzelle) vaut simultanément 8,50 livres en moyenne, et l'hectolitre de « grain » (prix moyen du seigle et du froment) vaut 6,80 livres en moyenne. À ces prix et en mettant les choses au mieux pour le vin, tablons sur une récolte « nationale » de grain (mi-froment, mi-grains de second ordre) de 65 millions de quintaux, soit 81 millions d'hectolitres, valant donc théoriquement 550 millions de livres tournois. La valeur maximale de la récolte de vin (faisant, elle, au maximum, 23 millions d'hectolitres en volume) serait de 128 millions de livres tournois, même pas le quart de la valeur des grains. Mais, répétons-le, il s'agit là de pourcentages maximaux. Et cela pour deux raisons. D'abord parce que nous tablons sur un *plafond* de production viticole (voir *supra*) ; en second lieu, parce que les prix du vin pratiqués à Béziers, sans être aussi élevés que ceux de Bordeaux, sont tout de même rémunérateurs, à cause probablement de la très forte demande populaire et locale pour cette boisson. À Paris et autour de Paris, les prix du vin sont beaucoup moins avantageux : en 1630-1639, l'hectolitre de vin en Hurepoix (Jacquart) vaut 4,40 livres (beaucoup moins qu'à Béziers) contre 9 livres l'hectolitre de froment. À ce compte, et en appliquant les mêmes règles et procédés de calcul que dans l'hypothèse précédente, on voit que la récolte de vin « hexagonale », même maximale, ne vaudrait plus que les 13,9 % de la récolte de blé, le tout étant calculé aux prix *parisiens* du vin, du seigle et du froment.

Ces calculs n'ont d'autre intérêt que de situer le problème à un niveau plus raisonnable que celui où il se localiserait si on utilisait (pour de telles computations) les auteurs du xviie siècle à déviationnisme bachique, tels que Vauban ou Gregory King ; ou bien tel statisticien fort estimable, mais dont les données concernent une époque beaucoup plus tardive, comme par exemple, sous la Révolution et le premier Empire, Montalivet et Chaptal.

Voici, du reste, résumée en un bref tableau, la comparaison entre les données de ces deux groupes de chercheurs et les nôtres :

**Valeur totale du produit viticole français
estimée en pourcentage de la valeur totale
du produit céréalier français**

Niveaux moyens, d'après	
Vauban (vers 1700)	64 %
Gregory King *(id.)*	90 % (!)
Montalivet (1791)	30 %
Chaptal (1803)	39 %
Niveaux maxima (vers 1630-1640)	
Aux prix biterrois	23,3 %
Aux prix parisiens	13,9 %

Conclusion : la valeur relative du vin par rapport au blé dans le produit national est en tout état de cause (d'après nos estimations qui, répétons-le, représentent des maxima) bien inférieure aux chiffres fantasmagoriques de Vauban et de Gregory King. Bien inférieure aussi aux chiffres et pourcentages plus équilibrés, témoignant pour une économie plus diversifiée, qui seront ceux de Montalivet en 1791 et de Chaptal en 1803.

Modestes, ces pourcentages des années 1630 demeurent tout de même fort substantiels du point de vue des vignerons et des marchands de vin. Et cela, dans la mesure où la récolte du vin est commercialisée, donc *valorisée* pour une très grande partie d'elle-même ; alors que celle des grains, autoconsommée pour une forte part, détient sur le marché une valeur commerciale qui, dans les faits, est très inférieure à sa valeur théorique globale telle que nous l'avons calculée.

Voilà donc fixées les limites, à la fois restreintes et pourtant rentables, à l'intérieur desquelles se situe l'incontestable croissance viticole du XVIIe siècle, avec ses plantations et ses alambics. Avantageuse, cette croissance comporte tout de même quelques conséquences négatives. D'abord, il est rare que les régions viticoles, en dépit de la forte monétarisation et du salariat développé qui s'y implantent, se montrent accueillantes à l'industrie. Colbert avait déjà noté cette « exclusive » dont l'atonie manufacturière de la façade atlantique, en dépit des prestiges, viticoles et autres, de Bordeaux, La Rochelle et Nantes, est un exemple évident : on ne peut être simultanément au four et au moulin, à la vigne et au métier à tisser. Les deux derniers sont trop gourmands de main-d'œuvre pour pouvoir être servis simultanément. La seule exception – éclatante, il est vrai – à cette règle, c'est le Languedoc, avec sa marqueterie de régions viticoles (Agde, Béziers) et textiles (Carcassonne, Lodève).

En second lieu, grandes surfaces en vigne et forts rendements du blé font rarement bon ménage. Les cartes de Morineau sur les rendements du grain en France en 1840 montrent que les régions où ceux-ci sont élevés se trouvent généralement situées – de la Bretagne au Pas-de-Calais – au nord de la frontière de culture classique de la vigne : à cela, rien d'étonnant. Il est difficile, avons-nous dit, à moins de travailler vingt-quatre heures sur vingt-quatre, d'être vigneron efficace et tisserand productif simultanément. Il est encore plus malaisé d'être à la fois viticulteur d'élite et laboureur céréalier capable, en une seule personne. Autant vaudrait demander au même homme d'être simultanément de Dunkerque et de Perpignan : on ne peut pas jouer de tous les instruments ensemble, ni manier avec une compétence égale la serpette et la charrue. Quelles qu'aient été au cours de l'histoire les hautes performances commerciales des viticultures bordelaise, nantaise ou montpelliéraine, il faut bien reconnaître que les régions les plus propices au développement moderne, tout à la fois industriel et agricole, sont situées pour l'essentiel (à l'époque) dans les vastes *openfields* céréaliers, urbanisés et *grosso modo* non viticoles des provinces françaises du grand Nord-Est (et ceci malgré les vignobles importants d'Argenteuil, parisien, et de Gaillon, rouennais…).

Morcellement et surtout grandes surfaces

Une fois traités les problèmes agricoles relatifs au produit et à la formation du revenu, nous retrouvons notre vieille connaissance : la distribution ou la répartition. Et d'abord dans sa modalité horizontale. Il est certain, en premier lieu, que le mouvement de morcellement foncier engendré par les tenanciers qui, lors d'une mutation ou d'un héritage, coupaient les lopins en deux ou en quatre, a continué en diverses régions, dans une certaine mesure, pendant les phases précaires et discontinues où sévissait encore, çà et là, au XVIIe siècle, l'expansion démographique. Et notamment dans le Midi, peu atteint, au milieu du siècle, par les catastrophes de la Fronde. En bas Languedoc par exemple, où, sauf cas locaux, on enregistre un certain essor du peuplement rural de 1600 à 1675, la fragmentation des alleux et tenures se poursuit plus ou moins pendant toute cette période, quoique à un rythme déjà plus modéré qu'au XVIe siècle. Les tout petits tenanciers ou alleutiers – ceux dont le « domaine », si l'on peut dire, fait moins d'un hectare ou moins d'une poignée d'hectares – continuent d'augmenter en nombre par le simple jeu de la division successorale, freinée mais non annulée par les précautions du droit romain, lequel domine dans le Midi (en principe). Cette fragmentation s'opère aux dépens des moyennes propriétés d'une dizaine d'hectares, rongées par le morcellement.

Cependant, et en dépit d'exemples régionaux, comme celui qui nous arrive ainsi du bas Languedoc, il serait déraisonnable de surestimer les tendances au morcellement foncier, sur le territoire de la France, pendant la première moitié ou les deux premiers tiers du

XVIIᵉ siècle. Dans les conditions de l'Ancien et du Très Ancien Régime économique, la condition fréquemment exigée pour que se produise une vague de division des héritages, c'est que s'enfle aussi, et préalablement, la houle d'une démographie rurale. (Je dis *préalablement*, parce qu'il faut bien laisser aux bébés d'aujourd'hui le temps de devenir les tenanciers adultes de demain.) En d'autres termes, il faut qu'augmente localement le nombre des parties prenantes au partage de la fraction du sol possédée par les paysans[25]. Or, au XVIIᵉ siècle, la démographie rurale, après une phase de récupération assez dynamique (1600-1630, ou 1600-1640 selon les régions), finalement plafonne à des niveaux assez proches de ceux qu'elle atteignait vers 1550. Un tel fait suggère que le morcellement du XVIIᵉ siècle n'a pas été poussé très au-delà de celui, fortement parcellaire déjà, qu'avait atteint le XVIᵉ siècle. Et cela d'autant plus qu'après 1640 et jusqu'en 1663, la démographie rurale, au moins dans la partie nord du royaume, non seulement plafonne mais même décroît de temps à autre. Cette décroissance, par définition, ne peut que contrarier les tendances au morcellement, à causalité démographique et successorale. C'est tellement vrai que, dans certaines petites régions du Languedoc où la peste de 1631 est effroyable, exterminant plus de la moitié du peuplement rural dans quelques villages du Lodévois, un *trend* de remembrement se fait jour, dès cette date cruciale, jusque vers 1660 : il intègre les ci-devant lopins qui appartenaient aux victimes de la peste, du vivant de celles-ci, au sein d'unités foncières un peu plus vastes, propriétés moyennes qui agglutinent les cadavres des petites. Nul doute que des phénomènes du même genre, en vertu desquels les structures de la propriété redevenaient concentrationnaires, n'aient frappé bien d'autres régions de la France rurale, accablée à un moment ou à un autre par les pestes de 1630 dans le Midi, par la guerre de Trente Ans dans l'Est ou par la Fronde dans le Nord.

C'est d'autant plus vraisemblable que, on le sait bien, les structures foncières ne sont pas purement et simplement téléguidées par la démographie. Aux effets de celle-ci (qui bourgeonne et donc morcelle, ou qui au contraire s'effondre et remembre, au gré des époques) s'ajoutent les actions volontaristes des rassembleurs de terres et des possesseurs du capital, qui, à un moment ou à un autre, insoucieux des tendances du peuplement, cherchent à concentrer les terres en gros domaines à leur profit, au détriment des petites tenures.

C'est autour de Paris, Amiens, Dijon, Beauvais, Poitiers, Montpellier… que ces tendances à l'intégration du sol au profit des citadins riches ont été étudiées. Les rassembleurs de terres, c'était déjà la « tarte à la crème » de Marc Bloch ! D'une façon générale, les petits paysans dans ces régions ont été partiellement éliminés soit par la mort (famine, peste, épidémie, guerre…), soit, quand ils survivaient tout de même, par l'endettement devenu plus lourd que jadis, en ce siècle sans grande inflation ; ils ont donc été les victimes désignées du rassembleur qui cherchait à phagocyter leurs tenures. Le phénomène avait été sensible déjà pendant les guerres de la Ligue ; et même au lendemain de celles-ci, quand il avait fallu en période de retombée des prix, sous Sully, rembourser, au prix fort par conséquent, les dettes qu'on avait contractées jadis, au temps du conflit qui venait de prendre fin : ces dettes s'étaient désormais regonflées automatiquement, du fait de la déflation Sully. Comme l'écrit Charles Loyseau, bon connaisseur, dans son livre paru en 1601, sous le titre significatif de *Traité du déguerpissement et délaissement par hypothèque* : « Si jamais toutes les espèces de délaissement, et notamment ces deux dernières espèces, ont été de saison en France, c'est à présent en ce déclin de guerre universelle, auquel on peut dire que, comme les malades sentent plus vivement leur fièvre et lassitude quand la fièvre est apaisée que pendant le fort de leur mal, aussi maintenant le pauvre peuple endure plus de nécessité et sent davantage ses pertes qu'il ne le faisait au plus fort de la guerre. Car les dettes sont augmentées des intérêts du passé, les créanciers sont plus pressants, et les débiteurs plus pauvres. » Aussi bien la baisse du taux d'intérêt sur les rentes constituées, décrétée par l'édit de juillet 1601, a-t-elle précisément pour but de soulager la noblesse endettée [26] : la petite noblesse rurale, exclue des élites du pouvoir enracinées dans la ville, est victime, au même titre que les paysans, des rassembleurs de terres à l'affût des obérés.

Ultérieurement, les graphiques des ventes immobilières, enregistrées par Pierre Deyon, sont démonstratifs : l'aliénation des champs, et leur transfert à partir des groupes endettés et pauvres en direction des gros richards de la ville, sévissent derechef et durement au xviie siècle, pendant les phases des grandes crises : autour de 1630, 1650, 1661. Ces pointes maximales des ventes immobilières en Picardie coïncident strictement avec les mortalités de subsistances et avec les hausses cycliques des prix du grain, aux dates précitées.

Au tableau de chasse des rassembleurs figurent bien entendu les paysans, surtout les petits ; les uns tués par les crises, les autres prolétarisés par elles ; ce qui, de toute façon, fait de leurs terres une proie facile pour les acheteurs à l'affût. Y figure aussi, je viens de mentionner le fait, la basse ou moins basse noblesse des gentilshommes de campagne qui vivent pauvrement dans leurs manoirs. Cette noblesse est située loin des avenues du pouvoir et loin des flux de la monnaie ; elle bascule inexorablement vers les classes désargentées ; il arrive donc quelquefois, quand celles-ci se révoltent, qu'elle prenne la tête de leurs soulèvements, ou du moins qu'elle se rende complice de ceux-ci : voir par exemple, à ce propos, la Normandie des Nu-pieds en 1639 ; ou le Périgord des Croquants de 1637.

Figurent enfin, parmi les victimes des phagocyteurs de terroirs, les petits-bourgeois de certaines petites villes : ceux-ci relâchent leur emprise sur le plat pays, refoulés qu'ils sont par l'expansion d'autres élites urbaines, enracinées dans des cités plus importantes, ou plus entreprenantes. Il se peut que ces « menues villes », à l'exemple de Meulan ou de Châteaudun, aient stagné ou décliné (au bénéfice éventuel de Paris) quand elles sont situées près de la capitale. Mais d'autres raisons peuvent intervenir : les citoyens de ces bourgades, gâtés par la déflation, préfèrent désormais la sécurité des rentes et de l'usure aux aléas du placement foncier. Ou bien les membres les plus prestigieux de l'élite des villes secondaires filent en direction de Paris ou de Lyon ; et, du fait de leur déménagement, ils emmènent avec eux, à la semelle de leurs souliers, leurs titres de propriété sur la terre. De cette façon, ils diminuent d'autant le patrimoine foncier global qu'accapare ou plutôt qu'accaparait le minuscule patriciat urbain dont ils faisaient anciennement partie.

Les bénéficiaires majeurs de la conquête du sol doivent-ils être cherchés du côté du groupe des marchands ? Pas tellement. Moins qu'au XVIᵉ siècle en tout cas, époque au cours de laquelle, en Hure-poix du moins, ceux-ci étaient plus importants qu'ils ne le seront au XVIIᵉ, parmi les propriétaires des grosses fermes. En fait, les grands gagnants peuvent être des nobles de famille ci-devant bourgeoise ; ou, ce qui revient finalement au même, des bourgeois en voie d'anoblissement ; et surtout, participant des deux ensembles précités, le groupe des officiers : après avoir acheté de la terre à tour de bras pendant la première moitié du XVIIᵉ siècle, ceux-ci finissent du reste par croire que « c'est arrivé », et ils tâchent en 1648 de se saisir également de l'intégralité du pouvoir politique. Mais l'enjeu du pouvoir, rien que cela (Mazarin…), représentait une conquête plus coriace et plus difficile que quatre coins de terre en Vexin ou en Hurepoix !

Au coude à coude avec les officiers, on trouve aussi – parmi les rassembleurs – les grands commis ; les familles des Colbert ou des Le Tellier dont Jean Jacquart a montré la gloutonnerie fon-cière, dès avant le règne personnel de Louis XIV. Et puis, plus imprévue peut-être, l'Église : celle-ci profite de la « terreur blanche froide », antiprotestante, qui s'instaure lentement mais sûrement au cours des soixante années d'avant la Révocation. Elle profite aussi de la piété des peuples, désormais sans bavure… ou peu s'en faut, semble-t-il ; elle récupère ceux de ses biens qu'elle avait aliénés pendant les guerres civiles ; elle en achète même une certaine quantité supplémentaire. Le siècle des saints n'est pas perdu pour tout le monde.

Subrepticement, une partie des terres ainsi achetées par les uns et par les autres, par les gros laïques ou même par les prêtres, est, dans la suite, érigée en « fief » : elle perd, après ce coup de « savon-nette à tenure », son ci-devant statut de « censive » ; méconnais-sable, elle devient désormais partie intégrante d'une réserve sei-gneuriale en main de rassembleur. Il est vrai que, dans certains cas, cette « savonnette » n'était même pas nécessaire : le rassembleur peut en effet viser à la tête ; il n'hésite pas, quand il a les reins assez solides, à entreprendre l'achat en bloc d'une seigneurie tout entière, réserve terrienne incluse, aliénée par son titulaire endetté.

Économiquement, un tel processus aboutit à multiplier les fermes massives et les « grandes surfaces » génératrices d'écono-mies d'échelle. La raison classique substitue aux puzzles et aux fouillis des anciens *openfields* et des bocages les mosaïques ou les quasi-damiers des gros domaines, avec ou sans haies. L'esprit de géométrie l'emporte sur l'esprit de finesse.

À grandes surfaces, puissants fermiers. La classe des riches fermiers-laboureurs, de toute manière, existait bien avant le XVIIe siècle. Mais la concentration foncière, à cette époque, et l'accroissement en nombre et en superficie des vastes domaines dont cette classe a la charge lui confèrent, plus encore qu'auparavant – malgré les crises ! –, la cohésion, le dynamisme et l'esprit de coalition qui assureront ses triomphes définitifs au temps des Lumières (J.-M. Moriceau). Ainsi se préparent, dans le secret des granges et des écuries, les phénomènes de dissociation de la rente foncière que Gilles Postel-Vinay a repérés dans le Soissonnais, pour les XVIIe et XVIIIe siècles. Car la crise du XVIIe siècle, dont j'ai déjà mis en évidence certains aspects ruraux, ne durera pas toujours. Une fois terminée, à partir de 1715 environ, cette crise laissera de nouveau libre jeu aux lois de l'offre et de la demande. Elles relanceront vers la hausse le mouvement de la rente foncière : l'offre des sols proposés à la location par les propriétaires, et notamment par les rassembleurs ou par leurs descendants, sera en position de dicter ses lois à la demande, dans la mesure où celle-ci procède de la foule numériquement croissante et monétairement enrichie des petits ruraux qui, aspirant à exploiter, posent de tous côtés leur candidature au fermage. On verra donc derechef filer la rente foncière vers les sommets. Du moins au niveau des petites parcelles à louer en détail : dans leur cas, en effet, la susdite loi de l'offre opère à plein ; les innombrables candidats au poste de petit preneur jouent des coudes à qui mieux mieux à qui enlèvera l'enchère, et ils n'aboutissent en fin de compte qu'à augmenter le niveau du loyer exigé d'eux par les propriétaires des petites parcelles précitées. Au contraire, à l'étage supérieur, qui est celui des grands domaines et des gros fermiers réellement capitalistes, ceux-ci, relativement clairsemés dans un canton donné, alliés les uns aux autres pour affaires ou par connexions nées des mariages, savent non pas jouer des coudes mais se serrer les coudes. En fin de compte, puisqu'ils ne sont pas si nombreux à être pourvus « de moyens techniques et de capital mobilier » ; puisqu'ils ne sont pas désunis sur le marché ; puisqu'ils raréfient artificiellement par leur coalition la demande de terres, les gros fermiers du XVIIIᵉ siècle, même en période de haute conjoncture, parviendront à dicter leur loi à l'offre du sol ; ils imposent leur force à cette grande propriété foncière qui n'est plus capable désormais de les exploiter au même degré qu'elle tond les petits. Vers 1760, l'écart entre les loyers des terres qui sont affermées, d'un côté, « par la classe des grands fermiers capitalistes, employant une masse de salariés sur des exploitations très vastes de 130 hectares ou davantage », de l'autre, par « la masse largement prolétarisée des artisans, journaliers, manouvriers, voire mendiants », qui prennent à ferme un hectare ou une fraction d'hectare, est du simple au double : 13,85 livres à l'hectare pour les gros, 27,70 livres à l'hectare pour les petits !

En ce sens, les rassembleurs de terres de l'âge classique des XVIᵉ et XVIIᵉ siècles avaient joué les apprentis sorciers : en créant de vastes domaines, ils avaient développé du même coup, à leur usage, un groupe de gros preneurs qui devaient un jour, au XVIIIᵉ, tenir tête à leurs descendants. Les rassembleurs avaient tiré du sein même de la paysannerie une élite d'exploitants, déjà modernes pour leur époque. Ils avaient frayé, à très long terme, la voie française vers le capitalisme agricole, voie qui, elle-même, était préalable aux « révolutions agricoles » à la française. Il est vrai que cette « voie » était surtout caractéristique de la France d'oïl, dominée, en ses *openfields* fertiles et limoneux, par la grande culture.

Dans l'immédiat, au cœur de ce XVIIᵉ siècle périodiquement souffreteux, qui constitue l'un des sujets de ce livre, les choses demeuraient nettement moins brillantes pour les exploitants, même riches, qu'elles ne le seront au XVIIIᵉ siècle. Les gros fermiers, jusqu'en 1648, au Sud comme au Nord, se montraient encore dociles à la pression de leurs bailleurs. Ils consentaient à payer des loyers de plus en plus élevés à leurs propriétaires, loyers que suscitait alors, sans les justifier absolument, une conjoncture assez ferme d'expansion, ou du moins de récupération démographique. La Fronde cependant fut assez rude à passer pour ces richards du plat pays, puisque aussi bien elle désola surtout les régions de grande culture de la France d'oïl. Étrillés, mais pas ruinés en général, nos gros fermiers, dès la décennie 1650, se remirent assez bien de leurs pertes ; ils recommencèrent à verser grasse rente à leur maître, et à tenir quand même le haut du pavé.

On ne peut en dire autant des fermiers de moindre calibre ; et, plus généralement, de cette masse majoritaire des laboureurs, que nous avons connue jadis, au XVIe siècle encore, si importante et si sûre d'elle-même, malgré son aisance tout à fait médiocre.

D'abord, en tant qu'ossature de la communauté villageoise, ce groupe des laboureurs petits, moyens ou médiocrement aisés souffre de la présence de plus en plus envahissante d'un ou plusieurs rassembleurs de terres : ceux-ci installent leurs biens-fonds, comme de grosses cellules exogènes, en faisant fi des frontières des villages ; ils y implantent souvent des fermiers horsains qui n'ont cure de la démocratie villageoise, ni des liens délicatement tissés à l'intérieur de la communauté. Et puis, les gros fermiers de style nouveau mis en place par les rassembleurs ne se bornent pas à introduire ainsi des éléments d'anomie dans le monde paysan. Ils profitent souvent, sans se gêner, de leurs brillantes relations en ville, dues à la position élevée de leur propriétaire parmi la gent robine : ils se font dégrever d'impôts, ou bien ils n'en payent pas davantage, eux les coqs de paroisse, que n'en verserait un manouvrier misérable. Cette fraude fiscale contribue à les enrichir et à les différencier du restant de la société rustique.

Différenciation d'autant plus réelle que les grandes crises du milieu du siècle (guerre de Trente Ans et pré-Fronde dans l'Est, Fronde et famine autour de Paris et auprès de la Loire) ont gêné les gros laboureurs, mais bien souvent ruiné les petits exploitants : dans la paroisse de Choisel (Hurepoix) en 1665, au lendemain d'une grave crise de subsistances, un certain nombre de petits laboureurs sont déchus de leurs biens et de leurs affermes. Ils se retrouvent ouvriers agricoles et conduisant la charrette chez tel ou tel gros collègue en labourage qui, lui, a socialement survécu à ses frères inférieurs, pendant le Temps des troubles.

Autre facteur de différenciation : le cumul. Dès la décennie 1650, certaines familles de gros laboureurs du Hurepoix, telles que les Angouillan et quelques autres[27], réussissent à cumuler, en se coalisant à quelques parents, telle grande ferme domaniale avec la « procure fiscale », la recette seigneuriale, en attendant le poste de curé de la paroisse… Véritables « moutons à cinq pattes », ces familles constituent ainsi des clans dominateurs.

Cela dit, on ne doit pas tomber dans l'erreur qui consisterait à imaginer ces super-laboureurs comme étant de grands capitalistes, comme des magnats de la glèbe et du purin. En fait, le statut du gros laboureur dans la société globale demeure assez bas ; son prestige est modeste. Ses enfants vont à l'école avec les fils des artisans et laboureurs moins riches, qui sont assez chanceux, assez doués ou assez aisés eux aussi pour apprendre à lire. Lui-même, le gros, parle le même patois que ses voisins plus désargentés. À la ville, on le traite en George Dandin, tout comme on traite en Pourceaugnac le gentilhomme campagnard. Et puis, surtout, les possibilités d'ascension sociale, à partir du groupe bourgeonnant des gros fermiers, paraissent être assez limitées. On sait qu'un gel de la mobilité sociale semble être intervenu en divers secteurs des sociétés occidentales après 1650. Ce gel est sensible en milieu urbain : voyez les statistiques de Lawrence Stone relatives à la baisse ou à la stagnation des effectifs des étudiants d'université, à partir de la seconde moitié du xviie siècle. François de Dainville a montré qu'au niveau des collèges de jésuites, le recrutement des élèves parmi les fils de laboureurs, assez étoffé sous Richelieu, décroît nettement à partir des crises de Fronde et de post-Fronde. Et ces données valables pour les différentes « provinces » jésuitiques du royaume de France sont confirmées, sur le plan extra-scolaire, par l'étude monographique que Jacquart a effectuée à propos de la promotion sociale dans le Hurepoix campagnard depuis le milieu du xviie. Après 1650, il est clair, d'après cette recherche, que les petits laboureurs ont désormais bien du mal à devenir gros fermiers… Tellement de mal, à vrai dire, que leur historien n'a pas trouvé un seul cas d'ascension sociale de ce type, dans une région pourtant scrutée à la loupe, pendant la première partie du règne personnel de Louis XIV. Alors qu'on en trouvait au contraire de si nombreux exemples durant la Renaissance : en ce temps-là, vers 1500, tel ou tel paysan parfois, avec un peu de chance et un bon accensement perpétuel, n'avait qu'à retrousser ses manches pour devenir riche.

Quant aux gros fermiers eux-mêmes, sous Fouquet et sous Colbert, leurs performances – en ce qui concerne l'ascension sociale et l'évasion vers les sommets hors de leur groupe – ne sont plus tellement brillantes. Autour de la capitale, ils ne réussissent plus désormais ces percées modestes vers la ville, vers la marchandise et vers l'office que leurs prédécesseurs du XVIe siècle ou du premier XVIIe accomplissaient assez coutumièrement, à condition d'être entreprenants et doués. Désormais, après 1650, trop heureuses de ne pas déchoir et de conserver leur rang, les familles des riches laboureurs d'Île-de-France demeurent simplement rivées au gradin qu'elles occupent, dans la cascade de mépris qui caractérise l'Ancien Régime. Elles ne montent ni ne descendent. Certes, un Hersent, descendant de riches fermiers des environs de la capitale, est bourgeoisement installé à la cour ; il devient valet de chambre du monarque et fait souche de noblesse… Saint-Simon lui consacre même quelques phrases condescendantes où il veut bien admettre que ce Hersent avait l'esprit mieux fait que ne le laissaient présager l'immonde roture dont il était sorti et le plumeau dont il était théoriquement armé. Mais pour un fils de « rustiques » enfin parvenu, et même « arrivé », qui réussit ainsi, exploit unique, à « décrocher » trois lignes dans les *Mémoires* de Saint-Simon, combien d'Angouillan, de Harineau et autres bonnes familles rustiques du Hurepoix qui ne se dépêtreront pas (malgré leurs gains honorables) de la terre et de la crotte dans lesquelles elles avaient pataugé depuis des siècles ? Le groupe des riches fermiers-laboureurs des limons d'oïl avait réussi, avec la complicité des rassembleurs de terres dont il servait les desseins, à étendre largement *en surface* son emprise sur l'exploitation du sol. Mais son ascension, gênée par les crises de Fronde et de post-Fronde, ne dépassera guère l'horizon borné des villages et des bourgades. Du moins au XVIIe siècle.

Il reste que le petit groupe en question, si campagnard qu'il demeure, ne fait quand même pas pitié. Pitoyable, au contraire, est trop souvent le sort d'une masse rurale que rongent çà et là les tendances à l'expropriation.

Cette expropriation du XVIIe siècle est clairement marquée, grâce à telle ou telle recherche locale et monographique, dans la banlieue suburbaine de Montpellier (1650-1680) ; autour de Dijon, après les guerres de Trente Ans ; en bocage poitevin, sous l'influence de la noblesse. Près de Paris, l'impérialisme urbain est évidemment maximal, à l'échelle d'une ville de 400 000 et bientôt 500 000 habitants, l'une des plus grandes du monde en ce temps-là. Parlons chiffres, grâce à Jean Jacquart une fois de plus.

Vers 1550, on l'a vu, les « ruraux » du Hurepoix détenaient approximativement 40 % du sol de leurs villages ; le reste (60 %) allant aux nobles, au clergé et surtout aux horsains ci-devant roturiers (bourgeois des villes et officiers). L'ensemble de ces groupes non ruraux était installé à la fois sur les censives et sur la réserve seigneuriale. Un gros siècle plus tard, vers 1660, la part « rurale » est tombée dans les mêmes villages à 28 % ; dans les paroisses attaquées de plein fouet par les rassembleurs, elle descend même à 22 %. Certes, quelques terroirs éloignés de Paris résistent encore ou même échappent à cette offensive des acquéreurs urbains ; mais ailleurs, loin ou près du monstre citadin, celle-ci s'avère tout aussi irrésistible que peut l'être aujourd'hui la ruée sur les résidences secondaires.

On affronte donc, menée à partir de la ville, une entreprise de remodelage terrien, déjà entamée largement au XVIe siècle ; elle se poursuivra encore après 1600 et pendant la première moitié du XVIIIe siècle. Elle s'accompagne, bien sûr, d'une certaine prolétarisation du village. Au XVIe siècle, les « laboureurs », gros paysans ou bien, plus souvent encore, petits ruraux pourvus d'un cheval et d'une charrue, demeuraient majoritaires parmi les actifs agricoles de la paroisse, en comparaison des manouvriers. Au XVIIe siècle (vers 1660), il apparaît que cette masse de laboureurs a été laminée par l'offensive urbaine et par les concentrations horizontales que réalisent les grandes fermes (les gros laboureurs), nées de celle-ci. La majorité de la population active agricole dans les villages autour de Paris se compose désormais de manouvriers qu'épaulent éventuellement les vignerons, eux aussi de temps à autre dépenaillés, ou même pauvres hères. À Trappes, on comptait, en 1550, 19 laboureurs contre 13 manouvriers ; mais 8 laboureurs contre 40 manouvriers vers 1660. Dans quelques paroisses isolées, pourtant, qui sont les buttes-témoins d'un continent de relatif « équilibre social » disparu, les laboureurs demeurent encore majoritaires.

Ces processus de remodelage terrien et de prolétarisation ne sont pas survenus comme un raz de marée – en dépit de leurs connotations catastrophiques, et par exemple « frondeuses ». Il s'agit davantage, impulsé par la ville, d'un phénomène de grignotage séculaire : à la longue, celui-ci finit par modifier la physionomie du village, du terroir, et de la société campagnarde. Notons, du reste, qu'une telle évolution, malgré les misères dont elle s'accompagne, est corrélative *ipso facto* de la modernisation et de la monétarisation de l'économie, dont on a tant de signes autour de Paris, vers 1640-1660.

Du point de vue d'une géographie de l'habitat, le remodelage des terroirs se traduit par un triple semis de constructions, déjà connues auparavant, mais accrues en nombre sous Louis XIII et Louis XIV, au point d'être marquées bien souvent par les styles architecturaux qui portent les noms de ces deux monarques. Triples semis, c'est-à-dire maison des champs, ferme, château[28]. La *maison des champs*, résidence secondaire pour beaux dimanches ou pour vacances, pour beuveries et parties fines, comporte des fonctions agricoles assez réduites. Une simple treille y signalera les prétentions vigneronnes du petit-bourgeois ou du citadin qui s'y transporte en vendanges. Cette maison des champs peut se transformer, selon les cas, en maison de ville, si la cité s'accroît et ronge progressivement les alentours ; ou bien, dans un autre contexte, en ferme ou même en château.

La *ferme isolée*, elle, est créée de toutes pièces ou substituée à un hameau. Elle en est venue à symboliser pour nous autres, contemporains mal informés, l'activité agricole en général, menée par des *fermiers* qui travaillent dans leurs « fermes ». En fait, au XVIIᵉ siècle, cette construction solitaire, avec ses bâtiments qui, par exemple, cernent une cour carrée, représente assez souvent, du moins dans les pays d'*openfields*, une création récente. Équipée de granges en pierre, d'étables, d'un logement « manable », elle implique ou impliquera fréquemment (de la part du bourgeois ou de l'officier « horsain » qui la possède) des investissements « dans la pierre » assez massifs. Ainsi conçue, la grande ferme isolée favorise, dans un bilan global, les gains de productivité agricole (ne serait-ce que par meilleure conservation du grain dans les granges). Elle permet les économies d'échelle (en diminuant les redondances de main-d'œuvre, autrement dit le nombre des travailleurs à l'hectare ; et en réduisant les transports depuis le centre de l'exploitation jusqu'aux champs qui dépendent d'elle, dans la mesure où ceux-ci sont concentrés autour de celle-là[29]). Dans la ferme, les capitaux urbains passent du stade du transfert d'argent pur et simple (achat de terre par le horsain) à l'étape plus féconde de l'*investissement*, et de la création de richesses (construction de granges et d'étables). La ferme ou grande ferme isolée de type parisien s'accompagne de diverses prémices de révolutions agricoles ; prémices ou germes qui, du reste, ne lèveront pas toujours ; ou lèveront au XVIIIe siècle, gênés qu'ils sont au XVIIe par les diverses crises, notamment frondeuses. Parmi ces « germes » qui, dans l'immédiateté du XVIIe siècle, sont plus prometteurs que vraiment féconds, je pense, entre autres, à la culture du sainfoin, des pois, voire des haricots venus d'Amérique, sur les jachères triennales, culture dont l'habitude se répand autour de Paris sous Louis XIII, pour régresser ensuite lors des crises de 1648-1662. Je pense aussi à l'accroissement progressif, minutieusement chiffré par Jean Jacquart, du nombre des moutons sur la jachère ; accroissement qui accompagne, dans les grandes fermes d'Île-de-France, l'expansion de la ville, ce gouffre de la viande : Paris consomme davantage de mouton au XVIIe siècle, davantage de bœuf au XVIIIe… Dans le Midi languedocien, la période Louis XIII est elle aussi contemporaine de menus ou moins menus perfectionnements des pratiques locales : luzerne, qui se diffuse par « petits paquets » après 1620 ; mulets, plus rapides, qui évincent les bœufs ; maïs et haricots, qui se répandent en Lauragais au second tiers du XVIIe siècle…

Ces premiers et modestes gains de productivité sont certes partiellement « confisqués » par la ville, où réside le propriétaire qui jouit du fermage. Mais il est équitable de reconnaître qu'ils avaient été au préalable provoqués par la ville, dont le marché de consommation réclamait ces innovations techniques, ces plantes inédites et ces audaces d'assolement.

Troisième volet du triptyque, après la maison des champs et la ferme isolée : le *château*. Courances et Fleury-en-Bière près de Paris, La Motte d'Acqueville en basse Normandie et tant d'autres demeures « bâties à la moderne » – manoirs ou palaces – affirment, à partir de Louis XIII surtout, la mainmise, sur le sol, de la nouvelle *gentry* des officiers, des financiers et des robins anoblis. Ces bâtisses neuves sont à peu près affranchies, bien sûr, des soucis de la défense qui avaient marqué les châteaux forts du Moyen Âge. Mais, quand les moyens de leurs possesseurs le leur permettent, elles se protègent du vulgaire par d'immenses avenues à l'entretien desquelles travaille tout un peuple de concierges, de jardiniers-paysagistes, de pépiniéristes et autres Lenôtre au petit pied. Ces avenues sont propices aux entrées triomphales ; elles interposent, d'autre part, entre le maître du château et les gens du village, à la fois proches et lointains, la distance sociale qui convient. Il faut avoir le cœur bien accroché, ou alors montrer patte blanche, pour rendre visite aux châtelains, après avoir descendu l'immense enfilade des arbres, au long de laquelle on risque quelquefois, si l'on est intrus, de tâter des crocs de la meute, ou du plomb des gardes-chasse. Et pourtant les ponts ne sont pas coupés entre le seigneur et les paysans…

Le lent progrès des « grandes surfaces » agricoles[30], obtenu grâce au régime d'aliénation auquel est soumis le monde villageois, peut sembler, pour l'observateur superficiel, inséparable du triomphe de la « société des ordres ». Car les officiers, aussi fraîchement que pompeusement titrés, qui procèdent au rassemblement des terres et à la bâtisse des châteaux voudraient bien faire croire qu'ils sont les frères de cette noblesse féodale de jadis, qui elle aussi dominait les campagnes du haut de ses murs et jouissait d'une mainmise sur le monde rural. Mais il faut aller au-delà de ces vues immédiates, et qui sont par trop conformes à l'image flatteuse que les nouveaux châtelains auraient aimé laisser, d'eux-mêmes et de leur action, à la postérité reconnaissante.

En réalité, dans la longue histoire qui mène, en France, et surtout dans le nord de ce pays, à la création d'un capitalisme agricole, la concentration des terres – jamais achevée du reste – par les horsains et par les citadins représente une étape décisive, indispensable pour que soient créées ou étoffées les grandes unités foncières sur lesquelles s'implanteront à leur tour les entreprises fermières, viables et vastes, utiles au ravitaillement des foules urbaines. Le remodelage des terroirs du Nord (XVIe-XVIIe siècle) précède assez largement la croissance irréversible du XVIIIe siècle agricole. *A fortiori* précède-t-il la révolution agricole ; celle-ci moins tardive que Morineau ne l'a écrit, mais moins précoce aussi qu'on ne le croyait avant cet auteur. Disons pourtant que, si ce remodelage n'était pas intervenu au préalable, la croissance aurait été moins vive et la révolution moins concevable en agriculture.

Car la France n'est pas la Flandre où, dès le XVe siècle, les petits exploitants procédèrent sans tapage à la révolution verte. En France, le progrès agricole, qui attendra bien souvent le XVIIIe siècle voire le début du XIXe pour se manifester, passe par les grands et moyens domaines ; il transite par les bâtiments des grosses fermes, où s'injectent les liquidités des propriétaires ; il est véhiculé par la couche supérieure du groupe des fermiers, qu'ont encouragée les rassembleurs. Somme toute, le modèle Jacquart-Moriceau (transformation des terroirs) précède logiquement et chronologiquement le modèle Quesnay (croissance du XVIIIe siècle) qui lui-même préexistera au modèle Morineau (révolution agricole, plus ou moins tardive). Ainsi se trouve définie une « voie française » vers le capitalisme agraire ; elle est différente de la voie anglaise, trop privilégiée par l'agronomie des Lumières ; elle diffère aussi des voies « prussienne » et « américaine », dont Lénine, quand il théorisait, faisait ses funestes délices.

Mieux connaître le remodelage terrien du XVIIe siècle, c'est aussi pourfendre une image d'Épinal qui paraissait infrangible : n'est-il pas superficiel en effet de parler, comme on l'a fait si souvent, d'une « trahison » de la bourgeoisie « moderne » ? En investissant ses capitaux, issus du commerce et de la finance, dans la terre et dans l'office, cette classe ci-devant marchande aurait en effet renoncé à sa mission historique d'accoucheuse du capitalisme industriel et commercial, pour se livrer à des activités parasitaires qui font d'elle la grande tondeuse des rentes foncières et la bénéficiaire des sinécures de la monarchie. Or, en fait, acheter l'office, comme le montrera par ailleurs Pierre Chaunu[31], c'est contribuer à bâtir l'État aux moindres coûts, et sans faire trop débourser d'argent par les contribuables, au moins pour les premiers frais d'installation. Acheter le sol, transférer l'épargne vers la glèbe, c'est pour un bourgeois ou un robin se préparer, se « motiver » en un mot, pour faire un jour, sur son nouveau domaine, des investissements qui seront autre chose et davantage qu'un simple transfert de capital : c'est se motiver pour bâtir, pour drainer, pour clôturer, pour garnir le fonds en cheptel ; c'est enfin, dans le cas des vastes concentrations foncières, dessiner l'espace où pourra s'inscrire un jour l'action d'un grand fermier. Rassembler la terre, c'est faire le lit du capitalisme agraire, et c'est poser les bases, lointaines encore, d'une croissance rurale de type moderne. La révolution agricole – en France septentrionale, du moins – eût été peu concevable sans cette révolution foncière préjudicielle, et pas forcément préjudiciable, de très long souffle, étalée sur les XVIe, XVIIe et XVIIIe siècles, et qui culmina probablement au XVIIe siècle. Plus prosaïquement, le remodelage de l'espace agricole est inséparable des économies d'échelle, des entreprises de ravitaillement urbain, et du transfert de la rente foncière vers les villes qui sont les pôles de la modernité. En ce sens, et malgré certains aspects superficiellement archaïques, le remodelage est à la fois cause et conséquence des processus d'urbanisation et de modernisation qui, dès le XVIIe siècle, en dépit de toutes les « crises », sont perceptibles dans le royaume.

Grands *openfields* et anthropologie du territoire

L'opération « remodelage » qui crée à partir des *openfields* « en lames de parquet » quelques *openfields* « mosaïques » est spécialement nette parmi les provinces françaises les plus dynamiques, celles qui s'étendent au nord-est d'une ligne Saint-Malo/Genève. Elle coïncide, dans ses aspects les plus agressifs, avec ces zones de la grande culture que François Quesnay, fils d'un laboureur d'Île-de-France, définira d'une formule célèbre, dans l'article « Grains » de l'*Encyclopédie* de Diderot : « La grande culture est actuellement bornée environ à 6 millions d'arpents de terre, qui comprennent principalement les provinces de Normandie, de la Beauce, de l'Île-de-France, de la Picardie, de la Flandre française, du Hainaut et peu d'autres. »

En ces régions mêmes où sévissent les entreprises des rassembleurs de terres, et où s'épanouiront plus tard les modèles des physiocrates, on trouvera encore en 1955, sur les cartes proposées par l'*Atlas* du sociologue Mendras, la majorité des exploitations de plus de 50 hectares, la masse des fermes qui dépensent plus d'un million de francs par chef d'entreprise, et enfin – corollaire

logique des deux critères qui précèdent – les forts pourcentages
d'ouvriers agricoles. L'usage local, aussi répandu qu'ancien, de la
charrue, du cheval et de sa nourriture favorite – l'avoine sur la
seconde sole de la rotation triennale – facilite dans ces zones (qui,
depuis l'âge gothique, sont à la pointe du progrès agricole) l'implantation des rassembleurs fonciers et de leurs agents complémentaires : les gros fermiers-laboureurs. Un bon équipement
régional en charretiers, charrons et bourreliers-selliers, bref un
artisanat villageois plus développé que dans les provinces arriérées du Centre, de l'Ouest et du Sud, fournit à ces grands laboureurs à chevaux la base technologique qui leur était indispensable.
Dans de tels *openfields* relativement dynamiques – que leur quasi-
monoculture des céréales rendait pourtant spécialement vulnérables aux famines –, le revenu par tête d'agriculteur est-il déjà au
XVIIe siècle, comme il le sera aux XVIIIe et XIXe siècles, un peu plus
élevé, ou disons moins bas, que dans les régions bocagères, montagneuses ou méridionales ? Au niveau de la masse paysanne, rien
n'est moins sûr. Au niveau des exploitants bien ou moyennement
lotis, ce n'est pas exclu : si dépenaillés qu'ils paraissent, les laboureurs moyens, décrits par Le Nain, ont des chevaux, des jattes en
cuivre et des verres à pied, des souliers souvent ; leurs enfants
ont de grosses joues et le torse solide ; les bébés ont de petites
chaussures. Aucun, parmi ces gosses, n'a le ventre ballonné des
rachitiques du ci-devant Tiers Monde.

Au point de vue démographique et social, les régions « pro-
gressistes » du Nord-Est limoneux de la France – de ce grand
Nord-Est « qui inclut l'Île-de-France et le pays de Caux » – opposent leurs structures plus modernes à base de fermage, attesté
autour de Paris dès le XIIIe siècle, au métayage qui sévit encore
dans les bocages occidentaux et dans le Sud occitan. Habitat
groupé des petits exploitants et manouvriers franciliens, fermes
isolées des gros exploitants, champs nus des grandes plaines et
des plateaux individualisent ce Nord-Est et l'opposent, vers
l'Ouest et le Sud-Ouest, aux pays des haies avec ses écarts qui
s'égaillent parmi les boqueteaux. Ce n'est pas l'un des moindres
paradoxes de cette France d'Ancien Régime que le bocage y
devient peu à peu synonyme d'archaïsme dans les esprits et même
dans les faits, alors qu'en pays anglais, l'*enclosure*, cette sœur

jumelle de notre bocage, reste fidèle à sa vieille vocation progressiste, et s'y confond avec les impératifs du progrès de l'agriculture. Pour l'*openfield*, c'est exactement l'inverse ! Les champs
ouverts sont économiquement réactionnaires en Grande-Bretagne ; en revanche, ils demeurent dans la France parisienne et
picarde les pères des hautes productivités agricoles.

La relative arriération des bocages français a bien été sentie par
les hommes de l'époque moderne. Faute de gros noyaux d'habitat villageois, la vie rurale, en effet, s'y désurbanise quelque peu.
La France sauvage commence avec la dispersion, vers l'Ouest et
vers le Sud-Ouest, en vertu d'une antithèse depuis longtemps perçue : *les pauvres paysans espars à la campagne, rustiques au possible et incivilisez logéz* [...] *parmi leurs guerets et pasturages à
l'escart, et les uns hors de la communauté des autres* ne sauraient
prétendre, en effet, au niveau social des habitants des villages qui
*joins ensemble ont estably quelque figure de police pour vivre
plus heureusement les uns avec les autres* [32], écrivait dès 1596 un
gentilhomme gascon, bon connaisseur des pays d'habitat dispersé.

Difficultés des bocages, donc. Dans les *openfields*, au contraire,
le développement appelle le développement : c'est parmi les
champs ouverts du grand Nord-Est que la monarchie, pour des
raisons stratégiques, mais aussi commerciales, implantera au
XVIIIe siècle le réseau dense des routes de poste ; elles achèveront
de conférer à ces régions leur supériorité dans l'économie nationale, et leur aptitude au « décollage ». Aptitude qui reposait du
reste sur de très anciennes réalités : celles-ci sont nées de la vieille
géographie industrielle, enracinée dans le Moyen Âge ; elles sont
nées aussi à une date plus récente du développement de l'industrie rurale, qui distribue désormais des revenus supplémentaires ;
dans l'Amiénois, filature, saieterie [33], industrie des serges et pei-
gnage des laines s'installent progressivement parmi les villages à
partir du milieu du XVIIe siècle. La date clef pour cette indéniable
croissance, bientôt branchée sur les grands trafics vers l'Amérique
espagnole, c'est 1655, et la décennie suivante. L'authentique essor
industriel-campagnard coïncide, ici, avec la récupération d'après-
Fronde (Pierre Deyon). À la fin du XVIIe siècle, les généralités
d'Amiens, de Rouen et de Châlons (Picardie, haute Normandie,
Champagne) auront une industrie lainière dont le produit par tête

d'habitant s'élève à une quinzaine de livres tournois (T. J. Markovitch), soit 50 livres ou même 60 livres par famille et par an[34]. Si l'on considère avec Pierre Goubert que le revenu moyen d'un ouvrier du textile, non qualifié, est de 55 livres par an, on voit qu'en moyenne l'industrie lainière augmentait le revenu de chaque famille picarde, cauchoise ou champenoise d'une somme équivalente au salaire d'un ouvrier du textile. Bien entendu, les moyennes sont trompeuses, et de telles sommes n'étaient pas égalitairement réparties parmi les habitants desdites provinces. Il reste que la performance était remarquable. Au sud de la France, seul le bas Languedoc, Lozère incluse, solitaire foyer industriel, égalait et même dépassait largement ces records septentrionaux. Quant à la façade atlantique, avec ses ports-vitrines et sa superbe viticulture plaquée sur un arrière-pays languissant, elle ne participait qu'assez peu à cette animation industrielle.

La bipartition de l'espace français, avec ses pôles de développement sis de préférence dans le grand Nord-Est limoneux, ou aux abords de celui-ci, est en fin de compte justiciable d'une géographie générale de l'homme – où l'anthropologie physique est un reflet de l'anthropologie alimentaire, voire culturelle, et non l'inverse. C'est devenu un lieu commun de dire que dans notre pays, au cours du premier XIXᵉ siècle encore, la conversion totale à l'écriture sera loin d'être un fait accompli : 48,6 % des conscrits seront illettrés en 1830-1833, et les masses analphabètes domineront largement au sud de la ligne Saint-Malo/Genève, notamment dans le Massif central et en Bretagne. Au contraire, le décrassage culturel sera presque achevé au Nord-Est ; il sera entrepris largement dans le Nord et en Normandie.

Sur ce point, les analyses des sociologues d'autrefois (d'Angeville) ont reçu confirmation pleine et entière, par avance, d'une géographie des périodes plus anciennes. L'enquête Maggiolo-Fleury (1877-1957) démontre que les clivages culturels, matérialisés par l'analphabétisme, sont parmi les plus anciens qu'on puisse imaginer : l'historiographie du savoir et de l'ignorance populaire travaille dans la « longue durée », une longue durée qui, quant au présent livre, intéresse aussi le XVIIᵉ siècle.

Dès Louis XIV, en effet, dans les années 1686-1690, les « deux

France » (que Dupin et d'Angeville diagnostiqueront encore un siècle et demi après l'époque du Roi-Soleil) s'opposent déjà. Sans doute les pourcentages ne sont-ils pas les mêmes : le royaume, au temps de Louvois, compte au bas mot 70 % d'analphabètes mâles, beaucoup plus que sous Louis-Philippe. Mais les grands blocs d'ignorance crasse et de relative instruction sont déjà en place. Les analphabètes louis-quatorziens, en foule compacte, se pressent au midi de la ligne durable qui court du sud du Cotentin au sud du Jura. Au nord de cette frontière, en revanche, les provinces sont passablement alphabétisées. L'ignorance est particulièrement marquée chez les femmes, dont 14 % seulement savent signer, contre 29 % parmi les hommes. Mais là aussi les contrastes s'imposent : en 1686-1690, les femmes du Sud et celles des bocages de l'Ouest sont beaucoup plus ignorantes que leurs consœurs du Nord-Est.

Un indice de l'analphabétisme : pourcentage
des marques au total des signatures
au Conseil politique d'Aniane (Hérault)

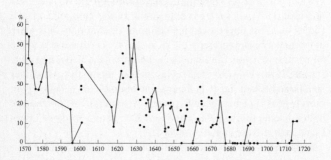

D'après E. Le Roy Ladurie (1966), t. II, p. 1027.

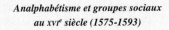

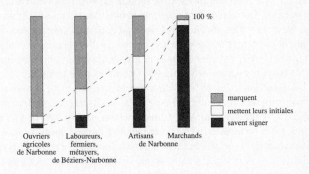

D'après E. Le Roy Ladurie (1966), t. II, p. 1028.

Il y a eu sans aucun doute une première explosion de croissance intellectuelle pendant le XVIIe siècle, même dans les villages ; mais elle ne touche au Nord que la majorité des laboureurs ou exploitants mâles – grands, moyens et même petits ; « 51 % des hommes et 12 % des femmes savent signer leur nom pendant la décennie 1670 à Tamerville (Manche) » ; dans le Midi rural, elle concerne surtout des minorités beaucoup plus minces : élites municipales, clientèles notariales, parmi lesquelles le pourcentage des hommes instruits progresse quand même sensiblement, grâce à des écoles plus nombreuses et à des « pédants » mieux enracinés entre 1570 et 1670.

En ce qui concerne l'anthropologie physique, les travaux les plus récents réfutent, bien sûr, les vieilles sornettes racistes relatives à la prétendue supériorité intellectuelle ou physique, peu importe, des « grands Aryens blonds » du nord de l'Europe et du nord de la France… On savait depuis longtemps, maintenant on sait mieux encore qu'en dépit de certaines permanences génétiques la stature est un caractère instable, exacerbé ou déprimé par les facteurs économiques, socio-culturels, socio-biologiques, tels que l'alimentation, le genre de vie, l'hygiène, la pratique plus ou moins tardive du travail physique, la scolarisation, la rupture ou le maintien des isolats, etc. Dans un ouvrage récent, nous avons montré que les différences géographiques quant à la stature recouvraient *en fait* des différences socio-économiques et des contrastes entre zones plus ou moins développées[35]. Ses conclusions ne valent pas seulement pour le xxᵉ siècle : dès l'époque de D'Angeville et de Villermé, les régions et groupes sociaux plus développés étaient généralement peuplés d'hommes plus grands.

À ce propos, dès 1836, l'*Essai sur la statistique de la population française* d'Adolphe d'Angeville avait proposé la division qui deviendra classique entre zone des hautes tailles (Nord-Est) et zones des statures basses et moyennes (Centre, Ouest, Sud). Le critère choisi est celui du pourcentage de conscrits exemptés pour défaut de taille. Critère insuffisant, sans aucun doute : il faudrait tenir compte aussi des statures des conscrits normaux, non exemptés. Telle quelle, cependant, la carte obtenue sera maintes fois confirmée jusqu'à la fin du siècle par des études anthropométriques, à critères de stature plus complexes et plus raffinés : la ligne Saint-Malo/Genève (avec au nord des enclaves dans le Loiret et dans l'Yonne) sépare au xixᵉ siècle les grands « nordiques » des petits « sudistes » ou « occidentaux ». D'Angeville – l'un des premiers, semble-t-il – signale ce clivage qu'affirmeront et préciseront les travaux de ses successeurs.

Or – et c'est à ce point que les choses deviennent passionnantes pour l'historien de l'Ancien Régime – cette partition régionale est fort ancienne : elle s'affirmait dès 1715-1750. Soit, en effet, 110 hommes du régiment Vivarais-Infanterie, dont on possède les dossiers, sous la Régence et sous Louis XV[36]. Parmi eux, 54 sont nés dans les généralités méridionales (Perpignan, Aix, Montpellier, Toulouse, Auch, Pau, Bordeaux, Montauban). Ils ont en moyenne 1,697 mètre. Le reste, soit 56 soldats, provient des généralités du grand Nord-Est (Lille, Valenciennes, Amiens, Soissons, Châlons, Metz, Alsace) : la taille moyenne de ce second échantillon est de 1,716 mètre. La différence atteint presque 2 centimètres (19 millimètres), au profit des Septentrionaux : cet écart est significatif, puisqu'on le retrouve identique à lui-même à l'intérieur des diverses compagnies dont est composé ce régiment.

En 1763, on dispose d'un échantillon beaucoup plus large : 7 000 soldats dont 5 000 Français et 2 000 étrangers. Le sondage national n'est pas complet, puisque certaines provinces ne sont pas représentées parmi les lieux d'origine de ces 5 000 hommes : la Normandie, notamment, est absente. Cependant, des clivages très nets apparaissent, les mêmes en fin de compte qu'en 1715, 1830 ou 1860. Les hommes de haute stature (supérieure à 1,718 mètre) viennent des généralités d'Amiens ou de Valenciennes, des Trois-Évêchés, d'Alsace et aussi d'Allemagne. Les hommes de taille moyenne (dont la stature est comprise entre 1,710 et 1,718 mètre) sont Provençaux, Dauphinois, Italiens aussi. Enfin, les « petits hommes » (moins de 1,710 mètre) se recrutent avec prédominance en Auvergne et Bretagne et dans les généralités de La Rochelle, Toulouse, Montpellier, Perpignan. Les Bretons et les Auvergnats sont les plus petits dans ce troisième groupe.

Ces résultats statistiques sont d'autant plus intéressants que les soldats de l'Ancien Régime sont des engagés, des « volontaires », acceptés par l'armée royale à condition qu'ils soient de haute stature. Les chefs de corps et les racoleurs sélectionnent, dans ce « vivier » national qu'est la jeunesse masculine, les individus dont la taille est la plus élevée : beaucoup d'officiers sous Louis XV ou Louis XVI ont la folie des hommes grands. Or, en dépit de cet écrémage préférentiel, les différences régionales des grands aux moins grands, du nord-est au sud-ouest, se retrouvent nettement marquées, jusque dans cet échantillon des « géants » réservés au recrutement militaire du XVIIIe siècle.

Autant dire que la répartition des faits de stature, cartographiée pour la première fois par d'Angeville, était mise en place sur le terrain, bien avant d'avoir été formulée par cet auteur. Sous l'Ancien Régime, le Nord-Est développé se trouve être en fin de compte (pour des raisons profondes qui tiennent à son niveau de vie moins bas, à sa nourriture plus convenable) producteur d'hommes moins ignares et d'individus moins rabougris.

Les facteurs de développement dans la France du Nord-Est et des limons sont à l'œuvre depuis le Moyen Âge, aussi bien qu'aux XVIe et XVIIe siècles ; ils ne se sont pas traduits (on l'a vu grâce à l'exemple des céréales) par une croissance économique de type spectaculaire, en forme de « décollage » définitif, dans le monde rural (encore qu'autour de Paris, du fait de la présence d'une très grande ville en rapide expansion, des phénomènes d'essor matériel de ce type, sous l'impulsion de la demande urbaine, s'avèrent incontestables). Mais, dans l'ensemble, les facteurs privilégiés de développement, siégeant au nord-est de la ligne Saint-Malo/ Genève, ont stimulé, d'une part, une première vague de croissance intellectuelle (1500-1680) par investissements scolaires, et par alphabétisation d'une partie des paysans; et, d'autre part, un premier remodelage de l'espace rural, remodelage douloureux, mais économiquement prometteur : les famines du Bassin parisien au XVIIᵉ siècle, rares et impressionnantes, ne doivent pas faire oublier ces transformations de long souffle ou à longue portée de nos grandes régions céréalières ; transformations qui sont à mettre au crédit des XVIᵉ et XVIIᵉ siècles, envisagés dans leur ensemble.

Les prélèvements

Après cette étude « horizontale » de l'espace rustique étalé à plat devant l'historien et saisi dans ses modalités foncières puis anthropologiques, on doit en venir une fois de plus à l'analyse de l'économie vue en coupe, dans son épaisseur verticale, stratifiée en rentes, salaires et profits. Cette analyse sera brève, car au cours des précédents chapitres bien des choses ont déjà été dites à ce propos.

Premier problème : le XVIIᵉ siècle, dans le courant de ses deux premiers tiers, est-il vraiment un âge d'or de la rente et des prélèvements de toutes sortes, effectués « sur le dos » des paysans ?

En ce qui concerne le Languedoc – qui constitue au sud l'un de nos points d'observation favoris –, aucun doute : sous la forme du fermage, le prélèvement de la rente foncière y passe de 1,5 hectolitre de grain à l'hectare vers 1550 (moins que la semence) à 3 hectolitres à l'hectare, ou parfois même davantage, vers 1630-1650-1670. Ces accroissements sont obtenus : soit par une hausse directe du fermage ; soit, seconde solution qui n'exclut pas nécessairement la précédente, par l'octroi, comme nous dirions, de

reprises, pots-de-vin, pas-de-porte ou dessous-de-table extrêmement substantiels, que le fermier donne à son propriétaire en début
de bail, afin de pouvoir jouir de son afferme.

Dans la région parisienne, la hausse de la rente foncière au
XVIIe siècle est probable, comme dans le Midi, par rapport au
XVIe siècle. L'une des courbes les plus remarquables – puisque
calculée à l'unité de surface – semble confirmer les indications du
Languedoc : relative aux fermages de Notre-Dame de Paris [37],
cette courbe, due à Jean-Paul Desaive, indique des loyers qui se
tiennent autour de 0,6 setier à l'arpent pendant la seconde moitié
du XVIe siècle (2,34 hectolitres à l'hectare), et 0,12 setier à l'arpent
(4,68 hectolitres à l'hectare) entre 1640 et 1690. Soit une hausse
en pourcentage de + 100 %. Hausse qui serait comparable, donc,
à celle qui est enregistrée dans le Midi.

Cependant, ce travail de Jean-Paul Desaive ne saurait faire préjuger du comportement d'ensemble de la rente foncière dans la
région parisienne. Je me référerai une fois de plus, à ce propos,
aux recherches de Jean Jacquart : celles-ci ont montré que, dans de
nombreuses propriétés foncières, les fermages en grain résistent
remarquablement aux diverses crises du milieu du XVIIe siècle. Ils
ne fléchissent qu'assez peu, et momentanément, pendant la crise
de la Fronde, et ensuite, seconde flexure, pendant le marasme des
rentes foncières qui accompagne la famine de 1661-1662. Et puis
très vite, après 1653, et surtout après 1663, les fermages en grain
des propriétés foncières récupèrent leur niveau d'avant-Fronde ou
d'avant-famine.

Mais la bonne tenue de ces fermages, leur résistance à
l'épreuve, ou même leur santé vigoureuse, ne sont pas nécessairement synonymes d'une croissance de leur part, dans le très long
terme. Chaque fois qu'il a pu comparer de siècle à siècle, Jean
Jacquart trouve un niveau de rente foncière en nature qui n'est
pas supérieur, vers 1640-1670, à son homologue des années 1550.
À Boissy, exemple parmi bien d'autres, le fermage était en
moyenne de 0,72 setier/arpent (2,8 hectolitres à l'hectare, soit un
peu plus que la semence) à son apogée de 1560. Il se dégrade lentement pendant les guerres de Religion et il tombe à un minimum
de 0,38 setier/arpent en 1595-1599. Il remonte ensuite légèrement,
oscille entre 0,44 et 0,50 setier/arpent entre 1600 et 1639. Il

culmine entre 1640 et 1644 à 0,75 setier/arpent et il retrouve ainsi son niveau de 1550-1560. Toujours d'après Jean Jacquart, les rentes foncières ou fermages à court terme, en argent, des propriétés sises dans d'autres villages du Hurepoix indiquent, une fois déflatées, que ce type de revenu est ensuite retombé (un peu, pendant la Fronde) pour récupérer après 1663 le niveau de 1640-1644, ou de 1560-1564. Mais sans jamais dépasser, sous Colbert, ce plafond multiséculaire et sans croissance[38]. À croire que l'état de l'économie n'autorisait pas partout une forte expansion des fermages. Et, même si la production agricole augmentait ou récupérait quelque peu, la démographie, elle, du fait même de sa relative inertie, ne contribuait guère à stimuler la demande de terres, facteur décisif de hausse des rentes. Enfin, et peut-être surtout, les coalitions de la classe fermière, qui joueront au XVIIIe siècle un rôle si favorable aux preneurs, freinaient probablement, dès 1665-1675, toute hausse exagérée des fermages au sud de Paris. L'évolution constatée à Boissy ne diffère pas en tout cas de celle qu'a rencontrée Jacquart dans les régions voisines du Hurepoix. Ne plaignons pas trop les fermiers de cette zone : ils savent se défendre contre la conjoncture, et contre leurs bailleurs.

En Poitou aussi, en dépit d'un mode de prélèvement tout autre, à base de métayage et non plus de fermage, la rente foncière est en voie de plafonnement, voire de déclin, dans la seconde moitié du XVIIe siècle : le métayage très dur et lourd (le « terrage », comme dit Louis Merle) qui fut mis en place dans cette province après 1550 se maintient, sans plus, sans désormais s'aggraver particulièrement, pendant la première moitié du XVIIe siècle. Il tend même à se radoucir un peu (donc, la rente foncière, à baisser) avec la récession rurale qui paraît se préciser en Poitou vers 1650.

Concluons sur la rente foncière : l'ensemble des données que nous possédons, fragmentaires encore, tend à indiquer qu'elle a continué de s'alourdir en Languedoc et en Lyonnais, qu'elle a plafonné ou diminué dans diverses régions plus septentrionales ou occidentales (Namurois, Poitou), tandis que les campagnes parisiennes, où les données sont parfois conflictuelles, constitueraient un cas intermédiaire.

Le revenu propriétaire, à base de fermages, est donc lourd, mais pas toujours alourdi, tant s'en faut, pendant le XVIIe siècle. Ce manque de dynamisme caractérise aussi les droits seigneuriaux : en tant que tels, ils demeurent de toute façon généralement minimes quand ils sont payables en argent. Ils sont légèrement amoindris par la modeste inflation de la première moitié du XVIIᵉ siècle, puis ils sont consolidés « au plancher », c'est le cas de le dire – par la déflation Colbert.

La dîme, elle, reste pesante comme par le passé. Elle est désormais consciencieusement payée. Le siècle des saints a mis fin aux grèves décimales – grèves des paysans, perlées ou contestataires ; grèves des nobles, insolentes et réfléchies. Les décimables sont redevenus bons payeurs. En ce sens, la dîme se regonfle à l'âge classique, et contribue, puisqu'elle est l'un des pactoles de la classe propriétaire (en tout cas, cléricale), à l'instauration ou confirmation d'une Belle Époque de la rente, qui dure jusqu'au-delà de 1600, jusqu'aux lendemains mêmes de la Révocation. Mais, dans ce domaine également, il convient de ne pas majorer les possibilités d'accroissement de la ponction cléricale. Rien n'indique que, globalement, les taux de la dîme (9 %, 10 %, 11 %, ou plus, ou moins selon les lieux) aient été plus élevés en 1640 ou 1665 qu'ils ne l'étaient vers 1550. Quant à la comparaison que nous avons instituée *(supra)* entre le produit des dîmes vers 1550 et ce même produit vers 1660, elle n'indique pas, loin de là, qu'il y ait d'un siècle à l'autre accroissement ou alourdissement de ce produit. Sauf cas régionaux, importants certes mais qui ne sont pas représentatifs de l'ensemble. À ce point de vue, comme on l'a noté précédemment, ce serait plutôt la stabilité biséculaire qui serait la règle – règle largement confirmée… par les « exceptions » locales que nous avons rencontrées çà et là.

Quant au poids des dettes, et de la « rente d'argent », son évolution est complexe. En ce qui concerne le Languedoc (où le mouvement des taux d'inflation, et *a fortiori* des taux d'intérêt des rentes constituées, est très comparable à ses homologues des autres provinces), j'avais calculé dans un précédent ouvrage (1966) que, compte tenu de la hausse des prix, un capital de 100 livres prêté vers 1550 représentait encore 30 livres en « équivalent-blé » vers 1600 ; tandis que l'intérêt *réel*, également rogné par l'inflation, tombait, lui, simultanément de 10 % à 3 %. Pendant la période précédente (1500-1550), l'inflation des prix, déjà très marquée, avait eu, déjà, des conséquences analogues ; elle avait laminé capital et rente d'argent, en dépit de la fixité *apparente* des taux d'intérêt. Dans l'ensemble, on le sait bien, c'est tout le XVIᵉ siècle qui se caractérisait par un allégement du crédit, et par la situation plus facile qui était faite aux débiteurs.

Après 1600, de 1600 à 1650, pendant une période d'inflation moindre, un capital de 100 livres perd seulement le tiers de sa valeur ; alors qu'au cours du demi-siècle précédent cette baisse avait été de plus des deux tiers.

Quant au taux d'intérêt, on doit reconnaître, à l'actif des ministres de l'époque, qu'il avait été baissé de façon autoritaire après 1600 ; et cela précisément – au cours d'une phase de baisse des prix momentanée – afin de venir en aide aux débiteurs ; et afin, entre autres, de tirer les petits nobles, cousus de dettes, du pétrin où les avait jetés la déflation des prix d'après 1600. En se comportant ainsi, le ministère avait agi, somme toute, à la façon de nos hommes d'État actuels quand ils baissent le taux de l'escompte : Henri IV et Sully avaient encouragé l'investissement, desserré le robinet du crédit et stimulé l'expansion (ou du moins la récupération). Précurseurs de Keynes eux aussi, les gouvernements contemporains de la Fronde et de l'après-Fronde, puis de l'expérience Law (à l'inverse de Colbert qui sur ce point sera le défenseur pur et dur des rentiers), baisseront à leur tour le taux d'intérêt vers 1650 et 1720.

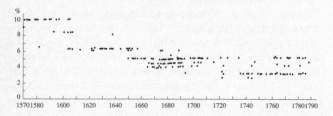

Taux d'intérêt : région de Béziers,
Montpellier, Narbonne

D'après E. Le Roy Ladurie (1966), t. II, p. 1024.

Pour en revenir cependant au commencement du XVIIe siècle, ce taux *(nominal)* d'intérêt baissé, consolidé légalement à 6,25 % pendant la première décennie du XVIIe siècle, cesse par la suite, pendant une cinquantaine d'années, d'être joyeusement érodé par l'inflation, comme c'était le cas au temps des taux apparemment plus élevés du XVIe siècle. De 1550 à 1600, les taux *réels* tombaient *de facto* – par le simple jeu de la hausse des prix – de 10 % à 3 %. De 1600 à 1650, ces processus d'érosion, désormais assagis, continuent à rogner les taux d'intérêt *réels*, mais dans une mesure bien moindre : ceux-ci, calculés en un bien réel tel que le blé, ne baissent plus que de 6,25 % à 4,1 %. Après 1650, les taux d'intérêt *légaux* baisseront un peu, déclinant par ordre du roi aux environs de 5 %. Mais, puisque ultérieurement toute inflation cesse – par exemple en Languedoc, entre 1653 et 1689 –, puisque des processus de déflation s'installent en France entre 1650-1665 et 1675-1689, il en résulte que les emprunteurs perdent toute chance, au moins pendant une trentaine d'années, de voir s'exercer sur leurs dettes (capital, intérêts et tranches d'amortissement) le moindre grignotage inflationniste. Pris dans son ensemble, le XVIIe siècle a bien été le purgatoire des débiteurs. Dans la moitié sud de la France, Languedoc et Dauphiné, où ces problèmes ont été plus particulièrement étudiés par les historiens (d'après Bernard Bonnin), il apparaît que les communautés paysannes sont devenues, par suite des frais de peste et de logement des gens de guerre, ou bien à cause de leur propre imprudence et de la bêtise des consuls, la cible favorite des gros prêteurs, lesquels se recrutent essentiellement parmi les classes déjà propriétaires, ou aspirant à l'état de propriétaire, vers 1620-1700. Le « service de la dette » a obligé plus d'un village dans l'Alpe dauphinoise ou dans l'actuel Hérault à s'auto-imposer, fiscalement, le dixième ou le quinzième des récoltes ; ou bien à faire vendre les propriétés de la commune ou même celles des particuliers ; celles-ci étant quelquefois rachetées, à bas prix, par les créanciers eux-mêmes, devenus pour la circonstance rassembleurs de terres.

Le salaire agricole

Dîme, rente foncière, rente de capital-argent… la charge (« non fiscale ») pesant sur le paysan, mulet de l'élite, avant d'être mulet de l'État, semble donc s'être largement maintenue, peut-être même s'être parfois substantiellement accrue, de 1550 à 1660-1670.

Qu'en est-il cependant des revenus paysans eux-mêmes ? Du fait même de la rigidité du produit agricole (au moins dans le secteur céréalier, car dans le secteur viticole on constate, heureusement, davantage d'élasticité biséculaire[39]), le pronostic d'ensemble n'est pas très favorable pour la masse des petits travailleurs du grain, qui, exploitants et salariés, forment le fond de la population de nos campagnes. Je partirai, dans cette analyse – du reste fort incomplète, faute de recherches exhaustives sur le sujet –, d'une étude du salaire agricole, revenu de base de certains groupes inférieurs du monde rural, et composante essentielle du budget de dépenses des exploitants gros et même moyens.

Le problème était d'obtenir (ou de prolonger…) pour les deux premiers tiers du XVIIe siècle ce que nous possédions déjà pour le XVIe : à savoir les séries longues des salaires vraiment et purement agricoles (et pas seulement des gages de maçons ou de charpentiers…). Ces séries authentiquement rustiques, nous les possédons désormais pour la région parisienne, grâce au livre de Jacquart. Nous avons les rémunérations des hotteurs ou des coupeuses de raisin ; mais surtout une gerbe magnifique de salaires à l'arpent : façon de l'arpent de vigne, de l'arpent d'avoine ; façon de l'arpent de méteil, « à quatre labours et ensemencé » ; fauche de l'arpent de pré, de blé, d'avoine… Moyennés entre eux, déflatés par le prix du grain, ces salaires indiquent d'abord la chute bien connue et prévisible de la rémunération réelle au XVIe siècle : de 1495 à 1535 environ, dates rondes, le « gage à l'arpent » est amputé des deux tiers de son pouvoir d'achat en céréales. Puis pendant une quinzaine ou une vingtaine d'années, depuis 1535 jusqu'à la décennie d'avant 1560, un palier semble être atteint. On retient son souffle. On a l'impression que le mauvais sort est conjuré, que l'irrésistible glissade va enfin s'arrêter… Impression justifiée en ce qui concerne les salaires urbains, parisiens en tout cas : ceux-ci (voir les maçons de Micheline Baulant) devaient finalement se stabiliser à peu près, entre 1540 et 1720, à leur niveau, certes déprimé déjà, de 1540. Les crises tragiques mais courtes de la Ligue, de la Fronde et de la fin du règne de Louis XIV allaient constituer simplement de brèves plongées sans lendemain en dessous de ce niveau bas, mais dorénavant acquis dans le long terme. Hélas ! les salaires agricoles *réels*, eux, ne bénéficient pas de cette stabilisation qui, en fin de compte, aurait constitué pour eux le moindre mal. Ils reprennent et continuent leur décadence après 1560. Vers 1585-1595, pour des raisons évidentes, ils tombent au fond de l'abîme, et ils se situent désormais, en équivalent de blé, aux 14 ou 15 % (un septième !) de leur pouvoir d'achat maximal des alentours de 1495. Vers 1602, ils remontent ; et cette légère remontée depuis le fond de l'abîme déclenche les cris d'orfraie des fermiers-employeurs, et des propriétaires du sol, expressément allergiques et coalisés vis-à-vis de la main-d'œuvre des domaines. Les salaires précités se tiennent dorénavant, toujours en équivalent-grain, aux environs de l'indice 100, contre l'indice 160 vers 1530-1550 ; et contre l'indice 550 vers 1495. Désormais, ils ne bougeront plus beaucoup, et ils se stabiliseront autour de cet indice 100 ou 110 entre 1602 et 1655 ; avec une petite remontée à l'indice 123 vers 1665-1666, pendant les années de bas prix du grain, et de démographie encore un peu flasque, au cours desquelles l'offre de bras est légèrement anémique. Le xviie siècle, du moins pendant ses deux premiers tiers – les seuls que nous connaissions bien à ce point de vue –, nous apparaît ainsi autour de Paris comme une assez longue période de stabilité des gages ruraux par opposition aux gigantesques effondrements du xvie siècle. Mais cette pénéplaine salariale, niveau de base déprimé de l'âge classique, s'accompagne, par voie de conséquence, d'une assez durable et redoutable austérité prolétarienne. Nos documents sont formels à ce propos. Les séries salariales qu'a exhumées Jean Jacquart et que nous utilisons ici sont en effet très représentatives du monde agricole, puisqu'elles intéressent tout à la fois ces manouvriers d'élite que sont les faucheurs et aussi quantité de petits laboureurs : ceux-ci (devenus salariés ou demi-salariés pour joindre les deux bouts) louent, à tel ou tel gros confrère, leurs bras, leur savoir-faire, leurs charrues et leurs attelages ; ils fournissent en outre, de leur cheptel, le fumier afin de préparer au mieux l'arpent de terre de leur employeur. Or ces gens, de 1600 à 1655, sont rémunérés de façon constante à un taux qui non seulement est très inférieur à celui du beau XVe siècle salarial en ses ultimes décennies, mais qui même n'atteint pas (il s'en faut de 30 à 35 % !) la rémunération – déjà paupérisée – qu'on avait enregistrée autour des années 1550. La situation du « rustique » est à peine moins fâcheuse dans la France du Sud (voir *infra*). Manifestement, tandis que les prélèvements de la classe propriétaire (dîme, intérêt, rente foncière, et aussi et surtout ponction fiscale) se maintiennent ou même, dans le cas de l'impôt, s'accroissent, plantureuses, le niveau de vie du bas peuple rural – manouvriers et petits laboureurs – est coutumièrement plus bas au premier XVIIe siècle qu'il ne l'était au milieu du XVIe, à une époque qui déjà n'était pas tellement brillante pour les travailleurs. Il est vrai que, dans ces conditions, les laboureurs aisés ou riches, gros employeurs de main-d'œuvre, point accablés du tout par les charges salariales amoindries, peuvent plus aisément faire face tant bien que mal à une dîme maintenue, à un fermage quelquefois grossi, à un poids du fisc allègrement doublé par les soins de Richelieu, puis Mazarin. La situation s'aggrave néanmoins de façon réelle pour les entrepreneurs de culture dignes de ce nom au moment de certains travaux de pointe (les salaires des hotteurs de vendanges et coupeuses de raisin semblent en effet s'être mieux maintenus ou moins détériorés que les autres gages) ; elle s'aggravera aussi à la fin de notre période, quand la légère revalorisation salariale de l'époque Colbert viendra rogner les revenus parfois insuffisants du fermier.

Quoi qu'il en soit, aux « étages en dessous », en dépit de ces nuances marginales ou finales, il y a bien marasme persistant des rémunérations que perçoivent dans le Nord parisien les salariés ruraux, les « façonniers » et les tout petits exploitants agricoles. Un tel marasme contribue à expliquer certains traits caractéristiques du XVIIe siècle, et notamment la démographie souffreteuse et même déclinante qu'on y rencontre à chaque pas. Peut-être aussi permet-il de comprendre ou de résoudre certaines contradictions qui, outre-Manche, ont embarrassé les historiens ruraux. D'un côté, les études classiques qui sont relatives aux salaires anglais depuis Thorold Rogers démontrent en Grande-Bretagne aussi la paupérisation des journaliers dans les Temps Modernes. Mais, d'autre part, un semis serré de constructions agraires – fermes, granges, etc. –, symbolisé par le *rebuilding of rural England*, sous Élisabeth et les Stuarts, semble témoigner concrètement d'un état de prospérité florissante des campagnes qui contraste avec l'abstraction déplorable des courbes salariales, affirmant, elles, la paupérisation absolue… Alors, faut-il brûler les archives des gages, comme coupables d'un péché contre le concret et contre l'évidence de la pierre ? Pour l'Angleterre, je ne saurais trop quelle réponse faire à cette question. Mais en France, pays plus dur, plus pauvre, plus surpeuplé que la grande île voisine, de telles contradictions se laissent assez facilement éclaircir : d'un côté, on assiste bien, culminant sous Louis XIII, à un *rebuilding of rural France*, à une floraison de fermes et châteaux, réalisée au profit et par les profits des classes propriétaires, solidement campées sur leurs grands domaines remembrés. Mais – et ceci explique peut-être cela – cette mutation propriétaire et bâtisseuse s'est faite *aussi* grâce à un transfert de richesse, lequel implique en l'occurrence une polarisation de la pauvreté. Les analyses que Marx a données à ce propos dans *Le Capital* étaient peut-être paradoxalement plus vraies pour le XVIIe siècle que pour la seconde moitié du XIXe. Le *rebuilding of rural France* a été payé, entre autres ressources, par un assez long paupérisme de la classe manouvrière et des petits laboureurs au fond des campagnes. Comme le disaient dès 1595 les Croquants du Périgord, en parlant, non sans simplisme, des profiteurs urbains qui les tondaient : *notre ruine est leur richesse*.

Ces conclusions, cependant, valent surtout pour la moitié nord du royaume. Dans le Midi languedocien de la France aussi, la paupérisation salariale enregistrée au XVIe siècle reste un fait acquis pendant la première moitié du XVIIe siècle, d'après les différents types de salaires : en argent, mixtes, ou versés sous forme totalement non monétaire (il s'agit dans ce dernier cas des gages en pourcentages de récolte, perçus par les équipes de moissonneurs et de dépiqueurs). Tout au plus note-t-on une certaine hausse de la ration de viande des domestiques des fermes ; rompant avec le long carême des guerres religieuses, elle retrouve un niveau moyen entre 1600 et 1640 (mais cette ration retombera ensuite pendant les chertés du milieu du XVIIe siècle). Dans l'ensemble, il apparaît qu'en Languedoc le XVIIe siècle salarial (jusque vers 1670) est moins rude et se défend un petit peu mieux que ce n'est le cas dans la région parisienne : le *poudaïre* de la région de Montpellier-Béziers (autrement dit, l'ouvrier qui taille la vigne), touchait vers 1535, au terme d'une première grande vague de paupérisation salariale, un gage journalier en monnaie qui, calculé en pouvoir d'achat céréalier, équivalait à 6,6 litres de froment par jour. Contre probablement 10 à 11 litres « d'équivalent-froment » pour le même travail de vigne, vers 1480-1500, au temps de l'« intervalle doré des salaires ». Or en 1583, la paupérisation salariale s'est accentuée (par suite de l'inflation, et par suite surtout des guerres et du paupérisme qui accompagne celles-ci). Le *poudaïre* ne touche plus que l'équivalent de 4,0 litres de froment par jour. En 1601, les choses s'améliorent, le voilà qui remonte à 5,9 litres d'équivalent-grain, soit les 90 % du niveau de 1535. La récupération du niveau encore tolérable de 1535 est donc, vers 1600, bien plus complètement achevée en Languedoc qu'elle ne l'est dans la région parisienne. Mais, par la suite, cette récupération n'ira pas plus loin ; elle fera même place à une légère rechute. Pendant la décennie 1630, le *poudaïre* ne gagne, en année commune, que l'équivalent de 5,3 litres de froment ; et le même chiffre exactement pendant la décennie 1640. De 1630 à 1650, le *poudaïre* languedocien perçoit donc une rémunération monétaire qui, en pouvoir d'achat céréalier, n'atteint que les 80,3 % de ce qu'elle était vers 1535, à une époque où pourtant la paupérisation avait déjà mangé une forte tranche du « gâteau » salarial. C'est seulement pendant la décennie 1660 que le *poudaïre* de Languedoc verra son salaire se revaloriser légèrement, grâce à la déflation des prix sous Colbert.

Venons-en maintenant au cas des domestiques de ferme (charretiers et laboureurs) – laissons de côté la fraction « nature » de leur salaire, qui se dégrade en qualité aux XVIe et XVIIe siècles, tout en conservant, côté nourriture, sa puissance en calories. Quant à la fraction-argent de ce salaire annuel, déflatée en équivalent-grain, elle était à l'indice 100 vers 1560, contre un indice un peu supérieur à 200 vers la fin du xvᵉ siècle. Vers 1635-1645, ce salaire en argent des domestiques de ferme, calculé en équivalent-grain, est à l'indice 101,5 : il n'y a donc pas d'amélioration, pratiquement, par comparaison avec la situation déjà paupérisée qu'on rencontrait avant les guerres civiles. Mais pas d'aggravation non plus. Vers 1655, cependant, le salaire monétaire de ces catégories (charretiers et laboureurs), déflaté de la même façon que précédemment, tombe à l'indice 65,5, en même temps que s'effondre à nouveau, comme on l'a vu déjà, leur ration de viande. Cette fois, en cette triste époque de la décennie 1650, on se retrouve momentanément, en Languedoc aussi, dans une situation de type parisien :

Décennie 1650-1660, en Languedoc.
Baisse du salaire en grain ou en équivalent-grain
par rapport à la période d'avant les guerres civiles

		Par rapport à
Salaire global du *poudaïre*	-19,7 %	1535
Salaire (monétaire) du laboureur		
et du charretier	-34,5 %	1560
Salaire du moissonneur	-18,8 %	1555

En bref, les deux premiers tiers du xviiᵉ siècle voient des salaires agricoles qui en Languedoc sont – selon les décennies – égaux ou inférieurs et qui en région parisienne sont souvent inférieurs au niveau déjà diminué qui avait été le leur au xviᵉ siècle pendant la dernière génération d'avant les guerres civiles. On conçoit que cette situation somme toute malsaine, en pays d'oïl comme en pays d'oc, ait accru les difficultés de subsistances et qu'elle ait aussi « aiguisé » de temps à autre un mécontentement qui pour diverses raisons se tournait non pas contre les employeurs, mais contre le fisc.

Salaires ruraux réels (déflatés en grain) dans la région parisienne

Année	Moyenne générale	Fauche de l'arpent de pré	Fauche de l'arpent de blé	Fauche de l'arpent d'avoine	Prix de la façon de l'arpent de terre	Arpent méteil à 4 façons et ensemencé	Arpent de vigne
1) 1495	= 557,1		1495 = 557,1				
1) 1515	= 306,6		1515 = 306,6				
2) 1530-1540	= 163,3	1540 = 158,62	1530 = 162,0				
5) 1550	= 161,1	1552 = 166,9	1550 = 175,6	1550 = 130,2	1550 = 195,1		1550 = 137,5
1585	= 83,0				1585 = 92,6	1585 = 73,37	
1590-1595	= 69,3					1595 = 85,99	1590 = 52,66
1601-1606	= 102,6	1601 = 62,47	1606 = 100	1601 = 107,84	1605 = 120,4	1605 = 101,22	1605 = 113,7
1615-1619	= 110,5	1619 = 100			1615 = 120,4	1615 = 101,81	1615 = 119,9
1625-1628	= 92,4			1628 = 100	1625 = 90,49	1625 = 95,99	1625 = 83,30
1635	= 96,0				1635 = 89,09	1635 = 102,19	1635 = 96,74
1645	= 104,5				1645 = 118,95	1645 = 82,76	1645 = 111,80
1655	= 109,1				1655 = 94,15	1655 = 121,16	1655 = 112,10
1665-1666	= 123,3	1665 = 86,9 1666 = 128,0		1665 = 144,4	1665 = 139,7	1665 = 120,33	

Indice 100 (1606-1640)

D'après J. Jacquart (1974), passim.

On possède ainsi, au Nord comme au Sud, des éléments d'histoire sérielle du *trend* salarial. Qu'en est-il cependant de la situation du groupe social qui domine et qui emploie les salariés – je veux parler des fermiers-laboureurs ? Jacquart, à ce propos, a construit un modèle « céréalier-viticole », relatif au budget d'une grosse ferme de la région parisienne pendant la première moitié du XVIIe siècle. Il s'est donné plusieurs variantes temporelles (bonne, moyenne, mauvaise année). Sa conclusion, solidement motivée grâce à une évaluation des coûts salariaux et des fermages et charges diverses, c'est que le fermier qui se contente de faire pousser son froment et son raisin ne peut pas, en règle générale, dégager de véritable excédent. Pour se tirer d'affaire – et il est de fait que beaucoup de fermiers ont dû se tirer d'affaire, à défaut de quoi le système lui-même se serait écroulé –, notre homme doit, ou bien vivre comme un pauvre hère, en dépit de l'importance de ses avoirs mobiliers qui, théoriquement, font de lui un petit « capitaliste ». Ou bien dégager des ressources d'appoint, en pratiquant des charrois, des coupes de bois, des affermes de dîmes, etc. Ce dont les riches laboureurs, en effet, ne se privent guère. En fait, et plus généralement, l'exploitant suffisamment important pour être employeur de main-d'œuvre « s'en tire » en comprimant au maximum les frais de salaires, aux dépens du pauvre monde. Comme d'autre part il est lui-même sévèrement tondu par le propriétaire, par le décimateur et par le créancier, sans parler du collecteur d'impôts, il lui reste tout juste de quoi vivre, et pas grand-chose pour jouir de la vie. Pas d'excédent bien notable, sauf dans le cas des malins, des fraudeurs du sel, ou des très opulents fermiers-laboureurs. Bien souvent, au contraire, on est déficitaire, endetté ; le temps béni n'est pas venu encore où, grâce à Law, on passera l'éponge sur les dettes. Les paysans de Le Nain, qui ne proviennent sûrement pas de la couche la plus pauvre du monde rural et chez lesquels on note certains signes indubitables d'aisance déjà mentionnés ici, témoignent quand même, par divers indices (médiocrité du vêtement rapiécé, des meubles, de la mise de table), sur quelque petite gêne des laboureurs moyens vers 1630. Une gêne que bien sûr il ne faut pas confondre avec la misère qui accablait les couches les plus défavorisées de la société campagnarde.

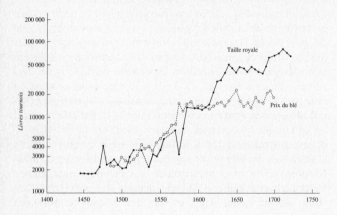

La taille royale à Montpellier

D'après E. Le Roy Ladurie (1966), t. II, p. 1026.

Cette gêne est d'autant plus marquée que le laboureur, comme tout le monde (si l'on entend du moins par « tout le monde » l'ensemble de la roture rurale), doit payer sa quote-part d'impôts. En ce qui concerne la révolution fiscale accomplie par Richelieu à partir de 1630-1635, et qui aboutit à doubler en valeur réelle la charge des impôts sur le paysan (celle-ci passant de 6 % à 12 ou 13 % du revenu agricole brut en Languedoc), Pierre Chaunu dans un autre ouvrage[40] a dit l'essentiel. Je ne voudrais ici qu'évoquer brièvement les réactions qu'induisit cette charge accrue dans la conscience et dans les comportements des paysans.

CHAPITRE V

Révoltes paysannes
et histoire sociale

« Modèles » de révoltes

Accru bien davantage que les autres prélèvements, et donc plus douloureusement ressenti que ceux-ci, l'impôt mobilise contre lui, en effet, par privilège spécial, le ressentiment et la hargne de nos ruraux pendant les deux premiers tiers du XVIIe siècle. Boris Porchnev avait eu, l'un des premiers, le mérite de reconnaître cette situation, et il avait su en extraire, avec un immense talent, toute une substance historique et philosophique. Érudit d'URSS, il cherchait à faire entrer nos révoltes paysannes du premier XVIIe siècle dans le cadre parfois rigide que lui imposaient les idéologies qui fleurissaient alors au « pays du socialisme ». En son point de départ, l'historien russe avait utilisé les archives manuscrites françaises conservées à Leningrad sous le nom de « fonds Séguier ». Les tribulations des contestataires du Grand Siècle s'y trouvaient, dans certains cas, racontées par le menu. Porchnev dépouilla ces dossiers avec un zèle de bénédictin, et il leur appliqua, pour la rédaction de son livre, un schéma de type léniniste, voire postléniniste. Un schéma qui, au vrai, n'était pas tellement proche des modèles marxistes au sens strict du terme : les paysans et les « plébéiens » révoltés contre les impôts de l'Ancien Régime correspondent, selon cette grille porchnévienne, au prolétariat en lutte des XIXe-XXe siècles. La noblesse et les privilégiés, arc-boutés sur l'État monarchique (présenté comme « féodal » ou « nobiliaire » au XVIIe siècle), occupent, eux, une position symétrique à celle du grand capital d'aujourd'hui.

Entre ces deux antagonistes, dressés « à la loyale » l'un contre l'autre, il reste à détecter les « métis sociaux » qui, jouant le double jeu et trahissant leur mission historique, assurent le triomphe final des possédants et font échouer la révolte d'en bas, dont ils auraient dû théoriquement épouser les principaux objectifs. Ce rôle perfide, Lénine le fera jouer, à notre époque, à l'aristocratie ouvrière, et aux « chefs sociaux-démocrates » ; ils sont, selon lui, subventionnés de diverses façons, apparemment honorables, par le surprofit né du capital monopoliste : si l'on en croit le *leader* des bolcheviks, ils ne prennent la direction des masses ouvrières que pour mieux les manœuvrer au profit des puissances d'argent.

En ce qui concerne le XVIIe siècle, Porchnev croit découvrir, lui aussi, la troisième force, qui joue le jeu du pouvoir contre les masses. Cette force, c'est la bourgeoisie d'ancien type et d'Ancien Régime, celle des financiers et des « officiers » de robe. Elle trahit les révolutions populaires – à vocation néanmoins bourgeoise –, alors que logiquement elle devrait en devenir le soutien, et même la tête dirigeante. Elle se fait, à travers les offices et de mille autres façons, la courtisane grassement rétribuée du monarque, des grands et de l'appareil d'État « féodal ». Elle est la Grande Prostituée, digne des représailles des rebelles ; digne aussi des foudres à retardement du marxisme-léninisme. Car elle participe de gaieté de cœur à la répression sanglante des révoltes.

Muni des archives Séguier, muni aussi des tirages à part relatifs aux révoltes, que lui fournissaient dans les recoins des bibliothèques les œuvres d'obscurs érudits du Poitou, du Languedoc et du bas Dauphiné, muni enfin du schéma délicieusement baroque et anachronique que je viens d'évoquer, Porchnev composa un livre fort intéressant. Car peu importait au fond la problématique initiale qui avait servi d'échafaudage à la recherche. Seul comptait le résultat ; seule comptait, au fil des chapitres de Porchnev, cette action populaire des Nu-pieds ou des Croquants, reconstituée, ressuscitée, et toute frémissante de spontanéité. Le livre de Porchnev était léniniste par la forme, mais luxemburgiste par le contenu.

En 1958, cependant, Roland Mousnier s'attaquait à l'argumentation porchnévienne. Il rappelait la contribution discrète mais considérable que les historiens français, depuis Lavisse, avaient apportée à l'histoire des révoltes paysannes au xviie siècle. Il insistait sur les hiérarchies verticales qui, par les liens de clientèle, unissaient les petites gens aux grands seigneurs. Dès 1954, du reste, Mousnier avait souligné, dans les révoltes, le rôle des officiers, des dévots, des gallicans, des aristocrates qui souvent tirent les ficelles des rébellions : ces gens manipulent une « spontanéité » populaire qui serait dans ce cas, si l'on suivait l'historien français, plus apparente que réelle ; « ils incitent sous main à l'émeute ».

Ainsi se nouait un débat qui n'a pas cessé de renaître. En 1965, Alexandra Lioublinskaïa publiait en URSS une étude sur l'*absolutisme*. Elle y rappelait le caractère fortement bourgeois et même capitaliste de l'État monarchique français : on ne pouvait, dans ces conditions, si l'on admettait le raisonnement de l'historienne soviétique, assimiler cet État au monstre féodal et désuet qu'avait forgé Porchnev pour les besoins de sa théorie.

En France même, Mousnier et ses élèves continuaient leurs investigations ; ils dressaient peu à peu le catalogue et la chronique, richissime en données nouvelles, des révoltes campagnardes du xviie siècle. Dans ses *Fureurs paysannes*, Mousnier proposait, de surcroît, une théorie du *péché originel* comme « cause profonde des séditions », théorie qui par son universalité même se prêtait difficilement à une confirmation par les archives. Sur un plan plus factuel, cependant, il esquissait dans son livre un pas en direction de Porchnev, en direction de ce qu'il y a de plus valable chez Porchnev. Il admettait, implicitement au moins, une assez large dose de spontanéité populaire dans les soulèvements. Même quand ceux-ci, en fin de compte, étaient, selon l'historien des *Fureurs*, manipulés de haut par les notables et par les puissants. Cette « porchnévisation », inattendue chez Roland Mousnier, était bénéfique et justifiée.

C'est dans un tout autre domaine, cependant, imprévu lui aussi, qu'allaient s'effectuer quelques progrès décisifs du côté de la problématique des prises de conscience. En 1960, Paul Bois publiait sans tapage ses *Paysans de l'Ouest*. Ses conclusions valaient pour la fin du xviiie siècle, pour la Chouannerie. Mais, s'appliquant à une entité régionale très traditionnelle, elles avaient un niveau de généralité qui permettait de les tester, par méthode régressive, à propos de périodes plus anciennes. Paul Bois, en effet, découvrait parmi les peuples des bocages de l'Ouest une société profondément et purement paysanne, ou presque. Elle était relativement homogène ; les différences entre gros laboureurs et manouvriers n'y avaient pas le caractère aigu qu'elles revêtaient plus au nord et surtout plus à l'est dans les *openfields* de la grande culture. La société paysanne du Maine avait montré, par ses cahiers de 1789 et par ses réactions chouannes de 1794, qu'elle était capable de faire feu de toutes ses pièces, à partir des places fortes villageoises, contre l'ennemi du moment. Cet ennemi pouvant être le régime seigneurial, et surtout la dîme en 1789. Ou bien, quatre ou cinq ans plus tard, en 1794, la ville oppressive, républicaine, et remplie d'incompréhension pour les « rustiques » : les collectivités bocagères, au nom d'une stratégie « tous azimuts », savaient donc diriger leurs coups, selon les cas, contre tel ou tel ennemi du moment. Comment ne pas penser, dans ces conditions, à l'attitude si ambiguë de nos bocages du Massif armoricain pendant le XVIIe siècle : vicaires en tête, les « bocains » parfois tirent à boulets rouges contre les financiers, les traitants et les partisans, mais sans remettre en cause l'ordre seigneurial (Nu-pieds de 1639) ; ou bien, en d'autres occasions, ils dirigent leurs foudres contre une classe de seigneurs, considérés à tort ou à raison comme oppressifs, qui les abreuvent d'humiliations et de corvées (révoltés bretons de 1589 et surtout de 1675).

Ainsi était suggéré par Paul Bois le modèle d'une conscience de lutte, voire d'une conscience de classe authentiquement et purement paysanne, susceptible d'attaquer l'ordre ou le désordre établi, que celui-ci soit à base d'oppression citadine ou de tyrannie seigneuriale.

À l'autre bout de la France, loin des bocages de l'Ouest, celtiques ou francophones, Maurice Agulhon, quelques années après Paul Bois, propose un modèle tout différent qui cette fois est applicable aux sociétés « terriennes », mais non pas « paysannes », de l'extrême Sud provençal. Maurice Agulhon, dans un premier ouvrage au titre significatif, *La Sociabilité méridionale*, partait d'une analyse monographique et fouillée des diverses « formes » dans lesquelles s'incarnaient, en Occitanie du Sud-Est, les rapports humains. Sa recherche s'appliquait du reste tout autant à la ville qu'à la bourgade ou au village (puisque aussi bien ces dis-

tinctions sont moins fondamentales dans la civilisation « ligure »
de notre extrême Sud qu'elles ne le seraient en France du Nord :
dans le Midi méditerranéen, l'habitat qui compte – citadin ou
« rural » – se définit toujours par un « pâté de maisons » ceint
d'une muraille, c'est-à-dire par une collectivité qui, si petite
qu'elle soit, tend vers le mode urbain). Ces « formes sociables »
privilégiées par Maurice Agulhon consistaient par exemple en
confréries paroissiales ou professionnelles, en sociétés de jeunesse ; en chambrées, sociétés purement masculines et donc ségré-
gationnistes, constituées pour le boire et l'après-boire ; elles
consistaient aussi en associations de pénitents : fondées à l'origine à seule fin d'inhumer les indigents et les « confrères » au
moindre prix, elles avaient fini, à la fin du XVIIIe siècle, par devenir des groupements de beuverie, de ripaille, voire d'irréligion.
Les sociétés de pénitents étaient passées, somme toute, au terme
de cette évolution, des pompes funèbres à la paillardise, et de la
pénitence chrétienne à la franc-maçonnerie des Lumières.

Dans un autre livre, et de tout premier ordre, *La République au
village*, fragment détaché de sa gigantesque thèse de doctorat,
Maurice Agulhon a repris et élargi ces premières idées. Il a mis en
œuvre, pour la circonstance, la riche documentation du XIXe siècle
franco-méditerranéen. Mais, là aussi, on a le droit de projeter vers
le passé la leçon de cette *République* puisque aussi bien aucune
fumée d'usine n'est venue à cette époque « dix-neuviémiste » salir
le ciel bleu de la vieille Provence. Aucune « révolution industrielle » n'a perturbé le paysage social de la région ; et si changement il y eut au XIXe siècle dans ces régions sud-occitanes de part
et d'autre du Rhône, ce fut plutôt dans le sens d'une désindustria-
lisation, donc d'un maintien ou même d'un renforcement de l'économie traditionnelle à base agricole et petite-bourgeoise. Agulhon a montré, dans ce second livre, comment les divers groupes
de la sociabilité populaire constituent, dans la France du Sud,
autant d'éléments qui se révèlent conducteurs pour le changement
politique. Ces « divers groupes » peuvent être les comités de la
fête locale, ou bien l'assemblée municipale des chefs de famille ou
des notables ; ou le défilé en corps, accompagné des bravades,
mousquetades et *pistolétades* du « militarisme communal » ; ou
bien la populace joyeuse d'un charivari ; ou la chorale poussant la

chansonnette et la satire. Ces diverses cellules s'accompagnent, en plus d'un cas, des manifestations d'une culture spécifiquement jeune, auxquelles président les abbés de la jeunesse. Ainsi se constitue, en un milieu hautement vascularisé, le réseau multiple des communications, des canaux et réseaux par lesquels s'infiltrent ou s'engouffrent les grandes impulsions collectives. Dans une civilisation de ce type, les *leaders* ne se recrutent pas, comme en Vendée ou dans le bocage manceau, parmi les curés, les petits nobles, les gros laboureurs… ils proviennent en général de la couche supérieure, moyenne ou basse des bourgeois, petits-bourgeois ou artisans locaux : ceux-ci font en effet l'objet parmi les paysans d'une admiration et d'une imitation « intersociale » dans le cadre méditerranéen de l'habitat groupé, à l'intérieur duquel ils corésident avec les agriculteurs.

À cet ensemble de cellules et de canaux, la communauté d'habitants fournit tout à la fois l'enveloppe totale et la justification suprême. Au XIXe siècle, les grandes insurrections du Midi (1851) se joueront dans les mairies, symboles de la légitimité locale, plus puissante que la nationale. Aux XVIe-XVIIe siècles, elles se jouent dans les maisons de ville (ou des gros villages) ; soit que la rébellion crée par force de nouveaux *leaders* (Romans, 1579-1580) ; soit qu'elle oblige les consuls en place à prendre la tête de l'émeute (Agen, 1635).

Il n'est pas question de transporter tel quel le « modèle Agulhon », depuis les XVIIIe-XIXe siècles, auxquels il s'adapte parfaitement, jusqu'aux XVIe-XVIIe siècles, où les conditions étaient quand même quelque peu différentes. Il est hors de doute pourtant que, dans l'aire languedocienne, provençale et franco-provençale, les choses se sont passées, entre 1550 et 1660, d'une façon qui n'était pas très différente de celle qu'a décrite, pour les mêmes régions, l'historien de *La République*. Pour nous en tenir à quelques exemples : autour de Romans d'abord (en 1579), la révolte paysanne se dresse, dans les villages, contre les brigands et les disettes, puis, par contagion, contre le pouvoir fiscal, seigneurial et décimal ; or elle s'enflamme d'abord parmi les sociétés de jeunesse préposées aux *reynages* ou fêtes folkloriques, ces sociétés de jeunes étant les cellules fondamentales, en cette région, du folklore des hommes non mariés. Ensuite, la révolte dauphinoise se propage jusqu'aux organismes qui incarnent les collectivités locales, et elle embrase les *communes*, qui désormais, relayant et englobant la jeunesse, donnent leur nom à l'ensemble du mouvement. Par la suite, le rôle directeur de la petite ville (Romans) et de son élite plébéienne s'affirme grâce au *leadership* de Jean Serve, dit Paulmier, drapier local et sportif populaire. Le folklore revient en force dans la rébellion quand les factions opposées miment leur révolte ou leur contre-révolte au moyen des déguisements du Carnaval. Les insurgés finalement préfèrent la légitimité de leur commune à celle du chef de l'État (Jean Serve refuse de s'agenouiller devant Catherine de Médicis, de passage dans la région…). Tous les rouages de la sociabilité franco-provençale, à la terre et à la ville, ont donc joué, transmis ou grincé lors de l'affaire de Romans. Il y a bien eu spontanéité populaire (et non pas, originellement, manipulation par en haut) ; mais cette spontanéité fut organique, et canalisée par les structures sociables. Et de même, lors de la révolte d'Agen en 1635, en vieille zone contestataire (je pense, à ce propos, aux premiers soulèvements agenais en 1527, puis aux « événements » de 1560-1562 décrits par Monluc), les citadins de la ville et les paysans des environs se donnent la main autour d'une *Commune* éphémère… et castratrice.

Pourtant, les modèles chers à Maurice Agulhon, qui définissent une sorte de front commun entre la ville, d'une part, et des groupes de villages à structures quasi urbaines, d'autre part, restent marginaux vis-à-vis des grandes révoltes essentiellement paysannes, les plus importantes, des XVIᵉ et XVIIᵉ siècles : je pense aux *Pitauts*[1] d'Angoumois en 1548, aux *Croquants* et aux *Gautiers* de la fin du XVIᵉ siècle, aux *Néo-Croquants* et *Nu-pieds* de la décennie 1630… Là, dans les grandes régions de bocages ou, en tout cas, d'écarts qui caractérisent la France de l'Ouest, le Centre-Ouest et la façade atlantique, les *patterns* d'autonomie de la conscience agraire, rebellée contre la pression urbaine, paraissent s'imposer ; on y retrouve, somme toute, des données qui sont analogues à celles qu'a mises au jour Paul Bois dans *Paysans de l'Ouest*. Avant toute théorisation, cependant, donnons la parole… aux *événements*. Étant bien entendu que ceux-ci se produisent dans les divers contextes de pression démographique, et parfois de paupérisation paysanne à modalités variées, que j'ai tenté de décrire, en plusieurs phases, de 1540 à 1660. Il est donc inutile de revenir sur ces « phases ».

Les Pitauts de 1548

La révolte paysanne antigabelle des *Pitauts* de 1548 est un grand épisode d'histoire sociale[2]. Elle a entraîné, à son apogée, des milliers – probablement plus d'une dizaine de milliers – de paysans sous les armes. Elle a prolongé un premier mouvement « avant-coureur », né en 1542 sur les côtes à salines de la Marenne et de l'Arvert. Elle a intéressé toute la Guyenne au sens le plus large du terme ; l'« Aquitaine seconde » du temps des Romains, qui allait de la Gironde à l'Angoumois ; elle a même concerné le Périgord et le Limousin (les paysans insurgés de cette province ont été un moment maîtres de Limoges en 1548). Nullement influencé par la Réforme, ou si peu, le mouvement des Pitauts a tout de même précédé et annoncé le formidable ébranlement social des guerres de Religion, tout comme à partir de 1624 le premier train des révoltes d'avant-Fronde, qui sera suivi par tant d'autres, prépare, à sa manière, la quasi-révolution de 1648 ; tout comme en 1775 la « guerre des farines » préfigure, dans la région parisienne, 1789 et la Grande Peur.

Né sur un arrière-plan de malaise local (peste d'Angoumois, 1547-1548), le soulèvement des Pitauts, à partir de la fin juin ou du début juillet 1548, riposte à l'abolition des privilèges locaux de l'Angoumois, menacés par l'introduction de la gabelle. Partie des paysans de cette région, la révolte se propage jusqu'aux vignerons de Gironde, elle enflamme finalement Bordeaux, *ville de poudre et de salpêtre*, en septembre 1548. En octobre survient le châtiment, par les forces de l'ordre. Le but des rebelles est clair : ce but, c'est l'atténuation ou la suppression de la gabelle. En dépit d'une répression lourde à Bordeaux et relativement légère en Angoumois, cet objectif est atteint. Moyennant rachat, la gabelle sera finalement supprimée après 1550 dans les provinces qui l'avaient ainsi combattue. Preuve, s'il en était besoin, de l'efficacité et de la rationalité des révoltes populaires. Preuve qui n'est pas unique : en 1632, lors de l'insurrection du Languedoc contre Richelieu, Montmorency, chef rebelle, jouera et perdra sa tête ; mais ses concitoyens gagneront, finalement, la suppression de l'« édit des élus » dont la promulgation avait enflammé la province.

À l'origine précise des causes du passage à l'illégalité des Pitauts de 1548 se situaient probablement les équipes de fraudeurs qui, par troupes bien organisées, déjouaient facilement la minuscule patrouille antifraude des « chevaucheurs du sel » : au nombre ridiculement bas d'une douzaine d'archers en tout et pour tout, ces chevaucheurs étaient censés faire respecter la gabelle dans tout le vaste territoire de la Saintonge et de l'Angoumois ; leur patrouille était donc sur les dents jour et nuit ; elle se déplaçait sans trêve sous la direction d'un « cappitaine de robe longue ».

De temps en temps, elle arrêtait quelques délinquants. L'une de ces arrestations, effectuée à Barbezieux à la fin du printemps 1548, déclenche la réaction défensive. « Trois ou quatre mille paysans, bonnes gens des champs », accompagnés de leurs curés qui les poussent ou qu'ils poussent à revendiquer, vont vers la prison pour en délivrer leurs camarades mis sous les verrous. Puis réaction punitive : la troupe rustique donne la chasse aux gabeleurs, elle les accuse de s'enrichir impunément par milliers de livres tournois sur le dos des contribuables ; elle leur reproche de pratiquer de cette façon l'ascension sociale aux moindres frais. Ainsi déclenchée, la révolte est propagée par le tocsin ; elle vole de clocher en clocher. Par Barbezieux et par Guîtres, elle ira d'Angoumois jusqu'en Guyenne bordelaise avec l'ambition, bientôt réalisée, de déclencher l'émeute urbaine à Bordeaux. Avec le projet d'étendre, en tache d'huile, le *pouvoir paysan* et l'organisation communale jusqu'en haut Languedoc ; elle espère aussi acquérir les canons qui permettront aux gens de Guîtres (Guîtres est position clef pour la révolte) *de gagner païs jusqu'à Thoulouze*. Sur ce point, il y aura déception. Bordeaux tombera, certes. Mais à Toulouse et dans le pays toulousain, pas question de se joindre au soulèvement.

C'est cependant la structure de celui-ci qui, dans ce livre, nous intéresse au premier chef. Dès l'origine, la révolte est une coalition de laboureurs et de prêtres, naturellement cimentée sur la base

des bonnes relations[3] que les deux groupes entretiennent mutuellement dans cette région rurale. Curés et vicaires font de toute
manière fonction de médiateurs entre la communauté rustique et
la société globale ou englobante. Il est normal que les laboureurs
se tournent vers la petite élite cléricale qui opère, à l'égard du
monde rustique, comme réservoir de *leaders* et éventuellement de
chefs militaires. Il est normal que les « colonels » de Saintonge et
de Guyenne – Boismeunier et Tallemagne – s'adressent aux curés
et vicaires pour leur demander d'embastonner leurs ouailles
(autrement dit de les armer de bâtons) avant de rejoindre la troupe
insurgée. Le vicaire de Cressac, lui, marche à la tête de ses paroissiens, affublé *d'un bonnet verd, d'un plumar, de chausses de bleu
découpées, d'une grande barbe et d'une épée à deux mains.* Il
périra lors de la répression, déprêtrisé ou déclergifié par ses bour-
reaux, et finalement brûlé vif. Ce clergé se veut communautaire
vis-à-vis des paysans, et contestataire vis-à-vis des pouvoirs parisiens et de leurs agents ; il compte dans ses rangs plus d'un frère
Jean des Entommeures, tel ce prêtre « qui suit les bandes » et qui
dépouille de ses vêtements un gabeleur assassiné par un Pitaut.

Nous avons évoqué le problème du *leadership clérical.* Nous y
reviendrons à propos des questions d'organisation et de doctrine.
Mais les clercs ne sont pas seuls en cause. Henri II, qui croyait au
complot, voyait dans la révolte une machination dont étaient complices des gentilshommes et des officiers. En fait, les *leaders* de
la rébellion sont d'assez modestes personnages : humbles roturiers (ou quelquefois bourgeois de bourgade), comme, parmi les
« humbles », Boismeunier dit Boullon, et ses compagnons
Galafre, Cramaillon et Chatellerault, « gens perdus et désespé-
rés ». Ils sont en tout cas, probablement, d'assez basse extraction
et de médiocre fortune : en Guyenne, le « colonel » Tallemagne fut
peut-être, avant la révolte, maréchal-ferrant de son métier. *Le*
noble, « le seul Noble qui se soit fourré dans cette canaille », Bouchard de Puymoreau, était sans doute bâtard, et sûrement de petite
noblesse. La rébellion, à cette exception près, est authentiquement
roturière dans sa direction ; elle est, qui plus est, paysanne et villageoise quant à ses cadres moyens ou paroissiaux.

Il est vrai qu'une fois la révolte étendue jusqu'à Bordeaux, jusqu'à cette ville toujours nostalgique du pouvoir anglais, il y eut

quelques velléités d'intervention étrangère. Un agent britannique note : « *If the commons there hadd some* [*further ayde*] *or promess of ayde by some english gentleman,* [*they*] *woold remayne in such courage as it sh*[*ould*] *be hard and very difficile matter to bring them* [*under*] *and appease them.* » Mais ces velléités restèrent justement au stade de vœux pieux. En fin de compte, les insurgés, surtout dans les villages, se retrouvèrent livrés à leurs propres forces. Quelles forces ? Les milices paysannes sont recrutées sur la base des paroisses, et des *monstres* ou défilés des jours de fête, expressément mentionnés. Les jeux gymniques de l'arc et de l'arbalète, menés par la jeunesse villageoise et joliment décrits par Noël du Fail, représentent ainsi l'une des cellules folkloriques préexistantes qui ont facilité l'insurrection. Quelquefois, mais rarement, l'armement des bandes de Pitauts va au-delà d'un équipement médiocre de fourches et de flèches : « Ce ne sont que communes et n'ont pas d'artillerie », écrit avec dédain le comte de Lude. *Commune* ou *communes* : le mot est ancien et toujours redoutable en saison de révolte ; les communes élisent respectivement, pour chacune d'entre elles, leur capitaine villageois ; elles marchent par paroisse, sous l'enseigne de chaque village. Leur rassemblement forme la « commune » d'Angoumois, soit le grand corps armé des milliers de révoltés de la région.

La cellule de base, commune ou communauté paysanne, n'a rien d'abstrait ; c'est tout simplement la paroisse, et techniquement la fabrique, avec ses *fabriqueurs* ou *marguilliers* (espèces de super-sacristains) ; ceux-ci chargés, en temps normal – par confusion des domaines spirituel et laïque –, de lever les impôts, de récupérer les dîmes, de « racoutrer » les chasubles et de fourbir les burettes. Les voilà bientôt promus, ces *fabriqueurs* – par les ordres de celui qui, grand chef, se fait appeler *le colonel de Guyenne* –, au rôle de fournisseurs d'arquebuses pour la révolte ; les voilà chargés de lire au son du tocsin les proclamations du colonel, de lui fournir des vivres et de lui recruter des hommes. Le tout *par l'inspiration du Dieu tout-puissant*, solennellement invoqué au début de la lettre du « colonel ». Curés, *fabriqueurs* et tocsins sont trois éléments essentiels de la panoplie, fort ecclésiale décidément, qu'utilisent les révoltés. Ce « coup de tocsin » déplaît du reste à Henri II ; tel Gargantua pour Notre-Dame, le roi ne manquera pas, la révolte finie, de faire *déclocher* les communautés rebelles, transformant ainsi l'Angoumois en un pays du silence (relatif).

Les objectifs de la révolte ne sont pas millénaristes. (On sait bien que l'histoire des soulèvements ruraux, dans cette France très terre à terre, et si différente de l'Allemagne à ce point de vue, ne comptera qu'une seule révolte totalement « chiliastique », apocalyptique : celle des Camisards. Mais, justement, les Camisards, objectivement allergiques aux schémas de Norman Cohn, n'ont guère d'objectifs de subversion sociale.)

Point millénariste, l'insurrection des Pitauts de 1548 est quand même traversée par un vaste courant de légitimité chrétienne et de justice sociale, à base de foi catholique. L'« économie morale de la foule » (E.P. Thompson) puise ses justifications dans une inspiration divine qui n'est pas simple clause de style. Cet appel à Dieu sous-tend bien sûr des objectifs concrets ; ceux-ci sont présentés dans les manifestes de l'insurrection : rédigés par des non-paysans pour des paysans, ces textes militants reflètent une idéologie acceptable pour le village, ce qui ne veut pas dire qu'elle soit élaborée directement par lui. Les *Réclamations des communes d'Angoumois au Roi* protestent contre toute la politique fiscale de la monarchie, et contre les augmentations récentes de taille, *cressance* et *surcressance*. Bien loin de s'attaquer aux privilégiés, les *Réclamations* s'efforcent au contraire de faire l'union antifisc de tous les mécontents, sans distinction d'ordre. De ce point de vue, elles sympathisent avec les privilèges ecclésiastiques et citadins ; elles s'élèvent contre les impôts mis abusivement, disent-elles, à la charge de l'Église, et contre les taxes d'État qui frappent maintenant les « villes closes ». Elles attaquent aussi la vénalité des offices, et la vente des bénéfices. Les droits seigneuriaux ne sont visés que dans la mesure où ils concernent la seule seigneurie du roi de France, maître suprême des impôts : la « commune » – dont les revendications furent probablement rédigées par l'un des *leaders* (petit noble, ou roturier) des révoltés – critique en effet les lods et ventes, exigés depuis une trentaine d'années sur les terres dont le roi est seigneur. Un certain antimilitarisme montre aussi le bout de l'oreille : les Pitauts se plaignent de la gendarmerie, et de « l'oppression faite sur le peuple par les gens de pié ». Ce qui est attaqué, c'est donc non pas le roi en tant que tel, mais l'appareil d'État, ou ce qu'on en connaît dans l'Angoumois ; soit les « requins » de la finance, et accessoirement les militaires, ceux-ci subventionnés par ceux-là. Bref, le complexe militaro-financier ; le financier étant plus suspect que le militaire.

Cela dit, les textes des révoltés ne sont pas aussi confusionnistes qu'on pourrait le croire. Ils ne représentent pas une pure et simple coalition « poujadiste » et « sans principes » des pauvres et des riches contre le Léviathan des gabelous. Les classes inférieures – les paysans, en l'occurrence – y font prédominer, discrètement mais nettement, leur point de vue : le 12 avril 1548, par exemple, les *communes d'Angoumois*, dans les *Réclamations* précitées, signalent, incidemment, « l'inconvénient procédant de l'emprunt des *bien aisés* ». S'agit-il d'un acte de solidarité en faveur des riches contribuables (les « bien aisés ») ? Absolument pas, et c'est même tout le contraire : les communes protestent contre le fait que, *en procédant à la taxe d'iceulx* [des bien aisés]*, ceux qui y étaient ouy et appelés tendaient plus à supporter leurs amis et gens riches que en dire la vérité.* Il y a donc bien, chez les Pitauts, vague ressentiment social, et pas seulement frustration antifiscale.

Il reste que cette seconde frustration (l'antifiscale), bien plus précise, est quand même au centre du mouvement : les insurgés veulent, d'abord et avant tout, faire abolir la gabelle. On le voit bien lors de la grande trêve d'août-septembre 1548. Brusquement calmés, ramenés chez eux par les nécessités de la moisson, les paysans furent, par ailleurs, d'autant plus enclins à remettre l'épée au fourreau et à déposer l'arbalète que l'administration fit courir un bruit, qui du reste à l'époque n'était encore que « bobard » : la gabelle, selon cette rumeur, allait être fortement restreinte, et réduite, dans la région d'Angoumois, « au quart ou au demi-quart »… C'était l'espérance d'un retour ou d'un quasi-retour à l'ancien état de choses tel qu'il existait, sans gabelle, avant 1540.

La révolte des Pitauts, comme tant d'autres, est donc passéiste ; cela ne signifie point qu'elle soit réactionnaire, puisque c'est précisément de ce passéisme qu'elle tire toute sa puissance d'attrait pour les basses classes.

Face au communalisme paysan (encadré vaille que vaille par un *leadership* recruté sur place), l'ennemi, bien entendu, c'est le gabeleur. Typique des intentions sinon toujours des actions rebelles est le sort de Bouchonneau, important fermier du grenier à sel de Cognac : pris par les émeutiers, il est déshabillé, rompu vif ; son corps est jeté dans la rivière aux cris de « va, méchant gabeleur, saler les poissons ». À Bordeaux également, on sala par dérision ou par représailles les cadavres de certains gabeleurs, victimes du soulèvement.

En 1548, à une époque où, en province, le groupe quasi héréditaire des fermiers de l'impôt est loin d'être constitué comme tel, les gabeleurs se recrutent, de façon simple, parmi les riches robins et les marchands. La « lettre patente » du 15 mars 1546 relative à l'impôt salin d'Angoumois s'était adressée en effet aux adjudicataires de grenier à sel, qualifiés tout bonnement de « marchands » (marchands de sel ; et aussi marchands d'autres denrées, par profession, avant que leur entrée dans la gabelle les ait métamorphosés en fermiers de l'impôt). Cette lettre leur confiait le soin et le droit de porter l'arquebuse et de se faire accompagner par divers chevaucheurs, visiteurs ou gardes : ces derniers personnages, « gorilles » typiques d'un petit service d'ordre local, n'étaient pas toujours recrutés parmi les éléments les plus valables des populations ; le climat d'impopularité qui les entourait rejaillissait sur leurs employeurs.

Dans ces conditions, les révoltés (dont l'attitude envers les seigneurs est, comme on le verra, ambiguë – tantôt hostile et tantôt cauteleuse, voire affectueuse) sont, en tout état de cause, mal disposés à l'égard des gabeleurs en particulier et des marchands en général : les rebelles *arrestoient les marchands et ne se contentaient les canailles de les détrousser, mais les tuoient sans savoir quoy ni comment, tant estoit ce populaire esmu de mal talent.*

Cette attitude « antimarchands » n'est pas impossible à expliquer. À la différence des gros et riches laboureurs proches de Paris, les paysans d'Angoumois sont souvent des primitifs de l'autoconsommation. « Ils ne trafiquent guère les uns et les aultres avecques leurs voisins non plus que les anciens Gaulois » (texte de Corlieu, 1576). Tant et si bien qu'en dépit de frictions inévitables, leur principale agressivité n'est pas tournée contre leur seigneur : propriétaire, celui-ci prélevait en effet par le système du métayage sa portion (certes lourde) *en nature* ; ce qui ne posait pas aux paysans de problèmes par trop insolubles. Les vraies difficultés surgissaient avec le fisc, avec le gabeleur. Car la petite portion des produits de la terre que les paysans d'Angoumois, émergeant à peine à l'économie monétaire, parvenaient à convertir en argent (par la vente) était happée en bonne partie par le gabeleur, devenu très exigeant de monnaie depuis les hausses successives de sa ponction spécifique, en 1541-1546. L'hostilité des paysans aux marchands-gabeleurs confluait du reste aisément avec l'inimitié analogue qui provenait des seigneurs et des milieux nobiliaires. Ceux-ci, dans la région d'Angoumois-Poitou et de Bretagne francophone, paraissent avoir été spécialement hostiles aux *marchandeaux* (Noël du Fail). Amitié du laboureur et du prêtre ; relations pas si mauvaises entre seigneur et paysan, chacun tenant sa place ; hostilité parfois aux marchands, aux avocats, aux hommes de la ville : tous ces traits s'associent au rejet viscéral des structures du fisc, imposées depuis Paris ; ils confèrent à cette rébellion ses caractères originaux.

Face à la masse des paysans révoltés, les marchands-gabeleurs de l'Angoumois dont les métairies et greniers à sel étaient consciencieusement détruits par les hommes des communes n'auraient pas fait le poids bien longtemps s'ils n'avaient pas été soutenus d'en haut. La révolte suscite de la part de la cour et d'Henri II, dont les forces armées sont disponibles, la réaction militaire et répressive. Deux colonnes anti-Pitauts commandées par la plus haute noblesse, par le duc d'Aumale et par Montmorency, arrivent l'une de Picardie (Aumale), l'autre du Piémont (Montmorency). Elles viennent châtier les rebelles, surtout ceux de Bordeaux. Là, le bas peuple, les artisans et une partie des classes moyennes, entraînés par l'exemple paysan, avaient fomenté, à partir de la mi-août, une révolte urbaine de très grand style, difficilement contrée par les notables de la jurade et du parlement. Une fois Bordeaux puni, les forces de l'ordre ont tout loisir de venir réprimer les paysans : les *leaders* du soulèvement sont capturés, incarcérés, jugés, exécutés. Puymoreau, étant de noble race, est décapité. Les autres chefs, qui sont d'origine roturière, sont rompus vifs ; leur tête est couronnée de fer rouge, tout comme s'ils étaient vraiment les rois dérisoires et les « très hauts et puissants seigneurs » qu'ils prétendaient être dans leur correspondance.

Ainsi se dessine à nouveau dans la répression, comme auparavant dans l'action, l'ennemi essentiel du « mouvement pitaut », à savoir ce « complexe militaro-financier » qui assure la levée des impôts aux fins notamment de subventionner l'armée (on est en temps de guerre) ; aux fins aussi, accessoirement, d'enrichir les agents du fisc (on notera que nous prenons ici le mot *financier* dans l'acception même que lui donnait l'Ancien Régime : quelqu'un qui manipule les finances pour le compte du roi).

Sur ce point, les fronts de lutte sont bien dessinés. Certes, les révoltés, comme il se doit, sont plus mal disposés pour le gabeleur qu'ils ne le sont pour le souverain (de même, dans la cour de la caserne on exècre l'adjudant davantage que le général) ; il leur arrive parfois platoniquement de protester de leur fidélité au monarque ; ils n'ont jamais poussé, néanmoins, le cri touchant : « Vive le Roi sans gabelle », ou : « Vive le Roi sans taille et gabelle », qu'on trouvera si souvent, au contraire, pendant les agitations ou ébullitions du XVIIᵉ siècle. Par rapport aux futurs Croquants, les Pitauts font figure d'assez médiocres royalistes.

Nous avons donc affaire dans cette guerre paysanne à un conflit fondamental entre les paysans organisés sur une base communaliste, d'une part, et l'appareil militaro-financier, avec ses ramifications dans le secteur public et dans le secteur privé, d'autre part : cette grande révolte rurale de l'Ancien Régime pose un précédent qui sera plus que séculaire. Elle crée des modèles vivaces pour tout l'Ouest atlantique : les Pitauts sont déjà, pour une part, les archétypes des Croquants. De ce fait, il est intéressant de situer dans le contexte de cette révolte mère le rôle de la classe seigneuriale et de la noblesse, c'est-à-dire de deux ensembles qui se superposent partiellement l'un à l'autre sans coïncider absolument.

D'une façon générale, le modèle très répandu qu'utilisa, entre autres auteurs, Porchnev, et qui fait de l'antagonisme entre les paysans, d'une part, et la classe féodale-seigneuriale-nobiliaire, d'autre part, le trait caractéristique des révoltes d'Ancien Régime, n'est guère applicable en l'occurrence. On nous permettra à ce propos une réflexion d'un ordre plus général. Considérons, en effet, la longue phase qui s'écoule entre la Jacquerie de 1358 (au cours de laquelle domine le ressentiment des paysans contre les nobles) et la révolution de 1789 (qui ramène à la surface, dans des conditions toutes différentes, un antagonisme analogue). Pendant les quatre grands siècles qui vont en dates rondes de 1360 à 1775 – des « Tuchins » à la « guerre des farines » –, une immense période s'étend : la guerre antiseigneuriale y est l'exception (Bretons, peut-être, de 1675…) ; et la révolte antifiscale y est la règle.

Nos Pitauts, par exemple, ne contestent pas la noblesse ni la seigneurie en tant que telles. Cette relative neutralisation du problème des privilèges laisse donc, en ce qui concerne l'attitude à prendre vis-à-vis de la révolte, une grande faculté de choix aux nobles et aux seigneurs : certains d'entre eux, « de petite extraction », comme Puymoreau, se mettent franchement à la tête du mouvement. Quelques autres font mine de rejoindre les rangs des insurgés, en entraînant avec eux leurs métayers ; mais en fait, hommes d'ordre malgré tout, ils cherchent à apaiser l'émeute ; ils incitent les villageois rebelles à délaisser l'action armée, et à revenir au labourage. Un troisième groupe de privilégiés, enfin, robins et bourgeois par leurs origines (comme par exemple Laurent Journault, « seigneur de la Douville, ancien maire d'Angoulême et maître des eaux et forêts de la province »), est accusé de complicité financière et politique avec les gabeleurs. Les membres de ce troisième groupe sont donc sérieusement houspillés par les Pitauts. Ceux-ci, à défaut de pouvoir tuer Journault, massacrent son métayer à coups de flèches. Quant à son château, il est rasé, au niveau du sol.

Si la seigneurie en tant que telle n'est pas au cœur du débat, le seigneur est tout de même mis en cause par l'agitation ; en effet, dans une société où les structures étatiques sont faibles et les structures policières quasi inexistantes, le seigneur, cacique local venu du fond des âges, est normalement, faute de mieux, chargé des tâches (parfois essentiellement contradictoires) qui concernent le maintien de l'ordre et la sauvegarde de la communauté. Certains paysans voient dans leur seigneur l'homme clef, et la ressource suprême contre le désordre établi, tel que l'instaurent les groupes dirigeants de la ville et de l'État. Au village de Chaux, par exemple, les Pitauts du cru s'adressent à leur seigneur pour que celui-ci leur désigne, de par son droit officieux d'investiture, un *capitaine* qui prendra la tête de l'insurrection. Partisan du retour

au calme, le seigneur ainsi sollicité refuse le rôle de « grand élec-
teur » d'un chef rebelle. D'une façon générale, les seigneurs que
leurs dépendants veulent ainsi investir de responsabilités dans la
rébellion se tirent tant bien que mal de cette situation embarras-
sante et pour eux dangereuse à tous points de vue. Ils déversent
des flots d'éloquence et des torrents de salive afin de dissuader les
Pitauts de persévérer dans leur criminelle aventure. Ainsi, « le
sieur de Montauzier prit grand peine d'empêcher toutes les assemblées : ainsi firent les autres seigneurs du pays ; mais ils ne purent,
au moyen de ladite soudaine émotion, et que les communes les
menaçaient de les tuer et de saccager leurs maisons ». Éternel
dilemme du notable, assis comme entre deux chaises, entre les
notions duelles, du reste contestables l'une et l'autre, d'ordre et de
désordre ; entre l'État légitime du roi et l'agitation justifiée des
basses classes… On voit bien, en tout cas, que *la* « commune »,
cet organisme informel qui coordonne tant bien que mal l'action
dispersée *des* communes, s'avère relativement indépendante des
seigneuries ; elle n'est nullement, comme on l'a parfois affirmé,
manipulée par celles-ci. Elle ne leur est pas non plus *a priori* hostile ; mais elle peut le devenir *a posteriori*, dès lors qu'elle ressent
une résistance ou un freinage de leur part.

Nobles ou seigneurs, ou les deux à la fois, les gentilshommes
pouvaient du reste, à des titres divers, être motivés à lutter contre
la mutinerie. D'abord, ils étaient, en théorie du moins, susceptibles d'être mobilisés par le gouverneur de la province – dans le
cadre, par exemple, de l'arrière-ban ; le pouvoir pouvait leur
confier des missions policières, concernant le rétablissement de
l'ordre public. En l'occurrence, cette convocation du ban, qui
semble d'après Porchnev avoir joué, à l'encontre des révoltes, un
certain rôle au xviie siècle, n'a guère été utilisée au temps du soulèvement d'Angoumois de 1548. On a déjà vu, du reste, par le cas
de Gouberville, que les nobles s'arrangeaient pour ne pas
rejoindre, en cas de convocation, les rangs de l'arrière-ban. En ce
qui concerne, d'autre part, les seigneurs et, plus généralement, les
gentilshommes importants, dont l'influence était grande dans
la contrée, les ordonnances anciennes, et une lettre spéciale
d'Henri II en date du 27 juillet 1548, leur enjoignaient d'interdire
les assemblées illicites et de « châtier les communes séditieuses ».

De fait, plusieurs chefs rebelles (Boullon, Galafre, Cramaillon et Chatellerault) furent capturés, le 17 août 1548, par un groupe de gentilshommes zélés que dirigeait le seigneur de Saint-Séverin. *Idem*, dès la première quinzaine d'août, le seigneur d'Ambleville prit l'habitude de mettre la main au collet des révoltés. Mal lui en prit : son château et ses maisons furent brûlés. Semblable mésaventure advint au procureur de la seigneurie de Montboyer, qui tentait d'instrumenter contre les rebelles : « sa mayson fut abattue et entièrement ruynée ». Dans ces conditions, la bonne dame de Montboyer dut se convaincre *de visu* qu'il n'y avait rien à gagner à marcher contre les révoltes : le mois suivant, on la verra intercéder auprès du duc d'Aumale en faveur de « ses » paysans suspects d'être des Pitauts.

Dans l'ensemble, la masse des seigneurs et des gentilshommes ruraux semble s'être tenue dans une assez prudente expectative, qui n'excluait vis-à-vis des communes ni la complicité dans certains cas, ni l'hostilité dans d'autres. Une fois la rébellion terminée ou sur le point de l'être, au printemps de 1549, beaucoup de seigneurs, par humanité ou par sympathie, ou tout simplement parce qu'ils ne souhaitaient pas voir emprisonner ni ruiner les exploitants de leurs terres, supplièrent les autorités en faveur de leurs paysans : ils affirmaient, plus ou moins véridiquement, que ceux-ci avaient été contraints de rallier la rébellion, sous la pression de meneurs en provenance d'autres paroisses…

Somme toute, la classe noble, dans son ensemble, a été plus attentiste ou opportuniste que véritablement concernée. Elle a surtout compté les coups, dans la mesure où la rébellion n'avait rien de spécifiquement « antiféodal » ; elle n'était pas vraiment dangereuse pour les « féodaux ».

Vis-à-vis des *villes*, avec leurs bourgeoisies, leurs officiers, leurs populaces, l'attitude des Pitauts est ambivalente. Bien entendu, ils persécutent le groupe des gabeleurs. Or, il se trouve que les greniers, les fortunes, les résidences et les amis de ceux-ci sont localisés dans les villes moyennes ou petites. Les Pitauts se heurtent aussi, en milieu urbain, à l'hostilité de nombreux notables amis de l'ordre ; ils rencontrent également l'aversion, au moins théorique, des tribunaux, dont les officiers, après tout, sont chargés de faire appliquer la loi du roi. Mais les basses classes des cités et le petit groupe des « classes dangereuses » (tels à Saintes ces criminels de droit commun que les Pitauts libèrent en mai 1548) peuvent sympathiser avec les « communes » (voir l'exemple de Saintes et surtout de Bordeaux).

Dernière remarque : en fin de compte – et c'est peut-être là un des caractères les plus remarquables des *événements* de Guyenne et d'Angoumois –, les Pitauts ont gagné ! Très dure à Bordeaux, la répression en Angoumois aussi a tué les principaux chefs. Mais elle y a épargné, dans l'ensemble, la piétaille rebelle. Et le sang de Puymoreau n'est pas versé en vain. Pendant les années 1550, par étapes successives, la gabelle est abolie, rachetée. Angoumois et Guyenne deviennent pour très longtemps, quant au sel, provinces « rédimées ». L'opération du « rejet de la gabelle » s'achève donc par un quasi-triomphe : localement, la masse pseudo-archaïque des paysans se délivrait, en partie, de l'oppression d'un complexe fiscal et financier. En rejetant la gabelle, les communes rurales font ainsi échec à une centralisation politique, à une « modernisation » administrative et à une uniformisation financière dont le seul tort à leurs yeux (quelle qu'en puisse être l'hypothétique rationalité fiscale et nationale), était d'être effectuées sur le dos des villageois.

Les premiers Croquants

Après 1548, la révolte paysanne s'éteint pendant plus d'une décennie : ce « passage à vide » est spécialement net dans la moitié ouest de la France, terrain privilégié d'observation. Le déclenchement des guerres de Religion provoquera cependant l'agitation, connue grâce à Monluc, des paysans du Lectourois ; ils remettent en cause – en même temps que la dîme – l'impôt royal et le cens, qu'ils versent aux seigneurs particuliers. Feu de paille, néanmoins révélateur de frustrations durables. Il faudra quand même attendre les dix ou quinze dernières années du XVIe siècle pour que s'offre derechef, à l'historien des « émotions » paysannes, un riche matériau d'observation.

Je commencerai par les multiples actions des *Croquants*, auxquels on doit donner aussi le nom, dont ils se qualifient eux-mêmes, de *Chasse-voleurs* ou de *Tard-avisés*. Ils se situent dans le sillage lointain, mais indéniable, des Pitauts. L'érudition périgourdine et aussi les belles recherches d'Yves-Marie Bercé nous mettent en mesure de décrire les actions et même de pénétrer les pensées des acteurs et des *leaders* de la révolte.

Celle-ci a éclaté en plein Limousin, dans la vicomté de Turenne, pays de bois, de haies, de privilèges, d'absence (relative…) de villes. Au départ, avant le mouvement, les paysans du cru ne s'armaient, ne partaient en guerre contre les brigands qu'avec l'autorisation de leurs seigneurs. Puis ils décident de s'assembler par paroisses, de s'armer sans demander de permission à qui que ce soit : on pense à la *hermandad* des communautés espagnoles. Le dimanche, ils tiennent de vastes meetings, au milieu des tonneaux de vin qu'on a roulés pour la circonstance : les syndics de paroisse vont de groupe à groupe et de barrique à barrique afin de débattre les décisions des buveurs, qui seront ainsi démocratiquement adoptées. À partir d'avril 1594, le mouvement gagne la province voisine et se répand dans le Périgord, surtout en Périgord noir : pays boisé, parsemé de hameaux, de fermes isolées, lequel nourrit mal ses bestiaux sous les châtaigniers. L'habitat dispersé, à lui tout seul, motiverait sinon la révolte, du moins la résistance organisée aux brigands ; car comment se défendre autrement ? Quand on réside dans une ferme ouverte à tous les vents, on ne dispose pas de la protection automatique que confèrent les remparts d'une ville ou simplement d'un village. Il faut donc s'organiser collectivement, afin de mieux survivre en habitat effectivement dispersé.

La révolte est scandée, en juin 1594, par un premier massacre, au cours duquel la noblesse limousine taille en pièces un gros parti de Croquants. En août de la même année, les Chasse-voleurs survivants, qui sont devenus les supplétifs des royalistes, s'en prennent au baron de Gimel ; ils contribuent à l'éviction de ce ligueur enragé que ses excès et ceux de son receveur des tailles, le dénommé Condat, avaient fait haïr des ruraux, ou de certains d'entre eux. En juillet 1595, les Croquants près de Périgueux se rassemblent à nouveau en bandes armées ; en septembre 1595, après un combat indécis, livré contre la noblesse locale, ils rentrent

définitivement dans leurs fermes pour y effectuer les labours
d'automne. Pendant une génération, jusqu'aux années 1630, on ne
parlera plus des Croquants du Centre et du Sud-Ouest. Mais il n'est
pire eau que l'eau qui dort. Richelieu l'éprouvera à ses dépens…

Par-delà Limousin et Périgord, ce *croquandage* de 1593-1595 a
des contacts avec la Marche, le Quercy, l'Agenais et la Saintonge :
bref, avec toute la « Guyenne » au sens large du terme, mal jointe
au vieux royaume des Capet, et qui constituera encore au
XVIIe siècle l'une des terres classiques des mouvements agraires.

À travers le réseau des assemblées paroissiales[4] et de leurs
« sindics »[5] (« les plus califiés et scindicz des parroisses du plat
pays »), apparaît l'influence des intellectuels et politiciens régionaux : conseillé peut-être par des gentilshommes calvinistes, le
tabellion La Sagne fait passer dans sa clientèle notariale le frisson
des *Manifestes*, qu'il rédige avec un talent qui les fera survivre à
l'usure des siècles. La Sagne est un remarquable *leader* qui joue
avec brio les premiers rôles. En retrait par rapport à lui, on devine
aussi l'action d'un Papus, procureur, qui a plus que des faiblesses
pour Henri IV et pour les royalistes ; d'un Porquery, avocat au
parlement de Bordeaux ; d'un Boissonnade, médecin, et chef des
Croquants de l'Agenais. Les statistiques d'Yves-Marie Bercé
insistent à ce propos sur le rôle des élites locales, manifestement
proches des paysans, dans le *leadership* de la « Résistance » : on
trouve, en effet, parmi les chefs connus des Croquants, sept praticiens (petits juristes), quatre juges, un procureur, un notaire, un
avocat, deux gentilshommes et un médecin. À la base, dans les
rangs des insurgés, on rencontre des paysans, des artisans, des
anciens combattants, de jeunes bourgeois ruraux ou même de
jeunes nobles de la campagne[6]. Fondée sur un comptage des mots,
l'étude du langage[7] des manifestes croquants, souvent rédigés par
le notaire La Sagne, est révélatrice : le mot le plus fréquent est
Dieu (18 occurrences), qu'accompagnent, dans le registre positif,
gens de bien (8 fois) et *pauvres* (pauvres gens, pauvres laboureurs,
pauvre peuple : 8 fois également). Avec l'aide de *Dieu*, les *gens de
bien*, qui sont aussi, par le malheur des temps, de *pauvres* gens
n'ayant pas honte d'affirmer leur éminente dignité en tant que tels,
se prononcent résolument « contre » : contre les *voleurs* ou *volle-
ries* (14 occurrences : ces mots sont les plus fréquents après

Dieu); contre la *tyrannie* (10 occurrences); contre les *tailles* et *subsides* (14 occurrences); contre la *prison* (12 occurrences); et contre la *ruine* (9 occurrences). Le lecteur a déjà compris que les *voleurs* et les *tyrans* dont il s'agit de se débarrasser sont les agents du fisc, qui, par leurs *tailles* et *subsides* excessifs, condamnent les *pauvres laboureurs* à la *ruine* et les mettent en *prison* s'ils sont insolvables. (La solidarité active avec les paysans emprisonnés pour non-paiement de tailles a été l'un des plus puissants levains ou leviers de la révolte : libérez nos camarades !) Au total, la polarisation antifiscale du mouvement est donc exemplaire. Celui-ci déborde pourtant les frontières d'un poujadisme exigu, fût-il aigu. Les revenus d'Église (nommément la dîme) devraient, en effet, selon les vœux des révoltés, rester sur place, au village, pour nourrir le « desservant effectif », vicaire ou curé qui assume, parmi les ruraux, la présence réelle du clergé. Et tant pis pour les évêques ou chanoines qui, du coup, devraient cesser de *s'empiffrer* de grasses prébendes décimales. Quant à la noblesse (mère ruineuse d'exemptions fiscales, par les terres roturières qu'elle achète et par les nouveaux nobles qu'elle fait créer[8]), il faudrait, non la détruire, mais la « vérifier » pour mieux la circonscrire à ses effectifs de vieille souche. D'où la grande peur des bien-pensants de la noblesse du Périgord ; furieux contre les paysans qui font la grève des façons de vigne sur les terres des nobles au printemps de 1595[9], ils se liguent contre le mouvement agraire et ils le massacrent à diverses reprises. Avec beaucoup d'exagération, ils présentent les Croquants comme les annonciateurs d'une société sans dîme, sans impôts, sans ordres, et comme les tenants d'une République « à la suisse »[10]. Cette dernière accusation est particulièrement falsificatrice, puisque les Tard-avisés restent fidèlement et constamment des royalistes. Catholiques modérés et quelquefois huguenots, ils sont partisans résolus d'Henri IV contre la Ligue. Le Béarnais, dans un moment de détente, avait même dit que, si l'occasion s'en trouvait, il se ferait Croquant lui aussi ! Mais cette mansuétude ou ce « je vous ai compris » du monarque ne devait pas, du moins dans l'immédiat, se traduire par des concessions royales de grande ampleur !

En fait, le cheminement de l'action et de la pensée des ruraux, inspirées par celles de leurs *leaders* ou inspirant celles-ci, fut plus subtil que ne l'imaginaient leurs adversaires. C'est en Périgord, où l'idéologisation du parti des villages, grâce à La Sagne, fut plus manifeste qu'en Limousin, que cette action et cette pensée apparaissent le plus nettement : l'*Avertissement au Tiers État de Périgord étant hors des villes et forts* représente la plate-forme du tiers état rustique, et la mise au jour d'une conscience et d'une politique paysannes. Il part de constatations simples. Le plat pays est ruiné ou veut passer pour tel ; et plus spécialement sont ou se prétendent ruinés – par les guerres, par les brigands, par l'impôt – les exploitants-laboureurs à bœufs, les artisans et marchands ruraux, les propriétaires-exploitants campagnards. Ainsi peut se réaliser, sur la base de la parenté d'endogamie qui forme le noyau dur de chaque village, sur la base aussi des clientèles rustiques des notaires et hommes de loi, bombardés *leaders* du soulèvement, la conjonction fondamentale qui a rendu la révolte possible : conjonction entre les jeunes gens pugnaces, d'une part, et, d'autre part, les anciens combattants des guerres de Religion précédentes ; ceux-ci forment un petit bataillon sacré et rural qui – à défaut de monument aux morts, de flamme à ranimer ou de « 11 novembre » à célébrer – se montre fécond dans chaque village en récits chimériques ou tartarinesques, déversés sur les jeunes au coin du feu de la veillée des chaumières. Alors, à ces anciens combattants – pas si vieux que ça, car leurs guerres sont toutes proches –, on demande de montrer de quoi ils sont capables. Et ils acquiescent ! Ils se portent à la tête des jeunes insurgés.

Le ressentiment et les manques mal vécus sont vifs, en effet, au village croquant. Beaucoup de laboureurs, faute de s'acquitter de leur dû au fisc, ont tâté de la geôle en ville. Plusieurs sont morts de faim (?) sur la paille humide ou le pavage glacé du cachot. La mobilité sociale, autre idée essentielle chez les rebelles, a joué contre les laboureurs et contre les « enfants de bonne maison » en ruinant l'ordre naturel des choses ; elle a sapé les hiérarchies passéistes qui avaient réglé jadis la situation des groupes ruraux dans le cadre de la société englobante : *les bonnes maisons et honnêtes familles sont réduites à la pauvreté ; celles qui commandaient sont commandées et valets d'autres*, de ces « autres » qui *naguère étaient bélîtres*. On voit pointer ici la colère paysanne contre la nouvelle bourgeoisie, contre les profiteurs de guerre, contre les enrichis du marché noir, qui – d'origine noble, paysanne, bourgeoise et surtout marchande – ont su faire fortune grâce aux malheurs des autres. Le plaidoyer des rebelles contre la mobilité sociale, fort peu révolutionnaire comme on peut le voir, s'achève au nom de la justice et de l'« économie morale de la foule » par une proclamation antiville, qui fait penser irrésistiblement à la future chanson des Vendéens de 1793 :

> Vous crèverez dans vos villes,
> maudits patauds,
> Tout comme des chenilles,
> les pattes en haut.

Les villes, où résident les receveurs et maltôtiers des impôts, sont donc, disent les Croquants, des cavernes de voleurs ; ceux-ci sont laissés dans l'impunité par les officiers, fonctionnaires ou édiles : *Messieurs de la justice, les gouverneurs, maires et consuls des villes ne veulent ou ne peuvent à ce qu'ils disent remédier à toutes ces tyrannies… des susdits voleurs.* La ville en tant que telle est collectivement coupable et responsable de cet état de choses : *les villes au lieu de tenir justice ne s'en soucient, parce que notre ruine est leur richesse* [11].

Ce qui est mis en cause par les Tard-avisés – qui en cela sont Chouans, mais « Chouans de gauche » [12] –, c'est donc le prélèvement urbain [13], autant et plus que le prélèvement nobiliaire (les deux ne sont pas, du reste, nécessairement contradictoires : des nobles résident en ville ; et les profiteurs citadins, de leur côté, ambitionnent pour eux-mêmes et pour leur famille l'acquisition de la seigneurie comme de la noblesse). Car les villes, ou du moins les mercantis qui y résident, font du marché noir en toute sécurité, grâce aux remparts et aux fortifications qui les protègent du commun des voleurs. *Ils ont leurs biens et leurs marchandises dans les forts, pas sujets aux brigands qui tiennent la campagne, et, du coup, ils nous* [14] *vendent les marchandises au prix que bon leur semble.* L'inflation de la décennie 1590, symbolisée dans la conscience populaire par les prix très élevés qui sévissent à l'époque, déchaîne donc le réflexe antiville. Se mêle à cela, inséparable, la protestation contre les rassembleurs ou profiteurs de terres ; urbains eux aussi, et désignés par un « ils » collectif qui concerne à la fois les mercantis et les maltôtiers : *« Ils » font* [15] *les belles métairies à bon marché, et puis ils en font payer la rente au double ou triple de ce que nous leur devons et s'aident de leur justice quand il leur plaît* : on est en présence d'une entreprise « croquante » de contestation globale dirigée par la campagne contre la ville, et plus spécialement contre les « élites » urbaines, qu'elles soient dirigeantes, marginales ou délinquantes. Les marchands, les profiteurs du marché noir, les nobles, les officiers de justice, les receveurs des tailles et aussi les gangsters de haut vol sont mis en cause par les révoltés. Dans ce cas, chez les Croquants, c'est l'esprit antiville qui nourrit l'esprit antinoble et non l'inverse. Jean Tarde, chanoine théologal de Sarlat qui deviendra plus tard, *post festum*, le chroniqueur des Croquants, exprime à sa manière ce glissement d'esprit par l'inexactitude même de sa narration. Reproduisant non sans erreurs le *Manifeste des Tard-avisés*, il remplace la phrase clef : *Ils nous font la rente au double et au triple* (dans laquelle le *ils* désigne un conglomérat complexe et peu sympathique d'élites citadines), par l'expression suivante, qui constitue un vif contresens : *les gentilshommes leur font la rente au double et au triple*. En fait, le notaire La Sagne, que son métier avait mis très au fait des pratiques des rassembleurs de terres, avait fort bien compris le caractère global de l'oppression que la ville, et pas seulement la noblesse au sens étroit du terme, faisait peser sur les ruraux. Dans la mesure où il fut l'un des principaux inspirateurs du *Manifeste des Tard-avisés*, sa prise de position est proche, non sans nuances, certes, de celle que Paul Bois diagnostiquera chez les Chouans de la Sarthe. La condamnation du pouvoir urbain s'élargit chez ce protagoniste du pouvoir agraire en imprécations apocalyptiques, où les petites villes du cru, Périgueux, Bergerac et Sarlat, deviennent autant de Babylones, de Sodomes et de Gomorrhes : *Périgueux, Sarlat, Bergerac, Belvès, Montignac, vous fûtes prises et saccagées plusieurs fois. Néanmoins aujourd'hui vos belles ruines sont plus riches que ne furent jamais, mais c'est tout à nos despens.*

L'ennemi à abattre n'est pas « la ville » en général ; il ne s'agit pas d'une guerre de tous contre tous ; des campagnards pris en bloc contre les citadins pris en bloc. Les grands ennemis des

Chasse-voleurs, ce sont, dans les villes, les seigneurs de la guerre : soit généralement les nobles chefs des ligueurs ; et puis, pires encore que ces maîtres, leurs sous-fifres : receveurs des tailles, greffiers. Tous insignes voleurs, ces petits carnassiers ou prétendus tels opèrent pour le compte des grands : ils manient le croc à finances aux dépens des villageois, et ils en profitent, au passage, pour se remplir les poches et se faire bâtir des châteaux ; il faut donc couper les griffes à ces inventeurs de subsides, à ces roturiers receveurs des tailles et autres financiers locaux repus de la sueur du paysan (disent les textes des révoltés), qui s'appellent Cremoux, Gontrand, Vincenot, Gourgues, ce dernier étant par ailleurs et originairement « marchand richissime » de Bordeaux : *Cremoux et Gontrand*, écrivent les *leaders* des rebelles, *font la pierre philosophale et les voir régner et faire les belles acquisitions* [de terres], *cependant ce sont les deniers qu'ils ont levés de nous, et pour en avoir davantage sont après pour nous faire emprisonner s'ils peuvent*. [...] *Nous voyons aussi Vincenot à Bragerac* [à Bergerac] *qui est tantôt aussi plain comme Gourgues. Il n'est que en peine de trouver quelque belle place pour y bastir un pareil chasteau que celluy de Vaires...*

Moins connus que leurs frères du Limousin et du Périgord, les Croquants languedociens, qui « infestent » la région du Puy en 1595, jusqu'à la veille de la moisson, sont eux aussi paysans d'abord... mais antiligueurs dans le principe. Les royalistes du Velay les utilisent du reste comme supplétifs, incommodes, récalcitrants... tellement récalcitrants que Chevrières, qui gouverne au Puy pour le compte du futur Henri IV, finit par se débarrasser d'eux : il massacre les uns, disperse les autres...

Tant d'ingratitude était politiquement injustifiée, même si par ailleurs elle pouvait fort bien s'expliquer par un réflexe de peur sociale ; car la tendance de fond est incontestable, que ne dément pas telle ou telle exception individuelle [16]. Qui dit Croquant dit royaliste, au moins pendant la décennie 1590. On se gardera donc à ce propos de la généralisation abusive qui présenterait ces révoltés paysans « déclergifiés [17] » et « antiville » comme des ennemis de l'« État moderne » : car qui mieux qu'Henri IV, volontiers soutenu par les Croquants, représente en 1595 l'avenir de l'« État moderne » ?

D'autres mouvements rustiques, jaillis en France « centrale » ou « médiane », partagent avec les Croquants (sans pour autant porter la même appellation) cet esprit antiligueur : de 1589 à 1594, les vignerons rebelles de Bourgogne, appelés çà et là *Bonnets rouges*, se dressent contre les ultra-catholiques solidement retranchés dans les petites villes bourguignonnes et ligueuses. Contre la Ligue, les révoltés s'appuient aussi sur la fraternité bachique des vignerons (qui culminera trente-cinq ou quarante ans plus tard lors de la révolte des Lanturlus de Dijon, couronnés de pampre). Ils utilisent enfin le réseau des solidarités communales et intercommunales. « Quand l'un des villages commence, écrit le chroniqueur Breunot, les autres suivent, de sorte qu'ils courent tous au secours les uns des autres [18]. » Ces ruraux bourguignons sont, par définition, ardemment royalistes : dans cette province, il n'est pas question pour la Ligue de s'appuyer sur certains groupes parmi ces paysans – comme le font au contraire et sans hésiter les ligueurs en Bretagne et Normandie bocagères, vers 1589. Autour de Dijon, le chef ligueur Gaspard de Tavannes avait un moment caressé un projet d'alliance rustique. Il y renonce finalement, par crainte, écrit-il, que les milices villageoises « ne se jetassent sur nous ». Les vignerons de Bourgogne font donc partie de cette majorité terrienne, souvent silencieuse, parfois violente, qui plébiscite officieusement Henri IV au lendemain du siège de Paris. Depuis le début des guerres civiles, ces villageois de Bourgogne avaient profité de la ruine de certaine noblesse pour se racheter en masse de la mainmorte. En 1589-1594, ils demandent désormais la réduction des impôts et ils persévèrent dans leur œuvre d'émancipation ; mais, dans cette circonstance, c'est contre les villes ligueuses que se porte leur action, en alliance avec les navarristes. Une fois de plus, la conscience paysanne impressionne par sa souplesse, par sa faculté d'adapter son programme et de choisir ses adversaires en fonction de la conjoncture.

Quoi qu'il en soit, une vaste zone de paysannerie antiligueuse traverse le royaume quasiment de part en part, depuis le Périgord jusqu'à la Bourgogne. Plus au sud, plus au nord, et plus à l'ouest, les contestations d'origine paysanne s'activent aussi vers 1589-1595. Mais les orientations qu'elles adoptent sont différentes, ligueuses cette fois et non plus royalistes. Pour mémoire, rappelons d'abord qu'on trouve un assez grand nombre de paysans proligueurs dans l'extrême Midi, au-delà de la grande zone croquande et rustico-royaliste qui affecte le Périgord, le Massif central de l'Ouest et du Nord, et la Bourgogne. Très au sud en effet, les Pyrénées ou pré-Pyrénées de Comminges offrent le cas des confédérés *campanères*, campagnards qui se sont alliés les uns aux autres, sur une base de communauté villageoise, afin de lutter contre la guerre, contre l'impôt, contre le brigandage. Deux tendances se révèlent parmi eux : d'une part, une tendance *croquande* qui, comme son nom l'indique, est proroyaliste et vaguement sympathisante aux huguenots. Elle ne dédaigne point, à l'occasion, d'aller au-delà du simple « poujadisme » antifiscal : refus de tailles, mais aussi de dîmes, et pillage des biens ecclésiastiques sont à mettre, de temps à autre, à son actif. Et puis une autre tendance, dirigée par le petit marchand rural Désirat – qui n'a nullement l'étoffe d'un La Sagne –, accepte, elle, de laisser coiffer sa ligue champêtre par la Sainte-Ligue tout court ; Désirat met même des hommes de pied ou de main à la disposition des ultra-catholiques. Son organisation conserve cependant – malgré cette ingestion de *catholicon d'Espagne* – un rôle autonome de contestation antifiscale et de groupe de pression propacifiste. Même ambiguïté, un peu plus au nord, dans certaines provinces ou portions de provinces très catholiques, sises dans le pieux sud du Massif central : je pense au Vivarais, à la haute Uzège, au Gévaudan, où les grandes grèves villageoises antifiscales des années 1593-1595 sont nettement dirigées contre les royalistes ; objectivement, elles portent de l'eau au moulin de la Ligue.

La contestation bocagère

La frontière capitale, pourtant, qui sépare les paysans ligueurs et ultra-papistes de leurs collègues croquants et royalistes ne passe pas au sud, mais au nord-ouest. Elle concerne d'abord et surtout les dévots indigènes des bocages de l'Ouest et d'Armorique. Inutile de dire à quel point cette ligne de partage des eaux sacrées est à la fois ancienne, « de fondation », et promise jusqu'en notre XXᵉ siècle au plus bel avenir.

La première révolte campagnarde de l'Ouest, à la fois contestataire et ligueuse : celle des Gautiers. Qui sont, que sont ces Gautiers ? À l'origine, vers 1587, il s'agit de paysans normands d'un village nommé La Chapelle-Gautier, où certaine femme violée par des soldats « se lamenta et cria tant qu'elle anima ses parents et ses voisins à ne plus souffrir semblable vexation ». Ce village semble avoir eu des traditions folkloriques d'organisation militaire, et surtout une non moins forte tradition thaumaturgique : un enfant de la paroisse, pèlerin à Saint-Jacques-de-Compostelle, avait été en effet – au temps d'un lointain passé ! – faussement accusé du vol d'une tasse d'argent. Il avait donc été pendu, puis dépendu vivant, tandis qu'un coq enfilé à la broche s'était brusquement mis à chanter. Mystiques et militaires, les ruraux de La Chapelle-Gautier n'avaient pas froid aux yeux. Émus par le viol de leur concitoyenne, ils se mirent en guerre, eux et quelques autres, venus de Bernay, de Vimoutiers et d'ailleurs. Ils furent bientôt 16 000 hommes qui, unis grâce au tocsin quand il le fallait, s'opposaient par la force « aux voleries des sergents de la taille et à celles des gens de guerre ». Il est de fait, puisque l'impôt était ainsi mis en cause, que la fiscalité n'était pas populaire en Normandie au temps de la Ligue. Dans la région de Caen, ville tenue et fiscalisée par les royalistes, une agitation endémique – aiguillonnée en sous-main par les marchands de lard et de beurre – sévissait contre la gabelle chez les paysans des alentours (d'où des incidents à Caen même, en mars 1588, année climatérique).

À la tête des Gautiers, se placèrent dans les commencements quelques gros laboureurs ou « coqs de paroisse » ; puis – l'organisation paroissiale étant là comme ailleurs fondamentale –, les curés ou vicaires, localement bien vus, prirent eux aussi le commandement : nos Gautiers sont de ce point de vue beaucoup moins déclergifiés que les Croquants du Centre ou du Périgord. Enfin, les anciens combattants ou « vieux soldats », retirés sur leurs tenures, reprirent du service pour jouer leur rôle habituel d'encadrement des jeunes hommes. Quant aux gentilshommes ligueurs, ils eurent vite fait de mettre sous leur coupe tous ces manants bien disposés pour l'Église militante. Ils s'en servirent donc pour combattre les royalistes, dirigés par Montpensier, au siège de Falaise (1589). Là, beaucoup de Gautiers laboureurs, pris les armes à la main, furent massacrés, les autres furent amnistiés… par l'entremise de leurs curés, comme il se devait. Ces Gautiers, au cours de leur brève carrière, avaient tout de même eu le temps de démontrer vers quel côté penchait le cœur des paysans d'un bocage « papiste ».

Godillots de la Ligue et respectueux de l'ordre établi, les Gautiers, par leur caractère populaire antifiscal, démocratique et revendicateur, avaient quelque peu effrayé la très haute noblesse royaliste. Elle leur attribuait en effet, à tort ou à raison, des tendances égalitaires. Le chef royaliste Montpensier le savait bien, qui écrivait à M. de Flers, l'un des plus riches seigneurs de la province, qu'il craignait « que la Ligue réduise la France en confusion populaire et efface les prérogatives et dignités de tous les nobles du royaume ». Ces craintes assez ridicules qui faisaient du Gautier un prétendu Niveleur au couteau-entre-les-dents n'influencèrent pas les petits nobles ligueurs de Normandie ; ils entrèrent nombreux, comme on vient de le voir, dans l'état-major et dans les rangs des Gautiers. *Politics and religion make strange bedfellows.*

Assez mal connus, les *Lipans* du Perche paraissent avoir été les frères jumeaux des Gautiers ; comme eux, ils étaient proligueurs ; et, comme eux, rustiques. Avec un brin de penchant pour le pillage. Les environs du Perche connurent même en 1590, par contrecoup, un « Oradour » d'agriculteurs catholiques : originaires de trois villages, ils furent tous massacrés dans un hameau par les royalistes, près de Mortagne.

C'est en basse Bretagne bretonnante que la chouannerie ligueuse qui sévit çà et là autour de 1590 connaît ses développements les plus brutaux.

Ici, les démarcations sont à la fois nationales ou du moins linguistiques (celte/français), sociales (paysans/noblesse), politiques (ligueurs/royalistes) et religieuses (ultra-catholiques/modérés). D'un côté sont les grands chefs royalistes, sans base de masse dans cette péninsule hyperpapiste. De l'autre côté de la barricade, en tout cas dans l'extrême Ouest, se tiennent les paroissiens des hameaux ; ils ne connaissent pas d'autre langue que le breton.

Contre les partisans d'Henri IV, ils empoignent les outils de la
ferme, fourches, haches, « longs bois », faux ; et aussi les arquebuses à croc, les vieilles pétoires du temps de Charles IX qui refusent de faire leur office au moment où l'on a besoin d'elles. À leur
tête, ces paysans ont mis quelques « gentilshommes-curés » de
petit rang, et aussi les bas nobles du cru, peu ou point francophones : ces gentilshommes sont priés, de gré ou de force,
d'assumer la direction des révoltés de Cornouaille et du Léon.
Entre la piétaille bocagère et ses petits chefs de noble origine, la
cordialité ne règne pas toujours : les paysans rebelles, qui par ailleurs détestent « les communautés des villes », ne croient guère
non plus, sinon pour s'en réserver le bénéfice, à la société des
ordres et des *estats*. Forts de leurs coutumes d'héritage égalitaires
qui rejettent le droit d'aînesse et qui donnent à chacun son dû, ils
n'hésitent point à se comparer aux nobles et ils proclament fièrement : *Holl Vretonet tud gentil* (Tous les Bretons sont gentilshommes). Sous le nom de « communes », précisément, ils manifestent eux aussi la force universelle du communalisme paysan. Ils
pratiquent d'autre part, à l'instar de tant d'autres soulèvements, la
révolte « sur tous les fronts », et ils tournent leurs fureurs paroissiales aussi bien contre les villes que contre les nobles (plus tard,
les révoltés bretons de 1675 suivront sur ce point l'exemple qui fut
ainsi donné par leurs aïeux du temps de la Ligue). La seule entité
qui justifie l'action des ligueurs ensabotés du bocage et qui motive
leurs sacrifices, c'est en fin de compte… eux-mêmes ; eux-
mêmes, c'est-à-dire la *paysantaille* papiste et celtophone de basse
Bretagne opprimée par le « domaine congéable » et par les corvées. Le chanoine Jean Moreau, ligueur rassis, qui fut conseiller-
clerc du présidial de Quimper et témoin direct de la défaite paysanne (toute provisoire) en novembre 1590, a bien senti
l'ethnocentrisme et le sociocentrisme des insurgés des hameaux
de Cornouaille : *cette défaite des paysans à Carhaix*, écrit-il,
*abaissa leur arrogance et fierté, car ils étaient tous disposés à
une révolte contre la noblesse et communautés de ville, ne voulant
être sujets à personne, de quoi ils se vantaient ouvertement. Et il
est sans doute vrai que, s'ils fussent retournés victorieux de
Carhaix, ils se fussent jetés sur les maisons des nobles, sans pardonner à aucun qu'il eût été de condition plus relevée qu'eux. Et*

en faisant de même, disoient-ils, ils seront tous égaux sans que l'un eût pouvoir ni juridiction sur l'autre. Mais Dieu en disposa tout autrement, car ils furent si rudement traités à Carhaix qu'ils demeurèrent aussi doux et humbles qu'ils étaient allés arrogants.

Ligue oblige : ces antinobles ont besoin de chefs valables, instruits ; ils se donnent donc des *leaders*… nobles, dont la position n'est pas toujours confortable. Quand Lanridon, le vieux soldat gentilhomme, « expérimenté capitaine », marche sur Carhaix, à la tête des paroisses qui se sont rassemblées au son du tocsin pour « libérer » cette petite ville occupée par les royalistes, c'est fourche au cul que, sorti de la tranchée, il monte à l'assaut, à cet assaut que, routier des batailles blanchi sous le harnais, il avait pourtant déconseillé ! (Mais, indignée par sa prudence, qui passait à tort pour de la lâcheté, *cette paysantaille lui dirent qu'il avoit peur, et ce disant, lui piquoient les fesses de la pointe de leurs fourches de fer, menaçant de le tuer, s'il ne marchoit.*) Bien entendu, le résultat de cette stratégie à la « va-comme-je-te-pousse » est désastreux : les milices paysannes qui se précipitaient ainsi à la bataille de Carhaix, comme on marche au folklore, au jeu de soule ou à la hue du loup, sont massacrées, Lanridon en tête, par les cavaliers du roi.

Cette défaite des « rustiques » bretons ne fut qu'une péripétie. Sa conclusion défavorable pour les forces campagnardes ne doit pas dissimuler l'essentiel. Au cours d'une série d'actions ponctuelles, entre 1589 et 1595, les paysans bretonnants de Cornouaille sont montés à l'assaut en poussant à pleine voix des chants liturgiques. Ils ont pris les lourds châteaux de granit qui appartenaient aux grands, « traîtres » à l'Église. Ils ont puni les brigands royalistes qui, croyaient-ils, les opprimaient. Ils ont massacré les nobles francisés qui pensaient pouvoir impunément revenir dans le Finistère. Ils ont passé la fourche dans la gorge de leurs propres chefs, tout titrés qu'ils fussent, quand ceux-ci se montraient politiquement trop mous, voire trop galants avec les belles dames royalistes. À travers leur comportement souvent barbare, mais logiquement centré autour de leurs intérêts de groupe et de leur religion quasi folklorique, les paysans de l'Armorique occidentale ont puissamment contribué à maintenir dans le giron de la Ligue cette Bretagne dont les masses profondes, dès 1560, avaient embrassé farouchement la cause du papisme. En même temps, ils ont maintenu de façon peut-être un peu niaise, mais indubitable, leur position particulière de campagnards, face aux villes et aux seigneurs. Les révoltés de 1675, les Chouans, et bien plus tard les premiers syndicalistes agricoles de l'Armorique, dirigés par les abbés Trochu et Mancel, agiront peut-être avec plus d'intelligence et de souplesse que leurs devanciers de 1590. Mais la direction fondamentale, dans la très longue durée, demeurera celle d'un catholicisme bocager, à tendances ethnocentriques et pro-paysannes. D'où son enracinement indestructible...

Les Nu-pieds de 1639

Les révoltes paysannes, si vives au temps de la Ligue et de la contre-Ligue, se calment pendant la grande décennie pacifique qui précède le geste de Ravaillac. Elles ne reprendront que beaucoup plus tard : après 1624 et surtout après 1630-1635, pendant le tour de vis fiscal de Richelieu. Ce tour de vis, du reste, tombera mal, brochant sur les pestes autour de 1627-1630, puis sur la déflation des prix agricoles pendant la décennie 1630.

L'orientation antifiscale des soulèvements ruraux d'avant-Fronde est particulièrement marquée, du fait même de l'initiative cardinalesque qui, à force d'impôt accru, les a déclenchés par contrecoup. On retrouve donc, dans le cycle des révoltes tournantes, entre 1625 et 1645, beaucoup de caractéristiques « poujadistes » et « antifisc », qui furent si notoires déjà au moment des décennies contestataires les plus actives du xvie siècle, de 1540 à 1550 et de 1585 à 1595

Dans le cadre limité de cet ouvrage, il n'est pas possible de tout dire à propos de cette série de guerres paysannes qui, sous Louis XIII, s'allumèrent le long d'un grand axe allant du Périgord au Cotentin par l'Angoumois. Elles ont fait couler beaucoup de sang pendant la décennie 1630 – et pas mal d'encre aussi depuis 1958 jusqu'aux années toutes récentes... Je me bornerai ici à analyser quelques-unes de ces actions parmi les plus typiques. Mon analyse est facilitée par les coups de projecteur qu'ont donnés récemment deux historiens de haute qualité, Madeleine Foisil et Yves-Marie Bercé, à propos des Nu-pieds et des Nouveaux Croquants.

En 1639, divers mouvements contre l'instauration des gabelles, qui fait partie du « paquetage » des mesures hyper-fiscales édictées par Richelieu, éclatent dans les bocages du Cotentin et près des sables du Mont-Saint-Michel : les rebelles ou Nu-pieds normands de 1639 sont aux Gautiers de 1589 – leurs compatriotes – à peu près ce que les frondeurs sont aux ligueurs.

La révolte des Nu-pieds est déclenchée à Avranches le 16 juillet 1639. Les sauniers des plages voisines, qui marchent sans souliers ni sabots sur les sables de la mer (d'où leur surnom), redoutent l'abolition de leur privilège, envisagée par le pouvoir. Ils ont entendu parler du calvaire de leurs amis fraudeurs, que tracasse depuis 1638, dans les généralités voisines, le sieur de La Rambergerie. Alarmés par des rumeurs plus précises encore, les sauniers abandonnent les fourneaux et les marmites où, pour extraire le sel, ils font bouillir l'eau de mer : le Cardinal, qui fait le jeu de la grande gabelle, va, croient-ils, supprimer leur industrie. Ces hommes se portent donc sur Avranches. Ils y massacrent un officier, venu de Coutances : ils l'accusaient faussement d'apporter dans ses papiers l'édit d'instauration de l'impôt du sel. Puis la révolte flambe autour de la petite ville, où fut commis ce premier assassinat : elle mobilise en premier lieu ces paysans à mi-temps que sont les sauniers ; et ensuite les porteurs de bois, autres paysans, qui charriaient les fagots extraits des haies du bocage[19] et destinés au combustible des marmites à salure. Sauniers et fagoteurs-porteurs sont évidemment menacés, chacun pour leur compte, par la suppression des distilleries d'eau de mer.

La révolte des Nu-pieds, en même temps, s'étend jusqu'à des grappes de paroisses purement rurales, situées près de Coutances et de Domfront, dans le sud et l'extrême sud du Cotentin. Enfin, elle met en mouvement certains groupes urbains, au niveau des classes inférieures. À Avranches, les petites gens impliqués dans le soulèvement sont professionnellement boulangers, armuriers, charpentiers, journaliers, tanneurs ou geôliers.

Dans le monde paysan-bocager, la participation à la révolte

s'effectue sur une base territoriale. Dans l'élection d'Avranches, par exemple, la seule pour laquelle on puisse dresser une statistique, trente-sept paroisses sur les quatre-vingt-dix-sept que compte cette circonscription participent à l'action de masse et à la mise sur pied de l'*armée de la souffrance* ou milice des insurgés… Dans chacune de ces paroisses, un homme sur deux[20] en état de porter les armes s'enrôle de bon ou de mauvais gré dans les troupes que commandait le « général » des insurgés, affublé du sobriquet de Jean Nu-pieds. Il semble bien qu'à ce niveau de base le contingent de combattants ainsi fourni par les paroisses révoltées corresponde à une représentation grossièrement fidèle de la société paysanne. Les fils de laboureurs (qui du reste, en ce bocage relativement égalitaire, n'étaient pas de bien gros personnages) y coudoient, dans la fraternité des armes rebelles, les autres « soldats de la souffrance » recrutés parmi les manouvriers, les sauniers ou les porteurs de bois ; tous fraudeurs ou bouilleurs de sel en puissance ou en acte, de même que leurs descendants seront un jour bouilleurs de cru ou fraudeurs d'eau-de-vie.

Mais la révolte des Nu-pieds n'est pas seulement l'expression des classes paysannes ou des bas groupes des villes. Elle recrute aussi ses *leaders* et ses militants parmi, si j'ose dire, les éléments inférieurs des classes supérieures ; et (à la campagne notamment) parmi les *médiateurs* de rang relativement haut (curé, seigneur) qui relient le groupe paysan (vivant dans l'autarcie et surtout tourné vers son propre nombril) au monde extérieur. En ce sens, la révolte a donc elle aussi « sa » noblesse (formée de quelques petits gentilshommes à lièvre, dans le style de Gouberville) ; ceux-ci se chargent de faire faire l'exercice (militaire) aux « coquins révoltés » dans les paroisses du bocage. Elle a son clergé : curés et vicaires liés au groupe des laboureurs par la naissance, ou (et) par l'activité pastorale ; ces ecclésiastiques se sont placés parmi les premiers à la tête du mouvement. Elle a enfin son tiers état, avocats, petits robins qui peuvent être amis du peuple par suite de motifs purs et désintéressés ; ou bien, plus bassement, parce qu'ils sont envieux des gros requins de la gabelle et de la finance ; bien qu'officiers eux aussi, les robins rebelles sont pleins d'amertume dans la mesure où ils n'ont pas su à temps se glisser dans l'élite du fisc ou du pouvoir pour y écumer les gros profits nés des impôts. Des jalousies particulières se mêlent à tous ces facteurs – tel avocat (Boutry) a été exagérément taxé par le commis d'un gros gabeleur (Beaupré) et il cherche à en tirer vengeance… en devenant « Nu-pieds ». La révolte de 1639, tout comme les autres soulèvements, n'est donc pas centrée sur une classe particulière (encore qu'y prédominent les groupes inférieurs : les rebelles n'hésitent point à taxer durement les riches agriculteurs afin de se procurer de l'argent pour acheter des armes). Elle est davantage fondée sur une contre-société ou sur une infra-société, ou encore, à l'heure de son clocher, sur un sous-ensemble en miniature de la société globale. À sa manière, elle possède, elle aussi, sa stratification d'Ancien Régime.

Les petits gentilshommes qui se commettent à la tête du mouvement des Nu-pieds sont issus d'une certaine noblesse paupérisée[21] des campagnes, si différente des élites prestigieuses de la ville, paradoxalement gavées par la rente foncière. On trouve, dans l'état-major du soulèvement, des seigneurs ou simplement des nobles locaux qui, les uns et les autres, sont plus riches de dettes que de terres : ils ont été incités à prendre leurs responsabilités dans la révolte par suite de leur haine contre les financiers qui achètent leurs seigneuries et qui rassemblent les terres à coups d'argent ; ou bien simplement par suite de leurs relations cordiales avec les simples ruraux du bocage (voir Gouberville, *supra*).

Plus typique, plus intéressante est la participation des curés et vicaires. Avranches était ville ligueuse en terre ligueuse (toute la basse Normandie) ; et les Nu-pieds, avec moins d'objectifs religieux mais autant de fidélité catholique, ne faisaient somme toute que suivre les traces des Gautiers. Enflée de religiosité, la révolte des Nu-pieds a même quelques connotations millénaristes : « Il y eut un homme envoyé de Dieu et dont le nom était Jean », proclame la bannière, à l'effigie de saint Jean-Baptiste, du chef des révoltés Jean Nu-pieds. Le soulèvement du Cotentin (qui n'a absolument rien d'une jacquerie antinoble, c'est là sa grosse différence d'avec la Bretagne de 1589 ou de 1675) offre des lueurs de révélation johannique ; tandis qu'au même moment (1637-1640), le mouvement des Néo-Croquants du Périgord et celui des « moissonneurs » de Catalogne s'orientent davantage vers la dévotion mariale, qu'il s'agisse de Notre-Dame-des-Vertus dans la forêt de Vergt ou de la Vierge pleureuse de Riudanarès.

Fonctionnellement, les prêtres qui encadrent de fort près l'armée des Nu-pieds, et qui prennent la tête du pillage des bureaux du fisc, proviennent de tous les horizons du bas clergé, surtout séculier. Ils sont clercs haut le pied, résidant à la ville ou au village – ou bien vicaires de faubourg suburbain, ou de petite ville de tradition ligueuse ; ou simplement vicaires ou curés de campagne, qui sont sensibles aux infortunes de leurs ouailles. Œil, cœur et cerveau de la société villageoise, le prêtre, comme le hobereau ou comme le petit robin, est tout naturellement un notable ; s'il devient *leader*, c'est d'abord parce qu'il est le pasteur de ses brebis, et qu'il a le devoir de ne pas les laisser manger par les loups fiscaux. Il est beaucoup plus influent, beaucoup plus présent dans la révolte en terre normande qu'il ne le fut deux ans plus tôt dans le maquis néo-croquant, au *leadership* déjà déclergifié.

L'armée de la souffrance, dans cette guerre paysanne, se moule tout naturellement sur les unités locales : la paroisse, ou le « corps de communauté », fournit au soulèvement sa cellule de base ; le tocsin, son signal d'alerte ; et le vicaire assurant le prône, son haut-parleur ; tandis que les contacts de paroisse à paroisse, au sein d'une société qui reste largement segmentaire, reconstituent l'indispensable « téléphone arabe » qui permet la propagation des nouvelles et des consignes. Au-dessus de la paroisse, l'unité géographique supérieure de la révolte, c'est le petit pays, le *pagus*, le coin de bocage de quelques dizaines de paroisses ; il prend du reste tout naturellement le nom d'une circonscription judiciaire, la sergenterie ; sans que pour autant la sergenterie rebelle coïncide à plein, il s'en faut de beaucoup, avec les frontières spatiales et canoniques de la sergenterie administrative et légale. L'adversaire de toutes ces entités rebelles, ce n'est jamais pour nos Nu-pieds le seigneur ou le noble en tant que tel (grosse différence, répétons-le, d'avec la Bretagne de 1589, ou de 1675 !). Mais c'est bien entendu le fisc ; et concrètement, c'est le riche agent du fisc, le voleur, le hardi prenant qui s'est enrichi en parasitant, parfois de façon légale, les structures de l'État de type « moderne ». C'est l'officier d'élection, le receveur des tailles, le fermier du sel ou son commis, qui achètent les terres et les seigneuries des vieux nobles en déconfiture et qui, de ce fait, polarisent les haines de ceux-ci, et s'attirent du même coup les éructations – devenues cette fois antiseigneuriales ! – de la masse paysanne peu affectueuse pour les nouveaux maîtres. L'ennemi des rebelles, c'est, comme jadis en Périgord, le *bélître* ou prétendu bélître d'hier devenu le puissant d'aujourd'hui : détesté par le petit peuple, jalousé par les snobs des élites locales. Lesquels regardent avec indifférence ou joie sadique incendier sa maison ou massacrer ses sous-ordres.

Les Nu-pieds, de façon parfois un peu confuse mais indubitable, visent le pouvoir, ou du moins un certain pouvoir ; ils ne s'en cachent guère. Leurs revendications, de ce point de vue, s'enracinent dans un folklore encore vivant : voyez leur référence à la *clameur de haro*, sorte d'appel qu'on utilise, à la façon d'une sonnette d'alarme, pour obtenir une évocation directe au duc de Normandie ou au roi de France. Elles s'enracinent aussi dans la fierté provinciale née d'une historiographie régionale de la Normandie qui vient au jour vers 1550-1630. Par-delà ces repères culturels d'origine diverse, on trouve en 1639 une autre idée bien précise : les Normands, de par la charte que leur a concédée Louis le Hutin en 1315, doivent avoir leur mot à dire en ce qui concerne la fixation des impôts qu'ils paient (on sait qu'ils en payaient beaucoup plus que leur part, vers 1630 ; on comprend qu'ils aient renâclé !). Bien entendu, cette référence historique à la charte de 1315 est le fait des seuls *leaders* du mouvement ou de ses sympathisants cultivés : prêtres, nobles, avocats qui sont frottés d'une éducation de collège, alors de plus en plus diffusée. Cependant, l'idée plus générale selon laquelle c'est au Normand lui-même, et non pas au « horsain », au « partisan », au « Parisien », qu'il appartient de fixer – pour les diminuer, bien sûr – la gabelle et les impôts, cette idée-là est certainement très répandue. Par-delà les deux premiers niveaux d'appartenance des révoltés – paroisse et sergenterie – se dessine ainsi un troisième niveau, coiffant les autres. Il ne s'agit de rien de moins que la *Normandie* elle-même ! On est donc confronté à une prise de conscience régionale ou régionaliste qui n'est pas seulement le fait des élites ; mais qui s'empare aussi, en ce Cotentin déjà fortement alphabétisé, d'assez larges masses urbaines et même rurales ; Jean Nu-pieds lui-même s'identifiant au duc de Normandie. Jamais sans doute, même au temps du fédéralisme pendant la Révolution française, ce localisme normand, véritable création *hic et nunc* du génie bocager, ne s'était affirmé ni ne s'affirmera avec autant de force qu'à l'époque des Nu-pieds de 1639.

Ceux-ci, par ailleurs, à des degrés divers, sont porteurs d'une quadruple référence qui renvoie vers l'épaisseur du passé ; c'est-à-dire en l'occurrence vers Clio. Il y a d'abord, chez les plus cuistres parmi les ruraux, ou du moins, pour être plus exact, parmi les auteurs cultivés des manifestes nu-pieds, le rappel pédant, et qui sent lui aussi le collège, des rôles vengeurs et libérateurs de Brutus et de Catilina. Vient ensuite l'évocation du passé médiéval de la grande province jadis indépendante ou autonome, avec ses ducs et ses états provinciaux. Enfin, les bons rois, pas coûteux quant au fisc – soit Louis XII pour les plus savants des Nu-pieds, et Henri IV pour ceux dont la mémoire est moins riche –, font l'objet eux aussi d'évocations attendries dans les couplets et dans les chansonnettes propagés par les rebelles ; puisque aussi bien les officines de ceux-ci sont peuplées de versificateurs mirlitonesques. Ce soulèvement sage se réfère au passé, comme à un âge d'or de la Normandie ducale ; mêlant inextricablement communalisme et localisme, la révolte des Nu-pieds ne remet pas en cause les bases mêmes de la société… Certes ! Mais on sait bien qu'il suffit quelquefois d'assez peu pour que la référence passéiste à l'âge d'or – où les Normands, jadis, s'autodéterminaient – devienne la référence millénariste au paradis qui s'ouvre sous nos pas, pour peu que nous voulions bien le conquérir… Les révoltes socialement les plus sages, et mythiquement les plus folkloriques ou les plus historicistes, sont quelquefois – en raison de cette sagesse même qui facilite l'union de tous – les plus aptes à faire trembler sur leurs bases le pouvoir et la gabelle.

Les Nouveaux Croquants du Sud-Ouest

L'autre guerre paysanne, également motivée par les impôts, c'est celle qui se mène à partir de 1636 dans les pays du paléo-croquandage, en Angoumois et en Périgord. Là aussi, comme ailleurs, et peut-être plus qu'ailleurs, la période 1550-1670 se situe à l'apogée d'une sorte de communalisme coloré[22]. Dans les villes du Sud-Ouest, généralement petites, et que protègent encore de bonnes murailles et des portes solides, les consuls enchaperonnés se recrutent, par élection plus ou moins libre, dans un groupe restreint de familles notables. Ils sont les vrais maîtres de leur petit monde urbain ; et ils peuvent se permettre, sauf lettre de cachet, de défier ou d'éluder les ordres du roi. Un formidable folklore, dont les pâles descriptions du XIXe siècle n'offrent qu'une idée assez faible, multiplie, sous Louis XIII, les fêtes des fous, les charivaris, et, plus au sud, les courses de taureaux. Tout cela renforce ou simplement exprime une forte cohésion du corps social au niveau des classes inférieures et des petites élites locales : une telle cohésion permet, le jour venu, face au fisc dont le péril devient imminent, toutes les prises d'armes. Ces comportements font école : le moindre consul de village, à l'exemple de ses collègues des grandes cités, se prend pour un capitaine de ville empanaché ! Les lourdes initiatives fiscales de Richelieu se heurtent à une sociabilité effervescente : en Angoumois, en Périgord, les guerres paysannes de 1636-1637 déploient donc, selon les cas, la ténacité chouanne du pays d'écarts et l'ardeur cocardière de la bourgade, nantie de son patriotisme de clocher.

C'est à l'occasion des grandes foires de l'Angoumois que s'est mijotée, entre période pascale et coupe des grains, la « guerre » initiale, celle des Nouveaux Croquants de 1636, comme l'opinion publique les baptise et comme ils ne veulent pas qu'on les appelle. Les paysans locaux qui se sont présentés comme recrues aux premières assemblées à but militaire ou même insurrectionnel n'ont pas eu à s'armer. Armés, ils l'étaient déjà ; en toute légalité, du reste ; ils portaient l'épée au côté tout en pilotant leur charrue. (De même en 1675, en pleine paix civile, John Locke verra les ménagers languedociens se rendre à leurs vignes le pistolet à la ceinture, sans que personne y trouve à redire. Après tout, on ne sait jamais…)

Ce port d'armes trouvait dans l'Angoumois des Nouveaux Croquants une justification supplémentaire : comme on connaît ses ennemis, on les maltraite. Rassemblés sur les lieux mêmes où s'étaient regroupés les Pitauts de 1548, les villageois de Barbezieux et d'ailleurs, en 1636, irrités par des tailles plus lourdes et par des taxes accrues sur le transport du vin et sur le trafic de marchandises, courent sus aux commis du fisc, et attaquent tel *quidam accusé de maltôte* : ils le hachent menu pour s'en répartir la chair et la clouer sur leurs portes. Les villes sont bloquées par ces villageois en fureur : ceux-ci recueillent, il est vrai, la sympathie de certaines populations urbaines, elles aussi allergiques au fisc ; mais non point celle des gros officiers des tailles, lesquels n'osent plus quitter les cités fortes, ni pénétrer dans le plat pays. Ces villageois révoltés – *peuple*, ou *menu peuple*, ou *commun peuple*, ou *commune* [23] – se donnent des *leaders*. Certains, parmi ceux-ci, n'émergent guère à la pleine lumière des textes : ce sont les forts en gueule, les lurons ou, quelquefois, les truands de la paroisse, ceux que les archives qualifient en termes peu amènes de *racaille*, *gens de néant*, *brouillons*, *mutins* ou *factieux* [24]. La seconde catégorie de chefs, plus prestigieuse, se recrute, tout bonnement et comme toujours, chez les petits notables du cru : chez les curés, bien sûr, dont l'effectif, parmi les cadres des Néo-Croquants d'Angoumois, est moins étoffé que dans le Cotentin des Nu-pieds, mais plus important que dans le Périgord de 1637 (l'Angoumois de ce point de vue forme zone de transition, en ce qui concerne la déclergification des révoltes). Les chefs des rebelles peuvent être aussi de petits juges seigneuriaux. Plébéiens du prétoire et méprisés des gros chats fourrés, ces minuscules officiers sont en effet mis peu à peu au rancart ou au chômage à cause du pullulement des juges royaux, qui court-circuitent les vieilles seigneuries. Délaissant leurs procès mesquins et les sentences qu'ils rendent au cabaret entre un verre de vin et un quignon de lard, ces judicailleurs d'arrière-boutique se décident donc courageusement, généreusement, à prendre devant le roi et même devant Richelieu – par lettre ! – la défense de leurs justiciables ; ils iront ensuite jusqu'à la révolte en armes. Un Simon Estancheau, juge sénéchal et *leader* des paysans révoltés près de Barbezieux, payera du supplice de la roue sa participation active au néo-croquandage de 1637.

Bien entendu, le *commun peuple* d'Angoumois, en 1636, n'attaque (en tant que tels) ni les gentilshommes, ni l'Église, qui pour lui font partie de « l'ordre éternel des champs ». Tout au plus les révoltés menacent-ils les seigneurs – si ceux-ci se rendent complices d'une oppression par la fiscalité – de faire contre eux la grève des redevances, des *agrières* (champarts) ou des *cens*. Les rebelles protestent aussi marginalement contre le détournement des dîmes, qui, à leur gré, ne devraient aller qu'aux desservants des paroisses, et non pas « monter » vers les cités pour y engraisser les évêques et les chanoines. Cette dernière revendication se situe dans la ligne d'un certain « contrôle de la paroisse par les paroissiens », confinant à l'anticléricalisme : on trouvait déjà une tendance de ce genre chez les premiers Croquants de 1594. D'autre part, ce désir de conserver la dîme par-devers le plat pays fait partie, chez les insurgés de 1636 et surtout de 1637, d'un plan général, aussi fumeux qu'indéniable, de simplification du corps social. On aimerait jouir en effet d'une société sans gabeleurs, sans parasitisme du haut clergé, dans laquelle des milliers de villages seraient simplement pastoralisés par leurs curés, et gouvernés de très haut, en un royaume segmentaire et débonnaire, par un soliveau paternel et monarchique : à l'exemple de Saint Louis, et sans s'embarrasser de bureaucrates, le roi rendrait la justice sous un chêne ; vivant surtout des récoltes de ses domaines, il recevrait lui-même *de la main à la main* les modestes impôts que lui verseraient directement les délégués des villages, sans que les sangsues du fisc en prélevassent leur portion sur le passage.

Les revendications paysannes se radicalisent légèrement, au moins par la bande. Elles s'attaquent marginalement aux privilégiés et à la classe propriétaire, dans la mesure où elles protestent, une fois de plus, contre les affranchissements de la terre noble, mise hors du fisc ; et contre la haute protection dont bénéficient, en matière d'impôts, les riches de chaque village et avec eux leurs fermiers : *le mestayer de Monsieur Cestuycy Monsieur Cestuylà qui possèdent la meilleure part du bien de chaque paroisse.* Ces « Messieurs » et leurs métayers, si bien lotis de propriété ou d'exploitation qu'ils soient, ne s'en font pas moins décharger de la taille. Il est clair que, sur ce point, les manifestes des Croquants de 1636 traduisent les vœux des paysans pauvres et de la masse des laboureurs qui ne bénéficient pas, eux, de la protection des « Messieurs ». Faut-il rappeler au passage que les « Messieurs » en question sont tout simplement, pour une part, les agents et les « résultants » du rassemblement des terres en mains bourgeoises et nobles, opéré aux xvie et xviie siècles…

Mais enfin, de telles audaces restent « en marge ». La passion rustique, pour l'essentiel, se porte contre l'excès d'impôts. Les gentilshommes le savent bien, qui ne cherchent point à s'opposer au soulèvement, ou qui même en sont passivement complices : il menace davantage l'appareil d'État qu'il ne compromet leurs intérêts de groupe. Et puis, de toute manière, les Néo-Croquants de 1636 se montrent plus respectueux encore des hiérarchies sociales que ne l'étaient leurs prédécesseurs immédiats, les Tard-venus, *alias* Tard-avisés périgourdins de 1594, qui haïssaient les villes du pays.

Antifiscaux, les Néo-Croquants de 1636 acceptent cependant le *principe* même de la taille royale ; mais ils refusent les tailles extraordinaires ; ils se rebellent contre les droits sur le vin, levé le long des fleuves qui portent les barques chargées de barriques ; ils critiquent la répartition des impôts, faite, disent-ils, au profit des riches. Ils contestent la vénalité des offices, qu'ils estiment coûteuse pour le peuple. Ils fraternisent avec les petites gens des petites villes ; mais ils haïssent, d'une haine toute neuve, la très grande ville, ce Paris des « Parisiens-partisans » qui dévore la substance du royaume : passé de 200 000 à 400 000 habitants, puis à 500 000 habitants au xviie siècle, Paris se gonfle en effet comme d'une « mauvaise graisse » de la sueur et de l'exploitation des provinces. Les Croquants, enfin, comme l'écrit Yves-Marie Bercé, cultivent le quadruple mythe « de l'âge d'or, du roi trompé, du roi spolié, des mauvais ministres ».

Les révoltes de 1636 ont géographiquement leur épicentre dans l'Angoumois des grains, dont le commerce était branché sur la Dordogne. Elles gagnent ensuite en direction de l'Angoumois viti-cole ; autrement dit, les Charentes. La répression par les « vieilles troupes », indispensables du fait de la carence complice des noblesses du cru, n'empêchera pas le refus fiscal de paralyser pen-dant quelque temps les entreprises des gabeleurs et des receveurs des tailles.

Mais la vraie, la grande guerre paysanne de notre premier xviie siècle, c'est celle des Néo-Croquants du Périgord, livrée en 1637, sous la direction de La Mothe la Forêt. C'est la plus impor-tante guerre civile qu'ait déclenchée le monde rural français... jusqu'aux Camisards. Le Mai périgourdin de 1637 éclate dans un pays où le commerce s'est ralenti par suite des guerres extérieures, ultra-fiscalisantes ; dans une région qui ne parvient plus à commercialiser convenablement ses châtaignes. Le soulèvement riposte aux levées d'argent excessives qu'exige la monarchie pour l'armée de Bayonne. Il fait éruption, de façon brusque, en une semaine, dans la grande forêt de Vergt, en laquelle nichent des dizaines de hameaux, et que protège près de Périgueux le sanctuaire de Notre-Dame-des-Vertus. Un noble local, La Mothe la Forêt, vieux briscard mystique, qui fut honoré à ce propos de visions de la Vierge, prend la tête du mouvement. Sans être une Jeanne d'Arc, ce brave à trois poils possède tout de même le sens de l'organisation et le culte féroce de la discipline militaire. Ses subordonnés, minuscules notables du secteur, représentent les diverses paroisses et commandent les contingents ruraux. Petits *leaders*, ce sont en majorité des laboureurs qui ont fait leur temps à la guerre (toujours les « anciens combattants » qu'on trouvait déjà chez les premiers Croquants et chez les Gautiers). On rencontre aussi, parmi ces dirigeants, en sous-ordre, des « praticiens » et autres petits robins de village (juges, procureurs, greffiers, notaires, avocats) ; plus une demi-douzaine de gentilshommes ; quelques prêtres, beaucoup moins influents chez les Croquants du Périgord que dans les pieux bocages de Bretagne ou de basse Normandie ; enfin, des artisans, dont le célèbre tisserand Buffarot ; trois marchands ; et un médecin, fort extrémiste, nommé Magot. Bref, la contre-société qu'on aperçoit si souvent dans les révoltes d'ancien type : elle groupe ici, à l'ombre de la forêt contestataire, les petites gens des couches inférieures des trois ordres. L'analyse (voir ci-dessus) que Madeleine Foisil a donnée en ce sens à propos des Nu-pieds vaut aussi pour les Nouveaux Croquants de 1637.

Pendant les vingt jours au cours desquels l'insurrection est maîtresse du Périgord, le sieur La Mothe est dur : la révolte qu'il dirige est à la fois moins radicale, plus nobiliaire et plus disciplinée que celle qui la précédait dans la même province en 1594. Le chef des Nouveaux Croquants, qui n'a ni le talent, ni l'intuition politique d'un La Sagne, fait régner l'ordre dans son camp, paye les vins que consomment les soldats, impose à ceux-ci le prêchi-prêcha marial des sermonnaires et des curés, interdit le pillage et ritualise la violence antigabeleurs. Quatre cents paroisses, séduites par ce soulèvement réfléchi, soutiennent La Mothe et son programme de justice et liberté. Ce programme en appelle du roi berné par ses mauvais ministres au roi mieux informé : tout en demandant l'allégement des impôts, il pose avec force les problèmes du pouvoir. Certes, les Croquants n'oublient pas qu'ils furent et qu'ils sont des royalistes ; moins séparatistes que les Nu-pieds de Normandie (dont la culture ligueuse n'avait rien de dévotement monarchiste), ils souhaitent tout de même que, sous l'égide du roi miséricordieux qu'ils déclarent aimer de tout leur cœur, soient rétablies les structures authentiques du Périgord comme pays d'États ; soient punis les gabeleurs et hommes de finances ; et soit assuré l'âge d'or de l'autonomie locale et régionale. Battu, La Mothe cède finalement aux forces de la répression ; il abat sur place le médecin Magot qui veut continuer la résistance… et il disparaît sans laisser de traces. Mais les foyers de rébellion continueront : en Angoumois, dans les régions de la Vézère ; au-delà de la Dordogne ; et dans l'Agenais traditionnellement agité. La révolte, lors de l'été 1637, fait même tache d'huile en Quercy, Saintonge, Marche et Limousin. Et puis, pendant trois années encore, dans cette forêt de Vergt d'où tout le mouvement était parti s'active un maquis de bandits d'honneur dirigés par le soldat paysan Pierre Grelety, gasconophone endurci et monolingue. Les paysans cachent, protègent cet enfant d'euxmêmes, qui les défend sans trêve contre le fisc : il respecte les biens des laboureurs ; il réserve ses coups aux émissaires des bureaux d'impôts de Périgueux. C'est un Mandrin avant la lettre. La solidarité affectueuse des gens des hameaux pour Grelety ne se démentira que le jour où ses hommes à lui, qui jusqu'alors étaient dans la campagne ou dans les bois comme des poissons dans l'eau, commenceront à voler le dindon du laboureur. Alors se produisent, contre eux, les premières dénonciations aux autorités. Mieux que La Mothe la Forêt, mais sans l'intéressante théorisation de La Sagne, Grelety incarne ainsi, pendant une longue période, la socialité rustique dressée contre les structures étatiques-fiscales ou étatiques-urbaines ; « contre les intendants, les partisans, les officiers, les commis, les archers et les recors ».

« L'énigme de la Fronde »

En fin de compte, c'est à « l'énigme de la Fronde », et de la plus paysanne des Frondes, que nous amènent progressivement les travaux de Madeleine Foisil et d'Yves-Marie Bercé. Il ne s'agit pas ou peu, en l'occurrence, de la Fronde parisienne, celle du petit père Broussel, de Gondi, des princes et des écharpes bleues ; mais de celle – moins connue et néanmoins, dans son style, tout aussi importante que l'autre – qui, à l'exemple et à la suite de Paris, s'est lancée, en Limousin, en Angoumois, en Périgord et ailleurs, contre les gens de guerre et de finance, à partir de 1648-1649. Cette deuxième variété de Fronde, rurale et provinciale, a obtenu d'entrée de jeu des résultats considérables, ceux-là mêmes qu'énumère l'historien des révoltes du Sud-Ouest : *départ des intendants* […], *départ des commis, des traitants et des gabeleurs, départ des fusiliers et des sergents des tailles.* Dès l'été de 1648, de vastes portions du Massif central et du Sud-Ouest aquitain sont en état de puissant refus fiscal. Les contribuables font grève. Une espérance ample et un peu folle anime toutes ces régions qu'a touchées la grâce de la Fronde, et qui rêvent d'un monde décentralisé : les communautés, espère-t-on, s'y gouverneront elles-mêmes par états et non par élus ; par officiers et non par traitants ; par délibération collective de notables, et non par ordre des intendants. Du coup, les Croquants de 1637, assistés par la génération un peu plus jeune, deviennent les frondeurs de 1649 ; et la forêt de Vergt est aussi contestataire lors des tribulations de Mazarin qu'elle l'était sous le ministère de Richelieu. La grande espérance de l'été 1648 est-elle aussi différente qu'on voudrait quelquefois nous le faire croire de celle, certes plus vaste, plus nationale et plus éclairée, qui s'épanouira en 1789 et qui emportera tout devant elle ? Bien entendu, cette espérance frondeuse est destinée à échouer très vite sous le poids des contraintes. Certains frondeurs eux-mêmes, conformément à l'implacable logique des révolutions, se transforment à leur tour en gabeleurs détestés des masses…

Les Frondes et surtout les révoltes paysannes d'avant-Fronde ne se ramenaient pas, tant s'en faut, à une action antiféodale des masses écrasée par les grands et trahie par les bourgeois, à quoi Porchnev voulait abusivement les assimiler tant les unes que les autres. Elles ne sont pas plus, ces révoltes agraires, les simples agitations de marionnettes dont de grands seigneurs tiraient les fils, telles que les a suggérées Roland Mousnier, dès lors qu'il abandonnait, pour mieux s'envoler, le terrain des faits, en lesquels il était passé maître. C'est Yves-Marie Bercé, disciple de Mousnier (mais pas toujours fidèle au maître), qui nous a donné le fin mot de l'histoire. Au gré de Bercé, les révoltes peuvent être manipulées certes, mais elles ont bien souvent un caractère spontané. On retrouve ici les analyses fondamentales de Rosa Luxemburg, trop oubliées des marxistes classiques, sur la spontanéité des masses[25]. Mieux encore. Yves-Marie Bercé a offert une typologie des révoltes paysannes françaises du XVIIe siècle, soulèvements : A) contre l'assiette des impôts directs ; B) contre l'excès des impositions indirectes (gabelles et autres) ; C) contre le logement des troupes chez l'habitant ; D) enfin émeutes de subsistance, dont il est bon de rappeler ici qu'elles furent importantes à la campagne, de temps à autre affamée au même titre que l'était le prolétariat des villes. L'action de masse antiseigneuriale sera le « privilège », elle, de la Révolution française (voir *infra*, conclusion de ce livre)…

Cette action antiseigneuriale, qui se déploiera en effet sous la Révolution, n'était pas typique, en revanche, des vieilles révoltes du XVIIe siècle, plus « sages » en somme, fussent-elles violentes, que ne le sera le grand mouvement agraire de 1789 : elles se bornaient à des objectifs plus terre à terre, relatifs disions-nous aux impôts excessifs, à la cherté des grains, au logement des troupes abusives…

CHAPITRE VI

Fluctuations démographiques, et autres ; reprise colbertienne ; rechutes « fin de règne » ; et percée du « beau XVIIIᵉ siècle » : vers un grand cycle agraire, derechef

Le hasard chronologique fait parfois bien les choses et la première partie du règne personnel de Louis XIV (1661-1688), disons surtout à partir de 1663, passée la famine de 1661-1662, correspond à une hausse modérée, derechef, du peuplement français aux frontières actuelles, tant global que rural. On était tombé, lors du « petit creux » de 1662-1663 consécutif à la Fronde et à la famine, ou, si l'on préfère, s'agissant de la génération « éprouvée » 1640-1669, à 20 350 000 habitants (global) et 18 150 000 (rural)[1], en baisse, de quelques pour-cent, par rapport au « petit maximum » des environs de 1625. Or ce « petit minimum » de 1655 va faire place à son tour (vu l'absence de famines entre 1663 et 1692) à une bonne période de petits maxima progressivement acquis dès 1680 et qui deviennent de plus en plus nets après cette date : 21 934 000 habitants en 1680, soit une hausse de 8 % par rapport au « creux » des années 1650-1663 (20 350 000). Que passent une douzaine d'années[2] : voilà qu'en 1692, au terme d'une nouvelle progression certes lente, mais assez continue, on en est à 22 397 000 habitants, soit un nouvel accroissement de 2,1 %. On voit que c'est vite dit de parler de « crise louis-quatorzienne ». En fait, le royaume, économiquement, démographiquement, ne marche pas si mal. Tant s'en faut ! La population rurale doit faire les 85 % à 88 % de ce nombre global et elle augmente vraisemblablement à un rythme aussi rapide (ou aussi lent…) que sa consœur globale, ou peut-être un peu moins vite qu'elle, si l'on admet qu'il y a en effet un début d'exode rural. C'est bien la bonne période, agraire et autre, du règne de Louis XIV.

Après 1691-1692, les temps de la crise, agraire et démographique, reviennent à nouveau. Au point de départ d'icelle se situe (sur fond de guerre, d'appauvrissement par le fisc, et dans un contexte d'inflation stérile ou stagflation) la grande famine de 1693-1694. Cette gigantesque crise de subsistances, qui culmine après la très mauvaise récolte de 1693, est, typiquement, fille des météorologies désagréables du xviiᵉ siècle. La chronologie climatique de l'Anjou, savamment compilée par François Lebrun, est fort éloquente à cet égard. L'été et l'automne de 1692 avaient été pourris et froids, au point de provoquer les vendanges les plus tardives du siècle. L'hiver de 1692-1693 fut froid. Le printemps, l'été et l'automne de 1693 sont froids et pourris. L'hiver de 1693-1694 sera glacial. Bref, de juillet 1692 à janvier 1694, la « douceur angevine » (et plus généralement française) est bien oubliée. On ne note pas, alors, un seul épisode chaud ou sec qui soit digne d'être relaté par les documents d'Anjou… Une fois de plus, dans le froid et dans l'humide, a germé, en 1693-1694, l'une des pires famines de l'âge classique… et du « petit âge glaciaire ».

Quoi qu'il en soit de son contexte d'ensemble, météorologique et économique, la famine de 1693-1694 occasionne, dans la démographie du moment, les trois séries de phénomènes habituels : baisse du nombre des mariages ; raréfaction du nombre des baptêmes, par suite d'ascétisme, de contraceptions timidement amorcées, ou d'aménorrhées de dénutrition ; enfin triplement ou quadruplement du nombre des morts, à cause de la faim et surtout des maladies épidémiques. Dans les grandes régions productrices de céréales, au Bassin de Paris, la famine de 1693 a pu tuer 15 % de la population adulte ; mais les cadavres furent moins nombreux dans les zones littorales ou bocagères, parmi lesquelles coquillages, poissons de mer ou laitages fournissaient des aliments de substitution…

Marcel Lachiver de ce point de vue a précisé les choses, à l'échelon national : la France au maximum de l'an 1691 comptait 22 453 000 habitants. En 1695, au minimum, elle n'en a plus que 20 736 000 (dont 87 à 88 % de ruraux). La région la plus éprouvée, c'est justement la plus rurale et la plus pauvre, celle du Centre[3], où les pertes sont énormes dans une dizaine de départements actuels, disons, *grosso modo*, le Massif central infertile et granitique.

**Reflux et flux de la population rurale,
dans le cadre conventionnel de l'Hexagone :
dépeuplement, récupération, plafonnement,
croissance, dépeuplement derechef**

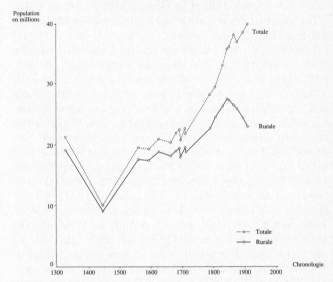

Les années 1696-1708 redeviennent « bonnes », disons même 1696-1709, car l'impact du grand hiver de janvier-février 1709 se fera surtout sentir, en dépit des habituels stéréotypes glaciaires, lors de la famine du printemps 1710 consécutive aux mauvaises récoltes de l'été 1709, qui seront elles-mêmes les conséquences, à retardement, des gels de blé en herbe lors de ce grand hiver 1709. Donc de 1695 à 1708, on passe de 20 736 000 habitants (minimum de 1695) à 22 643 000 habitants (maximum de 1708). Jamais la France aux limites actuelles n'a été aussi peuplée depuis les maxima de 1328 (21 250 000), de 1560 (19 500 000), de 1691 (22 453 000). C'est un *maximum maximorum*, ce 1708, avec ou malgré les effets à retardement, ultérieurs, du grand hiver de 1709.

Et l'on nous parle toujours des « malheurs de la fin du règne » de Louis XIV. Ils ont existé, mais il convient de les démultiplier, de les répartir sur deux périodes initiées elles-mêmes par les désastres respectifs de 1693-1694 et de 1709-1710 ; et séparées, dans l'entre-deux justement, par une superbe phase de récupération[4] (1695-1708) ; celle-ci ne mérite pas nécessairement, elle, d'être décrite *a priori* comme malheureuse, malgré MM. Fénelon, Saint-Simon, et *tutti quanti*…

Venons-en, de fait, aux ultimes désastres, ceux de la période 1709 (ou 1710) à 1711, avec stagnation au « plancher », un plancher démographique pas trop déprimé, quand même, jusqu'en 1715 inclusivement : la grande gelée d'hiver de 1709 s'inscrit dans les traditions du petit âge glaciaire, observées depuis la fin du XVIe siècle. Tuant les semences ou le blé en herbe dans le sillon, elle provoque par ricochet une crise des subsistances aiguë dans le nord de la France, dans les bassins de « Seine et Loire », et dans le Sud-Ouest. En somme, elle a pris la France en écharpe du Nord au Sud-Ouest. La population nationale tombe de 22 643 000 habitants (maximum de 1708, dont 85 % ruraux) à 21 833 000 personnes en 1711 ; baisse de 3,6 %, un peu moindre qu'en 1693-1695, en dépit des stéréotypes trop négatifs sur la fin du règne prise en bloc. Ensuite, le déclin, devenu très modéré, devenu simple plancher, joue quand même les prolongations jusqu'en 1714 inclusivement (21 834 000 habitants). La reprise commence dès 1715, donc dès la mort de Louis XIV, ou même un peu avant, puis elle s'accélère. La crise de 1709-1711 a été moins forte effectivement qu'en 1693-1695, années au cours desquelles la baisse du maximum (1691) au minimum (1695) avait été de 7,6 %. La consommation du sel marque bien les mêmes minima et maxima (1595 : min. ; 1620 : max. ; 1655 : min. ; 1700 : max. ; 1710-1711 : min. ; 1715 : début de la reprise longue, notamment « saline », du XVIIIe siècle).

À partir de 1715, quoi qu'il en soit, c'est en effet la reprise et bientôt l'essor. En 1715, dans les territoires actuels, on en est à 21 864 000 habitants (dont 85 % de ruraux). On s'en tient donc toujours à la norme de la grosse vingtaine de millions d'âmes, attestée dès 1328-1340 ; norme ensuite perdue et totalement « décrochée » à la mi-temps du XVe siècle après les désastres (10 millions d'âmes au maximum vers 1440-1445), puis retrouvée (avec des hauts et des bas) – la vingtaine de millions d'âmes toujours de 1550 à 1715 : plafond plat, tout au plus vaguement ondulé. Mais après 1715, tout change, et les plafonds justement sont percés – vers le haut ! On était à 21 849 000 habitants en 1714-1715 (moyenne de ces deux années) ; 22 693 000 en 1719 ; 24 600 000 en 1740 ; et ainsi de suite : 25 350 000 vers 1745 (Blayo et Henry disent seulement 24 550 000) ; 25 700 000 en 1760, puis 26 600 000 (1770) ; 27 550 000 (1780) ; 28 100 000 (1790). Les increvables plafonds du premier XIVe siècle, si longtemps perpétués aux XVIe et XVIIe (la vingtaine de millions d'âmes…), ne sont donc plus qu'un souvenir qu'on peut dorénavant contempler tout à loisir, vers 1789, vus de haut… L'« histoire immobile » est bel et bien terminée. Quant à la population proprement rurale, elle a un peu moins augmenté, en raison d'un certain exode vers les villes : elle est de 18 584 000 âmes en 1715 (85 % de ruraux) ; et de 22 761 000 en 1789-1790 (à raison des 19 % de population urbaine, s'agissant des villes de plus de 2 000 habitants).

Cette forte croissance du temps des Lumières, il n'y a pas de raison néanmoins pour la dépeindre sur le mode totalement optimiste. Elle a été, sinon interrompue, du moins freinée de temps à autre par divers incidents de parcours qui soit prennent naissance dans le monde rural (les mauvaises récoltes) soit l'affectent en cours de route (les épidémies). C'est ainsi que, vers 1737-1745, il y eut pause ou stagnation momentanée de l'essor démographique, ces années étant même marquées quelquefois, en certaines régions, du sceau d'un possible déclin… À partir de 1737, en effet, se dessine une vague d'épidémies. En outre, l'« année-récolte » de 1740 (autrement dit la période qui va des semailles automnales de 1739 à la fin de l'été 1740, au lendemain de la moisson) est horriblement froide et humide en toutes saisons (automne, hiver, printemps, été) : les semences, une fois de plus, sont gelées en terre ; les récoltes subséquentes et néanmoins survivantes sont noyées sur pied. Cette destruction n'est que partielle, bien sûr, mais elle suffit quand même à provoquer le déficit des subsistances, générateur de misère et de cherté. Surtout, les grandes fraîcheurs de 1740 engendrent des épidémies de saison froide, à composantes broncho-pulmonaires, qui tuent des masses de gens. Ultérieurement, l'essor démographique va reprendre du service ou persévérer, selon le cas, pendant la seconde moitié du XVIIIᵉ siècle, et cela même si, de 1772 jusqu'à la Révolution, il est confronté à toute une vague d'épidémies. Celles-ci étant d'autre part flanquées de quelques chertés de céréales pendant les années qui courent de 1770 à 1775. L'impact démographique des contagions, en l'occurrence, prédomine par rapport aux mortalités de subsistances, désormais très atténuées ; les déficits des récoltes se bornent tout au plus à créer le « terrain » de misère sur lequel prolifèrent les désastres microbiens. Parmi les épidémies, qui de plus belle continuent leur carrière après 1770, citons « la grippe à extension européenne de 1775-1776 », « la dysenterie de 1779 », liée à un été chaud : elle affecte la France septentrionale et nord-occidentale. Quant à « la suette miliaire de 1782 en Languedoc », elle met les populations méridionales au lit plus qu'elle ne les couche dans la tombe et, dans ces conditions, elle nuit moins à la démographie qu'à l'économie occitane, y compris et surtout paysanne, qui, du coup, manque momentanément de bras. Mentionnons enfin, pour clore la liste, « l'épidémie meurtrière de pneumonie infectieuse » qui sévit, ambulatoire et spasmodique, de 1781 à 1785 : elle culmine à la fin de cette période de cinq ans[5].

Dans la partie ouest « très agrarienne » de la France (pays d'Auge, Anjou, Bretagne…), cette vague de contagions a même brisé, semble-t-il, l'expansion démographique. Soit l'exemple de l'Anjou, étudié en détail par François Lebrun. L'essor du peuplement rural y avait été nul pendant les cinquante premières années du XVIIIᵉ siècle[6]. Mais il s'annonçait assez plantureux, en revanche, durant la belle période 1750-1770, grâce à une mortalité que l'absence de disettes et d'épidémies avait réduite à 32 ‰. Or, après 1779, à cause du renouveau des contagions, toute velléité d'accroissement de la population angevine disparaît. L'Anjou, en 1789, n'est pas plus fourni d'hommes – et peut-être même l'est-il moins – qu'il ne l'était en 1689 ou en 1720. En Bretagne, au temps des Lumières, l'histoire démographique du monde rural n'est pas très différente (en plus grandiose et en moins « ratée ») de celle de l'Anjou. Dans la péninsule armoricaine, en effet, la mise en place du port militaire de Brest, depuis la fin du XVIIᵉ siècle, constitue un facteur dangereux de pollution régionale : les navires de la Marine sont des hôpitaux flottants ; les militaires, d'autre part, ne respectent pas les consignes de quarantaine (qui au contraire sont jalousement observées, depuis 1722, dans les ports de commerce) ; enfin, les matelots et soldats malades sont logés en pension chez l'habitant, jusque dans l'intérieur de l'Armorique ; ils peuvent, de la sorte, aisément contaminer les habitants des villages. L'effectif humain de la Bretagne, dans ces conditions, était d'environ 2 millions d'habitants à la fin du xviie siècle. Après une assez longue crise, là comme ailleurs, entre 1690 et 1720, la population bretonne avait repris son essor, et elle avait augmenté de 15 % dans le demi-siècle qui suivit 1720. Elle était donc passée à 2 300 000 habitants en 1770. Or, en 1790, à la suite des vagues d'épidémies précitées, auxquelles il faudrait ajouter « les poussées endémiques de variole, diphtérie, typhoïde et même typhus » (Jean-Pierre Peter), et aussi la tuberculose très largement diffusée (plus rurale qu'urbaine à cette époque), cet essor se brise ; une régression démographique s'instaure en pays breton ; elle fait tomber les effectifs humains de la province à 2 200 000 habitants (soit - 4,3 %, ou 100 000 habitants « soustraits »).

En revanche, on constate que dans le reste de la France – abstraction faite de l'Ouest armoricain et des pays de la Loire moyenne – l'essor du peuplement persiste, même pendant les parfois difficiles décennies 1770-1790. Cet essor est donc aussi de fin de siècle et de fin d'Ancien Régime : il demeure spécialement marqué, pendant la décennie 1780, en Alsace-Lorraine, dans les Vosges (voir le livre de Marcel Reinhard, André Armengaud et Jacques Dupâquier) et dans le Massif central. Ces régions à démographie expansive connaîtront de fortes révoltes antiseigneuriales, du moins dans le cas de la France de l'Est. Quant au Massif central, ses surplus annuels d'hommes alimentent l'émigration : les vieilles montagnes du Centre jouent le rôle, sous Louis XVI, d'anticyclone démographique, exportateur de main-d'œuvre.

Bilan « national » : sur les 28 100 000 habitants que compte la France en 1789-1790, nous notions que 22 761 000 sont des ruraux, ce qui ne signifie pas qu'il s'agisse en totalité d'agriculteurs ! Compte tenu de la présence de non-agriculteurs (artisans et autres) parmi les ruraux, la population strictement « agricole », y compris les actifs mâles, les femmes, les enfants et les vieillards, ne doit pas dépasser, si même elle l'atteint, le chiffre de 19 millions de personnes.

La population rurale, incluant sa grosse majorité agricole, a augmenté en chiffres absolus, mais, du fait d'une certaine urbanisation, elle a diminué en pourcentage de la population totale du royaume, de 1715 à 1790. Néanmoins, cette tendance, descendante dans le relatif, ne s'affirme, à l'époque des Lumières, même dans la Normandie développée[7], que de façon lente et surtout avec hésitation. En Provence, Michel Vovelle note, chiffres en main, que, dans beaucoup de petites cités, le pourcentage des paysans travailleurs (qui habitent dans la ville et qui exercent leur activité dans le terroir environnant) est plus élevé à la fin du XVIIIᵉ siècle qu'il ne l'était au commencement (par rapport à la population totale des citadins). Les paysans, dans ce cas particulier, qui peut-être est extrême, apparaissent paradoxalement comme la classe urbaine montante ! En Languedoc, le même phénomène est un peu moins prononcé, mais il existe, jusqu'à un certain point : le pourcentage des paysans par rapport à la population languedocienne demeure stable, en effet, ou même augmente de 1695 à 1765[8], et c'est seulement après cette date qu'il tendra à diminuer légèrement ; il se conformera ainsi – enfin ! –, mais avec deux générations de retard, au stéréotype qui est le nôtre, en ce qui concerne les démographies en voie de modernisation et de déruralisation.

Tout bien réfléchi, cette inertie coriace et tendancielle des pourcentages paysans n'a rien d'anormal : seule une *révolution agricole* à part entière aurait permis à un nombre relativement décroissant d'agriculteurs de nourrir un nombre relativement croissant de non-agriculteurs, de citadins, etc. ; or, cette révolution technologique des campagnes n'a pas eu lieu, ou plutôt n'a eu lieu que sous forme de progrès partiels et cumulatifs. Donc, les effectifs humains grandissants des villes au XVIIIᵉ siècle ont exigé, pour se nourrir, des effectifs humains grandissants de producteurs de subsistances dans les fermes, dans les villages, et même dans les cités ! On tient même là l'un des secrets de l'expansion démographique globale du XVIIIᵉ siècle, qui fait contraste avec la stagnation démographique globale du XVIIᵉ siècle, voire des XIVᵉ-XVIIᵉ siècles pris en bloc. À partir du moment où le secteur urbain, commercial, industriel et étatique commence à gonfler ses effectifs (et ce gonflement est perceptible dès le XVIIᵉ siècle, *a fortiori* pendant le XVIIIᵉ), une expansion globale (quoique, en fin de compte, proportionnellement moins forte) du nombre des « agricoles » est inévitable, puisque chaque *nouveau* citadin, ou « non-agricole », exige pour sa nourriture un volume presque incompressible de main-d'œuvre paysanne additionnelle.

Mais n'insistons pas trop sur les « causes » de l'essor de la population rurale au XVIIIᵉ siècle. Celles-ci, de toute façon, dépassent le cadre limité de la France, puisque l'« essor » ainsi évoqué s'avère mondial : il intéresse à la fois l'Europe, la Chine, l'Amérique du Sud et du Nord… Il convient, en revanche, de mentionner brièvement les modalités de cet essor en milieu agreste. Elles tiennent d'abord, et avant tout, au déclin de la mortalité : celle des adultes et, davantage, celle des enfants de moins de 7 ans et de moins de 5 ans. Cette prolifération fraîche et joyeuse du nombre des enfants donne justement aux phénomènes démographiques du XVIIIᵉ siècle rural leur caractère explosif : avec un décalage de 15 à 20 ans, elle jette en effet, sur le marché de l'emploi, les « classes paysannes pleines » de jeunes candidats au travail, dont les exigences en matière de débouchés sont loin de pouvoir être intégralement satisfaites. Au XVIIᵉ siècle, les enfants, trop nombreux déjà, prenaient en foule le chemin des cimetières. On les enterrait et on n'en parlait plus. Au XVIIIᵉ siècle, en raison de meilleures conditions de vie et de survie[9], beaucoup de ces jeunes échappent aux mortalités. Que peuvent-ils devenir ? La réponse à une telle question n'est pas nécessairement compliquée. Dès l'adolescence, un certain nombre d'entre eux se font migrants[10] ou mendiants ; ils proviennent, par exemple, du Massif central en état de gonflement démographique. L'un des phénomènes essentiels de la Révolution française commençante, la Grande Peur, portera du reste la marque de cet afflux des « migrants-mendiants » ; c'est, entre autres périls, contre le danger des « errants » jetés sur les routes en 1789 par la désagréable perspective d'une crise de subsistances que se barricadent, affolées, au printemps des temps nouveaux, les communautés de villes et de villages : elles sont saisies tour à tour par la réaction défensive, puis punitive[11].

Reste – en nous aidant pour cela d'une étude globale à souhait d'André Burguière – à établir le modèle, ou les modèles, changeants et successifs, de cette démographie rurale, d'abord stagnante et déclinante au XVIIe siècle, puis récupérante et ascendante au XVIIIe siècle d'après 1720. Essayons, en premier lieu, de décrire les fragments épars de ces « modèles » ; on tentera ensuite d'en recoller les morceaux.

Fécondité et sexualité

Fécondité, d'abord. Envisagée, pour commencer, au niveau de la biologie pure et simple : la nubilité, ou la maturité sexuelle, dont on peut mesurer l'avènement, chez les filles, par l'apparition des premières règles, était sans doute, chez les jeunes paysannes de l'Ancien Régime, un peu plus tardive que de nos jours[12]. « Les jeunes filles de Bressuire ont les pâles couleurs et sont réglées tardivement », écrira sous Louis XVI un médecin de Vendée. Si l'on en croit les mêmes sources, les filles de la ville, et celles de l'élite, connaissaient déjà une maturité sexuelle plus précoce que les campagnardes ; mais ce processus de raccourcissement de la maturation ne concernait guère encore la population féminine du « plat pays »…

Dans l'ensemble, les conquêtes du XVIIIe siècle (dans le domaine des faits biologiques qui sont relatifs à la fécondité, au sexe et aux combinaisons génétiques) n'ont rien de spectaculaire : il y a eu, certes, après 1715, diminution radicale du nombre des aménorrhées de famine, ou tout simplement de dénutrition. Celles-ci avaient sévi, au XVIIe siècle, de façon explosive, au moment des grandes crises de subsistances (1661, 1694) ; et aussi, probablement, de façon rampante et très minoritaire, pendant les périodes simplement difficiles, parmi les femmes les plus pauvres (tout comme aujourd'hui encore dans l'Inde surpeuplée). Elles régressent, logiquement, au XVIIIe siècle. De même, ce siècle innovateur, au niveau de la génétique des populations villageoises, connaît un début de rupture des isolats, dont il convient, du reste, de préciser les limites initiales : au point de départ (XVIIe siècle), le village français (appelons-le *Bouillargues*) n'était pas une monade sans porte ni fenêtres, où l'on ne se mariait qu'entre soi. Mais il manifestait quand même un très haut niveau d'endogamie paroissiale, ses habitants pratiquaient l'intramariage à 80 ou 85 % et ne daignaient échanger leurs filles et leurs garçons, à peu d'exceptions près, que contre ceux des villages immédiatement voisins[13], que nous appellerons à la languedocienne *Baillargues*, *Garrigues* et *Sauteyrargues*. *Bouillargues*, *Baillargues*, *Garrigues* et *Sauteyrargues* formaient ainsi une minuscule enclave de parenté diffuse, dont les marges se recoupaient avec les marges des enclaves les plus proches. Or, au XVIIIe siècle, ce tissu strictement cellulaire devient plus poreux. Les paroisses s'ouvrent à des mariages un peu plus lointains ; les taux d'endogamie locale tombent. Cette rupture, à peine commencée, des isolats, et ce début très modeste de panmixie représentent déjà une innovation considérable, au sein d'un monde agraire qui jusqu'alors avait vécu dans un état d'isolationnisme quasi tribal. Les tares congénitales, telles que la luxation de la hanche en Bretagne, ou les pieds à six doigts – ces pieds si fréquents, dit-on, dans tel village dauphinois bouclé sur lui-même –, deviennent donc un peu moins probables à partir du XVIIIe siècle. De même, la mortalité enfantine (qui était plus forte en régime strictement endogamique) diminue… La dissociation à peine inaugurée des isolats constitue ainsi l'un des multiples facteurs qui, dans le cadre d'un modèle global, contribuent à connoter, pour la France et peut-être pour l'Occident, l'emballement du moteur démographique au XVIIIe siècle.

Au-delà du génétique et du biologique, il convient cependant de considérer le problème de la fécondité prise en bloc, en tant que fait social : elle demeure naturellement très élevée au XVIIIe siècle, ce qui n'exclut pas des disparités régionales, ou plutôt un dégradé régional. Elle est très forte en Flandre et dans le Massif armoricain, un peu moins élevée en Normandie et dans le Bassin parisien ; plus faible dans le « Bassin aquitain » (André Burguière). Il semble en particulier que la formidable fécondité du Canada français soit un peu le reflet (exagéré, exacerbé) de la très intense prolificité de l'extrême ouest du royaume, d'où des colons du Québec étaient éventuellement originaires. Les campagnes françaises, cependant, avec un intervalle intergénésique moyen de 24 ou 30 mois, ou quelquefois plus bref encore en Bretagne, préservent une fertilité maternelle à rythme raisonnable ; dans les villes, en revanche, la mise en nourrice supprime la stérilité provisoire due à l'allaitement. Du coup, les bouchères de Lyon, et autres citadines, procréent un bébé par an, pratiquement, sans jachère intercalée. La démographie urbaine tourne à plein régime, produisant les nouveau-nés à jet continu, et les exterminant peu après, parfois à 50 % de leurs effectifs, sous le coup des dévorantes mortalités infantiles : elles massacrent les enfants confiés à l'allaitement mercenaire. La démographie des campagnes, elle, est moins gaspilleuse, surtout dans les conditions nouvelles, et un peu améliorées, du XVIIIe siècle. La mortalité infantile et juvénile, si élevée soit-elle, y est finalement moins haute que parmi les rejetons des classes populaires et moyennes des grandes villes ; et la production des enfants est également moins forte au village, étant rythmée, au bas mot, par un assolement biennal (intervalles intergénésiques de deux ans, ou plus).

Doit-on penser qu'il y a, dans ces conditions, ralentissement progressif de la production d'enfants au XVIIIe siècle ? La phrase fameuse de Moheau, publiée en 1774 (« on trompe la nature jusque dans les villages »), pourrait le donner à penser. Mais, contradictoirement, les tests statistiques de Louis Henry montrent que, dans diverses régions, et fort avant dans le XVIIIe siècle, beaucoup de femmes rustiques, une fois mariées, portent de façon régulière un bébé tous les deux ans – comme un olivier qui porterait sa récolte biennale –, sans qu'intervienne à aucun moment une forme quelconque de planification, de prévoyance ou de prudence conjugale telles que les souhaiteront plus tard les sociologues malthusiens du XIXe siècle. Les démographes de notre temps, quand ils étudient les paysans des Lumières, sont donc coincés entre les témoignages irréfutables des contemporains sérieux comme Moheau, d'une part ; et, d'autre part, l'évidence massive des hautes fécondités du XVIIIe siècle, affirmées par les chiffres un peu partout. Les spécialistes de démographie ont dû, de ce fait, affiner beaucoup leurs instruments de mesure, pour être en mesure d'apercevoir enfin comme à la loupe, dans les zones et couches relativement minoritaires où il se produit et où il se diffuse, le phénomène rampant de la limitation des naissances : il est clair d'abord qu'en ville (Meulan), mais aussi à la campagne (sud-ouest de la France, pays d'Auge), un certain nombre de courageux, de débrouillards ou de déniaisés (10 à 20 % de la population adulte et mâle) ont pratiqué depuis des temps immémoriaux (disons, plus modestement, depuis le XVIIᵉ siècle au moins) la contraception d'initiative mâle : en d'autres termes, le *coitus interruptus*. Ils étaient soutenus en cela par une partie de l'opinion publique, puisque Yves Castan (1974), dans sa thèse sur les injures et gros mots en Aquitaine au XVIIIᵉ siècle, a relevé le qualitatif de *verrat*, décerné aux pères de famille trop prolifiques.

À partir des années 1740 ici [14], de 1770 ou de 1780 ailleurs, l'influence de ces précurseurs déteint sur un certain nombre de régions rurales supplémentaires (pays d'Arthies à partir de 1745 ; voir aussi Sainghin-en-Mélanthois, et le sud du Beauvaisis, et le nord de l'Île-de-France). Peut-être a joué aussi l'influence qu'exercent les classes dirigeantes sur les classes inférieures, par percolation culturelle : la contraception, si l'on peut dire, est un comportement descendant. Elle constitue aussi, comme l'a montré Flandrin, une conduite qui à l'origine est marginale, et qui donc est en voie de « démarginalisation » vers 1770. Elle était pratiquée d'abord à l'extérieur du mariage, lors de « conjonctions passagères » ; elle envahit ensuite, en fin de compte, la vie conjugale, et même la moins imaginative qui soit, y compris dans les campagnes. Tout cela implique, pour une minorité qui grandit au dernier tiers du XVIIIᵉ siècle, la fin d'un tabou. Car le *coitus interruptus* n'était pas seulement, à l'époque classique, un procédé interdit par l'Église. Il avait fini par devenir, sous le coup des monitoires anticontraceptifs fulminés par les théologiens, un comportement maudit, dont la seule pensée révulsait l'âme, au même titre que le coït anal ou l'homosexualité. Le recours, qui devient usuel, à cette pratique jadis « tabouée » impliquait donc, vers 1770, un certain détachement, chez les paysans les plus audacieux, par rapport à l'Église et à ses interdits. Détachement modéré mais indubitable (voyez les travaux de Michel Vovelle [1973] sur les villages provençaux). Ce recours neuf impliquait aussi une attitude nouvelle vis-à-vis du couple, de la femme, de l'enfant, de la propriété. La femme (du moins dans la « très haute » bourgeoisie rurale) est désormais plus respectée, au niveau d'une mentalité crypto-rousseauiste ; ce respect accru provient de maris devenus plus « sensibles » et plus délicats. L'enfant est valorisé ; il est donc rendu volontairement plus rare, dans la mesure où on le tient pour plus précieux : on fonde dorénavant sur lui, grâce à l'éducation de collège aussi coûteuse que répandue, des « espérances » et des projets ; ils sont d'avenir, d'ambition, de carrière... Le couple, quant à lui, commence à entrevoir ses finalités propres de vie en commun, qui se font plus voluptueuses que démographiques. Non pas qu'il se détache de la famille patriarcale (celle-ci depuis longtemps n'était plus, sauf en quelques provinces reliques, qu'objet muséographique ou réalité marginale), mais il cesse de faire totalement siens les objectifs à très long terme qui étaient normalement ceux du lignage. La propriété enfin, dans un système de valeurs petites-bourgeoises (qui commencent à se répandre dans les campagnes sous l'influence de l'alphabétisation et sous l'influence aussi d'une acculturation de type écrit ou même purement oral, malaisée à mesurer mais incontestable), est de plus en plus conçue comme « ce qui doit être divisé le moins possible » : *pas plus d'un veau à l'herbage*, diront certains paysans normands du XIXe siècle, en évoquant leur espoir, pas toujours réalisé certes, de fils unique.

L'ambiance religieuse (ou contre-religieuse) dans laquelle s'est diffusée la contraception mérite aussi d'être envisagée. Pierre Chaunu rappelle que le jansénisme, important par exemple en Normandie au XVIIIe siècle, insiste sur le contrôle pédagogique de l'homme par lui-même ; il refuse l'abandon vulgaire aux instincts grossiers. Une ascèse de ce type, à la Port-Royal, a donc pu jouer un rôle quant aux diffusions du *coitus interruptus*, tellement nettes parmi les milieux ruraux dans la grande province de l'Ouest, au temps des Lumières. Ce procédé de *birth control* exige en effet une éducation du sexe, et un strict empire de l'homme sur lui-même, en vue de discipliner l'instinct qu'on appelait impur. Quand ils adoptent un comportement contraceptif, les Normands sont des cathares, a pu dire plaisamment Pierre Chaunu à ce propos... Cependant, il faut bien souligner aussi que le contrôle des naissances est inséparable d'un certain hédonisme des fins, sinon des moyens. Les faits le prouvent : à Boulay, la contraception apparaît en 1780, en pleine vague de relaxation des mœurs, en plein accroissement, torpide ou torrentiel selon les cas, des conceptions prénuptiales. Même remarque à Sainghin à partir de 1769-1770. Notation analogue à Troarn, à Meulan, à Bayeux ; et aussi en Île-de-France et en Beauvaisis, où les conceptions prénuptiales sont l'antichambre du *birth control*, dès la première moitié ou pendant la seconde moitié du XVIIIe siècle. On serait donc bien en peine, en l'occurrence, de parler de jansénisme, puisque les évêques jansé-nisants du XVIIIe siècle, eux, faisaient fouetter, devant l'église paroissiale, les filles coupables d'avoir célébré physiquement leurs noces avant la réception du sacrement ! Ce qui reste vrai, me semble-t-il, dans la conception de Chaunu, c'est l'influence trau-matique du bref épisode au cours duquel le jansénisme rustique est maximal (vers 1725-1760, dates larges) : cet épisode détache des chrétiens, ruraux inclus, de la fréquente pratique sacramentaire, et du contact avec les ecclésiastiques, critiqués en effet par leurs ouailles parce qu'ils sont antijansénistes ; il s'agit donc d'un trauma ; il prépare la déchristianisation (campagnes auxerroises) ou, pour le moins, une certaine indifférence religieuse ; celle-ci, à son tour, permet à ceux qui en deviennent les porteurs de rompre plus aisément avec le tabou anticontraceptif, auquel tenaient tant leurs ex-directeurs de conscience.

Cela dit, ni l'exagération ni l'illusion ne sont de mise, à propos d'un tel dossier : le processus contraceptif au XVIIIe siècle est lar-gement entamé au niveau des classes dirigeantes, de la noblesse, et de l'élite libertine des financiers et des fermiers généraux. Il ne fait encore qu'effleurer, là ou ailleurs, la bourgeoisie quasi rurale (Libourne…), et – moins encore – la masse paysanne des labou-reurs et des manouvriers : celle-ci n'est concernée par les mœurs nouvelles qu'en quelques régions (pays normand surtout) ; ou bien, quand par hasard elle est censée avoir adopté de telles mœurs depuis longtemps (cas possible du Sud-Ouest ?), elle n'intensifie qu'assez peu leur usage après 1750.

En outre, il convient de se garder, à ce propos, de toute calem-bredaine téléologique : c'est en effet la Révolution française, cet Islam démographique, ouvrant les portes toutes grandes au *birth control*, qui donne apparemment leur sens et leur débouché aux modestes balbutiements contraceptifs du XVIIIe siècle rural. S'il n'y avait pas eu de si bonne heure la Révolution française (et une telle proposition, dans l'hypothèse d'une histoire contingente

et contre-factuelle qui valorise l'événement-rupture, n'a rien
d'absurde, au moins à titre expérimental), le *birth control* n'aurait
probablement gagné nos campagnes, comme il l'a fait dans le
reste de l'Occident, que vers 1850, ou 1860. Alors la France, pays
le plus peuplé d'Europe sous l'Ancien Régime, aurait eu bel et
bien à notre époque, pour le meilleur ou pour le pire, grâce à l'acquis démographique d'un premier XIXᵉ siècle qui, dans ce cas, eût
été aussi fertile en hommes qu'il le fut en Angleterre ou en Allemagne, ces 60 millions d'habitants que le général de Gaulle
regrettait qu'elle n'eût pas, un jour qu'il rêvait tout haut devant
des villageois bas-normands, qui se plaignaient devant lui de ne
pouvoir, à cause d'un marché démographique trop restreint, écouler leurs camemberts.

Notre population rurale, en fait, a pris un autre chemin, plus prosaïque, à partir de la Révolution. En raison de causes diverses qui
tiennent aux retombées révolutionnaires et impériales, cette population a choisi, dans mainte province, la voie de la stabilisation des
effectifs. Mais ceci sera une autre histoire.

Parallèlement aux premiers rudiments du *birth control*, l'autre
trend démographique, perceptible parmi les peuplements ruraux du
XVIIIᵉ siècle, conduit au relâchement (très relatif) des contraintes
« antisexuelles » préconjugales. Au départ, ces contraintes font
partie d'un *package* de limitations : elles tendent tant bien que mal,
par le biais de l'absence d'illégitimité, à restreindre le nombre des
naissances, sans que pour autant on use de contraception ; elles tendent aussi à faire respecter la morale astreignante, et d'origine
augustinienne, que propage l'Église de Rome à propos du sexe. Nos
paysans de la fin du XVIIᵉ siècle et du commencement du
XVIIIᵉ siècle sont donc, en beaucoup de régions (et spécialement
quand ils habitent loin des villes), fort chastes. Ils respectent la virginité des jeunes filles, qui ne renoncent à cet apanage qu'après la
célébration des noces ; comme le montrent, vers 1700, les taux
généralement très faibles (1 % à 2 %, ou à peine davantage) de
conceptions prénuptiales. Puisque, par ailleurs (on y reviendra), le
mariage rural tend à être tardif, ce comportement austère évite pour
le moins, entre le temps de la nubilité d'une fille et celui de sa nuptialité, deux ou trois naissances, ou davantage. Ainsi se trouve

diminuée, cahin-caha, une fécondité rustique, qui, de toute manière, est déjà débordante. En outre, la Bretagne, l'Auvergne, le Midi observent assez fréquemment l'abstinence sexuelle du Carême, qui, elle aussi, écrête un peu l'effectif total des conceptions d'une année.

Or le xviiie siècle, surtout après 1750, marquera des changements ; il sera plus relaxé, plus souriant, plus ouvert aussi à l'expansion démographique : il accueillera en plus grand nombre les conceptions prénuptiales. En Beauvaisis et Île-de-France septentrionale, elles sautent de 1 % ou 2 % vers 1680-1700 à 8 % vers 1770-1780. Elles s'accroissent également près des villes : à Sainghin (non loin de Lille) et à Sotteville (près de Rouen) à la veille de la Révolution[15].

Il n'y a aucun doute, d'autre part, que conceptions prénuptiales et contraceptions postnuptiales, sans être toujours mutuellement corrélées de façon étroite, font partie, quand même, d'une même famille de phénomènes. C'est net à Meulan : les conceptions prénuptiales, en nombre croissant, y accompagnent les progrès du « malthusianisme » au xviiie siècle. C'est net aussi à Sainghin : le malthusianisme s'y répand après 1770, tandis que les conceptions prénuptiales, déjà nombreuses, passent de 15,2 % du total des premières naissances légitimes en 1690-1769 à 36,8 % en 1770-1789 et à 42,4 % en 1790-1799 ; cette libéralisation des mœurs atteint du reste davantage, au moins localement, le milieu des tisserands et des manouvriers, qui devient, semble-t-il, plus décontracté que celui des laboureurs (remarque analogue à Isbergues[16]). Même phénomène à Boulay, où les mœurs sont en voie de relaxation graduelle au xviiie siècle ; et aussi en Beauvaisis et Île-de-France septentrionale ; ainsi qu'à Tamerville (Manche) : les conceptions anténuptiales y sont en progrès continu par rapport au xviie siècle ; et aussi de la première moitié du xviiie siècle à la seconde, avec un début de contraception très timide entre 1720 et 1790 ; à Troarn, celles-là sont en hausse du xviie au xviiie siècle, tandis que celle-ci s'esquisse après 1760. À Crulai et à Tourouvre-en-Perche, en revanche, aucun lien bien net n'apparaît entre permissivité sexuelle et *birth control*, qui demeurent du reste insignifiants l'une et l'autre au long du xviiie siècle. À Arthies, la contraception, assez nette à partir de 1745 chez les épouses âgées, paraît précéder l'apparition de la permissivité : celle-ci n'est évidente, à en juger par les conceptions prénuptiales, qu'à partir de la Révolution.

Quelles que puissent être les nuances locales ou régionales, le léger relâchement des mœurs au XVIIIe siècle est un fait : surmoi moins exigeant, instances religieuses un peu plus tolérantes ou moins efficaces – les causes peuvent varier, s'engrener aussi… Mais l'impact social, et même littéraire, du phénomène n'est pas contestable. Dans un style parfois déformant, exagéré ou caricatural, le *Bigre*, déjà cité ici, de Diderot et le village érotico-nostalgique de Rétif de La Bretonne sont les témoins d'une vie rurale qui s'éveille à l'amour : elle s'éloigne des modèles de comportement ascétiques qui avaient réglé la conduite des vieilles générations contre-réformées, qu'un siècle plus tôt le peintre Le Nain avait donnés à voir. Significatif aussi de cet éveil et d'un certain progrès de l'hédonisme, de la richesse et de la consommation est l'épanouissement du meuble, de la mode et de la festivité paysannes lors de la seconde moitié du XVIIIe siècle.

Dans l'ensemble, néanmoins, on doit garder à ce propos un certain sens du relatif et des proportions : certes, les conceptions prénuptiales passent souvent de 1 à 2 % du total des premières naissances légitimes vers 1680-1700 à 8 ou 10 % vers 1765-1785 (au lieu de 25 à 30 %, rappelons-le, dans nos sociétés des années 1960-1970, sociétés qui étaient si prémunies pourtant contre un phénomène de ce type, grâce aux méthodes contraceptives bien plus connues, plus perfectionnées et mieux pratiquées qu'autrefois…). La légère relaxation du temps des Lumières révèle un modeste assouplissement de l'éthique usuelle et sexuelle au niveau, du moins, de quelques minorités. Mais rien de plus. Quant à un changement plus radical et plus général des mœurs, il n'interviendra, à travers plusieurs paliers, qu'au XIXe siècle et surtout au XXe siècle. Au XVIIIe siècle, l'ascétisme est quelque peu érodé ; il demeure quand même le fait dominant.

Typique, à ce point de vue, est l'évolution de l'illégitimité villageoise. À ce propos, il convient d'évoquer brièvement ici la belle étude que Jacques Depauw a consacrée à la ville de Nantes, et surtout – en ce qui nous concerne – à la campagne nantaise. En ville, si on laisse de côté le problème, fort spécifique, de la prostitution, on observe à la fin du XVIIe siècle une illégitimité de type ancillaire et d'inégalité sociale ; les patrons engrossent leurs bonnes qu'il n'est généralement pas question pour eux d'épouser [17], et pour cause : *ni vu ni connu, j't' embrouille !* À la veille de la Révolution de 1789 au contraire, on voit poindre, en ville toujours, une illégitimité, plutôt neuve, à base de concubinage et d'égalité sociale ; elle exclut l'enfant (d'où un recours assez large au *coitus interruptus* parmi les ménages nantais qui vivent ainsi dans le péché vers 1779-1790) ; elle valorise le couple, sans se soucier des corrélations canoniques de celui-ci, qui normalement impliqueraient le sacrement, puis la progéniture. À la campagne, en revanche, il semble que, là où les choses ont bougé en ce domaine, elles en sont restées à mi-chemin. Mettons de côté le cas rarissime de quelques pauvres filles tombées dans le domaine public, à Crulai, par exemple ; la prostitution, au village, est insignifiante, même pendant la fin de l'Ancien Régime.

En revanche, le monde rural connaît de façon très minoritaire, mais qui n'est quand même pas négligeable, le cas des amours illégitimes d'inégalité sociale : le rôle du séducteur de servantes y est assumé par le gros fermier, le riche laboureur, le bourgeois rustique, ou même le curé, dont les fabliaux avaient depuis longtemps exemplifié, non sans exagération, les méfaits ou bienfaits sexuels, et les capacités de surmâle. (Il est vrai que ces récits se passaient avant la Contre-Réforme, qui a tout de même réduit le nombre des ecclésiastiques concubinaires.) Mais plantons là, sous le froc, ces médiocres trousseurs de servantes. Le grand problème, à la campagne, est de savoir si, quand, comment, on est passé des facilités ancillaires du bon vieux temps au concubinage d'égalité sociale. Pour le XVIIIᵉ siècle, la réponse est aisée : ce processus n'a pas été poussé jusqu'à son terme. La liaison amoureuse illégitime peut s'étaler au grand jour ou même simplement au petit jour : elle postule en tout cas, si possible, l'environnement urbain, dissolvant des liens sociaux de tradition (voir *Le Lutrin* de Boileau, fin du premier chant). Au contraire, supposons qu'un couple irrégulier se forme à la campagne, et qu'une conception illégitime se produise : le fait est fréquent, bien sûr, à la fin du XVIIIᵉ siècle, en raison du léger relâchement des mœurs qui s'observe à cette époque. Alors, sauf exceptions régionales, qui, dans le Midi notamment, ne sont pas négligeables, le pécheur et la pécheresse mettent les choses au

point par un mariage, et l'affaire se solde par une conception prénuptiale ; car les matrones, le dimanche à la messe, postées sur les
bancs des femmes, ont vite fait de repérer, parmi les jeunes filles
présentes, celle dont le tour de taille s'est arrondi de façon suspecte ;
elles obligent la mignonne, sous pression de leurs clabaudages, à
régulariser son union. La ville au XVIIIe siècle, du moins dans certaines couches sociétales, passe d'un amour illégitime d'inégalité
sociale à l'amour illégitime d'égalité sociale et au concubinage.
À la même époque, les campagnes, pour autant qu'elles bougent,
glissent d'un ascétisme généralement strict (tout juste nuancé par
quelques liaisons patron-servante) à des privautés prénuptiales et
minoritaires, vite officialisées par les justes noces. Au début du
XVIIIe siècle, à Sainghin, à Boulay [18], c'était le mariage qui faisait
la conception. À la fin du XVIIIe, c'est souvent la conception qui fait
le mariage ! Le curé, dans ce cas, survient après, et non plus avant,
l'embarquement pour Cythère. Mais les purs et simples concubinages ruraux, matérialisés par des conjonctions passagères et par
des naissances illégitimes, ne s'affirmeront vraiment (quoique
avec une timidité très minoritaire) que dix ou vingt années après
le premier *dégel* de l'éthique des sexes ; il fut symbolisé, lui, en
milieu paysan, par la floraison printanière des conceptions prénuptiales. À Sainghin, par exemple, les conceptions antéconju-
gales se multiplient à partir de 1770, et les naissances illégitimes
à partir de 1790. À Boulay, les dates correspondantes, plus pré-
coces, sont 1720 et 1740. Le modèle chronologique est donc, dans
l'ordre : ascétisme, privautés prénuptiales, concubinages et liaisons
illégitimes. Encore le nombre des couples vivant ainsi dans le
péché, clandestin ou public, n'atteint-il même pas, vers 1780, 10 %
du total des couples, dans une année, à Boulay comme à Sainghin…
C'est donc à petits pas sagement comptés que certaines régions de
la France rurale s'éloignent des obligations de la Contre-Réforme,
où le sacrement précédait l'union. Elles se rapprochent des habitudes anglaises, où, du XVIe au XVIIIe siècle, la conception bien souvent suit les « accordailles laïques » et les promesses de dot ; et où
elle précède les cérémonies religieuses [19].

Ces phénomènes de « libération », vraie ou fausse (ou simplement de déplacement des coutumes), sont évidemment passion-

nants ; ils demeurent néanmoins marginaux. Dans l'ensemble, la grande glaciation ascétique, contemporaine de la Contre-Réforme, puis du jansénisme austère, continue à prévaloir dans nos campagnes. Et cela d'autant mieux qu'un phénomène plus important que la petite libéralisation des mœurs (qui, elle, surviendra ensuite, minoritaire et timorée) persistera à imprimer sa marque sur la démographie d'Ancien Régime. Ce phénomène, c'est le mariage tardif. Cette institution, au XVIIIe siècle, semble bien être arrivée, en Occident, au faîte (mais non pas au terme) de sa prodigieuse carrière. Les données qui la concernent sont moins précises en France qu'elles ne le sont pour l'Italie : dans ce dernier pays, où les noces masculines ont été constamment tardives, on peut suivre, en quelque sorte pas à pas, le glissement du mariage, côté femme, vers un âge toujours plus respectable. Le fait que ce processus affecte de manière unilatérale la portion féminine du peuplement confirme bien, du reste, « les finalités malthusiennes du phénomène » (André Burguière). En pays français, cependant, on dispose aussi de quelques repères chronologiques : à la fin du XVIIe siècle par exemple, et dans la première moitié du XVIIIe siècle, les Normandes se marient à 25 ans (au lieu de 21 ans vers 1550) ; et elles engendrent ainsi automatiquement deux bébés de moins qu'elles ne faisaient au XVIe siècle. Dans certaines régions (en Champagne, d'après André Burguière), l'âge du mariage rural et féminin continue, sur sa lancée, à se décaler vers le tard au XVIIIe siècle. Le *culmen*, par exemple, est atteint vers 1700-1730 à Sainghin (mariage à 29 ans pour les femmes) ; puis les filles de Sainghin rétrograderont vers des âges, aux noces, un peu plus tendres (27 ou 28 ans, vers 1740-1800). Tandis que ce même *culmen* n'est atteint que vers 1750-1840 à Boulay ; du coup, les jeunes de ce village, piaffant d'impatience, trompent l'attente des noces devenue trop longue par des conceptions prénuptiales plus fréquentes.

Dans l'ensemble, le siècle des Lumières paraît bien avoir battu tous les records, quant au retard de l'union conjugale. Puis peu à peu, à partir de la fin du XVIIIe siècle, et surtout au XIXe siècle, le modèle de comportement nuptial ainsi construit par les coutumes commence à s'effriter. Grâce à des statistiques massives et irréfutables, qui portent sur 90 départements, Van de Walle a, en effet,

montré que l'âge des noces retombera au XIXᵉ siècle, au lendemain de ses culminations du XVIIIᵉ siècle ; et cela, au fur et à
mesure que les gens auront moins d'enfants grâce au *coitus interruptus*[20]. Au fur et à mesure donc qu'ils craindront moins d'être
accablés par une vaste progéniture, dans le cas où ils se marieraient trop jeunes. De ce point de vue, les conceptions prénuptiales, qui se multiplient, comme on l'a vu, à la fin du XVIIIᵉ siècle,
peuvent être, certes, une façon épisodique et locale de gagner du
temps, dans l'attente de noces différées. Mais elles sont surtout
l'une des annonces des mœurs nouvelles du XIXᵉ siècle paysan ;
mœurs moins austères, plus contraceptives et, en fin de compte,
plus précocement conjugales que par le passé.

Pour en rester cependant au mariage tardif lui-même, on a le
sentiment qu'il assume des rôles quelque peu changeants au cours
de sa longue histoire. Au XVIᵉ siècle, il avait fleuri, du moins dans
le centre de la France et dans le Sud, sur les ruines toutes fraîches
encore de la famille élargie et patriarcale ; il avait tout à la fois
consacré et compensé la nouvelle valorisation du couple, celui-ci
étant considéré comme d'autant plus auguste que, sagement, on
avait différé l'époque de son établissement. Au XVIIᵉ siècle, le
mariage tardif est pris dans un système d'ensemble qui se
construit bon gré mal gré autour de la notion d'équilibre démographique : cet équilibre est obtenu, aux sorties, par les guerres,
par les famines, par les contagions et, plus généralement, par l'intensification du malheur ; et, aux entrées, par le retard des unions
conjugales, qui réduit un peu le flot des nouveaux bébés. En même
temps, le mariage tardif selon les idées de Cantillon apparaît, dès
le Grand Siècle, comme un truc aussi chaste que pratique qu'utilise le jeune paysan ; nanti de ce truc, le garçon peut attendre la
mort du père (vers 50-55 ans) ; et, aussitôt marié (vers 25-30 ans),
il peut s'établir dans la maison que le vieux a rendue vacante par
son décès. Le peuplement villageois est censé parvenir ainsi à la
reproduction simple, sur la base du stock fixe de maisons
constamment habitées dans les villages ; et l'on peut éviter, quand
on est jeune ou moins jeune, la déchéance et la paupérisation :
elles guettent au contraire ceux qui, imprudemment mariés, n'ont
pas cru devoir attendre d'avoir sous la main le logement et
l'exploitation rurale de feu leur père.

Au XVIIIe siècle enfin, après 1720, on entre dans une période d'inévitable essor et de reprise démographique. Dès lors, le mariage tardif, vigoureusement appliqué[21], et même plus vigoureusement que jamais[22], fait office de frein. Il ne bloque pas totalement, certes, le processus d'expansion des peuplements, qui s'avère pourtant nuisible à l'unité de la tenure paysanne ; celle-ci étant désormais menacée de fragmentation, par la survie d'héritiers nombreux. Mais le « frein » en question modère tout de même l'essor du nombre des hommes ; combiné avec les mortalités qui restent fortes, il confère à cet essor un rythme relativement raisonnable.

Ainsi, le mariage tardif imprègne encore toute la vie et toute la sensibilité paysannes au siècle des Lumières[23]. À son propos, risquons un contraste : la contraception, elle, est surtout une habitude qui « descend », elle « percole » des classes urbaines aux masses rurales, et du hors-mariage à l'intramariage. Les noces tardives, au contraire, représentent une institution qui éventuellement « monte » depuis les paysans qui l'ont adoptée de bonne heure jusqu'aux classes « supérieures » : elles ne l'ont parfois tout à fait assimilée qu'au XVIIIe siècle. Peut-être est-ce simplement l'ascension sociale des familles qui a permis cette remarquable capillarité d'une coutume, laquelle a graduellement contaminé la plèbe, puis l'élite, du XVIe au XVIIIe siècle[24].

Par rapport à l'institution même du mariage tardif (nécessairement vécue, selon l'optique de jadis, dans une relative austérité), les théologies de l'ascétisme-jansénisme apparaissent moins comme déterminantes que comme concomitantes, voire déterminées. La longue période individuelle d'ascétisme préconjugal représente un usage très répandu dans nos campagnes dès la fin du XVIIe siècle. Or, cet usage y préexiste, et de beaucoup, à la diffusion massive du jansénisme agraire, opérée vers 1720-1740. Celui-ci n'a donc fait que justifier *a posteriori* une austérité d'ancienne origine… grâce à laquelle il a pu germer sur un terrain qui par avance lui était favorable. En revanche, l'effritement de ce jansénisme de choc, après 1760, fraie la route à une première libéralisation des mœurs agraires ; celle-ci ayant, comme on l'a vu, un impact modéré mais indiscutable dès les années 1760 ou 1770-1780.

Recul et ruses de la mort

Après les naissances et les mariages, la mort est bien entendu le troisième volet, le volet sombre du triptyque de notre démographie rurale. Au XVIIIᵉ siècle, la mort était au cœur du système démographique : la coalition souvent groupée guerre-famine-peste agissait sur un arrière-plan moins spectaculaire, lui, mais terriblement dangereux, d'épidémies régulièrement renouvelées. Les trois gros désastres d'un côté, les innombrables petits fléaux de l'autre, rythmaient les grands à-coups du mouvement (ou de l'absence de mouvement) démographique ; ils maintenaient les peuplements, bon an mal an, dans un état d'équilibre, obtenu tantôt par l'holocauste et tantôt par l'érosion. Or, dès le dernier tiers du XVIIᵉ siècle, invisiblement, puis, de façon de plus en plus obvie, après 1715, les hommes peu à peu font reculer certaines des vastes catastrophes qui conditionnaient les mortalités rurales les plus impressionnantes. Ainsi sautent, l'un après l'autre, les verrous qui si longtemps avaient barré toute expansion démographique de long souffle. La fin des pestes, en effet, est une donnée acquise dès 1640-1650 dans la France de l'extrême Ouest [25] ; dès 1670 dans la France du Nord et de l'Est. La peste marseillaise de 1720 ne sera qu'une tragédie régionale, certes immense. Elle n'affectera, hors ville, que les ruraux de Provence, et, marginalement, du Gévaudan. Puis, ultérieurement, finies les pestes…

Quant à la fin des famines, elle constitue, dans d'assez considérables régions, un fait irréversible dès 1715-1720. (La crise de subsistance de 1740-1741, en effet, ne semble point avoir été meurtrière en soi ; si elle a tué, c'est en raison des maladies broncho-pulmonaires dues au froid de l'hiver 1739-1740, bien davantage qu'à cause des affres de la faim proprement dites.) Les causes de cette disparition de la famine sont multiples, et reliées les unes aux autres : elles tiennent à l'essor, souvent important, de la production céréalière, et aussi, sans tapage, à l'augmentation des rendements du grain [26]. Ainsi qu'à l'amélioration des transports : depuis 1720 ou 1750, ils s'effectuent sur de grands chemins, construits ou renforcés à coups de corvée paysanne. Ces causes réfèrent également au perfectionnement du stockage, par la construction des superbes granges en pierre qui représentent encore dans nos campagnes le legs architectural du XVIIIᵉ siècle. Il faut invoquer aussi les distributions de secours en argent, en semences, en panifiable et en soupe populaire au riz, effectuées par les soins de l'intendance et par les administrations diverses dans les temps de cherté du blé. À quoi s'ajoute le développement d'un grand commerce naval qui peut expédier des bateaux de grain[27] vers les provinces maritimes quand elles sont en état de pénurie frumentaire. Un tel négoce, de grand style, peut soulager indirectement les régions de l'intérieur : désormais, elles deviennent susceptibles de vivre sur leur stock frumentaire au lieu de le céder aux zones d'aval, sises sur le pourtour côtier du royaume. À ces divers facteurs favorables se surimpose l'action des nouveaux capitalistes des cités, liés à la banque ou au grand commerce : ils sont capables de financer les achats de grain nécessaires, et de faire tomber d'un coup le prix des sacs de blé dans les halles des grandes villes. Enfin, le fait que de riches propriétaires, plus riches qu'au XVIIᵉ siècle, peuvent prêter de l'argent ou des semences à leurs fermiers contribue aussi à détendre la situation céréalière[28]. La fin des famines, au XVIIIᵉ siècle, est donc un fait surdéterminé. Cette « fin » s'accompagne de conséquences psychologiques et sociales non négligeables : dans la mesure où les grandes crises du panifiable s'atténuent… leurs victimes cessent d'autant plus de s'y résigner. « L'émeute remplace la famine » (André Burguière). L'agitation de subsistances avait toujours fleuri lors des pointes cycliques des prix. Mais elle devient, lors de la « guerre des farines » (1775), un élément important du jeu politique et plébéien. Contre le prix fou des blés réglé par l'offre et par la demande, tel que le veut Turgot le physiocrate, la masse des manouvriers, des artisans surtout, réclame au nom de l'« économie morale de la foule » le juste prix[29]. Les riches fermiers-laboureurs que l'évolution capitaliste du siècle, dans les campagnes autour de Paris, avait mis en vedette deviennent donc l'une des cibles des contestataires. Les révoltés ne sont pas motivés par le besoin élémentaire et physique du pain : car ils ne pillent pas toujours les boulangeries. Ils s'attaquent de préférence, non pas au mitron, mais aux halles couvertes et aux marchés. Ils ne récupèrent pas la miche, mais le sac de grain. Ils ne volent ni ne mangent leur prise (encore que les périodes de cherté des subsistances, au XVIIIe siècle, soient inséparables d'une remontée passagère de la délinquance antipropriété), mais ils font vendre d'autorité le blé dont ils se sont emparés, au prix par eux taxé qu'ils estiment légitime et raisonnable. La masse artisanale et manouvrière des bourgades, et puis le prolétariat ou semi-prolétariat paysan des villages secondé par les bûcherons et par les marginaux, qui sortent pour la circonstance de leurs forêts, de leurs trous et de leurs cahutes, affirment ainsi, contre le laisser-faire du nouveau capitalisme, leur adhésion à une économie politique venue du fond des âges ; celle-ci mélange les impératifs d'équitable charité du christianisme aux vieilles habitudes dirigistes du marché couvert, où chaque producteur de blé venait obligatoirement écouler son surplus, au prix le moins haut possible que surveillaient théoriquement les autorités locales.

Quoi qu'il en soit, la fin des pestes et celle des famines ne sont pas les seuls phénomènes à mettre en cause, dès lors qu'on veut rendre compte du déblocage des verrous démographiques au XVIIIe siècle rural. Intervient aussi la fin des guerres, ou plus exactement leur moins grande prégnance ; et l'assagissement relatif de ceux qui s'y livrent par métier. Mieux réglées, mieux payées, les troupes du temps de Fanfan la Tulipe et de la guerre en dentelle pillent moins que ne faisaient leurs devancières. Et même, en temps de paix, elles dépensent leur solde au profit de la communauté qui les héberge. (Avoir son régiment de cavalerie n'est plus désormais, pour telle ou telle ville de l'Est, une calamité apocalyptique ; mais au contraire une vraie bénédiction pour les boutiquiers, pour les filles à marier en quête de beaux lieutenants. Et pour la campagne environnante : elle peut vendre ainsi des vivres aux soldats, ou des chevaux à la remonte ; et elle peut récupérer le fumier des montures pour les champs et les jardins.) Par ailleurs, les chefs de guerre, mus par des motifs qui dépassent les questions agraires examinées dans ce livre, semblent s'être gardés, au XVIIIe siècle, de l'escalade aux extrêmes. Elle avait constitué au contraire, de 1560 à 1715, l'un des traits marquants des conflits, étrangers ou intérieurs, menés sur le territoire de la France. Les formidables épisodes guerriers de l'âge classique (guerres de Religion, guerres de Trente Ans, Fronde et guerres de la « fin du règne » de Louis XIV) avaient, à trois reprises, contribué à freiner les élans de la démographie française et rurale entre 1560 et 1715 ; à coups de massacres, à coups d'épidémies et de famines propagées, provoquées ou aggravées par les combats et par les soldats en déplacement. Ou tout simplement à coups d'impôts et de prélèvements trop lourds, aux dépens du monde rural.

Par contraste, il y a bien au XVIIIe siècle une diminution substantielle du malheur national, tel qu'il s'exprime sous la forme des guerres, ou autrement. Ainsi s'explique, en partie du moins, que la démographie ait désormais carrière ouverte et qu'elle prenne décidément son essor. Ce recul de la mort a des conséquences jusque sur la structure familiale. Au XVIIe siècle, la mortalité des adultes créait d'innombrables « familles en miettes » : les enfants passaient de main en main ; au gré de la mort d'un des parents, et de son remplacement par parâtre ou marâtre. Le veuvage, suivi du remariage, assurait la relève d'un des conjoints ; il tenait, d'une certaine façon, la place qu'occupe chez nous, dans un contexte tout autre, le divorce. Au XVIIIe siècle, ce phénomène, toujours très perceptible, du veuvage fréquent devient, quand même, nettement moins répandu que par le passé ; car les adultes meurent moins dru. Ils décèdent plus vieux qu'au XVIIe siècle. Du coup, la famille devient plus stable ; l'éducation et l'intégration des jeunes sont mieux assurées ; et cette stabilisation, par régression du nombre des « familles en miettes », constitue l'un des facteurs qui rend compte de la diminution du nombre des crimes violents au XVIIIe siècle [30].

Le recul de la mort, celle des adultes et celle des enfants, exerce aussi un impact sur les mentalités, y compris celle des ruraux. Après 1730 ou 1750 se diffuse en effet la « contestation des pompes » (Michel Vovelle, 1973) ; héritées du baroque, ces pompes funèbres faisaient de la mort innombrable une mort acceptable, en la transfigurant dans les oripeaux des catafalques, et sous la splendeur des cortèges mortuaires. Après 1750, la mort est désormais tenue pour moins redoutable ; ou bien elle est attendue à plus longue échéance. Elle perd la position centrale qu'elle avait si longtemps détenue dans la culture et dans la sensibilité. Les paysans aisés, les simples bourgeois se satisfont désormais d'un décès intime et d'obsèques simplistes ; dorénavant, ils recherchent moins pour celles-ci les fastes d'une inhumation dans l'église ou dans le couvent le plus proche ; ils acceptent l'enfouissement dans la démocratie du cimetière.

Cela dit, le paysage démographique, en ce XVIII⁰ siècle rural, n'a pas viré tout à coup du noir de deuil aux nuances pralinées. Si les pestes ont disparu, en même temps que la guerre ou la famine, les autres épidémies rustiques (en dépit de leur plausible déclin[31], par rapport à l'époque de Louis XIV) demeurent terriblement présentes, elles, au temps des Lumières. Ces contagions, comme on l'a vu, donnent désormais à la démographie du XVIII⁰ siècle sa conjoncture, ses talwegs et ses plateaux caractéristiques. Les progrès de la médecine sont peut-être réels en ce siècle, mais ils ne touchent guère, ou si peu, les milieux paysans. Quand le médecin arrive au village, vers 1755-1775 encore (et ce n'est certes pas tous les jours), il ne peut guère, en bien des cas, que lever les bras au ciel devant l'incurie des ruraux, et conseiller quelques démarches d'hygiène élémentaire : faire ouvrir les fenêtres ; écarter la foule importune des parents et des amis qui bavarde au chevet du grand malade, devenu le point de ralliement momentané de la sociabilité locale et de la solidarité lignagère ; faire changer les paillasses, souillées de pus et de déjections ; interdire le couchage à deux ou trois personnes dans le « lit » d'un contaminé. Toutes ces mesures ne sont point totalement négligeables ; elles ne représentent quand même pas grand-chose… L'un des vrais sauvetages, à savoir la vaccination contre la variole, n'aura d'effets bienfaisants sur le monde rustique qu'à l'extrême fin du XVIII⁰ siècle, ou plutôt au commencement du XIX⁰. Donnons avec A. Burguière un exemple précis qui concerne les soins pendant et après l'accouchement. Grâce à ces soins devenus plus éclairés à partir de 1700, des centaines de vies de jeunes mères purent être sauvées au temps des Lumières, dans les milieux de l'élite dirigeante, et notamment parmi les familles royales. Or, les campagnardes, sur ce point, restent en retard ; au village, on abandonne les accouchantes aux bons offices d'une matrone parfois inculte ; elle ne sait guère que bégayer les prières du baptême sur le bébé qui agonise ; ou bien elle arrache à la fille mère, dans les affres de la parturition, le secret du nom de son amant. Du reste, la mortalité *endogène* des nouveau-nés, due notamment aux mauvaises conditions de l'accouchement, ne baisse guère au XVIIIe siècle dans certaines régions ; ainsi à Crulai, où pourtant la mortalité *infantile* d'ensemble, elle, est en régression. Il y a là un indice, parmi d'autres, qui tend à montrer que, si la mortalité paysanne a baissé au XVIIIe siècle, c'est grâce à la nourriture moins parcimonieuse, au niveau de vie meilleur, à l'absence ou à la régression des catastrophes, davantage que grâce au médecin ou à la sagefemme. La « technologie » des médecins de Molière, avec leurs clystères et leurs saignées, s'avérait dangereuse pour les organismes par avance affaiblis des paysans, et c'est seulement à la fin du XVIIIe siècle que commencent à prévaloir, parmi les ruraux, des « Esculapes » plus éclairés, plus nombreux aussi.

Bilan : les modèles successifs

Pour conclure : dans la période 1660-1789, les démographies campagnardes paraissent caractérisées par trois modèles successifs.

Avant 1715-1720 d'abord : le premier modèle – le plus ancien – est équilibré et strict ; il comporte, aux sorties, une mortalité qui demeure encore à demi catastrophique, « dépestiférée » mais épidémique, famineuse et guerrière. Aux entrées, le mariage tardif et la chasteté préconjugale assurent un contrôle sévère et vertueux. Mais, si austère et si vertueux qu'il puisse être, il n'est pas en mesure d'empêcher la fécondité d'être débordante.

Puis s'impose au XVIIIe siècle, après 1715-1720, le second modèle : libéré de la famine, de la guerre et de la peste, il fait tout de même, encore, leur large part aux épidémies ; et il maintient l'ascétisme vertueux, en l'assouplissant un peu du côté des conceptions prénuptiales, mais en l'aggravant quant au mariage tardif ; celui-ci désormais est conçu délibérément comme le frein le moins mauvais possible à l'encontre d'un essor démographique qui s'avère inéluctable.

Enfin s'esquisse, à la fin du XVIIIe siècle et à la veille de la Révolution française, un troisième *pattern* : les grandes catastrophes en sont absentes, bien sûr, malgré le mordant redevenu quelquefois plus vif des épidémies ; l'intervention médicale s'accroît ; l'ascétisme s'atténue un peu et les mœurs se libéralisent timidement ; on devine enfin çà et là un zeste de contraception campagnarde.

La Révolution française, imprévue, bouleversera ce tableau ; elle donnera au malthusianisme un caractère torrentiel ; mais elle réactivera la mortalité militaire, et même de subsistances, lors des disettes de 1794-1795 [32].

Par-delà ces esquisses structurelles s'impose enfin le concept de conjoncture démographique rurale, rythmée par les classes pleines et par les générations trentenaires : successives et gonflées, elles demandent la subsistance, le lopin, l'emploi. Une génération trop nombreuse est née entre 1750 et 1770, dans la phase du grand bond en avant démographique ; elle parvient, selon les cas, jusqu'à l'âge d'homme ou jusqu'à la maturité en 1789. Agressive, exigeante, procréée dans un monde où de nombreuses places sont prises, ou en voie de l'être, elle réclame vigoureusement, selon qu'elle est rurale ou urbaine, sa terre à cultiver ou sa portion du pouvoir. Bref, sa place au soleil.

CHAPITRE VII

De la Régence à Louis XVI :
l'essor agricole

Les progrès sont certains

Dans les paragraphes qui précèdent, j'ai cru bon de faire comme si la démographie campagnarde était seule à déterminer son propre destin. Mais ce cloisonnement, que j'effectuai pour des raisons de méthode, est intenable à la longue. L'essor du peuplement terrien au XVIIIᵉ siècle est inséparable, à la fois comme conséquence et comme facteur, d'une expansion économique dont il faut maintenant mesurer l'énergie incontestable, et les limites, parfois étroites. En ville d'abord, qui n'est que marginalement notre sujet. La ville au XVIIᵉ siècle avait longtemps servi de soupape de sûreté par rapport à l'excédent global, toujours possible et toujours redoutable, du nombre des hommes. Les individus en surnombre, surgis du fond des campagnes, venaient en effet s'entasser dans les cités, ils s'y mariaient tard ou pas du tout ; les bébés, nombreux, issus de leurs mariages éventuels, allaient, pour une bonne partie d'entre eux, mourir en nourrice à la campagne : la ville-berceau était aussi, par ricochet, ville-tombeau. Au bel et bon XVIIIᵉ siècle, cependant, ces fonctions démographiques des cités par rapport au monde rural se conservent et se modifient tout à la fois. La ville offre en effet, plus que par le passé, un exutoire pour les produits agricoles ; elle offre aussi des salaires à temps complet ou partiel pour les maçons, pour les migrants et les servantes ; elle crée même des emplois en pleine campagne, dans la mesure où elle subventionne, plus encore que par le passé, les nourrices et les lavandières. Le monde urbain en expansion « accroît la demande pour la main-d'œuvre, change la composition sociale de la population, impulse les mouvements migratoires[1] ». La nébuleuse citadine n'est donc plus, comme elle l'était au XVIIe siècle, facteur global d'équilibre ; mais bel et bien facteur de déséquilibre : elle contribue, à travers un incroyable gaspillage démographique (voir *supra*), à tirer le peuplement rural de sa torpeur.

La démographie grandissante suppose un minimum d'accroissement des subsistances. À tout le moins. C'est donc à l'expansion économique des campagnes elles-mêmes, et au gonflement de leur produit brut, que je m'intéresserai par priorité.

Voici d'abord quelques données globales, relatives au produit céréalier, envisagé dans le cadre national. (Est-il besoin de dire, à ce propos, que ce cadre n'est que de commodité ? L'unification du marché n'est pas réalisée, à l'échelle de la nation, du moins pour la fin du XVIIe siècle.)

Récupération, déclin, croissance

1) 1660-1680 : la décennie du jeune Colbert[2] (1660-1670, voire jusqu'en 1687 !) est assez favorable. On note un apogée du produit agricole en Languedoc et Provence, Bordelais, Périgord, Lyonnais, Auvergne, haute Normandie. Ailleurs, c'est une culmination ou une récupération d'après-guerre et d'après-Fronde en Île-de-France, Picardie, Cambrésis, Namurois ; ou bien c'est une reconstruction très vive en Alsace et en Bourgogne. L'expansion du produit des céréales à cette époque bat rarement, sauf parfois dans le Midi, les records des siècles passés. Elle est néanmoins en mesure de conjurer la famine (après 1662) pour l'espace d'une génération, ou peu s'en faut. Ces relatives pléthores frumentaires, qui font suite à la famine momentanée de l'avènement, coïncident avec la période brillante du Roi-Soleil. Elles contribuent aussi à faire basculer vers la baisse les prix du grain. Elles permettent de nourrir plus facilement, grâce au pain bon marché, les soldats des gros bataillons et les ouvriers des grands chantiers (Versailles, le canal du Midi), comme ceux des quelques manufactures récentes.

2) Après 1680 et surtout à partir de 1687-1692, la vraie crise commence, jalonnée par la baisse du produit des dîmes, en Languedoc et Provence, Bordelais, Périgord, Aquitaine, Lyonnais, Auvergne ; ou bien elle recommence, comme une rechute, comme une répétition plus ou moins violente des désastres jadis enregistrés pendant la guerre de Trente Ans et surtout la Fronde, et conjurés un long moment lors de la belle période colbertienne. Ce rebondissement de la crise, à l'extrême fin du XVIIe siècle, est sensible, notamment aux frontières du royaume, en Île-de-France aussi, mais surtout après 1700. Il est impossible d'expliquer cette baisse du rendement des dîmes, après 1680, par la résistance larvée des décimables, puisqu'on est au contraire en pleine période d'« apogée » catholique, symbolisé par la Révocation.

La fin du règne de Louis XIV est donc mauvaise – mais pas constamment désastreuse – presque partout, de la région francilienne à Narbonne et de Bordeaux à Lyon. Une exception doit être faite néanmoins pour la Bourgogne et l'Alsace : là, sur la longue lancée des reconstructions d'après la guerre de Trente Ans, une vague de hausse du produit continue à se faire sentir jusqu'au commencement du XVIIIe siècle.

3) XVIIIe siècle : après 1720, c'est un peu partout la reprise et la mise en place d'une prospérité de récupération qui tourne ensuite à l'essor. Un essor qui rejoint et qui ensuite dépassera sensiblement les records spasmodiques des époques passées. Ces phénomènes expansifs n'impliquent pas qu'il y ait eu révolution agricole, au sens absolument plein du terme. Mais on voit se produire effectivement, si l'on en juge par les dîmes et fermages, un décollage post-1720, qui s'opère dans le cadre global de la technologie existante, par le jeu plausible de divers facteurs. Au nombre de ceux-ci figurent, sans doute : la diminution du nombre de jours chômés dans l'année par tête de travailleur agricole ; les plantations ; les défrichements ; des perfectionnements techniques, etc. (voir les travaux de Jean-Michel Chevet).

Au total, à en juger par les courbes décimales et de fermage d'une part, et par les critères de vraisemblance démographique d'autre part, la hausse du produit agricole réel ou déflaté paraît se situer autour de 25 % *au minimum*, et plus probablement 40 % dans la période globale qui va de la décennie 1700-1709 à la décennie 1780-1789. Le chiffre de + 60 % proposé par Jean-Claude Toutain est-il trop élevé ?

Les meilleurs experts comme François Crouzet et Christian Morrisson se sont du reste penchés récemment sur ce problème ; ils ont, sur la base d'arguments très forts, chiffré la croissance du produit agricole français, de la décennie 1700-1710 jusqu'à 1790 date ronde, à + 0,5 % par an, soit + 40 % pour l'ensemble de la période quasi séculaire envisagée de la sorte. On tiendrait là l'équivalent de la croissance agricole anglaise pour la même époque, équivalence raisonnable ; l'augmentation notable de la population française, dans le même intervalle, la fin (concomitante) des famines et la baisse de la mortalité après 1750-1770 interdisent de descendre en dessous de ce chiffre de 0,5 % annuel, 40 % intraséculaire, au-dessous duquel en effet ces diverses caractéristiques favorables (hausse démographique, amélioration alimentaire) deviendraient peu compréhensibles ou même incompréhensibles[3]. Un autre indice très commode... et très positif est celui de la production-consommation du sel dans les territoires des Gabelles de France (portions septentrionales de l'Hexagone) : elle augmente de 78 % entre 1709 ou 1715 et la décennie 1780, soit, compte tenu d'un accroissement annuel de la population de 0,3 %, une hausse de la consommation du sel *par habitant* de 0,5 % par an. Le XVIIIe siècle, notamment rural, serait ainsi de plus en plus « salé »[4]. Ce dont nul n'avait motif de se plaindre, en dépit des exploits des faux-sauniers[5]. Et l'on sait l'importance du sel, dès cette époque, pour l'élevage, en particulier des quadrupèdes, et pas seulement pour la consommation personnelle des bipèdes.

*

Dans l'ensemble, du XVIe à la fin du XVIIe, voire jusqu'au tout début du XVIIIe, se trouvait-on en présence de ce que Claude Lévi-Strauss[6] appellera une économie agricole « froide » ? Disons en tout cas qu'elle n'était pas « en chaleur ». Le produit agricole était, sans doute, agité de fluctuations gigantesques (qu'on songe à celle, assez puissamment négative, du second quart du XVe siècle), mais il n'était pas en proie sur l'hypersiècle, ou sur plusieurs siècles, à une croissance durable, soutenue, *sustained growth*. Ou du moins assez peu. Il oscillait, il reculait, puis il récupérait, franchissant parfois vers le haut la ligne jaune (1680, en diverses provinces), mais il avait beaucoup de peine à s'élancer de façon définitive. Il se heurtait de temps à autre à des plafonds bas situés qui s'avéraient, sauf exception régionale, ou viticole, ou horticole, ou « grande-fermière », coriaces, rigides, difficiles à percer. On note des plafonnements « bas situés » de ce genre après 1561, après 1648, après 1692… Une croissance soutenue ne se dessine de façon définitive qu'à partir de 1715, cependant que disparaissent les oscillations catastrophiques vers le bas, les « dents de scie » du produit brut. Surgit dès lors l'essor vrai du XVIIIe siècle, qui vient d'être évoqué, avec des éléments de révolution agricole, mais sans bouleversement technologique sur toute la ligne…

L'étude des baux de dîmes, l'éclairage indirect fourni par les courbes de la rente foncière, les certitudes imposées par les nécessités de l'essor démographique, la fin des famines et la comparaison favorable avec l'Angleterre suggèrent donc invinciblement qu'une hausse substantielle de la production agricole a pris place au XVIIIe siècle. Grâce à l'allongement du réseau routier, les bienfaits de cet essor, notamment frumentaire, furent mieux distribués qu'au XVIIe siècle ; ils permirent ainsi de nourrir les surcroîts du peuplement ; d'éliminer en effet les famines ; et d'aboutir à cette ration de 1 800 calories par jour qui constitue, dit Toutain, la pitance du Français moyen de 1789[7] (?).

Mais comment, dans la vie concrète, s'opéra l'amélioration des subsistances, et des diverses productions agricoles ? Les monographies locales ou régionales, comme d'habitude, fournissent des éléments de réponse.

Midi-Pyrénées

Au sud, le village d'Azereix, étudié par Anne Zink, témoigne sur les régions de polyculture et d'autoconsommation de la Gascogne rurale. L'essor démographique du long XVIIIe siècle, dans cette communauté et parmi les paroisses voisines, s'accompagne effectivement d'une extension des surfaces mises en culture et d'une intensification des pratiques. À Azereix, le terroir mis en œuvre recouvrait 556 hectares en 1632 ; 567 en 1692 ; 590 en 1767 ; 777 en 1818. Les prairies irriguées et bien soignées représentaient 79 hectares en 1632 ; 111 en 1692 ; 143 en 1767 ; 168 en 1818. Quant aux vignobles d'Azereix, ils ne donnaient qu'un vin ordinaire ; ils distribuaient malgré tout un supplément appréciable de revenu terrien, de salaire et de santé publique : ils passaient de 13 hectares en 1632 à 31 hectares en 1692 ; à 56 en 1767 ; à 89 en 1818. Cette extension des cultures non céréalières, du reste intensives à force de soins (vignobles) ou d'arrosage (prairies), s'était faite, dans les débuts, au détriment des labours à grains : ceux-ci régressaient de 431 hectares en 1632 à 399 en 1692 ; 374, en 1767 ; puis entre 1767 et 1818, une poussée de défrichements, annoncée dès la fin du règne de Louis XV, portait les surfaces emblavées à 482 hectares. Par ailleurs, le maïs s'était largement diffusé à Azereix et dans les villages voisins ; il avait, *ipso facto*, partiellement remplacé l'assolement biennal par le triennal, en exorcisant le fantôme de la disette. Les prés, dont on a vu l'expansion continuelle aux XVIIᵉ et XVIIIᵉ siècles, rendaient dorénavant possible la présence d'un bétail aratoire plus nombreux et plus vigoureux, lequel constituait l'une des conditions pour l'expansion relativement harmonieuse de ce village. Au total, la croissance démographique d'Azereix (+ 40 % de 1700 à 1790, en dates et chiffres ronds) s'est enracinée dans un milieu heureusement modifié par de petits progrès agricoles quantitatifs et qualitatifs, dont l'ensemble ne constituait pas globalement une « révolution » totale (mais à quoi bon enfoncer encore cette porte ouverte…) : les gens d'Azereix avaient prosaïquement procédé à des substitutions de plantes ; à l'arrosage ; ou, plus simplement encore, à l'utilisation accrue de l'« huile de coude », pour tailler la vigne ou sarcler le maïs… Remarquons aussi que, dans ce village, l'essor agricole n'est pas strictement contemporain de la croissance démographique. Mais il « encadre » celle-ci ; il lui fournit les supports logistiques indispensables ; à son tour, il est stimulé par elle, pendant la seconde moitié du siècle.

Dans la région toulousaine[8], l'essor démographique (+ 40 à 50 % de 1715 à 1789) s'est appuyé sur la mise en place préalable du maïs : dans son aire du Lauragais et de la moyenne Garonne, cette plante a pris racine et développement entre 1630 et 1730, pour s'étendre ensuite jusqu'aux marges souvent montagneuses de la région. Le maïs résolvait avec élégance, quoique sans délectations gustatives, le problème de la nourriture quotidienne des paysans. Il libérait pour la vente et pour l'économie monétaire la production des céréales proprement dites ; du coup, celle-ci, dans le Toulousain, se reconvertissait aux froments, tandis que le méteil, de moindre valeur, était abandonné. Les quelques terres qu'on avait désertées, au temps des crises à la fin du règne de Louis XIV, étaient récupérées à partir de 1715. Divers défrichements intervenaient également après cette date. Stimulée par les capitaux urbains et/ou nobles, l'extension des emblavures fut incontestable, ainsi qu'une certaine augmentation des rendements du grain, en particulier dans quelques zones d'agriculture très commercialisée, comme la vallée de la Garonne et du Tarn ; là, des rendements de cinq à huit pour un permettent de pousser l'exportation du froment moulu vers les colonies françaises de l'Amérique. Ces cas étant mis de côté, il apparaît que l'intensification du produit à l'hectare, dans le Toulousain, provient aussi de l'insertion d'une sole de maïs dans l'assolement biennal ; celui-ci, du coup, devient triennal. Les efforts méritoires que déploient de grands innovateurs, comme les Villèle, pour perfectionner sur toute la ligne les méthodes agricoles du haut Languedoc porteront leurs fruits plus encore après la Révolution.

Aussi bien le secret d'une certaine réussite de l'agriculture languedocienne au XVIIIe siècle est à chercher dans la révolution des transports. Le canal du Midi, à partir de 1680, ouvre au blé toulousain les marchés de Narbonne et de Marseille. La plupart des routes actuelles (qu'on se bornera de nos jours, en exterminant leurs platanes, à élargir ou à dédoubler pour l'automobile et pour l'autoroute) sont construites en haut Languedoc à partir de 1725, et surtout entre 1764 et 1789. Pour le coup s'opère une certaine spécialisation des régions : le haut Languedoc se voue, du moins au niveau des productions commercialisées, à une quasi-monoculture du froment ; le bas Languedoc peut jouer, lui, de ses dispositions naturelles (ou acquises) à fabriquer le vin, l'huile d'olive, la soie… et la draperie. Contrairement aux idées reçues, c'est à travers un développement du marché intérieur, plus qu'extérieur, que cette redistribution des cartes s'est opérée. Le Toulousain qui, au XVIIe siècle, exportait du blé jusqu'en Hollande, délaisse, au XVIIIe siècle, ce marché néerlandais précaire, et ravitaille dorénavant les consommateurs indigènes qui habitent autour du golfe du Lion. Il ne faut pas, bien sûr, exagérer l'ampleur de ces changements : à l'apogée de la fortune du blé de Toulouse, 600 000 hectolitres de grain transitent par les commissionnaires de la ville rose ; c'est-à-dire en gros, une fois nourris les citadins de celle-ci, de quoi subvenir aux besoins de 150 000 personnes, dans une province qui compte un million et demi d'habitants ; de quoi subvenir aussi, partiellement, aux besoins de marchés plus vastes encore, dont la population dépasse largement ce chiffre. Mais il est vrai que Toulouse n'est qu'une « plaque tournante » parmi d'autres dans les circuits du blé languedocien. Il est vrai aussi que l'aire toulousaine ravitaille en outre (*via* Toulouse, la Garonne, Bordeaux et l'océan) les « bouches à nourrir » des plantations sucrières françaises aux Antilles, avec leur main-d'œuvre servile.

Dans certaines limites et compte tenu des susdits « exutoires » sis aux Caraïbes, l'heureuse évolution du problème languedocien des subsistances est à mettre au crédit de nouvelles élites provinciales ou extra-provinciales : fonctionnaires de l'intendance, et surtout délégués aux états ; « barons », et plus encore évêques et consuls. Ils veillèrent au grain, c'est-à-dire aux routes, avec un souci de modernité qu'expliquent sans doute leur éducation et leur culture. Grâce aux frais de transport diminués des quatre cinquièmes sur le canal, et des deux tiers sur les routes nouvelles, grâce aussi à la véritable déseigneurialisation qu'entraîna, au XVIIIe siècle, la suppression par l'État de nombreux péages privés dans la province, le Languedoc put, au moyen d'une augmentation modérée du volume des grains produits, faire face sans gros problèmes à la demande accrue des autres marchés, et à une hausse démographique régionale de + 40 %. C'est qu'il ne fallait pas seulement (ou pas surtout) apprendre à produire davantage. Il fallait également apprendre à vendre. La distribution ne s'improvise pas, et la répartition des excédents frumentaires, une fois qu'ils sont sortis du sol, représente une tâche de première urgence. Le XVIIIe siècle, en haut Languedoc, sut la comprendre et la résoudre.

Les routes de poste
à la fin du XVIIIᵉ siècle (1797)

La France du cheval est aussi celle des bonnes routes, militaires et commerciales : soit la France du Nord-Est, dorénavant désenclavée, ouverte aux échanges de toutes sortes (d'après la carte de Desauches *in* G. Michaud (avant-propos) et R. Coquand, P.M. Duval, J. Hubert, G. Livet, L. Trénard, *Les Routes de France depuis les origines jusqu'à nos jours*, Colloque des *Cahiers de civilisation*, Paris, 1959).

Régions méditerranéennes

En ce qui concerne maintenant le Midi méditerranéen, bas Languedoc et Provence, il semble bien que ce soit du côté de la vigne et, plus généralement, des productions non céréalières qu'il faille chercher, entre autres, les facteurs de croissance qui firent face simultanément à l'essor démographique et à l'augmentation, significative, du revenu *per capita*. Mais, une fois de plus, rien n'aurait été possible sans l'amélioration des transports, maritimes en l'occurrence. La Provence se tourne vers la vigne et vers l'arboriculture au XVIIIe siècle[9] ; elle devient lourdement déficitaire en grain. On y recense, à la fin de l'Ancien Régime, une production de 700 000 charges de « blé » (840 000 quintaux actuels), pour une consommation provinciale de 1 200 000 à 1 300 000 charges (soit 1 500 000 quintaux, ou 625 000 rations[10]) ; ce qui correspond à un déficit annuel, pour la Provence, de 500 000 à 600 000 charges (250 000 à 300 000 rations : 275 000 en moyenne). Le cas (moyen) du gros village de Lourmarin, en plein essor au XVIIIe siècle, peut du reste servir à illustrer utilement ce propos[11] : Lourmarin, dans la décennie 1780, produit bon an mal an 1 609 charges de grain (mesure locale), mais en consomme 2 949, ce qui implique un déficit céréalier, typiquement provençal, de 45 %. Ce village, cependant, exporte 300 charges de vin à 7 livres tournois la charge, sur les 1 500 charges produites par la vigne du terroir ; il produit 12 quintaux de soie valant 1 700 livres tournois en tout, soie dont une partie au moins, manufacturée sur place, est comptabilisée dans les exportations (hors terroir) des produits textiles fabriqués dans la localité (12 650 livres tournois de soieries diverses et filés de soie ; 3 630 livres tournois de « lainages » sous forme de serges et de chapeaux). La composition agricole du terroir de Lourmarin, sans qu'il y soit besoin, et pour cause, d'une révolution agronomique de type anglomane, est typique, dans ces conditions, d'une localité qui a su s'arracher à l'exclusive prépondérance des céréales : 48 % du territoire villageois, à la veille de la Révolution française, sont dédiés aux emblavures ; mais 18 % à la vigne ; 9,4 % aux jardins, vergers et mûriers ; 8,6 % aux prairies (arrosées). Ces diverses catégories de spéculations (vigne, vergers, mûriers, jardins et prés irrigables) impliquent des revenus à l'hectare bien supérieurs à ceux des « bleds » : telle est la vraie « révolution agricole » (entre guillemets, certes…), adaptée aux territoires du Midi français.

Une fois de plus cependant, comme en Languedoc, l'agriculture provençale nous renvoie, *ipso facto*, à la « non-agriculture », c'est-à-dire aux problèmes cruciaux du trafic des grains, sans les importations desquels, en Provence, on n'aurait pas pu diversifier les terroirs. À Marseille, les importations de blé (froments de qualités diverses) étaient faibles entre 1725 et 1740 ; elles oscillaient alors entre 10 000 et 30 000 charges selon les années (environ 24 000 quintaux actuels). Elles augmentent brusquement avec le déficit céréalier de 1740-1741, qui a joué là un rôle de catalyseur : en chiffres ronds, les importations marseillaises de blé passent de 30 000 à 80 000 charges entre 1739 et 1741. Une fois ouverts, les circuits neufs ne se sont plus refermés : de 1741 à 1767, le « plancher » des 200 000 charges de blé va servir de niveau de base ; ces 200 000 charges sont en bonne partie réexportées vers l'arrière-pays, puisque les Marseillais, par snobisme alimentaire, consomment, eux, du bon blé de Provence. Au total, les importations frumentaires du Levant, du Maghreb, d'Europe du Nord, et aussi celles de Languedoc et de Bourgogne (qui ne passent pas toutes par Marseille, il s'en faut de beaucoup), ont permis de bâtir la nouvelle agriculture provençale, beaucoup plus diversifiée que l'ancienne. Il s'agit bien là d'une structure totalement asymétrique et originale, puisque Marseille, pendant la décennie 1770, peut drainer vers ses quais jusqu'à 50 %, ou davantage, du total des importations de grain pour toute la France. Port de Marseille, réseau routier, canal du Midi, ont donc rendu possibles, à eux trois, pour une bonne part, la modernisation et la diversification spécialisée des agricultures languedocienne et provençale, au temps des Lumières. On sait que Robert Fogel, dans le livre qui fonda, voici quelques années, la *new economic history*, a dévalorisé le rôle des chemins de fer ; il a souligné les potentialités de croissance extraordinaire que recèlent, pour le développement d'une agriculture, les moyens de transport traditionnels : routes, ports, charrettes, canaux, vaisseaux. Et de fait : les péniches, navires et bonnes grosses charrettes ont beaucoup fait, dès lors qu'il s'est agi de désembourber ou de désenclaver, au XVIIIᵉ siècle, l'économie paysanne et citadine des deux grandes provinces du Midi. Une fois ce désenclavement opéré, les vastes possibilités que contenaient, depuis des siècles, les techniques intensives de production végétale, et d'arboriculture ou de viticulture traditionnelle, ont pu s'épanouir en toute ampleur.

Auvergne

Décrite par Abel Poitrineau dans un grand livre, l'Auvergne rurale du temps des Lumières offre le modèle d'une croissance de gagne-petit, en province sous-développée. Il s'agit d'une région pauvre, assez dénutrie. La ration alimentaire, dans l'ensemble, y est plus déséquilibrée qu'insuffisante. Les ruraux, en effet, y engouffrent de formidables quantités de pain noir : jusqu'à 400 kilos par an et par adulte ; et 287 kilos par tête d'habitant, petits enfants compris. Mais, en plus de tout ce pain, l'Auvergnat rustique n'a qu'un maigre menu : soupe, huile de noix, peu de lard (10 kilos par an), pas de viande et pas de vin. La province engendre, du coup, des hommes petits, dont la taille est inférieure à 1,62 mètre. Les bœufs y sont mal nourris, et ne peuvent travailler qu'à demi-journée. L'absence de techniques telles que le dépiquage par équidés et le labour chevalin fait qu'on y trouve très peu de chevaux. Les vaches ne produisent pendant leurs périodes de lactation que 5 litres de lait par jour, et 1 litre par jour en moyenne annuelle pendant toute leur biographie de vache. L'assolement est biennal en plaine ; et, dans la montagne, pierreuse, couramment « sexennal » (une année de culture et cinq années de jachère…). La reille même, ou soc métallique d'araire, est beaucoup plus légère en Auvergne qu'en Languedoc (1 kilo et 5 kilos, respectivement).

Et pourtant, cette zone déshéritée va réussir, au XVIIIᵉ siècle, une modeste croissance économique, suffisante pour éponger le croît démographique (celui-ci atteignant + 40 % à + 50 % en 1789, par comparaison avec 1725) ; suffisante même pour améliorer un petit peu le sort de beaucoup d'Auvergnats. Cette poussée agricole s'opère là aussi par défrichements ; on les enregistre surtout après 1760, quand l'essor démographique se fait manifeste. Divers champs, permanents ou temporaires (*rôtisses*, *rompues*, *rompudes*), sont créés dans les communaux de la montagne, au profit des petits exploitants, ou même des grands domaines à surplus. Le bêchage, jusqu'en plein champ, s'intensifie à la fin de l'Ancien Régime. L'usage plus répandu des céréales de printemps provoque une éviction partielle de la jachère biennale, ou longue et pluriannuelle, au profit d'un assolement de type triennal ; et cela, y compris dans la montagne qui jusqu'alors demeurait tellement déshéritée. Même la vigne prend son envol en Auvergne, entre 1755 et 1773 : cette phase de plantation culmine pendant les bons prix du vin de 1767-1773. Les prairies artificielles, à base de sainfoin principalement, connaissent une mince, mais indéniable popularité. La pomme de terre fait une timide apparition, pendant les vingt années qui précèdent 1789. Dans le domaine de la production animale, on note un essor des élevages de porcs, constaté aussi, à la même époque, en Anjou[12] : chez les paysans de tel village auvergnat, le nombre des cochons, qui fournissent au paysan l'essentiel des protéines et graisses animales à usage humain, fait plus que doubler entre 1740 et 1790 ; cette performance est largement supérieure à l'essor local du nombre des hommes. L'élevage bovin est stimulé en Auvergne au XVIIIe siècle par les marchés parisiens de Sceaux et Poissy ; celui des moutons, par le débouché lyonnais. Comme en Languedoc, quoique à un moindre degré, l'essor de la route, réalisé par corvées paysannes, désenclave la Limagne ; le prix des transports terrestres baisse *relativement* ; de la Régence à la Révolution, il augmente en effet moins vite que l'indice général des prix ; et il contribue, sur la base du nouveau réseau de routes, à désengraver l'économie. La montagne, où les villages, piqués d'émulation, construisent souvent leurs propres chemins, a peu de bonnes routes ; mais les migrations temporaires sont accrues par l'essor de Paris et des villes du Nord ; elles sont régularisées par l'absence de grandes guerres sur les territoires septentrionaux du royaume, dorénavant pacifiés, donc plus attractifs ; elles font rentrer chaque année dans les hautes terres d'Auvergne 1 200 000 à 2 000 000 de livres tournois. Par ailleurs, la zone montagneuse vend aussi du bétail, aisément transporté, même sans bonnes routes, sur quatre pattes : elle reçoit donc plus d'or grâce à ses migrants et à ses bestiaux que n'en collectent les plaines des Limagnes ; du coup, elle peut aisément payer ses impôts. (On trouverait des phénomènes analogues à la même époque dans les Pyrénées.) Tous ces facteurs, combinés, expliquent qu'avec une grande économie de moyens, l'Auvergne ait réussi à nourrir – à peine mieux que par le passé, mais plus régulièrement, et avec des à-coups moins vifs – une population croissante.

On appréciera mieux cette économie de moyens et cette élégance des solutions routières quand on saura que l'essor de la production du grain – d'après les dîmes qui probablement le sous-estiment fort ! – n'aurait été, soi-disant, dans la grande province du Centre, que de + 12 à + 15 %, entre 1725 et 1790, et celui du vin, toujours selon les mêmes sources, de + 25 % (non sans de vastes écarts régionaux). La remarque déjà faite à propos du Languedoc est *a fortiori* plus valable encore pour l'Auvergne : c'est la lubrification – par les routes et par la monnaie – des échanges intérieurs à la province (plus encore que de son commerce extérieur) qui a contribué à soulager quelque peu la misère. En outre, nous le verrons, une certaine diminution des impôts que paient les Auvergnats est constatée en valeur réelle ; elle est plus nette encore quand on l'étudie en pourcentage du produit brut ; elle a permis d'améliorer le sort du paysan, et d'expandre un peu le marché intérieur. La croissance auvergnate du temps des Lumières s'appuie simultanément sur la mobilisation ou la ré-allocation des ressources existantes et sur la création de ressources nouvelles. La meilleure distribution des produits a compté, ainsi que l'augmentation, possiblement massive, du volume de ces produits.

L'ouverture de l'Auvergne à l'essor parisien, grâce au travail des migrants, a joué le même rôle que plus au nord, ou plus à l'ouest, en Beauvaisis et en Maine, l'ouverture à l'argent espagnol ; celle-ci obtenue grâce à la production campagnarde des draps et toiles. N'allons pas pourtant dépeindre en style trop optimiste l'existence auvergnate (rurale) autour de Clermont-Ferrand ou de Brioude : on y a gagné la bataille de la survie ; mais la vie est tout de même autre chose. Et quant à la douceur de vivre…

Bourgogne « féodale » et croissante

À l'est et au nord-est du Massif central, les plaines de Saône et leurs marges montagneuses, étudiées par Pierre de Saint-Jacob et plus récemment par Jean-Marc Debard, intéressent trois régions : Bourgogne, Franche-Comté, pays de Montbéliard[13] ; toutes trois nettement moins sous-développées, moins enclavées en tout cas, que ne l'est l'Auvergne. Ces zones exportent, en dépit de leur régime social éventuellement retardataire ; elles expédient, les unes du vin vers Paris, les autres du grain vers Marseille. Au départ, la misère bourguignonne est souvent rude : nombre de paysans, à l'ouest de la Saône, vers la fin du XVIIᵉ siècle, couchaient sur la paille avec le cochon, dont ils n'étaient séparés que par une claie. Sans pour autant parvenir à supprimer cette misère, la croissance bourguignonne ou jurassienne, au XVIIIᵉ siècle, manifestera une vigueur et s'accompagnera d'une tension qui, l'une et l'autre, la distingueront, de façon intéressante mais non point radicale, des phénomènes auvergnats. Voici, en quelques points, comment se présente cette croissance :

1) La Bourgogne qui, en ce domaine, ne fait preuve d'aucune originalité, connaît une hausse démographique de + 35 % à + 40 % dans les campagnes, entre 1715 et 1789.

2) Les guerres étrangères et frontalières avaient au XVIIᵉ siècle, en diverses occasions, cassé les reins à l'économie et à la démographie des pays de Saône. Plus rien de semblable ne se produit après 1713 : Debard a montré que dans la région de Montbéliard, la crise de subsistances au sens tragique du terme, telle qu'on la rencontrait à de nombreuses reprises au XVIIᵉ siècle, était toujours liée à une situation de grosse guerre. Après 1713, en ce qui concerne les territoires mis en cause, c'est la fin des guerres atroces, ou même, le plus souvent, cause d'amélioration parmi d'autres, c'est la fin des guerres tout court, jusqu'en 1789, et, du coup, c'est la fin des famines… En Bourgogne, il suffit, du reste, de comparer les descriptions horrifiques de Gaston Roupnel, relatives aux désastres guerriers des années 1630-1650, avec l'impact beaucoup plus bénin de la guerre de la Succession d'Autriche (1741-1748) :

celle-ci, d'après Pierre de Saint-Jacob, est une simple occasion de
plaintes contre la milice et contre le pressurage fiscal ; elle est
cause aussi de récession modérée ; elle est source, surtout, de
bonnes affaires éventuelles, effectuées à l'occasion du charriage des
blés pour l'armée… Il suffit, dis-je, de comparer les aperçus de Gaston Roupnel et ceux de Pierre de Saint-Jacob pour constater qu'à
partir de 1713-1714, on a brusquement changé d'époque ; pour le
meilleur, ou pour le moins mauvais ; et non plus pour le pire…

3) Le trait le plus remarquable de la situation bourguignonne,
c'est probablement l'essor de la production des grains, obtenu par
défrichements, et par attaque des communaux ; ce mouvement,
qu'initient des seigneurs et aussi des roturiers ruraux, petits et
grands, se fait sentir dès 1720-1740. Il se transforme en offensive,
déployée sur toute la ligne, entre 1755 et 1780. Le parc des terres
arables, en Bourgogne, s'accroît ainsi de 8 à 10 % pendant la
seconde moitié du xviiie siècle ; et cette province, avec le haut Poitou et la généralité d'Alençon, est l'une des régions de France où
l'on a le plus gagné de sol neuf [14]. Pour l'ensemble du royaume,
en effet, les défrichements de la seconde moitié du xviiie siècle
paraissent avoir été (chiffres vraisemblablement sous-estimés) de
l'ordre de 600 000 hectares [15], soit, compte tenu des assolements,
de quoi produire 5 millions de quintaux de grain, ou bien entre
2 millions et 2 millions et demi de rations frumentaires annuelles.
Ces 600 000 hectares (statistiques minorées, elles aussi) repré-
senteraient 3 % du territoire labourable total et moins de 2 % du
territoire agricole total de la nation ; c'est-à-dire beaucoup moins
que les pourcentages de défrichements (obtenus par rapport aux
terres arables) tels qu'on les a constatés en Bourgogne. L'intensité
des défrichements bourguignons est du reste l'une des causes
majeures de la violence des contestations antiseigneuriales qui
traversent cette province au xviiie siècle : la propriété directe des
défrichements, réalisés grâce aux bras des manouvriers, se trouve
en effet largement accaparée par les seigneurs triagers ; cet accaparement unilatéral est un motif de frustration et de colère pour les
paysans et tenanciers ; colère qu'on ne peut comparer qu'à celle
qu'éprouveront, un peu plus tard, les Chouans du bocage quand
les bourgeois du Mans leur « barboteront », sous le nez, les
« belles métairies » des biens d'Église (Paul Bois).

4) Cet essor de la production céréalière s'accompagne de quelques reclassements végétaux, déjà rencontrés ailleurs. Dans la région de Montbéliard, les grains secondaires cèdent la place au froment, plus vendable ; le maïs, pour les hommes et les volailles, progresse en Bresse ; le sainfoin, par petits paquets, se répand un peu partout ; et aussi la pomme de terre, pour les porcs, après 1770. Mais rien de tout cela, bien sûr, n'a beaucoup d'importance à côté de la vigne : spécialisation et même (à Aloxe) monoculture viticole font, respectivement, une progression ou une apparition remarquée. La poussée du vignoble s'opère, en pays bourguignon, dès les années 1720, avant que les interdictions de planter gouvernementales de 1731, promulguées précisément par contrecoup, ne la stoppent pendant quelque temps. Puis, comme en Auvergne, avec un remarquable synchronisme de conjoncture, l'essor des plantations de ceps reprend de 1750 à 1775, juste avant la crise « Labrousse », enregistrée à partir de 1775-1780. (Une crise purement viticole que notre bon maître Ernest Labrousse, si savant par ailleurs, a confondue un peu vite avec une prétendue crise « générale » de l'économie française à partir de 1775 !) Un peuple de vignerons, qui se nourrissent de 250 à 350 kilos de grain *per capita*, et d'un porc gras par famille et par an [16], colonise plus que jamais la Côte d'Or.

5) D'autres régions bourguignonnes, à vrai dire plus exiguës que les précédentes, se spécialisent, mollement encore, dans l'élevage : ainsi, dès 1720, le Charolais reconvertit une partie de ses labours en prairies, pour produire des bœufs gras qui sont expédiés ensuite vers la région de Paris et vers la Lorraine. Ailleurs, cependant, les petits exploitants se contentent, dans la mesure du possible, d'élever une vache : afin d'avoir du lait pour leurs enfants et un tas de fumier pour le jardin.

6) Tous ces progrès, et surtout ceux de la production végétale, s'expliquent aussi, comme en Auvergne et Languedoc, par l'allongement densifié et ramifié du réseau des routes. Ces processus font tomber radicalement le prix des transports ; ils permettent, en cas de mauvaise récolte, les compensations frumentaires intrarégionales, en même temps qu'ils facilitent l'exportation extra-bourguignonne du blé vers le sud, et du vin vers le nord [17]. Dans ces conditions, le haut prix des grains, qui permet à ceux qui produisent un surplus de céréales d'en tirer profit, devient une bénédiction, et non plus, comme c'était le cas au XVIIe siècle, une catastrophe famineuse. La construction des nouvelles routes, en Bourgogne, a battu son plein entre 1725 et 1732, puis, derechef, entre 1745 et 1775.

7) Ces phénomènes s'accompagnent d'une monétarisation du monde rural, signifiée en Bourgogne entre 1750 et 1770 par le passage général aux baux en argent. C'est autant de gagné pour l'assouplissement, et pour la lubrification, encore elle, de l'économie campagnarde.

Donc, là aussi, pas de révolution agricole à 100 % : les rendements du grain ont du mal à dépasser les cinq pour un ; il s'agissait plutôt d'une mobilisation des réserves internes et des ressources dormantes qu'avait longtemps laissées en sommeil la « paresse », plus légendaire que réelle, des Bourguignons. La division spécialisée des tâches et des produits, sur base locale, est dorénavant rendue possible par l'amélioration des transports ; les arbres, sur ce point, nous ont trop longtemps caché la forêt : la toile d'araignée des chemins de fer, création fragile du XIXe siècle, a fait négliger par les historiens de jadis le formidable réseau routier du XVIIIe siècle finissant. Ces performances intéressantes ne doivent pourtant pas faire oublier qu'en Bourgogne, comme ailleurs, une certaine misère paysanne en 1789 est bien loin d'être exorcisée ; elle est dénoncée, sur le mode baroque, et sur fond général de paupérisme, à tout le moins dans les très basses classes de la société, par Jamerey-Duval et par l'équipe de médecins de Vicq d'Azir respectivement vers le milieu et la fin du siècle.

Les grands _openfields_

Exception faite pour le département du Nord, on ne disposait point, avant les grands travaux de Jean-Marc Moriceau, en ce qui concerne les grands _openfields_ (Île-de-France, Picardie, Normandie non bocagère, Orléanais non solognot, Champagne, Lorraine, Alsace), de « grosse thèse » régionale qui soit, pour le XVIIIe siècle, exhaustive, et comparable aux travaux de Pierre de Saint-Jacob et d'Abel Poitrineau. C'était bien dommage… dans la mesure où les vastes *openfields*, au moins pour une partie d'entre eux (Île-de-France, Picardie, Beauce, pays de Caux, plaine de Caen, etc.), coïncident avec les régions de grande culture qui, pendant l'époque des Lumières, se situent dans l'avant-garde économique. On en sait tout de même assez, en ce qui les concerne, pour définir, à propos de cette zone, quelques facteurs généraux qui agissent fortement sur la croissance du XVIIIe : parmi ces facteurs figure la hausse non négligeable des rendements du blé, par alignement des médiocres résultats sur les moyens, et des moyens sur les bons[18]. Figurent aussi :

— le développement des vastes fermes qui résistent aux prétentions de l'impôt et de la rente foncière ; ces fermes font coexister leur grande exploitation avec des propriétés qui souvent restent encore petites ;

— le fantastique chevelu du réseau routier, dont la poussée, dans le Nord-Est, est calquée sur les besoins du trafic, de l'urbanisation et des militaires[19] ; elle laisse loin derrière elle les réalisations languedociennes ou auvergnates ;

— la spécialisation des régions : par progrès du blé autour du centre parisien ; et par développement de la vigne et de l'herbe à bovins, sur les marges auxerroise et normande.

Dynamisme flamand

L'extrême Nord, autour de Lille (et bien entendu, au-delà de nos frontières, en Belgique et en Hollande), offre l'exemple, rare dans l'Hexagone, d'une agriculture intensive, à la chinoise ; pour autant qu'on puisse être « fils du Ciel » sur les rives de la mer du Nord. Ce jardinage efficace, les menus tenanciers de Flandre, de Wallonie et d'Artois, qui n'ont pas lu les livres, l'ont inventé ; et puis ils l'ont imité les uns des autres, sur la base de la petite exploitation, pourtant si honnie des physiocrates. Alors que les agronomes de salon, eux, ont rêvassé dans leur tête la révolution agricole, sans toujours parvenir à la réaliser dans les faits. Ce système flamand-lillois[20] repose sur une petite culture prodigieusement productive (sans jachère) à base de céréales, bien sûr (blé, seigle, soucrion ou orge à bière, avoine) ; mais aussi à base de choux (chou-colza pour l'huile ; et chou-collet, dont la feuille est pour les vaches, et la tige pour chauffer le four). À base de légumineuses en troisième lieu : elles nitrifient le sol et elles nourrissent les hommes et les bêtes (il s'agit des fèves, du trèfle, des vesces). À base, enfin, de racines alimentaires et fourragères (pomme de terre, betterave, carotte, navet). Le tout assaisonné de quelques variantes (comme les tabacs) ; et généreusement arrosé de fumier, colombine, cendres, urine, et de *courte graisse* ou engrais humain ; cette *courte graisse* réalise par avance l'idéal des écologistes (on ne doit plus, diront-ils en notre temps, polluer les rivières et la mer par les eaux usées, mais rendre à la terre ce qui vient de la terre, comme l'ont toujours fait les paysans chinois). Le système flamand est complété, en style peu « céleste » cette fois-ci, par l'élevage à l'étable – jusques et y compris en stabulation permanente – des bovins et des porcelets pour le marché : les aliments de ce bétail stabulé consistent alors en tourteaux (de colza) ; en *warats*, tels que pois, vesces et fèves ; en *hivernage* (seigle, *bizaille*, trèfle, accessoirement luzerne et sainfoin). Ce « modèle » ne fonctionne dans toute sa plénitude que près des cités, comme Lille, qui fournissent les compléments de fumier, surtout chevalin, nécessaires. Enfin, l'exploitant, ses ouvriers, ses servantes, épouse et filles, se procurent des ressources supplémentaires par le tissage et par le filage à domicile qui apportent de quoi payer les charges, dîmes et impôts ; ceux-ci, du reste, n'étant pas écrasants dans un pays « nordiste » qu'ont partiellement contaminé les bonnes habitudes espagnoles de cadastration fiscale.

Une intensification aussi extraordinaire a supposé, pour être mise en place, énormément de travail humain ; avec, en plus, un esprit poussé d'économie et de ladrerie épargneuse. Le curé de Rumégies, à la fin du XVIIe siècle, parlait des fermiers pingres et richissimes qu'on trouvait dans sa paroisse (richissimes, selon son optique de modeste prêtre) : ils vendaient leur cochon, et ils se privaient de viande ou de lard le reste de l'année ; ils ne brassaient la bière qu'une ou deux fois l'an ; ils vivaient dans une malpropreté insupportable. Au XVIIIe siècle, pourtant, malgré cette avarice (dès lors en recul ?), le mobilier des fermes d'Artois s'enrichit : écuelles en terre et pots en bois sont remplacés par la vaisselle de faïence et d'étain. Chenets, casseroles, bouilloires et poêles indiquent aussi, au foyer familial, une volonté accrue de consommation.

Quant aux techniques de base agricoles, le modèle flamand a mis, sans aucun doute, des siècles à se constituer : les premiers linéaments en sont apparus aux Pays-Bas pendant le XIVe siècle, voire dès le XIIIe siècle. Mais aux XVIIe-XVIIIe siècles l'intensification est loin d'être achevée partout : elle continue à progresser, à s'étendre [21] vers de nouvelles régions de l'Artois ou de la Flandre « française ». Dans ces zones, des villages adoptent le trèfle vers 1710-1740. Les jachères qui subsistaient ne sont définitivement liquidées qu'entre 1572 et 1659 ; ou, ailleurs, vers 1730-1740. (On peut même se demander, avec Hugues Neveux, si l'époque moderne, en Flandre et dans le Cambrésis, n'a pas, en fait, « réaboli » une jachère qui, déjà supprimée une première fois au XIIIe siècle, avait été ré-instaurée ensuite pendant les crises des XIVe-XVe siècles !) À propos d'autres techniques, il arrive parfois qu'on détecte l'innovation même, en train de se faire, au XVIIIe siècle : sur les terres des fermes de l'hôpital Contesse, à Lille, les crédits pour l'achat de tourteaux (à base de colza et d'autres plantes) comme aliment du bétail passent de « zéro livre tournois » en 1682 à 600 livres tournois vers 1750 et à 960 livres tournois en 1780. Par ailleurs, les paysans « nordistes » vers 1750-1777, et jusqu'à la Révolution, s'efforcent de se partager les communaux… ou le peu qui en reste. Dans cette région, les groupes sociaux qui chercheront ainsi à diviser les terres communales se recruteront, d'une part, chez les manouvriers, en état d'expansion démographique : ceux-ci voudront obtenir et mettre en culture, pour chacun d'entre eux, une petite « planche » de terre, dans les ci-devant marais desséchés, qu'on aura d'abord à cet effet transformés en *openfields*, ou en polders « à lames de parquet ». Ils se recruteront, d'autre part, parmi les seigneurs, qui, dans ces mêmes marais plus ou moins exondés, voudront exercer leurs droits de triage. En revanche, les gros fermiers (qui pourtant, en règle générale, sont à la dévotion de leurs bailleurs seigneuriaux, nobles ou ecclésiastiques) souhaitent, sur ce point précis, maintenir l'intégrité des communaux, afin d'y envoyer paître leur bétail aratoire. On devine que les marécages à dessécher deviendront, dans cette occurrence, des nids à luttes sociales : elles concerneront le principe même du partage, ou les modalités de sa répartition. La Révolution française, dans le Nord comme en Bourgogne, se jouera aussi là-dessus.

Écologiquement, enfin, dans ce pays ultra-septentrional – atrocement *déplumé* par l'innovation, par la mise en culture et par le surpeuplement –, les seigneurs sont dans leur bon droit quand ils veulent, au nom d'un usage de *plantis*, remettre des arbres le long des chemins, sur les places publiques, etc. Inutile de dire que les paysans ne l'entendent pas de cette oreille : ils contestent le plantis à coups de hache aux dépens des troncs ; et ils opposent, sur ce point, les droits à demi souverains du tenancier aux revendications malheureuses de la nature et de la forêt, épaulées pour une fois, du fait de motivations égoïstes et pourtant sympathiques, par le seigneur.

Quantitativement, le XVIIIᵉ siècle nordiste a connu (quoi qu'en pensent les théoriciens rigides et ridicules du fixisme absolu) des hausses de rendements : l'équipe de recherche dirigée par Pierre Deyon a trouvé, dans un certain nombre de villages, des productions céréalières de 23-26 hectolitres à l'hectare vers 1715, et de 28-29 hectolitres à l'hectare pendant la décennie 1780. On note aussi, bien plus spectaculaire, une formidable hausse du produit des dîmes en nature, et en argent déflaté ; du XVIIᵉ siècle finissant au XVIIIᵉ siècle expirant, elles augmentent de 50 à 100 % ou même davantage : la zone de l'extrême Nord, sur ce point, jouit d'une incontestable supériorité par rapport au reste du royaume. Il est vrai que les paysans du Nord, bons catholiques, paient leurs dîmes plus consciencieusement qu'ailleurs.

Cette supériorité s'explique aussi par des raisons de conjoncture régionale. En dépit des guerres qui font rage, à de nombreuses reprises, entre 1625 et 1713, l'essor agricole des pays de Flandre et d'Artois, qui se poursuivra pendant le XVIIIᵉ siècle, a commencé, comme en Angleterre, *dès 1690*. Cette chronologie précoce est abondamment prouvée par le témoignage des courbes de revenus, qu'elles soient en nature, déflatées ou nominales, et elle est illustrée (sans plus), en contrepoint pittoresque, par les descriptions du curé de Rumégies : il nous parle des fermiers du cru, enrichis et crasseux, qui font fortune grâce aux chertés de 1693. Les hauts prix des années 1690 se sont, dans l'ensemble, avérés désastreux pour la paysannerie pauvre de l'Hexagone (même si par ailleurs ils ont stimulé l'économie maritime de la France). Or, tout se passe au contraire comme si, dans le cas particulier des régions artésienne et flamande, ces hauts prix de l'extrême fin du XVIIe siècle avaient profité à la masse des producteurs agricoles, favorisée par la haute productivité de la majorité des exploitations, même petites : pour un grand nombre d'entre elles, celles-ci sont en effet vendeuses de grain, et donc bénéficiaires des chertés. L'explication de cette chronologie originale est peut-être à chercher, aussi, dans la bonne qualité des transports (par eau et par route) qui, chez ces Nordistes, permettent de tirer argent du haut prix, dès la fin du XVIIe siècle. Quoi qu'il en soit, les faits sont là : l'essor agricole – à base de partielle récupération – n'est inauguré dans la plus grande partie de la « nation française » qu'à partir de 1713-1715. Or, dans les provinces ultra-septentrionales, et en zone « belge », il démarre dès la décennie 1690 avec un quart de siècle d'une avance qui sera conservée, capitalisée, au cours des cent années qui vont suivre.

Qu'il me soit permis, pour finir, de traverser un instant la Manche. Au nord du Channel, en effet, les Anglais, dès les années 1650-1700, ont un coup de génie : les méthodes flamandes, inventées par et pour la petite exploitation, sont introduites par eux en grande culture. Dans la France des vastes *openfields*, entre Somme et Loire, on tâchera aussi, quoiqu'un peu plus tard, dès le temps des physiocrates, d'imiter chez nos gros fermiers et nobles propriétaires du Bassin de Paris les techniques qu'on peut dès lors appeler anglo-flamandes. On y parviendra tout à fait en style original, grâce à la betterave à sucre, notamment à partir de la première moitié du XIXe siècle.

Mais, quels que soient les marasmes et maladresses régionales, l'essor indéniable du produit agricole français a dû avoisiner (sinon dépasser de peu), progressivement de 1715 à 1789, + 40 % par rapport au produit brut du dernier quart de siècle louis-quatorzien. Ce fut suffisant, dans les conditions par ailleurs améliorées de l'époque, pour loger l'essor démographique. Subsista néanmoins, par simple survie des très pauvres, une forte masse de misère rurale : elle devenait plus intolérable encore, dans la mesure où le siècle imposait de nouvelles valeurs humanitaires. Quelques provinces, du reste, comme la Bretagne et l'Anjou, participèrent moins que d'autres au susdit essor. À la veille de la Révolution française, elles continuaient à patauger dans une sorte de « xviie siècle » agricole ; celui-ci s'était tout au plus débarrassé, après 1720, en de telles régions, de ses crises de subsistances et de ses pestes.

Changement et partages : le modèle Poitrineau

Reste à donner un modèle des variations qui, au xviiie siècle, ont affecté les *distributions* verticales et horizontales du produit brut agricole, sous sa forme naturelle et/ou monétaire.

Ce modèle, c'est d'abord en Auvergne que nous irons le chercher. Province centrale (mais sous-développée), l'Auvergne est nantie d'une expansion démo-économique qui, pour un xviiie siècle parti de très bas, se situe ensuite, quant au *trend*, dans une honnête moyenne. Grâce aux recherches d'Abel Poitrineau, cette province présente l'avantage de nous offrir un remarquable modèle logique des changements séculaires de la stratification horizontale et verticale du produit brut au temps des Lumières (la distribution « horizontale », je le rappelle, s'opère au prorata du carroyage des propriétés foncières ; la distribution « verticale » concerne les répartitions par grandes tranches ou types de revenus hiérarchiques : prélèvement fiscal, rentes foncières et diverses, revenu d'exploitant, salaire).

J'expliciterai d'abord ce « modèle Poitrineau », puis j'envisagerai dans quelle mesure et avec quelles retouches il est applicable aux autres régions françaises, pendant la même période. Après tout, l'Auvergne, toute centrale qu'elle soit, n'est pas nécessairement typique ; et, depuis Vercingétorix, elle a largement cessé d'être à l'avant-garde du pays entier !

**Marchés de grains dans le bas pays (Clermont-Ferrand, etc.)
et sur les hauteurs (Thiers) vers 1755-1768**

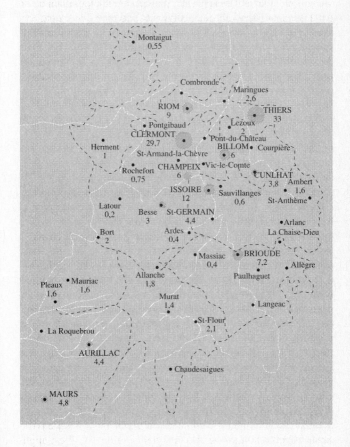

Carte établie par A. Poitrineau in *La Vie rurale en basse Auvergne au XVIIIᵉ siècle*, Paris,
PUF, 1965.

1) En projection horizontale, le modèle Poitrineau impose d'abord l'idée d'un morcellement des cotes foncières (alleux et tenures), lui-même corrélé avec l'essor démographique du XVIIIᵉ siècle. Les chiffres parlent : dans quatre villages de la basse Auvergne, on dénombrait, à diverses époques de ce siècle[22], avant que l'essor démographique commence à faire sentir massivement ses effets dans les registres des tailles tarifées, 490 cotes de moins d'un hectare. Mais 870 cotes en 1792-1800, quand les générations nombreuses, nées après 1730, sont parvenues successivement à l'âge adulte, et se sont mises à pulvériser le sol des ancêtres… au point d'attirer sur ce phénomène l'attention, à retardement, des cadastreurs de la fin du siècle. Beaucoup de chefs de famille, dans cette Auvergne où 95 % des paysans possèdent, au moins, une parcelle de tenure ou d'alleu, glissent, du fait d'un tel morcellement, au-dessous d'un minimum d'indépendance (3 hectares en plaine, 5 hectares en montagne). Certes, la situation auvergnate continue à offrir certains aspects relativement « sains » : la très large diffusion de la propriété paysanne et le petit nombre des sans-terre y atténuent des tensions sociales qui, ailleurs, en Bourgogne ou même en haut Languedoc, revêtent un caractère de difficulté ; mais l'émiettement du parcellaire finit quand même par s'avérer dangereux dans la plaine, où 70 % des lopins ont moins d'un hectare (30 % seulement dans la montagne, mieux partagée). Les sols se volatilisent d'autant plus, dans le bas pays, que s'y développent la viticulture et le bail à comptant. En montagne, le défrichement par *rôtisses* et par *rompues* ou *rompudes* crée lui aussi, malgré tout, une marqueterie morcelée. Quant aux coutumes d'héritage qui, dans une Auvergne à tendances « préciputaires », tendent à favoriser l'un des enfants, elles sont débordées par l'essor démographique ; elles font du reste place, en fin de siècle, à un certain égalitarisme ; elles sont, de ce fait, impuissantes à empêcher l'irrésistible fragmentation des terroirs, ou du moins de la fraction paysanne et petite-bourgeoise de ceux-ci.

2) On ne doit pas en effet imaginer le morcellement comme une lame de fond, dont l'impact serait capable de pulvériser toutes les structures au niveau des propriétés. En fait, le processus parcellaire qui ronge, au XVIIIᵉ siècle, l'archipel des lopins friables bute contre le môle solide, et non morcelable, ou peu morcelable, des « gros » domaines. Je veux parler des « domaines-blocs » de 40 à 50 hectares, pourvus de bœufs de labour ; pourvus aussi – en particulier dans la plaine – de droits d'usage sur les communaux, pour y faire paître le bétail aratoire. Ces « grandes surfaces » domaniales, ou relativement grandes, produisent les surplus commercialisables, à base de grains et d'autres produits, pour le ravitaillement du marché urbain. Elles sont possédées par des propriétaires qui appartiennent eux-mêmes à la noblesse (laquelle tient 15 à 20 % des *surfaces* du sol auvergnat) ; au clergé (10 à 12 % du sol auvergnat) ; à la bourgeoisie (10 % : on sait que la bourgeoisie auvergnate, en dépit de Pascal et de Couthon, n'est pas l'une des plus dynamiques du monde…). Certains domaines-blocs sont même, pour 5 à 7 % de leur effectif, propriétés d'une riche paysannerie locale (mais le caractère infime de cette appropriation par d'heureux « rustiques » ressortira d'autant plus net quand on aura noté que la noblesse, elle, possède 35 % des domaines-blocs, en pourcentage du *nombre* de tels domaines). Ces grandes unités foncières sont cultivées par des fermiers, ou, beaucoup plus souvent, par des métayers, lesquels y vivent et y travaillent en famille élargie. Elles sont exemptées du fisc, quand elles appartiennent aux privilégiés de la noblesse ou aux bourgeois de la ville (souvent franche de taille) ; elles sont abritées du morcellement par bien d'autres « trucs » encore : éventuellement par le droit d'aînesse, noble ; ou par la mainmorte ecclésiastique ; ou, tant bien que mal, par les coutumes d'héritage. En principe, on ne vend pas le domaine, pièce glorieuse de l'héritage familial, et on tâche de n'en pas disperser, par aliénation, telle ou telle parcelle. Le résultat, c'est que les domaines-blocs, sans devenir, individuellement, tellement plus petits, augmentent en nombre, et même accroissent, peut-être, la part globale du sol auvergnat qu'ils détiennent à eux tous. Entre 1737 et 1787, les statistiques d'Abel Poitrineau indiquent qu'on passe, dans 126 collectes (villages), de 710 à 818 domaines de ce genre, un tel essor étant spécialement prononcé dans la plaine céréalière et autour des terroirs de « banlieues » urbaines. Autant dire que cette prospérité localisée des « grandes surfaces » est liée à la proximité des capitaux urbains ; aux opportunités

qu'offre la ville comme débouché ; aux créations de surplus frumentaires que rend possibles la fertilité de la plaine.

Bilan : le morcellement joue de façon assez libre, et dangereuse,
sur les 61 % du sol qui sont en mains paysannes. Mais il est quelque
peu désamorcé sur les territoires restants, ceux des gros domaines :
ceux-ci, de leur côté, s'avèrent même agressifs et conquérants.

Cette agressivité rencontre vite ses limites : les deux blocs,
domanial (D) et paysan (P) – l'un structuralement solide (D),
l'autre globalement assez stable, mais en proie à d'intenses phénomènes de fragmentation intérieure (P) –, se font mutuellement
échec. En Auvergne – et ailleurs –, il n'est pas question d'une
évolution à l'anglaise, au nom de laquelle D balayerait P. L'« économie paysanne » (en général) a été magistralement décrite par
Tchaianov (en 1925) « comme un secteur autonome, ou comme
une formation sociale originale, obéissant à ses propres lois, par
suite de l'imbrication entre famille et entreprise [23] ». Cette économie paysanne, les domaines-blocs des dominants peuvent la
rogner, mais non pas l'anéantir, ni la mettre à genoux. Faut-il rappeler à ce propos que le Massif central est situé très au sud du
Channel… et à l'ouest de l'Elbe…

3) Les gains de l'économie domaniale des dominants, par rapport à l'économie parcellaire des paysans, sont du reste plus nets,
ou moins insignifiants, dès lors qu'on délaisse l'analyse « horizontale » (relative au réseau des propriétés ou possessions) pour
l'analyse « verticale » (qui concerne la stratification mouvante des
revenus). La rente foncière est, en effet, en Auvergne comme ailleurs, l'une des grandes « gagneuses » du XVIIIe siècle ; elle est, à
ce titre, d'autant plus intéressante qu'elle constitue l'un des revenus nobles et cléricaux, accessoirement bourgeois, par excellence.
En déflaté, ce type de recette « rentière-foncière », en Auvergne,
augmente de + 62 % entre 1720-1730 et 1789. La hausse nominale
est de + 175 % ; mais la montée des prix (+ 70 % au minimum)
ramène le croît *réel* à + 62 %. Quant à la hausse réelle des *productions*, elle est sous-estimée par les dîmes en nature (+ 15 %).
Elle est, d'autre part, surestimée par ce croît de la rente foncière
(+ 62 %). Dans ces conditions, se situe-t-elle quelque part entre le
minimum décimal et le maximal rentier ? La question me paraît
digne d'être débattue (toujours les fameux 40 %… ?).

Quoi qu'il en soit, et pour en rester à la hausse réelle des rentes foncières, celle-ci représente (une fois soustraits les investissements et les réparations que le propriétaire réalise dans la terre et les bâtiments) une plus-value qui, par ailleurs, est souvent nette, puisque franche d'impôts dans beaucoup de cas. Autre fait remarquable : cette hausse du prélèvement foncier (à base de fermage ou de métayage à court terme) a continué en Auvergne pendant toute la décennie 1780, sans qu'il soit question de la fameuse « crise » (économique) de 1775-1787, qui, viticulture mise à part, n'a guère existé, répétons-le, que dans l'imagination quelquefois fertile d'Ernest Labrousse, historien de très haut niveau par ailleurs. Disons en tout cas que cette augmentation rentière de la dernière décennie d'Ancien Régime a pu contribuer à jeter un peu d'huile sur le feu, quant à certain mécontentement rustique, pré-révolutionnaire…

Quoi qu'il en soit, séculairement et géographiquement, la hausse de la rente foncière auvergnate est générale. Néanmoins, elle concerne de façon plus spéciale les grosses propriétés, situées près des chemins routiers qu'avaient créés à coups de corvées paysannes l'État et les administrateurs provinciaux. Elle s'accompagne aussi d'une monétarisation du fermage, laquelle se fait sentir même dans l'Auvergne arriérée et métayeuse pendant la seconde moitié du XVIIIe siècle.

C'est la rente foncière, propriétaire ou physiocratique, au sens strict du mot, qui bénéficie, en effet, de cette hausse, bien davantage que les autres prélèvements terriens ; car les cens (sur les terres cultivées), les percières ou champarts (sur défrichements) et les divers droits seigneuriaux « laïques » (ou, plus exactement, non décimaux) ont beau être plus lourds, en Auvergne, que dans d'autres régions de France, il n'en demeure pas moins que, quand ils sont libellés en argent – ce qui est le cas pour beaucoup de cens même dans cette province –, ils sont lentement érodés par l'inflation des prix du siècle ; de ce fait, les cens en argent ignorent absolument les joies de la hausse. Lorsque les droits seigneuriaux sont en nature, ils se défendent mieux ; mais ils sont, quand même, dans cette situation, ou fixes (cens stables, en nature), ou indexés sur la production (cas de champart) ; même en ce dernier cas, qui pour eux est le meilleur, ils restent « en arrière de la main », quant au *trend* séculaire, par rapport à la rente foncière au sens strict du terme (fermage ou métayage) ; elle constitue, et de loin, la variable la plus dynamique. Il faut noter du reste qu'en Auvergne (nul seigneur sans titre !), beaucoup de terres sont franches de droits seigneuriaux : les alleux y occupent 25 à 30 % des terres en plaine, mais moins en montagne[24].

La dîme enfin, qui en Auvergne est souvent inféodée ou laïcisée[25], s'indexe, comme le champart, sur la production ; elle pèse lourd et suscite grèves efficaces ou criailleries justifiées ; mais dans la grande province du Centre, de 1726 à 1789, la dîme apparaît tout de même, dans le *trend* séculaire, comme moins ascendante (croissance de + 10 à 20 % en nature) que n'est la rente foncière (+ 62 % en déflaté). Coiffant le tout, la réaction seigneuriale des dernières décennies de l'Ancien Régime représente un phénomène désagréable et injuste. Il s'agit surtout, cependant, d'une réaction institutionnelle, de type épidermique : on refait les terriers, on remet en état l'assiette des cens, compromise par la parcellisation des seigneuries, et par la dislocation des communautés familiales de redevables, appelées *pagésies*. La réaction seigneuriale n'aurait pris vraiment le taureau par les cornes que si elle avait procédé à l'augmentation directe des droits seigneuriaux (augmentation qui, dans ce cas, eût été comparable à celle qui concerna effectivement la rente foncière) ; or, dans la grande majorité des situations, une telle hausse de ces droits, sur le plan juridique et factuel, est impossible. Il n'est donc pas question, ou si peu, que soit compensée la longue baisse qu'ont subie les droits monétaires de la seigneurie, du fait de l'inflation-prix et de l'inflation-monnaie, aux XVIe, XVIIe et XVIIIe siècles. L'opinion de Boncerf, exprimée vers 1780, et qui constitue l'une des clefs de la nuit du 4 août 1789, conserve toute sa valeur : « Les droits féodaux, pour de médiocres profits, présentent mille embarras et difficultés tant au seigneur qu'au vassal[26]. »

4) L'un des faits les plus remarquables révélé par une lecture soigneuse de l'œuvre d'Abel Poitrineau concerne la diminution relative du poids du fisc pendant la période 1726-1789. Le complexe militaro-financier, de Richelieu à Chamillart, avait pesé sur l'Auvergne, tout comme, à des degrés divers, sur les autres régions de France ; il avait suscité contre lui, à diverses reprises, la réaction défensive ou agressive du Croquandage. Or, après Louis XIV, l'étreinte fiscale, dans la province du Centre, se relâche un peu ; on y constate en effet que, de 1730 à 1789, l'impôt direct, exprimé en livres tournois, passe de l'indice 100 en 1730-1739 à l'indice 160 vers 1780-1790. Soit une hausse « demi-séculaire » de + 60 %. Pendant ce temps, le prix du seigle auvergnat augmente de + 71 % ; la hausse du prix du vin entre 1731-1742 et 1771-1789 se situe autour du doublement[27], mais avec une extraordinaire irrégularité ; le prix de la viande, calculé sur quatre séries (hôpital de Thiers ; abbaye de Saint-André ; hôpitaux de Billom et d'Issoire), augmente de + 66,8 % ; celui du beurre de + 65 % ; le prix du fromage, production paysanne, et « aliment populaire par excellence », double et au-delà en un demi-siècle ; le foin est lui aussi en hausse très vive ; le prix du bois augmente de 80 à 100 %.

Et cette hausse séculaire des cours ne doit pas faire oublier celle des quantités produites ; la première, renforcée par la seconde, contribuant finalement à la montée cumulative du revenu agricole global, dont la hausse est donc doublement avivée, « surdéterminée », au xviiie siècle ; dans ces conditions, il apparaît que le poids absolu (déflaté) et relatif (en pourcentage du revenu agricole) de la fiscalité auvergnate au temps des Lumières a graduellement diminué pendant la période globale qui couvre les règnes de Louis XV et de Louis XVI. L'apaisement des révoltes, qui, en Auvergne, se traduit par la disparition du Croquandage, est en parfaite concordance avec ce *trend* de défiscalisation, *trend* exactement inverse de celui qu'on avait constaté au xviie siècle. De ce fait, la contestation ci-devant antifiscale est amenée à délaisser son terrain favori des âges classiques. Où donc est le bon vieux temps, où elle attaquait le fait même, et le volume, de la ponction d'impôt ? Au xviiie siècle, elle se rabattra sur cette autre cible qu'est le privilège fiscal exercé par la noblesse ; car celle-ci est devenue tout à la fois, pour les paysans, moins redoutable, plus policée (le temps des « Grands Jours d'Auvergne » est loin) et plus absentéiste (en 1787, en Auvergne, on compte 44 % des nobles qui résident en ville, contre 22 % en 1730[28]). Mais cette contestation antiprivilèges, qui prend le relais, à retardement, de la contestation antiétatique des Croquants du temps jadis, ne s'épanouira chez les gens d'Auvergne qu'en arrière-saison, et seulement après le début de la Révolution déclenchée (voir *infra*).

L'émigration temporaire hors d'Auvergne :
aires de départ et spécialisations locales

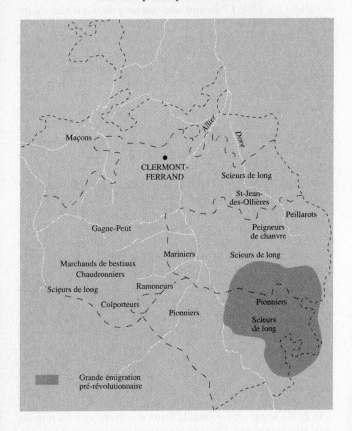

Les Auvergnats prennent la route au XVIIIᵉ siècle pour gagner de l'argent hors de leur province, et pour l'y rapporter (carte établie par Abel Poitrineau).

5) Tout se passe comme si s'opéraient, à l'intérieur de la société auvergnate, certains étirements, failles, clivages ou allongements de la distance sociale. Les lopins qui s'amenuisent coexistent avec les domaines qui se maintiennent ou même s'arrondissent. L'État qui, en tout bien tout amour pour la personne même du roi, réalisait quand même, de temps à autre, l'unanimité des dominés contre le fisc, pèse désormais d'un poids moins écrasant sur le corps social. À l'intérieur de celui-ci s'ouvrent cependant des fissures : les rentiers du sol, exempts du fisc, s'enrichissent, mais aussi s'isolent dans leurs nouvelles résidences urbaines. Tandis que les lopins, comparés aux domaines, s'effilochent, les salaires des manouvriers, au moins dans leur expression journalière, se réduisent : l'Auvergne rurale offre l'exemple de très nombreuses séries de salaires, qui sont agricoles et para-agricoles, artisanales et villageoises ; elles intéressent aussi bien l'ouvrier de vigne que le valet de culture ou le scieur de long. Or, en nominal (livres tournois), ces salaires augmentent, entre 1725-1730 et 1780-1789, de 25 à 35 %, ou tout au plus de 50 % : on est loin de la hausse concomitante de l'impôt nominal (+ 60 %) ou des prix nominaux (+ 70 %)[29] ; ou, *a fortiori*, de la rente foncière nominale (+ 175 %). L'écart entre le haut de l'échelle (rentiers absentéistes du sol et de l'État) et le bas de celle-ci (les manouvriers et « lopinistes ») s'accroît : la monétarisation de l'économie auvergnate, si nette au village après 1750, s'est accompagnée, au moins en première analyse, d'une double paupérisation, parcellaire et salariale. Bien entendu, celle-ci n'est que tendancielle et doit être ramenée à ses justes limites : des goûts et des couleurs on ne discute pas, mais, tout compte fait, la « paupérisation » du XVIIIe siècle représente, pour les manouvriers qu'elle laisse en vie, un progrès incontestable par rapport à la mort sans phrases du XVIIe siècle, qui, elle, tuait radicalement les pauvres hères, au détour d'une crise de subsistances, ou d'une épidémie. D'autre part, la paupérisation salariale du XVIIIe siècle n'est pas sans remèdes : l'augmentation de l'emploi octroyée sous des formes très diverses compense en effet, à cette époque – et comment ! – la baisse réelle du salaire journalier ; en Auvergne, c'est la migration saisonnière vers l'industrie du bâtiment, vers le portage d'eau ou vers la mendicité des grandes villes qui fournit ce supplément d'« emploi » désiré.

Tandis que les nobles vont désormais dépenser dans telle ou telle cité régionale (Riom ou Clermont) leur supplément de rente foncière, les manouvriers ruraux et montagnards, eux, tâchent de se procurer dans d'autres villes (Paris ou Lyon) leur supplément de revenu salarial. La distance géographique, accrue ainsi de part et d'autre, se combine avec l'accroissement des distances de revenus pour élargir les failles précédemment constatées dans l'ensemble du monde social.

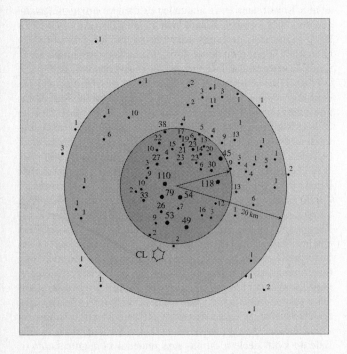

« Banlieues » : les propriétés rurales des citadins d'après les tables des baux laïques du contrôle des actes. Ici baux de biens ruraux passés par les habitants de Riom de 1780 à 1786. Les chiffres représentent le nombre de baux de biens-fonds sis dans la localité pointée, passés par des propriétaires non exploitants résidant à la ville de Riom (carte établie par Abel Poitrineau, *op. cit.*).

Disons, en tout cas, que, plutôt que de paupérisation pure et simple, il conviendrait de parler de « regroupements » sociaux ; regroupement des rentiers du sol, en voie d'enrichissement, autour de leurs nouvelles résidences des villes de la région (les y attaqueront du reste, le moment venu, certaines contestations citadines, celles de 1789-1793, plus dangereuses que ne l'étaient les résistances timides du peuple des villages) ; mais regroupement aussi des paysans, accrus en nombre et morcelés en terroir, autour d'un statut local assez bas de microtenancier ou d'alleutier parcellaire, de manouvrier, de journalier, de domestique, de migrant. Les laboureurs riches, ou du moins pas trop pauvres (on est en Auvergne !), sont quelque peu minorisés dans cette masse rurale en état de bourgeonnement démographique. En zone auvergnate, comme ailleurs (quoiqu'un peu moins qu'ailleurs sans doute), un vaste prolétariat ou semi-prolétariat campagnard se gonfle au xviiie siècle ; au lieu de mourir de faim et d'infection comme il faisait couramment au xviie siècle. Même dans cette province d'exemplaire sagesse, une telle situation n'exclut pas divers conflits… qui finiront par s'actualiser, à partir de 1789.

D'un modèle régional aux tendances d'ensemble

Scrutée à la loupe, l'Auvergne a le mérite d'offrir les linéaments d'un modèle socio-économique d'évolution, avec relâchement des tensions objectives sur certains fronts (l'État), mais accroissement des contradictions en d'autres domaines (entre groupes sociaux). Dans quelle mesure, avec quelles retouches éventuelles, ce modèle peut-il s'appliquer aux autres régions, voire à la « nation » dans son ensemble ?

1) En ce qui concerne l'impôt, d'abord, l'étude de Frêche sur le haut Languedoc et la Gascogne permet des comparaisons avec l'Auvergne. Le poids du fisc, en ce Midi languedocien, reste lourd : dans la généralité d'Auch, les impositions directes et indirectes, au total, enlèveraient 14,6 % du produit brut de l'agriculture, en fonction d'un calcul qui peut-être surestime un peu

l'impact du fisc[30]. Le chiffre réel doit se situer autour de 10 à 12 %. *Dans le trend*, d'autre part, l'impôt haut-languedocien évolue, séculairement, au rythme des prix des grains[31]. L'impôt prend du retard à certaines périodes, puis rattrape les prix tant soit peu pendant la décennie 1780, ce qui provoque quelques grincements de dents des contribuables à un bien mauvais moment pour les autorités. Mais on notera, quand même, que l'impôt, dans la mesure où il parvient *grosso modo*, en s'essoufflant, à suivre la course infernale des prix, sur laquelle il est tant bien que mal indexé, prend nécessairement du retard par rapport au revenu agricole ; car celui-ci, indexé de toute manière sur les mercuriales des prix agricoles, prend, en outre, de l'avance sur elles, excité qu'il est par la hausse des quantités produites, indéniable au xviiie siècle. Donc, en haut Languedoc également, comme en Auvergne, le poids relatif du fisc décline au xviiie siècle.

Sur le plan national, on ne dispose pas, et c'est bien dommage, de statistiques confrontées des prix, des revenus et des impôts, qui soient comparables à celles qu'on possède pour les campagnes d'Auch, de Toulouse et de Clermont-Ferrand[32]. Mais il est certain qu'au xviiie siècle, l'impôt, nationalement, cesse d'être, pour les paysans, la variable écrasante qu'avaient expérimentée leurs ancêtres, au temps de Richelieu et de Mazarin. D'abord, la plus grande part de la masse fiscale provient désormais, non plus des impôts directs, si mal vus en France, mais de la fiscalité indirecte. Cette transition irréversible du « direct » à l'« indirect » oppose radicalement le xviiie siècle au premier xviie siècle des révoltes antifiscales ; elle s'est accomplie, comme l'a montré Yves Durand, sous Colbert. Or, les impôts indirects, au xviiie siècle, s'accroissent sans grande souffrance, par le simple jeu de l'essor, économique et démographique, gonflant les consommations de masse (sous Richelieu, ils s'accroissaient aussi, mais brutalement, à coups de tour de vis des prix du sel ; la différence avec l'époque de Fleury ou de Necker est donc essentielle, à ce point de vue). Plus généralement, les vieux ouvrages de Forbonnais et de Clamageran, sur l'impôt français d'Ancien Régime, comparés aux recherches de l'école de Marczewski, relatives aux *trends* du revenu national agricole et global, indiquent clairement que la masse fiscale, au xviiie siècle, s'est accrue beaucoup moins que la richesse du pays.

Voilà pourquoi, entre autres motifs, se sont désamorcées les révoltes antifiscales, dont sonne le glas la mort de Mandrin ; quant au peuple (sans pour autant, loin s'en faut, chérir les gabelous), il peut s'adonner décidément à d'autres cibles de contestation.

2) Par contraste avec l'essoufflement des impôts (qui explique aussi, malgré un tour de vis final et d'arrière-saison, les graves difficultés du Trésor pendant les quinze dernières années de l'Ancien Régime), la rente foncière et les classes propriétaires sont les grandes gâtées ou les grandes gavées du système. La vaste France du XVIIIe siècle, à ce point de vue, fait beaucoup mieux que la petite Auvergne, sans qu'on puisse néanmoins, il s'en faut de beaucoup, parler d'une déroute « à l'anglaise » des paysanneries possessionnées, déroute qui eût été, dans ce cas, consommée au profit de la classe propriétaire. En fait, la défaite paysanne (passagère), si tant est qu'elle ait vraiment existé, avait été bien davantage un fait du XVIIe siècle. Arrêtons-nous un instant sur ce point capital de chronologie. Les recherches du groupe Deyon sur le Nord, celles de Pierre de Saint-Jacob et Gaston Roupnel sur la Bourgogne, de Jacquart sur la région parisienne, et tel ou tel travail sur le bas Languedoc, montrent bien que la grande époque de l'expropriation paysanne de masse, autour de Lille, de Paris, de Dijon, de Mâcon ou même de Montpellier, a été le XVIIe siècle ; ou plus largement, et plus exactement, la lourde période qui va de 1560 à 1714. La paysannerie était alors victime des guerres menées sur place, des impôts, de l'endettement et de l'offensive générale que la société englobante assenait à la communauté paysanne ; cette offensive, en Bourgogne par exemple, avait culminé vers 1630-1650. Dans ces conditions, les masses rurales avaient subi l'impact de la liquidation économique ou tout simplement physique d'un grand nombre d'exploitants-possesseurs ; et elles avaient dû céder partie de leurs terres, en portions appréciables, aux groupes dominants qui se taillaient ainsi des provendes grâce à l'hécatombe sociale des petits tenanciers. Ces groupes supérieurs, en l'occurrence, étaient représentés par l'élite des villes, anoblie ou en voie de l'être (région parisienne) ; par les parlementaires (Bourgogne) ; par la noblesse plus ou moins ancienne ; et même par le clergé en veine de contre-réforme comme de conquêtes baroques et terriennes (région lilloise) : le XVIIe siècle, si l'on suit les analyses de Pierre de Saint-Jacob, apparaît bien, par rapport à tout l'Ancien Régime, comme l'époque d'une réaction assez dure, seigneuriale par la forme, et propriétaire par le contenu.

Au beau XVIIIe siècle après 1715-1720, la paix et les autres facteurs de croissance, souvent évoqués dans ce livre, raffermissent, en revanche, les positions de la paysannerie tenancière et même alleutière. Ils la remettent en selle, et ils rendent son éviction, ou son expropriation pure et simple, plus difficile que par le passé. Certes, dans diverses régions (notamment dans le Toulousain[33]), les processus de concentration foncière au profit de la ville se poursuivent. Mais de tels gains sont loin d'être universels ; le moment tant désiré (?) d'une contre-offensive paysanne, telle qu'elle se dessinera, en force, pendant la Révolution française, a désormais cessé, dès 1720, d'être inimaginable. Solidement fondée sur l'essor démographique des paysans tenanciers, une contre-offensive de ce type implique un morcellement contagieux qui contamine même les domaines plus importants ; elle paraît se dessiner en bas Languedoc[34] dès les dernières décennies de l'Ancien Régime ; elle est solidement amorcée, dans la région lilloise, à partir de l'époque de la Régence et de Louis XV.

Si indéniable qu'elle soit au XVIIIe siècle, la consolidation de la classe propriétaire, elle, ne procède donc plus tellement d'un impérialisme terrien, lequel s'essouffle face au grignotage par les petits.

Elle ne dérive pas non plus, au premier chef, d'une action importante des structures strictement seigneuriales et féodales en tant que telles ; du moins dans leur laïcité (car la dîme cléricale demeure, malgré les grèves perlées qui l'assaillent, un levier socio-économique de première grandeur). En 1722, des légistes nobles écrivaient : « Si les droits féodaux ne sont pas ordinairement fort considérables par rapport à l'intérêt, ils sont doux et précieux par rapport à l'agrément et à l'opinion[35]. » C'était poser parfaitement le problème : en tant que tel, le féodalisme s'avérait en effet capital, quant au prestige, aux désirs et aux plaisirs de pouvoir ressentis par les dominants[36] ; il pouvait aussi, comme tout organe de pouvoir, générer indirectement des profits monétaires ; mais, dans les bilans annuels des domaines qu'on appelait par habitude « seigneuries », il comptait *stricto sensu* souvent pour peu ou même pour très peu. Les études chiffrées de Paul Bois et de Michel Morineau sur le Maine et la Mayenne, celles de Jean Jacquart sur la rareté du champart dans la région parisienne, celles de Christian Pouyez sur la région du Nord, les diverses recherches relatives au Languedoc, dont les nôtres, confirment en effet tout ce qu'on connaît par ailleurs sur l'inflation multiséculaire de l'Ancien Régime, entre le xve siècle finissant (date de l'établissement du taux de la plupart des cens) et la Révolution (qui vit leur mort) : ces diverses données impliquent bien que, dans d'assez nombreuses régions, le *complexum feodale* (dîme mise à part) n'était plus responsable que de quelques pour-cent des revenus domaniaux de type laïque[37].

Quant à la situation radicalement opposée, on la trouvait encore en Bourgogne et en Bretagne : là, 25 % et plus des revenus domaniaux pouvaient dériver du seigneurialisme en tant que tel[38]… Mais ce féodalisme léonin avait depuis longtemps cessé d'être typique de l'Hexagone dans son ensemble : au xviiie siècle, dans la majorité des provinces, les revenus importants du domaine proviennent non pas des « tenures », mais de la réserve ; or celle-ci, quel que soit l'archaïsme des technologies qu'on y emploie, ne présente aucune différence conceptuelle profonde d'avec les grandes exploitations du xixe siècle, voire du xxe, qui se situeront bien souvent dans le prolongement direct d'une ancienne réserve.

Il est évident que la « seigneurie », ou ce qu'on appelle couramment de ce nom global, est l'une des matrices essentielles du capitalisme agricole ; Marx lui-même a fortement souligné ce point dans *Le Capital*. Mais, des quatre éléments essentiels de la « seigneurie noble » du xviiie siècle (droits seigneuriaux, pouvoir et influence du seigneur, privilège fiscal, domaine utile ou réserve), le premier (droits) ne jouait déjà plus, au temps des Lumières, qu'un rôle souvent accessoire ; le second (pouvoir) était utilement brandi quand il le fallait et quand on le pouvait ; le troisième et le quatrième, en revanche (privilège fiscal et réserve), offraient des bases essentielles pour la formation du capitalisme : sur le rôle modernisateur de la réserve, exploitée dans le meilleur des cas par de gros fermiers capitalistes, les physiocrates, dès le règne de Louis XV, avaient déjà dit l'essentiel. Mais, en revanche, on a trop longtemps méconnu – par suite de conceptions moralisatrices et populistes qui sont respectables dans leur principe, mais déplacées sous la plume de l'économiste historien – les fonctions importantes qu'ont accomplies les privilèges fiscaux dévolus à la noblesse terrienne dans l'avènement, demeuré du reste fort incomplet, d'une agriculture sur grandes surfaces. On sait que la réserve seigneuriale était doublement, quoique partiellement, débarrassée des impôts : le seigneur lui-même, s'il était noble ou clerc, en était fortement exempt ; et son fermier, dès lors que ses maîtres avaient de hautes relations dans les pouvoirs locaux, régionaux ou nationaux, voyait décharger sa cote de taille personnelle.

L'État jouait ainsi, vis-à-vis des grosses fermes « seigneuriales » à vocation capitaliste, ce même rôle de « papa gâteau » qu'il avait tenu, par ailleurs, vis-à-vis des manufactures colbertiennes, elles aussi privilégiées de toutes les manières. En reportant le poids de l'impôt sur d'autres couches sociales, dont les frustrations se trouvaient de la sorte exacerbées, l'État stimulait, sans du reste le faire exprès, les secteurs les plus modernes de l'agriculture, au détriment de ces « canards boiteux » que représentaient souvent (mais non toujours[39]) les petites exploitations, dans beaucoup de provinces et dans plusieurs secteurs. On objectera que ce procédé était parfaitement répugnant, et ressenti comme tel par beaucoup de gens. Bien entendu. Mais l'histoire du capitalisme, on le sait bien, n'est pas pavée de bonnes intentions, ni de bons procédés. Le résultat de la défiscalisation factuelle des gros domaines, c'était – par une de ces ruses de la raison auxquelles l'hégéliano-marxisme nous habitua – d'encourager l'agriculture productrice d'excédents, celle qui ravitaillait les villes en grain et qui travaillait pour le marché. Iniquité fiscale et modernisation se donnaient donc la main, sans trop le savoir et sans trop s'en soucier.

Cependant, par-delà tel ou tel privilège, le fait décisif pour la classe propriétaire, c'est bien – il faut y revenir, sur le plan national cette fois – la hausse triomphante de la rente foncière.

Ce qu'on a dit, sur ce point, à propos de l'Auvergne vaut évidemment à l'échelle de presque toute la France ; et, plutôt que de démontrer une fois de plus ce que tout le monde sait, et d'enfoncer la porte ouverte, mieux vaut directement parler chiffres : de la décennie 1730-1739 à la décennie 1780-1789, l'indice des fermages nominaux (payés en livres tournois) en Languedoc,

Camargue, basse Auvergne, Amiénois et « France en général »
(ce dernier « groupe » étant connu par les anciennes et toujours
valables recherches de Labrousse et de Zolla) passe du niveau 100
pendant la décennie 1730-1739 au niveau 242 pendant la décennie
1780-1789[40]. L'accroissement s'avère maximal vers 1765-1775.
Dans la même période, l'indice général pondéré des prix agricoles
français passe du niveau 78 au niveau 125[41], soit une hausse
de + 60 % exactement ; quant à l'indice non pondéré des prix agricoles français, il passe, lui, dans le même intervalle chronologique,
du niveau 60,1 (décennie 1730-1739) au niveau 102,2 (décennie
1780-1789) ; soit une hausse de + 70 % exactement. La montée de
la rente foncière, en nominal, était, comme on l'a vu, de + 142 % ;
en déflaté, elle atteint seulement + 51 %, avec l'indice des prix agricoles pondéré (le plus valable), et + 42 % avec l'indice des prix agricoles non pondéré[42]. Retenons donc les résultats du premier calcul :
alors que les dîmes en nature, ces belles infidèles, déprimées par les
grèves de la seconde moitié du XVIIIe siècle, ne gagnaient que + 10
à + 20 % entre 1725 et 1789, la rente foncière déflatée, que n'atteignent, elle, ni les contestations antidécimales ni les sabotages
antiseigneuriaux, augmente exactement de moitié (+ 51 %) entre la
décennie 1730 et la décennie 1780. Cette augmentation reflète,
d'une part, l'essor des productions agricoles dont on est bien obligé
d'admettre (compte tenu de la hausse démographique et de l'indéniable progrès accompli dans la question des subsistances) qu'il
peut atteindre + 40 %. Elle reflète, d'autre part, la pression plus
vive exercée par les bailleurs sur les preneurs : les premiers, non
contents d'empocher le surcroît de revenu provenant de la production agricole accrue, ponctionnent en effet, avec plus d'énergie
que par le passé, les seconds ; ceux-ci, à leur tour, « se rattrapent »
sur le dos de leurs salariés ! Disons que la hausse de moitié de la
rente foncière déflatée peut s'expliquer à 80 % par la montée du
revenu global (déflaté) de l'agriculture, et à 20 % par l'extorsion
d'une plus-value supplémentaire, à partir du revenu des fermiers ;
les bailleurs étant désormais favorisés par les lois de l'offre et de
la demande, qui, dans un monde affamé de terre, jouent vers 1720-
1789 en faveur de la classe propriétaire. J'ajoute que la hausse
de la rente foncière intervient, sur toute la ligne du front, au profit des formes modernes du prélèvement (fermages en monnaie),

comme au profit de ses formes archaïques, qui sont elles aussi, à la même époque, substantiellement revalorisées : on constate en effet qu'au XVIIIe siècle le métayage du Sud-Ouest se fait plus lourd[43] ; que le domaine congéable en Bretagne[44] et le fermage en nature un peu partout donnent aux bailleurs des recettes ou des revenus qui montent, depuis les débuts de Louis XV jusqu'à la Révolution. N'allons pourtant pas parler à ce propos de réaction seigneuriale ou de « reféodalisation », du moins sur le plan national et majoritaire. Puisque aussi bien, Bretagne mise à part, les formes archaïques de la rente foncière (fermage en nature et part de fruits) reculent devant ses formes modernes (fermage monétaire, loyer « trois-six-neuf ans » de type contemporain, et même, en Languedoc, faire-valoir direct par grand propriétaire-exploitant[45]). Ce qui est en cause, c'est, tout uniment, une amélioration (provoquée par les lois du marché) de la position des bailleurs par rapport à celle des preneurs. Il est vrai – et c'est ici qu'entre en jeu le facteur subjectif – que le bailleur met parfois un certain temps à comprendre que l'orientation du marché s'est renversée en faveur de lui-même, en faveur des propriétaires ; dans une telle conjoncture, dès que cette prise de conscience avantageuse s'est produite, le bailleur met les bouchées doubles ; il s'efforce, avec d'autant plus d'énergie, de donner un coup de pouce à la tendance, et de pressurer, le cas échéant, les fermiers, qu'il avait jusqu'alors ménagés par pure négligence[46].

Aux fastes de la rente foncière, il conviendrait d'ajouter ceux, moins brillants, de la rente extraite sous forme d'intérêts des créances. Il s'agit là (encore que dans des proportions pas toujours précisées) de l'une des sources fondamentales du revenu de la classe propriétaire ; au XVIIe siècle, les dettes sont en effet consolidées dans un long terme où tous les pères débiteurs sont morts, et où les fils continuent le paiement. On en a de remarquables exemples dans les années 1665-1670, aux pires moments de la déflation colbertienne ; elle regonflait automatiquement les dettes par suite de la baisse des prix, et par suite de la hausse concomitante de l'équivalent-grain des créances ; ainsi, la jeune génération paysanne, au village bourguignon de Cheilly, se plaint-elle de ce qu'elle doit acquitter les intérêts de 17 245 livres tournois de dettes, contractées par les pères ou par les aïeux, « n'y ayant aucun d'entre eux [les jeunes] qui les aient contractées[47] »…

Au beau XVIIIe siècle, en revanche, divers facteurs soulageront un peu cet endettement rural : citons parmi eux l'expérience (inflationniste) de Law, puis l'inflation longue des prix nominaux (+ 60 %) de 1734 à 1789[48] ; enfin, la baisse lente, et non sans « remords », du taux d'intérêt (lequel, en Languedoc[49], passe de 10 % pendant la fin du XVIe siècle à 6 % avant 1655, 4,5 % vers 1655-1720, puis 3 % autour de 1730-1760, mais remonte de 3 à 5 % derechef vers 1760-1789). Il reste qu'en dépit de tels heureux facteurs d'atténuation, la rente d'intérêt, souvent extraite directement ou indirectement du peuple rural, joue un grand rôle, au temps des Lumières, dans les trésoreries des classes dirigeantes. En 1787, les « chapitres, abbayes, congrégations d'hommes et de femmes » de la partie languedocienne du diocèse de Toulouse, qui à eux tous forment un ensemble très impressionnant d'établissements, jouissent d'un revenu total de 142 634 livres tournois : là-dessus, 53,6 % proviennent des métairies, vignes, prés, labours ; 7,3 % du loyer des maisons (souvent urbaines, ou sises en bourgade) ; 1,1 % des droits seigneuriaux (dont on notera une fois de plus – dîme non comprise – le caractère dérisoire) ; mais 29,8 %, parmi ces 142 634 livres, sont fournis par les rentes constituées[50] : elles sont l'équivalent (dans les formes un peu différentes et compliquées qu'a prévues l'Ancien Régime) de notre prêt à intérêt. Fait remarquable : ces rentes constituées, détenues par une masse d'établissements toulousains d'Église, proviennent, pour la plus grande partie, de créances assises sur l'État ; ou plus exactement sur les structures régionales du pouvoir ; il s'agit en effet de prêts effectués par les séculiers ou réguliers précités en faveur de collectivités publiques, telles que « la ville de Toulouse, la sénéchaussée de Toulouse, le parlement, les états provinciaux » ; ou même – serpent qui se mord la queue – en faveur du clergé de France ou du diocèse. Dans ces divers cas, la rente d'argent qui tombe dans la poche des prêtres-prêteurs n'est que la forme différée – l'avatar de seconde origine – du prélèvement fiscal, décimal ou foncier, lui-même extrait, pour une grande partie, de la masse paysanne. Dans la mesure où beaucoup de créanciers importants, à la fin du XVIIIe siècle, habitent les villes, grandes et petites, la rente d'intérêt représente l'un des moyens, socialement discutable mais économiquement prometteur, utilisés pour le transfert du revenu campagnard vers les cités. Un tel transfert paraît en effet positivement marqué, au point de vue de la croissance et de la modernisation, car l'urbanisation des rentes permet des modifications fondamentales dans les « modèles » globaux des consommations ; elle stimule d'autre part l'essor du marché citadin, qui constitue dans le cadre de l'économie nationale l'un des débouchés naturels des industries d'avant-garde. (Celles-ci n'ayant que peu à voir, bien sûr, avec celles qu'on appelle ainsi de nos jours.)

Si la rente foncière est fort dynamique, la rente d'intérêt, elle, quoique plus essoufflée, demeure tout de même l'un des revenus décisifs, propriétaire quant à la jouissance, terrien quant à l'origine proche ou lointaine. En ce qui concerne la dîme enfin, son essor est faible quand il s'agit de dîmes en nature (essor de + 10 à + 20 % au XVIIIᵉ siècle), mais il s'avère plus prononcé dans le cas des dîmes en argent : celles-ci, une fois déflatées, exhibent en effet un accroissement de la recette décimale (déflatée par l'indice pondéré des prix agricoles), lequel est de + 35 % entre la décennie 1730 et la décennie 1780[51]. Cette augmentation de + 35 %, inférieure à celle dont bénéficie la rente foncière (+ 51 %), ne doit pas être très éloignée de la montée des productions agricoles, montée que sous-estiment en revanche les dîmes en nature. Dans l'ensemble, le volume (croissant) des ponctions décimales reste bien supérieur, du début à la fin du XVIIIᵉ siècle, à celui que représentent les droits seigneuriaux. Une analyse simplifiante, qui consisterait à fourrer celles-ci et ceux-là, sans discrimination, dans la nuit où toutes les vaches sont noires du *complexum feodale*, ne rendrait pas compte de cette différence économique, qui joue à l'avantage des dîmes. En fait, cette différence positive en faveur du prélèvement décimal s'explique aussi par les fonctions utiles qui tendent à l'acculturation, à la motivation, à l'éducation, à l'encadrement, à la répression raisonnée des violences primitives et populaires venues du fond des âges ; ces fonctions sont assumées à partir d'une endoctrination éthico-religieuse, irremplaçable à l'époque, qu'assure l'Église catholique ; et cela jusqu'au tréfonds des campagnes, que prennent en charge les curés et que néglige l'élite laïque des Lumières. Aucun historien ne conteste, aucun contemporain, ou peu s'en faut, ne critiquait la pertinence de ces activités ecclésiales : celles-ci étaient du reste accomplies par une fraction démographiquement déclinante (les clercs) du peuplement national. Mais il est vrai que les frais décimaux qu'occasionnait ainsi le clergé ne décroissaient pas – bien au contraire ! – en proportion du déclin démographique de cet ordre clérical[52].

Quoi qu'il en soit, les flux du revenu propriétaire ou produit net, au sens global que Quesnay donne à ce terme, coulent des dirigés vers les dirigeants, et des campagnes vers les villes ; au sein de celles-ci, les flux en question assument, à la grande frustration parfois du paysan, d'indiscutables fonctions d'excitant économique. Parmi eux, on devine, au terme de l'analyse qui précède, des rythmes et des composantes très variées : l'impôt, la rente d'intérêt, la dîme en nature et ce qui reste des droits seigneuriaux augmentent moins vite de 1730 à 1789 que ne le fait le revenu agricole global ; la dîme en argent, pratiquement indexée, s'accroît, elle, presque aussi vite ; la rente foncière, plus vite. Se produisent aussi des phénomènes globaux de développement inégal : l'un dans l'autre, le produit net et la consommation de luxe ou de demi-luxe s'enflent rapidement, tandis que les salaires agricoles – dans leur expression, du moins, journalière et déflatée – paraissent décliner. Interviennent enfin des processus de distanciation géographique : le produit net s'enfuit de plus en plus vers les villes ; ces phénomènes et processus accroissent les tensions qui se manifestent déjà sourdement ou bruyamment, çà et là, au XVIIIe siècle ; elles éclateront un jour… au grand jour.

Tandis que rente et rentiers s'engraissent et s'urbanisent, la paysannerie se polarise, dans des styles divers, sur deux lignes de résistance traditionnelles : celle des petits exploitants et manouvriers ; celle des laboureurs. Quant au premier de ces fronts, à tout le moins, l'Auvergne d'Abel Poitrineau offre une image qu'il n'est pas déraisonnable de généraliser. Les tendances au morcellement des tenures (ou, le cas échéant, des alleux) par suite de l'essor démographique ne se rencontrent pas seulement, comme on les a vues, autour de Clermont-Ferrand ; mais aussi en bas Languedoc, après 1750 ; dans les campagnes lilloises ; en Bourgogne ;

en Vexin (Jacques Dupâquier[53]), en Gascogne et Bigorre, où les tenures et possessions de moins de 12 journaux se multiplient au détriment des propriétés de plus de 68 journaux et de plus de 100 journaux ; celles-ci se morcellent, dès le règne de Louis XV[54]. En revanche, autour de Toulouse, le développement de la production marchande du blé pour l'exportation par le canal, et l'offensive, conjointe, des capitaux citadins mènent à la concentration foncière et font échec au morcellement ; dans ce cas précis, mais exceptionnel, la démographie cadastrale, celle des bien-tenants, qui ignore, autour de la ville rose, la pulvérisation foncière, n'évolue pas tendanciellement dans le même sens que la démographie tout court, qui, là comme ailleurs, se trouve à cette époque en plein bourgeonnement.

Dans l'ensemble du royaume, l'émiettement croissant des petites tenures se poursuit pour son propre compte, tout en butant maintes fois (comme en Auvergne) sur le môle généralement coriace des grands domaines. Un tel processus est générateur de paupérisation tendancielle. Il est vrai que celle-ci comporte, en théorie, un remède bien simple : les paupérisés du lopin n'ont, après tout, qu'à se chercher des revenus complémentaires dans le salariat ! Malheureusement, la productivité marginale du travail est en déclin, par suite de l'essor démographique ; les tendances à la paupérisation salariale sont, elles aussi, prégnantes au temps des Lumières : un double paupérisme qui affaiblit deux fois le petit homme, sur le plan du lopin et sur le plan du gage, risque donc de se mettre en place… Les meilleures séries de salaires agricoles que nous possédions, de ce point de vue, concernent la seule Occitanie ; les charretiers d'Arles, envisagés sur long terme (1726-1789), sont décidément paupérisés à partir de 1766 : leurs gages et, simultanément, les prix du grain d'Arles partent de l'indice 100 autour de 1726-1745 ; or, les premiers (salaires) plafonnent, en nominal, entre 1766 et 1789, à l'indice 127, tandis que les seconds (prix) parviennent entre ces mêmes dates aux alentours de l'indice 145-150. En déflaté, le charretier arlésien perdrait donc 14 % de son pouvoir d'achat frumentaire au fil du « beau XVIIIe siècle »[55]. Dans le Toulousain, le salaire déflaté (réel) des ouvriers agricoles, calculé en grain selon les mêmes méthodes, passerait de l'indice 100 en 1714-1718, à l'indice 77 en 1761-

1765, et à l'indice 73 en 1784-1788[56]. Soit des pertes, plus fortes qu'en Arles, de 23 % puis de 27 %, qui sont enregistrées, sous Louis XV vieillissant et sous Louis XVI finissant, par rapport aux années 1714-1718. En Auvergne, on l'a vu, la paupérisation salariale se traduit, dans la théorie des gages journaliers, par des abattements du même ordre (- 24 %), en déflaté, entre 1726 et 1789. Dans toute la France du Sud, et aussi en pays d'oïl[57], le salarié rural du XVIIIe siècle aurait décidément bien tort de se contenter, sans faire preuve d'imagination, du volume d'emploi et du mode d'emploi dont se contentaient ses père et grand-père : il se condamnerait, dans ce cas, obligatoirement à un moins-vivre. Conceptuellement, la paupérisation salariale est donc une indéniable réalité. Mais son impact absolu est probablement moins dirimant que ne l'est sa relative ampleur.

Dans l'absolu, il est certain que les salariés s'en tirent assez mal, au plus bas, mais ils s'en tirent ; les famines, après tout, sont exorcisées, et puis ils intensifient le jardinage sur le lopin. Ils élèvent une vache, ou un cochon. Ils trouvent, eux et leurs femmes ou enfants, des emplois supplémentaires, à mi-temps ou à mi-saison, ou à temps plein, dans le textile, la migrance, la mendicité même… Ceci n'est pas pour peindre l'Ancien Régime en couleurs chatoyantes, ni pour nier l'ampleur du chômage invisible ou partiel, mal compensée par l'aumône ; en zone rouergate, à vrai dire déshéritée, l'un et l'autre concernent un pourcentage impressionnant des chefs de famille. Mais la leçon des subsistances (fin des famines) et celle des inventaires après décès (amélioration modeste, mais indubitable du mobilier des paysans, même petits) confirment que, dans beaucoup de régions, le « rustique » a su pallier, tant bien que mal, en retroussant ses manches et celles de sa petite famille, les effets de la double paupérisation théorique, qu'induisaient la baisse du salaire et la division du lopin.

Dans le relatif, en revanche, c'est un peu différent : la situation, cette fois, n'est pas bonne. D'un côté, on s'aperçoit que le revenu du microtenancier est amputé par les partages successoraux, et que le salaire (déflaté) diminue de 10 à 25 % au cours du siècle par le jeu de l'appauvrissement ; et, d'autre part, on a des éléments de rente ou de produit net qui s'accroissent, eux, en déflaté, à travers six décennies, de 30 à 50 %. Alors, entre les deux, il y a problème.

Entre luxe et dénuement, se creuse le fossé (d'amertume?). D'autant plus que le produit net distribue ses faveurs, décimales ou foncières, à une noblesse et à un clergé dont la population spécifique stagne, ou même décroît; ces deux groupes n'étant donc pas menacés – bien au contraire! – par le type de paupérisation qu'induirait l'explosion démographique. Tandis qu'au niveau des classes inférieures de la campagne, le péril du paupérisme, fût-il relatif, se manifeste bel et bien… Un siècle chasse l'autre. Au XVIIIe siècle, la prolétarisation a remplacé le cimetière. En multipliant les vivants, on a multiplié les problèmes. Du point de vue de Sirius, c'est un progrès. Mais du point de vue des trois ou quatre rejetons, désormais survivants, de tel laboureur démographiquement imprudent, qui comparent leur situation diminuée par le morcellement à celle plus florissante dont jouissait leur père, c'est un déclin. La Provence, le haut Languedoc, la Bourgogne, les régions lilloise et parisienne, l'Auvergne même[58], et tout le royaume, en fin de compte, se remplissent, à ras bord, au XVIIIe siècle, d'un vaste prolétariat ou semi-prolétariat rural. Autour de Paris, on comptait, vers 1550, davantage de laboureurs que de manouvriers; mais au fur et à mesure que se développe la moderne agriculture à grandes surfaces, qui travaille pour les marchés de la capitale et qui n'exclut pas la prolifération des petits lopins des journaliers, cette proportion ne cesse de se renverser; jusqu'à ce qu'au XVIIIe siècle se dégagent partout dans la démographie des villages d'Île-de-France de grosses majorités de manouvriers[59]; jusqu'à ce que soient réduits les laboureurs à n'être plus qu'une élite minoritaire. En pays bourguignon aussi, beaucoup de paroisses au XVIIIe siècle comptent 60 à 80 % de brassiers: parmi les mauvais cantons, ils s'entassent dans les cabanes et dans les chaumières. C'est une France rurale majoritairement prolétarisée qui s'embarquera – sans trop savoir pourquoi ni comment – vers l'aventure révolutionnaire, à partir de 1789.

Dans une statistique trop indiscriminante, Vauban[60] comptait vers 1700 que, pour 100 chefs de famille français travaillant de leurs mains, 27 étaient vignerons ou laboureurs, et 73, manouvriers ou artisans. Ces pourcentages s'étaient modifiés, au détriment graduel du premier groupe, de 1720 à 1789[61]: le groupe des laboureurs a décru en pourcentage *relatif* des populations campagnardes, de la Régence à la Révolution, à cause des tendances à l'explosion démographique et à la prolétarisation ; mais il a probablement (du fait même de l'essor démographique) maintenu ou même augmenté ses effectifs en chiffres *absolus*. Il a perdu nombre de ses fils, trop nombreux, par mobilité descendante. Mais, en tant que groupe, il accroît, en deçà de la ligne Saint-Malo/Genève, sa richesse, sa puissance, son indépendance relative vis-à-vis de la classe propriétaire, sa cohésion ; il constitue donc la première ligne de résistance et de regroupement du monde rural : dans le Nord, les *matadors* ou fermiers à grosses bottes sont solidement campés sur la terre bourgeoise, noble et cléricale, grâce au droit de mauvais gré qui les rend pratiquement inexpugnables. Ils ont su arracher à leurs bailleurs des conditions de fermage plus favorables et une rente foncière plus basse que celle que doit payer le petit exploitant. La différence va du simple au double, ou davantage, au profit des *matadors*, à la fin du XVIIIe siècle[62]. Dans maint pays de grande culture, l'armoire normande, ou « normandisante », au foyer du riche laboureur, remplace le bric-à-brac des coffres : elle symbolise par ses piles de linge sagement alignées une conception cartésienne de l'ordre, qui témoigne de l'acculturation d'un groupe enrichi. Les fermiers se sont même donné un porte-parole en la personne de Quesnay, physiocrate et fils de laboureur ! Le chef de l'école veut en effet édifier un monde où classe propriétaire et classe exploitante (fermière) pourront vivre et prospérer au coude à coude, grâce à une bonne répartition du revenu de la terre.

Dans les régions de petite culture du centre de la France, au sens large de ce terme « Centre », la situation du laboureur est certainement moins brillante : le métayer d'Auvergne, même en gros domaine, est un assez plat personnage. Et en Bourgogne, les grands seigneurs du foncier utilisent tantôt de gros fermiers en version « Nord-Est » à peine amoindrie[63] ; mais tantôt aussi de petits laboureurs qu'on pressure plus ou moins, sans qu'il leur reste beaucoup d'espoir d'améliorer leur situation[64]. Dans le Midi, les tendances au morcellement des lopins friables et à la paupérisation salariale jouent fortement ; mais elles s'accompagnent logiquement (puisque le capitalisme rural se renforce, par exemple en Lauragais) de la consolidation ou de l'émergence de divers groupes de villageois aisés : les ménagers propriétaires du Sud, sans être aussi brillants que les riches laboureurs du Nord, jouissent avantageusement « de la sécurité de l'emploi[65] ». Les bourgeois ruraux du Languedoc[66], campés sur leurs résidences champêtres, remplacent d'autre part au XVIIIe siècle une grande partie des nobles d'ancienne ou de fraîche souche, lesquels émigrent vers les villes ou s'éteignent démographiquement. Mais, malgré ces nuances favorables, « on n'est pas dans le Nord » : le locataire occitan des terres (rentier, granger, métayer) n'a pas su ou pas pu, lui, s'élever jusqu'aux performances remarquables de son congénère à grosses bottes, tel qu'on le rencontre au pays d'oïl, en zone de grande culture du Nord-Est, chez les puissants fermiers franciliens chers à Jean-Marc Moriceau (1994).

En fin de compte, la classe des gros fermiers tient le pouvoir de fait dans les seigneuries septentrionales des « Limoneux » ; elle n'a guère à perdre à la continuation de l'Ancien Régime. La Révolution ouvrira tout de même à cette classe quelques perspectives insoupçonnées, une fois tirés les marrons du feu, de par la révolte du peuple rural. Disons en d'autres termes que, vers 1789, deux solutions, théoriquement, s'offraient à l'agriculture dans l'Hexagone : solution « anglaise » (alliance des grands propriétaires et des fermiers, conclue au détriment des exploitations parcellaires et familiales) ; solution « française » (alliance au moins momentanée des paysans parcellaires et des fermiers contre le régime seigneurial ou ses survivances). Pour bien des raisons, la solution « française » a prévalu.

CHAPITRE VIII

Du social au mental :
l'ethnographie à la Rétif

Monsieur Nicolas

Nous disposons maintenant, au terme des deux chapitres qui précèdent, d'un aperçu d'ensemble à propos des bases démographiques et socio-économiques de notre objet d'étude, sous-jacentes au monde rural du XVIIIe. Avant de passer à l'analyse des attitudes mentales, et à celle des comportements, il m'apparaît indispensable d'intercaler, comme au ras du sol, une vision ethnographique. Toute cette recherche agraire sur le dernier siècle de l'Ancien Régime resterait en effet abstraite, si ne s'y glissait l'irremplaçable regard que l'*homo rusticus* personnellement jette sur lui-même, sur les autres, et sur son monde. Ce frais coup d'œil, vif et sans détour, Gilles de Gouberville l'avait antérieurement proposé pour le XVIe siècle en Normandie. J'en demanderai l'équivalent pour le dernier siècle de l'Ancien Régime à Nicolas Rétif, soi-disant de la Bretonne. Est-il besoin de justifier ce choix ? Rétif n'est pas ce que d'aucuns voulaient qu'il fût : l'anti-Michelet, l'apologiste réactionnaire d'un bonheur préfabriqué, dans un village idyllique et bêtifiant. Pas davantage n'est-il, sinon en superficie et comme à fleur de joue, le lacrymal auteur qu'évoquerait parfois *La Vie de mon père* [1]. Certes, le dernier tiers du XVIIIe siècle est plein de larmes… chez Monsieur Nicolas comme dans les tableaux de Greuze. Mais séchons ces pleurs, et sachons voir au-delà… Rétif témoigne sur le mode d'existence d'une paysannerie aisée, au gré de qui le bonheur est une idée neuve et pourtant réelle. Cet auteur n'ignore pas cependant, ses textes le prouvent, que ce bonheur s'épanouit timidement, dans un environnement désargenté, lequel concerne encore une non négligeable partie des ruraux. Situons donc la famille Rétif, ou Restif, ou Rêti, et surtout le héros Edme Rétif, père-patriarche, dans son village natal de basse Bourgogne, Nitry ; et dans sa paroisse d'adoption, Sacy près d'Auxerre.

À Sacy, Edme et son fils Nicolas évoluent, en richards qu'ils sont, dans un monde de petits céréaliers et de petits vignerons ; il semble bien que, parmi ceux-ci, le personnage ou le chef de famille le plus typique soit le suitier : paysan qui n'est pas dénué d'attelage ou du moins d'une fraction d'attelage, puisqu'il possède en propre un âne, ou un cheval ; ou même une paire ou une *demi-paire* de bœufs *(sic)*. Dans presque tous les cas, ce suitier doit s'associer, se *suiter* d'une ou deux familles analogues à la sienne, pour mettre en commun les animaux de traction et pour composer ainsi une *charrue* complète (d'où les formes d'association, voire de famille élargie, qui demeurent importantes dans une vaste région qui va de l'Auvergne au Nivernais et du Morvan à la basse Bourgogne). Tout jeune encore, Nicolas Rétif, le soir venu, après une marche fatigante, vint frapper chez des suitiers de ce genre, soit *trois familles qui se sont associées pour faire une charrue de trois chevaux*. Elles célèbrent, au domicile de l'une d'entre elles, la fin de leurs semailles communautaires, en mangeant du petit salé, devant une cruche de vin mise à chambrer devant l'âtre.

Sur la gêne relative de ces suitiers, et plus généralement des petits et tout petits exploitants, masse fondamentale de la population villageoise de Sacy, Rétif se veut explicite : il note, chez eux, la pauvreté, ou du moins la peur de la pauvreté. Avec trois hectares de terre, en triennal, on existe tout juste, écrit en substance notre auteur, qui parfois exagère ; on survit plus qu'on ne vit ; on doit se tuer au travail à prendre à bail les terres d'autrui *à moisson* (en fermage, ou métayage). Et l'on redoute le mariage comme un cauchemar. Se laisse-t-on, événement fatal, traîner à l'autel : alors on s'arrange pour que ce soit le plus tard possible, en noces effectivement tardives. Du coup, des bébés surviennent, et deviennent enfants et jeunes gens, quand s'affaiblissent déjà les forces du père. C'est seulement au déclin de la vie qu'on a des rejetons devenus grands et capables de travailler, de payer une partie des dettes parentales. Il est vrai que, bien avant une telle échéance, les mortalités infantiles ou juvéniles frappent la progéniture, à cause, dit Rétif, du besoin et de la pauvreté des père et mère. L'épouse elle-même, afin de pouvoir vivoter, prend des bébés en nourrice ; et pendant ce temps-là, pour ne pas faire tort au nourrisson, du moins en principe, l'allaitante et son mari s'abstiennent de rapports sexuels[2]. Il faut donc supporter la misère, et, *morguienne*, par-dessus le marché, l'ascétisme !

Bien sûr, on parvient quand même, si l'on n'est pas dans l'extrême misère, à tenir jusqu'au bout de l'année, et à trouver dix-huit sous pour faire un franc ! On est au XVIIIe siècle, que diable ! Dans telle famille de Sacy, on a « deux casquettes », on est maçon et vigneron ; dans telle autre, tisserand et laboureur ; dans une troisième, laboureur et cordonnier. Blaise Guerreau, paysan taciturne, est laboureur et couvreur[3]. Son fils, Jacques, est conducteur de troupeaux chez Edme Restif : autant dire qu'il y occupe le dernier rang parmi les mâles, et qu'il est inférieur, en estime reçue, aux garçons de charrue et aux vignerons, supérieur seulement aux deux servantes, à la chienne *Friquette* et au cheval *Bressan*. D'une façon générale, c'est en faisant des journées chez les plus riches, ou en mettant un fils comme domestique chez ceux-ci, que le petit suitier parvient à se tirer d'affaire. Quant à ceux qui s'en sortent mieux encore ou même assez bien, comme Covin, le grand milicien faraud, et sa jeune femme, Marguerite Mimé, ils doivent cette grâce à d'acrobatiques combinaisons : leurs deux hectares de champs fournissent une partie du grain pour le pain ; leur demi-hectare de vigne donne à Covin son argent de poche et son boire (Marguerite, elle, rougit à peine sa boisson) ; ce petit vignoble apporte aussi de quoi payer les impôts. Quant au tissage effectué à la maison par les conjoints, il contribue également à mettre un peu de beurre dans les épinards. Prise par inclination, car elle est plus pauvre que Covin, l'épouse Marguerite, en ce qui la concerne, tire un peu d'argent de son *filage*, et *des œufs de ses dix poules, et de la laine de ses sept brebis, et du lait, beurre et fromage de sa vache*[4] ; à quoi s'ajoutent les légumes du jardin, et la commodité, que tous n'ont pas, de posséder une maison, même médiocre.

Ces familles, majoritaires et pauvres, d'exploitants et de vignerons de Sacy sont tout de même assez mal meublées, au sens général du mot meuble : à l'inventaire, elles révèlent 200 livres tournois de biens mobiliers, dont un lit, un vieux coffre, une maie à pétrir le pain, quelques futailles, de la vaisselle d'étain, et des chaudrons de fonte. La *croissance* du XVIIIe siècle a donné à ces gens l'étain et la fonte, mais pas tout le confort... Ils accueillent favorablement, ou même élaborent les revendications du tiers état rustique de Sacy, préfigurées déjà dans *L'École des pères* par le gros fermier Touslejours, qui n'est autre qu'un Edme Rétif moins roublard et moins onctueux que celui de *La Vie de mon père* : *pressés comme des éponges par le collecteur* (refrain habituel...), les Saxiates (habitants de Sacy) réclament *la réduction des tailles et des droits d'aide sur les vins* ; ils grognent contre les *rentes seigneuriales* (il s'agit probablement de la dîme au douzième, levée sur les gerbes par l'évêque et par le chapitre d'Auxerre) ; *sans la religion*, dit Touslejours, *la vie à Sacy serait un enfer*. Heureusement qu'on a la foi dans cette région, comme donnant sens à la vie des paroissiens.

Toutes ces notations sur la pauvreté d'un certain XVIIIe siècle, moins affreuse qu'au dernier XVIIe, mais plus malaisément ressentie à cause des *rising expectations* (espérances accrues) des paysans, s'avèrent banales : on en trouverait l'équivalent parmi les premiers chapitres des *Souvenirs* du capitaine Coignet. Elles nous sont quand même indispensables : elles situent, dans un archipel de gêne fort honnêtement évoqué par *Monsieur Nicolas*, le petit îlot du bonheur qu'a su se tailler la famille Rétif. Selon J.-P. Moreau, géographe de la basse Bourgogne, cette famille au temps de sa splendeur possédait, dans le cadre de la grosse ferme de La Bretonne, une cinquantaine d'hectares de terre en pleine propriété. Ce n'était pas le Pérou. C'était tout de même dix fois plus, au bas mot, qu'un bon lopin de paysan *à flot*, pourvu du *minimum d'indépendance*, et vingt-cinq ou trente fois plus qu'un « mouchoir de poche » de simple suitier, sans même parler du cas des pauvres manouvriers. Edme Rétif avait donc réalisé, quand il avait acheté La Bretonne, l'idéal auquel tant de gros fermiers aisés, pourtant riches de chevaux et d'argent, ne prétendaient point : devenir à leur tour propriétaires, bien pourvus de terre au soleil. Rassembleur de terres et exempt de taille à cause de ses quatorze enfants, Edme Rétif représente, dans un registre positif et sympathique, l'équivalent de cet opulent fermier de la Bresse chalonnaise, qui en 1720, après trente ans de fermage, avait *acquis tous les meilleurs fonds des pauvres habitants qui n'osaient rien dire*; et qui s'était fait exempter d'impôts, en plus, à cause de ses douze enfants[5] ! Autant dire que cette famille Rétif, huppée, n'est pas exactement, dans la paysannerie qui l'environne, comme poisson dans l'eau ou oiseau dans l'air. Alors que chaque personne dans le village appelle chaque autre par son nom de baptême, Edme, lui, par exception, est appelé *Monsieur*; car il possède *du répondant* et des indices de prestige : sa maison a toit de tuiles, et porte cochère; *il soupe avec le curé*. Sa seconde femme, qui fut jadis petite servante, engrossée avant noces par feu son premier mari, *porte maintenant la robe de chambre*. Edme, officier seigneurial, est donc *Monsieur le Lieutenant*; Barbe, son épouse, est *Madame la Lieutenante*. Ses fils – prêtres ou clercs – sont des *Messieurs*; notre auteur lui-même, comme chacun sait, est *Monsieur Nicolas* parce qu'il est *un peu mieux habillé* que les autres vauriens de la commune. En revanche, les filles du premier lit d'Edme, que Barbe fera du reste jeter, les malheureuses, hors de son domicile au cours d'une scène où elle affirmera sa puissance, n'ont pas droit au titre de « demoiselle ». Parce que leur mère (une « rustaude », illettrée, et pourtant fille de richard) *n'avait jamais porté la robe de chambre*.

Un seuil économique, certes, sépare le paysan indépendant (5 hectares) du dépendant (1 hectare); mais un gradin social, plus nettement marqué, discrimine le Monsieur du village d'avec le non-Monsieur qui n'est, lui, que Jean, Pierre ou Paul. Ethnographe en son genre, Nicolas Rétif se plaint de ce que les Parisiens, qui entendent parler des mœurs des Iroquois, des Hurons et des Algonquins, ignorent en revanche les subtilités du village français. *Monsieur le Lieutenant*, patriarche en sa paroisse, jouit d'un prestige qui le met à part; tout comme en jouit, dans un ordre d'idées différent, la sage-femme de Sacy, éventuellement inepte, mais qualifiée, par les villageois, de *Bonne Mère*… Patriarche et sage-femme ont atteint, chacun dans son secteur, leur « niveau d'incompétence ». (Edme, après tout, dont le fils célèbre avec flagornerie les qualités de laboureur, ne récolte jamais que 6 quintaux de grain à l'hectare…) Et ces gens-là s'y tiennent avec fermeté, entourés de la considération générale et de l'estime de leurs concitoyens.

En dépit de sa superbe, Edme Rétif n'est pas vraiment un bourgeois. Par rapport à ses frères inférieurs, il ne fait point partie d'une autre classe. Il demeure, au sommet de la société villageoise, un paysan ; capable de parler, comme le souligne son fils, aux ouvriers, aux autres exploitants... ainsi qu'aux chevaux, aux chiens, aux taureaux. Cette position privilégiée, dans un réseau toujours ouvert d'intercommunication sans problèmes avec les autres ruraux, permet à Monsieur Nicolas, bien posté lui aussi dans le vert purgatoire du monde rural, de nous donner le témoignage admirable que l'on sait...

Leader villageois, dans le cadre de sa paroisse et même dans les limites de son groupe de paroisses ou petit pays, Edme est le petit-fils d'un tonnelier. Mort en 1687, celui-ci jouissait déjà dans sa communauté de Nitry d'une position d'arbitre : il conciliait les adversaires et replâtrait les conflits, on le surnommait à Nitry *l'homme juste*[6]. Membres d'un lignage de *leaders* – on est Rétif ou on ne l'est pas –, Edme et surtout son père Pierre broderont sur ce tonnelier dont ils dissimuleront pudiquement les futailles ; ils lui fabriqueront une généalogie fabuleuse : elle le fera descendre de l'empereur Pertinax, et du templier Jean de Montroyal, surnommé *Rétif* à cause de sa ténacité...

Pierre Rétif, fils de l'homme aux tonneaux et père de notre patriarche, est tout à la fois préfiguration et négation de celui-ci. Tout comme plus tard son fils Edme, Pierre, qui parle soi-disant comme un physiocrate[7], est un riche laboureur de village ; mais davantage fermier, semble-t-il, que propriétaire. Il s'est élevé, on ne sait trop comment, au-dessus du niveau assez médiocre de son auteur, le tonnelier. Pierre, il est vrai, possède le charme irrésistible qui, paraît-il, est l'apanage des Rétif ; ce charme qui de nouveau éclatera comme un feu d'artifice lors des innombrables (?) conquêtes féminines, y compris authentiquement incestueuses, que s'attribuera le petit-fils Nicolas. Pierre a donc utilisé ce charme, et sa faculté générale de plaire à toutes et à tous, pour asseoir une situation de politicien de village. Homme du seigneur, prévôt de Nitry comme Edme le sera de Sacy, Pierre détient dans cette paroisse les fonctions de *receveur en partie de la seigneurie dudit lieu* ; et aussi à un certain moment l'office de procureur fiscal ; ces postes font de lui tout à la fois l'accusateur public auprès du tribunal seigneurial et l'encaisseur de recettes, cens, dîmes et fermages du seigneur. Homme de pouvoir, d'affaires, de plaisir et d'influence, Pierre est populaire à Nitry : son enterrement, consécration suprême, sera un véritable triomphe, où tout le village, d'une bordée chaleureuse d'*amen*, lui souhaitera un paradis bien mérité. Popularité qui n'est pas sans motifs : Pierre, comme plus tard Edme, accommode les procès mais ne cultive point la chicane. Il sait rendre la justice, entre un verre de vin et un quignon de lard ; il donne à boire à tous ses chalands, clients et justiciables, car la paroisse n'a pas de taverne : *l'audience se tenait chez lui et toujours à ses dépens. À Nitry, il n'y avait pas d'autre buvetier que le juge.* Désargenté (mais qui ne l'était pas vers 1709-1710 ?), Pierre meurt en 1713 ; il laisse à ses héritiers une succession délabrée.

Bambocheur et panier percé pour ses amis, ce bourreau des cœurs était chez lui un bourreau tout court. Il jouait les terreurs à la maison, sans forcer son naturel. Il opprimait sans respect sa souillon de femme, pourtant née, paraît-il (?), d'un président à mortier ; néanmoins, elle le vénérait, au point que sur une simple parole, vaguement aimable, de ce maître elle venait ronronner à ses pieds. À la mort de Pierre, elle ne connaîtra pas de sort plus heureux que de le rejoindre au tombeau, contente à l'idée de peupler sa solitude au paradis : car, bien sûr, il n'est pas question qu'il n'y soit pas. Quant aux filles de Pierre, elles n'ont, si l'on en croit leur père, que le tort d'appartenir *à ce sexe indomptable et qui ressemble au plus entêté des animaux* : elles sont élevées très strictement par leur géniteur (lequel est chauviniste mâle invétéré, comme tant de paysans français du XVIIIe siècle). Terrorisées par Pierre, elles sont dressées à ne lui répondre jamais ni oui ni non ; mais seulement *je croirais, il semblerait, si telle chose était.* Leur mère, du reste, les exhorte en ce sens : *sois douce et travailleuse, et tais-toi* (cela n'empêchera pas certaines d'entre elles de se quereller plus tard avec leur époux). Telle rudesse d'éducation à l'égard du sexe faible est aisément justifiable, du moins dans la ligne générale de la tradition Rétif. Si l'on en croit celle-ci, chaleureusement approuvée par Pierre, par Edme et par Nicolas, *il n'y a pas en Nature d'être plus révoltant qu'une fille décidée, c'est un monstre.* À l'égard de son fils Edme, Pierre Rétif, personnalité autoritaire comme il devait en fleurir beaucoup dans nos campagnes, se comporte en père répressif. Pour chaque parole anodine ou geste simplement aimable échangé par son rejeton avec une jeune et grosse beauté du village, ce père cingle ce fils d'un coup de fouet qui ensanglante la chemise. (On remarquera au passage, constatation qu'on pourra refaire en d'autres circonstances, que l'ascétisme à la paroisse, du reste plus inculqué à autrui que pratiqué personnellement par celui qui l'inculque, passe ici par le père et non pas tellement par la mère.) Ces cruautés paternelles n'empêchent pas qu'un amour existe, de père à fils et réciproquement. Le moyen qu'il en soit autrement dans un pays comme Nitry, où le mot « craindre » est généralement tenu pour synonyme du verbe « aimer » : *c'est l'usage du pays en parlant de Dieu et des parents.*

Edme fait profession d'aimer Pierre. La mort de celui-ci sera pour son fils l'occasion d'une tragédie personnelle ; elle lui fera verser, sur la tombe paternelle fraîchement refermée, un ruisseau de larmes que les bonnes gens du village compareront à un torrent d'eau bénite. La formidable figure du père, dans la famille du riche laboureur bourguignon, évoque chez l'épouse et chez l'enfant une peur qui n'est pas incompatible avec l'amour. Quant au lieu géométrique de la vraie tendresse, dans ce foyer, c'est la mère, Anne Simon, battue, au moins moralement, par son homme ; mais caressante, et caressée par ses enfants. Le couple Edme Rétif/Barbe Ferlet est, théoriquement du moins, bâti sur le même modèle : père qui fait profession d'autorité (mais plein d'indulgence en vieillissant) ; mère affectionnée (mais petite femme impérieuse, dans le fond, et pertinente).

Le modèle du père autoritaire, patriarche dur aux fils et plus encore aux filles, n'est pourtant pas le seul qui existe dans les campagnes auxerroises de ce temps-là : née en 1703, Barbe Ferlet dite Bibi est chérie de son père qui lui-même est vigneron, fermier du château des seigneurs d'Accolay. Bibi jouit chez son auteur d'une position d'enfant gâtée et de petite reine de la maisonnée ; position qu'elle retrouvera auprès de son vieil amant et futur mari Boujat, bourgeois d'Auxerre ; il sera trop content de se faire pardonner ses torts ; il gâtera donc la chère Barbe, fraîche épouse de son second lit. Nicolas Rétif, fils de Barbe devenue l'épouse d'Edme après décès de Boujat, ne cache pas, pourtant, qu'il désapprouve le libéralisme d'éducation dont bénéficia sa mère. Edme, ayant épousé Barbe, devra remettre au moule cette chère Bibi ; il lui inculquera les durs principes de l'antiféminisme des paysans bourguignons, fétichistes – dix textes le prouvent – de l'autorité paternelle et maritale : *femme, va chercher les filles ; femme, va chercher du boudin*, disent, à tout bout de champ et sans ménagement, les exploitants agricoles décrits par *Monsieur Nicolas*.

Côté enfants, l'indulgence dont Edme vieillissant fera désormais preuve, vis-à-vis des derniers enfants de son second lit, ne trouve pas grâce, elle non plus, aux yeux de Nicolas, fils aîné de Barbe : *le caractère des Rétif*, écrit notre auteur, *est trop vert* pour pouvoir bénéficier d'une éducation libérale. Il exige d'être taillé à coups de serpe, comme un cep de vigne rebelle. Être indulgent, c'est s'écarter du modèle rural le plus valable. Avis aux Bourguignons.

Quoi qu'il en soit, si Pierre Rétif n'est encore qu'un Edme à demi réussi, plus autoritaire et moins heureux dans ses finances que ne sera son fils, il a fourni à son rejeton le modèle du laboureur-receveur aisé, *leader* en son village et tyran dans son ménage ; modèle auquel Edme n'aura, bon gré mal gré, qu'à se conformer, en arrondissant quelques angles, et en garnissant quelques escarcelles. Cette région de Nitry et Sacy est en opposition très nette avec les structures plus féodales de la Puisaye bocagère : dans cette Puisaye arriérée, sise au sud-ouest de notre actuel département de l'Yonne, sévissent encore les *gentilshommes chasseurs, en guêtres et souliers ferrés, portant une vieille épée rouillée, mourant de faim dans leur castel branlant et rougissant de travailler*. Pierre se définit, lui, comme roturier qui a fait son chemin ; *leader* villageois, laboureur et juge-prévôt de paroisse, niché dans la seigneurie pour y faire son beurre ; travaillant, retournant lui-même la terre, semant de ses mains, payant des impôts (modiques, car il a des appuis) ; bref, Pierre est un membre de la classe du milieu, la classe précieuse si chérie des bons rois[8]. Edme n'aura donc qu'à considérer pieusement cette image redoutée, mais jamais consciemment haïe, qu'offre son père. Il lui suffira d'abjurer ses rêves d'amour et d'arrivisme parisien pour imiter le modèle, l'incarner, lui donner plénitude et perfection.

Les deux villages

Moins tyrannique (dans ses actions, sinon dans ses principes), moins désargenté aussi que ne l'était son père, Edme, à l'exemple de Pierre, sera fondamentalement *du côté de Nitry*. Essentielle dans la pensée des Rétif est l'opposition de Sacy et de Nitry : Sacy, village du beau-père Dondaine, est en effet la pâte molle, champ d'épandage ou terrain d'expériences qui sera fécondé par Edme Rétif ; Nitry, au contraire, est la matrice, le village souche de la lignée d'où sont sortis Edme et Nicolas. On réfléchira sur ce contraste, en dépit ou à cause de ce qu'il peut avoir de proustien.

Noël du Fail déjà, vers 1540, opposait deux villages proches et contemporains, Flameaux et Vindelles, qui incarnaient respectivement deux conceptions du monde : l'âge d'or passéiste (Flameaux) et l'actualité décadente (Vindelles). Mais chez Rétif, aussi confiant dans l'avenir que Noël du Fail est admirateur du temps jadis, la mise en parallèle d'un couple de paroisses recouvre une vision de l'écoulement du temps très différente. À Sacy, enchâssé ou encrassé dans son passé, fait face, en effet, Nitry tourné vers le développement. Nitry, du reste, en opérant au profit de Sacy une transfusion sanguine de sa propre culture, régénérera ce village (et se perdra lui-même). Avec Rétif, l'optimisme du XVIIIe siècle prévaut donc sur le pessimisme de la Renaissance paupérisée, latent chez Noël du Fail.

C'est à la veille de sa mort que Pierre, écartant d'un revers de main les billevesées parisiennes et les amours citadines d'Edme Rétif, établit au profit de ce fils le trait d'union Nitry-Sacy (Nitry-la-Culture et Sacy-la-Nature) qui deviendra le point de départ de la carrière campagnarde de notre futur patriarche. Pierre décide en effet de marier Edme, garçon aérien et léger de Nitry, à une riche et lourde fille de Sacy, née d'un gros plein-de-sous de cette paroisse, le dénommé Thomas Dondaine, marchand-laboureur et syndic en sa commune : *homme dur, d'une figure rebutante et d'une force qui passait pour prodigieuse, même dans son pays où tous les habitants sont des chevaux*, Thomas Dondaine (qu'Edme connaissait par avance, et qu'il n'aimait point) ne doit sa fortune qu'à ses bras, et à ses qualités d'économie, de labeur et de bon sens, qui tiennent lieu pour lui d'intelligence terre à terre. Nous voilà prévenus, et Rétif reviendra souvent sur cette idée : Sacy est du côté de la glèbe, du silence et de la force vitale, saine comme le pain noir, innocente comme la nature.

Après les présentations au beau-père, viennent les premiers contacts avec la fiancée – cette Marie que l'accord Rétif-Dondaine ou Nitry-Sacy impose à Edme ; ceux-ci sont à peine plus excitants pour l'intéressé que ne le furent celles-là. Marie Dondaine, vue pour la première fois par son galant dans une chènevière, *est une fille épaisse, l'air hommasse*, qui cueille le chanvre avec *une force étonnante à transporter les masses*. Ce gorille femelle ne brille point par la beauté mais, à coup sûr, *fera une excellente ménagère*. Les qualités principales de cette jeune personne qui n'a rien à voir avec les *catins de Paris* se ramènent d'abord à son silence écrasant d'illettrée. Autres qualités normales dans une force de la nature : la modestie et la bonté… Ayant offert à son fils un tel parti, et préparé le mariage, Pierre peut mourir. Marie donnera à Edme sept enfants : puis, ayant mis au monde une pleine portée de famille presque complète d'Ancien Régime, elle meurt, ayant accompli ses fonctions reproductrices. Avec ce décès se termine l'esclavage d'Edme Rétif, qui, pendant les dix-sept années du premier lit, a vécu *en famille élargie* sous l'oppression corésidentielle de son beau-père Dondaine, à la férule duquel il se soumettait sans mot dire, tel Jacob chez son beau-père Laban (Genèse 29-32). Marie, disparue, laissera tout de même sur le visage de ses enfants, déposée comme un stigmate, la marque indélébile du *teint terreux des Dondaine* ; ces Dondaine qui, décidément, sont comme des *membres de la terre*, attachés à la glèbe et incapables d'en décoller : l'abbé Thomas Restif, fils du premier lit, d'Edme et de Marie, *n'avait pas plus l'âme que le teint des Restif*[9] ; *c'était l'âme comme le teint terreux des Dondaine* […] *le teint couleur de bois et taché de son noirâtre, la peau luisante.* […] *Il était concentré, très fort sans le paraître ; emporté, passionné, lascif, mais devenu maître de lui-même par dévotion.* Il ne faut donc rien de moins que l'âpre camisole du jansénisme pour brider la lubricité terreuse de ce Caliban de sacristie qu'est l'abbé Thomas, né de la bonne terre et de la forêt de basse Bourgogne.

Le seul tort de l'abbé, c'était de vouloir à son tour inculquer à coups de bâton ou de fouet ce jansénisme-là au petit Monsieur Nicolas qui n'en ressentait nullement le besoin, et qui en garda rancune à son demi-frère. Du coup, on comprend la méfiance, parfois dissimulée sous des flots d'hypocrisie mellifluée, que notre auteur gardera toute sa vie pour les disciples rustiques et d'arrière-saison de Jansénius. Sur ce point, la religion de Rétif de La Bretonne n'a jamais varié depuis l'enfance : _le jansénisme, c'est bon pour les Dondaine_. C'est bon pour les purs terriens paysans, qui n'ont pas l'urbanité exquise et nitriote des Rétif et des Ferlet. À ceux-ci convient au contraire la religion amie du folklore, aimable et décontractée, si relaxée qu'elle en est parfois antichrétienne, du bon curé Foudriat et de l'excellent prêtre Pinart. À chaque type de brebis, son genre de pasteur. J'y reviendrai.

Le contraste Nitry-Sacy, sous la plume de Rétif, finit par transcender l'opposition (suivie d'alliance) de deux familles pour aboutir à une véritable écologie cosmique et comparée, dans l'esprit de l'aérisme et de la médecine des constitutions, chère à Vicq d'Azir et aux docteurs de la seconde moitié du XVIIIe siècle.

Rétif institue en effet une série d'oppositions géographico-médicales. Nitry, village rond comme une meule, est terre d'_open-field_, de plaines battues des vents. Constamment brassé, remué, sans pollution, l'air y est d'excellente qualité ; le trafic de marchandises qui se fait à Nitry, d'autre part, y développe les contacts urbains et la politesse. Le terroir est fertile ; les revenus corrects, les productions diversifiées : les hommes du village sont bien nourris de bon lait et de bons œufs ; et aussi de bonne viande, les dimanches et fêtes. La diversification concerne également la société nitriote, vouée de façon moins exclusive qu'à Sacy aux travaux agricoles. La langue française, du fait des contacts de toute sorte, est plus purement parlée à Nitry. Le sang des femmes y circule plus vite qu'ailleurs, grâce à la qualité du pain ; elles y ont donc un accent _d'une grâce inexprimable_. Quant aux mâles, ils sont enjoués et folâtres, usent à tout instant du langage, et parlent à leurs semblables et à leurs chevaux une langue extrêmement variée.

À Sacy, c'est tout le contraire. Le terroir montueux, boisé, voire bocager, se compose en quasi-exclusivité de _vallées maréca-_

geuses et de *coteaux pierreux* : les uns exhalent des vapeurs *grossières et malfaisantes* ; les autres impriment à l'air ainsi pollué, qui débouche en tourbillonnant hors des *gorges profondes* de ces vallons, une rapidité consumante ; elle excite chez les Saxiates une insatiable fringale. Au point que ni le désir sexuel ni le malheur personnel ne peuvent faire oublier sa faim d'aliments à quiconque est atteint de cette voracité typique sur le territoire du village. Les malheureux Saxiates sont donc condamnés par la nature elle-même à engouffrer des tonnes et des tonnes de pain noir ; du coup, leur corps prend une consistance visqueuse, un caractère à la fois pesant et brunâtre ; cet aspect est particulièrement repoussant chez les jeunes femmes, sortes de mâles manqués, au parler désagréable. Mangeurs de pain noir, les Saxiates restent d'autre part indifférents à un vin vieux et trop raffiné ; selon leur goût, il est tout juste valable pour les papilles suburbaines et pour le palais délicat d'un Edme Rétif. Il faut donc à ces « rustauds » plus terriens que nature *un vin qui gratte le gosier* [10] : une piquette ou boisson de pressurage, *passée sur un râpé de râles de raisin*. C'est qu'à Sacy *l'espèce humaine est d'une grossièreté sans exemple même en Allemagne*. Le contraste Sacy-Nitry (barbarie/civilisation) débouche donc en fin de compte sur une opposition France/Allemagne ; peu flatteuse, on s'en doute, pour cet outre-Rhin fantasmatique dont Sacy (cependant situé très à l'ouest du *Vater Rhein*) devient le porte-étendard inattendu. Veut-on un exemple de ce *germanisme* saxiate, aussi farfelu que désobligeant : on le trouvera incarné par Germain, le bien nommé, *premier garçon de charrue* à la ferme de La Bretonne, près de Sacy. Ce gros homme *a l'air véritablement tudesque* ; sa figure sans un pouce de graisse est tout de même large d'un demi-pied ; en dépit ou à cause de sa force herculéenne, ce colosse agricole déploie des trésors de bonté, qui le font adorer des enfants, avides de l'impliquer dans leurs jeux. Germain sait parler aux enfants, comme Edme Rétif sait parler aux chevaux. Sacy, sous des dehors peu engageants, nous ramène donc aux valeurs fondamentales d'une Bonne Terre Brute, et d'une nature inépuisablement bonne, douée d'énergie vitale et proche de l'enfance. Germain, le charrueur bourguignon, qui n'avait jamais quitté la France, est promu tout à la fois au rôle de bon sauvage et même à celui de bon Allemand.

Tantôt totalement silencieux, triste, rêveur et massif, tantôt poussant des grognements sourds et inarticulés, le Saxiate tel que le
peint *La Vie de mon père* est un être lourd et pensif : il vient tout
juste d'apprendre à se dresser sur ses pattes de derrière. Il n'est
pourtant pas sans vertus ; il trime comme un bœuf et possède ainsi
d'énormes réserves de travail et de main-d'œuvre, que déchaînera
l'apprenti sorcier Edme Rétif. Et il est capable de s'attacher à son
maître comme un bon chien fidèle. C'est cette lourde pâte
humaine que le patriarche de La Bretonne, tel un Moïse imaginaire déliant les esclaves de Michel-Ange, va entreprendre de
faire lever, au cours d'une vie de travail et de ménage : *À nous
deux, Sacy*, semble dire Edme, au lieu de l'*À nous deux, Paris*
que, n'eût été son père, il eût tant aimé proférer. On doit reconnaître qu'à Sacy, Edme aura rude besogne en perspective. Dès lors
qu'on déchiffre en effet le cryptogramme rétivien d'une médecine aériste et terreuse, on reconnaît sans peine à Sacy le portrait
d'un village français d'Ancien Régime, rocailleux et bocager [11] à
la fois ; village illettré, de bas niveau de vie ; sous leurs toits de
lauzes ou de chaume, les indigènes, déjà plus qu'à demi morvandiaux, y consomment des rations déséquilibrées : ils se bourrent
de pain noir, plus que de viande rouge et de vin rouge. Sur trente
mille paroisses, la France du XVIIIe siècle compte au bas mot des
milliers, pour ne pas dire des dizaines de milliers, de localités
comme Sacy. Ce n'est donc pas à tort que le Rétif de *L'École des
pères* voit, dans l'opposition Nitry-Sacy, *un raccourci de l'agriculture nationale* ; l'opposition étant nette en effet entre régions
évoluées (minoritaires) et communautés arriérées (majoritaires).
Edme Rétif doit donc pétrir la glèbe grossière dont est faite la
chair pâteuse des Saxiates. Pour décrire l'œuvre de rédemption
ou de transsubstantiation qu'opère ainsi le patriarche, son fils
Nicolas trouve des accents plus émus encore que ceux qu'adopteront les rédacteurs des prospectus de l'Exposition coloniale
quand ils décriront les efforts de Lyautey pour policer les Maro-
cains ou ceux de Gallieni pour civiliser les Malgaches.

   La mission de développement ou de colonisation intérieure,
dont Edme Rétif est investi par le destin à Sacy, commence durement. Pendant les dix-sept années d'un premier mariage (béni par
l'occurrence de sept enfants), Edme *se crève de travail* au service

de son beau-père, avec lequel il coréside en famille élargie. Puis *la vénérable Marie* meurt ; elle libère donc notre héros, désormais veuf, de la servitude beau-paternelle. La rédemption de Sacy peut commencer.

Cette rédemption est l'œuvre directe ou indirecte de trois personnes : Edme, qu'il n'est plus besoin de présenter ; le curé, dont il sera question plus loin ; et la seconde femme d'Edme, Barbe Ferlet.

Barbe Ferlet, l'adorable Bibi, soi-disant fille de la noble maison de Bertro, est en fait la fille… du fermier de la noble maison bas-bourguignonne de Bertro. Nourrie chez son père, laboureur et vigneron, d'affection familiale et de contes de fées, Barbe a grandi dans l'ambiance d'un foyer non autoritaire et relativement décontracté ; il ignore le caporalisme paternel qui s'impose chez les Rétif, *a fortiori* chez les Dondaine. La maison Ferlet brûle-t-elle ? Le seul chagrin des parents, complètement ruinés par cet incendie, c'est que ça puisse faire de la peine à Bibi, responsable involontaire de l'accident.

Barbe est une petite personne décidée, aimant l'amour (Nicolas ne nous cache pas qu'il fut conçu par ses père et mère dans un mutuel plaisir). Elle commence par commettre quelques imprudences ; elle se fait engrosser par Boujat, bourgeois d'Auxerre dont elle est la servante : péché de jeunesse ! Nicolas, dans *La Vie de mon père*, croira bon de le camoufler sous les apparences imaginaires d'un mariage, qui, en fait, n'interviendra que plus tard. Échaudée, Barbe décide, jeune encore, de faire une fin, même avec un vieux ; elle veut *trouver un établissement* : elle écarte les prétendants qui voudraient obtenir ses faveurs sans pour autant demander sa main. *Ne donne un baiser, ma mie, que la bague au doigt.* Barbe épouse donc son vieil amant Boujat devenu veuf, et le met rapidement au cercueil, en recueillant l'héritage. Puis elle joue, sans se forcer, les veuves éplorées, ravissantes ; elle fait les yeux doux au bon curé Foudriat ; il la marie sans désemparer à ce grand benêt d'Edme Rétif ; veuf depuis quatre ans, celui-ci corésidait en famille élargie avec sa mère dans le dénuement complet qu'engendre souvent, parmi les mâles paysans guère préparés au célibat, l'absence d'une épouse. En compagnie d'une mère tendre, mais peu douée pour le ménage, Edme s'encrassait lentement. Il

se clochardisait, sans personne pour lessiver sa lingerie de corps
et de table ; offerte en mariage à Edme par Foudriat, Barbe tombe
du ciel comme une bénédiction : elle est belle, en tout cas char-
mante ; elle est près de ses sous, beaucoup plus qu'Edme [12]. Cette
fourmi ménagère possède, avantage de plus dans le village de
Sacy, une maison qu'elle tient de la succession de Boujat, et dont
elle fait bénéficier son second époux. Toujours pertinente et
réglementaire, elle accouchera du premier enfant de son second lit
neuf mois après ses noces, célébrées tambour battant par Foudriat.

Un problème se pose cependant à la nouvelle épousée : Bibi se
trouve étrangère, terriblement étrangère. Au village de Sacy, qui
n'est pas sa paroisse natale, elle possède une maison, mais elle
n'a ni ami(e)s ni parentèle : et sans doute y est-elle mal vue des
commères, à cause de sa grossesse illégitime de jadis avec Boujat. Même dans son propre foyer, face aux filles déjà grandes, nées
du premier lit d'Edme Rétif, qui la tiennent pour une marâtre,
Barbe ne s'impose pas du premier coup. Elle supporte quelque
temps les avanies desdites filles, puis, ayant préparé le terrain
auprès d'un époux qui ne demandait qu'à la comprendre, elle fait
son *dix-huit brumaire* : elle s'empare de sa part de pouvoir dans
le ménage. Suggestionné par elle, Edme se montre en l'occurrence
père abusif dans la grande tradition de sa famille : il chasse, en une
seule fois, quatre de ses filles rebelles de sa maison. Il marie l'une,
expédie l'autre à Paris, et place les deux dernières chez l'affreux
grand-papa Dondaine. On pense, dans un autre style, à l'expulsion
tellement plus grave du petit Coignet, futur capitaine : martyrisé
par sa belle-mère, il vivra des années loin de ses parents, enfant
berger mal nourri, couchant dans les bois, couvert de vermine,
haïssant son père et surtout sa marâtre.

En tout cas, au terme de ce coup de force, Barbe est désormais
la reine du ménage ; elle affecte d'y respecter la monarchie dorénavant débonnaire d'Edme Rétif. Tous deux conduisent leur foyer
vers une indéniable prospérité, que ponctuent, sans la compro-
mettre, les naissances de sept enfants. Celles-ci sont très rappro-
chées, car Barbe confie ses bébés à des nourrices *tempéramen-
teuses* grâce auxquelles elle demeure féconde presque sans
interruption. Edme lui-même, dans la bonne norme des paysans de
son époque, paraît s'être peu soucié de *birth control*. Ce père de

quatorze enfants survivants n'appartient pas, ou guère, à la minorité rustique qui, dès 1750, s'initie aux *funestes secrets* d'une modeste limitation des naissances.

Edme le développeur

Ainsi marié, derechef établi, installé sur les terres et sur la dot jadis fournies par le vieux Dondaine, et aussi dans les biens, dans la maison et même dans le lit de feu Boujat, Edme peut se prévaloir de la force de ses bras, de son intelligence… et aussi des capitaux terriens et mobiliers que lui ont apportés deux mariages. Il va bientôt acheter la grosse ferme de La Bretonne ; il va pouvoir initier les Saxiates aux bienfaits de sa révolution agricole. Il ne s'agit pas, on s'en doute, d'une révolution à l'anglaise, avec abolition complète de la jachère, remplacée par le trèfle, les *turneps*, etc. Simplement, Edme retrousse ses manches, il ajoute ou fait ajouter aux pratiques usuelles une dose supplémentaire de travail humain ; il défriche, plante de la vigne, améliore par touches menues. Tout cela étant très caractéristique des pays de petite culture : le XVIIIe siècle, sans être à tous moments novateur, a su s'y montrer plus souple, plus efficace et plus productif que le XVIIe.

Edme procède d'abord à l'épierrage d'une partie de ses terres, et à la création de *murgers* (murs d'épierrement). Solution classique dans la moitié Sud-Est de la France et dans le Centre-Est : pour répondre à la pression démographique ou à l'appel du marché, on essaie d'améliorer, à la marge, les terres cailouteuses. Beaucoup de ces *murgers* puissants, qu'on aperçoit aujourd'hui encore en Bourgogne, remontent sans doute à la « belle époque » du XVIIIe siècle. Au temps des Lumières, l'épierrement n'est pas séparable – dans les entreprises d'Edme comme dans la réalité bourguignonne[13] – des défrichements de terres *novales* : ceux-ci s'opèrent sur les terrains rocailleux qui, du fait de la hausse des prix, de l'animation du marché et de l'essor du peuplement, dépassent désormais le seuil, fort bas placé comme on sait, de la « rentabilité » paysanne. (Edme est, du reste, comme le prouvent divers

passages de *La Vie de mon père*, un observateur avisé de la mercuriale des grains et du mouvement du prix des terres.) Sur ces
rocailles et coteaux ensoleillés, Edme et ses émules font pousser
non pas du grain, qui rendrait si peu, mais de la vigne. Les
Saxiates, à l'imitation d'Edme ou simplement par coïncidence
avec lui (nous ne sommes pas forcés de suivre sur ce point l'ha-
giographie propaternelle, peut-être exagérée, que propose Nicolas
Rétif), plantent à tour de bras, entre 1720 et 1780. L'« habillement
du terroir » ainsi mis en œuvre est poussé à un point tel que le
produit des vignes de Sacy finit par approcher ou même dépasser
celui des blés. De mendiants *besaciers* qu'ils étaient au début du
siècle, les Saxiates, au même rythme, se transforment en vignerons exploitants, plus à leur aise. A joué, dans ce cas, pour animer
la viticulture de basse Bourgogne, au travers des initiatives
d'Edme Rétif, l'attrait croissant du marché parisien : la consommation populaire de vin progresse à Paris, et la décadence des
vignobles (remplacés par le blé) qui entourent immédiatement la
grande ville favorise à partir de la renaissance économique des
années 1720 la venue du vin plus lointain de l'amont, d'Yonne et
de basse Bourgogne rétivienne. On remarquera qu'il s'agit là d'un
phénomène très positif de spécialisation régionale, et d'allocation
optimale des productions, puisque la consommation *globale* de la
capitale n'a guère augmenté (?), quant au vin, de 1635 à 1789,
plafonnant de 240 000 à 250 000 muids (auxquels s'ajouteront, il
est vrai, 10 000 muids d'eau-de-vie, soit l'équivalent de 80 000
muids de vin, à la veille de la Révolution française). Économiste
sans le savoir, Edme Rétif, après l'expérience de Law, a donc pris
conscience des possibilités nouvelles qui s'offraient aux vignes de
son cru : en 1725, il se rend à Paris pour y porter les premiers
essais de son vin, et de celui des habitants qui ont suivi ou accompagné son exemple. Edme a gardé, pour le voyage, sa vieille per-
ruque, son habit de campagnard qui le rend semblable, justement,
*aux paysans bourguignons qui vendent leur vin à la porte Saint-
Bernard*. Son visage et ses mains brûlés par le soleil le rendent
méconnaissable à ses anciennes admiratrices parisiennes (si tant
est que celles-ci, généreusement attribuées par Nicolas Rétif à
l'auteur de ses jours, aient réellement existé). L'essai parisien des
vins de Sacy s'avère, en tout cas, concluant. Et les plantations de

vignes qui l'ont préparé, et qui le suivent, exercent d'heureux effets d'induction : pour cultiver les vignobles neufs, situés dans les coteaux, il faut en effet, lit-on dans *La Vie de mon père*, davantage d'animaux de labour. D'autre part, la monnaie supplémentaire procurée par la vente du vin confère aux paysans saxiates, qui s'en trouvent quelque peu enrichis, la possibilité de se procurer, à prix d'argent, des vaches, des brebis, des chèvres, dont le lait et la viande *adoucissent la vie* ou améliorent le régime de leurs propriétaires, peu habitués jusqu'alors à ce genre d'aménités. Ces animaux accroissent aussi la quantité de fumier disponible pour la culture. Ils exigent cependant du fourrage : qu'à cela ne tienne, Edme installera des prairies artificielles, mais d'une manière à laquelle n'auraient pas pensé les agronomes à l'anglaise. Edme et ses covillageois se bornent, quant à eux, à semer du sainfoin (qui vient très bien en Bourgogne) pendant l'interminable jachère interviticole de sept à huit ans qui s'intercale entre l'arrachage d'une vigne de coteau devenue trop vieille et la replantation d'un jeune vignoble au même endroit. Edme, d'autre part, ne s'intéresse pas seulement aux pentes caillouteuses ; il en veut aussi au vallon marécageux : il met donc hors d'eau, en les barrant, des portions de prairies sises près d'un gros ruisseau, pour empêcher l'inondation quasi permanente de celles-ci, et pour développer la production de foin. Puisque tout se tient, l'épierrage d'un champ, qui fournit les cailloux pour ce barrage, permet d'augmenter la productivité dudit champ, etc. Rétif, mieux que tout autre, a donc su caractériser l'interconnexion des petits progrès agricoles. Ceux-ci sont mis en train par la pichenette initiale qu'a donnée une viticulture en progrès ; ils arrachent les ruraux d'un village à la misère, sans pour autant les guérir tout à fait d'une pauvreté récurrente. L'innovation telle que la conçoit Edme, et telle qu'ont dû la pratiquer bien des régions françaises (car, en l'absence d'une « totale » révolution agricole, l'indéniable prospérité du xviiie siècle agricole ne saurait guère s'expliquer autrement), consiste à sélectionner les éléments les plus valables dans la tradition locale, à partir des incitations directes ou indirectes du marché ; donc, on se crèvera à la peine, on épierrera, on fera des *murgers*, on élèvera du bétail en plus, on drainera, etc. Et l'on utilisera ainsi les formidables réserves de main-d'œuvre d'une population qui jusqu'alors demeurait apparemment abrutie et silencieuse ; or elle était toujours prête, du moins dans le cas spécifique[14] des Saxiates et de quelques autres, à se ruer au travail et à donner de grands coups de collier, dès lors que justement du travail s'offrait, grâce aux innovations précitées, grâce aussi aux incitations du marché.

J'ai voulu situer d'abord Edme Rétif et les gens de son groupe dans la filière des généalogies, dans le cours des conjonctures et dans l'opposition des villages. On peut dès lors côtoyer de plus près la quotidienneté familiale des Rétif, on peut éclairer de façon ethnographique et intimiste l'existence telle qu'elle se déroule au foyer d'un riche paysan d'Ancien Régime ; éclairage valable sinon pour la France en général, du moins, et ce n'est pas si mal, pour une certaine Bourgogne... Au niveau d'une historiographie de commissaire-priseur, à ne pas dédaigner, j'utiliserai d'abord, en tant que de besoin, l'inventaire des meubles[15] ; le mobilier d'Edme Rétif ne se distingue pas de celui qu'on trouverait chez tel ou tel autre riche cultivateur : douze chaises de paille, deux tables et deux armoires dans la grande salle, avec un prie-Dieu et un tableau de la Vierge à l'enfant... Une énorme meule de paille dans la cour ; du grain à gogo : froment, orge et avoine dans la grange ; des *feuillettes* de vin (tonneaux) sous les voûtes de la cave, avec les outils du tonnelier ; de l'argenterie dans la chambre du maître. Tous ces éléments qu'a recensés avec bonheur Gilbert Rouger, après une plongée dans les minutes notariales de l'Yonne, constituent le tout-venant d'un avoir typique de gros laboureur : on en retrouverait l'équivalent dans bien des régions françaises, du Languedoc à l'Auvergne et de la Provence à l'Artois. Inutile de souligner qu'on trouve là, chez les Rétif, une richesse et un confort qu'on n'aurait pas rencontrés, à niveau social égal, au temps des tableaux de Le Nain.

Mais à ce niveau privilégié combien accèdent ? Une enquête bien antérieure, hélas, aux années 1770 – époque où fut confectionné l'inventaire des biens de feu Edme – peut contribuer à fixer les idées sur ce point. En 1682, François Artaut « élu général du tiers état » chevauchait à travers la région d'Auxerre ; il y mena, au passage, une recherche minutieuse[16] sur la « façon d'habiter » des gens de la bourgade de Vermenton, tout près de Sacy. Sur

365 maisons occupées par les citoyens de ce lieu (non compris 40 maisons désertes, ou « ruinées »), 9 sont *proprement meublées* : c'est très probablement dans ce groupe des *happy few* – qui ne font même pas 3 % de l'effectif total des visités – que serait venu se ranger Edme Rétif, à supposer qu'on eût antidaté d'un siècle son décès et son inventaire. Ensuite viennent 27 maisons *assez bien meublées* ; 126, en revanche, n'ont *que de vieux châlits sur lesquels il y a des méchants lits* ; dans 133 maisons, ne se trouvent à domicile *que des paillasses et quelques méchantes couvertures sur des couchettes faites à la serpe* ; dans 70 maisons enfin, on couche *à plat de terre sur la paille, sans linceul ni couverture*. Ce dernier groupe de 70 « maisons », les plus misérables, n'apparaîtrait guère dans les inventaires notariaux, lesquels ont tendance à *écrémer* la couche supérieure ou moyenne de la société rurale.

Bilan de cette statistique ancienne de la misère à Vermenton : 19 % des maisonnées, en 1682, correspondent à ce que nous pourrions appeler, en forçant un peu le sens de l'argot actuel, *cabanes à lapins* ou *bidonville* : le confort le plus élémentaire au sens strict du terme y fait défaut. Dans 70 % des maisons, pourvues de *vieux châlits* ou de *couchettes faites à la serpe*, on se tient aux alentours ou même au-dessous d'une certaine pauvreté, du type Le Nain. Enfin, 10 % des maisonnées, dans cette bourgade qui n'est pas dépourvue pourtant de petits-bourgeois, connaissent une aisance minimale, ou même décente. C'est dans ce dixième du sommet, et plus probablement parmi les 2 ou 3 % les plus riches (mais ces 2 ou 3 % de 1682 se métamorphoseront peut-être en pourcentages plus élevés au temps de la vieillesse dorée de notre héros, vers 1760), qu'il conviendrait de classer des notables de campagne comme Edme Rétif, et comme son compère le curé Antoine Foudriat ; ce dernier tout à fait embourgeoisé, avec son lit à la duchesse, son miroir à cadre rouge, ses estampes et son baromètre… Edme Rétif, donc, est à la fois typique et atypique. Atypique, parce que faisant contraste, dans son village même, avec une « gêne » majoritaire sinon une pauvreté que n'a certes point abolie, depuis 1682, l'honnête croissance de l'économie rurale du XVIIIe siècle : qu'on se reporte à ce propos, si l'on est sceptique, aux descriptions de Jamerey-Duval, petit pauvre devenu enfant prodige, et qui certes exagérait quelquefois ; d'après celles-ci, en

1752, Arthenay-en-Tonnerrois n'offrait aux visiteurs que ses chaumières (tout juste bonnes pour le bétail), sa mendicité, ses haillons... Quant au tableau d'ensemble de la Bourgogne rurale au dernier siècle de l'Ancien Régime, telle que l'a dépeinte une grande thèse [17], il est loin d'être toujours gai.

Et pourtant, Edme reste typique; quoique riche, c'est un vrai paysan, et pas un propriétaire aux mains blanches qui cultiverait la canne à la main. Céréalier, il prêche d'exemple, il conduit lui-même, chaque matin, à la longue saison du labourage, l'une de ses charrues. Il cumule les activités calleuses du laboureur, en semaine, avec les occupations du week-end; elles débutent le samedi à midi, et lui font jouer le rôle de juge et de *leader* communal : il s'affaire alors à la magistrature locale, au notariat, aux consultations, aux arbitrages... Mais il n'abandonnera jamais le travail musculaire, et il mourra au labeur, à 73 ans, d'une mauvaise fièvre contractée dans un pré inondé, un jour qu'il fauchait, pieds dans l'eau.

Janus bifrons, typique et atypique, homme du village et d'au-dessus du village, Edme l'est aussi dans sa vie privée d'époux, de père. Son veuvage, sa *famille en miettes* le situent en effet, dès l'abord, dans la banalité de l'Ancien Régime démographique. Ses enfants qui vivent au second foyer jusqu'à l'expulsion d'un certain nombre d'entre eux représentent à eux tous comme une mosaïque : progéniture du premier lit; bâtard de la seconde épouse né d'un autre homme; puis filles ou fils du second mariage... Banal aussi est l'âge des époux aux différentes unions. 23 ans pour Edme en premières noces, cet âge un peu tendre s'expliquant par la mort brutale du père, dont le fils, du coup, se devait d'urgence de chausser les bottes. 25 ans pour Marie Dondaine, c'est à peu près l'âge modal chez les jeunes filles à marier de ce temps-là. Et puis la trentaine et la quarantaine pour Barbe et Edme, qui constituent, en 1734, un couple de ci-devant veufs. Trivial enfin est le faible espacement des naissances, et le grand nombre de grossesses dont Edme bombarde ses deux épouses successives. Sans que, semble-t-il, chez cet homme qui, dans son milieu, apparaît comme intelligent, riche et cultivé, se soit fait jour un scrupule qui eût tourné en faveur de la limitation des naissances... De la robuste dondon qui meubla son premier lit, Edme eut des enfants en 1714, 1715, 1716, 1718, 1720, 1723, 1727, 1730 : la naissance de ce petit huitième fut suivie, à un mois et demi près, par la mort de sa mère. Quant à Barbe Ferlet, la seconde épouse, déjà mère en un premier lit, régularisé en cours de route, d'un bâtard (survivant) et de deux légitimes (tôt décédés), elle avait connu d'assez près les morts nombreuses de l'Ancien Régime ; elles lui avaient pris deux bébés, et elles avaient fait d'elle, qui plus est, en 1733, la veuve d'un ci-devant veuf. Après son remariage en 1734, à l'âge de 31 ans, elle eut une carrière conjugale qui, également, fut banale, et typique des femmes non pauvres de l'Ancien Régime, déchargées de donner le sein grâce aux nourrices mercenaires. Elle eut, dans sa longue trentaine, huit grossesses, dont une gémellaire : en 1734, 1736, 1737, 1738 (deux jumelles), 1740, 1741, 1743, 1744. Puis, parvenue à 41 ans, âge modal des mères au dernier enfant dans tant de nos villages non malthusiens d'autrefois, cette bonne reproductrice cessa très normalement de procréer. Edme avait alors 54 ans, âge auquel tant de maris déjà s'encroûtent. Jusqu'à ce point, tout est dans la norme du siècle, on peut même dire des siècles de la démographie d'Ancien Régime. Et, par exemple, Barbe, en mettant ses bébés en nourrice, ne cédait pas à un caprice de femme riche ; ménagère, jardinière, cuisinière, éleveuse, abattant ainsi une énorme besogne à la ferme de La Bretonne, elle se reposait sur d'autres femmes, puisque ses moyens le lui permettaient, du soin si coûteux pour elle, en termes d'heures de travail, d'allaiter ses petits[18].

Dès qu'on change de registre, cependant, et dès qu'on s'intéresse dans le foyer fondé par Edme aux problèmes de mortalité, on voit cesser la banalité modale qui caractérisait nuptialité et fécondité rétiviennes ; et s'affirmer des spécificités d'avant-garde. Sans être pour autant exceptionnelle au XVIIIe siècle, la mort tardive et différée des Rétif apparente cette famille au comportement des larges élites, et non plus à celui de la masse traditionnelle. Sur dix-sept enfants d'Edme, en deux lits, trois seulement sont morts avant l'âge d'un an révolu[19]. Soit une mortalité infantile relativement basse pour l'époque et pour la France, mais pas négligeable. Bien plus frappante est l'absence presque totale de mortalité juvénile entre 1 et 20 ans, alors que celle-ci, dans la France de Louis XIV, et dans plus d'une région, pouvait atteindre facilement

200 ou 250 ‰. Dans le lot des enfants d'Edme, mettons à part le cas de Charles Rétif (1743-1760), clerc chez un notaire parisien, puis soldat au régiment d'Auvergne, et tué en Hanovre à 17 ans. La disparition de ce Charles intéresse en effet une mortalité de type militaire. Son dossier étant ainsi mis de côté, le seul exemple de mort naturelle qui relève de la mortalité juvénile, parmi les dix-sept enfants des deux lits, concerne Jean-Baptiste Rétif (1740-1755) mort à 15 ans. Chez les Français du temps du Grand Roi, il fallait deux enfants pour faire un homme (ou une femme)[20] ; chez les Rétif, avec dix-sept bébés, on fabrique une douzaine d'adultes ; la durée de vie moyenne de ces dix-sept individus sera de 50 ans : 62 ans pour le premier lit, 40 ans pour le second.

Ces performances remarquables sont intéressantes ; probablement typiques des réussites *optimales* obtenues par les familles de laboureurs ; réussites qui, sans être toujours aussi brillantes que celle d'Edme, contribuent pour leur part à l'essor démographique du xviiie siècle. Faut-il inscrire ces performances à l'actif de la médecine du xviiie siècle ? Ce n'est pas sûr. Sacy sans doute honorait particulièrement sa sage-femme, dont nous ignorons le niveau d'incompétence : elle était la bonne mère, entourée d'une *tendre vénération*, de déférence et de respect par ses concitoyens[21]. Quant à la *vraie* médecine, estampillée par la Faculté, *nenni*. Les Saxiates (incultes ?) sont appuyés sur ce point par Edme le Nitriote : soi-disant éclairé, il se montre, en fait, aussi moliéresque à l'égard des médecins qu'il l'est vis-à-vis des femmes. Sacy, comme Nitry, refuse Esculape. Dans une conversation d'argent avec sa femme, Edme voulait que ses enfants fissent des économies, fussent-elles de bouts de chandelle, en s'exemptant tout à fait *de la confiance aux remèdes et aux médecins*[22]. Sans doute la médecine a-t-elle joué un certain rôle dans la réduction de la mortalité au premier xviiie siècle ; mais cet impact médical est plus net au niveau des hautes élites, telles que les familles princières (dont le comportement démographique et médical a été étudié par les démographes anglais, et illustré par Saint-Simon[23]), que dans les milieux paysans ; parmi ceux-ci, en basse Bourgogne du moins, les préjugés antimédicaux, stupides ou fondés, paraissent continuer à l'emporter. En fait, si la mortalité des Rétif, et de nombreux autres paysans aisés ou *développeurs*, s'est réduite au xviiie siècle, c'est probablement, toute question de médecine étant mise à part, à cause de meilleures habitudes alimentaires, et plus généralement du fait d'un niveau de vie et d'un mode de vie devenus quelque peu supérieurs au mode et au niveau passés. Nicolas Rétif en était persuadé, qui pensait que la forte mortalité des enfants de paysans désargentés, dans son pays natal, tenait à ce que les parents, par avarice, pauvreté ou ignorance, élevaient leurs rejetons *dans le besoin*[24].

De fait, les études de la regrettée Micheline Baulant[25] sur la campagne de Meaux et celles de Christian Pouyez[26] sur les villages de la région lilloise ont bien montré que la mortalité infantile et juvénile s'avère moins élevée parmi les progénitures des laboureurs que dans celles des manouvriers. L'indice, à coup sûr, est décisif : en l'absence d'une révolution pastorienne comme celle qui sauve aujourd'hui beaucoup d'enfants du Tiers Monde, les modifications et les dénivellations du niveau d'existence et de nourriture *faisaient la différence*, pour les mortalités, d'une couche sociale à une autre, et d'une période historique à la suivante.

Heureusement, nous sommes assez bien renseignés sur l'alimentation de ces Rétif qui mouraient tard et qui mouraient peu ; nous sommes renseignés aussi sur la nourriture de leurs congénères moins favorisés. Monsieur Nicolas, dans *L'École des pères*[27], décrit la précarité de la vie des paysans pauvres, ou, comme il dit, des « non-aisés » : ces gens-là ont coutume de manger *du pain d'orge ou de seigle, une soupe à l'huile de noix ou de chènevis* (l'huile de noix, et au pire de chanvre, semble effectivement avoir joué un certain rôle comme fond de cuisine, parmi les ruraux dépenaillés de la France médiane, dans des provinces telles que la Bourgogne, l'Auvergne et l'Anjou[28]). *Une mauvaise boisson*, ajoute Nicolas, *voilà tout ce qu'ils ont, en outre, pour entretenir une vie condamnée à un travail rude et continuel.* On voit comme il serait déplacé d'accuser sans cesse notre auteur d'idylisme à l'eau de rose… Rétif, en revanche, est fort conscient du fait que les paysans aisés, qui constituent une minorité, mais non négligeable, fût-elle mal logée, de la population, mangent assez correctement, ce qui constitue un facteur intéressant pour la diffusion, dans les masses, de meilleures habitudes alimentaires. À cinq heures du matin, moment du déjeuner[29], avant de partir pour la charrue, le maître, ses fils et ses ouvriers avalent *une soupe au bouillon de porc salé, cuit avec des choux ou des pois ronds, jointe à un morceau de ce salé et une assiettée de pois et de choux* (choux et petit salé ou choux au lard, c'est du reste, également, le repas habituel – n'exigeant qu'un pot et une assiette par jour, et une voisine pour laver cette assiette – qu'ingurgite un curé de campagne, fort austère il est vrai, que décrit occasionnellement Nicolas). Ce déjeuner des aurores, absorbé par les laboureurs, peut aussi se composer – à défaut de lard, ou les jours de maigre – *d'une soupe au beurre et à l'oignon suivie d'une omelette ou d'œufs durs, ou d'herbages* [herbes de jardin]*, ou de fromage blanc assez bon.* Par la suite, les repas sont plutôt des dînettes. D'abord le dîner, dont l'heure est assez variable (pour les laboureurs, ce dîner est matinal, et souvent pris en plein champ ; il intervient à huit heures les jours d'œuvre, et à dix heures le dimanche ; il correspondrait donc à ce que les paysans et ouvriers d'aujourd'hui appellent le casse-croûte, qui coupe la matinée[30]). Le repas suivant, pour les laboureurs toujours, est le goûter, qui se situe à midi[31]. Nous ne sommes pas toujours bien renseignés sur le contenu de ces deux repas, nous savons tout de même que le dîner ou le « dix-heures » d'un enfant Rétif – qui garde, aux champs, du blé qu'on a étendu sur des draps pour sécher – comporte une soupe au lait et un œuf frais[32]. Quant à l'ensemble dîner-goûter des laboureurs, tel qu'il se prend *en automne, dans le temps de la semaille des blés, et au printemps où l'on est à la charrue jusqu'à quatre ou cinq heures*, il se compose apparemment *de pain, de quelques noix, et un morceau de fromage blanc pour le goûter, un demi-setier de vin chacun dans une bouteille d'osier avec une bouteille de terre pleine d'eau parce que le grand air altère beaucoup*[33]. Une partie précieuse de ce pain et de cette eau va du reste aux chevaux : *à midi, heure du goûter, avant de donner l'avoine à leurs chevaux*, les laboureurs de Sacy *versaient de l'eau de leurs bouteilles dans leurs chapeaux, y mettaient du pain, et en faisaient une espèce de soupe à ces animaux pour les rafraîchir* ; ensuite, les chevaux broutaient le foin et l'avoine, et pendant ce temps, leurs maîtres, *un piochon à la main, cassaient les mottes, les épierraient tout en mangeant leur gros pain noir*. Le goûter (à l'heure de ce que nous appelons, nous, le déjeuner) est donc frugal et studieux : on y casse la motte d'une main et le pain d'une dent ; le tout à peine égayé d'un peu de fromage et de quelques noix.

La frugalité (éventuellement plus « protidique », quand même, que lors des dînettes antérieures) reste encore de règle au troisième ou quatrième repas, celui du soir : ce souper a lieu, censément, *à la fin du jour en été, à huit heures en hiver*. Une sobriété bas-bourguignonne y semble de règle. Edme Rétif, comme maître de maison, est en principe l'homme le mieux nourri et le mieux abreuvé parmi les travailleurs de son domaine ; il est pourtant renommé pour son petit appétit tout comme ses grands fils ; il se contente le soir, à souper, *d'un seul œuf frais et d'environ quatre onces de pain*, le tout corsé de deux verres de bon vin vieux. Dans les occasions un peu plus relevées, le souper peut être momentanément substantiel : Nicolas rencontre un jour, chez eux, trois familles de suitiers, petits exploitants qui se sont associés pour faire une charrue de trois chevaux. Il les trouve réunis, *à se régaler pour la fin de leurs semailles*. Ils ont donc pour souper du petit salé [34] (lard) *arrosé d'une grande cruche de vin qui est devant le feu*. Veulent-ils mettre les petits plats dans les grands à l'occasion du passage du fils d'Edme, lui-même ami et protecteur de leur maison ? Ces gens servent alors, pour lui et pour eux, du boudin et du porc frais [35] *(Femme, apportez le boudin)*. La différence sociale, dans ces mangeailles de suitiers ou de riches, lesquelles sont à base indifféremment d'œufs ou de petit salé, tient à la couleur du pain : noir, chez le petit exploitant ; blanc, au contraire, chez Edme Rétif, pour toute la famille, domestiques compris, car *le son un peu gras est nécessaire aux chevaux, aux vaches laitières, aux porcs qu'on engraisse, et même aux brebis lorsqu'elles ont agnelé* [36]. On ne saurait mieux dire que, dans le nord de la France, le pain blanc a été non seulement un luxe effectif de consommation ostentatoire, mais également, dans les grosses fermes, le sous-produit d'un sous-produit : en d'autres termes, ce pain blanc résulte de l'utilisation du son comme aliment de bétail, au titre d'un développement de l'élevage (notamment porcin) pendant le XVIIIe siècle.

Au niveau des riches ruraux, que typifie la famille Rétif, l'impression est donc d'une nourriture en viandes correcte, mais nullement surabondante. Nourriture lentement mastiquée, car le paysan, nous dit Rétif, est aussi lent au manger qu'il l'est au parler et au marcher. (Il faut bien, n'est-ce pas, au moins dans le cas de cette dernière activité, limiter son effort et l'économiser, quand on se déplace dans les champs, avant d'arriver au lieu de travail, souvent très éloigné du domicile !)

Après ces notations descriptives, on tâchera, bravement, de quantifier : dans *La Femme du laboureur*, où Nicolas met son père en scène[37], celui-ci chiffre la consommation carnée des gens de la ferme de La Bretonne à 4 porcs par an, dont chacun donne 120 livres (60 kilos) de chair (sans les os) ; plus 10 vieilles brebis, qu'on mange aux vendanges, à raison de 20 à 25 kilos de viande par brebis ; plus de 5 livres de viande de bœuf ou de vache par semaine. Soit au total un maximum de 600 kilos de *chair* par an, à répartir entre les 22 personnes qui mangent en permanence à La Bretonne, auxquelles s'ajoutent, ne l'oublions pas, de nombreux travailleurs saisonniers, fort gourmands de viande, notamment pendant les vendanges. La ration *maximale* possible pour les *permanents* du domaine[38] (membres de la famille et domestiques) serait, dans ces conditions, de 27 kilos de viande par personne et par an, soit deux fois moins qu'à Paris en 1789, et que dans les pays développés actuels. Encore faut-il noter qu'une grande partie de ces viandes se présente sous la forme de lard et se trouve donc plus riche en lipides qu'en protides.

À cette ration de chair, on doit, il est vrai, ajouter les œufs (un œuf par personne et par jour à la belle saison, soit environ 182 œufs par an et par tête), les laitages (il y aurait une vingtaine de vaches[39] à la ferme : elles permettent d'alimenter le personnel, et aussi et surtout les enfants ; elles dégagent en outre, par les ventes sur le marché, un revenu monétaire de 936 livres tournois par an[40]).

La ration en viande, œufs et laitage, sans être aussi importante que de nos jours – il s'en faut de beaucoup –, est donc suffisante pour protéger les enfants et les ouvriers de la ferme contre les carences alimentaires les plus graves. À cela s'ajoute, dans le cadre, toujours, du domaine de La Bretonne, un flux relativement adéquat de vitamines. Quand Edme Rétif revient du travail[41] tout en sueur, Barbe, son épouse, lui donne immédiatement *un grand gobelet d'argent plein de vin* et, en outre, *les rafraîchissements*

qu'il aimait, en laitage et en fruits : car cette bonne jardinière
était parvenue au bout de quelques années de mariage à avoir
chez elle tout ce qui peut flatter le goût en fruits, comme fraises,
framboises, groseilles, citrouilles, melons, poires, abricots,
mûres, pommes, châtaignes, beaux fruits à cuire… Et toute l'année on mangeait, à dose sans doute moindre qu'on ne ferait
aujourd'hui, mais tout de même avec régularité, de la salade assai-
sonnée avec l'huile de noix[42].

Le relatif développement des jardins au XVIIIe siècle, chez de
riches villageois tels que les Rétif, reste sans commune mesure avec
ce que nous connaissons en notre époque ; il pallie quand même certaines carences en vitamines A et C ; au détriment des divers types
de mortalité ; au bénéfice des gens de la famille, et des domestiques
commensaux. Pas besoin de révolution agricole « totale » pour
cela : on sait que la *jardinomanie* des XVIIe et XVIIIe siècles, bien antérieure à l'agromanie, témoignait (par-delà les livres et les almanachs
fertiles en données quant aux semailles de légumes) sur un progrès
lent, multiséculaire, effectué en profondeur ; le XVIIIe siècle, c'est
le cas de le dire, en recueillera les premiers fruits.

Villes et bourgeoisies, avec leur goût croissant pour les fruits et
légumes, modifiant les habitudes alimentaires, commençaient à
déteindre sur les campagnards les plus évolués qui, tels Edme et
Barbe, avaient contacté la vie urbaine dans leur jeunesse. Nicolas,
du reste, ne cache pas ses indigestions (rurales, elles) de mûres, ou
fruits de la ronce, dont il se rafraîchissait la bouche à toute occasion. Quant à Barbe Ferlet, les jours de cuisson du pain (deux journées par semaine), elle fabrique des tartes aux épinards pour sa
famille, et aux poireaux pour le personnel, des fouaces brûlantes au
beurre et à la pâte levée pour les ouvriers de vigne ; et des *galotes*,
à la pâte de lait, pendant la fin du printemps, pour les faneurs[43].

Née dans un milieu de vignerons ouverts au changement, puis
bonne à tout faire de maison bourgeoise, Barbe Ferlet a peut-être
vécu quelque temps à Paris. Elle est devenue petite-bourgeoise
elle-même ; et enfin riche fermière. Elle n'est pas seule de son
espèce, bien sûr : quantité d'autres jeunes femmes ont adopté
l'état de servante urbaine, qui constitua pour elles une vocation
transitoire avant le retour à la terre. Elles ont rapporté dans leur
village un zeste des mœurs de l'élite, même basse : cette accultu-

ration a eu aussi un impact démographique, par l'amélioration qualitative des menus. Ce qui ne veut pas dire, on s'en doute, que tous les paysans bourguignons du XVIIIᵉ siècle se nourrissent comme des princes, ni qu'ils mangent à volonté du melon et de la tarte aux épinards, celle-ci tellement riche non pas en fer (quoi qu'en pense Popeye), mais en oligo-éléments, et en vitamines point détruites par la cuisson. Notons que non seulement la famille presque embourgeoisée du gros fermier mais aussi les ouvriers de son domaine profitent de tels menus, enrichissants, nourrissants. On en dira autant de l'habillement rustique, chez les Rétif, et chez les Saxiates. Il demeure, sans aucun doute, beaucoup trop léger, perméable au froid. Nicolas note quelque part, comme un fait coutumier, que les paysans et dépendants de sa pourtant riche famille, *trop légèrement vêtus de toile*, apprécient d'autant plus, en hiver, le grand feu de reculée qui éclaire leur veillée du soir à coups de *bourrées de branchages de chêne, de javelles, de sarments de vigne, et de bâtons de charbonnage*⁴⁴. (On note le manque de vraies bûches, consécutif à la déforestation du XVIIIᵉ siècle.) Edme le patriarche, lui-même, est vêtu en semaine d'une culotte de peau et d'une longue blouse ou gannache de toile grise ; il ne troque ces défroques que le dimanche contre *son habit de drap d'Elbeuf, sa cravate de mousseline, et sa chemise à boutons d'argent*⁴⁵. Mais là aussi, et pas seulement le dimanche, on s'éloigne lentement du modèle Le Nain, et des habits rapiécés : quand un jeune Rétif se rend (à pied) à Paris, c'est *en sarrau de toile grise, en guêtres, sans bas, chaussé de souliers à triple semelle garnie de clous, et sac au dos. Dans ce sac, sont six chemises grossières, quelques cravates, des mouchoirs et des bas de fil pour les dimanches* ; ou encore, en une autre occasion, toujours dans son sac à dos, mais dont on précise cette fois qu'il est *en peau de chèvre à l'épreuve de la pluie*, le jeune homme emporte un rechange composé *d'un habit propre, deux vestes, deux culottes, huit chemises, plusieurs paires de bas*. Et sa mère écrit à Nicolas-Edme une fois qu'il est arrivé ou installé à Paris : « *Mon Edmond, je t'envoie des chausses de filoselle, avec des culottes de fort-en-diable, deux vestes et l'habit de baracan pour te faire brave les dimanches et fêtes.* [...] *Je t'embrasse de tout mon cœur. Ta mère. Barbe.* » Bien aimer son enfant, pour cette paysanne frottée de ville, c'est donc l'habiller avec soin. Barbe Ferlet la maîtresse femme s'oppose, de ce point de vue, à feu sa belle-mère, Anne Simon, la tendre souillon, comme Greuze s'oppose à Le Nain.

L'habillement nous ramène à l'hygiène, c'est-à-dire à ces problèmes de mortalité différentielle dans le *trend* et dans la strate qui sont posés invinciblement par l'ethnographie des Rétif. Nicolas est étrangement discret sur les problèmes de toilette et d'ablutions personnelles. On soupçonne que sa tribu se lavait peu : elle dégageait une odeur spécifique qu'un médecin de l'époque aurait reniflée avec délectation comme *un parfum agréable dans l'homme qui se porte bien*[46] ; le même médecin considérait, du reste, que les riches (qui, pour des motifs de séduction plus que d'hygiène, commençaient dès cette époque à se mieux laver, et donc, en fait, à mieux se porter) *cherchaient, en se nettoyant de la sorte, à anéantir l'odeur mâle* [...] *au nom du luxe et de la mollesse*[47].

Nettement situés d'un point de vue social dans *le gratin mal lavé*[48], les Rétif avaient tout de même le singulier mérite de changer de linge (deux servantes étaient préposées au raccommodage et à la lessive) ; ils se tenaient, de la sorte, à l'abri de la vermine dont étaient menacés les paysans les plus pauvres, en basse Bourgogne[49]. En somme, à mi-chemin des vermines du misérable et de l'hygiène déjà rationnelle du riche, les Rétif campaient dans leur *mâle* odeur de terroir ; ils se qualifiaient parfaitement comme ce pour quoi ils souhaitaient qu'on les prît : des hommes de la classe moyenne.

À défaut d'ablutions, le changement de linge est en effet l'une des bases, fragile encore, de leurs sommaires soins de toilette. Quand Edme rentre, pendant l'hiver, d'une de ses tournées de receveur de seigneurie, Barbe lui prépare, en guise de pantoufles, des sabots pleins de braise, qui lui seront tièdes aux pieds, avec, en plus, un verre de vin chaud[50]. Mais quand le maître retourne, en nage, de ses moissons, elle lui met de côté *du linge à changer, s'il est en sueur*[51] ; *elle l'oblige à prendre une autre chemise, une veste*. Quant aux deux servantes de la ferme[52], *leur maîtresse les charge de raccommoder le linge et les hardes des hommes*. Nous ne savons rien du détail de la lessive même ; mais il est hors de doute que Barbe manifeste un souci de propreté du linge, bien supérieur à ce qu'on aurait trouvé cent ans plus tôt. En un autre domaine encore, on saisit, en plein effet, la relative hygiène des Rétif et de leurs semblables. Selon un lieu commun, fort répandu dans l'actuelle historiographie médicale[53] (voir aussi, dans le même ordre d'idées, le roman, absurde sur ce point, de Patrick Süskind intitulé *Le Parfum*), les paysans de la seconde moitié du XVIIIe siècle dormaient, souvent, parmi la promiscuité des couchages, sur des paillasses souillées de déjections par les malades, etc. Or, dans la famille Rétif à tout le moins, il n'en est rien : l'enfant Nicolas pissait au lit jusqu'à l'âge de 12 ans ; il essuyait, à ce propos, les quolibets des autres garçons, mais il recueillait aussi, par chance, la compréhension gentille, sympathique, éclairée, de ses grandes sœurs. Et il n'était pas question qu'un autre enfant dormît en sa compagnie ou après lui dans une couche humidifiée de la sorte[54] : cet interdit n'était nullement considéré comme exceptionnel, ni comme particulièrement progressiste. C'est la preuve, s'il en était besoin, que les notions *modernes*, sur l'hygiène du lit ou de la paillasse, avaient déjà quelque peu pénétré au fond d'une province et dans un milieu de riches laboureurs ; il est vrai que les paysans ignorants, sales et frustes de Bretagne ou du Poitou, tout comme les plus pauvres parmi les ruraux de basse Bourgogne, continuaient, eux, possiblement, à coucher, nous dit-on, dans les immondices du voisin.

Viande, vitamines, hygiène du linge et du lit, tels seraient en somme les facteurs visibles qui expliquent, au moins partiellement, la démographie heureuse des Rétif et de leurs homologues. En fin de compte, à l'arrière-plan de tout cela, c'est bien une acculturation à base lointaine d'urbanisation et même d'embourgeoisement qu'il faut mettre en cause, en plein environnement de « chlorophylle » bas-bourguignonne. L'intervention médicale directe, elle, reste l'apanage des élites supérieures ou très supérieures ; elle ne daigne pas descendre jusqu'à notre strate locale de riches laboureurs : ils récusent la « Faculté ».

En vertu de l'imitation intersociale[55], les Rétif et assimilés ont eu des imitateurs, même imparfaits, parmi les laboureurs de leur voisinage, moins aisés qu'eux. Ce fut autant de gagné pour l'amélioration du sort de tous, et pour la survie des enfants. Parangons des vertus rurales, Edme et Barbe sont aussi pour leurs concitoyens des modèles que l'on s'efforce de copier.

Quand les jeunes survivent, leurs parents doivent les caser, ou les aider ou les pousser à se caser. Edme Rétif, justement, a les ambitions de sa démographie. Père de famille nombreuse et d'enfants durables, il est affamé, pour sa progéniture, de mobilité géographique et, si possible, d'ascension dans la société. Le domaine familial, à son gré, n'est l'exutoire que d'un des fils. Les autres fils et les filles doivent s'établir ailleurs ; et pourquoi pas à Paris ? Cette ville, en effet, selon le patriarche Edme, participe à la fois, fort heureusement, de l'ancienne et de la nouvelle alliance : elle a *davantage de religion* [sic]*, mais aussi davantage d'égalité, de santé* (?)*, de science* que les autres cités, et puis Edme, de toute manière, est hostile aux petites villes de province ; il y suffit, en effet, à l'en croire, de quatre ou cinq gros manitous, magistrats, nobles, titulaires d'offices, pour que soit piétiné ou méprisé tout le reste de la population urbaine[56]. *Paris, mes enfants, ou notre village ; mais plutôt Paris que notre village.* Fruit sec de l'exode rural, Edme est ambitieux, pour ses enfants, de cette carrière parisienne qu'il avait lui-même ratée pendant sa jeunesse. Est-il typique de ces milliers de pères de famille qui, pour le meilleur et souvent pour le pire, incitèrent leurs rejetons, sous Louis XV, à s'établir à Paris ? Je l'ignore. Une chose est certaine : les enfants Rétif se sont conformés, dans l'ensemble, aux modèles de mobilité géographique que leur proposait le chef du foyer, dans ses conversations du soir au coin du feu. Ces enfants mobiles ne faisaient du reste en cela que s'ajuster aux *trends* originaux du XVIIIᵉ siècle ; les temps nouveaux, à la différence du XVIIᵉ, poussent en effet un nombre assez considérable de jeunes gens à s'établir en mariage hors de leur paroisse. Sur quatorze enfants Rétif dont on peut suivre sommairement les carrières (j'inclus parmi eux Edme Boujat, bâtard de Barbe, et demi-frère de Nicolas), un seul est totalement demeuré enraciné dans son terroir, c'est Pierre Rétif (1744-1778), « laboureur et marchand », successeur d'Edme au domaine de La Bretonne. Cinq (dont quatre filles et un ecclésiastique) se sont établis dans les villages ou dans les bourgades de la région de Sacy, pour y « épouser » le secteur secondaire (tonnellerie, taillanderie) ou tertiaire (enseignement des petites écoles, cure de campagne, gouvernement d'une maison de curé, ou commerce). Huit enfants, enfin (dont quatre garçons, lesquels bénéficient de la mobilité géographique des mâles, à plus long rayon d'action), sont allés tenter fortune à Paris ou dans la région parisienne : cinq n'en sont pas revenus, soit notre Nicolas, typographe métamorphosé en grand écrivain, un chirurgien, deux épouses (une de bijoutier, une de pâtissier) et une sœur de charité ; deux autres, soit une femme de cocher retourné à la terre et un régent des écoles, sont revenus dans la région d'Auxerre, ou à Sacy même ; l'ultime enfin, qui fut clerc de notaire à Paris, est mort à l'armée.

On est là dans un milieu social et familial dont l'effervescence géographique est très forte. Mais, même minoritaire, par rapport au comportement de la population globale, cette effervescence n'a rien d'atypique (qu'on songe à l'immense mouvement d'émigration vers Paris qui se fait jour dans les *openfields* du Bassin parisien, depuis le XVIe siècle jusqu'au XVIIIe, et plus tard…). Fait remarquable, cette mobilité se réalise non pas contre le père, mais en accord avec lui ; et même conformément à ses vœux, qui sont des ordres (on retrouvait, il y a peu, des structures analogues dans un pays comme la Corse, à fortes tendances émigratoires). Tous les migrants Rétif se sont détachés définitivement (ou, dans un cas d'échec, temporairement) de l'agriculture. Aucun – même l'écrivain, dont l'immense talent ne sera reconnu à sa juste valeur que bien après sa disparition – n'a connu de réussite remarquable. Aucun n'a retrouvé en ville, ou en bourgade, l'exceptionnelle situation morale du père, cacique reconnu en sa communauté campagnarde. L'exode rural, on le sait bien, est créateur de frustrations. Du fait de cet exode, le migrant peut s'élever d'un cran dans l'échelle sociale, en passant de la campagne à la ville. Il se retrouve quand même, à la première génération de mobilité, aux niveaux bas ou moyens de la pyramide urbaine ; alors que son père tenait le haut du pavé dans la paroisse d'origine. Voilà pourquoi, comme l'a ressenti Edme et discerné Nicolas, les plaisirs du statut finissent, dans la grande ville, par céder la place aux revendications de l'égalité ; elles-mêmes sous-tendues par la nostalgie communautaire de la grande tablée familiale et des fessées paternelles[57]. Nicolas Rétif, à ce point de vue, n'est pas tellement éloigné de Rousseau, même si Edme Rétif, on s'en serait douté, n'est pas Mademoiselle Lambercier.

Reste à voir précisément la structure de cette tablée rurale ou plus généralement du *groupe domestique*. Dans le monde paysan, tel que le décrit Rétif, la famille, c'est toujours plus que la famille. Bien entendu, Peter Laslett[58] a été heureusement inspiré quand il a dénoncé le mythe de la famille élargie et patriarcale, qu'on avait conçue, à tort, comme la forme dominante de la vie rurale du temps jadis. Mais la *famille nucléaire* elle-même, statistiquement réduite à quatre ou cinq personnes, était inadéquate aux besoins du labourage et aux nécessités d'une vaste exploitation agricole digne de ce nom. Prise au pied de la lettre, la *nucléaire* constituerait à son tour un autre mythe, dans lequel, hélas, ont donné bien des démographes, piégés par les listes nominatives. En fait, au niveau des petits exploitants, quand une famille était trop pauvre pour s'offrir à elle toute seule le luxe d'une charrue, elle s'associait, comme on l'a vu[59], avec deux, trois ou même quatre autres foyers de suitiers ; ils fournissaient de la sorte, bêtes, hommes et outils réunis, l'attelage qui permettait de labourer les champs des uns et des autres. Les enfants, ou *suitons*, des différentes familles ainsi groupées se mettaient, chacun son tour, pour certaines journées de la semaine, au service de la *coopérative*, afin de conduire les chevaux : pendant ce temps, le chef d'une famille nucléaire, ainsi remplacé par son enfant, et revenu à l'intimité de son *feu* réduit, battait son grain ou taillait ses vignes[60]. Des buvettes, ripailles et festivités réunissaient, à la fin des semailles ou au terme d'autres grands travaux, tous les membres d'un groupe de suitiers.

Plaçons-nous maintenant au niveau d'une grosse ferme comme La Bretonne (assez typique, avec sa cinquantaine d'hectares, de la moyenne des *grandes* exploitations françaises au XVIIIe siècle). Le groupe domestique s'y révèle, *a fortiori*, plus étendu que la famille nucléaire. À La Bretonne, ce groupe se compose d'une grosse vingtaine de personnes, dont : le couple des parents ; une bonne dizaine ou douzaine d'enfants (les plus grands s'étant déjà « envolés du nid ») ; enfin, les domestiques et servantes. La hiérarchie des enfants est naturellement marquée par l'âge, qui détermine le rang à la table du souper ; quant aux domestiques, les plus prestigieux sont les garçons de charrue, par ordre d'ancienneté ; viennent ensuite les vignerons, qui sont ouvriers de vigne au moment de la végétation du cep, et batteurs de grain à la saison

froide ; enfin, pour conclure quant au *pecking order* de La Bretonne, aussi réglé que l'emplacement du tabouret des duchesses à
la cour de Louis XIV, la hiérarchie domaniale met en bout de liste
et à la queue leu leu *le bouvier, le berger et les deux servantes.*
Diverses coupures organisent par ailleurs cette microsociété, décidément divisée ou écartelée comme un blason. Division hommes-
femmes : Edme tutoie ses fils et ses ouvriers mâles, il est tutoyé
par eux. En revanche, il vouvoie son épouse et ses filles ; et réciproquement. On trouve aussi une gradation éthique des tâches :
dans l'échelle des valeurs morales, les garçons de charrue, caporaux de l'escouade des ouvriers de ferme, sont considérés comme
de mœurs plus pures[61] que les vignerons ; eux-mêmes supérieurs
en vertu aux jeunes ouvriers qui ont affaire au monde animal ;
parmi ceux-ci on rencontre d'abord les bouviers ; puis, tout en bas
de la cascade de méfiance, les bergers, suspects de sorcellerie et
de grimoire[62] ; ils ont « encore moins de candeur et d'innocence »
que les bouviers. Il y a donc une bonne et une moins bonne nature,
quand on *descend* des blés à la vigne, celle-ci pourtant si pénible
à mettre en œuvre ; puis des spéculations végétales aux animales ;
et, pour finir (dans l'ordre inverse de la chronologie préhistorique
et historique de la domestication, voire de l'attelage), quand on
tombe du cheval au bœuf, et du bœuf au mouton.

Cascade des mépris (ou de l'estime décroissante) :
métiers qui ont affaire

aux grains à la vigne	aux productions végétales	au cheval de labour
	aux productions animales	aux bœufs et vaches aux moutons

Tout en bas de l'échelle des mérites proposée par Rétif, qui sur
ce point se fait l'écho des bonnes gens de son pays, on trouve
enfin les servantes, chargées de *raccommoder le linge et les*
hardes des hommes, lesquels jouissent tous, sans exception, d'un
prestige supérieur à celui des ouvrières à la ferme.

Un signe alimentaire décisif, la consommation du vin, crée une troisième différenciation des statuts. Edme à 20 ans ne buvait encore que de l'eau et du lait ; il boit du vin depuis qu'il est patron ; les enfants, les jeunes gens ne boivent pas de vin ; les jeunes femmes, même en couches, sont maintenues elles aussi au régime sec ; les mères de famille, une fois quadragénaires, obtiennent la permission de rougir un peu leur eau. Les ouvriers boivent de la piquette. Le vin, pourtant, bu sans excès, aurait été utile à ces villageois ; en lieu et place d'une eau souvent malsaine (voir l'exemple du Midi languedocien où les travailleurs de force et les femmes boivent régulièrement, de toute ancienneté, leur litre de rouge quotidien, et ne s'en portent que mieux). Mais nos bas-Bourguignons, chez qui l'abondance viticole est loin d'être aussi évidente qu'au sud de la France, préfèrent mettre de côté leur vin pour le vendre, ou pour célébrer la fin des moissons ; ou tout simplement pour se distinguer les uns des autres par l'usage du vin (patron), de l'eau (femmes et jeunes), de la piquette (ouvriers).

Même distinction savante d'un travail à l'autre : les enfants, tel le petit Monsieur Nicolas, s'occupent, avec le berger, des moutons ; et, personnellement, des abeilles ; *lorsque l'enfant a atteint l'âge de 7 ans, et au-delà, il peut dans la campagne être employé à de menus travaux qui n'exigent point de forces du corps*[63]. *On lui confie la garde d'une vache, de quelques bêtes à laine, il s'occupe à ramasser du menu bois, de l'herbe, à faire de légers fagots ; son corps s'accoutume peu à peu à se courber vers la terre ; il s'exerce à porter des fardeaux, il acquiert de la force et enfin à 15 ans ses mains peuvent utilement saisir la bêche et la houe. [...] À 20 ans, il est déjà laboureur ; à 25 ans, il se marie...*, lit-on dans un rapport de l'an XIII sur l'enfance rurale autour de Paris[64] ; or, il s'agit là d'une enfance ou d'une engeance dont le sort n'est pas très différent de celui qui attend les gamins de la basse Bourgogne. Quant aux serviteurs, on l'a vu, ils s'adonnent à des tâches clairement diversifiées, la plus noble d'entre elles étant le labourage. Edme lui-même, qui fait partie du groupe statutaire des laboureurs, met la main à la charrue, de bon matin ; et il en est fier ; alors qu'il ne travaille pas physiquement à sa vigne, et qu'il se borne à visiter celle-ci, tel un bon maître. Cette curieuse différence s'explique aisément ; dans toute la partie viticole, très étendue, du Bassin parisien, le travail de vigne est considéré comme de seconde classe, et comme plus pénible et avilissant que celui du labourage, qui, s'il n'anoblit pas son homme, du moins le dignifie[65]. Il existe, aujourd'hui, des gradations qui sont homologues à celles que pratiquait Edme Rétif : un gros exploitant actuel, par exemple, ne rougit nullement, bien au contraire, d'être vu en train de conduire son tracteur. Mais il fait biner ses betteraves par des saisonniers venus du Portugal ou du Maroc, tout comme Edme sa vigne par ses ouvriers vignerons.

Quant au travail féminin, il a lui aussi ses hiérarchies. Des deux servantes, simultanément chargées du raccommodage des hardes, l'une, en outre, aide les hommes à la vigne ; l'autre *a le gouvernement des vaches et de la laiterie*, travail qui, en effet, dans toute la tradition de la France bovine, est féminin. La vigne et la vache : les femmes, une fois de plus (voir le tableau ci-dessus), sont cantonnées dans des travaux spécifiques. Elles sont d'autre part soumises au pouvoir éventuellement très « directif » de leur maîtresse ; elle-même subordonnée à son seigneur et maître.

Les devoirs de la mère de famille sont lourds ; ils tiennent en quelques mots, parmi lesquels : nourriture. Les servantes, contrairement à toute notre tradition bourgeoise et petite-bourgeoise – déplacée dans ce milieu riche mais rustique de la basse Bourgogne –, sont déchargées du travail alimentaire et culinaire, vouées qu'elles sont à la vache, à la vigne et au linge. La maîtresse de maison, éventuellement assistée de ses filles, a sur le dos, ou sur les bras, toute la cuisine, le jardin et le verger (où ses enfants l'aident). Elle est d'autant plus surmenée qu'elle a encore à sa charge une partie au moins, non précisée par Nicolas, de l'alimentation des bestiaux. (Edme le patriarche, lui, ne s'occupe personnellement que des animaux supérieurs, chiens, chevaux, taureaux, qui, dans son estime, viennent immédiatement après les plus bas valets de ferme et les servantes, et avant les vaches, cochons, moutons, couvée et abeilles, confiés aux enfants bergers et aux ouvriers. Pour Edme, du reste, son épouse est à la fois une partie de lui-même et une sorte d'animal de compagnie de tout premier plan. N'affirme-t-il pas un jour qu'attaquer sa femme, c'est comme toucher à sa chienne ?)

Dans ce système qui est à la fois fortement hiérarchique et finement structuré, les problèmes de contestation des vieux par les jeunes, ou des patrons par les serviteurs, ou des hommes par les femmes, ne se posent guère. Sans doute la famille paysanne n'est-elle pas exempte de bagarres, entre maîtresse et servante[66], et de scènes de ménage, entre mari et femme. Le curé Meslier, qui, dans sa « paroisse », sondait les cœurs et collectait les potins, a noté plus d'une fois des épisodes de ce genre. Mais, en fin de compte, la culotte a le pas sur la quenouille. Nicolas Rétif, lui aussi chauviniste mâle, se moque des nobles ou des gros bourgeois parisiens qui laissent dire à leur tablée par un domestique (preuve incontestable de féminisme urbain[67], facilité il est vrai par les tâches culinaires auxquelles sont vouées les servantes) : « Madame est servie. »

Même s'il tend à s'effacer ou du moins à passer à l'arrière-plan[68], le modèle de la famille patriarcale – avec Edme Rétif comme *paterfamilias*, le ventre à table et le dos au feu, surveillant tout son monde – reste un *pattern* présent à la conscience paysanne. Nous savons du reste qu'Edme lui-même a vécu deux fois en famille élargie : sous son beau-père ; et puis sous sa mère. À la mort d'Edme, Barbe Ferlet relèvera le sceptre de l'autorité ci-devant paternelle, qui demeurera dorénavant, jusqu'à son décès à elle, en mains de femme : les enfants Rétif, dont l'un au moins coréside avec sa mère, s'interdiront, du vivant de celle-ci, de partager la succession. Ils se conformeront en cela à une coutume d'indivision bas-bourguignonne que les juges seigneuriaux, interprètes de la tradition, s'efforcent, avec plus ou moins de succès, de maintenir. Le matriarcat existe donc bien, mais il n'est jamais qu'un régime de transition entre deux règnes d'homme. Une régence.

Le pouvoir du riche paysan, quand il est chef de famille, s'exprime en particulier dans sa domination sur l'enfance. Nicolas Rétif a été un enfant heureux, en communion avec la nature, lié sans problèmes aux villageois et aux autres enfants de son village. Mais de sa plus jeune enfance, fortement tancée par son père, il garde le souvenir d'une aversion prolongée pour les hommes, et d'une complicité avec l'univers tendre des femmes : mère, sœurs, plus librement affectueuses que son père admiré, et que ses frères fouetteurs. À la génération précédente, d'Edme à Pierre, c'était bien pis : pour une esquisse d'amourette, non contrôlée par lui, Pierre battait jusqu'au sang son grand fils ; puis, pris de regret, il courait ensuite dans le potager afin d'y épancher les larmes de son remords.

Chez Edme, cependant, la pédagogie des récompenses et des peines est fortement ritualisée. Le patriarche ne bat qu'à tête reposée : le châtiment de l'enfant, surtout des fils (car c'est la mère qui bat ou généralement ne bat pas ses filles), n'intervient qu'une semaine après la faute ; et il peut faire l'objet d'un sursis. Mais il peut aussi aller jusqu'au sang, ou du moins *jusqu'aux marques durables*. Quant aux récompenses et aux louanges, elles vont à l'enfant comme policier des bêtes folles (quand il chasse le loup loin du troupeau ; ou les bœufs d'autrui, en goguette, hors du terroir). Ou à l'enfant comme bienfaiteur du pauvre et de la glaneuse, eux-mêmes représentants sur terre de Jésus-Christ.

Plus généralement, le patriarche est chez lui l'homme de la parole. Les veillées, les repas sont inondés par le flot presque ininterrompu de son discours, dont le débit est inversement proportionnel au volume de la chère (elle est convenable, mais pas surabondante). Pendant que la famille Rétif est ainsi sous le charme du verbe paternel, chacun s'active à ses occupations : les garçons *épointent les échalas*, les filles *taillent le chanvre, ou filent* ; la mère de famille *raccommode en écoutant*. Fatigué quelquefois, Edme passe la parole, pour un « interlude », à son épouse : elle évoque alors ses lectures (car elle est fort lettrée, au niveau d'une bibliothèque bleue et pieuse) ; elle raconte aussi quelques potins sur les femmes de sa famille.

Le quasi-monopole des mots détenu par Edme en son foyer ne lui est guère disputé : les ouvriers agricoles du domaine sont des Saxiates, silencieux comme des trappistes, qui n'ouvrent la bouche, à La Bretonne, que pour parler vigne, labours, moutons ou pièges à rats. Les enfants Rétif, comme il se doit, mangent en silence. Edme, dans ces conditions, remplit en quelque sorte, dans sa ferme, le rôle qu'y occuperaient aujourd'hui les médias. Il est simultanément l'animateur culturel ; le chroniqueur météorologique et commentateur de la conjoncture agricole ; l'émetteur-récepteur des nouvelles régionales, par lui captées à Auxerre, Vermenton et Noyers ; le lecteur infatigable de l'Ancien et du Nouveau Testament qui font de lui, comme il l'affirme gravement à sa famille, l'interlocuteur de l'Esprit-Saint ; il est aussi le diseur disert de la prière du soir ; le chanteur qui, à la saison des Noëls, entonne en famille les vieux cantiques tirés de l'imprimerie populaire. Son fonds verbal et musical lui vient pour une bonne part de la littérature bleue ou apparentée, représentée sur les rayons de ce qu'il serait exagéré d'appeler sa bibliothèque par une *Vieille Bible gauloise*, et par la *Grande Bible des Noëls de France*, en éditions pieusement conservées dans la famille ; elles remontent pour le moins au XVIIe siècle.

La religion du patriarche

Ce patriarche, un peu fouettard, est également prêtre en ses foyers. Sur ce point, pas d'équivoque. Nous sommes accoutumés aujourd'hui (disons plus précisément au XXe siècle d'avant Vatican II) à un modèle plus ou moins féminisé de religion, transmis par de pieuses dévotes ; tandis que l'homme des XIXe-XXe siècles, en sa civilisation laïcisée, demeure quelque peu indifférent, voire libre penseur… Mais au XVIIe siècle – et derechef, quoique dans une moindre mesure, au XVIIIe –, il n'en allait pas toujours ainsi [69]. La religion, et spécialement celle des ruraux, était aussi, et peut-être d'abord, affaire de mâles. Edme Rétif, à la maison, lit la Bible, chante les Noëls, ou dit à haute voix le Pater ; cependant que son épouse, à genoux sur le reposoir et menant de front la prière mentale et le ménage, bassine la couche conjugale, où doit bientôt reposer son époux.

Ce qui est vrai de la religion l'est sans doute aussi de l'éthique. Il semble bien, en effet – au moins dans le cas particulier de la petite région de basse Bourgogne décrite par Rétif –, que la grande époque d'austérité morale, spécialement sexuelle, qu'on rencontre au XVIIe et, avec une certaine atténuation, au XVIIIe siècle soit d'abord le fait d'un autoritarisme masculin : il est paternel ou fraternel, selon les cas. Une religion féminine eût peut-être été plus douce. C'est Pierre Rétif qui, en dépit des protestations timides de son épouse Anne Simon (« comme vous l'avez arrangé »), roue de coups son fils Edme, afin de lui rappeler qu'en dehors des noces précédées de l'autorisation paternelle, il n'est pas de théâtre licite pour la sexualité, même balbutiante, du jeune paysan célibataire. Quant à Edme Rétif, il inculque à ses enfants le goût d'une religion vétéro-testamentaire avec l'éthique de laquelle on ne plaisante pas (mais sa femme Barbe Ferlet, à l'orageuse jeunesse, représente dans la famille le principe caché du péché, dissimulé sous une dévotion tardive à base de lectures pieuses, effectuées à 30 ans passés). Les frères de Nicolas, enfin, battent notre futur auteur, tout jeune encore, à coups de trique, pour le seul plaisir de lui prouver que la morale ne se conçoit pas sans châtiment.

Sous-tendant cette éthique austère, il y a bien sûr une variété particulière de christianisme. Mais laquelle ? On a parlé, dans un livre excellent [70], du protestantisme d'Edme Rétif ; car il aimait la Bible, il *séchait* les offices et fêtes ; et, d'autre part, un certain Rétif avait été huguenot à Auxerre vers 1580. À ce compte, c'est quasiment la moitié de la France qui, à un moment ou à un autre, aurait été calviniste ! La vérité me semble plus complexe. En fait, dans la culture réelle de son époque et de son milieu, deux voies s'offraient à la religiosité d'Edme Rétif ; une fois de plus, du côté de Nitry et du côté des Dondaine.

Du côté de Nitry flottait encore, en plein règne de Louis XV, le souvenir du bon curé Pinard [71], qui, au début du XVIIIe siècle, laissait faire les jeux entre garçons et filles ; il tolérait les courses sur le préau, les danses, les luttes. Pinard admettait, avec le sourire, la mixité de l'école du village, contre laquelle déclamaient en vain quelques bourgeois bigots de Noyers, qui s'étaient établis dans la paroisse. La tradition Pinard était prolongée, en plus audacieux encore, par Messire Antoine Foudriat, devenu, lui, curé à Sacy ; en compagnie d'Edme, il s'était fait le civilisateur de ce village.

Né en basse Bourgogne, puis élevé au collège parisien de Sainte-Barbe, revenu au pays comme curé, Foudriat était trousseur de jupons, et néanmoins adoré de ses paroissiens et paroissiennes : ils se seraient jetés au feu pour lui et ils le soutenaient vis-à-vis de la prélature quand pleuvaient à son encontre les lettres anonymes vers l'évêché. Athée, matérialiste, disciple de Bayle, Foudriat était un autre Meslier ; mais décontracté, jouisseur et non communiste. Il tolérait, lui aussi, les jeux et les ris de ses paroissiens. Il considérait ses confrères demeurés dans l'orthodoxie comme des m'as-tu-vu, qui trompaient le peuple par leurs cuis-treries. Il ne faisait pas mystère de ses opinions anticléricales et même antichrétiennes, qu'il étalait librement, au cours de soupers, devant Edme et ses autres amis de Nitry[72]. Le sacerdoce, qu'il continuait à pratiquer en tant que gagne-pain, demeurait pour lui une besogne rémunératrice, en même temps qu'un moyen d'éduquer les campagnards et de les former à une éthique, plus que de les plier à une dévotion.

Edme aimait Foudriat, qui lui avait trouvé une épouse, et qui continuait à le soutenir, quand les paroissiens se plaignaient de ce que leur prévôt seigneurial délaissât l'assistance aux offices pour vaquer à sa judicature... Mais, en dépit de cette amitié mutuelle, le patriarche Edme, avec ses deux prières par jour, sa récitation autoritaire du catéchisme et ses interminables lectures publiques des livres saints, n'avait certainement rien d'un athée. La bonhomie du christianisme à la Pinard a pu lui sourire. Mais l'athéisme de Foudriat n'était pas son fort. En réalité, Edme, dans la personne de ses deux fils aînés du premier lit – Nicolas-Edme, curé de Courgis, et Thomas, clerc tonsuré, devenu régent des écoles –, était fortement sollicité par le modèle janséniste, que notre Nicolas, comme on a vu, considérait comme spécialement adapté à l'idiosyncrasie coriace, et qu'il fallait briser, des Dondaine. L'augustinisme du régent Thomas Rétif était brutal et fouettard. Les sermons du curé de Courgis se révélaient, eux, interminables : ils endormaient les auditeurs les plus pieux, et lassaient les vessies les plus tenaces. Mais louable, quand même, était la belle insistance que déployaient les deux grands fils d'Edme pour développer autour d'eux l'éducation paysanne ; une éducation de niveau bien supérieur à celle que distribuaient les régents sans conscience qu'avait connus notre petit Nicolas, qui ne faisaient la classe que d'un œil, tout en taillant le chanvre et en aiguisant les piquets de vigne. Thomas Rétif, lui, était fondateur d'écoles gratuites, mais non mixtes ; il faisait honte sans le savoir à Voltaire, à Rousseau et aux autres apologistes de l'ignorance campagnarde : il voulait que, par l'instruction, les pauvres accèdent aux lumières qui leur avaient d'abord été refusées par la fortune ; et qu'ils obtiennent ainsi, dès ce bas monde, l'équivalent de la vision béatifique dans

l'autre. Émouvante aussi était l'inépuisable charité du curé de
Courgis. Et strict, son ascétisme de curé rustique, nourri de lard et
de soupe aux choux. Les deux frères formaient donc un tableau à
la fois repoussant d'austérité et séduisant de piété, qu'Edme, fier
de son fils aîné qui se proposait comme modèle à la famille, n'était
pas mécontent de contempler parmi les siens. Aussi bien le
patriarche était-il, comme on peut s'en douter, fin politique. Il prenait garde de ne pas se brouiller avec les jésuites, propriétaires
d'une ferme à Sacy, et il donnait à leur père économe, quand
l'occasion se présentait, de judicieux conseils d'agriculture…
Mais, fondamentalement, Edme tenait à Port-Royal, car il était du
dernier bien avec le parti de Monseigneur de Caylus, évêque ultra-
janséniste du diocèse d'Auxerre.

Quelque peu détachée des pratiques fréquentes de la messe et
des sacrements, repliée au for familial sur la méditation personnelle et collective et sur la lecture des livres saints, tellement
orientée vers l'Ancien Testament qu'Edme, comme beaucoup de
jansénistes populaires ou même convulsionnaires, était devenu
personnellement philosémite, la religion de notre patriarche au
domaine de La Bretonne est marquée, c'est indubitable, par un
augustinisme de clocher, fort répandu en France pendant le second
quart du XVIIIe siècle.

Michel Vovelle a montré qu'à l'époque des Lumières, les voies
de l'indifférence et même de la déchristianisation rurale peuvent
passer par le détachement pur et simple (c'est le modèle qu'implicitement propose le curé Antoine Foudriat) ; ou bien par la simplification janséniste et antisacramentaire : celle-ci, dans le très
long terme, finit en effet par nourrir, elle aussi, le détachement,
dans la mesure où elle rapatrie la pratique religieuse, de façon graduelle, vers le cocon de l'intimité familiale et ménagère. Ces deux
modèles sont évidemment présents, pendant les années 1730-
1760, dans la basse Bourgogne des Rétif, tout comme ils le sont,
à la même époque, dans la Provence étudiée par Michel Vovelle.
Edme a peut-être hésité quelques instants à emprunter la voie des
sans-Dieu, que lui indiquait l'ami Foudriat ; puis, sous la pression
de ses grands fils, il s'est finalement rallié à une formule qui se
rapproche de l'intimisme jansénisant. En ce sens, Edme est bien,
de ce point de vue, fils de son siècle. Il est déjà *en voyage* ; il se

détache de la Contre-Réforme, qui peut-être n'avait jamais poussé des racines bien profondes en basse Bourgogne rurale. Il va, les yeux mi-clos, vers ce qui n'est encore que l'attitude janséniste du premier XVIIIe siècle, et vers ce qui sera, dans le droit-fil de ce qui précède, l'indifférence et la déchristianisation (masculine) des paysans de l'Auxerrois aux XIXe et XXe siècles.

On voit, en tout cas, grâce au témoignage de Nicolas, ce que peut être l'insertion culturelle d'une large famille paysanne, et de son chef. Non pas que toutes les familles de Sacy aient eu l'intensité de vie spirituelle (à base de Bible) et intellectuelle (à base de littérature bleue) qu'on rencontrait dans le clan Rétif. Mais les Rétif, dans le village, parce que Edme était juge seigneurial, parce qu'il était juste et bon, servaient de groupe de référence : les modestes suitiers n'hésitaient point à envoyer leurs fils à La Bretonne pour y faire un stage, afin qu'ils apprennent à piloter la charrue ; et aussi, afin qu'ils se pénètrent de petite instruction et de bonne moralité. *Chez Edme, on mange de la tarte aux épinards ; chez Edme, on acquiert des mœurs, et l'on se frotte de culture*. Telle semble avoir été, à divers niveaux de gourmandise matérielle et spirituelle, la maxime répandue parmi les Saxiates.

Le socialisme en famille

La famille Rétif a du reste servi de modèle... jusque dans la pensée utopique de son hagiobiographe. On sait que Rétif, tout comme Morelly et quelques autres, est l'un des précurseurs du « socialisme des nuées » qui commence à se manifester au XVIIIe siècle. Et l'on serait tenté de penser que l'organisation sociale et idéale de l'avenir qu'il a proposée dans *Le Paysan perverti* s'inspire des structures démocratiques de la communauté paysanne, fonctionnant dans le cadre global du village, telle que la vit opérer Nicolas en sa verte jeunesse. Cette communauté étant elle-même conçue par les historiens qui interprètent Rétif de cette façon comme l'héritière lointaine et plausible d'un « communisme primitif » (dont l'existence dans l'histoire ou dans la préhistoire est, en réalité, problématique).

Chez Rétif, dont le socialisme utopique est incontestable, le vrai modèle de l'utopie futuriste n'est nullement la communauté villageoise ; mais, bel et bien, l'étroite collectivité familiale. L'imaginaire *Bourg d'Oudun composé de la famille R... vivant en commun*, qui constitue en beaucoup plus austère la Thélème de Nicolas, n'est en fait qu'une pérennisation de la famille du patriarche, élargie à l'espace de son expansion démographique ; et conservée pour la longue durée sur le modèle des frérèches de l'Auvergne et du Morvan. Celles-ci bien connues de Nicolas, puisque très proches en géographie comme en chronologie des groupes de suitiers qu'on rencontrait en grand nombre, à partir de la bordure morvandelle.

On sait qu'après la mort d'Edme, puis de Barbe, les enfants Rétif procédèrent au partage entre eux des biens de leurs parents, partage qui se termina *plutôt mal que bien*. Nicolas imagine donc, dans son *Bourg d'Oudun*, que ce partage n'a pas lieu : ses frères et sœurs ont soi-disant décidé de vivre en commun dans le très grand domaine d'Oudun, que le pullulement de leurs enfants et petits-enfants aura vite fait de transformer en village.

Sur le territoire d'Oudun flotte l'ombre du patriarche défunt, qui moralement demeure seul maître à bord. Les mœurs de La Bretonne, et les coutumes de la basse Bourgogne, comme le souligne expressément Nicolas, y sont conservées dans le réfectoire communiste et commun, où l'on mange du porc en semaine et de la viande de bœuf le dimanche. Les quatre repas, déjeuner, dîner, goûter, souper, sont pris aux heures canoniques. Femmes et filles sont privées de vin et réduites à boire de l'eau plate, tandis que les hommes faits ont droit à une demi-bouteille de vin rouge. Le système, cher à Edme, des récompenses et des punitions, est largement pratiqué ; les grands garçons jouent au palet, au disque, à la paume ; les petits, aux barres ; les filles, qui font partie du système des récompenses, dansent au son de la musette avec les garçons méritants ; à ces bals, les femmes faites font tapisserie, assises et babillardes. Un vague droit d'aînesse subsiste, puisque les curés de la grande famille, comme c'était déjà le cas chez les Rétif, sont choisis de manière systématique parmi les fils aînés de chacun des couples participants du

« bourg d'Oudun ». Au reste, ces fils aînés, qui sont l'émanation collective d'Edme, seront tenus pour les pères communs du bourg. L'exploitation agricole n'est pas du tout kolkhozienne au sens strict : chaque couple jouit, en possession inaliénable et héréditaire, de 20 arpents (10 hectares, au maximum), mi-blé, mi-vigne. Le communisme concerne seulement la consommation : il commence à l'entrée du réfectoire. Inutile de souligner que règne, stricte, la suprématie mâle : le choix des épouses est laissé à l'entière discrétion des hommes. L'élection annuelle de deux syndics, révocables au bout de douze mois, introduit dans la commune un zeste de démocratie. Mais le vrai pouvoir reste aux mains des fils du fils aîné d'Edme, et de leur descendance : le processus de décision demeure patriarcal, par procuration ; et non communal. Entre ce socialisme à la fois viril, hiérarchisant et rustique, et l'affirmation bourgeoise et paysanne d'Edme, selon laquelle *l'homme sera propriétaire absolu de sa femme, de ses enfants, de ses maisons, de ses terres [...], de son argent*, il n'y a pas la moindre contradiction ; et cela, quoi qu'en pense Gilbert Rouger. Cet auteur se laisse en effet, à ce propos, une fois n'est pas coutume, influencer par les catégories modernes, et donc en l'occurrence anachroniques, de *socialisme* et de *capitalisme*. En fait, le communisme clanique et rigidement autoritaire de Rétif, c'est simplement un *truc* pour éterniser le corps périssable du père d'Edme, en lui substituant après décès le corps mystique de sa descendance au sein de laquelle tous les Rétif deviendront les suitiers les uns des autres ; et aussi, en bonne sexologie rétivienne, les incestueux les uns des autres.

Il est vrai que Nicolas, comme le prouve une de ses lettres, aurait crevé d'ennui dans cette Salente dédiée à la mémoire de son géniteur. Il avait donc prévu, avec sagesse, que seraient automatiquement exclus de l'adhésion au « bourg d'Oudun » ceux des Rétif qu'avait déjà pollués l'atmosphère corruptrice des villes ; et, parmi ceux-ci, lui-même en tout premier...

*

La vision paysanne de Nicolas, pourtant, ne se borne point à élucider la cellule familiale, sur le mode réaliste ou utopique. La sociologie implicite de notre auteur concerne aussi le *village réel*

dans son ensemble. Notons au passage que cette sociologie rétivienne, quels que puissent être ses présupposés, se devait de négliger dès l'abord toute problématique de la stratification par ordres
ou par *estats*[73]. Cette problématique stratifiante, qui demeure
valable à un niveau de généralité supérieur, n'a guère de sens en
effet dès lors qu'il s'agit, à la Wylie, de réaliser la *case study* d'un
village. Sur le territoire de Sacy, vers 1730-1760, on ne rencontre
pas de seigneur important, qui serait, de surcroît, noble, laïque et
résident. À supposer même qu'on en trouve un, cet unique personnage (et sa famille) ne suffirait point encore à constituer à lui
tout seul, dans le cadre de la société globale de Sacy, l'*estat* de la
noblesse, ou bien celui des seigneurs. De même, la présence *rési-
dente* du seul curé Foudriat dans la paroisse n'y garantit nullement l'existence locale d'un *estat* du clergé… Aussi bien le curé
Foudriat est-il un être fort complexe qui se rattache à la paysannerie par ses vaches et par ses vignes, à la petite ou moyenne bourgeoisie aisée par son genre de vie, et même à une sous-élite philosophique des Lumières par son athéisme inspiré de Bayle.

La sociologie des *estats* n'est pourtant pas ignorée des Rétif.
Mais elle prend chez eux des allures de mythologie à la Dumézil
plutôt que de monographie minutieuse à la Mousnier : quand
Edme meurt, en effet, le jeune curé du village, successeur de Foudriat, fait du défunt patriarche une sorte de héros culturel, se rat-
tachant directement aux archétypes indo-européens. Edme, s'écrie
le curé, a fait souche d'*oratores*, *bellatores*, *laboratores*. Il a
engendré des guerriers vaillants, des prêtres pieux et enfin de bons
citoyens de toutes classes et des femmes fertiles[74]… Quant à la
partition de la société en trois ou quatre ordres, dont celui des paysans, on ne la trouve évoquée par Rétif qu'à l'échelle nationale (et
non paroissiale) : à propos d'un projet de convocation des états
généraux[75].

Le pouvoir paysan

La sociologie du village lui-même, chez Rétif, délimite un champ de forces qui n'est pas directement donné par le dessin des *estats*. Elle est concernée bien davantage par la structure et la distribution du pouvoir, au-dessus et à l'intérieur de la communauté paysanne.

Le pouvoir le plus traditionnel et le plus important pour les Saxiates, c'est celui qui émane des trois seigneurs de la haute Église. À savoir : l'évêque d'Auxerre, ses chanoines et l'ordre de Malte. L'évêque et les chanoines ont imposé, solidairement, une dîme exorbitante et impopulaire : elle est de 12 gerbes l'une, plus une gerbe par arpent. (Fort heureusement, cette lourde redevance ne frappe pas les vignes, ce qui justifie davantage encore, s'il en était besoin, l'essor viticole enregistré sur les coteaux de Sacy au XVIIIe siècle.)

En revanche, le commandeur de Saulce-lèz-Auxerre[76] perçoit, lui (en tant que seigneur d'une tierce partie du terroir), un cens fort léger de 6 deniers par journal, que les habitants paraissent supporter sans murmurer. Une fois de plus s'impose la distinction, dans le régime seigneurial ancien, laïque, et surtout ecclésiastique, entre la dîme, pénible, et le cens, bénin.

Ces trois seigneuries ecclésiastiques, sont, de par leur localisation même, absentéistes ; elles n'ont de relations directes avec le village qu'épisodiques ou épistolaires. Edme, du coup, est l'intermédiaire de fait, l'« honnête courtier » plus ou moins obligatoire entre ces *puissances* et sa paroisse. C'est sur cette base qu'il fait sa carrière de juge, et même, peut-on dire, de politicien agraire ; car ce représentant des seigneuries, homme de pouvoir, n'est nullement un pur et simple homme de paille. Dès son temps de servitude sous Dondaine, il faisait fonction de notaire du cru, grâce à ses relations, à sa petite fortune et à sa belle écriture de paysan instruit, frotté de Paris. De là, il se hissa au rang de procureur fiscal (il était chargé de requérir contre les délits et délictueux, devant le juge seigneurial). En fin de compte, retrouvant à Sacy la position que son père détenait à Nitry, Edme devient à son tour

juge seigneurial, prévôt (seigneurial) du village, receveur de
l'évêque et du chapitre d'Auxerre, et pour couronner le tout,
homme des trois seigneurs : il fusionne ainsi, au sein d'une seule
seigneurie justicière, les trois puissances (chanoines, évêque,
commanderie « maltaise ») qui écartelaient le territoire de sa commune. Fait frappant : sa nomination comme juge-prévôt n'est pas
l'effet d'un acte arbitraire du commandeur de Malte ; elle a été
sollicitée avec ardeur, après le décès du précédent juge qui était
resté quarante années en fonction, par les censitaires de Sacy eux-
mêmes. Une pétition en ce sens, signée de douze habitants importants de la paroisse, avait été remise au commandeur. Ainsi
s'affirme le caractère ambigu des pouvoirs seigneuriaux tels qu'ils
sont exercés par un riche paysan comme Edme. Ils émanent de la
société englobante, extérieure au monde villageois ; mais ils sont
par ailleurs solidement tenus en main – sous le vague contrôle,
affaibli par l'éloignement, des maîtres absentéistes – par un agriculteur riche ou aisé, qui réintègre ainsi la seigneurie justicière
dans son monde à lui. Il la récupère avec d'autant plus d'efficacité
que le procureur fiscal, qui du reste a succédé à Edme dans cette
position, est le neveu de Marie Dondaine, première femme du
patriarche : ce procureur fait tout par les ordres de son oncle, sans
que le commandeur, l'évêque ou les chanoines y interviennent
pour beaucoup.

Au terme d'un *cursus honorum* qui a fait Edme notaire, puis procureur, puis juge, le héros de ce *cursus* a pris le pouvoir dans le village : il est, dans ses fonctions de prévôt, inamovible de fait, tout
comme l'était déjà son prédécesseur ; il rend la justice selon sa
conscience, et selon sa culture de praticien ; la seigneurie le laisse
maître de ses fonctions de juge et d'arbitre, dès lors qu'elle perçoit régulièrement de lui les recettes monétaires des dîmes et
droits seigneuriaux qu'elle le charge de lever sur les redevables de
Sacy. Elle le laisse présider et mener les assemblées de communauté. Au seigneur, la rente ; au prévôt, le pouvoir. Considéré *de
l'intérieur* du village, le *petit juge* acquiert une tout autre prestance
que quand on l'aperçoit simplement de façon abstraite, à travers
les documents seigneuriaux. Ceux-ci le réduisent à sa fonction
besogneuse de percepteur des redevances ; ils ne donnent pas une
vue adéquate de son pouvoir et de son prestige. Edme, sagement,

évite de tondre ceux qui sont ses justiciables et les sujets de ses maîtres, afin de garder leur confiance. Agissant de concert avec le curé, son ami et complice, il fourre le nez dans les affaires des familles ; il arbitre, à son petit tribunal, entre la mère et les fils. Tout en respectant les structures claniques du cru, et notamment le retrait lignager, il achète au passage (fort des renseignements qu'il possède sur la fortune de ses concitoyens, ou sur leur déconfiture) le morceau de terre bradé çà et là. Il n'a ni la force ni le désir de détruire par le rapt du sol la communauté villageoise qu'il dirige, dont il émane, et qui lui donne son assise ; mais il prête de l'argent à ses covillageois, et il transforme de tels petits placements en moyens d'influence et de pouvoir, plus qu'en prétextes à usure. Cacique local, il finit par se tailler dans le village, où il juge aux dimanches et fêtes, et aussi dans les villages voisins, une réputation d'arbitre inégalée. Les jésuites le flattent, et les jansénistes le caressent. Les services de l'intendance (sinon l'intendant lui-même, comme le suggère Nicolas trop vaniteux) déchargent effectivement de la plus grande partie des tailles ce père de quatorze enfants survivants, qui, en Espagne, eût été anobli comme *chevalier de la braguette*. Et le dimanche soir, signe d'estime locale, dans la cour de ferme de La Bretonne, les volailles, poulets et poulettes donnés comme épices par les justiciables font un bruit infernal : car, nouvelles venues, elles ne savent où se jucher.

Edme n'est pourtant pas, tant s'en faut, le seul *chef* du village, ni l'unique détenteur du pouvoir local : ce pouvoir, il doit le partager avec d'autres, auxquels l'opposent sans nul doute quelques frictions. Certes, homme du seigneur, il préside de droit l'assemblée paroissiale, convoquée à coups de cloche après la grandmesse du dimanche. Mais il doit compter, par ailleurs, avec les autres officiers communaux ; ils sont, eux, démocratiquement élus par les habitants, et pas simplement nommés par la seigneurie. Parmi ces officiers plus « démocratiques » figurent les deux syndics qui sont élus pour un an comme les consuls de Rome et puis le greffier, les messiers, le pâtre communal, les collecteurs des tailles. Le pouvoir d'Edme est donc grignoté par en dessous ; il est, d'autre part, éventuellement contesté d'en haut : les actes les plus importants de l'assemblée communale doivent être en effet visés par l'intendant.

On devine certains conflits : fort déférent à l'égard de ses propres seigneurs (d'Église), Edme en revanche mène une guérilla chicanière contre le seigneur voisin (laïque) ; il engage des procès afin de récupérer les bois de la communauté de Sacy, spoliés par les ancêtres dudit Monsieur. Avec le produit de ces bois, une fois le procès gagné, Sacy bâtira, par mesure d'hygiène caractéristique du siècle, une fontaine communale qui donnera une eau plus saine que celle des puits, pour tous les villageois. Edme, du reste, sait fort bien manier, vis-à-vis du dominant de la terre contre lequel il plaide, la carotte et le bâton : il offre, en échange des bois repris en main par sa paroisse, l'octroi d'un banc d'honneur, dans l'église, au seigneur qui a finalement perdu le procès.

À côté de ces conflits externes qui traduisent quelques possibilités de contestation antiseigneuriale, diverses luttes internes déchirent sourdement le village. À peine esquissées par Nicolas, elles trahissent tout de même une certaine disposition des forces sociales à l'intérieur de la communauté ; disposition qui n'est pas unique en son genre dans la France d'oïl : on retrouverait des phénomènes de même type chez les paysans du Nord de Georges Lefebvre [77]. Les collecteurs des tailles de Sacy, qui sont représentatifs du corps de communauté (autrement dit de la masse des laboureurs moyens, et des suitiers les moins désargentés), essaient à plusieurs reprises de taxer Edme Rétif, homme du seigneur et gros cacique rural. En même temps – frappant un coup à leur droite, un coup à leur gauche –, ils font imposer abusivement les plus pauvres du village. La tactique fiscale d'Edme est exactement inverse : *primo*, il se fait détaxer par l'intendance, comme père d'une quinzaine d'enfants ; et *secundo*, avec l'appui du curé Foudriat, il aide secrètement les plus pauvres, surchargés par les collecteurs, à payer leur cote de taille… À mi-chemin de l'ethnographie et de la science politique, les études sur la diffusion du pouvoir dans la communauté rurale d'Ancien Régime n'abondent guère, et nous sommes ici en *terra incognita*. Disons donc que l'ethnographe Nicolas Rétif nous propose, sur sa communauté, un modèle plus complexe que ceux dont nous disposons d'ordinaire : face au pouvoir des hommes de l'élite locale (juge seigneurial, riche propriétaire exploitant, curé enfin, qui, selon les utopies rétiviennes, devrait en arriver à remplacer carrément le seigneur), se dressent, en discrète contrebalance, les pouvoirs plus transitoires et moins spectaculaires de la couche moyenne qui peuple le corps municipal. Les plus pauvres enfin (les bas manouvriers ou bas vignerons, les suitiers les plus misérables, les gueux) sont appelés de temps à autre à fournir aux plus riches une base politique, en même temps qu'un exutoire à bienfaisance. Oublions donc pour un instant l'image univoque d'une communauté paysanne exclusivement dominée par les plus gros richards, voire même désintégrée par les bourgeois des villes (comme si le village n'était pas pour l'essentiel une *communauté d'habitants*, dans un monde agraire où la faible productivité du travail tolère l'expropriation, mais interdit l'expulsion pure et simple de l'homme). À cette image, donc, qui trop souvent obtint la préférence des historiens du monde campagnard, l'ethnographie rétivienne, plus authentique que bien des registres truqués de délibérations municipales, oppose le panorama d'une stratification à trois étages. En haut, bien sûr, ceux qui détiennent le pouvoir (strate A) ; en dessous, ceux qui ont encore *du* pouvoir (strate B, municipale ou médiane) ; en bas, enfin, ceux qui n'ont *pas* de pouvoir (couche la plus misérable) : ils servent tout de même de clientèle au groupe A, dans les conflits communs qui, à propos de la fiscalité, opposent A et C à B.

Subtilement diffusé dans le village, le pouvoir paysan observe une attitude nuancée vis-à-vis des institutions de l'Ancien Régime, et à l'égard de la société englobante. La méfiance vis-à-vis de la noblesse s'accompagne, chez quelques villageois qui accèdent à cette élite du pouvoir, des snobismes de l'anoblissement fictif, qui sont peut-être les sous-produits d'une mobilité descendante, vaguement remémorée par les traditions familiales, et survenue pendant des générations très antérieures : les Rétif se disent volontiers *de Montroyal*, Anne Simon *de Cœurderoy*, Barbe Ferlet *de Bertro*, et, pour faire bonne mesure, Nicolas se fera appeler… *de La Bretonne*. Mais, plus raisonnablement, les hommes du pouvoir local sont sourdement hostiles aux lourdes dîmes, et aux empiétements sur le bois commun, tandis qu'ils acceptent volontiers le cens, qui ne fait pas problème. La seigneurie justicière, sous ses apparences féodales et ridicules, distribue en fait un certain pouvoir à divers paysans : elle est probablement mieux tolérée de ses juges et même de ses justiciables qu'on ne l'imaginerait d'ordinaire.

Le pouvoir paysan, assez largement diffusé dans les villages, est solidement conforté par l'intercommunication de la langue ou du patois, et par le cousinage tribal dans le cadre de la paroisse ou du groupe de paroisses ; riches et pauvres, à plus ou moins longue distance de parenté, savent en effet qu'ils peuvent presque toujours s'y dire les uns aux autres : *nous sommes du même sang toi et moi*. L'urbanisation, dans tous les sens du terme, menace néanmoins le pouvoir rustique, dans la mesure où les seigneurs (comme ce sera le cas pour la première fois dans Sacy après la mort d'Edme) ont tendance à transférer les fonctions de juge seigneurial hors des mains des gros laboureurs, pour les confier aux *praticiens* plus instruits (menus juristes) qui habitent les petites villes ; or, ces derniers, au grand dam des villageois qui préfèrent laver leur linge en famille, se mettent à régler sans consulter les paysans certaines affaires qui concernent ceux-ci.

Edme Rétif représente donc un cas relativement favorable : celui où, dans une province très seigneurialisée, des groupes de ruraux réussissent à s'emparer de certain levier de commande au tableau de bord d'une institution volontiers pesante à l'égard de leurs congénères. La situation, ailleurs, est souvent moins favorable. Il reste que, dans la masse des plus de 20 millions de ruraux « français » qui vivent au XVIIIe siècle dans l'Hexagone, il y a du pouvoir. Beaucoup dépend de la façon dont l'État, les intendants, les officiers, etc., ont su approcher ce pouvoir, et arranger leurs relations avec lui : cette *approche* avait été fort brutale sous Richelieu et Mazarin ; elle devient progressivement plus intelligente à partir de Colbert, dont l'administration, souvent, prend le parti des communautés contre leurs créanciers haut placés des parlements et d'ailleurs. Les hommes comme Edme Rétif sont nombreux, au total, dans la paysannerie française d'avant 1789 ; ils fonctionnent comme *charnière*, ou comme *point de passage obligé*, ou comme *honnêtes courtiers* entre la société paysanne (y compris la plus pauvre), d'une part ; et, d'autre part, la société englobante (État, Église, seigneurie, notables, etc.). La Révolution française ne prendra pas au dépourvu ce groupe d'honnêtes courtiers ou *leaders* locaux : Edme, comme presque toute la paysannerie française, cultive de vieux ressentiments antifiscaux ; ils lui viennent du fond des âges[78] ; il les dissimule parfois sous des protestations pieuses et fort platoniques (il est exempt de taille !) quant à la nécessité de payer les impôts. La Révolution française (à supposer, ce qui n'est pas le cas, qu'Edme eût été assez jeune pour la connaître) serait sans doute devenue, le premier temps du scandale et de la surprise une fois passé, la bienvenue auprès du patriarche : on imagine celui-ci achetant des biens nationaux... Façon de dire que la seigneurie bas-bourguignonne – tout comme la seigneurie anglaise – était bonne nourrice de capitalistes ruraux : ils prospéraient grâce à elle, mais ils se débrouilleront fort bien, le cas échéant, pour lui survivre, voire la supprimer préalablement de leurs mains...

En compagnie des Rétif, nous avons fait le tour du propriétaire (exploitant) parmi les problèmes de la société, de la famille et du pouvoir dans un village français d'Ancien Régime. Reste à évoquer rapidement, toujours sous le regard aigu de Nicolas, les questions de l'amour et de la sexualité, du folklore, et de la culture locale.

Mœurs, folklore, culture

Et d'abord, comment fait-on l'amour à Sacy ? (Faire l'amour, autrement dit, selon le Dictionnaire de Trévoux, *tâcher de plaire à quelqu'un et de s'en faire aimer ; faire l'amour à une fille ou à une femme, c'est la rechercher en mariage*[79].)

Monsieur Nicolas, petit garçon précoce, intelligent, conscient de lui-même et des autres, connaît bien, pour commencer, le vert paradis des amours enfantines ; et les problèmes de la sexualité infantile ne lui échappent pas. Celle-ci est fort libre, sur le plan du spectacle ou même de l'acte, précisément parce qu'elle n'a pas d'importance ; au rebours de la sexualité jeune, qu'on place, elle, en résidence surveillée, dans la mesure où elle tire à conséquence. Monsieur Nicolas se rappelle ainsi avoir assisté, tout petit encore, à un flirt conjugal quasiment poussé jusqu'à l'ultime qu'un jeune couple, marié, de paysans voisins de La Bretonne, pratiquait devant lui sans se gêner. Lui-même, enfant, et sur l'ordre de sa sœur aînée à peine adolescente, simule l'amour physique avec une petite fille, dans une vigne de Sacy. Il reconnaît aussi qu'il a, dans son enfance, plus souvent qu'à son tour, fourragé dans les robes des jeunes filles du village ; celles-ci l'ont baisé, mignoté[80], couvert de tendresses et de caresses à la sortie de la messe du dimanche ; elles lui donnaient un avant-goût des faveurs qu'elles ne pouvaient en revanche distribuer qu'avec prudence et parcimonie aux jeunes hommes de la paroisse.

Propriétaires aisés (citadins ?) de niveau petit-bourgeois ou bourgeois dans un village près de Montpellier sous le jeune Louis XIV (compoix de Mauguio).

Mais ce vert paradis n'a qu'un temps, et ce serait sans doute à tort qu'on l'interpréterait comme un symptôme de la liberté des mœurs campagnardes, alors qu'en fait il annonce plutôt le contraire. À partir de 15 à 16 ans, les choses de la vie deviennent plus sérieuses. Les rapports entre jeunes ruraux des deux sexes se font précautionneux. En plein été, Fanchon, qui *étrangle la soif*, s'excusera d'avoir demandé à boire à un garçon que pourtant elle connaît ; elle lui dit, toute honteuse : *excusez-moi, Edmond, mais c'est que j'avais bien soif*. Les rites de passage de deux sortes, masculin et féminin, saluent la mutation adolescente et le début de la phase postpubertaire. Du côté du sexe faible d'abord, toutes les filles de 15 ans, les jours de grande fête, vont à l'« offerte », *où elles donnent un liard*. Nicolas Rétif évoque à ce propos *l'ancienne coutume de Sparte où l'on faisait danser nues dans la place publique toutes les jeunes filles absolument formées, au milieu d'un cercle de tous les garçons à marier*. Le folklore saxiate, sur ce point, diffère évidemment dans la forme, sinon dans le contenu, des festivités spartiates : lors de l'offerte, celles des jeunes filles de Sacy qui sont elles aussi *absolument formées* sortent lentement de la nef, espace réservé des femmes ; *les hommes du village placés dans le chœur et dans les deux ailerons de la croix de l'église* peuvent alors inspecter au passage ce défilé de vierges du terroir, comme s'ils étaient constitués en jury. Sous l'œil inquisiteur des mâles, les filles se dirigent à la file vers l'offrande du liard à l'autel, et vers le baiser de la patène… Le défilé des *débutantes* de Sacy permet aux connaisseurs et amateurs de jauger d'un coup d'œil les perspectives à moyen terme du marché matrimonial dans la paroisse. Mais une telle cérémonie, quoique tenue en église, sent son folklore, incongru dans le saint lieu. Thomas Rétif, curé janséniste de Courgis, fils aîné d'Edme, en est conscient : il vide cette parade prénuptiale de son sens et de sa pleine utilité ; il réserve le *droit d'offerte* dans la paroisse aux filles qui communient en ce jour. C'est une façon comme une autre de déraciner graduellement le folklore ; car la communion fréquente n'est guère prisée de Thomas, prêtre rigoriste, fidèle disciple sur ce point de la théologie janséniste.

15 ans, c'est l'âge de l'*offerte* pour les filles ; mais c'est aussi pour les garçons de l'Auxerrois le temps du pèlerinage au Mont-Saint-Michel, véritable Mecque de la puberté masculine ; 142 lieues aller et retour…

Puis, de 15 à 20 ans, après ce déniaisement sacré du Mont-au-péril-de-la-mer, les garçons se trouvent parqués dans une sorte de réserve de jeunes mâles, où le flirt préconjugal, avec celles qui soupirent de l'autre côté de la barricade, est sévèrement limité, sinon interdit. À 20 ans, nouveau rite de passage : il est calculé pour obtenir un certain retard des noces finales. Moyennant une livre tournois de cotisation, qui, vu la rareté de l'argent dans le pays, demande souvent pour être rassemblée par le cotisant une année de pingres et laborieuses économies, le jeune homme de

20 ans est intégré dans le groupe des *grands garçons* : ceux-ci, le soir après neuf heures, au moment de la chauve-souris, du chat-huant et de l'après-souper, sont désormais admis au droit de *courre les filles*. Même dans ce domaine, tout est sévèrement ritualisé, du moins en théorie (car on se doute que la pratique devait comporter mainte déviation par rapport au schéma cano-nique). Chaque garçon choisit donc, ou bien, en cas de rivalité, tire au sort la fille du village sur laquelle il a jeté son dévolu (le choix, comme presque toujours à Sacy, dans l'univers de Rétif, appar-tient à l'homme : ce qui n'empêche pas une jeune fille astucieuse, grâce à de subtiles avances, telles qu'une certaine façon de se faire offrir le pain bénit à l'église, de provoquer ce choix). Une fois le *dévolu* jeté, le garçon, par d'habiles manœuvres cousues de ruses candides et de fil blanc, finit par être admis dans l'étable à vaches où travaille, puis dans la maison où réside l'élue de son cœur. Si tout marche sans anicroche, on parlera mariage la seconde année ; on le célébrera peut-être, à la troisième. À tout instant, les parents de la fille sont libres d'interrompre le flirt, l'initiative d'un tel traumatisme incombant au père de celle-ci, éventuellement à coups de bâton sur le dos de l'ex-futur gendre. Quand l'amourette va bien, les baisers se donnent le dimanche ; la plupart des filles restent chastes jusqu'au mariage, et elles confirment leur déter-mination sur ce point par un pèlerinage à Sainte-Reine-d'Alise, patronne des virginités locales[81]. Tout ce rituel représente l'accompagnement, la *mise en musique* du système de mariage retardé, accompagné d'austérité préconjugale, système sur lequel les démographes historiens ont apporté tant de démonstrations et de précisions quantitatives. Un autre effet du système, c'est d'évi-ter, à l'intérieur de cette zone d'endogamie qu'est le village, les unions socialement mal appariées, comme celles qui pourraient joindre, par exemple, la fille d'un riche fermier de grand seigneur avec un ancien laquais, ô horreur, qui a servi en ville ; ou avec le fils du fournier (le fournier peut être considéré comme *le fermier du fermier* ; il est donc situé tout en bas de la stratification des per-sonnes à marier ; logé qu'il est dans les régions les moins souhai-tables pour une alliance conjugale de riche famille paysanne). C'est du reste à l'occasion des amours d'inégalité sociale, dans l'intérieur même de la paroisse, qu'apparaissent les bavures du

système, et les rares naissances illégitimes, sans perspective de solution par le mariage.

Tout ce rituel de flirt insiste, d'autre part, sur l'idée que la fille est un capital précieux que le courtiseur ou le prétendant doit s'efforcer de ravir ou de dépouiller : pour signifier son amour, le *grand garçon* dérobe brutalement à la jeune fille qui l'intéresse ses bagues, son bouquet de fleurs, ou le panier de groseilles qu'elle est en train de cueillir. Seuls les êtres délicats, romantiques et urbanisés *donnent* à l'aimée des fleurs ou des fruits, au lieu de les lui ôter. À mi-chemin de l'enlèvement des Sabines, les techniques de rapt simulé ou amorcé, qui sont mises en œuvre à l'égard des vierges par les jeunes mâles de la basse Bourgogne rurale, ne sauraient prévaloir contre le fait que la fille en question « ne peut être donnée à son prétendant que par un autre homme » (Claude Lévi-Strauss), par son père ou à la rigueur par son frère. La rareté des conceptions prénuptiales s'explique du reste, avant toute considération de morale religieuse, par le fait que les pères des vierges veillent jalousement, comme les gardiens du Trésor, à la non-défloration de leurs filles, ou même à la vertu de leurs fils. Face aux tentatives de séduction illicites, ces cerbères frappent, et dur. La chasteté d'Ancien Régime est bâtie entre autres sur la rigueur des pères. Et c'est peut-être par un léger relâchement de la vigilance paternelle que s'explique, aussi, à la fin du XVIIIe siècle, la petite libéralisation des mœurs.

Quoi qu'il en soit, au terme du flirt, a lieu la demande directe en mariage, de futur gendre à futur beau-père ; sanctionnée par une omelette au lard, un fromage à la crème, un demi-verre de chablis ou de vin chaud, et par la promesse éventuelle, qu'émet le postulant, d'une corésidence laborieuse avec beau-papa. Après des fiançailles qui semblent précéder de très peu le mariage, vient la noce : elle laisse le souvenir, comme chez Felix Platter ou Gustave Flaubert, d'une débauche de lard, de longe ou d'aloyau de bœuf, d'oies, de coqs d'Inde, de lièvres et de civets, voire de cuisses de renard, *morceau délicat quand on a pu l'exposer dans un jardin quinze jours à la gelée suspendu à un prunier* ; le tout sur fond de musique de cornemuse et de hautbois. Les danses bourguignonnes sont de rigueur à la noce ; elles permettent, toutes les cinq minutes, des caresses audacieuses ; tandis que les jeunes filles *sautent*

comme des zéphyrs, leurs jupons rouges *font le parasol*. L'épousée, elle, est en noir, vêtue du même costume qu'elle portera pour
le deuil ou même le cercueil. Une fois mariée, finies les danses :
en se mariant, la femme renonce à tout, pour s'ensevelir dans les
peines et les tracas du ménage ; sa musique, c'est le cri des petits
enfants ; sa danse, de les promener ; sa conversation, de babiller
avec eux en les portant sur ses bras partout où elle va. En somme,
les ris et les jeux, ayant accompli leur office, qui est de guider en
douceur la jeune fille jusqu'aux noces les plus adéquates, peuvent
cesser après celles-ci. Ils n'ont plus lieu d'être. Les utopies de Rétif
sont aussi rigoureuses sur ce point que l'était la réalité de Sacy.

Mais il est d'autres ris et d'autres jeux ; ils sont reliés moins
rigoureusement avec les nécessités du mariage, dont ils peuvent
cependant évoquer avec humour quelquefois la philosophie. Je
pense au folklore, dans le sens assez global de ce terme ; et par
exemple aux chants, aux jeux d'enfants ou d'adolescents, aux
contes et récits…

Nicolas signale quelques chants ruraux, couramment beuglés
dans la basse Bourgogne : un dit d'amour de jeune fille, un *Ros-*
signolet des Bois ; un *Deo laus* de charrue, lequel est, en fait, une
ode au soleil, quelque peu païenne et patoisante. À quoi s'ajoutent
les chants de la *Grande Bible des Noëls*, ou d'un livre analogue,
qu'on se repasse de père en fils, pieusement, dans la famille
d'Edme. Ces chants populaires, saxiates ou nitriotes, paraissent,
en gros, remonter au XVIe siècle. En même temps que la rédaction
des coutumes, cette époque a vu renaître sur de nouvelles bases la
chanson paysanne et populaire.

Quant aux jeux d'enfants, ils sont souvent explicites, et d'une
crudité quasi perverse ; *la pucelle*, par exemple, est un divertisse-
ment qui disparaîtra lorsqu'un curé rigoriste aura remplacé le tolé-
rant Foudriat : le groupe des garçons qui s'adonne à ce passe-
temps s'efforce d'enlever une jeune fille, immobile et cachée (la
tour) ; une fois kidnappée, mariée, livrée à l'homme, celle-ci, dans
le jeu, apprend qu'elle sera *effeuillée comme la rose, secouée*
comme la prune, mangée comme le rat des champs, fanée comme
la fleur de l'anémone pulsatile. Quant au jeu du *loup*, c'est la
pucelle inversée : le loup, immobile et attaché dans le noir, essaie
de deviner les hardes d'une fille, afin d'acquérir le droit de la four-

rager librement. Là aussi, le sévère curé Jolivet, quand il occupera la cure de feu Foudriat, interdira ce *loup* qui se jouait pourtant à Sacy *depuis cinq cents ans* (on remarquera, une fois de plus, qu'une partie du folklore saxiate au XVIIIᵉ siècle est en état de désintégration sous l'impact d'un catholicisme activiste ou d'un jansénisme d'arrière-saison). Un autre jeu, dit *la belle-mère*, dépeint non plus les avatars du commencement du mariage ou les bagatelles du rapt, mais les tribulations d'une rupture d'union par la mort, le décès supposé de la mère étant accompagné, au début de ce jeu, par l'entrée, dans le cercle de famille, d'une marâtre : elle opprime sa belle-fille et la condamne à manger du pain moisi. Dans un registre plus aimable, l'escarpolette à la Fragonard, où l'on *brandille* tour à tour filles et garçons, n'échappe pas à certains inconvénients pour la morale, quand des vauriens tels que le grand Colas cherchent à mettre telle ou telle jeune fille brandillée *dans des points de vue très immodestes*.

Enfin, *la chèvre* (jet du bâton contre une cible) et le palet sont considérés comme des divertissements purement sportifs par Monsieur Nicolas ; lui-même, étant petit garçon, possédait, privilège assez exceptionnel[82] en milieu rural, des jouets : carrosse de Paris, cheval de carton.

Intéressante d'autre part pour une sociologie de la culture paysanne est l'étude des contes qui, venus de près et de loin, circulent à Sacy ; l'étude aussi de leurs auditoires et de leurs narrateurs. Deux niveaux sociaux se dessinent assez clairement dans la littérature rustique d'expression orale, telle qu'elle est diffusée chez les Saxiates.

Le niveau de base, c'est celui du folklore traditionnel transmis par les femmes, jeunes mères ou vieilles mères ; et par ces êtres ambigus que sont, au milieu du personnel de la ferme, les bergers. Ceux-ci rompent le pesant silence des laboureurs pauvres, et ils racontent au jeune Nicolas, tout en gardant le troupeau, leurs bonnes fortunes, interrompues violemment par le père et par les frères de la fille séduite ; ils narrent aussi des histoires *de sorciers, de revenants, de pactes avec le diable, d'excommuniés changés en bêtes et recouverts de la peau du diable, qui mangent le monde* […], *des histoires de pâtres sorciers ; d'un homme qui s'était fait des ailes et qui volait comme une bondrée.*

De ce tonneau, toujours le même et toujours renouvelé, de la littérature orale, viennent les histoires de revenants que les vieilles femmes, les jeunes filles et les jeunes hommes débitent ou écoutent respectivement, aux veillées des teilleurs de chanvre, éclairées par la chènevotte. L'un des thèmes fréquents est celui du revenant sous peau d'animal. Un homme (ou une femme) a été malhonnête pendant son existence (il a escroqué le clergé, en fraudant les dîmes ; ou bien, meunière, elle a volé les pauvres, en trompant sur la mouture ; ou elle a troqué son âme à Satan, contre des écus, du plaisir). Le diable s'empare donc, mort ou vif, du corps de l'individu coupable. Si le curé (lequel détient, comme on sait, les grimoires qui font venir ou partir le diable) n'intervient pas, ce corps est transformé, à temps partiel ou à temps complet, en bête ou chien-loup invulnérable qui mange le monde (cas de l'homme) ; ou en serpent, ou en jument noire qui sert de monture au Malin (cas de la femme). L'intervention d'un homme, doué d'un minimum d'héroïsme, met fin à ces sortilèges, qui peuvent du reste, dans les cas bénins, ne consister qu'en canulars (voir l'histoire rétivienne du voleur déguisé en revenant). Ces récits saxiates, bas-bourguignons ou morvandiaux, à la rigoureuse architecture, me paraissent confirmer, avec une crudité convaincante, l'idée de Propp[83] selon laquelle l'objectif originel du conte populaire consistait à raconter les voyages des âmes, plus ou moins corporalisées ou transmigrées, après la mort. En dépit d'un vague essai de récupération par l'Église (se reporter à l'anecdote du voleur de dîmes, transformé du fait de cette faute en loup-garou), ces contes sont beaucoup plus païens et diaboliques que réellement édifiants et chrétiens ; leur christianisation n'est qu'un vernis. Parfois, ils débouchent sur une histoire vraie, macabre et macabrement interprétée : Jean Piot, fils de Jean Piot le forgeron, avait maudit ses parents, *juré* sa mère ; il avait battu, réfugiées dans les bras maternels, ses deux sœurs. Quelque temps après, il mourut. On l'enterra près du mur, là où les grandes filles du pays viennent cueillir la violette. Un jour, elles trouvent les dents de Jean Piot, qui émergent sur le dessus de la tombe. Ces dents avaient insulté, mordu le sein qui les avait nourries… Un imbécile informe les parents qui, du coup, gémissent : *hôla, mon guieu, noute poure gasson ôt-i damné ?*

Qu'il s'agisse du cimetière, où les morts sont enterrés à fleur de sol pour une résurrection ultérieure et d'autant plus facile, qu'il s'agisse du discours des teilleurs de chanvre, ou des veillées de La Bretonne, quand les bergers, profitant de l'après-coucher du patriarche, racontent à Nicolas des histoires à dresser les cheveux sur la tête, le village des morts demeure tout proche de celui des vivants qu'il tient enserré et pénétré. Et le diable n'est pas loin, qu'évoque le gardeur de moutons, Pierre Courtcou, amateur d'obscénités : il utilise pour obtenir l'apparition du Malin une recette tirée des livres bleus, à la manière des bergers de la Brie.

Tel est le niveau de base de la littérature orale d'un village, susurrée de bouche à oreille. Existe cependant un second niveau culturel, moins relaxé, plus relevé : ses relations avec celui qui précède et qui le sous-tend ne sont pas toujours des plus cordiales.

Cette seconde strate se rencontre chez les paysans les plus instruits, comme Edme ; et aussi chez les jeunes notables du village, quelquefois frottés de pensionnat. Parmi eux, le fils du bailli, le fils du notaire, le neveu du curé… Ils se déguisent en spectres pour moquer les histoires de revenants et pour effrayer les bonnes femmes ; ils racontent ensuite un canular de prétendue transformation d'un homme en baudet. Edme, quant à lui, narre des récits qui sont tirés non plus du grand fonds de la mémoire orale, mais de la littérature populaire (bleue) : comme par exemple *Robert le Diable*. Ces narrations d'Edme sont nettement plus *modernes* que celles du niveau qui précède ; elles ne proviennent pas de quelque protohistoire mal déterminée, mais du Moyen Âge déjà littéraire. Les teilleuses de chanvre avaient un millénaire (ou davantage) de retard sur la grande culture. Edme, cinq siècles seulement. Les enfants comme Nicolas, qui aiment bien qu'on leur fasse peur, préfèrent du reste les contes sales, ou à dormir debout, ceux des bergers ; plutôt que les sages histoires, débitées par le savant patriarche.

S'agissant toujours du second niveau, il nous faut maintenant parler *bibliothèque*. Le mot est ridicule de grandiloquence ; mais il n'en demeure pas moins qu'Edme Rétif, son père, son beau-père Dondaine le lourdaud, et d'autres cultivateurs, pas si rares que ça, possèdent ou ont possédé chacun quelques livres. Il s'agit, la plupart du temps, d'ouvrages pieux, du genre *Heures*, *Offices*,

Vies des saints… Les propriétaires de ces bouquins participent d'une culture chrétienne, plus ou moins jansénisée selon la couleur du curé du village ; ils en viennent à délaisser ainsi les superstitions et folklores ; mais ils ignorent la culture latine, les agronomes comme Caton ou Varron, et l'histoire profane : cette ignorance profonde se rencontre chez Edme et autour de lui. Il se plaît pourtant à « épater » sa femme – comme un curé qui au sermon en mettrait plein la vue à ses auditeurs ruraux. Il raconte à Barbe, en inventant de toutes pièces [84], comment l'empereur des Romains domptait les peuples de Cappadoce (sous-entendu : *c'est comme cela que je te dompterai, ma belle*). Edme, d'autre part, avait confectionné, dans la lignée des almanachs, une éphéméride soi-disant expérimentale. Elle lui servait à prévoir, pour lui et pour les autres vignerons de Sacy, les sécheresses, les gelées de printemps, les grosses vendanges et les achats de barriques : sa culture s'étendait jusqu'aux météorologies qu'à l'exemple d'autres paysans il bricolait par lui-même.

Le troisième niveau culturel, celui des *Lumières* proprement dites, ne pénètre pour ainsi dire pas dans le village. Le conte du cochon gras et du cochon maigre invite du reste le paysan, même riche, à ne pas s'égaler au grand seigneur : car celui-ci, plus fin, se moquerait de lui. Et quand le seul Foudriat lit Bayle, c'est dans l'emballement de sa jeunesse au collège Sainte-Barbe, ou encore, à la Meslier, dans le silence de son presbytère de campagne. L'athéisme de Foudriat contamine-t-il certains ruraux de Sacy ou d'ailleurs ? Rien, dans Rétif, pourtant si prolixe en détails de ce type, ne permet de l'affirmer. On notera du reste, à ce propos, que le niveau 3 (Lumières), en la personne de Foudriat, accepte avec bonhomie le niveau 1 (folklore traditionnel), vis-à-vis duquel au contraire le niveau 2 (culture de l'élite rurale), qui en est beaucoup plus proche, manifeste une allergie indéniable…

CHAPITRE IX

Culture et religion campagnardes ; les voies du Seigneur et celles qui éloignent de lui

L'ethnographie rétivienne se situe à la frontière de l'histoire matérielle et culturelle. Du social et du mental. Elle nous introduit, logiquement, à la considération des mentalités villageoises. En commençant par les plus traditionnelles (en principe...) : celles qui concernent les attitudes religieuses.

Sur l'évolution de la religiosité du monde rural, nous possédons depuis peu, avec les grandes synthèses de Michel Vovelle, des éléments régionaux de tout premier plan. Ils concernent la seule Provence. Ils sont néanmoins précieux, dans la mesure où le fort contraste qu'ils soulignent entre la Provence « française » et l'Italie « niçoise » permet d'affirmer qu'ils accèdent à un certain degré de réalité nationale. Ces documents provençaux – ou « d'oc » – sont complétés par les recherches angevines – ou « d'oïl » – de François Lebrun ; les uns et les autres nous permettent, au moins, de nous représenter comment les choses *ont pu se passer*, à ce point de vue, dans l'ensemble du royaume.

Le décor baroque et ses arrière-plans

En Provence, au point de départ des enquêtes de Michel Vovelle, se situe la période 1660-1720 : on avait d'abord à faire, en cette époque, à un vieux fonds de dévotions, folkloriques et pagano-chrétiennes, mis en place depuis longtemps. Il impliquait la piété vis-à-vis des saints locaux, ou des thaumaturges « antipeste » (saint Roch, saint Sébastien) ; il s'accompagnait de processions vers les chapelles du terroir ; et, parfois, dans les régions les plus arriérées, d'oblations de pain, de vin ou de lait sur la tombe des morts, lesquelles venaient tout droit d'une antiquité locale, ou latine (?). C'est sur ce territoire, déjà balisé depuis longtemps, qu'était survenue entre 1650 et 1720 l'invasion dévote : elle prolongeait, en milieu rural, l'élan singulier du siècle des saints et des mystiques de la Contre-Réforme. Dès lors, les paysans, ou du moins les plus riches parmi eux, s'étaient résolus à enjoliver leurs enterrements, au moyen de processions baroques (cortèges d'enfants pauvres, des 13 ou des 26 « apôtres », etc.) ; ils faisaient dire de nombreuses messes pour le repos de l'âme – la leur, ou celle de leurs proches ; ils adhéraient à des confréries de pénitents dont le recrutement, sauf exception locale ou dauphinoise, était exclusivement masculin ; les églises rustiques s'ornaient de retables qui décrivaient la Madone, le feu du purgatoire, l'enfant Jésus…

Les profils d'érosion du fait religieux

Sur ce décor religieux qu'ont planté successivement le vieux folklore, puis la récente Contre-Réforme, l'érosion du siècle des Lumières va exercer des effets plus ou moins destructifs selon les zones. Et d'abord, dans les régions moins développées, isolées, endogamiques, des Alpes hautes ou bien des premières montagnes (Barcelonnette, Vallouise-en-Dauphiné, Manosque et son arrière-pays), les structures dévotes peuvent rétrocéder un peu ; elles tiennent bon tout de même, jusqu'à la fin du XVIIIe siècle. Les demandes de messe, les cortèges baroques aux enterrements, les vocations ecclésiastiques rurales, tout cela se conserve, avec au plus quelques accrocs, jusqu'à la Révolution française. Parmi certaines de ces contrées montagnardes, les paysans commandent même, moyennant finances, davantage de messes à la fin du XVIIIe siècle que leurs pères ou leurs aïeux n'en demandaient pendant les années 1690 ou 1700 ! Et le « pauvre en liberté » dans cette zone, secouru par des aumônes en nature, reste l'image du Christ sur la terre. À tel point qu'échoue, en ces régions, la laïcisation collective des charités qu'avait réussie ailleurs la fondation des hôpitaux. Dans cette Alpe du Sud décidément paradoxale, les plus brillantes alphabétisations d'ancien type, destinées au dressage des futurs instituteurs, peuvent bien fleurir : elles ne deviennent pas pour autant les vecteurs des « mauvaises idées », ou simplement de l'« indifférence » religieuse, en provenance théorique du milieu urbain. Comme quoi, l'alphabétisation n'est pas toujours, tant s'en faut, l'indicateur miracle d'une acculturation moderniste.

Mais dès qu'on descend vers la basse Provence, vers les villages des plaines et des larges pourtours urbains, peu ou prou influencés par des villes actives, le tableau change : le XVIIIᵉ siècle provençal, dans le domaine religieux, s'accompagne d'une érosion plus ou moins subtile des mentalités paysannes. Érosion qui provient éventuellement de l'influence janséniste. Celle-ci est bénigne quand elle est appliquée de l'extérieur – comme elle l'est, par exemple, sous les auspices de l'évêque Soanen, dans le canton isolationniste et traditionnel de Senez (à propos duquel nous remontons pour un instant dans les montagnes) ; en ce cas, l'impact de la théologie augustinienne, maximal vers 1720-1740, demeure superficiel et momentané, sans grandes conséquences lointaines. Condamnées par Soanen comme étant « des comédies de religion », les confréries de pénitents du diocèse de Senez s'affaiblissent durant une vingtaine d'années, vers 1720-1740 ; puis elles reprennent des forces, par la suite. Le ciel bleu de ce diocèse rustique « s'était vidé de ses intercesseurs [1] », il s'était débarrassé de la Vierge, des Anges, dont les ailes avaient cessé de bruire pendant ces deux décennies critiques… Mais les cieux retrouveront ultérieurement, vers 1750, leur population angélique et virginale, si l'on en croit du moins des formulettes qu'utiliseront à nouveau les testaments. Vers 1780, enfin, les paysans ou artisans de Senez et de son territoire se laisseront gagner tout doucettement par l'indifférence ambiante. Cette fois, pourtant, le jansénisme local, désormais presque oublié ou presque effacé – *Requiescat Soanen in pace !* –, n'est pas pour grand-chose dans ce processus. Les nouveaux Indifférents des montagnes de Senez se bornent à répercuter les effets d'un léger détachement vis-à-vis des vieilles croyances, qui s'opère désormais sans tragédie ; ou bien, plus simplement encore, ils reflètent une imprégnation religieuse qui devient moins intense que par le passé.

En revanche, quand le jansénisme rural qui sévit vers 1720-1740 est spontané, fanatique, convulsionnaire, quand il vient se déposer sur un fond par avance ardent de religiosité antérieure, dans des localités où les gens, d'eux-mêmes, se promènent à la fraîche, le soir, sous les platanes du cours en psalmodiant des cantiques, alors ce jansénisme-là s'avère excessif ; il devient, à la longue, dévastateur pour la cause ecclésiale qu'il croit défendre. Les villageois de Provence orientale, par exemple, renoncent pendant et après l'épisode janséniste de 1720-1740 aux sacrements fréquents, par suite d'un scrupule à la Port-Royal ; ils quittent les confréries, considérées comme superstitieuses ; ils rompent avec le clergé paroissial, en raison des controverses qui opposent celui-ci à ses propres ouailles… Au bout du compte, un tel détachement, même opéré pour « la bonne cause », devient de l'indifférence toute nue. Notables en tête, une population de bourgade ou de village passe ainsi de la dévotion (vers 1700) au jansénisme (vers 1735), et enfin à la tiédeur ou même à la froideur religieuses (vers 1770), par une évolution qui a sa logique propre.

Mais les voies du Seigneur, ou celles qui éloignent de Lui, sont multiples : parmi les petites villes ou bourgades du bas pays provençal de l'ouest, la « paysannerie urbanisée » s'avère de plus en plus nombreuse, en chiffres absolus et en pourcentages. Lors d'un XVIIIᵉ siècle dynamique, elle est influencée, bien davantage qu'au cours des périodes précédentes, par les contacts de culture, d'affaires et de mariages exogamiques avec le monde extérieur : elle affirme une personnalité à la fois changeante et vigoureuse. Sans interposition d'un épisode janséniste intercalaire, elle se détache – plus même que ne le font les bourgeois soi-disant empoussiérés du cru ! – des confréries, des messes, et de l'affection pour les couvents. Certaines pratiques, la veille encore, étaient considérées comme dévotions respectables ; elles commencent graduellement, aux yeux de ces paysans émancipés, à faire figure de capucinades, voire de bondieuseries. Les femmes, cependant, demeurent plus fidèles que les hommes à la religiosité pompeuse de l'âge baroque. Le stéréotype d'une fréquentation des églises plus décidément féminine commence à s'affirmer, avant de s'épanouir tout à fait au XIXᵉ siècle. (Vers 1700, au contraire, les organisations de pénitents, si pieuses, étaient résolument masculines.)

Dans les petits villages, cette légère déchristianisation, initiée après 1750 ou après 1770, s'accompagne d'un éloignement à l'égard des confréries qui avaient tant fleuri, même chez les ruraux, sous Louis XIV (confréries de Notre-Dame-de-Grâce, de Sainte-Anne, du Rosaire[2]). En même temps s'affirme une prise de conscience originale dans la classe inférieure du monde agricole ; il arrive en effet que les « travailleurs » (manouvriers) se déchristianisent davantage que les « ménagers » (laboureurs). Formes de « mobilisation » et structures sociales se modifient donc corrélativement : les « pénitents », vers 1700, pouvaient recueillir l'adhésion d'un tiers de la population mâle d'une paroisse donnée. Mais leur audience décroît après 1750 ; très fortement chez les nobles et autres notables ; un peu moins tout de même chez les paysans proprement dits. On voit aussi se dessiner d'autres cellules, plus laïques, de mobilisation ou de sociabilité en soirée : elles annoncent les sociétés populaires de la Révolution française. Ou bien elles préfigurent, de très loin, les clubs, loges, cercles, chambrées et veillées diverses du XIXᵉ siècle.

Ainsi se propage au second XVIIIᵉ siècle, dans certaines régions de la Provence – mais pas dans toutes ! –, la déchristianisation rurale, ou plutôt, pour être exact, un processus commencé d'indifférence religieuse. L'impulsion essentielle vient des grandes villes ; mais les paysans, dans l'affaire, sont loin de jouer un rôle entièrement passif ; puisque, en bien des cas – et spécialement parmi leurs groupes pauvres –, ils se montrent plus prompts à délaisser les pratiques traditionnelles que ne le font les bourgeois pieux des petites cités. Les grands facteurs de ce détachement rustique sont à chercher de divers côtés : influence catalytique, mais épisodique et pas indispensable, de la crise janséniste ; rupture des isolats de l'endogamie villageoise (elle avait assuré, au contraire, par le biais de l'éducation familiale, jusqu'au commencement du XVIIIᵉ siècle, la transmission et la reproduction fidèle des opinions d'autrefois) ; destruction imprudente du folklore pagano-chrétien par la hiérarchie ecclésiastique – en faisant clôturer le cimetière, en interdisant aux cadavres des cultivateurs la sépulture sous le pavé de l'église paroissiale, cette hiérarchie sectionne dangereusement les amarres qui reliaient le village des vivants au village des morts. Parmi les causes du détachement, on est tenté aussi de mentionner l'alphabétisation des ruraux, boomerang culturel qu'un clergé bâtisseur d'écoles a manié lourdement, pour le plus grand bien des esprits rustiques, mais sans toujours réfléchir au fait que l'instruction élémentaire pouvait se retourner contre les prêtres, dès lors qu'elle se chargeait d'un contenu de philosophie vulgarisée. Il est vrai qu'en ce domaine, les choses ne sont point toutes simples : l'alphabétisation n'est en fait que la partie émergée – pas toujours la plus significative – d'un phénomène intellectuel beaucoup plus vaste qu'elle-même, et qu'on peut appeler l'acculturation socio-politique et socio-religieuse. Celle-ci peut fort bien se transmettre « par voie orale », de bouche à oreille, grâce aux diverses cellules de la sociabilité populaire. Dans ces conditions, elle concerne souvent davantage, en Provence par exemple, les analphabètes évolués du bas pays ; alors qu'elle demeure assez étrangère aux instruits, aux écrivants et aux lisants de vieille souche, restés traditionalistes, qu'on rencontre en très grand nombre dans la montagne immobile. Le paradoxe final que nous proposent des recherches comme celles du professeur Michel Vovelle, c'est que le monde paysan, qui fut sans doute l'un des derniers à se christianiser, sera aussi, dans quelques cas, l'un des premiers à se déchristianiser. L'exemple de la Provence vaut sans doute, à ce propos, pour d'assez vastes portions de la France d'oc. On soupçonne aussi que, dans certains diocèses jansénistes de la France du Nord, la situation a dû évoluer d'une manière qui n'était pas très différente de celle qu'on a rencontrée dans la région de Senez ou de Draguignan : il faudrait, pour y voir clair en ce domaine, multiplier les études régionales ; déjà Mogensen, par exemple, a montré, dans le pays d'Auge, la transformation caractéristique d'une population campagnarde qui demeure au XVIIIe siècle très cléricale, mais qui se laisse progressivement gagner par une indifférence (non agressive) à l'égard de la pratique religieuse.

*

Sur la religion paysanne, nous avons dû nous contenter d'extrapoler à partir d'une grande synthèse régionale, et de quelques indices, ailleurs. Beaucoup mieux connu, en revanche, est l'élément « dynamique » qui fait bouger la culture paysanne vers un avenir encore mal déterminé : je veux parler de l'alphabétisation populaire.

Les études sur l'éducation rurale sont en effet revenues à la mode, voici quelques décennies, grâce, par exemple, aux travaux de Fleury, qui a remis en circulation les enquêtes de Louis Maggiolo effectuées au début de la IIIᵉ République. À cette époque, des milliers d'instituteurs de campagne avaient sondé les registres paroissiaux, afin d'y relever, sur des dizaines de milliers d'actes de mariage, les statistiques d'hommes sachant signer – ou non – de 1685 à 1875. Tout récemment, François Furet, Jacques Ozouf et Gilbert Shapiro ont réussi à chiffrer, dossiers Maggiolo en main, les progrès de l'instruction élémentaire, région par région, au XVIIIᵉ siècle ; ils ont aussi mesuré l'écart « masculin-féminin », et ses variations à la même époque, en comparant, de 1685 à 1785, les progrès de l'alphabétisation des hommes et de celle des femmes. (Ainsi s'amassent, dans une direction imprévue, des données pour la construction d'une histoire du féminisme rural, avant la lettre.) Quant à la scolarisation villageoise elle-même, phénomène qu'il ne faut pas confondre avec l'alphabétisation, les querelles scolaires de la fin du XIXᵉ siècle avaient donné un nouvel essor à son historiographie. Les travaux de l'abbé Allain, et plus récemment ceux de Mireille Laget, ont rassemblé un dossier impressionnant, relatif à l'offensive catholique, menée sur tous les fronts, après 1685, en matière de création d'écoles rurales. Ce dossier nourri contraste heureusement avec les platitudes d'une historiographie réductrice et rationalisante qui voit dans l'école du village le produit légitime des Lumières, entendues au sens le plus étroit du terme, comme émanées de la bourgeoisie philosophique.

Disons que l'école élémentaire, à la ville et plus encore, voire surtout, dans les campagnes, est fille tout à la fois de la technique et de la religion, entre autres parents possibles.

Petites écoles au village

Fille de la technologie, d'abord : c'est avec et c'est après la première diffusion du papier, au XIVe siècle, qu'est né en Normandie,
vers 1350-1400, puis de nouveau après 1440, le premier réseau
vraiment étoffé d'écoles de paroisses. À la fin du XVe siècle, la
découverte de l'imprimerie a fait rebondir, vers le long terme de
l'âge moderne, cette première vague encore modeste d'alphabétisation ci-devant bas-médiévale.

Sur ce fond de technologie qui rend tout possible, la religion a
brodé ; elle a amplifié aussi le dessin initial, encore ténu, de la
carte scolaire. (Au XIXe siècle, l'idéologie libre penseuse prendra
la relève de l'Église, et elle jettera à son tour, très tardivement,
sur les campagnes françaises un blanc manteau d'écoles neuves,
anticléricales.) Mais au XVIe siècle, l'Église, catholique ou protestante, reste à la pointe du combat scolaire. Vers 1530, Luther
donne le ton : l'école, dit-il, est une arme, une lance qu'il faut
brandir contre le diable ; grâce à elle, la Bible, qui est le premier
des livres, est mise à la portée du fidèle, dorénavant alphabétisé.
Elle peut lui entrer par les yeux, et plus seulement par les oreilles,
qui sont pourtant « les meilleurs organes du chrétien ». Et le
Réformateur ne craint pas de dire que son plus grand rêve aurait
été de se faire maître d'école.

Aux siècles qui suivent, en France du moins, la balle passe dans
le camp catholique. Les papistes, à leur tour, après les huguenots
(et avant les « mangeurs de curé » de la fin du XIXe siècle), décrè-
tent que l'âme des enfants se gagne entre les quatre murs des
petites écoles… Pour le XVIIe siècle, Jean Delumeau a souligné à
ce propos le rôle de « la compagnie du Saint-Sacrement, des jansénistes, des confréries de charité, et de diverses communautés
enseignantes… », ursulines ou sœurs grises pour les filles, et
frères des écoles chrétiennes pour les garçons (ces frères étant surtout influents dans le milieu urbain). Toujours selon le même
auteur, la hiérarchie épiscopale « ne s'intéressa que tardivement
aux petites écoles ». Quoi qu'il en soit, à l'époque de la Révocation, disons plus largement de 1680 à 1715, le combat pour l'âme

enfantine fait rage, unilatéralement du reste, et les écoles élémentaires poussent comme champignons : du Languedoc au pays de Caux, partout où le pouvoir veut disputer le terrain au calvinisme. Cette entreprise de propagande n'est pas toujours couronnée de succès ; « la religion s'acquiert par l'habitude », écrit l'évêque Maupeou, de Castres, qui est posté sur une frontière de catholicité, dans un diocèse « infesté » de protestants… *« Nos églises sont désertes. Il n'y a que les écoles qui subsistent par la continuelle application que nous y donnons. Je ne manque pas d'aller moi-même deux fois la semaine visiter celles de la ville et je visite celles de la campagne de deux mois en deux mois, mais ces gens-là sont si méchants que les pères et les mères chaque soir font tout ce qui est en eux pour faire oublier à leurs enfants tout ce qu'ils ont appris pendant le jour*[3]. »

La morale de cette École « directive », qui, comme on voit, ne gagne pas toujours ses paris, s'exprime sans ambages. C'est en usant leurs robes ou leurs chausses sur les bancs de l'école de village, comme les adultes leurs genoux sur les prie-Dieu, que les enfants se pénétreront graduellement des « vérités de la religion ». Les assemblées du clergé de France, épaulées par les pouvoirs publics, soulignent à l'envi, entre 1660 et 1750, le rôle éminent que joue le pédant ou le cuistre dans la maintenance de la foi du plat pays. Ce personnage est doué d'un rôle, et d'un statut, sinon d'un prestige : en même temps qu'instituteur, il est chantre, sacristain, sonneur de cloches. Il a droit, théoriquement du moins, à la seconde place dans le sanctuaire paroissial, après le curé, avant le seigneur local. (Celui-ci, bien sûr, n'accepte pas toujours de gaieté de cœur une telle préséance.)

Cela dit, n'allons pas nous leurrer : en dépit de tels efforts du clergé pour donner quelque lustre à la fonction enseignante, le prestige des maîtres, au moins dans les régions où les historiens l'ont étudié, décline aux XVIIe-XVIIIe siècles ; au fur et à mesure que se vulgarise l'alphabétisation, l'offre croissante du savoir en avilit la valeur. Pendant les premières années du XVIIe siècle, en bas Languedoc, l'instruction de base est encore une denrée relativement rare (et chère) ; l'enseignant de paroisse ou de bourgade rurale est donc un Monsieur ; ou du moins, un petit Monsieur, avec lequel la communauté villageoise passe contrat en bonne et due forme. Au

XVIIIe siècle mûrissant ou finissant, le même personnage, ou plutôt son successeur, est devenu un semi-prolétaire, dont les gages, impitoyablement bloqués dans le long terme du siècle, se sont paupérisés sans barguigner, compte tenu de la montée des prix. Ces gages, du reste, on les paie ou on ne les paie pas, selon l'avarice, la fantaisie ou les ressources des parents d'élèves et des échevins ou consuls. Frustré des gratifications salariales, le régent des écoles doit, pour se consoler, se contenter de jouissances intellectuelles… ou pieuses. Les métaphores cléricales, en effet, raffolent des hiérarchies célestes : elles donnent au maître d'école du village un rôle tellement éminent, quant à la protection des âmes enfantines, qu'il ne le cède en cela qu'à l'ange gardien, cher à la Contre-Réforme. Plus concrètement, certains privilèges améliorent un peu la condition médiocre dans laquelle se débat le « pédant ». Il est exempt de la milice, et de la charge périodique de collecteur d'impôts.

Dans la vie quotidienne de la communauté villageoise, il semble bien que le curé et le maître d'école travaillent à l'unisson. Des frictions, certes, peuvent surgir entre ces deux personnages. Ils sont, quand même, dans beaucoup de cas, si l'on en croit Rétif, unis comme les doigts de la main. Rien à voir avec l'antagonisme virulent qui, bien plus tard, après 1880, dressera l'instituteur laïque contre le représentant de l'Église. Vers 1700-1750, le curé de paroisse et le régent des écoles s'entendent bien ; ils instituent, à l'encontre des enfants qui leur sont confiés, un système d'espionnage et de délation. De quoi réprimer, à temps, peccadilles et péchés mortels. La convergence régent-curé est du reste telle à cette époque qu'existe à la campagne, dans la société globale, une pression diffuse : elle tend à faire coïncider l'image du maître d'école avec celle, désexualisée en effet, du prêtre papiste. Il peut arriver que le maître se voue de lui-même au célibat ; dès lors il devient, tout comme son confrère ensoutané, un castrat éthique et volontaire, qui se conforme sur ce point aux prescriptions presbytérales du Nouveau Testament. Inutile de dire que beaucoup de pédants ne l'entendent pas de cette oreille : ils persistent à prendre une épouse, et à lui faire des enfants.

La fusion entre le clergé, d'une part, et la collectivité enseignante, d'autre part, peut cependant s'opérer de façon bien plus simpliste. Dans un monde où il existe quantité de prêtres haut le pied, voire gyrovagues, menacés quelquefois par la clochardisation, ou simplement incapables de se dénicher une paroisse, beaucoup d'ecclésiastiques se rabattent sur le métier d'enseigneur rural. Exemplaire à cet égard est le diocèse de Rouen, vers 1713-1715. Au lendemain d'une grande vague de scolarisation, menée à bride abattue par le clergé post-révocateur, entre 1685 et 1720, les statistiques parlent : sur 855 écoles (dont la grande majorité est rurale), 365, soit près de la moitié, sont tenues par « des prêtres, des vicaires, ou des diacres ». Les jeunes prêtres purs et durs, issus des séminaires, exercent, vers 1700, sur l'esprit de leurs élèves un effet d'impact idéologique ; dans une direction tout à fait opposée, il n'est pas moins intense que celui qui émanera plus tard des instituteurs de choc, les « hussards noirs de la République », cet autre clergé laïque, sortis des nouvelles écoles normales vers 1900 ou 1910…

Certaines écoles rustiques sont mixtes (notamment au village de Rétif) ; mais, dans l'ensemble, l'Église s'oppose fermement à la « coéducation » des garçons, des filles… et du maître, dans un local ou une classe unique. Les sexes étant ainsi ségrégés, la surproduction d'ecclésiastiques mâles candidats aux postes magistraux ne permet point, par définition, de regarnir les effectifs déficients des enseignantes ; celles-ci se recrutent, par exemple, au XVIIIe siècle, parmi des congrégations de simples et pieuses laïques. Ce sont les *béates* du Velay, les *menettes* d'Auvergne, souvent à peine plus dégrossies que leur auditoire… Elles tiennent, vis-à-vis des petites filles qu'elles éduquent, le rôle que remplissent, dans les actuels pays d'Afrique noire, certaines jeunes enseignantes tout juste alphabétisées ; mais elles n'en diffusent pas moins, à l'usage des écolières, le savoir modeste, et pourtant précieux, qu'elles ont accumulé, comme un minuscule bagage, en matière de lecture, d'écriture et de calcul.

Quoi qu'il en soit, dans ces différents cas, l'éducation populaire du premier XVIIIe siècle apparaît davantage, chez nous, comme un sous-produit de la Contre-Réforme que comme une manifestation des Lumières. Du moins, si l'on entend celles-ci au sens purement « philosophique » du terme. Si, au contraire, on inclut parmi elles, comme l'a fait Pierre Chaunu, les accomplissements d'arrière-saison du catholicisme, janséniste ou rococo, alors l'éducation paysanne est bien l'une des expressions les plus achevées de

ces Lumières très œcuméniques, à foyers multiples, y compris
« papistes ».

Religieuse, l'éducation primaire du paysan d'époque Louis XV
est fondée sur une combinaison culturelle : l'enseignement des
éléments de base (lecture, écriture, calcul) s'y associe avec l'assimilation à haute dose du catéchisme (lui-même instrument de lecture) ; c'est cette assimilation même que préconise, à raison d'une
demi-heure par jour, le vénérable Jean-Baptiste de La Salle, apôtre
de l'éducation populaire. Les protestants du Languedoc, eux aussi,
au XVIIIe siècle, enseignent, jusqu'au fond du Gévaudan, au jeune
auditoire de leurs écoles, le catéchisme huguenot ; soit, dans une
semi-clandestinité, « les chants des psaumes de Bèze et Marot, et
la doctrine de Calvin[4] ». En Lozère encore (diocèse de Mende), sur
une frontière de catholicité, déjà évoquée précédemment à propos
du Castrais, l'évêque Choiseul de Beaupré, en cinq points, prévoit
que « le maître d'école doit amener les enfants à la messe tous les
jours (et renvoyer ceux qui ne s'y soumettent pas) ; qu'il doit
enseigner la doctrine chrétienne deux fois par semaine dans le
catéchisme du diocèse, et former les enfants aux sacrements ; il
n'acceptera aucune fille dans son école, de quelque âge et de quelque condition qu'elle soit ; il saisira les livres hérétiques pour les
remettre au curé ; il présentera enfin chaque année un certificat de
bonne vie et mœurs à l'évêque, afin d'obtenir le renouvellement de
l'approbation du prélat[5] ». Au village d'enfance du père de Rétif,
le maître, qui enseigne sous une image quasi sulpicienne, remet aux
enfants, à la veille des grandes vacances dédiées aux moissons et
aux vendanges, un abrégé de Bible (sous forme d'*Histoire sainte*,
éditée par la littérature populaire). Le devoir de vacances des
jeunes villageois consiste à lire collectivement des chapitres de ce
livre, et à en « recopier chaque dimanche quelques pages ». Par ailleurs, ce même maître d'école de *La Vie de mon père*, qui répond
au nom de Berthier, inonde littéralement les enfants de conseils
d'éthique extrêmement rigides ; ces conseils annoncent le mora-
lisme strict et puritain des instituteurs de 1900, qui en cela seront
justifiés *a posteriori* par un kantisme vulgarisé d'école normale
(démoli de nos jours…). « Respecte la luzerne et la fille de ton voisin », déclare en substance le vénérable Berthier (qui, lui, n'a pas
lu Kant, et pour cause) aux garnements dont il a la charge.

Motivations non religieuses

Il est certain, cependant, que les motivations religieuses ne sont pas les seules, tant s'en faut, qui animent l'école villageoise d'ancien type. Elle doit, de toute manière, former les jeunes aux bonnes mœurs, et sur ce point, je le répète, la morale laïque et puritaine de la Belle Époque n'aura qu'à recueillir, dans le giron des petites écoles, un héritage : celui-ci, malgré ses tendances à l'augustinisme rebouilli, est en fin de compte assez indépendant de la religion. Les taux très bas de conceptions prénuptiales et d'illégitimité, qu'on rencontre si souvent dans nos campagnes, résultent bien entendu de l'ardeur militante des curés, qui font sentir le caveçon à leurs jeunes ouailles par le biais de la confession auriculaire. Mais le prêchi-prêcha austérisant des maîtres d'école n'est pas non plus dénué d'influence : il est porteur d'un certain contrôle sexuel au village.

L'ambiguïté du système, à l'école des champs, vient de ce que, en dépit de la pédagogie éthico-religieuse instituée par le *curriculum* en vigueur, les finalités sacrées (aimer Dieu) ou moralistes (vaincre la paresse, enseigner les mœurs) ne sont pas les seules qui soient en jeu : il existe aussi, quant à la scolarisation rurale, une demande spécifiquement séculière en son essence. Trêve de cléricalisme, en effet : toute une population paysanne, minoritaire certes, veut simplement des écoles… pour apprendre à lire, écrire, voire compter. Dès 1625 – avant que soit atteint le « sommet de la vague » d'une Contre-Réforme –, Arnaud, évêque d'Angers, monte sur ses grands chevaux et se plaint avec véhémence : certains maîtres, écrit-il, inculquent vraiment la religion aux enfants ; mais il en est d'autres, hélas, qui bornent leurs ambitions à enseigner uniquement la lecture aux « chères têtes blondes » ; ces préoccupations nettement non religieuses de divers pédants rejoignent, simultanément, un autre souci, manifesté par les bâtisseurs d'écoles rurales dès la fin du xvie siècle. Le but du réseau d'enseignement élémentaire, disent les conciles provinciaux en France, vers 1580, c'est de combattre la paresse, en scolarisant les galopins : autrement, ils vagueraient à ne rien faire, le long des chemins et dans les champs. On reconnaît là des mentalités de type à la fois mercantiliste et wébérien : elles visent à greffer sur la personnalité des êtres jeunes le sens de l'effort et le goût de l'accomplissement dans le siècle. Joignant aux préceptes l'exemple minutieux et prosaïque, les textes du xvie, et ceux du xviiie siècle, insistent pour les filles sur l'importance des travaux d'aiguille à l'école. La maîtresse rurale, chère à Rétif (quand il se veut *gynographe*…), doit enseigner, aux filles en question, « de petits ouvrages utiles » ; mais surtout pas de lecture ni d'écriture. La religion ne sera inculquée aux filles que de bouche ! Ces préceptes par trop utilitaristes de Rétif n'empêcheront pas de nombreuses jeunes femmes d'accéder à une éducation de base, que leur dispensera tel parent ou tel grand frère. L'écart masculin-féminin en matière d'alphabétisation demeurera de toute façon assez prononcé…

Pour les garçons précisément, et spécialement pour les futurs gros fermiers des *openfields* parisiens, l'utilité terrienne d'une mince éducation est fortement ressentie par les intéressés : ils savent que souvent un gros laboureur est *aussi* un receveur seigneurial ; il se doit de rédiger un livre de comptes. Porte-parole de son groupe social, François Quesnay, fils de laboureur, se plaint de ce qu'on veut empêcher les fermiers d'avoir des écoles de paroisse, où leurs enfants peuvent apprendre à lire, écrire et compter. Quant aux souvenirs émus que les Rétif conservent de leur temps d'école avec le vieux Berthier, ne témoignent-ils pas, eux aussi, sur le fait que, dans le milieu des riches laboureurs, on tient l'instruction pour un besoin aussi essentiel que le pain ? La demande d'écoles n'est du reste pas formulée seulement par les groupes sociaux les plus riches et les plus éclairés du monde rural. Elle provient aussi, à l'égard même du plat pays, de la cité voisine ou lointaine : au xviiie siècle, les gens comme il faut se piquent, dorénavant, d'avoir des laquais qui soient capables de lire et d'écrire. Et où les puiserait-on, ces laquais lettrés, sinon dans le vivier des paysans éduqués, qui sont fournis désormais, en grand nombre, par le réseau plus étoffé de la scolarisation du xviiie siècle ?

Cet « utilitarisme » scolaire, au meilleur sens du terme, pour le coup, semble être plus répandu, en l'époque, parmi les régions septentrionales : elles sont, du reste, les plus éclairées. En revanche, en certaines zones du Midi, davantage ignorantes, la demande pour un enseignement plus séculier, telle qu'elle commence à se faire sentir à la veille de 1789, n'est pas encore satisfaite, en contrepartie, par une offre équivalente. Dans le Gers, dans l'Agenais, les cahiers villageois des états généraux élèvent une plainte : « Les régents, les vicaires, y lit-on en substance, quoique prébendés du revenu d'une ferme, se bornent à enseigner à leur auditoire l'art d'être enfant de chœur ; ils n'inculquent pas la lecture, l'écriture, le calcul ; ils n'ont pas ou peu de livres à prêter… » Ces paysans de la zone dite « moins développée » du Sud-Ouest suivent donc, tardivement, l'exemple de leurs frères du Nord ; ils commencent à sortir d'une certaine torpeur obscurantiste ; ils souhaitent fermement se fournir en instituteurs dignes de ce nom ; ils veulent un enseignement moins axé sur les besoins spécifiques de l'Église ; ils désirent tout simplement de bons livres.

Pédagogie

L'attitude – ou la non-attitude – vis-à-vis du livre est au centre, en effet, des problèmes de l'école de paroisse d'Ancien Régime. Le vénérable Jean-Baptiste de La Salle, éducateur du petit peuple urbain et de la classe moyenne inférieure jusque dans les campagnes, avait tenté de mettre l'enseignement plébéien à l'heure de la technologie de Gutenberg. Il avait remplacé le cours magistral, entrecoupé de questions aux enfants, par une pédagogie plus livresque, et plus efficace, « selon laquelle chaque élève lisait sur son livre personnel ce que le maître (ou bien l'élève en train d'être interrogé) disait en s'inspirant dudit livre » (Allain). Cette pédagogie, novatrice pour son temps, suppose l'achat d'un livre par élève ; ou du moins par chaque petit groupe d'élèves. Elle implique des moyens monétaires, et une ouverture vis-à-vis de l'ouvrage imprimé, qu'on trouve, vers 1750, plus répandue en ville qu'à la campagne. En fait, dans l'école rurale qu'une gravure contemporaine de Rétif a représentée, le régent, seul à sa table, parle magistralement, livre en main ; les garçons sur le banc de droite écoutent, sans livre personnel ; un papier vaguement griffonné gît devant chacun d'eux sur leur tablette ; les filles, elles, au banc de gauche, se contentent, sans livre, et même sans papier ni table, d'être jolies et souriantes.

L'innovation pédagogique de type lassallien se heurtait, en milieu rural, au manque de volumes édités. Il est certain pourtant que, dans les régions relativement éclairées, le maître disposait de quelques bouquins pieux ou simplistes, sur la petite étagère de la salle de classe : on attendait de lui, soit pendant les vacances, soit pendant l'année scolaire, qu'il en prête aux élèves ou aux familles. La tradition de la bibliothèque d'école, chère aux instituteurs de la IIIe République (voir *Nous, les maîtres d'école*, de Jacques Ozouf), plonge quelques racines dans les habitudes informelles d'un xviiie siècle villageois.

La « chambre » de l'école rurale, que l'instituteur se devait de balayer régulièrement, n'avait pas la complexité des locaux de classe urbains, avec leur grande salle pleine à craquer de nombreux enfants, respectivement et simultanément instruits aux divers degrés. Il n'empêche que les divers types d'écoles campagnardes, évoqués par Rétif ou par des graveurs, possèdent eux aussi plusieurs bancs à fonctions différenciées. Nous avons évoqué le modèle « Chambre des communes » : le maître a le banc des filles à sa gauche, le banc des garçons à sa droite, les unes et les autres étant situés face à face – tout comme, dans la mère des parlements, l'opposition et la majorité. Le texte même de Rétif propose un autre modèle, plus conforme à nos habitudes actuelles : plusieurs bancs, face au maître, s'échelonnent les uns derrière les autres. Les plus jeunes et les moins instruits s'assoient au premier banc ; ils récitent les éléments. Puis, au fur et à mesure que ces petits élèves grandissent en âge, science et sapience, ils passent aux bancs du fond, sur lesquels ils sont jugés dignes d'entendre et de réciter des leçons de morale quotidienne, et autre…

Dans les régions du Nord-Est, la scolarisation du xviiie siècle est déjà forte. Les villages sont gros (400 à 500 âmes) ; ils grouillent d'enfants : l'école paroissiale, avec sa classe unique en forme de pyramide des âges, est donc surpeuplée, voire turbulente. Ailleurs, plus au sud, les efforts de scolarisation sont moins intenses : la salle de classe, d'après des gravures relatives à la région lyonnaise[6], peut contenir simplement deux groupes d'enfants disposés dans le désordre ; chacun de ces groupes, avec ou sans table, reçoit des leçons, parfois quasiment particulières, d'un maître différent, jeune ou chenu. Enfin, parmi les régions d'ignorance très répandue, comme est la Bretagne, le concept même de « salle de classe » n'est pas nécessairement actualisé ! Dans bien des cas, « le maître devait littéralement courir après ses élèves, dans les champs, de cabane en cabane. Il les enseignait *un à un*, au hasard d'une rencontre, dans l'herbe, assis sur une souche[7]… ».

Les horaires théoriques des cours sont, bien sûr, plus matinaux que ceux de nos enfants, mais d'assez peu (huit heures à onze heures, et treize heures à seize heures en hiver ; sept heures à onze heures et treize heures à dix-sept heures en été). Dans quelle mesure ces horaires étaient-ils réellement remplis et pratiqués ? On peut se le demander ; on entrevoit, en tout cas, sur ce point, une piste de recherche : l'école de paroisse prélevait à son usage un nombre élevé d'heures de vie enfantine, qui autrement eussent été consacrées au travail physique, souvent dur[8]. Ce prélèvement « horaire » a-t-il contribué de façon significative à modifier la morphologie physique des êtres jeunes et à les faire grandir ? Les régions les plus fortement scolarisées, au nord-est de la ligne Saint-Malo/Genève, sont en tout cas peuplées d'hommes nettement plus grands qu'au sud de cette fameuse diagonale : la corrélation alphabétisation-haute stature est même plus forte que les corrélations qui unissent la stature aux facteurs (pourtant stimulants pour la pousse humaine) qui ressortissent à un bon niveau de vie matérielle. L'école exerce-t-elle un impact spécifique sur l'anthropologie physique des jeunes Français[9] ?

Alphabétisation et développement

Anthropologie, ou, à tout le moins, géographie d'aires culturelles, tel est en effet le domaine que peut légitimement explorer l'historiographie du monde scolaire. Les sociologues des années 1830, tels que Dupin et d'Angeville, avaient pris, les premiers, conscience du phénomène : si 48,3 % des conscrits sont illettrés en 1830-1833, une telle ignorance, notent ces chercheurs, n'est cependant pas répartie de façon uniforme sur le territoire. Les masses analphabètes, dit d'Angeville, dominent largement au sud-ouest de la ligne Saint-Malo/Genève ; le « décrassage » culturel, en revanche, est presque achevé au nord-est ; il est entrepris largement dans le Nord et en Normandie.

Sur ce point, les analyses des statisticiens de la monarchie de Juillet ont reçu par la suite d'éclatantes confirmations d'ordre historique ; elles concernent, pour le coup, l'Ancien Régime. L'enquête Maggiolo-Fleury (1877-1957) démontre que les clivages culturels, matérialisés par l'analphabétisme, sont parmi les plus anciens qu'on puisse imaginer : les historiens de l'ignorance populaire travaillent dans « la longue durée »...

Dès Louis XIV, en effet, dans les années 1686-1690, les « deux France » (que Dupin et d'Angeville diagnostiqueront près d'un siècle et demi plus tard) s'opposent déjà, disions-nous lors d'un précédent chapitre (*supra*, p. 403-404).

Au XVIIIe siècle (que pour cette fois je ferai commencer vers 1680), le coup d'envoi de la Révocation donne un nouveau départ à l'instruction populaire. Un peu partout, surtout dans le Sud languedocien [10], des curés de choc et des prélats de combat essaient d'implanter l'école ou le régent, qui se tiennent à la pointe avancée de la *reconquista* catholique. De 1688 à 1788, le taux national d'alphabétisation, sexes réunis, passe de 21 à 37 %. Chez les mâles, ce taux monte de 29 à 47 % [11]. Chez les femmes, le taux part d'une situation beaucoup plus déprimée ; mais, doué d'une faculté de croissance nettement plus vive, il double pratiquement, passant de 14 à 27 %. Il y a donc, dans le relatif, un progrès du « féminisme » au XVIIIe siècle, du moins quant à la scolarisation campagnarde. Avec, bien sûr, de puissantes inégalités régionales.

La première alphabétisation (telle que l'enregistrent les statistiques relatives à la décennie 1680) ne s'inspire pas seulement, dans sa géographie, des impératifs du paysage religieux. Certes, elle a recouvert, comme une lave, les régions du nord-est de la France, qui, au temps des guerres de Religion, et au XVIIe siècle, s'étaient distinguées par leur zèle ligueur, puis contre-réformé. Mais cette tendance elle-même, pour prégnante qu'elle fût, était loin d'être universelle. La Bretagne, ultra-catholique déjà en 1593 comme elle le sera encore en 1793, n'en était pas moins ensevelie, au xviie siècle, dans un obscurantisme impressionnant. En fait, dès 1680 – et c'est par ce biais qu'il convient d'introduire des considérations sur les infrastructures matérielles –, la ligne Saint-Malo/Genève renvoyait dos à dos (par-delà telle ou telle option religieuse) deux types de civilisation rurale, et même de civilisation tout court, caractérisés respectivement par des organisations agraires hétérogènes, et par des stades différents du développement économique. Les régions du Nord-Est, qui, dès le xviie siècle, se laissent docilement pénétrer par l'écriture, sont celles de la langue d'oïl, des limons, du labour à cheval, de l'ancienne chevalerie française et gothique d'entre Loire et Meuse, des *openfields*, et des gros villages groupés, perméables à la sociabilité comme aux Lumières. En revanche, les zones réfractaires à l'alphabétisation sont situées (d'après les cartes de Fleury) au centre, au sud et à l'extrême ouest du royaume ; elles correspondent, *grosso modo*, aux terres froides, et aux bocages limousin et armoricain ; aux régions du labour à bœufs, du métayage, des pays coupés, des parlers occitans et celtiques, des châtaignes, sinon des sorcières.

Se produit donc, sur cette grille d'alphabétisation préexistante, après 1680-1690, la seconde phase d'acculturation scolaire, entre Révocation et Révolution : on y voit, derechef, s'affirmer, mais aussi s'étoffer, se compléter, la géographie d'un développement. Certes, la région du grand Nord-Est, sur sa lancée, continue, pendant le xviiie siècle, à figurer dans le peloton de tête des régions instruites ; les progrès substantiels que cette vaste zone enregistre, de 1688 à 1788, se situent, quant au taux de croissance séculaire du niveau d'alphabétisation, entre + 50 % et + 150 %. Mais le vrai rattrapage (qui, du reste, est loin d'être achevé à la veille de la Révolution) se situe, lui, plus au sud : il s'effectue dans le domaine « franco-provençal » et provençal pris au sens très large (Dauphiné, région lyonnaise, Provence). Et aussi dans l'Occitanie proprement dite : je veux parler plus précisément de l'Occitanie heureuse, celle des régions d'urbanisation rurale ou d'habitat groupé de type méditerranéen, telles que le bas Languedoc méditerranéen, voire le « Val de Garonne ». Là, les taux de croissance séculaire du niveau d'alphabétisation, de 1688 à 1788, vont sans dif-

ficulté au doublement et au triplement (de + 100 % à + 200 %).
Sans que pour autant les niveaux du Nord-Est soient rattrapés par
ce Midi progressiste… Mais on peut affirmer tout de même que,
sous Louis XVI, l'intégration culturelle de l'Occitanie heureuse
– en voie d'exhaussement aux meilleures normes nationales – est
bien partie.

On n'en dira pas autant du grand triangle de terres ignorantines
(basé sur l'Atlantique) : il s'enfonce comme un coin entre les susdites zones du Nord et du Sud, qui sont, elles, en voie de révolution culturelle. Ce triangle « maudit » englobe les paysanneries du
Sud et de l'Ouest ; de la Bretagne, du Bassin aquitain moins le
Val de Garonne (et encore !) et la plus grande partie du Massif
central – Cévennes et Vivarais étant néanmoins exceptés. Là, de
l'Armorique au Gévaudan, les traînards culturels s'accumulent au
XVIIIe siècle, en corrélation étroite avec les substructures du sous-
développement matériel ; les taux de croissance séculaires du
niveau d'alphabétisation s'avèrent inférieurs à + 100 % ; et ils sont
proches maintes fois de + 30 % seulement. Et parfois même,
ô horreur ! ils sont négatifs, indiquant la décroissance du nombre
des lisants (cas des Landes et du Morbihan). Alors que tout le cel-
tisme breton est affecté par cette arriération, l'Occitanie, elle, se
divise : face à l'Occitanie du progrès, déjà mentionnée, se dessine
une Occitanie profonde (Massif central), repliée sur ses valeurs et
sur sa culture autochtone ; elle en sera réduite, pour un temps,
tâche purement parcellaire, à fournir Paris en porteurs d'eau, puis
en bougnats. La Bretagne, cependant, tout entière drapée dans un
ignorantisme de bon aloi, paie durement le prix du bas niveau de
vie de ses régents, mal payés, mal nourris, vieillis avant l'âge :
leur retraite s'identifie avec une mendicité dégradante.

D'une façon plus précise, le « triangle inculte » (Armorique,
Massif central, Landes) se caractérise – en causalité de base – par
son déficit quant au réseau des écoles ; celui-ci étant, au contraire,
très étoffé dans le grand Nord-Est instruit, et aussi dans un certain
Midi pyrénéen, dans la moyenne Garonne et parmi les basses
Pyrénées (d'après la carte de 1833, qui paraît refléter des réalités
plus anciennes).

Une telle inégalité du développement prend néanmoins des
aspects fort originaux, et un peu différents de ceux qui viennent

d'être évoqués, dès lors qu'on s'intéresse, dans le *trend*, à l'évolution de l'écart « masculin-féminin ». Du point de vue de la réduction souhaitable de cet écart, le Nord-Est rural (et autre) continue à bénéficier de la « prime d'ancienneté » que lui vaut son alphabétisation précoce, partiellement réalisée dès le xviie siècle. Il conserve donc, au xviiie siècle, une grande partie de son avantage : les femmes, au temps des Lumières, y mettent les bouchées doubles, et elles s'alphabétisent à grande allure. La France la plus décidément féministe, celle où le taux de croissance séculaire de l'alphabétisation féminine est supérieur de beaucoup aux taux homologués chez les hommes, comprend, certes, nous l'avons noté, divers départements du Midi méditerranéen et languedocien ; mais elle se situe encore dans les bons vieux départements instruits, ou en voie de l'être, du nord-est du royaume [12]. Là, les mâles septentrionaux daignent accepter que leurs filles, sœurs ou futures compagnes se haussent jusqu'à leur niveau de culture. Les lettres d'amour, avec réponse à l'envoyeur, deviennent possibles pour un grand nombre, même au village. Au contraire, dans quelques régions de l'extrême Ouest et du Centre-Midi, un certain masculinisme s'aggrave. Le cas très net à cet égard est celui du Finistère ; l'instruction des hommes – partie de très bas, il est vrai – y fait plus que doubler au xviiie siècle (+ 116 %), ce qui pour la Bretagne constitue un record. Tandis que l'alphabétisation des femmes, elle, recule de 40 % ! On se demande ce que des couples culturellement bâtis sur une pareille base, tout de guingois, pouvaient encore avoir à se dire. La loi des mâles, dans ce cas, était-elle, dans une certaine mesure, la loi du silence, devenue la norme du ménage ?

En fin de compte, et si importante qu'elle ait été, l'alphabétisation des laboureurs ne leur a pas fourni l'occasion d'une « percée » au-delà d'un certain niveau de mobilité ascendante. Certes, pendant la première moitié, voire les deux premiers tiers du xviie siècle, la situation pouvait sembler paradoxalement plus favorable. À cette époque, la France était moins urbanisée, moins alphabétisée qu'elle ne le sera au xviiie siècle ; il convenait, quand le besoin s'en faisait sentir, de puiser des élites dans les divers et maigres viviers où il était possible d'en recruter, y compris parmi

le mince groupe des paysans alphabétisés. De fait, un certain
nombre de collèges de jésuites, dans de petites villes, comme Châlons-sur-Marne, Auch et Billom, comptaient vers 1600-1640, et
même jusque vers 1670, des pourcentages relativement imposants
de rejetons de laboureurs ; ces pourcentages, qu'auraient enviés
peut-être certains lycées français des années 1900, pouvaient
monter à 10 ou même 20 %. Les jeunes paysans ainsi sélection-
nés arrivaient au collège le matin avec un croûton dans leur poche,
et ils en repartaient le soir, affamés, pédestres, pour manger la
soupe familiale dans la ferme de leurs père et mère. Ils faisaient
ainsi, à peu de frais, des études qui leur permettaient ensuite de
quitter le travail de la terre, pour atterrir un peu plus haut dans le
bas clergé, le préceptorat ou la basoche [13]... Les cultivateurs aisés,
proches des petites cités, à l'époque de Louis XIII, pouvaient ainsi
prendre leur part, faible, mais non négligeable, des possibilités
d'ascension sociale : grâce à ces collèges qui constituèrent, en
même temps que les offices, et bien avant la machine à vapeur, le
premier investissement fondamental de la bourgeoisie française.

Après 1650 pourtant, et plus encore à partir de la fin du
XVIIe siècle, les choses se gâtent. La régression économique s'instaure ; en Champagne, les guerres de Trente Ans dévastent la
clientèle des jésuites... Plus généralement, par-delà tel ou tel épisode national ou régional de récession, les classes moyennes, qui
produisent dorénavant de jeunes lettrés en grand nombre, voient
d'un mauvais œil les concurrents qui pourraient surgir, en excédent, du fond des campagnes... L'opinion « publique », telle
qu'elle est formulée par les notables, prend feu et flamme contre
la promotion des fils de ruraux. Colbert se fait l'interprète de cette
opinion ; il propose un plan bien conçu pour geler la mobilité
sociale : « La suppression des collèges [des petites villes], écrit-il,
rendrait les études plus difficiles, parce que les paysans qui par la
commodité du voisinage envoient les enfants à une université [*sic*]
voisine et les entretiennent de leurs propres denrées ne sauraient
les entretenir dans les grandes villes où il fait bien plus cher vivre
et où ils ne sauraient envoyer leurs provisions à cause de l'éloignement. » En 1668, par exemple, le collège d'oratoriens du Mans
comptait encore 10 % de fils de laboureurs. Mais en 1736, le collège de Châlons-sur-Marne (qui avait dénombré 15 % de fils de

laboureurs en 1618-1634, sur 650 élèves) n'en recense plus que 6 % sur 100 élèves, soit beaucoup moins qu'en 1620, eu égard aux nombres absolus ; ces taux très bas de 1736 avaient du reste été atteints au Mans dès la seconde moitié du XVIIe siècle [14].

Cela ne signifie pas, bien sûr, que les fils de paysans les plus doués n'aient pas quelque chance, même infime, d'accéder à la mobilité ascendante. Une chance suffisante pour effrayer un réactionnaire (qui sera curieusement récupéré *post mortem* par la gauche, vers 1910) comme était La Chalotais... Mais, lors de la petite glaciation des mobilités sociales qui s'instaure après 1650, les jeunes cultivateurs font tout de même figure de sacrifiés.

Pour conclure sur ce problème de l'éducation paysanne, il me paraît souhaitable de faire, dossiers en main, le bilan des forces sociales qui ont rendu possible la très forte poussée de scolarisation villageoise des XVIIe et XVIIIe siècles. Sur le rôle de l'Église, inutile d'insister beaucoup. Il a été essentiel, dans la mesure où elle a fourni, d'abord, les motivations spirituelles ; en second lieu, le corps d'Inspection académique (les évêques) ; et enfin, une portion importante de l'encadrement pédagogique, en la personne des membres des congrégations enseignantes et des prêtres-régents [15]. L'Église a ainsi donné certains ingrédients de base pour le bouillonnement culturel de la paroisse. Elle n'a que médiocrement contribué, en revanche, au financement matériel de la scolarisation. Celui-ci a été fourni par diverses sources (notamment par les fondations privées, par les dons de terres et de rentes, etc. [16]). Mais le « bouillonnement » est provenu surtout de l'autre force essentielle qui anime l'effort scolaire : je veux mettre en cause, ici, la communauté paysanne, et (à l'intérieur d'icelle) le noyau dur des laboureurs, artisans et petits notables du village. Il ne s'agit pas, en l'occurrence, de la « communauté » mythique, extrapolée par Marc Bloch pour une fois mal inspiré, à partir de quelques exemples lorrains, et qui, avec ses biens communs et ses prétendues servitudes collectives, constituerait le prolongement de je ne sais quel communisme agraire et primitif. Ce qui est en cause, c'est la communauté réelle, comme groupement de voisinage et de décision corporative, beaucoup plus que de collectivisme archaïque ; elle demeure extrêmement forte, et pour cause (en dépit de sa mort périodique, annoncée rituellement à chaque siècle par les historiens du monde rural !), dans les régions d'habitat groupé qui sont situées au nord-est d'une ligne qui va du Jura au pays de Caux ; là, les *leaders* de la *commune* – laboureurs, artisans, notables – se sont souciés, pour de multiples raisons, de l'éducation des enfants : les leurs et même ceux des pauvres ; et bien avant 1700. Autres communautés d'habitat groupé, tellement groupé qu'il en est quasi urbain : celles du Midi méditerranéen et rhodanien. À partir du XVIIIe siècle, elles commencent à liquider leurs complexes d'arriération culturelle, plus tenace, certes, qu'elle n'est dans le grand Nord-Est instruit d'ancienneté. Ce sont donc ces communes, celles du Nord, puis celles de l'extrême Sud, qui ont financé la scolarisation démarrée : elles se saignent aux quatre veines afin de réunir le salaire, souvent misérable, qu'elles versent au maître d'école ; elles octroient les bâtiments exigus, et parfois ruineux, qui sont mis à sa disposition, pour son couchage et pour son écolage. Elles vont jusqu'à faire payer par la Table des pauvres du cru l'éducation des enfants désargentés (cependant que les débours directs proviennent de ceux des parents qui sont capables de payer par eux-mêmes les études de leurs enfants). Les corps de communauté, dans certains cas, peuvent même organiser l'école gratuite.

Si l'*Église* et, avec elle, la *commune* ou la *paroisse* se sont montrées efficaces et dynamiques, force est de reconnaître, en revanche, la carence de quelques grandes forces sociales ou culturelles. L'*État* d'abord. Sans doute a-t-il cru bon de publier les textes de 1698 et 1724, qui ordonnent qu'une imposition annuelle de 100 à 150 livres tournois soit levée en chaque paroisse, si aucune autre ressource n'est disponible, pour l'entretien local de la maîtresse (100 livres tournois) ou du maître (150 livres tournois)… Mais le Trésor royal lui-même n'a nullement donné l'exemple : il n'a pratiquement pas contribué à cet effort de défrichement des esprits des agriculteurs, tel qu'il le prêchait à la cantonade. Au point qu'on assiste au spectacle – qui serait proprement incroyable pour notre époque – d'un formidable effort d'acculturation dans lequel l'État n'est pas pour grand-chose. Allons plus loin : la première attitude de l'État, avant qu'intervînt la suprême contre-offensive antiprotestante, avait été plutôt hostile, sinon à l'éducation primaire, que la monarchie administrative laissait dans un état de *benign neglect*[17], du moins aux collèges d'enseignement secondaire, y compris et surtout quand ceux-ci arrachaient à l'agriculture quelques fils de laboureurs.

Dès 1614, les états généraux[18], tous ordres et toutes élites confondus, tirent la sonnette d'alarme, et s'effraient devant la vague montante des effectifs du secondaire, énormément accru depuis les premières actions des jésuites et des communautés de villes[19], au siècle d'avant. Toute cette scolarisation de collège, écrivent gravement les états, ne peut que « dépeupler l'agriculture ». Quant à Richelieu et à Colbert, hostiles sur ce point, comme sur d'autres, à la Contre-Réforme dévote, ils redoutent que l'excès de formation dans les collèges n'entraîne la surproduction des latinistes, et par conséquent le chômage des diplômés. La connaissance du latin, épreuve pubertaire et rite de passage pour les enfants de l'*establishment*, n'aurait pas dû être dispensée aux autres adolescents, c'est-à-dire à tous ceux qu'elle ôterait, de cette manière, à la production, sans pour autant leur apporter l'emploi professionnel prestigieux qu'elle était censée leur conférer.

À la fin du XVIIe siècle, au contraire, et pendant la première moitié du XVIIIe siècle, l'État révise sa position, du moins à l'égard des enseignements primaires vis-à-vis desquels il était resté jusque-là fort indifférent. La Révocation assume, dans cette conjoncture, sa pleine signification : la monarchie, en échange de la paix sociale et politique, enfin garantie par l'Église de France, se rallie lentement, sur le dos des protestants hélas écrasés, à la politique d'acculturation massive menée dans la masse du peuplement par une Contre-Réforme en plein triomphe. L'État, par ses proclamations précitées de 1698 et de 1724, décide d'obliger les communautés, dont beaucoup le faisaient déjà de leur plein gré, à subventionner l'école locale. Mais Louis XIV et Louis XV, ouvriers de la onzième heure, n'iront pas plus loin : ils ne donneront rien ou presque rien, du Trésor dont ils ont la garde, ou de la bureaucratie dont ils sont les chefs, pour l'enseignement primaire à l'usage des paysans. Cette forme d'éducation appartient encore, pour l'essentiel, à ce qu'on appellerait aujourd'hui le secteur privé.

Des Lumières à l'obscurantisme

Quant aux attitudes de la bourgeoisie, elles ne sont pas non plus univoques. Dès lors qu'il s'agit d'enseignement secondaire et de collèges de jésuites, elle en fait son profit ; elle s'y montre favorable, du moins jusqu'en 1750. Mais vis-à-vis de l'enseignement rural, c'est une autre affaire. Sans doute bien des bourgeois de ville subventionnent-ils l'école du village sur le territoire duquel se trouvent leurs acquêts de terre, mais ces facilités n'ont pas leur équivalent au sommet, parmi les très grands hommes des Lumières ; chez Voltaire et Rousseau (roturiers de naissance et champions de la philosophie dite « bourgeoise »), l'éducation des humbles du plat pays ne rencontre que quolibets. « Les progrès de l'instruction élémentaire au dernier siècle de l'Ancien Régime, écrit Albert Soboul[20], sont conformes à l'idéal des Lumières. » Un tel jugement, bien sûr, est idéologique, anachronique, métaphysique. Il ne correspond en rien au paysage factuel de la culture des Lumières (du moins si l'on entend celles-ci au sens strict et traditionnel du terme[21], qui les rattache à tout, sauf à l'Église établie)[22]. Si le peuple rural a été instruit, fût-ce insuffisamment, au XVIIIᵉ siècle, et si l'école de paroisse à la campagne, et aussi à la ville, a pu devenir, comme l'a suggéré Lawrence Stone, l'une des matrices de la Révolution française, *c'est pas la faute à Voltaire, c'est pas la faute à Rousseau*[23].

Écoutons plutôt le premier d'entre eux : « *Je ne puis trop vous remercier*, écrit Voltaire à La Chalotais, qui venait de rédiger un ouvrage sur l'éducation, *de nous donner un avant-goût de ce que vous destinez à la France. Je trouve vos vues utiles. Je vous remercie de proscrire l'étude chez les laboureurs. Moi qui cultive la terre, je vous présente requête pour avoir des manœuvres, et non des clercs tonsurés. Envoyez-moi des frères ignorantins pour conduire mes charrues et pour les atteler*[24]. »

En somme, « l'agriculture risque de manquer de bras… ». (« On n'a besoin que d'une plume pour deux ou trois cents bras », écrit l'homme de Ferney[25].) Une réaction antipaysanne se dessine chez les penseurs citadins, allergiques à l'école du village. Rousseau, par exemple, tolère l'existence des collèges, bibliothèques et universités ; mais il refuse l'éducation des campagnards, et il se montre à ce sujet plus loquace et plus précis encore que Voltaire ; la mobilité sociale (ascendante) est le cadet de ses soucis ; et, du reste, il ne la croit guère praticable : « Le pauvre n'a pas besoin d'éducation ; celle de son état est forcée, il n'en saurait avoir d'autre. [...] L'éducation naturelle doit rendre un homme propre à toutes les conditions humaines. Or il est moins raisonnable d'élever un pauvre pour être riche qu'un riche pour être pauvre. Car à proportion du nombre des deux états, il y a plus de ruinés que de parvenus. [...] [En choisissant un enfant riche pour l'éduquer,] nous serons sûrs au moins d'avoir fait un homme de plus, au lieu qu'un pauvre peut devenir homme de lui-même[26]. » On voit ici comme la théorie du bon sauvage, ou du moins du bon pauvre, se retourne contre l'être humain qu'elle est censée exalter... Elle aboutit en fin de compte à un plaidoyer réactionnaire contre l'hypergamie des femmes, présentée comme une cause de dépression nerveuse pour maris huppés. « Naturellement, l'homme ne pense guère. Penser est un art qu'il apprend. Je ne connais [...] que deux classes réellement distinguées[27] : l'une, des gens qui pensent, l'autre, des gens qui ne pensent point et cette différence vient presque uniquement de l'éducation » ; un esprit « moderne » en conclurait qu'il faut diffuser l'éducation[28] ; le paradoxe archaïque de Rousseau dérive précisément de ce que le philosophe la refuse à tous, sauf aux riches. « Un homme de la première de ces deux classes ne doit point s'allier dans l'autre, car le plus grand charme de la société manque à la sienne, lorsque, ayant une femme, il en est réduit à penser seul. Les gens qui passent exactement la vie entière à travailler pour vivre n'ont d'autre idée que celle de leur travail ou de leur intérêt, et tout leur esprit semble être au bout de leurs bras[29]. »

Des précisions sont fournies à ce propos par les *Maximes de Julie*[30] : elles proscrivent absolument l'éducation des villageois, tout en préconisant au contraire (une fois atteint un certain stade du développement physique de l'enfant) celle des citadins. Hostile à l'exode rural, Jean-Jacques fait écrire à ses héros : « La condition naturelle de l'homme est de cultiver la terre et de vivre de ses fruits. Le paisible habitant des champs n'a besoin pour sen-

tir son bonheur que de le connaître. Tous les vrais plaisirs de
l'homme sont à sa portée. […] Chaque homme apporte en naissant
un caractère, un génie et des talents qui lui sont propres. Ceux qui
sont destinés à vivre dans la simplicité champêtre n'ont pas besoin
pour être heureux du développement de leurs facultés ; et leurs
talents enfouis sont comme les mines d'or du Valais que le bien
public ne permet pas qu'on exploite. Mais, dans l'état civil où l'on
a moins besoin de bras que de tête […] et où chacun doit compte
à soi-même et aux autres de tout son prix, il importe d'apprendre
à tirer des hommes tout ce que la Nature leur a donné, à les diriger du côté où ils peuvent aller le plus loin… *N'instruisez pas
l'enfant du villageois car il ne lui convient pas d'être instruit.* »
Ces maximes scandaleuses (scandaleuses quand on songe, en fait,
au lent et puissant mouvement… chrétien d'alphabétisation qui
s'emparait séculairement des campagnes, au temps de Jean-
Jacques) trouvèrent chez La Chalotais, satellite féodal des philosophes, un point d'application : « Il n'y a eu jamais, écrivait
La Chalotais, tant d'étudiants dans un Royaume où tout le monde
se plaint de la dépopulation [!] [31]. Le peuple même veut étudier :
des laboureurs, des artisans envoient leurs enfants dans les collèges des petites villes où il en coûte peu pour vivre [32]. Ils y font
de mauvaises études qui ne leur ont appris qu'à dédaigner les pro-
fessions de leurs pères ; ils se jettent dans les cloîtres, les écoles,
les offices de justice. Les frères de la doctrine chrétienne qu'on
appelle ignorantins sont survenus pour achever de tout perdre. Ils
apprennent à lire et à écrire à des gens qui n'eussent dû apprendre
qu'à manier le rabot et la lime, mais qui ne le veulent plus faire.
Ce sont les rivaux et les successeurs des jésuites. Le bien de la
société demande que les connaissances du peuple ne s'étendent
pas plus loin que ses occupations [33]. »

Au bout du compte, chez les grands noms de la philosophie, on
ne peut guère citer, parmi les sympathisants éventuels, du reste
peu actifs, de l'éducation des masses agraires, que d'Alembert,
peut-être (dans une réponse à Rousseau, il se prononce pour une
diffusion de l'éducation en général, sans faire référence au cas
précis des campagnes) ; et Diderot, sûrement : ce plébéien de
Langres, éduqué dans une région où l'instruction du peuple était
assez poussée, proposa un plan d'école gratuite ; et il plaida cha-

leureusement pour la scolarisation des paysans, en 1776... mais seulement à l'usage de l'Empire russe[34] ! Les meilleurs défenseurs des petites écoles ou de la démocratisation des collèges furent souvent des cuistres obscurs et sans prestige, comme Rivard, l'abbé Pellicier, ou Combalusier[35].

En fait, la seule des grandes sectes de l'Ancien Régime qui se soit prononcée comme telle en faveur de l'instruction des campagnes est celle des physiocrates, incarnée, pour la circonstance, par Quesnay et Turgot. Les deux hommes, auxquels il faut ajouter Condorcet, qui n'était pas sans liens avec le groupe physiocratique, se montrèrent, dans cette occurrence, plus proches que ne l'était le reste de l'intelligentsia des véritables souhaits ou intérêts des laboureurs : Quesnay, du fait de sa naissance ; Turgot, de par ses fonctions d'intendant, qui lui avaient fait toucher du doigt l'arriération d'une province illettrée, comme était le Limousin ; tous deux, enfin, en raison de leurs préoccupations d'économistes. Ami difficile des physiocrates, le marquis de Mirabeau, descendant bien lointain d'instituteurs, fut lui aussi favorable aux pédagogues de villages... Il est intéressant, à ce propos, de noter que, face au problème significatif qu'est l'instruction paysanne, la disposition des forces sociales n'est pas celle qu'ont proposée bien des théories répandues sur le XVIIIe siècle et sur la Révolution française : des historiens qui se réclament de l'une des variantes du marxisme voient en effet dans notre Révolution le résultat d'une coalition entre bourgeoisie et paysannerie, celle-ci suivant en gros le *leadership* de celle-là, mais poursuivant aussi ses objectifs propres, en vue d'abattre l'ordre féodal ou ce qu'il en restait. Cet ordre féodal, si l'on suit ces auteurs, se serait lui-même incarné dans les privilèges et prélèvements spécifiques de l'aristocratie et de la classe seigneuriale ; et aussi, et notamment, dans ceux, matériellement considérables, de l'Église établie, qui, avec sa dîme et ses biens de mainmorte, détenait le secteur « féodal-seigneurial[36] » le plus substantiel qui fût[37].

Or, l'histoire de la scolarisation campagnarde, il faut bien l'avouer, nous propose un modèle assez différent. En dévoilant le *trend* ascendant et massif de l'alphabétisation villageoise au XVIIIe siècle, elle désigne l'école de paroisse comme l'une des forces essentielles qui, hors des villes, a objectivement et involontairement hâté la maturation de la conscience paysanne ; et qui donc a miné, ou contribué à miner, l'ancien ordre des choses, à la veille du grand écroulement. Bien creusé, vieille taupe, est-on tenté de dire à ce propos, en allégorisant, pour la circonstance, l'enseignement primaire d'Ancien Régime. Lawrence Stone, dans un brillant article, rappelle du reste que les plus grandes révolutions de notre temps, de 1640 à 1920 – l'anglaise, la française, la russe –, ont éclaté, tour à tour, dans des pays où l'alphabétisation populaire, notamment rurale, avait atteint un seuil critique situé entre un tiers et deux tiers de la masse adulte totale. Les forces motrices qui ont déclenché ce processus, sans parvenir du reste à le contrôler jusqu'au bout, ce sont (outre les communautés paysannes) les Églises : soit les sectes, puis l'anglicanisme en Grande-Bretagne ; et en France l'Église catholique, qui, pour des motifs qui sont du reste très « ciel à ciel », a incontestablement agi comme un facteur de modernisation très « terre à terre »[38]. Quant à la bourgeoisie et à sa fraction idéologiquement la plus active, celle des Lumières, elle s'est tenue, en règle générale, à l'écart de ce processus ; ou même, elle lui a été, dans les cas prestigieux de Voltaire et de Rousseau, carrément hostile. Au nom de cette hostilité, elle s'est alliée, en l'occurrence, aux représentants (parvenus ou d'ancienne souche) de la noblesse la plus castifiée du royaume, celle de Bretagne ; noblesse incarnée pour l'heure par La Chalotais, voire Duclos[39], et par l'opinion parlementaire de Rennes, farouchement ennemie de l'éducation des villageois ; et cela dans la province où, précisément, cette éducation était la plus scandaleusement retardataire.

Cette inimitié du noble pour le cuistre procède bien d'un esprit de caste, et non pas d'un danger réel de concurrence, incarné par les fils les plus doués des paysans ; faut-il en effet répéter que, de toutes les provinces du royaume, la Bretagne est celle qui connaît les taux les plus bas d'alphabétisation campagnarde ?

Bien entendu, les tenants de la thèse précitée pourront, pour se défendre, invoquer un stéréotype paradoxal, et présenter l'Église enseignant les masses comme « le féodalisme creusant sa propre tombe ». Il me semble, quant à moi, plus raisonnable d'adopter à ce propos une conception néo-wébérienne. L'Église catholique apparaît, dans cette perspective, comme une force *sui generis* de modernisation, dont l'efficacité s'est révélée depuis l'extraordinaire cure de rajeunissement qui fut entreprise à partir de la Contre-Réforme : l'Église des années 1680-1720 ressemble en effet aussi peu à l'institution qui portait le même nom pendant l'époque classique du féodalisme que l'armée française des xvie-xviiie siècles, décrite par Contamine et Corvisier, ne ressemble à la chevalerie du xie siècle. Force de modernisation, l'Église instruit, civilise et décriminalise les paysans ; elle se conduit aussi, c'est bien évident, comme une force d'oppression, non seulement matérielle (du fait de la dîme), mais aussi spirituelle (car les curés et les régents de choc ont la main lourde ; les monitoires impitoyables qu'ils fulminent, au sanctuaire ou dans la salle de classe, traumatisent plus d'un fidèle et plus d'un élève ; ce n'est pas d'aujourd'hui que l'Église et l'École peuvent être considérées comme des institutions répressives…). Mais, après tout, l'État aussi, cette autre force de modernisation bureaucratique, n'est-il pas également, depuis les débuts de l'âge moderne, un exploiteur et un oppresseur de première importance, dont les victimes geignent ou se révoltent ? La modernité n'est pas née sur un lit de roses. Disons simplement que l'oppression ecclésiale, qui m'intéresse ici pour le moment, n'est pas définie par une claire ligne de démarcation temporelle et manichéenne, qui opposerait, au titre des « deux France », l'avant et l'après, le *féodal* et le *progressiste*. La lutte qui s'instaure en 1789 entre l'Église décimatrice et ceux des paysans qui se révoltent n'est pas nécessairement un combat de l'avenir « capitaliste », « bourgeois » ou « petit-bourgeois » contre le passé « féodal ». Le vecteur temporel n'a guère à voir là-dedans. Ce combat met aux prises deux partenaires : ils sont devenus antagonistes ; mais, aux xviie et xviiie siècles, pour le meilleur plus que pour le pire, ils avaient fait ensemble un grand bout de chemin. Tous deux sont loin d'avoir leur avenir derrière eux. Ils divergent sur les moyens, plus qu'ils ne s'opposent sur les fins. Qu'il s'agisse de l'éducation dans ce bas monde, ou du salut dans l'autre.

Les livres qui parviennent aux paysans : *out of the blue*

Du domaine de l'éducation (des jeunes), nous passons tout naturellement à celui du livre, qui intéresse aussi les adultes : dans le domaine de la culture paysanne, le grand mouvement, progressif (ou progressiste…), des XVIIe et XVIIIe siècles est celui qui surajoute à la vieille strate de la culture non écrite les nouvelles couches mentales issues des petits livres bleus de la littérature populaire. Avec celle-ci, le monde rural accède, bon dernier, aux possibilités nouvelles qu'offre aux lisants, et aux auditeurs des lisants, la technologie de Gutenberg [40].

Cette accession, effectuée en catimini, nous est connue d'abord par des symptômes indirects : vers 1670-1680 encore, le conte populaire était ressassé par des générations de narrateurs, à la veillée des chaumières. Le conteur professionnel, devenu vieux, transmettait son bagage de récits à une jeune femme ou à un jeune homme doué d'une bonne mémoire ; et ainsi de suite ; sans interposition de l'écriture. Or, à la fin du XVIIe siècle, sous l'influence des Perrault et de quelques autres, les « histoires » comme Peau d'Âne, le Petit Poucet, etc., dont certaines furent longtemps de purs et simples contes ruraux pour le monde adulte, véhiculés par l'oral, basculent tout à la fois vers l'expression imprimée et vers les ghettos de la narration enfantine. La relève (partielle), en ce qui concerne la population non infantile du public agreste, est prise par la littérature populaire. Celle-ci fort différente – par son inspiration, par ses modes de transmission et d'expression – des contes traditionnels.

Vêtue de son brochage en papier bleu, la « nouvelle » littérature du peuple s'était signalée, depuis les débuts de l'âge classique, par une constante expansion. Elle était née comme telle, semble-t-il, au commencement du XVIIe siècle. Imprimée par exemple à Troyes (entre autres villes), elle avait vu s'enfler ses tirages, et doubler le nombre de ses imprimeurs de 1635 à 1723 ; en pleine période de « crise », ou prétendue telle, du XVIIe siècle (cette « crise », essentiellement économique et matérielle, n'affecte pas, du moins dans

le strict domaine de la production du livre, la croissance intellectuelle). Ainsi gonflée par un essor séculaire, la « littérature bleue »
finit par atteindre les sommets du monde rural, les riches exploitants des grosses fermes isolées, les petits notables des paroisses,
et, dans certains cas aussi, quoique à un bien moindre degré, la
masse des laboureurs, voire des manouvriers. Au moins dans cette
partie de la France qui parle les dialectes d'oïl : dès 1680, et *a fortiori* au xviiie siècle, une forte minorité des habitants y sait lire, prétend lire, ou tâche de lire ; sous le manteau de la cheminée, dans
les salles de ferme, et dans les cuisines ou les arrière-boutiques, ces
lisants lisent, ou répètent aux non-lisants, qui font cercle autour
d'eux avec respect, une petite portion du livre bleu. Les analphabètes purs s'emplissent les oreilles de toute cette francophonie : elle
n'est pas toujours facile à saisir pour un Picard ou pour un Normand, éduqué en famille dans son patois. À chaque veillée (heb-
domadaire ?), on lit un chapitre. À raison, par exemple, de 82 chapitres pour 72 pages en ce qui concerne l'édition populaire de
Huon de Bordeaux. On voit que le livre pouvait durer fort longtemps, et bénéficier d'un suspense qui battait de loin celui de nos
bandes dessinées. Souvent publiés sans nom d'auteur ou ornés de
noms d'auteurs qui n'existent pas, les « textes bleus » reflètent plus
fidèlement et modèlent plus certainement les goûts du public
agreste que ne le fait la grande littérature qui, de toute façon, n'a
pas de contact, au moins direct, avec ce public. Ces textes disent
les changements en profondeur des cultures et des modes parmi les
masses, depuis le xviie siècle jusqu'à la Révolution française ;
celle-ci, du reste, n'est-elle pas, entre autres facettes multiples, le
contrecoup d'une souterraine révolution culturelle que la littérature de Troyes, jeune taupe elle aussi creusant son trou, a contribué à rendre possible ? Elle a le fouissement éclectique ; elle fonce
dans toutes sortes de directions, si l'on en croit les analyses, sur
ce point détaillées, de Geneviève Bollême. Grâce à certains livres
bleus, le paysan qui veut lire apprend à *être soigné* (xviie siècle) ;
puis – acculturation dont les limites sont étroites –, à *se soigner*
(xviiie siècle). *Le Médecin charitable*, publié « sans date »
entre 1600 et 1700, devient, en 1757, *La Médecine des pauvres*,
qui fournit « aux pauvres de la campagne » des moyens « de se soulager *par eux-mêmes* de leurs infirmités ». L'émancipation des

pauvres – assez illusoire dans le cas précis de cet ouvrage – sera l'œuvre des pauvres eux-mêmes, et le livre de *Médecine* que je viens de citer va jusqu'à offrir des recettes contraceptives : *la menthe sauvage appliquée sur le ventre des femmes devant que de coucher avec leurs maris empêche qu'elles ne conçoivent.*

Dans un ordre d'idées assez analogue, le xviiiᵉ siècle – en contraste avec le xviiᵉ, qui de ce point de vue s'avérait plus indigent – est la grande époque des pédagogies paysannes. Au temps de Louis XIV, la bibliothèque troyenne inculquait surtout, dans l'esprit le plus chrétien qui soit, l'art du savoir-mourir, qui sera un peu délaissé, en revanche, par l'âge des Lumières. Après 1700, les bouquins bleus préfèrent le savoir-vivre : ils enseignent – avec une bienséance parfois excessive par rapport aux goûts plus pimentés de notre époque – comment faire la cour à une fille afin de se marier avec elle ; et aussi comment cuisiner, lire, écrire, compter, jardiner, rédiger la correspondance ou se tenir à table. À mi-chemin, comme on voit, de la véritable utilité sociale et de l'évasion souvent imaginaire vers le monde stratosphérique des bienséances.

Au moment où la haute intelligentsia française inventait sa propre variante du classicisme, la littérature bleue du xviiᵉ siècle initiait une mince fraction du public rural aux romans de chevalerie ; ceux-ci s'étaient déjà popularisés, du reste, grâce aux ouvrages à bon marché qui circulaient dès le xviᵉ siècle. Ainsi, avec quelques centaines d'années de retard, certains paysans, en plein âge moderne, pénètrent dans un circuit de fiction spécifiquement médiévale. En 1560, aux jours de pluie, le sire de Gouberville en Cotentin lisait, disions-nous, *Amadis de Gaule*, avec l'accent normand, à ses ouvriers agricoles réunis dans la grande salle du manoir. Quant aux lisants rustiques de l'époque Louis XIII ou Louis XIV, ils faisaient pour eux-mêmes ou pour leurs auditoires une consommation forcenée des *Quatre Fils Aimon* ou de *Huon de Bordeaux*. Le xviiiᵉ siècle « bleu », lui, simplifie ces romans chevaleresques, les raccourcit, les rend « plus humains et plus accessibles » (Geneviève Bollême) ; il sécrète aussi un type de récit plus terre à terre, et moins empreint de merveilleux aristocratique. La société paysanne, dans sa portion alphabétisée ou émergée, voit ainsi s'ouvrir à des héros roturiers ou même rustiques – et qui sont en tout cas plus proches que par le passé de la vie du village ou de la petite ville – l'univers immense de la fiction nouveau style, au temps des Lumières ; la distance sociale diminue un peu par rapport à l'époque précédente, qui ne cultivait que des personnages princiers ou ducaux. En même temps, la « production bleue » substitue aux vertus de prouesse et de noblesse, qui sévissaient trop exclusivement dans les narrations d'avant 1700, celles de prudence et de générosité. Le XVIIᵉ siècle élevait l'esprit des quelques ruraux qui lisaient les ouvrages de Troyes vers des sommets aristocratiques et inaccessibles, où ces lecteurs à l'âme simple avaient quelque peine à respirer. Moins cornélien, le XVIIIᵉ siècle cherche surtout à instruire et amuser le peuple ; ou bien il vise à susciter le rire, aussi gras et plébéien que possible, en offrant à la consommation des amateurs *L'Art de péter*, le *Sermon et Consolation des cocus*, ou l'anecdote du *Soupir d'une puce conservé dans un pépin de groseille*.

À partir de la fin du XVIIᵉ siècle, se diffuse l'histoire du bonhomme Misère : le poirier de ce héros, à poires et à branches traîtresses, permet à Misère de capturer les voleurs ou la Mort, et confère à ce possesseur une immortalité de bon aloi… qui sied bien entendu à un nouveau Christ de la pauvreté effectivement misérable. Ce conte bleu, aux éditions très nombreuses, renouvelle le thème inépuisable de l'éminente dignité des pauvres : dorénavant, par la voix du susdit bonhomme, ils n'exigent plus seulement la charité, mais la justice. Il s'accompagne d'une profusion d'écrits bleus sur les groupes inférieurs, où chaque métier (domestique, cuisinière, etc.) est décrit, « bleui » avec « sa vertu cachée dans les basses classes », et avec sa manière spécifique de vivre une chienne de vie.

L'almanach

Quant à l'almanach, qui fait les délices des lecteurs pauvres, il fut théoriquement écrit, à l'origine, par les bergers de haute montagne. Depuis la fin du XVᵉ siècle, les almanachs, progressivement, se sont répandus dans les fermes. Grâce aux lectures à haute voix, et aussi grâce aux illustrations, accessibles à tout public, qu'ils contenaient, ils ont été facilement compris par les illettrés partiels ou même totaux, qui s'y sont initiés à une pensée accessible, et de type analogique ; l'almanach divise en effet la vie de l'homme en douze parties de six années chacune (72 ans au total pour les plus chanceux !) ; et cette biographie en *douze* tranches sexennales est elle-même l'analogie de l'année saisonnière, tant d'agriculture que de médecine : chacun des *douze* mois de l'année comporte en effet ses termes précis pour semer les petits pois, tondre les agneaux, attraper la peste ou saigner les égrotants. À côté de ces découpages structuraux, qui deviendront si familiers – tout comme le calendrier lunaire ! – à la pensée paysanne, il faudrait mentionner les classements sociaux, fréquents eux aussi dans l'almanach ; ils y interviennent, par exemple, en liaison avec le thème récurrent[41] de la danse macabre. La comparaison qu'a instituée Geneviève Bollème entre une danse macabre de 1486 et une autre de 1678, avec leurs hiérarchies différentes, permet-elle de mesurer les déplacements qui se sont opérés dans la pensée des cultivateurs et des « petits », en général ? Entre 1486 et 1678, on note un recul (dans le numérotage de préséance de l'Ancien Régime) du *cardinal*, du *roi*, du *légat*, du *duc*, du *connétable*, de l'*abbé*, du *bailli*, de l'*astrologue*, du *chanoine*. Au contraire, face au déclin et à l'effondrement, dans l'esprit populaire et rustique, de ces super-notables prestigieux, ou de ces spécialistes un peu dépassés (l'astrologue…), on remarque en 1678 (par rapport à 1486) la montée – vers les premiers rôles et vers les numéros de tête de la danse macabre – des petits personnages qui caractérisent la Contre-Réforme, la révolution monétaire et musicale, les transformations agricoles, et le changement du statut de l'enfance : parmi ces personnalités, figurent le *moine*, le *curé*, le *pèlerin*, le *cordelier*, l'*ermite*, et puis l'*enfant*, le *ménétrier*, le *vigneron*… Dans l'ensemble, l'*almanach* et sa *Danse* de 1678 nous parlent d'une société qui s'est, spirituellement du moins, démocratisée : elle s'est acculturée, à travers un catholicisme de choc ; elle se fait donc un point d'honneur d'exalter les humbles fantassins de la foi (le *curé*, le *moine*, etc.) ; ceux-ci constituant la petite élite qui a su se faire entendre au XVIIe siècle des masses urbaines, mais aussi rurales.

Au XVIIIe siècle, la mentalité des basses classes acceptera de nouveaux changements ; elle délaissera les thèmes du macabre clérical, de l'enfer et de la mort même démocratisée ; elle s'ouvrira à une culture plus séculière, elle-même concomitante de la floraison d'élites laïques, rustiques, roturières, alphabétisées ; elles s'épanouissent désormais jusque dans le fond des campagnes. L'almanach du XVIIIe siècle, avec sa clientèle plébéienne et paysanne, est axé « sur la classe modeste et qui lit peu » ; il se pénètre de soucis d'encyclopédisme et de distraction, *ad usum populi* : dans ce « genre littéraire », ils étaient inconnus cent ans avant.

L'almanach du XVIIe siècle se qualifiait[42] de *journalier, chronologique, géographe, historial, royal, emblématique, fidèle, curieux*... L'almanach du XVIIIe siècle, lui, est *journalier, historique, prophétique, nocturne, chantant, petit, de poche, absolument infaillible, encyclopédique*. Ses étrennes sont *amusantes, mignonnes, lyriques, intéressantes, curieuses, utiles, instructives*. Son calendrier est *ecclésiastique, nouveau, français, général, universel*. Quant aux « mots-thèmes » ou plus exactement « substantifs-thèmes » qui figurent dans les titres de ces petits ouvrages, immédiatement après *Almanach, Calendrier*, ou *Prédiction*, ils étaient d'une insigne pauvreté au XVIIe siècle, et se réduisaient à *pronostications, des laboureurs, du grand voyage, du petit courrier, des vierges, de l'hermitte, du Palais*. Pendant le XVIIIe siècle, au contraire, se produit comme un lever de soleil culturel sur la plèbe des campagnes et des bourgades : les « mots-thèmes » sont (Almanach) *de Bâle, de Berne, de Neufchâtel, d'agriculture, du bon laboureur, des bergers, des jardiniers, des métiers, de la lune, du sort, du destin, des loisirs, des plaisirs, de la frivolité, du caprice, du qu'en-dira-t-on, des grâces, des amours, du beau sexe, des dames, des Messieurs, du cabriolet, des spectacles, du diable, de nos grands hommes, des goûts et de l'odorat, des délices du babil*, et enfin *des curiosités de Paris*. Le père de Rétif, gros fermier-laboureur, se régalait de littérature populaire, et des souvenirs nostalgiques de ses plus ou moins réelles aventures amoureuses à Paris ; il ne voulait reconnaître comme unique habitat possible que son village ou la capitale ; il n'eût pas renié cette nouvelle orientation « parisienne » de la plus campagnarde des productions littéraires. Paris, au XVIIIe siècle, cesse, dans la mythologie paysanne, d'être un monstre dévorant peuplé de financiers pilleurs et fiscaux, pour devenir le séjour paradisiaque des amours et des attraits, pôle imaginaire aussi, ou réel, de l'unification nationale en plein essor.

En même temps – au fur et à mesure que diminue dans les faits, au moins parmi les provinces les plus civilisées, la délinquance violente –, le lieu commun proprement culturel du crime, du scandale et tout simplement du fait divers impose sa présence neuve, de plus en plus expansive. Sur ses ailes de canard, le *sang à la une* prend son envol. De ce point de vue, certains thèmes (dans le genre « suicide et accident spectaculaire », ou « un père tue par mégarde son fils », etc.) s'avèrent inépuisables ; ils mettent en cause le croisement de deux séries d'événements indépendantes l'une de l'autre, comme productrices d'actions improbables, incroyables. Sur ces structures répétitives des *exempla*, l'almanach et le livre bleu du XVIIIe siècle brodent d'infinies variétés ; elles ne sont pas indignes de notre presse à sensation d'aujourd'hui ; elles font tressauter le cœur des bonnes gens, réunis sous l'auvent de la cheminée bocagère. Plus généralement, le goût des nouvelles, *y compris chez les personnes du sexe*, comme le remarque avec effarement un journaliste ou « nouvelliste » de la bibliothèque bleue, se diffuse vers 1760 jusque dans les villages. Le temps n'est pas encore venu où, selon le mot de Hegel cité par Geneviève Bollème, « la lecture des gazettes remplacera la prière du matin » ; mais les campagnes françaises du XVIIIe siècle (surtout parmi leurs strates sociales supérieures, les moins obscurantistes, et spécialement dans les régions d'oïl) ont bel et bien commencé leur désenclavement culturel. La rupture des isolats démographiques est inaugurée ; elle s'accompagne d'une première et modeste brèche creusée dans l'isolationnisme mental qui séparait le village des grands courants d'idées ou de goûts circulant dans la société englobante. L'almanach propage en effet les modes nouvelles relatives au tabac et au café. Il se laisse envahir par le goût, très « XVIIIe siècle », de la fiction et de l'histoire. Il modère à peine son antiféminisme originel ; il reste imprégné, à ce point de vue, par les thèmes récurrents du *Ah ! les femmes* et *Ces drôles d'animaux-là* ; thèmes qui viennent en droite ligne du chauvinisme antiféministe à la Molière ou à la Rabelais. Du moins l'almanach au temps des Lumières fait-il désormais une place discrète aux élans du cœur et même aux passions de l'amour.

À un niveau plus général, le succès de la littérature populaire et des almanachs, au XVIIIe siècle, est inséparable de la création d'un marché national de l'information et de la nouvelle ; d'une façon qui peut quelquefois sembler bizarre et marginale, il concerne aussi les sommets du monde paysan ; nulle part, sans doute, on ne perçoit mieux cette nationalisation des nouvelles, du reste folklorisées pour la circonstance, qu'à propos de faits divers promus au rang de mythes, comme sont la bête du Gévaudan ou Mandrin.

Au départ de la fortune de la *Beste* dans la décennie 1760, on trouve une histoire banale de quelques loups agressifs ou affamés qui, en Auvergne, Cantal et Lozère, attaquent systématiquement les hommes et surtout les enfants : plus de 100 morts sont ainsi enregistrés dans un espace de 160 kilomètres de diamètre. Les paysans hypostasient ces divers loups (qui en réalité vivent séparés) dans l'unicité du concept d'une *Beste* anthropophage et *garou*, vomie par la gueule d'enfer : mi-hyène, mi-lion, miléopard. Elle est astucieuse, et diabolique comme une sorcière. Pour l'évêque de Mende, qui le fait savoir, sans mâcher les mots, à ses diocésains, la *Beste* a été désignée par le ciel afin de châtier de ses crocs la chair coupable des agriculteurs. Jusque-là, tout est classique. Mais c'est à ce point qu'entre en jeu la caisse de résonance qu'offrent désormais (avec une puissance d'écho qu'on n'aurait pu imaginer au XVIIe siècle) la littérature populaire et les gazettes. La *Beste* réalise un exploit que n'avaient jamais réussi les loups du temps de Louis XIV (et pourtant ils s'étaient montrés, jadis, tout aussi mordants qu'elle, en pays angevin ou dans le Massif central). Elle devient célèbre et loup-garou à l'échelle nationale. Éthyliques et prétentieux, des gentilshommes normands viennent la chasser en Lozère. Mais ils retourneront bredouilles et penauds dans leur province. Antoine de Beauterne, louvetier du roi, se dérange depuis Versailles pour tuer un grand loup en Gévaudan ; mais d'autres fauves subsistent après cette mort ; ils sont assez actifs pour alimenter encore le mythe de la *Beste* ; enfin le sorcier Chastel, converti à la dévotion, tue le dernier loup féroce avec des balles de plomb qu'il a obtenues, en les fondant lui-

même, à partir d'une collection de médailles de la Sainte Vierge.
Martyre des *mass-media* du XVIIIe siècle, célébrée par l'estampe et
par le livret, par les racontars de la cour et par les veillées des
chaumières, la *Beste* fait passer le fait divers apocalyptique et la
peur du loup-garou, qui forment depuis toujours le fond d'une
culture paysanne, primitive et localisée, jusqu'au niveau tout à
fait inédit d'un frisson national et même royal. Dans son style à la
fois bouffon et sanglant, la *Beste* fait vibrer un immense espace
d'oc et d'oïl, sur un fond désormais activé de sensibilité populaire, initialement occitanisante, ce qui est neuf, à l'échelle de
l'Hexagone. Espace et sensibilité donneront de nouveau leur
mesure lors de la Grande Peur en 1789.

Changeons de registre, mais non de sujet : les hauts faits des Nu-
pieds ou des Croquants n'avaient suscité d'émotion ou de sympathie (modérée) que dans le cadre étriqué de leur région ou des
régions voisines. En 1750 au contraire, les exploits de Mandrin,
bandit d'honneur antigabelle et lui aussi semi-méridional, atteignent
la notoriété nationale, celle du livret ou de la chanson. Ce que la
contestation populaire ou montagnarde perd en réalité violente
(puisque le XVIIIe siècle est marqué par la « fin des maxi-révoltes »),
elle le gagne ainsi, ou elle le regagne, en charge d'affectivité
mythique et sympathique, comme en pouvoir de déflagration culturelle dans tous les recoins du royaume ; celui-ci étant dorénavant
unifié, comme on l'a vu, par les colporteurs de bleus libelles.
Disons qu'en même temps, dans la mesure où la société paysanne
a désormais cessé (grâce aux curés, aux régents, aux familles et
peut-être aussi à la croissance) d'être criminogène, elle peut se
permettre d'ériger un certain type de délinquance au rang de valeur
sympathique et contestataire. Les vrais, les dangereux brigands du
XVIe siècle finissant se présentaient comme brûleurs, voleurs,
pillards, violeurs ; ils étaient les ennemis jurés et la cible favorite des
révoltes paysannes, avant tout amies de l'ordre ; qu'il s'agisse du soulèvement des ligueurs dauphinois (1579) ou de la rébellion des Nouveaux Croquants du Périgord (années 1630). Mandrin, en revanche,
au XVIIIe siècle, fait battre le cœur des belles. Ce malfrat des tabacs,
contrebandier des produits cancérigènes, restera plus chéri du folklore de la province que ne le seront les découvertes du gabelou
Lavoisier, qui trouva l'oxygène, et fut guillotiné par la Révolution.

CHAPITRE X

Violence, délinquance, contestation villageoises aux cent dernières années de l'Ancien Régime

Cet ouvrage sur l'histoire paysanne, qui nous a menés jusqu'au XVIIIᵉ siècle, doit-il se clore par une étude des comportements ruraux ? Les uns délinquants (criminalité), les autres contestataires (révoltes)…

Sous ces différentes formes (violence, fraude, etc.), la criminalité (ou la non-criminalité) constitue l'un des révélateurs décisifs quant aux *trends* du comportement des masses rustiques en un siècle donné. On utilisera ici commodément, à propos du XVIIIᵉ siècle, les recherches perspicaces qui furent celles de l'école caennaise, avec Chaunu, Boutelet, Gégot, Mogensen [1].

La source fondamentale dont s'inspiraient les membres de ce groupe est l'archive du tribunal de bailliage : examinant toutes sortes de procès criminels (depuis l'assassinat le plus atroce, jusqu'au délit du soldat qui a vendu sa culotte de dragon à des civils mais qui ne l'a pas livrée, sous prétexte qu'il la portait sur lui), les justices bailliagères plongent au plus épais de la déviance paysanne ; sans qu'elles privilégient, en quoi que ce soit, les *causes célèbres* et de ce fait atypiques.

La statistique des procès bailliagers des XVIIᵉ et XVIIIᵉ siècles, envisagés dans une perspective sérielle, permet d'abord, en Normandie et ailleurs, de situer les lignes de force d'une géographie criminelle : la délinquance, sous l'Ancien Régime, est moins répandue dans les campagnes [2] qu'à la ville, et, de ce point de vue, les lieux communs sur l'innocence champêtre (toute relative, du reste) ne sont pas des racontars. Plus précisément, la criminalité, à l'intérieur même du monde agraire, se localise au long des grands chemins, de la mer et des côtes, des vallées passagères,

« autour des ports, des relais de poste, des marchés aux bestiaux, des carrefours routiers, des centres administratifs », et, bien entendu, dans les tavernes.

Lions et renards

Quant au *trend*, qui constitue ici notre préoccupation majeure, la vision chronologique des procès fait ressortir, du XVIe au XVIIe siècle, et du XVIIe au XVIIIe siècle (et du début du XVIIIe à la fin du XVIIIe), le déclin massif de la violence paysanne. Celle-ci avait été générale jusqu'au Grand Siècle. Et forte, bien entendu, dans des régions coupées, telles que la Corse[3] : on dénombrait, soi-disant, dans l'île de Beauté, de 1683 à 1715, 60 meurtres par an, pour 130 000 habitants à peu près ; soit un taux annuel de mortalité par homicide[4] qui monterait à 0,45 ‰. À comparer aux 5,6 meurtres pour 100 000 habitants aux États-Unis en l'an 2000 ; et 1,8 en France (soit 3 fois moins *grosso modo* pour la France, d'après Alain Bauer dans *L'Histoire*, octobre 2001, p. 21).

Le cas corse, exagéré, est spécial, bien qu'il ait l'utilité de rendre exemplaires les tendances agressives qui sont extrêmement répandues dans l'Occident des Très Anciens Régimes.

En Normandie, pays moins rude, la criminalité violente, si typique encore du XVIIe ou du commencement du XVIIIe siècle, se laisse assez facilement cerner : il s'agit, dans les trois quarts des cas, d'une activité masculine ; les femmes, qui sont responsables du quart restant, « se bornant à venir au secours, *manu militari*, de leurs maris, frères ou fils ». Les violents sont pour l'essentiel de jeunes mâles : moissonneurs fatigués et coléreux, auxquels le soleil d'août tape sur la tête ; salariés agricoles d'âge tendre, à tempérament de « soupe au lait » ; « bergers de 8 à 16 ans » ; et « valets de ferme non mariés ».

Parlons chiffres : au bailliage de Falaise (basse Normandie), 83 % des procès, au XVIIe siècle, concernaient des affaires de violence (meurtres, coups, injures[5]) ; ce pourcentage tombera, au terme d'une remarquable performance, à 47 % au XVIIIe siècle.

La fréquence des actes violents pendant la première période (avant 1700) était d'autant plus impressionnante que, en fait, la statistique, si spectaculaire qu'elle paraisse, n'était même pas exhaustive : les tribunaux n'avaient à connaître que d'une fraction de l'ensemble des crimes, à savoir ceux qui dépassaient un certain seuil de scandale. Les autres délits, même meurtriers, étaient réglés en famille ou en « tribu » par les villageois, au moyen d'arbitres, de compensations officieuses, etc. Ou bien, tout simplement, on se faisait justice soi-même : à pied, à cheval, on poursuivait son voleur ou son meurtrier, à travers toute une province.

Or, au XVIIIᵉ siècle, d'après les chiffres disponibles, l'« impulsion mauvaise » de nos ruraux se détourne de ces crimes de sang ; elle s'oriente, modérément du reste, vers le chapardage, vers la filouterie ; vers le vol des vaches et des chevaux, dans une Normandie où l'élevage précisément se développe. L'agressivité se déguise, ou se sophistique ; on passe d'une criminalité de masse, occasionnelle et violente, à une criminalité de marges et de franges, qui devient le fait de « hardis prenants » professionnels. La justice normande, au niveau des bailliages, s'adapte à ces transformations : elle était expéditive, plutôt indulgente et non tortionnaire au XVIIᵉ siècle ; elle devient, au XVIIIᵉ siècle, plus lente, plus lourde et plus sévère au vol, dont la fréquence relative a augmenté ; elle prend désormais envers lui des allures bourgeoises de justice de classe. Le « vice » lui aussi progresse au XVIIIᵉ siècle, mais surtout dans les villes, au fur et à mesure que la non-violence gagne du terrain. La délinquance sexuelle, du reste définie largement, dans l'esprit des normes très exigeantes de l'époque, est-elle le prix à payer pour l'adoucissement des mœurs ? Elle inclut, en tout cas, des phénomènes qui nous sembleraient aujourd'hui relever d'une espèce de modernisation (?), fût-elle « délinquante » : en 1784, dans tel village du pays d'Auge, on signale et on punit les actes d'un médecin avorteur.

Quant au déclin de la violence, il est dramatique, admirable même, au XVIIIᵉ siècle : les juges sont pourtant plus pointilleux et plus exhaustifs ; mais les actes qui la concernent, et qui passent devant les tribunaux, dans une région comme le pays d'Auge, deviennent quatre fois moins nombreux en 1781-1790 par rapport à 1703-1711 ; cette décroissance graduelle témoigne sur des facteurs d'éducation et d'intégration de plus en plus efficaces. De telles tendances, positives, à la non-violence continueront du reste à s'affirmer au XIXᵉ siècle, sur la base de statistiques qui ne sont plus seulement normandes, mais nationales (Pierre Deyon)[6].

En revanche, et pour en rester au XVIIIᵉ siècle, ainsi qu'aux statistiques rurales qui nous arrivent de Normandie, l'effectif des délits sexuels, des cas d'ivresse et surtout des vols n'y diminue pas vraiment de 1700 à 1789. Certes, le nombre fluctuant des vols décline légèrement jusqu'en 1745 ; mais il remonte ensuite un petit peu jusqu'à la Révolution. (Cette nouvelle croissance des voleries et escroqueries persistera sur le plan national, entre 1800 et 1900, selon Pierre Deyon[7].)

Dans le court terme et dans le moyen terme, au temps des Lumières, le vol est maximal pendant les périodes de pauvreté, chômage hivernal, semaines d'été d'avant la soudure ; au cours des années de blé cher, enfin, pendant lesquelles le vol apparaît, au même titre que l'émeute de subsistances, comme un élément de contestation sociale. Le chapardage, et les quelques débordements sexuels qu'on enregistre aussi, sont moins le fait d'une délinquance proprement campagnarde que la contrepartie d'une mini-urbanisation modérée ; celle-ci a su éviter les ultra-violences des grandes villes actuelles, alors même qu'elle s'adonnait avec bien peu d'excès à la paillardise. Mais une telle urbanisation (qui, dans le pays d'Auge, se traduit tout au plus par la création ou par la croissance de quelques bourgades, encore à demi rurales) a su être, au sens étymologique, une véritable « civilisation », connotée par un decrescendo de la violence.

Recul de la violence

Sans doute ne faudrait-il pas exagérer *partout* ce decrescendo. En Bretagne, Jean Meyer, qui étudie la délinquance nobiliaire et roturière, n'a rien trouvé qui ressemble aux constatations des chercheurs normands[8]. La violence du gentilhomme et du vilain, dans la grande péninsule armoricaine, semble même être en hausse, ou du moins étale, pendant la seconde moitié du XVIIIᵉ siècle. Et en basse Auvergne, les condamnations aux galères se multiplient, après 1765. Il semble donc, d'après divers indices, que la diminution de la violence délinquante soit surtout le fait des paysans plus éduqués, plus développés, qu'on rencontre, en cette époque, au nord-est de la ligne Saint-Malo/Genève, et, par exemple, en Normandie. Alors que, au contraire, les régions les plus « en retard » de la France sous-développée, telles que le Massif central ou l'Armorique, se cramponnent encore, jusque sous Louis XVI, à une délinquance de type agressif et traditionnel.

Politique ou sociale, la contestation n'est pas la délinquance. Mais si différents qu'ils soient l'un de l'autre, les deux phénomènes entretiennent tout de même certains rapports, et les modifications que subit l'un d'entre eux ne peuvent pas ne pas réagir sur l'évolution qui affecte l'autre. C'est ainsi que la décroissance paysanne des criminalités violentes – souvent dirigées, du reste, contre les représentants du fisc, de l'ordre et de la loi (sergents, huissiers, collecteurs des tailles) – est à mettre en parallèle avec le déclin radical ou disons pour le moins l'atténuation des révoltes paysannes au XVIIIᵉ siècle, par comparaison avec le XVIIᵉ siècle. De même disparaissent, en Normandie, les cambriolages de nobles par leurs propres domestiques ou par leurs propres fermiers, genre d'agressions qui relevaient d'une forme de contestation sociale, puisque les propriétaires roturiers, eux, n'étaient point victimes de faits semblables.

Mais la contestation délinquante en général n'est pas pour autant anéantie, au fur et à mesure des « progrès du XVIIIᵉ siècle ». Disons simplement qu'elle se déplace et qu'elle prend des formes plus subtiles et plus intelligentes. C'est ainsi que l'injure antinoble (tout comme le blasphème) « était sévèrement punie au début du XVIIIᵉ siècle » (Mogensen). Par la suite, cette sévérité s'atténue beaucoup ; et une telle atténuation témoigne, en ce domaine du moins, pour une permissivité accrue, qui fait le jeu de l'agression contestataire et paysanne contre les hommes du sang bleu. Il est vrai que d'une façon générale la lutte délinquante contre le noble ou contre le seigneur n'est pas tellement plus marquée que celle, souvent assez vive, qui oppose le fermier expulsé à son propriétaire [9] ; ou bien le décimable à son dîmeur ou à son fermier de

dîmes ; ou le paysan endetté à son bourgeois créancier ; ou le
« saisi » à l'huissier ; ou le petit fagoteur au propriétaire d'arbres
fruitiers ; ou la maîtresse aux servantes ; ou les saboteurs squatters
des forêts aux paysans ; ou bien les conducteurs de troupeaux de
vaches aux propriétaires dont les champs jouxtent les grands chemins. Tout au plus notera-t-on, comme significative en Normandie, après 1764, une politisation des villages et des bourgades : là,
les jeunes gens, les aubergistes, les bons bourgeois (davantage
que les paysans purs) s'en prennent en termes vifs à la personne
même du roi ; si bien que les tribunaux doivent intervenir.

Quoi qu'il en soit de ces fioritures, la diminution rurale de la criminalité violente au XVIIIe siècle, dans la France développée, et
aussi dans les régions les plus éclairées (méridionales et bas-
languedociennes) de la France sous-développée, représente un
remarquable succès. Celui-ci tient aux fortes capacités d'intégration que déploient les idéologies qui sont diffusées et inculquées
par une Église contre-réformée et janséniste ; il tient aussi, en
contrepoint moins visible, mais plus durable, à l'impact de l'école
paroissiale, avec ses régents patriarcaux, et pédants : ils se font
les porteurs d'une morale de type chrétien, mais à demi laïcisée
déjà, « prékantienne », disions-nous, et d'autant plus exigeante.
Ce dressage idéologique et culturel n'aurait cependant pas eu d'effet bien considérable, s'il n'avait pris appui sur un contexte social
qui s'avère réceptif à une telle éducation. Van Den Berg et après
lui Mogensen ont évoqué à ce propos, comme facteurs favorables
pour une « non-violence » accrue : la fusion intime qui s'instau-
rait, au XVIIIe siècle encore, entre la vie familiale et la vie profes-
sionnelle du paysan ; « l'automatisme culturel, coutumier et insti-
tutionnel de l'appartenance sociale de l'individu » ; la grande
lenteur, antitraumatique, de l'assimilation du changement ; et la
petitesse des communautés de villages et même de bourgades, où
tout le monde connaissait tout le monde. Plus concrètement, dans
le *trend*, le dressage antiviolence tire profit de certains facteurs
démographiques qui sont favorables : la baisse de la mortalité des
adultes diminue le nombre des lits brisés et des familles en
miettes ; ces familles instables dans lesquelles les rejetons passaient des mains de père ou mère à celles de parâtre ou marâtre
nourrissaient en effet des frustrations infantiles : elles risquaient

un jour de fabriquer des criminels[10]. La raréfaction des lits brisés a donc, pour la moralité ou la tranquillité publique, d'heureuses conséquences. Par ailleurs, dans les quelques régions rurales de France qui s'avèrent malthusiennes dès avant 1789, un effet lénifiant, du même ordre, est à imputer au déclin de la fécondité. Celui-ci aboutit en effet à diminuer le nombre et l'importance des familles prolifiques qui, elles aussi, dans les milieux défavorisés, produisaient trop d'enfants inéduqués, graines de violence. Le *coitus interruptus*, si l'on en croit les statistiques de Mogensen, supprimerait donc aussi quelques-unes des semences de l'agression… (Mais de nos jours la très basse natalité n'empêchera pas la croissance du crime !)

Sur le plan affectif enfin, la régression du crime normand au XVIIIᵉ siècle semble être liée à une meilleure entente familiale, entre frères et sœurs, ou entre héritiers ; Mogensen raconte, d'après un dossier de bailliage, l'histoire de la vieille paysanne égrotante, qui, sur son lit d'agonie, cache sous sa chemise un sac d'or, que les héritiers de la vieille chercheront, chacun pour son compte, à s'approprier. Une telle anecdote, d'après les statistiques de l'historien canadien, serait plus typique du commencement du XVIIIᵉ siècle que de la fin (?).

Ce bilan favorable appelle inévitablement une question : les citoyens responsables qui, de nos jours, souhaitent l'éradication graduelle, ou simplement la stabilisation d'une criminalité en voie d'essor, ont-ils encore quelque chose à apprendre des simples techniques qu'utilisèrent, avec beaucoup de succès, les hommes du XVIIIᵉ siècle, dans les plus humbles de leurs groupes sociaux ? On hésitera, étant donné les différences de contexte, à répondre par l'affirmative à une telle question. Mais la leçon d'histoire pratico-éthique administrée par les populations paysannes du temps des Lumières ne peut qu'inciter notre époque à la modestie.

À la décroissance (sectorielle) du crime, on serait tenté de comparer le déclin de la révolte violente. Comparaison qui risquerait d'être superficielle (qu'on songe à la formidable éruption des « révoltes rurales », transcendées en Révolution, de nouveau, en 1789)… Il convient donc, en premier lieu, de prendre un peu de recul.

L'effacement des révoltes de type traditionnel

On a déjà évoqué, au cours de ce livre, la longue série des révoltes antifiscales et des guerres paysannes du XVIIᵉ siècle, au premier rang desquelles, en certaines régions occidentales, montagneuses ou bocagères selon le cas (Cotentin, Bretagne, Angoumois, Périgord, Boulonnais, Vivarais), se tinrent des groupes de communautés villageoises. Ces soulèvements étaient essentiellement dirigés contre la mise en place et contre le fonctionnement de la machine officière et taxatrice, bureaucratique et militaire, que la monarchie administrative, à partir de 1624-1625, n'avait cessé de développer, d'appesantir, et d'expandre. Dirigés aussi contre le logement des troupes, et le haut prix du blé. Un peu plus mordantes peut-être à l'égard des oppressions de la seigneurie ou des privilèges fiscaux de la noblesse, les ultimes révoltes paysannes, celles du Boulonnais, du Béarn, de Bretagne entre 1660 et 1675, n'avaient pourtant pas présenté de caractères très originaux par rapport à ces premières rébellions, initiées à partir de 1624... ou de 1548.

Essentiellement dirigées contre certains rouages (fiscaux surtout) de la machine d'État, mais non point contre le Rouage suprême, incarné par le monarque, les révoltes de la période 1624-1675 pouvaient aussi, par foucades, remettre en cause divers aspects de la seigneurie ou de la dîme [11]. Il arrivait aussi qu'elles s'attaquassent à l'exemption d'impôts dont jouissaient les privilégiés, exemption devenue d'autant plus blessante pour les contribuables que la charge fiscale, à partir de Richelieu, s'était énormément accrue. De ce point de vue, qui demeure marginal, le cycle des révoltes tournantes de 1625-1675 annonce la contestation antiseigneuriale, qui va sourdre, puis se préciser au XVIIIᵉ siècle, pour déferler enfin de façon torrentielle à partir de 1788-1789 [12]. Autre analogie : quand Paris déclenche la Fronde, arrache ses pavés pour en faire des barricades, les révoltes concomitantes peuvent, en province, durant quelques mois, créer la vacance du pouvoir. Pendant l'été politiquement chaud de 1648, dans les régions « libérées » (!) du Massif central et du Sud-Ouest, les hommes du fisc se font oublier avec prudence pour quelque temps ; ou bien ils déguerpissent ; la grève des impôts, du coup, devient aussi effective qu'elle le sera en 1789.

Il reste que, dans la mesure où les révoltes rurales du XVII⁺ siècle s'attaquent, elles, spécifiquement à l'État, considéré comme clef de voûte de la société englobante, elles ne sont guère dangereuses pour la seigneurie ; celle-ci, dans l'esprit des villageois, continue à faire partie, pour quelque temps encore, de l'ordre éternel des champs : le fer de lance des rébellions, à l'époque classique, est bien plutôt dirigé contre les gros « requins », ou prétendus tels, du complexe militaro-financier. Les révoltes sont donc d'autant plus fondées à se chercher des alliés, voire des *leaders*, parmi les petits nobles et seigneurs locaux ; parmi les curés ou vicaires ; parmi les avocats et les menus robins, aigris ou replets, originaires du tiers état.

Après 1675, néanmoins, dans les régions catholiques qui forment l'immense majorité de la nation rurale, on ne rencontre presque plus de *guerre paysanne* comparable à celles, quasiment endémiques, qu'on avait connues à diverses reprises pendant la longue période qui va de 1548 à 1675. (Le soulèvement de la huguenoterie cévenole en 1703 pose des problèmes spécifiques : ils n'infirment pas l'affirmation qui précède.) Certes, l'assagissement des paysans papistes est bien loin d'être total : en 1707 encore, des attroupements armés, dans la meilleure tradition antifiscale et militarisée des Croquants de 1593 et des Nouveaux Croquants de 1637, se produisent dans le Quercy-Périgord, région de France qui, de toutes, fut la plus contestataire pendant le long XVII⁺ siècle. « Les paysans armés et attroupés [...] se soulevèrent tous, pillèrent les bureaux d'impôt, se rendirent maîtres d'une petite ville et de quelques châteaux, et forcèrent quelques gentilshommes à se mettre de leur tête », écrit Saint-Simon[13]. Le petit duc, comme toujours, sait, d'intuition vive, où et comment se joue l'essentiel. « Ils déclaraient tout haut qu'ils payeraient la taille et la capitation, la dîme à leurs curés, les redevances à leurs seigneurs, mais qu'ils n'en pouvaient payer davantage, ni plus ouïr parler des [nouveaux] impôts et vexations... [ni de l']édit d'impôt sur les baptêmes. » Lequel édit (?), du reste, aurait été, si l'on en croit Saint-Simon, caviardé *illico* par Louis XIV, effrayé par une telle révolte qu'il mata pourtant avec les vieilles troupes.

En dépit de ces ultimes « incidents de parcours », la relative modération des *révoltes* est indéniable à la fin du XVIIᵉ siècle et, plus encore, au XVIIIᵉ. À cela, bien des raisons, qui, toutes ensemble, expliquent la fin des *guerres* paysannes.

1) Le système fiscal, depuis Colbert, avait su éliminer de son être, pour une part, certaines des grandes voleries du temps de Richelieu et de Mazarin ; l'impôt s'était fait de plus en plus indirect, et de moins en moins direct [14]. Bien entendu, cette « indirectisation » de l'impôt n'est pas une panacée antirévolte : voir les nombreux soulèvements antigabelle du XVIIᵉ siècle. Mais, dans la mesure où les fermiers généraux ont su à la fois diversifier leurs prélèvements (cas du tabac), améliorer leur gestion et civiliser leurs voleries, il est certain que l'impôt indirect est moins mal supporté par le contribuable français que ne l'est la taxe directe, toujours assimilée à une forme d'écorcherie du redevable. L'État du XVIIIᵉ siècle (comme le note un Sage nommé Brasdargent, dans le village de Rétif) est, somme toute, devenu plus fin et plus subtil dans sa façon d'extorquer l'argent des contribuables.

2) Les intendances provinciales étaient détestées des rebelles au temps des cardinaux-ministres, parce qu'elles passaient alors, à juste titre, pour les exécutrices des basses œuvres du fisc. Or, à partir de Colbert, elles esquissent un pas vers l'alliance avec le village : elles le défendent contre les griffes des parlementaires, créanciers et justiciers, quant au grand problème de la dette communale [15] ; elles le soutiennent aussi contre les accapareurs de subsistances [16].

3) L'évolution religieuse est également à considérer : en 1685, au terme de l'irrésistible montée du siècle des saints, l'État, grâce au « coup du ciel » de la Révocation, réalise, en dépit des craquements jansénistes, l'union du Trône et de l'Autel. Ce geste orwellien [17], et totalement condamnable, de 1685 ne métamorphose pas les huguenots en bons papistes. Mais il ramène définitivement au giron de la monarchie une Église catholique qui, de 1560 à 1660, dates rondes, avait donné bien du fil à retordre aux Valois, puis aux Bourbons. Les moines ligueurs de 1590, les vicaires nu-pieds de 1639, les curés frondeurs de 1648 avaient laissé de mauvais souvenirs à la monarchie ; la contestation catholique en 1588, et en 1610, était même allée jusqu'au régicide – théorisé, puis perpétré. En opprimant la huguenoterie, à défaut de pouvoir vraiment la supprimer, le roi révocateur, en 1685, jette à l'Église un os à ronger considérable ; il la réintègre tout à fait dans la communauté nationale. En échange, le clergé français, gavé de faveurs, donne à Louis XIV un loyalisme qui n'est pas sans bavures, ni sans murmures ; mais qui, tout de même, est préférable aux ébullitions papistes du bon vieux temps de la Ligue. (Trois ans plus tard, la *Glorious Revolution* de 1688 réalisera, en sens apparemment inverse, une récupération politique analogue sur l'autre rive du Channel : la monarchie anglaise, nouvelle manière, fera sa paix avec la ci-devant opposition, sur le dos des jacobites, des Irlandais et des catholiques ; tout comme Louis XIV l'avait faite avec le clergé, ci-devant ligueur, puis frondeur, aux dépens des protestants.) À l'échelle villageoise, même alliance désormais, pour deux tiers de siècle, entre le pouvoir et le presbytère : les curés de paroisse qu'on avait connus concubinaires et truculents deviennent peu à peu, pendant la seconde moitié du XVIIe siècle, des fonctionnaires du culte, « subdélégués naturels ». Ils ne dédaignaient pas jadis de se faire les apôtres de la contestation antiétatique. Les voilà désormais, en chaire, au confessionnal, porte-parole de la légalité. Au besoin, les prédicateurs ambulants viennent les renforcer : à l'exemple des jésuites bretons de 1675, ils noient dans l'eau tiède de la pastorale les flammes de la révolution paysanne et populaire. Après 1685, le loyalisme catholique se fait exemplaire. « Nous nous saignons pour le fisc aux quatre veines, mais notre Grand Roi, qui vient de révoquer la Religion prétendue réformée, mérite amplement un tel effort », écrit à la fin du XVIIe siècle un « papiste » du Languedoc, avant de payer sa part des lourds impôts de la province [18]. L'oppression totale des protestants – comme celle des jacobites en Angleterre – représente le prix fort, et détestable, qu'on a jugé bon de payer pour donner au monarque les mains libres à l'extérieur comme à l'intérieur du royaume.

4) En outre, dans une France paysanne qui s'imprègne en profondeur, entre 1680 et 1720, d'un catholicisme plus actif que jamais, l'assagissement de la violence primitive et de la criminalité contribue à l'apaisement des révoltes et à la disparition des guerres civiles.

5) Au cours de la période des soixante-dix années postérieures à 1715, la fiscalité, d'autre part, rabat beaucoup de ses prétentions ; le cauchemar des grands prélèvements de l'époque louis-quatorzienne est exorcisé. Simultanément s'accroissent à bonne vitesse et avec continuité le produit brut agricole, et aussi l'effectif des contribuables. Dans ces conditions, le prélèvement du fisc qui se stabilise ou même décline en valeur *réelle* ponctionne une masse imposable en expansion ; il est ressenti de ce fait, par les sujets de l'impôt, avec moins d'acuité qu'au siècle qui précède. Tous ces facteurs convergent : le recours aux armes, contre le receveur ou le gabelou, n'apparaît plus comme une panacée universelle, dans la mesure où la société rurale est devenue à la fois plus sage, plus policée, moins malheureuse.

Ces données, qui sont de bon sens, n'impliquent pas, pourtant, que la contestation villageoise ait purement et simplement cessé. Bien au contraire ! On ne comprendrait rien à l'explosion de 1789 si on la considérait comme un coup de tonnerre dans un ciel serein. Au XVIIIe siècle, l'ordre et la loi ne sont pas, tant s'en faut, universellement respectés dans les campagnes. La contestation existe toujours (J. Nicolas). Mais ses objectifs et ses bases se sont modifiés. Elle a changé d'âme, de tactique, de stratégie.

Les modèles décisifs, pour une compréhension des mouvements ruraux du temps des Lumières dans la France d'oïl, ont été fournis, après Georges Lefebvre, par Pierre de Saint-Jacob. L'historien bourguignon, en effet, ne s'est pas borné à projeter sur la mentalité campagnarde des Lumières les données précieuses, mais tardives, qui proviennent en masse des cahiers de 1789. Au fil de ses chapitres, Saint-Jacob, parcourant le dernier siècle de l'Ancien Régime, a rédigé, au coup par coup, la chronique minutieuse des « émotions villageoises ». L'interprétation soigneuse qu'il en donne permet, à l'échelle de ces cent années, de comprendre, en profondeur, l'essentiel des permanences et des changements.

On part, à la fin du XVIIe siècle et au début du XVIIIe, d'une situation bourguignonne où l'on est déjà très loin des grands soulèvements de type classique, « porchnévien » et guerrier, qui avaient agité la province entre Ligue et Fronde (parmi ces « grands soulèvements » avaient figuré l'insurrection des paysans royalistes du pays beaunois contre la Ligue, contre le brigandage et contre le fisc en 1589-1594, et la ribote bacchanalisante des vignerons ou Lenturlus de Dijon, en 1632, hostiles au tour de vis fiscal du ministère). Vers 1680-1720, dans la grande province du Centre-Est, on n'aperçoit plus guère, en fait d'agitation, que la menue monnaie d'une contestation latente à l'endroit du seigneur, qui serait à vrai dire insignifiante si elle n'était, à divers points de vue, prémonitoire. Ces mouvements, dirigés contre tel ou tel dominant local, sont parfois concoctés dans les veillées folkloriques des écraignes[19]. Parmi eux, on note des refus du champart, appelé *tierce* : il se levait sur les terres ci-devant communales, défrichées par tel ou tel tenancier. Le chapitre d'Autun, et divers seigneurs laïques à la fin du XVIIe siècle et en 1728, essuient, de la part du monde rural, des rebuffades de ce genre. D'autres « rebuffades » affectent, vers 1717-1724, la taille seigneuriale (dont on demande aux seigneurs, par souci justifié de modernité paperassière, le titre originel) ; elles s'attaquent également au ban de vendange autoritaire promulgué chaque année par la seigneurie. On aperçoit aussi quelques petites grèves de la dîme des laines et agneaux (souvent contestée, à toute époque et en tout lieu) : dans tel village, en 1687, le collecteur de dîmes va de « pot en pot » (de foyer à foyer) sans qu'aucun éleveur se décide à payer en premier[20]. Des procès sont en cours contre la « corvée aux saints » (corvée au curé) en 1680[21]. La querelle s'allume aisément au sujet de la vaine pâture et des droits d'usage réciproque, qui tissent une coexistence difficile entre le village d'une part, et d'autre part la grange ou métairie qu'a taillée, dans les marges frontalières du terroir paroissial, tel noble, bourgeois ou parlementaire, rassembleur de champs du XVIIe siècle : en ce cas, la mutation de la seigneurie en direction d'une agriculture plus moderne, à grandes surfaces, est remise en cause par les paysans. Dans le même esprit, ceux-ci s'insurgent contre l'usurpation des communaux, transformés en assez vastes domaines individualistes, par les rassembleurs de terres urbains venus de la noblesse « pure » (?), de la robe, de la marchandise, ou de ces trois horizons à la fois ! À partir de 1660, en Bourgogne, cette résistance « procommunale » reçoit l'aide sympathique de l'intendant Bouchu ; et plus tard, assez fréquemment, de ses successeurs, jusqu'à la fin de l'Ancien Régime. On comprend, par cet exemple précis, comment les révoltés ont pu glisser des contestations anti-État et anti-intendance, caractéristiques du premier XVIIe siècle, à la contestation antiseigneur : elle sera décidément typique, au XVIIIe siècle. Pour les terriens, l'intendance n'était pas, ou du moins n'était plus, le croquemitaine étatique qu'on avait cru d'abord.

Dans le registre des autres « mouvements divers » de la période 1680-1725, qui, cette fois, ne mettent pas en cause la seigneurie, je citerai d'abord, avec Pierre de Saint-Jacob, les émeutes catégorielles : celles des vignerons de Solutré, qui, en 1680, s'agitent, sans doute à cause du bas prix des vins ; celles des demandeurs de blé, dont l'irritation culmine lors de la guerre pour les grains qui oppose, par l'intermédiaire de bandes armées, les campagnes aux villes autour de Beaune, en 1709[22]. On retrouve aussi le vieux réflexe antifiscal à propos du vol des voitures d'impôts que des groupes de brigands, à vocation plus ou moins justicière, perpètrent en 1713. Les conflits du travail, d'autre part, sont relativement aigus en Bourgogne comme en Languedoc pendant la décennie 1720, au cours de laquelle la main-d'œuvre devient chère, exigeante, combative. Des grèves de moissonneurs bourguignons, menées contre les gros exploitants, parviennent ainsi, jusque vers 1730, à freiner pour quelque temps le mouvement (très relatif) de paupérisation salariale ; il talonnera souvent les prolétaires ruraux pendant la suite du XVIIIe siècle.

Dans l'ensemble, ces diverses catégories de révoltes sont, au fil des années 1680-1725, assez rares ; leur regroupement à l'usage d'un fichier d'historien ne doit pas faire illusion ; elles éclatent en fait sur un arrière-plan plus général d'incroyable résignation à la misère, pour ceux qui sont affectés par celle-ci. Autour de 1730, elles ont tendance à se calmer quelque peu, en un climat de « prospérité ». Quand elles reprendront vers 1735-1740, elles se modifieront en profondeur comme en intensité.

Une contestation de type nouveau, antiseigneurial :
l'exemple bourguignon

La nouvelle lutte antiseigneuriale, telle qu'elle se déploie (en Bourgogne par exemple) à partir de 1735-1740, telle qu'elle s'épanouit à partir de 1750, telle enfin qu'elle se déchaîne à partir de 1780, s'oppose, par beaucoup d'aspects, au vieux système de domination et de prélèvement, ainsi qu'aux innombrables droits seigneuriaux, « redevances peu dignes du siècle », comme l'écrira en 1789 le cahier de doléances d'Aigney [23] ; cette lutte témoigne, bien sûr, quant au décalage de la seigneurie par rapport à l'évolution culturelle : on conteste la taille seigneuriale, considérée comme arbitraire ; et puis les lods et ventes, le banvin, « le blé du four et les poules de coutume », les monopoles et banalités diverses. Quant au braconnage accru, type même de propagande par le fait, il revient à exiger la démocratisation antiécologique du droit de tuer la faune, démocratisation que la Révolution française accordera sans discernement, contribuant ainsi à faire de l'Hexagone actuel un territoire « lapinicide » d'extermination maximale du gibier. Les paysans bourguignons, tout comme ceux du Nord, étudiés par Georges Lefebvre et par Louis Trénard, se dressent, on pouvait le prévoir, contre les dîmes, surtout quand elles veulent frapper les cultures riches ou nouvelles développées par la croissance du siècle. Enfin, la vague des défrichements sur les ci-devant communaux pose avec force la question des *tierces* ou champarts : ces redevances, très lourdes en Bourgogne précisément, sont levées sur les portions des *communs* qui sont, tout de neuf, vouées à la culture ; d'où les grèves de tierces.

En revanche, le cens recognitif, très léger (30 à 40 litres de grain à l'hectare), mais important quand même pour la seigneurie dans la mesure où il fournit le support et la preuve du fief, n'est guère contesté. Sauf quand il est exigé « en masse », sous forme d'arrérages, au bout de 29 années de non-perception. Très digne de remarque, aussi, est la relative atmosphère de non-agression qui environne, en Bourgogne, la mainmorte et les survivances du servage.

Cet irénisme des serfs mainmortables s'explique-t-il par l'arriération spécifique de leurs villages, et par un état d'aliénation passive qui leur ferait négliger de mordre la chaîne enserrant leurs champs ? Il semble, en fait, que la vraie raison de cette attitude soit ailleurs : venue du fond des âges, la mainmorte s'est révélée, à l'usage ou à l'usure, comme un des meilleurs écrans qu'on puisse imaginer contre les pénétrations bourgeoises, ou seigneuriales-bourgeoises, en terres bourguignonnes[24] ; car elle frappe de précarité le lopin des mainmortables, elle le menace d'un retour toujours possible dans le giron des propriétés-réserves du seigneur traditionnel. Elle décourage ainsi, par les menaces d'insécurité terrienne qu'elle propage, l'impérialisme bourgeois, ou « seigneurial-bourgeois » nouvelle manière, tel que le pratiquent, par exemple, au détriment des lopins ruraux mais aussi de l'ancienne noblesse, les parlementaires du Dijonnais. En somme (dans ce cas particulier de la mainmorte), plus la seigneurie est archaïque, moins elle est contestée. Et *vice versa*. C'est en tant que fine pointe de la modernisation rurale que la seigneurie se trouve harcelée au maximum par les cultivateurs. La paysannerie bourguignonne du XVIIIe siècle est antiféodale parce qu'elle a aussi des tendances anticapitalistes.

Bien entendu, la lutte contre le système seigneurial, telle qu'elle se déploie dans la France du Centre-Est entre 1730 et 1788, est également la contestation d'une dominance, et la revendication d'un pouvoir paysan ; d'un pouvoir que les cultivateurs, plus instruits et plus sûrs d'eux-mêmes qu'autrefois, sont devenus dignes d'exercer. « Je suis convaincu qu'aux grands maux il faut les grands remèdes, et d'ailleurs c'est rendre service aux paysans que de les mener la verge haute », écrit en 1765 le chevalier de Caumartin, prieur de Saint-Léger, seigneur de Binges, en demandant à ses officiers d'être sévères. La justice, rendue par les agents du seigneur (lequel, comme on sait, est à mainte reprise juge et partie), fait respecter le ban des vendanges, défend les bois et les pâturages du maître contre la vaine pâture abusive ou permanente. Supposons, comme il arrive souvent à cette époque, que cette justice échappe aux mains d'un homme du cru, bien en cour auprès de ses concitoyens (voir le cas d'Edme Rétif), et qu'elle tombe au pouvoir de bourgeois forains (autre aspect d'une certaine urbanisation modernisante à sa manière) ; dès lors, elle risque fort, cette justice, durant les temps de contestation des années 1750-1789, de déclencher une résistance populaire. D'autant que maintes fois c'est souvent à l'occasion des jours pendant lesquels s'exerce la judicature du domaine qu'éclatent les émotions populaires contre le maître et contre ses hommes (Régine Robin insiste sur le couple seigneur-justice dans les frustrations que révèlent les cahiers des états généraux[25]).

Pourtant, l'aiguisement des luttes antiseigneuriales au XVIIIe siècle n'est pas simplement le fait d'une hostilité ravivée entre deux vieux adversaires de toujours ; adversaires qui, du reste, à fréquentes reprises, furent souvent des ennemis-amis, en proie à d'indéchirables relations où se mêlaient la haine et ce qu'il faut bien appeler une sorte d'affection réciproque. *Love-hate…* En fait, l'essor des luttes à partir de 1740 s'explique aussi par une modification : les deux antagonistes changent – chacun dans son coin ; et ils dérivent respectivement, selon des voies irréconciliables, vers une modernité dédoublée. Cette dérive éloigne l'un de l'autre les deux partenaires ; elle les rend de ce fait, graduellement, plus étrangers l'un à l'autre.

Les paysans des années 1750-1780 deviennent en effet de moins en moins les mêmes que par le passé. Leur changement d'attitude envers la seigneurie est, de ce point de vue, inséparable des altérations de leur comportement vis-à-vis de la ville, de la culture, de la religion. Non pas que le catholicisme des bons vieux temps, qui, après 1750, relâche un peu de sa formidable emprise, ait été nécessairement, lui, un facteur de paix sociale, et de confort pour les puissances de la terre. La christianisation graduelle des campagnes, telle qu'elle s'était opérée en profondeur depuis le Moyen Âge, avait opposé, dans le principe, aux vieux schémas tripartis qui venaient du tréfonds indo-européen, et qui définissaient la hiérarchie des prêtres, des guerriers nobles-seigneuriaux et des laboureurs, elle avait opposé, disais-je, une conception scripturaire, originellement sémitique : celle-ci était nettement plus égalitaire que ne l'était la triade dumézilienne. De cette influence biblique était venue, chez les villageois, mis au parfum par le franciscanisme, la fameuse et dangereuse formule : *Quand Adam bêchait et Ève filait, où donc était le gentilhomme ?*

Mais enfin, il est avec le ciel, même vétéro-testamentaire, des accommodements : la Contre-Réforme, après quelques à-coups, a su établir depuis le xviiᵉ siècle, entre l'église paroissiale et le château du seigneur, un *modus vivendi* qui n'est pas désagréable pour chacun des deux intéressés. Ce compromis neuf a certes ses inconvénients : la religion est désormais le rempart de l'ordre social ; encore faut-il que ce rempart ne soit pas vermoulu. Or, vers 1760, sans qu'on puisse encore parler de déchristianisation, certains phénomènes se produisent en Bourgogne qui font penser à ceux que Michel Vovelle a étudiés pour la Provence[26]. À diverses fêtes importantes, jadis très fréquentées par les paysans du Centre-Est, les églises se vident quelque peu ; les cabarets se remplissent. Un tel état d'esprit, cultivé dans les tavernes, n'est pas bon pour la seigneurie ecclésiastique, à cause de l'irritante question des dîmes ; ni, par contrecoup, pour la seigneurie laïque (qui, en Bourgogne, détient elle aussi son petit pactole de dîmes, inféodées). Les cabarets sont en effet développés par la croissance concomitante des consommations et des sociabilités ; une tabagie envahissante (cancérigène ?) se propage, du xviiᵉ au xviiiᵉ siècle, depuis les zones maritimes du royaume qui furent enfumées les premières jusqu'au cœur de la nation, lentement infecté à son tour. Les nouveaux *leaders* – futurs politiciens locaux, militants éventuels des émeutes, simples braillards – se forment ainsi parmi les volutes de fumée et les brocs de vin. Les *leaders* et leurs adeptes sont, inutile de le répéter, de plus en plus alphabétisés ; ils se nourrissent très rarement de Rousseau, mais très souvent de cette littérature bleue qui diffuse le thème relativement récent du bonhomme Misère : ce bonhomme prêche l'éminente dignité du pauvre en ce bas monde et pas seulement par rapport à l'au-delà. La politisation de l'opinion publique se fait aussi à partir des villes : par le biais de l'exode rural, elles sont le réceptacle de la mobilité descendante (parfois ascendante aussi) d'une masse d'ex-paysans déracinés ; ceux-ci développent en ville et transmettent ou injectent à leur famille restée campagnarde, avec laquelle ils conservent un lien, des frustrations beaucoup plus vives que celles qu'ils auraient nourries s'ils étaient restés au village. Ces frustrations sont elles-mêmes inséparables des « *expectations* croissantes » forgées au contact de groupes urbains plus favorisés : à défaut d'un niveau de

vie substantiellement amélioré, les « attentes accrues », caractéristiques du siècle, font en effet qu'on attend davantage de l'existence rurale, même et surtout si elle ne change guère ; car elle
apparaît, par rapport à la nouvelle douceur de vivre des élites
urbaines, bien plus insupportable qu'elle ne semblait à la génération précédente, qui pourtant s'accommodait d'un standard de vie
plus bas encore.

Plus prosaïquement, la politisation de l'opinion publique à partir des villes contribue à la maturation (du reste limitée) de l'esprit public au village. Vers 1762-1763, les grèves des parlements
sont suivies ou accompagnées de grèves de solidarité ou d'imitation menées par certaines justices seigneuriales. Alors, si le juge
local fait grève lui-même, pourquoi ne pas m'agiter moi aussi, a
dû se dire plus d'un paysan à tête chaude… Dans l'ensemble, la
nouvelle culture populaire, à base d'alphabétisation et de livres
bleus, à base aussi de contacts « de bouche à oreille », profite de
l'accroissement des échanges et des migrations, et aussi de la
mobilité générale. Cette culture développe donc le *mauvais esprit*
et elle multiplie les *mauvaises têtes*. Mauvais esprit : on tutoie le
seigneur, ce tutoiement n'ayant, bien sûr, rien à voir avec l'affection ! Et l'on perd le respect pour la justice, lors de la tenue des
jours. Mauvaises têtes : elles poussent un peu partout, dans divers
milieux ruraux, comme des champignons vénéneux pour l'ordre
des champs. Le *leader* local, pas nécessairement unique dans un
village, et qui sème *l'esprit de vertige* parmi les gens de la campagne, ce peut être un avocat, un marchand, un curé, un notaire ;
mais aussi un charron, un tisserand, un ou des manouvriers *forts
en gueule*, interprètes modernisés de la nouvelle civilisation de
l'écrit et du papier, laquelle, en ce qui les concerne, est à peine
multiséculaire. Les contestataires du petit pays, qui peuvent n'être
qu'une poignée, réclament le titre originel de la redevance, là où
jusqu'alors régnait l'empire bon enfant d'une coutume spolia-
trice ; là où le seigneur avait pu longtemps affirmer (sans crainte
qu'on relève son propos) : *possession vaut titre*. Mais, après tout,
exiger ainsi la paperasse qui prouve, fût-elle introuvable ou
inexistante, et porter une main sacrilège sur les redevances les
plus sacrées, qu'elles fussent lourdes ou même ultra-légères, cela
revenait tout bêtement, sans le savoir, à imiter Colbert : un gros

siècle plus tôt, ce ministre avait donné le mauvais exemple à l'administration, et, par elle, à la nation. Dans ses célèbres *Réformations de noblesse*, il avait exigé le titre écrit du sang bleu, là où jusqu'alors avaient suffi la jouissance tranquille et l'usurpation séculaire. Cent ans après cette initiative colbertienne, quelques ruraux décidés s'emparaient à leur tour, au dam de leur seigneur, du pouvoir nouveau qui leur était conféré par une entrée toute récente dans la « galaxie de Gutenberg ». Ajoutons que ces soi-disant ruraux étaient à mainte reprise des citadins contestataires, se parant du manteau de la chlorophylle pour venir perturber l'ordre des champs !

Tout cela explose, ou du moins fuse, lors de la grande politisation du village bourguignon, évidente pendant la décennie 1780 : on y nomme un ou des procureurs, pour lutter méthodiquement, pied à pied, dans le maquis juridique, contre les empiétements réels ou quelquefois supposés du seigneur. N'imaginons pas, pourtant, que ce combat contre un maître qui, par son urbanisation, appartient de plus en plus à la société englobante aboutisse automatiquement, dans le cadre même du village, à replâtrer les conflits internes, et à recrépir l'unanimité paysanne, pour la façade. Loin de là ! Certes, les antagonismes de village à village se calment, et cet assagissement des conflits entre communautés territoriales constitue incontestablement un signe de modernité. Mais la politisation exacerbe les clivages pendant la décennie 1780, à l'intérieur même de la paroisse : entre riches et pauvres ; entre gros fermiers *matadors* et manouvriers ; entre jeunes et vieux ; et même entre hommes et femmes ! Cette ambiance électrisée concerne bien sûr les villages remuants ou militants, qui ne doivent pas faire oublier par l'historien, à l'échelle nationale ou provinciale, la majorité, tautologiquement silencieuse, des villages tranquilles. L'atmosphère des années 1780 est tout de même suffisamment orageuse pour justifier, en 1789, la mise au point, dans les villages bourguignons, de cahiers souvent très durs ; et pour expliquer qu'éclatent, pendant l'été de la Grande Peur, les insurrections paysannes du Mâconnais ; et, en général, celles de l'Est et du Centre-Est français encore très seigneurialisés.

Il y a donc eu modernisation, idéologique, culturelle, et sociale, du paysan ; ou du moins de certains groupes de paysans, suffisamment nombreux pour former une masse critique d'humanité, qui, à certain moment, n'accepte plus de vivre comme autrefois. Dans un pays où la répression policière et militaire à l'échelon des campagnes est (respectivement) inexistante, inefficace ou impensable, une évolution de ce type pouvait, en un rien de temps, engendrer des conséquences révolutionnaires.

Mais la modernisation n'est pas seulement paysanne. Elle est aussi, dans une direction très différente, seigneuriale. La cure de rajeunissement entreprise par les seigneuries contribue, du reste, à écarter celles-ci davantage des hommes qu'elles considèrent encore comme leurs sujets.

Lucidement, Pierre de Saint-Jacob a placé sous le signe de la physiocratie les transformations qui affectent l'organisme seigneurial au XVIIIᵉ siècle. Il n'est pas question, bien sûr, de majorer à ce propos l'impact ni même d'imaginer une influence directe des écrits de Quesnay : en l'occurrence, ils sont symptomatiques, plus que déterminants. La physiocratie, c'est simplement le nom commode que Saint-Jacob donne aux tentatives de grande ou moyenne culture avec rente foncière et fermiers : ces tentatives, bourguignonnes ou non, s'appuient sur la réserve seigneuriale, conçue comme base d'initiative et comme pôle de croissance ; en vertu de motifs égoïstes, voire contestables, elles tâchent de limiter pour leur profit le nombre des « canards boiteux », autrement dit, des petites tenures, dont l'archipel, maigrement rentable, caractérisait l'empire de la seigneurie d'ancien type. La « physiocratie », quand elle opère ainsi sur le tas, travaille au profit des grandes surfaces, ou relativement grandes ; elle vise à mieux répondre aux stimulations du marché, c'est-à-dire, en fin de compte, à la faim des villes ; comme aux besoins grandissants de l'urbanisation, et de la consommation. Le Bourguignon Varenne de Lonvoy[27], par exemple, acquiert la seigneurie de deux villages à la fin du règne de Louis XV ; la brutalité de cet individu est à tel point qu'elle développera par contrecoup, dans ces localités, l'esprit révolutionnaire à la fin du siècle. Or, Varenne de Lonvoy est le type même des gros personnages, qui, abrités sous l'étiquette seigneuriale et sous la particule nobiliaire, propulsent à la campagne un certain capitalisme : M. de Lonvoy remembre à tout prix ; il coud à son domaine des lopins et ci-devant chènevières qui furent possessions de paysans ; il crée des prairies artificielles ; il clôt ses herbages ; il s'empare des communaux « qu'il réunit à son domaine » ; il arrose ses prairies avec l'eau de l'ex-moulin banal, symbole désuet d'une féodalité, ou d'une communalité, à laquelle ce rassembleur préfère désormais les profits de la grande propriété foncière, au sens nu et moderne du mot. Enfin, Varenne utilise vigoureusement, pour la bonne marche de ses affaires, le privilège fiscal que lui confèrent son titre et son statut. En Angleterre, où le progrès de l'économie et des subsistances, au XVIIIe siècle, est mis très au-dessus du bonheur social des campagnes, Varenne de Lonvoy, remembreur, irrigateur et encloseur, eût été fêté par Arthur Young qui aurait vu en lui un modernisateur à tout prix de l'agriculture, et un créateur de surplus alimentaires, vendus aux bons prix des théoriciens du laisser-faire. En France, où la révolution agricole à l'anglaise, avec remembrement et création de clôtures, s'est heurtée à de grosses résistances de la masse paysanne, et de ses alliés ou exploiteurs idéologiques, Varenne de Lonvoy, s'il avait vécu, eût été sans doute, en fin de carrière, envoyé à la guillotine par les sociétés populaires de son district.

Or, c'est précisément contre des hommes de cette trempe, parmi lesquels Varenne fait figure d'individu spécialement désagréable, que s'est déclenché l'antiseigneurialisme révolutionnaire (ou faut-il dire la réaction anticapitaliste ?) des dernières décennies et années de l'Ancien Régime. Saint-Jacob, dont les fiches portent la trace, avec une parfaite objectivité, de toutes les émotions paysannes qui furent recensées en Bourgogne de 1740 à 1789, note précisément, dans le registre antiseigneurial, des dizaines d'émeutes contre la clôture, c'est-à-dire contre l'une des formes essentielles de la modernisation agricole en pays d'élevage, entre 1740 et 1780. Il remarque aussi de nombreuses violences collectives contre le *triage* et contre l'accaparement des communaux, tel qu'il est effectué, en vue de la formation de domaines agrandis, par les propriétaires privilégiés. Violences aussi contre le dessèchement des étangs ; contre la mise en défens des bois qui eût permis la création, typiquement moderniste, d'une « forêt jardinée » : ces actions populaires se dressent à l'encontre d'une évolution qui est seigneuriale par la forme et capitaliste par le contenu.

Pierre de Saint-Jacob, enfin, souligne fortement, pour la période

antérieure à la Révolution, la position proseigneuriale et anticon-
testataire du riche fermier, agriculteur aisé en *blaude* noire et en
sabots ; tout ensaboté qu'il soit, ce « riche » homme n'en représente pas moins, dans l'imagerie du monde rural, chauffé à blanc
par les idéologies citadines, l'agent essentiel de l'influence seigneuriale et de la modernisation capitaliste, paradoxalement
accouplées. Certains seigneurs, comme Saulx-Tavannes, laissent
leur réserve dans un état de marqueterie sans queue ni tête, frag-
mentée en petits lambeaux d'exploitations louées. Mais il existe
quand même, en Bourgogne, une strate de fermiers aisés qui se
font preneurs, en bloc, d'exploitations bourgeoises de 20 à 30 hectares ou de réserves seigneuriales de 50 à 80 hectares[28]. Ces personnages ont des conflits spécifiques avec leurs bailleurs, mais, en
tant qu'agents, éventuellement peu aimés, du grand ou moyen
domaine « capitaliste-seigneurial », ils provoquent de plein fouet
l'aigre contestation issue de la démocratie villageoise : typiques,
à cet égard, sont les fermiers à grosses bottes, ou *matadors*, qu'a
décrits Georges Lefebvre. Typique aussi est le fermier bourguignon de Planay, gros éleveur et gros employeur[29] : « Le fermier de
Planay a une quantité prodigieuse de pigeons qui salissent les
citernes, essentielles dans ce pays sec ; avec quantité d'ouvriers,
il moissonne quinze jours avant les autres ; il lâche ensuite sur les
chaumes ses deux cents moutons qui en profitent pour manger les
récoltes sur pied de ses voisins. » Beaucoup de ces riches fermiers,
une fois que 1789 sera mis en train, et que leurs nobles bailleurs
auront émigré, retourneront leur veste ou leur *blaude*, achèteront
du bien national, et se feront les *leaders* villageois d'une certaine
révolution paysanne. Mais Georges Lefebvre et Pierre de Saint-
Jacob ont bien montré qu'on ne doit pas projeter sur les décennies
de l'Ancien Régime finissant l'attitude *a posteriori* qu'adoptera le
groupe des gros fermiers à partir de « 89 ». Avant la Révolution,
le riche fermier conteste éventuellement un seigneur voisin ; mais,
en ce qui concerne son propre seigneur-bailleur, le preneur aisé,
même quand il grogne, est solidaire avant d'être adversaire. Fils
de fermier, ami des gros laboureurs, François Quesnay avait bien
senti déjà cette solidarité qui reliait sa physiocratie à la classe propriétaire des seigneurs et du clergé ; oublier cette complicité
modernisatrice, ce serait juger le domaine seigneurial à travers

l'image parfaitement parasitaire qu'en donnent les diatribes de certains cahiers de doléances. Ce serait commettre la même erreur que celle d'un historien du prochain siècle qui considérerait les grands magasins des années 1950 à travers le prisme déformant des mots d'ordre de Pierre Poujade. Notre siècle, pourtant bien placé sous le rapport de l'information, a donné trop d'exemples massifs de la fausse conscience d'*homo demens* pour que nous puissions attribuer aux foules paysannes du XVIIIe siècle, systématiquement sous-informées, une connaissance toujours lucide de leurs véritables intérêts, même immédiats. Les paysans bourguignons qui se dressaient contre la construction d'un bocage comprenaient-ils que, grâce à celle-ci, leurs collègues bas-normands ou bretons avaient résolu, depuis des siècles, le problème de l'alimentation en laitages, de la fourniture en fagots et de la préservation de l'environnement ? C'est peu probable.

Renonçons donc, pour apprécier les conflits ruraux de la fin du XVIIIe siècle, aux jugements de valeur implicites, enracinés dans une historiographie téléologique. La lutte du paysan contre son seigneur, sous Louis XV et Louis XVI, n'est pas simplement un combat de l'avenir démocratique, progressiste ou bourgeois, comme on voudra l'appeler, contre le passé réactionnaire et féodal. Elle reflète aussi l'antagonisme entre deux formes de production bien vivantes, remarquablement *présentes*, et qui toutes deux ont déjà tiré de multiples flèches vers l'avenir : d'une part, l'économie paysanne, avec sa pulvérulence parcellaire (Tchaianov), et, d'autre part, la réserve seigneuriale : celle-ci, certes injustement armée de ses pouvoirs de justice et de son privilège fiscal, fraie maintes fois la route à la grande ou à la moyenne culture modernissime par fermiers efficaces.

Cet antagonisme est clair en Bourgogne, province considérée pourtant comme archaïque. Il est plus net encore dans la région parisienne : là, les plus fortes révoltes paysannes, ou plus exactement paysannes-artisanes, qu'ait connues l'Ancien Régime finissant n'opposent même plus, ou même pas, les cultivateurs aux seigneurs ; mais, directement, à propos de la rareté des grains, les manouvriers et leurs alliés artisans aux grands fermiers capitalistes ; ceux-ci sont, en théorie, les agents du seigneur ; mais dans la vie quotidienne, au su des masses, ils sont les vrais détenteurs de la richesse agricole, du pouvoir et des blés, dans le cadre des villages et des bourgades. D'où l'acuité de la « guerre des farines », animée par des gens venus des basses classes contre les gros manitous de la terre et du grain, en 1775, autour de Paris.

On conçoit que, dans cette conjoncture, les contestations anti-seigneuriales du temps des Lumières se soient quelque peu écartées, simultanément, des modèles passéistes et futuristes. Modèles passéistes : la lutte contre le fisc et l'État, telle qu'elle se pratiquait de préférence au XVIIᵉ siècle, passe dorénavant (sans pour autant disparaître) à l'arrière-plan ; elle conteste désormais non plus l'*existence* même de tel ou tel impôt détesté, mais les lacunes de sa perception, symbolisées par le privilège fiscal de la noblesse ; ou les formes jugées barbares de son extorsion ; et, parmi celles-ci, les corvées de construction routière auxquelles l'État astreint le monde paysan.

Modèles futuristes : ils ne figurent guère, eux non plus, à l'agenda de nos ruraux contestataires ; la redistribution éventuelle du sol, qui serait concrétisée par une « loi agraire », n'est pas envisagée jusqu'à la veille de la Révolution ; si ce n'est par exception, dans quelques cahiers de villages extrémistes.

Il apparaît donc que la propriété quiritaire du sol (la nôtre, toujours existante en 2002), même quand elle s'incarne dans la réserve seigneuriale, demeure un tabou très respecté. Seuls sont énergiquement remis en cause les aspects périphériques de la seigneurie (justice, redevances, etc.), ou ses volitions et velléités offensives (triage, *enclosures*). La faim de terres, aigrie par l'essor démographique, existe certainement à la fin du XVIIIᵉ siècle. Mais elle ne s'exprime pas, comme elle fera au XXᵉ siècle, par l'exigence de lois agraires et de réforme agraire. Elle ne trouvera vraiment son exutoire spécifique qu'une fois la Révolution déclenchée ; dès lors, certains paysans joueront des coudes au moment de l'enchère des biens nationaux ; ils parviendront, dans quelques zones, à éliminer de l'acquêt, par force, la bourgeoisie riche, qui devra, non sans tristesse, les laisser s'emparer du sol des prêtres (voir Georges Lefebvre, pour le cas – nullement typique de toute la France – du département du Nord). Quant aux autres modèles, plus futuristes encore, qui s'incarneront un jour dans le socialisme utopique et le communisme, on les chercherait en vain dans les projets révolutionnaires de nos paysans, gens de bon sens ; si l'on excepte toutefois, entre autres exemples rarissimes, l'utopie patriarcale et communautaire, innocemment proposée, dans un livre demeuré confidentiel, par l'ex-paysan Nicolas Rétif[30].

La douceur auvergnate

Malgré ces quelques zones de silence, Saint-Jacob, favorisé par l'archaïsme « féodal » de sa Bourgogne, a pu y dépeindre la contestation antiseigneuriale sous des couleurs vives, et dans des contours nets. Le modèle proposé par cet historien vaut, avec divers correctifs et atténuations, pour les régions relativement seigneurialisées de la France d'oïl ; et aussi, davantage peut-être, pour les vastes zones de l'Est[31] et du Centre-Est ; là où flamberont, en 1789, les révoltes majeures, dirigées contre les institutions seigneuriales et contre la société englobante – noble ou parfois bourgeoise. En revanche, dans le Massif central, situé à l'écart, et aussi dans l'Occitanie profonde, du Rhône à l'Atlantique, le modèle Saint-Jacob perd beaucoup, sur le moment, de sa pertinence ou de sa virulence. Les paysanneries auvergnate ou languedocienne, qui s'avèrent analphabètes et non francophones, ne sont guère acculturées, en effet, aux grands courants de la pensée populaire qui circulent en langue française dans les zones d'oïl et franco-provençales, grâce aux livres bleus, et du fait de bien d'autres « véhicules ». Par ailleurs, les systèmes agraires du pays d'oc et des montagnes du Centre diffèrent de ceux des régions septentrionales et du Centre-Est ; l'institution seigneuriale et la dynamique capitaliste sont moins agressives au Sud. Voilà qui donne à la contestation paysanne, auvergnate ou languedocienne, des aspects originaux et une énergie parfois moins vive qu'en Bourgogne ou qu'en Artois.

En basse Auvergne, par exemple, d'après Abel Poitrineau[32], une paysannerie quelque peu arriérée, mais bien lotie, possède 61 % du sol. Le mécontentement rural est, du coup, moins aigu qu'en Bourgogne. La grande monographie de Poitrineau, aussi exhaustive que celle de Saint-Jacob, note, entre 1730 et 1789, *un seul* cas d'émeute contre l'accaparement des communaux par un riche, à l'occasion de laquelle une centaine de vaches et quantité de foin sont carbonisés dans une étable. Cette relative rareté des émeutes contre le *triage* en basse Auvergne, par comparaison avec une Bourgogne beaucoup plus agitée, s'explique aisément : dans la grande province du Massif central, l'accaparement des terres communales n'est pas (comme c'est le cas autour de Beaune ou de Dijon) le seul fait des puissants, même si ceux-ci jouent un rôle dans ce processus. Les *rôtisses*, *rompues* et autres défrichements temporaires parmi les communaux de la montagne auvergnate sont à l'initiative, non pas tellement des seigneurs, mais des roturiers ; ou même des manouvriers : ils grignotent, ce faisant, les droits de pacage que possèdent les grands domaines nobles et les communautés. Ces petits Auvergnats, qui défrichent un coin de terre, n'ont donc aucune raison de déclencher, à ce propos, *contre eux-mêmes*, une émeute procommunaliste à la bourguignonne.

Par ailleurs, dans sa rubrique des agitations rurales, Poitrineau ne note guère, vers 1734-1747, que quelques émotions populaires, sans envergure, contre les privilèges nobles en matière d'impôt ; auxquelles s'ajoute une pétition, parmi les Auvergnats qui sont migrants temporaires, pour l'établissement d'un cadastre équitable dans leur province. La même rubrique enregistre aussi de rares mouvements contre la justice des seigneurs ; quelques coups de fusil[33] contre un juge seigneurial terrorisé ; deux courtes émeutes de subsistances en 1748-1750 ; des bris collectifs d'*enclosures*, sans gravité, après 1750.

En fait, la basse Auvergne, pendant le XVIIIe siècle d'avant l'orage, se comporte comme un môle de l'ordre social : l'agitation antifiscale s'y calme tout à fait, à partir de 1756 et après la capture des *Mandrins*. Quant à la noblesse auvergnate, malgré son absentéisme croissant, ou à cause d'icelui, elle n'est pas non plus sérieusement contestée jusqu'en 1788. Le temps des « Grands Jours » contre les seigneurs brigands ou truands du XVIIe, si détestés des ruraux, semble oublié. La noblesse locale s'est probablement urbanisée et civilisée quelque peu. En 1789, cependant, l'Auvergne, à son tour, pratiquant l'« esprit de l'escalier », se lancera dans le mouvement contestataire dont d'autres

provinces, plus septentrionales ou orientales, avaient donné
l'exemple depuis plusieurs décennies. Les cahiers villageois de
Limagne et des zones montagneuses élèveront désormais des
protestations « contre les fours seigneuriaux, les lods et ventes,
les *percières* (champart sur *rôtisses*), et les dîmes inféodées ».
Quant aux fermiers auvergnats, fort soumis à leurs bons maîtres
avant la Révolution, ils deviendront, une fois celle-ci déclenchée,
des antiféodaux du lendemain. Du moins, pour un certain nombre
d'entre eux.

Ainsi, la basse Auvergne, où la communauté paysanne ne s'est
ni révoltée ni profondément divisée avant 1789, réagit à la seigneurie et à la dominance beaucoup moins durement, jusqu'en
1788, que ne le font le Mâconnais ou l'Artois. Peut-être les Auvergnats *murmurent-ils doucement sous la cheminée* ; mais ils ne se
mutinent pas ouvertement pendant le plaid seigneurial. Ils se lan-
ceront un jour dans la lutte contre les dominants, mais à la façon
de ces ouvriers de la onzième heure qui s'inscriront dans la Résistance le 15 août 1944.

Languedoc et Bretagne

En Languedoc[34], l'agitation paysanne se présente, une fois de
plus, sous des aspects très différents de ceux qu'on lui connaît en
Bourgogne. Certes, les Languedociens ignorent la passivité passéiste de la paysannerie auvergnate. À diverses reprises, de 1680
à 1789, on les voit s'engager dans des batailles sociales d'envergure : à la fin du xviie siècle, les fermiers de gros domaines cléricaux contestent durement, pendant les crises, leurs bailleurs ecclésiastiques ; des grèves de salariés agricoles, en période de manque
de main-d'œuvre, sont enregistrées en Lauragais pendant la
décennie 1720 ; plus généralement, les luttes contre la dîme d'oc
sont à peu près permanentes aux xvie, sinon xviie, et, à nouveau,
xviiie siècles. Après des flux et des reflux intraséculaires, elles
s'accentuent derechef, au-delà de 1750-1760 : un peu partout, à
partir de cette date, les paysans languedociens refusent la dîme des

carneaux ou *carnencs* (bétail à viande), du millet, du lin et des légumes ; ils font rajuster en baisse les taux, effectivement excessifs en ce Midi, des dîmes des gros grains. En contrepartie, les parlementaires de Toulouse, non contents d'avoir roué Calas au nom de la vraie foi, volent au secours du clergé décimateur, désormais arrosé et conforté, en parlement, par une pluie d'arrêts favorables.

Il reste qu'en dépit de cette acuité d'une agitation contre les dîmes, le Languedoc ignore encore, ou connaît très peu, les grandes luttes qui, plus au nord, ou plus à l'est, sont si souvent menées contre la seigneurie physiocratisante.

Comment expliquer, à l'heure du combat « antiféodal », ce relatif abstentionnisme languedocien ? Aux raisons générales évoquées précédemment à propos du grand ensemble que constituent le Massif central et l'Occitanie profonde, s'ajoutent d'autres causalités, plus locales : le Languedoc est pays de taille réelle ; l'exemption fiscale des nobles, des seigneurs, des grands propriétaires, s'y avère donc insignifiante, et il n'est pas question de faire de celle-ci une arme « concentrationnaire » (de terres) au profit des gros domaines ; la contestation qui voudrait s'attaquer au privilège fiscal s'éteint du même coup, faute d'adversaire. Quant à l'offensive, à la fois capitaliste et seigneuriale, des grands rassembleurs de terres, elle est sans doute importante autour des villes comme Toulouse et Montpellier. Dans l'ensemble, elle reste quand même, parmi les terroirs languedociens, très en deçà de son ampleur et de son efficacité septentrionale[35]. On ne rencontre donc pas, dans cette province du Sud, le mélange explosif de survivances seigneuriales et de dynamique effectivement concentrationnaire (procapitaliste) qui confère sa virulence à la contestation qu'exercent, par contrecoup, les paysans bourguignons. Dans un environnement beaucoup plus relaxé, l'acrimonie languedocienne, elle, se polarise essentiellement, au village, contre la dîme : sur 1 122 doléances de cahiers relatives aux droits seigneuriaux[36], dans la région d'Alès, Uzès et Nîmes, 562 s'en prennent à la redevance décimale. Viennent ensuite, très en retrait, parmi les sujets de colère antiseigneuriale, les péages (notamment à Pont-Saint-Esprit), et les justices des seigneurs, lesquelles, là comme ailleurs, sont la clef d'un pouvoir. (Mais ce pouvoir de la seigneurie justicière en Languedoc est beaucoup plus restreint qu'en Bourgogne, à cause de la vigilance des officiers royaux et des communautés, qui court-circuite par en haut et par en bas les tribunaux seigneuriaux.) À peine contestés, enfin, sont les cens, très légers en Languedoc ; et *a fortiori* les *tasques* ou champarts, les corvées, colombiers, francs-fiefs, plus rares ou moins intolérables qu'en France du Nord.

Très loin des pays d'oc, il resterait enfin à définir, parmi les bocages de l'Ouest français, une ultime région de (relative) tranquillité sociale : région bien moins agitée, avant 1789, que ne le sont les zones de turbulence rurale, sises en Bourgogne, et dans les provinces de l'Est. Cet irénisme des bocages (évident quand on lit la grande thèse de Jean Meyer sur la Bretagne) a des motifs multiples, et parfois peu clairs[37]. En Bretagne, l'absence marquée de grands changements sociaux pendant le XVIIIe siècle permet peut-être d'expliquer la passivité des paysans : l'Armorique des Lumières ne connaît en effet ni révolution démographique, ni alphabétisation massive, ni pénétration, *en profondeur terrienne*, du capitalisme côtier, pourtant si dynamique à Nantes, Lorient, Saint-Malo. La révolution des *enclosures* ne traumatise personne, entre 1750 et 1789, dans le Massif armoricain : elle y est accomplie depuis des siècles ! La seigneurie bretonne trouve donc assez facilement son point d'équilibre dans le paupérisme des métayers, des fermiers, des domaniers congéables, solidement tenus en main ; ils parlent à *Not'maître* chapeau bas, ils noient leur chagrin dans le cidre, et jouissent de la complicité de leur seigneur quand ils font la contrebande du tabac. Aucun changement social d'envergure qui donnerait une âme plus capitaliste encore au corps de ferme du domaine seigneurial ou « congéable » ne vient perturber le train-train, monotone voire misérable, des rapports sociaux des campagnes dans l'Arcoat. Les paysans bretons de 1676 à 1789 ne s'insurgent guère. Papistes dévots et folkloriques, ils croupissent plus qu'ils ne contestent ; ce qui n'empêchera pas, quand même, en 1789, un démarrage des incendies de châteaux, à retardement.

Loin des bocages et loin du pays d'oc, le véritable drame, ou plutôt sa répétition générale, s'est donc joué au nord-est, à l'est, et dans le centre-est du royaume. Entre une seigneurie qui se physiocratise et s'urbanise graduellement, d'une part, et, d'autre part, des minorités paysannes, toujours plus instruites, qui refusent de sacrifier leurs espérances accrues sur l'autel seigneurial d'une évolution capitaliste à l'anglaise, les combats d'escarmouche et d'avant-garde s'engagent au XVIIIe siècle. En 1789, l'événement révolutionnaire donne à ces conflits, jusque-là mineurs ou brisés, un relief inattendu et, surtout, une extension nationale, globale.

CHAPITRE XI

Bilan rural
de quinze générations
et spécialement
du siècle des Lumières

Au risque de répétitions et de redites inévitables, je voudrais maintenant présenter et ramasser quelques-unes des conclusions qui se détachent de ce livre. Et singulièrement de sa dernière partie : dans la perspective d'un phénomène révolutionnaire qui désormais s'avère proche ; dans la perspective aussi des deux siècles qui s'échelonneront de 1789 à nos jours.

L'ouvrage a donné lieu, d'abord, de notre part, à diverses réflexions sur la démographie paysanne.

La démographie paysanne, c'est-à-dire, à peu de chose près, la démographie tout court, en un monde traditionnel qui, pendant bien longtemps, comptait 89 à 91 % de ruraux ; eux-mêmes « composés » de 87,5 % de cultivateurs, mais seulement 82,5 % à la veille de la Révolution.

Donc, dans le cadre conventionnel de l'Hexagone (actuel), on avait en 1328 une masse de 21 250 000 habitants, eux-mêmes incluant 19 125 000 ruraux parmi lesquels 16 734 000 cultivateurs[1]. On était alors au sommet du grand cycle agraire proprement médiéval, lui-même initié à une date indéterminée (xe siècle ? avant l'an mil ?) et culminant ensuite sous le règne des premiers Valois, à la veille de la Peste noire. On tombe ensuite aux 10 millions d'âmes vers 1440-1450, à 90 % rurales ; et celles-ci à 87,5 % de cultivateurs. Calculez vous-même. Puis commence le grand cycle agraire de l'âge moderne – *early modern*, diraient les Anglo-Saxons. On remonte jusqu'aux 19 500 000 âmes de 1560, ventilées comme précédemment tant au secteur rural qu'en la portion agricole. Doublement ou quasi-doublement. Mais les chiffres de 1328, les plafonds bas-médiévaux ne sont pas encore, semble-t-il (?), tout à fait retrouvés. Après un petit accès de faiblesse vers 1595 (dû aux guerres de Religion), et qui nous ramène à 19 300 000 âmes, réparties *idem* ou à peu près entre global, rural et cultivateurs, on se rehausse modérément néanmoins jusqu'aux 20 900 000 personnes vers 1625. C'est presque du 1328. C'est même un *maximum maximorum* quant à l'âge moderne déjà. La France de Richelieu a donc les joues rouges, les épaules larges, les muscles solides. Vers 1655, la Fronde, compliquée par les guerres extérieures, a déjà prélevé sa « dîme » d'êtres humains. On n'est plus qu'à 20 350 000. Ensuite la période louis-quatorzienne n'est pas aussi « mauvaise » qu'on l'affirme, tant s'en faut : 21 934 000 âmes en 1680 ; et 22 397 000 en 1692. Les records de 1328 sont enfin battus, mais de peu. Et cela même si l'on est toujours, *grosso modo*, en ce même monde de l'« histoire immobile » : une population qui a énormément fluctué, certes, mais qui reste accrochée, en ses maxima, aux deux dizaines de millions d'âmes ou un peu davantage, quitte à être tombée (au plus bas du début du grand cycle moderne) à la dizaine de millions du fameux « plongeon Jeanne d'Arc ». Le dernier quart de siècle louis-quatorzien, certes numériquement fort agité, et maintes fois malheureux, ne contredit pas cette appréciation :

1692	22 397 000
1693-94	famine
1695	20 736 000
fin 1708 début 1709	22 643 000
1710	« famine » due au grand hiver de 1709
1711	21 833 000
1715	21 864 000

Donc baisse (1693-1694), puis hausse, puis baisse, puis légère récupération à la veille de la croissance du XVIIIe siècle.

Au total, le grand cycle agraire des XVe-XVIIe et du début du XVIIIe siècle a surtout consisté à perdre, et comment, vers 1440, le plafond démographique de 1328 et des années environnantes, puis à le retrouver dès 1560 après les années renaissantes et post-renaissantes, sans jamais le dépasser vraiment, ou de fort peu, et cela au travers de diverses modifications internes du système agricole qui font partie de cette situation d'équilibre ou de plafonnement retrouvé bien davantage qu'elles ne l'abolissent. Disons qu'on était en 1328 à 21 250 000 habitants, dont 19 125 000 ruraux parmi lesquels 16 734 000 cultivateurs. Or, en 1715, et compte tenu d'une modeste urbanisation (peut-être 15 % de population citadine en 1715[2]), on est à 21 864 000 habitants dont 18 584 000 ruraux et (à raison de 85 % de cultivateurs parmi les ruraux) 15 796 000 cultivateurs : la population globale a un peu augmenté, la population rurale, et agricole, un peu diminué de 1328 à 1715. Il y a donc une légère modernisation démographique du système rural-agricole (les paysans un peu moins nombreux nourrissent les citadins un peu plus nombreux) ; mais tout cela ne va pas chercher bien loin, en dépit d'incontestables modernisations et transformations de toute espèce dans le détail. Et certes « le bon Dieu est dans les détails ». Mais on serait quand même tenté, au vu des transformations modestes, à tout prendre, du système démographique agraire, on serait tenté de fredonner la vieille chanson : « Ce n'était pas la peine, assurément, de changer de gouvernement. » Et le fait est que, du xive au xviiie siècle, malgré d'énormes modifications politiques, le système de gouvernement des hommes, monarchie et seigneurie, ne s'est pas fondamentalement aboli... Le grand cycle agraire de l'extrême fin médiévale et du premier âge moderne est, sous bien des aspects, quoique pas seulement (car bien des choses ont quand même évolué dans l'entre-temps !), un cycle grandiose de récupération au terme d'une formidable fluctuation négative initiale, celle de 1348-1450.

Il en va tout autrement du second cycle agraire, ou démographique rural, celui de la fin de l'âge moderne et des débuts de l'âge contemporain, 1715-1860. Louis XV et surtout Louis XVI, c'est peut-être financièrement, quant au budget de l'État, un *panier percé*. Mais le xviiie siècle des Lumières, en termes de démographie rurale et autre, c'est bel et bien un *plafond crevé* : oubliés 1715... et 1328, et 1560, et 1625 ou 1680... On en était, disions-nous, à l'année de la mort de Louis XIV à 21 864 000 habitants (chiffres Lachiver), dont 18 584 000 ruraux parmi lesquels vraisemblablement 15 796 000 cultivateurs[3], familles incluses. Or, en 1789-1790, aux termes d'une progression à peu près continue que nous jalonnâmes *supra*, on monte, disions-nous, à 28 100 000 habitants dont 22 761 000 ruraux, parmi lesquels possiblement 18 209 000 cultivateurs, familles incluses. Mais ce qu'on ne dit pas assez en termes de branche ascendante du deuxième grand cycle agraire en question, c'est que l'expansion ainsi engagée va se poursuivre longuement malgré l'interruption momentanée due aux pertes humaines d'origines diverses, guerrières et autres, provoquées par la Révolution et l'Empire, l'une et l'autre n'étant dans cette affaire que moments durs à passer, lourds à porter malgré des conséquences par ailleurs bénéfiques. Au-delà de Robespierre et de Napoléon, il y aura en tout cas poursuite de l'expansion du peuplement, et rural en particulier. Certes, la population française globale est stabilisée pendant la Révolution. Mais ensuite il se confirme que tout repart de l'avant : la population campagnarde qui nous intéresse ici passe de 22 761 000 âmes en 1789 à 24 500 000 en 1806, et elle culmine à 27 330 000 âmes en 1846[4]. Cette culmination dure jusqu'en 1851 (27 220 000), puis le reflux se fait sentir lentement jusqu'à 23 000 000 de ruraux en 1911 et beaucoup moins sous la IIIᵉ République finissante, *a fortiori* la IVᵉ et la Vᵉ République. C'est dire la fin puis la retombée (après 1851) de la branche qui fut longtemps ascendante de notre grand cycle agraire de l'âge moderne terminal, inauguré vers 1715. Les facteurs limitants pour le coup à partir du second Empire et sous la IIIᵉ République ne s'appellent plus guerre, pestes, épidémies, famines et mariage tardif, comme c'était le cas lors des époques de plafonnement et rabotage démographiques au XVIIᵉ et au début du XVIIIᵉ siècle ; mais bel et bien, après 1850 et au cours du siècle qui va suivre, et encore au-delà, il est question, pour l'essentiel, de dénatalité et d'exode rural, ou d'un pur et simple exode agricole, en tant que facteurs de limitation et de décadence dorénavant du peuplement tant rural qu'agricole.

De fait, la population proprement agricole qui était, disions-nous, de 18 209 000 cultivateurs, familles incluses, en 1789 augmente elle aussi au cours du long demi-siècle suivant, et elle devrait être, *maximum maximorum*, d'environ vingt millions de personnes (ou un peu davantage), familles incluses, en 1846-1851 (19 064 000 en 1856 d'après Michel Demonet) ; tout ceci à condition d'estimer que seulement les trois quarts de la population rurale désormais étaient voués à une orientation authentiquement agricole au milieu des années 1840, le quart restant se livrant désormais à des occupations artisanales, ou bien rattachées au secteur tertiaire villageois, si menu ou si modeste soit-il[5]. Au cours du dernier tiers du XIXe siècle, puis au XXe siècle, cette population des « cultivateurs-cultivants », bref des agricoles, déclinera d'abord de façon progressive, puis sur le mode dramatique, torrentiel, depuis les deux guerres mondiales : branche descendante du grand cycle agraire de la modernité contemporaine.

*

L'idéal eût été d'étudier ici d'un bout à l'autre la branche ascendante (jusqu'en 1851). Tâche impossible dans le cadre du présent volume. Les « caractères originaux » du long XIXe siècle agraire sont trop spécifiques pour qu'ils puissent faire l'objet d'une vue globalisante, fusionnée avec nos réflexions premières sur l'époque de Louis XV et de Louis XVI. C'est pourquoi nous nous en tiendrons, dans ce chapitre quasiment conclusif, au XVIIIe siècle, et nous résumerons ci-après les principales données que nous détaillâmes à ce propos lors des chapitres précédents (VI à X), ceux de la dernière partie du présent livre, relative en effet au seul XVIIIe siècle. Cette époque d'essor quasi général, de 1715 à 1789, a ses propres modèles démographiques. Ils ont impliqué d'abord, de notre part, une étude de la fécondité d'antan. La nubilité des paysannes (autrement dit leurs premières règles) était peut-être un peu plus tardive qu'aujourd'hui. Pourtant, le XVIIIe siècle a connu, par rapport au XVIIe, une diminution certaine des aménorrhées de famine et de dénutrition. Les isolats endogames, constitués auparavant dans chaque village ou groupe de villages, ont expérimenté un commencement de rupture : c'était un modeste début de « panmixie ».

Tout cela se détache sur un arrière-plan de formidable fécondité féminine : celle-ci est nuancée, quand même, par les différences régionales (l'Ouest armoricain est plus prolifique ; le Sud-Ouest, un peu malthusien déjà ?). Nuancée aussi du fait des divergences ville-campagne, elles-mêmes dues à l'emploi spécifique des nourrices par les citadines : l'allaitement maternel était un facteur de stérilité provisoire. En le supprimant, on exalte donc la fécondité urbaine (d'où : un bébé par an chez beaucoup de femmes qui résident dans les villes ; un bébé tous les 25 ou 30 mois chez les paysannes).

À partir de 1750, et surtout de 1770, la haute fécondité que j'évoquais précédemment commence à baisser légèrement, y compris dans quelques zones rurales (Normandie). Et cela, en raison de l'usage inauguré çà et là du *coitus interruptus*. Ce début de contraception est lié à des attitudes nouvelles vis-à-vis du couple (envisagé désormais à des fins plus voluptueuses que démographiques) ; vis-à-vis de l'enfant (valorisé, donc plus rare) ; vis-à-vis du lignage (dévalorisé) ; vis-à-vis de la religion (dont on cesse de respecter les tabous anticontraceptifs ; et dont on se détache).

Cela dit, ce n'est qu'un début, qu'un tout petit début de contraception, magnifié après coup par la Révolution française : elle répandra torrentiellement les « funestes secrets » du *birth control*.

En réalité, pendant longtemps, et jusque dans la première moitié du XIXᵉ siècle, voire au-delà, le mariage tardif représentait le vrai, quoique pas le seul, procédé de limitation des naissances qu'employaient les paysans. Noces retardées : autrement dit à 25 ans pour la fille, à 26 ou 27 ans pour le garçon. Elles étaient précédées d'une phase sévère d'austérité préconjugale. Pendant les premières décennies du XVIIIᵉ siècle, dans beaucoup de régions, la plupart des jeunes villageoises, et de nombreux villageois mâles également, arrivaient vierges au mariage.

À partir de 1750, le mouvement ou le changement général se fait sentir chez nous dans d'innombrables secteurs. Il affecte même la société rurale. Dans ces conditions, une vague de relative permissivité sexuelle se fait jour dans nos villages ; elle accompagne de ses éveils timides les premiers balbutiements du malthusianisme : on assiste après 1750 à la floraison des conceptions prénuptiales. Quelques concubinages s'esquissent. Quelques malheureuses illégitimités, devenues moins rares qu'à l'époque précédente, se terminent par l'exportation, vers les hospices mortifères de la cité proche, des bébés ou petits enfants dits « naturels ». Le prêtre désormais, dans bien des cas, ne noue le nœud conjugal qu'après l'embarquement pour Cythère. Et non plus avant, comme c'était la règle au xviie siècle. Pourtant, la persistance et même l'accentuation du mariage tardif, en plein xviiie siècle, indiquent bien que l'austérité n'est pas morte. Tant sont puissantes, parmi la masse paysanne, les motivations d'ordre économique qui incitent le couple à se marier tard. Les noces tardives surseoient au don de la vie. Elles constituaient donc (en même temps que la peste, les épidémies, la guerre et la faim, qui se chargeaient de leur côté d'aggraver l'emprise de la mort) un facteur d'équilibre démographique au xviie siècle. Les noces tardives deviennent ensuite un frein peu efficace, mais pourtant utile, contre l'essor irrésistible de la population, lequel se manifeste avec force au xviiie siècle. Elles sont précédées, pour l'individu encore célibataire, par une longue et pénible (?) période de chasteté, au moins relative. Elles s'accordent bien, de toute manière, avec les idéologies de l'austérité. Calvinisme dans quelques petites régions, et jansénisme un peu partout ; celui-ci se répand dans la France des années 1720-1760, jusques et y compris parmi le peuple rural.

Du côté de la mort intervient, pour expliquer le déverrouillage démographique de nos campagnes, la disparition des grands fléaux. La peste s'efface après 1670 dans la France du Nord et de l'Est ; après 1720, dans la France du Sud. On note également l'atténuation des épidémies non pesteuses, après 1715-1720, sauf pendant quelques périodes catastrophiques (au-delà de 1770). Les famines, de leur côté, disparaissent ; le ravitaillement de base s'améliore graduellement après 1715, et plus encore après 1740-1750. Cette amélioration tient au développement des routes, du négoce, à certaines actions administratives aussi. Elle est, d'autre part, inséparable des gains (indéniables, en diverses régions) de la productivité agricole, par « paysan-année ». Les peuples désormais cessent de mourir de faim ! Ils n'en sont que plus hardis pour revendiquer, pour manifester contre le spectre évanescent de la disette. Leurs exigences raffermies prennent place au cours des « guerres des farines » et autres émeutes de subsistances, menées au nom de l'« économie morale de la foule ».

Comme la faim, comme la peste, la guerre disparaît ; ou plutôt elle régresse. Elle avait rythmé les trois grands « coups de hache » démographiques des xvie-xviie siècles (guerres de Religion, guerre de Trente Ans/Fronde, et fin du règne de Louis XIV). Dorénavant, elle fait place, soit à la paix pure et simple, soit à des conflits relativement localisés : sans aller toujours – tant s'en faut ! – jusqu'à la guerre en dentelles, ces conflits savent se garder, valable mutation, de l'escalade aux extrêmes.

Ce recul de la mort s'accompagne, dans nos campagnes, d'heureuses conséquences sociales. Deviennent moins nombreuses les familles en miettes, où les enfants passaient de main en main, au gré des veuvages et des marâtres. Se modifient les sensibilités vis-à-vis de la mort : une rupture intervient entre le village des défunts et le village des vivants. Les cadavres, sous Louis XVI, sont désormais enfouis dans le cimetière, et non plus sous le pavage quelquefois puant et toujours familier de l'église paroissiale.

Les médecins ne sont pas encore pour grand-chose dans ce renforcement heureux du combat de l'homme contre la mort. Leur carence reste grande : malgré une première percée médicale, en milieu agraire, après 1770. Si l'on veut comprendre le recul des décès, on doit plutôt mettre en cause (Esculape étant quasiment hors du jeu) la légère amélioration du niveau de vie. Autrement dit, les débuts d'une croissance économique : elle est distributrice (tout est relatif) d'un certain bien-être, ou tout simplement d'un minimum vital incompressible.

Après la démographie, nous avons considéré les problèmes du produit brut agricole. L'éclairage indirect que fournissent les baux de dîmes et autres sources révèle la chronologie suivante : on a d'abord une longue période de stagnation ou de faible croissance, spasmodique, au xviie siècle (voire, *cum grano salis*, du xive au xviie siècle), période marquée de fluctuations positives ; ou négatives : la dernière en date parmi celles-ci se situe en 1680-1715. Et puis le produit brut agricole s'élance, de 1715 à 1789, en vraie croissance. Elle crève les bas plafonds et les maigres records antérieurs. Cette vraie croissance ne s'accompagne point, pourtant, d'une totale révolution agricole, technologique, au sens anglais et agronomique de ce terme. Dans l'ensemble, de 1700-1710 à 1780-1789, l'augmentation du produit brut agricole, à prix supposés constants, pourrait être de + 40 %. Ce chiffre est assez vraisemblable, en tout cas, en ce qui concerne le produit céréalier.

La France, dit Morineau, est un agrégat qui s'étudie morceau par morceau. Cette assertion nous a paru exacte, dès lors que nous nous sommes intéressé aux progrès de l'agriculture et des transports, ainsi qu'à l'essor des technologies diverses, qui tinrent lieu, « chez nous », et souvent avec bonheur, de révolution agricole à l'anglaise…

En Languedoc, la croissance agricole du XVIIIe siècle s'est fondée sur la vigne ; sur le maïs (qui permettait de dégager les excédents de froment) ; sur l'amélioration des transports grâce aux routes et grâce au canal du Midi. D'une façon générale, dans les régions languedociennes, l'essor du marché intérieur, strictement provincial, s'est avéré essentiel.

En Provence, l'importation de blé du Levant a permis de diversifier sur place la production agricole et artisanale. Le déficit que ces arrivages de grain creusent dans la balance des comptes régionale est compensé, d'une façon ou d'une autre, par les exportations du port de Marseille.

En Auvergne, les migrations temporaires des travailleurs montagnards (vers Paris, notamment), et l'exportation du bétail, montagnard lui aussi, en direction des grandes villes (Lyon, Paris, etc.), ont permis de mieux financer l'économie régionale. Celle-ci a pu assurer la minime élévation du niveau de vie, assez bas de toute manière, d'une population auvergnate dont les effectifs s'accroissent. En outre, l'intensification du travail individuel des paysans (à la bêche, bien souvent), la construction de nouvelles routes, et quelques progrès, qualitatifs ou quantitatifs, font le reste ; ils constituent le déterminant supplémentaire de la croissance ; ils se situent dans divers secteurs : élevage porcin, production des sainfoins et des pommes de terre, viticulture auvergnate…

En Bourgogne, de 1715 à 1790, l'essor démographique est très marqué (+ 35 % à + 40 %). On y fait face – et avec usure ! – grâce à divers facteurs positifs, en ce qui concerne l'expansion du produit campagnard. Parmi ces facteurs, figurent, comme on l'a vu :

— la fin des guerres (qui avaient été tellement atroces au XVIIe siècle bourguignon) ;

— l'essor de la production des céréales, obtenu par les défrichements (qui deviennent à leur tour une cause de disputes entre seigneurie et paysannerie) ;

— le développement du maïs (Bresse) et du bœuf (Charolais) ;

— l'expansion du vignoble (Côte d'Or, bien sûr) ;

— la multiplication des routes, et leur allongement ; ainsi que la monétarisation de l'économie, qui lubrifie les échanges.

Dans le Bassin parisien – grands *openfields* centraux et marges bocagères –, les facteurs de croissance du produit agricole (fortement stimulée par la *demande* en provenance de la capitale) sont à chercher, du côté de l'*offre*, dans des phénomènes tels que :

— l'essor modéré mais certain de la productivité ;

— le développement des grandes fermes, capables de résister à l'impôt et à la rente foncière ;

— le fantastique chevelu du réseau routier, qui s'accroît encore au XVIIIe siècle, pour répondre aux besoins des militaires et des civils ;

— les spécialisations régionales : blé (Brie, Beauce) ; vigne (Auxerrois) ; bœuf (Normandie).

Dans l'« extrême nord » du territoire français, aux abords de la Flandre, la croissance agricole commence dès 1690, à l'anglaise, à la hollandaise, avec 25 années d'avance sur le reste de l'Hexagone. L'élévation du produit paysan, global et par tête, se fonde sur :

— l'intensification du travail agricole, en un style quasi « chinois », avec essor parallèle de la productivité ;

— les cultures dérobées ;

— la stabulation du bétail ;

— la pratique de métiers annexes (filage, lissage), parmi le personnel masculin et féminin des fermes.

Au total, nous avons rencontré dans la dernière partie de cet ouvrage plusieurs « facteurs communs » de la croissance rurale (routes, diversification, intensification, gains de productivité, etc.).

Cependant, les Anglais, eux, ont eu un coup de génie au XVIIIe siècle : ils ont transporté dans la « grande culture » les méthodes de production intensive qu'avaient inventées les Flamands pour la petite culture aux XVe et XVIe siècles. Cette greffe, réussie dans les îles Britanniques, ne « prend » pas pour autant du premier coup à l'intérieur du royaume de France. Les Français amorcent leur révolution agricole au XVIIIe siècle, ils ne la feront véritablement qu'au XIXe, avec la betterave à sucre, etc. Le progrès agronomique est allé dans le sens inverse des aiguilles d'une montre (Pays-Bas, XVe-XVIe siècle ; Angleterre, XVIIe-XVIIIe ; France, XVIIIe-XIXe).

Nous avons donc confronté, dans la dernière partie de cet ouvrage, les deux blocs : le « bloc » démographique (hausse de 30 à 33 % au XVIIIe siècle) ; et le « bloc » du produit agricole (crois-sance plausible de 40 %, dans le même temps, de 1710 à 1789). Nous avons abordé ensuite les problèmes de la distribution : com-ment, par quels canaux socio-économiques le produit coule-t-il vers le peuplement, pour se répartir parmi les hommes ? Nous avons distingué à ce propos les faits de répartition horizontale (au prorata des propriétés ou possessions du sol ; autrement dit au pro-rata de la fragmentation du sol, en lopins et en domaines) ; et les faits de répartition verticale, au gré de la stratification – souvent enchevêtrée ! – des revenus (salaire ; revenu d'exploitant, qui par-fois est un profit ; rente foncière ou fermage ; droits seigneuriaux ; dîmes ; impôt royal).

Répartition horizontale (par possessions ou propriétés). Nous avons envisagé successivement les deux secteurs essentiels. Sec-teur de l'économie parcellaire, paysanne, familiale et subsistan-tielle des *lopins* (chaque lopin recouvre une poignée d'hectares… ou une fraction d'hectare). Et secteur des gros domaines, axés sur le marché : ils fournissent l'alimentation des villes ; ils appartien-nent aux nobles, aux bourgeois, au clergé ; ils sont, souvent, affer-més à des laboureurs aisés ou même riches.

Du côté des lopins, on n'est plus, Dieu merci, au XVIIe siècle : à cette époque malheureuse, le noble, le rassembleur de terres, titré ou non, croquait maintes fois la parcelle paysanne, très menacée du fait de la récession démographique. Au XVIIIe siècle, malgré l'incursion persistante des rassembleurs de terres, la masse fami-liale des lopins se défend assez bien contre l'offensive foncière de l'argent urbain, du château, de la grande ferme, etc. En gros, les deux blocs, lopins et domaines, se maintiennent respectivement, dans la mesure où ils se font échec de façon réciproque. On n'est

pas en Prusse ni en Angleterre, où les grandes surfaces, en propriété noble, dévorent, encore et toujours, la terre des cultivateurs !
En fait, au XVIIIᵉ siècle français, le lopin paysan, menacé marginalement par les rassembleurs de terres, est surtout mis en danger
de l'intérieur, par les phénomènes de désintégration parcellaire
qu'entraîne le morcellement, provoqué lui-même par l'expansion
démographique du monde rural.

Quant au bloc des *domaines*, son expansion territoriale, si
expansion il y a, est nettement plus modeste qu'elle ne l'avait été
pendant le siècle précédent, à l'âge d'or des rassembleurs de
terres, qui coïncidait avec le purgatoire de la paysannerie. On ne
saurait pourtant sous-estimer l'importance économique, commerciale, etc., du grand et moyen domaine : la seigneurie, avec son
centre (la « réserve » domaniale) et sa périphérie (les droits seigneuriaux), avec ses pouvoirs de justice, son privilège fiscal et
son gros fermier pour la mise en valeur, devient paradoxalement
la matrice du capitalisme agricole. Loin de se combattre, féodalisme et capitalisme se donnent la main.

D'où (autre paradoxe bien connu depuis Georges Lefebvre), le
caractère anticapitaliste autant qu'antiseigneurial, ou anticapitaliste parce que antiseigneurial, fondé en revanche sur les exigences de l'exploitation familiale et de l'« économie paysanne »,
que prendra la Révolution française dans les campagnes.

En ce qui concerne maintenant la stratification « verticale » des
revenus, nous avons proposé quelques données, ou quelques
« sondages », à l'aplomb de chaque strate superposée :

— La rente foncière nous est apparue comme la grande
« gagneuse » du XVIIIᵉ siècle. Elle augmente beaucoup (+ 60 %),
en valeur réelle.

— La rente d'intérêt (tirée des créances, aux dépens des débiteurs) demeure très importante, en fonction d'un lourd endettement rural au XVIIIᵉ siècle.

Cependant, l'inflation graduelle du XVIIIᵉ siècle, elle-même productrice de désendettement (née de la hausse des prix, mais sans
dévaluation de la monnaie après 1726), combine, de ce point de
vue, ses effets heureux avec ceux que produit un taux d'intérêt
relativement bas. Les dégâts causés par l'endettement rural sont

donc assez limités au XVIIIe siècle, en comparaison avec ceux qu'on avait enregistrés au XVIIe.

— Le produit réel de la dîme augmente moins que celui de la rente foncière. Cette hausse « décimale » est de 10 à 20 %, au maximum de 30 %.

— Le volume, assez mince, du produit qui va aux droits seigneuriaux ne hausse qu'assez peu, et souvent pas du tout ; car ces droits sont maintes fois rongés par l'inflation (des prix). Et cela malgré la « réaction seigneuriale » de la fin du XVIIIe siècle.

— L'impôt est stabilisé ; sinon en valeur réelle, du moins, à coup sûr, en pourcentage du total du produit brut agricole. Cette stabilisation n'est remise en cause, et encore, que dans les dix dernières années de l'Ancien Régime (pression fiscale, consécutive à la guerre d'Amérique ?). Elle fait, dans l'ensemble, un plaisant contraste avec les formidables tours de vis fiscaux de l'époque Louis XIII et Louis XIV : ils avaient déclenché la « fureur paysanne » contre l'impôt.

Dans l'ensemble, au niveau des dominants, c'est la classe propriétaire qui se renforce le plus, puisque c'est elle qui détient la rente foncière, fort dynamique. Elle se renforce davantage que la noblesse seigneuriale en tant que telle (droits seigneuriaux) ; que l'Église en tant que telle (dîme) ; et que l'État en tant que tel (impôt). Rappelons cependant que cette classe propriétaire de notables se recrute aussi bien dans la bourgeoisie que dans la noblesse ; parmi les organismes d'Église ; et chez les grands officiers ou hauts fonctionnaires de la monarchie.

Nous sommes passé ensuite aux strates inférieures : à l'aplomb de cette analyse verticale, le revenu et le niveau de vie populaire, chez les paysans, ne baissent pas. Au contraire, ils montent quelque peu. Cependant, le morcellement des lopins, la paupérisation des salaires réels (- 15 % à - 20 %, en pouvoir d'achat céréalier, au long du siècle) limitent cette hausse du niveau de vie des humbles. Le fait, positif, démographique, c'est que la survie, pure et simple, est mieux assurée qu'au siècle antérieur. De ce fait, un vaste prolétariat rural, au lieu de disparaître physiquement, végète aux portes de la misère. Or, au même moment, les classes propriétaires et la fraction aisée des laboureurs voient leur niveau largement amélioré par la hausse de la rente, de la dîme, du profit d'entreprise… Un fossé d'amertume se crée ainsi dont on n'avait peut-être pas l'équivalent au XVIIe siècle.

Des *regroupements* socio-économiques s'opèrent. Regroupement des rentiers du sol (nobles, seigneurs, robe, etc., enrichis par le siècle) dans les villes : ils y résident de plus en plus (absentéisme seigneurial et nobiliaire). Regroupement ou refoulement du prolétariat rural, accru en nombre absolu, voire en pourcentage. Distinction d'une couche de gros laboureurs, en voie d'enrichissement.

En ce qui concerne le premier de ces trois groupes (rentiers, souvent absentéistes), il convient, notons-le au passage, de ne pas confondre jugement de valeur et jugement de réalité. L'exportation de la rente foncière et de la dîme vers les villes où résident les classes propriétaires est certes un fait moralement condamnable. Mais, par l'urbanisation de ces revenus, elle favorise le changement des modèles de consommation, et l'essor des industries de « pointe » de l'époque, axées sur ces nouveaux « modèles ».

De même, il serait trop simple de parler du rôle purement parasitaire et féodal de la dîme : car l'Église catholique (y compris par sa hiérarchie épiscopale) joue, spécialement parmi les masses paysannes, un rôle modernisateur d'acculturation, d'éducation, de décriminalisation (dont on regrette parfois l'absence ou la carence en notre XXIe siècle…).

Au-delà de ces « regroupements », peut-on envisager des « coalitions » plus vastes et moins homogènes encore ? La coalition « à l'anglaise », c'était, c'est, ce sera, outre-Manche, l'alliance (physiocratique, en fait) des seigneurs et des gros fermiers pour le triomphe d'un capitalisme agricole, dans le cadre du grand domaine.

La coalition « à la française », effectivement adoptée chez nous, c'est la formation d'un « bloc historique », hétérogène et souvent disjoint : il réunira la paysannerie pauvre et moyenne, et même les fermiers à leur aise, dans un assaut vif et court contre la féodalité, à partir de 1789. Assaut sans lendemain, ou du moins sans surlendemain, dès lors qu'il a atteint ses objectifs à partir de 1793…

Jusqu'ici, notre analyse est restée socio-économique. Parvenu à ce point, à la jonction du social et du mental, j'ai voulu intercaler une vision ethnographique. Je l'ai tirée des œuvres de l'irremplaçable Nicolas Rétif de La Bretonne, fils de paysan *(La Vie de mon père, Monsieur Nicolas)*. On a fait quelquefois de cet auteur l'apologiste d'un bonheur idyllique. Paul Bourget contre Michelet. En fait, Nicolas Rétif, fils d'un riche et rustique propriétaire-exploitant, a su effectivement situer sa famille dans le monde plus rude des petits paysans qui doivent s'associer pour survivre : les sutiers. Leur mode de vie étriqué fait contraste avec les meules de paille pansues, les granges pleines et la cave à nombreux tonneaux de la ferme de La Bretonne, propriété du père de notre auteur, en basse Bourgogne. Il est exact pourtant que l'auteur en question nous renseigne, d'abord, sur le mode de vie et sur les conceptions de la paysannerie fort aisée qui va jouer un si grand rôle dans la croissance du XVIIIe siècle : le personnage typique, représentatif de cette couche sociale, est appelé *Monsieur* dans sa paroisse. Les Rétif nous intéressent, de ce point de vue, car ils sont à la fois *au-dessus* du village, de par leur richesse assez exceptionnelle (une cinquantaine d'hectares, en complète propriété) ; et *dans* le village : Edme Rétif, père de « Monsieur Nicolas », tient les mancherons de la charrue… De père en fils, les chefs de cette famille, Edme et, avant lui, Pierre, sont receveurs seigneuriaux, c'est-à-dire *leaders* rustiques, intermédiaires entre la seigneurie et les hommes de la terre.

Vue sous un autre angle, la grande maison Rétif nous a fourni un certain modèle du foyer autoritaire et patriarcal. Dur à l'épouse. Celle-ci, mère surmenée, se charge du linge, de la cuisine, de l'étable, du jardin et des enfants. Elle fait allaiter ses nombreux bébés par des nourrices afin d'avoir le temps de faire tout cela. Et du coup, elle a davantage encore de bébés… Dur aux filles de la maison, également. Au nom d'une attitude « chauviniste mâle » invétérée. Dur au fils, même : que le père bat jusqu'au sang, pour un doigt de cour à une jeune dondon.

À quoi s'oppose pourtant la conduite très différente que tiennent les membres de la famille de la mère de notre Nicolas : vignerons quasi féministes, ces Ferlet sont aussi tolérants et indulgents au sexe faible que les Rétif le sont peu.

À l'opposition des deux familles Rétif/Ferlet a fait suite, dans notre monographie, l'opposition des deux villages, opposition bien évidemment très littéraire, mais est-ce *a priori* un défaut ? « Nitry-la-Culture », terre d'origine des Rétif, et « Sacy-la-Nature », colonisée, civilisée par leur race. Venu de Nitry, finage déjà développé, Edme Rétif se doit de pétrir la glèbe grossière à partir de laquelle s'est formée la chair rugueuse des Saxiates (habitants de Sacy)...

Démographiquement, la famille d'Edme Rétif est, au premier abord, empreinte d'une généralité des plus typiques. C'est une « famille en miettes » : à plusieurs lits successifs (M. Baulant). Barbe Ferlet, la seconde épouse, donc marâtre, en expulsera les filles déjà grandes, nées du premier lit... On est en présence également, comme il se doit, d'un foyer fort prolifique : 17 naissances en deux lits. Des nourrices. Donc des intervalles intergénésiques souvent brefs. Pas ou peu de *birth control*.

Sous un autre angle, pourtant, cette famille est moins représentative : la mortalité infantile y est faible. La mortalité juvénile, pratiquement nulle. Bon état de choses ! On n'en est pas redevable au médecin, ni aux remèdes du genre pharmaceutique... Le mérite de ces basses mortalités revient sans doute aux nourritures meilleures que dans la moyenne pauvre de la paysannerie ; aux vitamines du jardin ; à une éducation plus rationnelle, etc.

En ce sens, les Rétif, assez bien nourris, et qui meurent peu, sont probablement représentatifs non de la masse paysanne mais des performances des familles de riches laboureurs : celles-ci, au XVIIIe siècle, se défendent désormais mieux contre les mortalités, grâce à un niveau de vie qui est en hausse ; et qui se détache, vers le haut, de celui des manouvriers.

Nous connaissons à peu près la nourriture des Rétif : quatre repas par jour, du reste légers : une trentaine de kilos de viande et de lard par an ; un peu de vin ; des fruits ; des vitamines et sels minéraux venus de la jardinomanie familiale. Les enfants sont assez bien habillés, grâce aux revenus de l'entreprise, bien sûr ; et grâce à l'amour efficace et vigilant d'une mère... Les Rétif se lavent peu ; ils conservent ainsi leur odeur virile. Du moins changent-ils assez régulièrement de linge ; et, en particulier, de chemise.

Edme Rétif, quant à lui, est un *développeur* économique, dans le plus pur style de la croissance du XVIIIe siècle. Il implante massivement le vignoble en son village de Sacy, à l'intention du marché parisien. Il multiplie les petits progrès (en matière d'élevage, de drainage) dont le résultat final est orienté vers le marché. Il exploite les réserves d'énergie, non utilisées encore, d'une population prête à se ruer en besogne. La famille de cet homme est passionnée de mobilité géographique, et si possible sociale. Un seul garçon (le moins doué) reste à la maison. Les treize autres survivants, avec la bénédiction du père, vont s'établir ailleurs. Et, pour une bonne moitié d'entre eux, dans la capitale… Les y attend, du reste, la frustration qu'engendre une mobilité sociale descendante.

Rétif, c'est aussi, c'est justement l'étude ethnographique de la famille. La famille, dans le cas des petits cultivateurs, étant envisagée comme élément constitutif d'une sorte de coopérative agricole, formée par la réunion des foyers nucléaires des suitiers (chefs de ménage associés). La famille, dans le cas particulier de la grosse ferme, étant, d'autre part, considérée en tant que groupe domestique, avec sa grande tablée d'enfants et de serviteurs, ceux-ci hiérarchiquement rangés par ordre de prestige et de *vertu*… Ce petit monde du « groupe domestique » est lui-même sectionné par diverses coupures, dont la séparation hommes/femmes est l'une des principales… Rétif, c'est aussi une vision des enfances paysannes. Érotisées par le spectacle ou par l'émulation plus ou moins innocente de la sexualité adulte ou juvénile ; scolarisées, assez largement ; subdivisées aussi, en enfance riche ou aisée qui garde les troupeaux et enfance pauvre qui dès l'âge de 10-12 ans bat le grain en grange…

Rétif enfin est irremplaçable pour la compréhension de la culture paysanne à la veillée. Irremplaçable pour une connaissance de la religion rustique de certains bas-Bourguignons, avec leur repli jansénisant dans l'intimité du foyer.

Au bout du compte, sociologie et psychologie domestiques débouchent chez l'auteur-acteur de *Monsieur Nicolas* sur un socialisme des nuées : il propose la vision idyllique d'une famille super-élargie, travaillant en semi-coopérative, où tous les descendants d'Edme Rétif seraient les commensaux les uns des autres.

La Vie de mon père et les autres ouvrages (ruraux) du même

écrivain éclairent par ailleurs les mécanismes du pouvoir paysan :
le juge seigneurial, qui lui-même est d'origine villageoise, y fonctionne avant tout comme *charnière*, comme *point de passage
obligé* ou comme *honnête courtier* entre la société paysanne
(y compris la plus pauvre) et la société « englobante » (État,
Église, seigneurie, notables, etc.). La Révolution française ne
prendra pas au dépourvu ce groupe d'honnêtes courtiers ou *leaders* locaux.

Amoureusement, notre auteur fait l'étude rigoureuse des sévères
pratiques du flirt rural, ou de ce qui en tient lieu. Elles organisent
le système de l'austérité préconjugale et du mariage tardif, que
nous font connaître par ailleurs, de façon plus générale, les travaux de démographie historique.

Les jeux d'enfants à Sacy, village des Rétif, préparent la plus
tendre jeunesse à ses rôles d'adulte : jeu de la pucelle, du loup, de
la belle-mère, etc. Les contes des bergers, à dormir debout, disent
le voyage des âmes après la mort, et la métempsycose de ces âmes
dans des corps de jument ou de loup-garou.

Enfin l'écrivain de Sacy nous parle précisément des deux
niveaux de la culture paysanne : celui du conte populaire à dresser les cheveux sur la tête ; et celui de la bibliothèque bleue, à
contenu médiéval et à papier d'emballage, pour paysan déjà
cultivé, dégrossi, alphabétisé. Quant au troisième niveau, celui de
la littérature, française, latine, classique, c'est pour les villes et
bourgades ; ou c'est pour les curés, qui sont, il est vrai, d'origine
rurale, en plus d'un cas…

L'ethnographie rétivienne nous a fait quitter les zones du social
pour aborder celles du mental collectif. Et d'abord : diverses
variétés de comportement religieux existent, pendant le
XVIIIe siècle, à l'intérieur et à l'extérieur des frontières (artificielles) de l'Hexagone. Les montagnes traditionnelles du Sud
occitan restent fidèles à leur christianisme de Contre-Réforme,
voire de Moyen Âge agraire encore quelque peu paganisé. Ailleurs, pourtant, beaucoup d'hommes des campagnes, tout comme
ceux des villes (mais moins qu'eux…), sont déjà « en voyage ».
Ils procèdent par le détour de l'intériorisation janséniste. Ou bien
ils vont de l'avant, directement, sans intercaler cet intermède
« augustinien ». Dans les deux cas, ils se détachent de la Contre-

Réforme, de ses pompes et de ses œuvres, de sa Vierge et de ses saints. Ils voguent vers une relative indifférence ; elle n'exclut pas, du reste, la pratique des gestes coutumiers, messe du dimanche, sacrements ; rites de passage, tels que baptême, première communion, noces, sépulture. La Révolution française ne fera que parachever tout cela, que l'exagérer massivement.

L'autre élément disrupteur, qui fait mouvoir les mentalités rurales, c'est l'alphabétisation. On constate, à l'époque que nous envisageons, l'essor du nombre de ceux qui lisent, qui écrivent, qui signent leur nom. On note aussi, quant à ce point de vue, la réduction de l'écart masculin/féminin, des différences Nord/Centre, Nord/Sud, Est/Ouest ; et cela, dans la perspective d'un rattrapage progressif qu'effectuent les femmes, le Sud, le Centre ; sinon l'Ouest armoricain. Malgré cette réduction d'écart, les mâles dans le Nord et le Nord-Est conservent, pour longtemps encore, une partie de leur vieille avance dans le domaine de l'instruction élémentaire. En d'autres termes, les régions françaises qui sont au nord de la ligne Saint-Malo/Genève gardent une certaine « prime d'ancienneté ». Le dynamisme de l'alphabétisation villageoise s'y faisait sentir depuis l'époque de Louis XIV. Il se combine au XVIIIe siècle avec de meilleures conditions agricoles et alimentaires, avec un réseau de routes plus étoffé, etc. : tout cela confère aux provinces de notre Nord-Est les attributs d'un développement plus poussé.

Restons-en au fait même des progrès de la lecture, de l'écriture, de la signature. Ce phénomène de modernisation, en milieu rustique, ne signifie pas nécessairement, au départ, laïcisation de masse. L'éducation de base, entre autres facteurs, peut mener les paysans jusqu'à l'indifférence religieuse. Elle ne procède pas, initialement, de celle-ci.

Les « petites écoles » du XVIIIe siècle, à la campagne, sont filles des vouloirs de la communauté villageoise, et de ceux de l'Église, autant et plus que des tentations de la philosophie. Voltaire et Rousseau, par exemple, ne sont guère partisans d'une scolarisation à l'usage de la jeunesse rurale et pauvre… Seuls les physiocrates, en leur qualité d'économistes, se montrent ouverts aux nécessités de l'alphabétisation. Seuls en tant que groupe, parmi les grandes sectes éclairées de l'Ancien Régime. En revanche, un certain clergé catholique, en diverses régions, apparaît bel et bien comme une force *sui generis* de modernisation. En basse Bourgogne, par exemple, la situation du XVIIIᵉ siècle est fort originale, par rapport à l'avenir, et aux décennies « laïques » 1880-1900. Le curé bas-bourguignon des années 1700 est souvent le meilleur complice du maître d'école qui, en alphabétisant, combat la paresse et prépare les enfants à gagner le ciel…

Corollaire de cette alphabétisation : la littérarisation. Les petits livres bleus, produits par l'imprimerie de Troyes, se diffusent dans les campagnes : ils s'étaient multipliés dès l'époque classique. Leur production soutenue et croissante avait fait fi de la « crise générale du XVIIᵉ siècle » : cette « crise » (?) affectait la production strictement matérielle, mais non pas intellectuelle. La littérature bleue recueille au passage (Perrault aidant…) une partie des contes populaires, qui circulaient auparavant de bouche à oreille. Mais elle enseigne aussi, avec un retard de plusieurs siècles, la fiction médiévale ; et puis le savoir-vivre ; le dessin, le jardinage, la correspondance ; et la nouvelle dignité des pauvres. L'almanach, lui, met à la portée des petites gens un bagage à la fois superficiel et encyclopédique. Une véritable presse à sensation, qui certes n'est pas quotidienne, finit par pénétrer jusque dans les chaumières. Des thèmes comme la bête du Gévaudan ou Mandrin, respectivement sanguinaires ou contestataires, d'oc ou franco-provençaux, seraient restés, en d'autres époques, purement provinciaux. Grâce aux chansons francophones, à la littérature bleue, ils font vibrer dorénavant une sensibilité nationale, y compris très largement d'oïl. Ainsi se trouve préfigurée, d'une certaine façon, la Grande Peur de 1789 : elle témoignera sur la création, pour de vastes parties du royaume, d'un « marché commun » des nouvelles.

Une autre force de modernisation, ou de rationalisation (elle aussi induite par l'Église, l'école, la famille et la communauté), c'est la décriminalisation ; ou, du moins, le déclin de la violence délinquante. Dans certaines provinces en tout cas : Normandie, voire bas Languedoc. Ce déclin de la violence laisse intacte, certes, pendant le XVIIIᵉ siècle, une dose respectable de crimes. Il témoigne, pourtant, sur les remarquables performances éducatives (au sens le plus élémentaire de cet adjectif) de l'Ancien Régime finissant.

C'est dans cette perspective rationalisante, mais non lénifiante, qu'il faut replacer, brièvement, l'évolution des mouvements contestataires à la campagne…

Fin des révoltes, certes, au XVIIIᵉ siècle. Fin des guerres paysannes qui avaient ensanglanté les deux siècles antérieurs. Mais ne s'impose pas, pour autant, une suppression totale du phénomène contestataire. Il y a surtout déplacement de celui-ci. Au XVIIᵉ siècle, l'attaque et la contre-offensive paysannes étaient principalement dirigées[6] contre l'État et ses suppôts ; contre les taxes d'État directes et indirectes ; contre le logement des troupes militaires ; contre les chertés du grain (= crises et émeutes de subsistances, dans le cas de celles-ci). Au XVIIIᵉ, c'est maintenant contre la seigneurie. À tout le moins dans les régions décisives du Nord-Est, et en Bourgogne.

Ce déplacement du fait contestataire est inséparable, à son tour, d'une double dérive, d'une double modernisation. Modernisation, d'abord, des seigneuries : elles se lancent à la conquête des terres, des biens communaux ; elles recherchent, dans cette voie, l'extension et aussi l'intensification de leurs *réserves*, ou *domaines propres*, éventuellement loués à de gros fermiers capitalistes. Elles répondent ainsi, en toute modernité, aux besoins alimentaires (qui s'accroissent) des villes et des populations (qui se dilatent), bref les seigneuries se sensibilisent à l'expansion, démographique et autre, du *marché*.

Et puis modernisation du paysan : toujours enlisé dans son économie familiale et parcellaire, du reste expansive, mais devenu plus nombreux, plus mobile, plus alphabétisé, il ne veut plus vivre exactement, à l'heure de son avenir, la vie traditionnelle des aïeux, étriquée au possible.

Tout se passe donc comme si la *croissance* du XVIIIᵉ siècle, dans toutes les acceptions de ce terme polymorphe, avait rompu l'équilibre long d'un écosystème qui, du XIVᵉ au XVIIᵉ siècle, avait fait les bons jours et plus souvent encore les mauvais temps de la paysannerie française.

Rupture, au XVIIIᵉ siècle. Ou plutôt ruptures, et fractures multiples. Parmi celles-ci, je citerai, presque en vrac : la croissance démographique, inouïe par rapport aux quatre siècles d'avant 1720 ; la diminution des mortalités infantile, juvénile, adulte ; la permissivité sexuelle, plus grande. L'endogamie villageoise, moins marquée. La croissance du produit agricole, y compris par tête. Les contacts accrus du monde rural avec le marché, avec les marchés. La polarisation et le regroupement des groupes sociaux, dans le plat pays, sur des lignes de clivage et d'hostilité. L'apparition (dans le cadre même des innombrables jugeries seigneuriales) d'un groupe de *leaders* et de développeurs paysans à la Edme Rétif. Le rôle stimulant de l'Église, et d'autres institutions, qui poussent le village à scolariser les jeunes. L'effet boomerang de ces alphabétisations (elles favorisent culturellement, sans le vouloir, un certain détachement vis-à-vis de l'Église, parmi les ruraux qui bénéficient des débuts de la manne intellectuelle… octroyée par l'Église !). Les attentes ou *expectations* croissantes de divers éléments de la paysannerie qui ne veulent plus vivre comme par le passé. La création, y compris au niveau de certains campagnards, d'un marché national ou quasi national du livre et de la nouvelle, même contestataires. La décriminalisation d'une partie des masses paysannes, désormais disponibles pour la chicane antiseigneur. La double modernisation de la seigneurie et de la paysannerie, qui fait dériver ces deux forces sociales l'une contre l'autre, et qui les rend (tandis que grandit la faim de terres au terme de l'Ancien Régime) de plus en plus hétérogènes l'une par rapport à l'autre. Enfin, les phénomènes contestataires : ils découlent, notamment, de cette double dérive.

Dans tout cela, les contradictions entre bourgeoisie et féodalisme, capitalisme et féodalisme ne jouent qu'un rôle partiel, fût-il important, puisque aussi bien, à la campagne, c'est justement la seigneurie (centrée sur son *domaine propre*) qui est la matrice du capitalisme des gros fermiers, quand il existe. Ce capitalisme est enrobé, non sans discorde interne, dans la seigneurie ; il joue contre l'économie parcellaire et familiale de la masse paysanne.

Bien entendu (je ne nierai point l'évidence !), la contradiction bourgeoisie/féodalisme existe, non seulement en ville, où elle est très importante, mais aussi à la campagne. Cette contradiction spécifique, dans le plat pays, n'est pourtant qu'une parmi d'autres :

parmi le faisceau buissonnant des contradictions et des antagonismes (pas nécessairement insolubles, du reste) qu'a fait lever la
croissance d'après 1720. S'il fallait choisir un thème central, je
dirais non pas tellement antagonisme paysannerie-féodalité ; mais,
à la Marc Bloch, antagonisme paysannerie-seigneurie (voir la
conclusion générale du présent livre).

La Révolution française va donc traduire, à la suite des provo-
cations venues en 1789 de la collectivité englobante (non rurale),
les comportements finalement exaspérés d'une société (agraire,
elle, en ce qui nous concerne). Cette société n'est momentanément révolutionnaire que parce que sa propre croissance, hors de
ses gonds ou de ses normes antérieures, l'avait rendue à la fin de
la décennie 1780, et depuis une cinquantaine d'années, quelque
peu dysfonctionnelle ; ou, terme meilleur, déséquilibrée. La Révolution française, en zone rurale, s'inscrit dans le droit-fil des croissances du siècle, même et surtout quand elles sont provisoirement
compromises par les difficultés économiques de l'année 1788 et
des mois suivants. Elle y tiendra lieu de rupture ; et, simultanément, de continuité. Elle est fille de son propre événement ou de
son propre avènement, autant que matricielle d'icelui.

CHAPITRE XII

Épilogue :
la fin des seigneurs

En conclusion (générale) du présent ouvrage, disons une fois de plus que, toute rupture étant prise en compte, l'histoire rurale de l'« Hexagone », ici même et depuis Marc Bloch, a beaucoup insisté sur les faits de continuité. La Révolution française, à certains égards, ne change pas grand-chose aux longues durées du destin rustique, même si, par ailleurs, elle est très destructrice quant à l'ordre social des campagnes, nous y reviendrons. Les paysages et les terroirs, par exemple, ne se sont que peu modifiés quant à leur aspect extérieur entre 1789 et 1799, voire 1815, et ces mêmes paysages demeureront encore, pendant de longues décennies, semblables à eux-mêmes ou peu s'en faut, à tout le moins jusqu'aux remembrements de l'ère contemporaine, démolisseuse des bocages. Quant au grand cycle agraire commencé vers 1715, il fait suite à un cycle analogue, précédent, qui courait, lui, de 1340 à 1715 et il durera pour sa part en sa phase démographiquement ascendante jusque vers 1850, quitte à retomber par la suite en raison du délaissement et même (XXᵉ siècle) de la désertification des campagnes. La Révolution et l'Empire, du fait des pertes militaires dues aux conflits guerriers tueurs de jeunes paysans, imprimèrent à cette branche ascendante du « second grand cycle » quelques secousses, mais sans briser vraiment l'essor de la phase montante destiné à durer jusqu'à la première décennie du second Empire.

Et pourtant, négligeons désormais le calme impressionnant des paysages, et l'irrésistible houle des populations. Pour peu que nous attachions nos regards à l'ordre social, en ses espèces et apparences du féodalisme, ou faut-il dire du seigneurialisme, la rupture révolutionnaire (1789-1794), pour le coup, apparaît comme extrêmement nette. La seigneurie était structure plus que millénaire, contemporaine pour le moins des polyptyques d'époque carolingienne, ou même antérieure. Et pourtant, elle capote et s'effondre sans gloire, entre 1789 et 1794 effectivement, ayant atteint très vite le point de non-retour, au terme d'un processus de quasi-liquidation. C'est l'un des mérites essentiels du grand livre d'Anatoli Ado, *Paysans en révolution (1789-1794)*[1], que d'avoir exploré dans le détail et tiré au clair cette rupture radicale, l'une des plus impressionnantes quant à l'histoire sociale de la France, et même de l'Europe.

On a évoqué ici même à diverses reprises, antérieurement à cette période critique de 1789 et des années suivantes, les modèles archétypaux qu'ont proposés Porchnev, Mousnier, Bercé, quant aux rébellions rustiques d'Ancien Régime. Porchnev : les luttes de classe de la paysannerie se dressent, en style marxisant, contre le système absolutiste-féodal. Mousnier : ce sont les « gros bonnets » (seigneurs, officiers) qui dans les coulisses manipulent les révoltés campagnards en les dressant contre l'État, leveur d'impôts abusifs. Bercé enfin : les révoltés remettent en cause le poids trop lourd de l'impôt ; ils protestent contre le logement des troupes, soldatesque oppressive et coûteuse ; ils déclenchent d'autre part l'émeute des subsistances, y compris rurale, la fameuse *food riot*, à l'encontre du prix des grains trop élevé ; ce genre d'agitations se produisant (même en l'absence de vraie famine) en simple cas de mauvaise récolte céréalière, récurrent tous les dix ou quinze ans. C'est le type d'épisode disetteux ou semi-disetteux, générateur de violences, qu'on rencontrait en diverses provinces françaises lors du biennat 1774-1775 : en ce temps de la « guerre des farines », elle aussi déclenchée contre la cherté du pain. Cette cherté, productrice des contestations, paraît sensible, en termes ruraux également, dans la région toulousaine entre 1770 et 1775 : divers troubles, sous forme d'interruption du trafic des grains au long des routes, interviennent alors dans les régions rurales, celles de Mazamet, Castres, Saint-Pons, ainsi qu'en Périgord, Guyenne, Touraine, dans l'actuel département du Cher et dans le Morvan[2]. Autour de Paris, en un même style de *food riot*, la « guerre des farines » avait agité les campagnes du grand *openfield* d'Île-de-France au cœur de la décennie 1770. Mais que passe une quinzaine d'années. Les troubles frumentaires vont reprendre et s'aggraver pendant deux ou trois saisons d'ores et déjà décisives : fin de 1788, première moitié de 1789. Dans nombre de cas (Normandie, zone provençale), on en reste à l'émeute de subsistances classique, comme jadis en 1775. Mais certains débordements, inédits par leur ampleur, vont maintenant émerger avec bien plus de force qu'au cours des générations précédentes. Rappelons que l'historien Saint-Jacob, dès le xviiie siècle de Louis XV, avait largement documenté un premier essor, significatif, de l'antiseigneurialisme en Bourgogne. Or la seigneurie, sous Louis XVI comme en toute époque antérieure, ce sera aussi, au regard des ruraux, la forêt : dans l'Île-de-France de 1788-1789, les villageois avides de poutres, bûches et fagots s'en prennent à l'espace sylvestre, qui constitue le secteur royal, ecclésial et nobiliaire (seigneurial) par excellence. Les contestataires tuent le gibier, lequel était pourtant protégé, en principe, grâce au monopole cynégétique des seigneurs : le braconnage, accru, prend des connotations politiques. Dans le nord et l'extrême nord du royaume, c'est un autre segment du *complexum feodale*, la dîme, qui devient cible d'actions de masse, venues du fin fond des villages. En Dauphiné, par ailleurs, les abus de la nobilité des terres, défiscalisante au possible, font l'objet de textes vigoureusement protestataires de la part d'assemblées villageoises (février 1789)[3]. Vieille histoire, il est vrai. Depuis six ou sept générations, les hommes du sang bleu, autour de Grenoble et de Romans, acquéraient des terres en provenance de la roture. Ils les rendaient *ipso facto* exemptes des tailles en fonction d'une vieille législation d'affranchissement fiscal au profit des gentilshommes ; elle n'avait pas son équivalent, et c'était fort heureux, dans les provinces voisines. Le poids relatif des taxes d'État s'accroissait d'autant plus sur le restant des terroirs dauphinois, pour cette raison rapetissé (à force d'acquisitions nobiliaires), ce « restant » que détenaient encore les gens du commun.

Sur le plan national, toute cette affaire d'impôt, enfin, devait rebondir en 1789 avec l'abolition des privilèges fiscaux des nobles, encore eux, lors des mois qui suivirent la nuit du 4 août. De fait, à partir de 1790 notamment, ce fut un choc pour les habitants des villages quand ils découvrirent, affichées dans la maison commune, les grosses taxations dont allait dorénavant s'acquitter la noblesse châtelaine, jusqu'alors épargnée, avant la Révolution, par les agents du fisc. Mais n'anticipons pas…

Juillet 1789. La « Révolution paysanne » (le terme est de Georges Lefebvre) démarre pour de bon. Un cran au-dessus, par rapport aux troubles analogues des siècles antérieurs. Et quel cran ! Antiseigneuriale, féodalophobe, cette révolution ; et non plus simplement fiscalophobe comme c'était le cas sous Louis XIII par exemple, lors des mouvements violents de 1630-1640. Une grosse partie de l'est du royaume est concernée par cet antiseigneurialisme neuf, dans des régions qui vont devenir classiques à un tel point de vue, en cette fin du xviiiᵉ siècle : Alsace, Franche-Comté, Mâconnais, Dauphiné, Vivarais… Mais aussi basse Normandie et nord de la France. Cette fois, le côté radicalement nouveau, voire inédit, de l'action, déjà net au cours du printemps 1789, est on ne peut plus visible. La seigneurie – terriers, archives, châteaux – est attaquée « bille en tête », dévastée quelquefois par le pillage ou les flammes ; et cela, même si les violences réellement sanguinaires à l'encontre des seigneurs sont assez rares. Le Midi, en revanche, n'est encore affecté que « sur les bords », sur les marges : c'est-à-dire en Dauphiné (le « Midi moins le quart ») et vers les bordures d'oc (Vivarais).

Quoi qu'il en soit, dès l'été 1789, le feu, surtout symbolique, est à la maison. Il couve, il court l'incendie. De temps à autre et même à mainte reprise, il se déchaîne. L'action antiseigneuriale, on l'a vu, n'était pas totalement inexistante dès le siècle des Lumières, et même lors d'un très ancien xivᵉ siècle des atrocités de la Jacquerie contre les nobles d'Île-de-France (1358). Mais, dès la prise de la Bastille ou même auparavant (l'événement urbain, en l'occurrence, est surtout un « marqueur » chronologique), dès cette prise de Bastille, on peut dire que le militantisme antiseigneurial est bien la forme enfin trouvée des mobilisations campagnardes, fort spontanéistes en leur genre. L'innovation est radicale, en comparaison des révoltes (certes énergiques mais limitées quant à leurs objectifs, ceux-ci surtout antifiscaux, antimilitaires ou frumentaires) qui avaient caractérisé le xviiᵉ siècle. Outre les modalités antiseigneuriales déjà citées lors de la « veillée d'armes » précédant le « Mai » des états généraux, il faut mentionner, postérieurement à la première réunion de cette Assemblée nationale, la destruction des girouettes, dont les châteaux jusqu'alors avaient le monopole ; et celle des bancs seigneuriaux en l'église de paroisse. La « liquidation » des seigneuries, quoique dans le respect *grosso modo* des personnes physiques de la famille châtelaine, suit ainsi son cours avec quelques « violences contre les choses » : ces développements agressifs de 1789-1790 prennent place dans l'est de la France, une fois de plus ; puis dans l'« extrême Nord », dans l'Ouest, en particulier Normandie, Bretagne, Saintonge ; enfin parmi les pays de grande culture, autour de Pithiviers, de Montdidier, dans l'Yonne…

Mais l'aspect très vite innovateur de cette nouvelle vague de « confrontation », elle-même décomposable en plusieurs cycles saisonniers, c'est la mise en branle du Midi d'oc et plus spécialement du grand Sud-Ouest, lequel, d'octobre 1790 (Périgord) à l'été puis à l'automne de 1791 (Gironde, Quercy), va s'engager dans la lutte contre les droits seigneuriaux, contre le champart et contre la dîme (celle-ci à vrai dire contestée depuis longtemps, tantôt plus et tantôt moins, à partir du xvie siècle et de la Réforme protestante, mais il s'agissait en quelque sorte, quant au prélèvement des décimateurs, d'une taxe latérale par rapport au féodalisme classique). Les décalages chronologiques – le Midi s'étant ébranlé après d'autres régions (septentrionales) – indiquent bien que ce même Midi, en son point de départ révolutionnaire et précisément contre-seigneurial, a été plus agi qu'acteur ; influencé par des exemples venus du Nord et du proche Nord-Est (transition contestataire, entre autres, depuis le Dauphiné *primum movens* jusqu'au Vivarais et, de là, en direction du Sud-Ouest). Pourtant, une fois lancé, le Sud et spécialement le Sud aquitain va mettre les bouchées doubles. Notons malgré tout que ces mouvements sudistes, notamment d'Aquitaine, ne sont pas, dans leurs débuts, politisés en profondeur. Quelles qu'aient été à ce propos les influences originelles et contagieuses venues du Septentrion, elles ont travaillé, en oc, une pâte paysanne qui ne demandait qu'à fermenter d'elle-même, une fois pénétrée par ce levain. Elle n'était pas spécialement réceptive, en revanche, quant aux idéologies sophistiquées, politisantes, militantes, en provenance des villes ; idéologies originaires de Paris, par exemple, *via* Poitiers, Bordeaux ou Toulouse. Disons, pour parler un vieux jargon marxiste, aujourd'hui démodé mais quelquefois utile, que ces foules paysannes agissaient bien davantage par motivation « économiste »[4] et fort peu, voire point du tout, sous le coup d'une politisation. Le tour de celle-ci viendra, mais un peu plus tard, serait-ce sous forme assez fruste. Ceci pose, du reste, tout le problème de la spontanéité comme de l'initiative autodéterminante, s'agissant de l'ébullition contestataire en milieu rural. Parmi les grands historiens des révoltes paysannes, Mousnier, si considérable fût-il, s'avérait, pour l'essentiel, antispontanéiste. Il ne voyait partout que manipulateurs haut placés, qui tiraient plus ou moins discrètement les ficelles de l'innocente paysannerie en voie de rébellion. Quant à Porchnev et Bercé, quels que soient leurs vastes mérites, ils ne se posaient pas tellement ce problème du « spontanéisme ». Il faudrait donc avoir recours une fois de plus[5] aux analyses de Rosa Luxemburg, certes tardives mais point anachroniques : elle fut, parmi les penseurs qui s'intéressaient aux mouvements populaires, l'essentielle théoricienne de la spontanéité des masses, concept tout à fait adéquat pour éclairer le comportement des rebelles primitifs de nos campagnes ; et cela dès le XVIIe siècle ; *a fortiori* adéquat pour rendre compte du premier acte de la révolution paysanne, en France, lors des années 1789-1791.

La fuite de Louis XVI à Varennes (juin 1791) va pourtant changer, d'un tel point de vue, bien des choses. Ce nouvel épisode, porté sur les ailes des médias de l'époque ou de ce qui en tenait lieu, stimule vivement la politisation urbaine et, ultérieurement, rurale : l'agitation se propage dorénavant vers le plat pays, en provenance des clubs jacobins, situés pour leur part *intra muros* ; on note, avec Ado, des arrivages, jusque dans le fond des campagnes, de *leaders* et de chefs des révoltes, parfois violents, excités, venus les uns et les autres du monde citadin. Ces apports exogènes, mobilisateurs, vont marquer pour une part importante le nouveau cycle des émeutes agraires, celles de 1792 et des premiers mois de 1793, notamment dans le Gard[6], le sud de l'Ardèche, les Basses-Alpes, le Cantal, le Sud-Ouest en général, mais aussi en Gâtinais, dans le Senonais, les régions d'Avallon et de Nemours, l'Oise, la Somme, l'Angoumois, le Loir-et-Cher, l'Allier, la Saône-et-Loire. Particulièrement frappantes, en ces onze mois qui vont de septembre 1791 à juillet 1792, sont les actions rurales éventuellement « provoquées » de la sorte contre la noblesse, contre les prêtres réfractaires… et contre d'autres « suspects », dans le Midi. S'y ajoutent, en Île-de-France, les émeutes de subsistances à l'encontre de ce monstre prédateur de blé qu'est la capitale, peuplée d'un demi-million de consommateurs[7].

Et puis, par un de ces mouvements si familiers dans le processus révolutionnaire, la scène va pivoter à nouveau : en 1793-1794, la déchristianisation, à tout le moins la persécution exercée par l'extrémisme révolutionnaire contre les « bons prêtres » (non jureurs), et surtout l'envoi aux frontières des jeunes paysans en vue d'une guerre lointaine et dont ils ne comprennent pas, somme toute, l'intérêt, ces divers facteurs, et principalement le dernier, font basculer la conscience villageoise, ou du moins la portion peut-être majoritaire d'icelle qui s'est montrée jusqu'ici susceptible de déclencher puis d'entretenir les flammes de la Révolution agraire. Autant dire que celle-ci est quasiment terminée. Il y a même inversion complète du champ magnétique. Chacun sait que la guerre de Vendée (à partir de 1793) est l'une des plus considérables parmi les guerres paysannes de l'histoire européenne. Or, cet épisode vendéen s'avère entièrement hostile à la Révolution française, pour les raisons procléricales et surtout antimilitaires qui viennent d'être dites. Encore cette guerre provinciale n'est-elle que la pointe émergée de l'iceberg, de cette grande glaciation des sympathies rurales à l'égard de la Révolution, glaciation dont il existe bien d'autres preuves en mainte région de la République, sans que les circonstances aient permis ailleurs qu'en Vendée le déploiement d'un conflit qui serait comparable à celui qu'on a connu dans les Mauges et le Marais poitevin, comme entre la basse Loire et l'Atlantique. La paysannerie française, ou forte partie d'elle-même, « vire à droite » après 1794, et pour assez longtemps ; et pas seulement dans l'ouest de la nation.

Mais qu'importe, après tout. En un court quinquennat (1789-1793), la Révolution paysanne, même avortée ou tronquée sur le tard, était parvenue à réaliser l'objectif que la logique des événements lui assignait presque d'entrée de jeu dès l'année de la Grande Peur et des états généraux. En une cinquantaine de mois, la seigneurie a été littéralement « liquidée », plus vite et plus complètement que ce ne sera le cas par la suite dans d'autres nations d'Europe. La législation agraire, promulguée par les Assemblées successives, a pris acte de ce qui s'était déroulé de cette façon sur le terrain ; elle a accouché d'une série de textes radicalement anti-seigneuriaux (décrets des 4-11 août 1789, de mars et mai 1790, de juin et août 1792, enfin de juillet 1793). La vente des biens nationaux tant cléricaux que nobiliaires (émigrés) complète ce bouleversement campagnard, au double profit cette fois de la bourgeoisie mais aussi, à mainte reprise, d'un grand nombre de « cultivateurs-cultivants » ; ils prennent leur part, fût-elle minoritaire, de ces ventes terriennes.

*

Nouveau Samson, la paysannerie française a fait crouler, en moins d'un lustre (1789-1793), les piliers antiques et vermoulus de l'impressionnant temple seigneurial. Et puis, au-delà d'un ultime et maximal apogée populationniste, enregistré vers 1850, cette paysannerie va prendre derechef, à son tour, le chemin de la décadence et, pour finir, de l'extrême amenuisement démographique, entraînant ainsi dans sa chute l'ensemble de la civilisation rurale, si brillante encore sous le règne de Napoléon III. Ce déclin d'une vieille et immense culture sera corrélatif, il est vrai, au long terme, d'un formidable accroissement de la productivité agricole, exorcisant les pénuries alimentaires en France ; et, *via* l'exportation, hors de France ; surtout au cours de la seconde moitié du xxᵉ siècle. Mais le *catoblepas*[8] est toujours à l'œuvre : avant-hier (1790), il cannibalisait la seigneurie, cette vieille compagne du monde rustique, héritée de la protohistoire. Hier, au xxᵉ siècle, il enterrait la civilisation rurale et la grosse démographie paysanne. Aujourd'hui, demain (xxiᵉ siècle), on envisage de placer au rang des vieilles lunes les gigantesques accomplissements, tout juste précités, du productivisme agraire, cible de choix pour les écologistes, eux-mêmes ennemis des nitrates…

L'agriculture française n'est pas morte. Elle est même à certains égards plus vivante que jamais, forte non plus de millions mais de centaines de milliers de chefs d'entreprise, travaillant sur grandes surfaces[9]. On la somme pourtant, sans trêve, de s'adapter. Trouvera-t-elle, en ses ressources propres, la force d'y parvenir, face aux changements incessants de la demande sociale ?

Notes

Notes de la présentation

1. G. Duby et A. Wallon (éd.) (1975-1977). [Tous les noms d'auteurs suivis d'une date entre parenthèses renvoient à la bibliographie, *alias* index des ouvrages cités, en fin de volume.]

2. F. Braudel et E. Labrousse (éd.) (1970).

3. G. Duby et A. Wallon (éd.) (1975-1977).

Notes de l'Introduction

1. E. Le Roy Ladurie (1966).

2. M. Postan (1973) ; W. Abel (1973) ; É. Perroy (1949 ; 1973).

3. D. Barthélemy (1997).

4. W. Abel (1973), et nos *Villages disparus* (voir E. Le Roy Ladurie et J.-M. Pesez [1965]).

5. A. Ado (1996).

Notes du chapitre I

1. Indre-et-Loire, commune de Cussay.

2. Bernard Chevalier, in *Études rurales*, 1965, dont nous tirons les faits et les textes. Voir aussi, du même auteur, *Tours, ville royale, 1356-1520*, Paris, Publications de la Sorbonne, 1976, rééd., CLD, 1983.

3. Tous ces chiffres sont tirés ou calculés à partir de F. Lot (1929) ; et de M. Reinhard, A. Armengaud et J. Dupâquier (1968). Voir aussi G. Duby, in *Histoire de France*, Paris, Larousse, 1970, t. I, p. 369 *sq.*

4. *In* J. Dupâquier (éd.) (1988), t. I, p. 261.

5. À raison de 85-90 % de cultivateurs : 87,5 % dans la population rurale.

6. Voir la thèse de Guy Bois sur la Normandie (G. Bois [1981]).

7. Une publication de Jacques Dupâquier (*Bull. soc. hist. mod.*, 1975) tendrait même à majorer ce second chiffre.

8. J.-N. Biraben (1975).

9. Graphiques et données de G. Bois (1968) et (1981) ; voir aussi M. Baulant (1968) et (1971).

10. E. Le Roy Ladurie et J.-M. Pesez (1965).

11. É. Fournial (1967).

12. De 1913 à 1918, sous l'influence de la réduction momentanée (ou définitive) de la main-d'œuvre, la surface en céréales passa de 13,5 millions à 9,1 millions d'hectares. En prés, pâtures, fourrages, de 15,3 à 14,5 (Philippe Gratton, *Les Luttes de classes dans les campagnes*, Paris, Anthropos, 1971, p. 312).

13. Voir *supra* le faible pourcentage des villages *définitivement* disparus (E. Le Roy Ladurie et J.-M. Pesez [1965]).

14. Ces transactions sur les étangs se décomposent en 7 ventes et 26 constructions (Isabelle Guérin).

15. J. Goy et E. Le Roy Ladurie (1972-1982) ; H. Van der Wee (1963) et (1978).

16. Les travaux d'Hugues Neveux tendent même à montrer, *a fortiori*, que la production cambrésienne d'avant-peste vers 1320-1340 était très élevée.

17. Voir les travaux de Ping-Ti-Ho sur la démographie chinoise : Ping-Ti-Ho, *Studies on the Population of China, 1368-1953*, Harvard East Asian Studies, 4, 1959.

18. J'emploie ce mot sans scrupules, car il s'agit bien, malgré quel-

ques restrictions, de possessions, propriétés ou quasi-propriétés pleines et entières.

19. G. Postel-Vinay (1974).

20. Deux tiers froment, un tiers avoine.

21. David Ricardo, *Des principes de l'économie politique*, trad. fr., Paris, Flammarion, éd. de 1993, chap. II.

22. Mais le setier mis en cause n'est pas forcément le même qu'aux XIVᵉ-XVᵉ siècles. Seuls sont comparables des ordres de grandeur.

23. À l'arpent, à Meudon, d'après Yvonne Bezard (*Vie rurale*, 1929) : 7 sous parisis de 1360 à 1400 ; 4 sous 8 deniers de 1422 à 1461 ; 2 sous 7 deniers de 1461 à 1483 ; 3 sous parisis de 1483 à 1515.

24. B. Guenée (1971).

25. Marie-Thérèse Caron, dans son important ouvrage sur *La Noblesse dans le duché de Bourgogne*, Lille, Presses de l'université de Lille, 1987.

26. Il faudrait aussi citer, à propos de ce second type de contrat, les baux perpétuels du Montmorillonnais (Paul Raveau) et les curieuses *métairies perpétuelles* du Limousin au XVᵉ siècle.

27. Guy Thuillier, *Aspects de l'économie nivernaise*, Paris, Armand Colin, 1966.

28. Voir aussi, tout simplement, *La Vie d'un simple*, d'Émile Guillaumin, nombreuses éditions de 1905 à 1985 (Le Livre de Poche).

29. Je remercie Françoise Piponnier qui a bien voulu à ce propos me communiquer certains dossiers inédits, qu'elle a constitués à partir des archives bourguignonnes.

30. Au XIXᵉ siècle encore, en Dauphiné, chaque individu aura, dans une maison donnée, son coffre personnel ou *arche*.

31. Sur les mentalités paysannes au XIVᵉ siècle, voir aussi mon livre *Montaillou, village occitan de 1294 à 1324* (E. Le Roy Ladurie [1975a]).

Notes du chapitre II

1. J. Dupâquier (éd.) (1988), t. II, p. 67-68.

2. Voir *supra*, p. 18.

3. D'après F. Lebrun (1971), p. 192 (régions rurales seulement).

4. D'après les travaux du Dr J.-N. Biraben (1975). L'école anglaise,

en revanche, avec Shrewsbury, croit davantage à une évolution autonome du complexe rat-puce-bacille.

5. Voir aussi le bail du sel, très élevé encore au début des guerres de Religion, sur notre graphique *infra*, au chapitre IV.

6. J. Goy et E. Le Roy Ladurie (1972-1982). Voir aussi E. Le Roy Ladurie (1997), p. 219 *sq*.

7. Voir J. Goy et E. Le Roy Ladurie (1972-1982).

8. Faut-il rappeler, pour répondre par avance à d'étonnantes incompréhensions, que ces noms royaux n'impliquent aucun jugement de valeur, et qu'ils n'ont pour nous qu'un rôle de pure commodité chronologique ? Dans un même esprit, un historien de la IIIe République évoquera « la France de M. Fallières », ou celle de Félix Faure. Le soliveau républicain est ainsi réemployé comme poteau-frontière d'une chronologie. Pourquoi ne pas utiliser dans les mêmes conditions, en une époque plus ancienne, le nom du tenancier du trône ?

9. Voir ce mouvement de croissance suivie d'un plafonnement après 1530 dans le DES de Serge Grusinsky, *L'Abbaye d'Anchin, près Douai* (diplôme d'études supérieures dirigé par Pierre Goubert à l'université Paris-I).

10. Voir E. Le Roy Ladurie (1997), p. 61-62.

11. Simultanément, dans le sud de l'Angleterre, la production de pastel allait augmenter entre 1560 et 1600, du fait de l'effacement, dû à nos guerres de Religion, des importations de pastel venues de France (d'après Joan Thirsk).

12. Bernard Garnier est le spécialiste reconnu de ces questions d'élevage (*De l'herbe à la table…*, Montpellier, Université Paul-Valéry, 1994).

13. Les passages en italique dans ce paragraphe sont de Jean Yver (*Revue du Nord*, janvier 1954, p. 11). Les mots en typographie normale ont été insérés et ajoutés par moi. À propos des diverses solutions évoquées dans le paragraphe ci-après, je rappellerai l'excellente comparaison proposée par Pierre Bourdieu. Le but des coutumes successorales est presque toujours (mais pas toujours, voir le cas aberrant de la Bretagne) d'éviter un morcellement successoral abusif, tout comme, aux échecs, le but commun aux divers joueurs, c'est de mettre échec et mat le roi de l'adversaire. Mais, de même que certains joueurs commenceront de préférence leur partie par le coup du berger et d'autres par telle ou telle autre tactique, de même les coutumes des diverses provinces choisissent respectivement des solutions et des moyens très différents pour atteindre un objectif généralement identique, qui est d'empêcher un effritement exagéré du lopin familial.

14. Je laisse de côté le problème des serviteurs corésidents qui, par définition, n'ont pas part à la succession.

15. R. Fossier (1968).

16. E. Le Roy Ladurie (1966).

17. Voir *infra*.

18. Rédaction de 1510, *in* J. Yver (1966), p. 21-22.

19. *Ibid.*, p. 43, 66.

20. R. Faith, in *Agricultural History Review*, 1966.

21. J. Yver (1966), p. 111-112.

22. *Ibid.*, p. 111.

23. « Aux lignagers du côté paternel, les biens paternels ; aux lignagers du côté maternel, les biens maternels. »

24. M. Besnier, cité par J. Yver, « Les coutumes de l'Ouest », *Revue historique de droit français et étranger*, 1952, p. 34.

25. *Ibid.*, p. 38 ; et aussi pour d'intéressants problèmes de frontières des coutumes, *ibid.*, p. 61, n. 2.

26. *Ibid.*, p. 46.

27. Basnage, 1778, cité par J. Yver, *ibid.*, p. 46, n. 3. Voir J. Yver (1966).

28. J. Yver (1966), p. 109 et 120.

29. J. Yver, « Les coutumes de l'Ouest », art. cité, p. 4.

30. Les systèmes précipuataires (selon la terminologie des historiens du droit et spécialement de Jean Yver) sont ceux qui permettent à un père d'avantager durablement, par donation ou par testament, tel ou tel de ses enfants ou héritiers (J. Yver [1966], p. 155 et 158).

31. Voir la plus ancienne coutume de Montpellier (xiiie siècle) qui contient à la fois la vieille disposition coutumière d'exclusion des enfants dotés et déjà la liberté, toute romaine, reconnue au père d'avantager à son gré tel ou tel enfant (J. Yver [1966], p. 25 et 156).

32. Parmi les coutumes majeures du Midi influencées par le droit romain (Montpellier, Bordeaux, Bayonne, Agen) qu'utilise Yver à ce propos, il suffit de citer ici l'ancienne coutume d'Agen : « Bien peut le père avantager celui de ses enfants qu'il voudra et à sa volonté » (cité par J. Yver [1966], p. 157, n. 305). Pour la pratique rurale, voir Jean Hilaire, *Le Régime des biens entre époux dans la région de Montpellier*, Paris, Montchrestien, 1957.

33. R. Forster (1960).

34. J. Yver (1966), p. 156.

35. Textes des parlements de Toulouse et de Bordeaux, respectivement datés de 1584 et de 1587 (J. Yver [1966], p. 158).

36. Voir, par exemple, en Auvergne, J. Yver (1966), p. 160. Sur la dona-

tion entre vifs, conçue comme étant de droit écrit, par opposition aux coutumes du Nord, cf. Molière, *Le Malade imaginaire*, I, 7, et *passim*.

37. J. Yver (1966), p. 166.

38. Cette zone inclut l'Amiénois, l'Artois, le Cambrésis, le Hainaut, la Flandre française et le pays wallon.

39. J. Yver (1966), p. 201-221.

40. Les chercheurs anglais, notamment M. Hoskins, ont mis au point une méthode qui permet, au siècle ou au demi-siècle près, de dater une haie d'après la complexité de sa composition floristique.

41. Le rendement étant pondéré par la jachère biennale.

42. Soit 5 hectolitres à l'hectare, compte tenu de l'assolement biennal.

43. D'après les recherches de J.-P. Desaive, G. Postel-Vinay, B. Veyrassat-Herren et l'auteur. (Cf. J. Goy et E. Le Roy Ladurie [1972-1982].)

44. Dès 1630, dans le cas du Languedoc.

45. Le journal de la veuve Couet est à la B.N., ms., Nouv. acquis. franç., 12396.

46. En principe… En fait, beaucoup de propriétaires s'arrangent pour transférer ces charges au fermier.

47. Voir celui que j'ai présenté dans *Les Paysans de Languedoc* (E. Le Roy Ladurie [1966], t. I, chap. IV).

48. J'ai exposé les détails de ce calcul dans *History of Climate since the Year 1000*, éd. révisée, New York-Londres, Doubleday, 1971-1972 ; texte repris dans la réédition de l'original français, Paris, Flammarion, 1983, t. I, p. 18-20.

49. Les *messiers* sont significatifs des fonctions « agricoles » de la communauté. À ce point de vue, cependant, les choses ne vont pas aussi loin que l'avaient pensé, à un certain moment, les historiens du monde rural. En particulier, la division du terroir total, appartenant aux paysans du village, en « trois grandes soles » (dont chacune correspondrait respectivement aux trois grandes divisions de l'assolement triennal, blés d'hiver, blés de printemps et jachère), est sans doute un fait réel en Lorraine. Mais la plupart du temps, dans la région parisienne, cette division n'existe pas. Chaque paysan, dans le cadre certes contraignant d'une rotation triennale, n'en fait qu'à sa guise, en ce qui concerne la distribution géographique des trois modalités de la rotation parmi son groupe de parcelles. La communauté est donc bien (à l'exemple de nos municipalités modernes) un organe de gestion collective des quelques intérêts communs du groupe local ; mais elle n'est que secondairement (voir à ce propos la modicité des biens communaux) régulatrice des servitudes collectives à caractère autoritaire.

50. Une seule exception à ce schéma : les batteurs du grain en grange

touchent, en blé battu, bien davantage chez Gouberville que ne perçoivent en Languedoc les dépiqueurs. Mais la part du *travail humain* dans le dépiquage opéré avec des chevaux est beaucoup plus faible que dans le battage au fléau, pratiqué en Normandie. D'où probablement cette différence.

51. Voir à ce propos le beau chapitre qu'a donné Marc Bloch dans la *Cambridge Economic History of the Middle Ages*, t. I, *Agrarian History* (texte français originel publié dans les *Cahiers Marc Bloch*, mars 1955 ; cf. E. Le Roy Ladurie [1997], p. 343).

52. Sauf sur un plan « religieux », après le début des guerres civiles (après 1560).

53. Sur tout ceci… et le reste, voir le beau livre de Madeleine Foisil, *Le Sire de Gouberville*, Paris, Flammarion, 1986.

Notes du chapitre III

1. Si l'on prend pour base du calcul les chiffres démographiques d'ensemble de Jacques Dupâquier (1988, notamment II, p. 68-72 et *passim*).

2. Je prends le mot « Renaissance » au sens long : 1450-1560.

3. Naturellement, Henri IV, Louis XIII, Fouquet, Colbert et la Régence ne sont pas plus « causes » déterminantes de ces remontées que la « fin du règne » de Louis XIV ne l'est de la crise de 1690-1720.

4. Voir pour une période plus tardive les recherches admirables de Maurice Agulhon.

5. Ivan Cloulas, « Les aliénations du temporel ecclésiastique sous Charles IX et Henri III (1563-1587) », *Revue d'histoire de l'Église de France*, vol. XLIV, 1958, p. 5 *sq.*

6. Dans le cadre des frontières de 1580.

7. La *rente foncière perpétuelle* se rattache au système du bail à rente d'héritage, évoqué *supra*. Elle n'a rien à voir avec la *rente foncière* des économistes qui, au sens strict du mot, concerne le fermage ou encore le loyer d'appartements citadins (l'un et l'autre toujours existants de nos jours) ; rente opérant dans le court terme, et qui, de ce fait, n'est pas susceptible, elle, de faire l'objet d'une « vente ».

8. Il aurait été préférable de distinguer les « cens » des « RFP » ; et, si possible, de classer les premiers, qui sont plus spécifiquement seigneuriaux, avec les droits de justice et de seigneurie. Mais la taxinomie uti-

lisée par Ivan Cloulas et dans certains cas les documents eux-mêmes n'ont pas permis ce mode de classement plus rationnel.

9. Diocèses de Sens, Paris, Meaux, Senlis, Beauvais, Chartres, Soissons, Reims, Troyes, Châlons, Langres, Lyon, Mende, Le Puy, Viviers, Bourges, Nevers, Orléans, Autun, Auxerre, Mâcon, Chalon.

10. Cité et ressuscité par Janine Estèbe-Garrisson, *in* Philippe Wolff (éd.), *Documents de l'histoire du Languedoc*, Toulouse, Privat, 1969.

11. Statistique réalisée grâce à l'étude excellente, malgré sa regrettable présentation départementale, de l'abbé Victor Carrière (*Introduction aux études d'histoire ecclésiastique locale*, Paris, Letouzey, 1936-1940).

12. Les mots « mouvements » ou « grands mouvements » sont neutres ; ni péjoratifs, ni nécessairement « mélioratifs », quoi qu'en pensent de nombreux historiens des faits de contestation sociale.

13. D'après J.-P. Desaive.

14. Michelet.

15. Ce qui suit est partiellement repris d'un texte que j'ai publié dans un ouvrage collectif, en collaboration avec Joseph Goy (J. Goy et E. Le Roy Ladurie [1972-1982]).

16. Près d'Anvers ; d'après H. Van der Wee (1963) et (1978).

17. J. Dupâquier (éd.) (1988), t. II, p. 68-69.

Notes du chapitre IV

1. Outre ces données, on peut utiliser aussi, dans le *Bulletin d'information de la Société de démographie historique* (janvier 1971), diverses études sur Saint-Denis et Corbeil. À Corbeil, le nombre des baptêmes monte depuis 1610, et plafonne pendant la décennie 1640 pour s'effondrer avec la Fronde. À Saint-Denis, un plafond du nombre des baptêmes pendant les décennies 1570 et 1580 est suivi d'une chute d'environ 20 % vers 1595 ; à partir de 1600-1610 et surtout de 1620 commence la récupération ; le plafond d'avant-Ligue est retrouvé vers 1630, puis dépassé d'environ 30 % pendant la décennie 1640, plantureuse en baptêmes à Saint-Denis comme ailleurs, jusqu'à la veille des Frondes ; celles-ci pas trop graves dans cette petite ville.

2. En Franche-Comté aussi, un diable, au début du XVIIe siècle, évoqué par la sorcellerie locale, s'appelle *charbon* (cf. William Monter, *European Witchcraft*, New York, Wiley, 1969).

3. Voir aussi les travaux de Georges Livet : *L'Intendance d'Alsace*, Strasbourg, Presses Universitaires de Strasbourg, 1991 ; *La Guerre de Trente Ans*, Paris, PUF, 1991 ; et *Les Guerres de Religion*, Paris, PUF, 1988. Et M. Reinhard, A. Armengaud et J. Dupâquier (1968).

4. Pierre Chaunu.

5. Voici à ce propos (*Bulletin d'information de la Société de démographie historique*, janvier 1971) une statistique publiée après la première rédaction du présent texte : à Saint-Denis, de 1567 à 1670, soit « en plein » dans la période envisagée par ce livre, on compte 1 % de conceptions prénuptiales et 1 % de naissances illégitimes. En revanche, à Lyon, dès le début du XVIIIe siècle, les pourcentages de naissances illégitimes atteignent 7 à 10 % ; car les filles immigrées de la campagne se trouvent soumises dans la grande ville à des séductions très pressantes (Maurice Garden).

6. « L'œuvre de chair ne désireras qu'en mariage seulement… » (Voir par exemple le *Diurnal de Bayeux*, Caen, Poisson, 1815, *in fine*, p. 13, sur la confession.)

7. *Introduction à la psychanalyse*, Paris, Payot, 2001.

8. À Lyon aussi, l'augmentation de la population est très nette de 1640-1660 à 1680-1689, puis (après l'interruption due à la crise de 1693-1694) jusqu'aux années 1705-1708 : la ville passe de 75 000 habitants vers 1655 à 100 00 vers 1705 (M. Garden [1970]). De même à Lille (M. Morineau). Angers a 24 800 habitants en 1600-1611, 31 800 en 1652-1653, mais 26 500 en 1690-1701 (F. Lebrun [1971], p. 162).

9. Sur la sociologie démographique de la grande ville, voir M. Garden (1970).

10. Le paragraphe qui suit reprend certains passages d'une étude que j'ai publiée, en collaboration avec Jeannine Field-Récurat, dans la *Revue du Nord* (E. Le Roy Ladurie et J. Field-Récurat [1972]). Les chiffres de base de Ducrot avaient été publiés par nous en annexe de l'article précité. Que ce paragraphe figure aussi comme un hommage au souvenir de Jeannine Field-Récurat, prématurément disparue (1976).

11. Lazare Ducrot, *Traité des aides, tailles et gabelles*, Paris, 1628. L'édition de 1628 est présentée comme étant la troisième en date. Les chiffres de l'état des ventes sont donc postérieurs à 1620, date de l'édit qui fut la cause de leur mise au point statistique, et antérieurs à 1628. Une étude serrée du texte de Ducrot permet du reste de resserrer cette fourchette chronologique : l'état des ventes est postérieur à l'édit de février 1620 qui fixe à 6 sols 3 deniers par minot le droit attribué à chaque greffier de grenier à sel ; et il est *antérieur* au 1er octobre 1623, date à laquelle on précise que ce droit est fixé désormais à 10 sols

11 deniers par minot. L'état est donc de « 1621-1622 ». Compte tenu du fait qu'il reflète de toute façon des réalités de vente légèrement antérieures à sa rédaction, on peut légitimement le situer vers l'année 1621.

12. Directions de Paris, Amiens, Soissons, Châlons, Troyes-Langres, Moulins, Bourges, Orléans, Chartres, Tours, Angers, Le Mans, Caen, Alençon, Rouen.

13. Généralité de Lyon non comprise.

14. Ne pas tenir compte de la consommation très élevée et totalement isolée de 1719 : elle est due à l'aisance momentanée provoquée par le système de Law ; et aussi aux spéculations de ceux qui se couvrent contre l'inflation en achetant et en stockant du sel, celui-ci constituant une valeur indexée, donc sûre.

15. Dans les quinze directions des Gabelles du Bassin parisien ainsi étudiées par Jacques Dupâquier, la ferme vendait 8 760 muids de sel en 1665, et 10 191 muids en 1725 (+ 16,3 %).

16. J. Goy et E. Le Roy Ladurie (1972-1982).

17. La chronologie proposée par Jean Jacquart, mais qui vaut essentiellement pour la rente foncière, non pour les dîmes, est un peu différente.

18. Le terme « années Colbert » n'a pour nous qu'une signification chronologique. Il n'implique, de notre part, aucun jugement de valeur sur l'œuvre du ministre, dont l'incidence agricole et décimale fut éventuellement négligeable (?). De même, parler de période « chrétienne », « napoléonienne » ou « stalinienne » ne signifie pas qu'on célèbre le culte de la personnalité de Jésus-Christ, de Napoléon ou de Joseph Staline.

19. Voir Joseph Ruwet, « Mesure de la production agricole sous l'Ancien Régime », *Annales*, vol. 19, n° 4, 1964, p. 632 et 636, et *supra*. Pour Liège, le plafond de la seconde moitié du XVIIe siècle se situe en 1670-1687. Pour Namur, autour de 1670-1680.

20. Voir le graphique de M. Baulant (1968) pour ces années-là (prix du blé à Paris).

21. Rendement moyen du vin en eau-de-vie dans la distillation d'Ancien Régime : d'un sixième à un dixième ; soit un huitième.

22. D'après Jean Éon, *Le Commerce honorable*, Nantes, G. Le Monnier, 1646.

23. État de 1637 : 240 000 muids, de 268 litres chacun, soit 643 200 hectolitres, pour 413 500 habitants. Le chiffre de population étant peut-être légèrement sous-estimé, la ration par tête est peut-être un peu plus basse que dans notre calcul. (Cet état a été publié par Arthur de Boislisle, *Mémoires des intendants sur l'état des généralités*, t. I [Généralité de Paris], Paris, Imprimerie nationale, 1881 ; rééd., Paris, Biblio-

thèque nationale, 1995.) Ajoutons qu'à Lyon, au XVIᵉ siècle, la consommation vinique est de 200 litres par tête et par an (d'après R. Gascon [1971]).

24. Paris, exsangue, a environ 200 000 habitants au lendemain du siège. Mais la population « normale » vers 1572-1600 devait se situer entre 250 000 et 300 000 habitants (Denis Richet) contre 415 000 ou même un peu plus vers 1637 (Roland Mousnier), et plus de 500 000 habitants vers 1680 (Denis Richet) ; voir aussi E. Le Roy Ladurie, *L'État royal*, t. II de l'*Histoire de France Hachette*, Paris, Hachette littérature, coll. « Pluriel », 1987, rééd., 2000, début du chap. XIII.

25. Il en ira autrement au XIXᵉ siècle, notamment après 1820 et surtout après 1850, quand l'exode rural, avec une ampleur qu'on n'avait jamais connue jusque-là, commencera à vider les campagnes : les paysans émigrés en ville, beaucoup plus nombreux et aussi moins démunis que par le passé, conserveront dès lors, même devenus citadins, le fragment de terre dont ils étaient possesseurs et ils le transmettront à leurs descendants. Dans ces conditions, le morcellement du sol se poursuivra, mais en fonction d'un essor démographique qui cesse d'être villageois pour devenir préférentiellement urbain.

26. Fontanon, *Édits et Ordonnances des rois de France*, 1611, t. II, p. 227 (d'après Jean Jacquart).

27. Voir, à leur propos, les monographies de Jean Jacquart dans sa thèse (J. Jacquart [1974]).

28. Pour plus de détails, voir J. Jacquart (1974).

29. Voir à ce propos les travaux de Pierre de Saint-Jacob sur les concentrations foncières des rassembleurs de terres.

30. Voir aussi à ce propos la thèse de Christian Pouyez (1972).

31. Pierre Chaunu et Richard Gascon (éd.), *Histoire économique et sociale de la France*, t. I/1, *1450-1660*, Paris, PUF, 1977 ; rééd., 1993.

32. David Rivault de Flurance, p. 364-368 (référence signalée par Corrado Vivanti, *Lotta politica e pace religiosa in Francia* [aux XVIᵉ et XVIIᵉ siècles], Turin, Einaudi, 1974).

33. Fabrication des étoffes de laine ou serges légères (P. Deyon).

34. On se reportera ici aux grands travaux de T. J. Markovitch sur *L'Industrie française au XVIIIᵉ siècle*, Genève, Droz, 1968 ; et, du même, *Les Industries lainières de Colbert à la Révolution*, Genève, Droz, 1976.

35. E. Le Roy Ladurie *et al.*, *Anthropologie du conscrit français (1819-1826)*, Paris, Mouton, 1972.

36. A. Corvisier (1964), p. 433, 537, 644 *sq.*

37. *In* J. Goy et E. Le Roy Ladurie (1972-1982).

38. J. Jacquart (1974).

39. Voir *supra*, p. 380.

40. Pierre Chaunu et Richard Gascon (éd.), *Histoire économique et sociale de la France*, t. I/1, *op. cit.*

Notes du chapitre V

1. Pitaux, Pitauts, Pitaults ou Pitauds : l'orthographe varie selon les auteurs anciens, contemporains de l'événement.

2. La meilleure étude, surtout événementielle, est celle de S.-C. Gigon (1906). Les pages qui suivent doivent beaucoup à ce livre.

3. Ces bonnes relations sont bien décrites par Noël du Fail à la même époque, et à propos de la Bretagne rennaise, francophone, qui n'est pas si éloignée de l'Angoumois.

4. Sur le rôle de la communauté villageoise, ici paroissiale, dans la révolte, voir le beau texte de Jean Tarde : « *En leurs premières assemblées, ilz se promettoint fidélité les uns aux autres et porchassoint de faire déclarer le plus de parroisses qu'ilz pouvoint et, pour cet effect, escrivoint des lettres contenant leurs griefz, et les envoyoint de bourg en bourg et de ville en ville. Chaque parroisse, après s'estre déclarée, faisoit une compagnie, eslizoit son capitaine, son lieutenant et autres membres, provoyoit d'avoir un enseigne et un tambour et, allant aux assemblées, marchoint en ordre de bataille, le tambour battant et l'enseigne déployée* » (J. Tarde, *Chroniques*, p. 325 – datées de la première moitié du XVIIe siècle, les *Chroniques* ont été publiées en 1887 à Paris par G. de Gérard).

5. Sur le rôle des officiers municipaux ou « syndics » comme « courroies de transmission » quasi obligatoires du soulèvement, voir le texte complet du mandement du général du tiers état de la vicomté de Turenne aux syndics de la paroisse de Ligneyrac (15 avril 1594) : « Vous n'avez pas fait prendre les armes à votre paroisse et aux paroisses voisines, alors que vous aviez reçu commission de nous pour cela, etc. » (d'après Gustave Clément-Simon, *Tulle et le bas Limousin pendant les guerres de Religion*, Paris, H. Champion, 1887). Un manifeste des Croquants présenté aux états de Périgord (d'après Tarde) mêle revendications paysannes et réminiscences latinistes en demandant pour les paysans de la région un syndic général, qui aux états sera « comme un tribun du peuple ».

6. « *L'armée de Croquans n'estoit pas toute de paysans ou artisans, car il y avoit un tiers d'enfans de bonne maison ou de vieux soldatz qui avoint porté les armes ès dernières guerres* » (J. Tarde).

7. Cette étude m'avait été aimablement communiquée, elle aussi, par Yves-Marie Bercé.

8. En février 1595, aux états de Périgueux, « *les Croquants sous le nom de Tiers-État du plat pays* » se plaignent « *du mauvais traitement qu'ilz recevoint de la noblesse* […] *; ils demandent que les tailles soyent remises en l'estat qu'elles estoint avant les guerres, que les nobles, qui avoint achepté les biens des roturiers pendant la guerre, fussent condamnés à payer la quote de la taille que tel bien payoit au paravant,* […] *qu'il soit deffendu de prindre le titre de noble à toutes personnes excepté celles qui sont issues d'ancienne noblesse, que ces évocations dont usent les nobles, tant au parlement que conseil du roy, soyent cassées, comme plaines d'injustice* » (J. Tarde, p. 327).

9. « *Ceste année les vignes des gentilzhommes furent mal cultivées, car ce peuple mutiné non seulement refusa ce service à la noblesse mais encore de plus empêchoit avec de grandes menasses les serviteurs domestiques des chasteaux d'y travailler* » (J. Tarde, *ibid.*).

10. Manifeste de la Ligue anti-Croquants formée par les gentils-hommes du Périgord en 1594, *in* J. Tarde, p. 401.

11. Ces proclamations antiville font penser aux analyses de Paul Bois (*Paysans de l'Ouest*) sur la Chouannerie. Mais la Chouannerie sera ultra-catholique à la façon classique des bocages de l'Ouest armoricain, super-papistes depuis 1560 (Bretagne) ou depuis la Ligue (Normandie). Au contraire, les Croquants, tout en se référant constamment à Dieu au nom de l'économie morale et religieuse de la foule, sont relativement *déclergifiés* : leur élite dirigeante compte en 1594 très peu de prêtres et elle n'en comptera guère davantage lors des Nouveaux Croquants de 1637. C'est une différence considérable dans le temps et dans le *trend* avec les Pitauts de 1548, originaires d'une région assez voisine, et qui, eux, s'étaient donné des prêtres comme chefs. Il semble donc que, dès la décennie 1590, on voie se préciser une différenciation du tissu rural entre, d'une part, les bocages armoricains et normands, dont les révol-tés ruraux, quand ils se manifestent, sont et demeurent fortement catho-liques, c'est-à-dire, dans la circonstance, ligueurs ; et, d'autre part, les pays du nord et de l'ouest du Massif central et du Bassin aquitain, qui, tout en restant bons catholiques, marquent désormais leurs distances avec les extrémistes du papisme. De ce point de vue, il semble que les différenciations beaucoup plus radicales que révéleront en notre époque les travaux rétrospectifs de Boulard, Siegfried ou Goguel sur la

géographie confessionnelle et politique plongent leurs racines dans un passé fort lointain.

12. Cf. la conclusion de la note précédente.

13. Cette affirmation, sous sa forme générale, vaut intégralement pour le Périgord. En Limousin, l'hostilité est grande entre la ville de Limoges et les rebelles, mais les petites villes en revanche semblent avoir soutenu ceux-ci d'hommes et d'argent.

14. « Nous », autrement dit les paysans, ainsi mis en scène par le rédacteur du *Manifeste des Tard-avisés*.

15. « Ils font », autrement dit « ils achètent », sens probable ; mais « ils font » peut signifier aussi que les profiteurs terriens prennent à bail les belles métairies à bon marché, en tant que gros fermiers, et qu'ils sous-afferment ensuite celles-ci à des sous-locataires misérables qu'ils pressurent par mi-fruit ou par grosse rente. Rappelons que le terme *métairie* appliqué à une exploitation n'implique pas nécessairement l'existence d'un contrat de métayage pour la mise en valeur de celle-ci.

16. Un gentilhomme pro-Croquant, Giverzac, deviendra ensuite guerrier ligueur.

17. Voir *supra*, n. 11.

18. Cité par Henri Drouot, *Mayenne et la Bourgogne*, Paris, A. Picard, 1937, p. 290.

19. Il y a là un trait de géographie. La côte du Mont-Saint-Michel, trop venteuse, a peu de haies. L'intérieur en a. Donc la complémentarité du sel et des fagots peut s'établir.

20. Madeleine Foisil, dans le cadre de l'élection, dit : « un homme sur six ». Ce qui signifie en gros un homme sur deux, puisqu'un gros tiers seulement des paroisses fut concerné par le soulèvement.

21. Cf. les chiffres d'ensemble sur les bas revenus de ce groupe social en Normandie rurale *in* M. Foisil (1970).

22. Tout le paragraphe qui suit doit énormément à mes entretiens avec Yves-Marie Bercé.

23. Ces qualificatifs nous sont fournis une fois de plus par l'excellente étude de vocabulaire qu'a réalisée Yves-Marie Bercé.

24. Cf. la note précédente.

25. Voir notamment à ce propos quelques ouvrages fondamentaux de S. Rubak, G. Sabatier *et al.*, *Rosa Luxemburg et sa doctrine*, Paris, Spartacus (René Lefeuvre), 1973, p. 49-69 et *passim* ; ainsi que Daniel Guérin, *Rosa Luxemburg et la spontanéité révolutionnaire* [et celle des révoltes, LRL], Paris, Flammarion (M. Ferro), 1971, et Amis de Spartacus (R. Lefeuvre), 1982. L'antispontanéisme est le fait de Roland

Mousnier première manière, mais aussi de Lénine, *Que faire?*, in
Œuvres, t. 91 (1901-1902), Paris, Éd. Sociales, 1965, p. 391-392 (référence à moi aimablement signalée par Dominique Colas).

Notes du chapitre VI

1. Dans le système Dupâquier (J. Dupâquier [éd.] [1988], t. II, p. 68-
69), la population rurale est évaluée à 89,2 % du total de la population
nationale, et *vice versa* l'urbaine à 10,8 %.

2. Sur tous ces chiffres démographiques d'ensemble et ceux qui vont
suivre, voir le grand livre de Marcel Lachiver, *Les Années de misère*,
Paris, Fayard, 1991, p. 480-481, ainsi que J. Dupâquier (éd.) (1988),
t. II, p. 68-69.

3. M. Lachiver (1991), p. 480-481.

4. M. Lachiver (1991).

5. Ces notations épidémiologiques me viennent de J.-P. Peter (1971).

6. Cf. aussi le cas de la stabilité démographique du pays d'Auge au
XVIIIᵉ siècle, étudié par N. Mogensen (1971).

7. Dans le pays d'Auge, étudié par Mogensen, la population rurale
passe en pourcentage de la population totale de 84 % (contre 16 % aux
« villes » de plus de 2 000 habitants) en 1703-1749, à 81,6 % (contre
18,4 % aux « villes » susdites) en 1749-1790.

8. G. Frêche (1974), p. 64.

9. Micheline Baulant a montré que, dès le XVIIᵉ siècle, les enfants de
laboureurs survivent proportionnellement plus nombreux que les
enfants de manouvriers. La survie est donc bien aussi (du moins en l'absence de révolution pastorienne) une affaire de meilleur niveau de vie ;
et le XVIIIᵉ siècle postérieur à 1720, plus prospère que les périodes précédentes, a certainement rendu la survie moins difficile aux enfants et
aux bébés. Voir aussi C. Pouyez (1972) – *Isbergues, 1598-1820* – qui
montre qu'au XVIIIᵉ siècle, la mortalité des enfants et des jeunes, excepté
pour les bébés de moins d'un an, est significativement plus faible dans
les familles de fermiers (45 % de la population agricole-rurale) que dans
celles des manouvriers (55 %). Mêmes conclusions « différentielles »,
pour les États-Unis du XIXᵉ siècle dans Joseph P. Ferrie, *The Poor and
the Dead : Socioeconomic Status and Mortality in the U.S., 1850-1860*,
Cambridge, MA, National Bureau of Economic Research (NBER),

« NBER Working Papers Series on Historical Factors in Long Run Growth », « Historical Paper » n° 135, août 2001, p. 21-22.

10. Selon M. Lachiver, qui a utilisé à ce propos l'enquête Joly de Fleury, les difficultés qui commencent dans le Bassin parisien vers 1738, et la quasi-crise de subsistance qui s'individualise ensuite autour de 1740, s'accompagnent d'une forte augmentation (momentanée) de la mobilité géographique : des migrants affluent de toutes parts en 1740 dans les grands *openfields* qui entourent la capitale, et ils y répandent quelques dures épidémies (par « mortalité de décloisonnement ») ; ils y répandent aussi de vagues anxiétés qui, *a posteriori*, peuvent préfigurer la Grande Peur, cet autre produit des migrations anxiogènes.

11. À propos de ce problème général de la mobilité géographique, M. Lachiver, autour de Meulan, assiste en historien à l'intensification des migrations, dans sa région, au XVIIIᵉ siècle, en liaison avec l'essor démographique (cf. M. Lachiver [1969-1970]). L'origine géographique des nouveaux arrivants est beaucoup plus lointaine et variée que ne l'était celle de leurs prédécesseurs du XVIIᵉ siècle. On arrive en effet à Meulan, vers 1740-1780, depuis les campagnes du Sud-Est et du Sud-Ouest ; les Limousins surgissent en plus grand nombre que par le passé ; les Normands aussi, qui suivent les vaches amenées de l'Ouest jusqu'au marché de Poissy ; enfin, les Bretons, qu'on ne voyait guère au Grand Siècle dans la région de Meulan, se décident, après 1700, à tenter le voyage migratoire… Pour l'immigration vers l'Île-de-France, « le Couesnon n'est plus une frontière » (M. Lachiver). Il existe aussi des exceptions remarquables à ce schéma d'intensification migratoire du XVIIᵉ au XVIIIᵉ siècle : dans certains villages du Nord (d'après C. Pouyez [1972] et E. Todd [1973]), c'est tout le contraire qui s'est produit, d'un siècle à l'autre.

12. P. Laslett (1965), p. 82.

13. D'après P. Goubert (1960) et J. Jacquart (1974).

14. À partir de 1745 à Arthies, d'après M. Lachiver, in *Bulletin de la Société de démographie historique*, avril 1971. Par ailleurs à Meulan (M. Lachiver [1969-1970]), on note un premier changement de comportement, une « flexure », qui affecte une minorité de couples actifs, vers 1740. Puis une seconde flexure, beaucoup plus décisive, s'individualise, comme il se doit, avec la Révolution française.

15. J. Schmitz, dans un DES inédit (J. Schmitz [1973], p. 27), note que les forts taux de conceptions prénuptiales au XVIIIᵉ siècle se rencontrent soit dans les villes ou petites villes, soit dans les bourgs ruraux (sauf à Villedieu-les-Poêles, en Normandie), soit encore dans les paroisses rustiques jouxtant les villes (Sainghin, Sotteville-lez-Rouen, et aussi Ingouville, Le Mesnil-Theribus).

16. C. Pouyez (1972), p. 209.

17. D'après J. Depauw (1972).

18. J. Schmitz (1973), p. 43.

19. P. Laslett (1965) ; J. Schmitz (1973).

20. É. Van de Walle (1968).

21. Selon M. Lachiver, on ne s'est jamais marié aussi tard que dans la première moitié du xviiie siècle. Deux ans de retard au mariage s'intercalent ainsi, de Louis XIV à Louis XV, soit un bébé de moins par couple, dans la région de Meulan (cf. M. Lachiver [1969-1970]).

22. Ce processus du grand retardement des épousailles est visible aussi en Touraine. Dans une paroisse viticole comme Bléré par exemple, l'âge au mariage était encore relativement bas à la fin du xviie siècle (22 ans 1/2 pour les filles en 1677-1689). Cette situation assez exceptionnelle s'expliquait peut-être par des raisons « viticoles » (il était facile alors pour un ménage, même très jeune, de vivre sur quelques arpents de vigne, plantés hâtivement dans telle ou telle friche disponible). Or, même dans ces cantons insoucieux, l'âge au mariage des femmes (et des hommes) s'élèvera substantiellement au xviiie siècle. (D'après une étude de Marcel Lachiver sur Bléré supervisée par Denis Richet, *in* M. Lachiver [1969].)

23. Voir N. Rétif (1970).

24. A. Burguière (1974).

25. M. El Kordi (1970). Voir aussi une étude inédite de M. Bottin sur la paysannerie de la région de Montvilliers aux xvie-xviie siècles.

26. Compte tenu aussi de l'« adoucissement » du petit âge glaciaire.

27. J. Meyer (1966).

28. M. Morineau (1971).

29. G. Rudé (1956) et (1961) ; E.P. Thompson, (1971).

30. D'après N. Mogensen (1971).

31. Il est raisonnable d'affirmer, en effet, que les épidémies *non pesteuses* ont diminué, *elles aussi*, en fréquence et en intensité au xviiie siècle, par rapport au xviie. On ne s'expliquerait pas autrement que l'essor démographique soit bien plus marqué au « beau xviiie siècle » qu'il ne l'était dans les périodes à peu près correctes du xviie siècle : par exemple entre 1664 et 1691, à une époque, « non pesteuse » elle aussi, où aucune grande catastrophe – peste, famine, ou guerre menée sur le territoire national – n'affectait la masse des pays français (l'extrême Nord ou l'extrême Est étant mis à part). L'exemple de l'Anjou, où au xviiie siècle la seule période d'essor démographique de la province (1750-1770) est précisément celle au cours de laquelle n'intervient aucune épidémie d'importance, est typique. L'Anjou, pourtant si fixiste,

se met tout de même à croître démographiquement quand l'épidémie recule !

32. M. Reinhard, A. Armengaud et J. Dupâquier (1968), chapitres relatifs aux xviiᵉ et xviiiᵉ siècles.

Notes du chapitre VII

1. H.J. Habakkuk (1971), p. 46.

2. Cette expression, « Colbert », n'a pour moi qu'une valeur de commodité chronologique. Elle n'implique aucun jugement de valeur sur l'influence de ce ministre, laquelle fut sans doute assez faible, quant au phénomène étudié.

3. Voir Christian et Cécile Morrisson et Jean-Noël Barrandon, *Or du Brésil, Monnaie et Croissance en France au xviiiᵉ siècle*, Paris, Éd. du CNRS, 1999, p. 36.

4. *Ibid.*, p. 27 n.

5. *Ibid.*, p. 27 ; E. Le Roy Ladurie (1997), p. 90 (et p. 87-106).

6. C. Lévi-Strauss (1967).

7. J.-C. Toutain (1971). Les chiffres de Jean-Claude Toutain seraient du reste à revoir.

8. D'après la thèse de Georges Frêche (G. Frêche [1974]).

9. D'après la thèse de René Baehrel (1961).

10. D'après R. Romano (1956), p. 82. Selon R. Baehrel (1961), p. 82, la charge de grain pèse 120 kilos à Marseille. Nous comptons la ration type à 240 kilos de grain par tête et par an.

11. T. Sheppard (1971), p. 219-222.

12. D'après la thèse de C. Chéreau sur Huillé, village d'Anjou, sous l'Ancien Régime.

13. La thèse de troisième cycle de Jean-Marc Debard porte en effet sur la région de Montbéliard.

14. Voir aussi, dans le même ordre d'idées, le partage des ultimes communaux dans l'« extrême nord » de la France entre 1760 et 1789, sacrifiés à la production des grains : d'après les recherches de M. Sahlmann (thèse de l'École des chartes, 1974, inédite). Les *enclosures* anglaises, pendant la seconde moitié du xviiiᵉ siècle, partent de motivations analogues et s'effectuent à un rythme semblable.

15. F. Braudel et E. Labrousse (éd.) (1970), t. II, p. 429.

16. P. de Saint-Jacob (1960), p. 540.

17. Texte cité dans l'édition par G. Rouger de *La Vie de mon père* (N. Rétif [1970]).

18. Sur cette légère hausse des rendements, voir la thèse de Gilles Postel-Vinay sur le Soissonnais (16 quintaux à l'hectare en 1716, 18 quintaux à l'hectare en 1789) ; sur le « fixisme » (?!), voir Michel Morineau…

19. Voir les travaux de Guy Arbellot.

20. Cf. l'introduction de François de Neufchâteau à l'édition de 1804 du *Théâtre d'agriculture* d'Olivier de Serres.

21. Voir à ce propos les DES dirigés par Pierre Deyon à Lille.

22. A. Poitrineau (1965), p. 161.

23. Guy Fourquin, in *Études rurales*, juillet-décembre 1971, p. 238.

24. A. Poitrineau (1965), p. 141 et 343.

25. A. Poitrineau (1965), p. 147 ; en revanche, les dîmes inféodées sont rarissimes en Languedoc (G. Frêche [1974], t. II, p. 583).

26. Boncerf, cité par A. Poitrineau (1965).

27. A. Poitrineau (1965), graphique 47 D.

28. A. Poitrineau (1965), p. 631.

29. Cette hausse des prix nominaux, par rapport à la moindre hausse du salaire nominal, implique une baisse réelle du salaire déflaté : cette baisse peut être chiffrée en moyenne pour l'Auvergne, compte tenu de l'ensemble des données de A. Poitrineau (1965), à - 27 %.

30. Georges Frêche, auteur de ce calcul, rapporte le volume total de l'impôt direct et indirect au revenu agricole global de la généralité d'Auch (G. Frêche [1974], t. II, p. 586).

31. De 1713-1723 à 1779-1790, l'impôt en livres tournois à Toulouse passe de l'indice 96 à l'indice 184 (G. Frêche [1974], t. II, p. 596) ; or l'indice des prix du blé passe, lui, de 113 en 1714-1721 à 230 en 1784-1788 (*ibid.*, p. 641) ; *l'impôt perd donc un peu de terrain*, mais à peine ; pour l'ensemble du haut Languedoc, l'impôt passe de l'indice 112 en 1704-1716 à l'indice 100 en 1724-1741, puis à l'indice 170 en 1774-1783 et à l'indice 194 en 1784-1790 ; parallélisme séculaire (mais au prix de torsions momentanées dans l'interdécennal) avec l'évolution des prix céréaliers. L'impôt s'accroche tant bien que mal aux prix, mais il est battu, dans le long terme séculaire, par la hausse de la production globale et du revenu global.

32. Dans son ouvrage sur *L'Ancien Régime* (t. II), P. Goubert pose lui aussi l'idée d'une défiscalisation au xviiie siècle (cf. P. Goubert [1973]).

33. G. Frêche (1974), t. II, p. 554.

34. De ce point de vue, il y a contraste entre le bas Languedoc, où le morcellement se fait sentir dès 1740, et le haut Languedoc, étudié par

Georges Frêche, où le morcellement du XVIIIᵉ siècle serait très tardif et même inexistant (?).

35. Texte cité par J. Meyer (1966), p. 794.

36. G. Deleuze et F. Guattari (1972).

37. Les statistiques les plus complètes sont celles de Georges Frêche : pour les chapitres, abbayes et congrégations de la partie languedocienne du diocèse de Toulouse, les droits seigneuriaux ne représentent que 1,1 % du revenu ; pour 44 monastères du haut Languedoc, 1,7 % (G. Frêche [1974], t. II, p. 538 et 603). Voir aussi les travaux de Robert Forster, Michel Morineau, Jean Jacquart, Christian Pouyez.

38. J. Meyer (1966), t. II, p. 650-660.

39. En effet, il y avait en Flandre, et aussi bien plus au sud dans les zones de vignobles et de banlieues, des exceptions à ce schéma : les petits lopins intensifs horticoles ou viticoles n'étaient nullement, eux, des « canards boiteux »…

40. E. Labrousse, in *Histoire économique et sociale de la France*, Paris, PUF, 1970, t. II, p. 455.

41. *Ibid.*, p. 388.

42. Dans l'indice des prix agricoles non pondéré, les prix de chaque denrée non frumentaire produite par l'agriculture pèsent respectivement d'un poids qui est l'équivalent de celui du prix des grains, lequel est pourtant d'importance majeure : ce prix frumentaire écrase au contraire – à juste titre – l'indice pondéré.

43. G. Frêche (1974), t. II, p. 414.

44. J. Meyer (1966), t. II, p. 760 et 782.

45. Voir à ce propos les travaux de Georges Frêche, et les miens, sur le Languedoc.

46. Voir le cas des Saulx-Tavannes, dans les décennies 1770-1780, bien étudié par R. Forster (1970).

47. P. de Saint-Jacob (1960), p. 136 n.

48. E. Labrousse, in *Histoire économique et sociale de la France*, t. II, *op. cit.*

49. E. Le Roy Ladurie (1966), t. II, p. 1025.

50. G. Frêche (1974), t. II, p. 646 (ces chiffres paraissent devoir être acceptés, compte non tenu des revenus des dîmes [?]).

51. Les dîmes en argent présentées par E. Labrousse – *Histoire économique et sociale de la France*, t. II, *op. cit.*, p. 457 – passent de l'indice 100 (décennie 1730-1739) à l'indice 216 (décennie 1780-1789). Mais, puisque l'indice général pondéré des prix agricoles passe, lui, de l'indice 100 à l'indice 160, l'indice déflaté de la dîme-argent passe, en fait, de l'indice 100 à l'indice 135.

52. G. Frêche (1974), t. II, p. 419, donne divers textes et chiffres, et recensements, dont il ressort que l'ensemble du clergé formait au maximum environ 1,34 % de la population française en 1667 ; mais 0,83 % pendant la décennie 1770.

53. Travaux de A. Poitrineau (1965) ; E. Le Roy Ladurie (1966) ; C. Pouyez (1972) ; P. de Saint-Jacob (1960), p. 105 ; J. Dupâquier (1979). Dans la seconde moitié du XVIIIe siècle en effet, selon Jacques Dupâquier, toute une génération survit. Or, ces survivants ne trouvent pas toujours à s'embaucher, ils ne se taillent pas leur place au soleil. Alors, ils se prolétarisent : les laboureurs de 10 à 12 hectares qu'au début du XVIIIe siècle on rencontrait encore nombreux dans une quarantaine de paroisses du Vexin, bien étudiées par Jacques Dupâquier, ne se retrouvent pas dans les dénombrements fiscaux ou autres de la fin du XVIIIe. Leurs fils, survivant en plus grand nombre, se sont partagé l'exploitation paternelle et sont donc retombés au rang de manouvriers, végétant pour chacun d'entre eux sur « un mouchoir de poche » de 2 à 3 hectares. Ces jeunes hommes, paupérisés, ne le sont pas assez sans doute pour mourir de faim, mais ils le sont suffisamment, quand par ailleurs ils sont motivés, pour participer aux émeutes, et au nouveau mouvement de contestation… En face d'eux, ne se trouve plus la classe moyenne des laboureurs de 10 à 12 hectares dont subsistaient encore d'assez beaux restes au début du XVIIIe siècle. Il y a bien entendu, survivant comme un roc, la classe puissante des fermiers-laboureurs, solidement campés sur les très grands domaines de 80 à 100 hectares, qu'ils tiennent en fermage.

54. A. Zink (1969), p. 145-147.

55. D'après R. Baehrel (1961).

56. G. Frêche (1974), t. II, p. 641. Salaires agricoles nominaux à l'indice 100 en 1714-1718 ; 133 en 1761-1765 ; 167 en 1784-1788. Prix nominaux du blé aux mêmes dates : aux indices 100, 171 et 230 respectivement. Georges Frêche, dans le même ouvrage, assortit ces chiffres de la citation d'un beau texte.

57. À en juger par les chiffres de P. de Saint-Jacob (1960), p. 458.

58. M. Vovelle ; G. Frêche (1974), t. II, p. 416 et 451-457 ; P. de Saint-Jacob (1960), p. 547-548 ; C. Pouyez, J. Dupâquier, A. Poitrineau.

59. J. Jacquart (1974) et J. Dupâquier (1979).

60. Vauban, *La Dîme royale*, Paris, Imprimerie nationale, p. 73.

61. Statistiques d'Expilly (en 1780), non comparables exactement, hélas, avec celles de Vauban : 426 000 laboureurs pourvus de bêtes de trait ; 3 500 000 brassiers, vignerons et domestiques agricoles, soit 11 % à peine de laboureurs, d'après F. Furet et D. Richet (1965), t. I, p. 32-33.

62. G. Postel-Vinay (1974), p. 82.

63. P. de Saint-Jacob (1960).

64. R. Forster (1970).

65. G. Frêche (1974), p. 444.

66. *Ibid.*

Notes du chapitre VIII

1. Dans cette étude, j'utilise constamment l'édition par Gilbert Rouger de Rétif de La Bretonne, *La Vie de mon père*, Paris, Garnier, 1970 (N. Rétif [1970]). Elle est désignée par la lettre R. dans les notes de ce chapitre. Les textes en caractères italiques dans le corps du texte sont, en règle générale, directement empruntés à cet ouvrage.

2. R., p. 185.

3. R., p. 195.

4. R., p. 186-187.

5. P. de Saint-Jacob (1960), p. 187.

6. R., p. 56.

7. Nicolas met dans la bouche de Pierre les paroles suivantes, peut-être tirées tout simplement, *post festum*, de Quesnay : *« L'art le plus digne de l'homme, c'est l'agriculture.* […] *Les richesses ne sont richesses qu'autant qu'elle les réalise… »* (R., *ibid.*).

8. R., p. 57.

9. R., p. 288, n. 104.

10. R., p. 131.

11. De nos jours, au contraire, le bocage (les haies…) est synonyme de progrès écologique par opposition à l'*openfield* désespérément plat, lequel a trucidé les aubépines !

12. R., p. 84.

13. Voir P. de Saint-Jacob (1960).

14. Rétif insiste beaucoup sur cette spécificité.

15. R., p. 30 *sq.*

16. M. Quantin, *Recherches sur l'histoire et les institutions de la ville de Vermenton*, Auxerre, Imprimerie Periquet, 1876.

17. P. de Saint-Jacob (1960).

18. Sur des pratiques analogues à Lyon, voir M. Garden (1970).

19. Ces trois morts comprennent deux mort-nés ; et un bébé, Thomas-Pierre, décédé à deux mois et demi.

20. P. Goubert (1960).

21. R., p. 188.

22. R., p. 84.

23. Sur la réduction de la mortalité périnatale, infantile, juvénile et adulte dès le début du XVIIIe siècle dans les familles royales, voir les travaux publiés dans D.V. Glass et D.E.C. Eversley (1965). Cf. aussi Saint-Simon, *Mémoires* [extraits], présentation de G. Manceron et M. Averlant, Paris, Flammarion, coll. « J'ai lu l'essentiel », 1965, p. 200 et 321, qui montre les efforts obstinés du médecin Fagon essayant (en vain, en l'occurrence) d'empêcher Louis XIV de fatiguer, enceintes, ses maîtresses ou les femmes de sa famille par des voyages inutiles. C'est souvent par des conseils simples et de bon sens que la médecine a fini par l'emporter et par limiter un peu les dégâts de la mortalité féminine et infantile, lesquels étaient couramment provoqués auparavant par les habitudes discutables d'individus comme Louis XIV, dont le comportement passéiste est plus typique (au niveau des élites médicalisées) du XVIIe que du XVIIIe siècle.

24. R., p. 185.

25. Thèse sur Meaux.

26. Thèse inédite.

27. R., p. 191.

28. R.; J.-J. Hémardinquer (1970); F. Lebrun (1971); J.-R. Coignet (1968), cf. les premiers chapitres, p. 3-45.

29. R., p. 191.

30. Pour le curé de Courgis, en revanche, paysan quant au menu alimentaire mais bourgeois quant à ses horaires, le dîner a lieu vers midi, ou une heure de l'après-midi, cf. R., p. 288.

31. R., p. 183.

32. R., p. 145.

33. R., p. 192.

34. Le petit salé, autrement dit du lard où le gras l'emporte largement sur le maigre.

35. R., p. 149 et 186.

36. R., p. 130.

37. R., p. 31, n. 54.

38. L'intérêt d'une évaluation des rations alimentaires moyennes au domaine des Rétif, même approximative, est d'autant plus grand qu'il est absolument exceptionnel que nous disposions de données de ce type pour une unité d'exploitation qui est totalement en mains paysannes.

39. Chiffre incertain : R., p. 31.

40. Le domaine se suffit à lui-même en vin et blé, dont les excédents sont commercialisés ; il vend aussi des noix (100 écus par an) et

des œufs (144 par semaine) dont la vente paie le sel et les épices (R., p. 21 n.).

41. R., p. 190.

42. R., p. 31.

43. R., p. 191 et 289.

44. R., p. 189.

45. R., p. 32.

46. J.-J. Hémardinquer (1970), p. 153.

47. _Ibid._

48. L'une des plus rares séries statistiques sur les progrès des soins de toilette au XVIIIe siècle est celle de R. Lick, pour Coutances : « le pot à eau avec cuvette en faïence », presque inexistant en 1750-1753 (on ne le trouve que dans 2 % des inventaires de meubles de cette petite ville ruralisante), est signalé à la veille de la Révolution dans la quasi-totalité des demeures des conseillers, nobles et marchands aisés (soit dans 14 % des inventaires). On notera justement qu'en dépit de ce remarquable progrès, 86 % des inventaires, c'est-à-dire la majorité populaire et même une partie de la classe moyenne, ignorent encore le pot à eau et la cuvette en 1788 (R. Lick [1970], p. 293-316).

49. Cf. J.-R. Coignet (1968).

50. R., p. 140.

51. R., p. 190.

52. R., p. 131.

53. J.-P. Goubert et J.-P. Peter (1972).

54. _Monsieur Nicolas ou le Cœur humain dévoilé_, Paris, Pauvert, 1959, t. I (N. Rétif [1959]).

55. M. Agulhon (1970).

56. Voir aussi La Bruyère, _Caractères_, Paris, Garnier, 1962, chap. « De la société », § 49-50.

57. R., _passim_.

58. P. Laslett (1965) ; trad. fr. de C. Campos, _Un monde que nous avons perdu_, Paris, Flammarion, 1969.

59. Voir _supra_, p. 552.

60. R., p. 184.

61. R., p. 130.

62. R., p. 225.

63. Mais un texte de Rétif (1959), t. I, et le début du livre de Coignet montrent que les enfants pauvres, eux, dès l'âge de 10 ans, sont employés à des travaux de force, tels que le battage en grange.

64. A. Souriac et M. Rollet (1971), t. II, p. 359.

65. Mais aujourd'hui, dans les régions viticoles, c'est parfois tout le

contraire : le viticulteur (lui-même membre d'une classe moyenne terrienne à ses propres yeux) rougirait d'être confondu avec un *paysan* (autrement dit avec un céréalier). Autre nuance : le labourage d'Ancien Régime, s'il n'est pas *ignoble*, n'est pas pour autant noble non plus. Donc un noble authentique du XVIᵉ siècle comme Gilles de Gouberville ne pilote jamais lui-même ses propres charrues. Mais il greffe et taille lui-même ses pommiers, car c'est pour lui une activité d'innovateur. Où va se nicher le snobisme !

66. N. Mogensen (1971).

67. Sur ce féminisme urbain, en vif contraste avec le masculinisme des campagnes, voir aussi dans *Monsieur Nicolas* (t. I et II) les sarcasmes qu'essuie le jeune Rétif de la part des jeunes filles de la ville (Auxerre ou Paris), quand il veut leur inculquer ses préjugés (ruraux) sur la toute-puissance de l'homme.

68. P. Laslett (1965).

69. M. Vovelle (1973).

70. R. (introduction de G. Rouger).

71. R., p. 164-165.

72. R., p. 86, 164-166, 256.

73. La problématique des trois états, corrélative des trois fonctions de Georges Dumézil, a pris un nouveau départ avec la récente traduction par Alain Pons de la *Scienza nuova* de Giambattista Vico (Paris, Fayard, 2001) : l'âge des dieux (de la religion et donc du *clergé*) ; celui des héros, *alias* aristocrates ou *nobles* ; enfin celui de la plèbe, ou du *tiers état*…

74. R., p. 152.

75. R., p. 249.

76. R., p. 86.

77. G. Lefebvre, *Les Paysans du Nord pendant la Révolution française*, 4ᵉ éd., Armand Colin, 1971.

78. Voir le Touslejours (autre incarnation d'Edme Rétif) de *L'École des pères* et le Brasdargent de *La Vie de mon père* (d'après R.).

79. Dictionnaire de Trévoux, cité par R., p. 297.

80. Que ces amours d'enfance se soient accompagnées chez Nicolas d'une forte passion, de type œdipien, pour sa mère, c'est bien certain (voir N. Rétif [1959], t. III., p. 215-230) : la *Nanette* que notre auteur prétend avoir engrossée dans l'étable à mules de La Bretonne, alors qu'il n'était encore âgé que de 10 ans, aura ensuite, comme bonne à tout faire, à Paris, une biographie (de servante-maîtresse et quasi-épouse de son vieux maître) exactement semblable à celle de Barbe Ferlet dans sa jeunesse orageuse. Est-ce l'indice, s'il en était besoin, de l'identification (purement littéraire ?) opérée par Rétif entre Nanette et sa propre mère ?

81. Au xviiᵉ siècle, elles effectuaient le pèlerinage à Sainte-Reine en compagnie de leur galant ; mais un curé, sous Louis XIV ou au début de Louis XV, avait interdit cet *accompagnement*. Une solution mitoyenne était alors intervenue : deux filles au départ de Sacy pèlerinaient chacune avec le soupirant de l'autre ; puis, dès qu'on s'était un peu éloigné du village, les deux couples se reformaient normalement. On rusait donc avec le rigorisme « nouvelle manière » de l'Église classique (voir *Monsieur Nicolas*).

82. R. Lick (1970), p. 308.

83. V. Propp (1970).

84. R., p. 138.

Notes du chapitre IX

1. Michel Vovelle (1970) et (1973).

2. D'après les listes de Michel Vovelle, *ibid*.

3. Texte de 1693 publié dans Boislisle.

4. M. Laget (1971), p. 1416.

5. *Ibid*.

6. Ces gravures sont reproduites dans A. Soboul (1970).

7. Souvenirs de Souvestre, pour les années 1780, résumés par J. Meyer (1970).

8. Encore faut-il opérer, de ce point de vue aussi, quelques distinguos, car l'attitude des familles vis-à-vis du travail physique de l'enfant n'est pas la même dans les différents groupes sociaux ; les manouvriers et les riches fermiers diffèrent sur ce point : voir *supra*.

9. Sur la forte corrélation entre alphabétisation et stature, autour de 1830 encore, à l'échelon départemental et national, voir notre *Parmi les historiens*, Paris, Gallimard, t. I, 1983, p. 156-159.

10. M. Laget (1971).

11. M. Fleury et P. Valmary (1957).

12. Je remercie François Furet, sans l'aide duquel je n'aurais pu rédiger ces derniers paragraphes sur les *trends* inégaux de l'alphabétisation.

13. Parmi les grandes villes comme Bordeaux, cependant – où la vie était chère et la compétition des fils de notables, impitoyable –, le pourcentage des fils de laboureurs au collège local tombait à presque rien.

14. F. de Dainville (1955) et (1957).

15. Mais il faut noter, au passage, que dans certaines régions, qui ne sont pas les moins éduquées, cet encadrement clérical tend à décroître pendant la seconde moitié du siècle : après 1750, en Beauce, et aussi en Artois, le prêtre-régent fait souvent place à un instituteur de situation laïque, qui lui-même peut faire souche d'une dynastie de « pédants », fixée pour longtemps dans le même village.

16. Ces dons et fondations expressément destinés à l'enseignement rural provenaient, selon Jean Delumeau (dans *Le Catholicisme entre Luther et Voltaire*), des générosités du curé, de celles du seigneur, ou de celles du conseil de fabrique (lui-même émané des notables villageois, ou de la communauté) ; enfin, « les bourgeois des villes désireux de favoriser la localité où ils possèdent des terres » ont également joué leur rôle dans ces fondations.

17. La monarchie à cette époque s'est bornée, par des édits ou déclarations de 1608, 1657, 1666, à confirmer les règles dès longtemps établies pour la nomination et la destitution des maîtres d'école.

18. G. Snyders (1965).

19. G. Huppert (1984).

20. A. Soboul (1970), p. 178.

21. *Ibid.*, p. 380-382.

22. Il en irait autrement, bien sûr, si l'on adoptait (ce qui malheureusement ne se fait point) le sens large et « œcuménique » du mot *Lumières* proposé par Pierre Chaunu.

23. Ajoutons que sur ce point la voix des notables bourgeois ou officiels (par exemple en Lorraine en 1779, enquête du temps étudiée par Maggiolo) se joignait souvent au chœur philosophique des critiques qui s'attaquaient à l'excès de scolarisation (abbé Allain [1875], p. 70).

24. Voltaire, *Œuvres complètes*, Paris, Furne, t. XII, p. 561 : lettre à La Chalotais du 28 février 1763.

25. Cf. G. Snyders (1965), où l'auteur a rassemblé un assez grand nombre de textes de Voltaire relatifs à ce problème. Il en ressort que Voltaire, à la fois par esprit de classe borné, par méfiance de la populace et par hostilité au clergé, était défavorable à l'instruction de masse : elle était donc pour lui beaucoup plus affaire d'Église qu'affaire de Lumières.

26. J.-J. Rousseau, *Émile*, Paris, Gallimard, coll. « Bibliothèque de la Pléiade », 1969, p. 267.

27. *Ibid.*, p. 767.

28. Voir cependant la pensée, fort « moderne » (?), d'Illich, qui va plutôt dans le sens de ce texte de Jean-Jacques Rousseau.

29. *Émile, op. cit.*, p. 767.

30. *La Nouvelle Héloïse*, Paris, Gallimard, coll. « Bibliothèque de la Pléiade », 1969, p. 534 et surtout p. 566.

31. En fait, la France, à l'insu des philosophes et des physiocrates, était alors en plein essor démographique, et le seul abbé Expilly, ridiculisé par toute l'école de Quesnay et par les philosophes, en avait pris conscience (Dupâquier [1968] ; E. Esmonin sur l'abbé Expilly in *Revue d'histoire moderne et contemporaine*, 1957) ; mais, comme l'écrit A.O. Hirschman, « l'un des obstacles au développement, dans les pays pauvres, c'est l'incapacité fréquente des contemporains à percevoir le progrès quand il existe » !

32. Colbert (cité par Dainville [1955] et [1957]) avait déjà noté ce fait.

33. L.-R. de La Chalotais (1763), p. 25-26.

34. G. Snyders (1965), p. 409.

35. D'après J. Delvaille (1911).

36. A. Soboul (1970), p. 218-220.

37. En ce qui concerne les domaines d'Église, on pourrait aisément contester, en dépit du stigmate de mainmorte qui s'attache à eux, leur caractère « féodal » : ces domaines ont abrité en effet pendant tout l'Ancien Régime, et même depuis le XIIIe siècle (voir les travaux de Guy Fourquin), le système de fermage capitaliste le plus moderne qui fût dans les campagnes françaises.

38. Sur les efforts constants du *lobby* du clergé pour impulser l'enseignement dans les paroisses, voir par exemple les textes proposés au roi par les assemblées du clergé de France en 1750, 1755, 1760 et 1765 (d'après l'abbé Allain [1875]).

39. Sur la noblesse, ancienne ou toute récente, de ces personnages, cf. Jean Meyer.

40. Tout ce paragraphe s'inspire des analyses de Geneviève Bollème : j'ai simplement essayé d'appliquer celles-ci de façon spécifique aux conditions particulières du monde rural.

41. Ce thème est fort rural, lui aussi. Cf. « La Mort et le Curé », *in* F. Lebrun (1971).

42. Les énumérations de vocabulaire qui suivent sont tirées de G. Bollème (1969), p. 35.

Notes du chapitre X

1. B. Boutelet (1962), avant-propos de Pierre Chaunu; J. Gégot (1966); N. Mogensen (1971), thèse inédite sur le pays d'Auge au XVIIe siècle.

2. D'après Mogensen, étudiant le pays d'Auge, « la campagne, qui compte les cinq sixièmes de la population totale (urbaine et rurale), ne commet que les trois quarts des infractions ».

3. Sur la Corse agraire, en général, à l'époque classique, voir Antoine Serpentini (2000).

4. Antoine Serpentini a beaucoup rabattu de ces chiffres.

5. Plus précisément « outrages et mauvais traitements, homicide, insultes, rébellion, dommages volontaires à la propriété, menaces, charivaris, émeutes populaires, défi à duel ».

6. Recherche inédite.

7. *Ibid.*

8. J. Meyer (1966).

9. Le propriétaire est très souvent privilégié, ou ecclésiastique : voir les nombreux cas de ce genre en bas Languedoc de 1680 à 1720 (E. Le Roy Ladurie [1966], dernière partie).

10. Voir à ce sujet les impulsions homicides, non actualisées, du petit Coignet, fils d'un lit brisé, au début de ses *Souvenirs*.

11. L'histoire des révoltes a été particulièrement affectée par les visions « téléologiques » qu'ont engendrées rétrospectivement la Révolution française et, par la suite, l'historiographie bourgeoise, puis socialiste de celle-ci. On a été amené de ce fait à mettre au premier plan (parce qu'elles bénéficiaient de l'éclairage *a posteriori* que leur distribuaient avec générosité les mouvements de 1789) quelques révoltes dont il est en effet raisonnable de penser, sur la base d'une documentation hélas vague, douteuse, ou insuffisante (telle que le problématique *Code paysan* des Bretons de 1675), qu'elles ont eu un caractère violemment ou occasionnellement antiseigneurial ou (et) antinoble. Et la grande masse, à la fois fondamentale et typique, des révoltes qui, jusqu'à la fin du XVIIe siècle, demeurent pour l'essentiel animées contre l'État, et qui ne se préoccupent pas ou guère de la seigneurie et de la noblesse, sinon pour y puiser des *leaders*, a été, soit, pendant longtemps, négligée, soit, plus récemment, considérée de biais sous les angles déformants qu'imposaient les points de vue téléologiques.

12. Très importante me paraît être de ce point de vue la révolte du

Boulonnais de 1662, née, pour une fois, non point dans le sud ou l'ouest du royaume, mais à proximité de régions qui seront les terres classiques des soulèvements paysans septentrionaux de 1789. Concomitante des crises de subsistances de 1661-1662, dirigée par un petit noble adonné « au vin et à la débauche » qui fut embauché comme *leader*, sur le tard, par les paysans rebelles, cette révolte proteste, en pays d'états, contre une avalanche d'impôts nouveaux ; en quoi elle est bien de son temps. Mais elle s'en prend aussi – et comment ! – aux « fermiers des nobles qui se disaient exempts » des impôts nouveaux et anciens. On saisit ici sur le vif, dans une région beaucoup plus intéressante (du point de vue du très long terme prérévolutionnaire) que ne l'est la Bretagne, le Périgord « croquant » ou le Cotentin « nu-pieds », comment l'agitation contre l'impôt, de style classique, peut tourner à la contestation du privilège fiscal, et, de là, glisser finalement, comme ce sera le cas au XVIIIe siècle, vers l'attaque antiseigneuriale et antinoble. En ce sens, les Lustucrus boulonnais de 1662 sont aux « paysans du Nord » révoltés de 1789 ce que l'australopithèque est à l'*Homo sapiens* : ils font réellement figure de précurseurs, dans l'acception, pour une fois authentique, de ce mot trop galvaudé. (Cf. L. Bernard [1964], p. 458.)

13. *Mémoires*, Paris, Gallimard, coll. « Bibliothèque de la Pléiade », t. II, p. 766.

14. D'après Y. Durand (1971), la part de l'impôt indirect passe de 24,2 % en 1643, puis 23,7 % en 1648 et 16,6 % en 1656, à 46,7 % en 1662, et à 53 % (chiffre moyen) en 1685-1695, lors de l'apogée (relatif) du pouvoir des traitants. Au XVIIIe siècle, la part de l'impôt indirect oscille entre 42 et 47 %.

15. Cf. P. de Saint-Jacob (1960).

16. G. Frêche (1974) (pour le Languedoc).

17. Un collègue d'outre-Manche (William Doyle) nous a accusé à ce propos d'être favorable à la Révocation (!). L'adjectif « orwellien » que nous employâmes à ce propos dès 1975 devrait pourtant faire justice de cette calomnie à notre égard. De même, quoi qu'en pense W. Doyle, ne sommes-nous nullement hostile à la Révolution française, mais simplement (tout comme François Furet) hostile à certains de ses débordements terroristes. Voir dans notre ouvrage intitulé *L'Historien, le Chiffre et le Texte* (Paris, Fayard, 1997) l'article que nous avons consacré à Guglielmo Ferrero et qui montre bien, avec cet auteur, la profonde légitimité de la Révolution française, en tant que transition indispensable de l'Ancien Régime à la démocratie.

18. Cité par E. Le Roy Ladurie (1966), *in fine*.

19. *Écraignes* : veillées pour le travail du chanvre. Voir, pour telle agitation en 1728, P. de Saint-Jacob (1960), p. 328.

20. *Ibid.*, p. 135.

21. *Ibid.*

22. *Ibid.*, p. 162 et 195.

23. *Ibid.*, p. 520.

24. *Ibid.*, p. 48, 462 et *passim.*

25. Cf. R. Robin (1970), p. 235.

26. Cf. M. Vovelle (1973).

27. P. de Saint-Jacob (1960), p. 427-428.

28. *Ibid.*, p. 52-53.

29. *Ibid.*, p. 529.

30. Voir N. Rétif de La Bretonne (1970), *in fine.*

31. En Provence, d'après René Pillorget, un tiers des « révoltes » au XVIIIe siècle serait dirigé contre les seigneurs (R. Pillorget, « Typologie des mouvements ruraux, 1596-1715 », paru dans *Commission des travaux historiques et scientifiques, Actes du 92e congrès national des sociétés savantes, Strasbourg, 1967*, Section d'histoire moderne et contemporaine, Paris, Bibliothèque nationale, 1970, t. I).

32. A. Poitrineau (1965).

33. Cette minuscule fusillade me fournira l'occasion d'une incise : c'est une paysannerie plus instruite, nantie d'espérances (ou d'*expectations*) accrues, mais aussi physiquement mieux armée, pourvue de fusils en lieu et place d'arquebuses et d'arbalètes, qui s'oppose désormais aux seigneurs. Cette diffusion d'une technologie d'armement beaucoup plus perfectionnée contribue à expliquer, aussi, l'exacerbation, générale au XVIIIe siècle, des conflits à propos du monopole seigneurial de la chasse.

34. G. Frêche (1967).

35. Voir à ce propos la carte qu'a donnée M. Vovelle (1972), p. 13.

36. Julien Brancolini, *Étude sur les cahiers de doléances de 1789 dans la région nîmoise*, inédit. Il faudrait ajouter, dans le haut Languedoc exportateur de grain, les émeutes de subsistances : cf. G. Frêche (1974).

37. J. Meyer (1966).

Notes du chapitre XI

1. La précision au millier près est illusoire ; mais, fruit d'un calcul des pourcentages, elle n'implique pas qu'on soit plus exact en arrondissant le chiffre à 16 740 000 ou en le réduisant à 16 730 000. Autant donc laisser les nombres en l'état, au millier près, effectivement.

2. Cf. *Histoire de la France urbaine*, t. III, *La Ville classique*, Paris, Éd. du Seuil, 1981, p. 295 : 16 % de population urbaine dès 1725. Voir aussi B. Lepetit, *in* J. Dupâquier (éd.) (1988), t. II, p. 86 : population urbaine, villes de plus de 2 000 habitants, 18,2 % en 1750, d'après le tableau II, colonne B. Pour les chiffres « Lachiver », voir notre chap. VI.

3. Rappelons que, dans la catégorie générique des « cultivateurs », nous incluons les exploitants et les ouvriers de la terre ; en d'autres termes, la population agricole dans son ensemble.

4. J. Dupâquier (éd.) (1988), t. III, p. 130.

5. Nous avons utilisé pour ces estimations les chiffres fournis par J. Dupâquier (éd.) (1988), t. III, p. 82-83, 123, 130, 132 et 256, et bien sûr, t. II, p. 67-69 ; ainsi que les chiffres de Lachiver (1991). La prise en considération des chiffres de l'excellent ouvrage de Michel Demonet donnerait *en 1856* une population agricole un peu inférieure à celle que nous proposons ci-dessus.

6. Ce qui suit d'après Yves-Marie Bercé.

Notes du chapitre XII

1. Cf. A. Ado (1996).

2. Incidemment, on voit que les « barrages routiers » ne sont pas pure et simple invention des agriculteurs de la Ve République, ceux-ci fussent-ils munis de tracteurs et autres engins lourds, barricadeurs à souhait.

3. A. Ado (1996), p. 109.

4. Économisme : doctrine qui à l'intérieur de l'action de masse tendait à limiter les objectifs de la lutte en les restreignant à des revendications purement économiques (cf. Jozef Wilczynski, *An Encyclopedic Dictionary of Marxism, Socialism and Communism*, New York, French and

European Publications, 1981, p. 164 ; Tom Bottomore, *A Dictionary of Marxist Thought*, Harvard, Harvard University Press, 1983, p. 143 ; Georges Labica *et al.*, *Dictionnaire critique du marxisme*, Paris, PUF, 1982, p. 311).

5. Voir *supra*, chap. v, *in fine*.

6. Sur ces événements, dans le Gard, voir les *Mémoires* du comte d'Agoult (C. d'Agoult [2001]), dans leurs chapitres initiaux (période révolutionnaire en Languedoc).

7. A. Ado (1996), carte de la p. 268.

8. Animal fabuleux qui s'autocannibalisait, du moins d'après la présentation qu'en ont donnée Flaubert et *tutti quanti* (*Trésor de la langue française*, Paris, Éd. du CNRS, 1977, t. V, p. 312).

9. On dénombre en France, d'après l'INSEE, 664 000 agriculteurs ou chefs d'entreprise agricole en l'an 2000, travaillant chacun sur 42 hectares en moyenne (*Le Monde* du 12 août 2001, citant l'INSEE).

Bibliographie

ABRÉVIATIONS

AESC   Annales Économies Sociétés Civilisations.
AHRF   Annales d'histoire de la Révolution française.
AN   Annales de Normandie.
RH   Revue historique.
RN   Revue du Nord.

ABEL, Wilhelm (1973), *Crises agraires en Europe, XIIIᵉ-XXᵉ siècle*, trad. fr., Paris, Flammarion. [Ou encore : *Agricultural Fluctuations in Europe. From the Thirteenth to the Twentieth Centuries*, Londres, Methuen, 1980.]

ADO, Anatoli (1996), *Paysans en révolution (1789-1794)*, Paris, Société des études robespierristes. [Malgré un sous-titre peu approprié, relativement aux « jacqueries » des cinq années en cause, ce livre est essentiel.]

AGOULT, Charles D' (2001), *Mémoires*, Paris, Mercure de France. [Intéressant sur la Révolution française dans les Cévennes (agraires), à partir de 1789, et sur la vie rurale dans le Sud-Est.]

Agricultural History Review (éditeur : Gordon Mingay), Canterbury, Kent, université de Kent.

AGULHON, Maurice (1968), *Pénitents et Francs-maçons de l'ancienne Provence*, Paris, Fayard.

— (1970), *La République au village*, Paris, Plon.

ALLAIN, Ernest (1875), *L'Instruction primaire avant la Révolution*, Paris, Palmé.

ANGEVILLE, Adolphe D' (1836), *Essai sur la statistique de la population française*, Bourg, Dufour ; rééd., Paris-La Haye, Mouton, 1969, avec une introduction de E. Le Roy Ladurie.

ARBELLOT, Guy (1973), « La grande mutation des routes de France au XVIIIᵉ siècle », *AESC*, vol. 28, n° 3, p. 765 *sq*.

Archéologie du village déserté, Paris, EHESS, « Cahiers des Annales », n° 27, 1970.

Architecture rurale française (L'), volumes successifs, concernant un certain nombre de provinces françaises, et parus les uns et les autres sous la direction de Jean Cuisenier, Paris, Berger-Levrault, de 1977 à 1999.

ARNOULD, Maurice-A. (1956), *Les Dénombrements de foyers dans le comté de Hainaut*, Bruxelles, Palais des Académies.

ASSOUN, Paul-Laurent (1978), *Marx et la Répétition historique*, Paris, PUF. [Notamment p. 180, sur l'« antiruralisme » de Karl Marx…]

BAEHREL, René (1961), *Une croissance : la basse Provence rurale (fin XVIe siècle-1789). Essai d'économie historique et statistique*, Paris, SEVPEN ; nouvelle éd., Paris, EHESS, 1988. [Important.]

BARATIER, Édouard (1961), *La Démographie provençale du XIIIe au XVIe siècle*, Paris, SEVPEN.

BARTHÉLEMY, Dominique (1997), *La mutation de l'an mil a-t-elle eu lieu ?*, Paris, Fayard. [Important.]

BAULANT, Micheline (1968), « Le prix des grains à Paris de 1431 à 1788 », *AESC*, vol. 23, n° 3, p. 520 *sq.*

— (1971), « Le salaire des ouvriers du bâtiment à Paris, de 1400 à 1726 », *AESC*, vol. 26, n° 2, p. 463 *sq.*

BAULANT, Micheline, et MEUVRET, Jean (1960), *Prix des céréales extraits de la mercuriale de Paris, 1520-1698*, 2 vol., Paris, SEVPEN.

BÉAUR, Gérard (2000), *Histoire agraire de la France au XVIIIe siècle*, Paris, SEDES. [Important.]

BÉAUR, Gérard, *et al.* (1998), *La Terre et les Hommes. France et Grande-Bretagne, XVIIe-XVIIIe siècle*, Paris, Hachette.

BELMONT, Alain (1998), *Des ateliers au village. Les artisans ruraux en Dauphiné sous l'Ancien Régime*, Grenoble, Presses Universitaires de Grenoble.

BENNASSAR, Bartolomé, et JACQUART, Jean (1972), *Le XVIe Siècle*, Paris, Armand Colin ; nouvelle éd., 2002.

BERCÉ, Yves-Marie (1974), *Histoire des Croquants. Étude des soulèvements populaires au XVIIe siècle dans le sud-ouest de la France*, 2 vol., Paris-Genève, Droz. [Version intégrale.]

BERGUES, Hélène, *et al.* (1960), *La Prévention des naissances dans la famille*, Paris, PUF, Cahiers de l'INED, n° 35.

BERNARD, L. (1964), « French society and popular uprisings under Louis XIV », *French Historical Studies*.

BINZ, Louis (1963), « La population dans le diocèse de Genève à la fin du Moyen Âge », in *Mélanges d'histoire économique et sociale en hommage au Pr Anthony Babel*, Genève.

BIRABEN, Jean-Noël (1975), *Les Hommes et la Peste en France et dans les pays européens et méditerranéens*, t. I, *La Peste dans l'histoire*, Paris, Mouton.

BLOCH, Marc (1931), *Les Caractères originaux de l'histoire rurale française*, Paris, Armand Colin ; réédd., 1988. [Voir aussi, sur Bloch et les origines de la seigneurie, E. Le Roy Ladurie, *L'Historien, le Chiffre et le Texte*, Paris, Fayard, 1997, p. 343 *sq.*]

Bocquet, André (1969), *Recherches sur la population rurale de l'Artois et du Boulonnais pendant la période bourguignonne (1384-1477)*, Arras, Commission départementale des monuments historiques.

Bois, Guy (1968), « Comptabilité et histoire des prix : le prix du froment à Rouen au xve siècle », *AESC*, vol. 23, n° 6, p. 1262 *sq.*

— (1981), *Crise du féodalisme (Normandie, xive-xvie siècle)*, Paris, Fondation nationale des sciences politiques. [Important.]

Bois, Paul (1971), *Paysans de l'Ouest*, Paris, Flammarion.

Boislisle, Arthur-Michel de (1874-1897), *Correspondance des contrôleurs généraux des finances avec les intendants des provinces*, Paris.

Bollême, Geneviève (1969), *Les Almanachs populaires*, Paris-La Haye, Mouton.

— (1971), *La Bibliothèque bleue*, Paris, Julliard.

Bordes, Maurice (1957), *D'Étigny et l'Intendance d'Auch*, Auch, Cocharaux.

Boudet, Marcellin (1895), *La Jacquerie des Tuchins*, Riom, U. Jouvet.

Bourde, André (1967), *Agronomie et Agronomes en France au xviiie siècle*, Paris, SEVPEN.

Bousquet, Jacques (1969), *Enquête sur les commodités du Rouergue en 1552*, Toulouse, Privat.

Boutelet, B. (1962), « Étude par sondage de la criminalité dans le bailliage de Pont-de-l'Arche », *AN*, vol. XII, n° 4.

Boutruche, Robert (1947), *La Crise d'une société. Seigneurs et paysans du Bordelais pendant la guerre de Cent Ans*, Paris, Les Belles-Lettres ; rééd., 1963.

— (1970), *Seigneurie et Féodalité*, t. II, Paris, Aubier-Montaigne.

Brancolini, Julien, *Étude sur les cahiers de doléances de 1789 dans la région nîmoise*, inédit.

Braudel, Fernand (1966), *La Méditerranée et le Monde méditerranéen au temps de Philippe II*, 2 vol., Paris, Armand Colin.

— (1967), *Civilisation matérielle et Capitalisme*, Paris, Armand Colin.

Braudel, Fernand, et Labrousse, Ernest (éd.) (1970), *Histoire économique et sociale de la France*, t. II, Paris, PUF.

Burguière, André (1974), « La démographie », *in* Jacques Le Goff et Pierre Nora, *Faire de l'histoire*, Paris, Gallimard.

Cabourdin, Guy (1975), *Terre et Hommes en Lorraine (xvie-xviiie siècle)*, Lille, université Lille-III ; rééd., 2 vol., Presses Universitaires de Nancy, 1984.

Carpentier, Élisabeth (1962), « Famines et épidémies dans l'histoire du xive siècle », *AESC*, vol. 17, n° 6, p. 1002 *sq.*

Cellard, Jacques (2000), *Un génie dévergondé. Nicolas-Edme Rétif dit « de la Bretonne », 1734-1806*, Paris, Plon.

Centre de recherches historiques [EHESS] : *voir* Porqueres I Gene, Enric.

Chamoux, Antoinette, et Dauphin, Cécile (1969), « La contraception avant la Révolution française : l'exemple de Châtillon-sur-Seine », *AESC*, vol. 24, n° 3, p. 662 *sq.*

CHAUNU, Pierre (1971), *La Civilisation de l'Europe des Lumières*, Paris, Arthaud.

CHÉREAU, C. (1970), *Huillé, village d'Anjou, 1600-1836*, thèse de troisième cycle de l'École pratique des hautes études.

CHEVET, Jean-Michel (1998), *La Terre et les Paysans en France et en Grande-Bretagne, du début du XVIIe siècle à la fin du XVIIIe siècle*, Paris, Messene.

COBB, Richard (1965), *Terreur et Subsistances*, Paris, Clavreuil.

COIGNET, Jean-Roch (capitaine) (1968), *Cahiers*, Paris, Hachette (poche), texte rétabli par Jean Mistler. [Ouvrage essentiel, au titre des autobiographies paysannes, quant à l'enfance rustique.]

COLLOMP, Alain (1983), *La Maison du père. Familles et villages en haute Provence (XVIIe-XVIIIe siècle)*, Paris, PUF.

CORVISIER, André (1964), *L'Armée française… (au XVIIIe siècle)*, Paris, PUF.

CORVOL, Andrée (1987), *L'Homme aux bois. Histoire des relations de l'homme et de la forêt (XVIIIe-XXe siècle)*, Paris, Fayard. [Important.]

— (2000), « Le bois, source d'énergie, naguère et aujourd'hui », *Cahiers d'études*, n° 10, *Forêt, Environnement et Société, XVIe-XXe siècle* (CNRS-IHMC).

CORVOL, Andrée, *et al.* (1999), *Forêt et Marine*, Paris, L'Harmattan.

COULET, Noël (1973a), « Pourrières (1368-1430) », *Études rurales*, juillet.

— (1973b), « Encore les villages disparus. Dépeuplement et repeuplement autour d'Aix-en-Provence (XIVe-XVIe siècle) », *AESC*, vol. 28, n° 6, p. 1463 *sq*.

CROIX, Alain (1974), *Nantes et le Pays nantais au XVIe siècle. Étude démographique*, Paris, SEVPEN.

— (1981), *La Bretagne aux XVIe et XVIIe siècles*, Paris, Maloine. [Essentiel.]

DAINVILLE, François de (1952), « Un dénombrement inédit au XVIIIe siècle : l'enquête du contrôleur général Orry, 1745 », *Population*, n° 1, janvier-mars, p. 49-68.

— (1955), « Effectifs des collèges et scolarité aux XVIIe et XVIIIe siècles dans le nord-est de la France », *Population*, n° 3, juillet-septembre, p. 455-488.

— (1957), « Collèges et fréquentation scolaire au XVIIe siècle », *Population*, n° 3, juillet-septembre, p. 467-494.

DEBARD, Jean-Marc (1972), *Subsistances et Prix des grains à Montbéliard (1571-1793)*, Paris, EPHE-VI, thèse de troisième cycle, et Paris, Hachette, 1973.

DELEUZE, Gilles, et GUATTARI, Félix (1972), *L'Anti-Œdipe*, Paris, Éd. de Minuit.

DELILLE, Gérard (1985), *Famille et Propriété dans le royaume de Naples (XVe-XIXe siècle)*, Paris, EHESS. [Échanges matrimoniaux et « bouclages » généalogiques : pour un comparatisme.]

DELUMEAU, Jean (1971), *Le Catholicisme entre Luther et Voltaire*, Paris, PUF.

DELVAILLE, Jules (1911), *La Chalotais éducateur*, Paris, Alcan.

DEMONET, Michel (1985), *Tableau de l'agriculture française au milieu du XIXe siècle. L'enquête de 1852*, thèse, Paris I. [Fondamental.]

[Par ailleurs, Michel Demonet, développant certaines données, par delà son livre ci-dessus, nous a communiqué le tableau ci-après :

Individus (français) vivant de l'agriculture* en 1856
(actifs et personnes à charge)

	Hommes	Femmes	Total
Individus vivant de l'agriculture	9 512 092	9 551 979	19 064 071
Population totale de la France	17 857 439	18 155 230	36 012 669

* Les individus vivant de l'agriculture comprennent aussi les bûcherons et charbonniers.

Individus vivant de l'agriculture en 1856
(actifs et personnes à charge)

	Hommes	Femmes	Total
Propriétaires habitant leurs terres et faisant valoir eux-mêmes	3 611 326	3 664 287	7 275 613
Propriétaires habitant leurs terres et faisant valoir par un régisseur ou un maître valet	272 623	277 341	549 964
Régisseurs et maîtres valets faisant valoir pour le compte d'un propriétaire	133 078	133 558	266 636
Fermiers	1 266 366	1 240 297	2 506 663
Colons et métayers	678 314	678 595	1 356 909
Journaliers et ouvriers agricoles de toute nature	3 275 208	3 291 380	6 566 588
Bûcherons et charbonniers	147 854	134 766	282 620
Individus vivant d'autres professions agricoles	127 323	131 755	259 078
Total	9 512 092	9 551 979	19 064 071

Ce tableau de chiffres est précieux pour une évaluation de la population rurale et ici agricole de la France, juste après l'apogée du grand cycle agraire de 1715-2001, apogée démographique rural se situant en effet vers 1846-1850.]

DEPAUW, Jacques (1972), « Amour illégitime et société à Nantes au XVIIIe siècle », *AESC*, vol. 27, n° 4/5, numéro spécial *Famille et Société*, p. 1155 *sq.*

DESAIVE, Jean-Paul (1970), « Revenus des prêtres de campagne au nord de Paris », *Revue d'histoire moderne et contemporaine*, octobre.

DESCIMON, Robert (1975), « Structures d'un marché de draperie dans le Languedoc au milieu du XVIe siècle », *AESC*, vol. 30, n° 6, p. 1414 *sq.* [Important sur les productions et consommations textiles, dans le monde rural.]

DEYON, Pierre : diplômes d'études supérieures et autres travaux dirigés par Pierre Deyon, relativement à la hausse des dîmes et des rentes foncières dans la région du Nord au XVIIIe siècle. Les travaux les plus remarquables des élèves de P. Deyon portent notamment, dans l'« extrême nord » de la France, sur les régions d'Isbergues (thèse de Christian Pouyez) et d'Avesnes. J'ai utilisé aussi certains travaux de P. Deyon quant à l'évolution de la criminalité en France à l'époque moderne et contemporaine ; et sa thèse sur *Amiens, capitale provinciale* (1967).

Diary of a Farmers' Wife (The), 1796-1797 [1937], Harmondsworth, Penguin Books, 1982. [Charmante autobiographie d'une fermière d'Ancien Régime. Hélas, un faux, semble-t-il. Sur cette problématique générale, voir Elena Lappin, *L'Homme qui avait deux têtes*, Paris, Éd. de l'Olivier, 2000.]

DUBLED, H. (1959), « Conséquences économiques et sociales des "mortalités" du XIVe siècle, essentiellement en Alsace », *Revue d'histoire économique et sociale*.

DUBY, Georges (1958), « Techniques et rendements agricoles dans les Alpes du Sud en 1338 », *Annales du Midi*.

— (1962), *L'Économie rurale et la Vie des campagnes dans l'Occident médiéval (France, Angleterre, Empire, IXe-XVe siècle)*, 2 vol., Paris, Flammarion. [Capital, en dépit de certaines critiques, intéressantes, de M. Barthélemy sur l'importance conjoncturelle ou non de l'an mil, antérieur de toute manière à notre période.]

— (1973), *Hommes et Structures du Moyen Âge*, Paris-La Haye, Mouton.

DUBY, Georges, et DUBY, Andrée (1973), *Les Procès de Jeanne d'Arc*, Paris, Gallimard-Julliard, coll. « Archives ».

DUBY, Georges, et WALLON, Armand (éd.) (1975-1977), *Histoire de la France rurale*, 4 vol., Paris, Éd. du Seuil. [Voir, dans le t. II, 1975, les contributions des très regrettés Jean Jacquart et Hugues Neveux.]

DUFAU DE MALUQUER, Armand DE (1901), *Le Pays de Foix sous Gaston Phébus. Rôle des feux du comté de Foix en 1390*, Foix, Gadrat Aîné.

DUPÂQUIER, Jacques (1968), article sur la démographie historique de la France aux XVIIe-XVIIIe siècles dans *RH*.

— (éd.) (1988), *Histoire de la population française*, 4 vol., Paris, PUF. [Fondamental. Notamment le t. II, p. 72 : 21 millions de ruraux au minimum dans la France de 1780, à comparer à notre propre estimation (*supra, in fine*). Sur l'ineptie des thèses philosophiques relatives à la dépopulation de la France au XVIIIe siècle, et sur la supériorité intellectuelle d'un Expilly ou d'un Moheau à ce sujet, cf. également J. Dupâquier, *ibid.*, t. II, p. 514-533.]

— (1977), *Statistiques démographiques du Bassin parisien*, Paris, Gauthier-Villars.

— (1979), *La Population rurale du Bassin parisien à l'époque de Louis XIV*, Paris, EHESS.

DUPÂQUIER, Jacques, et LACHIVER, Marcel (1969), « Les débuts de la contraception en France ou les deux malthusianismes », *AESC*, vol. 24, n° 6, 1969, p. 1391 *sq*.

DUPÂQUIER, Jacques, et LE ROY LADURIE, Emmanuel (1969), « Quatre-vingts villages (XIIIe-XXe siècle) », *AESC*, vol. 24, n° 2, p. 424-433.

DUPARC, P. (1962), « Évolution démographique de quelques paroisses de Savoie depuis la fin du XIIIe siècle », *Bulletin philologique et historique*.

DURAND, Yves (1971), *Les Fermiers généraux au XVIIIe siècle*, Paris, PUF.

DUSSOURD, Henriette (1978), *Les Communautés familiales agricoles du centre de la France, XVIIe-XVIIIe siècle*, Paris, Maisonneuve et Larose. [Notamment sur les Quittard-Pinon.]

EL KORDI, Mohamed (1970), *Bayeux aux XVIIe et XVIIIe siècles*, Paris-La Haye, Mouton.

ENNEN, Edith, et JANSSEN, Walter (1979), *Deutsche Agrargeschichte. Vom Neolithikum bis zur Schwelle des Industriezeitalters*, Wiesbaden, Franz Steiner.

ESTÈVE, Christian (1998), « Les transformations de la chasse en France : l'exemple de la Révolution », *Revue d'histoire moderne et contemporaine*, vol. 45, n° 2, avril, p. 404-424. [Les débuts du « besticide franco-français ».]

ETTORI, F. (1971), *in* P. Arrighi, *Histoire de la Corse*, Toulouse, coll. « Univers de la France », Privat, notamment p. 275. [Chiffres à revoir, entièrement.]

EXPILLY (abbé) (1762-1770), *Dictionnaire géographique, historique et politique des Gaules et de la France*, 6 vol., Paris, Desaint et Saillaut.

FAIL, Noël DU (1965), « Propos rustiques », in *Conteurs français du XVIe siècle*, Paris, Gallimard, coll. « Bibliothèque de la Pléiade ».

FEBVRE, Lucien (1911), *Philippe II et la Franche-Comté*, Paris, Champion ; rééd., Paris, Flammarion, 1970.

FÉVRIER, P. (1959), « La basse vallée de l'Argens. Vie économique de la Provence aux XVe et XVIe siècles », *Provence historique*.

FIERRO, Alfred (1971), « Un cycle démographique : Dauphiné et Faucigny du XIVe au XIXe siècle », *AESC*, vol. 26, n° 5, p. 941 *sq*.

FLANDRIN, Jean-Louis (1975), *Les Amours paysannes, XVIe-XIXe siècle*, Paris, Gallimard-Julliard, coll. « Archives » ; rééd., Paris, Histoire Club, 2001.

FLEURY, M., et VALMARY, P. (1957), « Les progrès de l'instruction élémentaire de Louis XIV à Napoléon III », *Population*. [Pour une anthropologie régionale de la France.]

FOISIL, Madeleine (1970), *La Révolte des Nu-Pieds et les Révoltes normandes de 1639*, Paris, PUF.

— (2001), *Le Sire de Gouberville*, Paris, Flammarion.

Follain, Antoine, *et al.* (2000), *L'Argent des villages. Comptabilités paroissiales et communales (XIIIᵉ-XVIIIᵉ siècle)*, Rennes, Presses Universitaires de Rennes.

Forster, Robert (1960), *The Nobility of Toulouse in the 18th Century*, Baltimore, Johns Hopkins University Press.

— (1970), *The House of Saulx-Tavannes*, Baltimore, Johns Hopkins University Press.

Fossier, Robert (1968), *La Terre et les Hommes en Picardie jusqu'à la fin du XIIIᵉ siècle*, Paris-Louvain ; rééd. Amiens, CRDP, 1987. [Important.]

— (1970), *Histoire sociale de l'Occident médiéval*, Paris, Armand Colin.

Fossier, Robert, et Fossier, Lucie (1955), « Aspects de la crise frumentaire du XIVᵉ siècle en Artois et en Flandre gallicante », in *Recueil de travaux offerts à Clovis Brunel*, Paris, Société de l'École des chartes.

Fournial, Étienne (1967), *Les Villes et l'Économie d'échange en Forez aux XIIIᵉ et XIVᵉ siècles*, Paris, Klincksieck.

Fourquin, Guy (1956), « La population de la région parisienne aux environs de 1328 », *Le Moyen Âge*.

— (1957-1958), « Villages et hameaux du nord-ouest de la région parisienne en 1332 », in *Paris et Île-de-France*, vol. IX, p. 141-156.

— (1964), *Les Campagnes de la région parisienne à la fin du Moyen Âge*, Paris, PUF.

— (1969), *Histoire économique de l'Occident médiéval*, Paris, Armand Colin.

— (1970), *Seigneurie et Féodalité au Moyen Âge*, Paris, PUF.

— (1972), *Le Paysan d'Occident au Moyen Âge*, Paris, Nathan.

Frêche, Georges (1967), *Les Prix des grains, des vins et des légumes à Toulouse (1484-1868)*, Paris, PUF.

— (1974), *Toulouse et la région Midi-Pyrénées, 1670-1789*. [Références ici à partir d'une dactylographie.]

Furet, François, et Ozouf, Jacques (1977), *Lire et écrire. L'alphabétisation des Français de Calvin à Jules Ferry*, Paris, Éd. de Minuit. [Fondamental.]

Furet, François, et Richet, Denis (1965), *La Révolution française*, Paris, Hachette.

Furet, François, et Sachs, Wladimir (1974), « La croissance de l'alphabétisation en France (XVIIIᵉ-XIXᵉ siècle) », *AESC*, vol. 29, n° 3, p. 714 *sq.*

Garden, Maurice (1970), *Lyon et les Lyonnais au XVIIIᵉ siècle*, Paris, Les Belles Lettres (« Bibliothèque de la faculté des Lettres de Lyon », XVIII). [Précieux, notamment sur le problème des nourrices… rurales.]

Gascon, Richard (1971), *Lyon et ses Marchands. Grand commerce et vie urbaine au XVIᵉ siècle*, 2 vol., Paris, EHESS.

Gégot, J. (1966), « Étude par sondage de la criminalité du bailliage de Falaise », *AN*.

Gigon, Stéphane-Claude (1906), *Contribution à l'histoire de l'impôt sous l'Ancien Régime. La révolte de la gabelle en Guyenne (1548-1549)*, Paris, Champion.

Glass, David Victor, et Eversley, David Edward Charles (éd.) (1965), *Popu-*

lation in History, Londres, E. Arnold. [Recueil d'articles ; voir notamment p. 87 *sq*., et p. 101 *sq.* : article de Hajnal sur l'âge au mariage.]

GLÉNISSON, Jean, *et al.* (1971), *La France de la guerre de Cent Ans (1300-1450)*, Paris, Culture, art, loisirs, coll. « Histoire de la France ».

GODARD, J. (1944), « Contribution à l'histoire du commerce des grains à Douai du XIVe au XIXe siècle », *RN*.

GOUBERT, Jean-Pierre (1974), *Malades et Médecins en Bretagne, 1770-1790*, Paris-La Haye, Mouton.

GOUBERT, Jean-Pierre, et PETER, Jean-Pierre (1972), *in* Jean-Paul Desaive et Emmanuel Le Roy Ladurie (éd.), *Médecins et Épidémies à la fin du XVIIIe siècle*, Paris, Mouton.

GOUBERT, Pierre (1960), *Beauvais et le Beauvaisis au XVIIe siècle*, 2 vol., Paris, SEVPEN ; réédd., EHESS, 1982. [Essentiel.]

— (1969), *L'Ancien Régime*, t. I, *La Société*, Paris, Armand Colin.

— (1973), *L'Ancien Régime*, t. II, *Les Pouvoirs*, Paris, Armand Colin (avec la collaboration de Daniel Roche).

— (1982), *La Vie quotidienne des paysans français au XVIIe siècle*, Paris, Hachette.

GOULEMOT, Jean-Marie : voir JAMEREY-DUVAL, Valentin.

GOY, Joseph, et LE ROY LADURIE, Emmanuel (1972-1982), *Les Fluctuations du produit de la dîme*, 3 vol. parus, Paris-La Haye, Mouton.

— (1982), *Prestations paysannes, dîmes, rente foncière et mouvement de la production agricole à l'époque préindustrielle*, Paris, EHESS.

GRAMAIN, Monique (1972), « Démographie de la viguerie de Béziers vers 1300-1340 », *Annales de la faculté des lettres de Nice*, n° 17, *La démographie médiévale*.

— (1979), *Villages et Communautés villageoises en bas Languedoc occidental (950-1350). L'exemple du Biterrois*, thèse, Paris I.

Grand cycle agraire : expression déjà employée dans nos *Paysans de Languedoc* [1966]. Elle désigne un cycle multiséculaire d'expansion puis de rétraction du monde rural. Le présent ouvrage est « à cheval » sur deux (pour simplifier), en fait trois vastes épisodes de ce genre : médiéval (terminé en 1450), d'époque renaissante et classique (1450-1715) ; « moderne-final » et contemporain (1715-2001). Sur cette notion, voir le graphique du chapitre 6, p. 473.

GRAS, Pierre (1939), *Le Registre paroissial de Givry, 1334-1357, et la Peste noire en Bourgogne*, Paris, Bibliothèque de l'École des chartes.

GRIFFON, Robert (2000), *Au Bonheur du pain*, Paris, Mazarine. [Jolie fiction céréalière et boulangère…]

GROSPERRIN, Bernard (1984), *Les Petites Écoles sous l'Ancien Régime*, Rennes, Ouest-France.

GRUTER, Édouard (1977), *La Naissance d'un grand vignoble (Beaujolais XVIe-XVIIe siècle)*, Lyon, Presses Universitaires de Lyon.

GUENÉE, Bernard (1971), *L'Occident aux XIVe et XVe siècles : les États*, Paris, PUF.

GUÉRIN, Isabelle (1960), *La Vie rurale en Sologne aux XIVe et XVe siècles*, Paris, SEVPEN.

GUÉRY, Alain (1973), « La population du Rouergue de la fin du Moyen Âge au XVIIIe siècle », *AESC*, vol. 28, n° 6, p. 1555 *sq.*

GUILLOU, André, *et al.* (1986), *Les Outils dans les Balkans du Moyen Âge à nos jours*, Paris, EHESS et Maisonneuve et Larose. [Recueil iconographique, précieux pour l'histoire comparée.]

HABAKKUK, H.J., *Population Growth and Economic Development since 1750*, Leicester, 1971.

HAUDRICOURT, André G., et JEAN-BRUNHES-DELAMARRE, Mariel (1953), *L'Homme et la Charrue à travers le monde*, Paris, Gallimard ; rééd., Lyon, La Manufacture, 1986.

HEERS, Jacques (1963), *L'Occident aux XIVe et XVe siècles. Aspects économiques et sociaux*, Paris, PUF.

— (1968), « Les limites des méthodes statistiques pour les recherches de démographie médiévale », *Annales de démographie historique*.

— (1974), *Le Clan familial au Moyen Âge*, Paris, PUF (notamment p. 23, 137 et *passim*).

HÉMARDINQUER, Jean-Jacques, *et al.* (1970), *Pour une histoire de l'alimentation*, Paris, Armand Colin, « Cahiers des Annales », n° 28.

HENRY, Louis, et GAUTIER, Étienne (1958), *La Population de Crulai, paroisse normande*, Paris, PUF, « Travaux INED », n° 33.

HENRY, Louis, articles divers dans *Population* et *Travaux et Documents de l'INED*, notamment de 1953 à 1960.

HIGOUNET, Charles (1965), *La Grange de Vaulerent. Structure et exploitation d'un domaine cistercien dans la plaine de France, XIIe-XVe siècle*, Paris, SEVPEN.

HIGOUNET-NADAL, Arlette (1962), « Un dénombrement des paroisses et des feux de la sénéchaussée de Périgord en 1365 », *Bulletin philologique et historique*.

HILTON, Rodney Howard (1974), « Medieval peasants », *Journal of Peasant Studies*, janvier.

— (1979), *Les Mouvements paysans du Moyen Âge et la Révolution anglaise de 1381*, trad. fr. de Catherine Cazier, Paris, Flammarion. [Aux fins comparatives…]

HIRSCHMAN, Albert O. (1969), *The Strategy of Economic Development*, New Haven, Yale University Press [1re éd., 1958].

Histoire de la France rurale : voir DUBY, Georges, et WALLON, Armand (éd.).

Historia rerum rusticarum, années 1970. [Une grande revue d'histoire rurale hongroise… et européenne.]

HOFFMANN, Philip T. (1996), *Growth in a Traditional Society. The French Countryside, 1450-1815*, Princeton, Princeton University Press. [L'auteur, bon connaisseur de notre historiographie, s'efforce, souvent avec succès, d'introduire l'économétrie dans l'histoire rurale française. Il insiste, quant aux campagnes « vues de l'intérieur », sur le rôle des facteurs externes (guerres, impôts, villes, commerce…) ; il réfute l'idée d'un archaïsme congénital des structures agraires de jadis, soi-disant dû au passéisme de la communauté paysanne, et au manque d'*enclosures*, etc. Ouvrage très important.]

Humm, André (1971), *Villages et Hameaux disparus en basse Alsace. Contribution à l'histoire de l'habitat rural (XIIᵉ-XVIIIᵉ siècle)*, Strasbourg, Istra.

Huppert, George (1984), *Public Schools in Renaissance France*, Chicago, University of Illinois Press.

Jacquart, Jean (1956), « La production agricole », *XVIIᵉ siècle*, n° 70-71.

— (1974), *La Crise rurale en Île-de-France, 1550-1670*, Paris, Armand Colin.

— (1990), *Paris et l'Île-de-France au temps des paysans (XVIᵉ-XVIIᵉ siècle)*, Paris, Publications de la Sorbonne.

Jamerey-Duval, Valentin (1929), *Mémoires*, éd. Maurice Payard, Tours, Arrault. [Et l'excellente édition très ultérieure de Jean-Marie Goulemot, au Sycomore, 1981.]

Komlos, John : les travaux (à paraître) de ce professeur de Munich confirment l'impact des crises de 1692-1694 quant à l'abaissement de la stature des jeunes paysans. Ces travaux mettent en cause la stature, l'alimentation et les niveaux biologiques dans la France d'Ancien Régime. Cf. l'article à paraître « Histoire anthropométrique de la France d'Ancien Régime », sur les famines et l'abaissement corrélatif de la stature des jeunes soldats.

Labrousse, Ernest (1933), *Esquisse du mouvement des prix et des revenus en France au XVIIIᵉ siècle*, Paris, Dalloz. [Essentiel.]

— (1944), *La Crise de l'économie française à la fin de l'Ancien Régime et au début de la Révolution*, Paris, PUF.

La Chalotais, Louis-René de (1763), *Essai d'éducation nationale*, s. l. n. d. ; rééd., Raynal, 1825.

Lachiver, Marcel (1969), Études (préparées sous la direction de Denis Richet) relatives à la démographie de la Touraine et du Berry, in *Annales de démographie historique*, vol. *Villes et Villages de l'ancienne France*.

— (1969-1970), *La Population de Meulan du XVIIᵉ au XIXᵉ siècle*, Paris, SEVPEN.

— (1991), *Les Années de misère. La famine au temps du Grand Roi, 1680-1720*, Paris, Fayard. [Essentiel.]

— (1997), *Dictionnaire du monde rural. Les mots du passé*, Paris, Fayard.

Laget, Mireille (1971), « Petites écoles en Languedoc au XVIIIᵉ siècle », *AESC*, vol. 26, n° 6, p. 1388 *sq.*

Larenaudie, M.J. (1952), « Les famines en Languedoc aux XIVᵉ et XVᵉ siècles », *Annales du Midi*.

Larguier, Gilbert (1996-1999), *Le Drap et le Grain en Languedoc. Narbonne et Narbonnais, 1300-1789*, 3 vol., Perpignan, Presses Universitaires de Perpignan. [Excellent.]

Laslett, Peter (1965), *The World We Have Lost*, Londres, Methuen & Co ;

3ᵉ éd., New York, Macmillan, 1984 ; trad. fr. de Christophe Campos, *Un monde que nous avons perdu*, Paris, Flammarion, 1969.

— (éd.) (1972), *Household and Family in Past Time*, New York, Cambridge University Press.

LEBIGRE, Arlette (1976), *Les Grands Jours d'Auvergne. Désordres et répression au XVIIᵉ siècle*, Paris, Hachette. [Important.]

LEBRUN, François (1971), *Les Hommes et la Mort en Anjou, XVIIᵉ-XVIIIᵉ siècle. Essai de démographie et de psychologie historique*, Paris-La Haye, Mouton.

LEFEBVRE, Georges (1972), *Les Paysans du Nord pendant la Révolution française*, Paris, Armand Colin, rééd.

LE GOFF, Jacques (1964), *La Civilisation de l'Occident médiéval*, Paris, Arthaud ; nouvelle éd., 1984.

LEGUAI, A. (1967), « Émeutes et troubles d'origine fiscale pendant le règne de Louis XI », *Le Moyen Âge*.

LEMARCHAND, Guy (1989), *La Fin du féodalisme dans le pays de Caux. Conjoncture économique et démographique, et structure sociale dans une région de grande culture, de la crise du XVIIᵉ siècle à la Révolution (1640-1795)*, Paris, Comité des travaux historiques et scientifiques. [Important.]

LE ROY LADURIE, Emmanuel (1966), *Les Paysans de Languedoc*, Paris, EHESS ; rééd. abrégée, Paris, Flammarion, 1988 ; et Paris, Histoire Club, 2001.

— (1967), *Histoire du climat depuis l'an mil*, 2 vol., Paris, Flammarion ; rééd., 1983, qui reprend l'éd. anglo-américaine, fortement complétée, de ce livre, *History of Climate since the Year 1000*, New York-Londres, Doubleday, 1971-1972.

— (1972), « La verdeur du bocage », introduction à Alexandre Tollemer (éd.), *Un sire de Gouberville…*, Paris-La Haye, Mouton. Cette introduction a été reproduite *in* E. Le Roy Ladurie, *Le Territoire de l'historien*, Paris, Gallimard, coll. « Bibliothèque des histoires », t. I, 1973.

— (1973a), « Un concept : l'unification microbienne du monde (XIVᵉ-XVIIIᵉ siècle) », *Revue suisse d'histoire*.

— (1973b), « Pour un modèle de l'économie rurale française du XVIIIᵉ siècle », *Mélanges de l'École française de Rome, Moyen Âge-Temps Modernes*, vol. 85, n° 1.

— (1974a), contribution à Gaston Roupnel, *Histoire de la campagne française*, Paris, Plon.

— (1974b), « L'aiguillette », *Europe*, mars.

— (1974c), « L'histoire immobile », *AESC*, vol. 29, n° 3, p. 673 *sq.*

— (1975a), *Montaillou, village occitan de 1294 à 1324*, Paris, Gallimard, coll. « Bibliothèque des histoires » ; rééd., 1982, et Paris, Histoire Club, 2001.

— (1975b), « Un "modèle septentrional" : les campagnes parisiennes (XVIᵉ-XVIIᵉ siècle) », *AESC*, vol. 30, n° 6, p. 1397 *sq.*

— (1986), « Résumé des cours 1985-1986 », *Annuaire du Collège de France*, 86ᵉ année. [Sur l'histoire rurale.]

— (1995 et 2000), *Le Siècle des Platter*, Paris, Fayard, 5 vol., dont 2 déjà parus.

[Notamment sur l'enfance paysanne, et sur l'histoire rurale méridionale.]

— (1997), *L'Historien, le Chiffre et le Texte*, Paris, Fayard.

LE ROY LADURIE, Emmanuel, DESAIVE, Jean-Paul, GOUBERT, Jean-Pierre, MEYER, Jean, PETER, Jean-Pierre, et ARON, Jean-Paul (1972), *Médecins, Climat et Épidémies à la fin du XVIIIe siècle*, Paris-La Haye, Mouton.

LE ROY LADURIE, Emmanuel, et FIELD-RÉCURAT, Jeannine (1972), « Sur les fluctuations de la consommation taxée du sel dans la France du Nord aux XVIIe et XVIIIe siècles », *RN*, octobre-décembre. [Chiffres, chronologie et courbes largement biséculaires.]

LE ROY LADURIE, Emmanuel, et GOY, Joseph : voir GOY, Joseph, et LE ROY LADURIE, Emmanuel.

LE ROY LADURIE, Emmanuel, et PESEZ, Jean-Marie (1965), *Villages désertés et Histoire économique*, XIe-XVIIe siècle, avant-propos de Fernand Braudel, Paris, SEVPEN.

LE ROY LADURIE, Emmanuel, et VIGNE, Daniel, *Inventaire des campagnes*, ouvrage faisant suite à la série FR3 « Inventaire des campagnes », Paris, J.-C. Lattès et Gaumont-FR3, 1980.

LÉVI-STRAUSS, Claude (1967), *Race et Histoire*, Paris, Denoël, coll. « Médiations » ; rééd., Gallimard, coll. « Folio », 1987, et Albin Michel, 2002.

LICK, R. (1970), « Inventaires après décès, dans la région de Coutances », *AN*, n° 4, décembre.

LORCIN, Marie-Thérèse (1974), *Les Campagnes de la région lyonnaise aux XIVe et XVe siècles*, Lyon, Bosc.

LOT, Ferdinand (1929), *L'État des paroisses et des feux de 1328*, Paris, Bibliothèque de l'École des chartes.

MARTIN-LORBER, O. (1957), « L'exploitation d'une grange cistercienne à la fin du XIVe siècle et au début du XVe siècle », *Annales de Bourgogne*.

Marxisme (dictionnaires, et vocabulaires) : nous avons utilisé sur cette doctrine, que, par ailleurs, nous connaissions quelque peu, les répertoires de Jozef Wilczynski (*An Encyclopedic Dictionary of Marxism, Socialism and Communism*, New York, French and European Publications, 1981), Gérard Bekerman (*Vocabulaire du marxisme : français-allemand*, Paris, PUF, 1981), Georges Labica *et al.* (*Dictionnaire critique du marxisme*, Paris, PUF, 1982 ; 3e éd., 2001), et Tom Bottomore *et al.* (*A Dictionary of Marxist Thought*, Harvard, Harvard University Press, 1983) : à propos de l'économisme, et des théories de la spontanéité des révoltes, relativement à notre sujet. Voir aussi nos références à Rosa Luxemburg, à la fin du chap. V, *supra*.

MAURO, Frédéric (1966), *Le XVIe Siècle européen. Aspects économiques*, Paris, PUF ; rééd., 1981.

MERLE, Louis (1958), *La Métairie et l'Évolution agraire de la Gâtine poitevine de la fin du Moyen Âge à la Révolution*, Paris, SEVPEN.

MESTAYER, M. (1963), « Les prix du blé et de l'avoine à Douai de 1329 à 1793 », *RN*.

MEUVRET, Jean (1971), *Études d'histoire économique*, Paris, Armand Colin.

MEYER, Jean (1966), *La Noblesse bretonne au XVIIIᵉ siècle*, 2 vol., Paris, SEV-PEN.

— (1970), « L'instruction populaire en Bretagne du XVIᵉ au XIXᵉ siècle » (d'après, notamment, les souvenirs de Souvestre), *Commission des travaux historiques et scientifiques, 95ᵉ Congrès des sociétés savantes (Reims, 1970), section d'histoire moderne et contemporaine*, t. I.

MEYNIER, André (1958 et 1970), *Les Paysages agraires*, Paris, Armand Colin.

MOGENSEN, Nels Wayne (1971), *Le Pays d'Auge aux XVIIᵉ et XVIIIᵉ siècles*, thèse inédite, université Paris-IV.

MOLINIER, Alain (1985), *Stagnations et Croissance. Le Vivarais (XVIIᵉ-XVIIIᵉ siècle)*, Paris, EHESS.

MOLLAT, Michel, et WOLFF, Philippe (1970), *Ongles bleus, Jacques et Ciompi. Les révoltes populaires en Europe aux XIVᵉ et XVᵉ siècles*, Paris, Calmann-Lévy.

MOORE JR, Barrington (1966), *Social Origins of Dictatorship and Democracy. Lord and Peasant in the Making of the Modern World*, Boston, Beacon Press. [La révolution paysanne de 1789, comme l'une des étapes vers la démocratie nationale, certes plus tardive.]

MORICEAU, Jean-Marc (1994), *Les Fermiers de l'Île-de-France. L'ascension d'un patronat agricole (XVᵉ-XVIIIᵉ siècle)*, Paris, Fayard ; rééd., 1998. [Vraisemblablement, la plus grande thèse d'histoire rurale, à tout le moins après l'époque des Goubert, Poitrineau, Saint-Jacob, François Lebrun, etc. En cet ouvrage, Jean-Marc Moriceau suit l'essor décisif d'un groupe d'hommes et de femmes, essentiel en tant que collectivité fermière, aux fins de ravitaillement d'une des plus grandes villes du monde : Paris. Il y a reprise et rebondissement du groupe susdit après la fin des guerres de Cent Ans ; croissance d'icelui, à travers les épreuves des conflits religieux et de la Fronde ; accès aux grandes surfaces terriennes et à des promotions sociales et culturelles déjà considérables, sinon éblouissantes, au temps des Lumières ; et cela postérieurement aux mutations positives qu'avait imposées dans l'entre-deux la crise de la fin du règne « louis-quatorzien », celui-ci fécond à tant d'égards quant aux modernisations déjà substantielles de la grande agriculture septentrionale. Simple nuance : cette même crise, je la verrais peut-être un peu plus tardive que ne la périodise J.-M. Moriceau : plutôt postcolbertienne.]

— (1999), *L'Élevage sous l'Ancien Régime*, Paris, SEDES.

MORICEAU, Jean-Marc, *et al.* (1999), « Autour de Camembert. De l'An Mil à l'an 2000… », *Cahiers de la Maison de recherche en sciences humaines*, Caen.

MORICEAU, Jean-Marc, BÉAUR, Gérard, et ANTOINE, Annie (1999), *La Terre et les Paysans aux XVIIᵉ et XVIIIᵉ siècles, France et Grande-Bretagne. Guide* [bibliographique] *d'histoire agraire*, Rennes, Presses Universitaires de Rennes.

MORINEAU, Michel (1968), *Le XVIᵉ Siècle*, Paris, Le Livre de Poche.

— (1971), *Les Faux-semblants d'un démarrage économique : agriculture et démographie en France au XVIIIᵉ siècle*, Paris, Armand Colin, « Cahiers des

Annales », n° 30. [Texte ingénieux certes ; mais, au fil de presque chaque page de ce livre, on trouve, hélas, d'innombrables erreurs d'additions, celles-ci fussent-elles à un ou deux chiffres seulement ; cf. Le Roy Ladurie, *L'Historien, le Chiffre et le Texte*, Paris, Fayard, 1997, p. 263-272 (« Au palmarès des pataquès »). Les travaux de M. Morineau sur les monnaies semblent bien meilleurs.]

MOUSNIER, Roland (1958), « Recherches sur les soulèvements populaires en France avant la Fronde », *Revue d'histoire moderne et contemporaine*, p. 81 *sq.* [Fondamental.]

— (1967), *Fureurs paysannes. Les paysans dans les révoltes du XVIIe siècle*, Paris, Calmann-Lévy.

— (1969), *Les Hiérarchies sociales de 1450 à nos jours*, Paris, PUF.

NEVEUX, Hugues (1968), « La mortalité des pauvres… (1377-1473) », *Annales de démographie historique*.

— (1971a), « Cambrai et sa campagne de 1420 à 1450. Pour une utilisation sérielle des comptes ecclésiastiques », *AESC*, vol. 26, n° 1, p. 114 *sq.*

— (1971b), « L'expansion démographique dans un village du Cambrésis : Saint-Hilaire », *Annales de démographie historique*.

— (1972), « Valeur et revenu de la terre au milieu du XVIe siècle dans la région lilloise », *Revue d'histoire moderne et contemporaine*.

— (1973), « Dîme et production céréalière : l'exemple du Cambrésis (fin XIVe - début XVIIe siècle) », *AESC*, vol. 28, n° 2, p. 512 *sq.*

— (1974), *Les Grains du Cambrésis (XIVe-XVIIe siècle)*, thèse (université Paris-IV, 1973), Lille-III.

— (1980), *Vie et Déclin d'une structure économique. Les grains du Cambrésis, fin du XIVe-début du XVIIe siècle*, Paris, EHESS. [Édition définitive de la susdite thèse.]

New York Times, septembre-décembre 1971, enquête sur la criminalité aux États-Unis. [Pour comparaisons statistiques avec la France.]

NICOLAS, Jean (1978), *La Savoie au XVIIIe siècle*, Paris, Maloine.

— (2002), *La Rébellion française*, Paris, Éd. du Seuil.

OZOUF, Jacques (1967), *Nous, les maîtres d'école*, Paris, Julliard. [Voir aussi : FURET, François, et OZOUF, Jacques.]

PATAULT, Anne-Marie (1978), *Hommes et Femmes de corps* [serfs] *en Champagne méridionale à la fin du Moyen Âge*, « Annales de l'Est », université Nancy-II, mémoire n° 58.

Peasant Studies, revue publiée par l'université de Pittsburgh, département d'histoire.

PÉRET, Jacques (1976), *Seigneurs et Seigneuries en Gâtine poitevine. Le duché de la Meilleraye (XVIIe-XVIIIe siècle)*, Poitiers, Société des antiquaires de l'Ouest. [Rente foncière et dîme… Important.]

— (1998), *Les Paysans de la Gâtine poitevine au XVIIIe siècle*, La Crèche, Geste.

PERROY, Édouard (1945), *La Guerre de Cent Ans*, Paris, Gallimard, coll. « La Suite des temps », rééd., 1976.

— (1949), « À l'origine d'une économie contractée : les crises du XIVe siècle », *AESC*, vol. 4, n° 2, p. 167 *sq.*

— (1973), *La Terre et les Paysans en France aux XIIe et XIIIe siècles*, Paris, SEDES.

PESEZ, Jean-Marie : voir LE ROY LADURIE, Emmanuel, et PESEZ, Jean-Marie.

PETER, Jean-Pierre (1971), « Les mots et les objets de la maladie », *RH*, juillet.

PIC, Xavier (1971), *La Bête qui mangeait le monde en pays du Gévaudan et d'Auvergne*, Paris, Albin Michel.

PILLORGET, René (1975), *Les Mouvements insurrectionnels en Provence entre 1596 et 1715*, thèse, Paris, Pedone. Voir aussi, sur les révoltes rurales en Provence, l'article du même auteur « Typologie des mouvements ruraux, 1596-1715 », paru dans *Commission des travaux historiques et scientifiques, Actes du 92e congrès national des sociétés savantes, Strasbourg, 1967*, Section d'histoire moderne et contemporaine, Paris, Bibliothèque nationale, 1970, t. I, p. 359-382.

PITAUD, Henri (2001), *Paysan et Militant. Autobiographie*, Beauvoir-sur-Mer, L'Étrave.

PITTE, Jean-Robert (1983), *Histoire du paysage français*, 2 vol., Paris, Tallandier ; rééd., Hachette, coll. « Pluriel », 1994.

PIUZ, Anne-Marie (1989), *Mélanges d'histoire économique offerts au Pr Anne-Marie Piuz*, Genève, ISTEC. [Notamment p. 299 *sq.*, article important sur l'histoire du climat au temps de Louis XIV et Louis XV.]

PLAISSE, André (1961), *La Baronnie du Neubourg. Essai d'histoire agraire, économique et sociale*, Paris, PUF.

PLATELLE, Henri (1965), *Journal d'un curé de campagne (à Rumégies) au XVIIe siècle*, Paris, Éd. du Cerf.

POITRINEAU, Abel (1965), *La Vie rurale en basse Auvergne au XVIIIe siècle*, Paris, PUF ; rééd., Marseille, Laffitte, 1979. [Fondamental.]

POLONI-SIMARD, Jacques (2000), *La Mosaïque indienne*, Paris, EHESS. [Histoire rurale-urbaine en Équateur, XVIe-XVIIIe siècle : aux fins comparatives.]

PORCHNEV, Boris (1963), *Les Soulèvements populaires en France de 1623 à 1648*, Paris, SEVPEN.

PORQUERES I GENE, Enric (1998), « La chaleur des cagots… », *Cahiers du centre de recherches historiques*, EHESS-MSH, n° 21, octobre. [Sur une catégorie d'« intouchables », notamment ruraux.]

POSTAN, Michael (éd.) (1973), *Essays on Medieval Agriculture and General Problems of the Medieval Economy* (recueil d'articles), Cambridge University Press. [M. Postan comme W. Abel *(supra)* est le père, avec É. Perroy, d'une vision néo-malthusienne de l'histoire rurale et démographique.]

POSTEL-VINAY, Gilles (1974), *La Rente foncière dans le capitalisme agricole. Analyse de la « voie classique » dans l'agriculture, à partir de l'exemple du Soissonnais*, Paris, Maspero. [Important.]

POUMARÈDE, Jacques (1972), *Les Successions dans le sud-ouest de la France au*

Moyen Âge : géographie coutumière et mutations sociales, Paris, PUF. [Problème de l'*ostal*.]

Pouyez, Christian (1972), *Une communauté rurale d'Artois : Isbergues, 1598-1820*, 3 vol., Lille, dactylographié ; Paris, Hachette, 1973 (microfiches BNF) ; thèse sur l'histoire rurale d'Isbergues (Pas-de-Calais), soutenue sous la direction de Pierre Deyon à l'université Lille-III.

Problèmes de la transmission des exploitations agricoles (XVIIIe-XXe siècle), recueil publié sous la direction de Joseph Goy, G. Bouchard et Anne-Lise Head-König, École française de Rome, 1998 ; avec des textes de J.-L. Viret, Gérard Béaur, Bernard Derouet, Jean-Paul Desaive, Antoinette Fauve-Chamoux et Francine Rolley.

Propp, Vladimir (1970), *Morphologie du conte*, Paris, Gallimard.

Quesnay, François : in *François Quesnay et la Physiocratie*, Paris, Imprimerie nationale, 1958.

Raveau, Paul (1926), *L'Agriculture et les Classes paysannes. La transformation de la propriété en haut Poitou au XVIe siècle*, Paris, Marcel Rivière.

— (1931), *Essai sur la situation économique et l'état social en Poitou au XVIe siècle*, Paris, Marcel Rivière.

Reinhard, Marcel (1962), texte de cet auteur paru dans *Contributions à l'histoire démographique de la Révolution française*, *Mémoires et documents de la Commission d'histoire économique et sociale de la Révolution*, vol. XIV, Paris, Bibliothèque nationale.

Reinhard, Marcel, Armengaud, André, et Dupâquier, Jacques (1968), *Histoire générale de la population mondiale*, Paris, Montchrestien.

Rétif de La Bretonne, Nicolas (1959), *Monsieur Nicolas*, Paris, Pauvert ; rééd., Paris, Gallimard, coll. « Bibliothèque de la Pléiade », 1989. [Se reporter aux premiers volumes du « Pauvert ».]

— (1970), *La Vie de mon père*, éd. de G. Rouger, Paris, Garnier.

Richard, Jules-Marie (1892), *Thierry d'Hireçon, agriculteur artésien*, Nogent-le-Rotrou, Daupeley-Gouverneur, « Bibliothèque de l'École des chartes ».

Richet, Denis (1968), « Croissance et blocages en France du XVe au XVIIIe siècle », *AESC*, vol. 23, n° 4, p. 759 *sq.*

Rivals, Claude (1976), *Le Moulin à vent et le Meunier dans la société traditionnelle française*, Ivry, Serg.

Robin, Régine (1970), *La Société française en 1789, à Semur-en-Auxois*, Paris, Plon.

Roche, Daniel (1997), « Le cheval et ses élevages », *Cahiers d'histoire*, Lyon, t. 34, p. 511-520.

— (éd.) (2000), *Voitures, Chevaux, Attelages, XVIe-XIXe siècle*, Paris, Association pour l'Académie d'art équestre de Versailles.

Romano, Ruggiero (1956), *Commerce et Prix du blé à Marseille au XVIIIe siècle*, Paris, SEVPEN. [Notamment p. 82.]

Roupnel, Gaston (1955), *La Ville et la Campagne au xviie siècle. Étude sur les populations du pays dijonnais*, Paris, Armand Colin.

Rousseau, Jean-Jacques, textes relatifs à l'éducation élémentaire, notamment dans *La Nouvelle Héloïse*, Paris, Gallimard, coll. « Bibliothèque de la Pléiade », 1969, p. 534-535 et surtout p. 566-567 ; et dans l'*Émile*, Paris, Gallimard, coll. « Bibliothèque de la Pléiade », 1969, p. 267 et 767.

Rudé, Georges (1956 et 1961), « La guerre des farines », *AHRF*, 1956, p. 139-179, et 1961, p. 305-326.

Sahlmann, M. (1974), *Les Biens communaux dans le nord de la France*, thèse inédite, soutenue en 1974 à l'École des chartes.

Saint-Jacob, Pierre de (1960), *Les Paysans de la Bourgogne du Nord au dernier siècle de l'Ancien Régime*, Dijon, Bernigaud, et Paris, Les Belles Lettres. [Capital.]

Sarramon, Armand (1968), *Les Paroisses du diocèse de Comminges en 1786*, Paris, Bibliothèque nationale, « Collection de documents inédits sur l'histoire économique de la Révolution française ».

Schmitz, J. (1973), *Les Conceptions prénuptiales sous l'Ancien Régime*, diplôme d'études supérieures (inédit), soutenu en 1973 au département « Géographie, histoire, sciences de la société » de l'université Paris-VII.

Sclafert, Thérèse (1926), *Le Haut Dauphiné au Moyen Âge*, Paris, Sirey.

— (1959), *Cultures en haute Provence. Déboisements et pâturages au Moyen Âge*, Paris, SEVPEN.

Secher, Reynald (1986), *La Chapelle-Basse-Mer, village vendéen : Révolution et Contre-révolution*, Paris, Perrin.

Segalen, Martine (1980), *Mari et Femme dans la société paysanne*, Paris, Flammarion.

Serbonnes. Vie et survie d'un petit village [en Champagne], *Cahiers de l'IFO-REP*, publication dirigée par Maurice Caron, Orgeval, 1976.

Serpentini, Antoine (1995), *Bonifacio, une ville génoise aux Temps Modernes*, Ajaccio, La Marge.

— (2000), *La Coltivatione. Gênes et la mise en valeur agricole de la Corse au xviie siècle*, Ajaccio, Albiana.

Serres, Olivier de (1600), *Théâtre d'agriculture* ; réédd., Paris, Huzard, 1804, avec l'introduction de François de Neufchâteau [et aussi Grenoble, Dardelet, 1973].

Shanin, T. (1974), « Peasant economy », *The Journal of Peasant Studies*, janvier.

Sheppard, Thomas F. (1971), *Lourmarin in the 18th Century*, Baltimore, Johns Hopkins University Press. [Notamment p. 219-222.]

Sivery, Gérard (1997), *Structures agraires et Vie rurale dans le Hainaut à la fin du Moyen Âge*, Villeneuve-d'Ascq, Publications de l'université Lille-III.

Slicher Van Bath, Bernard H. (1963a), *The Agrarian History of Western Europe (AD 500-1850)*, Londres, E. Arnold.

— (1963b), « Yield-ratios », *A.A.G. Bijdragen*, vol. IX.

Smedley-Weill, Anette (1989-1991), *Correspondance des intendants avec les contrôleurs généraux. Naissance de l'administration*, 3 vol., Paris, Archives nationales. [Important.]

SNYDERS, Georges (1965), *La Pédagogie en France aux XVIIe et XVIIIe siècles*, Paris, PUF.

SOBOUL, Albert (1970), *La Civilisation et la Révolution française*, Paris, Arthaud. [Notamment p. 218-220.]

SOMAN, Alfred (1992), *Sorcellerie et Justice criminelle. Le parlement de Paris (XVIe-XVIIIe siècle)*, Aldershot (Royaume-Uni), Variorum. [Fondamental.]

SOULET, Jean-François (1974), *La Vie quotidienne dans les Pyrénées sous l'Ancien Régime : du XVIe siècle au XVIIIe siècle*, Paris, Hachette.

SOURIAC, Agnès, et ROLLET, Michèle (1971), *Démographie et Société en Seine-et-Oise au début du XIXe siècle*, thèse de troisième cycle, université Paris-I. [Notamment t. II, p. 359.]

STOUFF, Louis (1986), *Arles à la fin du Moyen Âge*, 2 vol., Université d'Aix-Marseille.

TCHAIANOV, Aleksandr Vasilievitch (1990), *L'Organisation de l'économie paysanne*, trad. fr. d'Alexis Berelowitch, Paris, Librairie du Regard.

Terre (La), collection, Paris, Flammarion. Plus de cent volumes parus depuis les années 1930 : nombreuses données sur l'agriculture traditionnelle.

THOMAS, Keith (1983), *Man and the Natural World. A History of the Modern Sensibility*, New York, Pantheon Books. [L'écologie, déjà…]

THOMPSON, Edward Palmer (1971), « The moral economy of the crowd… », *Past and Present*, février.

TITS-DIEUAIDE, Marie-Jeanne, et NEVEUX, Hugues (1979), « Problèmes agraires et société rurale. Normandie et Europe du Nord-Ouest (XIVe-XIXe siècle) », *AN*, n° 11, Caen. [En particulier sur les rendements.]

TODD, Emmanuel (1973), « Recherche sur la mobilité sociale et géographique dans deux villages du nord de la France », Université de Cambridge, inédit.

TOUTAIN, Jean-Claude, travaux sur la croissance de la production agricole et de la consommation alimentaire, en France, depuis le XVIIIe siècle inclus (*Cahiers de l'Institut de sciences économiques appliquées*, n° 116, juillet 1961, et novembre 1971).

VAN DE WALLE, Étienne (1968), « Mariage and marital fertility », *Daedalus*, printemps.

VANDERPOOTEN, Michel (2001), *Éléments techniques d'une révolution agricole au début de l'époque contemporaine (notamment dans la France du Sud-Ouest)*, thèse, Toulouse-Le Mirail.

VAN DER WEE, Herman (1963), *The Growth of the Antwerp Market and the European Economy*, La Haye, Martinus Nijhoff.

— (1978), *Productivity of Land and Agricultural Innovation in the Low Countries (1250-1800)*, Louvain, Leuven University Press.

VAUBAN, Sébastien LE PRESTRE DE, *La Dîme royale*, Paris, Alcan, 1933 ; rééd.,

Paris, Imprimerie nationale, 1992. [Présentation par Emmanuel Le Roy Ladurie.]

VENARD, Marc (1957), *Bourgeois et Paysans au XVIIe siècle. Recherche sur le rôle des bourgeois parisiens dans la vie agricole au sud de Paris au XVIIe siècle*, Paris, SEVPEN. [Bel ouvrage, précurseur.]

VERHULST, Adriaan (1966), *Histoire du paysage rural en Flandre, de l'époque romaine au XVIIIe siècle*, Bruxelles, La Renaissance du Livre.

— (1968), « Recherches d'histoire rurale en Belgique depuis 1959 », *RH*, p. 411 *sq.*

VIDAL-NAQUET, Pierre, FINLEY, Moses, SCHNAPP, Alain, MOSSÉ, Claude, *et al.* (1973), *Problèmes de la terre en Grèce ancienne*, Paris, Mouton, « Centre de recherches comparées sur les sociétés anciennes ». [Aux fins comparatives…]

Villages disparus : voir LE ROY LADURIE, Emmanuel, et PESEZ, Jean-Marie (1965).

VOLTAIRE, lettre à La Chalotais, 28 février 1763, in *Œuvres complètes*, Paris, Furne, t. XII, p. 561.

VOVELLE, Michel (1970), *Vision de la mort et de l'au-delà en Provence…*, Paris, Armand Colin, « Cahiers des Annales », n° 29.

— (1972), *La Chute de la monarchie*, Paris, Éd. du Seuil, coll. « Nouvelle Histoire de la France contemporaine », t. I. [Voir notamment les cartes, p. 13, et *passim*.]

— (1973), *Piété baroque et Déchristianisation en Provence au XVIIIe siècle*, Paris, Plon ; rééd., Paris, Éd. du Seuil, 1978 ; nouvelle éd. augmentée, Paris, Éd. du CTHS, 1997. [Fondamental.]

VRIES, Jan de (1974), *The Dutch Rural Economy in the Golden Age (1500-1700)*, New Haven, Yale University Press.

WEBER, Eugen (1978), *La Fin des terroirs. La modernisation de la France rurale (1870-1914)*, Paris, Fayard ; rééd., 2001. [Important.]

WINDISCH, Uli (1976), *Lutte de clans, lutte de classes. Chermignon, la politique au village*, Lausanne, L'Âge d'Homme.

Wirtschaftliche und soziale Strukturen im saekularen Wandel [Mélanges Wilhelm Abel], 3 vol., éd. par Günther Franz, Hanovre, Schaper, 1974.

WOLFF, Philippe (1954), *Commerce et Marchands de Toulouse*, Paris, Plon. [Incidence rurale, non négligeable…]

YVER, Jean (1966), *Égalité entre héritiers et exclusion des enfants dotés. Essai de géographie coutumière*, Paris, Sirey.

ZINK, Anne (1969), *Azereix. La vie d'une communauté rurale à la fin du XVIIIe siècle*, Paris, SEVPEN.

— (1992), *L'Héritier de la maison. Géographie coutumière du sud-ouest de la France sous l'Ancien Régime*, Paris, EHESS.

— (1997), *Clochers et Troupeaux. Les communautés rurales des Landes* et du Sud-Ouest avant la Révolution*, Talence, Presses Universitaires de Bordeaux.

— (2000), *Pays ou Circonscriptions*, Paris, Publications de la Sorbonne, préface d'Emmanuel Le Roy Ladurie.

ZOLA, Émile, *La Terre*. [Vision noire, partiale et très partielle, mais pas toujours inexacte, du monde rural : « Les Géorgiques de la crapule » (A. France).]

ZYSBERG, André, grand ouvrage à paraître, aux Éditions du Seuil, sur la France au XVIIIᵉ siècle.

Index des noms
de personnes

Index des noms
de lieux

Table

DU MÊME AUTEUR

Les Paysans de Languedoc
EHESS, 1966 ; rééd. abrégée, Flammarion, 1988

Histoire du climat depuis l'an mil
2 vol., Flammarion, 1967 ; rééd., 1983, 1990

Montaillou, village occitan de 1294 à 1324
Gallimard, 1975 ; rééd., 1982

Le Territoire de l'historien
2 vol., Gallimard, 1973 et 1978

Montaillou, village occitan de 1294 à 1324
Gallimard, 1975, 1985

Direction et contribution
Histoire de la France rurale, *tome II*
(série sous la direction de G. Duby et A. Wallon)
Seuil, 1975

Le Carnaval de Romans, 1579-1580
Gallimard, 1980

L'Argent, l'Amour et la Mort en pays d'Oc
Précédé de « Jean-l'ont-pris », par l'abbé Fabre (1756)
Seuil, 1980

Direction et contribution
Histoire de la France urbaine, *tome III*
(série sous la direction de G. Duby)
Seuil, 1981

Paris-Montpellier PC-PSU, 1945-1963
Gallimard, 1982

La Sorcière de Jasmin
avec fac-similé de l'éd. originale bilingue (1842)
de la « Françouneto » de Jasmin
Seuil, 1983

Parmi les historiens. Articles et comptes rendus
2 vol., Gallimard, 1983 et 1994

L'État royal
Hachette littérature, 1987

L'Ancien Régime
Hachette littérature, 1991 ; rééd., 2003

Le Siècle des Platter
1. Le mendiant et le professeur
Fayard, 1995

L'Historien, le Chiffre et le Texte
Fayard, 1997

Saint-Simon ou Le système de la Cour
Fayard, 1997

Le Siècle des Platter
2. Le voyage de Thomas Platter
Fayard, 2000

Histoire de France
3 vol., Hachette littérature, 2000 et 2003

Histoire du Languedoc
PUF, 2000

Histoire de France des régions
La périphérie française, des origines à nos jours
Seuil/PUF, 2001
et « Points Histoire », n° 344, 2005

Histoire humaine et comparée du climat
Fayard, 2004

Henri IV ou l'Ouverture
Bayard/BnF, 2005

RÉALISATION : CURSIVES À PARIS
IMPRESSION : NORMANDIE ROTO IMPRESSION S.A.S. À LONRAI
DÉPÔT LÉGAL : SEPTEMBRE 2006. N° 89233 (06-2008)
IMPRIMÉ EN FRANCE

Collection Points

SÉRIE HISTOIRE